ANTOINE TRACQUI

POINT ZÉRO

ÉDITIONS CRITIC

MIXTE
Papier issu de sources responsables
FSC® C003309
FSC
www.fsc.org

Pocket, une marque d'Univers Poche,
est un éditeur qui s'engage pour la préservation
de son environnement et qui utilise du papier fabriqué
à partir de bois provenant de forêts gérées
de manière responsable.

ISBN : 978-2-266-23534-1

À trois personnes remarquables :
William, Nolwenn, Viktor
Tracez votre propre route, méfiez-vous des certitudes
N'écoutez pas les hommes en gris

À Esther
Merci de m'avoir supporté (dans tous les sens du terme !) pendant cette laborieuse gestation
Avec tout mon amour

À l'Ange du bizarre
et au Démon de la perversité
Fidèles et silencieux compagnons, depuis toujours
Merci pour le bout de chemin

Avertissement

L'action de ce roman se déroulant de façon simultanée en plusieurs points du globe parfois fort distants les uns des autres, tous les horaires sont donnés en Temps Universel Coordonné (système UTC). Cela pour qu'on ne s'étonne pas de voir un certain président russe prendre son petit déjeuner à midi et quart…

La voix du pilote dans le haut-parleur cabine t'arrache à la somnolence dans laquelle tu avais doucement sombré : « On passe la frontière dans cinq minutes, monsieur. C'est le moment, si vous êtes toujours décidé. »

Bien sûr que tu es toujours décidé. L'opération a demandé quatre mois de préparatifs minutieux, ce n'est pas le moment de renoncer. Tu te secoues, tu déboucles ta ceinture et tu déplies ta grande carcasse dans l'habitacle exigu du Learjet 35. Comme convenu, tu es seul dans la cabine. Quelques minutes après le décollage, ton médecin est allé s'installer dans le cockpit auprès du pilote. Tout le plan repose sur leur discrétion, mais tu sais qu'ils ne parleront pas : ils ont été très grassement payés, et leur implication dans ce qui va se passer, si jamais elle était connue un jour, leur vaudrait à coup sûr la prison à vie.

Tu gagnes l'arrière de l'avion. Dans l'espace libre à côté du dernier siège tribord, un brancard sur roues soigneusement arrimé à la cloison. C'est là-dessus que tu as été transporté depuis l'hôtel jusqu'à l'aéroport d'Acapulco. La partie la plus risquée du plan : si un flic un peu zélé s'était avisé de soulever les bandages pour vérifier l'identité du mourant sur la civière, il aurait pu y avoir du grabuge. D'un autre côté, te dis-tu avec un mince sourire, le zèle dans la police mexicaine c'est un peu comme la neige à Cuba.

Tu bascules le panneau de la minuscule soute arrière et tu en sors le gros sac en toile plastifiée. Tu n'as pas beaucoup de mal à le traîner dans le couloir et à le hisser sur le brancard : ce qui se trouve à l'intérieur ne pèse qu'une quarantaine de kilos. Tu prends une grande inspiration et, d'un geste décidé, tu ouvres la fermeture à glissière. À ce moment, et bien que tu te sois préparé au spectacle, tu as du mal à réprimer un haut-le-cœur.

Le corps entièrement nu est d'une maigreur extrême. Cachectique, a dit le toubib – tu ne connaissais pas le terme, mais il doit avoir raison. Avec dégoût, tu contemples le visage squelettique encadré d'une barbe pouilleuse et d'une masse de cheveux gris emmêlés, la peau grisâtre tendue sur les os, les ongles bien trop longs et d'une saleté répugnante ; un rictus affreux a figé la bouche aux lèvres desséchées et laisse entrevoir une rangée de chicots pourris. Bien que le cadavre ne présente encore aucun signe de décomposition – c'est un point essentiel du plan –, il exhale une suffocante odeur de crasse et de maladie.

En luttant contre la nausée, tu dégages rapidement le sac, tu le plies et tu vas le planquer dans les toilettes ; Jeff se chargera de le balancer après l'atterrissage. Tu recouvres le cadavre avec le drap en satin à tes initiales. Ensuite, tu t'équipes. Cela fait très longtemps que tu n'as pas sauté en parachute, alors tu vérifies soigneusement le harnais. Puis tu gagnes la porte située à l'avant gauche de la cabine, juste derrière le cockpit. C'est à ce moment que le pilote se manifeste à nouveau : « On est au pays, monsieur. Altitude six mille cinq cents pieds, à trois milles au nord de Brownsville. Où en êtes-vous ?

— Je suis prêt, Jeff, réponds-tu dans l'interphone.

— Alors, c'est parti. »

Aussitôt, tu sens le nez de l'avion se relever et le régime des réacteurs diminuer. Au même instant, un claquement sec se fait entendre et, sous l'effet des vérins, la porte latérale commence à s'ouvrir.

C'est un saut dangereux.

Il n'est pas facile de sauter d'un Learjet en vol, à cause des réacteurs qui sont placés de part et d'autre du fuselage, à moins de huit mètres en arrière de la porte ; d'un autre côté, utiliser un autre appareil que celui qui t'a servi pour tous tes déplacements au cours des derniers mois aurait paru suspect. Avec ce type d'avion, la seule manière de ne pas finir en steak tartare consiste à sauter alors que la vitesse air est proche de zéro. Heureusement, Jeff est un pilote émérite, l'as des as ; dans le passé tu n'en as connu qu'un seul de cet acabit, mais il est mort depuis bien des années.

La chandelle s'accentue, et tu sens le fuselage commencer à frémir, signe que le décrochage n'est pas loin ; en plus, avec la porte désormais grande ouverte, garder l'appareil en ligne ne doit pas être une partie de plaisir.

« Neuf mille deux cents pieds, monsieur. Apex dans dix secondes. C'est quand vous voulez. »

La vitesse ascensionnelle est désormais presque nulle. C'est le moment : tu n'as que quelques secondes avant que le pilote ne remette les gaz pour reprendre le contrôle.

« Merci, Jeff, dis-tu. Merci pour tout.

— Adieu, monsieur, répond-il. Et bonne chance. »

Un dernier coup d'œil à ta montre. Il est 13 h 27. Dans les livres d'histoire, ce sera l'heure de ta mort. Ta main agrippe la poignée métallique sur le côté de la porte.

Et tu sautes.

Prologue

26 mars 1938

Coincé.

Les mains du jeune homme se crispèrent sur la rambarde du *Reggio di Calabria*. Il venait de reconnaître, dans la foule anonyme amassée sur le pont-promenade du ferry, les visages des deux hommes qui l'avaient pisté le matin même dans les rues de Palerme. Il leur jeta un coup d'œil à la dérobée. Il ne se trompait pas : mêmes vêtements à la fois vulgaires et prétentieux, même attitude arrogante et même regard scrutateur – tout dans leur apparence trahissait des porte-flingues de l'OVRA, la police politique de Mussolini. Pour l'heure, les deux types adossés à la timonerie arboraient un sourire satisfait et n'avaient pas l'air pressés de passer à l'action.

L'équipée avait pourtant commencé sous des auspices favorables. Arrivé la veille par le bateau de Naples, il avait passé la nuit au Gran Hotel Sole sur le port de Palerme. Tôt dans la matinée, il avait expédié à Carrelli le télégramme dont les termes lui avaient été dictés par son contact :

Cher ami,

J'ai pris la décision à laquelle tout me ramenait. N'y voyez aucune marque d'orgueil, mais je réalise pleinement les problèmes que ma disparition soudaine ne manquera pas de causer à vous-même comme à mes étudiants. Pour cela je vous demande de me pardonner, et plus encore pour avoir trahi la confiance, l'amitié fidèle et le soutien que vous m'avez témoignés ces derniers mois. Adressez mes pensées à tous nos bons collègues de l'Institut, et surtout à notre ami Sciuti. De vous tous je garderai un souvenir affectueux, au moins jusqu'à 11 heures ce soir et peut-être au-delà...

Malgré les recommandations qui lui avaient été faites, il avait également tenu à adresser un câble à son frère Luciano :

Je n'ai qu'une prière : ne portez pas mon deuil. Et si malgré tout vous estimez devoir vous conformer à la tradition et arborer les marques de l'affliction, ne le faites pas plus de trois jours. Après cela, gardez mon souvenir dans votre cœur si vous le souhaitez, et accordez-moi votre pardon.

Les ponts étaient coupés désormais, pas question de revenir en arrière : si tout allait bien, il serait demain loin de l'Italie et de l'orage qui s'annonçait. Après avoir réglé la chambre, il s'était rendu au lieu fixé, un porche discret de la via Marotta jouxtant l'église de San Giuseppe dei Teatini où il devait rencontrer l'intermédiaire chargé de le conduire en lieu sûr.

Mais l'endroit était désert.

Pensant à un contretemps, il avait attendu quelques minutes à la terrasse d'un café de la Piazza Pretoria toute proche, puis était revenu sur les lieux. Toujours personne. Un sentiment d'angoisse avait commencé à l'envahir. Où aller ? Il ne pouvait rester très longtemps sur place : son comportement allait finir par attirer l'attention, et l'OVRA était partout dans les rues des grandes villes. Retourner à l'hôtel était la solution la plus raisonnable, peut-être avait-on essayé de l'y contacter…

C'est en entrant dans le hall qu'il avait aperçu les deux hommes pour la première fois. Ils semblaient en grande conversation avec le réceptionniste, et l'attitude servile et apeurée de ce dernier ne laissait planer aucun doute sur leur identité. Le jeune homme n'avait pu saisir la teneur de leur discussion, mais il avait eu à ce moment l'absolue certitude qu'ils étaient à sa recherche. Tournant précipitamment les talons, il était retourné à l'église de la via Marotta. Il n'y avait toujours personne au rendez-vous. Qu'avait-il bien pu se passer ? Il paraissait évident que l'opération avait été éventée, ce qui le mettait lui-même en grand danger. Depuis la loi sur la défense de l'État votée en 26, la collusion avec des puissances étrangères était devenue un crime passible de la relégation à perpétuité. Que faire désormais ? Plus question de retourner à l'hôtel, ses poursuivants y avaient certainement laissé un homme de main. Essayer de se cacher dans Palerme était à peine moins risqué : il n'y connaissait personne, et chaque seconde qu'il y passerait augmenterait ses chances d'être pris. Il avait un instant caressé l'idée de se réfugier à Catane, sur la côte orientale de l'île, où sa mère et sa sœur Maria vivaient toujours dans la vieille maison familiale, mais y avait aussitôt renoncé : les sbires de l'OVRA ne manqueraient pas de s'y rendre si ce n'était déjà fait, et il ne voulait pas mettre sa famille davantage en péril. Finalement, il avait réalisé que la seule solution était de retourner à Naples s'il le pouvait, puis de gagner Rome par tous les moyens : la grande métropole où il avait vécu près de quinze ans lui offrirait un abri beaucoup plus sûr, sans compter l'aide discrète que pourraient lui apporter ses anciens condisciples de l'Institut. Un sursis indispensable, le temps de renouer le contact pour mettre en place un nouveau plan d'évasion.

Rasséréné par ce projet, le fugitif était descendu sur le port et avait acheté peu avant midi un billet retour pour Naples au guichet de la gare maritime. L'activité sur les quais paraissait normale, mais, là encore, il avait préféré ne pas demeurer sur place. Impossible de se cacher dans un café ou un restaurant, ce retour imprévu avait consommé tout ce qui restait de son maigre pécule. Le mieux était encore de se perdre dans les rues pour attendre le départ du ferry en fin d'après-midi.

Un choix qu'il avait vite regretté, tandis que ses pas l'entraînaient au hasard dans les venelles étroites de la Loggia : la foule en ce samedi de carême était bien moins dense qu'il ne l'avait espéré, ne lui permettant pas de se fondre dans la masse. Au fil du temps, les regards des passants lui semblaient toujours plus inquisiteurs, et il éprouvait le sentiment croissant d'être suivi, sans oser se retourner pour regarder en arrière. À chaque coin de rue, il croyait reconnaître les visages des hommes entrevus à l'hôtel. Via Cassari, une voiture avait pilé à ses côtés, et des pas précipités avaient résonné. Il avait paniqué et ne s'était retenu de courir à son tour qu'au prix d'un effort surhumain. Fausse alerte : ce n'était qu'un taxi qui venait de freiner sèchement pour embarquer un client pressé. Les heures s'étaient ainsi écoulées, bien trop lentes, et l'épuisement menaçait quand le fugitif avait finalement pris la direction du port.

Contre toute attente, l'embarquement s'était déroulé sans incident. Les cloches des églises sonnaient les vêpres, et ce joyeux tintamarre lui avait paru de bon présage. À mesure que les toits colorés de Palerme s'éloignaient dans le sillage du ferry, son soulagement avait fait place à la détermination. *Tout était encore possible.* Bientôt il pourrait quitter l'Italie fasciste et peut-être poursuivre ses recherches sans crainte de les voir utilisées à des fins monstrueuses… Le bref espoir s'était effondré lorsque, deux heures plus tard, il avait reconnu les deux hommes sur le pont-promenade.

Le fuyard jeta un nouveau coup d'œil en arrière. L'un des types le fixait avec un sourire méprisant. La panique le submergea. Plus aucun doute maintenant, c'est bien après lui qu'ils en avaient. Tout en se demandant pourquoi ils n'étaient pas déjà passés à l'action, il tenta désespérément de retrouver un semblant de calme en tournant son regard vers les flots. À l'approche du soir, une petite houle s'était levée, et la mer jusqu'alors étale se brisait désormais avec plus de force sur la coque, sans pour autant entamer la stabilité du lourd navire.

Un sentiment inattendu de calme l'envahit alors qu'il contemplait les ondulations régulières des vagues. Sans effort conscient de sa part, des équations se formèrent devant ses yeux, modélisant le rythme et la hauteur des vagues en fonction du temps. Très simple au départ, le schéma oscillatoire s'étoffa spontanément de nouvelles variables, intégrant le cap et la vitesse estimés du navire, l'orientation et la force du vent, l'énergie cinétique des vagues et l'élasticité dynamique de la coque en acier. À mesure que les symboles mathématiques s'organisaient à une vitesse effrénée, les bruits extérieurs semblaient s'atténuer, remplacés par les pulsations rassurantes de son cœur ; à leur tour, les objets environnants s'estompaient, comme dissimulés par un voile de fumée. En peu de temps, le jeune homme se retrouva seul avec ses jouets favoris. La recombinaison des paramètres ralentit puis cessa complètement. Une équation différentielle de mouvement apparut. En un éclair, il en vérifia les termes. L'expression était correcte, mais il n'était pas pleinement satisfait ; la formule était lourde, maladroite. Après avoir bâti, il fallait élaguer. Se déplaçant dans la forêt de symboles comme dans une jungle familière, il supprima un terme, en lia deux autres par une intégrale, gomma une dérivée redondante ; encore deux battements de cœur, et l'expression finale se stabilisa. Il disposait maintenant d'un modèle mathématique élégant lui permettant de calculer tous les paramètres des vagues venant frapper le navire, pour toutes les combinaisons possibles de vent, de cap et de vitesse. Une profonde sérénité l'envahit, comme chaque fois qu'il se livrait, consciemment ou pas, à ce genre d'exercice.

Cette capacité à s'abstraire de la réalité pour résoudre par pur automatisme mental les questions mathématiques les plus ardues avait, aussi loin qu'il s'en souvînt, suscité l'étonnement et l'admiration de son entourage. Dès ses premières années à l'école élémentaire de Catane, les élèves des classes supérieures venaient piteusement lui soumettre leurs problèmes d'algèbre ou de géométrie ; l'enfant timide et malingre, jusqu'alors souffre-douleur attitré de ses congénères, avait vite compris le profit qu'il pouvait en retirer, et bientôt plus personne ne lui avait cherché noise lors des récréations. Il ne pouvait s'empêcher de sourire en se remémorant ses jeunes années. Peut-être aurait-il mieux fait d'embrasser la carrière d'ingénieur, comme le souhaitait son père ; sa vie aurait connu un cours tout différent et certainement plus heureux…

« Ne faites aucun mouvement et ne me regardez surtout pas. »

Les mots avaient été chuchotés, mais le ton était impérieux. Ramené d'un seul coup à la réalité, le jeune homme sursauta violemment. La panique l'envahit. Sans réfléchir, il esquissa un geste pour attraper la petite mallette qui se trouvait à ses pieds.

« Pour l'amour de Dieu ! Je suis de votre côté, ne bougez pas ou nous sommes faits… »

Plus que les mots, le ton d'urgence sur lequel ils étaient prononcés lui fit arrêter son geste. Il jeta un coup d'œil de côté. L'homme d'âge moyen qui s'était négligemment accoudé à la rambarde n'offrait aucun signe distinctif, à l'exception d'une grosse moustache un tantinet négligée. Avec son pardessus grisâtre fatigué, il aurait pu passer pour un instituteur ou un voyageur de commerce. Seules sa mâchoire carrée et ses mains un peu trop musclées détonnaient avec cette apparence des plus ternes et suggéraient l'homme d'action.

« Je m'appelle Price, reprit l'homme, toujours à mi-voix. Nous n'avons pas pu vous récupérer ce matin à l'église. La ville grouillait de policiers, et l'endroit était surveillé, si bien que nous avons dû modifier nos plans. Vous devez être un type important pour déplacer autant de monde… »

L'homme parlait un italien correct mais scolaire, teinté d'un fort accent anglo-saxon. Ce détail acheva de convaincre le jeune homme qu'il ne s'agissait pas d'un piège.

« Les deux hommes derrière nous, contre la timonerie… souffla-t-il. Ils me suivent depuis ce matin. »

Price ne put s'empêcher de lui jeter un regard amusé.

« Vous n'en avez repéré que deux ? Ils sont au moins une dizaine rien que sur ce pont, et certainement bien plus à l'intérieur du navire. La seule raison pour laquelle vous n'avez pas été enlevé à Palerme ou pendant l'embarquement, c'est qu'ils veulent rester discrets. Je ne pense pas non plus qu'ils vont agir maintenant, il y a encore trop de monde. Ils vont plutôt se contenter de vous surveiller jusqu'à ce que vous regagniez votre cabine, ils vous maîtriseront à ce moment et vous y garderont durant la nuit. Le ferry arrive à Naples demain dimanche à 5 heures du matin, à cette heure les quais seront déserts. Ils n'auront qu'à attendre que tous les passagers soient descendus pour vous débarquer sans faire d'esclandre… »

L'homme se tut un instant. À quelques milles à l'ouest venaient d'apparaître les contours sinistres de l'île d'Ustica. Depuis les débuts de la dictature, ce rocher aride et isolé était devenu un lieu de relégation pour les opposants au régime de Mussolini. Des centaines d'entre eux, politiciens insoumis, intellectuels, communistes, y avaient été expédiés le plus souvent sans jugement et y croupissaient, mêlés à des criminels de droit commun, dans des conditions inhumaines. Le plus célèbre d'entre eux, l'écrivain Antonio Gramsci, y avait été détenu près de dix ans ; dévoré par la tuberculose, il n'avait été gracié que quelques jours avant sa mort, au printemps de l'année dernière.

« Un sale endroit à ce que j'ai entendu dire, reprit Price en observant le relief rocailleux de l'île-prison. Écoutez-moi attentivement : il nous reste une chance si vous voulez éviter d'y moisir, ou pire encore... »

Il termina rapidement ses explications puis s'éloigna doucement vers l'escalier menant aux ponts inférieurs. Price n'avait pas précisé le sort qui attendait le jeune homme, mais ce dernier savait très bien à quoi il faisait allusion. S'il était capturé, il serait sans nul doute reconduit à l'Institut, assigné à résidence et contraint de poursuivre ses recherches – non plus sous la férule amicale d'un Carrelli, mais désormais sous le contrôle étroit d'un quelconque rond-de-cuir de l'Académie fasciste. En cas de refus, les autorités ne manqueraient pas de s'en prendre à sa famille ou à ses amis pour le forcer à coopérer, et il n'ignorait pas la brutalité dont elles pouvaient faire preuve...

La sensation d'un léger changement de température le tira de ses réflexions. Le soleil était maintenant couché depuis une demi-heure, et un petit vent aigre s'était levé. En cette fin mars, les soirées étaient encore fraîches, et les nombreux passagers qui étaient venus admirer le crépuscule sur le pont-promenade commençaient à refluer vers l'intérieur du navire. Dans quelques instants, le restaurant ouvrirait ses portes. Quelqu'un alluma une radio. Comme pour faire écho à son humeur morose, les premières notes d'*Ultime foglie*, la nouvelle chanson à la mode, résonnèrent à ses oreilles :

L'autunno fa cadere le ultime foglie
che il vento raccoglie
portandole a te.
In ogni foglia gialla che t'accarezza
c'è tanta tristezza
che parla per me[1]...

Il s'arracha aux paroles mélancoliques. Les cinq minutes étaient largement écoulées, il lui fallait maintenant tenter sa chance. Il saisit sa mallette et se dirigea à son tour vers l'escalier, en essayant d'afficher un air nonchalant. Les deux hommes de main le fixaient toujours effrontément mais n'esquissèrent pas un geste à son passage. L'inconnu avait raison, ils n'oseraient rien en public.

Dès qu'il eut franchi les premières marches, il pressa le pas, guettant le bruit d'éventuels poursuivants. En peu de temps, il eut rejoint le pont inférieur et gagna la coursive bâbord qui desservait sa cabine. Suivant les recommandations de Price, il passa devant sa porte sans s'arrêter et continua sur quelques mètres pour s'immobiliser devant celle portant le numéro 313. *Le seul nombre premier inférieur à un million qui soit à la fois palindromique en base 2 et en base 10*, se dit-il machinalement tout en poussant la porte[2].

---

1. *L'automne fait tomber les dernières feuilles / que le vent rassemble / en les portant vers toi / Dans chaque feuille jaunie qui te caresse / il y a tant de tristesse / qui te parle de moi.*

2. En base 2, 313 s'écrit 100111001.

Assis sur la couchette étroite, Pietro Busci tendait l'oreille. L'instant précédent, il était prêt à bondir sur sa proie dès qu'elle entrerait, mais les pas ne s'étaient pas arrêtés, marquant peut-être une très légère hésitation devant la cabine. Collant l'oreille au battant, il entendit distinctement une porte s'ouvrir un peu plus loin dans la coursive. Fausse alerte, se dit-il en relâchant ses muscles. Sans doute un passager venu se changer avant de rejoindre le restaurant. Il avait faim, et sa colère grandissait à vue d'œil à la perspective du dîner qu'il allait louper en restant à faire le guet dans cette cabine pouilleuse. Les ordres du *Brigadiere* étaient formels : le fugitif devait être maîtrisé de façon aussi discrète que possible, sans lui permettre d'alerter les passagers et surtout sans mettre sa vie en danger. Une recommandation bien inhabituelle – on n'exigeait pas tant de précautions, d'ordinaire, lorsqu'il s'agissait de ramasser des syndicalistes pour les envoyer pourrir à Lipari. On ne lui avait donné aucune information sur l'homme à capturer, et les rares indices qu'il avait dénichés en fouillant la cabine ne lui en avaient guère appris davantage. Pas de pièce d'identité, pas de vêtements hormis une vieille veste élimée, pas de tracts politiques appelant à la révolte… Le seul objet personnel était un livre à la couverture fatiguée, *Principi di Meccanica Quantistica*, d'un certain Paul Dirac, dont le texte n'était qu'une succession de diagrammes et d'équations incompréhensibles ; presque toutes les pages étaient cornées et avaient été annotées d'une écriture minuscule et illisible. Il referma le livre avec dégoût. *Encore un de ces foutus intellos, ils ne valent pas mieux que les rouges*, songea-t-il en repensant aux longues années d'ennui passées au pensionnat de Crotone, alors que ses maîtres tentaient à coups de badine de lui inculquer quelques rudiments de calcul ou de grammaire. Chômage, prison et petits trafics avaient naturellement suivi. Heureusement, les choses avaient bien changé grâce au Duce : la nouvelle Italie avait besoin d'hommes comme lui, et, désormais, chacun le saluait avec crainte et respect lorsqu'il retournait au village. *Ce* frocio *allait voir ce qu'il en coûtait de faire sauter un repas au grand Busci*, pensa-t-il soudain avec une joie mauvaise ; après tout, on lui avait ordonné de le capturer vivant, mais pas forcément sur ses deux jambes ni avec toutes ses dents…

L'air soulagé, Price rangea son arme et verrouilla la porte derrière le fugitif. Le petit homme rondouillard qui se trouvait à ses côtés fit un signe jovial de la main puis recommença à s'affairer sur ce qui ressemblait à un chalumeau à acétylène. Un type de grande taille, vêtu d'un épais blouson de cuir et coiffé d'un feutre fatigué, se tenait au fond de la cabine et se contenta d'un vague hochement de tête ; l'espace d'un instant, son visage parut familier au jeune homme, sans qu'il parvienne à l'identifier.

« Dieu soit loué, dit Price, je commençais à m'inquiéter. Avez-vous été suivi ?

— Je ne crois pas », répondit le jeune homme tout en se demandant d'où l'homme tirait son optimisme.

La cabine avait tout d'un cul-de-sac, et la seule issue en dehors de la porte était un petit hublot où l'on aurait eu du mal à passer la tête. À supposer même qu'ils parviennent à quitter le navire, ils devaient maintenant se trouver au beau milieu de la mer

Tyrrhénienne. Ses compagnons pensaient-ils regagner la côte à la nage ? Au même moment, une galopade se fit entendre dans le couloir, et on frappa à coups redoublés sur une porte voisine. Dans la pièce exiguë et mal ventilée, l'atmosphère devint oppressante. Price se tourna vers le petit homme au chalumeau qui s'escrimait sur une vanne apparemment bloquée et lui demanda : « Combien de temps encore, Larry ?

— Encore deux minutes si j'arrive à faire repartir cette camelote, et on pourra mettre les voiles. »

Comme pour saluer ses efforts, la vanne céda enfin, et une flamme éblouissante jaillit de la buse en même temps qu'un chuintement aigu et assourdissant.

Qui devait être clairement audible depuis la coursive.

On tambourina à la porte. Busci ouvrit à la volée et se trouva nez à nez avec son collègue Matteo Renga, un Calabrais comme lui. L'homme avait couru, et son visage était violacé de colère.

« Ce *recchione* m'a échappé ! haleta-t-il. Pourtant je le suivais de près, mais quand je suis arrivé dans la coursive, il avait disparu ! Il n'a donc pas regagné sa cabine ?

— Je l'aurais chopé si ça avait été le cas, crétin ! Par contre, j'ai entendu quelqu'un passer et entrer un peu plus loin, ça ne peut être que lui. Salvatore est en faction dans l'escalier à l'autre bout, il l'aurait coincé s'il avait essayé de filer par là. »

Les deux hommes se ruèrent dans le couloir et se mirent en marche, tendant l'oreille devant chaque porte. Les deux premières cabines semblaient inoccupées. Renga sortit un passe et entreprit néanmoins de crocheter les serrures. Peine perdue : les compartiments étaient vides. Au moment même où ils se présentaient devant la troisième porte, un sifflement sonore se fit entendre, à peine assourdi par la cloison en bois. Busci se précipita sur la poignée. Verrouillée. À l'intérieur, le chuintement aigu se poursuivait, et d'autres bruits résonnèrent : des pas, des voix étouffées, le raclement d'un meuble que l'on déplaçait. Les deux hommes se consultèrent du regard. Ils étaient tous deux armés, mais pas question de tirer dans la serrure, ils risquaient de blesser leur proie et d'ameuter tout le navire. Il valait mieux enfoncer la porte, le mince battant ne résisterait pas longtemps à quelques bons coups d'épaule. Renga dégaina son Beretta M34 de service pendant que Busci, le plus costaud des deux, ôtait sa veste et se précipitait sur la porte.

Le premier coup ébranla la porte, heureusement absorbé en grande partie par l'armoire que Price venait de traîner devant celle-ci. Les coups redoublèrent : à l'évidence, le répit serait de courte durée. Gagné par l'affolement, le jeune homme était stupéfait du flegme de ses compagnons. Larry bricolait toujours son chalumeau, dont il réglait minutieusement la flamme. Au fond de la cabine, le grand type à l'air revêche s'affairait à déballer un volumineux objet en caoutchouc visiblement replié sur lui-même. Price grimpa sur la couchette et entreprit de décrocher la tenture murale qui la surplombait, seul ornement de la petite cabine. De médiocre qualité, l'objet produit en grande série représentait Mussolini lors de la Marche sur Rome ; l'artiste avait voulu donner une attitude martiale et conquérante au Duce à la tête de ses troupes, mais les couleurs criardes et les contours malhabiles rendaient la scène grotesque. Price finit d'arracher le tissu et le jeta à terre. En voyant ce qui se trouvait derrière, le jeune homme demeura bouche bée. Larry le poussa doucement et grimpa à son tour sur la couchette avec le chalumeau.

« Deux minutes, *captain*, comme promis. Essayez juste de faire tenir la porte deux minutes pendant que je termine le boulot. »

Une cavalcade et des éclats de voix se firent entendre dans la coursive. Manifestement, leurs assaillants venaient de recevoir du renfort. Après un instant de silence, les coups de boutoir recommencèrent contre la porte, beaucoup plus violents – comme s'ils étaient désormais portés avec une masse. Le bois commença à se fendre. Price se jeta contre l'armoire qui s'était déplacée de plusieurs centimètres, la repoussa contre la porte et s'arc-bouta pour tenter de la retenir dans cette position. Le type au chapeau s'affairait maintenant sur une petite bouteille métallique munie d'un robinet et d'un détendeur. Cela allait se jouer à quelques secondes.

Hors d'haleine, Busci s'interrompit soudain et laissa sa masse en suspens, intimant le silence à ses acolytes. De l'autre côté de la porte fendue, il venait d'entendre un grincement de métal torturé, aussitôt suivi d'un énorme bruit d'éclaboussures ; au même instant, le chuintement sonore s'était interrompu, et un silence total régnait maintenant dans la cabine.

« Ce *figlio di troia* est en train de se faire la malle ! » hurla-t-il avant de recommencer à frapper comme un fou.

En peu de temps, la porte eut fini de céder. Écartant ses débris et bousculant l'armoire que plus rien ne maintenait, Busci se précipita dans la cabine. Il buta sur un objet dur et s'affala de tout son long en beuglant un juron épouvantable. Fou de rage, il se releva en repoussant le chalumeau abandonné par terre et dégaina d'instinct son automatique. Le spectacle qu'il découvrit le stupéfia. Ses collègues le rejoignirent dans la cabine, tout aussi médusés. Personne ne dit mot pendant un instant.

« On va avoir du mal à expliquer ça… » finit par souffler Renga d'une voix blanche.

La petite embarcation pneumatique dansait dans le sillage du ferry. Le flanc bâbord du navire était toujours visible, et l'on distinguait nettement un rectangle lumineux à l'endroit où la coque avait été découpée ; trois silhouettes impuissantes gesticulaient dans l'encadrement. Un remous rejeta le canot au milieu du sillage, ne laissant plus voir que l'énorme poupe illuminée du *Reggio di Calabria* qui s'éloignait lentement dans la nuit. Assis au fond de l'embarcation, sa précieuse mallette entre les pieds, le jeune homme était encore abasourdi par le succès de leur évasion.

« Je ne sais comment vous remercier… dit-il à Price.

— Vous devriez plutôt remercier notre ami Larry, c'est un homme plein de ressources. Après que nous avons échoué à vous récupérer ce matin, c'est lui qui a eu l'idée de ce nouveau plan quand nous vous avons vu prendre votre billet de retour.

— Vous m'avez donc suivi ?

— Nous vous avons suivi toute la journée, confirma Price, mais nous n'étions pas les seuls. Au cas où ils auraient essayé de vous capturer en pleine rue, nous n'aurions pas hésité à faire feu... mais avec peu de chances de succès, je le crains. »

Un sentiment de gratitude envahit le jeune homme, mêlé d'une certaine surprise. Ces hommes ne le connaissaient pas et, dans le meilleur des cas, ne pouvaient avoir qu'une vague idée de ses recherches, pourtant ils n'avaient pas hésité à risquer leur vie pour le sauver. Price perçut son étonnement : « En effet, on ne nous a pas dit grand-chose sur vous, sinon que vous êtes une sorte de savant... et aussi qu'il vaudrait mieux pour pas mal de gens que vous-même et le contenu de cette mallette n'atterrissiez pas entre de mauvaises mains. Pour notre part, cela nous suffit. »

Une pétarade l'interrompit. À l'arrière du canot, Larry venait de mettre en marche un petit moteur hors-bord et se penchait sur une carte marine en compagnie du type au blouson de cuir. Ils se concertèrent brièvement, puis Larry s'empara du gouvernail et orienta l'embarcation vers le nord-ouest, pratiquement à angle droit de la route du navire dont la poupe disparaissait peu à peu. La nuit était maintenant complète. Il n'y avait plus un souffle de vent, et une brume légère commençait à se former sur la mer. Price avait sorti une paire de jumelles et scrutait l'horizon obscur.

« Que comptez-vous faire maintenant ? demanda le jeune homme. Vous pensez nous faire traverser la mer dans ce canot ?

— Pourquoi pas ? répondit l'autre en souriant. Ça nous vaudrait en tout cas de figurer dans les annales de la Navy... Malheureusement, pour cela, il nous faudrait plus de temps et de carburant que ce dont nous disposons. À l'heure actuelle, nos amis ont certainement donné l'alerte par radio, et nous sommes à moins d'une heure de vedette rapide à partir de Palerme ou de la base navale de Filicudi. Il faut espérer que ça nous suffira pour rejoindre notre rendez-vous…

— Un navire doit donc nous récupérer ?

— C'était l'idée de départ, un cargo sous pavillon britannique qui devait vous larguer à Marseille où nos services vous auraient pris en charge… Le problème est que la moitié de votre flotte de combat est actuellement déployée dans le coin pour des manœuvres conjointes avec la Kriegsmarine, ce qui fait que nous aurions eu bien du mal à sortir de la nasse. Et vu les moyens que vos amis ont déjà mis en œuvre pour vous pister, je pense qu'ils se seraient bien moqués de causer un incident international en contrôlant tous les bâtiments croisant dans les parages. On a donc choisi un moyen d'évacuation plus rapide… même s'il n'est pas forcément plus discret ; c'est d'ailleurs là qu'intervient notre ami », conclut Price avec un sourire en désignant le type au chapeau.

Celui-ci le regarda d'un air inexpressif. Sans être à proprement parler inamicale, son attitude était curieusement indifférente, comme s'il se sentait peu concerné par leur situation. Une fois de plus le jeune homme s'interrogea sur son identité. Il n'avait pas l'allure militaire de ses deux compagnons, mais, pour autant, il donnait l'impression d'être à l'aise au cœur de l'action ; d'autre part, et bien qu'il parût familier avec les détails techniques, il aurait juré que ce n'était pas non plus un scientifique. Sa grande silhouette athlétique, ses cheveux gominés et sa fine moustache taillée avec soin lui donnaient plutôt l'air d'un dandy ou d'un acteur, et il se demanda vaguement s'il ne l'avait pas déjà vu dans un reportage aux actualités cinématographiques.

En tout cas, Price n'eut pas l'air de se formaliser de son comportement : il se contenta de hausser les épaules, puis recommença posément à inspecter l'horizon.

Cela dura de longues minutes puis, soudain, il abaissa ses jumelles et poussa un long soupir.

« Je crois que le taxi est au rendez-vous », murmura-t-il avec soulagement.

27 mars 1938

« *Poveracci !* Vous n'êtes que des incapables ! Des bons à rien ! Je vous ferai tous révoquer ! »

Les hurlements avaient pris un ton hystérique. Assis dans l'immense salle de la Mappemonde du *Palazzo Venezia*, le siège romain du gouvernement fasciste, les hommes les plus puissants d'Italie subissaient l'algarade depuis plusieurs minutes. Il y avait là le maréchal Italo Balbo, chef d'état-major et ministre de l'Aviation, l'amiral Domenico Cavagnari, son homologue de la Marine, Achille Starace, secrétaire national du parti fasciste et chef adjoint de la milice, Luigi Federzoni qui dirigeait la prestigieuse Académie des sciences, sans oublier le très redouté sénateur Arturo Bocchini, le chef de la police d'État. Ce dernier estima que les choses avaient assez duré.

« Ça suffit maintenant, Benito, dit-il sans élever la voix. Au lieu de gueuler comme un porc, tu ferais mieux de nous écouter. On essaie tous de comprendre ce qui s'est passé. »

Comme il l'avait escompté, les hurlements cessèrent aussitôt. Tous les autres avaient piqué du nez ou feignaient d'admirer les inestimables chefs-d'œuvre de la Renaissance qui ornaient les murs du bureau privé. Nul autre que Bocchini n'aurait osé interrompre le maître de l'Italie, et surtout pas d'une façon si cavalière. Souvent surnommé le « Vice-Duce » dans les quelques feuilles satiriques qu'il n'avait pas encore réussi à museler, l'homme régnait sans partage à la fois sur la police d'État et sur l'OVRA, la redoutable police secrète qu'il avait fondée en 1927, peu après l'accession au pouvoir du parti fasciste. Bien que totalement dévoué au Duce, Bocchini ne nourrissait plus la moindre illusion sur l'homme qu'il connaissait depuis plus de trente ans et qu'il était l'un des rares à tutoyer : il savait que derrière les airs de matamore et l'éloquence virile se cachait un homme indécis, velléitaire, gouverné par ses maîtresses, capable d'éclairs de génie politique mais aussi de longues périodes de dépression au cours desquelles il restait alité en déléguant toutes les décisions à ses subordonnés. Benito Mussolini tourna vers lui sa grosse tête rasée et l'apostropha d'un ton rogue :

« Je t'avais fait entière confiance pour cette opération, Arturo. Tu m'avais promis de ne pas lésiner sur les moyens !

— Et c'est exactement ce que nous avons fait. Il y a déjà plusieurs semaines que nous nous doutions de ses projets d'évasion. Nous avons doublé la surveillance habituelle de l'Institut et placé un homme à nous au sein même de son satané laboratoire. Lorsqu'il a pris le bateau pour Palerme avant-hier matin, nous avons mobilisé un tiers de nos effectifs de Calabre et de Sicile… Un tiers, Benito ! Cela fait plus de quatre cents hommes ! Tous les ports de Sicile, tous les aérodromes, toutes les routes ont été tenus à l'œil, il n'aurait pas pu faire un pas hors de Palerme sans être pris. Et nous avons encore resserré le filet après avoir intercepté ses deux télégrammes, de peur qu'il ne mette fin à ses jours…

— Vu le résultat, tu aurais pu tout aussi bien mobiliser la garde pontificale ! Ne me dis pas qu'avec tout ce cirque, tu n'as pas été foutu de l'intercepter !

— C'est toi le responsable, et tu le sais très bien, *cornuto* ! C'est toi qui as exigé que son arrestation passe inaperçue et que nous le laissions d'abord se rendre en Sicile pour capturer aussi ses contacts ! Si nous avions fait comme je te l'avais proposé, nous l'aurions cueilli dès vendredi à Naples, avant même qu'il ne pose le pied sur ce maudit bateau ! »

Plusieurs des hommes présents avaient sursauté en entendant l'insulte, se demandant si Bocchini n'avait pas été trop loin. Mais Mussolini se contenta de lui lancer un regard venimeux avant de se tourner vers le chef d'état-major de la Marine :

« A-t-on au moins vérifié cette histoire d'avion géant, Domenico ? Le premier rapport que vous m'avez fourni était plutôt vague…

— La chose est malheureusement confirmée, Duce, répondit l'amiral Cavagnari en finissant de consulter les documents qu'une ordonnance venait de lui remettre. Nous disposons maintenant de deux témoignages concordants. Le premier nous vient du *Cesare Battisti*, un destroyer de classe Sauro engagé dans les manœuvres au sud de la Sardaigne. Ce bâtiment a été survolé ce matin à 2 h 45 par un hydravion volant à très basse altitude, ce qui fait que l'équipage a eu le temps de le distinguer nettement. D'après le commandant du *Battisti*, l'appareil était énorme, avec une envergure atteignant la moitié de la longueur de son navire…

— C'est complètement absurde ! intervint le maréchal Balbo, chef des forces aériennes. Tu sais aussi bien que moi que ni les Anglais ni les Américains et encore moins ces cochons de Français n'ont encore d'hydravions lourds, même si les projets ne manquent pas ! »

Pour Mussolini, Balbo était aussi un compagnon de la première heure. Bon vivant, aviateur émérite et très populaire, l'homme qui était devenu à trente-trois ans le plus jeune ministre d'Europe en prenant le contrôle de la *Regia Aeronautica* était connu pour son franc-parler et sa liberté de ton vis-à-vis du Duce. Parfois surnommé le « Goering italien », il ne partageait pourtant guère les vues belliqueuses de son homologue allemand et préférait s'illustrer lors de meetings aériens ou de vols de démonstration ; son plus haut fait d'armes était d'avoir conduit une flottille de vingt-cinq hydravions dans un vol aller-retour entre Rome et Chicago pour l'Exposition universelle de 1933, opération de prestige qui lui avait valu l'adulation des foules ainsi que de nombreuses jalousies au sein de la classe politique.

« Il faut croire que ce n'est plus le cas, répondit l'amiral avec un rictus ironique. Peu avant 8 heures ce matin, le croiseur *Trieste* opérant au large de Gibraltar a pu observer un très gros hydravion sans marques d'identification, volant plein ouest au ras des flots. L'équipage a eu le temps d'en prendre quelques photos, qui viennent juste de nous arriver par bélino. Je pense que vous reconnaîtrez sans mal cet appareil, messieurs », ajouta-t-il en tendant les clichés à Balbo et au Duce.

Ce dernier, qui s'apprêtait à parler, resta bouche bée en découvrant les photographies, et son visage devint d'une pâleur mortelle. Il demeura quelques secondes immobile puis se leva d'un bond en renversant sa chaise et se planta devant son ministre de l'Aviation en vociférant : « Fils de pute ! *Porco stupido !* Je devrais te faire fusiller ! C'est toi qui les as vendus à Roosevelt !

— *Chiudi il becco, buffone !* se mit à hurler Balbo en réponse. L'idée venait de toi, je te rappelle ! Qui est-ce qui n'arrêtait pas de gémir comme une vieille tante à cause des frais d'entretien de ces appareils ? »

Alors que l'assistance médusée contemplait les deux protagonistes prêts à en venir aux mains, une voix ironique s'éleva du fond de la salle :

« Vous me voyez désolé d'interrompre cette charmante réunion de famille, mais je me dois de signaler que ce triste fiasco illustre parfaitement l'impréparation de vos services de renseignements… »

Toutes les têtes se tournèrent vers le *Graf* Hans Georg von Mackensen, ambassadeur plénipotentiaire du Reich allemand. Ce dernier s'était invité à la réunion ordonnée par le Duce, et personne n'avait osé le mettre à la porte. L'homme dissimulait mal le mépris qu'il éprouvait pour les Italiens en général et pour le gouvernement de Mussolini en particulier. Il continua sur le même ton sarcastique : « Vous n'ignorez pas l'importance que le Führer attachait aux recherches de cet homme et la perte que sa fuite va représenter pour nos deux nations. Ai-je besoin de vous rappeler que c'est *nous* qui l'avons repéré lors de son séjour à Leipzig en 33, alors que depuis des années il travaillait sous votre nez sans que vous ayez eu la moindre idée de sa valeur ? Ai-je encore besoin de vous rappeler que nous vous avons offert notre assistance pour sa capture, et que vous avez décliné notre proposition ?

— Et moi, ai-je besoin de vous rappeler, monsieur l'ambassadeur, tonna Mussolini, que nous ne sommes pas encore un protectorat du Reich ! J'apprécie grandement l'aide de la puissante Allemagne, mais nous sommes encore capables de nous démerder par nous-mêmes !

— Force est de constater que non… L'accord passé en avril 36 entre nos deux pays prévoyait que nos services de renseignements travaillent main dans la main ; or vous nous avez délibérément tenus à l'écart de cette opération et…

— Il s'agissait d'interpeller un ressortissant *italien* sur le territoire *italien*, et ce sans effusion de sang, coupa sèchement Bocchini. Le jour où nous aurons besoin que vos brutes viennent massacrer dans nos rues, nous ne manquerons pas de faire appel à votre si précieuse collaboration, monsieur l'ambassadeur… »

Le ton était sans réplique. Mackensen frémit sous l'insulte mais se rencogna sans mot dire dans son fauteuil. Mussolini avait apprécié l'intervention de son chef de la police et se tourna vers lui : « Après tout, si ce traître préfère ces *puzzoni* d'Américains, bon débarras ! Il nous reste quand même ses travaux, l'Italie ne manque pas de savants dévoués capables de poursuivre ses recherches…

— J'ai bien peur de te décevoir, Benito. Dès que l'évasion a été confirmée, j'ai envoyé des hommes à son domicile et à ses bureaux de l'Institut de physique de Naples. Ils n'ont rien trouvé, *niente* ! Pas un mémoire, pas le moindre document de travail, pas le plus petit bout de papier ! Il a dû emporter tout ce qu'il pouvait et détruire le reste. C'est comme si cet homme n'avait jamais existé…

— Et quand bien même nous aurions récupéré des documents, je doute que nous aurions su les exploiter, intervint le sénateur Federzoni, le président de l'Académie des sciences. Aucun de ses condisciples de l'Institut ne lui arrive seulement à la cheville ; de l'aveu même de Fermi qui a été son directeur de recherches, il n'y aurait pas plus de deux ou trois physiciens en Europe capables d'appréhender réellement la nature de son travail…

— Précisément, nous avons encore ce Fermi, hasarda le Duce. Nous pourrions le contraindre à reprendre les expériences là où votre foutu génie les a laissées !

— Impossible, Benito, répondit Bocchini en hochant la tête. Fermi est intouchable. À la différence de notre homme qui a toujours été discret comme une ombre, lui est mondialement connu pour ses travaux sur l'atome et il dispose à l'étranger de soutiens politiques au plus haut niveau. En outre, il est presque certain qu'en décembre prochain il va recevoir le prix Nobel de physique. Le placer en résidence surveillée déclencherait une crise internationale et ne manquerait pas d'attirer l'attention sur les travaux en question… C'est bien ce que tu voulais éviter, non ?

— Et depuis quand vous souciez-vous de l'opinion des démocraties ? se plaignit l'ambassadeur Mackensen d'un ton exaspéré. C'est précisément à cause de ce genre de scrupules que nous en sommes là, et aussi parce que vos instituts de recherche sont des pépinières de Juifs et de communistes ! Vous savez très bien que votre traître n'aurait jamais pu organiser sa fuite sans bénéficier de tout un réseau de complicités auprès de cette racaille cosmopolite ! Si vous vous étiez décidés plus tôt à mettre en œuvre une politique raciale comme nous vous pressons de le faire depuis des mois, vous n'en seriez pas…

— *Smettila di rompermi le coglione, stronzo !* explosa Mussolini en abattant le poing sur la table. Encore une remarque de ce genre, monsieur l'ambassadeur, et je te renvoie sur-le-champ à Berlin !

— Le Führer sera avisé…

— Tu peux dire à ton Führer qu'on l'encule, lui et ses lois raciales », ricana Italo Balbo qui haïssait le petit ambassadeur fanatique[1].

C'en était trop pour le diplomate, qui se leva fou de rage et quitta la salle après avoir fusillé Balbo du regard. Tout le monde parut soulagé de son départ, et la tension baissa d'un cran. Comme vidé de toute énergie, Mussolini avait pris sa tête entre ses mains et resta assis immobile un long moment sans que personne n'ose rompre le silence. Le Duce finit par relever lentement la tête.

« On fait quoi maintenant, Arturo ? » demanda-t-il d'une voix lasse.

Sans répondre, Bocchini se leva et vint se poster face à la grande baie vitrée qui surplombait la Piazza Venezia, contemplant sans la voir la circulation animée en contrebas. À un jet de pierre, de l'autre côté de la place, se dressait le *Vittoriano*, l'affreux et colos-

1. Lorsque, quelques mois plus tard, Mussolini se déciderait finalement à édicter les décrets restreignant les droits des Juifs italiens, Balbo serait le seul de ses ministres à s'élever publiquement contre cette marque d'allégeance aux idées nazies.

sal monument à la gloire de Victor-Emmanuel II qui déployait depuis un quart de siècle ses fontaines et ses colonnades de marbre blanc pour la plus grande joie des touristes et des pigeons. *Un décor de carton-pâte, une énorme baudruche prétentieuse et vaine – à l'image du régime que tu sers*, se dit-il avec amertume. Il se retourna vers le maître de l'Italie prostré sur son fauteuil et éprouva comme souvent un vague mélange de dégoût et de pitié. Sa fidélité à l'homme reprit pourtant le dessus, et il commença à parler doucement :

« Écoute, Benito, pour ce jeune homme c'est fichu, on ne le rattrapera jamais. Par contre, ce qu'on peut encore essayer, c'est d'éviter le ridicule. Si la presse étrangère apprend ce qui s'est passé, inutile de te faire un dessin… Notre chance, c'est qu'au moment de l'évasion, les passagers du *Reggio* étaient soit dans leur cabine, soit en train de dîner, personne ne s'est donc rendu compte de rien. J'ai tout de suite fait consigner les quelques membres d'équipage qui sont au courant, on va leur faire un peu peur et je réponds de leur silence. Même chose pour les hommes que j'avais à bord, par mesure de précaution ils sont déjà en route pour l'Éthiopie – tu sais que nous avons en ce moment des soucis avec les rebelles à la frontière soudanaise…

— Et pour le *Reggio* ? Le trou dans la coque doit se voir comme une mouche dans un pot de lait !

— Le ferry est actuellement mouillé dans un bassin discret du port de Naples, et les travaux de réparation commenceront dès demain. Officiellement, la coque a été endommagée par un choc contre un ponton lors de l'accostage ce matin. Même si les ouvriers se doutent de quelque chose au vu des dégâts, ils ne feront certainement pas le rapprochement avec la disparition d'un obscur employé de l'Académie. J'ai d'ailleurs donné des ordres très clairs à la presse pour que ces incidents ne soient pas mentionnés. Enfin, les deux télégrammes que nous avons interceptés parviendront comme prévu à leurs destinataires ; après tout, ce petit *brocco* avait parfaitement orchestré son histoire de suicide, il n'y a aucune raison de proposer une autre version. »

Mussolini s'était levé et avait rejoint son chef de la police près de la fenêtre, considérant à son tour la vaste esplanade de la Piazza Venezia.

« Il reste le problème de Mackensen, Arturo, dit-il d'un air pensif. À l'heure qu'il est, ce salopard doit être en train de préparer le message qu'il va envoyer à Hitler…

— Mackensen est le cadet de nos soucis, répondit Bocchini avec un sourire cruel. Tu sais ce qu'on dit de moi, Duce : pas une aiguille ne peut tomber d'une table entre Naples et Venise sans que j'en sois aussitôt avisé… Dès que cette réunion est terminée, je file à l'ambassade, où je me ferai un plaisir de lui remettre cette enveloppe que je gardais au cas où. »

Mussolini ouvrit l'enveloppe et ne put s'empêcher d'éclater d'un rire énorme en parcourant les photos qui se trouvaient à l'intérieur.

« Comme tu peux le voir, reprit Bocchini, notre ami apprécie beaucoup la compagnie des petits garçons… Il paraît que son Führer est quelqu'un de très collet monté, je suis absolument sûr qu'il voudra lui éviter le choc de découvrir ces clichés ! »

Le Duce avait repris son sérieux et garda le silence un long moment, les yeux dans le vague.

« Tout est réglé, alors, finit-il par dire dans un

souffle. C'est quand même dommage… Avec les découvertes de ce jeune homme, nous aurions pu faire de notre patrie une vraie nation guerrière au lieu de nous contenter de massacrer quelques nègres dans un trou perdu d'Afrique. Nous aurions eu des munitions pour traiter d'égal à égal avec ces fumiers de nazis…

— Tout est réglé, Benito, et à ta place je n'aurais pas trop de regrets. En fin de compte, toute cette histoire me semble complètement surfaite : les services allemands sont partis à la chasse au fantôme, et nous avons eu le tort de leur emboîter le pas. J'ai quand même pu glaner quelques informations sur ses travaux grâce à des hommes de confiance que nous avons à l'Institut, je te ferai parvenir un mémo à ce sujet… Du vent, de pures spéculations, des folies irréalisables ! Je suis prêt à parier avec toi que ceux qui l'ont récupéré se lasseront vite de l'écouter et que nous n'entendrons plus jamais parler de lui… »

Et c'est exactement ce qui se passa.

Première Partie

Second Chance

« Cherche hommes pour voyage incertain.
Maigre salaire, froid rigoureux,
longs mois d'obscurité complète,
dangers permanents, retour non assuré.
Honneur et prestige en cas de succès. »

Sir Ernest Shackleton
Annonce passée le 1er janvier 1914
pour recruter l'équipage de l'*Endurance*

Guess again, freakshow. I'm coming back to town,
and the last thing that's gonna go through your mind
before you die... is my size-13 boot !

Duke Nukem 3D (1996)

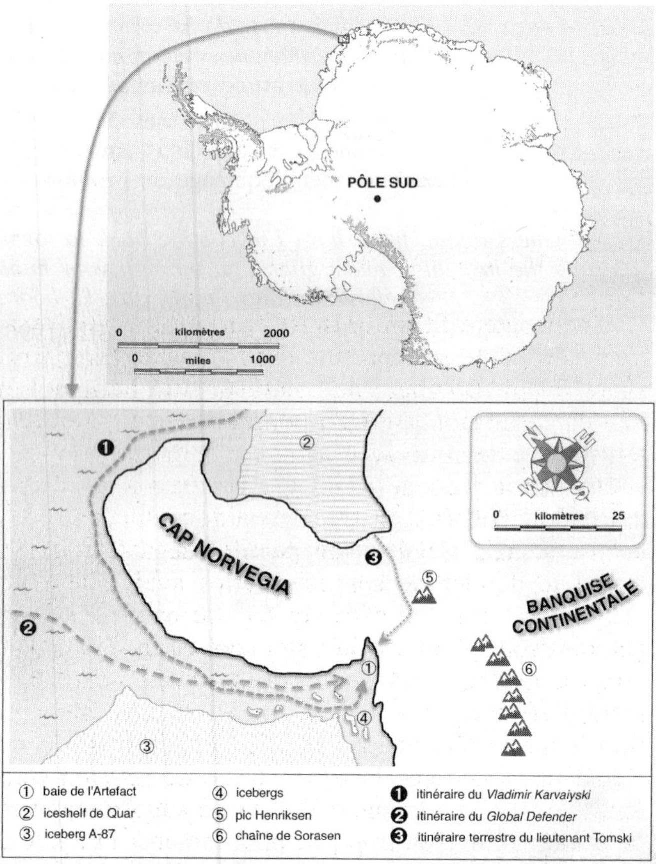
PÔLE SUD
0 kilomètres 2000
0 miles 1000
CAP NORVEGIA
BANQUISE CONTINENTALE
0 kilomètres 25
N E S W
① baie de l'Artefact
② iceshelf de Quar
③ iceberg A-87
④ icebergs
⑤ pic Henriksen
⑥ chaîne de Sorasen
❶ itinéraire du *Vladimir Karvaiyski*
❷ itinéraire du *Global Defender*
❸ itinéraire terrestre du lieutenant Tomski

Chapitre 1

17 février 2018 – 13 h 02 UTC

L'hélicoptère fit un brusque écart, et le juron tonitruant du pilote se répercuta dans les écouteurs, arrachant Poppy Borghese au sommeil. Elle pesta à son tour en constatant que ses jointures écorchées s'étaient rouvertes et essuya avec irritation le liquide sanguinolent sur la manche de sa combinaison à un demi-milliard de dollars. L'entraînement du matin avait bien débuté @mais s'était soldé par des dégâts imprévus quand le dernier de ses adversaires avait réussi un coup au but avec sa barre de fer. Le polymère de la combinaison s'était aussitôt structuré en mode contention, ce qui lui avait permis de terminer honorablement l'affrontement malgré un avant-bras fracturé. Son humeur déjà massacrante en fin de matinée ne s'était pas améliorée lorsque l'ordre de mission était tombé. L'IA lui administra dix unités supplémentaires de *p*-morphine, bien trop peu pour ramener la douleur à un niveau acceptable. Poppy maudit une fois de plus la parcimonie du processeur de combat, dont la priorité était de maintenir à leur optimum les capacités tactiques de l'utilisateur, si nécessaire au détriment de son confort personnel. Elle caressa l'idée de shunter le programme et de s'injecter la totalité de sa réserve d'analgésique. *Attends un peu*, se dit-elle à contrecœur, *il vaudrait mieux d'abord en savoir davantage sur ta mission.*

« On vient de passer la frontière du Zimbabwe, reprit le pilote. Arrivée sur zone dans 18 minutes si on ne se viande pas sur un hippo ! »

Elle jeta un coup d'œil indifférent par le hublot. À quelques mètres sous le ventre de l'appareil défilaient les flots paresseux de la rivière Mzingwane, l'un des principaux cours d'eau alimentant le grand bassin hydrographique au sud du Zimbabwe. Poppy se tourna vers son voisin :

« OK, Vandell, il serait peut-être temps de me mettre au parfum. Le moins qu'on puisse dire, c'est que le briefing à Durban était un peu léger… »

Vandell Richardson épousseta une poussière imaginaire au revers de sa combinaison qui, à quelques détails près, semblait identique à celle de Poppy. L'ex-marine à l'impressionnant pedigree militaire paraissait beaucoup moins que ses soixante-dix ans. Il occupait le poste de directeur des opérations extérieures de la K2 Industries – un titre anodin qui faisait de lui en réalité le commandant en chef d'une armée privée de mille deux cents hommes. Bien qu'il n'eût pas d'autorité officielle sur l'unité spéciale de Poppy Borghese, aucun des dix soldats d'élite qui s'entassaient dans la soute de l'hélicoptère n'aurait osé remettre en question le prestige du vieux guerrier. Lui-même nourrissait une affection particulière pour la jeune femme qu'il considérait un peu comme sa protégée.

Même si elle était probablement la dernière personne au monde à avoir besoin d'un garde du corps.

« Si tu n'avais pas ronflé pendant tout le briefing, Poppy, tu serais parfaitement au fait de cette mission.

— Vous savez bien que je ne supporte pas les analgésiques, répondit-elle d'un ton candide qui lui fit lever un sourcil dubitatif.

— Et ton bras ?

— Ça commence à tenir, mais ça fait encore un mal de chien, grimaça-t-elle après avoir tenté quelques mouvements précautionneux. Encore quelques heures avant que je ne sois au top. Raison de plus pour que vous me disiez ce qui motive une opération aussi précipitée, je vous rappelle que mon contrat de travail prévoit une journée de repos après chaque fracture ou blessure grave…

— Désolé, Poppy, pas de repos syndical cette fois-ci », ironisa Richardson qui savait bien qu'aucun contrat, tacite ou formel, ne la liait à la K2. Au sein de l'immense multicontinentale, moins de dix personnes connaissaient le passé de Poppy Borghese, et encore moins avaient eu l'occasion de consulter son dossier médical.

« On va donc reprendre exprès pour toi », continua-t-il en dépliant une carte du Zimbabwe d'un air faussement excédé.

À son tour, Poppy se retint de sourire. Vandell aurait très bien pu se contenter de lui télétransmettre le résumé du briefing, mais il n'avait été neuroéquipé que sur le tard et répugnait à utiliser la liaison neurale quand la situation ne l'exigeait pas. D'un index noueux, il désigna un point vers le centre de la carte : « Notre objectif est le bassin minier de Colleen Bawn, province du Sud-Matabele. Entre autres exploitations, ce complexe inclut la mine d'or de West Nicholson, qui cumule un certain nombre de records…

— Ça me dit quelque chose… Est-ce que ça ne serait pas la mine la plus profonde du monde, ou un truc de ce genre ?

— La deuxième plus profonde, opina Richardson. Après le site de Tau Tona en Afrique du Sud où se trouvent actuellement les seuls puits dépassant les quatre mille mètres de fond. Mais ce qui vaut surtout à West Nicholson de figurer dans le *Guinness Book*, c'est d'être l'une des mines les plus dangereuses au monde… Jusqu'au début du siècle, il s'agissait d'une exploitation minable qui vivotait sur un filon de surface presque épuisé. Sa fermeture était déjà programmée quand une série de sondages a révélé la présence d'un énorme filon aurifère d'une richesse exceptionnelle au-dessous du niveau des mille huit cents mètres. Une aubaine pour un régime à bout de souffle plombé par une inflation à quatre chiffres et un taux de chômage à 85 %…

— Ils ont donc décidé de creuser plus profond.

— Tout juste. Et vu que les volontaires ne se bousculaient pas, les prisons et les camps de rééducation ont été généreusement mis à contribution. En un rien de temps, le vieux Robert Mugabe s'est retrouvé avec une armée de travailleurs dociles, peu regardants sur la bouffe et payés à coups de bâton. En moins d'un an, le front de taille dépassait la barre des trois mille mètres, une vraie prouesse sur le plan technique. Le bilan humain, c'est autre chose : pour ce qu'on en sait, le chantier totalisait déjà plus de huit cents victimes avant même de livrer sa première once d'or !

— La faute à pas de chance, je suppose, murmura Poppy.

— Plutôt à des travaux menés à la va-vite, avec des moyens dérisoires et au mépris de toutes les normes de sécurité. Ajoute à ça un matériel vétuste et des cadences de travail infernales, le résultat, c'est que chaque pépite sortie de ce trou à rats l'est au prix du sang. Rien que l'année dernière, West Nicholson aurait tué plus de cent ouvriers, un chiffre vingt fois supérieur à celui des mines sud-africaines. Il paraît que dans le coin on surnomme la mine *VanhuMukohwi*, “la faucheuse d'hommes” en shona, c'est tout dire…

— Attendez, Vandell, il n'y a pas eu un changement de régime dans ce pays ? Qu'en disent les nouvelles autorités ?

— Les militaires qui ont viré Mugabe s'en foutent complètement. La population crève de faim, mais la seule chose qui les intéresse, c'est de produire le plus d'or possible pour financer leur guérilla dans le nord. Inutile de dire que West Nicholson représente donc un enjeu vital pour la junte au pouvoir…

— ETA 10 minutes, monsieur, transmit le pilote. Ciel dégagé, pas de vautours en visuel. Pas d'activité aérienne dans le secteur d'après BigEye. Tous systèmes OK, idem pour Ombre 2.

— Reçu, Tim. Attendons d'être sur place et je vous dirai quoi faire…

— Tout ça ne me dit pas ce que nous foutons ici, Vandell, reprit Poppy Borghese avec une certaine impatience. Je connaissais vos passions pour le golf et la pêche au gros, mais je ne vous savais pas adepte du tourisme minier…

— Très drôle, Poppy. Voilà le topo : il y a trois jours, le 14 février en fin de matinée, deux petites secousses sismiques se sont produites dans la région.

Pas de quoi fouetter un chat : 3,5 sur l'échelle de Richter pour la plus intense. Par contre, l'épicentre était tout près d'ici, à quelques kilomètres au nord de Colleen Bawn et pas bien loin de la surface. Cela a suffi pour provoquer un effondrement majeur de plusieurs galeries d'exploitation entre les niveaux 153 et 157. Tiens, regarde ça... »

La jeune femme s'attendait à ce qu'il sorte une nouvelle carte mais, contre toute attente, il lui télétransmit le schéma 3D de la mine de West Nicholson. Elle se retint de saluer l'effort et se concentra sur l'image qui flottait devant ses yeux. La mine avait vaguement la forme d'un cône souterrain de près de 4 kilomètres de hauteur dont le sommet coïncidait avec les installations situées en surface. À partir d'un axe central représenté par plusieurs puits verticaux de différents calibres, des centaines de galeries irradiaient dans toutes les directions comme les branches d'un arbre de Noël. À sa base, le complexe mesurait plus de 3 kilomètres d'est en ouest ; plusieurs tronçons de galerie, disposés assez loin de l'axe central, y clignotaient en rouge.

« Comme tu le vois, poursuivit Richardson, l'endroit aurait difficilement pu être pire. Les éboulements se sont produits à trois mille sept cent cinquante mètres de profondeur et à près d'un kilomètre des puits centraux, pratiquement au niveau des fronts de taille les plus profonds. Deux cent quarante-six hommes se sont retrouvés pris au piège. Condamnés à mort en l'absence de secours.

— Jamais entendu parler de cette affaire. Pourtant, ça aurait dû faire la une...

— Tu lis les journaux, maintenant ? se moqua Richardson. En fait, l'info ne circule que depuis quelques heures. La raison, c'est que, dès l'annonce de l'accident, le gouvernement a imposé un black-out total – *no problemo* dans un pays où il n'existe aucune presse indépendante et où les reporters étrangers sont refoulés à la frontière…

— Mais pour quoi faire ?

— Réfléchis un peu, Poppy. Depuis le changement de régime, la junte essaie de se refaire une virginité en matière de droits de l'homme : ils font tout ce qu'ils peuvent pour ne pas attirer l'attention sur l'état de délabrement de leur secteur industriel et les conditions de sécurité qui y règnent, cela pourrait amener un certain nombre de pays à reconsidérer l'aide qu'ils apportent au Zimbabwe. Un peu gênant pour un pays qui dépend à 90 % de la générosité internationale pour nourrir sa population… Par ailleurs, reconnaître officiellement l'accident, c'était se voir obligé d'arrêter l'exploitation pendant plusieurs jours voire plusieurs semaines, le temps d'organiser les secours et de réparer les dégâts. À la place, je pense qu'ils avaient simplement prévu de murer les tunnels endommagés et de reprendre le boulot dès le lendemain, le cas échéant en distribuant un petit rab de manioc aux familles des disparus…

— Et la direction de la mine, elle n'a pas son mot à dire ?

— Le directeur du site est le propre demi-frère du général Tsvangiwi, le chef de la junte : il te faut un dessin ? Tout était donc verrouillé pour que personne n'entende parler de ce regrettable incident. Le hic, c'est que trois des mineurs coincés lors de l'effondrement sont parvenus à se dégager par leurs propres moyens et à regagner la surface grâce aux ascenseurs de service. En voyant qu'aucune opération de secours n'était prévue, ils ont pété les plombs et ont contacté des membres de leur famille expatriés au Botswana ; ceux-ci se sont empressés de balancer l'info sur Internet et quelques heures plus tard, CNN en faisait ses choux gras. À ce moment, le gouvernement a réalisé qu'il fallait se bouger. Il semble qu'ils aient d'abord tenté d'organiser eux-mêmes le sauvetage, mais les quelques malheureux armés de pelles et de pioches qu'ils ont envoyés au fond ont vite déclaré forfait. Entre-temps, les mineurs retenus derrière les éboulements ont réussi à rétablir un contact filaire avec la surface et ont supplié les secours d'arriver au plus vite, vu qu'ils commençaient à manquer d'air. Les militaires ont pigé qu'ils ne pouvaient plus tergiverser et ont enfin pris le parti de faire appel à une aide étrangère. Il fallait néanmoins sauver la face, donc pas question d'accepter l'assistance proposée par l'Afrique du Sud, les USA ou l'ONU ; ces fumiers se sont dit qu'il valait mieux s'en remettre à un opérateur privé…

— Donc, c'est là que nous entrons en piste ? demanda Poppy.

— Pas tout à fait. La K2 est beaucoup trop connue et, par ailleurs, le refus du patron de renégocier les contrats d'exploitation des sites diamantifères conclus par le précédent gouvernement fait que nous ne sommes pas précisément en odeur de sainteté à Harare. En réalité, ils ont décidé de refiler le bébé à la Hard Rescues Ltd., une petite compagnie britannique spécialisée dans les opérations de sauvetage à très haut risque…

— Je crois que j'ai déjà entendu ce nom-là… Le Boeing de l'Aeromexico, il y a trois ou quatre ans, c'est ça ?

— Affirmatif, acquiesça Richardson. Et aussi le renflouement du sous-marin *Norilsk* avec tout son équipage, même si les Russes n'ont jamais admis officiellement qu'ils avaient eu besoin d'un coup de main… Malgré ça, cette boîte est encore presque inconnue du public, ce qui faisait bien l'affaire de nos généraux… »

Poppy Borghese jeta un nouveau coup d'œil par le hublot. Même paysage sans intérêt, avec sa rivière boueuse dévidant ses méandres entre deux rangées de falaises basses couleur latérite. Un endroit minable, pelé et écrasé de soleil. *Pourquoi est-ce que ça se passe toujours dans des bleds pareils ?* pensa-t-elle avec fatalisme.

« Laissez-moi deviner, Vandell, reprit-elle. Dans le cas très improbable où le sauvetage aurait réussi, la junte aurait pu s'attribuer tout le bénéfice de l'opération en minimisant le rôle de la Hard Rescues ; en cas de plantage au contraire, elle pouvait crier à l'amateurisme en rejetant la responsabilité de l'échec sur les Anglais.

— Tout juste, Poppy, tu aurais dû faire de la politique. Ce que ces guignols n'avaient pas prévu, c'est que l'opération allait réussir au-delà de toute attente. D'après nos sources, la HR a affrété un jet avec une équipe restreinte plus quelques tonnes de matos. Ils étaient sur site hier en fin de matinée et, à la tombée du soleil, tous les mineurs coincés au fond se retrouvaient sains et saufs à la surface.

— Hein ? En une journée ? Mais…

— Ne me demande pas comment ils ont fait, je n'en ai aucune idée. Normalement, ce type d'opération demande plusieurs jours et un grand nombre de sauveteurs, le tout avec des résultats souvent décevants. Tout ce que j'ai entendu dire, c'est qu'ils ont dans leur équipe un dynamiteur de génie, le genre de type capable de raser un immeuble sans renverser la soupe dans la maison d'à côté…

— Pas mal, dit Poppy, mais ça ne me dit toujours pas ce qu'on fout ici.

— J'y viens, Poppy. Hier soir à 1700 UTC, une nouvelle réplique aurait secoué le secteur. Je dis bien aurait, parce que, bizarrement, les sismographes à Durban ou à Pretoria n'ont rien enregistré du tout… Toujours est-il que tout un nouveau secteur de la mine se serait effondré, à la même profondeur que les éboulements précédents. Le directeur de la Hard Rescues est porté disparu – *a priori*, il se trouvait en train de faire une dernière tournée pour vérifier que plus personne ne se trouvait coincé dans la mine. C'est ce type-là que nous sommes venus chercher. »

13 h 09 UTC

« Debout, Caleb, tu te crois au club ? »

La voix de rogomme du sergent Calloway. Dernier jour de la hills phase*, le programme de sélection des SAS. La veille, deux marches d'orientation de 20 et 25 kilomètres. En tout, seize heures à crapahuter sous une pluie battante dans les collines pelées et les tourbières des Brecon Beacons, entrecoupées de deux heures d'un sommeil de brute. Le pire reste à venir, la marche d'endurance de 65 kilomètres à couvrir en moins de vingt heures avec paquetage complet, fusil, eau et nourriture plus soixante livres sur le dos. Ils* *viennent de rallumer la lumière ; tu te dis qu'il doit y avoir une erreur, tu viens juste de te traîner jusqu'au dortoir. Le type sur la couchette d'à côté sanglote. Lui ne se relèvera pas et devra se contenter d'un certificat de participation. Ton corps est un bloc de douleur, ton visage et tes mains sont déchirés par les ronces, tes épaules sciées par les courroies du sac. Tu ne le sais pas encore, mais ton tibia droit est déjà fissuré. Il se rompra au cours de la marche, et tu feras les douze derniers kilomètres à cloche-pied en hurlant sans discontinuer. Tu atteindras le poste d'arrivée avec trente-sept secondes d'avance sur le temps éliminatoire. Fracture de fatigue, dira le toubib en te regardant d'un drôle d'air. Le sergent continue à gueuler sur toi. Pas question de l'écouter cette fois, la couchette est trop confortable...*

D'autres voix, après un instant ou une éternité. Le noir absolu d'une caverne. Puis des flashes lumineux. Des hurlements et des explosions, pas trop loin, qui semblent se rapprocher.

« Laissez-le, celui-là. Personne ne peut survivre à ce genre de...

— Avec tout mon respect, mon lieutenant, vous êtes un con et un salopard. Debout, Caleb. Je ne peux pas te porter, alors tu vas marcher jusqu'à l'hélico. »

L'intonation est pressante, mais tu décides de l'ignorer. Le sol est tiède, tu n'as plus mal. Dormir.

Encore d'autres voix. Une explosion de clarté. Murs blancs, draps blancs, odeurs de désinfectant. Le pavillon des vétérans au Royal Infirmary *d'Édimbourg. La semaine dernière, tu as réussi à bouger l'index droit, aujourd'hui tu as pu t'asseoir. Les médecins qui avaient déserté ta chambre depuis longtemps sont de retour, et, plus qu'autre chose, ce qui t'effraie c'est leur expression d'incrédulité quand ils t'examinent. Tu voudrais bien leur demander quel mois on est, mais tu as encore la trachéo. On t'amène un portique. Debout, Caleb.*

Les voix se sont tues maintenant, tu as réussi à les ramener au silence. Plus de lumière qui blesse les yeux non plus. Tu es bien, tu as l'impression de flotter. Tu vas enfin pouvoir dormir...

À l'instant même où tu vas lâcher prise, une petite voix d'enfant.

Debout, Caleb, tu es en train de mourir.

Lisa !

Caleb McKay ouvrit brutalement les yeux. L'obscurité était totale. Il tenta d'inspirer un grand coup, mais sa bouche était à moitié pleine de terre, et il se mit à tousser convulsivement comme un homme qui se noie. Lorsqu'il eut enfin retrouvé son souffle, il réalisa qu'il gisait face contre terre sur un sol dur et irrégulier. Il voulut se relever mais un poids lui bloquait les jambes. L'air dense, saturé de poussière, rendait chaque inspiration pénible. Il ignorait totalement où il pouvait se trouver. Tout en refoulant un sentiment de panique, il tâtonna au sol des deux mains pour explorer le maigre périmètre à sa portée. Le sol rocheux semblait jonché de débris de tailles variées. À la limite de son champ d'action, les doigts étendus de sa main droite touchèrent un objet dur et arrondi de la taille d'un ballon. Il tordit douloureusement son buste pour gagner quelques centimètres et palpa l'objet qui paraissait coincé sous une grosse pierre ; ses doigts étaient protégés par des gants épais, et il mit un certain temps à reconnaître la forme d'un casque.

Ton casque, Caleb. Tu as dû le perdre en tombant.

Quelle importance, je suis si fatigué. Je vais me reposer un peu et je me relèverai ensuite...

Pas question.

Les pensées se succédaient avec lenteur, comme des mouches engluées dans la mélasse. Il se demanda vaguement de quelle façon il avait pu perdre son casque de saut. Si c'était le cas, d'ailleurs, où était son parachute ? Les souvenirs revenaient tout aussi lentement, par bribes. Un temps indéterminé s'écoula avant que l'enchaînement d'idées ne se forme.

Ce n'est pas un casque de saut.

Tu es dans une mine. Un casque de mineur.

Et alors ?

Qu'y a-t-il sur un casque de mineur, Caleb ?

Un sursaut d'énergie le parcourut, et il se tordit à nouveau pour essayer d'attraper le casque bloqué par la pierre. L'objet résistait. Après plusieurs essais infructueux, il rassembla toutes ses forces et tira de plus belle, réussissant enfin à arracher le casque et à le ramener près de lui. *Une chance sur deux pour qu'elle marche encore*, se dit-il alors que ses doigts cherchaient le petit commutateur. Un instant plus tard, une lumière blanche jaillissait de la lampe halogène.

L'éblouissement se dissipa. Caleb se trouvait dans une galerie rocheuse en pente douce, qui devait faire au départ dans les quatre mètres de diamètre – pour autant qu'il pût en juger, car une bonne partie du boyau s'était effondrée, et les gravats parsemaient le sol autour de lui, mêlés à des débris de coffrage et d'autres fragments difficilement identifiables. Sur sa droite, le convoyeur à chaîne qui suivait la galerie avait été partiellement écrasé, et le minerai échappé de ses godets s'était renversé. À moins de deux mètres, une pyramide de rocaille atteignait le plafond de la galerie sans laisser distinguer la moindre solution de continuité. *Pas très encourageant*, se dit-il, mais il devait d'abord essayer de se dégager s'il le pouvait. Tournant péniblement la tête en arrière, il constata que la partie inférieure de son corps se trouvait coincée sous une volumineuse poutrelle en bois. Heureusement, celle-ci était tombée de biais, l'une de ses extrémités étant restée bloquée en équilibre sur les débris du convoyeur, de sorte que ses jambes n'avaient pas été tout à fait écrasées. Impossible d'apprécier les dégâts au-dessous, mais il lui semblait pouvoir bouger les pieds, ce qui était plutôt bon signe. Il s'arc-bouta sur les avant-bras, et, au prix d'un effort démesuré, réussit à déplacer légèrement le madrier. Mû par l'énergie du désespoir, il recommença aussitôt. Encore quelques centimètres de gagnés. Au troisième essai, il parvint enfin à extraire ses jambes du piège et s'adossa épuisé à la paroi de la galerie, au bord de l'évanouissement.

Un long moment se passa, entrecoupé de quintes de toux, alors qu'il tentait de retrouver son souffle dans l'air empoussiéré. Il s'ausculta avec précaution. Sa cheville droite lui faisait un mal de chien mais, en apparence, il n'y avait rien de cassé. Le reste des dégâts se limitait à une énorme bosse et à une profonde entaille au niveau du cuir chevelu, comme l'attestaient son visage et son cou englués de sang séché. *Tu t'en tires bien*, pensa-t-il en réalisant que sa survie tenait du miracle. Dommage qu'il se sentît aussi faible et qu'il n'arrivât toujours pas à se souvenir de ce qu'il faisait ici. Il réussit à se relever en serrant les dents et tenta quelques pas douloureux, essayant de réfléchir aux options possibles. Le côté ascendant du tunnel était manifestement bloqué. Rester ici ne servait à rien, il n'avait aucun moyen de signaler sa présence et ignorait combien de temps sa lampe voudrait bien fonctionner. Autant partir en exploration de l'autre côté, peut-être trouverait-il un passage transversal qui le ramènerait vers la surface ? Il ramassa un longeron tordu et, s'en servant comme d'une canne, se mit en route en boitillant dans la galerie noyée de ténèbres.

13 h 18 UTC

Poppy Borghese oscillait entre surprise et colère.

« Vous vous foutez de moi, Vandell ! Depuis quand est-ce que nous faisons dans le nursing ? Les gars qui sont assis derrière sont les meilleurs de notre division OPEX, et je ne vais pas mettre mon équipe…

— Tu mettras ton équipe exactement où le patron te dira de la mettre », coupa Richardson dont le visage était devenu dur.

Il resta un instant silencieux, puis reprit d'un ton légèrement radouci : « Écoute, Poppy, je ne sais pas encore de quoi il retourne, mais la récupération de ce type a l'air plus que prioritaire. J'ai eu Viktor en holo juste avant ton arrivée à Durban, et on dirait bien qu'en ce moment, c'est la panique au sommet de la pyramide. Pour faire simple, on a carte blanche pour raser tout ce foutu pays si ça peut le ramener ; par contre, si ça foire, on pourra se reconvertir comme gardiens de chiottes…

— Objectif en vue au 345, monsieur. Vitesse réduite à cent nœuds, on reste à trente pieds. Ciel toujours dégagé, Ombre 2 à l'écoute. On attend vos instructions.

— On surveille vos arrières, Ombre 1. Pas d'agitation dans le coin, pas de fréquences militaires captées, confirma le pilote du second hélicoptère. C'est quand vous voulez, monsieur. »

Poppy Borghese et Vandell Richardson se tournèrent tous deux en direction du cockpit. À deux milles sur l'avant, dans une boucle de la rivière Mzingwane, les installations de la mine de West Nicholson s'étalaient sur plusieurs hectares. Au milieu du site, deux énormes tours quadrangulaires de près de quatre-vingts mètres devaient héberger les chevalements et les machineries des ascenseurs. De l'autre côté d'une vaste esplanade de terre battue se dressaient plusieurs bâtiments administratifs, flanqués plus en arrière de longs blocs d'habitations où logeaient probablement les centaines d'ouvriers de la mine. À l'ouest du complexe, des dizaines de hangars de toutes dimensions reliés par une jungle de tubulures et de convoyeurs abritaient les installations de traitement du minerai aurifère. Sur la place centrale, une foule dense et animée se pressait autour de deux grandes tentes blanches évoquant un hôpital de campagne. Poppy jeta un regard indifférent aux installations minières, puis concentra soudain son attention sur un détail du paysage à l'extérieur du périmètre :

« C'est quoi, Tim, ce tas de boue sur la droite ?

— C'est un *kopje*, madame, répondit le pilote sud-africain. Une butte basaltique sculptée par l'érosion, il y en a plein dans la région. Celle-ci est de bonne taille ; d'après la carte, les gens du coin l'ont baptisée mont Olympus – un peu prétentieux tout de même... Je vous charge les données. »

Poppy examina rapidement le cliché satellite haute résolution. La colline aux formes arrondies s'élevait à près de quatre cents mètres au-dessus de la plaine environnante, et son sommet aplati offrait à l'ouest une vue plongeante sur le complexe de West Nicholson. *Pas mal du tout...*

Richardson avait également reçu les données topographiques et se fendit d'un sourire en comprenant les intentions de la jeune femme : « Excellente idée, Poppy, approuva-t-il. Le cas échéant, ça pourrait même être marrant. »

13 h 35 UTC

Des heures semblaient s'être écoulées, mais peut-être n'étaient-ce que quelques minutes. L'espoir de trouver une issue avait été de courte durée. Caleb McKay n'avait pas fait trente pas vers le bas de la galerie que déjà il se heurtait à un obstacle infranchissable. Un bloc colossal, qui devait peser plusieurs dizaines de tonnes, s'était là aussi détaché de la voûte et obstruait complètement le boyau. Rien à tenter de ce côté-là. Revenu en arrière, il avait bien essayé de déplacer les rochers qui bloquaient l'autre extrémité du tunnel, mais ceux-ci étaient beaucoup trop lourds, et il n'avait rien qui pût constituer un levier convenable.

L'endroit commençait à ressembler un peu trop à une tombe.

Pour tout arranger, il se sentait de plus en plus épuisé

et fiévreux. Une douleur sourde lui vrillait les tempes, et son ventre lui faisait mal. Le sentiment aussi, de plus en plus insistant, qu'un détail ne collait pas et qu'il négligeait un facteur très important. *Si tu ne trouves pas rapidement une solution*, se dit-il, *tu n'auras plus très longtemps à t'inquiéter pour ta lampe*... Il décida de fouiller à nouveau les débris qui jonchaient le sol, plus pour ne pas renoncer que dans le réel espoir de dénicher un objet utile. L'opération se révéla vite fastidieuse ; à part des gravats et des fragments de bois pourris, les lieux ne recelaient pas grand-chose d'intéressant : quelques bouts de ferraille rouillés, un gobelet en plastique, un vieux gant de travail…

Dans un coin, il tomba sur un objet plus volumineux, et une bouffée d'espoir l'envahit quand il reconnut un marteau-piqueur pneumatique. Il déchanta tout de suite en constatant que le tuyau d'alimentation était sectionné : à supposer même qu'il y eût encore du jus pour le faire fonctionner, le compresseur devait se trouver de l'autre côté de l'éboulis – autant dire sur la planète Mars. Il s'apprêtait à rejeter l'outil inutilisable lorsqu'il remarqua la petite plaque en cuivre vissée au-dessous des poignées ; il plissa les yeux pour déchiffrer la minuscule inscription à demi-effacée :

PROPRIÉTÉ DU GROUPEMENT MINIER COLLEEN BAWN / WEST NICHOLSON INC.

La mémoire lui revint d'un seul coup, comme une digue qui se rompt.

West Nicholson. Le niveau 154. Les galeries enfumées, l'air saturé de poussière. La terreur des rares ouvriers qui avaient accepté de redescendre avec eux.

Les éboulis incessants, faisant craindre à tout instant que l'ensemble du réseau ne s'effondre sur leurs têtes. Les appels au secours de plus en plus désespérés des mineurs emmurés. L'opération de la dernière chance, dix-huit charges ultra-directionnelles installées par Gretchen en un temps record, malgré l'opposition formelle de ce fumier de directeur. Les détonations réglées à la milliseconde pour que les fronts d'onde s'annulent au niveau des parois et focalisent toute l'énergie sur l'éboulis principal. La fuite éperdue avec les rescapés vers les ascenseurs…

Attends, Caleb, tu as oublié quelque chose…
Tu n'es pas dans une mine ordinaire.
Niveau 154.
TU ES À PLUS DE 3 700 MÈTRES DE FOND.
IL DEVRAIT FAIRE BEAUCOUP PLUS CHAUD QUE ÇA !

Le jeune homme saisit enfin le message d'alarme que son esprit essayait de lui faire passer. À la profondeur énorme où il était emprisonné, la température devait avoisiner les 70 °C. Il se souvenait maintenait qu'il s'était mis à suer à grosses gouttes et à suffoquer dans l'air surchauffé dès qu'ils avaient quitté les sections encore refroidies de la mine pour gagner les galeries endommagées, où le réseau de réfrigération avait été coupé.

Parfaitement aguerri aux techniques de survie en milieu désertique, Caleb comprit aussitôt : s'il ne transpirait plus et ne ressentait même plus la chaleur, c'est qu'il devait être sévèrement déshydraté après être resté inconscient un temps indéterminé dans cette fournaise. D'où ses maux de tête et son état de faiblesse qui ne faisaient qu'empirer. Il prit conscience que sa bouche était sèche comme de l'amadou ; curieusement, il n'éprouvait aucune soif – autre signe inquiétant. Pour en avoir le cœur net, il retira l'un de ses gants et se pinça fortement l'avant-bras ; la peau mit de longues secondes à se déplisser. Il savait ce que cela signifiait.

Tu as dû perdre au moins 10 % de ton poids en eau. Si tu ne trouves pas très rapidement quelque chose à boire, tu vas bientôt commencer à délirer. Ensuite, ce sera le coma, et la mort.

À l'instant où il se faisait cette réflexion, un grondement sourd se fit entendre, et les parois de la galerie semblèrent osciller. Une nouvelle réplique ? Il y en avait déjà eu une bonne dizaine depuis qu'il avait repris conscience, mais celle-ci était plus forte que les précédentes. Quelques gravats se décrochèrent de la voûte, et une impressionnante quantité de poussière se mit à tomber, rendant l'air encore plus irrespirable. Caleb perdit l'équilibre et chuta au sol en toussant, essayant désespérément de reprendre son souffle.

Une partie de son esprit était restée lucide et analysait froidement la situation.

Cette fois-ci, c'est bon : avec un peu de chance, tout va te dégringoler sur la tête, et tes problèmes seront réglés.

Contre toute attente, la convulsion du sol se calma peu à peu, et le silence se fit dans le tunnel, seulement troublé par le cliquetis de la pierraille qui continuait à pleuvoir çà et là. Caleb entreprit péniblement de se relever. Par miracle, sa lampe était intacte, et le faisceau lumineux vint éclairer le tas de rochers qui lui bloquait le passage. À l'instant où il allait se remettre debout, son attention fut attirée par un détail infime.

Minute, Caleb, il y a un truc bizarre.
La poussière.
Elle ne tombe pas droit !

Il se rapprocha pour mieux voir. De fait, à proximité de l'éboulis, la poussière semblait légèrement déviée vers la droite. Le phénomène se produisait surtout là où le convoyeur à chaîne disparaissait sous les rochers, et n'était visible qu'au ras du sol ; si Caleb ne s'était pas retrouvé par terre, il ne s'en serait jamais aperçu.

Mû par un espoir irraisonné, il se jeta sur la machine et entreprit de déblayer la rocaille qui s'était accumulée au-dessous. Effectivement, il y avait bien une anfractuosité ; en s'en approchant, il sentit sur son visage le léger courant d'air qui s'y engouffrait. Il continua de creuser et, quelques minutes après, il était parvenu à dégager un trou dans lequel il pouvait passer la tête et les épaules. La cavité étroite suivait le soubassement du convoyeur et paraissait se prolonger sur plusieurs mètres au-dessous de l'éboulis. Il comprit qu'au moment de l'effondrement, la longue structure métallique soutenue par d'épais poteaux en acier s'était comportée comme une corniche en laissant un espace libre au-dessous d'elle ; restait à savoir sur quelle distance le convoyeur avait résisté aux tonnes de rochers qui reposaient dessus. De toute manière, il n'avait pas le choix ; comme pour souligner l'urgence de la situation, une nouvelle réplique, moins forte que la précédente, fit légèrement trembler le sol. Caleb s'engagea à plat ventre dans la cavité, bras en avant ; le boyau était affreusement étroit et n'autorisait que de petits mouvements de reptation, les épaules et les coudes raclant douloureusement le rocher à chaque effort. L'air qu'il savait maintenant surchauffé lui brûlait la gorge à chaque inspiration. Au bout de deux ou trois mètres, il tomba sur une grosse pierre impossible à bouger et qui obstruait à demi le tunnel ; un effort surhumain lui permit de se glisser dans le minuscule espace restant pour continuer son chemin. À cet instant, il réalisa que si le boyau était bloqué un peu plus loin, il ne parviendrait jamais à faire marche arrière. L'atroce sensation de claustrophobie contre laquelle il luttait depuis le début de sa progression faillit le submerger et il dut faire appel à tout son entraînement pour la combattre. Il continua à ramper pendant un temps apparemment infini. Ses tempes lui semblaient broyées comme dans un étau, et sa vision se brouillait de plus en plus. Soudain, le pinceau lumineux de sa lampe frontale éclaira ce qu'il redoutait plus que tout : un tas de rocaille qui colmatait l'étroit tunnel sur toute sa hauteur.

Game over.

13 h 41 UTC

Le directeur de la mine de West Nicholson était un petit personnage fort désagréable. *Heureusement que Poppy a préféré partir en reconnaissance*, se dit Vandell Richardson, *sinon elle l'aurait déjà tartiné au plafond.* Flanqué de deux gardes armés de fusils d'assaut, le nabot vitupérait depuis cinq minutes en tapant d'un poing chétif sur la surface de son énorme bureau en bois précieux. Richardson arracha son regard des murs de la pièce au luxe tapageur et fit semblant de s'intéresser à ce que racontait leur hôte.

« Cette incursion est absolument intolérable ! La tour de contrôle de l'aéroport de Bulawayo vient de me confirmer que vous n'avez déposé aucun plan de vol ! Vous êtes ici en violation de l'espace aérien du Zimbabwe et je suis prêt à parier qu'aucun d'entre vous n'a d'autorisation d'entrée sur notre territoire ! »

Du calme, Vandell. Essaye de rester poli.

« Monsieur le directeur, dit-il après s'être raclé la gorge, nous sollicitons votre indulgence. Notre intention est bien sûr de régulariser notre situation dès que possible auprès de vos autorités. Si nous avons fait preuve de précipitation, c'est uniquement compte tenu de l'urgence de la situation…

— Quelle urgence ? Vous parlez de l'accident d'il y a trois jours ? Vous croyez que nous avons attendu le bon vouloir de la K2 pour régler le problème ? Nos équipes d'intervention ont parfaitement su gérer la situation et, comme vous avez pu le constater en arrivant, tous les blessés qui le nécessitent bénéficient en ce moment des meilleurs soins médicaux.

— Je n'en doute pas, monsieur le directeur, et je salue la compétence de vos services. Mais en réalité, je faisais allusion à l'équipe de la Hard Rescues, et plus précisément à…

— Ne me parlez pas de ces guignols ! Je leur avais strictement interdit de faire usage d'explosifs, et ces types ont outrepassé mes ordres ! Résultat, notre ascenseur principal est en rideau et, le temps des réparations, nous allons devoir utiliser l'élévateur deux qui ne sert normalement que pour le minerai ! Toute la production va s'en ressentir, et je ne tiendrai jamais mes objectifs !

— Croyez bien que je compatis, monsieur, répondit Richardson d'un ton qu'il espérait sincère. Mais, comme je vous le disais, notre souci est d'essayer de porter assistance au chef de la Hard Rescues si c'est encore possible, et tout ce que nous vous demandons…

— Je me fous bien de votre compassion ! » se mit à hurler le directeur en se levant d'un bond pour venir se planter devant Vandell Richardson.

Bon Dieu ! pensa ce dernier en retenant d'extrême justesse le sourire qui lui montait aux lèvres. *Il est encore plus petit debout qu'assis ! Je suis sûr qu'il doit planquer un tabouret de bar derrière son bureau…*

« Et ne comptez pas sur moi pour vous autoriser à descendre dans ma mine ! Je suppose que vous savez qui est mon frère, continua le gnome en se rengorgeant. Je n'ai qu'un mot à dire pour vous faire inculper d'espionnage et d'atteinte à la sûreté de l'État. Alors, vous allez prendre vos cliques et vos claques et remonter dans votre hélico… »

Richardson commençait à perdre sérieusement patience. Même chose pour ses trois hommes d'escorte, comme le lui confirma un coup d'œil de côté. Connaissant le caractère accommodant et la puissance de feu des membres de l'équipe de Poppy, la situation risquait de dégénérer très vite. Les deux balèzes qui protégeaient le directeur sentirent aussi monter la tension, et leurs mains se crispèrent sur la crosse de leur QBZ-97, le minable fusil d'assaut que les Chinois avaient réussi à imposer dans tous leurs pays satellites. Richardson aurait été ravi d'exploser le petit bonhomme arrogant, mais il décida de lui donner une dernière chance ; il fit un bref signe de tête à l'un de ses hommes puis se tourna vers le directeur, soulagé d'abandonner le ton conciliant qu'il avait adopté depuis le début de la discussion :

« OK, on a entendu votre baratin, monsieur le directeur. Maintenant, c'est vous qui allez ouvrir tout grand vos oreilles… »

13 h 43 UTC

La mine de West Nicholson se trouvait bien dans un état de délabrement avancé. À part les luxueux bureaux de la direction et quelques bâtiments récents, le reste n'était que hangars à moitié effondrés, citernes rouillées, équipements vétustes réparés avec des bouts de ficelle. Partie seule en exploration pour tenter de retrouver les membres de l'équipe de Hard Rescues, Poppy Borghese avait pour l'instant fait chou blanc. Encore sous le coup de l'accident survenu trois jours auparavant, la mine donnait l'impression d'une fourmilière piétinée. L'exploitation paraissait au point mort, et de nombreux ouvriers à l'air hébété erraient apparemment sans but ; d'autres restaient prostrés au pied des bâtiments ou formaient des files d'attente devant quelques guichets où l'on distribuait un peu de nourriture. Malgré cette désorganisation, la tension était palpable. Des dizaines de gardes armés patrouillaient au milieu de la foule, leur principale préoccupation semblant être d'empêcher les attroupements ; aucun d'eux ne fit attention à Poppy. À quelques mètres d'elle, un mineur aux vêtements couverts de sang se mit à hurler en tendant le poing vers le bâtiment de la direction ; deux vigiles se précipitèrent et lui portèrent de furieux coups de matraque avant de l'entraîner à l'écart. La jeune femme poursuivit son chemin et décida d'aller jeter un coup d'œil aux deux tentes blanches qui se dressaient au milieu de l'esplanade centrale. Elle s'apprêtait à pénétrer dans la première lorsque l'homme qui fumait une cigarette près de l'entrée l'interpella :

« C'est vous qui étiez dans l'hélico ? »

Poppy fixa son attention sur le type. Même dans la foule bigarrée qui les entourait, il ne risquait pas de passer inaperçu. Il la dominait de près de trois têtes, et sa carrure imposante était difficilement contenue dans le vieux T-shirt poussiéreux qu'il portait sur un jean fatigué. Avec son visage épais, son teint cuivré et son fort nez en bec d'aigle, on aurait pu le prendre pour un Crow ou un Cherokee – impression aussitôt démentie par le *moko*, tatouage traditionnel des Maoris de Nouvelle-Zélande, qui déployait ses volutes compliquées sur son front et ses joues.

« Pardonnez mon incorrection, reprit-il d'une voix étonnamment douce malgré son gabarit. Je me nomme Joshua Tewaru et je suis… ou plutôt j'étais, corrigea-t-il avec un sourire amer, l'associé de Caleb McKay à la direction de la Hard Rescues.

— Poppy Borghese. Mon équipe et moi sommes ici pour tenter de venir en aide à votre ami. »

L'homme eut l'air étonné. Alors qu'il s'apprêtait à répondre, le pan de toile qui fermait la tente s'écarta, et une silhouette féminine apparut en disant : « Désolée de t'embêter, Josh, il faudrait que tu viennes m'aider. Nous avons encore un problème. »

La jeune femme était d'une beauté stupéfiante. Presque aussi grande que Joshua, elle aurait pu faire la Une de n'importe quel magazine de mode avec sa longue chevelure d'un blond cendré et ses formes parfaites nullement enlaidies par la saharienne crasseuse qu'elle portait. Son visage maculé de poussière était illuminé par deux yeux d'un bleu très pâle. Elle marqua un temps d'arrêt en apercevant Poppy et jeta un regard interrogateur à Joshua qui fit les présentations :

« Voici Gretchen Vogt, notre spécialiste en explosifs. Gret, cette jeune femme est apparemment ici pour porter secours à Caleb… »

La jeune femme salua Poppy d'une poignée de main ferme. Elle avait l'air aussi surprise que son compagnon :

« J'ai bien peur que vous n'ayez fait le déplacement pour rien, fit-elle sans aménité excessive. On va vous expliquer, mais pour l'instant nous avons un problème plus… urgent à régler ; Josh, j'ai besoin de ton aide… » Elle hésita un instant, puis reprit, après avoir toisé Poppy du regard : « Venez donc aussi, vous pourrez peut-être donner un coup de main… »

L'homme à l'épaule déboîtée se débattait en hurlant sur les deux planches qui lui tenaient lieu de couchette. L'intérieur de la tente était un véritable pandémonium, avec des dizaines de blessés entassés sur des grabats improvisés ou à même le sol. Beaucoup présentaient de méchantes brûlures au visage et aux mains.

« Celui-ci a été salement tabassé par les gardes, dit Gretchen Vogt. Comme si les éboulements n'avaient pas suffi… Il y a eu un début d'émeute ce matin, et ce salaud de directeur a fait charger ses gorilles. Impossible de réduire toute seule la luxation, il bouge trop. »

Suivant les conseils de la jeune femme, Joshua se plaça à côté du blessé et le maintint sur le bat-flanc pendant qu'elle-même tentait de remettre l'épaule en place. Elle s'y prenait bien, mais l'homme était bâti en force et s'agitait de plus belle, si bien que ses efforts demeuraient infructueux. Au troisième essai, Poppy qui contemplait la scène d'un œil indifférent décida d'intervenir – les beuglements du type commençaient à lui taper sur le système.

Elle repoussa doucement Gretchen Vogt et s'approcha du lit improvisé en se concentrant sur la séquence de mouvements à effectuer. Quelque chose dans son attitude dut alerter le blessé qui lui jeta un coup d'œil apeuré. À juste titre. Raidissant les doigts de sa main pour en faire une griffe dure comme du bois, Poppy lui en porta un coup fulgurant au plexus solaire ; le type s'interrompit en plein hurlement et ouvrit des yeux exorbités en tentant désespérément de reprendre sa respiration. Sans lui en laisser le temps, elle posa le pied contre son torse puissant et, en s'arc-boutant, tira avec force sur le bras démis tout en le faisant pivoter sur lui-même.

Doucement, Poppy. Ne va pas lui arracher le bras ni lui péter toutes les côtes, ça nuirait à ta démo.

En moins d'une seconde, la tête humérale se remit en place avec un claquement sec. Le type tourna de l'œil. *Parfait, comme ça il nous foutra la paix.* À peine essoufflée, la jeune femme revint aux deux autres, qui la considéraient désormais avec une certaine circonspection.

« Maintenant que votre... problème est réglé, dit-elle, pourriez-vous avoir la gentillesse de me donner quelques infos sur l'endroit où se trouve McKay ?

— OK, fit le géant tatoué après une seconde d'hésitation, mais je ne pense pas que ça vous plaira. Autant reprendre du début. Comme vous le savez sans doute, nous avons été contactés il y a soixante-douze heures par les autorités locales qui voulaient une intervention de secours à la fois rapide et discrète ; en réalité, nous avons vite compris qu'ils se foutaient complètement du sort des mineurs et désiraient juste montrer qu'ils n'étaient pas restés inactifs. Caleb a quand même décidé d'y aller, ne serait-ce que pour donner une petite chance aux malheureux coincés là-dedans. Gretchen a fait un travail extraordinaire compte tenu de l'instabilité du terrain ; c'est grâce à elle si nous avons pu accéder à la galerie endommagée et évacuer les victimes en un temps record…

— Tu oublies de dire que nous avons eu beaucoup de chance, intervint l'intéressée en haussant les épaules. À vrai dire, je n'étais pas du tout sûre de mes calculs de charge.

— Les choses se sont gâtées quand nous avons rejoint la surface avec la première fournée de rescapés, reprit Joshua. Nous avons tout de suite réalisé que ça n'arrangeait pas, mais alors pas du tout, le directeur Tsvangiwi et ses copains à Harare…

— Pourquoi ?

— Parce que avec deux cent cinquante morts bien propres enterrés à quatre kilomètres de fond, les choses auraient été claires et simples… Vingt-quatre heures de deuil national, et on pouvait passer à autre chose. Au lieu de ça, nous leur ramenions des dizaines de blessés graves qu'ils sont incapables de prendre en charge ; aussi dingue que ça puisse paraître, cette mine n'a ni poste médical ni même une vague infirmerie… Les malades et les blessés sont censés aller se faire soigner dans leur village ou alors à Bulawayo, la capitale du district, à cent soixante bornes. Pas mal pour une exploitation qui dégage un demi-milliard de dollars net chaque année ! Jusqu'à présent, ils ont réussi à tenir la presse internationale à l'écart, mais ça ne pourra pas durer éternellement…

— Parlez-moi de l'accident de McKay, demanda Poppy, que les considérations sociales ne passionnaient guère.

— Hier, en fin d'après-midi, nous avions terminé de remonter les survivants. Caleb a eu une violente altercation avec le directeur qui rechignait à faire évacuer les blessés les plus graves sur Bulawayo ou Harare… Je pense que c'est surtout pour se changer les idées qu'il a décidé de partir seul faire une dernière tournée d'inspection dans la mine.

— Et il se trouvait bien au niveau de la zone de l'éboulement au moment de la secousse ?

— Mais pas du tout ! dit Joshua en la regardant d'un air surpris. Par sécurité, nous avions un contact filaire régulier avec Caleb, nous avons ainsi pu suivre sa progression. Nous avons perdu le signal alors qu'il revenait de sa visite, pratiquement au niveau de la zone des ascenseurs et des installations de réfrigération, soit à plusieurs centaines de mètres du secteur accidenté. À vrai dire, on ne comprend pas ce qui a pu se passer ; la secousse sismique a dû être très légère, vu qu'aucun de nous ne l'a ressentie en surface.

— D'autant plus surprenant, précisa Gretchen Vogt, que le rocher était nettement plus stable à cet endroit qu'au niveau des fronts de taille…

— Pourquoi n'êtes-vous pas descendus lui porter secours ?

— Allez le demander à ce petit salopard de directeur ! explosa Joshua. Cinq minutes après l'accident, il postait déjà des gardes armés devant l'entrée des puits avec interdiction à quiconque d'y descendre, soi-disant "tant que l'enquête n'aurait pas déterminé les responsabilités". Ils ne rigolent pas, nous avons failli nous faire allumer en essayant de passer en force...

— Résultat, continua Gretchen, nous sommes consignés ici jusqu'à ce que les autorités veuillent bien statuer sur notre sort... Plutôt que de rester sans rien faire, nous avons décidé de donner un coup de main aux quelques infirmiers qui s'occupent des blessés. Je suis sûre que c'est ce que Caleb aurait attendu de nous. Nous avons tous les trois reçu une formation médicale de base et...

— Tous les trois ?

— One-Shot est dans la tente d'à côté. Ils avaient besoin d'un costaud vu que le pylône central menaçait de s'effondrer, alors il est allé leur donner un coup de main. »

Joshua s'interrompit et ne put s'empêcher de sourire devant le regard étonné que Poppy Borghese portait à sa carrure athlétique : « Un *vrai* costaud, je voulais dire. Vous pigerez quand vous le verrez.

— Il y a une chose que je ne saisis pas, fit la jeune femme. Vous avez tous les deux l'air persuadés que votre ami est déjà mort... Qui vous dit qu'il n'est pas simplement coincé comme les types que vous avez secourus ? »

Cette fois, ce fut Joshua qui eut l'air surpris : « Apparemment on ne vous a pas tout dit sur cette mine, mademoiselle... euh, Borghese.

— Poppy, ça suffira.

— Poppy, d'accord. Que savez-vous au juste des forages à grande profondeur ?

— Qu'ils sont foutrement dangereux, mais…

— Effectivement, ils sont dangereux, mais je ne pense pas que vous réalisiez à quel point. Sans parler de l'instabilité des galeries liée à la pression énorme qui s'exerce sur le rocher, le principal problème, c'est la température. Où que vous creusiez dans la croûte terrestre, elle augmente d'un degré tous les trente mètres. Au niveau 154, où se trouvait Caleb, la température du rocher dépasse les 70 °C. L'exploitation à de telles profondeurs ne peut se faire qu'en équipant les galeries de coûteux systèmes de ventilation qui aspirent l'air en surface, le refroidissent et le dispatchent dans tout le réseau. C'est pour ça qu'on ne creuse aussi profond que pour l'or ou les diamants. Regardez autour de vous, Poppy… En plus des fractures et des contusions, de quoi souffrent la plupart de ces pauvres types ?

— De brûlures ?

— Bien vu, approuva le Néo-Zélandais. Et pourtant, on peut dire qu'ils ont eu de la chance : après l'éboulement, la centrale de refroidissement a continué à fonctionner et à alimenter la galerie où ils étaient bloqués ; elle n'a rendu l'âme que peu de temps avant notre intervention, ce qui a limité les dégâts. Pour Caleb, par contre… »

Gretchen Vogt termina la phrase qu'il avait laissée en suspens : « Cela fait maintenant plus de *vingt-quatre heures* qu'il se trouve dans cette fournaise. C'est sans espoir, Poppy. »

Chapitre 2

17 février 2018 – 13 h 44 UTC

Le petit terminal holo fit entendre un ronflement sonore avant de déployer sa parabole et de débuter la transmission. Avec sa chemise hawaïenne tendue sur un abdomen rebondi et son short bleu fatigué d'où émergeaient deux jambes maigrichonnes, le petit homme qui se matérialisa comme par miracle ne payait pas de mine. Comme toujours, l'image était d'une netteté absolue. Le ciel rougeoyant et les ombres longues indiquaient que ce devait être l'aube ou le crépuscule – plutôt le crépuscule, se dit Richardson en constatant que l'homme brandissait un verre bien rempli d'une liqueur ambrée. Il semblait se tenir sur le pont d'un yacht. En arrière-plan se profilait une marina bordée de gratte-ciel luxueux, avec plus en retrait la colossale silhouette, immédiatement reconnaissable, de la tour Goopple. Viktor se trouvait donc encore à Dubaï. Juste à côté de lui, on distinguait l'extrémité d'un sofa sur lequel reposaient deux jambes féminines aux rondeurs parfaites ; le reste était hélas hors champ.

Dommage, d'habitude Viktor les choisit plutôt mignonnes.

Un petit signal lumineux apparut sur la console holographique, indiquant que la liaison audio était établie.

« Rebonjour, Viktor, dit Richardson, comment va l'hémisphère Nord ?

— J'espère que tu ne fais pas allusion à mon léger embonpoint, rigola l'homme en se tapotant la panse. D'ailleurs, j'ai pas mal bougé aujourd'hui, dommage que le cheikh Hamdan m'ait refait au quatorzième trou… Je suppose que c'était le prix à payer pour arriver à leur fourguer ces foutus intercepteurs ! »

À soixante-quatre ans, Viktor Bernstein était le vice-président et la vitrine médiatique de la K2 Industries ; pour nombre de commentateurs financiers, l'homme qui faisait deux à trois fois par an la couverture de *Forbes* était en réalité le dirigeant *de facto* de l'immense holding, tant l'état de santé de son président – ou même le fait de savoir s'il était encore en vie – suscitait d'interrogations. Sous des dehors faussement débonnaires, l'homme était dans son domaine un tueur aussi redoutable que Vandell Richardson l'avait été sur les champs de bataille.

« Je vois que tu es déjà en train de fêter le contrat… Désolé de te déranger, Viktor, mais comme prévu nous rencontrons quelques… difficultés pour accéder aux installations de la mine.

— Quelques difficultés, rien que ça !… Et je parie que nous devons ces difficultés au petit monsieur qui se trouve à côté de toi, dit Bernstein en faisant mine de découvrir l'intéressé. Eh bien, monsieur le directeur, continua-t-il sur le ton badin qu'on réserve aux enfants, vous allez être bien gentil et permettre à mes amis de descendre dans votre… pardonnez-moi, je voulais dire *notre* mine…

— *Votre mine ?* éructa Tsvangiwi. C'est tout ce que vous avez trouvé pour essayer de me convaincre, Richardson ? Me projeter l'image d'un cinglé en bermuda ?

— Je vous conseille d'écouter le cinglé, répondit l'ex-marine.

— Effectivement, je vous conseille d'écouter, dit Bernstein d'un ton pincé. Désolé que mon short ne vous plaise pas, mais ceci devrait vous intéresser davantage… »

Il se pencha pour attraper une liasse de documents que la jeune femme à ses côtés venait de lui tendre ; ce faisant, l'intéressée entra brièvement dans le champ de l'holocaméra.

Bon Dieu, se dit Vandell Richardson avec une pointe d'envie. *Je ne sais pas combien il leur a vendu les intercepteurs, mais ça valait le coup...*

Viktor Bernstein chaussa une paire de lunettes anachroniques et fit semblant de prendre connaissance des documents : « Voyons ce que nous avons là… ah oui, transfert de propriété des installations d'extraction de la mine de West Nicholson…

— Transfert de propriété ? Qu'est-ce que c'est que ces conneries ? aboya le directeur. Ce pays n'est pas à vendre, vous vous croyez encore au temps de la Rhodésie ? Vous ignorez peut-être que toutes nos ressources minières sont nationalisées ?

— Vous devriez vous calmer, mon gars, c'est mauvais pour la santé de s'énerver comme ça… Accessoirement, vous devriez éviter de me prendre pour un con, ajouta Bernstein d'un ton beaucoup moins amène.

On va récapituler, suivez bien. *Primo*, juste avant de se faire éjecter, Robert Mugabe vire les derniers propriétaires blancs et nationalise toutes les ressources agricoles et minières du Zimbabwe. Cet homme avait l'art de se faire des amis. *Deuzio*, votre frangin et ses copains arrivent au pouvoir et ne voient pas l'intérêt de changer la donne. Pas besoin de l'argent pourri des impérialistes pour mener la glorieuse révolution nationale, n'est-ce pas ? *Troisio*, le filon de West Nicholson est découvert. Gros problème, si la main-d'œuvre ne manque pas, les travaux d'extension vont quand même coûter quelques petits milliards. Gênant pour un pays en cessation de paiement depuis plusieurs années. La solution, privatiser les moyens d'extraction et les confier à des capitaux étrangers, tout en gardant la main sur le minerai et son raffinage. Résultat, à l'heure actuelle, chaque once de minerai extraite de cette taupinière reste la propriété inaliénable du Zimbabwe, et son traitement demeure la chasse gardée de la Fidelity Printers and Refiners, une filiale de votre Banque Nationale. Par contre, chaque boyau d'exploitation, chaque pelle, chaque pioche et jusqu'au dernier boulon de culotte de vos mineurs ont été intégralement financés par les sociétés concessionnaires et demeurent sous leur entier contrôle. Pour faire simple, vos pouvoirs de police s'arrêtent à l'entrée de vos puits…

— Et alors, qu'est-ce que ça change ? ricana le directeur. Que je sache, votre maudite société est bien trop occupée à piller nos mines de diamants, elle n'a jamais investi un cent dans notre secteur aurifère…

— Exact, et tout à fait justifié d'un point de vue économique. Pour être précis, le secteur exploitation de la West Nicholson est détenu à 45 % par la Grootveld

Gold Mining Holdings et à 33 % par la Permex Gold Ltd., toutes deux basées à Johannesburg. Vous serez donc intéressé de savoir que l'AngloZulu Gold and Platinum Co., notre filiale sud-africaine pour le secteur minier, vient de lancer une OPA hostile sur la Grootveld et la Permex. La bourse de Johannesburg est actuellement fermée, aussi ferons-nous transiter nos ordres par celle de New York qui ouvre dans… une heure et quart exactement, fit-il en consultant sa montre. Vu le tarif que nous proposons – une très mauvaise affaire pour nous, soit dit en passant –, la question devrait être réglée en un clin d'œil. Vous pouvez d'ores et déjà nous considérer comme propriétaires de ces murs…

— Vous bluffez !

— Le bluff, *schmock*, c'est pour les pauvres : j'ai arrêté après mon premier milliard. Libre à vous de vérifier mes dires dès l'ouverture des cotations à New York. D'ici là, vous voudrez bien laisser mes amis accéder librement à *nos* installations et leur apporter toute l'assistance souhaitée. Le transfert de propriété ne devrait pas avoir d'incidence immédiate sur votre position. Sauf bien sûr si vous persistiez dans une attitude négative, auquel cas nous devrions envisager certaines mesures de rétorsion…

— Vous bluffez encore ! Mon frère…

— Vous avez raison de penser à lui, la famille c'est très important… fit Bernstein d'un ton bonhomme. D'ailleurs, il ne faudrait jamais avoir de secrets dans une famille, ça n'est pas sain… Votre frère, le général Norton Tsvangiwi, serait absolument ravi d'apprendre que l'année dernière, près de deux tonnes d'or – soit tout de même 6 % du produit de cette exploitation – se sont mystérieusement évaporées et que le produit de leur vente a tout aussi mystérieusement atterri sur un compte numéroté à la Bessemer Trust Company basée aux îles Caïmans. Le patron de la Bessemer a un swing déplorable, mais c'est un de mes bons amis. Les amis c'est comme la famille, très important… Pouvons-nous maintenant compter sur votre collaboration ? »

Le directeur parut frappé par la foudre. Il resta planté de longues secondes sans rien dire ; sa peau sombre avait viré au gris.

« Foutez le camp de mon bureau ! » finit-il par articuler d'une voix éteinte.

13 h 45 UTC

Poppy Borghese fit quelques pas à l'écart, le temps de digérer l'information. Elle avait suffisamment crapahuté en milieu hostile pour savoir que les deux membres de la Hard Rescues disaient vrai. Nul ne pouvait survivre à plus d'une journée dans l'ambiance thermique d'un sauna, point barre. Le bon sens et la prudence commandaient d'en rester là ; le problème était que ces deux qualités ne faisaient pas précisément partie de son catalogue. Elle se retourna vers le couple :

« Vous avez sans doute raison. Néanmoins, je souhaiterais me rendre compte par moi-même.

— Vous perdez votre temps, dit Joshua Tewaru. Merci d'avoir fait le déplacement, quelles que soient vos motivations, mais il n'y a aucune…

— Écoutez-moi bien, répondit Poppy un peu plus sèchement qu'elle ne l'aurait souhaité. Mon patron a engagé de gros moyens pour cette opération. Il n'est pas du genre à se contenter d'un faire-part de décès. Je veux descendre *moi-même* dans cette mine pour vérifier que McKay est bien mort ; si c'est le cas, vous serez peut-être contents que je vous ramène son cadavre, comme ça vous pourrez l'enterrer dignement… »

Du calme, Poppy. Ces gens sont de ton côté, inutile de les braquer !

Réalisant qu'elle était allée trop loin, elle reprit d'un ton radouci : « Pardonnez-moi, je vois que vous êtes tous les deux à cran. J'ai bien compris que ses chances de survie sont minimes, mais je n'ai pas l'habitude d'abandonner une mission avant son terme. Dites-moi juste comment descendre dans cette foutue mine ».

Gretchen Vogt la regarda de longues secondes avant de répondre : « Les options sont très limitées. L'accès au réseau d'exploitation se fait par les deux ascenseurs qui se trouvent dans les tours de chevalement. L'ascenseur numéro un est destiné au transport des mineurs ; il a été endommagé au moment de la secousse d'hier soir et est actuellement H.S. Pour ce qu'on en sait, la cabine serait bloquée au fond du puits, et toute la section inférieure du coffrage se serait effondrée dessus. Reste l'ascenseur deux, qui sert à convoyer le minerai en surface. Celui-là semble encore en état, mais une quinzaine de gardes armés en interdisent l'accès…

— Une quinzaine, c'est jouable. Je ne suis pas venue toute seule…

— On s'en doute, mais les gardes ne sont qu'une partie du problème. La machinerie de l'ascenseur se commande depuis l'extérieur. Même si vous parveniez jusqu'au puits, vous ne pourriez pas faire fonctionner la cabine.

— Et il n'y a pas d'autre accès aux galeries ?

— Aucun, désolé. »

Poppy réfléchit une seconde. Quelque chose ne collait pas. Elle rechargea le visuel 3D que Vandell lui avait télétransmis dans l'hélico et se concentra sur l'axe central du réseau souterrain. C'était bien ça : juste à côté des deux puits verticaux qui représentaient les cages d'ascenseur apparaissaient plusieurs autres lignes parallèles beaucoup plus fines, dont au moins deux se prolongeaient jusqu'au niveau le plus profond. À quoi pouvaient-elles bien correspondre ?

« J'ai pu consulter une carte de la mine avant de venir, mentit-elle. Je peux me tromper, mais il me semble avoir vu un réseau vertical secondaire…

— Vous devez faire erreur, répondit Joshua. Les seuls autres puits sont ceux qui desservaient l'ancien filon de surface. Ils sont à plus de trois kilomètres d'ici et ne communiquent pas avec le réseau actuel. De plus…

— Une seconde, Josh, intervint son associée. Elle a raison. Il y a aussi le système de ventilation.

— Celui qui sert pour refroidir les galeries, c'est ça ? la pressa Poppy. D'où partent les conduits ?

— Aucune idée, répondit Joshua. Mais ça ne devrait pas être trop difficile à trouver… »

Sur ces paroles, il se retourna et avisa un des brancardiers qui venaient de déposer un nouveau blessé : *« Ee yebo !* lui lança-t-il. *Kanjani mwana namai vake usiku akatizira ? »*

L'homme hocha la tête et répondit : *« Eee, Joshua. Aa ngeyako usiko… »* Puis ils commencèrent à discuter avec force gestes des deux mains.

Un peu surprise, Poppy demanda à Gretchen Vogt :

« Il a pris un cours accéléré de swahili avant de venir, votre copain ?

— Pour info, le swahili, c'est mille bornes plus au nord, répondit l'intéressée en haussant les épaules. Ici, on parle shona. Et pas besoin de cours. Josh est ce qu'on appelle un hyperpolyglotte : il suffit de le parachuter dans un bled, il va au bistrot du coin et paye le coup à deux trois mecs ; en une heure, il sait baragouiner les phrases simples et en deux jours il connaît la langue par cœur.

— Intéressant... » murmura Poppy. Mais elle n'eut pas le temps d'épiloguer : Joshua venait de serrer la main du type en lui disant : *« Wazvita ako ! Sarai zvakanaka ! »* Puis il se rapprocha des deux femmes et déclara :

« Tous les conduits partent de la centrale située derrière les dortoirs des ouvriers. Ce n'est pas très loin d'ici, mais... »

Poppy Borghese était déjà en marche.

13 h 49 UTC

Le hangar était poussiéreux et sentait le renfermé. Un peu à l'écart de l'esplanade centrale, il n'était pas gardé, et ils n'avaient eu aucune difficulté pour y pénétrer. La plus grande partie de l'espace était occupée par une énorme machinerie d'où émergeaient plusieurs tubulures de fort calibre qui plongeaient verticalement dans le sol.

« La centrale de ventilation de la mine, expliqua Joshua Tewaru. Elle est à l'arrêt depuis une trentaine d'heures. L'air est normalement aspiré en surface, comprimé, et distribué à tous les secteurs souterrains par les tuyaux que vous voyez ; au-dessous du niveau 60, soit environ mille cinq cents mètres de fond, l'air transite d'abord par des unités de refroidissement situées dans les galeries principales ; cela permet de maintenir la température ambiante aux alentours de 40 °C au niveau des fronts de taille les plus profonds, même si le rocher reste brûlant...

— Ingénieux, dit Poppy. Où se trouvent les conduits qui mènent aux niveaux inférieurs ?

— Ici », répondit une nouvelle voix.

Surprise par la sonorité caverneuse, elle se retourna et se retrouva face à l'être humain le plus volumineux qu'elle eût jamais vu. Sa stature colossale faisait paraître Joshua presque fluet, et les muscles énormes de ses bras ressemblaient à des câbles de marine ; deux bons quintaux de viande, estima-t-elle, et pas beaucoup de graisse autour. Son crâne entièrement rasé, son visage aux saillies osseuses prononcées et toutes les parties découvertes de son corps étaient couverts d'innombrables cicatrices blafardes ; il lui manquait l'oreille gauche et quelques centimètres de lèvre supérieure. Le type semblait être passé sous une moissonneuse-batteuse, en être ressorti vivant et avoir recommencé une douzaine de fois. Sous une paire d'arcades sourcilières qui n'auraient pas déparé l'homme de Neandertal, deux petits yeux bleus la regardaient avec un éclat ironique.

« Poppy, je vous présente Vassili Hautamäki, *alias* One-Shot, dit Joshua. Vassili est notre spécialiste en ingénierie, mais il possède aussi... disons, un certain talent pour les armes à feu, d'où son surnom. »

Décontenancée par le physique du géant, la jeune

femme n'avait même pas remarqué l'arsenal qu'il trimbalait sans effort apparent. À l'épaule gauche il portait un Barrett M82, le fusil de précision ultra-puissant de l'armée américaine, et un vieux Dragunov SVD à la crosse de bois couverte d'entailles qui semblait presque fragile en comparaison ; son épaule droite supportait une arme énorme aux lignes épurées, et Poppy mit une ou deux secondes pour reconnaître la redoutable mitrailleuse lourde General Dynamics LW50 modèle 2011… *En tout, soixante kilos de ferraille qui avaient l'air de lui faire autant d'effet qu'un timbre-poste*, se dit-elle.

Soudain la liaison neurale s'activa, et des mots silencieux se formèrent dans son esprit : *Poppy, où es-tu ? Le directeur n'a pas été facile à convaincre mais il va nous foutre la paix quelque temps…*

Elle pesta intérieurement, ne s'attendant pas à ce que Vandell en ait terminé aussi vite. Il allait falloir se dépêcher, car elle doutait fort qu'il approuvât son plan. Elle se pencha pour examiner les deux conduits métalliques que le colosse venait de lui désigner. Un peu plus d'un mètre de diamètre, parfait. Elle saisit un pied de biche qui traînait sur un établi et fit sauter la trappe de visite du tuyau le plus proche, puis passa la tête dans l'ouverture.

« Et ça plonge comme ça jusqu'au fond ? demanda-t-elle. Pas de grilles, pas de filtres intermédiaires ?

— Pas prévu, répondit One-Shot. Pas bon pour rendement soufflerie. »

Par acquit de conscience, elle balança quand même un coup de sonar frontal. Le conduit était bien libre sur toute sa longueur. Elle se retourna : « Combien de temps pour faire sauter le tuyau et installer un treuil de fortune avec quatre kilomètres de câble ? demanda-t-elle.

— Une heure, répondit le géant sans hésiter.

— Trop long », dit Poppy, et elle plongea dans l'ouverture.

13 h 51 UTC

Elle n'avait pas chuté de cinquante mètres que le processeur tactique se manifestait déjà.

‹ Si je puis me permettre, Poppy, c'est vraiment une très mauvaise idée. ›

L'interface vocale de l'IA était personnalisable, et, lorsqu'elle avait reçu la combinaison, Poppy avait choisi le ton obséquieux d'un majordome anglais. Le surnom s'était ensuite imposé comme une évidence.

« Ta gueule, Jeeves. La situation est parfaitement sous contrôle. Contente-toi de me charger la télémétrie. »

‹ Comme vous voudrez, mademoiselle. Vélocité 29 m/s en hausse, restent 3 400 mètres. Impact terminal 870 à 5 300 *g* selon le matériau d'arrivée. Dommages majeurs à prévoir. Probabilité de survie… ›

« Inutile, Jeeves, tu vas me démoraliser. »

L'obscurité était absolue. Les LED du casque s'étaient automatiquement activées mais n'éclairaient qu'à quelques dizaines de centimètres, montrant un mur grisâtre indistinct qui se perdait dans les ténèbres. Elle passa en IR, et un déluge de lumière verte inonda ses rétines, lui offrant un spectacle hallucinant. Les parois du tube se rejoignaient au-devant d'elle dans une perspective géométrique parfaite et à une distance apparemment infinie ; la luminosité augmentait rapidement, au même rythme que la température ambiante, et elle dut régler le photomultiplicateur pour ne pas être éblouie. Aucun détail n'était visible au niveau des parois rendues floues par la vitesse, et, sans le vent de la course qui hurlait à ses oreilles, elle aurait eu l'impression d'être complètement immobile. La verticalité du conduit semblait parfaite ; à deux ou trois reprises, elle heurta légèrement une paroi, mais les chocs absorbés par la combinaison la ramenaient au milieu du tube sans ralentir sa course.

‹ Vélocité 58 m/s en hausse, restent 2 350 mètres. Paramètres impact inchangés. Dommages majeurs à prévoir. Probabilité de survie non chiffrable. ›

« Encore un peu, Jeeves. Ce n'est pas tous les jours qu'on lance une nouvelle discipline sportive. »

La sensation était proprement hypnotique. Même avec le viseur IR réglé au minimum, les parois du tube étaient maintenant violemment illuminées par la chaleur de la roche. Poppy avait l'impression d'être une balle de fusil dans un canon à la longueur infinie…

‹ Vélocité 72 m/s stable. Poppy, il reste moins de 1 500 mètres avant impact. ›

Le ton était désormais beaucoup plus pressant. Poppy retint un sourire. *Cette fois-ci, je vais peut-être arriver à te faire chier dans ton froc, Jeeves. Plus de 250 km/h. Pas mal comme vitesse terminale.* En parachutiste aguerrie, elle savait pouvoir atteindre les 350 km/h en chute libre, mais la compression de l'air dans le tube étroit devait la ralentir quelque peu.

‹ Poppy ! ›

OK. Les meilleures choses ont une fin. La jeune femme se roula en boule et, au prix d'une savante contorsion, réussit à pivoter sur elle-même sans toucher le conduit pour se retrouver les pieds en bas.

L'instant d'après, elle déclenchait son parachute dorsal.

Le choc lui coupa le souffle, et le ralentissement fut instantané. Elle leva la tête. Quelques mètres au-dessus, le parachute formait une masse compacte qui raclait les parois du tube dans un ronflement sonore. L'étroitesse du conduit empêchait la voile de se déployer, mais le frottement du tissu contre la surface métallique remplissait son office en la freinant peu à peu.

‹ Vélocité 52 m/s en baisse. 850 mètres avant de toucher. Félicitations, Poppy, mais je crains que cela ne suffise pas. Impact 140 à 850 *g*. Probabilité de survie 2 à 13 %... ›

Pas de panique, Jeeves. Plan B. Poppy brandit le pied-de-biche qu'elle tenait plaqué contre sa cuisse depuis le début de sa chute et, le saisissant à deux mains, en appliqua fortement l'extrémité griffue contre la paroi qui défilait à toute vitesse. La secousse violente la déstabilisa et faillit lui arracher l'outil, tandis qu'un hurlement de métal torturé et une colossale gerbe d'étincelles envahissaient le conduit de ventilation. Elle affermit sa prise sur la tige d'acier et continua à la presser de toutes ses forces contre le mur en mouvement.

‹ Excellente initiative, Poppy. Vélocité 23 m/s en baisse, restent 450 mètres. Impact inférieur à 20 *g* si on continue à décélérer à ce taux. Probabilité de survie globale : supérieure à 99 % ; sans dommages : supérieure à 70 %. ›

Effectivement, la paroi défilait beaucoup moins vite. *Parfait. Continue à doser la pression.* La jeune femme était cernée d'étincelles, et le crissement strident du métal frottant contre le métal atteignait la limite du supportable. L'extrémité du pied-de-biche avait été portée au rouge par le frottement, et la barre commençait à chauffer entre ses mains, mais pas question de mollir.

« Qu'est-ce que tu en dis, Jeeves ? murmura-t-elle entre ses dents. Encore quelques secondes, et on se pose comme une fleur ! »

Mais, à sa grande surprise, le processeur de combat émit à cet instant une sorte de hoquet électronique :

‹ Poppy, il y a un problème. Le parachute… ›

Par réflexe, elle leva la tête, et le spectacle lui coupa le souffle. *Merde ! Ce foutu truc est en train de cramer !*

Comme presque tout son équipement, le parachute était une merveille de technologie militaire classifiée. La voile en nanotissu carbone/aramide était plus souple que la soie et cinquante fois plus résistante que l'acier, et son épaisseur inférieure au diamètre d'un cheveu permettait de la plier dans un compartiment de la taille d'un étui à cigarettes. Elle avait pour seul défaut de ne pas être ignifugée, inconvénient sans doute jugé mineur par le fabricant vu l'usage pour lequel elle était conçue. Poppy comprit que le tissu avait pris feu sous l'effet combiné de la friction contre les parois et des étincelles fusant du pied-de-biche ; malheureusement, la combustion de la voile semblait réduire ses capacités de freinage, et la jeune femme réalisa qu'elle recommençait à accélérer. La situation se gâta pour de bon quand l'extrémité de son levier heurta une aspérité de la paroi ; sans y prêter garde, elle avait relâché sa pression sur l'outil, et la barre métallique lui fut violemment arrachée des mains, la frappant au front et manquant de l'éborgner avant de se perdre dans les profondeurs du conduit.

‹ Poppy, ça craint ! intervint le processeur qui avait perdu son ton ampoulé. Vélocité 26 m/s en hausse, impact 11 secondes supérieur à 120 *g*... ›

Moins de deux cents mètres et plus beaucoup d'options. Sans même réfléchir, Poppy utilisa ce qui lui restait pour freiner : ses pieds et ses mains. Dans un grand écart désespéré, elle s'arc-bouta de toutes ses forces contre les parois du tube pour tenter de ralentir sa chute folle. Ses gants épais et ses bottes de saut la protégeaient efficacement de la friction mais beaucoup moins de l'élévation thermique. La combinaison possédait une couche isolante en polyuréthane nanostructuré sous vide d'air, couplée à une thermorégulation par microcirculation de fluide. Un système parfaitement adapté aux ambiances thermiques extrêmes, mais beaucoup moins performant lorsqu'il s'agissait de dissiper une chaleur intense appliquée sur une zone réduite : en un rien de temps, ses mains et ses pieds devinrent brûlants. Luttant contre la douleur, elle continua néanmoins à les plaquer contre la paroi en mouvement, consciente que sa survie se jouait là.

‹ Impact 6 secondes, vélocité... ›

« Plus le temps, Jeeves ! Combinaison en mode HAVLO à t-1. Medikit séquence full auto. Unlock autosystèmes ! »

En un éclair, Poppy visualisa la série de six chiffres qui validait l'ordre de déblocage et autorisait le processeur de combat à prendre le contrôle de l'armure en cas de blessure majeure ou de perte de connaissance de son occupante ; bien que les ingénieurs ne l'eussent jamais reconnu ouvertement, le sous-programme avait aussi pour but de ramener à bon port la très précieuse combinaison, même si cette dernière ne contenait plus qu'un cadavre…

Le système HAVLO (*High Altitude Very Low Opening*) avait été développé par les bureaux d'études de la K2 pour permettre la survie d'un chuteur opérationnel en cas d'ouverture différée ou de dysfonction du parachute. Le protocole avait été testé sur mannequin mais jamais en conditions réelles, par manque de volontaires désireux d'ouvrir leur voile à 40 mètres du sol. Une seconde avant l'impact, les dizaines de servomoteurs répartis sur toute la surface du vêtement se mirent en mouvement sans douceur et corrigèrent l'attitude de la jeune femme pour la forcer à adopter la position de crash : buste droit pour minimiser les accélérations latérales sur la colonne vertébrale, jambes à demi fléchies, bras croisés sur la poitrine, les deux mains enserrant le visage. Les électrodes de neurostimulation transcutanée disséminées sur toute la surface de sa peau se mirent en tension, raidissant ses muscles paravertébraux et multipliant par cinq le tonus musculaire de ses cuisses qui allaient encaisser l'essentiel du choc. Soixante unités de *p*-morphine furent injectées dans son système vasculaire en prévision des dégâts inévitables. Au cours de la dernière demi-seconde, le polymère à déformation programmée se rigidifia sur toute la surface de la combinaison, enserrant douloureusement le tronc et les membres de Poppy…

L'impact fut d'une violence inouïe.

La jeune femme eut beaucoup de chance : l'extrémité inférieure du tube était fermée par un solide grillage en acier dont les mailles se tordirent sur dix centimètres au moment du choc, et cette déformation absorba une grande partie de l'énergie cinétique ; si elle avait atterri sur une surface rigide, elle aurait été tuée sur le coup malgré l'assistance dynamique de la combinaison. En dépit de cela, elle subit une décélération instantanée de 65 *g*, qui aurait été fatale à n'importe qui d'autre. Quarante millisecondes après l'impact, son buste bascula en avant, et sa tête enfonça violemment la paroi du tube ; là encore, elle aurait été tuée net sans la protection du feuilletage kevlar/céramique à diffusion cinétique de son casque. Encore soixante millisecondes et son tronc s'écrasait sur la grille. Les os de son avant-bras se recassèrent au même endroit que lors de l'entraînement du matin, lui arrachant un hurlement de douleur. Plusieurs de ses côtes se brisèrent aussi, de même que sa clavicule gauche. Son cœur rata deux pulsations mais repartit tout seul, sans que le médikit ait à intervenir. Une seconde et demie après l'impact, les débris enflammés du parachute s'abattaient sur elle ; sa visière blindée se referma automatiquement, mais pas avant que ses cheveux et la peau de son front n'aient commencé à brûler. Poppy se débattit désespérément dans les replis du tissu en flammes, tout en essayant de retrouver l'emplacement du panneau de visite qu'elle avait entraperçu une fraction de seconde avant de percuter.

« Jeeves, où est cette putain de trappe ?! »

‹ Juste derrière toi. ›

Elle se retourna et, entre les flammes, parvint à distinguer l'encadrement rectangulaire. En s'arc-boutant contre la paroi opposée du tube, elle donna une fantastique ruade, et le panneau sauta à plusieurs mètres dans un fracas de métal froissé ; la secousse se répercuta au niveau de ses multiples fractures, lui arrachant un nouveau cri de douleur. Dans un ultime effort, elle se releva et se propulsa à l'extérieur du conduit, juste à temps car la couche externe de sa combinaison commençait à fondre. Hors d'haleine et sans distinguer ce qui l'entourait, elle parvint à faire deux pas avant de s'écrouler sur un sol dur ; alors qu'elle luttait contre l'évanouissement, l'IA se manifesta sur un ton sarcastique :

‹ Comme une fleur, Poppy. ›

13 h 53 UTC

« Bilan avaries. »

‹ Bien, mademoiselle. Dommages minimes au niveau de l'armure, servos R29 et R34 grillés au genou droit avec suppléance par les huit restants, quelques éraflures au niveau de la couche mimétique, blindage céphalique H.S. ; évitez de vous cogner au plafond, le casque n'encaissera pas un deuxième impact comme celui-là. Un peu plus de dégâts en ce qui vous concerne : fractures des deux os de l'avant-bras gauche, quatrième à septième côtes gauches, clavicule gauche tiers distal ; trait de fracture temporo-pariétal droit avec contusion cérébrale légère non hémorragique. Plaie du poumon gauche par esquille de côte, suture nanobotique en cours ; hémothorax gauche 400 ml résorbé par le drain thoracique avec autotransfusion en cours, ne saigne plus actuellement, balance sanguine 1/1. Quelques autres hémorragies internes minimes, spontanément résolutives. Une plaie assez vilaine au niveau du front. Molaires 38 et 48 fracturées à l'impact, il faudra faire un tour chez votre dentiste. Réserves médikit 95 %

mais la morphine commence à manquer. Capacité opérationnelle globale : sous-unité biologique 94 %, non-biologique 99 %. Vous vous en sortez bien, Poppy, mais vous devriez vous asseoir cinq minutes pour vous reposer. ›

« Pas le temps, Jeeves. »

Elle regarda autour d'elle pour tenter de s'orienter. Elle avait atterri sur le toit d'une construction en tôle située à l'une des extrémités d'une vaste caverne allongée. Tout un réseau de tubulures horizontales partait du bâtiment et se perdait dans la pénombre. *Tu dois être sur la centrale de réfrigération*, se dit-elle. En jetant un coup d'œil en l'air, elle nota que le plafond de l'excavation, à deux ou trois mètres au-dessus de sa tête, semblait à peu près intact. Ce n'était pas le cas à l'autre bout de la caverne, où un énorme amoncellement de rochers marquait l'endroit où la voûte avait cédé.

Elle sauta à terre avec une grimace de douleur et s'en approcha pour mieux voir. Il y avait toujours de l'électricité, mais la lueur tremblotante des quelques néons qui fonctionnaient encore peinait à dissiper l'obscurité. Comme prévu, l'atmosphère torride était à peine respirable, et l'air saturé de poussière lui brûlait les poumons à chaque inspiration ; elle se hâta de refermer sa visière et de mettre la combinaison en mode isolation thermique. Parvenue à proximité de l'amoncellement de rocaille, elle se rendit compte qu'elle se trouvait en face du puits de mine principal. Il ne restait plus rien de la cage d'ascenseur, et la cabine était écrasée sous les centaines de tonnes de rochers qui s'étaient éboulés. Plus inattendues étaient les traces de combustion visibles sur les coffrages en bois et les nombreux débris métalliques déchiquetés sur le sol. Intriguée, Poppy en ramassa un : le bout de tôle était couvert de noir de fumée, et sa peinture avait cloqué comme si elle avait été soumise à une chaleur intense. *Intéressant...* La jeune femme gratta une petite quantité de poussière noirâtre sur l'objet et la déposa dans le réceptacle de l'analyseur situé sur son gantelet gauche. Basé sur la technologie des micropuces à ADN, l'équipement hors de prix offrait les performances d'un laboratoire d'analyses chimiques ultramoderne dans un volume ne dépassant pas quelques centimètres cubes.

« Composition ? »

‹ Noir de carbone en grande quantité. Débris de cellulose. Composés organiques complexes : 1,3,5-trinitro-1,3,5-triazacyclohexane ou RDX 44,5 %, pentaerythritol tétranitrate ou PETN 53,4 %, traces de 2,3-dimethyl-2,3-dinitrobutane ou DMNB... ›

« En clair, Jeeves ! »

‹ Semtex. ›

Décidément très intéressant, se dit Poppy, *dommage que je ne puisse pas contacter les autres à la surface, mais il risque d'y avoir du sport quand je vais remonter*. Le temps manquait pour poursuivre ses investigations, et elle décida de passer à autre chose. Plusieurs galeries obscures s'ouvraient çà et là. En s'aidant de sa carte mentale, elle identifia celle où Caleb McKay avait eu le plus de chances de se trouver au moment de la secousse... *ou plutôt de l'explosion*, corrigea-t-elle. Elle s'y précipita.

À mesure qu'elle progressait dans la galerie en pente douce, les signes de la catastrophe devenaient de plus en plus évidents. Elle dut repasser en vision IR pour éviter les nombreux débris qui jonchaient le sol : gravats tombés du plafond, wagonnets renversés, outils abandonnés un peu partout ; à deux reprises, elle dut escalader des éboulis qui bouchaient presque complètement la galerie et perdit de précieuses minutes à scanner les amas de rocaille à la recherche d'un cadavre. Aucune trace de McKay. Elle estimait avoir parcouru environ trois cents mètres quand elle buta sur un mur infranchissable. L'obstacle était opaque sur toute la gamme de fréquences du sondeur, ce qui signifiait qu'il devait mesurer une bonne quinzaine de mètres d'épaisseur sinon plus.

OK, Poppy, tu as fait ce que tu pouvais. Inutile de traîner plus longtemps ici.

Elle allait tourner les talons lorsqu'un objet qui traînait au sol attira son attention. Un gant. Ce n'était pas le premier qu'elle repérait depuis le début de sa progression, mais celui-ci était différent, épais et en matériau synthétique multicouche de très bonne qualité. *Pas du tout ce qu'on s'attend à voir aux mains des malheureux qui bossent dans ce trou à rats*, se dit Poppy en examinant l'accessoire. Le gant était à moitié retourné, comme si son possesseur l'avait arraché en toute hâte. C'est en se penchant pour rechercher d'autres indices qu'elle remarqua la cavité dissimulée sous les débris du convoyeur à gauche du tas de rocaille.

Impossible que quelqu'un soit passé par là, ce trou est beaucoup trop petit !

Mue par une impulsion soudaine, elle bascula en vision UV et activa les LED de son casque. Tout son environnement sembla se fondre dans une pénombre violette, comme si elle se trouvait à des dizaines de mètres sous l'eau. Plusieurs petites taches d'un blanc éclatant apparurent sur la rocaille à ses pieds. À l'aide d'un minuscule grattoir, elle racla celle qui lui paraissait la plus prometteuse puis inséra l'instrument dans son analyseur.

« Séquençage, Jeeves. »

Elle bénit silencieusement Vandell Richardson qui avait pensé, entre autres éléments d'identification, à lui télécharger le profil génétique de McKay. Le séquenceur ultrarapide mit dix-sept secondes pour rendre le résultat – une éternité pour Poppy qui bouillait d'impatience.

‹ Sujet Caleb McKay, similitude 99,87 % ›

Poppy retint un cri d'enthousiasme. Enfin un élément tangible. Elle repassa en IR et inspecta le sol ; elle remarqua alors que les taches de sang, qui n'étaient plus du tout visibles maintenant, se trouvaient sur des parpaings qui semblaient avoir été éjectés hors de la petite cavité. Elle comprit que McKay avait dû retirer son gant pour avoir une meilleure prise et s'était blessé en repoussant les cailloux qui lui barraient le passage. Elle réprima un frisson en pensant à ce qu'avait dû être la reptation dans ce boyau étroit.

‹ Poppy, il y a autre chose… ›

« Oui, Jeeves ? »

‹ L'ADN était très peu dégradé, moins de 0,1 %. Comme vous le savez certainement, le taux de dénaturation de l'ADN est une fonction directe du temps écoulé, dans des conditions environnementales données. Ce phénomène a été mis en évidence dès 1974 par… ›

« Au fait, Jeeves ! »

‹ En se basant sur la température ambiante qui est de 74 °C dans cet endroit idyllique, Poppy, on peut estimer que ce sang n'est pas là depuis plus de six heures. ›

14 h 33 UTC

Retour au point de départ. En revenant sur ses pas, Poppy Borghese avait minutieusement passé la galerie au peigne fin, sans retrouver la moindre trace de McKay. Où pouvait-il bien se cacher ? Désorientée, elle contempla à nouveau l'imposant éboulis à l'emplacement de l'ascenseur numéro un. *Réfléchis, Poppy. Essaie de penser comme lui. Par miracle, tu as réussi à t'échapper d'un piège mortel, mais ta situation ne s'est guère améliorée. Tu es épuisé, peut-être blessé. Tu crèves de chaleur. Tu es méchamment déshydraté et tu sais que tu n'en as plus pour longtemps. Tu pensais regagner la surface avec cet ascenseur mais, à la place, tu n'as trouvé que ce tas de gravats. Option suivante ?*

L'ascenseur deux.

Restait à le localiser – en effet, le second puits n'aboutissait manifestement pas dans cette caverne. Vu la disposition des deux tours de chevalement en surface, il ne devait pourtant pas être situé à plus de cent mètres à l'ouest de sa position actuelle ; estimation qui se confirma lorsqu'elle constata que les convoyeurs de minerai issus des différentes galeries d'exploitation convergeaient tous vers un tunnel de dimensions plus importantes orienté dans cette direction. Elle suivit la galerie et déboucha bientôt dans une seconde caverne taillée dans le roc. L'obscurité était ici plus profonde ; seuls un néon tremblotant et quelques ampoules diffusaient encore une vague clarté. Le second ascenseur était bien là. *McKay a dû être salement désappointé en voyant qu'il ne marchait plus*, pensa la jeune femme ; *idem lorsqu'il a dû essayer de contacter la surface et qu'il a réalisé que personne ne prenait la peine de décrocher*... Qu'avait-il pu faire ensuite ? Poppy décida d'explorer la caverne, de plus en plus persuadée qu'elle allait bientôt buter sur un cadavre. Ses pas la menèrent vers un groupe de constructions en partie effondrées à l'extrémité de la cavité. C'est là que se trouvait le néon à moitié mort qui baignait la scène d'un clignotement sinistre. Il y avait aussi un gros transformateur électrique, un local à outils dont la porte avait été défoncée, un atelier qui devait servir pour les réparations, des latrines chimiques et un long bâtiment préfabriqué ; elle jeta un coup d'œil à l'intérieur et réalisa qu'il s'agissait d'une sorte de réfectoire à l'usage des mineurs.

Tiens, tiens...

L'intérieur de la cafétéria ne payait pas de mine. Une rangée de vestiaires rouillés à l'entrée, deux gros distributeurs de sodas, quelques tables renversées, des chaises éparses, un juke-box hors d'âge. À l'autre extrémité se trouvait une petite cuisine ; une pile de plateaux-repas s'était effondrée sur le sol devant le comptoir.

Minute, Poppy. S'ils servent des repas ici, il doit y avoir des frigos ! Peut-être même une chambre froide ! Qu'est-ce que tu ferais si tu étais en train de cuire sur pied ?

Elle se précipita et poussa la porte de l'annexe au

fond de la cuisine. Espoir aussitôt envolé. Le toit s'était partiellement effondré sous des tonnes de gravats, et ce qui restait de la pièce n'était plus qu'un fouillis indescriptible. Le local contenait bien une longue armoire frigorifique, mais le meuble avait été à moitié défoncé par une énorme poutre ; la nourriture qu'il renfermait s'était répandue au sol où elle était déjà en train de pourrir. Aucune trace de McKay.

Ça suffit, Poppy. Ce type doit se trouver sous un tas de cailloux, ou alors il s'est perdu dans une des galeries qui partent de la caverne principale, il y en a des dizaines de kilomètres.

Plus déçue qu'elle ne voulait se l'avouer, elle était sur le point de sortir du bâtiment lorsqu'elle manqua tomber en trébuchant sur un objet rond ; elle le ramassa et sourit malgré elle en reconnaissant une canette de Kjöl Cola, le produit phare de la K2 qui en l'espace de cinq ans était devenu le soda le plus vendu au monde.

Le monde est petit. Même ici, ils boivent cette saloperie !

La canette était intacte, et elle se demanda vaguement qui avait bien pu la balancer sans la boire. Elle haussa les épaules et allait abandonner l'objet lorsqu'elle réalisa soudain que ce n'était pas une, mais *des dizaines* de canettes de soda qui jonchaient le sol ; le bâtiment étant de guingois, la plupart avaient roulé et s'étaient amoncelées contre la paroi opposée, si bien qu'elle ne les avait pas remarquées en entrant. *Toutes les canettes étaient intactes.* Juste à côté se trouvait une curieuse structure métallique tordue qui paraissait avoir été arrachée d'un mécanisme plus volumineux ; quelques outils traînaient à terre : un long tournevis, une pince coupante… Poppy se releva brutalement et fixa le gros distributeur de boissons dont la masse imposante se dressait contre le mur. Mue par un espoir irraisonné, elle pressa la main sur sa paroi et sentit un ronronnement : l'appareil fonctionnait encore. Elle ouvrit à toute volée le panneau métallique.

Le canon d'un automatique HK P2000 se posa sur son front.

15 h 08 UTC

Le câble s'immobilisa enfin en butée. À raison de quatre mètres par seconde, il leur avait fallu près d'un quart d'heure pour remonter l'interminable conduit de ventilation. Poppy Borghese constata que toute la partie supérieure du tuyau avait été découpée pour permettre l'installation du petit treuil de chantier. Elle décrocha le mousqueton de Caleb McKay et souleva son corps inerte ; Josh et Gretchen se précipitèrent pour l'aider et hissèrent leur ami hors du trou. One-Shot se tenait un peu en retrait, surveillant l'entrée du hangar en compagnie de deux hommes de l'équipe OPEX. Poppy sortit à son tour du boyau et prit pied sur le sol en terre battue, pas mécontente de retrouver la surface. Vandell Richardson la regardait d'un air à la fois furieux et soulagé :

« Bon Dieu, Poppy ! Tu m'avais habitué à tes conneries, mais là c'est du grandiose !

— Désolé, Vandell, mais si je vous avais écouté, on serait encore en train de prendre le thé avec le directeur ; j'ai préféré faire un peu de sport… »

Elle ouvrit sa visière et inspira une longue goulée d'air. Elle se sentait à bout de forces. Plus embêtant, son stock d'analgésiques était maintenant épuisé, et ses fractures commençaient à lui faire souffrir le martyre. Elle n'avait qu'une envie : mettre les bouts, grimper dans l'hélico, sniffer un ou deux rails de la première poudre qu'elle y trouverait et pioncer jusqu'à Santa Monica.

« Et lui ? reprit Richardson. Il est mort ?

— Non. Quand je l'ai retrouvé, il était même plutôt en forme pour quelqu'un qui vient de passer vingt-six heures dans un sauna. Il a juste eu la mauvaise idée de me braquer, et Jeeves a eu une réaction, disons… épidermique. Ça ne devrait pas être bien méchant, je pense que ce type n'en est pas à son premier trauma crânien…

— Vu ses états de service, j'ai des doutes en effet.

— Il y a autre chose, Vandell. Ça n'était pas une secousse sismique hier soir. Semtex. Le puits a été saboté.

— Nom de Dieu ! rugit Joshua Tewaru. Je me doutais d'un truc comme ça ! La disparition de Caleb les arrangeait, et ils mijotaient certainement de nous faire porter le chapeau pour les dégâts occasionnés à la mine !

— Ce qui me fait dire que vous devriez ramasser votre copain, opina Richardson. Notre ami le directeur Tsvangiwi vient certainement de passer une heure à essayer de clôturer un certain compte aux îles Caïmans, si bien qu'il nous a foutu la paix. Le problème, c'est qu'il doit être à présent en train de surveiller les cotations à la Bourse de New York ; j'aimerais autant que nous mettions les voiles avant qu'il ait fini. Notre hélico est prêt à décoller, et il y a de la place pour vous quatre. Je vous suggère très vivement de venir avec nous…

— Pour aller où ? demanda Gretchen Vogt. Pour l'instant, vous et votre petite copine n'avez pas été très clairs sur ce que vous nous voulez…

— À votre place, miss, je ne ferais pas trop la difficile. Je peux vous assurer que, quoi que nous vous réservions, ce sera toujours préférable à soixante ans de prison dans ce trou à rats.

— Il a raison, dit Joshua. On aura toujours le temps de revenir faire une petite visite de courtoisie à ces fumiers. »

15 h 12 UTC

« Halte ! Plus un geste ou nous tirons ! »

Joshua Tewaru et Gretchen Vogt avaient déjà déposé leur ami toujours inconscient dans l'hélico et les autres s'apprêtaient à y monter lorsque toutes les sirènes de la mine s'étaient mises à hululer.

Et merde ! pensa Poppy. *Encore trente secondes et c'était bon.*

Les trois jeeps venaient de piler à dix mètres d'eux. Tsvangiwi et une douzaine de ses gardes en bondirent. Tous étaient lourdement armés et arboraient des faces menaçantes. Le directeur écumait de rage : « Vous vous êtes bien foutus de ma gueule, vous et votre copain ! hurla-t-il à l'adresse de Vandell Richardson. L'OPA de l'AngloZulu a été annulée juste avant la reprise des cotations !

— Il faut croire que votre mine n'était pas un si bon investissement, rigola l'intéressé. En ce qui nous concerne, nous avons terminé notre job, alors on vous laisse votre taupinière… Au fait, comment vont vos petites affaires dans les Caraïbes ?

— Espèce de fumier ! Mon compte est bloqué, et l'historique des transactions a été transmis à la Banque Nationale du Zimbabwe ! Soi-disant dans le cadre de la politique antiblanchiment de la Bessemer !

— Condoléances, mon petit gars… Comment dit-on en shona ? »

Ça suffit, Vandell, transmit Poppy en neural. *Arrêtez de l'asticoter, il va finir par défourailler.*

Tu as raison, émit l'ex-marine. *C'est le moment de voir ce que donne ton idée de tout à l'heure. Ombre 2, coup de semonce. Une des jeeps, ça devrait suffire.*

« Je serai peut-être mort demain, était en train de gueuler Tsvangiwi, mais vous, c'est tout de suite ! Vous, dans l'hélico ! Descendez et… »

À cet instant précis, il y eut un flash lumineux surpuissant et une énorme onde de chaleur faillit les renverser, comme si l'on avait ouvert la porte d'un haut-fourneau. Vandell et Poppy avaient briefé les autres, aussi avaient-ils tous fermé les yeux juste avant l'explosion lumineuse. Ce n'était pas le cas du directeur et de ses sbires, qui étaient tombés à terre et se frottaient les paupières en gémissant.

« Rassurez-vous, vous n'êtes pas aveugles, dit Vandell Richardson. Le faisceau est très focalisé, vous aurez retrouvé la vue dans quelques secondes. »

Comme pour confirmer ses paroles, Tsvangiwi s'était déjà relevé ; l'air complètement éberlué, il contemplait de ses yeux larmoyants le cratère fumant qui se trouvait à l'emplacement d'une des jeeps. Le véhicule, réduit à l'état d'une masse écrasée et à moitié fondue, avait été projeté à plusieurs mètres ; une épaisse fumée noire puant le caoutchouc brûlé et le métal en fusion montait de cette carcasse informe. Poppy Borghese se tourna vers le mont Olympus, dont la silhouette massive se dessinait à l'est ; elle plissa les yeux pour essayer de distinguer l'hélico de soutien, sans y parvenir.

Merci pour le rayon de la mort, les gars, transmit-elle.

« Laser mégajoule tactique, lança Richardson. Dérivé du prototype Northrop Grummann de 2009, avec pas mal d'innovations de notre cru. Voilà ce que ça donne en faisceau large, mais il peut aussi faire de jolis petits trous bien fumants dans un crâne – ce qui va vous arriver si vous ne jetez pas tout de suite vos flingues. »

Le directeur et ses hommes se regardaient maintenant avec effarement : une tache rouge était apparue au milieu du front de chacun d'entre eux et les suivait dans tous leurs mouvements. Richardson eut un sourire ironique et poursuivit : « Désignateur multicibles. Peut couvrir jusqu'à trente objectifs simultanément, vous auriez dû amener des potes. Une fois verrouillé, il ne vous lâche plus ; vous pouvez courir, sauter, il reste pointé pile sur le centre de votre tête. L'IA à l'autre bout a une très bonne vue et des réflexes de l'ordre d'une nanoseconde. Vous braquez votre arme sur nous, vous êtes morts. *Idem* si vous vous approchez à moins de deux mètres, ou de n'importe quel obstacle derrière lequel vous pourriez vous dissimuler.

— J'aurai quand même le temps de vous crever, toi et ta salope ! » hurla Tsvangiwi en levant le canon de son fusil d'assaut.

L'arme se vaporisa entre ses mains, projetant des débris de métal en fusion à deux mètres à la ronde. Le directeur tomba à genoux en fixant un regard halluciné sur les deux moignons noircis qui terminaient ses avant-bras. Terrifiés par le spectacle, ses hommes jetèrent leurs flingues et levèrent les mains en l'air.

« Ce connard n'a que ce qu'il mérite, jeta Vandell. On s'arrache, Poppy ?

— Pas fâchée », répondit la jeune femme.

Elle allait grimper dans l'hélicoptère quand une détonation sèche retentit ; la verrière blindée du cockpit s'étoila à moins de vingt centimètres d'elle. Elle se jeta à terre et rampa derrière la maigre protection offerte par le patin de l'hélico. Vandell Richardson et One-Shot s'étaient planqués derrière une des jeeps.

Ombre 2, vous faites quoi, bordel ? transmit Richardson. *Tireur embusqué ! Dégommez-le !*

Désolé Ombre 1, on ne le situe pas.

Poppy leva un peu la tête pour essayer de distinguer le tireur. Juste à temps pour repérer l'éclat de la détonation suivante. Le projectile s'enfonça dans le patin de l'hélicoptère à quelques centimètres de sa tête, arrachant des esquilles de métal qui vinrent se planter dans sa combinaison.

« Vandell ! hurla-t-elle. Bâtiment de la direction ! Fenêtre du premier étage ! »

Vous avez entendu, Ombre 2 ?

Affirmatif, Ombre 1. Cible hors champ, je répète hors champ !

Et merde ! pensa Poppy. La fenêtre d'où le type les arrosait se trouvait sur le côté ouest du bâtiment, donc hors d'atteinte du laser posté sur le *kopje. Là où tu te planques, il va t'aligner comme au champ de foire*, se dit-elle en se rappelant soudain que le blindage de son casque était H.S.

« One-Shot ! » gueula Joshua depuis la carlingue de l'hélico.

Le géant bondit et entama un roulé-boulé rapide sur la gauche de la jeep. *Comment fait-il pour bouger aussi vite ?* eut juste le temps de se demander Poppy. Déjà il se relevait et dans le même mouvement fluide épaulait son vieux Dragunov SVD sans même faire mine de viser. L'aboiement sec du canon. Un cri brutalement interrompu. Puis plus rien.

« Œil gauche. Cent vingt-cinq mètres. Facile », dit-il avant de remettre son arme à l'épaule. Puis, en se tournant vers Vandell Richardson qui le regardait, médusé : « Pas mal votre laser. Mais faut lui apprendre tirer dans les coins. »

Chapitre 3

18 février 2018 – 11 h 27 UTC

La pièce était vaste et lumineuse, entièrement dans les tons sable et ivoire. Caleb McKay s'était plus ou moins attendu à reprendre conscience dans une chambre d'hôpital, mais le mobilier contemporain haut de gamme évoquait plutôt une suite dans quelque luxueux hôtel international. Il se trouvait étendu sur un grand lit confortable, recouvert d'une épaisse couette grège. À sa gauche, une immense baie vitrée s'élevait du sol au plafond, protégée par un rideau vaporeux qui laissait filtrer quelques rayons de soleil. L'air vif, presque piquant, avait une touche printanière et iodée qui lui rappelait les Highlands. Le silence était absolu. Il balaya la chambre du regard. Un vaste sofa en cuir crème occupait l'un des coins ; un joli guéridon de style Christopher Guy supportait un élégant bouquet de lis et d'azalées blancs. Deux toiles somptueuses apportaient une éclatante touche de couleur sur les murs immaculés ; il reconnut un Kandinski et ce qui lui sembla être un Matisse, apparemment des reproductions d'excellente qualité.

Le seul élément incongru était la potence métallique à côté de lui, d'où pendait une poche à perfusion à moitié vide reliée à son avant-bras droit. Caleb ôta l'aiguille avec une grimace et s'assit au bord du lit. Geste qu'il regretta aussitôt : un affreux mal de tête lui broya les tempes, et les murs de la pièce tanguèrent violemment. Il resta de longues secondes immobile à lutter contre la nausée avant de réussir à se mettre debout. Il réalisa que sa vessie l'élançait douloureusement et se dirigea d'une démarche chancelante vers la salle de bains attenante.

Cette dernière était à l'image de la chambre : grande, fonctionnelle, d'un luxe sans ostentation. Caleb demeura de longues minutes sous la douche, dont le jet puissant le lavait de la poussière et de l'angoisse accumulées lors de son aventure souterraine. Lorsqu'il eut terminé ses ablutions, il se sentait un autre homme. Il s'approcha du magnifique miroir ancien qui ornait le mur en pierre volcanique. *Pas trop de bobos*, pensa-t-il en examinant son reflet. À trente-cinq ans passés, Caleb avait conservé l'allure nonchalante d'un adolescent. De taille moyenne, sa silhouette élancée et sa carrure athlétique le faisaient volontiers paraître plus grand qu'il n'était. Son épaisse tignasse noire légèrement bouclée et impossible à peigner tranchait avec une peau très pâle héritée de ses ancêtres celtes. Le trait le plus marquant de son visage carré était son regard d'un profond bleu outremer, dont l'éclat rieur pouvait en un instant devenir menaçant ; son apparence juvénile se voyait aussi démentie par une bouche aux lèvres fines souvent tordue dans un rictus désabusé.

Il constata que ses blessures avaient été pansées pendant son sommeil ; la vilaine plaie de son crâne avait été nettoyée et suturée. De même, sa main droite avait été recouverte d'un épais biofilm protecteur. Sa cheville droite était encore enflée et douloureuse, mais il pouvait marcher presque sans boiter. Le reste des dégâts se limitait à quelques contusions sans gravité. La mémoire lui revenait lentement, et il se rappela sa lutte désespérée pour repousser la pierraille brûlante qui obstruait le boyau sous le convoyeur à minerai. Il se revit aussi, luttant contre l'évanouissement alors qu'il tentait frénétiquement de démonter le mécanisme du distributeur de soda pour y ménager une cavité où il pourrait se glisser, se mettant ainsi à l'abri de la chaleur qui était en train de le tuer. La scène suivante était plus floue, et il ne savait s'il avait vraiment vu ou seulement imaginé le personnage en combinaison noire et casque intégral qui avait surgi face à lui ; il se demanda vaguement si cela avait un rapport avec l'énorme ecchymose qui décorait sa tempe droite.

Il finit de se sécher, enfila un épais peignoir blanc et regagna la chambre silencieuse. Toujours aucune idée de l'endroit où on avait bien pu le transporter. Avant de partir en exploration, il décida de jeter un coup d'œil dehors. Il s'approcha de la baie vitrée pour écarter le rideau qui la masquait.

Et resta interdit devant le spectacle impossible qui s'offrait à ses yeux.

Au-dessus de sa tête, un ciel bleu foncé s'étendait sans limites. À plusieurs milles en contrebas, une mer ininterrompue de nuages s'étalait d'un horizon à l'autre, brillamment illuminée par le soleil au zénith. Entre les deux, rien d'autre que des kilomètres cubes d'atmosphère d'une limpidité absolue. Un chasseur Lockheed F-35 sans marques d'identification, rigoureusement immobile et comme suspendu en l'air, présentait son profil droit à moins de trente mètres de la baie vitrée. Le pilote de l'appareil remarqua le mouvement du rideau, tourna sa tête casquée vers Caleb et lui fit un signe amical de la main. Caleb répondit machinalement, referma le rideau d'un air absent et revint s'asseoir – ou plutôt s'affaler – sur le lit.

Bon Dieu ! Qu'est-ce qu'ils ont bien pu foutre dans ta perf ?

La porte de la chambre s'ouvrit derrière lui. Joshua et One-Shot se tenaient dans l'encadrement : « Ça décoiffer grave, hein Caleb ? » jeta le géant, hilare.

11 h 59 UTC

« Un A380 ?

— Reconverti en jet privé, acquiesça Joshua. Ce n'est pas le seul, d'ailleurs. Le prince Al-Walid d'Arabie Saoudite et l'émir du Qatar en ont aussi un depuis quelques années, mais ils les utilisent très peu. Grosse pression des mouvements écolos. Visiblement, nos nouveaux amis n'ont pas ce genre de scrupules... »

Joshua Tewaru et One-Shot avaient fait à Caleb un résumé succinct des événements de la mine de West Nicholson, depuis l'explosion du puits principal jusqu'à leur évasion inespérée.

« Tu pionces depuis seize heures, continua son ami. L'avion est équipé d'une unité médicale avec même un petit bloc opératoire, mais vu que tu étais en un seul morceau, on a pensé que tu préférerais te réveiller ici. On connaît ton goût pour les hôpitaux...

— Merci, les gars, sourit Caleb en parcourant la

pièce des yeux. C'est vrai que ça surprend. Comment font-ils pour masquer à ce point le bruit des moteurs ?

— Absorbeurs dynamiques de bruit Bose-Toshiba. Ce qui se fait de mieux en technologie contrephase, fit Joshua en indiquant les petits boîtiers habilement dissimulés dans les angles de la pièce. Il y en a des dizaines dans tous les recoins de l'appareil.

— Avec ça, renchérit One-Shot qui inspectait le Kandinski en se curant le nez, gros moteurs pas plus de bruit que pet la mouche !

— Et le F-35 ? demanda Caleb. Il est là pour faire joli ?

— *Les* F-35, corrigea Josh. Il y en a trois. Formation d'escorte en flèche, le leader cinquante milles devant. Apparemment, le *Second Chance* – au fait, c'est le nom de cet appareil, va savoir pourquoi – ne se déplace jamais sans son groupe de soutien.

— Il y a aussi ravitailleurs… intervint One-Shot.

— Effectivement, cet engin peut être ravitaillé en vol. On en a eu une démo il y a une heure. Ça fait qu'il pourrait rester des jours en l'air sans avoir besoin de regagner la terre ferme. Je passe sur les autres équipements tactiques : électronique blindée classe Nuke 3, contre-mesures, furtivité active… »

Caleb se leva, fit quelques pas vers la baie vitrée et laissa son regard dériver sur le moutonnement des cumulus à des kilomètres au-dessous ; l'avion de chasse n'avait pas bougé.

« C'est dingue ! dit-il d'un ton perplexe. Ces types déploient une logistique que moins de dix pays au monde pourraient se payer, *et il s'agit d'une boîte privée.* Ils envoient un commando de niveau DELTA pour nous… ou plutôt pour *me* porter secours. Quant à cet appareil… à cinquante mille dollars l'heure de vol plus autant pour le groupe de soutien, j'ai du mal à croire qu'ils agissent par philanthropie. Et vous me dites qu'à aucun moment ils n'ont fait allusion à leurs objectifs ?

— Départ mine plutôt rock'n roll, rigola One-Shot. Pas beaucoup temps pour parlotte.

— Ils vous ont au moins dit où nous allions ?

— Non plus, répondit Joshua. Après notre départ de Durban, on a fait une escale à Dubaï pour charger du monde et pas mal de matos, depuis on file plein ouest. Pas moyen de leur soutirer des infos. Tout le monde est bien poli, officiellement nous sommes les invités de la K2, mais chaque fois qu'on pose une question c'est "Vous saurez bientôt." Même chose pour cet appareil. On a pu se balader partout, mais dès qu'on leur demande pourquoi leur engin est mieux équipé qu'Air Force One, on nous dit qu'il s'agit du jet privé de Kendall Kjölsrud, comme si ça expliquait tout.

— Kjölsrud ? Le milliardaire ? Il n'est pas mort depuis des années ?

— Apparemment, ce n'est pas l'avis des gens à bord. Et ils n'ont pas l'air d'apprécier qu'on leur pose la question… »

Caleb jeta un dernier coup d'œil à l'extérieur, puis se retourna vers ses amis : « Josh, tu ne m'avais pas dit que tu avais bossé comme analyste il y a quelques années ? Dans le secteur financement du terrorisme ?

— Analyste, c'est beaucoup dire, sourit l'intéressé. C'était juste après Aman Shah, pendant que tu jouais les légumes à Édimbourg. Vu ce qui restait de ma jambe, les toubibs ne me voyaient pas reprendre un jour du service actif. Au bout de trois mois à gober du Percodan, je commençais à tourner en rond...

— Infirmières marre aussi toi fouiller sous les jupes, précisa One-Shot.

— À force de tanner l'état-major, Auckland a fini par me dégoter un petit job au SIS[1]. Le Service venait d'inaugurer sa division crime organisé et avait besoin d'un type calé en langues pour étudier les flux financiers entre grandes entreprises internationales et mafias asiatiques, notamment yaks et triades. En réalité, mon boulot consistait surtout à approvisionner la cafetière et à caler les étagères avec ma béquille. N'empêche qu'au passage, j'ai quand même appris deux trois trucs utiles sur les multinationales, si c'était ta question.

— Ta modestie te tuera, Josh. Tu pourrais nous briefer un peu sur la K2 ? Ce que j'en sais tiendrait sur un timbre-poste...

— Avec ce que je vais t'en dire, ça fera *deux* timbres-poste. Bon, je te livre ça en vrac : le nom de Kendall Kjölsrud apparaît pour la première fois au milieu des années 1970. Origine américano-suédoise. Date de naissance : inconnue. Background : inconnu. Les rares photos disponibles montrent un homme qui semble déjà assez âgé. Apparemment très fortuné dès le départ, origine du magot inconnue. Ses affaires explosent avec le dépôt d'un brevet révolutionnaire pour un trépan destiné aux forages pétroliers, plus

1. Le SIS, ou plus formellement NZSIS (*New Zealand Security Intelligence Service*) est le service de renseignements extérieur de la Nouvelle-Zélande. Basé à Wellington et sous la responsabilité directe du Premier ministre, ses attributions sont comparables à celles de la CIA ou du MI6 britannique.

quelques investissements risqués dans l'aéronautique qui se révéleront de véritables fontaines à dollars. Fonde la K2 Industries dans la foulée ; maison mère à Lancaster, au nord de Los Angeles. Rapidement, il touche à tout : industrie lourde, mines, chantiers navals, informatique, labos pharmaceutiques... mais la colonne vertébrale du groupe reste l'armement, le pétrole et l'aérospatiale. Très lié au complexe militaro-industriel américain. À mesure que la boîte se développe, le rideau de fumée autour de Kjölsrud ne cesse de s'épaissir. Dernière apparition publique au début des années 90, aux obsèques d'une ancienne actrice de Hollywood...

— Ça fait vingt-cinq ans ! Tu m'étonnes que tout le monde le croie mort et empaillé...

— En effet, il ne se passe pas un mois sans qu'un quelconque magazine financier annonce sa mort. La K2 ne prend même plus la peine de démentir. Depuis des années, sa version officielle est toujours la même : le boss est en retrait, mais toujours aux commandes. En réalité, toutes les fonctions directoriales sont assumées par son associé, Viktor Bernstein.

— Le magnat de la Nano Valley ?

— Et avant ça ex-troisième homme de Microsoft – heureusement, il a fourgué ses actions à temps... C'est lui qui a réussi à imposer un quasi-monopole de la K2 dans tout ce qui touche à la nano-ingéniérie. Et aussi lui qui a lancé le Kjöl Cola en décembre 2012....

— Je m'en souviens, sourit Caleb : *« Avec Kjöl Cola, la fin du monde peut attendre ! »*

— Huit milliards de dollars engrangés en cinq ans. Le plus gros succès mondial de tous les temps dans l'industrie alimentaire.

— Je ne pige pas, fit Caleb en hochant la tête. Un groupe de cette taille devrait être en permanence sous le feu des médias. Comment font-ils pour être aussi discrets ?

— Deux explications. *Primo*, un refus obstiné de Kjölsrud – ou de Bernstein ? – d'introduire la K2 en Bourse. Vieux capitalisme industriel à l'ancienne, ces mecs pourraient bouffer le Luxembourg au petit déjeuner, mais ils gèrent leur boîte comme si c'était l'épicerie du coin. Un management jugé archaïque, mais qui leur garantit une indépendance absolue en matière de choix stratégiques et une faible visibilité des milieux financiers. *Secondo*, une parfaite maîtrise de leur com. Pour le public, la K2 c'est un logo décliné à l'infini, une boisson culte, quelques chaînes de fast-food et une forte présence dans l'environnement et l'humanitaire, les seules activités où le groupe se montre au grand jour. Dans tous les autres secteurs – où il fait 95 % de son chiffre d'affaires –, il se dissimule derrière une jungle inextricable de filiales, de prête-noms et d'entreprises offshore : plus de trois mille identifiées à ce jour. Le tout dans la plus parfaite légalité, grâce à une armée de juristes de très haute volée : la K2 détient sept des vingt plus gros cabinets d'avocats des USA et possède des parts dans tous les autres.

— Des connexions avec le crime organisé ?

— Aucune démontrée. Il y a très longtemps, on a évoqué de possibles liens entre Kjölsrud et certaines mafias de la côte ouest, mais rien n'a jamais pu être prouvé. Le groupe fait bien sûr l'objet d'innombrables procédures pour violation des lois antitrust, mais à part ça, leurs activités semblent clean. Pour ce qu'on en sait… »

Caleb resta pensif quelques instants, le temps de digérer les informations : « Tout ça ne nous dit toujours pas ce qu'on fout là, Josh.

— On devrait être fixés sous peu. En tout cas, ils ont vraiment l'air *très* pressés. Dès que tu as ouvert l'œil, ils nous ont dit de venir te trouver – au fait, il y a des caméras partout, sauf dans les chiottes, encore que j'aie des doutes… Réunion dans une heure avec Bernstein et ses potes, d'ici là tu vas recevoir une collation. Tes fringues sont dans l'armoire. Pour info, ils nous ont laissé nos armes. »

Joshua se dirigea vers la porte. One-Shot était toujours en arrêt devant le Kandinski, comme fasciné par la toile magnifique.

« Jolies couleurs. Quoi représenter ?

— Cinq millions de dollars chez Sotheby's, répondit Joshua. Alors évite d'essuyer tes grosses pattes dessus. »

13 h 05 UTC

La salle de réunion occupait toute la largeur de l'avion géant. La moquette épaisse et le mobilier élégant n'auraient pas déparé l'étage directorial d'un luxueux immeuble de bureaux. Impression encore renforcée par le silence feutré, l'absence de toute sensation de mouvement et la lumière se déversant à flots par les larges panneaux vitrés qui, là aussi, remplaçaient les rangées de hublots. Un coup d'œil à l'extérieur suffisait à dissiper l'illusion : juste en arrière de leur position se projetaient les deux ailes massives de l'appareil, mesurant chacune quarante-cinq mètres de long. À des kilomètres au-dessous, le plancher nuageux s'était morcelé et révélait par endroits la surface de l'océan brillant comme un miroir métallique. Les deux F-35 d'escorte avaient dérivé de quelques centaines de mètres vers l'arrière.

Caleb McKay et ses trois compagnons avaient pris place autour de la vaste table de conférence, dont le plateau en onyx s'ornait de l'emblème de la K2 Industries – un pic enneigé surmonté d'une étoile solitaire, avec la devise « *AD ASTRA* » en médaillon. La séance était présidée par Viktor Bernstein, flanqué de Vandell Richardson et de quelques-uns des membres de son unité héliportée. Deux autres personnes siégeaient en holo : un quinquagénaire en costume gris, à l'air cultivé et aux tempes argentées, et une jolie jeune femme d'une trentaine d'années en blouse blanche, revêtue d'une improbable parka orange fluo.

Pendant que Bernstein achevait les présentations, Caleb se pencha vers Joshua et lui glissa à mi-voix : « Au fait, tu ne m'as pas dit lequel de ces types est venu me récupérer…

— Aucun d'entre eux, répondit son ami avec un sourire.

— Bon Samaritain être G.I. Jane assise dans coin, renchérit One-Shot qui avait eu un peu de mal à se carrer dans le fauteuil pourtant généreux. Mais toi attendre pour donner fleurs, elle complètement torchée…

— G.I. Jane torchée mais pas sourde, gros tas, articula une voix pâteuse. Et si tu t'avises de l'appeler encore comme ça, elle va t'enfoncer ton putain de Dragunov dans le cul… »

Caleb considéra avec surprise la jeune femme

avachie en bout de table, à laquelle il n'avait guère prêté attention jusqu'alors. Elle était petite, brune, à la limite de la maigreur et passablement crasseuse. Le simple survêtement bleu nuit qui mettait en valeur sa silhouette longiligne était constellé de taches suspectes. Sa chevelure aile de corbeau taillée en un carré approximatif pendait en mèches sales et emmêlées, dissimulant la plus grande partie de son visage. *Elle a effectivement l'air d'en tenir une bonne*, se dit Caleb en réalisant qu'elle sentait mauvais : un mélange acre de bourbon et de dégueulis qui lui avait titillé les narines dès son entrée dans la pièce, sans qu'il parvienne à en déterminer l'origine.

« Tu devrais avoir honte, Poppy, intervint Viktor Bernstein. Nous avons du monde, tu aurais pu faire un effort… »

Elle rejeta ses cheveux en arrière en marmonnant une réponse indistincte, et Caleb put l'observer plus à loisir. *Pas belle mais intéressante*, se dit-il. Elle avait un visage fin et quelque peu osseux, la peau très mate, de grands yeux noirs en amande – malheureusement vitreux et injectés de sang pour l'instant. Son nez en lame de couteau était un peu trop proéminent et s'ornait d'une petite bosse à l'endroit où il semblait avoir été cassé et ressoudé de travers. Elle rota bruyamment puis parut s'abîmer à nouveau dans la contemplation de la table. Les autres membres de son commando conversaient entre eux, en apparence indifférents à son comportement.

Bernstein la regarda une dernière fois en hochant la tête puis tourna son attention vers Caleb et ses amis : « Désolé pour le spectacle, monsieur McKay. Poppy a fort heureusement d'autres talents, comme on a dû vous le raconter. Avant toute chose, dit-il en s'éclaircissant la gorge, permettez-moi de vous souhaiter à tous la bienvenue à bord du *Second Chance.* Je vous présente également les excuses officielles de notre conseil d'administration pour les conditions un peu… cavalières qui ont présidé à votre arrivée à nos côtés. Vous devez tous les quatre vous demander ce que vous faites ici, et je vais tout de suite satisfaire votre curiosité : il s'agit d'une proposition d'emploi.

— Vous voulez louer les services de la HR ? s'étonna Gretchen Vogt.

— On est dans l'annuaire, fit remarquer Joshua. Et il y a tous nos tarifs sur le site…

— Très drôle, répondit Bernstein. La… situation, pourrait-on dire, qui nous conduit à rechercher votre concours n'a été identifiée qu'il y a deux jours ; à ce moment-là, vous étiez déjà occupés à explorer les merveilles souterraines du Zimbabwe.

— Hard Rescues, c'est trente personnes, objecta One-Shot. Peut déployer trois équipes opérationnelles dans même temps. Pas besoin attendre qu'on sorte de foutue mine d'or…

— C'est ce que nous aurions fait en d'autres circonstances, monsieur Hautamäki. Mais nous avons tout lieu de penser que le temps nous est compté… Et, par ailleurs, c'est de *vos* compétences à vous quatre dont nous avons besoin, pas de celles de vos collaborateurs. Je vais vous expliquer…

— Une seconde, monsieur Bernstein, coupa Caleb qui n'avait encore rien dit. Je vous remercie de l'intérêt que vous nous portez et qui me doit d'être encore en vie, si j'ai bien compris. Je ne doute pas également que vous allez nous faire une proposition très alléchante.

Mais j'aimerais en savoir un peu plus sur notre degré de libre arbitre – avant *et* après cette proposition.

— Une précaution qui vous honore, répondit le milliardaire, nullement désarçonné. Je vous répète donc ce que j'ai déjà dit à vos amis : vous n'êtes pas nos prisonniers, ni maintenant ni à l'issue de cette réunion. Vous pouvez vous considérer comme nos invités personnels, à M. Kjölsrud et à moi-même. Une invitation qui vaut au moins pour le temps que vous passerez à bord de cet appareil...

— Si vous vous êtes renseignés sur nous, vous savez également que nous n'acceptons pas n'importe quel type de mission, continua Caleb. La Hard Rescues est spécialisée dans le sauvetage de personnes en milieu hostile et...

— Nous savons tout cela. Nous savons aussi que lorsque vous avez quitté le service de Sa Majesté, vous avez gardé des contacts utiles, ce qui vous vaut à l'occasion de rendre certains... services bénévoles ne relevant pas *à proprement parler* de la sécurité civile. Je pense par exemple à l'évacuation d'un certain coffre doublé de plomb hors des ruines de l'usine de Natanz, juste après l'attaque israélienne... Ou bien, continua Bernstein avec un léger sourire devant le regard stupéfait de ses interlocuteurs, à l'exfiltration de ces deux touristes britanniques surpris par les Nord-Coréens en train de faire du trekking du mauvais côté de la DMZ...

— Étaient copains à nous, grommela One-Shot.

— C'est exactement ce que je disais, fit Bernstein avec ironie. Du bénévolat.

— Écoutez, dit Caleb avec un soupçon d'agacement, nous ne sommes les porte-flingues de personne. Je ne sais pas d'où vous tenez...

— Non, monsieur McKay, c'est vous qui allez m'écouter. »

Viktor Bernstein s'était levé et avait pris appui des deux mains sur la table de conférence ; son sourire avait disparu, et son regard était maintenant beaucoup moins aimable : « Peu importe nos sources, elles sont parfaitement fiables. Nous n'avons pas du tout l'intention de divulguer ces infos, ni de les utiliser contre vous. Nous nous foutons complètement de ce que vous pouvez encore trafiquer avec le MI6, mais dites-vous que sans ce type de références, nous n'aurions pas envisagé une seule seconde de faire appel à vous. Autre point : nous avons une idée assez précise des raisons qui vous ont poussé à rendre votre tablier il y a sept ans. Croyez bien que nous… que *je* respecte profondément ces raisons. La proposition que nous souhaitons vous faire n'a rien à voir avec un quelconque mercenariat, désolé si nous vous avons donné cette impression. Pour être plus précis, elle ne comporte aucune action armée contre des objectifs militaires ou autres, aucune implication diplomatique et surtout aucun risque pour les populations civiles, vous allez tout de suite comprendre pourquoi…

— On est forcé de vous croire ? demanda Gretchen Vogt avec un sourire candide.

— Bien sûr que non. Voilà comment ça va se passer, miss Vogt. Nous sommes en ce moment au-dessus de l'Atlantique, à quelques dizaines de milles au nord des îles du Cap-Vert. On va vous faire un exposé de la situation, pour ce qu'on en connaît à l'heure actuelle. À l'issue, soit vous déclinez notre offre…

— Et vous jetez nous par la fenêtre ? demanda One-Shot.

— Ça être très bonne idée, l'imita Poppy Borghese d'une voix avinée.

— La ferme, Poppy, dit Bernstein d'une voix lasse. Cuve en silence, s'il te plaît. Non, on ne vous jette pas par la fenêtre, à supposer qu'on arrive à l'ouvrir assez grand pour vous. En cas de refus, on met cap au nord et on vous dépose à Glasgow dans six heures. Avec un chèque correspondant aux émoluments que le gouvernement du Zimbabwe aurait dû vous verser. On vous demandera juste de signer une clause de confidentialité pour une durée de deux semaines ; d'ici là, le problème sera réglé d'une façon ou d'une autre…

— Et si on vous suit ?

— On rajoute deux zéros au chèque. Et on prend un autre cap. Vous voulez bien nous écouter maintenant ? »

13 h 21 UTC

L'homme en costume gris s'appelait Preston Van Deere et occupait la chaire d'histoire militaire à l'Université de Stanford. Bernstein l'avait présenté comme l'un des meilleurs spécialistes actuels de l'histoire de l'US Navy, sans préciser quel rapport cela pouvait avoir avec l'affaire en cours. En tout cas, le type avait l'air sympathique, et ses yeux gris pétillaient d'intelligence derrière ses petites lunettes cerclées d'argent.

« Voilà, Preston, reprit Bernstein en s'adressant à l'hologramme, j'aimerais que tu nous refasses le topo d'avant-hier. J'ai ici des invités qui vont boire tes paroles.

— Volontiers, Viktor, c'est toujours un plaisir de

rendre service à notre donateur le plus généreux. Je suppose que tu ne m'en diras pas plus que la dernière fois ?

— Désolé, pour l'instant je préfère vraiment garder le silence. Par contre, je te promets que, quoi que nous trouvions d'intéressant en rapport avec tes infos, tu en auras la primeur et tu pourras le rajouter à tes cours dès la rentrée de printemps…

— Si ça peut empêcher mes étudiants de ronfler dans l'amphi, fit Van Deere d'un air faussement déçu, j'accepte volontiers tes cachotteries… »

L'homme resta silencieux quelques instants, le temps de rassembler ses pensées, puis il se tourna vers Caleb et ses compagnons : « OK, allons-y pour le cours magistral. Trois d'entre vous ont servi dans des unités des forces spéciales, d'après ce que m'a dit Viktor. Vous avez donc certainement suivi des cours d'histoire militaire lors de vos classes. L'un de vous a-t-il déjà entendu parler de l'opération High Jump ? »

Van Deere sourit devant les expressions éloquentes des intéressés : « Même pas une petite idée ?

— Une compétition de trampoline ? hasarda Joshua.

— Pas mal. D'habitude, j'ai plutôt droit au saut à la perche, ou alors au parachutisme en haute altitude. Inutile de vous dire que ce n'est rien de tout cela. Pour faire simple, le nom de code High Jump désigne une opération navale de grande ampleur menée par l'US Navy en Antarctique au cours de l'été austral 1946-1947.

— Jamais entendu parler, marmonna Joshua.

— Même chose pour moi, dit Gretchen tandis que One-Shot hochait la tête et que Caleb restait silencieux.

— Le contraire m'aurait étonné, reprit l'universitaire. Cette opération constitue l'une des grandes énigmes de l'histoire militaire du XXe siècle et risque de le demeurer longtemps : presque toutes les données la concernant sont en effet classifiées *sans limitation de durée*.

— Ça n'existe pas, ce niveau de classification, objecta Caleb. En ce moment, les agences américaines déclassifient à tout-va, y compris des documents post-guerre froide…

— Vous avez tout à fait raison. En vertu du *Freedom of Information Act*, la NARA[1] déclassifie de façon automatique toutes les archives fédérales et militaires de plus de vingt-cinq ans. Ainsi, tous les documents sur la guerre du Viêt-nam sont consultables depuis belle lurette, comme, depuis peu, ceux concernant la première guerre du Golfe ; avec ça, j'ai de quoi me régaler pour plusieurs années, mais c'est une autre histoire… Bien sûr, certaines données très sensibles peuvent faire exception et rester plus longtemps dans le tiroir. L'*Executive order n° 12958* définit à cet effet neuf cadres légaux autorisant une agence fédérale à conserver secrètes certaines archives : divulgation de sources de renseignement encore en activité, informations pouvant conduire au développement d'armes de destruction massive, *et caetera*... Inutile de vous dire qu'après un quart de siècle, très peu de documents satisfont encore à l'un de ces critères. L'opération High Jump constitue l'unique exemple d'un engagement

1. *National Archives and Records Administration* : agence fédérale créée en 1985, chargée de conserver les archives produites et reçues par les organes du gouvernement américain et de faciliter l'accès du public à ces documents.

massif de troupes aéronavales remontant à soixante-dix ans et dont presque toutes les données sont encore protégées par le secret défense.

— Si vous dites *presque toutes*, c'est que certaines infos sont quand même disponibles, fit Gretchen.

— Bien sûr. Il était impossible de tenir l'opération entièrement secrète, et vous allez tout de suite comprendre pourquoi. High Jump a donc fait l'objet d'un habillage officiel, d'une certaine couverture par les médias, et a donné lieu à un grand nombre de rapports à l'attention des différentes agences impliquées. Un petit film d'actualités censé relater le déroulement de l'expédition, *The Secret Land*, a même été diffusé en salles en 1948, et on peut le consulter en ligne.

— Mais quel était le but de cette opération ? demanda Caleb.

— Le but *officiel* de l'opération était double : avant tout, reconnaître et cartographier une portion aussi large que possible du littoral antarctique. Il faut vous rappeler que le pôle Sud n'avait été vaincu que trente-cinq ans auparavant et qu'à cette époque la plus grande partie du continent restait *terra incognita.* D'autre part, jeter les bases d'une implantation permanente dans la région de la plate-forme glaciaire de Ross. Un projet pas tout à fait désintéressé : il n'existait encore aucune base habitée en Antarctique, et en installer une était un moyen comme un autre d'établir une forme de souveraineté sur le continent. Plus accessoirement, l'opération visait aussi à tester hommes et matériels en conditions polaires, ce qui n'avait jamais été fait auparavant dans le cadre de manœuvres militaires.

— Je ne vois rien là-dedans qui justifie un tel secret, fit remarquer Caleb.

— C'est tout le problème. Et vous n'êtes pas au bout de vos surprises. Ce qui caractérise l'opération High Jump, c'est aussi, premièrement, la rapidité avec laquelle elle a été décidée et mise en œuvre ; deuxièmement, la disproportion énorme entre les moyens militaires déployés et les objectifs affichés ; troisièmement, la manière abrupte dont elle s'est terminée. Ce que je vais vous relater maintenant est une compilation des rapports officiels sur l'expédition, et également de quelques sources non autorisées que j'ai pu recueillir – en grande partie grâce à l'aide de notre ami Viktor… »

L'universitaire avait pris sa vitesse de croisière ; il semblait passionné par son sujet et parlait sans presque consulter les notes de sa tablette. Le traitement du signal holo gommait complètement son arrière-plan local, donnant un réalisme impressionnant à sa présence dans la pièce alors qu'il devait être tranquillement assis dans son bureau de Stanford. Il fit un geste, et le vaste écran SED situé au bout de la table de conférences se mit en marche. La première scène, une vieille photographie en noir et blanc, représentait trois hommes à l'air austère se serrant la main dans une pièce anonyme.

« À notre connaissance, reprit Van Deere, le principe de l'opération High Jump a été défini et approuvé le 1er septembre 1946, lors d'une réunion secrète de ce que l'on appelait à l'époque le Comité des Trois : vous voyez ici le secrétaire d'État James F. Byrnes, le secrétaire à la Guerre Robert P. Patterson et le secrétaire à la Marine James V. Forrestal ; on sait maintenant que le président Harry Truman était également présent.

Pour autant, les minutes de cette réunion ont été apparemment… égarées. À partir de là, les choses vont très vite. Le commandement de la mission est confié à l'amiral Richard E. Byrd, un explorateur polaire chevronné qui s'est déjà illustré dans trois expéditions antarctiques – entre autres, premier homme à avoir survolé le pôle Sud, en 1929. En à peine deux mois, il boucle la logistique de l'opération, et celle-ci est révélée au public le 12 novembre 1946. Le 25 novembre, le brise-glaces *USS Northwind* est le premier à quitter le port militaire de Boston ; le 3 décembre, tous les navires de l'expédition font route vers le Sud. »

La photographie de l'amiral Byrd – un élégant officier en uniforme blanc de la Navy – fit place à de courtes séquences animées représentant différentes unités de la marine américaine lors de leur appareillage. D'autres vues en noir et blanc montraient le chargement de plusieurs hydravions sur le pont arrière d'un navire, ou des groupes de jeunes marins souriant à l'objectif.

« *Tous* les navires ? s'étonna Joshua. Mais bon sang, combien étaient-ils ?

— L'opération High Jump a déployé treize navires dont deux destroyers, deux porte-hydravions, un sous-marin et un porte-avions. Vingt-six aéronefs dont quatre hélicoptères. Ce qu'aujourd'hui on appellerait un groupe aéronaval au grand complet. Le total des équipages était de quatre mille sept cents hommes. Il s'agit encore aujourd'hui de la plus grande opération militaire – et de la plus grande opération tout court – jamais menée dans l'Antarctique.

— Tout ça pour dessiner petites cartes et planter jolie bannière étoilée ? grommela One-Shot.

— Un porte-avions ? Dans l'Antarctique ? demanda Caleb qui avait l'air tout aussi surpris.

— Et pas n'importe quel rafiot, répondit Van Deere. L'*USS Philippine Sea.* Bâtiment flambant neuf de la classe Essex, mis en service le 11 mai 1946. Alors qu'il est en pleines manœuvres inaugurales en mer des Caraïbes, il reçoit début novembre l'ordre de les interrompre et de regagner son port d'attache ; après de rapides transformations, il quitte quelques jours plus tard la base navale de Norfolk pour rejoindre le reste de l'armada, avec l'amiral Byrd à son bord.

— C'est effectivement très surprenant, dit Caleb. Que sait-on au juste de leurs activités une fois sur place ?

— Un certain nombre de choses, mais avec pas mal de zones d'ombre. L'escadre qui avait fait route en ordre dispersé se regroupe fin décembre 1946 au large de Scott Island, un petit îlot rocheux situé près du cercle polaire, en bordure de la mer de Ross. À partir de là, la flotte se divise en trois groupes. Le groupe central comprenant six navires emmenés par le brise-glaces *Northwind* progresse à travers le pack et atteint le continent au niveau de la baie des Baleines, à l'ouest de la plate-forme glaciaire de Ross ; c'est là qu'ils vont débarquer le 15 janvier 1947 et construire la base de Little America IV, où ils demeureront jusqu'à la fin de l'expédition. Pas grand-chose à en dire, ils font un certain nombre d'observations scientifiques sur place, mais il semble qu'ils explorent assez peu les parages. Le groupe Est va avoir moins de chance : chargé de reconnaître la région de la péninsule Antarctique, il va se heurter pendant tout le mois de janvier à des conditions météo épouvantables qui vont énormément limiter ses activités. Ce groupe sera endeuillé par le crash d'un hydravion de reconnaissance sur l'île de Thurston, qui fera trois morts.

— Et pour le groupe Ouest ? demanda Joshua.

— Je le gardais pour la bonne bouche. C'est lui qui va être le plus actif – et celui autour duquel le secret est le plus opaque. Constitué du porte-hydravions *USS Currituck*, du destroyer *USS Henderson* et d'un navire ravitailleur, il va faire route vers l'ouest en suivant la côte antarctique à partir du 2 janvier 1947. Pendant tout le mois de janvier, il va parcourir plus de *six mille milles nautiques* en multipliant les observations scientifiques et les relevés cartographiques. Au cours de la dernière semaine du mois, le groupe atteint la Terre de la Reine Maud après avoir contourné la moitié du continent antarctique. Il va y rester pendant *tout le mois de février* en concentrant ses activités sur la côte de la Princesse Martha, une bande littorale d'environ cinq cents milles située entre les méridiens 5° Est et 20° Ouest. Plusieurs dizaines de vols de reconnaissance sont alors effectués avec hydravions et hélicoptères, des milliers de prises de vues sont réalisées. On sait aujourd'hui que, pendant toute cette période, l'amiral Byrd était à bord du *Currituck*, d'où il dirigeait les opérations conjointement avec le commandant Charles A. Bond. De toute cette masse d'informations, il ne reste *rien*. Le 1er mars 1947 l'opération High Jump – qui était censée durer huit mois, jusqu'à la fin de l'hiver austral – est subitement interrompue, et Byrd donne l'ordre à son groupe de lever l'ancre, direction les USA. Les deux autres groupes ont plié bagage une semaine plus tôt et sont déjà sur le chemin du retour. Aucune explication ne sera jamais donnée à cette annulation brutale de l'expédition.

— Et c'est tout ? fit Caleb.

— C'est *presque* tout, répondit le chercheur avec un grand sourire. Mais écoutez la fin, c'est le meilleur. L'année suivante, l'US Navy remet ça. Ce sera l'opération Windmill, qui se déroulera du 1er novembre 1947 au 24 février 1948, et dont on sait encore moins de choses. Sinon qu'elle impliquera également plusieurs navires de surface avec hydravions et hélicoptères, plus cette fois-ci des véhicules terrestres de débarquement. Pendant un peu plus de trois mois, cette opération va se focaliser exactement sur la même portion du littoral antarctique que celle explorée par le *Currituck* en février 47. Le prétexte avancé par l'US Navy pour cette seconde expédition frise le ridicule : aucun des soixante-dix mille clichés photographiques réalisés au cours de l'opération High Jump n'aurait été exploitable, les vues étant soit surexposées, soit impossibles à situer sur la carte ! À l'issue de cette seconde expédition, les Américains vont déserter l'Antarctique, comme si d'un seul coup son exploration avait perdu tout intérêt pour eux ; ils n'y reviendront que près d'une décennie plus tard, mais cette fois-ci avec des moyens civils et dans le cadre de coopérations scientifiques internationales. Voilà messieurs, vous en savez autant que moi maintenant. Bien sûr, Viktor, si tu as besoin de moi pour la suite de ta réunion…

— Bien essayé, Preston. Mais c'est vraiment non. Je te remercie encore pour ton aide et je te recontacte dès que nous avons du nouveau », fit l'intéressé en coupant abruptement la communication. Il se tourna ensuite vers les membres de la Hard Rescues : « Alors, qu'en dites-vous ? »

Gretchen fut la première à rompre le silence, résumant l'opinion générale : « On dirait qu'ils cherchaient quelque chose…

— Exact, rétorqua Bernstein. Ils cherchaient quelque chose. Et depuis deux jours, nous savons quoi. »

14 h 02 UTC

« Comme vous le savez, attaqua Viktor Bernstein, notre groupe est très impliqué dans la sauvegarde de l'environnement…

— C'est clair, ironisa Joshua en jetant un coup d'œil éloquent autour de lui, il suffit de voir avec quoi vous allez faire vos courses.

— *Du bist ein komischer Mensch*, grommela l'autre. Ne vous en déplaise, monsieur Tewaru, nous soutenons un grand nombre de programmes de recherche publics ou privés autour de cette problématique, en particulier par le biais de notre fondation K2 for the Planet. C'est justement dans le cadre d'un de ces programmes que nous avons été amenés à faire la découverte en question ; mais je vais plutôt laisser une spécialiste vous en parler… »

L'holo de la jeune femme en parka, qui était resté en pause pendant l'exposé de Van Deere, se réactiva. Entre-temps elle s'était débarrassée de sa lourde veste, et ses longs cheveux blond cuivré cascadaient sur sa blouse de labo ; son visage triangulaire constellé de taches de rousseur était éclairé par deux grands yeux verts à l'éclat malicieux. La retransmission était de qualité moyenne et devait se faire à partir d'un petit terminal portatif, si bien que le décor était partiellement visible : elle se trouvait assise dans une pièce exiguë aux rayonnages débordants de livres et de matériel scientifique ; un minuscule bureau supportait un volumineux microscope, un ordi portable et une invraisemblable pile de documents surmontée par une vieille cafetière en équilibre instable. À la limite du champ holo, on distinguait ce qui semblait être une grosse porte en métal aux boulons apparents.

On dirait une cabine de navire, pensa Caleb.

« Le docteur Sarah Miller est diplômée en glaciologie de l'Université de Princeton, reprit Bernstein, et spécialiste des interrelations entre je ne sais plus trop quoi et le réchauffement climatique ; ses travaux font paraît-il autorité dans ce domaine, ce qui lui vaut de diriger le département "esquimaux en short" de notre fondation…

— Merci mon oncle pour ce brillant résumé de ma carrière, ironisa la jeune femme. Je n'aurais pas fait mieux…

— Mon oncle ? pouffa Gretchen Vogt.

— Sarah Miller-*Bernstein* est effectivement ma nièce adorée, soupira le milliardaire en hochant la tête. Et aussi une grande source d'inquiétude pour sa famille. Au lieu de se trouver un bon mari et de faire la joie de ses parents, elle préfère batifoler avec les pingouins et les ours blancs…

— Oncle Viktor, pour la énième fois, il n'y a ni ours ni pingouins en Antarctique… Qui plus est, je ne suis pas sûre que tes invités soient très intéressés par nos affaires de famille…

— D'accord, d'accord… Revenons-en à nos moutons. Je ne te surprendrai pas en te disant que ton message d'avant-hier a fait pas mal de vagues. J'aimerais que tu nous fasses un point actualisé de la situation, pas seulement pour moi-même mais aussi pour nos amis qui viennent de nous rejoindre…

— Pas de problème, fit Sarah Miller avec un grand sourire. Comme mon oncle vous l'a dit, je dirige le département glaciologie de notre fondation. Je me trouve actuellement à bord du *Global Defender*, notre navire de recherche océanographique, pour une campagne de relevés qui doit durer jusqu'à la mi-mars. Notre travail consiste à étudier différents marqueurs du réchauffement climatique et leur impact sur les écosystèmes glaciaires ; entre autres phénomènes, nous surveillons de près les indices de dislocation des plates-formes glaciaires antarctiques…

— Un peu comme la fonte de la banquise ? demanda Gretchen Vogt.

— Un peu, mais pas tout à fait. Dans l'hémisphère Nord, la fonte de la banquise n'a cessé de s'accentuer au cours des dernières années, si bien que l'océan Arctique sera complètement libre de glaces en été d'ici cinq ou six ans. Jusqu'à présent, la situation semblait moins préoccupante en Antarctique, du fait de la très grande inertie thermique de l'inlandsis continental – trente millions de kilomètres cubes de glace, ça ne dégèle pas du jour au lendemain. Malheureusement, on observe depuis peu des signes inquiétants de fragmentation des *ice shelves*, ces banquises flottantes rattachées au continent et qui sont le prolongement des glaciers de l'intérieur. Pour surveiller ce phénomène, on s'appuie essentiellement sur le système LIMA II.

— Le programme de cartographie de l'Antarctique

par satellite ? Je croyais qu'il avait été interrompu il y a quelques années, fit observer Caleb.

— Exact, mais ça c'était le programme LIMA, rectifia la jeune femme. *Landsat Image Mosaic of Antarctica.* Un projet ambitieux développé par la NASA et plusieurs sociétés savantes pour cartographier le continent avec une résolution jamais atteinte auparavant. Malheureusement, le satellite Landsat 7 qui s'en chargeait a rendu l'âme fin 2010. D'où le projet LIMA II, initié après la mise en orbite en février 2013 du LDCM – *Landsat Data Continuity Mission* –, et dont l'objectif était cette fois d'obtenir une cartographie dynamique de l'Antarctique avec un suivi en live de certains phénomènes rapides…

— Programme auquel nous avons largement contribué, fit remarquer Viktor Bernstein. Je te rappelle que nous avons financé le satellite à hauteur de 24 %, et fourni gracieusement le lanceur.

— Pour une fois que les usines de la K2 servent à autre chose qu'à construire des bombardiers furtifs, mon oncle, on ne va pas s'en plaindre… Soit dit en passant, ta générosité a eu du bon puisque notre fondation est destinatrice en temps réel de l'ensemble des données satellitaires du LDCM – faute de quoi nous serions certainement passés à côté de l'objet. Mais autant vous montrer tout de suite de quoi il retourne… »

L'écran SED s'illumina à nouveau, affichant les logos réunis de la NASA, de la National Science Foundation et de la K2 Industries. L'image fit bientôt place à un cliché satellitaire ; comme souvent dans les régions polaires, l'œil avait besoin d'une période d'accoutumance pour distinguer des contours géographiques dans ce qui semblait au départ une étendue blanche uniforme. L'absence d'échelle comme de détails reconnaissables au sol ne facilitait pas la tâche.

— Ce cliché a été pris le lundi 16 février à 1430 UTC à la verticale de la côte de la Princesse Martha, qui marque l'extrémité occidentale de la Terre de la Reine Maud. La zone couverte fait environ cent cinquante kilomètres de côté. Sur la gauche, cette vaste plage blanche où aucun détail n'est visible représente une partie de la plate-forme glaciaire de Riiser-Larsen, un vaste *ice shelf* de quarante-huit mille kilomètres carrés – plus grand que la Suisse – qui longe la côte sur quatre cents kilomètres environ. Sur la droite, le relief nettement plus accidenté est celui de la banquise continentale, avec une épaisseur de glace qui varie de deux cents mètres près de la côte à plus de mille mètres dans l'arrière-pays. Quelques sommets montagneux dépassent de la calotte glaciaire : ce sont ces zones noires, en particulier au niveau de la chaîne de Sorasen qui s'étend d'est en ouest à quelque distance en arrière de la côte. La partie la plus remarquable de ce littoral est ce long cap rocheux presque entièrement recouvert de glace qui s'avance sur plus de soixante kilomètres dans l'océan Antarctique comme un doigt pointé vers le nord – le cap Norvegia.

— L'endroit n'a pas l'air des plus folichons, fit observer Gretchen Vogt.

— Tu t'attendais à quoi ? demanda ironiquement Joshua. Cocotiers et beach-volley ?

— Attendez, ça va s'animer, fit Sarah Miller en souriant. Voici maintenant la même zone vingt minutes plus tard. »

Le nouveau cliché était exactement semblable au

précédent. À un détail près : une énorme balafre noire irrégulière qui suivait le pourtour du cap Norvegia et se prolongeait sur des dizaines de kilomètres en direction de l'ouest.

« À 1445 UTC, l'extrémité orientale de l'*ice shelf* de Riiser-Larsen s'est brutalement détachée du littoral pour former un gigantesque iceberg tabulaire. Joli bébé : cinquante-trois kilomètres de long, près de mille six cents kilomètres carrés de superficie. Comme chacun de ses semblables dépassant les dix milles de longueur a droit à un nom de baptême, nous l'avons immédiatement signalé au National Ice Center de Washington, qui lui a attribué l'identifiant A-87. Au cours des dernières quarante-huit heures, cette masse énorme a commencé à dériver doucement sous l'effet des courants et se trouve déjà à plusieurs milles de la côte comme vous le voyez sur cc troisième cliché datant de quelques minutes. Un phénomène déjà assez remarquable en soi, puisque des icebergs de cette taille ne se forment que tous les deux ou trois ans ; cela vient malheureusement confirmer nos inquiétudes sur le sort futur des plates-formes glaciaires, avec les conséquences dramatiques qu'on peut imaginer : destruction des écosystèmes, élévation du niveau des océans, et j'en passe… Pas de quoi passionner Oncle Viktor, cependant. Par contre, ce qui a retenu toute son attention, c'est un petit détail du relief côtier qui s'est trouvé révélé par le détachement de la banquise. Je vous demande juste une seconde… »

La jeune femme manipula une télécommande, et l'image zooma d'un seul coup sur la façade occidentale du cap Norvegia. À part quelques glaces flottantes de dimensions réduites, l'océan d'un noir profond semblait maintenant dégagé sur une vaste superficie. Juste à l'endroit où le cap se rattachait à la côte se découpait un petit fjord qui pénétrait de quelques kilomètres à l'intérieur des terres.

« Cette baie se trouvait dissimulée sous l'inlandsis et n'avait jamais été cartographiée, poursuivit la jeune femme. Sur le continent antarctique, l'usage veut que le découvreur d'un nouveau point géographique puisse lui donner le toponyme de son choix ; je vous avouerai que "baie Miller-Bernstein" me plairait bien...

— Ça me ferait également très plaisir, ma chérie, fit Viktor Bernstein d'un ton qui démentait complètement son propos. Mais tu comprendras sûrement qu'il va falloir attendre un petit peu...

— Je blaguais, mon oncle... Pour l'instant, on pourra très bien se contenter de "baie de l'Artefact". »

Pendant cet échange, Caleb avait scruté l'image avec attention et il fut le premier à distinguer l'objet : une formation minuscule au fond de la petite rade, mais d'aspect beaucoup trop régulier pour être naturelle. À l'instant où ses amis localisaient également l'anomalie, l'image zooma de nouveau. Le secteur visualisé mesurait maintenant deux kilomètres de côté et montrait avec précision le fond de la baie. La portion supérieure du cliché était occupée par une vaste étendue d'un blanc éclatant – la banquise épaisse recouvrant le cap Norvegia. Au-dessous se dessinait une étroite grève caillouteuse parsemée de rochers plus imposants. À l'endroit même où cette plage rejoignait la base de la banquise, une énorme structure rectiligne jaillissait en biais de la muraille gelée, se projetait sur près de trois cents mètres vers le sud, puis obliquait en formant un angle droit parfait pour replonger dans la glace après quelques dizaines de mètres. L'objet était d'un gris sale uniforme et ne comportait aucun détail reconnaissable. Perpendiculairement au côté le plus long et à peu près aux deux tiers de sa longueur se détachait une sorte de rampe étroite, apparemment du même matériau grisâtre que le reste, qui traversait toute la grève et semblait se prolonger sous les flots de l'océan.

Le silence se fit dans la salle de réunion du *Second Chance*. Viktor Bernstein attendit quelques instants, comme pour laisser chacun digérer les implications de la découverte, puis il se tourna vers sa nièce : « Merci Sarah, c'était un brillant exposé de la situation. On va se revoir sous peu ; en attendant, je dois avoir une petite conversation avec nos invités… »

Il s'apprêtait à couper la communication holo lorsque Caleb l'interrompit soudain en levant la main : « Une petite minute, Sarah, s'il vous plaît. Est-ce qu'il serait possible de zoomer sur la partie droite de la plage ? Il y a un truc bizarre à ce niveau… »

Sarah Bernstein eut l'air surpris et consulta son oncle du regard ; celui-ci acquiesça d'un signe de tête imperceptible, et elle actionna de nouveau la commande du zoom. On atteignait maintenant les limites de résolution du cliché satellitaire, et l'image avait un aspect flou et grenu lié à la pixellisation. Les silhouettes brunâtres et fuselées formant un groupe compact au bord de la plage n'en étaient pas moins identifiables sans difficulté.

« Ce n'est qu'une colonie de phoques de Weddell qui prennent le soleil, fit la scientifique avec un sourire. Rien d'extraordinaire : ils pullulent dans le secteur et ils ont dû s'empresser d'investir cette portion du littoral dès que la banquise s'est fragmentée.

— Dommage, dit Caleb en lui rendant son sourire, je pensais avoir vu autre chose. En tout cas, vous avez raison, monsieur Bernstein, il est temps que nous parlions affaires… »

19 h 37 UTC

« Tu n'as pas été bien long à accepter leur offre ; je t'ai connu plus dur en affaires. Tu en penses quoi au juste, Caleb ? »

Gretchen Vogt et Caleb McKay se trouvaient dans la piscine située sur le pont inférieur du *Second Chance*. Lorsque la jeune femme lui en avait parlé, Caleb avait d'abord pensé à une plaisanterie, et il avait fallu qu'il la voie de ses propres yeux pour y croire. Le bassin était de dimensions modestes – sept mètres par quatre – mais était pourvu d'un système de nage à contre-courant et même d'un plongeoir au point le plus profond. Un petit sauna et une salle de musculation dernier cri complétaient l'installation. La piscine n'était bien sûr utilisable qu'en vol de croisière, un rideau coulissant en polymère ultrarésistant venant l'obturer en quelques secondes quand l'avion devait manœuvrer ou en cas de turbulences. *Sage précaution*, se dit Caleb, *pour éviter d'avoir quarante tonnes de flotte en train de se balader dans la soute*. Gretchen n'avait pas choisi l'endroit par hasard : dans un avion sans doute aussi truffé de micros qu'il l'était de caméras, le clapotis de l'eau et le léger ronflement de la machinerie hydraulique permettaient d'avoir une conversation à voix basse en limitant autant que possible le risque d'être écoutés.

« J'en pense qu'ils nous mènent en bateau, répondit Caleb. Leur petite démo avait l'air parfaitement rodée, et j'ai beaucoup de peine à croire qu'ils aient improvisé tout ce cirque en l'espace de deux jours. Les arguments de Bernstein sur l'intérêt scientifique de cette découverte tiennent la route, mais venant de ce genre de types, ça sonne faux. Et ce qui est au moins aussi étrange, c'est leur insistance à ce qu'on fasse partie de leur équipe.

— Il faut croire qu'on a de bonnes têtes…

— Réfléchis un peu, Gret. Ces gars-là ont de *très* gros moyens. Ils n'ont qu'à claquer les doigts pour se payer le top du top, en hommes comme en matériel. Et ils font appel à nous ? En prenant tous les risques pour me libérer de cette foutue mine ? On a peut-être acquis une certaine notoriété dans notre domaine, mais tu sais bien qu'on n'est pas les seuls ni les plus connus sur le marché…

— Tu as raison, ça ne tient pas la route. Tout ça pour partir à la chasse d'un prétendu "artefact" qui pourrait tout aussi bien être un rocher aux formes bizarres…

— Ils ne s'exciteraient pas comme ça pour un rocher. Au contraire, je suis persuadé qu'il y a vraiment quelque chose… mais qu'ils en savent beaucoup plus à son sujet que ce qu'ils ont bien voulu nous révéler !

— C'est pour ça que tu leur as demandé de zoomer tout à l'heure ? Je n'ai pas pigé pourquoi, mais manifestement, ça avait l'air de te parler… »

Avant de répondre, Caleb laissa son regard s'attarder involontairement sur les formes parfaites de son associée – avec un soupçon de nostalgie. Ils avaient été brièvement amants peu de temps après leur rencontre, mais Gretchen se définissant elle-même comme *« 30 %*

bouddhiste et 70 % lesbienne », leur idylle avait vite tourné au désastre. Leur relation avait ensuite évolué vers une profonde amitié teintée de tendresse réciproque. La jeune femme surprit son coup d'œil et lui lança d'un air amusé : « Pas la peine de vérifier, Cal, il y en a toujours deux. Au lieu de te faire du mal, tu pourrais m'expliquer, pour le zoom ?

— En fait, je voulais juste avoir confirmation d'une intuition. Tu te souviens, tout à l'heure, les deux clichés satellite à grande échelle réalisés avant et après rupture de la banquise ? D'après la nièce de Bernstein, les deux vues avaient été prises à vingt minutes d'intervalle…

— Et alors ?

— Et alors, c'est impossible. Du moins avec ce type de satellite. Je t'explique : le LDCM, comme le Landsat 7 et comme presque tous les satellites civils de reconnaissance ou de cartographie, suit une orbite polaire – une orbite qui survole les deux pôles de la Terre à chaque révolution. L'altitude habituelle est de l'ordre de mille kilomètres, un bon compromis entre trop près – le satellite décroche en quelques mois à cause du frottement avec la haute atmosphère –, et trop loin – la résolution au sol est trop faible. À ces altitudes, la période orbitale est de quatre-vingt-dix à cent minutes, il est donc *rigoureusement impossible* d'avoir deux clichés espacés de vingt minutes et montrant exactement le même secteur sous le même angle…

— Peut-être un satellite géostationnaire… hasarda Gretchen.

— Tout aussi impossible : l'orbite géostationnaire est forcément dans le plan de l'équateur, donc elle n'offre aucune visibilité des régions polaires.

— Tu penses à quoi, alors ?

— Plutôt à une orbite de type Molnyia – une orbite géosynchrone hautement elliptique qui permet à un satellite de passer la plus grande partie de sa période orbitale au-dessus de la même région. Avec une constellation de trois oiseaux sur une orbite de ce genre, il est possible de surveiller en continu un point précis du globe, y compris aux hautes latitudes : du temps de la guerre froide, c'était le système mis au point par les Russes pour espionner les sites stratégiques du continent nord-américain. Je te parierais que c'est ce que nous avons ici.

— Et ton idée de zoomer sur le troupeau de phoques ?

— Juste pour voir à qui nous avons affaire. Pour info, les Landsat ont une résolution au sol de trente mètres : idéal pour cartographier un continent, pas terrible pour les reportages animaliers. Vu la taille des pixels sur le dernier cliché, je dirais que la résolution doit être ici de l'ordre de cinq à dix *centimètres*. Soit celle d'un KH -13 ou peut-être d'un KH -15, en tout cas un satellite-espion de dernière génération.

— Et alors ? fit-elle avec une mimique d'incompréhension.

— Et alors, ces satellites et tout ce qui les concerne sont un des secrets militaires les mieux gardés des États-Unis. Pour ce qu'on en sait, ils sont basés sur la même technologie que le télescope Hubble, sauf qu'ils sont dirigés vers le sol au lieu d'observer les galaxies.

— Ce qui signifie ?

— Que quelqu'un a jugé utile de lancer trois oiseaux à un milliard de dollars l'unité rien que pour surveiller quelques arpents de banquise dans le coin le plus paumé du monde. Tu ne crois pas que ça vaut le coup d'aller y jeter un coup d'œil ? »

La jeune femme sortit de la piscine sans répondre et entreprit de se sécher, l'air pensif. « Je ne sais pas, Cal, dit-elle finalement d'un ton hésitant. Il y a beaucoup trop d'inconnues dans cette histoire, et j'ai un mauvais pressentiment.

— Tu peux préciser ?

— Rien de précis, justement. Sinon que je me méfie des types à bord de cet avion… Surtout ce Richardson et ses copains, ils ont l'air un peu trop polis pour être honnêtes.

— Je ne te savais pas si sélective dans tes fréquentations…

— Ne te fous pas de moi, Caleb, je suis sérieuse. Pendant que tu comatais, on a fait un petit tour à bord avec Josh et One-Shot, histoire de nouer connaissance. Il y a de tout dans leur équipe OPEX, mais que du très lourd : des vétérans de la Delta Force ou des SEAL, quelques Canadiens débauchés de la JTF2, un Allemand du KSK. Même un ancien du 22, vous pourrez échanger des souvenirs du bon vieux temps[1]. Ils ne sont pas regardants, ils ont aussi recruté les pires salopards des boîtes privées : là encore on trouve de tout, des types de la Darkwater, de la Northstrom Executive, de la Ronin International… le genre de barge

1. La JTF2 (*Joint Task Force 2*) est l'unité d'élite des forces spéciales canadiennes. Le KSK (*Kommando Spezialkräfte*) est son équivalent au sein de la *Bundeswehr* allemande. Le 22 SAS, basé à Stirling Lines près d'Hereford dans l'ouest de l'Angleterre, est le seul régiment d'active du *Special Air Service*.

qui te raconte une histoire drôle tout en t'enfonçant un tournevis dans l'œil. Mais celle qui me fout *vraiment* les jetons, c'est ta petite copine.

— Tu parles de qui ? La rouquine en holo ? Mais…

— Ne fais pas l'idiot, Cal, je te connais comme si je t'avais fait. Je parle bien sûr de miss Murge, tu n'as pas arrêté de la mater pendant tout le cours d'histoire. Comme d'habitude, tu ne vas pas m'écouter, mais je te suggère quand même de faire très attention.

— Dis donc Gret, tu ne serais pas en train de marquer ton territoire, par hasard ?

— Très délicat, bravo, répliqua-t-elle sans sourire. Il se trouve, espèce de foutu paysan écossais sectaire, que j'ai déjà entendu parler de cette… Poppy Borghese, si c'est bien son nom. C'était peu de temps avant qu'on se rencontre – tu sais, le jour où j'aurais mieux fait de me casser une jambe. À cette époque, je bossais au large du Yémen comme consultante sur une station offshore de la Norex, une filiale de la K2 comme par hasard, pour apprendre à ces mecs à manipuler le C-4 sans se faire péter la tronche au passage. Alors que mon contrat tirait à sa fin, un superpétrolier du groupe a été abordé par des pirates somaliens à l'entrée du golfe d'Aden. Le truc habituel : cinquante millions en petites coupures, sinon on saigne un bonhomme toutes les heures. Au lieu d'entamer des négociations, ils ont envoyé un hélico avec cette nana plus deux autres types. Soi-disant pour remettre la rançon. Il n'y a eu aucun compte rendu officiel sur le déroulement de l'assaut, mais j'ai pu discuter avec certains des otages après leur libération ; le mot qui revenait sans arrêt, c'était “abattoir”… Ensuite, ta jolie poupée et ses amis ont chargé les sacs-poubelle avec les morceaux des pirates et ils sont allés les balancer dans la piscine du parrain local, sur les hauteurs de Mogadiscio. Message reçu cinq sur cinq. Il n'y a plus jamais eu d'attaques contre les intérêts de la K2 dans la région… »

Caleb digéra l'information quelques secondes. Il s'apprêtait à répondre lorsque l'intercom se mit en marche. La voix formidable de One-Shot se fit entendre : « Désolé les gars, fini tripatouille dans jacuzzi. On attend vous soute arrière pour parachute sur pingouins ! »

Chapitre 4

19 février 2018 – 14 h 15 UTC

Les ombres s'allongeaient déjà quand le grand mâle surgit de l'épais rideau de conifères pour s'immobiliser au milieu de l'étroite clairière enneigée. Dissimulé derrière une énorme souche de mélèze, le général Valentin Yefimovitch Iazov conserva l'immobilité minérale qui était la sienne depuis des heures. Les rabatteurs avaient bien fait leur travail ; ils devaient maintenant être en train de revenir vers le bivouac, avec interdiction absolue d'intervenir d'une manière ou d'une autre : connaissant la crainte qu'il leur inspirait, le vieil homme savait qu'il serait obéi à la lettre.

Il se força à ne pas focaliser son attention sur les mouvements de l'animal. Ce dernier n'était pas parvenu à un âge aussi avancé sans être doté de sens d'une extrême finesse. *Si tu te concentres sur lui, il va le sentir et s'enfuir. Voir sans regarder, entendre sans écouter. Se fondre dans le décor. Tu n'es pas un élément rapporté ni un observateur étranger à cette forêt, tu en es chaque tronc, chaque rocher, chaque buisson. Indifférent et attentif à la fois.*

Le froid était vif, mais il n'en avait cure. Le général Iazov aimait passionnément l'hiver, la pénombre du sous-bois enneigé, les longues traques solitaires dans la taïga sans limites. L'immense plaine blanche et les impénétrables forêts de sapins et de mélèzes, murailles noires se découpant sur un ciel blafard. La chair et les os de la Russie, l'âme de son peuple. Tous ceux qui avaient négligé cette réalité l'avaient payé au prix du sang, de Napoléon à Hitler. Comme souvent maintenant, ses pensées le ramenèrent trois quarts de siècle en arrière.

Stalingrad. Le gamin de treize ans qui se glissait entre les chenilles des blindés ennemis pour y placer des mines, alors que les *Niemietzki* à moitié morts de faim tentaient de débiter à la hache les cadavres de chevaux devenus durs comme le roc, ou s'écroulaient l'anus gelé pour avoir essayé de chier par – 50 °C. La 49e Division d'infanterie, où il s'était engagé en mentant effrontément sur son âge. Puis Koursk, Roslaval, Mogilev. À mesure que les batailles se succédaient et que ses compagnons tombaient les uns après les autres, il ne faisait que gagner en force et en férocité. La route de Berlin avec le 1er Front biélorusse, sur les traces de l'armée allemande en déroute. La bataille finale, rue après rue, dans les décombres du Reich de mille ans. Celui qui n'était qu'un enfant au début de la Grande Guerre patriotique l'avait terminée avec le grade de lieutenant-major de l'armée Rouge, à la tête d'une centaine d'hommes pour la plupart deux fois plus âgés que lui. Au début du mois de juin 1945, il se trouvait toujours stationné à Berlin, dans l'attente d'une nouvelle affectation et redoutant de se voir intégré à l'état-major des forces d'occupation en Allemagne – le point de départ d'une brillante et morne carrière de bureaucrate. Son destin s'était noué lorsqu'il avait été présenté au lieutenant-général Leonid Vasilyevitch Shatilov, dont l'aide de camp venait d'être tué par l'explosion d'une mine. Le courant était tout de suite passé entre le petit paysan inculte mais doué d'une extraordinaire intelligence pragmatique et l'énigmatique chef du Département 7 du NKVD, un homme dont on murmurait qu'il prenait ses ordres de Joseph Staline en personne. Six semaines plus tard, Iazov se retrouvait à Pennemünde, fouillant les ruines à la recherche de trésors dont il n'avait jamais soupçonné l'existence…

La méchante douleur à son côté le ramena à la réalité. Elle ne le lâchait plus, à présent. Il réprima de toutes ses forces une soudaine envie de tousser ; ce matin, il y avait à nouveau eu du sang. *Ton dernier hiver.* « Six mois », lui avait dit ce connard de toubib plus d'un an auparavant. Pauvre petit freluquet tout juste émoulu de la faculté de Moscou, déjà plein de certitudes et qui n'avait jamais eu à se battre que contre des questions d'examen ; à son âge, il se trouvait à Cuba avec Leonid, occupé à négocier avec les frères Castro l'implantation des rampes de fusées balistiques. Si le médecin avait sous-estimé la robustesse du vieillard, l'issue ne faisait cependant aucun doute. Dans moins d'un mois, les premières tiges vertes perceraient la couche de neige, et l'hiver tirerait sa révérence ; la saison du renouveau serait pour lui celle de l'agonie – une vérité qu'il n'avait jamais occultée et qu'il admettait avec une quasi-indifférence maintenant que l'échéance se précisait. Son seul regret était de n'avoir pu solder tous ses comptes. Il raffermit sa prise sur sa carabine, et le contact du métal glacé lui procura un sentiment de soulagement mêlé d'une sombre satisfaction. *Jusqu'au bout, c'est toi qui décides*, se dit-il avec un rictus amer.

L'élan de Sibérie arpentait maintenant la clairière à pas prudents, en balançant de droite et de gauche sa tête massive couronnée de bois gigantesques. À chaque expiration, un imposant panache de condensation jaillissait de ses nasaux. L'animal était colossal, près de deux mètres au garrot, et devait avoisiner les trois quarts de tonne. *Il est nerveux*, se dit Iazov en remarquant les petits tressautements qui agitaient l'échine puissante ; il a d'abord été rassuré de ne plus entendre les pisteurs, mais désormais il se trouve à l'étroit et beaucoup trop exposé sur cette esplanade dégagée. Sur la gauche, en effet, la clairière se terminait par un escarpement assez abrupt qui dominait de quelques dizaines de mètres la vaste étendue blanche du lac Latcha, entièrement gelé en cette saison ; à droite, en revanche, l'immense forêt boréale offrait un refuge de choix pour l'animal traqué. La nuit tomberait dans moins d'une heure, et le cervidé géant lc savait ; il lui suffisait de déjouer encore un peu les pisteurs et il serait sauvé.

Il va replonger dans les bois. Tu n'as que quelques secondes. Le vieux général épaula doucement sa carabine Weatherby Mark V chambrée en .378 Magnum, une munition redoutable réservée au très gros gibier. Il adorait cette arme fiable, solide, presque rustique avec sa culasse à verrou à l'ancienne. La carabine n'avait ni désignateur laser ni autodirecteur, ni même compensateur de mouvement ; Iazov méprisait ces innovations techniques qui ravalaient selon lui la chasse au rang d'un jeu vidéo pour branleurs. Sa seule concession à la modernité était la lunette Swarovski Z6 2,5-15x56 à grossissement variable, d'une exceptionnelle luminosité, qui suppléait largement sa vue déclinante. L'élan se présentait maintenant de profil, une position idéale. Iazov ajusta le réticule sur la zone située juste au-dessous du garrot et positionna délicatement son index sur la queue de détente. *Vide tes poumons, vide aussi ta cervelle ; tu ne penses plus, tu ne fais plus qu'un avec l'arme.* Il lui sembla entendre la voix de son père, quand ils allaient ensemble chasser le lièvre sur les bords de la Volga, quatre-vingts ans auparavant. Il souffla doucement et commença à accentuer sa pression sur la détente.

Son oreillette grésilla : « Général Iazov ! »

Il réussit presque à maîtriser son sursaut de stupéfaction. Presque. Mais ce fut suffisant pour l'élan, qui le repéra en une fraction de seconde et tourna brutalement la tête dans sa direction. L'animal se figea un instant infinitésimal, puis il bondit en direction des fourrés avec une agilité inconcevable pour sa masse. Iazov tira au jugé, mais avant même que le recul de la puissante carabine ne lui meurtrisse l'épaule, il sut qu'il l'avait raté. Moins de deux secondes s'étaient écoulées, et l'écho de la détonation roulait encore sur la forêt. La clairière était vide, comme si l'élan n'avait jamais existé.

Une rage effroyable s'empara du vieil homme, et un rictus terrible convulsa ses traits. Quelqu'un allait mourir pour cela.

L'oreillette crachota de nouveau :

« Général ? Vous me recevez ? »

Il réalisa que ce n'était pas l'un des rabatteurs. Il

connaissait cette voix. La phrase suivante balaya instantanément sa fureur et fit naître un sourire encore plus inquiétant sur son visage.

« Général, c'est Guennadi. Le loup est sorti du bois. »

Quelqu'un allait bien mourir, finalement. Mais pas aujourd'hui.

20 février 2018 – 03 h 55 UTC

L'agence dirigée par le général Valentin Iazov avait changé bien souvent d'appellation mais avait survécu à tous les bouleversements politiques des soixante-dix dernières années. Cela avait été l'une de ses premières leçons, quand le Département 7 était devenu l'Office de Planification Stratégique de l'Acier moins de six mois après sa création. « Ces crétins d'impérialistes ne comprennent rien au secret, lui avait dit Shatilov lors d'une de ces parties d'échecs qu'il gagnait invariablement. Ils ne savent qu'avancer à visage découvert, comme si leur force les dispensait de toute dissimulation. Leurs services gouvernementaux sont des maisons de verre, il suffit d'y aller et de se servir. Et lorsqu'ils essaient de cacher quelque chose, ils s'y prennent avec une telle naïveté que le résultat se voit comme un chien à qui il manque une patte. Regarde ces armes qu'ils viennent de jeter sur le Japon, nous étions au courant de leur programme depuis plus de deux ans ; et avec le renard[1] que nous avons introduit

1. Jeu de mots sur Klaus Fuchs, physicien d'origine allemande né en 1911 et membre du Projet Manhattan dès sa création. Recruté

dans leur poulailler, nous devrions avoir notre propre bombe d'ici trois ou quatre ans... »

Le credo de Leonid Shatilov était que pour dissimuler efficacement un secret, il suffisait de lui donner l'apparence de la plus extrême banalité, et ensuite de le laisser bien en vue du public. Il citait souvent la *Lettre volée*, d'Edgar Allan Poe, comme la création littéraire la plus pertinente jamais sortie d'un cerveau américain. « Et tu verras, Valentin Yefimovitch, ça marche aussi bien pour une simple lettre que pour un programme expérimental à cinquante milliards de roubles. » Au fil des ans et des missions, Iazov était devenu lui aussi un maître de la *maskirovka*. Il lui avait fallu plus longtemps – dix-sept ans exactement – pour réussir à battre Shatilov aux échecs. Ce soir-là, les deux hommes s'étaient soûlés à la vodka jusqu'à tomber à terre. En reprenant ses esprits tard dans la matinée, Iazov avait découvert son mentor pendu dans la salle de commandement de l'agence. L'autopsie avait révélé qu'il souffrait d'un cancer de l'intestin parvenu à un stade inopérable. Le soir même, Iazov était reçu en audience privée par Nikita Khrouchtchev, et le lendemain matin, il se retrouvait, sans la moindre cérémonie officielle, à la tête, de ce qui s'appelait à l'époque le Bureau de Développement industriel de l'Union soviétique. Par la suite, il s'était longtemps demandé pourquoi Shatilov avait choisi ce mode de suicide ignominieux plutôt que de se brûler la cervelle avec le Nagant qui ne le quittait jamais ; ce n'est que

---

en 1941 par le NKVD, Fuchs fit passer à l'Est une masse considérable de documents classifiés qui jouèrent un rôle déterminant dans la mise au point de la première bombe A soviétique en 1949.

bien plus tard qu'il avait compris qu'en agissant ainsi son maître avait voulu empêcher qu'on puisse le soupçonner de l'avoir assassiné.

Et voilà que l'histoire se répète, se dit le vieil homme. Il détourna son regard de la circulation moscovite encore clairsemée à cette heure matinale et considéra d'un air pensif l'homme qui partageait avec lui la banquette arrière de la grosse limousine.

« Tu es sûr de tes informations, Guennadi ? Nous avons été échaudés si souvent… »

L'intéressé hocha la tête, et ce simple acquiescement suffit à rassurer Iazov. L'homme n'était pas du genre à s'engager à la légère.

À quarante-six ans, le colonel Guennadi Ivanovitch Baranko avait l'apparence banale d'un responsable d'agence commerciale. Il était de taille moyenne, ses tempes commençaient à se dégarnir et son visage était de ceux qu'on oublie sitôt aperçus ; ses costumes étaient de bonne facture, mais d'une coupe un rien désuète et sans aucune ostentation. Seul un observateur attentif aurait remarqué une musculature un peu trop développée et soigneusement entretenue, ainsi que la lueur inquiétante qui filtrait parfois derrière les petites lunettes rondes d'instituteur. L'homme avait servi comme appelé en Afghanistan pendant les dernières années de l'occupation soviétique – Iazov n'aurait jamais choisi un second n'ayant pas l'expérience du feu –, puis plus tard en Tchétchénie comme officier de renseignement militaire ; la manière dont il s'y était comporté l'aurait fait condamner pour crimes de guerre devant n'importe quel tribunal international, mais Valentin Iazov ne jugeait pas les hommes selon les critères usuels.

« Je suis tout à fait affirmatif, général, fit Baranko. Il y a quatre jours, le 16 février en fin d'après-midi, le *Global Defender*, qui se trouvait au sud des îles Falkland – en principe pour une série de relevés océanographiques –, a soudain quitté la zone où il patrouillait depuis deux semaines pour faire route à pleine vitesse vers la Géorgie du Sud…

— La Géorgie du Sud… répéta Iazov avec une lueur interrogative dans le regard.

— Une île paumée de l'Atlantique Sud, à près de huit cents milles plus à l'est ; il l'a rejointe avant-hier matin et mouille depuis lors dans la rade de Grytviken, la seule localité de l'île. En soi, c'est déjà surprenant. Comme vous le savez, nous surveillons de près les missions du *Defender*, et ce depuis plusieurs années : ses programmes d'exploration sont d'ordinaire réglés comme du papier à musique et respectés à la lettre… or cette excursion n'était pas du tout au cahier des charges.

— Il aura pu se dérouter pour n'importe quelle raison, objecta Iazov. Un problème médical à bord, une avarie technique…

— Dans ce cas, il se serait rendu à Port Stanley aux Falkland, ou à Rio Grande, la capitale industrielle de la Terre de Feu ; les deux étaient à moins de deux cents milles de sa position, et on y trouve hôpitaux et chantiers de réparation navale, ce qui n'est pas le cas à Grytviken.

— Intéressant… marmonna Iazov d'un ton pas vraiment convaincu. Je suppose que tu as autre chose ?

— Bien sûr, général. Voici la suite : depuis une semaine, Viktor Bernstein, le patron *de facto* de la K2, fait sa tournée annuelle des capitales du Golfe. Il y a trois jours – quelques heures seulement après que le

Global Defender eut quitté les eaux des Falkland –, le *Second Chance* s'envole de Dubaï sans Bernstein et fait un aller-retour express en Afrique du Sud. Apparemment dans la plus grande hâte : les autorités aéroportuaires de Dubaï n'ont pas encore digéré le fait que le plan de vol ne leur ait été transmis que deux heures après le décollage… Selon nos correspondants locaux, l'opération visait à dépêcher un commando héliporté pour délivrer des civils coincés dans une mine au Zimbabwe – une opération pour le moins rocambolesque, d'après ce qu'on m'a rapporté ; d'ailleurs, je vous ai rédigé un petit mémo là-dessus, ajouta Baranko en tendant une mince pochette plastifiée à son supérieur.

— Des noms, pour ce commando ? demanda ce dernier sans prendre le document.

— Deux : Vandell Richardson, le chef de leur département OPEX. Et une fille avec un nom italien et un de ces prénoms américains à la con, Patti ou Poppy…

— Poppy Borghese », fit Iazov dont le visage s'était brutalement durci. Le vieil homme vida lentement ses poumons puis fit signe à son assistant de continuer.

« Dès que nous avons été informés de cette opération, j'ai fait procéder à un traçage surface et aérien du *Second Chance*. L'appareil n'est pas facile à repérer avec ses systèmes furtifs, mais nous avons quand même pu le suivre jusqu'au large des côtes africaines. En voyant qu'il mettait le cap sur l'Atlantique Sud au lieu des États-Unis, j'ai tout de suite compris ce qui se passait et j'ai contacté Vatutinki[1] pour récla-

1. La base de Vatutinki, à une trentaine de kilomètres au sud-ouest de Moscou, abrite la Direction du Renseignement Spatial du

mer une fenêtre d'observation satellitaire ; j'ai dû leur dire qui allait les rappeler en cas de refus pour qu'ils acceptent de reprogrammer le plan orbital du Persona-3 qui couvre normalement l'Argentine et le Chili. Juste à temps pour observer l'arrivée de nos amis en Géorgie du Sud…

— C'est donc là qu'ils ont atterri ?

— Négatif. Il n'y a même pas de quoi poser un Cessna à Grytviken. À la place, le *Second Chance* a fait plusieurs passages en parachutant sur place une quantité semble-t-il assez importante de personnel et de matériel, puis il a poursuivi sur la Terre de Feu et s'est posé à Ushuaïa, l'aéroport le plus proche capable de le recevoir. Il s'y trouve toujours stationné à l'heure actuelle, officiellement pour réparations suite à avarie.

— Des parachutages… murmura Iazov d'un air pensif. Ça confirme qu'ils avaient bien rendez-vous avec le *Global Defender*, mais pour quelle raison ? En tout cas, tu as bien travaillé, Guennadi.

— Ce n'est pas tout, général. Sinon je ne me serais pas permis de vous déranger pendant votre chasse. Le plus intéressant nous vient de notre antenne californienne : hier après midi à 1520 UTC, un jet Planet Express XRS à long rayon d'action a quitté le périmètre d'exclusion optique de l'île de San Clemente. Pas tout seul : il était escorté par deux F -35. Les trois appareils ont ensuite mis le cap au sud. Je n'ai pas besoin de vous dire ce qui se trouve sur cette île, ni ce que signifie cette configuration de vol. D'ailleurs s'il y avait encore un doute, il vient d'être dissipé.

GRU en charge des satellites d'observation militaire de la Fédération de Russie.

Il y a moins de trois heures, notre agent au consulat d'Ushuaïa nous a informés que le jet en question se trouve actuellement garé sur le tarmac aux côtés du *Second Chance* ; l'appareil serait arrivé au milieu de la nuit, et ses passagers auraient immédiatement embarqué pour une destination inconnue sur un gros hélicoptère de transport de troupes. »

Le général Valentin Iazov se sentit submergé par une irrésistible vague d'excitation. *Enfin. Après si longtemps !* Il respira profondément et se tourna vers la fenêtre pour essayer de dissimuler son trouble à son voisin. À l'approche de l'ouverture des bureaux, la circulation était devenue plus dense sur l'immense autoroute à cinq voies. L'agence était bien sûr équipée d'une pièce sourde avec les derniers raffinements en matière de brouillage phonique et EM. Néanmoins, pour les entretiens les plus confidentiels, Iazov restait fidèle à la vieille doctrine du renseignement selon laquelle un véhicule en mouvement est bien plus facile à sécuriser qu'un immeuble de bureaux. À cet égard, les cent dix kilomètres du MKAD, le boulevard périphérique de Moscou, constituaient le meilleur endroit pour une conversation discrète. Iazov s'aperçut qu'ils approchaient de l'échangeur de Khimki, au kilomètre 75 du vaste anneau. Il donna un ordre sec à l'IA, et la grosse limousine déboîta sans ralentir pour s'engager sur l'échangeur de sortie. Elle prit ensuite la *Leningradskoye Shosse*, qui deviendrait plus loin l'autoroute M10 se prolongeant jusqu'à Saint-Pétersbourg, à près de neuf cents kilomètres au nord-ouest. Mais, pour leur part, ils n'étaient plus qu'à une dizaine de minutes de l'agence.

Après quelques kilomètres sur le long boulevard

rectiligne, la voiture passa devant un monument représentant trois énormes chevaux de frise antichar ; le *Khimki Iejy* était érigé à l'endroit exact où l'ultime avancée des troupes allemandes avait été stoppée en novembre 1941, à moins de dix kilomètres du Kremlin, au prix d'un effroyable bain de sang. Le monument n'était plus entretenu depuis des années, et de longues rigoles de rouille dégoulinaient sur le béton fendillé. De l'autre côté du boulevard s'étendait l'immense centre commercial MEGA, le deuxième plus vaste de Russie, avec son gigantesque magasin IKEA, ses supermarchés, ses parkings toujours bondés et sa débauche d'écrans publicitaires à la gloire de marques étrangères. Des gamins à l'apparence patibulaire, certains tatoués ou couverts de piercings, traînaient devant le mémorial qui était devenu un point de ralliement pour toutes sortes de marginaux. L'un d'eux, un géant vêtu d'une parka en lambeaux, pissait consciencieusement sur la stèle aux héros de la Défense de Moscou ; une croix gammée était tatouée sur son crâne rasé. Comme chaque fois qu'ils passaient par là, le vieux général se sentit pris d'une rage impuissante. Il jeta un coup d'œil à Baranko, qui contemplait le spectacle d'un œil impavide, et cette indifférence le mit encore plus hors de lui. *Voilà pourquoi tu t'es battu, Valentin Yefimovitch. Des putes et des camés. Il est vraiment temps de laisser la place.*

Mais pas avant d'avoir réglé tes comptes.

04 h 16 UTC

La limousine franchit le portail apparemment non gardé et, après avoir remonté la petite allée mal déneigée, s'arrêta devant un bâtiment de trois étages à l'aspect cossu mais banal. L'endroit était situé en bordure de forêt à la sortie de Shemyakino, une jolie banlieue résidentielle du nord de Moscou. L'aéroport international de Cheremetievo était à moins de trois kilomètres, mais le village ne se trouvait pas dans l'axe des pistes et les nuisances sonores demeuraient minimales. Il n'y avait ni gardes armés, ni caméras de surveillance, ni antennes satellite sur le toit ; l'immeuble collait exactement avec ce qu'il était censé abriter : une obscure agence de planification dépendant du non moins effacé ministère des Ressources naturelles de la Fédération de Russie. L'IA lança ses routines d'identification puis, après avoir reçu le feu vert du centre opérationnel, les informa qu'ils pouvaient quitter le véhicule sans risque d'être aussitôt abattus. Baranko s'apprêtait à se lever lorsque Iazov l'arrêta : « Une minute, Guennadi. Tu as bien parlé d'un groupe de civils que ces mercenaires de la K2 sont allés chercher au Zimbabwe ?

— Exact. D'ailleurs, ce ne sont pas des inconnus : c'est la même équipe qui a procédé au sauvetage du *Norilsk* il y a quatre ans. »

Le vieux général émit un juron sonore. Baranko se souvint qu'il avait à l'époque très sévèrement critiqué la décision du gouvernement de faire appel à l'aide internationale. À peine cinq ans après l'accident du *Nerpa* qui avait causé vingt morts en mer du Japon, le naufrage du *Norilsk* en janvier 2014 avait une nouvelle fois mis l'accent sur le délabrement chronique de la flotte sous-marine russe. Pour Iazov, la seule manière honorable de régler le problème aurait été de déclencher à distance les charges d'autodestruction du bâtiment, comme cela avait été fait pour le *Koursk* en 2000… « Non seulement ils plantent leur barcasse au fond de la mer Noire, avait-il fustigé, mais en plus il faut se ridiculiser en montrant que nous sommes incapables d'aller les chercher nous-mêmes ! »

« Je connais ces types, grommela-t-il. Un certain McKay et ses amis, n'est-ce pas ? Après l'histoire du *Norilsk*, le SVR avait fait une petite enquête sur eux et avait conclu qu'il s'agissait de possibles supplétifs du MI6. Dans le doute, ils ont été déclarés *personae non gratae* sur tout le territoire de la Fédération. Je me demande ce que la K2 peut bien leur vouloir… En tout cas, ils ne vont pas nous faciliter la tâche.

— Ce ne sont que des civils, général. Et ils ne sont que quatre.

— J'échangerais pas mal de nos soldats contre des civils de cet acabit, Guennadi. En soutien de l'équipe de Richardson, ils peuvent nous donner du fil à retordre… »

En prononçant ces mots, le vieillard s'extirpa avec difficulté de la limousine et faillit trébucher sur le sol verglacé. Baranko se garda bien de lui venir en aide : Iazov méprisait la compassion au même titre que la faiblesse. Les deux hommes se tournèrent ensuite vers l'entrée du petit bâtiment et s'immobilisèrent un instant – le temps que les scanners faciaux de la porte confirment les identités fournies par le véhicule. Une serrure claqua, et une discrète lumière verte apparut : ils pouvaient désormais franchir en sécurité les trois mètres les séparant du perron. À la grande surprise de Baranko, Iazov se rapprocha de lui et le prit par la manche ; les contacts physiques n'étaient pourtant pas précisément son fort.

« Je suppose que tu as devancé mes ordres, Guennadi. Qui pouvons-nous envoyer sur place ?

— Il y a plusieurs possibilités, général. La plus évidente est notre nouveau porte-aéronefs, l'*Ivan Grozny*, qui est actuellement en manœuvres de qualification dans l'Atlantique Sud. Il y a aussi un groupe naval constitué du destroyer *Amiral Panteleyev* et des frégates antisous-marins *Kedrov* et *Anadyr*, qui croisent en ce moment au sud de la Nouvelle-Zélande ; à marche forcée, ils pourraient rejoindre la côte antarctique en quatre ou cinq jours.

— Impossible. Nous n'avons encore jamais effectué de manœuvres à des latitudes aussi australes ; ils n'auront pas sitôt franchi le soixantième parallèle que la moitié des satellites de la NSA seront braqués sur eux. Je te rappelle que, dans cette affaire, la discrétion est aussi cruciale que la rapidité. Les Américains apprendront fatalement ce qui s'est passé, mais je veux que d'ici là tout soit terminé.

— Je me doutais que vous diriez ça, général. C'est pourquoi j'ai privilégié une troisième option : le *Vladimir Karvaiyski*. Un brise-glaces à propulsion conventionnelle de trois mille quatre cents tonnes. Actuellement affecté au ravitaillement et à la relève des personnels de plusieurs de nos bases scientifiques en Antarctique. Personne ne s'étonnera de le voir traîner dans le coin.

— Où se trouve-t-il en ce moment ? demanda Iazov d'un air intéressé.

— À quelques centaines de milles nautiques au sud du cap de Bonne-Espérance. Nous pouvons y être dans trente-six heures, si vous le souhaitez. Pour gagner du temps, j'ai déjà pris la liberté d'y faire héliporter deux unités Vympel, dans l'attente de vos ordres.

— C'est bien, Guennadi, c'est très bien... Mais il se pourrait que ça ne suffise pas. L'enjeu est beaucoup trop important, tu n'as pas idée à quel point. Il nous faut un atout supplémentaire... »

Iazov hésita un instant, puis sembla se décider et se pencha vers son aide de camp pour lui murmurer quelques phrases à l'oreille ; Baranko écouta sans rien dire, d'abord vaguement dégoûté par la proximité physique du vieillard, puis avec une stupéfaction croissante. Quand ce fut terminé, il souffla : « *Belaya smiert*[1] ? Je croyais que c'était une légende...

— Plût à Dieu que ce soit le cas, mon ami, dit Iazov d'un ton grave. Plût à Dieu... »

À ce moment, Baranko réalisa qu'il n'avait encore jamais entendu le nom de Dieu franchir les lèvres de son supérieur.

13 h 45 UTC

Ce bâtiment est la preuve vivante que les fantômes n'existent pas, se disait souvent Oleg Lanski. *Sinon les couloirs en seraient pleins*. Depuis un siècle, l'immeuble de la place Loubianka avait hébergé sans discontinuer tous les avatars successifs des services secrets soviétiques puis russes : Tchéka, Guépéou,

1. « La Mort blanche ».

NKVD, KGB, FSB… Le temps n'était plus où les passants changeaient de trottoir et baissaient les yeux sans oser contempler la vaste façade néobaroque, mais la seule évocation de la Loubianka parvenait encore à provoquer des frissons chez tous les Moscovites de plus de cinquante ans. Au plus fort des purges staliniennes, c'est par camions entiers que les malheureux tombés dans les filets de la police politique étaient jetés chaque jour dans les innombrables cellules qui occupaient les six niveaux souterrains du bâtiment. Un mot malencontreux au cours d'une conversation banale, une phrase ambiguë dans une lettre à un ami, un nom à consonance juive ou la simple nécessité de remplir les quotas de déportation ou d'exécution suffisaient à déclencher la machine. Après quelques jours ou quelques semaines de tortures au cours desquelles les suspects finissaient invariablement par avouer leurs crimes, un simulacre de procès décidait de leur sort : les plus chanceux écopaient de cinq ou dix ans d'exil intérieur au fin fond de la Sibérie, les autres étaient envoyés mourir dans les camps au-delà du cercle Arctique ou plus simplement recevaient une balle dans la nuque dans l'une des courettes de l'immeuble.

Oleg Nikolaïevitch Lanski dirigeait depuis quatre ans le *Federalnaya Sluzhba Bezopasnosti* – ou FSB, l'agence de sécurité intérieure de la Fédération de Russie qui avait hérité une partie des attributions du KGB. En août 1991, ce dernier avait très lourdement payé la participation de son chef, le général Vladimir Krioutchkov, à la tentative de coup d'État contre Gorbatchev orchestrée par la vieille garde communiste. Après l'échec du putsch, Krioutchkov avait été démis de ses fonctions, emprisonné et remplacé par

Vadim Bakatine, dont l'unique mission avait consisté à démanteler le titanesque service de renseignements. Le dépeçage du monstre avait duré trois mois, et, le 4 décembre 1991 – trois semaines avant la dissolution de l'URSS et la prise de pouvoir par Boris Eltsine –, le KGB cessait d'exister pour être remplacé par plusieurs agences indépendantes : le FSB, le SVR chargé des renseignements extérieurs, le Service des garde-frontières, la FAPSI chargée des communications gouvernementales et du renseignement électronique… *Divide ut regnes.*

La stricte dichotomie entre renseignement intérieur et extérieur, habituelle dans les services des pays occidentaux, était loin d'être aussi affirmée en Russie : outre ses missions de sécurité intérieure, de contre-espionnage, de lutte contre le terrorisme ou le crime organisé, le FSB était également compétent pour les interceptions électroniques à l'étranger ainsi que pour mener des opérations militaires – sous couvert de lutte antiterroriste – n'importe où dans le monde. Pour sa part, le SVR, en charge des opérations de renseignement et d'espionnage à l'étranger, avait une fâcheuse tendance à poursuivre ses investigations sur le territoire même de la Fédération. Cela aussi avait été voulu par les liquidateurs du KGB : les deux agences se vouaient désormais une haine sans merci et passaient le plus clair de leur temps à se tirer dans les pattes, ne se retrouvant que pour faire front contre leur ennemi commun : le GRU, le tentaculaire service de renseignements militaire qui, de son côté, avait traversé sans encombre les années difficiles de la fin de l'Union soviétique.

En cette fin d'après-midi, Lanski ne pensait toutefois qu'à une chose : quitter le bureau où il venait de passer les quatorze dernières heures, faire un saut à son appartement du quai Raushskaya puis se rendre avec sa femme au Bolchoï où l'on donnait la première de *Sadko*, l'un de ses opéras préférés. Il s'apprêtait à passer son manteau quand sa secrétaire le prévint :

« Le directeur adjoint Pripatkine, monsieur. »

Lanski grommela un juron ; il avait complètement oublié ce rendez-vous qui s'était rajouté à la dernière minute dans son planning déjà très chargé. Il se demanda ce que Pripatkine lui voulait. Il l'avait croisé le matin même lors de la synthèse quotidienne des chefs de département, et rien ne laissait supposer qu'il eût une requête particulière à lui soumettre. Boris Pripatkine était second directeur adjoint du Département de sécurité économique, un des secteurs les plus sensibles du FSB. Les membres de ce département avaient pour tâche officielle de mener une guerre sans merci à la criminalité financière sous toutes ses formes : détournements de fonds publics, blanchiment d'argent, délits douaniers, trafic de drogue ou de matières premières – le tout en veillant soigneusement à épargner les intérêts des oligarques sur lesquels reposait le pouvoir de Vladimir Poutine. Dans ce travail délicat, Pripatkine avait acquis la réputation d'un analyste consciencieux, voire tatillon, quoiqu'un peu effacé ; il lui manquait le sens politique et l'ambition nécessaires pour monter plus haut, et, pour ses supérieurs, il était clair qu'il avait atteint son seuil d'incompétence. Lanski espérait vivement qu'il ne venait pas lui demander une promotion.

L'homme pénétra dans le vaste bureau, l'air intimidé. Il serrait une chemise renfermant quelques documents et un disque Téra-SSD. Lanski réalisa qu'ils n'avaient jamais échangé plus de trois mots d'affilée. Pripatkine ne savait manifestement pas comment engager la conversation, et Lanski décida de le mettre à l'aise : « Eh bien, mon vieux ! Ne restez donc pas planté là. Asseyez-vous et dites-moi ce qui me vaut le plaisir de votre visite… »

L'homme obtempéra, avala sa salive et bredouilla : « Merci d'avoir accepté de me recevoir, monsieur le directeur. Il s'agit d'une affaire un peu… délicate que je souhaiterais vous soumettre. »

Le ton obséquieux agaça tout de suite Lanski. Il se demanda pourquoi Pripatkine bousculait ainsi la hiérarchie au lieu de faire suivre son dossier par la voie officielle. Son prédécesseur l'aurait éconduit sans ménagement, mais il se targuait d'appartenir à une nouvelle école du renseignement et d'attacher un peu moins d'importance aux questions protocolaires. *Accorde-lui cinq minutes, peut-être a-t-il pour une fois quelque chose d'intéressant à raconter.* Il fit un sourire avenant et invita l'autre à poursuivre. Pripatkine se lança enfin :

« Voilà, monsieur. Comme vous le savez, mon service enquête depuis plusieurs mois sur de possibles détournements de fonds impliquant les dirigeants de certaines agences publiques. C'est dans ce cadre que j'ai récemment été amené à m'intéresser au cas du général Valentin Iazov… »

Pripatkine ne remarqua pas l'infime crispation sur le visage de son supérieur.

« Le nom me dit quelque chose, fit ce dernier, mais sans plus.

— Ce n'est pas étonnant, cet homme semble avoir passé la plus grande partie de sa vie à éviter les projecteurs. Le peu que j'ai pu en apprendre m'a tout de suite intrigué, continua l'analyste d'un air important en ouvrant sa pochette pour en extraire quelques documents. "Général Valentin Yefimovitch Iazov. Quatre-vingt-huit ans. Héros de l'Union soviétique, six fois médaillé de l'Étoile Rouge et quatre fois de l'Ordre de la Guerre patriotique. Officiellement à la retraite et rayé des cadres de l'Armée depuis 1998, pourtant il continue à percevoir sa solde entière... Première bizarrerie – à mon avis, il bénéficie de certaines complaisances, et il faudra gratter un peu auprès du Département des Anciens combattants. Les choses deviennent carrément suspectes quand on essaye de retracer sa carrière. Avec son palmarès, sa voie était toute tracée pour atteindre les sommets de l'état-major ; pourtant, il demande dès 1946 à quitter le service actif pour être affecté à un petit bureau de développement dépendant du Commissariat du Peuple à l'Industrie. Tout le reste est de la même veine. C'est absolument incroyable, pendant *plus d'un demi-siècle*, ce type a réussi à grenouiller dans toute une série d'officines aux activités imprécises rattachées à des ministères de seconde zone. Difficile pour l'instant de savoir ce qu'il y trafiquait, mais dès que j'aurai votre aval, je pourrai fouiller plus sérieusement...

— Et maintenant, il fait quoi ? demanda Lanski sans saisir la perche qui lui était tendue.

— Aussi curieux que ça puisse paraître, il continue... À son âge, il devrait se trouver dans quelque maison de retraite de l'armée, en train de faire admirer sa quincaillerie à d'autres vieilles badernes. Mais il ne semble pas du tout pressé de dételer : depuis 2004, il dirige le *Minieralnye Riesourcii Obsloujivanye* – le Bureau des Ressources minéralières, une minuscule agence publique chargée d'évaluer des projets d'exploitation minière dans des régions excentrées : Sibérie centrale, régions arctiques, *et caetera*... C'est du moins ce qu'on lit sur le site du gouvernement, où trois lignes lui sont consacrées. Elle emploierait dix-huit personnes et occuperait un petit immeuble de fonction à Shemyakino. J'ai fait procéder à une vérification préliminaire de ses comptes et je suis resté stupéfait : la subvention officielle du MRO est de sept cent mille nouveaux roubles.

— Où est le problème ? Cela paraît tout à fait cohérent avec une boîte de cette taille, fit observer Lanski.

— Bien sûr, monsieur. Mais ce qui l'est moins, ce sont les montants qui transitent en réalité sur ces comptes : *près de deux cents millions* rien que pour 2017 ! L'origine de ces sommes énormes s'avère très complexe : pour l'instant, j'ai pu identifier des lignes budgétaires émanant d'une demi-douzaine de ministères et d'autant d'agences gouvernementales, chaque fois sous l'étiquette de "fonds spéciaux" ou de "dotations de réserve". Impossible de savoir ce qu'ils font de tout cet argent, leur activité concrète semble extrêmement réduite : quelques mémos insipides sur les ressources aurifères du Kamtchatka, un rapport moral annuel copié-collé sur celui de l'année précédente, pas grand-chose d'autre… Tout est là, monsieur, indiqua Pripatkine en tendant le disque SSD à son supérieur.

— C'est effectivement très intéressant, fit ce dernier en prenant l'objet. Votre analyse ?

— J'ai d'abord pensé à un détournement massif de

fonds publics, avec des complicités multiples probablement haut placées. Tristement banal : ce ne serait pas la première fois que nous tombons sur ce genre de vieux apparatchiks qui confondent depuis des décennies les finances de l'État avec leur cassette personnelle. Mais ce que j'ai découvert hier est beaucoup plus troublant : il semble que Iazov ait des connexions étroites avec la ville de Mezhgorye et l'ancien site militaire du mont Yamantaw, au sud de l'Oural. »

Nouveau tressaillement sur le visage de Lanski, cette fois plus net – mais, pour son malheur, Pripatkine était trop absorbé par son exposé pour s'en rendre compte.

« Le site est officiellement fermé depuis sept ans, continua-t-il, et il n'y subsiste qu'une petite garnison de surveillance. Mais il est de notoriété publique qu'il abritait plusieurs laboratoires de recherche gouvernementaux ainsi que des dépôts de matières fissiles. J'ai fait retracer les déplacements de Iazov, et il s'avère qu'au cours de l'année écoulée, il s'est rendu pas moins de six fois à Mezhgorye, pour des séjours allant de quelques heures à deux semaines.

— Et vous en concluez ?

— Trafic de matériel militaire sensible ou de technologies classifiées, peut-être même d'armes nucléaires. Un crime d'État, passible de la peine capitale. En tout cas, un lièvre bien trop gros pour que je continue à le pister tout seul, monsieur. J'en ai eu la preuve en tentant de contacter le commandant de la garnison du mont Yamantaw ainsi que le responsable de notre antenne locale à Oufa ; on m'a fait clairement comprendre que je ne disposais pas des accréditations nécessaires et on m'a suggéré de m'adresser directement à vous. Même chose quand j'ai essayé de creuser un peu au niveau des mouvements de fonds sur les comptes du MRO : on dirait que le nom de Iazov donne des sueurs froides à pas mal de monde. Pour en avoir le cœur net, j'ai pris la liberté d'envoyer deux de mes hommes à Shemyakino ce matin…

— *Vous avez fait quoi ?* demanda Lanski qui n'avait pu s'empêcher d'élever le ton.

— Simple vérification de routine, monsieur. Je sais que mon département n'est pas habilité à déployer des mesures actives. Mais l'occasion était trop belle : Cheremetievo m'a informé que Iazov et son adjoint ont réquisitionné un jet et ont décollé peu avant 10 heures, à nouveau pour Mezhgorye. Il s'agissait juste de faire le tour de la boutique en leur absence, relever l'identité des personnes présentes, éventuellement saisir quelques disques durs, ce genre de choses… Le problème est que mes hommes étaient censés me faire leur rapport en début d'après-midi, et que je l'attends toujours. Impossible de les joindre en actif ; plus inquiétant, leurs implants GeoLoc sont également muets. Je suggère…

— Excellent, Pripatkine, le coupa abruptement le chef du FSB en se levant pour signifier la fin de l'entretien. On dirait bien que vous avez levé du très gros gibier, et vous avez eu raison de venir me voir. Nous aborderons le sujet dès demain matin lors de la réunion interservices pour mettre en place un protocole d'enquête approprié. En tout cas, je puis vous assurer dès à présent que votre flair sera récompensé.

— Merci, monsieur, dit l'autre en rougissant de plaisir. Mais je m'excuse d'insister : mes hommes sont peut-être en danger. Je suggérerais plutôt d'envoyer dès ce soir une unité de *spetsnaz* au siège du MRO, avec un ordre officiel de perquisition pour…

— Il n'en est absolument pas question, trancha Lanski en consultant ostensiblement sa montre. À l'heure qu'il est, vos hommes doivent être tranquillement en train de se soûler dans un bistrot de Kitai Gorod. En ce qui me concerne, je veux d'abord consulter à tête reposée les fichiers que vous m'avez remis. Rentrez vous reposer et soyez tranquille, nous verrons ça demain matin. Au fait, continua-t-il d'un ton détaché tout en reconduisant Pripatkine vers la porte, combien de personnes avez-vous mises sur le coup ?

— Personne d'autre que moi-même et les deux agents en question. Je voulais d'abord vous consulter pour savoir s'il était bien nécessaire d'impliquer le reste du Département… »

Lanski referma l'épais battant. *Pauvre crétin. Tu voulais plutôt garder pour toi tout le bénéfice de ta trouvaille.* Il contempla le disque et la liasse de feuillets qu'il tenait toujours à la main et s'apprêtait à tout balancer dans l'incinérateur ; il se ravisa au dernier moment, hésita puis les rangea finalement dans sa mallette. Peut-être une assurance sur la vie, qui peut savoir ce que réserve l'avenir ? Il revint lentement s'asseoir derrière son bureau, pesant le pour et le contre. Il était tentant de convoquer Pripatkine à la première heure, de lui passer le savon du siècle et de l'envoyer exercer ses talents d'enquêteur en Sibérie orientale ou dans les îles Kouriles… Puis il se remémora les quelques mots que le président Poutine lui avait glissés en tête à tête quatre ans auparavant, lors du cocktail officiel célébrant sa nomination à la tête du FSB. Le maître du

Kremlin l'avait entraîné un peu à l'écart des invités, et ses ordres concernant Iazov avaient été à la fois très brefs et parfaitement clairs.

Aucune exception. Sur votre vie.

Lanski soupira, décrocha son téléphone et activa la ligne ultra-sécurisée qui reliait son bureau à l'état-major central du GRU, situé à Khodynke, dans l'ouest de Moscou.

« Ici Lanski, je souhaiterais parler au général Alexeï Beryakilev. Priorité *Apex.* »

Il détestait par avance la conversation qui allait suivre. Pas moyen d'y couper, pourtant. Impossible de régler ça en interne, cela ferait beaucoup trop de vagues ; le mieux était de confier le bébé aux militaires, après tout Iazov était encore des leurs – du moins en théorie. Au moment où son correspondant prenait l'appel, Lanski se souvint que Pripatkine avait une femme et deux gosses, et il se demanda un instant ce qu'il allait bien pouvoir leur raconter. Puis il réalisa que ce ne serait pas nécessaire.

Le GRU faisait toujours le ménage en grand.

Chapitre 5

21 février 2018 – 10 h 15 UTC

Le cimetière de la station baleinière de Grytviken présente une particularité remarquable : celui d'être le plus isolé du monde.

Située en bord de mer, à quelque distance des installations portuaires désaffectées, la petite parcelle entourée de barrières blanchies à la chaux accueille une soixantaine de tombes modestes, anonymes pour beaucoup. Les hommes qui sont enterrés là, simples harponneurs ou ouvriers du port, racontent l'histoire âpre de la chasse à la baleine au début du XXe siècle, époque où l'île constituait un havre réputé au cœur de l'Atlantique Sud. Marins disparus lors de naufrages – près du tiers des tombes sont vides –, victimes de la gangrène, du scorbut ou de bagarres au couteau, tous parlent d'un temps révolu : un temps où de longues années d'un travail harassant dans des conditions épouvantables ne trouvaient souvent que la mort pour seule récompense.

Si l'endroit constitue une étape obligée pour les circuits de croisière australe, ce n'est pas tant pour ces humbles témoins du passé que pour l'occupant le plus célèbre des lieux : le fameux explorateur Ernest Shackleton. C'est dans la rade de Grytviken où mouillait son navire, le *Quest*, que l'aventurier était en effet décédé subitement au début du mois de janvier 1922, alors qu'il s'apprêtait à lancer sa quatrième campagne d'exploration en Antarctique ; conformément aux volontés de sa femme, sa dépouille n'avait pas été rapatriée en Grande-Bretagne, mais inhumée avec simplicité dans cette terre désolée qu'il avait tant chérie.

Comme beaucoup de ses concitoyens, Caleb McKay avait passé son enfance à rêver aux exploits du capitaine de l'*Endurance* et ne voulait pas manquer l'occasion de lui rendre visite. Joshua et les deux autres s'étaient proposés pour aider au ramassage des caisses de matériel parachutées à leur arrivée, et le jeune homme n'avait rien à faire avant l'appareillage du *Global Defender* prévu dans l'après-midi. Un peu de marche ne lui ferait pas de mal, et il décida de profiter de ces quelques heures d'inaction. Il s'engagea sur le petit sentier côtier qui longeait la rade et eut tôt fait de dépasser les hangars en ruine qui marquaient l'extrémité orientale de l'agglomération. La piste serpentait ensuite à travers la lande littorale pour rejoindre le cimetière situé à quelques centaines de mètres sur une modeste éminence herbue. Le sol était accidenté, parsemé de grosses pierres, et l'exercice faisait du bien à sa cheville encore un peu raide.

À mi-chemin, il se retourna pour regarder derrière lui. Le panorama était magnifique. La vue embrassait toute la rade, un demi-cercle presque parfait au fond d'une baie encaissée, ainsi que l'ensemble des installations portuaires. Une succession de collines rocheuses entourait le site, le protégeant efficacement des vents furieux qui balayaient l'océan ; plus en arrière le relief s'élevait rapidement vers de hautes montagnes enneigées. Aucune activité visible dans les rues de Grytviken, et pour cause : depuis près d'un demi-siècle, la petite station baleinière était une ville fantôme. Fondée en 1904, le mouillage sûr qu'elle offrait ainsi que la possibilité de traiter les carcasses de baleines près des sites de chasse lui avaient valu un essor rapide ; quelques années plus tard, elle comptait plus de trois cents résidents permanents – ce qui en faisait le point de peuplement humain le plus isolé et le plus austral du monde. Son déclin avait commencé dans les années 1950 avec la raréfaction des populations de baleines, le renoncement d'un nombre croissant de pays à la chasse, et le développement de navires-usines permettant le traitement des carcasses sans nécessiter d'installations à terre. Après avoir perdu toute rentabilité, la station avait été fermée en 1966 et ses installations laissées à l'abandon. Ses derniers habitants permanents, une poignée d'écologistes militants ou d'écrivains en quête de solitude, avaient finalement quitté les lieux peu après 2000, rendant Grytviken au vent et aux embruns.

La couleur dominante de la bourgade était aujourd'hui celle de la rouille. La plupart des bâtiments – ateliers de dépeçage, unités de raffinage de l'huile de baleine, fumoirs à viande – avaient été construits en tôle et, après plusieurs décennies d'exposition au climat local, présentaient les signes d'une décrépitude avancée : ce n'étaient partout que charpentes effondrées, parois disjointes, toits percés de larges trous là où le métal pourri avait fini par céder. Les grandes citernes arrondies qui servaient autrefois à stocker les centaines de tonnes d'huile de baleine étaient dans le même état de délabrement. Plusieurs épaves de navires baleiniers, certaines partiellement immergées et d'autres encore miraculeusement à flot, demeuraient amarrées aux pontons branlants du port.

Le spectacle de la station en ruine aurait pu être sinistre, mais le beau soleil matinal lui donnait plutôt un charme mélancolique. L'endroit débordait de vie : la lande d'un vert sombre était parsemée de nombreuses essences de fleurs, la baie grouillait de phoques et de lions de mer, et d'innombrables colonies d'oiseaux marins nichaient sur les falaises rocheuses ; même les pierres s'ornaient de toute la gamme des couleurs du lichen. Loin d'être déprimante, la vision de la nature reprenant ses droits sur ce petit bout de terre où l'homme était venu puis reparti avait quelque chose de curieusement rassurant. L'air était vif, et Caleb s'en emplit les poumons avec délectation. Pour l'heure, la température était agréable ; dans quelques jours, deux semaines tout au plus, l'été austral se terminerait pourtant, et la Géorgie du Sud retrouverait le visage qui était le sien huit mois par an : un bout de terre glacé perdu au fin fond de l'Atlantique Sud et battu par les vents les plus furieux de la planète ; un paradis pour la faune locale, mais un enfer gelé pour les hommes. Après avoir longuement admiré le paysage, Caleb reprit sa marche vers le cimetière. En atteignant le petit enclos, il constata qu'il n'était pas le seul à avoir eu l'idée d'une visite : une demi-douzaine de silhouettes se trouvait déjà sur les lieux. Il s'approcha avec curiosité pour mieux les distinguer.

10 h 32 UTC

Le grand vieillard efflanqué qui se dressait devant la tombe de Shackleton semblait plongé dans un profond recueillement. Poppy Borghese et Vandell Richardson se tenaient légèrement en retrait, comme pour ne pas troubler ses réflexions ; leur attitude déférente ne laissait guère de doutes sur l'identité de leur compagnon. À côté d'eux se trouvait un adolescent dégingandé à l'allure bizarre. Bien que de morphologie vaguement humanoïde, les deux derniers membres du groupe n'étaient pas humains, ni même vivants – sauf à faire partie de cette frange de roboticiens extrémistes soutenant qu'une machine capable de passer le test de Turing était *ipso facto* dotée de l'étincelle de vie. En faction près de l'entrée du cimetière, les deux asimov se tenaient rigoureusement immobiles, leur carapace en acier noir luisant d'un éclat sinistre sous le soleil matinal ; alors que Caleb s'apprêtait à pousser le portail du cimetière, l'un d'eux se mit soudain en mouvement et, en deux enjambées fluides, se posta juste en face de lui, lui barrant le passage.

‹ Ce périmètre est provisoirement inaccessible. Veuillez ne pas approcher. ›

L'injonction était sèche et précise, le ton sans appel. Caleb aurait été incapable de dire d'où provenait la voix. À la différence des robots de plus en plus souvent utilisés comme réceptionnistes dans les grands hôtels chinois ou japonais, aucun effort n'avait été fait pour donner un semblant d'humanité aux gardes du corps de Kjölsrud : aucune peau synthétique ne masquait leur squelette métallique et leur puissante musculature en polymère, aucun visage artificiel ne recouvrait la protubérance aveugle qui leur tenait lieu de tête ; leur apparence n'en était que plus inquiétante, ce qui était exactement le résultat souhaité. À l'autre bout du cimetière, le vieillard se retourna et dit d'une voix étonnamment forte : « Du calme, les gars. Accès autorisé cercle 1. »

Puis, s'adressant à Caleb : « Approchez, monsieur McKay. Il y a longtemps que j'avais envie de faire votre connaissance. »

Caleb obéit à l'invitation et passa entre les deux cerbères, dont chacun le dépassait d'un bon mètre. Vandell Richardson le regarda s'avancer et le salua d'un bref signe de tête ; Poppy Borghese discutait à voix basse avec l'adolescent et fit mine de l'ignorer.

L'instant d'après, il faisait face à Kendall Kjölsrud.

L'homme était grand, très maigre et se tenait légèrement voûté. Dans sa jeunesse, il avait dû être d'une carrure athlétique, mais il semblait désormais flotter dans ses vêtements – un vieux manteau en cuir passablement râpé et un pantalon de treillis qui avait dû faire trois guerres. Son visage squelettique n'était qu'un fouillis de rides où l'on distinguait à peine deux yeux profondément enfoncés dans des orbites creuses. De longs cheveux clairsemés, d'un blanc sale, bougeaient dans le vent comme les tentacules d'une méduse. Sa lèvre supérieure s'ornait d'une petite moustache grisâtre dissimulant mal la vilaine cicatrice qui zigzaguait jusqu'à son menton. *Voici donc l'homme qui a mis Coca-Cola à genoux*, se dit Caleb. *On dirait un vieux clodo.* Il se rendit compte que le vieillard l'examinait lui aussi avec insistance.

« Pardonnez mon impolitesse, fit Kjölsrud après plusieurs secondes, mais on m'a beaucoup parlé de vous, et j'avais hâte de voir à quoi vous ressembliez.

— Et que vous a-t-on dit de moi ?

— Par exemple, que vous seriez capable de faire voler une vache pourvu qu'on lui mette deux ailes et une hélice. Et aussi que vous êtes assez difficile à tuer. Des qualités intéressantes à mes yeux… Même si tout le monde n'était pas de mon avis, ajouta-t-il en jetant un coup d'œil ironique à ses compagnons, je pense que j'ai bien fait de faire appel à vous.

— Avions-nous le choix ? Votre ami Bernstein nous a fait une proposition difficile à refuser…

— Il est vrai que Viktor sait se montrer persuasif, dit Kjölsrud avec un vague sourire. Mais vous savez, monsieur McKay, l'argent n'est pas tout. Je suis bien placé pour le savoir. Il n'achète ni l'honneur ni la loyauté. Êtes-vous un homme loyal ?

— La loyauté repose sur la confiance, répondit Caleb un peu étonné par le tour que prenait la conversation. Or je n'ai pas l'impression que cette denrée soit très répandue dans votre entourage. Les informations que vous nous avez données à propos de cette découverte…

— Sans importance, coupa sèchement le vieillard. Nous verrons cela en son temps. Parlons plutôt de… »

Kjölsrud s'interrompit à mi-phrase et resta silencieux quelques instants. Surpris, le jeune homme qui regardait le paysage se tourna vers lui. Le vieillard scrutait à nouveau son visage. « Étonnant… » crut-il l'entendre marmonner entre ses lèvres desséchées. Caleb commençait à se demander si son interlocuteur n'était pas sénile quand celui-ci se reprit – apparemment avec effort – et enchaîna comme s'il venait de retrouver le fil de sa pensée :

« Parlons plutôt de Sir Ernest Shackleton. Vous savez bien sûr qui il était ?

— L'un des plus grands explorateurs polaires. Peut-être le plus grand de tous.

— Et pourtant un homme plein de paradoxes, opina Kjölsrud. Au plan scientifique, il n'a jamais rien découvert d'extraordinaire. Toutes ses expéditions se sont soldées par des échecs. Il était alcoolique, dépressif, velléitaire, toujours fauché. Il a passé toute sa vie à monter des projets avortés et à courir après les donateurs pour financer ses explorations ; finalement, il meurt à quarante-sept ans en laissant une montagne de dettes. Pourtant des dizaines de lieux en Antarctique portent son nom, et même un cratère lunaire. Savez-vous pourquoi ?

— Il a toujours ramené ses hommes, répondit Caleb.

— Exact. En 1909, lors de l'expédition *Nimrod*, ses traîneaux dépassent le 88e degré de latitude et avec ses trois compagnons, il bivouaque à moins de cent milles du pôle Sud. Le temps est au beau fixe, le pôle est à cinq jours. Malheureusement, ils ont déjà plus qu'entamé leurs réserves de nourriture. Un Scott ou un Amundsen aurait forcé la chance et tenté le jack-pot. Pas Shackleton. Il décide de faire demi-tour pour préserver la sécurité de ses hommes. Bonne pioche : le temps se gâte peu après et le chemin du retour devient un calvaire. C'est épuisés par les privations – mais vivants tous les quatre – qu'ils parviendront finalement à rejoindre la côte où les attend leur navire. Deux ans plus tard, Amundsen qui avait bien mieux planifié son expédition plantait le drapeau norvégien au pôle Sud.

— Shackleton est surtout connu comme le capitaine de l'*Endurance*, fit remarquer Caleb.

— Encore exact, dit Kjölsrud. Et c'est à ce titre que son nom va entrer dans la légende. Nous sommes à l'été 1914. Le pôle n'étant plus un objectif, il décide de réaliser la première traversée à pied du continent antarctique, depuis la mer de Weddell jusqu'à la mer de Ross. Pour ce faire, il affrète un solide trois-mâts goélette, l'*Endurance*, et quitte l'Angleterre quelques jours avant le début de la Première Guerre mondiale. Il relâche plusieurs semaines à Grytviken – à l'endroit même où nous nous trouvons –, puis fait route vers le Sud. Malheureusement, le navire se retrouve coincé dans le pack[1] bien avant d'avoir atteint la côte. Il va dériver plusieurs mois sans parvenir à se dégager, et Shackleton doit finalement se résoudre à hiverner sur place. C'est à la fin de l'hiver austral 1915 que la catastrophe se produit : la pression des glaces s'accentue, et l'*Endurance* – pourtant un des navires les plus solides de son temps – est broyé en quelques jours et finit par couler. Entre-temps, Shackleton a fait déposer sur la banquise les trois canots de sauvetage, les chiens, les vivres et tout le matériel récupérable. La situation est désespérée : ils se trouvent à des milliers de milles de toute aide, par des températures de – 25 °C, et leurs provisions sont déjà largement entamées par les longs mois d'hivernage… »

Caleb connaissait l'histoire par cœur, mais il se garda d'interrompre Kjölsrud qui semblait absorbé par son récit. Le vieillard tourna son regard vers la sépulture à leurs pieds. Sa simplicité confinait au

1. Banquise saisonnière d'eau de mer.

dépouillement : un étroit rectangle de galets envahi par les herbes folles et délimité par quatre murets de ciment effrité ; le tout était surmonté d'une modeste colonne de granit mal équarrie gravée d'une rose des vents avec l'inscription : *To the dear memory of Ernest Henry Shackleton – Explorer – Born 15th Feb 1874 – Entered Life Eternal 5th Jan 1922.*

« C'est là que le bonhomme va donner toute sa mesure. Avec quelques planches récupérées sur la carcasse de l'*Endurance*, il transforme les canots en traîneaux et donne l'ordre de faire route vers l'ouest. Les trente hommes vont ainsi progresser pendant cinq mois, d'abord à pied puis par mer après la rupture du pack, en se nourrissant de phoques et de manchots pour épargner les vivres. Leurs difficultés sont immenses mais, par des efforts sans relâche, Shackleton parvient à maintenir à un très haut le niveau le moral et la cohésion de son équipage. En avril 1916, ils atteignent l'île de l'Éléphant, à l'extrémité de la péninsule Antarctique, et y établissent un campement de fortune. L'endroit est incroyablement inhospitalier et à l'écart de toutes les routes de navigation : aucun secours à attendre d'un quelconque navire de passage. Shackleton prend la seule décision possible : mettre à l'eau le *James Caird*, l'un des trois canots – une méchante barque pontée de sept mètres – et tenter de rejoindre la Géorgie du Sud pour y chercher de l'aide. Avec une montre et un sextant pour tous instruments, un gréement improvisé et cinq hommes d'équipage, il va réussir l'une des plus grandes prouesses maritimes de l'histoire : traverser sur huit cents milles l'océan le plus dangereux du monde, au milieu des icebergs et par des creux de dix mètres. Après quinze jours de souffrances inimaginables, leurs provisions épuisées, ils sont à moitié morts de froid et de faim lorsqu'ils posent le pied sur cette île ; une erreur de cap de deux degrés et ils se perdaient sans rémission dans l'Atlantique Sud... »

Kjölsrud murmurait presque, désormais. Malgré lui, Caleb se sentit à son tour gagné par l'émotion. Bien des années auparavant, adolescent, il s'était tenu devant le *James Caird* conservé comme une relique au musée de Dulwich près de Londres, et se souvenait d'avoir été ému jusqu'aux larmes en pensant à l'exploit invraisemblable que des hommes avaient accompli dans cette petite coque de noix.

« Leur épreuve n'est pas encore terminée, poursuivit le vieil homme. Ils ont touché terre sur la côte sud de l'île qui est inhabitée, alors que les stations baleinières se trouvent sur le littoral opposé. Pour trouver du secours, il leur reste à traverser ceci... » Kjölsrud se retourna et désigna l'immense chaîne de montagnes qui barrait l'horizon sud. Les cimes déchiquetées se trouvaient à des kilomètres mais l'air était si pur qu'on avait l'impression de pouvoir les toucher de la main ; le blizzard d'altitude qui devait souffler avec une force d'ouragan arrachait de longs panaches de givre aux sommets enneigés.

« Imaginez cet endroit pendant l'hiver austral, monsieur McKay ; le diable n'y mettrait pas les pieds. La chaîne d'Allardyce est presque aussi haute que les Pyrénées. À l'époque, elle n'avait pas encore été cartographiée, et aucun être humain ne s'y était jamais aventuré. Avec juste une corde et quelques clous plantés dans leurs bottes en guise de crampons, Shackleton et ses deux compagnons les moins exténués vont pourtant la traverser en trente-six heures, sans rien pour s'alimenter, sans oser bivouaquer de peur de ne pas se réveiller. C'est à genoux – mais vivants tous les trois – qu'ils atteignent finalement la station baleinière de Stromness, à un jet de pierre d'ici. C'était le 20 mai 1916. Leur exploit sera jugé impossible par des alpinistes bien mieux équipés qui tenteront sans succès de refaire le même chemin quelques années plus tard. Le reste ne sera qu'une formalité : envoyer un baleinier récupérer les trois hommes restés sur la côte sud, affréter un vapeur et faire route vers l'île de l'Éléphant pour y délivrer les autres marins de l'*Endurance.* Tous seront sauvés, sans exception. Voilà ce qu'a fait l'homme qui repose ici.

— Aucun autre n'aurait pu, observa Caleb d'un ton pensif. Les héros ne manquent pas dans l'histoire de la conquête des pôles, mais lui était d'une trempe supérieure : c'était un *faiseur de héros.* Il a pris des marins ordinaires et pendant presque deux ans a su leur insuffler le courage nécessaire pour continuer à lutter et à survivre au travers de situations désespérées. Ce n'est pas pour rien que tout le monde l'appelait *le Boss.*

— Content de voir que nous sommes au moins d'accord là dessus, fit Kjölsrud avec une pointe de sarcasme. Parlons un peu de vous, maintenant. Quel genre de héros êtes-vous, monsieur McKay ? Il m'a été rapporté que vous aussi auriez eu à choisir entre sauver vos hommes et entrer dans les livres d'histoire…

— Précisez », fit le jeune homme qui pourtant avait déjà compris où l'autre voulait en venir. *Bon Dieu, passe encore pour Natanz… Mais comment peut-il savoir ça ?*

« Je parle d'une journée pleine de bruit et de fureur, il y aura bientôt huit ans. Le 11 septembre 2010, puisque vous me demandez de préciser. Une date facile à retenir, n'est-ce pas ? Étonnant comme la destinée vous fait parfois des clins d'œil… »

Une fureur soudaine envahit Caleb. Voilà donc où ce vieux salopard voulait en venir ! Il s'apprêtait à répondre vertement quand un gémissement sourd s'éleva derrière lui ; en se retournant, il s'aperçut que la plainte provenait du jeune homme qui accompagnait Poppy Borghese et Vandell Richardson. L'adolescent était mince et de petite taille, son visage agréable et ses membres graciles lui donnaient une allure presque efféminée. Sa peau très sombre et ses cheveux noirs et lisses indiquaient une origine indienne ou pakistanaise. Son air un peu absent avait déjà paru bizarre à Caleb à son entrée dans le cimetière, mais il semblait maintenant en proie à une émotion incontrôlable, se balançant d'avant en arrière, les mains levées devant le visage comme pour se protéger. Poppy Borghese, le bras passé sur ses épaules, lui murmurait toujours à l'oreille. Caleb comprit soudain que, pour une raison inexpliquée, l'adolescent était terrorisé, et qu'elle essayait de le rassurer. Elle finit par se tourner vers Richardson et lui lança d'une voix excédée : « Je vous l'avais bien dit, Vandell. C'est beaucoup trop pour Sanjiv. Nous aurions dû le laisser sur le bateau avec Sarah…

— N'importe quoi, Poppy, rétorqua l'autre sur le même ton. Ce gosse passe vingt heures par jour sur un écran, il fallait bien lui faire prendre l'air. Si ça ne dépendait que de moi, il y a longtemps qu'il se comporterait de façon normale… »

Comme en réponse, le jeune garçon émit un nouveau geignement angoissé. Kjölsrud les regarda à son tour et dit sèchement : « Ça suffit, vous deux. Viens par ici, Sanjiv. » Contre toute attente, le garçon se calma aussitôt. Le milliardaire le prit par l'épaule et lui glissa quelques mots qui parurent achever de le tranquilliser. « Nous continuerons plus tard cette conversation, dit-il ensuite à Caleb. Pour l'instant, laissez-moi vous présenter Sanjiv. »

L'adolescent salua avec un grand sourire, mais il persistait quelque chose de figé dans son visage, comme une tension souterraine contenue à grand-peine. Ses yeux brun foncé pétillaient d'intelligence mais semblaient avoir du mal à se fixer sur un objet précis, papillonnant sans cesse de droite et de gauche ; Caleb remarqua qu'il évitait soigneusement de le regarder en face.

« Sanjiv vous prie de le pardonner pour son comportement, continua Kjölsrud. Il souffre d'un syndrome d'Asperger et a, disons… certaines difficultés à s'adapter aux nouveaux visages. Il a été un peu surpris par votre arrivée, mais ça va déjà mieux. Vous savez, je suppose, en quoi consiste sa maladie ?

— Une sorte de handicap, comme l'autisme ? hasarda Caleb, un peu gêné que la conversation se tînt en présence du garçon.

— Le terme exact est “autisme de haut niveau”. Une maladie qui n'affecte pas l'intelligence mais handicape sévèrement les capacités de relation. Sanjiv est issu d'une famille très pauvre de Bangalore et a été abandonné peu après sa naissance. C'est à l'âge de six ans que nous l'avons repéré dans son orphelinat. Ce qui lui a probablement évité de finir dans un cirque…

Vous vous souvenez de ce vieux film où Dustin Hoffman arrive à compter instantanément des allumettes renversées à terre ? »

Caleb hocha la tête en signe d'acquiescement.

« Sanjiv fait la même chose, à cette différence près qu'il compte les allumettes *avant* qu'elles n'aient touché le sol. Il va vous donner un autre exemple de ses talents. Sanjiv, demanda le vieil homme, le nombre des jours de la vie de Shackleton ? »

Un seul regard sur la pierre tombale. Puis la réponse, instantanée, d'une voix indifférente «« Dix-sept mille quatre cent quatre-vingt-dix.

— Bien, Sanjiv, approuva Kjölsrud. Mais peut-être un peu facile pour toi… Nous savons par son médecin que Sir Ernest est décédé à 2 h 50 du matin à bord du *Quest*. Il est maintenant… 11 heures tout juste, enchaîna le vieil homme en consultant une Breitling Navimeter hors d'âge. Combien de minutes depuis la mort de notre ami ?

— Quarante-huit millions neuf cent soixante-dix-neuf mille deux cent dix, fit l'adolescent sans la moindre hésitation.

— Inutile de vérifier, lança Kjölsrud à l'adresse de Caleb, il a autant de chances de se tromper que Vandell de voter démocrate. Contrairement à une idée répandue, moins de 1 % des Asperger possèdent ces capacités de calcul instantané. Cela suffit à en faire des phénomènes de foire, mais pas forcément à leur ouvrir les portes de l'université. Seule une toute petite proportion possède en plus les facultés d'abstraction qui leur permettront *peut-être* de mener une brillante carrière scientifique malgré leur handicap. Un sur dix millions est un génie en dehors de toutes les normes humaines. Le projet ARES a pour but de les repérer, où qu'ils se trouvent dans le monde, et de leur offrir un environnement propice à développer leurs dispositions…

— Le projet ARES ? s'étonna Caleb.

— *Asperger Research and Educational Support.* L'une des deux cent quarante fondations scientifiques ou médicales que je préside. À lui seul, Sanjiv Chandra justifie les soixante millions de dollars que nous injectons chaque année dans ce programme. À dix-neuf ans, il est actuellement le plus jeune détenteur de la médaille Fields, qui lui a été décernée l'an dernier pour ses travaux sur les espaces de Calabi-Yau en gravité quantique – ne me demandez surtout pas de quoi il s'agit… Dans six mois, il part en Angleterre poursuivre ses recherches au Département de Mathématiques de l'Université de Cambridge.

— Félicitations, dit Caleb. Il va certainement y recevoir le meilleur enseignement que l'on puisse imaginer…

— Je me suis mal exprimé, fit Kjölsrud avec pour la première fois un semblant de sourire sur son visage émacié. Sanjiv est pressenti pour *diriger* la chaire de Mathématiques – celle-là même autrefois occupée par Isaac Newton ou plus récemment par Stephen Hawking. En trois cent cinquante ans, personne d'aussi jeune n'a jamais reçu cet honneur. »

À ce moment, Vandell Richardson se pencha et murmura quelques mots au vieil homme ; ce dernier acquiesça avec une satisfaction manifeste, puis dit à Caleb : « Vandell vient de m'avertir que l'embarquement est enfin terminé. Nous lèverons l'ancre tout de suite après le déjeuner. Je préfère être loin de la terre quand ceci va nous tomber dessus… » D'un signe de tête, il désigna la barre de nuages noirs qui était en train d'envahir l'horizon. Le vent avait un peu forci, faisant ployer les touffes d'herbe autour de la tombe de Shackleton. Un gros cumulus passa devant le soleil, et la température dégringola d'un seul coup. Après une brève accalmie, les cinquantièmes hurlants allaient récupérer leur terrain de jeu.

Alors que la petite troupe quittait le cimetière escortée par les deux asimov, Caleb se porta à la hauteur de Kjölsrud qui attaquait déjà le chemin caillouteux avec une agilité étonnante vu sa faiblesse physique apparente et lui demanda : « Au fait, pourriez-vous m'expliquer ce qu'un spécialiste en gravité quantique vient faire dans votre petite chasse au trésor ?

— Rien de plus que ce que disait Vandell tout à l'heure, répondit l'autre avec le même sourire énigmatique. Il vient prendre l'air, monsieur McKay. Il vient prendre l'air… »

11 h 17 UTC

« Il se connaît sous le nom d'Yngvi », dit le général Volodine à l'attention de Guennadi Baranko.

Depuis près d'une heure, le gros camion militaire Ural progressait avec difficulté sur la piste enneigée qui serpentait à flanc de colline. La longue succession de bâtiments camouflés qui occupait le fond de l'étroite vallée s'était enfin interrompue, et aucun signe de présence humaine n'était plus visible. Ils venaient de passer le dernier *checkpoint*, où le contrôle avait été aussi pointilleux que les précédents, et seraient sur place dans quelques minutes tout au plus. L'épaisse forêt de conifères s'écarta un instant, révélant la silhouette massive du mont Yamantaw maintenant beaucoup plus proche alors qu'ils atteignaient la partie la plus reculée de la vallée.

Le visage collé à la vitre embuée, le général Valentin Iazov suivait vaguement la conversation sans y participer. Comme souvent désormais, son esprit vagabondait dans le passé. Le complexe qu'ils venaient de traverser avait changé plusieurs fois de nom au cours du demi-siècle écoulé : Mezhgorye, Oufa -105, Beloretsk -16, puis à nouveau Mezhgorye depuis la fermeture d'une partie des installations. Malgré son immensité, Iazov en connaissait chaque recoin, et pour cause : il se trouvait présent lorsque le premier coup de pioche avait été donné, au début de l'été 1953. L'ordre émanait de Joseph Staline en personne, quelques semaines seulement avant sa mort. Iazov se souvenait encore de leur convocation dans le bureau du maître de l'Union soviétique.

Le jour où tout avait commencé.

Comme d'habitude, Shatilov et lui avaient d'abord dû remettre leurs armes puis subir une fouille complète ; dans les dernières années de sa vie, la paranoïa de Staline était devenue galopante, n'épargnant ni sa famille ni ses plus proches collaborateurs. Ce jour-là, l'homme était dans une fureur indescriptible, et Iazov pourtant habitué aux sautes d'humeur du dictateur avait senti un frisson glacé lui parcourir l'échine ; même parmi les plus hauts dignitaires du régime, nul ne pouvait être assuré de quitter vivant le Kremlin lorsque Joseph Staline se mettait dans cet état.

« Encore une incursion des Américains au-dessus de

notre territoire ! avait hurlé leur hôte en éparpillant la liasse de dépêches qui recouvrait son bureau. C'est la troisième depuis le début du mois ! Et cette fois-ci, au-dessus de notre usine atomique de Crimée ! Nous ne pouvons plus sortir nos poubelles sans que ce connard d'Eisenhower soit aussitôt au courant ! Je me demande bien à quoi servent toutes tes foutues stations radar, Leonid ! À me prévenir une fois qu'ils sont déjà rentrés chez eux ? »

Bafouiller des excuses ou tenter de se justifier aurait signé leur arrêt de mort à tous les deux, et Leonid Shatilov le savait parfaitement ; il valait mieux enfoncer le clou et sortir un atout au dernier moment.

« Ce n'est qu'un début, Joseph Vissarionovitch. Pour l'instant, ils ne disposent que de leur bombardier lourd RB-36E modifié en appareil de reconnaissance. L'avion est lent et plafonne à douze mille mètres, à portée de notre chasse, ce qui fait qu'ils sont obligés de limiter leurs incursions à nos régions frontalières. Cependant, j'ai appris qu'ils viennent de lancer un appel d'offres pour développer un appareil-espion à très haute altitude et long rayon d'action – le cahier des charges prévoit une altitude de croisière d'au moins vingt mille mètres, largement hors de portée de nos MIG-17 ou de nos missiles Berkut. Lorsqu'ils auront cet avion, il n'y a pas un pouce de notre territoire qui pourra échapper à leur surveillance[1]…

— Et c'est maintenant que tu me dis ça, incapable ! avait explosé Staline en martelant le bureau de son bras gauche atrophié, celui qui n'apparaissait jamais

---

1. Ce sera le célèbre Lockheed U-2, qui volera pour la première fois en août 1955.

sur les photographies officielles. Et je fais quoi, moi, maintenant ? Je sors un nouveau missile de ma poche ?

— De nouveaux missiles, nous en aurons bientôt, Joseph, avait continué Shatilov, imperturbable. Mais ça ne changera rien. Ils auront toujours une longueur d'avance sur nous à ce jeu-là. La solution est ailleurs…

— Et tu proposes quoi ? »

Le ton s'était très légèrement radouci. Pas de beaucoup. Juste assez pour leur donner l'espoir de s'en tirer peut-être vivants.

« Nous ne pouvons plus nous permettre de mener nos recherches stratégiques dans des casernes ou sur des campus universitaires, au vu et au su de n'importe quel espion de passage. Il y a quelques mois que nous planchons sur le sujet, Valentin et moi. Tout est là, avait-il dit en tendant au dictateur deux épais classeurs que Iazov venait de tirer de sa mallette. Le programme complet pour la construction d'une première tranche de quinze villes closes.

— Des *quoi* ?

— Des villes closes. Construites à l'écart de tout. Sans aucun contact avec l'extérieur. Autonomes sur le plan énergétique. Interdites aux étrangers mais aussi à tout citoyen non habilité. Non reportées sur les cartes ni dans les statistiques de l'Union. Si tu es d'accord avec ce projet, d'ici deux ans la totalité de notre recherche atomique et biologique sera transférée dans ces zones secrètes, de même que l'essentiel de notre production d'armement lourd. »

Staline, estomaqué, feuilletait le volumineux dossier ; son gros visage de paysan bourru, grêlé par la petite vérole, était plissé de concentration. « Et ce ne sera que la partie émergée de l'iceberg, avait continué

Shatilov. Pour nos programmes les plus sensibles, il faudra s'enterrer. Le site est déjà choisi…

— Et ça va me coûter combien, Leonid ? avait lancé le tyran en relevant brutalement la tête. Encore plus cher que tes maudites stations radar, je parie ?

— Entre soixante-dix et deux cents fois plus cher. Et ce uniquement pour les installations de surface. Tu trouveras mon estimation des frais à la fin du second dossier. Notre avenir est à ce prix. »

Le visage rubicond du vieil homme avait blêmi. En ouvrant la bouche comme un homme qui se noie, il avait fait mine de se lever de son fauteuil avant d'y retomber lourdement en hochant la tête. Pendant les cinq minutes suivantes – qui pour Iazov avaient paru durer une éternité –, il avait continué à compulser les documents sans rien dire. Finalement, il les avait congédiés d'un seul geste de son bras malade. Mais les dossiers étaient restés sur son bureau[1].

L'endroit avait été bien choisi, songea Iazov alors que le camion renâclait en abordant une délicate succession de virages en épingle à cheveux. Une vallée encaissée au pied du plus haut sommet de l'Oural méridional ; un site sauvage, accessible uniquement par les airs, la route la plus proche se trouvant à trente

1. Jusqu'à la fin de la guerre froide, la totalité du complexe militaro-industriel soviétique sera effectivement concentrée dans ces villes closes ou ZATO (*Zakrytye Administrativno-Territorialnye Obrazovanyia*, Entités territoriales administratives fermées). Après la dislocation de l'URSS, certaines d'entre elles – mais pas toutes – seront abandonnées ou verront leurs conditions de secret assouplies. Quarante-deux seraient toujours en activité, dépendant soit du ministère de la Défense soit de l'Agence à l'Énergie atomique de la Fédération de Russie.

kilomètres. À son inauguration, fin 1953, la base se composait de cinq baraquements préfabriqués et d'un hangar relégué à bonne distance, où se déroulaient les expériences les plus sensibles. Vingt ans plus tard, à l'époque de Brejnev, le site comportait plusieurs centaines de bâtiments camouflés éparpillés sur deux cents hectares au fond de la vallée. Trente mille personnes y travaillaient. Et bien sûr, comme l'avait dit Shatilov, l'essentiel n'était pas là. Le cœur du complexe se trouvait sous terre : vingt kilomètres carrés de laboratoires et de casernements profondément enfouis sur quinze niveaux, à l'épreuve d'une frappe thermonucléaire directe. *Le bras armé de la Russie. L'œuvre de ta vie.*

« Yngvi ? demanda Baranko, surpris. Ce n'est pas un nom russe.

— Effectivement, fit Volodine avec un sourire sarcastique. C'est un vieux nom scandinave. Le dieu du sang, des meurtriers et des cadavres. Comme beaucoup de ses semblables, Himmelstein était un admirateur du panthéon nordique. Il avait absolument tenu à baptiser ainsi sa plus belle création… »

Le nom arracha Iazov à sa rêverie et le ramena à des souvenirs beaucoup plus funestes. Toujours le même sentiment de dégoût, cinquante ans après. Himmelstein ! Comme il avait pu haïr le savant nazi récupéré à moitié mort de faim en juin 1945, dans les bois où il se terrait depuis la libération du camp de Mauthausen. *Les Américains ont eu Von Braun, et il leur a offert la Lune. Nous avons eu Himmelstein, mais ce qu'il nous a donné est trop ignoble pour figurer dans les livres d'Histoire.* Les souvenirs à nouveau, comme une marée nauséeuse. Victimes suppliantes arrachées à tous les goulags de l'Union soviétique pour alimenter la faim insatiable du monstre. Les exécutions sommaires des chercheurs qui refusaient de continuer à l'assister. La chaux vive et les dizaines de fosses creusées dans la forêt. *« Il m'en faut davantage, Herr General. Nous progressons, mais il m'en faut davantage. »* Il jeta un coup d'œil à ses compagnons, et une autre pensée lui vint, tout aussi dérangeante.

Il se serait bien entendu avec Baranko.

Les freins grincèrent quand le camion s'immobilisa au milieu de la clairière enneigée. La route n'allait pas plus loin. Juste au-dessus d'eux se dressait la masse immense et sombre du Mont Yamantaw – *la mauvaise montagne,* en dialecte bachkir. Un peu partout, de jeunes pousses de sapins traversaient la couche de neige, indiquant que le site était désaffecté depuis bien des années. Malgré son isolement absolu, l'endroit suscitait une inquiétude diffuse, comme si une présence colossale retenait son souffle en les guettant derrière le rideau des arbres. Les hommes qui descendirent du véhicule n'étaient que quatre : Iazov, Baranko, le général Maxime Volodine qui commandait la garnison de Mezhgorye, et un jeune garde gonflé d'orgueil à l'idée d'escorter de si hauts gradés. Plusieurs bâtiments en bois à demi effondrés, envahis par les ronces, étaient alignés d'un côté de la clairière. Iazov connaissait le nom et la destination de chacun d'entre eux : le quartier des gardes, le chenil, les dortoirs des arrivants, le bloc chirurgical, les salles d'insémination, le Revier – *ne surtout pas penser à ce qui se trouvait dans le Revier !* Un peu plus loin, quelques ruines calcinées en partie recouvertes de neige marquaient l'emplacement où d'autres baraques avaient été nettoyées au lance-flammes, un soir d'août 1965 où les choses avaient failli très mal tourner.

À la surprise de Baranko, Iazov et Volodine ne se dirigèrent pas vers les baraquements mais orientèrent leurs pas vers une curieuse construction qui se dressait, isolée, à l'autre bout de la clairière. Le bâtiment en béton aux murs aveugles, d'apparence sinistre, évoquait la partie supérieure d'un bunker enfoui. La seule ouverture était un portail massif fermé d'une grille en acier ; les barreaux légèrement rouillés étaient énormes – *aussi gros que ceux de la cage à l'arrière du camion*, pensa Baranko.

« Combien en reste-t-il, Maxime Alexeïevitch ? lui demanda Iazov.

— Ils ne sont plus que deux, Valentin. Lui et la femelle. Conformément à tes ordres, nous avons cessé de les alimenter au printemps dernier. La plupart sont morts en quelques semaines. Il semble qu'eux deux aient réussi à se débrouiller avec les rats qui infestent le niveau inférieur. Nous ne venons plus qu'une fois par mois, pour leur donner le traitement. »

À près de trente mètres sous terre, la température était supérieure de plusieurs degrés à celle de l'extérieur, et une humidité suspecte imprégnait les murs de béton nu. Les quelques ampoules qui fonctionnaient encore distillaient une vague pénombre jaunâtre. L'odeur se fit plus précise alors qu'ils attaquaient la dernière volée de marches : un affreux remugle de crasse et de moisi, à laquelle se mêlait quelque chose d'*organique*. En réaction à l'atmosphère de plus en plus oppressante, Baranko faillit sortir une plaisanterie à propos de chiottes bouchées, mais il se retint en observant le visage fermé de son supérieur. Ils arrivèrent enfin à destination : un long couloir voûté dont l'extrémité se perdait dans les ténèbres. L'odeur était désormais pestilentielle. À quelques centimètres seulement au-dessus de leurs têtes, le béton pourri par l'humidité s'ornait de larges plaques de moisissure. Le sol était gluant, mais l'éclairage bien trop faible pour leur permettre de voir dans quoi ils pataugeaient. Une dizaine de cellules obscures – ou de caves ? – s'égrenaient le long du couloir, toutes fermées par des barreaux aussi massifs que ceux défendant l'entrée du bunker.

Les quatre hommes s'immobilisèrent devant l'avant-dernière grille. Cette fois-ci, ce fut Iazov qui tira une grosse clé de sa poche ; après une brève hésitation, comme s'il pesait le pour et le contre, il prit bruyamment sa respiration puis déverrouilla la serrure massive. La grille s'ouvrit en grinçant, et tout le monde recula instinctivement.

Baranko se rappela les recommandations que Iazov lui avait faites un peu plus tôt. *Jamais à moins de trois pas de l'entrée. Vérifie que tu as bien le boîtier dans ta poche. Garde toujours le doigt sur le bouton.* Pendant plusieurs secondes qui parurent une éternité, rien ne se passa. L'obscurité de la cellule était absolue, empêchant de deviner ses dimensions ou de voir ce qui s'y trouvait. Puis quelque chose bougea ; un raclement désagréable, comme si quelqu'un traînait un animal mort sur un sol irrégulier. Encore un instant de silence. Et soudain, la voix.

« Cela faisait longtemps, Valentin. Si longtemps… Yngvi était triste, il s'ennuyait… »

La voix était lente et basse, hésitante, avec quelque

chose d'insidieusement répugnant. *Image d'un mourant essayant de parler malgré les glaires qui lui obstruent le larynx.* Les mots étaient à peine chuchotés mais, par l'étrange distorsion qu'ils provoquaient, semblaient résonner comme le tonnerre.

« Combien de temps, Valentin ? Combien de temps Yngvi a été puni ?

— Vingt-six ans, répondit Iazov d'un ton neutre. Nous sommes en 2018.

— Vingt-six ans… Tu dois être bien vieux maintenant, Valentin. Tu vas bientôt mourir… Mais oui, ton haleine sent la mort… » La chose éclata soudain d'un long rire obscène et caquetant, qui s'interrompit d'un seul coup. Puis l'intonation se fit suppliante : « Yngvi ne veut plus être puni. Il a été gentil. Il veut venir avec toi… »

« Surtout, méfie-toi de sa voix, lui avait dit Iazov. Elle aussi peut te tuer. » Trop tard. À son corps défendant, Baranko se sentit comme engourdi, et son esprit se mit à dériver. *Un amoncellement de cadavres dans une fosse commune ; des corbeaux leur picorent les yeux. Clous rouillés plantés dans tes testicules. Une grosse mouche bleue écrasée sur une croûte de pain : elle a lâché ses vers qui grouillent autour d'elle. Cadavre d'un noyé, sa chair verdâtre prête à éclater, remontant à la surface d'une mare. Tu manges la croûte de pain. Une table couverte de sang et de merde, au sous-sol du QG de Grozny ; cette fois, c'est toi qui es sanglé dessus. Dégaine ce putain de flingue et fous-le dans ta bouche.* Baranko se reprit d'extrême justesse ; sa main agrippait déjà la crosse du Makarov. Il se mordit la langue de toutes ses forces, et la douleur brutale acheva de le ramener à la réalité. Un gloussement ravi, à l'intérieur de sa tête, alors que le sang envahissait sa bouche. *Une autre fois, peut-être…* Il jeta un coup d'œil halluciné à ses compagnons. Le visage des deux généraux était affreusement crispé. Eux aussi luttaient contre la folie qui suintait de la cellule comme le pus d'un abcès. Le jeune garde semblait tétanisé, les yeux ouverts comme des soucoupes. *Un lapin dans les phares d'une voiture*, pensa Baranko.

Un nouveau raclement dans la cellule, plus près cette fois. Peut-être une forme blanchâtre indistincte, à la limite de la visibilité. La voix reprit sur un mode plus aigu, comme la ritournelle d'un enfant dérangé : « Yngvi est gentil maintenant. Yngvi est gentil…

— Je sais que tu es gentil, prononça Iazov avec effort. Tu vas être récompensé. Nous avons retrouvé ton père. Tu te souviens ? C'est lui qui t'a envoyé ici pour que tu sois puni.

— Yngvi se souvient. Méchant papa. Méchant papa.

— Tu pourras le lui dire toi-même. Tu vas venir avec nous pour le retrouver. »

Un ricanement dément. « Yngvi voudrait bien. Mais il est trop faible. Les rats ne viennent plus. Yngvi a faim. Tellement faim… »

Baranko capta l'appel muet que Iazov lui faisait du regard et affermit sa prise sur le boîtier. Il se rendit compte que les deux généraux avaient eux aussi la main dans leur poche. Iazov fit deux pas de côté et se posta à côté du garde toujours pétrifié devant l'entrée de la geôle.

« Nous y avons pensé, dit le vieux général. Voici pour toi. » À la dernière seconde, le garde parut comprendre, et ses yeux se remplirent d'une terreur abjecte. Bien trop tard : déjà Iazov l'avait agrippé d'un bras et propulsé vers l'ouverture béante, avec une force stupéfiante pour son âge. La scène qui suivit fut presque trop rapide pour que leurs yeux puissent l'enregistrer : un bras squelettique d'une longueur démesurée jaillissant en un éclair de la cellule – le membre était d'une pâleur cadavérique. Des ongles crasseux de dix centimètres – ou étaient-ce des serres ? – se plantant comme des poignards dans l'épaule du soldat et le soulevant de terre tel un fétu de paille. L'instant d'après, le jeune homme avait disparu, aspiré dans les ténèbres putrides. Un hurlement effroyable s'éleva, aussitôt suivi par un atroce fracas d'os brisés. Un bruit d'arrachement, puis quelque chose de mou tomba à terre. Une nouvelle supplication, d'une voix qui n'avait plus rien d'humain ; le cri s'interrompit abruptement et fit place à un horrible gargouillis liquide. Le son qui leur parvint ensuite était immédiatement reconnaissable.

Dans le noir, quelqu'un mâchait.

Horrifié, Baranko se tourna vers Iazov. Malgré la pénombre, il put voir que son supérieur était pâle comme un mort : « Laissons-lui cinq minutes, fit le vieil homme d'une voix à peine audible. Ensuite nous entrerons. » Derrière eux, le général Volodine dégueulait convulsivement.

12 h 24 UTC

Après qu'ils eurent rabattu la bâche destinée à dissimuler le contenu de la cage, Iazov donna ses derniers ordres à Volodine : « Nous ne nous reverrons pas, Maxime Alexeïevitch. Quand nous serons partis, tu nettoieras par le feu les cellules, les labos, les archives… tout ce qui reste. Rien ne doit subsister.

— Et pour les vieux bâtiments à l'extérieur ?

— Pareil. Je veux effacer jusqu'au souvenir de cet endroit. Quand tu auras fini, actionne les charges de sécurité. Il ne doit rester de cette clairière qu'un cratère fumant.

— Et… *elle* ? questionna Volodine.

— Qu'elle brûle avec », trancha l'autre avec un rictus effrayant.

Alors que le camion s'ébranlait, Iazov embrassa une dernière fois du regard l'endroit où il avait perdu son âme bien des années auparavant. Bientôt, tout cela aurait disparu de la mémoire des hommes. Une sombre satisfaction l'envahit.

L'objet. Le vieil homme. La bête. D'une pierre trois coups. Ensuite tu pourras mourir.

12 h 25 UTC

Avec le musée de l'industrie baleinière fermé quelques années auparavant pour cause de crise économique et de fréquentation déclinante de l'île, la petite église norvégienne était le seul édifice de Grytviken à tenir encore debout. Construite en 1913 un peu en retrait des installations portuaires, la modeste bâtisse aux murs blancs était régulièrement entretenue par l'évêché des îles Falkland dont elle dépendait. Un office y était célébré chaque année à Noël, et une douzaine de mariages y avaient eu lieu depuis 2000 – de riches originaux prêts à payer fort cher pour s'unir dans un des endroits les plus paumés du monde.

Les deux hommes qui avaient pris place sur le banc au premier rang n'étaient cependant pas là pour prier, mais simplement pour trouver un endroit propice à une conversation discrète.

« Nous n'avons pas beaucoup de temps, fit le premier. Nous appareillons dans deux heures, et les autres risquent de remarquer mon absence.

— Ça ne prendra pas longtemps, dit l'autre d'un ton sec. Il faut qu'on fasse le point de la situation. Où en sont nos amis ?

— J'ai capté un de leurs messages ce matin. Sans pouvoir y répondre bien sûr. Le *Vladimir Karvaiyski* fait route en ce moment vers la base scientifique de Novolazarevskaya, sur la côte de la Princesse-Astrid, pour y assurer une relève de personnel ; il devrait y être d'ici trois ou quatre jours tout au plus.

— Parfait. Ils seront alors à moins d'un jour de mer du cap Norvegia. Par contre, il est impératif qu'ils restent en stand-by jusqu'à notre signal. »

L'intérieur de l'édifice était d'une grande simplicité. Ici, ni vitraux ni statues de saints. Seule une collection d'ex-voto naïfs, comme dans toutes les églises de marins, décorait les murs lambrissés de blanc. Les quelques bancs – de quoi asseoir une trentaine de fidèles, tout au plus – étaient faits de grosses planches de chêne mal équarries. L'endroit sentait bon l'iode, le varech et l'encaustique. Les seules ouvertures, deux fenêtres voûtées de part et d'autre du modeste autel en bois blanc, diffusaient une maigre clarté, et l'intérieur de la nef était plongé dans une pénombre agréable. La lumière était cependant suffisante pour distinguer le sourire satisfait de l'homme qui venait de parler et l'expression plus soucieuse sur le visage tatoué de son compagnon.

« Pourquoi donc ? Ce n'était pas prévu au programme.

— Les programmes sont faits pour être changés, mon gars. Pas question d'intervenir avant qu'ils n'aient trouvé l'objet. Je viens d'apprendre que celui-ci bénéficiait de certaines… protections. Laissons-les d'abord s'en occuper.

— Ça va nous poser un sacré problème, objecta l'autre. Impossible de transmettre quoi que ce soit. Je vous rappelle que nos amis n'ont toujours pas la position exacte du site. Comment allons-nous faire pour les contacter quand ce sera le moment ? Le système de contre-mesures du *Global Defender* est aussi performant que celui du *Second Chance*. Toutes les communications du navire se font en crypté et sur des canaux ultrasécurisés. Utiliser un téléphone satellite nous ferait repérer avant même d'avoir appuyé sur la touche appel. *Idem* pour le réseau : le serveur central du *Defender*...

— Je sais tout cela, fit le premier d'un ton agacé. Je suis payé pour ça, vous avez oublié ?

— Alors on fait quoi ? Des signaux de fumée ?

— J'ai bien mieux que ça. Tenez. »

L'objet qui changea de main avait la taille et l'apparence d'une banale télécommande d'holoviseur.

« Transpondeur radar longue portée. Sud-coréen. À planquer aussi près que possible de la timonerie. Le *Vladimir Karvaiyski* a pour consigne de suivre la côte vers l'ouest en direction de la mer de Weddell. Dès que son radar illuminera la zone où nous nous trouvons, ce petit bijou émettra un signal en retour. Voilà comment ils nous localiseront.

— Mais l'émission active sera immédiatement détectée !

— Négatif. L'appareil est programmé pour imiter la propre fréquence radar du *Defender*, mais avec un léger décalage de phase qui permet de l'identifier facilement… pourvu que l'on sache ce que l'on cherche, bien sûr. Même s'ils s'en rendent compte, ils penseront que c'est dû à un dysfonctionnement du radar. Et le temps qu'ils trouvent la panne, ils seront déjà morts.

— Pas mal, dit le tatoué avec un soupçon de réticence en empochant l'objet. Allons-y maintenant, je n'aime pas trop cet endroit…

— Sans doute parce que quelqu'un vous y regarde, et que ce quelqu'un n'aime pas les traîtres… murmura l'autre avec un sourire sardonique. Une dernière chose. Je compte sur vous pour me renseigner sur les faits et gestes de ce McKay. Je ne sais pas trop ce que le Vieux compte en faire, mais je me méfie de lui depuis le début…

— J'y veillerai. De votre côté, faites attention au gros balourd et à la pétasse blonde. À côté de lui, ils ont l'air plutôt inoffensifs, mais ils n'arrêtent pas de poser des questions. »

Le premier homme à avoir parlé attendit cinq minutes après le départ de son compagnon pour quitter à son tour l'église. En sortant, il empocha les quelques pièces que des touristes de passage avaient déposées dans le tronc à l'entrée.

Toujours ça de gagné.

Chapitre 6

Comme toutes les nuits où tu n'as rien pris, le cauchemar. Le scénario est immuable, tu en connais chaque détail comme une leçon répétée ad nauseam. *De toutes tes forces tu voudrais te réveiller ou changer le script, mais l'enchaînement des scènes est aussi inexorable que le cours du temps. Comme toujours, le rêve débute dans le dressing de la nouvelle maison. Papa est déjà dans le garage, avec Sonny et Pasquale. Maman vient de t'habiller et, pendant qu'elle donne ses dernières consignes à la baby-sitter qui va garder Giorgino, tu aides Michael à mettre ses souliers. Michael a presque cinq ans et, bien qu'il prétende le contraire, il ne sait pas encore nouer ses lacets ; en fait, il est ravi que sa grande sœur lui donne un coup de main, mais il est bien trop fier pour le reconnaître. Tu n'aimes pas trop ta grosse robe en taffetas, tu sais que tu vas avoir trop chaud. Tu as tout le temps chaud dans ce pays où le soleil fait mal aux yeux, pourtant Maman continue à t'habiller comme si on était encore à Chicago ; après tout, dit-elle, on n'est encore qu'à la mi-avril. Aujourd'hui, Papa est d'excellente humeur, il n'arrête pas de rigoler avec ses hommes et de lancer des plaisanteries dans l'autre langue – celle que Maman lui a interdit d'utiliser devant toi et Michael.*

Tu sais depuis longtemps que Papa ne fait pas un travail comme les autres. Les regards soupçonneux des autres parents quand Sonny ou Beppo viennent te chercher à l'école ne te surprennent plus ; tu regrettes seulement de n'avoir jamais pu inviter une de tes amies à la maison. Sans savoir au juste ce qu'il fait, tu devines que Papa doit vivre des aventures extraordinaires et cela te rend très fière de lui. À Chicago, il y avait toutes ces réunions avec des messieurs importants qui arrivaient et repartaient très tard dans la nuit – avec eux, Papa parlait toujours dans l'autre langue. Les armes sur la table. Les cigares. Les grosses liasses de billets échangées entre deux rasades de bourbon ou de grappa. Maman n'avait jamais voulu que tu y assistes, mais elle ignorait qu'une fois dans ta chambre tu n'avais qu'à déplacer discrètement une latte du plancher pour disposer d'un point d'observation idéal. Et puis, il y avait eu cette soirée pleine de tumulte où Beppo était revenu en titubant, pâle comme un linge, avec une grosse tache de sang sur l'épaule. Michael avait été terrorisé et s'était mis à pleurer. Papa était rentré dans une rage folle et avait passé des heures à hurler au téléphone. Plus tard dans la nuit, il s'était violemment disputé avec Maman et, le lendemain, celle-ci arborait un gros bleu sur le visage ; par la suite, ils n'avaient plus jamais évoqué cet épisode.

La scène suivante se passe devant la maison. Sonny a sorti la Lincoln et se trouve déjà au volant. Papa s'installe à côté de lui. De toute ta volonté, tu luttes pour ne pas rentrer dans la voiture. Peine perdue :

la petite fille du rêve adore la grosse limousine noire aux chromes éclatants qu'on ne prend que pour les grandes occasions ; elle se précipite sur la banquette arrière pour rejoindre Maman et Michael.

« Où on va, Papa ? demandes-tu au moins pour la dixième fois.

— On va à l'inauguration de la nouvelle boutique de Papa », te répond-il avec un grand sourire. Il paraît radieux, et les soucis des derniers jours semblent envolés. Il a mis un beau costume croisé anthracite et une cravate perle sur sa chemise blanche immaculée. « Tu vas voir, continue-t-il, c'est une grande maison où les gens viennent pour jouer.

— Pour jouer ? Comme à la marelle ou à saute-mouton ?

— Un peu comme ça. Sauf qu'ils payent pour jouer, et que cet argent est pour nous. »

Tu essaies d'imaginer des grandes personnes en train de jouer comme dans la cour de récréation, et ça te paraît étrange – d'autant plus étrange s'ils donnent de l'argent pour cela. Mais si Papa le dit, ça doit être vrai.

Maintenant, la voiture est en train de rouler. Michael est grognon, son costume et ses souliers le serrent ; Maman essaie de le consoler en lui disant que, là où l'on va, il y a l'air conditionné. Papa a ôté son chapeau et essuie quelques gouttes de sueur sur son front avec son mouchoir en batiste. Comme prévu, il fait déjà très chaud et ta robe te gratte. Tu détestes cette ville en chantier perdue au milieu d'un désert poussiéreux, avec quelques montagnes pelées pour tout horizon. La voiture passe sans s'arrêter devant un grand bâtiment tout neuf entouré de fon-

taines et de parterres végétaux – un luxe incroyable dans cet endroit ; une énorme enseigne au néon, allumée en plein jour, indique son nom : le Flamingo. Plus que quelques secondes, maintenant. Tout en sachant que c'est inutile, tu fais un effort désespéré pour traverser la barrière des années et hurler à Papa de sortir son arme et de stopper la voiture... Mais rien n'y fait, le film se poursuit imperturbablement. Papa a l'air à nouveau un peu soucieux, il est en train de dire quelque chose à Sonny à propos d'Oncle Vincenzo qui doit le rejoindre à la cérémonie d'inauguration. Oncle Vincenzo est en ville depuis quelques jours, mais il ne dort pas à la maison. Tu n'aimes pas beaucoup le frère aîné de Papa ; il parle mal anglais, avec un très fort accent, et semble toujours traiter son cadet avec condescendance. Ils se sont rencontrés avant-hier pour discuter et après l'entretien Papa était très énervé ; il a dit qu'au lieu de se mêler de ses affaires, son frère n'avait qu'à rester garder les chèvres en Sicile – en fait, Papa a utilisé un autre mot, et Maman s'est mise en colère en le priant de surveiller son langage devant les enfants.

Soudain, la voiture pile au milieu de la rue. Un gros camion vient de lui couper le passage et de se mettre en travers. À partir de là, le cauchemar n'est plus qu'une succession d'images kaléidoscopiques entrecoupées de hurlements. Papa a tout de suite compris, il gueule à Sonny de faire marche arrière. Au lieu de ça, Sonny coupe le contact, arrache la clé et bondit hors de la voiture. Papa essaie de le retenir, mais trop tard. C'est la dernière image que tu garderas de lui : de profil, un bras tendu, penché vers la portière du conducteur restée ouverte ; sur son visage tu ne lis ni peur ni colère, mais une affreuse expression de chagrin. Maman hurle. Trois silhouettes apparaissent d'un seul coup devant le pare-brise ; tu n'as pas le temps de les distinguer, déjà les premières détonations retentissent et la vitre explose en une myriade de particules brillantes. Sans crier gare, quelque chose de lourd t'écrase sur le siège et t'empêche de voir : Maman s'est jetée sur toi et Michael pour essayer de vous protéger. Tu sens son corps tressauter sous les impacts. Des choses dures rentrent dans ton dos et dans ton ventre, et te font affreusement mal ; un autre choc te broie l'épaule et tu pousses un jappement de douleur. Juste à côté de toi, Michael hurle de terreur puis s'arrête soudain, en plein milieu d'un cri. Les détonations continuent dans un vacarme assourdissant : claquement du métal contre le métal, verre brisé, impacts plus mous des balles contre les sièges et les corps. Après un temps infini, tout s'arrête et le silence se fait. Tu es toujours coincée sous Maman qui ne bouge plus. L'air est saturé de cordite. Tu as du mal à respirer et l'impression que tes poumons se remplissent de liquide ; dans ta bouche, le même goût métallique que lorsque tu perds une dent, mais en beaucoup plus fort. Quelque chose de chaud et de gluant dégouline sur ton visage ; bien plus tard, en regardant les photos du légiste, tu comprendras qu'il s'agit de la cervelle de Maman.

Alors que tu luttes contre l'évanouissement, des voix que tu n'arrives pas à comprendre. Des pas qui se rapprochent ; tu perçois distinctement le verre brisé qui crisse sous les talons. Une détonation isolée, vers l'avant de la voiture. Puis les voix, beaucoup plus proches ; cette fois tu entends très bien ce qu'elles disent.

« Et les gamins, Don Vincenzo ?

— Eux aussi, imbécile. Je ne veux pas les retrouver dans quinze ans devant ma porte. »

En général, c'est au moment où le canon brûlant se pose sur ta tempe que tu te réveilles en hurlant.

25 février 2018 – 14 h 32 UTC

« PULL ! »

Le bras de l'asimov se détendit comme un fouet, et le gros caillou partit à la vitesse d'un boulet de canon. One-Shot épaula posément, bloqua sa respiration et appuya sur la détente. La détonation claqua sèchement et, à quarante mètres sur bâbord, le galet se volatilisa au-dessus des flots sombres de l'Atlantique. Un concert d'applaudissements retentit : presque tout l'équipage du *Global Defender* s'était massé sur le pont avant pour assister à la compétition. Le géant cassa le fusil, extirpa la douille d'un geste expert et rendit l'arme à son propriétaire : « Pas mal... », dit-il avec une vague moue d'approbation.

L'idée de la compétition de ball-trap était venue à One-Shot pendant l'escale à Grytviken. Charger à bord une demi-tonne de galets ramassés sur le rivage n'avait pas présenté de difficulté majeure pour le colosse, pas plus qu'emprunter l'un des gardes du corps de Kjölsrud pour les lancer – le milliardaire, qui n'avait pas mis le nez hors de sa cabine depuis l'appareillage, avait donné son accord avec la plus complète indifférence. Le choix du lieu n'avait pas non plus posé de problème : Kjölsrud ayant interdit l'emploi du radar longue distance pour des raisons de discrétion électronique, l'un des deux hélicos se trouvait en permanence en éclaireur, ce qui libérait le pont d'envol. Le plus difficile avait été d'attendre une météo favorable, les creux de six mètres étant peu propices au tir sportif. L'accalmie actuelle promettant d'être la seule avant leur arrivée, One-Shot avait aussitôt battu le rappel d'un équipage ravi de l'aubaine. L'asimov n'avait eu besoin que de deux ou trois essais pour apprendre à lancer correctement les galets, et la compétition avait pu commencer.

Sans surprise, les membres de l'équipage ou du staff scientifique qui s'étaient inscrits avaient été éliminés dès les premiers tours. Poppy Borghese avait émergé de sa cabine, l'air encore plus ravagée que les autres jours, et avait refusé de participer sans fournir d'explication. Les hommes de Vandell Richardson s'étaient montrés plus coriaces, en particulier un certain Jenkins – un ex-sniper de la Delta Force qui avait donné du fil à retordre aux autres compétiteurs. Un coup de roulis inattendu avait finalement eu raison du Texan flegmatique, laissant Richardson et One-Shot seuls en lice. Avant la finale qui aurait lieu dans quelques minutes, les deux hommes venaient d'échanger leurs armes pour quelques tirs de démonstration.

« Pas mal ? répéta Vandell Richardson avec un hoquet de surprise. Un Ruger Gold Label ? Vous vous rendez compte que vous parlez d'un des meilleurs fusils de chasse qui existent ?

— Tire juste mais fragile et trop cher. Arme pour snob anglais paralytique, décréta One-Shot en jetant un regard méprisant sur la magnifique arme aux lignes épurées. Préfère vieux Dragunov. Russie pas fait mieux depuis cinquante ans. Bon pour tir sportif mais peut t'ouvrir deuxième trou du cul à quatre cents pas. Tombe dans la boue, marche encore. Tu répares avec fil de fer et démonte-pneu. Gros avantage, semi-automatique, conclut-il en levant un index massif.

— Et alors ? demanda Richardson d'un air peu convaincu. Quel intérêt pour le gibier ?

— Intérêt si trois canards et toi très faim. Démonstration », fit One-Shot en reprenant son arme fétiche et en vérifiant son chargeur. Puis, s'adressant à l'asimov qui attendait les bras ballants : « Zack, peux balancer trois d'un coup ? »

‹ Pas de problème, monsieur. Je vous rappelle néanmoins que cette sous-unité ne porte pas de nom spécifique. Par ailleurs, je comprends parfaitement l'anglais standard, il est donc inutile de me parler comme à un petit enfant. ›

À l'unanimité des membres de la Hard Rescues, les deux robots de combat avaient été baptisés Zack et Cody dès le départ de Grytviken. Aucun détail ne permettant de les distinguer, Zack était par convention le robot présent ou celui auquel on s'adressait, et Cody l'autre ; cette logique floue posait manifestement de gros problèmes aux deux machines, d'autant que partageant une IA commune, elles ne se concevaient pas comme des entités distinctes. Obéissant à One-Shot, Zack – ou Cody ? – saisit délicatement trois galets dans la caisse déjà à moitié vide et, après les avoir rassemblés dans son énorme main, attendit l'ordre de lancer.

« PULL ! »

14 h 35 UTC

« Tout le monde doit nous croire en train de faire des galipettes, murmura Joshua Tewaru d'un air égrillard.

— Pourquoi, ça n'est pas le cas ? » ricana Gretchen Vogt en se hissant souplement au sommet de la dernière pile de caisses.

Pour les galipettes, ma fille, il va falloir repasser. Pourquoi aussi faut-il que tu t'embarques toujours dans des plans avec des assassins bourrés de testostérone ?

Gretchen s'était déjà fait une raison : ce n'était certainement pas à bord du *Global Defender* qu'elle allait trouver l'âme sœur. Les deux nénettes du groupe OPEX qui avaient le charme et le gabarit d'un tracteur soviétique mises à part, l'effectif féminin de l'expédition se limitait à la nièce de Bernstein – certes très mignonne, mais qui ne semblait avoir d'yeux que pour Caleb. Sans oublier bien sûr l'espèce de Lara Croft anorexique et camée, dont le seul regard suffisait à lui faire froid dans le dos. *Refoule ces mauvaises pensées*, se dit-elle avec philosophie, *elles te détournent du chemin de l'Éveillé.* Tout en se courbant pour ne pas heurter de la tête le plafond en acier, elle profita de sa position en hauteur pour jeter un coup d'œil autour d'elle. La vaste soute à marchandises située juste en avant de la salle des machines était plus qu'à moitié pleine ; maintenant que ses yeux étaient habitués à la pénombre, la faible lueur verte diffusée par l'éclairage de secours suffisait largement à discerner les piles de matériel qui s'entassaient dans tous les coins.

Après le parachutage du matériel au moment de

leur arrivée à Grytviken, l'opération de récupération avait été strictement encadrée par les commandos de la K2, et même si One-Shot et Joshua avaient filé un coup de main, il n'avait pas été question de voir ce que contenaient les caisses. Gretchen s'immobilisa quelques secondes pour écouter en retenant son souffle. Aucun autre bruit que le ronflement régulier des turbines et, de temps en temps, quelques détonations très étouffées leur indiquant la poursuite de la compétition. Elle bénit une nouvelle fois One-Shot pour son idée de concours de tir. La soute dans laquelle ils se trouvaient n'était pas gardée, mais, en temps ordinaire, il aurait été très difficile d'y fouiner vu sa proximité avec la salle des machines et les laboratoires du pont inférieur. *Plus que cinq minutes et on a fini.* Elle brandit le gros tournevis qui faisait un pied-de-biche des plus acceptables et, en quelques mouvements précis, commença à soulever le couvercle de la caisse du dessus.

14 h 36 UTC

Un nouveau tonnerre d'applaudissements. Cette fois-ci, One-Shot venait de descendre quatre palets d'un coup, et Vandell Richardson – pourtant une gâchette exceptionnelle – commençait à montrer de sérieux signes d'agacement. *J'espère que Josh et Gretchen ont bientôt fini*, se dit Caleb. *À ce train-là, One-Shot aura vite liquidé tout le stock de galets.*

Confortablement accoudé à la rambarde de la timonerie en compagnie de Sarah Miller, le jeune homme bénéficiait d'une vue plongeante sur le concours de tir et sur toute la partie avant du navire. L'*USCGC*

Harriet Lane, construit en 1984, avait servi pendant vingt-cinq ans dans le corps des Garde-côtes des États-Unis avant d'être désarmé en 2010, dans le cadre du programme Deepwater de modernisation de la flotte ; racheté et rebaptisé *Global Defender* par la fondation océanographique de la K2, le robuste patrouilleur de mille huit cents tonneaux avait subi quelques changements visibles : le canon de 76 mm du gaillard d'avant avait fait place à un hélipont supplémentaire pouvant accueillir un petit hélicoptère biplace, en plus du pont d'envol principal disposé en arrière du château. La coque blanche à bande rouge des Garde-côtes avait été repeinte dans un profond bleu indigo, la couleur fétiche de la K2. Toutefois, les modifications les plus importantes se situaient à l'intérieur : une automatisation très poussée des systèmes de navigation et un recours massif aux IA avaient permis de réduire à quinze hommes, officiers compris, l'équipage initialement composé d'une centaine de personnes. Une grande partie de l'espace ainsi récupéré avait été reconvertie en plusieurs laboratoires dotés d'un équipement scientifique ultra-moderne. La propulsion avait été entièrement revue, les deux gros diesels ALCO V -18 étant remplacés par deux turbines à gaz Pratt et Whitney développant 18 000 CV ; grâce à cette motorisation surdimensionnée, le bâtiment pouvait atteindre trente-cinq nœuds, la vitesse d'un croiseur rapide. Enfin, l'étrave et la coque avaient été renforcées en vue d'une navigation dans les mers polaires : sans lui donner à proprement parler les capacités d'un brise-glaces, ces transformations suffisaient pour permettre au navire d'évoluer à bonne vitesse dans un pack en formation, ce qui était actuellement le cas.

Après trois jours de gros temps qui les avaient contraints à réduire l'allure peu après leur appareillage, la météo s'était quelque peu améliorée. Le ciel demeurait bas et menaçant, mais le vent était presque tombé et avec lui la méchante houle qui secouait le patrouilleur comme une coque de noix. Pour l'heure, le *Defender* filait près de vingt nœuds et se trouvait maintenant à moins d'une journée de la côte antarctique. Néanmoins, la navigation devenait de plus en plus délicate du fait des glaces flottantes, encore peu nombreuses dans les parages de la Géorgie du Sud, mais qui se multipliaient depuis quelques heures ; la mer charriait désormais d'innombrables glaçons qui avaient tendance à s'agglomérer en une soupe pâteuse, première étape de la formation du pack. D'après Sarah Miller, ils avaient pourtant beaucoup de chance car la limite de formation de la banquise de mer était très au sud cette année – ce qui devrait leur permettre d'atteindre leur objectif et d'en repartir sans encombre pourvu qu'ils ne s'y éternisent pas outre mesure.

« Votre copain est extraordinaire, fit la jeune femme d'un ton admiratif. On dirait un ours des cavernes, mais quel incroyable tireur ! Où a-t-il appris à se débrouiller comme ça avec un fusil ?

— Ne vous fiez pas à son apparence ou à son anglais approximatif, répondit-il. One-Shot est diplômé en microingénierie de l'Université d'Helsinki, et il parle couramment six langues dont le russe et l'arabe. Pour le tir, il a été deux fois champion du monde universitaire de biathlon et a ensuite servi quelques années dans l'armée finlandaise.

— Et vos deux autres amis, ils n'assistent pas au concours ?

— Gretchen est restée dans sa cabine, elle a attendu que le temps s'améliore pour nous faire son célèbre numéro de mal de mer ; je pense que Josh doit être en train de s'occuper d'elle.

— Comment vous êtes-vous rencontrés ? Vous semblez tous les quatre venir d'horizons très différents... »

Caleb ne répondit pas immédiatement, cherchant à nouveau un mensonge qui ne soit pas trop éloigné de la vérité. Au cours des trois derniers jours, ils avaient lié connaissance, et il avait apprécié qu'elle se soit improvisée guide pour lui faire visiter le navire. Bien qu'elle fût des plus sympathiques – et peut-être pas complètement indifférente à son charme –, il ne pouvait cependant oublier qu'elle était partie prenante dans une aventure dont il avait encore du mal à cerner les tenants et les aboutissants ; qu'elle soit la nièce du vice-président de la K2, de surcroît, n'était pas pour simplifier les choses. Cette fois, la jeune femme remarqua son instant d'hésitation.

« Un souci, Caleb ? questionna-t-elle d'un ton amusé. Vous pensez que tout ce que vous me direz sera aussitôt rapporté à Oncle Viktor ?

— Pas du tout, Sarah. Simplement, vu votre position...

— Ma position ne doit rien à mon oncle, Caleb. Viktor a commencé sa carrière en vendant des journaux à la criée, il n'est pas du tout du genre à récompenser ceux qui ne font pas leurs preuves par eux-mêmes – surtout s'ils font partie de sa famille. Je suis sortie major de ma promotion à Princeton. J'ai deux doctorats, un en glaciologie et un en biologie marine. Toutes mes études, je les ai payées en bossant au KFC du coin et en faisant du doggy-sitting. Avant de postuler pour le *Defender*, j'ai travaillé comme directrice de recherches à la NOAA[1] et je suis consultante à la Commission océanographique de l'UNESCO… Et pendant toutes ces années, les encouragements de mon oncle ont été aussi rares que neige au Sahara… alors pour le favoritisme, vous repasserez ! »

Caleb se rendit compte qu'elle était vraiment vexée. Être la nièce d'un des hommes les plus riches du monde n'était sans doute pas très facile quand on cherche à démontrer sa propre valeur. « Je ne mettais pas du tout en doute vos compétences professionnelles, Sarah, dit-il en essayant de calmer le jeu. Simplement, Kjölsrud et votre oncle ne jouent pas franc jeu avec mon équipe ; vous comprendrez que cela me mette vis-à-vis de vous dans une situation un peu… délicate. »

L'explication parut satisfaire la jeune femme : « Toujours votre théorie du complot ? enchaîna-t-elle avec un sourire. Pour la énième fois, Caleb, je vous assure que je n'ai pas la moindre idée de ce que nous allons trouver là-bas ! Et si Viktor le savait, je suis certaine qu'il m'en aurait parlé ! »

Caleb n'en était pas aussi sûr, mais il préféra éluder le sujet.

« Vous êtes une scientifique, insista-t-il. Vous devez bien avoir des hypothèses ?

— Des hypothèses, ça ne manque pas. De quoi les étayer, c'est une autre affaire. Voyons d'abord ce que nous avons de tangible : une structure géométrique de dimensions respectables, faite dans un matériau

1. La NOAA (*National Oceanic and Atmospheric Administration*) est une agence gouvernementale américaine chargée de nombreux programmes de recherche en matière d'environnement.

inconnu mais apparemment homogène. Le machin se trouvait coincé sous la banquise de Riiser-Larsen depuis un temps indéterminé – je pourrai certainement vous en dire plus quand nous serons sur place – et aurait pu y rester jusqu'à la consommation des siècles sans les effets désastreux des moteurs à explosion et des pets de vache sur la machinerie climatique.

— OK, sourit Caleb. Ça vous évoque quoi ?

— Toujours commencer par le plus simple. Première hypothèse : une formation géologique naturelle. Peu probable, mais pas impossible.

— Aussi régulière ? Et de cette taille ?

— Des affleurements sédimentaires récents pourraient avoir cet aspect. Ou des structures basaltiques à grande échelle, comme la Chaussée des Géants en Irlande. Le problème, c'est que, dans le secteur qui nous intéresse, les sols sont faits de granites amorphes ou de roches métamorphiques extrêmement anciennes qui ne peuvent adopter ce genre de configuration. Depuis une semaine, j'ai passé en revue tout ce qui a pu être publié en un siècle et demi d'exploration des terres australes : aucune structure de ce type n'a jamais été répertoriée dans le coin – et j'entends par là la totalité des terres émergées au-dessous du 50e degré sud. On passe à la deuxième hypothèse ? »

14 h 42 UTC

Les caisses étaient rangées en fonction de leur contenu, ce qui simplifiait leur inspection. En gros, la cargaison se composait pour une moitié de matériel d'exploration polaire haut de gamme, et pour l'autre de fournitures scientifiques variées. Plusieurs scooters des neiges, des canots gonflables et un gros tracteur à chenilles en pièces détachées complétaient l'équipement. Gretchen s'était plus ou moins attendue à trouver des armes, et était restée sur sa faim ; manifestement, Richardson et ses hommes préféraient garder leurs joujoux à portée de main dans les cabines. Par contre, elle fut surprise de dénicher deux caisses renfermant une vingtaine de combinaisons semblables à celle portée par Poppy lorsqu'ils s'étaient rencontrés à West Nicholson. Enfin, la finalité de certaines autres fournitures était difficile à préciser : la jeune femme ne voyait pas trop ce qu'on pouvait faire avec deux douzaines de torches à plasma, non plus qu'avec trois tonnes de mercure en bonbonnes de cinquante kilos.

Gretchen fit un dernier mouvement de levier et le couvercle céda ; elle le posa délicatement sur le côté. À peine eut-elle soulevé l'épaisse protection en papier huilé que l'odeur écœurante lui sauta aux narines. *Bon Dieu !* Elle contrôla le contenu à la lueur de son petit LED de poignet, et ses yeux s'écarquillèrent lorsqu'elle eut confirmation de son pressentiment. Comme dans un état second, elle ouvrit prestement le couvercle de la caisse voisine. Cette fois, l'odeur était subtilement différente, et elle eut un frisson en découvrant ce qui se trouvait dedans. *Bon Dieu de bon Dieu !* Deux caisses plus tard, le doute n'était plus permis. Elle reposa son pied-de-biche improvisé : « Josh, dit-elle la gorge serrée, on a un sacré souci. »

Avant que Joshua ait pu répondre, la porte claqua et les lumières de la soute s'allumèrent.

14 h 44 UTC

« *Zweiter Punkt*, dirait oncle Viktor. Un artefact d'origine humaine. Deux sous-catégories : mobile ou fixe. Si l'on pense à quelque chose de mobile, le choix est vite fait. D'après la télémétrie, la partie visible de la structure fait deux cent soixante-dix mètres de long, et la partie après l'angle droit un peu moins de trente. Beaucoup trop grand pour un avion, un sous-marin ou n'importe quoi d'autre…

— À l'exception d'un navire, fit observer Caleb.

— Exact. Ce que l'on voit pourrait être la quille et l'étrave d'un très gros bateau couché sur le flanc, le reste étant encore caché sous la glace. Trois types de bâtiments atteignent de telles dimensions : les paquebots, les porte-avions et les gros navires de charge type supertankers ou porte-conteneurs ; depuis le début du XXe siècle, des centaines de navires appartenant à l'une ou l'autre de ces catégories ont été construits. Le problème, c'est que ce genre de joujou ne disparaît pas sans laisser de traces : là encore j'ai beaucoup potassé, mais en remontant sur plus d'un siècle je n'ai retrouvé aucune mention d'un naufrage de ce type dans les mers australes…

— Plusieurs raisons pourraient expliquer que le naufrage n'ait pas été signalé à cet endroit, ou pas signalé du tout. Un navire égaré très loin de sa route initiale. Une mission secrète pendant un conflit militaire… ou encore le souci de ne pas perdre la face, ajouta Caleb en repensant soudain au périlleux renflouage du *Norilsk*.

— Objection retenue, Votre Honneur. On se garde donc la possibilité du navire. Autre hypothèse : une structure fixe. Un bâtiment, en d'autres termes. Ce qui nous pose un problème.

— Lequel ?

— L'identité de ceux qui pourraient l'avoir construit. Une des particularités de ce continent, c'est l'absence de peuplement humain jusqu'à une période très récente. Les premières bases scientifiques permanentes datent du début des années 1950 ; on en compte aujourd'hui une soixantaine, exploitées par trente nations différentes. Vu l'absence de matériaux de construction sur place, aucune ne comporte de bâtiments en dur ; presque toutes se composent d'une succession de baraquements préfabriqués, en général de taille modeste. Aucune de ces constructions n'approche, même de loin, les dimensions de notre engin ; même le dôme géodésique de la station Amundsen-Scott, au Pôle, ne dépasse pas les cinquante mètres de diamètre.

— Mais rien ne s'oppose à ce qu'un gouvernement quelconque construise plus grand, si ça lui chante, objecta Caleb.

— Rien, si ce n'est le coût prohibitif de l'opération et sa complète inutilité. Caleb, l'Antarctique n'est pas à proprement parler un lieu de villégiature. C'est l'endroit sur Terre qui ressemble le plus à la surface d'une autre planète. Ça coûte très cher d'y aller, encore plus d'y rester. Les conditions climatiques y sont inhumaines, *littéralement*. Son intérêt économique est inexistant. Les ressources naturelles ne manquent pas, mais le traité de 1959 interdit leur exploitation. La seule et unique raison pour que des hommes viennent risquer leur peau ici, c'est la recherche scientifique. Et pour ça, les fonds ne sont pas illimités, vous pouvez me croire ; chaque expédition est minutieusement budgétée et doit faire appel à de multiples sponsors publics ou privés. Depuis la crise, c'est pire. Tout ça n'incite pas vraiment aux fantaisies architecturales.

— D'où la conclusion que, si c'est un bâtiment, il n'a pas une finalité scientifique.

— Exact. Mais quoi d'autre ? Des installations portuaires ? Qui irait construire un port à des milliers de milles de toutes les routes de navigation, à un endroit où la mer est gelée neuf mois par an ? Une base militaire, alors ? Mais pour y faire quoi ? D'un point de vue géostratégique, l'Antarctique a autant de valeur que la principauté de Monaco !

— Ça n'a peut-être pas toujours été le cas, hasarda Caleb.

— Ça a *toujours* été le cas. Les deux conflits mondiaux se sont déroulés en quasi-totalité dans l'hémisphère Nord. Et pendant la guerre froide, le bras de fer entre Amérique et Russie s'est fait au-dessus du pôle Nord. L'Antarctique est bien trop loin de tout pour avoir jamais présenté un quelconque intérêt militaire. Sauf peut-être… »

La jeune femme hésita une seconde, puis se lança : « Il y aurait bien une possibilité, mais c'est vraiment tiré par les cheveux.

— Dites toujours », fit Caleb avec un sourire d'encouragement.

14 h 47 UTC

« C'est bon, Gret. Tu peux descendre. »

Les lumières s'étaient rééteintes depuis trois bonnes minutes mais, par précaution, les deux amis étaient restés immobiles tout ce temps – Joshua planqué derrière une palette de matériel informatique et Gretchen à plat ventre sur le contenu de la dernière caisse qu'elle venait d'ouvrir. La jeune femme sauta à terre et mit quelques secondes pour reprendre son souffle, à moitié suffoquée par la puanteur chimique dans laquelle elle venait d'être confinée.

« Tu as pu voir qui c'était ? finit-elle par demander à mi-voix.

— Un type en blouse blanche, sans doute un gars du labo. Il venait chercher une bouteille de gaz comprimé. Je ne pense pas qu'il nous ait repérés… Au fait, tu ne sens pas la rose, ajouta Joshua avec une grimace éloquente.

— Désolée, c'est tout ce que j'ai trouvé pour que tu me remarques.

— Il y a quoi, dans ces caisses, Gret ? Je t'ai entendue jurer juste avant que ce type n'entre…

— Donne-moi un instant, répondit-elle. Je voudrais encore vérifier quelque chose. »

Elle s'approcha de deux des caisses en bas de la pile, et en fit rapidement sauter le couvercle ; cette fois, elle eut un long sifflement en en découvrant le contenu.

« Tu veux bien m'expliquer, maintenant ? fit Joshua.

— En haut, une caisse de HMX, au moins deux de DDF, une de FOX-7. Ici c'est encore mieux : deux caisses d'ONC. Octanitrocubane. Je ne savais même pas qu'on pouvait en produire de façon industrielle.

— Ce que j'aime chez toi, c'est ta manière d'affirmer ta supériorité intellectuelle. Toi vouloir traduire pour pauvre Maori tout juste sorti de l'âge de pierre ?

— Pas besoin de remonter si loin, la plupart de ces produits en étaient encore au stade expérimental il y a trois ou quatre ans. Ce sont des explosifs, Josh. Mais pas grand-chose à voir avec le C-4 ou le bon vieux plastic que tu as l'habitude d'utiliser. Ici, c'est la génération suivante. Ultra-puissant. Ultra-brisant. Ultra-cher… »

Joshua réfléchit une seconde puis remarqua : « OK, ils ont apporté des explosifs. Et alors ? Ça peut servir à plein de choses sur un chantier d'exploration, ce n'est pas moi qui vais te l'apprendre. Et vu le compte en banque de nos amis, je ne suis pas trop surpris qu'ils aient choisi le top. Je ne pige pas bien pourquoi ça a l'air de te remuer comme ça…

— Effectivement, tu ne piges pas, fit-elle d'un air résigné. Josh, réfléchis un peu ! Il suffit de *trente grammes* de n'importe laquelle de ces saloperies pour envoyer cette barcasse par le fond !

— Hein ? Mais…

— Or nous avons ici (elle fit un rapide calcul mental) quelque chose comme *trois ou quatre tonnes* de ce qui se fait de mieux en matière d'explosif high-tech. Josh, il y a de quoi raser une douzaine de fois la Grande Pyramide ou la Muraille de Chine, au choix ! Tu peux m'expliquer ce qu'ils comptent en faire au pôle Sud ? »

14 h 48 UTC

« Des nazis ? Sur la banquise ? Et pourquoi pas sur la Lune ?

— Rassurez-vous, il paraît qu'il y en a aussi, fit Sarah Miller d'un air mystérieux. Et dans l'Himalaya. Et sous le Triangle des Bermudes, *et caetera*... Pour un adepte de la théorie du complot, ça m'étonne que vous n'en ayez jamais entendu parler. C'est pourtant un des grands classiques du genre, que ce soit sur la Toile ou dans les comics…

— Désolé, dit Caleb. J'ai eu deux ou trois autres choses plus sérieuses à penser au cours des dernières années…

— Ça, je n'en doute pas, rétorqua la jeune femme d'un ton ironique. Bon, je vous explique, promettez-moi de ne pas rigoler. Le thème général, c'est "Adolf, le Retour". Postulat de base : pendant les derniers jours du IIIe Reich, quelque chose arrive à s'enfuir. Selon les versions, il s'agit d'une flottille de sous-marins, d'un V2 amélioré, ou pourquoi pas d'un pédalo atomique… Peu importe, à bord nous avons Hitler et sa clique plus quelques tonnes d'or ainsi que les plans du Rayon de la Mort ou autre gadget du même type…

— Fascinant…

— N'est-ce pas ? Les voilà donc partis, et comme personne n'a envie de leur louer un bout de terrain, ils finissent par atterrir en Antarctique. Là, ils vont faire toutes ces choses merveilleuses que font les nazis au cinéma : cloner Hitler, dresser des phoques pour conquérir l'Univers, chercher l'entrée de la Terre creuse, et j'en passe… Voilà en gros l'histoire, avec ses innombrables variantes.

— Quel rapport avec notre artefact ? Ne me dites pas qu'une scientifique comme vous peut accorder le moindre crédit à ces conneries !

— C'est toute la question, Caleb. Est-ce qu'il ne s'agit *que* d'élucubrations, ou bien est-ce que, comme certaines légendes, elles pourraient avoir été échafaudées à partir de faits réels ? Le propre du raisonnement scientifique, c'est de n'écarter aucune hypothèse *a priori* ; or il se trouve que, dans le cas présent, nous avons deux ou trois petites choses assez troublantes…

— Je suis tout ouïe, dit Caleb avec une moue dubitative.

— Un premier élément indubitable, c'est que, pendant toute la première partie du XXe siècle, les Allemands n'ont pas cessé d'émettre des revendications territoriales sur ce qu'ils avaient baptisé le *Neuschwabenland*, une portion de la Terre de la Reine Maud qu'ils avaient été les premiers à explorer. Ces prétentions ont culminé avec l'envoi par le régime nazi, en 1938, d'une vaste mission d'exploration dotée de moyens considérables pour l'époque : cartographie aérienne, exploration de l'arrière-pays en traîneaux à moteur, installation d'une petite base scientifique temporaire. On dit même qu'ils auraient balancé par avion quelques centaines de swastikas en aluminium sur tout le secteur, histoire de bien marquer leur territoire… Bien sûr, tout cela est tombé à l'eau après la chute du Reich en 45.

— Et alors ?

— Et alors, il vous intéressera de savoir que, comme par hasard, notre objectif se trouve en plein milieu de la zone en question… »

Un joyeux brouhaha l'interrompit. En contrebas de la passerelle, le concours de tir venait de s'achever, remporté sans surprise par One-Shot. Ce dernier était maintenant en train d'échanger des blagues – manifestement salaces – avec Vandell Richardson et plusieurs de ses commandos qui faisaient cercle autour de lui. Caleb constata avec soulagement que Gretchen et Joshua avaient fait leur apparition sur le pont avant, la première jouant à merveille le rôle de la victime du mal de mer et le second celui du chevalier servant attentionné. Joshua le repéra et lui fit un clin d'œil discret. *Parfait.*

« Intéressant… fit Caleb en revenant à sa voisine. Mais le fait que les Allemands aient émis des prétentions territoriales ne signifie pas pour autant qu'ils se soient lancés dans des grands travaux. Et pour quoi faire, d'ailleurs ? Vous l'avez bien dit, il n'y a aucune raison…

— Alors, voilà peut-être une raison. Il est aujourd'hui attesté que pendant la Deuxième Guerre mondiale, l'activité des *U-Boote* dans les mers australes était beaucoup plus importante qu'on ne l'avait soupçonné auparavant. Entre deux attaques de convois, ils y trouvaient un refuge garanti, très loin de la menace des destroyers alliés ; on sait aussi qu'ils avaient équipé plusieurs mouillages sûrs dans des îles inhabitées de l'Atlantique Sud – en particulier aux Crozet et aux Kerguelen – pour pouvoir s'y ravitailler et réparer en toute tranquillité.

— Qu'est-ce qui vous fait penser qu'ils pourraient aussi s'être installés en Antarctique ?

— Les douzaines de témoignages, notamment de chalutiers argentins ou chiliens, rapportant l'observation de sous-marins inconnus dans un vaste secteur au sud de la Terre de Feu et ce au moins jusque dans les années 1950. En supposant qu'il s'agisse de bâtiments nazis, cela ne pourrait se concevoir que s'ils disposaient d'une base arrière beaucoup plus importante que les quelques îles en question.

— Cela me paraît complètement dingue ! Qu'est-ce

que des sous-marins nazis auraient bien pu faire dans le coin, cinq ans après la fin de la guerre ?

— Il ne faut pas trop m'en demander, Caleb. Une dernière chose, au fait… », dit Sarah en fouillant dans la poche de sa parka pour en extraire une photo. Elle la lui tendit en ajoutant : « Je l'ai téléchargée ce matin. Dites-moi ce que vous en pensez. »

Caleb considéra le cliché, manifestement une vue aérienne d'installations portuaires. La photo était centrée sur un bâtiment quadrangulaire dont les dimensions devaient être colossales au vu des navires militaires qui étaient mouillés devant. La ressemblance était indéniable avec l'artefact du cap Norvegia. Il leva un regard interrogateur vers sa voisine.

« Base de sous-marins de Brest, dit-elle. Bâtie par les nazis sur la côte française. Une des plus gigantesques casemates au monde, toujours en parfait état au bout de soixante-quinze ans. Ces salopards savaient faire grand. Et solide. »

Ils sentirent un changement soudain dans le régime des turbines. Les nouvelles de l'hélico devaient être bonnes, car le *Global Defender* venait de forcer l'allure et devait maintenant approcher les trente nœuds.

« De toute manière, conclut Sarah Miller, on sera fixés demain. »

14 h 54 UTC

Un nouveau paquet de mer s'abattit sur le gaillard d'avant du brise-glaces. Malgré son tonnage respectable, le gros navire tanguait violemment dans le méchant grain qu'ils traversaient depuis quelques heures. Alors que la proue se relevait, la masse d'écume reflua et s'écoula par les sabords latéraux. La créature assise en tailleur à même le pont métallique n'avait pas bougé et gardait l'immobilité de statue qui était la sienne depuis leur appareillage. Un éclair zébra le ciel plombé, faisant luire la chair grisâtre d'un éclat blafard.

« Comment fait-il pour supporter ça ? murmura le capitaine Piotr Sabayev en contemplant les rigoles d'eau glacée qui dégoulinaient sur le dos squelettique. L'eau est à 2 degrés, n'importe qui serait mort depuis des heures.

— En ce qui me concerne, je m'en fous, lui répondit le lieutenant Simon Tchoulkov, son premier officier de pont, qui se trouvait à côté de lui dans la timonerie. Tu te souviens de ce que nous a dit Iazov à son sujet. Éviter de croiser son chemin. Ne pas poser de questions. Fermer notre gueule au retour. Et tout ira bien. »

Avec l'officier radio, le chef mécanicien et ses trois subordonnés, les deux hommes étaient les seuls membres de l'équipage du *Vladimir Karvaiyski* à n'avoir pas été débarqués lors de leur brève escale à la base de Novolazarevskaya. Suivant une règle qui avait survécu à l'effondrement de l'URSS, tout navire sous pavillon russe pouvait être réquisitionné sans explication par l'autorité militaire ou par une quelconque agence gouvernementale ; dans ces circonstances, il valait mieux filer doux, et les matelots avaient donc accepté sans discussion cette escale imprévue dans la petite station scientifique pourtant mal équipée pour les accueillir. À la place, le brise-glaces avait embarqué une douzaine d'officiers mariniers dépendant du GRU ainsi que Iazov, Baranko et leur encombrant compagnon ; les seize hommes des deux unités Vympel avaient pour leur part pris leurs quartiers à bord quelques jours auparavant, après avoir été héliportés sur l'ordre de Baranko.

« Il n'empêche, fit Sabayev, je me demande dans quel guêpier nous nous sommes fourrés. Tu as une idée de ce que cette… chose peut manger ?

— De la viande crue, apparemment. J'ai descendu quelques verres avec l'officier de maintenance de la base, hier soir. D'après lui, Iazov a fait charger à bord plusieurs cantines réfrigérées remplies de barbaque à son intention.

— J'aurais plutôt dit de la viande pourrie. Tu as senti l'odeur, dans la coursive où ils l'ont installé ? »

Un coup de roulis plus fort que les autres secoua le navire, et les deux hommes durent se retenir à la main courante. Tchoulkov allait dire quelque chose, mais son supérieur le prit par la manche et lui désigna la vitre. Sur le pont avant, la créature s'était levée et dépliait son immense silhouette sous la pluie battante. Sabayev sentit un frisson glacé lui parcourir l'échine lorsqu'elle tourna vers eux son regard aveugle ; il décrocha d'un geste qu'il aurait voulu plus ferme l'interphone qui le reliait aux quartiers de Iazov : « Général, dit-il. Ici le capitaine Sabayev. Je crois qu'il va regagner sa cabine. »

15 h 01 UTC

Parmi les différentes forces spéciales dépendant du gouvernement de la Fédération de Russie – que l'on regroupe sous le terme générique de *spetsnaz* – les unités Vympel occupent une place à part. Entourés d'une aura de crainte et de mystère, les quelque deux cent cinquante hommes dont les lieux de garnison sont tenus rigoureusement secrets constituent l'élite de l'élite. À l'issue d'une sélection et d'un entraînement impitoyables, ils sont déployés sous l'autorité directe du président de la Fédération pour des missions d'infiltration, de sabotage et de contre-terrorisme le plus souvent à très haut risque. Leur brutalité et leur mépris de la vie humaine sont légendaires, d'autant qu'à la différence de leurs homologues des pays occidentaux, ils n'ont pas à rendre compte d'éventuels dégâts collatéraux. Abondamment mis en œuvre sur les théâtres d'opérations du Caucase, leur plus grand fait d'armes reste à ce jour l'assaut de l'école de Beslan en septembre 2004, où la liquidation du commando tchétchène s'était soldée par la mort d'un tiers des onze cents personnes retenues en otage.

Les trois hommes qui arpentaient ce soir-là la coursive interdite n'avaient donc peur de rien, au sens littéral du terme. L'officier se nommait Pavel Tomski ; ses deux compagnons Alexei Barachvili et Igor Gratko avaient le grade de sergent. Ils venaient de quitter leurs quartiers situés dans le dortoir de l'équipage pour se rendre au réfectoire avant où, paraît-il, se trouvait un stock de bière ; ne voyant nulle raison de faire un détour en passant par le pont inférieur, ils avaient décidé de couper au plus court en passant par le secteur du navire qui leur avait pourtant été défendu. C'étaient des hommes dangereux et cruels, sûrs d'eux-mêmes et particulièrement difficiles à émouvoir. Aussi ne ressentirent-ils aucune crainte lorsqu'au détour d'un couloir ils se trouvèrent face à la créature.

« Tiens tiens, fit Tomski après un bref moment de

surprise, voilà enfin l'arme secrète de Iazov... Un joli petit lot qu'on nous cachait là !

— C'est sûr, renchérit Gratko avec un rire vulgaire. On comprend que le vieux ait envie de le garder pour lui tout seul. J'aimerais bien voir ce qu'ils font ensemble ! »

Tous ceux qui avaient pu entrevoir la créature avaient jusqu'alors ressenti le même mélange de stupéfaction et de dégoût. L'être entièrement nu ressemblait à un cadavre ambulant. De très haute stature – il dépassait largement les deux mètres –, sa carcasse d'une effrayante maigreur était recouverte d'une peau d'un blanc sale évoquant le ventre d'un poisson crevé. Un fouillis de vieilles cicatrices chirurgicales s'entrecroisaient sur sa poitrine osseuse et son ventre curieusement ballonné. Un sexe blafard et noueux pendait entre ses cuisses comme un animal mort. La créature s'était immobilisée en plein milieu du couloir et les considérait sans rien dire.

« Une arme secrète, tu parles ! grasseya le troisième soldat. Moi je ne vois qu'une vieille tante qui montre sa bite à tout le monde ! On pourrait t'en débarrasser, d'ailleurs, ajouta-t-il avec un ricanement mauvais en dégainant à moitié son poignard de combat. À ton âge, elle ne doit plus beaucoup te servir !

— Fous-lui la paix, je ne veux pas d'emmerdes avec Iazov », dit Tomski. Puis, à l'adresse du géant : « C'est bon, pépé. On a bien ri, maintenant tu nous laisses passer et tu retournes te toucher dans ta cabine. »

La créature ne bougea pas d'un millimètre. Son visage squelettique, sillonné de rides et de cicatrices, ne reflétait aucune expression. De longs cheveux grisâtres détrempés d'eau de mer collaient à la peau livide comme des algues sur la face d'un noyé ; quelques poils entremêlés pendaient de son menton osseux en formant une barbiche ridicule. Le plus effrayant était son absence de regard : une épaisse taie blanchâtre recouvrait ses deux cornées, masquant l'iris et donnant à ses yeux l'aspect du blanc d'œuf coagulé.

« Il doit être sourd, ou alors gâteux, ricana Barachvili. Il commence à me gonfler…

— Tu as raison, ça suffit comme ça », dit Gratko en avançant la main pour repousser sèchement l'intrus qui leur bouchait le passage.

Le mouvement fut si rapide qu'aucun des trois hommes ne put le percevoir. La créature avait levé la main et enserré l'avant-bras de Gratko avant même que celui-ci réussisse à atteindre sa poitrine. Le soldat stupéfait essaya de se dégager mais sans succès : son bras aurait aussi bien pu être coincé dans un étau. Soudain, l'être parla d'une voix caverneuse :

« *Yngvi a promis de ne pas tuer pour l'instant. Il a promis aussi de retenir ses pensées méchantes. Laissez-le tranquille et…*

— Tu vas voir, saloperie, si on te laisse tranquille ! » hurla Gratko maintenant furieux ; dans le même temps, il faisait un moulinet de son bras libre et frappait de toutes ses forces du tranchant de la main à la base du cou de son adversaire. L'homme était costaud et parfaitement entraîné : le coup aurait dû être mortel, pourtant la créature vacilla à peine. De son côté, Gratko poussa un hurlement de douleur : sa main lui faisait l'effet d'avoir percuté une surface de carton mouillé, avec une plaque d'acier au-dessous. Un nouveau cri lui échappa ; le monstre venait d'accentuer sa pression sur son avant-bras, dont les os émirent un craquement audible.

Avant que Tomski ait pu le retenir, Barachvili poussa un cri de rage et se précipita au secours de son ami ; cette fois, il avait complètement dégainé son poignard qu'il brandissait pointe en avant. Yngvi ne fit aucun geste pour l'esquiver. La lame se planta profondément dans sa cuisse.

15 h 03 UTC

Guennadi Baranko ouvrit à toute volée la porte de la cabine de son supérieur. Iazov ne sursauta même pas ; il en fallait plus pour l'émouvoir.

« Général, nous avons un gros problème ! Les Vympel ! Je ne sais pas ce qui s'est passé, mais ils s'en sont pris à *lui*. Il y a déjà du dégât !

— Quoi ? Où ça ? Où sont-ils ?

— Dans la coursive, près de sa cabine ! »

Bordel de merde ! pensa Iazov. *Mes ordres étaient pourtant formels !*

Le vieil homme hésita une fraction de seconde. Il était tentant de laisser faire. Mais il se ravisa : dans la partie qui se jouait, chaque homme compterait. Il ne pouvait se permettre de laisser décimer ses troupes avant même que les choses sérieuses n'aient commencé.

« Allons-y, dit-il en se levant péniblement. Et prends ce que tu sais. Il est peut-être encore temps d'en sauver un ou deux. »

15 h 04 UTC

Alors qu'ils s'approchaient des hurlements, Baranko ressentit à nouveau la sensation d'engourdissement qu'il avait expérimentée dans le souterrain de Mezhgorye. L'impression que les lumières avaient subitement baissé – le couloir était pourtant brillamment éclairé, mais on aurait dit qu'une nuée impalpable obscurcissait la vision ; et aussi une pesanteur désagréable dans ses oreilles, comme s'il se trouvait sous l'eau en train de sombrer vers quelque gouffre obscur. Ils passèrent le coin, et Baranko mit une seconde à réaliser la scène qui se présentait à ses yeux.

La coursive ressemblait à un abattoir. Les murs dégoulinaient de sang, et de longues giclures écarlates striaient le plafond. Une jambe humaine, sectionnée net au-dessous du genou, traînait par terre juste devant eux. Une main privée de plusieurs de ses doigts gisait un peu plus loin dans une mare de sang, à côté d'un corps humain agité de convulsions – *a priori* le propriétaire des morceaux en question. Un autre type avec une profonde blessure au visage se tenait à genoux dans une attitude de supplication : « *Pomilouï ! Pomilouï, nié oubivaïtié miénia*[1] *!* », répétait-il d'une voix terrifiée. La créature monstrueuse qui se dressait immobile en face de lui, le visage et le torse tartinés de sang frais, le dominait de toute sa taille avec une expression de férocité bestiale sur le visage. Un troisième homme se terrait au fond du couloir et contemplait la scène d'un

1. « Pitié ! Ayez pitié, ne me tuez pas ! »

air épouvanté ; Baranko reconnut Tomski, le chef de l'unité Vympel numéro deux.

« Ça suffit ! gueula Iazov à côté de lui. Écarte-toi tout de suite ! »

Avec une fraction de seconde d'anticipation, Baranko comprit que quelque chose d'épouvantable allait se passer. Yngvi arracha le couteau toujours planté dans sa cuisse – la blessure ne saignait pas – et le tendit presque délicatement à l'homme agenouillé devant lui. Au même instant, les lumières parurent encore s'obscurcir et Baranko sentit distinctement quelque chose *pousser* à l'intérieur de sa tête ; un soudain vertige le prit. Juste à côté de lui – mais Baranko avait l'impression qu'il se trouvait à trois kilomètres – Iazov cria : « Arrête-le, Guennadi ! Le boîtier ! *Le boîtier, nom de Dieu !!* »

Mais c'était trop tard.

L'homme à genoux venait de saisir le poignard d'une main tremblante. « *Niet ! Niet ! Pomiloui ! »* articulaient ses lèvres exsangues, mais aucun son n'était audible ; ses yeux étaient horrifiés et il ne cessait de hocher la tête dans une attitude d'incrédulité. Alors que Baranko, au bord de l'évanouissement, cherchait désespérément le boîtier au fond de sa poche, la pression dans sa tête s'accrut encore. L'homme brandit le poignard et, d'un seul geste, l'enfonça jusqu'à la garde dans l'un de ses yeux ; sa bouche s'ouvrit dans un cri muet, son corps se tendit comme un arc, puis il bascula sur le côté et ne bougea plus. À la même seconde, Baranko trouvait enfin le bouton et appuyait dessus comme un forcené. L'effet fut prodigieux : Yngvi qui venait de se tourner vers eux avec un sourire effroyable porta soudain les deux mains à ses tempes et poussa un hurlement suraigu – Baranko crut que ses tympans allaient éclater – avant de s'effondrer à côté de sa victime comme un pantin désarticulé. La lumière sembla revenir comme par enchantement, et Baranko sentit refluer la douleur dans son crâne. Il jeta un coup d'œil halluciné à Iazov : celui-ci saignait du nez. « Merci, Guennadi, dit le vieil homme d'une voix éteinte.

— Désolé, général. J'aurais dû appuyer plus tôt.

— Pas grave, Guennadi », lui répondit Iazov en lui désignant le cadavre au couteau planté dans la tête. Sa joue droite était profondément lacérée, et il lui manquait la moitié de l'oreille « Il s'était fait mordre, reprit-il. Il n'aurait pas survécu douze heures. »

Iazov marcha d'un pas lourd vers l'extrémité du couloir, sans jeter un regard au monstre recroquevillé à terre. Il s'arrêta près du troisième Vympel qui semblait en état de choc et l'apostropha : « Vous êtes un connard, Tomski. Un fieffé connard. Vous avez de la chance d'être encore vivant, mais je vous tuerais de mes propres mains si je n'avais pas encore besoin de vous.

— Qu'est-ce que c'est, général ? bredouilla l'autre. Qu'est-ce que c'est que cette chose ?

— Votre mort à tous si vous outrepassez encore mes ordres. Dites bien à vos hommes ce qui s'est passé. Et foutez-lui la paix, à l'avenir. »

Chapitre 7

26 février 2018 – 13 h 32 UTC

L'ancre heurta la surface de l'eau dans un fort bruit d'éclaboussement auquel succéda le claquement métallique de la grosse chaîne contre l'écubier. Le navire recula de quelques mètres, et un frémissement de la coque signala que l'ancre avait croché. Le *Global Defender* venait de mouiller en face de la baie de l'Artefact, après avoir parcouru mille deux cents milles depuis son départ de Grytviken.

Le temps était aussi beau qu'on pouvait l'espérer en cette saison et à cette latitude. La température s'affichait à peine au-dessous du point de congélation, mais le vent glacé qui soufflait du continent procurait une sensation de froid beaucoup plus prononcée. Le soleil presque au zénith de son trajet quotidien – soit à guère plus de vingt degrés au-dessus de l'horizon – perçait avec difficulté le ciel brumeux et donnait à toutes choses un éclat blafard sans prodiguer la moindre chaleur. Le paysage n'en était pas moins somptueux : un immense arc de falaises de glace qui suivaient la courbe nord-sud du cap Norvegia, puis se réfléchissaient vers l'ouest en direction de la mer de Weddell distante de près de six cents milles. De là où ils avaient mouillé, on ne distinguait pas la partie la plus encaissée de la baie, où se trouvait leur objectif. La mer était libre sur plusieurs kilomètres en direction du large, et les eaux noires qui léchaient les flancs du navire formaient un contraste saisissant avec la blancheur éclatante de la barrière littorale.

« Comment se fait-il que la mer soit dégagée à cet endroit ? s'étonna Joshua Tewaru. On ne dirait pas qu'il fasse plus chaud ici qu'ailleurs…

— C'est vrai, dit Caleb McKay sans lâcher les jumelles avec lesquelles il inspectait le littoral. J'avais même l'impression que le pack était de plus en plus épais ces dernières heures. »

Les deux amis s'étaient rendus sur le pont avant pour assister à la manœuvre et venaient d'être rejoints par Sarah Miller et son oncle Viktor Bernstein.

« Ce n'est pas une question de température, expliqua la jeune femme. C'est à cause du vent catabatique : l'air lourd et glacé en provenance du plateau antarctique, à plus de trois mille mètres d'altitude, qui dévale la pente et qui chasse les glaçons vers le large. Nous sommes dans ce qu'on appelle une *polynia*, un phénomène très courant sur le pourtour de l'Antarctique mais que l'on peut aussi observer au Groenland.

— Et ce foutu vent ne cesse jamais ? grommela Viktor Bernstein, manifestement transi malgré la luxueuse parka vert pomme dans laquelle il était engoncé. Dire qu'il y a quelques jours, je bronzais à Dubaï en galante compagnie…

— Très mauvais pour la peau comme pour tes artères, mon oncle, tu ferais mieux d'arrêter. Pour le vent, tu ne devrais pas te plaindre : aujourd'hui il ne dépasse pas les vingt nœuds, c'est pratiquement son régime minimal.

— Aucun signe de vie ni d'une quelconque construction, fit Caleb en reposant les jumelles. Par contre, j'ai un peu de mal à saisir la topographie de cette baie… »

Le jeune homme se retourna et désigna l'interminable barrière blanche qui fermait tout l'horizon nord à quelques milles de distance, à l'exception de l'étroit goulet longeant le cap Norvegia par lequel ils étaient arrivés : « D'après les cartes, elle semble très ouverte sur le large, reprit-il, or on dirait au contraire que nous sommes cernés de glace pratiquement de tous les côtés.

— Ce sont les cartes qui ont raison, Caleb, intervint Sarah. Ce que nous voyons n'est pas la terre mais l'arrière de l'iceberg A-87 qui s'est détaché de l'*ice shelf* il y a dix jours. Le vent et les courants l'entraînent lentement vers le large. *Très* lentement, en réalité : vu qu'il jauge dans les sept cents milliards de tonnes, il va encore falloir du temps avant qu'on le perde de vue…

— Et ces falaises de glace marquent l'endroit d'où il s'est détaché ? questionna Joshua.

— Exact. Falaises, soit dit en passant, qui me posent un sérieux problème…

— Lequel, Sarah ? fit Viktor Bernstein. Elles sont certes d'une hauteur impressionnante, mais…

— C'est bien ça le problème, mon oncle. Sur tout le littoral antarctique les *ice shelves* dépassent rarement les vingt ou trente mètres de hauteur – il s'agit bien sûr de la partie émergée, vu que c'est de la glace flottante il y en a neuf fois plus sous la surface. C'est d'ailleurs la hauteur que nous avons enregistrée ce matin quand nous avons doublé l'extrémité du cap Norvegia, guère plus d'une quinzaine de mètres. Mais ensuite, leur hauteur n'a cessé d'augmenter à mesure que nous remontions le cap. Ici, elles font près de deux cents mètres… Et ça, c'est du jamais vu !

— Une explication à cela ? demanda Caleb.

— Aucune qui me vienne à l'esprit. Et ce n'est pas le seul truc bizarre ici. Regardez vers le large, sur la droite de la baie. Vous voyez ces icebergs ? »

Les trois autres acquiescèrent. Plusieurs énormes icebergs tabulaires, chacun grand comme un porte-avions, semblaient former une escorte de nains au colossal A-87 vers l'extrémité orientale de la baie.

« Les clichés satellitaires confirment qu'ils n'étaient pas là il y a trois jours. En fait, ils se sont tous détachés du A-87 au cours des quarante-huit dernières heures. Et ce n'est pas tout : les dernières images que j'ai reçues du LDCM montrent que le A-87 est en train de se morceler à vitesse grand V ; à ce train-là, dans quinze jours, il n'en restera que des glaçons juste bons à mettre dans le whisky…

— On ne met pas de glaçons dans le whisky, Sarah, fit son oncle en secouant la tête d'un air dégoûté. Mais dis-nous quand même quel est ton souci avec ces icebergs…

— Le souci, c'est que ce processus demande normalement des années, vu que les *ice shelves* sont faits d'une glace très ancienne, donc très compacte et résistante. Je vous rappelle qu'ici les précipitations sont à peu près nulles, si bien qu'il faut des dizaines de millénaires pour aboutir à une accumulation de glace de cette épaisseur. À titre d'exemple, l'iceberg B-15 qui s'est détaché au printemps 2000 de la barrière de Ross, un géant plus grand que la Corse, a mis près de dix ans à se fragmenter en totalité ; les derniers morceaux ont été signalés en 2009 au large de l'Australie et de la Nouvelle-Zélande.

— Et tu n'as pas non plus d'explication pour ça, je suppose ?

— Non, mon oncle, répondit Sarah d'un ton acide. Mais j'espère en avoir une sous peu. Attendu que, pour l'instant, tout débarquement nous est interdit par les sommités de la K2, je vais aller rendre une petite visite à un ou deux de ces icebergs, histoire de faire quelques carottages ; après ça, je devrais pouvoir vous en dire un peu plus…

— C'est vrai, renchérit Caleb. Pourquoi ce contre-ordre au moment de débarquer ? Et pourquoi donc avoir mouillé à près d'un nautique du fond de la baie ? Je vous croyais tellement pressés d'arriver au but… »

Bernstein leva les deux mains de façon débonnaire : « Simple repérage aérien par mesure de précaution, Caleb ; un homme prudent comme vous comprendra certainement. Dans la mesure où nous ignorons ce qui se trouve là-bas, Kendall préfère ne pas courir de risques… »

Comme en écho à ses paroles, un vrombissement aigu se fit en entendre vers l'arrière du navire. Quelques secondes plus tard, un petit hélicoptère sans pilote les survola puis, après avoir opéré un point fixe au-dessus de la proue, fila vers le fond de la baie en rasant les flots.

« Une heure, reprit Bernstein. Deux tout au plus. Dès que le drone sera de retour, nous débarquerons. »

13 h 45 UTC

La vaste cabine plongée dans une douce pénombre tenait de la suite de luxe, de la chambre d'hôpital et du musée. Un musée des plus personnels : si l'homme qui se reposait sur le sofa passait moins de quinze jours par an sur le *Global Defender*, il voulait y avoir ses aises. Sur les murs revêtus d'un enduit antiseptique, des toiles de maître d'une valeur inestimable alternaient avec de très vieilles affiches de cinéma. De petites alcôves accueillaient une série de statuettes antiques et de poteries amérindiennes pour laquelle les amateurs d'art du monde entier se seraient fait couper bras et jambes. Un piédestal au milieu de la cabine mettait en valeur la pièce maîtresse de la collection, un objet laid et massif qui semblait pour le moins incongru parmi ces merveilles de l'art ancien. Devant la porte masquée d'une lourde tenture écarlate, l'un des deux asimov montait une garde immobile mais vigilante. Dans un renfoncement, une cloison escamotable dissimulait toute une panoplie d'appareils médicaux pour l'heure recouverts de housses ; mais en moins de trois minutes, l'IA qui monitorait en continu les paramètres vitaux du vieillard pouvait transformer la pièce en une salle de réanimation pourvue des équipements les plus sophistiqués. Grâce à une insonorisation poussée, on ne percevait aucun bruit, hormis le discret chuintement de la ventilation qui distribuait un air filtré, thermostaté et débarrassé de toute bactérie dans la pièce maintenue à une pression légèrement positive.

Kendall Kjölsrud leva la tête et jeta un coup d'œil à la poche à perfusion suspendue au-dessus du sofa.

Environ la moitié de la solution restait à passer, mais il se sentait déjà mieux. *Encore un nouveau miracle au quotidien*, se dit-il avec ironie. Il ne se faisait toutefois aucune illusion : le traitement atteignait ses limites, en témoignaient les doses nécessaires toujours plus élevées et la fréquence accrue à laquelle elles devaient être administrées.

Quatre ou cinq ans, tout au plus.

Si les douzaines de chercheurs qui travaillaient d'arrache-pied sur les projets alternatifs ne trouvaient pas une solution de rechange d'ici là, il lui faudrait tirer sa révérence. Une perspective qui ne l'effrayait pas outre mesure : il rusait depuis si longtemps avec la Faucheuse que celle-ci était devenue une vieille complice. « *Argos* », murmurèrent ses lèvres émaciées ; dans l'instant, une centaine d'écrans holo se matérialisèrent tout autour de lui, comme suspendus aux parois d'une sphère virtuelle dont il aurait occupé le centre. De la timonerie au plus profond de la salle des machines, aucun recoin du navire n'échappait à la surveillance des innombrables senseurs A/V disséminés dans les plafonds et les parois. Dans la pièce sombre, l'effet produit était saisissant – comme si par magie le vieillard devenait soudain le géant panoptique de la mythologie. Kjölsrud focalisa son attention sur l'un des écrans montrant le pont avant ; sans qu'il ait besoin de le demander, le système de visée qui analysait ses mouvements oculaires commanda aussitôt l'expansion de la fenêtre et l'amoindrissement des autres écrans. La caméra zooma sur les deux personnages adossés au guindeau principal, dans une conversation qu'ils pensaient discrète.

« Comment as-tu fait ? murmurait Caleb McKay à son voisin.

— Facile, répondit One-Shot qui tentait avec difficulté de parler à voix basse – son larynx n'était pas vraiment fait pour ça. Leur ai proposé coup de main pour équiper drone. Charge mal équilibrée, avaient l'air embêté comme poule a trouvé un gant. Ont accepté aide avec gra… gravitude ?

— Gratitude, sourit son ami. Et alors ?

— Alors drone mieux équipé que sonde martienne. Spectromètre Mössbauer. Spectromètre d'absorption atomique. Analyseur Geiger-Müller. Compteur à neutrons. En oublie sûrement deux ou trois…

— Drôle de matos si c'est juste pour trouver un rocher où amarrer le canot… Tu as une idée du pourquoi de cet attirail ? »

Kjölsrud coupa la transmission audio sans écouter la réponse. Poppy avait raison, il fallait vraiment tenir ces types à l'œil. Vandell Richardson avait proposé de les mettre aux fers tous les quatre dès que l'incursion dans la soute à matériel avait été constatée, mais le vieillard avait refusé sèchement : « Encore une fois, Vandell, nous n'en tirerons rien par la contrainte. La curiosité est un bien meilleur moteur pour ces gens-là. Contentez-vous de les surveiller tant que j'ai besoin d'eux. Ce que vous en ferez ensuite, je m'en moque. »

Il referma le canal puis surfa sans but précis sur quelques autres écrans, tel un démiurge inspectant au hasard les provinces de son royaume. Le Sikorsky prenant son envol avec Sarah à bord – *Pas très prudent ni surtout très utile ; d'un autre côté, difficile de lui refuser sans lui en dire plus que nécessaire* ;

une vue de la caméra du drone en train de survoler les flots – *Parfait, on commence à voir le fond de la baie* ; Vandell et deux matelots supervisant la mise à l'eau de la barge de débarquement ; Poppy débutant son entraînement matinal sur l'hélipont arrière ; un plan de la timonerie, où l'officier de transmissions penché sur la console radar tentait de régler le dysfonctionnement repéré le matin…

Il s'attarda un peu plus longtemps sur une vue du labo, où Sanjiv se trouvait en compagnie de son assistant Hiro Takeda. Comme d'habitude, l'adolescent mit moins de deux secondes à se rendre compte qu'il était observé et lui adressa un large sourire accompagné d'un clin d'œil ; Kjölsrud ignorait comment il réalisait ce tour de force qui semblait relever de la télépathie, mais il soupçonnait le jeune homme d'être capable d'isoler, parmi les centaines de bruits du brouhaha environnant, le ronronnement infime de la minicaméra zoomant sur son visage. Pour sa part, Takeda n'avait rien remarqué et paraissait perdu dans la contemplation d'un écran situé hors champ. Sanjiv désigna l'appareil étincelant sur lequel il était en train de travailler – Kjölsrud savait qu'il s'agissait d'un microgravimètre – et fit non de la tête. *Excellent.* Le vieillard coupa la transmission et revint à l'écran du drone ; il passa sur commande neurale pour prendre le contrôle du petit appareil qui entamait son approche finale ; à présent, on voyait très bien ce qu'il y avait sur la plage.

Presque aussi épatant que de tenir soi-même le manche, se dit-il avec délectation tout en activant l'ensemble des détecteurs. *Allons-y pour un premier passage.*

13 h 58 UTC

« Faites votre choix, miss. On se pose sur lequel ? » demanda Ross O'Donnell en ajustant machinalement la poussée de la turbine.

À cinquante-deux ans, l'ancien pilote de la Garde nationale de l'Alaska totalisait près de huit mille heures de vol sur toutes sortes d'hélicoptères. Embauché deux ans auparavant par la fondation qui gérait le *Global Defender*, sa parfaite connaissance des conditions de vol en milieu subpolaire en avait fait une recrue de choix pour les campagnes d'exploration du navire ; bien que d'un naturel taciturne, sa gentillesse et son professionnalisme étaient particulièrement appréciés de tous les membres de l'équipage.

Sarah Miller jeta un coup d'œil par la verrière du cockpit. À cinq cents pieds d'altitude, la vue était magnifique et englobait la totalité de la baie de l'Artefact. « Le premier, ce sera très bien, Ross. Une petite demi-heure, le temps de faire quelques prélèvements. Après ça, on fera un survol rapide de l'extrémité est du A-87, je voudrais voir l'aspect de la glace de surface. Et ensuite, retour au bercail, je n'ai pas envie de louper le débarquement...

— Alors on va faire vite, vous aurez même le temps de prendre le thé », sourit O'Donnell en inclinant son appareil et en commençant à réduire l'altitude.

L'iceberg choisi mesurait quelque cinq cents mètres de longueur pour un peu moins de la moitié en largeur et se dressait à près de quatre-vingts mètres au-dessus des flots. O'Donnell fit une première orbite de repérage : la surface glacée semblait parfaitement plane, sans aucune élévation de terrain susceptible de compliquer l'atterrissage. Il décida de se poser vers le milieu de l'iceberg, endroit le plus sûr au cas où les bords auraient été friables. Après un deuxième tour d'observation à cent pieds, il sélectionna le site d'atterrissage puis entama sa finale, nez au vent. À trois mètres du sol, alors qu'il se trouvait pratiquement en stationnaire, il cabra légèrement l'appareil tout en redonnant un peu de gaz ; l'instant d'après, ils touchaient la glace au milieu d'un épais nuage de particules brillantes, avec une vitesse horizontale et verticale à peu près nulle. Sarah se retint d'applaudir, bien qu'elle sût qu'avec les conditions de vent la manœuvre était tout sauf évidente. Sans attendre, O'Donnell ramena le collectif à zéro puis coupa la turbine : « À vous de bosser, miss, fit-il en retirant son casque et en rabattant sa casquette sur ses yeux. Vous me réveillerez quand on… »

Au même instant, l'hélicoptère bascula d'un seul coup sur tribord, et le fond de caisse heurta durement la surface gelée. O'Donnell termina sa phrase par un juron épouvantable.

13 h 59 UTC

Le genou droit de Poppy Borghese partit comme une fusée et atteignit son adversaire avec précision, juste au-dessous des dernières côtes à gauche. Sans son épais blouson en cuir, l'homme aurait eu la rate pulvérisée ; il tituba pourtant sous l'impact et recula de deux pas, le souffle coupé, avant de chuter lourdement. Avant même qu'il ait touché le sol, elle s'accroupit et son pied gauche entama un fauché fulgurant en direction des chevilles du second type – un colosse norvégien du nom de Westerlund – qui se précipitait sur elle avec une barre de fer. Le géant esquiva de justesse et balança un coup meurtrier de son arme à la tête de Poppy. Ou plutôt à l'endroit où était sa tête un quart de seconde auparavant : la jeune femme avait déjà plongé pour passer sous le moulinet et se trouvait l'instant d'après au contact avec son adversaire, deux doigts raidis en fourchette dardés à cinq millimètres de ses pupilles. Westerlund eut un hoquet de surprise et laissa tomber son arme en levant les deux mains dans un geste de reddition. Derrière eux, un troisième type était accroupi à terre et massait sa nuque avec une mimique douloureuse.

Caleb consulta son chronomètre : trente-sept secondes. Fin du combat. Trois bonshommes au tapis.

C'était la seconde fois qu'il assistait à l'entraînement de Poppy Borghese, mais il n'était pas encore lassé du spectacle – pas plus d'ailleurs que la douzaine de membres de l'équipage rassemblés autour de l'hélipont arrière. La jeune femme pratiquait une forme de close-combat très instinctif, ultra-rapide et ultra-agressif. Sa manière de lutter était brutale et dépourvue de tout académisme, aux antipodes des katas figés des arts martiaux orientaux, et ressemblait beaucoup plus à un mélange de krav-maga israélien et de systema russe. La dernière fois que Caleb avait vu des gens se battre de cette façon, c'était lors d'un entraînement conjoint avec le Mossad peu avant l'opération de Natanz ; il en avait touché un mot à Joshua, lui demandant si, à son avis, elle pouvait être d'origine israélienne.

« Négatif, avait répondu le spécialiste en linguistique. Accent discret mais 100 % italo-américain. Avec quelque chose d'un peu guttural, je dirais Calabre ou Sicile. Elle fait tout ce qu'elle peut pour le réprimer, mais ça ressort de temps en temps… »

Elle était exceptionnellement douée, mais pas infaillible pour autant, comme le montrait la vilaine estafilade sous son œil droit due à un coup vicieux qu'elle n'avait pas réussi à esquiver complètement. Seul un lutteur aguerri pouvait s'en rendre compte, mais, à force de la regarder combattre, Caleb avait remarqué qu'elle était un tout petit peu moins efficace pour parer les attaques venant de sa droite. *Problème de latéralité… ou séquelles de traumatisme crânien*, se dit-il en se souvenant de ses longs mois de convalescence au Royal Infirmary. Par ailleurs, certaines de ses frappes étaient imperceptiblement ralenties voire hésitantes, laissant une fraction de seconde à l'adversaire pour se mettre en garde ou riposter. Il fallut un certain temps avant que Caleb comprenne pourquoi : elle retenait tous ses coups. Sans exception.

La jeune femme était maintenant en train de plaisanter avec ses adversaires nullement déconfits, poussant la prévenance jusqu'à aider le premier à se relever. *Un autre enseignement intéressant*, réalisa Caleb. Si ses interactions sociales se limitaient le plus souvent à l'émission de remarques désobligeantes et de blagues douteuses – tout du moins lorsque son état de vigilance le lui permettait – elle se montrait en revanche d'une correction exemplaire vis-à-vis de ses hommes ; ceux-ci, de leur côté, semblaient lui vouer une adulation sans bornes, un comportement surprenant s'agissant de la plus belle collection de tueurs en série qu'il eût jamais vue rassemblée en un seul commando. Elle se sentit observée et se tourna vers lui avec un sourire comme d'habitude sarcastique : « Envie de vous entraîner, Caleb ? Profitez-en, je suis un peu fatiguée… »

14 h 00 UTC

« On a eu beaucoup de chance, fit observer O'Donnell en montrant les pales du rotor principal qui, moteur coupé, ralentissaient doucement ; sur la droite de l'appareil, elles passaient au plus bas de leur courbe à quelques centimètres seulement au-dessus de la surface de l'iceberg. Si le patin s'était un tout petit peu plus enfoncé, le rotor percutait. Au mieux on pétait l'axe, au pire on cassait une pale, au risque de se la prendre dans la verrière…

— Des dégâts ? demanda Sarah Miller pas encore revenue de ses émotions.

— Pas l'impression. Les instruments sont OK, pas de fuite aux hydrauliques, on devrait s'en tirer avec une belle bosse sur le carénage. Par contre, pas question de repartir dans cette position. Je vais descendre voir si je peux gratter un peu sous le patin bâbord, histoire de nous remettre d'aplomb.

— Et si vous n'y arrivez pas ?

— Le bateau n'est qu'à deux milles, en un rien de temps le *Little Bird* peut être ici pour nous aider. Pas de quoi s'inquiéter, donc. Le plus simple, c'est que vous fassiez vos prélèvements, au moins on n'aura pas cabossé mon bébé pour rien. Je vous appelle si j'ai besoin d'un coup de main. »

Sarah opina et, après avoir saisi quelques instruments, déboucla son harnais et sauta sur la surface glacée.

Où elle s'enfonça jusqu'au genou. *Bon Dieu !*

« Ça va, miss ? demanda O'Donnell alarmé par son juron.

— Ça va. C'est simplement que la consistance de ce truc ne correspond pas vraiment à ce que j'attendais. »

La jeune scientifique se pencha pour examiner la surface. Sous une mince croûte glacée de quelques millimètres d'épaisseur, le substrat était mou et friable comme de la neige poudreuse.

Très très bizarre... En tout cas, je comprends que ça n'ait pas supporté le poids de l'hélico.

Elle décida de s'éloigner un peu vers l'avant de l'appareil, histoire de trouver une zone non polluée par les gaz d'échappement de la turbine. Au dixième pas, elle était déjà en nage, tant la progression dans ce qui ressemblait de plus en plus à une épaisse couche de neige fraîche se révélait épuisante. Elle s'arrêta pour reprendre son souffle et regarder autour d'elle. La surface de l'iceberg était plate comme la main ; le rebord situé à une cinquantaine de mètres empêchait de voir la baie en contrebas et, bien qu'elle eût toute confiance en son pilote, la perte du contact visuel avec le *Global Defender* lui procurait une vague inquiétude. Le vent soufflait maintenant avec un peu plus de force et soulevait de petits tourbillons de givre qui venaient lui fouetter douloureusement le visage. *Pas question d'aller plus loin, il faudrait des raquettes. Ici, ce sera très bien.* Elle se pencha et avec sa tarière à main – une longue tige d'acier en forme de vis sans fin – entreprit de creuser le prétrou d'environ un mètre de profondeur qui accueillerait ensuite le trépan électrique. Elle allait installer ce dernier quand elle s'aperçut qu'elle avait oublié le collier de serrage permettant de réunir les quatre poteaux du chevalement. « Ross, dit-elle sans se retourner. Est-ce que vous voyez le collier ? J'ai dû le laisser sur le siège. »

Pas de réponse.

« Ross ? répéta-t-elle un soupçon plus fort, tout en se relevant. Vous m'entendez ? »

Toujours pas d'autre bruit que le sifflement monotone du vent. Sarah se retourna, un peu surprise. À quelques mètres d'elle, l'hélico penchait sur le côté comme une bête blessée. O'Donnell aurait dû être en train de s'affairer sous le patin gauche. Aucune trace de lui. Maintenant saisie d'inquiétude, elle abandonna son matériel et fit péniblement marche arrière en se servant des profondes empreintes qu'elle avait laissées dans le manteau neigeux. « Ross !! Vous êtes où ? appela-t-elle en atteignant le nez de l'appareil ; elle se rendit compte qu'elle avait presque crié.

— Le trou ! Sarah, faites gaffe à ce putain de trou ! »

La jeune femme s'immobilisa en écarquillant les yeux. Où était-il ? La voix assourdie semblait venir de plusieurs kilomètres, et surtout d'en bas. Elle fit encore un pas précautionneux, et découvrit enfin la crevasse. L'étroite fissure bleutée s'ouvrait à environ un mètre du patin gauche, juste à l'aplomb de la porte du cockpit. L'infortuné pilote avait dû dégringoler direct en sautant de son siège ; impossible de déterminer à quelle profondeur il se trouvait, seuls les deux ou trois premiers mètres du conduit étaient visibles.

« Ross, vous m'entendez ? Vous êtes blessé ?

— J'ai dû chuter d'au moins vingt mètres. Je me suis salement cogné la tête et je crois que j'ai une jambe cassée. À part ça, je m'amuse comme un fou. »

Bien que Ross essayât de plaisanter, sa voix était

déformée par la douleur. Sarah avait suffisamment d'expérience de terrain pour savoir que la situation était grave. Indépendante des conditions météo extérieures, la température au cœur d'un iceberg reste constante aux alentours de – 15 à – 20 °C : outre ses blessures qui étaient peut-être plus sévères qu'il ne le pensait, l'hypothermie pouvait emporter en moins d'une heure le pilote immobilisé au fond de sa crevasse. *Ne pas céder à la panique.*

« Ross, cria-t-elle, dites-moi s'il y a dans l'hélico de quoi vous remonter. On a une corde ? Ou du matériel de treuillage ?

— Surtout n'essayez rien ! Vous risquez de dégringoler vous aussi, et là nous serions vraiment mal ! Remontez dans l'oiseau et appelez le *Defender*. Ils seront là dans dix minutes. »

Elle comprit qu'il avait raison. La crevasse était d'autant plus traîtresse qu'il n'y avait aucun moyen de voir jusqu'où elle se prolongeait sous la mince croûte glacée ; il aurait été suicidaire de s'en approcher davantage. Après avoir dit à Ross de tenir bon, elle refit avec une extrême précaution les deux pas qui la séparaient de l'appareil et posa avec soulagement son pied sur le patin ; l'instant d'après elle s'asseyait en sécurité sur le siège du pilote.

Elle s'apprêtait à enclencher la radio quand cela commença.

14 h 01 UTC

Caleb n'avait pas hésité plus d'une seconde à relever le défi. Poppy Borghese était une lutteuse redoutable, mais lui-même était loin d'être novice en la matière. Et puis il mourait d'envie de rabattre son caquet à cette pimbêche qui naviguait depuis une semaine entre railleries et indifférence méprisante.

Comme il s'y attendait, elle attaqua de façon brutale et sans préavis, à peine eut-il posé le pied sur l'hélipont qui tenait lieu de ring improvisé. Deux pas d'élan, puis un fulgurant coup de pied aérien destiné à le mettre K.O. debout. Il esquiva sans difficulté et lui infligea au passage un méchant coup de coude dans les côtes qui lui arracha un geignement de douleur et l'envoya bouler à trois mètres ; elle se releva comme un ressort et repartit à l'assaut en tentant un atémi au larynx doublé d'un vicieux coup de genou à l'aine. Caleb para de justesse les deux attaques et plongea de côté en lui expédiant un coup de pied circulaire au genou droit, dosé pour faire mal sans estropier ; elle perçut le danger avec une fraction de seconde de retard – assez pour mettre son genou hors d'atteinte mais pas pour éviter un impact douloureux à la cuisse. *Bien vu, Caleb. Attaque-la toujours sur sa droite.* Poppy tituba comme si le coup l'avait déséquilibrée. Par réflexe, Caleb se précipita en avant pour garder l'avantage ; au même instant, il comprenait son erreur : déjà la jeune femme virevoltait comme un chat et profitant de sa garde abaissée lui décochait un terrible coup de talon au sternum.

Caleb qui n'avait même pas vu venir le coup eut l'impression d'être percuté par un marteau-pilon.

Le visage crispé de douleur, il fit deux pas en arrière en tentant désespérément de reprendre son souffle. Ne lui laissant aucun répit, elle lui asséna une série de coups de poing incroyablement rapides qu'il réussit à parer par pur automatisme avant de lui porter au jugé un coup de coude au visage ; par chance, il la toucha à la tempe, lui arrachant un cri de souffrance et la faisant chuter lourdement – maintenant, elle ne jouait plus la comédie. Elle mit un peu plus longtemps à se relever que la fois précédente, et cette fois ne repartit pas immédiatement à l'attaque. Au contraire les deux adversaires restèrent quelques secondes immobiles, se jaugeant mutuellement. Plus de sourire méprisant désormais sur le visage de Poppy, mais une expression prudente et concentrée. *Tu la vois telle qu'elle est, maintenant. Attentive. Dure. Compétente.* Soudain, les pupilles de la jeune femme s'étrécirent, le signal qu'il attendait. *Prends-la de vitesse, tout de suite !* Il s'apprêta à bondir.

La sirène du *Global Defender* se mit à hurler.

Caleb relâcha ses muscles et, du coin de l'œil, vit Poppy faire de même – par prudence, il ne l'avait pas complètement quittée du regard. Au-dessus de leurs têtes, la porte de la timonerie s'ouvrit à la volée, et Viktor Bernstein apparut à la rambarde, une expression alarmée sur son visage d'ordinaire jovial. Il gueula quelque chose que personne ne comprit à cause du beuglement de la sirène.

« Qu'est-ce qui se passe, Josh ? » fit Caleb à l'adresse de son ami – celui-ci avait cessé de regarder le combat quelques secondes auparavant et scrutait maintenant un point précis du large avec sa paire de jumelles.

Joshua ne répondit pas tout de suite. « Le Sikorsky, finit-il par dire, c'est bien sur le premier iceberg qu'il s'est posé ?

— Je crois, oui, répondit Caleb.

— Alors ils ont un gros problème… »

Caleb regarda à son tour dans la direction indiquée. Les jumelles étaient superflues.

À deux milles au large, l'énorme iceberg était en train de se retourner.

14 h 01 UTC

D'abord, elle crut que le basculement de l'hélicoptère s'accentuait, et l'idée paralysante lui traversa l'esprit que la machine était peut-être sur le point de dégringoler dans la crevasse qui avait déjà englouti Ross O'Donnell. Alarmée, elle se pencha à l'extérieur, prête à bondir hors du cockpit. Mais non. Le patin droit ne s'était pas enfoncé davantage dans la croûte glacée. C'est en relevant les yeux qu'elle comprit ce qui se passait : le rebord de l'iceberg, jusque là parallèle à la ligne d'horizon, faisait désormais un angle d'au moins quinze degrés avec celle-ci. Angle qui augmentait à vue d'œil. En même temps, le sifflement régulier du vent était maintenant couvert par un grondement effrayant que la jeune chercheuse connaissait fort bien : celui de masses colossales de glace frottant les unes contre les autres. Son cœur manqua un battement : c'est tout l'iceberg qui était en train de se retourner.

Tout bonnement impossible.

Elle savait que les grands icebergs tabulaires comme celui-ci étaient très stables ; il fallait des mois voire des années pour que la fonte extrêmement lente de leur partie immergée déplace leur centre de gravité au point de les faire basculer. Or le spécimen sur lequel elle se trouvait s'était détaché du A-87 *moins de quarante-*

huit heures auparavant. Refusant le témoignage de ses sens, elle regarda de nouveau par la verrière : l'angle avec l'horizon s'était très nettement accentué. Soudain elle étouffa un cri : l'hélicoptère venait de bouger. De façon imperceptible, mais ce n'était qu'un début.

Malgré la terreur qui l'envahissait maintenant, la partie scientifique de son cerveau continuait à analyser froidement la situation. Et lui livra un verdict sans appel : si le basculement de l'iceberg se poursuivait à ce rythme, il lui restait moins de cinq minutes à vivre.

14 h 02 UTC

« Où est Agoyas ? » jeta Caleb à Vandell Richardson qui venait d'arriver hors d'haleine sur le pont arrière.

Felipe Agoyas était le second pilote d'hélicoptère du *Global Defender*, un petit Mexicain gouailleur avec lequel Caleb avait immédiatement sympathisé.

« Au repos à l'infirmerie, répondit Richardson. Il s'est blessé à la main ce matin. Mais il devrait être en état de piloter, je le fais venir tout de suite…

— Plus le temps ! cria Caleb qui se précipitait déjà. Josh, tu viens avec moi ! »

Le jeune homme remonta au pas de charge la coursive qui longeait la timonerie et déboucha sur le pont avant. Le MH-6 *Little Bird* était à sa place sur sa plate-forme d'appontage. Pour en avoir discuté avec les pilotes, Caleb savait que les deux hélicos du bord étaient en permanence parés au décollage. Ordre de Kendall Kjölsrud. En un tournemain, il défit les sangles qui retenaient les patins de l'appareil, puis s'assit dans le cockpit et se harnacha rapidement. Les commandes lui étaient plus que familières : avec plusieurs centaines d'heures au manche du AH-6, la version d'attaque du petit hélico biplace qui équipait les forces spéciales du monde entier, il aurait pu piloter l'engin les yeux fermés. *Pour la check-list, on repassera.* Il mit le contact et lança le moteur ; en un rien de temps, les 650 CV de la turbine Allison T63 entraînèrent les pales avec le hurlement caractéristique du rotor montant en régime ; Caleb déverrouilla les sécurités qui empêchaient l'envol tant que le moteur n'était pas chaud et s'apprêta à initier la séquence de décollage. *Où est Josh, Bon Dieu ?*

À la place de Joshua, ce fut une Poppy Borghese passablement essoufflée qui se carra sur le siège du copilote : « Votre petite démo était ennuyeuse, Caleb, j'ai failli m'endormir. Il paraît que vous êtes un peu plus intéressant aux commandes d'un hélico. On peut voir ?

— Où est Josh ?

— Glissé sur une peau de banane ; je vous promets qu'il ne s'est pas fait mal. On y va, ou on compte les mouettes ? »

Il la considéra sans rien dire pendant quelques secondes, puis hocha la tête et revint à ses instruments. La turbine était maintenant à plein régime. « Harnais », lança-t-il à sa passagère. Pour toute réponse la jeune femme se contenta d'un ricanement méprisant.

« Comme vous voudrez », murmura Caleb en haussant les épaules. Dans le même temps, il ouvrait les gaz en grand et poussait à fond le manche du pas cyclique. L'hélico libéré de la gravité bondit comme propulsé par un ressort tout en prenant soixante degrés d'inclinaison sur l'avant. D'une pression experte sur le palonnier, Caleb donna un peu de roulis à l'appareil, qui évita de cinquante centimètres le radôme de proue, avant de le faire plonger au ras des flots où il fila comme une flèche en direction de son objectif.

Poppy Borghese se releva et se rassit sur son siège où, pour le coup, elle prit la précaution de se sangler. Comme prévu, elle avait basculé tête la première au moment du décollage ; son front saignait légèrement, et un magnifique hématome était en train d'apparaître à l'endroit où elle avait percuté la console centrale. « Bien joué, Caleb, fit-elle en essuyant machinalement le sang d'un revers de main. Je vous revaudrai ça, vous pouvez y compter. »

Savourant sa petite victoire, Caleb fit comme s'il n'avait pas entendu. À la dérobée, il jeta un coup d'œil à sa passagère. Les yeux mi-clos, elle paraissait se délecter du vent glacé qui faisait voler en tous sens ses cheveux aile de corbeau. Le vieux T-shirt gris encore trempé de sueur avec lequel elle s'était entraînée ne dissimulait pas grand-chose de ce qui se trouvait dessous. *Pas si mal, en fin de compte.* Ses avant-bras étaient déjà couverts de chair de poule, mais elle avait l'air de s'en soucier comme d'une guigne ; il se fit la réflexion qu'en huit jours, c'était la première fois qu'il la voyait se départir de l'attitude butée et hostile qui semblait sa marque de fabrique.

« On se concentre sur les instruments de vol, soldat, lança-t-elle négligemment. Vous ne pourriez pas voler un peu plus haut ?

— Négatif. Avec l'effet de surface, on gagne 20 % de portance, c'est autant de bonus pour la propulsion. Dites-moi plutôt ce qu'on a comme matos là derrière. »

Poppy se contorsionna pour inspecter l'étroit espace qui tenait lieu de soute.

« Un paquet de clopes vide, un sac-poubelle et un vieux torchon plein de cambouis. C'est quoi, votre plan ?

— Vu l'équipement, on va faire simple. S'ils n'ont pas déjà redécollé, c'est que le Sikorsky est en rideau. On n'a rien pour réparer, et pas le temps de toute façon. On les situe, on fait un *touch-and-go* ou un stationnaire si le sol est trop pourri, on les charge et on rentre. Faites attention maintenant, on ne devrait pas tarder à les voir… »

À sa vitesse maximale de cent cinquante nœuds, le *Little Bird* avait déjà traversé les trois quarts de la baie. La vue de l'iceberg en train de se retourner devenait de plus en plus effrayante : la masse blanche gigantesque était maintenant inclinée à plus de quarante-cinq degrés, et son extrémité pointait comme la proue d'un supertanker sur le point de sombrer. Caleb grimpa à deux cents pieds et entama une large courbe en direction de ce qui était quelques minutes auparavant la face supérieure du géant. Le spectacle était d'autant plus impressionnant que d'énormes pans de glace se détachaient sans arrêt des parois abruptes pour plonger dans la mer en soulevant de formidables gerbes d'eau. *Bon Dieu*, se dit Caleb, *ce truc est en train de partir en morceaux !*

« Là ! hurla soudain Poppy. À six heures, juste au-dessus ! »

Caleb leva les yeux et repéra tout de suite la minuscule tache orange en plein milieu de la face déclive. La parka de Sarah Miller. Le Sikorsky avait disparu mais une profonde trace de ripage qui se prolongeait verticalement sur la glace jusqu'à la surface agitée des flots ne laissait aucun doute sur ce qu'il en était advenu. À mesure qu'ils se rapprochaient, la situation de la jeune scientifique leur apparut dans toute sa gravité : en équilibre instable, elle semblait se cramponner de toutes ses forces à une sorte de tige métallique plantée dans la paroi gelée – Poppy reconnut l'une des tarières qu'elle l'avait aidée à charger dans l'hélico moins d'une heure auparavant. Il n'y avait aucune trace de Ross O'Donnell. Caleb stabilisa l'appareil à quelques mètres de Sarah.

Pour s'apercevoir qu'il ne pouvait rien faire de plus ! La paroi était maintenant bien trop inclinée pour que l'engin avec son rotor de huit mètres de diamètre pût s'en approcher davantage. Poppy comprit aussitôt la situation et poussa une bordée de jurons ; elle se retourna et se remit à fouiller derrière son siège. En vain. « Merde ! s'exclama-t-elle. Même pas un foutu bout de corde ! » À l'extérieur, Sarah semblait avoir elle aussi réalisé ce qui se passait et leur jetait un regard désespéré.

« Attendez, Caleb ! cria soudain Poppy. On va essayer autre chose !

— Vous voulez que je fasse quoi, bon Dieu ! Que je coupe le moteur ?

— Larguez-moi sur l'arête ! hurla-t-elle en montrant le sommet de l'iceberg. Je descends la chercher, vous restez en stand-by et vous nous récupérez quand je la remonte ! »

Il la regarda comme si elle avait perdu la raison : « Vous êtes dingue, ou quoi ? On n'a pas d'équipement, vous êtes à moitié à poil et ce truc est sur le point de se désintégrer !

— Vous préférez rester ici à la regarder crever ? Faites-moi confiance, je suis sûre d'avoir le temps de la ramener ! »

Caleb hocha la tête et donna du gaz pour faire monter l'hélico, pendant que Poppy faisait signe à Sarah de tenir bon. Quelques secondes plus tard, ils étaient en stationnaire juste au-dessus de l'arête supérieure de l'iceberg. Alors que Poppy décrochait son harnais, Caleb retira son blouson fourré et le lui tendit avec sa paire de gants : « Tenez. Ça n'est pas votre taille mais ça pourra vous aider. » Elle faillit éclater de rire mais accepta néanmoins ; après tout, il avait raison : même pour elle, ça ne serait pas une partie de plaisir. Au moment de quitter l'appareil, elle se ravisa et sur une impulsion subite ramassa le sac-poubelle derrière son siège. Elle le fourra prestement dans une de ses poches. Puis elle sauta hors de l'hélico.

14 h 04 UTC

À peine l'appareil s'était-il un peu éloigné que Poppy eut l'impression d'avoir débarqué sur un autre monde. Elle se trouvait seule sur une mince arête neigeuse de moins d'un mètre de large, où son saut l'avait enfoncée jusqu'au genou. À sa droite, un gouffre vertigineux surplombant de trois cents mètres une mer sombre agitée de bouillonnements inquiétants. De l'autre côté, la face qui était encore immergée quelques minutes auparavant était moins abrupte mais beaucoup plus accidentée : une glace pourrie, parcourue d'innombrables fissures et de profondes crevasses dégorgeant des cataractes d'eau de mer. Des grondements et des craquements terrifiants montaient sans interruption du cœur de l'iceberg, comme les plaintes d'un géant prisonnier. Un vent glacé balayait l'arête, et Poppy se félicita d'avoir accepté le blouson. *Effectivement trop grand, mais ça fera l'affaire.* Elle en retroussa rapidement les manches puis se pencha avec précaution pour essayer de repérer Sarah ; une petite vire glacée empêchait de la distinguer, mais Poppy estima qu'elle devait se trouver juste à l'aplomb de sa position. Le temps pressait, il fallait commencer tout de suite la descente. Sans aucun équipement à sa disposition, sa seule option était de se forer des marches à coups de pied en espérant que la paroi ne soit pas trop dure.

À sa grande surprise, ce fut presque trop facile. La croûte gelée était peu épaisse, et son premier coup de pied creusa une profonde cavité dans un matériau qui avait la consistance de la neige poudreuse. Les pas suivants furent tout aussi aisés. En un rien de temps elle était déjà descendue d'une bonne dizaine de mètres. Elle s'enhardit, alternant de plus en plus rapidement les mouvements de ses bras et de ses jambes comme pour dévaler les barreaux d'une échelle.

Et faillit mourir quand une plaque glacée faisant trois fois sa taille se détacha juste sous ses pieds. À plat ventre contre la paroi lisse comme la main, elle ripa de deux mètres et se rattrapa du bout des doigts, le cœur battant à tout rompre, au bord de l'anfractuosité qui venait de se former. *Pas le temps de te reposer. Continue, mais plus prudemment.* Elle poursuivit sa descente, toujours à un rythme soutenu mais en veillant à bien répartir son poids entre ses différents points d'appui.

14 h 04 UTC

Moins de trente personnes sur terre pouvaient se vanter d'avoir adressé la parole à Kendall Kjölsrud au moins une fois au cours des deux décennies écoulées. Parmi ceux-ci, Viktor Bernstein était le seul à le tutoyer et, occasionnellement, à élever le ton en sa présence. Ce qui était le cas actuellement.

« Parce que, bien sûr, Sarah compte pour du beurre ! martelait-il en pointant un index accusateur sur le président de la K2. Et ne parlons même pas de ce pauvre Ross ! Comme d'habitude, ton mépris des autres dépasse tout ce que…

— Il ne s'agit pas de moi, Viktor, le coupa sèchement l'intéressé. Tu connais la situation. Tu sais aussi bien que moi que s'il arrive quoi que ce soit à McKay, nous pouvons aussi bien repartir tout de suite !

— Et pour toi, ça justifiait de les laisser crever sans rien tenter ! » hurla Bernstein hors de lui.

Par prudence, Kjölsrud composa mentalement la séquence de désactivation de l'asimov qui se tenait près de la porte. Vu le tour que prenait la conversation, le robot risquait à tout moment d'intervenir en le croyant menacé ; et la dernière chose dont le vieil homme avait actuellement besoin, c'était de Viktor Bernstein éparpillé en plusieurs morceaux sur son somptueux tapis persan.

« McKay est trop précieux, répondit-il. Vandell ou n'importe lequel de ses hommes auraient tout aussi bien pu aller les récupérer.

— Tu sais que c'est faux ! Question pilotage, personne à bord ne lui arrive à la cheville. Et tu me permettras d'avoir quelques doutes sur son caractère indispensable quand nous serons dedans. Ce n'est tout de même pas le seul locuteur capable de…

— Ce n'est pas qu'une affaire de langue, Viktor, dit Kjölsrud soudain très las. Je t'ai déjà expliqué. Lui seul a – *peut-être* – les connaissances nécessaires.

— Je ne peux pas y croire ! Nous avons le meilleur service de renseignements non gouvernemental au monde, et des moyens quasi illimités. Ces infos doivent bien figurer quelque part ! Je suis persuadé qu'en quelques jours, quelques semaines tout au plus…

— Nous n'avons *pas* ce temps-là, Viktor. Valentin est en route.

— Quoi ?

— J'ai reçu le sat crypté il y a deux heures. Info de nos contacts au FSB, 100 % recoupée par SIGINT City[1]. Il a quitté Moscou en toute hâte vendredi dernier. Deux jours plus tard, il était au Cap, dans une résidence discrète du GRU. Ajoute à ça l'arrivée de deux unités Vympel sur la base russe de Dombe Grande en Angola, il y a une semaine. En transfert vers une destination inconnue. Rien de neuf depuis mais ça ne peut être une coïncidence, cela fait des années que ce salopard n'a pas mis le pied hors de Russie.

— Il a peut être décidé de prendre le large, on le dit mourant…

— On *me* dit aussi mourant, Viktor, rétorqua Kjölsrud. Je serais toi, je ne m'y fierais pas trop. Par ailleurs… »

---

1. SIGINT (pour *Signal Intelligence*) : renseignement électronique ; SIGINT City : sobriquet utilisé dans le monde du renseignement pour désigner le siège de la NSA à Fort Meade, Maryland.

Le vieillard se tut subitement. Trois des écrans holo venaient de s'illuminer, montrant des vues extérieures de l'iceberg prises sous des angles différents : l'une à partir du *Global Defender*, l'autre à courte distance à partir d'un capteur embarqué sur le *Little Bird*, la troisième d'un point plus élevé – probablement un des drones qui surveillaient actuellement la baie. En même temps se faisait entendre la voix, curieusement tendue, du capitaine Tomlinson de quart sur la passerelle : « Désolé de vous interrompre, messieurs. Mais je pense qu'il faut que vous voyiez ça. »

Les deux hommes se penchèrent sur les images. Sans en croire leurs yeux.

14 h 05 UTC

Poppy Borghese déblaya rapidement une petite cavité dans la paroi pour pouvoir s'asseoir à côté de Sarah. Le point positif était qu'il lui avait fallu bien moins de temps que prévu pour rejoindre la jeune femme. Par contre, un seul coup d'œil sur cette dernière lui confirma ce qu'elle redoutait dès le départ : il ne serait pas question de refaire le chemin en sens inverse avec elle. La scientifique semblait en état de choc et s'agrippait à sa tarière comme si sa vie en dépendait – ce qui était précisément le cas. *Elle doit être complètement ankylosée*, pensa Poppy. *Au premier mouvement pour se déplier, elle va dévisser.* Elle jeta un bref regard aux alentours. De l'endroit où les deux femmes se trouvaient perchées, le panorama était hallucinant ; la vue sur la côte antarctique portait à des dizaines de kilomètres, et le *Global Defender* ressemblait à un jouet au milieu de la baie.

Pas le temps d'admirer, Poppy. Plan B. Dépêche. Elle sortit le sac-poubelle de sa poche et le déplia posément : « OK, Sarah, dit-elle tout de suite après. On va se sortir d'ici. Tu vas mettre tes jambes là-dedans. »

Sarah Miller la regarda avec des yeux ébahis, en faisant non de la tête.

« Sarah, fais ce que je te dis, insista Poppy. On n'a pas beaucoup de temps !

— Poppy, non !... Je ne peux pas ! Ross, il faut le...

— Ross est mort, Sarah. Maintenant, tu fous tes jambes dans ce putain de sac ou je t'assomme ! Tu sais que j'en suis capable, n'est-ce pas ? »

Sarah eut un mouvement de recul, effrayée par la violence du ton et par la lueur dangereuse qui s'était mise à danser dans les yeux de Poppy. À cet instant, un bloc de glace aussi gros qu'un immeuble se détacha de la paroi à moins de cinquante mètres sur leur droite et plongea d'un seul tenant dans un fracas effroyable, en soulevant une vague gigantesque au moment où il toucha les flots. La jeune chercheuse sembla enfin comprendre l'urgence de la situation. Un éclair de panique dans le regard, elle se tortilla pour enfiler ses deux jambes dans le grand sac en plastique ; elle ne tenait plus maintenant en équilibre que par ses deux mains crispées sur la tige métallique. Poppy remonta le sac jusque sous ses bras puis entreprit de grimper d'un mètre pour se jucher juste au-dessus d'elle ; elle s'adossa prudemment à la paroi traversée de frémissements inquiétants, retenue seulement par ses talons plantés dans la croûte glacée de part et d'autre de Sarah, et agrippa fermement cette dernière par les épaules. Un dernier coup d'œil sur la pente abrupte et sur les flots qui moutonnaient cent cinquante mètres au-dessous.

Un bon soixante degrés, et ça s'accélère. Encore jouable, mais tout juste.

Elle releva les yeux. L'hélico était revenu et faisait un stationnaire à distance respectable ; Caleb les observait à travers la verrière, mais l'expression de son visage n'était pas visible. *Espérons qu'il a assez de couilles*, se dit-elle encore en lui faisant un bref geste de la main. Dans le même mouvement, elle saisit fermement la tarière qui était leur seul point d'ancrage ; comprenant son intention, Sarah poussa un jappement de terreur auquel elle ne prêta aucune attention : « C'est parti, Sarah, dit-elle en arrachant la tige d'un coup sec. Tu n'es pas forcée de regarder. »

Au moment même où elles entamaient leur glissade, Poppy entendit une voix. Venue d'on ne sait où et à peine audible tant le vacarme de l'iceberg à l'agonie était devenu assourdissant, mais cependant tout à fait reconnaissable ; dans l'instant, elle sut que cette voix la hanterait pour le restant de ses jours.

« Pour l'amour de Dieu, est-ce que quelqu'un pourrait me tirer de là ? »

14 h 06 UTC

Complètement dingue. Impuissant à empêcher ce qui lui semblait du suicide, Caleb avait observé la manœuvre depuis son poste de pilotage ; dans le même temps, il comprenait que Poppy n'avait pas eu d'autre choix. Maintenant, c'était à lui de jouer : tout allait dépendre de la rapidité avec laquelle il serait capable de les récupérer. En spécialiste des missions en milieu hostile, il savait que le délai de survie sans équipement dans une eau proche du point de congélation ne dépassait pas quelques minutes – à supposer bien sûr que l'impact initial ne les tue pas sur le coup, mais c'était un facteur qu'il ne maîtrisait pas et donc sans importance.

Il bascula à fond le pas cyclique pour entamer un piqué vertigineux. Alors que le mur gelé défilait à quelques mètres de l'engin, il réalisa que la dislocation de l'iceberg s'accélérait de façon alarmante. D'immenses crevasses étaient en train de s'ouvrir un peu partout sur la paroi désormais presque verticale ; d'innombrables blocs de glace de toutes tailles, dont certains devaient peser des centaines de tonnes, tombaient en chute libre jusque dans la mer qui semblait comme en ébullition. Caleb stabilisa l'hélico au ras des flots et se rapprocha prudemment de l'endroit où il avait aperçu Poppy et Sarah pour la dernière fois. Il regarda en tous sens autour de lui.

Ce qu'il redoutait venait de se produire : les deux femmes avaient disparu.

14 h 06 UTC

Fermement campée sur ses talons, Poppy parvint à contrôler la glissade – et même, dans une certaine mesure, à la ralentir – jusqu'à une quinzaine de mètres des flots en furie. *Tu as bien fait d'accepter ce foutu blouson*, pensa-t-elle en un éclair. *Sinon tu tartinais la peau de ton dos sur cette patinoire à l'envers.* Par malchance, ce fut à cet instant que son pied droit heurta violemment une grosse saillie glacée qui dépassait de la surface. Il y eut un craquement sinistre et un éblouissement de douleur, tandis que sa cheville se tordait selon un angle anatomiquement improbable et qu'elle basculait sur le côté en essayant toujours de retenir Sarah. La pente était désormais tellement forte qu'elle ne rebondit qu'une fois avant de toucher l'eau ; dans un dernier réflexe, elle se contorsionna pour se placer au-dessous de Sarah afin d'amortir autant que possible le choc pour cette dernière.

L'impact fut terrible et lui vida les poumons.

Impression d'un étau glacé se refermant sur elle alors que toutes les lumières s'éteignaient. Elle tenta par instinct de reprendre son souffle, et l'eau incroyablement froide lui pénétra dans les narines et dans la gorge, la faisant tousser et s'étouffer davantage. Elle ferma la bouche, et par un fantastique effort de volonté réussit à bloquer les mouvements incontrôlés de son diaphragme. *Retiens ta respiration. Ne tourne pas de l'œil.* Elle se rendit compte qu'elle était en train de couler. Sans lâcher Sarah, elle se tortilla pour ôter l'épais blouson qui l'entraînait vers le fond. En même temps, elle battait convulsivement des pieds pour tenter de remonter vers la surface ; elle ne sentait déjà plus ses extrémités, et son esprit engourdi se demanda vaguement dans quel état se trouvait sa cheville. Elle eut l'impression de se débattre pendant une éternité dans cette obscurité glacée, pendant que ses forces s'épuisaient et que sa conscience se délitait. Une idée saugrenue lui traversa l'esprit avec la lenteur d'une limace. *Si seulement Jeeves était là.*

Alors qu'elle était sur le point de renoncer, sa tête

creva la surface et elle put enfin remplir ses poumons. Elle s'aperçut qu'elle tenait toujours Sarah et se hâta de sortir également sa tête de l'eau ; d'une pâleur inquiétante, la jeune femme ne donnait plus signe de vie, et une mousse abondante s'écoulait de ses lèvres bleuies. Dans l'état de conscience crépusculaire qui était le sien, Poppy réalisa que des tas de trucs étaient en train de tomber dans l'eau tout autour d'elles. Et aussi qu'elle arrivait de moins en moins à bouger. *Ne tourne pas de l'œil. Continue à remuer. Caleb va peut-être venir.*

14 h 07 UTC

Il aurait tout aussi bien pu les rater. L'épais brouillard de particules blanches qui entourait maintenant la base de l'iceberg rendait le pilotage hasardeux, et la visibilité se dégradait de seconde en seconde. Une grêle ininterrompue de fragments de glace cascadait sur la verrière de l'hélico ; à deux reprises il avait déjà réussi à éviter *in extremis* des morceaux plus volumineux qui auraient directement envoyé l'appareil par le fond. Les deux têtes étaient cachées derrière un gros glaçon, et ce n'est qu'en passant devant qu'il les repéra du coin de l'œil. Elles se trouvaient pratiquement au contact du mur vertical – ou bien était-il maintenant en surplomb ? – qui plongeait dans l'océan. Poppy semblait complètement épuisée et mobilisait ses dernières forces pour nager sur place en maintenant sa tête et celle de Sarah hors de l'eau ; cette dernière avait les yeux clos et la pâleur d'une morte. Caleb joua rapidement du manche et du palonnier pour se rapprocher, en même temps que le soulagement l'envahissait.

Soulagement de très courte durée. La seconde d'après, il réalisait que la situation qui avait empêché la récupération de Sarah quelques minutes plus tôt se reproduisait maintenant à l'identique : les deux femmes étaient beaucoup trop proches de la base de l'iceberg pour lui permettre de les repêcher sans percuter avec le rotor. Caleb faillit crier de frustration : elles allaient se noyer à quelques mètres de lui sans qu'il pût rien tenter.

La radio se mit à grésiller dans ses écouteurs. C'était la voix de Vandell Richardson, avec une intonation d'urgence qu'il ne lui connaissait pas encore : « *Little Bird*, ici *Defender*. Ce putain de glaçon est en train de se fendre en deux sur toute sa hauteur ! Dégagez ! Je répète, *Little Bird* : dégagez tout de suite ! »

Caleb coupa la transmission d'un geste désespéré. À l'extérieur, Poppy paraissait avoir compris la situation et avait réussi à s'écarter un peu de la paroi, en hâlant Sarah toujours inanimée. Quelque chose d'énorme était en train de se passer sous l'eau, et des bulles gigantesques commençaient à crever la surface en formant autant de dômes liquides ; un remous s'empara des deux naufragées et leur apporta une aide inespérée, les rapprochant encore de quelques mètres de l'hélico. Elles étaient désormais presque à portée de main.

Mais toujours sans que Caleb puisse faire quoi que ce soit ! Poppy n'avait plus la force de nager et lui jeta un regard indéchiffrable : il sut qu'elle allait couler. Il aurait fallu qu'il pose l'hélico le temps de les repêcher, mais le petit MH-6 n'était pas équipé de flotteurs. Ou bien qu'il fasse un stationnaire et sorte du cockpit pour les aider à grimper à bord. Chose tout aussi impossible : lâcher ne serait-ce qu'une seconde les commandes d'un hélico alors qu'on se trouve à trois mètres du relief constitue une manière aussi efficace de se suicider que de sauter du trentième étage. Alors qu'il se débattait avec ce dilemme, un bloc de la taille d'un réfrigérateur dégringola droit sur lui ; Caleb l'entrevit du coin de l'œil, juste avant qu'il n'éclate en mille morceaux en percutant avec fracas au niveau de l'axe du rotor : une chance inouïe, car à distance de l'axe l'impact aurait brisé une ou plusieurs des pales avec pour conséquence la destruction immédiate de l'appareil. Le choc n'en fut pas moins très violent, et Caleb dut batailler pour rétablir l'assiette de l'hélico dont les patins trempaient déjà dans l'eau ; alors qu'il parvenait péniblement à le remettre dans sa position initiale, une voix se fit à nouveau entendre dans ses écouteurs. Synthétique cette fois-ci.

‹ Avarie mineure biellette numéro deux du cyclique. Risque de rupture 1 sur 6. Je suggère une réparation immédiate dès retour à la base. ›

Caleb eut une illumination. *L'IA !* Le *Little Bird*, tout comme le Sikorsky qui devait maintenant reposer au fond de la baie, était équipé d'une IA qui se chargeait des tâches de fond mais qui pouvait suppléer en cas de besoin le pilote pour l'ensemble des fonctions de navigation. Pas plus tard que la veille, Caleb avait eu une conversation à ce sujet avec le malheureux Ross O'Donnell, lequel s'était montré à la fois enthousiaste et désabusé : « Nous sommes la dernière génération de pilotes, Caleb, disait-il. Il y a encore deux ans, je n'aurais pas parié un cent – et encore moins ma vie – sur ces foutus pilotes automatiques pour hélicos.

Mais ces nouvelles IA pourraient poser nos oiseaux sur une pointe d'épingle au milieu d'un ouragan ! » En un éclair, Caleb actionna la commande « AUTO-PILOT » que lui avait indiquée O'Donnell. Le système réagit aussitôt.

‹ À vos ordres, monsieur. Une situation des plus délicates, me semble-t-il ? ›

« Je ne te le fais pas dire. Tu peux maintenir un stat pendant… disons trente secondes ? »

‹ Je vais essayer, monsieur. ›

Comme beaucoup d'IA, celle-ci cultivait l'*understatement* mais aussi la modestie. Histoire de ne pas trop froisser les opérateurs humains, même si ses performances étaient très largement supérieures. Caleb lâcha les commandes avec précaution, s'attendant plus ou moins à devoir les reprendre dans l'instant.

Mais ce ne fut pas nécessaire. Huit cents fois par seconde, la centrale inertielle et la batterie de capteurs télémétriques répartis sur tout le fuselage mesuraient maintenant les plus infimes variations d'assiette, et l'autodirecteur les corrigeait aussitôt en un rétrocontrôle bien trop rapide pour être perçu par des sens humains : malgré le vent de vingt-cinq nœuds, les embruns giclant jusqu'en haut de la verrière, et le déluge de fragments de glace qui continuait à s'abattre sur lui, l'hélico était désormais stable comme un roc à cinquante centimètres au-dessus des flots en furie.

Pas le temps de t'émerveiller. Caleb arracha son harnais et se précipita hors du cockpit. Les deux femmes étaient toujours là, à moins d'un mètre du patin gauche ; Poppy avait les yeux clos et déjà la tête sous l'eau. Caleb prit pied sur le patin et, en équilibre instable, allongea le bras vers elle ; c'était limite, mais, au deuxième essai, il réussit à la crocheter à l'épaule et à la tirer vers lui. Elle reprit vaguement conscience et lui marmonna quelque chose d'indistinct. Il la sortit de l'eau sans difficulté – il se fit la réflexion qu'elle était légère comme un oiseau – et la propulsa sans ménagement sur le siège du copilote. L'instant d'après, il hissait Sarah, complètement inerte. Poppy semblait avoir déjà récupéré quelques forces et l'aida tant bien que mal à la monter dans le cockpit.

‹ Sans vouloir vous commander, monsieur, ça devient tangent. ›

Tout à son opération de sauvetage, Caleb avait négligé de regarder autour de lui. En moins d'une minute, la situation était devenue dantesque. Le brouillard de particules glacées s'était à tel point épaissi que l'on pouvait à peine respirer. La mer jonchée de glaçons de toutes tailles ne laissait plus distinguer le moindre espace d'eau libre. Plusieurs fragments de belle dimension se brisèrent sur les pales du rotor, heureusement sans les endommager. Alerté par le fracas, Caleb leva les yeux et demeura stupéfait. Rêvait-il, ou toute la paroi de l'iceberg était-elle en train de dégringoler sur eux ?

À ce moment précis, un bloc gros comme un autobus plongea avec un bruit effroyable à moins de vingt mètres sur leur gauche, soulevant une immense gerbe d'eau bien plus haute que l'hélico. *Plus le temps de remonter dans le cockpit.* Caleb s'agrippa de toutes ses forces au patin tout en hurlant : « ON DÉGAGE ! PLEIN GAZ À CENT PIEDS, PLUS 30 AU CYCLIQUE, 90 À DROITE ! » L'IA n'attendait que ça et exécuta la manœuvre à la milliseconde. L'hélico bondit et réussit d'extrême justesse à éviter la vague, qui ne fit que lécher les patins et le bas du fuselage – manquant néanmoins arracher Caleb à son support. L'instant d'après, le jeune homme complètement trempé regagnait avec précaution le cockpit ; Poppy Borghese était en train de pratiquer un massage cardiaque sur Sarah qu'elle avait étendue devant les sièges. Caleb reprit sa place aux commandes et grimpa en chandelle à trois cents pieds, mettant une distance respectable entre l'appareil et l'iceberg. Au moment où il faisait pivoter l'hélico pour rejoindre au plus vite le *Global Defender*, un fracas effroyable couvrit le hurlement de la turbine.

Juste au-dessous d'eux, l'iceberg venait de se disloquer d'un seul coup dans une explosion de blancheur, en soulevant une vague titanesque.

Caleb remit la radio en marche : « *Little Bird* pour *Defender*, on rentre. Prévenez le toubib, on lui ramène du boulot. Et mettez le nez à la lame, ça va secouer… »

14 h 09 UTC

Caleb réalisa un appontage parfait et coupa la turbine. Le *Global Defender* tanguait encore lourdement après avoir effacé sans dommage la vague de six mètres. Déjà, les deux infirmiers et le médecin personnel de Kjölsrud se précipitaient avec un brancard pour emmener Sarah ; la jeune femme était en vie mais n'avait pas repris conscience. Viktor Bernstein se tenait à leurs côtés, le visage déformé par l'angoisse. Une fois le brancardage terminé, Caleb aida Poppy à descendre de son siège ; malgré un début d'hypothermie, elle avait un peu récupéré, mais sa cheville droite semblait dans un état inquiétant et elle pouvait à peine marcher seule. Elle refusa cependant d'être aidée davantage et partit sans un mot vers sa cabine en clopinant. Caleb la suivit des yeux en hochant la tête.

C'est à cet instant qu'il croisa le regard de Kendall Kjölsrud. Le milliardaire n'avait pas jugé utile de les rejoindre sur l'hélipont et était resté seul sur la passerelle. Son visage d'ordinaire indéchiffrable exprimait pour une fois une émotion que Caleb ne connaissait que trop bien, pour l'avoir observée sur bien des champs de bataille. L'homme avait eu très peur.

Caleb ne savait pas pour qui. Mais il était presque sûr que ce n'était pas pour Sarah.

Chapitre 8

27 février 2018 – 04 h 57 UTC

À sa grande surprise, Guennadi Baranko découvrit qu'il était possible d'avoir une conversation avec le monstre. Ou tout au moins *un semblant* de conversation.

Comme chaque jour et quelle que soit la météo, le second du général Iazov se levait bien avant l'aube et consacrait un minimum d'une heure à une série d'exercices physiques de difficulté calculée ; il prenait ensuite une douche invariablement glacée avant de déjeuner d'un bol de thé et de quelques fruits secs. Il s'imposait ce régime des plus stricts non par ascèse et encore moins par souci de mortification, mais simplement pour maintenir à un niveau optimal ses capacités de combattant. Comme le *Vladimir Karvaiyski* ne disposait d'aucun équipement sportif, Baranko avait improvisé un parcours d'endurance qu'il suivait de façon scrupuleuse : départ sur l'hélipont, escalader à la volée les vingt marches menant à la passerelle, cinquante pompes à côté de la grosse cheminée, faire le tour de la timonerie en courant, cinquante abdos puis retour sur l'hélipont, pas de gymnastique jusqu'à la salle des machines, sprint à perdre haleine dans la longue coursive principale qui continuait jusqu'à la proue, vingt tractions sur l'étroit gaillard d'avant puis retour à la case départ par l'une des coursives latérales. Le tout cinq fois. Depuis qu'il était à bord, il avait déjà gagné six minutes sur son temps initial.

Ce fut lors de son troisième tour qu'il tomba pratiquement dessus. La bête était accoudée à la rambarde du pont avant et contemplait la mer couverte de glaçons. Comme toujours, elle se tenait dans le plus simple appareil, et sa silhouette blafarde était difficile à distinguer dans la pénombre ambiante. Depuis la veille au soir, le brise-glaces était mouillé à couple avec un gros iceberg à quelques encablures de la côte orientale du cap Norvegia ; sur ordre de Iazov, les superstructures avaient été recouvertes de bâches blanches pour empêcher tout repérage satellitaire, et l'auvent qui camouflait la proue du navire réduisait encore la faible luminosité du jour naissant. Comme son supérieur le lui avait enjoint, Baranko allait continuer son chemin sans faire attention à la créature lorsque celle-ci demanda abruptement : « Tu veux que je le tue ? »

La question posée d'une voix d'outre-tombe était si incongrue que l'officier ne put s'empêcher de marquer le pas. « Qui ça ? fit-il sans réfléchir.

— Celui qui te poursuit. Valentin a dit que tu es mon ami. Si tu veux, Yngvi tue celui qui te poursuit.

— Mais… il n'y a personne derrière moi. »

La créature resta silencieuse un long moment. L'information semblait excéder ses capacités de traitement. Puis, toujours de la même voix basse et rauque : « Alors, pourquoi tu cours ?

— Euh… pour me maintenir en forme », répondit le Russe.

Cette fois le silence fut interminable : Yngvi paraissait se débattre avec un concept hors de sa portée. *Intéressant*, pensa Baranko. *On dirait qu'il n'est pas capable d'imaginer autre chose qu'un scénario de prédation.*

Malgré toutes les questions qu'il lui avait posées, Iazov s'était montré particulièrement évasif sur les origines du monstre – une réserve d'autant plus inhabituelle que le vieil homme n'avait que peu de secrets pour son successeur désigné. Baranko faisait même partie des très rares personnes au courant de son état de santé : le chef du MRO n'avait pas voulu que se répétât à l'identique la situation survenue un demi-siècle auparavant, lorsqu'il avait été amené à succéder à Leonid Shatilov dans l'urgence et dans un état de relative impréparation. Les enjeux géostratégiques étaient devenus beaucoup plus complexes que du temps de la guerre froide, et Iazov tenait à ce que son dauphin prenne les rênes de l'agence en parfaite connaissance de l'ensemble des dossiers.

À partir des quelques bribes que le vieillard avait daigné lâcher, Baranko avait fini par comprendre que la bête était le produit d'un programme de recherche ultra-secret initié par les nazis, que l'Union soviétique avait repris à son compte après l'écrasement du Reich. L'objectif en était l'étude de techniques biochimiques ou chirurgicales – ou encore génétiques ? – destinées à améliorer les capacités tactiques des combattants. En gros, à fabriquer des super-soldats. Fasciné par les perspectives, Joseph Staline avait exigé la poursuite du programme tout en lui attribuant des ressources illimitées en argent comme en matériel humain. Après vingt-cinq ans de recherches, les innombrables vies sacrifiées et les milliards de roubles engloutis dans ce projet démentiel s'étaient soldés par un quasi-fiasco : à la mort de Himmelstein en 1965, moins d'une dizaine de créatures avaient été produites, et encore avec des aptitudes au combat des plus discutables. Yngvi était le seul survivant des premières étapes du projet. « Attendez, général, lui avait-il demandé. Vous voulez dire que cette créature a plus de soixante ans ? » Le vieillard avait hésité puis opiné sèchement. Baranko n'avait rien pu en tirer d'autre.

Mû par une impulsion soudaine, l'officier vint à son tour s'accouder à la rambarde. L'occasion était trop belle d'obtenir à la source les informations qui lui avaient été refusées ; Iazov lui avait formellement interdit d'adresser la parole à la créature, mais Baranko n'était pas devenu numéro deux de la plus secrète des agences gouvernementales russes en se contentant d'obéir aux ordres de ses supérieurs. Il jeta un coup d'œil à sa droite. Le monstre était parfaitement immobile ; penché comme il l'était sur le garde-corps, il ressemblait de façon frappante à une gargouille de cathédrale. En arrière de son oreille gauche sinuait une longue cicatrice. Baranko savait qu'il y avait la même de l'autre côté. C'est par là qu'avaient été implantés il y a fort longtemps les stimulateurs dont l'activation à distance déclenchait l'équivalent d'une crise d'épilepsie. L'officier tripota machinalement le boîtier dans sa poche ; aux dires de Iazov, cet équipement n'aurait été mis en place qu'après les événements qui avaient conduit à la destruction d'une partie du site de recherches du Mont Yamantaw – événements à propos desquels le vieillard était resté particulièrement discret.

Baranko hésita, ne sachant comment reprendre la conversation. Il se rendit compte qu'à l'air libre l'impression de brouillage mental était beaucoup moins prononcée que dans un espace confiné. Mais pas disparue pour autant : alors qu'il commençait à se détendre, une vision d'un réalisme effrayant envahit son esprit. *Éclats de shrapnel dans ton ventre. À genoux dans la neige trempée de sang : tu as laissé tomber ton flingue. De tes deux mains, tu essayes de retenir tes tripes qui glissent entre tes doigts...*

Baranko crispa sa main gauche sur le métal glacé du bastingage et l'image s'évanouit presque aussitôt, ne laissant derrière elle qu'une vague nausée ; son autre main n'avait pas quitté sa poche. Nouveau coup d'œil de côté. À trois mètres de lui, le monstre n'avait pas esquissé le moindre mouvement. Avait-il voulu lui faire une démonstration gratuite, ou bien n'exerçait-il aucun contrôle sur ses projections mentales ? Il s'éclaircit la gorge : « Qu'est-ce que tu regardais ?

— Yngvi regarde le vent. Et les cailloux blancs sur l'eau. Tout blanc. Yngvi est tellement content. Plus jamais dans le noir. Valentin a promis.

— Où étais-tu avant d'être dans le noir ?

— Pas de blanc dans la fosse. Pas de vent. Seulement mal. Tout seul. Juste les rats et l'homme au couteau. Mais il ne reviendra plus, Valentin a promis. Tu promets aussi ?

— Bien sûr, répondit l'officier en essayant d'avoir l'air convaincant. L'homme au couteau, qu'est-ce qu'il faisait ?

— Il punissait Yngvi pour rien. Il coupait des morceaux pour voir si ça repousse.

— L'homme au couteau, c'était ton père ?

— NOON ! » Pour la première fois, Yngvi avait élevé la voix – en fait, presque un rugissement –, et ses lèvres s'étaient retroussées en découvrant des crocs énormes et jaunâtres ; en même temps, Baranko ressentait à nouveau cette tension douloureuse dans son crâne, avec quelque chose d'infiniment répugnant, comme des doigts sales trifouillant sa cervelle. *Image soudaine d'un vieil homme se tordant comme un ver sur un sol bétonné, une expression d'horreur sans nom sur le visage ; il lui manquait les deux jambes et une longue traînée de sang s'écoulait à partir de ses moignons.*

Et puis d'un seul coup, tout disparut, l'image et la pression : le monstre s'était calmé aussi soudainement qu'il s'était emporté.

« Excuse-moi, reprit Baranko qui avait le sentiment croissant de jongler avec des grenades dégoupillées. Je ne voulais pas t'ennuyer. J'arrête de te parler si tu veux ?

— Non. Valentin a dit que tu es mon ami. L'homme au couteau était méchant. Yngvi l'a mangé (un caquètement dément), mais papa encore plus méchant.

— Qu'est-ce qu'il t'a fait, ton… papa ?

— Avant dans la grande maison avec les gentils docteurs. Tout blanc. Tout propre. Yngvi était gentil. Mais papa l'a vendu à l'homme au couteau.

— Pour quoi faire ?

— Pour qu'il le coupe. Encore et encore. Mais bientôt Yngvi le punit aussi. Il est tout près maintenant, Yngvi le sent. Il t'en donnera un bout si tu veux. »

Après cet échange, l'officier avait lentement regagné ses quartiers. L'entraînement attendrait : trop de questions se pressaient dans sa tête. D'où pouvait provenir cette créature ? Qu'est-ce que Iazov savait à son sujet et qu'il ne voulait pas lui révéler ? Et par-dessus tout, quel lien pouvait-elle bien avoir avec Kendall Kjölsrud, l'homme qui possédait la moitié des usines d'armement de la planète ?

Son esprit le ramena quelques heures en arrière. Après la boucherie dans la coursive, il avait dû se charger de traîner la créature inconsciente à ses appartements, Iazov n'ayant pas la force nécessaire ; il se remémora le dégoût qu'il avait éprouvé en saisissant la carcasse humide, étonnamment lourde malgré son apparence squelettique. Pour l'essentiel, la cabine était conforme à ce qu'il avait imaginé : la cage d'un fauve, en plus dégueulasse. L'odeur était épouvantable, un mélange de merde et de viande avariée qui vous collait à la peau et vous donnait envie de prendre une douche sitôt revenu à l'air libre. Tout le mobilier avait été évacué, et l'ameublement se limitait à un matelas immonde jeté dans un coin. Le sol était jonché d'excréments et de morceaux de viande en décomposition. Baranko avait largué la créature sur son grabat avec un soulagement évident – déjà Iazov le pressait de quitter la pièce.

« Pourquoi lui refuser tout vêtement ? avait demandé Baranko après qu'ils furent ressortis. Et pourquoi le traiter comme un animal ?

— Parce que *c'est* un animal. Et pour que nul – surtout pas lui – ne puisse se souvenir de ce qu'il a pu être avant. Considère ça comme une question de survie, Guennadi. »

Mais alors, que voulaient dire ces revues enfantines que Iazov avait discrètement fait acheter lors de leur escale au Cap – sur le moment, Baranko s'était demandé s'il ne devenait pas gâteux – et qui étaient maintenant soigneusement empilées dans le seul coin resté propre de la cabine ?

Et que signifiait la petite poupée de chiffon qui trônait à côté des revues, un pantin incroyablement élimé à force d'avoir été manipulé, néanmoins d'une propreté surprenante dans cette pièce jonchée de merde ?

08 h 15 UTC

Caleb fut le premier à sauter de la lourde barge de débarquement, avant même que le fond plat ne vienne racler les galets de la grève. Il s'enfonça jusqu'à la taille dans l'eau glacée sans éprouver la moindre sensation de froid et s'émerveilla une nouvelle fois des qualités isolantes de la combinaison intégrale. Bien que les analyses préliminaires effectuées par le drone soient demeurées entièrement négatives, Kjölsrud avait exigé que tous ceux qui débarqueraient – lui-même inclus – soient équipés de la sorte. Après le drame survenu la veille et qui restait dans tous les esprits, personne n'avait songé à contester l'ordre.

« Et puis, ne vous plaignez pas, avait grincé le milliardaire. Depuis sept ans que nous les faisons lanterner, pas mal de gens au Pentagone se damneraient pour avoir l'occasion d'essayer une de ces combinaisons. »

Comme Vandell Richardson le leur avait appris,

le programme AMPAS (*Advanced Multi-Purpose Armored Suit*) avait été l'un des projets phares de la K2 au cours de la décennie écoulée. Le contrat à la clé était tout simplement fabuleux : remplacer à l'horizon 2020 la totalité des tenues de combat des six cent cinquante mille hommes de l'US Army, pour l'essentiel inchangées depuis la première guerre du Golfe. Les versions actuelles en étaient au stade de la préproduction et dépassaient de la tête et des épaules leurs deux principaux concurrents, l'exosquelette XOS-2 de Raytheon Industries et l'IRON-M du consortium Grumman/Stark ; au vu des arbitrages préliminaires, il ne faisait désormais plus aucun doute que la K2 remporterait le marché – un marché de quarante-cinq milliards de dollars.

« Et pas de clause d'exclusivité, avait rigolé Viktor Bernstein tout en essayant désespérément d'introduire son corps replet dans la combinaison très ajustée. Seulement un moratoire de cinq ans sur les ventes à l'international. C'est d'ailleurs ce qui a été le plus dur à négocier… ce jour-là, j'ai bien cru que je ne ressortirais pas vivant du Congrès !

— Un peu cynique, non ? » avait dit Caleb.

Bernstein avait pris un air offusqué, mais Kjölsrud avait répondu à sa place : « Absolument pas. Lorsque les Chinois ou d'autres vilains en puissance seront en situation d'acquérir cette technologie, elle sera déjà dépassée, et nous serons en train d'équiper l'armée américaine avec la version 2.0… Deux ans d'avance sur nos amis, et dix sur nos ennemis, cela a toujours été ma ligne directrice. »

Caleb n'avait pu s'empêcher de sourire devant le caractère prétentieux de l'affirmation ; ce n'était pas la première fois que Kjölsrud faisait référence au gouvernement fédéral américain comme à un simple partenaire commercial et non comme à un donneur d'ordre. « C'est quoi, version 2.0 ? » avait demandé One-Shot.

Poppy Borghese sauta à son tour de la barge. Au premier coup d'œil, sa combinaison était identique à celles de ses compagnons : même revêtement d'un noir mat avec le logo de la K2 sur la poitrine et l'épaule droite, même casque intégré, même visière blindée rétractable. Il fallait s'y reprendre à deux fois pour remarquer quelques différences : une série de bosses discrètes au niveau des avant-bras et des cuisses témoignant d'appareillages supplémentaires, des blindages plus épais au niveau des articulations, un pack dorsal légèrement plus saillant. « Le modèle standard que vous portez est essentiellement défensif, avait expliqué Viktor Bernstein. Il vous protège du froid, du chaud, et résiste à tout ce qui est plus petit qu'une roquette antichars – bien sûr nous ne garantissons pas l'état de l'occupant après l'impact, on ne peut pas tricher complètement avec les lois de la physique. En plus du cahier des charges qui nous était imposé, nous avons rajouté quelques bonus : une étanchéité de zéro à trente bars, une couche antirayonnements ionisants, une autonomie respiratoire complète de six heures avec le recycleur dorsal plus la possibilité d'adjoindre des packs nitrox ou héliox pour les versions nageur de combat.

— C'est déjà remarquable, avait fait Caleb : la combinaison était légère, extrêmement souple et confortable ; rien ne laissait deviner l'avancée formidable qu'elle représentait sur le plan technologique. Et le modèle amélioré ?

— Pour l'instant, un exercice de style de nos concepteurs. Nombreux systèmes actifs en sus. Des capacités offensives intégrées. Un kit médical. Une interface neurale et un autopilote. En gros, un compromis entre un char d'assaut et un hôpital de campagne, le tout dans moins de douze kilos de nanoingénierie. Malheureusement, il faudra compter une bonne quinzaine d'années avant de la produire en série ; en l'état, le coût en serait exorbitant. D'ici là, Poppy a la gentillesse de bien vouloir la tester pour nous… »

En quelques enjambées, la jeune femme escalada le petit talus caillouteux formé par le ressac qui empêchait de distinguer le haut de la plage. Parvenue au sommet, elle s'immobilisa aux côtés de Caleb et émit un long sifflement de stupéfaction. Le spectacle était hallucinant. Et pourtant, quelque part, d'une étrange banalité.

08 h 19 UTC

Le gros hélicoptère MIL Mi-17 déposa doucement le second module de transport sur la surface gelée et largua les élingues avant de reprendre un peu d'altitude. Le pilote fit un signe amical par la verrière restée ouverte puis inclina son appareil pour regagner le brise-glaces toujours au mouillage ; la tempête de particules de givre qui fouettait les visages s'apaisa, et le vacarme des rotors fit peu à peu place au silence à mesure que l'engin s'éloignait.

Enfin dans l'action, se dit le lieutenant Pavel Tomski avec une satisfaction évidente. Tout valait mieux que le *Vladimir Karvaiyski*, avec ses coursives étroites et le croquemitaine qui y rôdait. L'officier activa le communicateur radio intégré à son casque : « Tomski au rapport, mon général. Sommes sur la terre ferme, bagages bien arrivés. On commence quand vous voulez. »

« Sur la terre ferme » était quelque peu excessif. Comme Tomski et ses hommes s'en étaient rendu compte dès leurs premiers pas sur la banquise du cap Norvegia, le terrain était particulièrement traître : une croûte de glace pourrie qui ne supportait pas leur poids, avec au-dessous un matériau ressemblant à de la poudreuse dans lequel on pouvait s'enfoncer jusqu'à la taille. Pas vraiment de quoi inciter au tourisme. Ses écouteurs grésillèrent quand la réponse du général Iazov se fit entendre : « Bien reçu, lieutenant. Mettez-vous en route sans tarder. Et bonne chasse.

— Merci, général. »

Tomski coupa la communication et embrassa le paysage du regard. L'hélico les avait déposés sur la berge orientale de l'isthme du cap Norvegia, à l'endroit où celui-ci était le plus étroit. En arrière d'eux s'étendait l'*ice shelf* de Quar, plat comme la main, qui se prolongeait sur une trentaine de milles avant de déboucher sur la mer libre. De l'autre côté, la route qui les attendait était nettement plus accidentée : une banquise irrégulière traversée de profondes crevasses et parsemée d'innombrables *hummocks*[1], qui s'élevait doucement jusqu'à l'aplomb de la dorsale de l'isthme ; une fois celle-ci dépassée, ce serait la même chose, mais dans

1. Saillie ou élévation localisée à la surface d'une banquise, pouvant mesurer plusieurs mètres de hauteur et résultant de phénomènes de compression longitudinale au sein de la couche de glace.

le sens de la descente. Au total, moins d'une quinzaine de milles à vol d'oiseau, mais vu les tours et détours que promettait ce terrain, la journée ne serait pas de trop. Heureusement, les deux modules de transport, véritables jeeps des glaces, étaient parfaitement adaptés à ce type de randonnée.

Tomski considéra avec satisfaction les membres de son commando, qui terminaient de charger les véhicules. Eux aussi étaient ce qui se faisait de mieux. Les huit hommes étaient revêtus des lourdes tenues blanches utilisées depuis des décennies par les forces soviétiques puis russes pour leurs opérations en milieu hivernal : des vêtements épais et disgracieux mais qui avaient amplement fait leurs preuves, tant pour le camouflage que pour l'isolation thermique. Outre le poignard de combat réglementaire, chaque Vympel était équipé d'un fusil d'assaut Nikonov AN-94 dans sa version équipée du lance-grenades GP-30 et d'une arme de poing de son choix. Trois lance-roquettes RPG-29 Vampir et trois fusils de précision Izhmash SV-98 complétaient l'équipement du groupe.

Soudain, les deux gros diesels de 350 CV firent entendre une brève pétarade avant de se mettre à tourner régulièrement. Le sergent Bagvan Darjiev – un colosse sibérien aux traits mongols – fit signe à son supérieur que tout était prêt. Tomski donna le signal du départ avec un grand sourire aux lèvres : une mission comme il les aimait – simple, précise, linéaire.

Aller du point A au point B. De préférence dans le temps imparti. Et tuer tout le monde à l'arrivée.

08 h 20 UTC

En elle-même, la plage n'avait rien de bien extraordinaire. Un croissant étroit d'un demi-mille de longueur sur moins d'une centaine de mètres de profondeur, un sol de galets grisâtres parsemé de quelques minables rochers noirs érodés. Aucune trace de vie, pas même l'ombre d'un lichen. Le ciel était couvert depuis l'aube, et le jour blafard qui filtrait à travers l'épaisse couche de nuages ne contribuait pas à égayer le paysage : l'endroit était triste, glacial, monochrome – un lieu franchement inhospitalier, mais ni plus ni moins que ce que l'on pouvait s'attendre à trouver sous de telles latitudes.

Il suffisait de lever les yeux pour que cette impression de banalité se dissipât aussitôt. D'abord, les falaises. Deux cents mètres de glace d'une verticalité absolue, inquiétante, enserrant la maigre plage comme les murs d'une prison ; par quelque illusion d'optique, la barrière colossale semblait pencher en avant – une vision des plus dérangeantes. Ce n'était d'ailleurs pas entièrement un mirage : par endroits, la partie supérieure des parois se projetait légèrement en surplomb, formant toute une succession de séracs menaçants.

Les mises en garde de Sarah Miller revinrent à l'esprit de Caleb : « Faites très attention aux falaises, avait-elle murmuré peu avant qu'ils ne quittent le *Global Defender*. Elles sont faites du même matériau que l'iceberg. » La jeune scientifique était encore alitée et sous monitoring cardio-respiratoire ; bien qu'elle eût émergé assez rapidement de son coma, le médecin du bord lui avait imposé au moins vingt-quatre heures de repos complet, si bien qu'elle avait dû renoncer à participer au débarquement.

« Il faut nous en dire plus, Sarah, avait insisté Caleb. De quel matériau parlez-vous ?

— De neige, avait-elle répondu. De neige *fraîche*. Les vidéos confirment les observations que j'ai pu faire sur place.

— C'est-à-dire ?

— Ce truc n'était qu'une boule de neige très homogène. Une foutue boule de neige d'un quart de kilomètre cube. Avec un mince enrobage de glace de quelques centimètres à quelques mètres selon les endroits, en fonction de l'exposition au gel ambiant... mais largement insuffisant pour assurer la cohésion de l'ensemble.

— Neige fraîche veut dire tombée depuis quand ? avait grommelé One-Shot.

— Très peu de temps... au sens géologique du terme, bien sûr : quelques années, quelques décennies au maximum. En plus, l'absence complète de stratification suggère que tout cela a dû tomber dans un laps de temps très bref, certainement pas sur plusieurs années. Difficile d'être plus précise, je n'ai pas vraiment eu le temps de ramasser des échantillons...

— Personne ne t'en veut, ma petite, avait assuré son oncle, Viktor Bernstein. C'est déjà un miracle que tu sois ici parmi nous.

— Comment expliquez-vous ça, Sarah ? avait demandé Caleb. Des précipitations de cette ampleur, je croyais que ça n'était pas très courant dans le coin ?

— Désolée, Caleb, je n'ai aucune explication. Que je sache, personne n'a jamais rapporté un tel phénomène. C'est comme si, à cet endroit précis de la côte, il avait autant neigé en quelques jours que depuis la fin de l'ère tertiaire... »

Alors que le reste de l'équipe quittait l'infirmerie, Sarah Miller avait retenu Caleb un instant : « Il y a encore une chose, Caleb. Derrière ces falaises, il y a un glacier côtier en mouvement, comme presque partout sur le littoral Antarctique. Le détachement de l'iceberg A-87 n'a pas interrompu sa progression. Des mégatonnes de glace, qui poursuivent tranquillement leur chemin vers la mer à raison de dix centimètres par jour...

— Ce qui veut dire ?

— Ce qui veut dire qu'à chaque heure qui passe, le risque d'effondrement augmente. Faites ce que vous avez à faire sur cette plage. Mais faites-le vite, je vous en supplie. »

Ensuite, l'Artefact lui-même.

Impossible de le louper, son énormité et sa position centrale en haut de la plage attiraient les regards comme un aimant. *Exit le navire échoué ou la formation rocheuse naturelle*... pensa Caleb. Il activa le transmetteur holo couplé à la minicam de son casque : « Sarah, vous me recevez ? Vous voyez ce qu'on voit ? »

Focalisée par les lentilles holo du récepteur, l'image 3D de la jeune scientifique se matérialisa à deux pas sur leur droite. L'inclinaison de son buste – on ne distinguait que la moitié supérieure de son corps – suggérait qu'elle devait encore se trouver sur sa couchette à l'infirmerie. Malgré la basse définition, son expression de stupéfaction était tout à fait perceptible :

« Fort et clair, Caleb, répondit-elle. L'image est parfaite, ici. C'est… c'est extraordinaire !

— En tout cas vous aviez raison, Sarah. Pour l'essentiel ça correspond à votre hypothèse de travail. »

Une casemate bétonnée.

La structure qui émergeait de biais à la base de la falaise de glace avait quelque chose de familier et de désuet tout à la fois. Elle faisait penser à ces vieux films d'actualités des deux guerres mondiales, avec ces robustes fortifications dans lesquelles les soldats s'enterraient pour résister aux déluges de bombes ennemies. Seules les dimensions de l'objet étaient hors normes, mais, par sa nature, il ne semblait guère différent des innombrables bunkers que l'on trouvait un peu partout en Europe.

En tournant la tête de gauche à droite, Caleb fit un long panoramique à l'intention de Sarah, en même temps qu'il lui décrivait l'immense bâtiment : « Environ trois cents mètres de long, ça colle avec la télémétrie. Par contre, le sat ne pouvait nous donner la hauteur ; je dirais bien vingt mètres – ce truc est aussi grand qu'un immeuble de quatre étages, c'est vraiment *énorme*, Sarah. Les parois ne sont pas tout à fait verticales, leur inclinaison doit faire dans les soixante, soixante-dix degrés. Apparemment aucune ouverture, la façade semble complètement lisse… Ah non ! Je distingue de longues rainures à peine visibles, on dirait qu'elles dessinent plusieurs rectangles d'une bonne cinquantaine de mètres chacun…

— Des portes, murmura Poppy qui pour une fois semblait impressionnée. Des portes gigantesques.

— Possible, fit Caleb. Mais je ne vois pas de serrure où mettre la clé. »

Derrière eux, les autres membres du commando de débarquement venaient de gravir le talus et contemplaient à leur tour la gigantesque structure. Les trois compagnons de Caleb demeuraient sans voix, tout comme Viktor Bernstein. Les membres de l'équipe de Poppy – quatre durs à cuire aux visages carrés – avaient eux aussi de la peine à dissimuler leur ébahissement. Kendall Kjölsrud se tenait un peu à l'écart, selon son habitude. L'expression du milliardaire était indéchiffrable. Mais son visage était plissé de concentration et ses yeux, qui ne quittaient pas le haut de la plage, luisaient d'un éclat extraordinaire.

La voix de Sarah Miller résonna de nouveau dans les écouteurs :

« Vous voyez autre chose, Caleb ? interrogea la jeune femme d'un ton pressant. Des inscriptions ? Des éléments d'identification ? Quelque chose en rapport avec ce dont nous avions parlé ?

— Négatif, Sarah. Ni statues d'Adolf, ni soucoupes volantes nazies.

— Ils doivent être en train de faire chauffer les moteurs, rigola Poppy. En attendant qu'ils arrivent, on se tape un peu d'explo ? »

11 h 43 UTC

Le lieutenant Pavel Tomski ne s'était certes pas attendu à une promenade de santé. Mais à ce point-là, c'était du rarement vu. Les choses avaient débuté en fanfare : le module de tête n'avait pas fait cent mètres depuis le point de largage que déjà il manquait de dégringoler dans une large crevasse invisible sous la glace ; seuls les réflexes hors pair du sergent Darjiev avaient permis d'éviter la catastrophe. Il n'en avait pas moins fallu une heure entière aux neuf hommes pour arriver à ressortir le véhicule du trou qui avait failli l'engloutir. Depuis cette mésaventure, les deux machines avançaient au pas, espacées d'une bonne cinquantaine de mètres et reliées par un câble de sécurité, les hommes aux aguets prêts à bondir à l'extérieur au moindre craquement suspect. Le faible poids des engins – moins d'une demi-tonne chacun – et les six énormes pneus ballon qui les équipaient permettaient de passer là où aucun autre véhicule terrestre n'aurait pu le faire. Précaution supplémentaire, les radars à pénétration de sol du véhicule de tête fonctionnaient en continu pour tenter de repérer les cavités dissimulées sous la surface.

Dans ces conditions, la progression était vite devenue hasardeuse, la nature très accidentée du terrain imposant d'incessants détours pour éviter telle saillie de glace ou crevasse particulièrement vicieuse ; une fois, ils avaient dû rebrousser chemin sur plusieurs centaines de mètres après s'être retrouvés dans un cul-de-sac infranchissable, perdant ainsi le bénéfice d'une demi-heure d'efforts acharnés. L'épaisse couche de nuages rendait la visibilité problématique et empêchait tout guidage satellitaire. Pour couronner le tout, le vent s'était levé à mesure qu'ils se rapprochaient du sommet de la pente et cinglait maintenant le convoi d'une mitraille ininterrompue de particules de givre propulsées à l'horizontale ; même avec le chauffage poussé au maximum, le froid relatif à – 40 °C s'insinuait dans les habitacles à l'isolation rudimentaire, fragilisant les hommes et les machines.

Et ce n'est qu'une petite brise d'automne, pensa Tomski avec incrédulité. Dans quelques semaines la nuit s'installerait pour une durée de trois mois, et ce seraient alors des vents de deux cent cinquante nœuds qui déferleraient du pôle, rendant cet endroit à peu près aussi accueillant que la planète Mars à la même saison. L'officier fut à nouveau tenté de rappeler l'hélico pour qu'il vienne les récupérer et les largue à proximité de leur destination. *Tant pis pour les deux modules. En quelques minutes on pourrait être à pied d'œuvre.* Mais il savait bien que c'était impossible, à supposer même que le pilote acceptât de risquer son appareil dans ce blizzard : vu ce que Baranko leur avait révélé des systèmes de détection du *Global Defender*, une dépose par voie aérienne revenait à envoyer un mail pour annoncer poliment leur arrivée. *En tout cas,* se dit Tomski, *ces mecs vont comprendre leur douleur. On ne se sera pas tapé cet enfer pour leur faire des câlins !*

Une énorme forme noirâtre, jusqu'alors masquée par les volutes de vent tourbillonnant, se matérialisa soudain à une certaine distance sur leur gauche. Tomski reconnut un *nunatak*, un piton rocheux s'élevant au-dessus de la surface de la banquise. Ils en avaient déjà croisé plusieurs depuis le début de leur équipée, mais il ne s'agissait alors que de simples affleurements caillouteux ; pour ce que le chef du commando en apercevait, celui-ci semblait de dimensions beaucoup plus conséquentes, dominant de plusieurs dizaines de mètres la surface craquelée de l'inlandsis. D'après la carte, ce devait être le pic Henriksen, ce qui signifiait qu'ils avaient pratiquement atteint le sommet de la dorsale. La voix de basse du sergent Darjiev retentit dans ses écouteurs : « *Lieutenant, on pourrait faire une pause ? On commence à fatiguer, ici...* »

Tomski faillit lui répondre d'aller se faire foutre, mais hésita en observant les visages des hommes qui se serraient avec lui dans l'étroit habitacle du véhicule. Eux aussi étaient crevés et nerveux : entre le froid, le grondement assourdissant du diesel et la crainte d'être à tout moment engloutis dans une crevasse non détectée, ce qui devait être une mission de tout repos – avec la perspective de faire quelques bons cartons à l'arrivée – s'était peu à peu transformé en galère de première classe. Dans le module de tête, ce devait être pire. Le lieutenant consulta sa montre : ils avaient encore au moins huit heures de jour devant eux, largement de quoi arriver avant la nuit sauf imprévu majeur. Et puis le tas de cailloux, oasis de sécurité au milieu de ce terrain dangereux, permettrait de se dégourdir les jambes sans risquer de tomber dans un trou. L'officier bascula le bouton du communicateur : « Accordé, sergent. Une demi-heure, pas une minute de plus. »

11 h 45 UTC

Pendant que les autres arpentaient la plage à la recherche d'indices, ils avaient méthodiquement longé la base de l'immense fortification. Leur première impression s'était vite confirmée : la muraille ne comportait pas la moindre ouverture – ni portes ni fenêtres, ni même orifices de ventilation. « Ils ne doivent pas aérer la boutique très souvent », avait finement observé Poppy Borghese. Dans le mi-jour cendreux qui régnait au pied des falaises, la gigantesque façade aveugle avait pris une apparence vaguement menaçante. Les seules solutions de continuité étaient ces rainures étroites – on ne pouvait y insérer la lame d'un canif – longues de plusieurs dizaines de mètres et d'une profondeur indéterminée, qui pouvaient correspondre à des portes démesurées ou à n'importe quoi d'autre.

Pour autant, la paroi était loin d'être aussi lisse qu'il ne leur avait semblé de prime abord. De près, sa nature sautait aux yeux : un béton grisâtre assez irrégulier, fortement craquelé et érodé ; de nombreux petits fragments s'en étaient détachés et gisaient çà et là au pied du bâtiment. L'énigmatique rampe d'une dizaine de mètres de large qui partait du pied de la casemate et traversait la plage pour rejoindre les flots était faite du même matériau fatigué. Dans cet endroit triste et désolé où les seuls bruits étaient le murmure distant du ressac et le sifflement du vent au sommet des falaises, ces signes de décrépitude faisaient naître un sentiment diffus d'abandon et d'ancienneté.

Mais ancien à quel point ? Caleb avait fait part de leurs premières constatations à Sarah Bernstein :

« Est-ce que ça vous évoque quelque chose, Sarah ? Une idée de l'époque à laquelle ce truc a pu être construit ?

— Si les parois sont en béton, ça doit être assez récent, non ? avait suggéré Poppy Borghese.

— Pas forcément, Poppy, avait répondu l'avatar holo de la jeune chercheuse. Les Romains construisaient déjà des monuments en béton, même si le secret de fabrication en a été perdu au Moyen Âge. Le ciment armé a théoriquement été inventé dans la seconde moitié du XIXe siècle, mais d'après certaines découvertes récentes, les Chinois pourraient en avoir déjà connu le principe il y a deux mille ans… Voyez-vous des fers à béton ou une armature quelconque ?

— Rien de tel. Mais ça ne veut rien dire, nous n'avons aucune idée de l'épaisseur de ces murs. Et l'aspect général du bâtiment, insista Caleb, il vous dit quelque chose ?

— Non, Caleb, pas avec si peu d'éléments. Les dimensions énormes font bien sûr penser à une technologie moderne, mais n'oubliez pas que ceux qui ont construit la Grande Pyramide ignoraient l'usage de la roue… »

Ils étaient ensuite montés sur le toit ; Caleb espérait y trouver des indices plus consistants, voire d'éventuelles ouvertures permettant de gagner l'intérieur de la construction. L'escalade avait été aisée – le béton fendillé offrait de nombreuses prises –, mais là encore l'exploration s'était révélée décevante : comme les clichés satellite l'avaient déjà suggéré, la vaste plateforme de près d'un demi-hectare ne comportait aucune structure ou élément remarquable. En revanche, les marques d'érosion y étaient nettement plus prononcées qu'au niveau des parois : loin d'être plane, la surface grisâtre était creusée de profondes ravines parallèles s'étendant depuis la base de la falaise de glace jusqu'au bord libre de l'esplanade ; certaines mesuraient jusqu'à deux mètres de profondeur sans pour autant laisser entrevoir la structure interne du bâtiment – ce qui, incidemment, donnait une idée de l'épaisseur de la dalle.

« Ce sont des marques d'érosion glaciaire, avait indiqué Sarah qui ne perdait pas une miette du spectacle.

Liées au déplacement du glacier qui devait racler cette surface depuis un sacré bout de temps. Ne me demandez surtout pas combien, Caleb, mais vu les dégâts je dirais plusieurs décennies. Au moins. »

Ce n'était toutefois pas la seule particularité de la plate-forme. En certains autres endroits – notamment là où les traces de ravinement étaient les moins prononcées –, le béton avait un tout autre aspect. Un aspect très particulier que Caleb était persuadé d'avoir déjà observé quelque part. Mais où ? C'est alors qu'il se creusait la tête pour faire resurgir le souvenir que la voix excitée de Gretchen Vogt retentit dans son casque :

« Caleb ? Tu es toujours là-haut avec Poppy ? Vous devriez venir voir. On a trouvé un paquet-cadeau. »

12 h 05 UTC

Le lieutenant Pavel Tomski referma sa braguette avec un soupir de satisfaction. Il jeta un coup d'œil autour de lui : ceux de ses hommes qui n'étaient pas comme lui occupés à vidanger leur vessie étaient assis, en train de bouffer une ration ou de fumer tranquillement leur clope ; le sergent Darjiev et l'un des snipers dénommé Zatkine étaient partis en exploration – vu les dimensions modestes du tas de cailloux, ils n'allaient pas tarder à revenir.

Somme toute, il avait bien fait d'ordonner cette pause. Les gars lui en seraient reconnaissants et attaqueraient la seconde partie du périple avec nettement plus d'enthousiasme. *De temps en temps, un chef doit savoir lâcher un peu de lest.* Par un heureux hasard, le vent était presque tombé, et le plafond nuageux s'était éclairci, laissant même de temps à autre passer un maigre rayon de soleil. Tomski décida d'accorder quelques minutes supplémentaires à son commando et d'en profiter pour aller jeter un coup d'œil au sommet du piton ; avec cette embellie, la visibilité s'était très sensiblement améliorée et, de là-haut, il devrait pouvoir embrasser du regard une bonne partie du chemin restant à couvrir.

12 h 06 UTC

Le canot retourné était caché derrière un rocher bas en surplomb, presque au pied du gigantesque bunker ; le peu qui en dépassait était à moitié recouvert de sable et de galets, si bien qu'il fallait pratiquement avoir le nez dessus pour le repérer. Caleb et Poppy étaient d'ailleurs passés juste à côté en longeant la base de la casemate, sans même soupçonner sa présence.

Alors qu'ils arrivaient sur les lieux, les autres membres de l'équipe s'affairaient à terminer le déblaiement, et la forme générale de l'embarcation était désormais bien visible. Il s'agissait d'une petite chaloupe en bois d'une vingtaine de pieds de longueur ; le bois pourri du bordage avait cédé par endroits, révélant des membrures métalliques dévorées par la rouille. La coque était un peu écrasée là où elle entrait en contact avec le rocher, mais, pour l'essentiel, sa structure demeurait intacte malgré un état de délabrement avancé.

La première tentative pour retourner le canot fut un échec complet. Bien que d'une force démesurée,

One-Shot ne parvint même pas à ébranler l'embarcation – celle-ci semblait aussi bien soudée au sol de la plage que le rocher de cinquante tonnes qui se trouvait à côté. Avec le renfort de Caleb et de Joshua plus les quatre costauds de l'équipe de Poppy, il y eut un léger mieux : la coque frémit et bougea un peu, mais le bordé était encore trop ensablé pour se soulever. Le troisième essai fut le bon, grâce à l'intervention de Poppy et de sa combinaison à renforcement musculaire : la coque finit enfin par s'extraire de sa gangue de sédiments avec un fort bruit d'arrachement, et retomba de côté en se fendant sur toute sa longueur. Gretchen Vogt émit un cri de surprise et plusieurs autres membres de l'équipe firent entendre des jurons étouffés.

« Chouette paquet-cadeau, commenta Poppy. Mais le contenu est un peu avarié. »

12 h 08 UTC

Le pic Henriksen – du nom d'un physicien norvégien qui avait consacré sa carrière à l'étude des aurores boréales – n'était qu'un empilement de rochers noirâtres très érodés culminant à une soixantaine de mètres au-dessus de l'inlandsis environnant. Pour un combattant surentraîné comme Tomski, l'escalade avait pris moins de trois minutes, et l'officier n'était même pas essoufflé en atteignant le sommet. La cime du piton était aplatie et formait une esplanade tabulaire d'une vingtaine de pas de côté, remontant en pente douce vers le sud ; à cet endroit quelqu'un, bien des années auparavant, avait érigé un petit cairn surmonté d'une croix métallique.

Le lieutenant se jucha sur un gros rocher et entreprit de faire un tour d'horizon. Le pic constituait effectivement le point le plus élevé du secteur, et la vue portait à des kilomètres dans toutes les directions. Le panorama était somptueux : une immense étendue blanche sans limites, seulement parsemée de quelques taches sombres à l'endroit où d'autres *nunataks* crevaient la surface. Vers l'est, on pouvait embrasser d'un seul regard le chemin couvert dans la matinée ; en observant la succession chaotique de crevasses et de *hummocks*, Tomski se dit que, finalement, ils avaient eu beaucoup de chance de s'en tirer sans casse. Sa satisfaction s'accrut lorsqu'il regarda de l'autre côté : en comparaison, la longue plaine glacée en légère pente qui menait à leur objectif avait l'air plate comme la main ; même si la nature piégeuse du terrain leur imposait la même prudence que dans la matinée, les sept milles restants promettaient d'être une véritable partie de plaisir – surtout si le temps restait clément.

Rasséréné par cette nouvelle, Tomski s'apprêtait à redescendre quand son regard se posa à nouveau sur le petit monument à l'autre extrémité de la plate-forme sommitale.

Il y a quelque chose de bizarre avec cette croix.

Intrigué, l'officier considéra l'objet pendant quelques secondes. Puis il réalisa ce qui n'allait pas : au lieu d'être rectiligne, la barre horizontale semblait un peu tordue, comme si ses extrémités pendaient légèrement vers le sol. La déformation était minime, si bien qu'elle n'était pas immédiatement évidente. Tomski hésita. Puis décida d'aller jeter un coup d'œil ; ça ne prendrait qu'une ou deux minutes, et désormais ils n'étaient plus à ça près.

En quelques pas, le lieutenant se trouvait au pied du petit calvaire. Celui-ci était des plus modestes : un simple tas de cailloux surmonté d'une croix en acier passablement rouillée d'environ cinq pieds de hauteur. Les pierres de la base avaient été cimentées à l'aide d'un mortier grossier qui s'était fissuré et effrité au cours du temps. Une petite plaque en bronze, maintenant mangée par le vert-de-gris, avait été boulonnée au milieu du tertre ; malgré l'oxydation, les mots gravés sur le métal étaient encore lisibles :

FOR GUD OG FOR NORGE[1]
Kaptein Hjalmar Riiser-Larsen
Norvegia III ekspedisjon – 2 februar 1930

Le monument avait donc été érigé presque quatre-vingt-dix ans plus tôt, de la main même du célèbre explorateur scandinave qui avait été le premier à cartographier en détail la Terre de la Reine-Maud et qui avait donné le nom de son pays au cap Norvegia. *Tout ça ne nous dit pas pourquoi ce foutu truc est tordu*, pensa Tomski. De près, la déformation de la branche horizontale était plus apparente : les deux extrémités pendaient effectivement vers le sol, un peu plus du côté droit. Ce n'était d'ailleurs pas la seule anomalie : le fût de la croix était lui aussi légèrement gauchi, entraînant une minime déviation latérale de l'ensemble de l'objet. L'officier se rendit soudain compte qu'il était en train de regarder l'arrière de la croix, et que l'effigie du Sauveur se trouvait de l'autre côté.

La face tournée vers le pôle – sans doute tout un

1. Pour Dieu et pour la Norvège.

symbole pour ces connards... En tout cas, ils auraient pu se donner la peine de le planter d'aplomb ! se dit le Russe avec une ironie méprisante. Il haussa les épaules et passa de l'autre côté de la croix tordue. Impossible d'aller plus loin, la plate-forme rocheuse s'achevait là par un à-pic vertigineux qui rejoignait la surface gelée soixante mètres plus bas. Un dernier coup d'œil à l'horizon sud : la même immensité blanche que dans les autres directions. Le pôle était là, à treize cents milles à vol d'oiseau – mais aucun oiseau ne volait dans ce désert sans vie.

Tu n'en seras jamais plus proche de toute ton existence, pensa-t-il. *Pour ce que tu en as à foutre...* Le lieutenant Tomski n'avait pas vraiment l'âme d'un explorateur. Pour tout dire, il commençait à en avoir sa claque de l'Antarctique. Il haussa les épaules une nouvelle fois : il était temps de rejoindre ses hommes, de terminer cette mission et de mettre les voiles. C'est alors qu'il faisait volte-face que son regard tomba sur l'effigie du Christ qui depuis près d'un siècle veillait sur l'étendue désolée. Et que ses yeux s'écarquillèrent de surprise.

12 h 09 UTC

« On dirait bien qu'on n'est pas les premiers sur ce coup, en fin de compte », déclara Joshua Tewaru.

Les deux cadavres qui gisaient sur la grève caillouteuse n'avaient plus que la peau et les os. Surtout les os, d'ailleurs : les seules parties molles subsistantes se limitaient à quelques fragments de peau momifiée adhérant au tronc et aux membres, mais pour l'essentiel les deux dépouilles étaient réduites à l'état de squelettes. Les corps étaient recroquevillés sur le côté en position fœtale, l'un à hauteur du milieu de l'embarcation et l'autre en regard de la poupe. Il ne restait rien de leurs vêtements à l'exception de quelques fibres pourries et de débris noirâtres – peut-être du cuir – à hauteur de leurs pieds. Sur cette plage glaciale et désolée à des milliers de milles de tout établissement humain, le spectacle des deux dépouilles pathétiques avait quelque chose d'infiniment triste et déprimant ; la même pensée s'imposa simultanément à plusieurs des membres du groupe : *Sale endroit pour venir crever.*

« Ça ne va pas être simple de dire de quoi ils sont morts, fit Viktor Bernstein à mi-voix.

— Ils ? Pour ce que j'en vois, mon oncle, ça pourrait aussi bien être des pom-pom girls, remarqua l'holo de Sarah Miller. Faites-les quand même transporter à bord, on va essayer de voir ce qu'on peut en tirer. »

Pendant ce temps, Caleb et Joshua avaient entrepris d'inspecter la coque à moitié disloquée. Ils durent vite se rendre à l'évidence : la petite chaloupe était d'une conception des plus banales, d'un modèle adopté par toutes les marines du globe depuis au moins le milieu du XIXe siècle. Aucun détail ne subsistait qui permît de la dater avec plus de précision, ni d'en connaître la nationalité. Visiblement, l'embarcation n'était pas pontée, mais on distinguait encore les débris de plusieurs planches pourries disposées en travers. Des bancs de nage ? Il était difficile de dire quel pouvait avoir été le mode de propulsion : aucune trace d'un moteur à la poupe, et rien qui ressemblât à des rames. Par contre, l'attention de Caleb fut attirée par une curieuse structure coincée sous des bouts de bois décomposés à proximité de la proue. Après l'avoir dégagée, il réalisa qu'il s'agissait incontestablement d'un objet technologique. Mais de quelle nature ? De la taille et de la forme d'une petite glacière, l'appareil devait peser une vingtaine de livres et n'était plus qu'un bloc de rouille compacte où aucun détail n'était plus discernable. Caleb montra sa trouvaille à One-Shot qui haussa ses épaules massives de façon éloquente. *Un truc de plus à rapporter à Sarah...*

Caleb s'intéressa de nouveau aux deux dépouilles. Quelqu'un avait apporté un panneau métallique et l'on s'apprêtait à les basculer dessus afin de pouvoir les transférer en un seul morceau à bord du *Global Defender*. C'est à cet instant que le jeune homme remarqua un détail qui lui avait échappé jusqu'alors : de longues fibres pourries dans la main momifiée d'un des cadavres, apparemment tout ce qui restait d'une corde en chanvre. Le lien avait dû se rompre au moment du retournement de la coque, mais Caleb n'eut guère de mal à repérer son autre extrémité : un peu mieux conservée, elle était nouée au bordé tribord à peu près à mi-longueur de l'embarcation. Une idée commençait à prendre forme dans son esprit ; il observa à nouveau les deux cadavres, et la coque qui les avait dissimulés...

Et comprit soudain ce qui s'était passé.

« Cette disposition des corps... fit-il à l'adresse de Joshua. Elle n'est pas fortuite. Ce n'est pas la marée qui les a déposés là...

— Tu penses à quoi ? demanda son ami. À une mise en scène volontaire ? Mais qui pourrait bien avoir fait ça ?

— Eux-mêmes, Josh. Ils se trouvaient *déjà* sur cette plage. Ils se sont roulés en boule sur le sol... »

Le géant tatoué saisit d'un seul coup où Caleb voulait en venir : « Et ils ont rabattu le canot sur eux en s'aidant de la corde… Ils voulaient se protéger de quelque chose !

— C'est ça, Josh. Mais ça n'a pas marché. Ce quelque chose les a tués quand même. »

12 h 09 UTC

Le lieutenant Pavel Tomski n'était pas un homme des plus religieux – à vrai dire, la dernière fois qu'il avait mis les pieds dans une église, c'était pour y foutre le feu.

Mais le frisson qui lui parcourut l'échine en découvrant l'effigie du Christ, ou ce qu'il en restait, n'avait rien de feint. L'avant de la croix paraissait avoir été soumis à une chaleur effroyable : sur toute la surface exposée, le métal avait cloqué et coulé en longues dégoulinures qui s'étaient ensuite figées. Tomski réalisa enfin pourquoi la croix lui avait semblé tordue.

Elle n'avait pas été plantée de travers. Non, elle avait *fondu*.

Le Christ lui-même était devenu une masse indistincte et boursouflée d'où émergeaient quatre membres réduits à l'état de moignons calcinés. La couronne d'épines avait basculé sur le côté de la tête puis s'était solidifiée en formant comme une énorme tumeur. Seul le visage avait été relativement épargné mais avait pris une expression hideuse liée à la déformation du métal : la bouche était affreusement tordue vers le bas, en un rictus malveillant et sardonique ; le plus effrayant était les globes oculaires qui avaient fondu et dégouliné le long des joues, adoptant l'aspect de deux grosses larmes pétrifiées.

Tomski resta longuement immobile et comme hypnotisé, ne pouvant s'arracher à la contemplation du visage ravagé. L'envoûtement fut rompu lorsqu'un bruit de pas se fit soudain entendre derrière lui : ses réflexes de combattant reprirent le dessus, et l'officier se retourna d'un bloc, son poignard jailli comme par magie hors du fourreau, prêt à étriper l'intrus.

Ce n'était que le sergent Darjiev.

Nullement décontenancé par la réaction de son supérieur – il aurait eu exactement la même à sa place – le géant sibérien le fixa d'un regard impavide : « Il faudrait que vous veniez voir, lieutenant, dit-il. Avec Zlatkine, on a trouvé un drôle de truc. »

Il ne leur fallut que peu de temps pour redescendre et contourner la base du pic Henriksen. Les autres membres du commando étaient déjà sur place et contemplaient sans mot dire la face sud du piton rocheux, celle-là même qui se trouvait à l'aplomb du petit calvaire. Pour la seconde fois en quelques minutes, Tomski ressentit une émotion proche du sacré. Sur toute sa hauteur et près de vingt mètres de largeur, le versant exposé au sud n'était qu'un agglomérat informe et compact de lave solidifiée et de rochers calcinés ; aucun interstice n'était visible au sein de ce chaos noirâtre homogène où quelques zones vitrifiées renvoyaient faiblement l'éclat du soleil. Le lieutenant repensa au Christ doublement supplicié qui se tenait au sommet du pic, et une expression venue d'une lecture d'enfance – ou était-ce d'un vieux film ? – lui vint à l'esprit.

Face aux feux de l'Enfer.

« Qu'est-ce qui a bien pu se passer ici, nom de Dieu ? souffla-t-il à l'adresse de Darjiev.

— Aucune idée, lieutenant, répondit l'intéressé. Mais ce qui est sûr, c'est qu'ils ont balancé du lourd. Du très lourd. »

16 h 13 UTC

Ce n'est que plus tard dans l'après-midi, alors qu'ils s'apprêtaient à réembarquer après avoir arpenté la plage en tous sens sans faire d'autres trouvailles, que le souvenir revint à Caleb. Il savait enfin où et quand il avait déjà vu de telles marques sur du béton.

1995.

Selon une tradition que la légende familiale faisait remonter bien avant la conquête romaine, tout jeune homme atteignant l'âge d'exercer des responsabilités au sein du clan devait accomplir une sorte de pèlerinage, accompagné d'un de ses aînés, sur un ou plusieurs des champs de bataille où ses ancêtres s'étaient illustrés. Bannockburn était une étape obligée. Tout comme la lande de Portskerra, où deux semaines après Culloden les ultimes partisans de Murdoch McKay avaient été taillés en pièces par les troupes du duc de Cumberland. Les autres points de chute étaient laissés à l'appréciation du mentor, en fonction de son attachement à tel ou tel pan de l'histoire familiale et de l'enseignement qu'il souhaitait en tirer pour l'impétrant. L'oncle Dunmore n'avait pas dérogé à la règle. Pour Caleb, cela avait été l'occasion de découvrir sous un jour nouveau l'homme austère et taciturne qui l'avait recueilli après la mort tragique de ses parents. L'ancien Group Captain de la RAF, désormais sous-secrétaire d'État à la Défense, et qui trois ans plus tard deviendrait l'un des premiers députés du nouveau Parlement d'Écosse, avait pris un congé exceptionnel de deux semaines à cet effet. Une attention d'autant plus remarquable qu'au cours des six années passées par Caleb au pensionnat d'Inverness, il n'avait gratifié son neveu que de quelques brèves visites sans chaleur, et avait insisté pour qu'en dépit de son lignage celui-ci ne bénéficiât d'aucun traitement de faveur. Après les champs de bataille des Highlands, leur périple les avait conduits aux plages du débarquement, à Passendale près d'Ypres, puis au cimetière britannique d'Anzio où pas moins de trois membres du clan reposaient. À chaque étape, Caleb, qui avait vécu jusqu'alors dans une relative ignorance du passé familial, prenait davantage conscience de l'incroyable histoire militaire d'un clan qui depuis quinze siècles s'était illustré sur tous les fronts d'Europe. Après l'Italie, ils avaient visité l'Inde, où des McKay avaient défendu les intérêts d'une douzaine de souverains britanniques, et la péninsule coréenne où Dunmore lui-même avait servi en 1953 aux commandes d'un Sunderland du 88e squadron de la RAF.

La dernière étape de leur voyage avait été différente. La raison pour laquelle l'oncle Dunmore avait voulu montrer cet endroit à Caleb n'avait rien à voir avec l'histoire du clan : la Couronne britannique n'y avait jamais fait valoir ses droits, et aucun de leurs ancêtres ne s'était jamais fait étriper sur ce sol. Ce n'était pas non plus à cause des cérémonies du cinquantenaire, dont les sobres commémorations s'étaient terminées quelques jours plus tôt seulement. Le vieil homme avait simplement souhaité que l'enthousiasme né chez son neveu de la découverte du passé familial fût tempéré par une prise de conscience des réalités de la guerre – non en tant qu'exercice intellectuel mais en tant qu'application concrète sur les populations civiles.

« Nous rentrons demain, avait dit Dunmore McKay alors qu'ils venaient de traverser le grand parc encore décoré de milliers de chrysanthèmes en papier blanc, et de s'immobiliser devant le monument qui en occupait le centre. Dans les années qui viennent, je n'aurai sans doute que peu de temps à te consacrer, et tu devras faire ton chemin seul.

— Vous avez déjà fait beaucoup, mon oncle, avait répondu Caleb d'une voix hésitante. Je vous en suis...

— Laisse-moi terminer, mon garçon. J'ai la prétention de connaître un peu les qualités de notre clan – et aussi ses travers. Les McKay sont plus doués avec un sabre ou un fusil mitrailleur qu'avec un violon ou un stylo-plume. À chaque génération, il s'en trouve toujours deux ou trois prêts à tout pour aller répandre leurs boyaux dans quelque coin perdu du globe. Je pressens exactement les mêmes dispositions chez toi.

— Mais...

— Laisse-moi finir, te dis-je. Il ne m'appartient pas d'essayer de te détourner de la carrière militaire, si un jour tu fais ce choix. C'est un métier honorable, je n'en aurais pas voulu d'autre dans ma jeunesse. Mais sache qu'en suivant cette voie, tu auras un jour ou l'autre à prendre des décisions... définitives. Des décisions qui n'engageront pas que toi et l'ennemi en face de toi – mais également d'autres personnes.

Parfois très nombreuses. Quand ce jour arrivera, je veux que tu te souviennes de ceci. »

Au milieu des vastes jardins paysagers, l'immeuble éventré était aussi affriolant qu'une dent pourrie dans la mâchoire d'une jeune fille. L'énorme dôme métallique qui le surmontait et dont il ne subsistait qu'un squelette à moitié fondu le faisait souvent confondre avec un observatoire, mais en réalité le bâtiment avait servi à la fois de palais des congrès et de centre d'expositions. Le jour J, le toit avait été instantanément vaporisé, de même que tout ce qui se trouvait à l'intérieur : murs, planchers, mobilier, êtres humains ; une partie de l'aile arrière s'était effondrée mais le reste de la structure avait tenu bon : l'édifice était le seul à être resté debout à deux kilomètres à la ronde. Au niveau des murs extérieurs, le béton porté l'espace d'une seconde à la température du Soleil avait pris un aspect vitreux très particulier, comme s'il avait été changé en céramique. Après la signature des traités, la municipalité avait choisi, au lieu de raser la ruine ou de la rebâtir, de la conserver en l'état pour l'édification des générations futures. Cinquante ans plus tard, les fenêtres aveugles et les façades calcinées délivraient toujours le même avertissement : ce feu n'est pas fait pour les Hommes.

L'oncle Dunmore s'était éteint en 2004. Comme il l'avait prédit, ils ne s'étaient revus que trois fois dans l'intervalle. Mais Caleb n'avait jamais oublié la leçon reçue ce jour-là.

C'était l'été de ses treize ans.

À Hiroshima.

Chapitre 9

27 février 2018 – 20 h 16 UTC

« Si je vous ai réunis ce soir, attaqua Kendall Kjölsrud sans préambule, c'est que nous avons à débattre de questions importantes. »

Le carré des officiers aurait tout aussi bien fait l'affaire, mais le milliardaire avait tenu à ce que la discussion ait lieu dans sa suite. Question de place, avait-il expliqué, et aussi parce qu'elle disposait d'un équipement A/V qui pourrait être utile pour les sujets qu'ils avaient à traiter. Sans doute pour souligner l'importance de la réunion, le vieillard arborait une improbable robe de chambre en taffetas ornée de motifs psychédéliques noir et or, à laquelle ne manquaient ni la cordelière tressée ni le bonnet à gland assorti ; le tout porté sur son habituel pantalon de treillis hors d'âge, une paire de rangers crasseuses complétant l'attirail. Ajouté à son regard halluciné, cet accoutrement ne contribuait pas à lui donner l'apparence de la santé mentale.

Le genre de tenue qu'on voit sur les échappés de l'asile qui déambulent le long de l'autoroute, pensa Caleb.

Kjölsrud s'éclaircit la voix et continua : « Je souhaiterais d'abord que nous fassions le point sur les découvertes de la journée. Je pense que nous serons tous d'accord pour dire qu'elles posent plus de questions qu'elles n'en résolvent. Ensuite, élaborer une stratégie pour les quarante-huit heures à venir...

— Pourquoi quarante-huit heures ? demanda Gretchen Vogt. Il nous faudra certainement beaucoup plus de temps pour explorer le coin...

— Vous n'avez pas vu la météo ? s'étonna Viktor Bernstein. Il paraît que ça va secouer ! »

Haussement de sourcils interrogatif de la jeune femme. Le capitaine Tomlinson intervint : « Monsieur Bernstein a raison. Nous attendons une très nette détérioration des conditions d'ici deux jours, peut-être un peu moins. Si ça ne compromet pas notre sécurité vu que notre mouillage est sûr, tout débarquement et toute activité à terre seront exclus le temps que ça se calme. Soit une bonne semaine dans le meilleur des cas... »

Pendant cet échange, Caleb n'avait cessé d'observer Kjölsrud, qui masquait mal son impatience. La veille encore, il aurait juré que ce dernier leur jouait la comédie et qu'il savait par avance ce qu'ils allaient trouver sur la plage. Il n'en était plus aussi sûr désormais : le vieillard avait paru sincèrement surpris lors de la découverte du canot et de son macabre contenu ; et quand à son tour il était monté sur le toit de la casemate pour inspecter les traces de carbonisation sur le béton, son visage d'ordinaire fermé n'avait pu dissimuler une expression inquiète... Se pouvait-il qu'il n'ait eu qu'une idée très approximative de la nature de l'Artefact, et que les découvertes de ces dernières heures soient venues mettre à mal ses théories ?

« Si le temps nous est compté, dit le jeune homme,

autant attaquer tout de suite. Nous sommes mouillés devant une sorte de bunker géant sans ouverture apparente et dont la taille est à peu près celle du Pentagone. Le tout construit on ne sait quand, par on ne sait qui, dans un but inconnu, et emprisonné sous la glace – pardon, Sarah, sous la *neige* – depuis une date indéterminée. Jusque-là, j'ai bon ?

— Bien résumé, monsieur McKay, approuva Viktor Bernstein. Voyons maintenant si nous pouvons progresser un peu. Sarah ? Une idée de la date, pour commencer ?

— J'aurais préféré garder ça pour la fin », répondit l'intéressée en secouant la tête d'un air gêné. Bien qu'encore un peu faible, la jeune femme semblait avoir à peu près récupéré des épreuves de la veille. « Essayons quand même. Le style architectural du bâtiment ? Trop minimaliste pour nous apprendre quoi que ce soit. Le canot ? *Idem*, il a pu être fabriqué n'importe quand au cours des deux derniers siècles…

— Il y a quand même d'autres moyens de dater une construction ou un bout d'os, ronchonna Bernstein. Même moi, je sais ça !

— Merci, mon oncle, je n'y avais pas pensé… Sans rentrer dans les détails, il y a trois principales méthodes de datation utilisées en archéologie. La plus connue est le carbone 14, qui permet en gros d'explorer la période entre le Moyen Âge et moins cinquante mille ans. Cette technique ne marche que sur les matériaux organiques, donc pas question de l'utiliser pour dater le bunker. Par contre, cela fonctionnerait très bien sur les squelettes ou sur le bois du canot – le problème est que nous n'avons pas l'équipement à bord… »

Viktor Bernstein leva les yeux au ciel : « Avec tout le fric que je mets dans ta fondation !

— Avec tout le fric que tu mets pour donner un semblant de légitimité écologique à la K2, corrigea sa nièce d'un ton suave. Je te rappelle que je suis payée pour sauver les baleines, pas pour faire des fouilles sur un bunker préhistorique !

— Au fait ! grinça Kjölsrud, excédé. Sarah, si vous pouviez continuer !

— Bien sûr, monsieur. La deuxième méthode est la thermoluminescence : elle est surtout employée pour dater les poteries ou les céramiques, mais on peut aussi l'utiliser sur des éléments minéraux cristallins comme le quartz. En théorie, elle permet donc de savoir quand une chape de béton a été coulée : c'est pour ça que je l'ai appliquée à plusieurs des échantillons du bunker que vous m'avez ramenés. Enfin, il y a la résonance de spin électronique ou ESR : elle marche avec un grand nombre de matériaux cristallins inertes et sert aussi à dater des fossiles à partir de l'émail dentaire. Malheureusement, elle n'est fiable que sur des échantillons vieux de plus de quinze ou vingt mille ans, c'est donc vraiment par acquit de conscience que je l'ai utilisée – sur les échantillons du bunker et aussi sur les dents des deux cadavres… »

La jeune femme s'interrompit, semblant tout d'un coup gênée. « Alors, Sarah ? la pressa Viktor Bernstein. Tu es arrivée il y a dix minutes en disant que tes analyses étaient terminées. Qu'est-ce que tu attends pour nous régaler de ton savoir ?

— Rien, mon oncle, fit-elle en lui jetant un regard désespéré. Avec la thermoluminescence, il semblerait que ce bâtiment date de, euh…

— Oui ?

— … moins de cinq ans », termina-t-elle d'une toute petite voix.

Plusieurs exclamations de surprise se firent entendre dans l'assemblée. Viktor Bernstein leva les yeux au ciel. One-Shot grommela un truc incompréhensible – probablement un juron finnois ; à l'autre bout de la table, Vandell Richardson émit un ricanement méprisant. Seuls Kjölsrud et Caleb n'avaient pas bronché.

« Et par l'autre méthode ? » demanda le jeune homme.

Cette fois, Sarah Miller vira au rouge pivoine, avant de répondre d'une voix encore plus faible : « Entre quarante et soixante-quinze mille ans. »

20 h 22 UTC

Sous l'impulsion neurale, la porte de la timonerie s'ouvrit, et la silhouette vêtue de noir se glissa à l'intérieur. La salle de commandement était plongée dans la pénombre, la seule lumière provenant des innombrables diodes et voyants qui clignotaient sur les différentes consoles électroniques. Depuis que le *Global Defender* était au mouillage, la veille avait été allégée, et la passerelle était déserte pendant le quart de nuit. Après être restée une bonne minute accroupie dans une immobilité minérale, la forme humaine se releva souplement et s'approcha des postes de contrôle radar et sat alignés sous les larges baies vitrées. L'ombre ne se faisait aucune illusion sur la discrétion de sa visite : à l'instant même où elle avait passé la porte, une multitude de capteurs avaient repéré sa présence, déterminé son identité et vérifié ses autorisations – ce qui expliquait que l'alarme n'ait pas été aussitôt donnée. Les mêmes capteurs enregistraient désormais le moindre de ses mouvements. *Aucune importance.*

Dix ans auparavant – une éternité en termes d'aide informatique à la navigation –, l'entreprise aurait demandé des moyens plus modestes ; quelques gouttes d'acide ou un peu de poudre de graphite dans les grilles de ventilation de l'unité à neutraliser, et le tour aurait été joué. Efficace mais peu discret, puisqu'il suffisait de soulever le capot pour découvrir le sabotage. À l'heure actuelle les systèmes étaient devenus beaucoup plus complexes, et le réseau d'IA qui gérait toutes les fonctions du navire se trouvait réparti entre de nombreuses unités centrales largement redondantes. Dans ces conditions, seule une attaque massive pouvait porter ses fruits tout en restant inaperçue. L'ombre se dirigea silencieusement vers la console principale de positionnement satellitaire. Celle-ci ferait l'affaire aussi bien qu'une autre.

20 h 24 UTC

Sarah Miller ne savait plus où se mettre. Dès que le silence fut revenu autour de la table, Caleb prit un ton rassurant pour s'adresser à la jeune femme : « Écoutez, Sarah, personne ici ne met en doute vos compétences. Je suppose que vous avez recommencé vos analyses ?

— Deux fois.

— Et ?

— Mêmes résultats, à 10 % près… c'est la marge d'erreur habituelle, avec ce type de méthodes. »

Nouveau ricanement de Vandell Richardson. Caleb s'apprêtait à lui dire ce qu'il pensait de ses commentaires, mais ce fut la grosse voix de One-Shot qui se fit entendre : « Normal, marche pas avec radiations !

— Quoi ?

— Méthodes OK, mais marchent pas avec foutues radiations. Si échantillons grillés, résultats pourris !

— One-Shot a raison, intervint Sanjiv Chandra à la surprise générale. Aucune de ces deux méthodes n'est applicable à des échantillons soumis à des champs intenses. »

Depuis qu'ils avaient quitté Grytviken, Caleb avait eu à plusieurs reprises l'occasion de s'entretenir avec le jeune mathématicien ; il avait chaque fois été frappé par sa gentillesse et son érudition, qui dépassait largement le cadre de son domaine d'études. Lors de conversations en tête à tête et dans un environnement calme, sa maladie se devinait à peine : seules une légère raideur dans son maintien et une élocution parfois heurtée trahissaient ses difficultés à communiquer avec autrui. Les choses se gâtaient en groupe et lorsque le ton montait, ce qui était précisément le cas en ce moment. Depuis le début de la discussion, le jeune homme n'avait pas prononcé un mot et montrait des signes de détresse croissants – balancements répétitifs, geignements, grincements de dents – laissant appréhender la survenue d'une crise d'angoisse incontrôlable. Aussi tout le monde fut-il étonné de le voir soudain prendre la parole. *Peut-être est-ce le fait d'aborder un sujet technique qui le rassure*, songea Caleb.

« Tu peux développer, mon garçon ? demanda Kjölsrud d'une voix étonnamment douce.

— La thermoluminescence et l'ESR sont deux approches analytiques différentes d'un même phénomène : les variations de niveaux d'énergie subatomique qui surviennent dans certains matériaux cristallins, de façon corrélée au temps écoulé. Aucune de ces deux méthodes n'est utilisable lorsque le substrat analysé a subi à un moment ou un autre l'action de flux à haute énergie : radiations ionisantes, très hautes températures, champs électromagnétiques de très forte intensité, etc. Tout se passe comme si le matériau gardait la mémoire de l'événement énergétique, ce qui rend complètement aberrants les résultats des datations. C'est la seule explication pour ce qui se passe ici.

— Une explosion nucléaire, ça rentrerait dans ce cadre ? » demanda Caleb.

20 h 27 UTC

Le chargement avait demandé près de cinq minutes, mais il était enfin terminé. D'une main impatiente, la silhouette sombre retira le gros câble de transfert de la prise USB 4.0 et remit dans son étui le disque HoloMem de 5 Po. *Heureusement que j'ai trouvé un bus à très haut débit, sinon on y serait encore à Noël.* Un coup d'œil aux alentours. Dans la pénombre, le clignotement régulier des consoles de navigation ne s'était pas modifié, les ventilateurs faisaient toujours entendre leur ronron discret. Rien ne laissait deviner le drame qui se jouait en silence sous les capots plastique des unités centrales.

L'équivalent, pour un organisme biologique, d'une septicémie foudroyante.

Avant même que le transfert ne soit achevé, la bataille était déjà livrée. Et perdue pour le *Global Defender* : à l'exception de quelques systèmes autonomes comme les asimov ou les autopilotes des véhicules de débarquement, il ne subsistait dans tout le navire plus un seul circuit imprimé qui n'eût été infecté par l'IA virale.

L'objectif n'était pas de provoquer un crash informatique général du navire, auquel cas un programme beaucoup plus grossier aurait fait l'affaire ; cette option ne serait appliquée qu'en dernier recours, et seulement si un avantage décisif le justifiait – sachant qu'il ne faudrait que quelques minutes aux opérateurs humains pour déconnecter les IA défaillantes et reprendre le contrôle du bâtiment en manuel. De façon bien plus subtile, le clone qui venait d'être injecté dans l'infosphère du *Defender* allait continuer à gérer d'une manière optimale l'ensemble des fonctions du bord, tout en exerçant une mainmise discrète sur certains systèmes clés : communications radio et sat, positionnement, contre-mesures électroniques ; en fonction de l'évolution des événements dans les heures à venir, il serait alors aisé de provoquer la panne appropriée au moment opportun. Dans l'intervalle, seul un hacker de génie – et *a priori* il n'y en avait aucun à bord – serait en mesure de déceler la manip. Et bien sûr, toute trace de la présente intrusion allait être soigneusement effacée.

L'ombre silencieuse se dirigeait déjà vers la porte de la timonerie lorsque celle-ci s'ouvrit brusquement. Une silhouette massive se dessina dans l'encadrement, tâtonna un instant puis trouva l'interrupteur ; la lumière inonda la pièce, révélant l'identité de l'arrivant : c'était Westerlund, le colosse norvégien spécialiste du combat à la batte. L'homme eut l'air soulagé en découvrant qui se trouvait à l'intérieur : « Bon Dieu, c'était vous ! fit-il avec son accent guttural.

— Un problème, Jorg ?

— Je pensais bien vous avoir vu entrer, mais dans la pénombre je n'étais pas sûr… Je me demandais ce que vous foutiez dans le noir depuis dix minutes. »

Ce furent ses dernières paroles.

20 h 28 UTC

« Bien sûr, approuva Sanjiv Chandra avec un sourire timide. Une bombe atomique. Mais ça pourrait être plein d'autres choses : une bouffée de rayons cosmiques, un faisceau de micro-ondes, un balayage laser mégajoule… Même une explosion volcanique ou un impact de météorite pourraient avoir cet effet-là. En gros, tout ce qu'on appelle en physique un HEE – un *événement hautement énergétique* – est capable de perturber ces tests de datation…

— Quelle blague ! railla Vandell Richardson apparemment décidé à en découdre. Des rayons cosmiques ! Des météorites ! Et pourquoi pas des petits hommes verts ? Vous êtes tous obsédés par ces foutues traces dans le béton : elles peuvent avoir été causées par le frottement du glacier ou n'importe quoi d'autre ! Et si quelqu'un avait balancé une ogive sur ce truc, expliquez-moi pourquoi le canot ne présente pas la moindre trace de combustion ?

— La casemate a pu faire écran, hasarda Joshua. N'oubliez pas que le canot se trouvait pratiquement à son pied.

— Et rien ne dit que la mort de ces deux malheureux est contemporaine de l'événement en question, renchérit Sarah Miller. Ils ont très bien pu se pointer des années après !

— Admettons… fit Richardson, pas vraiment convaincu. À propos de ces deux types, Sarah, vous pouvez nous en dire un peu plus ?

— En effet, répondit la scientifique manifestement soulagée de changer de sujet. Avec le docteur Olsen, j'ai procédé à l'examen des squelettes dès que vous les avez ramenés. Tout d'abord, il s'agit bien de deux hommes : un tout jeune, à peine sorti de l'adolescence, et un autre plus âgé qui devait avoir une cinquantaine d'années. Aucun des deux ne montre de traces susceptibles de nous éclairer sur les circonstances de leur mort, par contre le plus vieux présentait plusieurs fractures anciennes consolidées au niveau des côtes et des membres inférieurs : un homme d'action, ou alors un type sujet aux accidents… En plus, il devait avoir souvent mal aux dents, vu toute la ferraille que nous avons trouvée dans sa bouche : plusieurs couronnes en acier et des obturations bon marché, des travaux malheureusement peu spécifiques mais qui le situent sans gros risque d'erreur dans la première moitié du XXe siècle.

— Au moins, on sait déjà que ce n'étaient pas des hommes de Neandertal ! s'esclaffa Viktor Bernstein. Quelque chose à tirer de leurs vêtements ?

— Rien du tout, il ne reste que quelques fibres pourries. Tout ce qu'on peut dire, c'est qu'ils portaient tous deux des sortes de gros brodequins en cuir, apparemment du même modèle. Par contre…

— Des chasseurs de baleines ! dit soudain Gretchen Vogt. Ça doit être ça ! On sait que leurs navires faisaient route parfois très au sud. L'embarcation pourrait très bien correspondre à une chaloupe baleinière, en plus les dates collent parfaitement !

— Bien raisonné, répondit Sarah avec un sourire. Mais je peux vous affirmer que ces deux types n'étaient pas dans le coin pour chasser la baleine…

— Et pourquoi pas ? objecta Caleb.

— Parce que je gardais le meilleur pour la fin. Vous vous souvenez de l'appareil bizarre que vous avez trouvé dans le canot ? Au début, il nous a posé un sacré problème, il est dans un tel état d'oxydation que nous n'arrivions pas à déterminer ce que c'était. En fait, c'est votre ami One-Shot qui a trouvé le premier : il l'a tellement trituré entre ses gros doigts que ceci s'en est détaché… »

La jeune femme posa sur la table un objet que chacun reconnut aussitôt.

Une lentille en verre, intacte et parfaitement usinée, du diamètre d'une grosse pièce de monnaie.

« Un appareil photo ? demanda Caleb.

— Mieux. *Une caméra.* Mes assistants sont toujours en train d'essayer de la démonter, mais nous avons déjà repéré la plaque du fabricant. C'est une Bolex H -16, une marque suisse très robuste produite à partir de 1933 et commercialisée à des milliers d'exemplaires dans le monde entier.

— Mais alors, ça veut dire… murmura Gretchen.

— Ça veut dire que nos deux amis étaient sur cette plage pour une raison bien précise. Ils étaient en train de filmer l'Artefact. Et c'est à ce moment qu'ils sont morts. »

20 h 30 UTC

Cette fois, la quinte de toux avait duré beaucoup plus longtemps que d'ordinaire, et le vieillard venait tout juste de parvenir à reprendre sa respiration – ainsi qu'une certaine contenance – lorsque Guennadi Baranko avait pénétré dans la cabine.

« C'est fait, général. Nous pouvons désormais communiquer sans risque avec nos contacts, toutes les contremesures du *Global Defender* sont H.S.

— Excellent. Il n'y a pas eu de difficultés ?

— Un petit imprévu. Réglé sans problèmes et sans laisser de traces. Cela passera, disons, pour une disparition inexpliquée et, euh… »

Une seconde d'hésitation. Baranko venait de remarquer la pâleur inquiétante de son supérieur : « Excusez-moi, général, dit-il. Vous vous sentez bien ? »

Iazov fit un geste agacé, comme pour chasser une mouche : « Très bien, Guennadi. De toute façon, nous n'allons pas leur laisser le temps de se poser des questions. Nous attaquons demain.

— Demain ? répéta Baranko d'un air surpris. Vous aviez dit que vous vouliez les laisser creuser et qu'on n'interviendrait qu'une fois que…

— Ne discute pas mes ordres ! le coupa Iazov d'un ton plus véhément qu'il ne l'aurait souhaité. J'ai changé d'avis, voilà tout. Nous ne pouvons pas risquer qu'ils le transportent à l'intérieur de leur navire. Donne l'ordre au capitaine Sabayev de mettre en marche à petite vitesse, je veux que nous soyons sur place en début d'après-midi. Et préviens Tomski et ses hommes de se tenir prêts.

— Bien, général. »

Baranko lui lança un dernier regard intrigué et tourna les talons. Iazov attendit que la porte se fût refermée pour ressortir le mouchoir qu'il avait empoché en toute hâte à l'arrivée de son adjoint ; il considéra avec dégoût le tissu trempé de sang avant de le jeter à la poubelle.

Plus beaucoup de temps, désormais. Demain, ce sera très bien.

20 h 31 UTC

« Tout cela ne mène à rien ! explosa Vandell Richardson. Chaque réponse amène deux nouvelles questions ! D'où sortent ces deux types ? Qu'est-ce qu'ils foutaient là avec leur caméra, ils ne sont quand même pas venus en canot depuis l'Amérique du Sud ? Qu'est-ce qui les a tués, le truc énergétique dont nous parle Sanjiv ou autre chose ? Et qui a bien pu bâtir ce foutu blockhaus ?

— Je pense que nous sommes tous d'accord sur le fait que les réponses se trouvent à l'intérieur », lâcha Caleb sans chercher à dissimuler son agacement. Avec son air arrogant et ses déclarations péremptoires, l'ancien marine commençait à lui chauffer les oreilles ; leur passé commun dans les forces spéciales aurait pu les rapprocher, mais en réalité c'est exactement le contraire qui se produisait.

« Et qui nous dit qu'il y a un intérieur ? fit soudain Poppy Borghese d'une voix légèrement pâteuse. Votre blockhaus n'est peut-être qu'un vulgaire tas de cailloux ! Ça pourrait aussi bien être le soubassement d'un édifice qui n'a jamais été construit ; ou alors quelqu'un s'est mis dans la tête de construire une piste d'atterrissage en dur, et c'est son extrémité qui dépasse de la glace… »

Alors qu'on ne l'attendait plus, la jeune femme était arrivée moins de deux minutes auparavant et s'était effondrée sur sa chaise en marmonnant un truc indistinct qui pouvait à la rigueur passer pour un mot d'excuse. Tout le monde avait remarqué avec consternation le filet de sang qui suintait de sa narine droite, apparemment sans qu'elle en eût conscience. *Bon sang !* avait pensé Caleb. *Elle a sniffé du déboucheur à chiottes ou quoi ?*

« On peut au moins répondre à ça, Poppy, dit Sarah

Miller en essayant de garder un ton neutre. Depuis hier, nous avons effectué toute une série de relevés micro-gravimétriques, géoradar et sismométriques. Tous les résultats concordent : les murs font près de quatre mètres d'épaisseur mais, derrière, il y a bien un grand nombre de cavités dont certaines sont gigantesques et paraissent héberger des structures métalliques de grande taille. La question n'est donc plus de savoir s'il y a un intérieur, mais plutôt comment nous allons faire pour y accéder.

— Je ne vois vraiment pas où est le problème, lança Vandell Richardson. Comme chacun sait, continua-t-il avec un regard ironique à l'attention de Caleb et de ses amis, nous avons à bord une petite réserve d'explosif brisant en vue d'éventuels chantiers de prospection géologique. Avec ça, ce ne sont pas quatre mètres de béton qui vont nous arrêter !

— Non, ce sera juste cinq millions de tonnes de glace ! ricana Gretchen Vogt. À la louche, c'est ce qui va vous dégringoler dessus si vous faites la connerie de lancer n'importe quoi de plus gros qu'un pétard sur cette plage !

— Non mais dites donc, espèce de pétasse ! s'insurgea l'ancien militaire, dont le teint avait viré au rouge brique. Vous croyez que vous allez m'apprendre… »

Deux chaises s'écroulèrent avec fracas : Caleb et Joshua venaient de se lever, une même lueur meurtrière dans le regard. Sanjiv se prit la tête entre les mains et lança un long hululement de détresse ; Poppy Borghese éclata de rire.

« *Ça suffit !* »

Kendall Kjölsrud avait à peine élevé la voix, mais quelque chose dans son intonation eut pour effet de ramener aussitôt le calme. Le vieillard promena un regard courroucé sur l'assemblée avant de poursuivre : « À l'avenir, vous voudrez bien éviter ce genre de démonstration en ma présence. Sarah, votre opinion sur le point en discussion ?

— C'est Gretchen qui a raison, répondit l'intéressée d'une petite voix tout en essayant d'éviter le regard furieux de Richardson. Les falaises qui surplombent l'Artefact sont extrêmement instables, et toute onde de choc peut provoquer une catastrophe ; vu leur taille, aucune partie de la plage ne sera à l'abri en cas d'effondrement massif. »

Le milliardaire hocha lentement la tête et se concerta du regard avec Viktor Bernstein. Puis il se tourna de nouveau vers la jeune scientifique : « Votre proposition, Sarah ?

— Dans moins de deux heures, les SLUGS (*Self-contained Lightweight Underground Surveyor*)[1] auront terminé leur balayage, nous aurons à ce moment une idée précise de la structure externe du bâtiment. Soit il y a une entrée et nous nous y dirigerons en forant une galerie à travers le glacier ; vu la nature du matériau, ce devrait être assez rapide. Sinon il faudra percer le béton. Mais pas question d'explosifs, nous ne pourrons utiliser que les torches à plasma – il y en aura pour une bonne douzaine d'heures de travail, au moins.

— Mais ça ne règle pas le problème d'un effondrement fortuit, objecta Caleb. Si j'ai bien compris, le risque augmente d'heure en heure, et je nous vois mal travailler une demi-journée avec cette menace au-dessus de la tête. Pourquoi ne pas purger la paroi de façon préventive ? Deux ou trois roquettes tirées à bonne distance depuis le *Defender* feraient très bien l'affaire…

1. En anglais, *slug* : limace.

— Ce serait certainement la meilleure chose à faire, concéda Kjölsrud. Mais ensuite il nous faudrait au moins deux jours pour déblayer. Et nous n'avons pas ce temps-là, je vous le rappelle… »

À cet instant, Caleb, qui regardait le vieil homme dans les yeux, eut l'absolue certitude qu'il leur mentait : il était effectivement très pressé, mais pas à cause de la tempête. « Maintenant, continua le milliardaire, si vous avez une autre idée pour garantir notre sécurité, je suis preneur. Sinon, nous ferons comme Sarah le propose. »

Kjölsrud se levait déjà pour signifier la fin de la réunion lorsque Caleb le retint d'un geste : « Attendez !

— Oui ? s'enquit le vieillard avec un soupçon d'impatience.

— J'ai effectivement une autre solution, dit Caleb avec un grand sourire. Voilà ce que nous allons faire… »

21 h 27 UTC

« J'ai une bonne nouvelle pour toi », articula Guennadi Baranko en réprimant un haut-le-cœur devant l'odeur immonde qui régnait dans la cabine.

Le monstre assis dans ses déjections leva les yeux du petit livre rempli de princesses et de chevaliers, dont il suivait péniblement les lignes d'un index crasseux. Il venait de manger – Baranko préférait ne pas savoir quoi –, et un jus brunâtre engluait encore son menton et les quelques poils de sa barbiche.

« Quoi, Guennadi ?

— Tu vas bientôt retrouver ton papa. Demain. »

Chapitre 10

28 février 2018 – 08 h 35 UTC

« Pas à dire, fit Joshua Tewaru qui n'était pas encore revenu de sa surprise, ils ont abattu un sacré boulot pendant la nuit !

— En plus, c'est joli, approuva Viktor Bernstein. Encore qu'une couleur plus chaude – je ne sais pas, un parme ou un rose fuchsia, par exemple – aurait un peu égayé le paysage… »

Sur près de quatre cents mètres de largeur, les falaises de glace qui surplombaient l'Artefact avaient comme par magie changé de couleur et s'ornaient à présent d'un vert pâle légèrement fluo du plus bel effet. Les trois hommes qui se trouvaient à leur pied ne se lassaient pas d'admirer la transformation.

« Désolé, il n'y avait que cette teinte au catalogue, sourit Caleb.

— L'essentiel, c'est que ça tienne, reprit le vice-président de la K2. Et d'après ce que je vois là-bas, ça risque d'être utile… »

Le milliardaire faisait allusion à l'énorme effondrement qui était survenu juste avant l'aube, heureusement à bonne distance de la zone des travaux, et qui avait enseveli toute l'extrémité nord de la grève sous des milliers de tonnes de glace. Un avertissement sans frais pour tous ceux qui pourraient être tentés de s'installer de façon durable : dans une semaine, peut-être moins, la totalité de la plage aurait disparu sous la glace, et l'Artefact retournerait au cercueil gelé dont il n'aurait émergé que pour quelques jours. « En tout cas, reprit Bernstein, c'était une idée de génie, et je dois vous transmettre les félicitations de Kendall ; vous avez sans doute remarqué que les embrassades ne sont pas son fort, alors il faudra vous contenter de ça…

— Tout le mérite en revient à votre nièce, dit Caleb. C'est elle qui m'a parlé du stock important de nanotissu que le *Defender* trimbalait dans ses cales. »

Bernstein hocha la tête en signe d'approbation. Les trois hommes s'étaient un peu rapprochés de l'Artefact, et l'on commençait à ressentir une nette sensation de chaleur liée à la réverbération des rayons solaires par l'immense bâche. Outre sa légèreté et son incroyable résistance mécanique, le tissu utilisé présentait la particularité de renvoyer 98,5 % de l'ensemble du spectre visible, et 100 % des infrarouges ; il était initialement destiné à une série d'expériences visant à empaqueter des glaciers côtiers en Patagonie, pour voir si l'on pouvait ainsi en ralentir la fonte.

Pour cette journée qui s'annonçait décisive, le temps était revenu au beau fixe et le thermomètre était même remonté un peu au-dessus du point de congélation. Rien ne laissait présager la tempête qui allait s'abattre sur le secteur – toutes les projections météo le confirmaient – dans maintenant moins de vingt-quatre heures.

« Ce n'est pas votre coup d'essai, n'est-ce pas ? reprit Viktor Bernstein. Je me suis laissé dire que vous aviez déjà réalisé ce type d'opération…

— Effectivement, répondit Caleb. Mais c'est Josh qui a fait tout le boulot…

— Caleb est bien trop modeste, intervint l'intéressé. Le bâchage était au contraire la partie la plus facile du job ! »

Les deux amis échangèrent un regard amusé. Ils n'étaient pas près d'oublier la mission qui, cinq ans auparavant, avait constitué le baptême du feu pour la Hard Rescues. Le sauvetage du Boeing de l'Aeromexico, planté dans son glacier des Andes avec cinquante-sept survivants à bord, avait comporté une très délicate étape de haubanage doublée d'un empaquetage de la barre de séracs qui soutenait l'épave au-dessus d'un vertigineux précipice de neuf cents mètres – une opération incroyablement dangereuse menée en un temps record par Joshua et son commando de huit spécialistes des missions en haute montagne. Au final, cette première mission avait été un succès complet, mais, en se repassant le film, Caleb et ses amis avaient compris qu'ils avaient eu une chance miraculeuse. Seulement deux mois plus tard, ils remettaient ça avec le *Norilsk*, et la HR entrait définitivement dans le cercle très fermé des sociétés de sauvetage internationales.

Tout en discutant avec Viktor Bernstein, Caleb et Joshua avaient presque fini de longer la base de l'immense casemate et s'approchaient de son angle sud. Au-dessus de leurs têtes, les huit hectares de bâche réfléchissante renvoyaient maintenant la chaleur du soleil d'une façon presque désagréable. Si le chantier actuel rappelait un peu leur aventure bolivienne, il en différait par son gigantisme mais aussi par la main-d'œuvre utilisée. En effet Kjölsrud n'avait voulu prendre aucun risque et avait interdit toute présence humaine sur la plage pendant l'installation de la bâche. En plus des SLUGS déjà déployés pour les opérations de cartographie sous-glaciaire, c'est tout le personnel robotique du *Global Defender* qui avait été mis à contribution : Zack et Cody bien sûr, plus les deux autres asimov lourds qui servaient pour les travaux de manutention, et les six hobbits multitâches Honda qui se partageaient entre la salle des machines, la cuisine et différentes missions de nettoyage et de maintenance.

C'est précisément trois de ces derniers qui s'affairaient autour d'une série de caisses disposées près de l'angle du bâtiment. Caleb observait leur manège depuis quelques minutes : les robots étaient occupés à récupérer des objets métalliques de la taille d'une batte de base-ball gisant par dizaines au pied de la falaise de glace, avant de les ranger soigneusement dans les containers en plastique. Caleb connaissait bien les SLUGS, petits drones fouisseurs dont la coiffe pouvait embarquer une batterie d'instruments de détection mais aussi dix kilos d'explosif conventionnel, voire une mini-nuke. Outre de nombreux usages civils en géologie ou en prospection minière, leur principale application militaire était le repérage et la destruction de bunkers trop profondément enfouis pour être atteints par des missiles ou des bombes à pénétration cinétique. Pendant la guerre des Trois Jours, ils s'étaient montrés d'une efficacité redoutable et expliquaient peut-être pourquoi Tsahal avait renoncé *in extremis* à régler la question iranienne à coups de frappes nucléaires préventives.

Viktor Bernstein fit quelques pas vers les androïdes, qui interrompirent leur tâche à son approche : « Salut les gars ! Vous n'auriez pas vu Poppy et M. Kjölsrud ? »

L'un des petits robots – ils étaient de la taille d'un enfant de dix ans – orienta vers eux l'ovoïde lisse qui lui tenait lieu de tête :

‹ Ils sont dans la galerie, monsieur Bernstein. ›

« Parfait, répondit ce dernier en se retournant vers Caleb et Joshua. Vous venez, messieurs ? Allons voir s'ils ont trouvé cette foutue porte ! »

08 h 51 UTC

Pour le lieutenant Tomski et ses hommes, la nuit n'avait pas été des plus réparatrices.

Comme prévu, la seconde partie de la progression avait été moins difficile, et le commando avait atteint sans encombre son objectif peu après le coucher du soleil. Après une brève reconnaissance, Tomski avait décidé d'installer le campement à l'aplomb de la portion sud de la plage, où l'on disposerait d'une excellente vue plongeante sur l'ensemble du site. Il n'avait fallu que quelques minutes aux soldats pour camoufler les deux véhicules légers derrière un volumineux *hummock* et bâtir l'espèce d'igloo semi-enterré qui leur servirait d'abri pour la nuit. Les rations avaient été vite expédiées de même que l'attribution des tours de garde, puis les hommes exténués s'étaient glissés dans leurs duvets isolants.

La fiesta avait commencé juste après.

Le lieutenant venait à peine de sombrer dans le sommeil quand une poigne vigoureuse lui avait enserré l'épaule, le ramenant douloureusement à la réalité. Pas besoin d'explication : le fracas de l'hélicoptère qui avait rasé leur abri à très basse altitude résonnait encore entre les murs de glace. L'appareil ne s'était pas éloigné : à l'oreille, il devait maintenant faire un point fixe à moins de cent mètres de distance. Pas tout à fait réveillé, Tomski s'était précipité vers l'étroite meurtrière qui donnait sur l'extérieur. Le caporal Zatkine était déjà allongé à plat ventre dans la tranchée, son AN-94 braqué sur l'origine du vacarme ; derrière eux, les autres soldats se relevaient en grognant et vérifiaient leur armement dans la pénombre.

« M'est avis qu'on a de la visite, lieutenant, avait fait Zatkine à voix basse.

— Nom de Dieu ! avait pesté l'officier. C'était bien la peine de se faire chier à creuser ce trou ! Il y en a combien ?

— Seulement deux.

— Quoi ?

— Voyez vous-même », avait répondu l'autre en lui tendant ses jumelles ZeissNox.

Tomski avait rapidement fait la mise au point. L'hélico – un petit MH-6 comme il en avait déjà piloté à l'entraînement – s'était posé tous feux éteints à moins de cinquante mètres au nord. Deux silhouettes rendues floues par l'amplification optique s'affairaient dans le noir à proximité de l'appareil. L'officier connaissait les procédures standard d'engagement, identiques dans toutes les forces spéciales : deux types visibles, cela voulait dire trois ou quatre fois plus planqués dans l'obscurité, voire s'apprêtant à les prendre en tenaille de l'autre côté de l'abri.

« Je fais quoi, lieutenant ? Je les fume ? »

Tomski n'avait rien dit, un silence qui valait acquiescement ; à cette distance le Nikonov ne ferait pas de détail. Et pourtant, il y avait quelque chose de bizarre. Si les gars en face les avaient repérés, pourquoi s'exposaient-ils au risque de se faire dégommer comme au champ de foire ? Et qu'est-ce qu'ils foutaient, au juste ? Loin de regarder dans leur direction, ils semblaient très occupés à insérer l'extrémité d'un long câble dans une sorte de treuil qu'ils avaient préalablement ancré dans la banquise. Un infime bruit métallique : l'œil rivé à sa lunette de visée nocturne, Zatkine venait de basculer le sélecteur de son arme sur rafales courtes ; le lieutenant savait qu'il se régalait déjà du bon carton qui s'annonçait. Un dernier coup d'œil dans les jumelles. Décidément quelque chose n'allait pas avec ces types. Les silhouettes étaient un poil trop petites, leurs mouvements un rien trop raides…

Tomski avait compris d'un seul coup : « Ne tire pas, *tchaynik* ! avait-il lancé d'un ton précipité. Ce sont des robots ! Et ils ne sont pas là pour nous !

— Des robots ? Vous êtes sûr, lieutenant ?

— Passe en IR si tu ne me crois pas, crétin ! »

Deux secondes plus tard, Zatkine reposait le fusil d'assaut : « Vous avez raison, lieutenant. Ces trucs sont aussi froids que la banquise ! Mais qu'est-ce qu'ils foutent là ? »

Tomski avait repris les jumelles et était resté un long moment à scruter les ténèbres.

« Une bâche… avait-il fini par murmurer d'un ton

incrédule. Ils sont en train de tendre une bâche sur cette putain de falaise ! »

Huit heures plus tard, les membres du commando avaient eu amplement le temps d'observer la manœuvre. Pendant toute la nuit, ce n'avait été que rotations incessantes de l'hélico, raclements des dizaines de SLUGS qui, sous leurs pieds, semblaient évider le glacier comme un gruyère, piétinements des robots affairés à tirer les câbles à la surface de la banquise ; à plusieurs reprises, les androïdes étaient passés si près de l'abri qu'on aurait pu les toucher. À aucun moment l'équipage humain du *Global Defender* ne s'était montré. Même les opérations à flanc de falaise avaient été accomplies par les automates : c'était la première fois que Tomski voyait des robots équiper une paroi en rappel… et ils avaient l'air de se débrouiller comme des pros. « Bordel de merde ! avait pesté le lieutenant. Ça doit être le seul foutu chantier de construction à cinq mille bornes à la ronde… et il a fallu qu'on vienne y passer la nuit ! »

Tout ce cirque avait duré jusqu'à l'aube, et, au final, le jour s'était levé sans que les soldats aient pu prendre une seule minute de repos. C'étaient donc des hommes fatigués et furieux qui, allongés à plat ventre au bord de la falaise de glace, contemplaient maintenant les activités sur la plage en contrebas.

« Le petit gros, c'est Bernstein, dit Tomski qui venait de lancer l'applet de reconnaissance faciale de ses jumelles tactiques. Les deux autres sont McKay et Tewaru. D'après Iazov, ces deux-là pourraient nous donner du fil à retordre, ils seront à éliminer en priorité.

— Alors on pourrait s'en débarrasser tout de suite, répondit le sergent Darjiev qui inspectait la plage à travers la lunette de son fusil de précision. Le bruit ferait sortir leurs copains de leur trou et le boulot pourrait être torché en cinq minutes.

— Pas question. Sauf si tu veux servir de casse-croûte à la mascotte du général. Mais rassure-toi, j'ai prévu quelque chose de sympa pour nos amis... ».

08 h 55 UTC

Finalement, il y avait bien une entrée. Plusieurs, même. Et, par chance, la plus prometteuse n'était qu'à une trentaine de mètres de la base de la falaise.

Au moment de pénétrer dans la galerie avec ses compagnons, Caleb se remémora la cartographie 3D qui leur avait été présentée lors du briefing du matin. L'Artefact était une casemate rectangulaire d'un seul tenant, mesurant trois cents mètres de façade contre cent vingt pour le « petit » côté dont seule une faible portion émergeait de la falaise. C'est à ce niveau que se trouvait ce qui pouvait être le portail principal, une embrasure massive de dix mètres sur cinq surmontée par une sorte d'auvent, ainsi que deux autres issues plus profondément enfouies sous la glace. La partie postérieure du bâtiment était prolongée par une énorme extension hémicirculaire de près de cinquante mètres de diamètre qui paraissait jointive avec le corps principal du bunker. Le toit de ce dernier supportait plusieurs structures complexes en béton et métal – une tour de contrôle ? des installations radar ? –, pour l'essentiel réduites à l'état de ruines. Enfin, le site comportait plusieurs autres bunkers ou bâtiments bas, de dimensions beaucoup plus modestes, mais dont l'exploration serait sans doute impossible dans l'immédiat vu la profondeur à laquelle ils se trouvaient sous la glace.

Les trois hommes s'engagèrent avec précaution dans le tunnel ; leurs combinaisons les auraient protégés des conséquences d'une chute, mais aucun d'eux n'avait spécialement envie de se casser la figure sur le sol glissant. En l'espace de deux heures, les travaux de creusement avaient déjà progressé de façon spectaculaire : le mur de glace ne faisait pas le poids devant la torche à plasma maniée avec dextérité par l'un des asimov lourds. Au contact du gaz ionisé à 3 000 °C, il se volatilisait en produisant d'énormes panaches de vapeur, lesquels se condensaient aussitôt en une pluie glacée qui venait arroser le sol détrempé. Juste en arrière du grand robot, deux des hobbits s'occupaient à consolider la galerie en tartinant les parois humides d'épaisses couches d'une biocolle qui se polymérisait au contact de l'eau pour produire une coque dure comme l'acier. Kjölsrud et Poppy supervisaient les opérations, le premier apparemment d'excellente humeur et la seconde affichant au contraire une mine des plus moroses.

Pour une fois, Caleb pensait savoir ce qui la préoccupait : « Des nouvelles de Westerlund ? lui demanda-t-il en haussant la voix pour couvrir le ronflement du chalumeau géant.

— Toujours pas. D'après l'IA centrale, il aurait quitté le dortoir du pont B à 2135. Un des capteurs de l'hélipont arrière le montre au pied de la passerelle deux minutes après. Plus rien ensuite, c'est comme s'il s'était volatilisé.

— Une idée de ce qui a pu lui arriver ?

— Aucune », dit-elle en hochant la tête d'un air sombre. Elle croisa son regard et ajouta : « Non, Caleb, je ne crois pas. Jorg était... est un bon vivant et un type sans histoires. Pas un poivrot ni un suicidaire. On serait n'importe où ailleurs, je dirais qu'il a pris un canot pour aller aux putes. Mais ici...

— Et la fouille du bateau ? demanda Joshua. Elle n'a rien donné ?

— Ni la fouille virtuelle, ni le hobbit qui vient de passer chaque compartiment au peigne fin. Et nous n'avons rien trouvé de suspect dans ses affaires. Vandell vient de m'appeler pour dire qu'il organisait un nouveau ratissage avec deux de ses hommes. Mais je n'y crois pas trop, le bateau n'est pas si grand que ça...

— Mais... »

La phrase que Joshua s'apprêtait à prononcer fut soudain interrompue par un énorme craquement suivi d'un grondement d'avalanche. Juste devant eux, un des renforts de voûte venait de céder, et plusieurs mètres cubes de neige molle s'étaient déversés d'un coup dans la galerie, ensevelissant en partie un des hobbits. Le petit robot se dégagea sans difficulté et recommença patiemment à consolider la paroi, pendant que son jumeau entreprenait aussitôt de déblayer le sol en repoussant la neige sur les côtés. Imperturbable, l'asimov continuait à creuser avec sa lance thermique.

« Vous pensez que ça va tenir, avec cette foutue colle ? demanda Viktor Bernstein qui n'avait plus l'air très rassuré. On aurait peut-être dû étayer d'une façon plus classique... »

Joshua haussa les épaules : « C'est ce qu'on voulait faire au début, mais ça aurait mis deux fois plus longtemps… Devinez qui a refusé ? dit-il avec un coup d'œil éloquent en direction de Kjölsrud.

— D'après Sarah et One-Shot qui ont vérifié les calculs de contraintes, ça devrait le faire, intervint Caleb d'un ton rassurant. D'ailleurs, on pourra bientôt leur poser la question : ils avaient paraît-il quelque chose d'urgent à finir au labo, mais ils devraient nous rejoindre sous peu. »

Le chuintement de la torche à plasma s'interrompit tout à coup. La grosse bouteille d'argon comprimé était vide, et l'asimov entreprit posément de la remplacer. Bernstein profita du silence pour demander : « On en est où, au juste ?

— Restent vingt mètres, dit Kjölsrud. Si tout va bien, on pourra déjeuner à l'intérieur. J'offre l'apéritif. »

09 h 43 UTC

« À cette allure, on devrait y être pour midi, mon général. »

Avec à peine deux heures de retard sur le temps estimé, le *Vladimir Karvaiyski* venait de doubler l'extrémité du cap Norvegia et d'entamer la remontée de sa côte occidentale. Au cours de la nuit, sa progression avait été sensiblement ralentie par un pack un peu plus dense que prévu, mais le bâtiment avait maintenant atteint l'immense *polynia* formée par le détachement de l'iceberg A-87 ; la mer était parfaitement dégagée, et les deux gros diesels de 4 800 CV pouvaient enfin donner toute leur mesure, propulsant le brise-glaces à près de quinze nœuds. Debout dans la timonerie à côté du capitaine Sabayev, le général Iazov avait du mal à contenir sa satisfaction. Il se sentait bien mieux que la veille ; même la douleur à son côté avait pratiquement disparu.

L'excitation de la chasse. Le goût du sang. Ça va te maintenir en pleine forme jusqu'à ce que tout cela soit terminé. Après, il sera toujours temps d'aviser.

Il jeta un coup d'œil par la baie vitrée. Il n'était pas le seul à éprouver cette sensation presque enivrante. Depuis bien avant l'aube, Yngvi se tenait arc-bouté à la rambarde du gaillard d'avant comme une hideuse figure de proue. Figé dans une immobilité absolue, le monstre scrutait l'océan de son regard aveugle, comme s'il espérait être le premier à apercevoir leurs proies. Un peu plus tôt, Iazov avait voulu aller le voir, mais avait dû rebrousser chemin : les scènes insoutenables de mort et de destruction qui suintaient sans discontinuer de l'esprit de la créature interdisaient de s'en approcher à plus de quelques mètres.

Le général revint au cliché satellite qu'il tenait en main. Sur environ cinq milles à partir de la côte, la mer était parfaitement libre de glaces sur toute la longueur du cap Norvegia ; plus loin vers l'ouest, elle se couvrait d'icebergs, qui devenaient de plus en plus nombreux à mesure que l'on se rapprochait de l'énorme A-87. Il était tentant de suivre la route directe préconisée par le capitaine : une trentaine de milles en ligne droite et ils seraient au contact du *Global Defender*. Mais il hésita.

« Commandant, si nous suivons le cap actuel, dans combien de temps vont-ils nous repérer ?

— Mais… ils ne peuvent pas nous détecter ! répondit l'officier, surpris. Votre aide de camp nous l'a encore confirmé ce matin. Nous sommes invisibles sur leurs écrans, et même si leurs radars nous illuminent depuis quelques minutes, notre écho est effacé par le programme que vous leur avez injecté. *Idem* sur les clichés sat. Et ils ne peuvent repérer aucune de nos émissions, radar ou autre… »

Iazov était de si bonne humeur qu'il ne songea pas à relever la lenteur d'esprit de son interlocuteur : « En *visuel*, commandant !

— Pardonnez-moi, mon général. Ils devraient nous voir d'ici, euh… une heure à peu près. »

Pas terrible pour l'effet de surprise, pensa le vieil homme. *Plus grave, ils risquent de se poser des questions quand ils nous auront dans leurs jumelles mais pas sur leurs écrans. Si jamais ils découvraient l'intrusion dans leurs systèmes, ça foutrait tout le plan par terre.*

En quête d'une idée, Iazov regarda à nouveau la photographie satellite haute résolution. À un doigt de la base du cap Norvegia, le *Global Defender* était une minuscule chiure de mouche où aucun détail n'était discernable. Plus loin vers l'ouest, les premiers gros icebergs n'étaient qu'à deux ou trois nautiques du navire.

Quelques mots de Sun Tzu lui revinrent en mémoire. Cela faisait longtemps qu'il n'avait pas pensé au vieux stratège dont les préceptes de bon sens l'avaient accompagné tout au long de sa carrière aventureuse.

Avant le combat, une chose très essentielle, c'est de bien choisir le point de rassemblement de vos troupes. Pour ne pas y être devancé par l'ennemi, il faut agir avec diligence, être installé avant qu'il ait eu le temps de vous reconnaître, avant même qu'il ait appris votre marche pour vous y porter. Être le premier en place est à rechercher. S'il s'agit d'aller, allez promptement, mais en sûreté, par des chemins tenus secrets. L'ennemi ne doit pas soupçonner dans quels lieux vous vous rendez. Sortez à l'improviste d'où il ne vous attend pas et tombez sur lui quand il y pensera le moins[1].

Bien sûr. C'était ça.

« Dites-moi, commandant, demanda-t-il. Ils n'ont rien en l'air en ce moment ?

— Négatif, mon général. Ils ont fait pas mal de rotations avec leur hélico pendant la nuit. Mais plus rien depuis l'aube. Aucun drone de surveillance non plus, on le capterait très bien d'ici.

— Excellent. On va pouvoir tenter le coup, alors. Voilà ce que vous allez faire… »

Sur la carte, le vieil homme traça de l'index une route sud-ouest qui s'éloignait obliquement de la côte, en direction des glaces flottantes : « Virez au 230, commandant. On va aller faire un peu de cache-cache avec ces glaçons. »

11 h 31 UTC

Il restait moins de cinq mètres à creuser quand l'appel leur parvint. Sarah Miller était surexcitée.

« Vous en êtes où ? demanda-t-elle d'une voix haletante.

— Presque au bout, *maideleh*, répondit son oncle.

1. *L'Art de la guerre* (ca. VIe siècle av. J.-C.).

Tu devrais te dépêcher de rappliquer, tu vas louper les derniers coups de pioche !

— J'arrive tout de suite avec One-Shot ; Vandell termine de faire charger la barge. Mais avant ça, j'ai une surprise pour vous !

— Tes deux macchabées t'ont raconté ce qui leur est arrivé ?

— Mieux que ça. On a le film.

— Quoi ? »

Le cri de surprise de Viktor Bernstein avait fait écho à celui de Caleb.

« Vous avez bien entendu. Il y a peu de chance qu'il reçoive un Oscar, mais il vaut quand même le détour.

— Mais comment avez-vous fait ? s'étonna Caleb. La caméra n'était plus qu'un bloc de rouille !

— Encore une fois, c'est One-Shot qui a fait tout le boulot, il faut croire que cette caméra l'inspirait. Mon idée était d'essayer de la retaper avec un bain galvanoplastique – c'est la technique qu'on emploie avec les monnaies anciennes oxydées, par exemple. Heureusement qu'on ne l'a pas fait, ça aurait flingué tout l'intérieur. One-Shot a insisté pour qu'on l'ouvre avant, et il a eu la présence d'esprit de faire ça dans une sorte de chambre noire qu'il a bricolée pour l'occasion ; c'est ce qui a sauvé le négatif…

— Et vous avez pu récupérer le film ?

— Une toute petite portion seulement. La quasi-totalité de la pellicule avait pris l'humidité, et s'était décomposée en une espèce de bouillie complètement irrécupérable. Par contre, la partie venant juste d'être filmée passait par une sorte de petit boîtier étanche en plomb et bakélite avant de rejoindre la bobine.

C'est ce qui a dû la protéger, vu que la seule partie exploitable du film se trouvait à l'intérieur...

— Attends, Sarah... tu veux dire que ce que nous avons, c'est la dernière séquence tournée par cette caméra ? demanda Viktor Bernstein qui n'osait y croire.

— Exact, mon oncle. Je vous la télécharge de suite. Soyez attentifs, ça ne dure pas très longtemps. »

11 h 35 UTC

Le sergent Bagvan Darjiev fit claquer la culasse de son SV-98 avant de vérifier pour la énième fois les réglages de sa lunette. Tomski eut un sourire. Le colosse sibérien était l'un des meilleurs snipers qu'il ait eu l'occasion de commander ; entre ses mains, le gros fusil de précision devenait une arme d'une efficacité sans égale, capable de porter la mort à plus de mille deux cents mètres avec une exactitude chirurgicale. Darjiev avait également la patience infinie du tireur embusqué, pouvant si nécessaire rester tapi des jours entiers en attendant que sa proie daigne se présenter devant son canon.

Tomski, qui venait de regagner leur poste d'observation, était de retour de l'igloo où il avait eu une brève conversation radio avec le général Iazov : « Les autres arrivent dans deux ou trois heures, lui dit-il. On pourra attaquer les festivités à ce moment-là.

— Tant mieux, lieutenant. Les gars n'étaient pas ravis à l'idée de passer une deuxième nuit dans ce trou à rats.

— Du neuf là-dessous ?

— *Niet*, lieutenant. Pas un chat sur la plage. Et personne n'est ressorti de cette foutue galerie. Par contre, ça bouge sur leur barcasse : ils sont en train de charger des dizaines de caisses sur la barge. Et on dirait que le reste de l'équipe s'apprête à débarquer aussi.

— Fais voir », dit Tomski en saisissant la paire de jumelles tactiques que lui tendait le tireur. Le lieutenant balaya le pont arrière du *Global Defender* mouillé à un demi-mille de distance. Il y avait effectivement de l'animation : une bonne douzaine de personnes, plus trois robots, qui paraissaient très affairés à transbahuter une quantité impressionnante de matériel depuis le pont jusqu'à la barge amarrée à la poupe du navire.

« Vous avez vu le gros balèze près du mât de charge ? demanda Darjiev.

— Celui qui est presque aussi grand que l'asimov ? Bien sûr, on ne voit que lui sur le pont. D'après les jumelles, il s'agirait d'un certain Vassili Hautamäki… Un pote de McKay, semble-t-il. Pourquoi ? Tu le connais ?

— Son surnom, c'est One-Shot. Tout le monde le connaît dans le milieu des snipers. Un type qui joue hors catégorie depuis toujours. Et sur lequel circulent de drôles d'histoires…

— Comme quoi ? fit Tomski, vaguement intéressé.

— Il aurait quitté l'armée il y a six ou sept ans. Plus ou moins reconverti dans le sauvetage civil avec ce McKay. Dans les années 2000, il aurait bossé pour le Supo, le contre-espionnage finlandais, et aussi pour leur service de renseignements militaire. Par contre, éclipse totale entre 2005 et 2010 : personne ne sait au juste ce qu'il a foutu pendant cette période. Mais on se doute un peu de l'endroit où il traînait…

— Pourquoi ?

— Parce qu'il n'y a pas un seul bled entre Beyrouth et Islamabad où sa tête ne soit mise à prix. On dirait que les oussamas ne le portent pas dans leur cœur...

— Un *tchoukhonets'*[1] ! cracha Tomski d'un ton méprisant. Ces types-là sont trop cons pour tenir un balai, et tu dis qu'il saurait se servir d'un fusil !

— Les Finlandais ont toujours fourni les meilleurs snipers du monde, lieutenant, répondit Darjiev surpris par l'ignorance de son supérieur. Rappelez-vous comment ils nous ont torchés pendant la guerre d'Hiver... »

Le sergent faisait allusion au conflit russo-finlandais de 1939-1940, où, malgré sa supériorité numérique écrasante, l'armée Rouge avait été défaite par la petite armée finlandaise bien mieux préparée à la guérilla en milieu hivernal. Au cours de ces escarmouches, les snipers finnois avaient fait des ravages dans les rangs soviétiques, comme le fameux Simo Häyhä entré dans la légende pour avoir à lui seul abattu cinq cent quarante-deux ennemis pendant la durée du conflit.

Tomski se contenta de hausser les épaules : « Peu importe. Ce connard n'est pas à l'épreuve des balles, et je compte sur toi pour nous en débarrasser quand ce sera le moment... En tout cas, tu as raison : ils sont tous en train et grimper dans la barge et... »

L'officier qui avait repris les jumelles s'interrompit soudain et poussa un long sifflement : « Tu as vu les deux salopes ? »

---

1. Terme argotique extrêmement vulgaire pour désigner les Finnois ; jeu de mots avec *tchouchok*, homosexuel.

Le visage aux traits mongols de Darjiev se fendit d'un sourire cruel : « Je me demandais quand vous les remarqueriez, lieutenant…

— Que penses-tu de la rouquine ? Elle a l'air sacrément chaude, ils ne doivent pas s'ennuyer à bord !

— Je préfère la blondasse, elle ressemble aux filles de chez moi. »

L'officier considéra le tireur d'élite avec un mélange d'amusement et de mépris : « Les filles de chez toi ont des gueules d'ours et des culs de juments. En plus, tu n'as aucune chance avec celle-ci, d'après les infos de Iazov, c'est une foutue *kobloukha* !

— Laissez-la-moi deux heures, lieutenant. Une fois qu'elle aura tâté du Sibérien, elle ne voudra plus jamais rien goûter d'autre ! »

Les deux hommes éclatèrent d'un gros rire sale : « Tu as raison, dit Tomski. Dis aux gars de ne pas trop les amocher, tout à l'heure. La soirée pourrait être plus intéressante que prévu. »

Et l'officier se sert toujours en premier, ajouta-t-il en son for intérieur.

11 h 36 UTC

Le film durait dix-sept secondes.

C'était un enregistrement en noir et blanc, muet, et d'une qualité exécrable. Sarah et One-Shot avaient fait des miracles avec plusieurs logiciels de traitement du signal pour essayer de gommer le maximum de bruit et pour redonner un peu de jus aux images presque effacées. Le résultat final – scènes floues, tressautantes, parsemées de larges taches noirâtres aux endroits où l'émulsion s'était irrémédiablement décomposée – donnait une idée de ce à quoi devait ressembler le négatif quand ils avaient commencé à travailler dessus.

Mais Sarah avait raison. Ça valait le détour.

C'était l'aube, ou le crépuscule. Ou alors la nuit hivernale, qui durait près de trois mois à cette latitude. L'image était bien trop mauvaise pour qu'on pût apercevoir les étoiles dans le ciel sombre, par contre ce qui pouvait correspondre à un croissant de lune était vaguement visible sur la droite, à quelques degrés seulement au-dessus de l'horizon. Pour ce qu'on arrivait à en distinguer, la mer avait l'air complètement gelée dans cette direction – un indice que l'on se trouvait à une période avancée de la saison ?

Le lieu du tournage était sans surprise : c'était bien la plage de l'Artefact, avec son sol caillouteux parsemé de rochers érodés aux formes caractéristiques. Vu l'angle sous lequel se présentaient les plus reconnaissables, la caméra devait être positionnée vers le milieu de la grève, pas très loin du plan incliné qui lui-même demeurait invisible. La première scène durait moins de deux secondes : c'était un plan fixe d'un homme très jeune qui devait se tenir à deux ou trois mètres de l'opérateur. Le type, vêtu d'une grosse combinaison polaire en peau retournée, avait adopté une pose avantageuse ; son visage encore enfantin émergeait d'un épais bonnet de fourrure et adressait un sourire un rien suffisant à la caméra, comme si son propriétaire était à la fois étonné et fier de se trouver là.

Tout le monde autour de Caleb eut la même pensée : Est-ce que c'est le petit gars dont les os sont éparpillés sur la table d'autopsie du docteur Olsen ?

Il y avait d'autres hommes sur la plage. Deux d'entre eux se dessinaient à quelques mètres en arrière, dans la tache de lumière dispensée par un projecteur sur pied. Eux aussi étaient revêtus de lourds vêtements polaires et semblaient penchés sur un appareillage complexe – une arme ? Un instrument de mesure ? Plus loin on devinait d'autres silhouettes occupées à des tâches mystérieuses, à peine visibles dans le nuage de pixels aléatoires qui constellaient l'arrière-plan du film.

Ensuite la caméra se tournait vers la gauche et entamait un panoramique vers le haut de la plage. L'Artefact était bien là, identique en apparence à ce qu'il était maintenant. L'opérateur filmait d'abord son coin sud, puis balayait lentement l'immense façade bétonnée. D'autres hommes, tous engoncés dans les mêmes combinaisons isolantes, se tenaient au pied de la paroi sombre ; l'un d'entre eux pointait une paire de jumelles vers le large, un autre brandissait ce qui ressemblait à une grosse carabine. Le mouvement de pivotement s'arrêtait à peu près à l'aplomb de l'endroit où se trouvait le preneur de vue ; le plan incliné était désormais bien visible sur la gauche de l'image, sa surface parfaitement lisse ne comportant encore aucune des traces d'érosion qu'elle présentait maintenant. Mais c'étaient deux autres détails qui focalisaient immédiatement l'attention.

Les falaises de glace n'étaient pas là.

Et les portes de l'Artefact étaient grandes ouvertes.

11 h 37 UTC

Les deux aussières furent rejetées à bord du *Global Defender*, et la lourde barge commença à s'éloigner du navire. Gretchen Vogt se cala entre deux des énormes caisses de matériel entassées au fond de l'embarcation ; non qu'elle fût sujette au mal de mer, mais elle voulait échanger quelques mots avec One-Shot – de préférence hors de portée auditive de Vandell Richardson et de ses hommes qui s'étaient installés près de la poupe.

« Tu en penses quoi, de tout ce transbordement ?

— Pas connaître le mot, mais j'en pense pas terrible, répondit le géant de sa voix de basse.

— *Idem* pour moi. On est en train de trimbaler pratiquement toutes les caisses d'explosif qu'on avait en réserve. Plus des armes en quantité. Même deux lasers tactiques. Tout ça comme s'il y avait le feu, alors qu'ils n'ont même pas fini de creuser leur galerie ? »

One-Shot haussa ses épaules massives – Gretchen se demanda une nouvelle fois où ils avaient bien pu dégoter une combinaison AMPAS à sa taille : « Sais pas. Veulent peut-être tester feux d'artifice en conditions polaires ?

— J'ai un doute… Si le but était de faire sauter ce truc, on aurait pu s'y prendre hier. Il suffisait d'entasser toutes les caisses au pied du mur, d'allumer la mèche et de se tirer à trois milles au large. Pourquoi s'être donné la peine de bâcher la falaise et de creuser un tunnel dedans ?

— Pourquoi tu demandes pas à Richardson ? suggéra son ami avec ce qui pouvait passer pour un sourire malicieux sur son visage couturé de cicatrices.

— C'est déjà fait. Il m'a gentiment conseillé d'aller me faire foutre. Ou alors de poser la question à Kjölsrud, ce qui revient sans doute au même… »

One-Shot éclata de rire ; rien ne semblait pouvoir entamer sa bonne humeur permanente : « D'accord avec toi pour dire bizarre, Gret. En même temps, ils laissent nous toutes les armes qu'on veut… »

Le colosse faisait allusion à ses armes fétiches, le vieux Dragunov et le M82 qu'il avait soigneusement déposés sur une des caisses à côté d'eux ; même l'énorme mitrailleuse LW50 était du voyage et avait été entreposée un peu plus loin.

« Ça aussi, c'est bizarre. C'est comme s'ils se méfiaient de nous, et qu'en même temps ils comptaient qu'on les aide en cas de pépin… »

La jeune femme resta silencieuse une seconde, puis ajouta à mi-voix : « Et eux ? Pourquoi on les emmènerait, si c'était juste un chantier de démolition ? » D'un discret mouvement du menton, elle désigna le petit groupe qui se tenait à l'avant de la barge : Sanjiv Chandra et deux de ses assistants du labo de physique, manifestement tous trois ravis de l'excursion. Un peu à l'écart, Sarah Miller était penchée sur unc tablette HoloVid et murmurait dans le micro intégré de sa combinaison.

« Elle fait quoi ? demanda Gretchen.

— Télécharge le film pour Caleb et les autres. Tu l'as vu aussi, quoi tu en penses ?

— Ce que je pense de ce putain de film ? » La jeune femme se tourna vers l'arrière de la barge ; Vandell Richardson qui discutait à voix basse avec ses équipiers remarqua son mouvement et lui retourna un sourire sardonique.

« J'en pense qu'on va vers de gros ennuis », acheva-t-elle.

11 h 37 UTC

« Stop ! cria Caleb. Sarah, on peut voir ça de plus près ? »

La jeune femme devait s'attendre à cette réaction, car le streaming du film sur les visières des combis s'interrompit aussitôt. La dernière image projetée se mit à grossir lentement.

Le rectangle lumineux devait bien faire cinquante mètres en largeur sur une dizaine de mètres en hauteur. Soit, en gros, les dimensions des rainurages qu'ils avaient remarqués sur la paroi extérieure de l'Artefact. C'était bien ça : une porte. Plusieurs silhouettes humaines, minuscules en comparaison, se devinaient en contre-jour devant l'énorme ouverture. Le zoom s'arrêta lorsque le portail eut rempli tout le champ visuel des spectateurs. Rien que du blanc. On ne distinguait rien de ce qui se trouvait à l'intérieur.

« J'aurais pu vous le dire, intervint Sarah d'une voix désolée. Beaucoup trop de lumière à l'intérieur de ce truc. On a essayé tous les filtres possibles pour améliorer le contraste, mais rien à faire. On ne peut pas inventer des pixels là où il n'y en a pas…

— Ce n'est pas grave, la rassura Viktor Bernstein. On devrait être fixés sous peu. Par contre, tu avais raison pour les falaises : elles n'étaient pas encore là quand ce film a été tourné. »

Comme pour souligner la remarque, l'image revint à son grossissement initial. Des murailles de deux cents mètres qui surplombaient aujourd'hui l'Artefact, il n'y avait aucune trace ; à la place, l'œil ne distinguait que quelques collines enneigées, à peine plus élevées que la casemate elle-même et qui se perdaient dans l'obscurité derrière celle-ci.

« Exact, transmit la jeune femme. Ça confirme leur caractère très récent. Soyez très attentifs à partir de maintenant, je vous lance le reste du film... »

La caméra se remit à tourner. Changement de plan, l'opérateur cadrait à nouveau le jeune homme en face de lui. Sur la plage derrière lui, les choses avaient l'air de s'animer. L'un des deux types penchés sur l'appareil bizarre se redressa et regarda le cameraman avant de lever un bras muni d'une sorte de fanion – l'image était si mauvaise qu'on ne distinguait pas les traits de son visage, juste une tache blanchâtre vaguement inquiétante dans la lumière du projecteur au-dessus de lui. Presque simultanément, le jeune homme au premier plan sortit d'une poche ce qui ressemblait à un gros chronomètre et le consulta, puis son sourire s'élargit et il adressa à la caméra un geste à la signification universelle : main tendue, pouce dressé.

C'est à cet instant précis que cela se produisit.

D'abord, tous les hommes sur la plage tombèrent à terre.

Du même côté.

Pas comme s'ils avaient trébuché sur quelque obstacle ou si une brusque rafale de vent les avait déséquilibrés. Mais plutôt comme si la main d'un géant invisible les avait jetés au sol avec une violence irrésis-

tible. Tous en même temps et dans la même direction. Vers l'Artefact.

L'image se mit à virevolter autour de son axe. L'opérateur avait dû tomber lui aussi en entraînant sa caméra, mais la chute de cette dernière semblait comme amortie ; peut-être était-elle disposée sur un trépied, ou bien le type avait-il réussi à protéger son instrument tout en culbutant.

Le deuxième événement survint moins d'une demi-seconde après – la caméra n'avait pas encore touché terre.

Le ciel devint blanc.

Cela dura peut-être deux secondes. Deux secondes pendant lesquelles une lumière d'une invraisemblable intensité se déversa sur la plage de l'Artefact. Le jeune type au premier plan avait disparu ; sans doute avait-il été propulsé hors du champ de la caméra. Sur l'image maintenant à l'envers, on distinguait d'autres hommes étendus à terre, formes sombres sur les galets surexposés ; certains restaient immobiles, d'autres étaient déjà en train de se relever. Au second plan, la machine énigmatique s'était aussi renversée et semblait brisée en plusieurs morceaux. Les lointains se perdaient dans un océan de blancheur qui faisait mal aux yeux.

Les cinq dernières secondes du film, alors que la clarté dans le ciel refluait rapidement, n'étaient plus qu'un chaos d'images disparates et hachées se succédant à toute allure. Quelqu'un avait dû ramasser la caméra par réflexe et la tenait à bout de bras tout en courant. Un gros plan des galets en défilement heurté. Un bref aperçu du côté nord de la plage : plusieurs types sortaient d'une masse sombre indistincte – un gros véhicule ? – et couraient de toutes leurs forces en direction de l'Artefact. À nouveau les galets. Pendant une fraction de seconde, une vue de l'Artefact lui-même : floue et de travers, mais cela suffisait pour se rendre compte que l'énorme rectangle lumineux qui barrait la façade sombre s'était réduit aux dimensions d'une étroite fente allongée. La porte était sur le point de se refermer ! La vue bascula de nouveau. Un autre type en train de courir, pas très loin sur la droite ; la caméra ne cadrait que le bas de son corps et l'on ne distinguait de lui que le mouvement saccadé de ses jambes. Et puis un visage emplit l'écran. Un visage déformé par une terreur abjecte. C'était le jeune homme de tout à l'heure, mais ses yeux exorbités de frayeur et sa bouche ouverte sur un hurlement muet le rendaient méconnaissable. Le bras tendu hors champ, il paraissait désigner avec insistance quelque chose dans le ciel. La caméra basculait une dernière fois, d'un mouvement si rapide que tout devenait flou. Une ultime image, à peine entraperçue dans l'obscurité qui semblait maintenant envahir la plage : à quelques mètres, une chaloupe entreposée contre un énorme rocher.

Puis plus rien. Fin du spectacle.

Pendant plusieurs secondes, personne ne dit mot dans la galerie, comme si nul n'osait rompre le silence absolu qui avait accompagné le visionnage du film. Quelqu'un remonta l'éclairage du gros projecteur halogène qui avait été presque coupé le temps de la transmission.

« Mon Dieu… » finit par dire Kendall Kjölsrud dans un souffle.

Caleb le regarda avec étonnement. Depuis leur première rencontre une semaine auparavant, c'était la première fois qu'il le voyait accuser le coup. « Je ne vous le fais pas dire, rétorqua-t-il. Après ça, je suggère qu'on suspende les travaux et qu'on retourne à bord. Ça mériterait qu'on en discute autour d'une table, non ?

— Caleb a peut-être raison, intervint Viktor Bernstein. Tu devrais l'écouter. Ce qu'on vient de voir ne correspond pas du tout à ce que tu m'avais… »

Mais Kjölsrud semblait avoir déjà retrouvé ses esprits : « Hors de question qu'on s'arrête, dit-il d'un ton sans appel. On continue à creuser. »

12 h 35 UTC

Depuis cinq minutes le brise-glaces lancé à pleine vitesse longeait la base de l'iceberg gigantesque ; ensuite, il faudrait obliquer au 155 et attaquer le suivant. Au final, le détour n'aurait guère rallongé leur périple : dans moins d'une demi-heure, ils seraient aussi près du *Global Defender* qu'on pût s'en approcher sans se faire voir.

Guennadi Baranko était monté prendre ses dernières consignes, puis était reparti. Il devait actuellement être en train de briefer ses hommes, tout en maudissant intérieurement l'excès de précautions du vieillard. Resté seul sur le pont avant, le général Iazov emplit avec délice ses poumons d'air glacé ; sa bonne humeur n'était pas retombée, malgré l'échange un peu vif qu'il venait d'avoir avec son adjoint. Baranko n'était pas du tout convaincu de l'intérêt de maintenir à tout prix l'effet de surprise ; pour lui, leur supériorité en nombre et en armement était telle qu'ils auraient pu attaquer sans détour, en se dispensant de cette excursion dans le champ d'icebergs.

C'est un bon officier. Tu n'as pas à lui en vouloir. À son âge, tu aurais montré la même impatience d'en découdre. Il ne sait pas à qui nous avons affaire, c'est tout.

Comme souvent ces derniers jours, ses pensées le ramenèrent à Cuba. Une soirée torride à la fin du mois de mai, presque soixante ans auparavant, où il avait été à deux doigts de trahir son pays. Pour la centième fois, il se demanda à quoi ressemblerait le monde d'aujourd'hui s'il ne s'était pas fait rouler dans la farine par ces foutus *Amerikossy*. Ce jour-là, il s'était dit qu'il avait eu beaucoup de chance que Leonid Shatilov ne le tue pas sur place ; quelque temps plus tard, il avait compris que la chance n'y était pour rien : son maître se savait déjà condamné et n'avait plus le temps de former un autre successeur.

Le bourdonnement discret de son communicateur le tira de sa rêverie. Il jeta un coup d'œil à l'écran minuscule et grimaça. Encore ce crétin de Tomski.

« Iazov, j'écoute.

— Au rapport, général. Ils ont maintenant terminé de décharger leur barge. Toute l'équipe est rentrée dans la galerie. Plus aucun mouvement sur la plage depuis dix minutes.

— Et sur le navire ?

— Calme plat également. Si nous avons bien compté, il doit y rester moins de quinze types – dont même pas la moitié en personnel combattant.

— Leur hélico ?

— À l'entretien sur le pont avant. Ils sont faits

comme des rats, général. Coincés sur cette plage sans aucun moyen de dégager rapidement.

— C'est parfait, lieutenant. Attendez encore jusqu'à 1300 UTC, le temps que nous ayons pris position. Ensuite, ce sera à vous de jouer. Bonne chasse. »

Iazov coupa la communication. Tout était en place, maintenant. Il se revit dix jours plus tôt dans la forêt de Kargopol et sourit en repensant à sa fureur lorsqu'il avait loupé l'élan géant. Pas de regrets, finalement. La chasse d'aujourd'hui s'annonçait bien plus passionnante.

Le vieux soldat sortit de sa poche le Nagant modèle 1895 qui ne le quittait jamais. Le gros revolver d'ordonnance à la crosse gravée d'une étoile rouge – honneur exceptionnel jadis réservé aux cadres les plus méritants de l'Armée ou du NKVD – était tout ce qui lui restait de Shatilov. L'étoile était ternie depuis longtemps, la crosse fendillée et l'acier gris couvert de rayures ; c'était une arme archaïque, lourde et peu précise, mais Iazov aurait préféré mourir dans l'instant plutôt que de s'en séparer.

Il ne doit plus y avoir beaucoup d'officiers russes à trimbaler une telle antiquité, songea-t-il.

Mais ce serait parfait pour le coup de grâce.

12 h 42 UTC

Alors que les derniers mètres de glace se vaporisaient sous l'action de la lance thermique, la tension n'avait cessé de croître dans la galerie. Non pas l'excitation du chercheur touchant au but, mais plutôt ce mélange étouffant d'appréhension, de nervosité et d'accablement que l'on éprouve à l'approche d'un orage.

Avant que le travail d'excavation ne reprenne, Kendall Kjölsrud avait eu un long conciliabule avec Vandell Richardson, arrivé depuis quelques minutes. Sans que personne se soit concerté, l'entente fragile qui unissait le groupe depuis le début de la matinée avait volé en éclats, et les deux clans antagonistes s'étaient spontanément reformés : les dirigeants de la K2 et leurs porte-flingues d'un côté, Caleb et Joshua désormais flanqués de Gretchen et de One-Shot de l'autre. Un peu à l'écart, Viktor Bernstein avait une conversation à mi-voix avec Sarah Miller ; rien n'en filtrait mais, à voir leur expression, l'oncle et la nièce ne semblaient pas tout à fait du même avis – à vrai dire, ils avaient l'air de s'engueuler copieusement. Après avoir procédé à quelques relevés à l'aide d'une batterie d'appareils mystérieux, Sanjiv Chandra et ses assistants étaient maintenant occupés à inventorier le contenu d'une des nombreuses caisses qui s'entassaient le long des parois de glace.

Soudain, une forme allongée commença à se dessiner au plafond de la galerie, juste au-dessus du front de taille. Ils avaient atteint l'espèce d'auvent bétonné qui surmontait le portail. Du coin de l'œil, Caleb vit Kjölsrud faire un signe discret à Vandell Richardson, comme pour lui dire de se tenir prêt.

Il va se passer quelque chose. Et Kjölsrud a l'air de savoir quoi.

Fragilisé par la chaleur de la torche, le dernier pan de muraille glacée s'effondra d'un seul coup avec un fracas étouffé. Les projecteurs furent aussitôt braqués.

Le portail était sous leurs yeux.

Deux énormes vantaux de béton de chacun cinq mètres de côté, apparemment en meilleur état que le reste de l'Artefact : l'auvent semblait avoir joué son rôle en les protégeant du frottement du glacier. Aucune charnière ni aucun mécanisme d'ouverture n'était visible. De part et d'autre du portail principal se dressaient deux portes en acier de dimensions beaucoup plus modestes qui pouvaient être des issues de secours ou l'entrée d'un poste de garde. Les deux panneaux étaient verrouillés, mais le métal mangé par la rouille promettait un accès plus facile vers l'intérieur qu'en s'attaquant au portail lui-même.

Mais tous les yeux étaient fixés sur autre chose.

Il y eut quelques murmures, puis un silence absolu se fit dans la galerie à mesure que chacun prenait conscience de ce qu'il contemplait. Une pensée furtive traversa l'esprit de Caleb.

Pourquoi diable est-ce que je m'attendais à un truc comme ça ?

Sur la partie droite du portail était boulonnée une vaste plaque métallique de quatre mètres sur trois. La peinture blanche en était un peu écaillée, mais l'inscription qui y figurait en énormes lettres d'imprimerie était encore parfaitement lisible.

BASE FRANKLIN D. ROOSEVELT
Périmètre Militaire sous la Juridiction
des États-Unis d'Amérique
DANGER DE MORT
Accès interdit sans autorisation
des autorités compétentes

Sur le haut du panneau se trouvait l'emblème de la base, un logo arrondi aux couleurs passées.

Il représentait un pic enneigé surmonté d'une étoile solitaire, avec dans un cartouche la devise *AD ASTRA*.

Dans le coin inférieur droit du panneau, une main malicieuse avait rajouté une inscription à la peinture noire, dans une calligraphie un peu désuète. Le graffiti avait miraculeusement résisté au passage du temps ; on pouvait y lire :

Tout contrevenant sera mis à poil sur la banquise
jusqu'à ce que mort s'ensuive.
Signé : Commandeur A. McKay

Deuxième Partie

Nebula Road

Il sortira de dessous terre une chose qui,
par son vacarme effroyable, étourdira
tous ceux d'alentour ; et son souffle fera mourir
les hommes et détruira cités et châteaux.

Léonard de Vinci
Codice Atlantico (ca. 1478-1518)

Voyez ! Je suis Shiva, le destructeur des mondes !

Robert Oppenheimer
16 juillet 1945
Juste après l'explosion
de la première bombe atomique

À partir de cet instant,
nous sommes tous des fils de putes.

Kenneth Bainbridge
Adjoint d'Oppenheimer
Mêmes circonstances

Chapitre 11

À mesure que les ombres s'allongeaient, la touffeur écrasante de l'après-midi faisait place à une fraîcheur agréable. C'était l'heure où les ouvriers forestiers abandonnaient leurs futaies pour regagner les bourgades avoisinantes, l'heure des visites aux voisins ou des conversations à bâtons rompus sous les vérandas, un verre de citronnade ou de thé glacé à portée de la main.

Les trois hommes qui arpentaient lentement la petite route poussiéreuse n'avaient rien de promeneurs, même si, de loin, leur allure décontractée aurait pu faire penser le contraire. Tous trois avaient depuis longtemps quitté leur veste et roulé leurs manches de chemises ; celui qui occupait le fauteuil roulant avait renoncé à son chapeau et noué un mouchoir humide sur son front pour protéger son crâne dégarni des rayons encore cuisants du soleil. On aurait eu du mal à trouver individus plus dissemblables : l'un était un pur produit de l'aristocratie de la côte Est et le descendant d'une des plus anciennes familles patriciennes de New York, le second un fils d'industriels texans aussi riches que mal dégrossis, le troisième le rejeton d'une modeste famille juive du sud de l'Allemagne. Rien dans leurs carrières, leurs personnalités, leurs convictions politiques ou religieuses ne les destinait à se côtoyer, encore moins à tisser des liens d'amitié. Ils se connaissaient pourtant depuis des années, et, au fil de leurs rencontres, leur estime mutuelle s'était peu à peu transformée en une profonde connivence. Ils partageaient un seul point commun : lorsqu'un journal leur consacrait un article, c'était le plus souvent sur quatre colonnes, et à la une.

« Finalement, vous avez eu une bonne idée de choisir cet endroit pour notre petite discussion, fit le vieil homme dans la chaise roulante – il n'avait que soixante-deux ans, mais son teint pâle et son visage émacié le faisaient paraître bien plus âgé. L'homme le plus riche du monde, l'homme le plus puissant du monde et le plus grand savant du monde... Si nous nous étions réunis dans mon bureau, je vous laisse imaginer les titres du Washington Post *dès le lendemain. En plus, ici je peux faire un peu d'exercice », ajouta-t-il d'un ton ironique.*

Le grand type costaud qui poussait le fauteuil eut un rire sec. Il avait rabattu son chapeau sur son front et, dans l'ombre de la visière, on ne distinguait de ses traits qu'un menton carré et une fine moustache brune parfaitement taillée : « Avec tout mon respect, monsieur le président, corrigea-t-il, je ne suis pas encore l'homme le plus riche du monde. Ni même d'Amérique. Cela étant, si vous avez la bonté de poursuivre votre effort de guerre pendant une petite dizaine d'années cela finira bien par arriver...

— Ne vous faites pas plus cynique que vous n'êtes, mon ami, répondit Franklin Delano Roosevelt, un léger

sourire sur ses lèvres décharnées. Avec l'aide de Dieu, et s'Il veut bien me consentir encore quelques mois d'existence, j'espère en finir bientôt avec cette foutue guerre...

— Les nouvelles d'Europe sont bonnes ? » questionna le troisième homme. Avec ses vêtements élimés à la limite du négligé, sa tignasse blanche ébouriffée, son visage aimable sillonné de rides profondes et son énorme moustache poivre et sel, l'individu irradiait la sagesse et la bonhomie. Sous l'apparence du grand-père tranquille se dissimulait l'un des plus grands génies de l'humanité, un homme dont les travaux scientifiques avaient révolutionné la manière même dont les physiciens concevaient la réalité.

« On ne peut meilleures, Albert, répondit le président des États-Unis en rajustant d'un geste machinal ses petites lunettes rondes. Le général Bradley et ce fou furieux de Patton viennent de réussir leur percée à Avranches, j'en ai eu la confirmation ce matin. Les Boches reculent partout ; à ce rythme-là, la Bretagne sera reprise dans une semaine et nous serons à Paris dans un mois.

— Et à l'Est ?

— Les Russes volent de victoire en victoire, leur opération Bagration est un succès total. À l'heure qu'il est, ils ont pratiquement atteint les frontières de la Prusse-Orientale. La question qui se pose maintenant est de savoir qui de nous ou de Staline atteindra Berlin en premier. Mais quoi qu'il en soit, nous ne devrions pas avoir besoin de votre arme diabolique, en fin de compte.

— Si cela pouvait être le cas, monsieur le président, j'en serais le premier ravi, approuva Albert

Einstein. Je ne vous ai jamais caché mes appréhensions croissantes sur ce qui est en train de se faire à Los Alamos ; j'en viendrais presque à regretter de vous avoir écrit cette lettre[1]*...*

— Nous n'en sommes plus là, le tança gentiment Roosevelt. Et sans vouloir vous vexer, ce n'est plus de votre ressort : Oppenheimer n'a peut-être pas votre grandeur d'âme, mais il se débrouille très bien dans les limites du programme que nous lui avons fixé... »

Les trois hommes se turent un instant. La route venait de quitter l'épaisse forêt de pins blancs où ils avaient débuté leur promenade et longeait à présent un sous-bois plus clairsemé, embaumé par les senteurs du jasmin de Caroline. Le silence était impressionnant, à peine troublé par le bourdonnement discret des insectes et le léger raclement des roues du fauteuil sur le sol non asphalté. Ils dépassèrent un vieux panneau indicateur en bois qui devait dater de la guerre de Sécession, sur lequel on distinguait encore l'inscription : « Nebula Road – Warm Spr. 2 mi. » L'endroit distillait un sentiment de calme et de sérénité absolus, comme s'ils avaient été transportés à des heures de toute civilisation ; on n'était pourtant qu'à un jet de pierre du village de Nebula et à peine plus loin de Warm Springs, la coquette petite station thermale où se trouvait « Little White House »,

1. Il s'agit de la fameuse lettre du 2 août 1939 dans laquelle Albert Einstein avertissait le président Roosevelt du risque de voir les nazis se doter les premiers de l'arme atomique. Ce courrier est considéré par les historiens comme le point de départ de ce qui allait devenir trois ans plus tard le Projet Manhattan.

la résidence de villégiature du président américain. De loin en loin, des silhouettes sombres se devinaient dans la futaie : les hommes du Secret Service, chargés de veiller à ce qu'aucun promeneur ou journaliste ne vienne troubler la discussion en cours. Aucun risque non plus de croiser qui que ce soit, la route avait été bloquée à ses deux extrémités par un impressionnant cordon de sécurité.

« Parlons plutôt de votre petit protégé, reprit Roosevelt de façon abrupte. Et expliquez-moi ce qui va me dissuader de le faire passer devant un peloton d'exécution...

— Mais, monsieur le président... hoqueta Albert Einstein.

— Je plaisantais, mon ami, rassurez-vous. Mais il y a quelques jours, j'avais nettement moins envie de rire !

— Nous en avons déjà parlé à maintes reprises, monsieur, intervint l'homme au chapeau. Vous n'ignorez pas que les perspectives...

— Les perspectives, vous m'en direz tant ! fit sèchement Roosevelt en se retournant pour le dévisager. Cela fait six ans que vous m'en rebattez les oreilles : l'énergie gratuite, la conquête de l'espace, la fin des guerres ! En guise de perspectives, j'ai pour l'instant plus de trois cents morts et disparus ! Sans parler du chef d'état-major de la Navy qui me tarabuste pour savoir par quel miracle il y a maintenant un trou de cent mètres de diamètre là où se trouvait un entrepôt officiellement désaffecté...

— Nous avions choisi l'endroit pour sa discrétion...

— Et c'est bien la seule chose dont je peux vous remercier ! La proximité des docks militaires nous

permettra de faire passer cela pour l'explosion d'un dépôt de munitions. Mais ça ne ressuscitera pas tous ces pauvres gens... » L'infirme pianota avec nervosité sur l'accoudoir de son fauteuil, puis se tourna vers Einstein : « Avez-vous au moins une idée de ce qui s'est passé, Albert ?

— J'ai passé deux jours à refaire tous les calculs avec notre jeune ami. Heureusement, Fermi a eu la gentillesse de faire le déplacement de Los Alamos pour me donner un coup de main ; je ne vous cache pas que nous ne sommes parfois pas trop de deux pour arriver à le suivre...

— Eh bien ? demanda Roosevelt avec impatience.

— La seule explication possible est un lâchage du système de confinement magnétique au début de l'expérience... » Einstein hésita, puis reprit : « Au tout début, pour être précis...

— Qu'entendez-vous par là ?

— D'après la force estimée de l'explosion, le vortex venait tout juste de commencer à se former. D'où une impulsion considérablement plus faible que ce que la théorie pouvait laisser prévoir...

— Épargnez-moi votre théorie, Albert ! Vous voulez dire que l'explosion aurait pu être plus forte, c'est bien ça ? »

En d'autres circonstances, l'expression du vieux physicien aurait été comique : c'était, à s'y méprendre, celle du gamin pris la main dans le bocal de confiture. Il avala sa salive et acquiesça.

Roosevelt leva brusquement la main pour imposer l'arrêt du fauteuil roulant. « Combien de fois plus forte, nom de Dieu ? » explosa-t-il sur un ton qui n'avait plus rien d'amical.

Einstein jeta un coup d'œil désespéré au grand type, qui se contenta de hausser les épaules. Aucune aide à attendre de ce côté. « Un peu plus de dix millions de fois, monsieur le président », finit-il par articuler dans un souffle.

« Je ne peux pas autoriser la poursuite de ce programme. »

Le verdict était sans appel. Après un instant de flottement, Albert Einstein réagit le premier : « Je vous adjure de ne pas prendre de décision précipitée, monsieur. Le projet vient juste de donner ses premiers résultats...

— Foutaises !

— Bien sûr que non, monsieur le président. Vous avez eu tous les rapports entre les mains. Un gain énergétique transitoire de 20 % le 6 décembre. Des gradients massiques allant jusqu'à seize milligrammes lors de la série d'expériences en avril dernier. Ça marche vraiment. Il reste à régler ces problèmes de stabilité du confinement, mais si vous mesurez le chemin déjà...

— Je regrette, Albert. Ce que je mesure surtout, c'est le danger monstrueux que ce programme fait courir à nos concitoyens. Combien aurions-nous eu de victimes si ce truc avait pété à pleine puissance sur le campus de Berkeley ? Ou dans les rues de Concord, pendant son transfert à la base navale ? Cinq cent mille morts ? Deux millions ? Dites-moi quel président je serais si je faisais en conscience courir un tel risque à la population pour – comment avez-vous dit, déjà ? – un gradient massique de seize milligrammes ? »

Le ton du savant était maintenant presque suppliant : « Mais les potentialités...

— Précisément, le coupa Roosevelt. Après six ans, ce ne sont toujours que des potentialités. Et personne de sensé ne jouerait à la roulette russe pour un bénéfice aussi hypothétique. »

Depuis le début de la conversation, le grand type au chapeau s'était contenté de suivre la course des nuages, semblant à peine prêter attention aux propos échangés. « Ce qui n'a rien d'hypothétique, fit-il d'une voix pensive, c'est le potentiel de destruction de cet engin. Cela mériterait d'y réfléchir.

— Que voulez-vous dire ? demanda l'infirme.

— Que depuis le début de ce programme, nous avons peut-être fait fausse route en nous focalisant sur des applications civiles. Alors que son utilité militaire semble beaucoup plus évidente – et d'ores et déjà à portée de main...

— Vous êtes complètement fou ! s'insurgea Einstein. Nous étions tous d'accord pour ne jamais envisager d'en faire une arme ! Souvenez-vous de notre promesse : c'était la condition sine qua non *pour qu'il accepte de continuer ses recherches dans ce pays !*

— Staline a six millions d'hommes sur sa ligne de front, monsieur le président, fit l'autre comme s'il n'avait pas entendu. Six millions. Ils seront à Berlin cet hiver, au plus tard au printemps prochain. Qu'allez-vous faire s'ils ne s'arrêtent pas là et déferlent sur l'Europe ? Mobiliser six millions d'Américains pour leur tenir tête ?

— Le Projet Manhattan... commença Roosevelt.

— Ne sera pas opérationnel avant douze ou dix-huit mois, vous le savez très bien. Même si Oppie met

les bouchées doubles, vous n'aurez pas votre bombe avant l'été prochain. Alors qu'avec son joujou, notre ami nous en offre une clé en main... »

Einstein s'apprêtait à revenir à la charge, mais le président lui intima le silence d'un seul regard. « Admettons – je dis bien admettons – que je vous suive dans cette voie, finit-il par dire. Quoi que vous affirmiez et même pour un simple politicien comme moi, il est évident que cet engin est loin d'être au point. Il manque un système sûr de mise à feu, un moyen de moduler la force de la détonation, une évaluation des retombées... Plusieurs mois de recherches en perspective, pour un coût sans doute prohibitif – je vous rappelle que notre pays est exsangue et que nous avons déjà englouti quatre cents millions de dollars de bon argent fédéral dans cette fichue chasse au Snark. Les conditions de secret devraient être encore plus absolues qu'à Los Alamos, je n'ose même pas imaginer ce qui se passerait si nos ennemis parvenaient à s'emparer de cette arme... Et, je vous le répète, il est hors de question de poursuivre ce programme sur le sol américain. En somme, la quadrature du cercle. Mais si vous avez des idées, je suis preneur... »

Le grand type ne répondit pas tout de suite. Au lieu de cela, il se redressa, ôta son vieux feutre marron et passa sa main dans ses cheveux bruns gominés, avant de s'accorder quelques instants de réflexion en regardant le paysage. Il avait un visage carré et osseux à l'expression tourmentée, des sourcils épais surmontés d'un front haut et large, une bouche aux lèvres perpétuellement tordues en un rictus ironique. Son regard semblait porter beaucoup plus loin que le sous-bois environnant.

« Comme vous avez eu la bonté de le rappeler, monsieur le président, je suis un homme riche. Très riche, même. Je suis prêt à financer à hauteur de 50 % l'achèvement de ce programme. Sur mes fonds propres.

— Je vous demande pardon ?

— En échange de quoi, vous voudrez bien signer un ordre exécutif confidentiel, vous engageant ainsi que tous vos successeurs, et qui sera archivé dans la section classifiée de la Bibliothèque du Congrès. Instaurant ma compagnie ou toutes celles que je pourrais diriger à l'avenir, sans limitation de durée, comme seules bénéficiaires de l'ensemble des débouchés industriels du projet – je vous fais cadeau des applications militaires. Pour financer le reste, je vous suggère de faire appel à la générosité des Anglais...

— Mais vous êtes... hein ? Les Anglais ? Mais à quel titre ?

— Voyons, monsieur. Vous n'ignorez pas que Churchill est au courant de ce programme depuis au moins deux ans. Et qu'il ne cesse depuis de vous faire des appels du pied pour y être associé...

— Mais, bon Dieu, comment pouvez-vous savoir ça ? explosa Roosevelt en se départissant pour une fois de son flegme aristocratique. Vous avez planqué des micros dans mon bureau, ou quoi ? Je vais finir par accorder foi à tous ces foutus sénateurs qui me réclament votre tête pour des motifs allant du détournement de fonds publics à la haute trahison !

— En faisant ça, vous vous priveriez de votre meilleur soutien, sourit l'homme. Suivez mon conseil : invitez ce vieux salopard à la table, donnez-lui quelques miettes – l'envoi d'un contingent d'observateurs, une

exclusivité sur tel ou tel développement tactique sans importance... Et présentez-lui l'addition.

— Une sacrée partie de catch en perspective, soupira le président en hochant la tête. On voit que vous n'avez jamais eu à traiter avec lui... Mais pourquoi pas ? Imaginons que j'accepte votre... plan de financement. Imaginons que j'accepte de signer un document engageant le gouvernement américain en votre faveur sans limitation de durée – à supposer qu'il soit possible de tourner la chose sans violer une demi-douzaine d'amendements et autant de lois fédérales...

— C'est tout à fait possible, monsieur le président. Mes juristes y travaillent en ce moment, le protocole sera sur votre bureau demain matin. »

Roosevelt leva les yeux comme pour prendre le ciel à témoin : « Albert a raison, je crois que vous êtes fou à lier... Mais admettons quand même que vous disiez vrai. Reste le problème du site. Où trouver un endroit hors de nos frontières où nous pourrions jouer les apprentis sorciers pendant plusieurs mois et à l'insu de tout le monde ? Il ne manque pas de territoires désertiques chez certains de nos alliés, mais, diplomatiquement, ce n'est pas jouable – et je ne parle même pas des conséquences si un accident comme celui de la semaine dernière venait à se reproduire : ce pays n'a vraiment pas besoin d'une guerre supplémentaire.

— Vous n'avez qu'à faire vos expériences sur une barge au milieu des eaux internationales, ronchonna Einstein. Au moins, ça ne dérangera pas grand monde lorsque vous vous volatiliserez en même temps que vingt kilomètres cubes d'océan.

— Figurez-vous que j'y avais pensé, Albert, fit le grand type le plus sérieusement du monde. Mais ça

manque un peu de discrétion, et la position serait trop difficile à défendre en cas d'attaque ennemie. Non, ce qu'il nous faut c'est un endroit terrestre isolé, situé à grande distance de toute implantation ou activité humaine tout en étant facilement accessible par mer ou par air, de préférence mal cartographié et surtout n'appartenant à personne – une sorte de terra nullius, en somme. Après y avoir mûrement réfléchi, j'ai le plaisir de vous annoncer qu'un tel endroit existe.

— Où ça ? ricana Franklin Roosevelt. Au pays d'Oz ? »

Pour toute réponse et sans souci du protocole, le type au chapeau se pencha et murmura quelques mots à l'oreille de l'infirme. Les yeux du président des États-Unis s'écarquillèrent de stupéfaction. « Vous n'auriez pas pu trouver plus près ? fit-il d'un ton abasourdi.

— Vous connaissez l'adage, monsieur le président, fit l'autre en se redressant. Quand on dîne avec le diable, il faut une longue cuillère... »

Les derniers rayons du soleil venaient de disparaître derrière l'horizon lorsque le trio émergea enfin de la forêt. Si l'expression renfrognée d'Albert Einstein trahissait son mécontentement persistant, l'attitude des deux autres hommes était en revanche indéchiffrable. En les voyant approcher, les quatre membres du Secret Service qui gardaient la limousine présidentielle stationnée au milieu de la chaussée s'écartèrent en hâte – sous aucun prétexte, ils ne devaient être en mesure de surprendre la conversation en cours.

Les quatre portières blindées de l'énorme Lincoln V12 modèle 1939 – affectueusement surnommée « Sunshine Special » par les journalistes – avaient été ouvertes pour aérer l'intérieur surchauffé, mais l'unique occupant du véhicule avait préféré s'asseoir sur le large marchepied latéral pour attendre les promeneurs. Il n'avait pas perdu son temps au cours des deux heures écoulées, en témoignaient les nombreux feuillets surchargés de diagrammes et d'équations qui jonchaient le sol poussiéreux à ses pieds ; il finit d'inscrire quelque chose de son écriture hachée et illisible sur le petit carnet qu'il tenait entre les mains, puis leva la tête pour observer les arrivants.

Il a vieilli, *pensa le grand type au chapeau qui ne l'avait pas revu depuis six ans. Pas physiquement : le long visage un peu chevalin n'avait pas pris une ride, la silhouette était toujours aussi élancée, et aucun fil blanc n'était encore apparu dans les épais cheveux noirs invariablement coiffés en une stricte raie sur le côté. Ce qui avait changé, c'était son expression : sombre, inquiète, nerveuse, très loin de l'insouciance que l'on s'attendait à lire sur des traits aussi juvéniles ; même son regard avait quelque chose de hanté, comme s'il avait contemplé des secrets interdits aux hommes et s'apprêtait maintenant à en payer le prix.*

Depuis son fauteuil roulant, Franklin Roosevelt regardait aussi le jeune homme. Tant d'enjeux sur de si frêles épaules, *se dit-il ;* des décisions qui seront prises aujourd'hui peuvent découler une ère de prospérité sans précédent dans l'histoire de l'Humanité – ou bien l'anéantissement de toute civilisation. *Tout à l'heure, il avait menti à ses deux compagnons : lorsque, douze jours auparavant, il avait été avisé de la catastrophe en pleine discussion d'État-Major, il avait très sérieusement pensé à convoquer J. Edgar*

Hoover[1] *pour lui demander de régler le problème de sa manière directe et définitive ; ce n'est qu'au terme d'une longue conversation téléphonique avec Albert Einstein qu'il avait décidé d'attendre quelques jours et d'organiser la présente réunion. « Vous pouvez vous féliciter d'avoir de bons amis, finit par dire le président. Même s'ils ne s'accordent pas toujours sur les détails (regard appuyé à Einstein qui leva les yeux au ciel) ils ont su me convaincre une nouvelle fois de l'intérêt de vos travaux.*

— Vous voulez dire que vous autorisez la poursuite de mes recherches ? fit le jeune savant avec enthousiasme.

— Non seulement je les autorise, mais des moyens beaucoup plus conséquents vont leur être affectés. J'ai le plaisir de vous informer que nous vous avons trouvé un généreux donateur, dit l'infirme d'un ton quelque peu sarcastique. Par contre, il vous faudra déménager, je le crains. Nous sommes tous les trois tombés d'accord sur le fait que le site de Berkeley n'offre plus du tout les garanties de sécurité nécessaires.

— Comme vous voudrez, monsieur le président. Où envisagez-vous de transférer mon labo ? À Los Alamos ?

— Un peu plus loin, à vrai dire. Nos amis se chargeront de vous expliquer tous les détails. Oh, à ce propos...

— Oui, monsieur ?

— J'espère que vous n'êtes pas frileux... »

---

1. Directeur du BOI (*Bureau of Investigation*) puis de son successeur, le FBI, de 1924 à 1972.

28 février 2018 – 12 h 57 UTC

« Un Projet Manhattan *bis* ?

— En quelque sorte, opina Kendall Kjölsrud. Une manière d'arriver au même objectif, mais par des voies différentes. »

Assis sans façon sur une caisse de munitions, le milliardaire venait d'achever son récit. La quinzaine de personnes installées en demi-cercle autour de lui l'avaient écouté avec un mélange d'attention et – à l'exception de Viktor Bernstein qui connaissait déjà l'histoire – d'incrédulité. Sous la vaste avancée de béton où les caisses de matériel avaient été rassemblées pour les protéger de l'humidité, la lumière crue des halogènes découpait des ombres inquiétantes ; derrière eux, la galerie de glace aux parois suintantes disparaissait dans la pénombre.

« Mais pour quoi faire ? insista Joshua Tewaru. En 1944, le Projet Manhattan était déjà très avancé…

— Pas tant que ça. Les débuts avaient été très laborieux et, au bout de deux ans, il n'y avait encore aucun résultat probant malgré les milliards de dollars injectés. Or les services de renseignements alliés ne cessaient de rapporter des informations contradictoires sur le degré d'avancement des nazis : pour certains, Hitler était sur le point d'avoir la Bombe, pour d'autres, le projet était enterré depuis belle lurette. Un autre problème était celui de l'approvisionnement en uranium : à l'époque, la quasi-totalité du minerai devait être importée de ce qui s'appelait à l'époque le Congo belge. Pour Roosevelt, dépendre de l'étranger pour un paramètre aussi crucial était intolérable. Ce qui faisait tout l'intérêt du projet Longspoon, puisque celui-ci ne nécessitait qu'une quantité infime de matériau fissile…

— Le projet Longspoon ? s'étonna Gretchen Vogt.

— Au départ, le projet devait porter le nom de code Nebula, dit Kjölsrud. D'après le lieu de cette fameuse rencontre, bien sûr ; en plus, cela avait un petit côté… mystérieux qui plaisait bien aux militaires. Mais c'est Roosevelt lui-même qui a imposé l'autre nom – il n'a jamais voulu expliquer pourquoi à l'état-major…

— Est-ce qu'il n'aurait pas été plus simple de transférer le programme sur l'un des sites déjà existants du Projet Manhattan ? demanda Vandell Richardson. À Los Alamos ou à Oak Ridge, par exemple ? Cela aurait permis de mutualiser les moyens de production et les mesures de sécurité, et de diminuer les coûts…

— Bien raisonné, Vandell. D'une logique très militaire. Mais faux pour au moins trois raisons : d'une part, la Maison Blanche suspectait à juste titre le Projet Manhattan d'être infiltré par des espions communistes et voulait absolument empêcher que cela se reproduise avec le nouveau programme. D'autre part, les solutions technologiques mises en œuvre étant complètement différentes, il n'y avait aucun intérêt à regrouper les labos. Enfin, après la catastrophe de Port Chicago, Roosevelt n'avait pas envie de mettre tous ses œufs dans le même panier. Surtout pour des œufs aussi peu maniables…

— Attendez une minute ! intervint Joshua. Ce que vous dites n'a aucun sens ! S'il y avait eu une explosion atomique à Chicago en 1944, je pense qu'on en aurait entendu parler, vous ne croyez pas ? »

Kjölsrud eut l'air sincèrement surpris. Il s'apprêtait à répondre mais fut devancé par Gretchen Vogt : « Il dit vrai pour cette explosion, Josh… Il ne s'agit pas de Chicago mais de *Port Chicago*, au fond de la baie de San Francisco ; c'était une des plus importantes bases de la flotte du Pacifique pendant la Seconde Guerre mondiale.

— Comment sais-tu ça, Gret ? demanda Caleb, amusé. Tu t'intéresses à l'histoire militaire, maintenant ?

— Très peu pour moi, c'est mauvais pour le karma. Par contre, je m'y connais un peu en explosifs, tu te souviens ? Or la catastrophe du 17 juillet 1944 est un cas d'école en la matière – sans doute un des pires accidents attribués à la manipulation d'explosifs conventionnels. J'y avais même consacré un mémoire au cours de ma formation…

— Explique-nous, s'il te plaît.

— L'explosion a rasé toute une partie du port militaire, a brisé les vitres à trente kilomètres à la ronde et a été perçue à huit cents kilomètres de distance. Il y a eu près de trois cent cinquante morts et disparus – et il y en aurait eu bien plus si le désastre n'était pas survenu tard dans la soirée, alors que la plus grande partie du personnel avait déjà regagné ses quartiers. Officiellement, l'accident a été attribué à l'explosion de deux cargos bourrés de munitions. Pourtant pas mal de rumeurs ont commencé à circuler dès l'année suivante…

— Pour quelle raison ?

— Des centaines de témoins ont mentionné un flash lumineux d'une intensité prodigieuse, juste avant l'explosion elle-même. Et un nuage en forme champignon de trois kilomètres de hauteur dans les minutes qui ont suivi. En 1944, personne ne risquait de faire le rapprochement avec quoi que ce soit de connu. Après Hiroshima et Nagasaki, c'était autre chose… Pour faire bonne mesure, le site de l'explosion n'était qu'à une quinzaine de milles du Radiation Laboratory de Berkeley, la pépinière de prix Nobel où se concentrait toute la recherche nucléaire américaine jusqu'aux débuts du projet Man… »

La jeune femme s'interrompit soudain. Comme cela s'était déjà produit à plusieurs reprises au cours des minutes écoulées, une vibration très grave – à la limite de l'infrason – fit douloureusement résonner leurs tympans, paraissant venir de partout à la fois ; les parois de la galerie oscillèrent légèrement, et quelques paquets de neige à moitié fondue se détachèrent de la voûte pourtant consolidée par la biocolle. Le *chant du glacier*, selon l'expression employée par Sarah Miller. De façon moins poétique, le rappel que la masse de glace qui les entourait de tous côtés poursuivait inexorablement son chemin vers la mer à raison d'un millimètre par heure – générant en son sein des contraintes monstrueuses qui pouvaient les broyer à chaque instant.

Kendall Kjölsrud se racla la gorge : « Félicitations pour vos connaissances, miss Vogt. Mais comme vous le voyez, le temps nous est compté. Je vais continuer, si vous le permettez… »

12 h 58 UTC

Parmi les seize agences fédérales qui composent la communauté du renseignement américain, le National Reconnaissance Office n'est pas, et de loin, la plus souvent citée dans les médias. Il n'a ni le prestige du FBI, ni les ratés et les scandales à répétition de la CIA, ni l'aura de mystère impénétrable qui entoure la NSA, et aucune série télévisée ne reprend en les romançant les aventures de ses agents.

Dommage, pensa Jason Poliecki en carrant ses cent trente kilos dans son mauvais fauteuil en simili, *ça m'aurait bien plu de jouer les consultants pour Spielberg ou pour Jerry Bruckheimer...*

Il était presque 8 heures du matin en Virginie, et au sein du flot ininterrompu de véhicules qui encombraient maintenant le périphérique en direction de l'aéroport international de Dulles, peu de conducteurs savaient ce qui se dissimulait dans les quatre bâtiments laids et anonymes du 14675 Lee Road, Chantilly. Bien que son existence n'ait été révélée au public qu'en 1992 – soit trente-deux ans après sa création – le NRO cultivait désormais la discrétion plutôt que le secret : l'agence avait pignon sur rue, un site web de belle facture ne répondant jamais aux questions des internautes, et un service de presse distillant chaque semaine des informations sans importance et/ou non vérifiables. Sous cette apparence grisâtre se cachait pourtant l'un des piliers essentiels du dispositif de défense des États-Unis, l'incroyable système de reconnaissance spatiale que le gouvernement fédéral avait patiemment mis en place tout au long du demi-siècle écoulé.

Les événements des trois dernières années avaient encore accru les prérogatives de l'agence, déjà considérables sous les mandats Bush et Obama. Depuis son accession inattendue à la présidence, le nouvel occupant de la Maison Blanche n'avait en effet eu de cesse de renforcer par tous les moyens la sécurité extérieure du pays ; l'objectif assigné à l'agence était des plus simples : d'ici la fin du mandat actuel, surveiller la totalité de la surface du globe, mers et océans inclus, en continu, avec une résolution de dix centimètres dans toutes les fréquences. Les moyens attribués étaient à la hauteur : le NRO avait absorbé la National Geospatial Intelligence Agency (NGA), une autre officine dont les missions étaient largement redondantes, et son budget de fonctionnement avait été triplé ; bien qu'il s'agît d'une donnée hautement classifiée, il était désormais estimé à près de onze milliards de dollars, un tiers de celui de la CIA.

À vingt-neuf ans, Jason Poliecki était analyste de niveau III, ce qui signifiait qu'il devrait ronger son frein encore quelques années avant de recevoir un fauteuil plus confortable et d'exercer ses talents d'observateur sur des endroits intéressants du globe : zones tribales du Pakistan, république de Gaza ou résidence d'été du Premier ministre italien (spectacle garanti autour de la piscine). Pour l'heure, ses attributions étaient plus modestes : avec ses sept collègues de la petite division *« Pôles et régions circumpolaires »*, il était chargé d'analyser et de signaler toutes les activités suspectes dans les secteurs situés au-delà des 65 degrés de latitude nord et sud. En pratique, son travail se bornait à observer les flottilles de pêche à la sardine en mer du Groenland, les migrations de caribous dans le nord de la Finlande ou la relève de la garde dans la garnison de Salekhard (district autonome de Iamalo-Nénetsie, Sibérie occidentale) ; encore s'agissait-il des activités de surveillance concernant les régions boréales : pour l'Antarctique, c'était plus simple, il ne s'y passait jamais rien.

Poliecki étouffa un soupir en allumant ses terminaux et en rentrant ses codes d'identification, opération complétée par un scanner rétinien. Pas de chance, aujourd'hui il était précisément de surveillance australe. Pendant que les trois grands écrans holo chauffaient, il entreprit de nettoyer les miettes et autres reliefs de nourriture qui constellaient son minuscule plan de travail, vestiges de sa précédente vacation de huit heures ; manifestement, la femme de ménage avait une fois de plus oublié son bureau. À sa droite, il avait décoré la cloison en contreplaqué d'un fanion brun frappé du logo non officiel du NRO : un hémisphère terrestre plongé dans l'obscurité et surmonté de deux yeux de hibou, avec la devise *« We own the night*[1] *»*.

Les écrans s'illuminèrent, montrant un spectacle que le jeune homme avait vu bien trop souvent pour en apprécier encore la splendeur : la partie occidentale du continent Antarctique, filmée en temps réel par le satellite Lacrosse II depuis les sept cent trente kilomètres d'altitude de son orbite Tundra ; sans même avoir besoin de consulter les données numériques en surimpression, il constata que l'oiseau se trouvait actuellement à l'aplomb de la Terre de la Reine-Maud, autrement dit le trou-du-cul du monde ; l'atmosphère paraissait très dégagée au-dessus de l'inlandsis, par contre une gigantesque dépression orageuse semblait en train de se former dans l'Atlantique Sud, à l'est de la péninsule Antarctique.

Poliecki soupira une nouvelle fois et activa le chargement de l'historique des dix dernières heures. Dans les autres divisions géographiques, les équipes d'analystes faisaient les trois-huit pour assurer un suivi en

1. « La nuit nous appartient. »

continu des images et relevés radar satellitaires ; seul son service échappait à la règle : le volume d'information en provenance des régions polaires était trop réduit pour justifier un tel dispositif, si bien que le premier travail de l'équipe du matin consistait à dépouiller les données archivées automatiquement durant la nuit. Le message habituel apparut sur les écrans, l'invitant à la patience pendant que les 800 To de séquences haute définition étaient chargés à partir des énormes supercalculateurs IBM Roadrunner situés dans les sous-sols blindés du NRO. Il savait qu'il y en avait pour deux ou trois minutes, aussi en profita-t-il comme à son habitude pour faire un peu d'explo : jouant de la palette directionnelle, il zooma tour à tour sur différentes régions visibles du continent : la péninsule Antarctique avec son long chapelet d'îles aux contours déchiquetés, la vaste étendue blanche de l'ice shelf de Ronne à sa base, la Terre de Coats plus à l'Est, puis le plateau Antarctique et le pôle lui-même…

L'exercice était vite déprimant, car les paysages étaient partout les mêmes : du blanc à perte de vue, avec juste un peu de noir çà et là aux endroits où le roc affleurait. S'il tournait les yeux vers l'océan, c'était le contraire : une étendue noire infinie à vous donner le frisson, parsemée de petits grumeaux blancs signalant les glaces flottantes. Un monde sans vie, à peu près aussi bandant que la surface lunaire.

Alors que la barre de téléchargement approchait de son terme, le jeune homme décida d'aller voir où en était l'A-87. Le détachement de l'énorme iceberg douze jours auparavant avait constitué l'un des événements majeurs de son mois de février, ce qui en disait long sur son existence palpitante… *Et pendant ce temps, tes cent trente collègues de la division Moyen-Orient passent leurs journées à chasser le barbu !*

Il déplaça la palette de manière à englober le secteur du cap Norvegia. Là encore, il fut vite déçu : l'iceberg géant avait à peine bougé depuis la veille, tout au plus semblait-il s'être encore fragmenté davantage. Il s'apprêtait à refermer la fenêtre quand son regard accrocha deux minuscules chiures de mouche au milieu de la baie nouvellement formée à la base du cap ; Poliecki n'était peut-être pas la crème des analystes du NRO, mais il fallait lui accorder qu'après avoir passé d'innombrables heures à contempler ce genre de paysages, il était capable au premier coup d'œil de faire la différence entre un navire et un morceau de glace dérivant.

Bizarre.

Dans le golfe d'Aden ou au large des côtes du New Jersey – n'importe où ailleurs, en fait –, cela n'aurait rien eu de remarquable.

Mais l'Antarctique, c'était un autre monde. Il se souvint des paroles de son superviseur lorsqu'il avait intégré le service.

Ici, le trafic maritime est incroyablement réduit. Mis à part les quelques bases scientifiques qui sont ravitaillées par mer – et jamais plus de deux ou trois fois par an –, la plus grande partie du littoral ne reçoit jamais la moindre visite. Alors tu dois changer d'échelle.

Un navire, c'est un navire.

Deux navires, c'est une armada.

13 h 02 UTC

« La casemate a été édifiée en deux ans, continua Kendall Kjölsrud, pendant les étés austraux 1944-1945 et 1945-1946. Tout le matériel de construction été acheminé par cargos spéciaux, à partir des bases navales de San Diego et de San Clemente, en Californie. Même chose pour les équipes d'ouvriers.

— Pourquoi un bâtiment aussi gigantesque ? demanda Gretchen Vogt. Le coût a dû en être absolument faramineux !

— C'était absolument nécessaire pour héberger certains des équipements scientifiques : un cyclotron de quarante mètres de diamètre, ça ne se range pas dans un hangar à bateaux.

— Il y a quand même un détail que je ne comprends pas, intervint Caleb. Vous nous avez bien dit que ce programme a été mené dans des conditions de secret maximales, n'est-ce pas ?

— Vous n'avez aucune idée à quel point. Rappelez-vous que même la vice-présidence avait été tenue dans l'ignorance du Projet Manhattan ; ce n'est que quelques heures après la mort de Roosevelt, juste après avoir prêté serment, que Truman en avait été informé par le secrétaire à la Guerre Henry L. Stimson. Dans le cas du projet Longspoon, le comité de pilotage dirigé par l'amiral James V. Forrestal a tergiversé pendant plusieurs semaines, et ce n'est qu'à la mi-mars 1945 qu'il s'est enfin résolu à briefer le nouveau président.

— Mais la construction de la base a dû mobiliser des centaines de personnes ! Comment le secret a-t-il pu être gardé ?

— C’est un des traits de génie de cette histoire, sourit le milliardaire. En réalité, le chantier a employé jusqu’à deux mille cinq cents ouvriers au plus fort de son activité. Mais aucun n’était américain.

— Quoi ?

— Tous ont été recrutés dans des petits villages du nord du Mexique. Les conditions étaient très strictes : pas plus d’un homme par village, un niveau d’études très bas, aucune expérience du monde maritime. C’est comme ça que le secret a pu être préservé : si vous vous promenez dans les petits bleds autour de Tijuana ou de Ciudad Obregon, vous y croiserez peut-être encore de très vieux messieurs qui vous raconteront avoir construit une base de sous-marins aux îles Falkland à la fin de la Seconde Guerre mondiale.

— Aux Falkland ? s’étouffa Joshua. Vous voulez dire qu’ils ne savaient pas où on les transportait ?

— Pas seulement eux, répondit Kjölsrud. *Même les équipages des cargos, officiers compris, ignoraient la position de la base.* Les navires faisaient route jusqu’à un point de rendez-vous situé à une centaine de milles de la côte antarctique. À cet endroit, ils étaient pris en charge par un équipage venu de la base qui se chargeait de les guider jusqu’au continent après que tous leurs systèmes de navigation avaient été débranchés. À partir de janvier 1946, une flottille d’hydravions lourds a pris le relais des cargos pour assurer l’acheminement du matériel technique et des personnels spécialisés ; là encore, la relève des équipages se faisait en pleine mer, et le dernier tronçon était assuré par des pilotes de la base… »

Pendant quelques secondes, personne ne dit mot. Chacun mesurait l’incroyable tour de force logistique qu'avait dû représenter l'opération. Caleb fut le premier à rompre le silence :

« C'est là qu'intervient mon grand-père, n'est-ce pas ? » fit-il d'une voix tendue.

Kjölsrud le fixa un instant sans rien dire, du même regard scrutateur que lors de leur première rencontre à Grytviken : « Exact, Caleb, finit-il par répondre. Le *Wing Commander* Alexander McKay était le chef du contingent britannique de la base – quarante hommes triés sur le volet, choisis pour leur valeur au combat et leurs compétences en milieu hostile. Lui-même avait été imposé par Churchill : le choix d'un héros de la RAF, un des meilleurs pilotes de chasse de la guerre avec trente-six victoires homologuées, semblait évident pour une opération qui nécessitait des aviateurs hautement qualifiés. Mais bien sûr, ça n'était pas la seule raison…

— Sa proximité avec le SIS ?

— Encore exact, je vois que vous connaissez bien l'histoire de votre famille. Comme toujours avec Churchill, un cadeau n'était jamais gratuit. Sans avoir jamais fait partie du Service, votre grand-père s'était illustré au cours de plusieurs missions de renseignement en France occupée et même en Allemagne. Inutile de dire qu'avec lui, le gouvernement de Sa Gracieuse Majesté disposait, disons… d'yeux et d'oreilles très bienveillants au sein de la base. Le tout, bien sûr, dans la plus parfaite camaraderie avec les cousins yankees… »

Caleb semblait sonné par les révélations de Kjölsrud : « Officiellement, mon grand-père est décédé en 1946 au cours de manœuvres conjointes entre la RAF et l'US Navy dans le golfe de Californie. Son appareil a été porté disparu et son corps n'a jamais été retrouvé. Je suppose que vous allez me servir une autre histoire ?

— Non, fit le milliardaire en secouant la tête.

— Vous vous foutez de moi ! s'exclama le jeune homme. Vous savez parfaitement ce qui s'est passé ici ! Qu'est-ce qui vous empêche de me dire ce qui lui est arrivé ?

— Je le ferais si je le pouvais, Caleb », répondit Kjölsrud sans perdre son calme. Une émotion passa brièvement sur le visage du vieillard. De la tristesse ? De la compassion ? « Mais je n'en ai pas la moindre idée. »

13 h 03 UTC

Jason Poliecki adorait se servir de *BoatSeeker*, le nouveau logiciel du NRO qui permettait en théorie d'identifier n'importe quelle embarcation, où que ce soit à la surface de la planète, uniquement sur la base de son image satellite. L'algorithme ultra-classifié fonctionnait sur une base de logique floue sur réseau neuronal, de manière similaire aux systèmes de reconnaissance faciale mis en œuvre lors de l'attentat du 14 septembre ; couplé à une gigantesque banque de données qui comprenait les mille quatre cent cinquante navires de guerre des différentes marines nationales mais aussi les trente-cinq mille navires de commerce et une bonne partie des vingt-sept millions de bateaux de pêche ou de plaisance qui croisaient sur toutes les mers du globe, il pouvait identifier toute embarcation plus grosse qu'un pédalo quels que soient l'angle de prise de vue, les conditions d'éclairage, la météo et – du moins en principe – indépendamment des modifications mineures qui pouvaient avoir été apportées au bâtiment après son inclusion dans la base.

Poliecki décida de commencer par le plus grand des deux navires, un bâtiment d'allure militaire de la taille d'une frégate ou d'un gros patrouilleur. En soi, la seule présence d'un navire de ce type à proximité de la côte antarctique était déjà inhabituelle. Il superposa la grille de lecture à la silhouette allongée qui remplissait maintenant tout l'écran, lança la routine d'identification, puis se rencogna dans son fauteuil avec un soupir satisfait. Dans sa morne existence, ces moments trop rares étaient les seuls où il avait l'impression de faire un boulot un tant soit peu intéressant.

L'identification prit un peu plus de cinq secondes et demie. Le temps pour le logiciel de découper l'image du navire selon un maillage de cinquante centimètres de côté, de gommer tout ce qui était non discriminant – petit accastillage et autres accessoires amovibles, caisses de matériel, êtres humains… – puis de comparer maille par maille le fichier obtenu avec la totalité des entrées de la banque de données. Le résultat s'afficha en simili-3D sur l'écran holo :

Patrouilleur léger classe Famous, probabilité 100,00 %
USA – USCG
13 unités construites, immatriculations WMEC-901 à 913

Tout en se demandant ce qu'un garde-côtes américain pouvait bien faire là, Poliecki cliqua sur le bouton *Listing* de sa barre d'outils. L'IA allait maintenant classer les treize candidats en fonction de l'ensemble des données actualisées qu'elle possédait à leur sujet. Cela lui prit deux secondes supplémentaires.

WMEC-903 / USCGC Harriet Lane (désarmé 2013), probabilité 99,27 %

WMEC-908 / USCGC Tahoma (désarmé 2013), probabilité 0,59 %

WMEC-911 / USCGC Forward (désarmé 2014), probabilité 0,13 %

WMEC-901 / USCGC Bear (désarmé 2013), probabilité 0,00 %

WMEC-902 / USCGC Tampa (désarmé 2013), probabilité 0,00 %

WMEC-904 / USCGC Northland (désarmé 2013), probabilité 0,00 %

WMEC-905 / USCGC Spencer (désarmé 2013), probabilité 0,00 %

WMEC-906 / USCGC Seneca (désarmé 2014), probabilité 0,00 %

WMEC-907 / USCGC Escanaba (désarmé 2014), probabilité 0,00 %

WMEC-909 / USCGC Campbell (désarmé 2014), probabilité 0,00 %

WMEC-910 / USCGC Thetis (désarmé 2014), probabilité 0,00 %

WMEC-912 / USCGC Legare (désarmé 2015), probabilité 0,00 %

WMEC-913 / USCGC Mohawk (désarmé 2015), probabilité 0,00 %

Le jeune homme se souvenait maintenant que toute la classe *Famous* avait été retirée du service actif quelques années plus tôt, dans le cadre du programme de modernisation du corps des Garde-côtes ; en toute logique, ces bâtiments devaient donc à l'heure actuelle poursuivre leur carrière sous la forme de boîtes de conserve ou de rails de chemin de fer. *Pour une fois, ce foutu logiciel a dû planter*, pensa-t-il. Il cliqua tout de même sur la première ligne :

WMEC-903 / USCGC Harriet Lane : désarmé 2013, ID vacante, vendu 2013 (flotte privée)

Identifiant actuel / Compagnie : Global Defender / K2 for the Planet (K2 Industries, Lancaster, CA)

Pavillon actuel : USA

Activité : Recherche (civile) / Recherche océanographique

Dernière position connue : -54.2815,-60.508 / 20180216,1724UTC

Voilà qui expliquait tout. Un navire scientifique ! Comme les trois quarts des unités croisant dans le secteur… *Il a fait pas mal de route en douze jours*, pensa-t-il en notant que la position précédente se trouvait à quelques centaines de nautiques à l'est de la Terre de Feu. Mais ça n'avait rien d'illégal, ni même d'anormal. *Ton scoop est en train de se dégonfler à vitesse grand V. Heureusement que tu n'as prévenu personne.*

Un peu dépité, il décida de jeter quand même un coup d'œil à l'autre navire, qui mouillait à moins d'un mille du premier. Celui-ci était un peu plus petit – dans les soixante-dix mètres – mais beaucoup plus trapu, avec un maître-bau presque deux fois plus large. Un cargo ?

Un observateur plus perspicace se serait demandé pourquoi le bâtiment se tenait derrière un volumineux iceberg, comme dissimulé aux yeux du *Global Defender* : si les deux navires menaient une mission de concert, la logique aurait voulu qu'ils soient amarrés à couple. Ou il se serait interrogé sur l'apparence bizarrement militaire des deux gros dinghies à moteur qui venaient de s'en détacher en direction du navire américain, chacun avec une dizaine de silhouettes vêtues de noir à son bord – la seule exception étant un grand type tout en blanc qui se trouvait à la proue de la première embarcation. Mais la perspicacité n'était pas le point fort de Jason Poliecki, qui se contenta de relancer son logiciel d'identification.

Brise-glaces à propulsion conventionnelle classe Ivan Susanin, probabilité 100,00 %

Fédération de Russie – Pogranichnyie Voiska Rossii (Service fédéral des Garde-côtes)

8 unités construites, immatriculations PVR-183 à 189

Une seconde plus tard le navire était identifié comme le *Vladimir Karvaisky*, capitaine Piotr Sabayev. Détaché en 2014 du service des Garde-côtes et affecté au ravitaillement des installations scientifiques russes en Antarctique. Aucun risque d'erreur : parmi les sept autres bâtiments de cette classe, deux avaient été réformés à la fin des années 1990 et les cinq autres étaient en service dans l'océan Arctique avec des localisations remontant à moins de douze heures.

Bizarre, pensa Poliecki, qui se souvint qu'il n'y avait pas de bases russes dans le coin. *Et alors ? Les Russes sont nos amis, maintenant. Au cas où tu n'aurais pas remarqué, la guerre froide est terminée depuis trente ans*... À sa droite, le hibou le contemplait d'un air sardonique. *Tu n'as pas bientôt fini de perdre ton temps avec ces conneries ?* semblait-il lui dire. *Avec le retard que tu es en train de prendre, tu vas pouvoir t'asseoir sur ta pause donut !*

Avec tristesse, le jeune homme se rendit à l'évidence : ce n'étati pas aujourd'hui qu'il allait connaître son quart d'heure de célébrité. Il s'apprêtait à laisser tomber quand il se rendit compte que, tout à ses vérifications, il n'avait même pas songé à jeter un coup d'œil sur le littoral ; peut-être les équipages des deux navires avaient-ils débarqué et étaient-ils en train de préparer l'apéro sur la plage… Par acquit de conscience, il élargit un peu la fenêtre en la déplaçant de quelques centaines de mètres vers l'est.

Exactement quatre secondes plus tard, il saisissait son téléphone d'une main tremblante.

13 h 05 UTC

« Comme vous l'imaginez, il n'y a pas eu d'inauguration officielle. Les travaux scientifiques ont débuté en février 1946, alors même que la construction des bâtiments annexes n'était pas encore achevée. Pendant six mois, tout s'est bien passé. Lcs recherches progressaient beaucoup plus vite qu'à Berkeley, en grande partie grâce aux équipements scientifiques dernier cri mis à la disposition des chercheurs. Les communications avec le monde extérieur se faisaient par hydravion à raison d'une rotation par mois environ ; il y avait aussi une vacation radio hebdomadaire par ondes courtes, avec une station relais flottante mouillée à proximité des îles Orcades du Sud. Rien ne laissait présager la suite. »

Le vieillard fit une pause, comme s'il hésitait à

continuer. « Je vous adjure de me croire, finit-il par dire à son auditoire. Surtout vous, Caleb. Ce que je vais vous dire est la stricte vérité. Le 21 août 1946, la base Roosevelt a cessé d'émettre. Silence radio définitif. Sans la moindre explication.

— Quoi ? dit Caleb. C'est tout ?

— C'est tout. Les messages de la semaine précédente ne contenaient rien d'alarmant. Rien qui permette de deviner ce qui s'était passé.

— Je présume que, vu l'investissement, l'état-major américain ne s'est pas contenté de ça !

— Bien sûr que non. Ils ont même réagi très vite. Le 25 août, une escadrille de trois hydravions décollait de Rio Grande, en Terre de Feu, avec un plan de vol bidouillé. Leur objectif était évidemment de renouer le contact à tout prix. Malgré une météo peu propice, ils ont réussi à atteindre sans encombre la côte antarctique qu'ils ont longée sur *plus de quatre cents milles de part et d'autre de la position estimée de la base* – n'oubliez pas qu'aucun de ces pilotes n'y avait jamais mis les pieds, et qu'ils devaient donc se contenter d'un gisement approximatif. Le lendemain, ils étaient de retour. Bredouilles. Aucune trace de la base Roosevelt, c'était comme si elle n'avait jamais existé. Et pas le moindre indice non plus. La côte était parfaitement vierge de toute activité humaine.

— Bon sang ! dit Joshua. Qu'est-ce qui s'est passé ensuite ?

— La suite, vous la connaissez déjà, répondit Kjölsrud. Panique à la Maison Blanche. Le dimanche 1er septembre au matin, le président Truman convoque l'amiral Forrestal ainsi que le secrétaire d'État et le secrétaire à la Guerre pour une réunion ultra-secrète, et en moins de deux heures, ils tombent d'accord sur l'envoi d'un corps expéditionnaire entier…

— Alors, cette opération High Jump… articula Gretchen Vogt d'une voix stupéfaite.

— … avait pour seul et unique but de retrouver la base Roosevelt, fit le vieil homme en hochant la tête. Oui, c'est ça. Mais comme cet objectif devait demeurer secret et qu'il était impossible de dissimuler au public une opération d'une telle ampleur, il a bien fallu lui trouver un habillage : c'est tout le baratin que vous a raconté le professeur Van Deere : cartographie, observations météo, tests de matériel polaire… Tout était bidon, de A à Z. Mais pas pour tout le monde : sur les quelque cinq mille hommes de l'expédition, moins d'une douzaine – Byrd et une poignée d'officiers supérieurs – étaient au courant de la supercherie. Tous les autres étaient persuadés dur comme fer d'œuvrer pour le progrès de la science et du génie militaire américain. Et bien sûr, personne n'est jamais venu les contredire.

— Mais, d'après Van Deere, l'amiral Byrd a passé plusieurs semaines sur place à explorer la côte. Il avait des navires, des avions, des hélicoptères…

— Exact, répondit Kjölsrud avec un sourire étrange. Et ce que vous ignorez, c'est que lui connaissait parfaitement les coordonnées géographiques de la base Roosevelt. Il y était même venu à deux reprises, lors de sa construction.

— Dans ces conditions, insista la jeune femme, comment ont-ils pu la louper ? Le moins qu'on puisse dire, c'est qu'elle n'est pas particulièrement discrète !

— Vous ne vous êtes pas demandé pourquoi ce site avait été retenu pour le chantier ? L'Antarctique compte dix-huit mille kilomètres de côtes dont 96 %

sont recouvertes de barrières de glace ; le reste est représenté pour l'essentiel par des reliefs rocheux très escarpés et inaccessibles. Cet endroit faisait justement exception : depuis un demi-siècle, tous les explorateurs avaient noté que le cap Norvegia était libre de glaces même en hiver et qu'il présentait plusieurs fjords constituant d'excellents ports naturels ; on y trouvait même une étroite plaine littorale très peu accidentée, ce qui est pratiquement sans équivalent sur l'ensemble du continent. Un endroit idéal pour le projet.

— Attendez une seconde ! intervint Joshua. Le lieu où nous nous trouvons n'a rien…

— Rien à voir avec cette description. C'est exactement ce qu'a dû penser Byrd en arrivant ici et en trouvant un gigantesque *ice shelf* à l'endroit même où se situait la base. Et c'est pour ça qu'il est resté ici pendant un mois avant de tout laisser tomber et de rentrer au bercail. *Il ne reconnaissait rien.* Pas le moindre détail géographique. Comme s'ils avaient été transportés en un tout autre endroit de la côte.

— Mon Dieu ! dit Sarah Miller qui avait suivi l'échange avec attention et arborait maintenant une expression bouleversée. Ce qu'on voit sur le film… l'événement hautement énergétique dont parlait Sanjiv !…

— C'est ça, Sarah, opina le milliardaire d'un air grave. Il n'y a pas d'autre explication. Je ne sais toujours pas ce qui s'est passé ici. Mais quoi qu'il en soit, cela a été suffisamment violent pour remodeler cinquante kilomètres de littoral et pour enfouir la base Roosevelt sous une banquise grande comme le Luxembourg. »

13 h 08 UTC

Seule dans son élégant bureau dont les baies vitrées donnaient sur le golf de Pleasant Valley, la première directrice adjointe du NRO fixait avec ébahissement le grand écran holo suspendu au centre de la pièce. La tasse de thé dans sa main droite était en train de refroidir, mais elle n'en avait cure ; elle ne savait ce qui était le plus déconcertant, de l'énorme structure sur la plage ou de la scène qui se déroulait en ce moment même au milieu de la rade. Les deux dinghies chargés d'hommes, leurs gros moteurs hors-bord manifestement poussés à fond, avaient dépassé l'extrémité de l'iceberg qui les dissimulait et obliquaient maintenant en direction du *Global Defender*, qu'ils atteindraient d'ici une ou deux minutes tout au plus. *Ils n'ont pas l'air partis pour une visite de courtoisie*, pensa-t-elle.

Comme attiré par un aimant, son regard se porta à nouveau sur la gigantesque construction. *Qu'est-ce que c'est que ce truc ? Et depuis combien de temps est-il sous notre nez sans que nous l'ayons repéré ?* Elle fit un effort de mémoire pour essayer de se souvenir quand la presse avait rapporté le détachement de l'iceberg A-87. Mardi 17 ? Mercredi ? *Nom de Dieu ! Dix jours de perdus ! Pas perdus pour tout le monde, en tout cas*... se dit-elle en se demandant une nouvelle fois ce que la K2 pouvait bien foutre à cet endroit.

Pas ton problème, se rappela-t-elle. Heureusement, au moins, que ce gros balourd avait pensé à la prévenir directement. D'ordinaire, elle n'encourageait pas le court-circuitage de la voie hiérarchique, mais si Poliecki avait observé les consignes, l'info aurait bien mis deux ou trois jours supplémentaires pour remonter jusqu'à une personne suffisamment accréditée. Elle soupira, avala une gorgée de thé tiède, et appuya l'index sur le capteur qui déverrouillait un compartiment secret sous son bureau. Le réceptacle ne contenait qu'un petit carnet en cuir rassemblant une vingtaine de fiches cartonnées ; chacune d'elles décrivait une situation de crise majeure susceptible de venir à la connaissance du NRO, et la conduite à tenir. En son for intérieur elle l'avait surnommé le *Livre des Calamités*, la plupart des scénarios envisagés étant à faire dresser les cheveux sur la tête. Elle alla directement à la page 7. Celle-ci ne comportait que deux lignes.

Un simple numéro de téléphone.

Et au-dessous, la mention suivante :

À DÉTRUIRE APRÈS UTILISATION / AINSI QUE TOUT DOCUMENT EN RAPPORT.

13 h 09 UTC

« Je ne pouvais pas courir le risque d'un refus, répondit le vieil homme à Joshua. Voilà pourquoi je ne vous en ai pas parlé dès le début. Et le secret devait être maintenu jusqu'à ce que nous soyons tous ici. Ce qui est en jeu est sans équivalent dans l'histoire humaine, vous pouvez me croire…

— Vous croire ? fit Caleb d'un ton peu amène. Alors que vous n'avez pas arrêté une seule seconde de nous mener en bateau ! Et qu'est-ce qui est en jeu, d'abord ? La recette d'une bombe atomique de 1945 ? Vous ne pensez pas que, depuis le temps, on a fait quelques progrès ? Sans compter tout ce que vous avez soigneusement passé sous silence... Quelle est votre implication là-dedans, monsieur Kjölsrud ? La fable que vous venez de nous raconter remonte selon vous à plus de soixante-dix ans... Et pourtant, je serais prêt à parier que vous avez déjà mis les pieds ici ! Pourquoi l'emblème qui figure au-dessus de ce portail se retrouve-t-il sur le logo de la K2 ? Et par-dessus tout, qu'est-ce que *nous* foutons ici ? Vous n'allez quand même pas me dire que vous m'avez traîné ici juste pour rendre hommage à la mémoire de mon grand-père ?

— Ça fait beaucoup de questions, mon jeune ami, grinça Kjölsrud. Commençons par votre histoire de bombe. Je n'ai jamais...

— Attendez ! » lança soudain Poppy Borghese en se levant d'un air alarmé.

Depuis que le milliardaire avait commencé son récit, la jeune femme était restée assise avec sur son visage une expression d'ennui presque comique. Son changement brutal d'attitude en était d'autant plus surprenant.

« Quoi ? Qu'est-ce qu'il y a, Poppy ? demanda le milliardaire avec agacement.

— On dirait que nous aussi nous avons des problèmes de radio. Je viens à l'instant de perdre le contact avec le *Global Defender*.

— Je confirme, dit Vandell Richardson. La passerelle était en train de me télécharger la situation météo actualisée quand ça a coupé net.

— Vous avez essayé la fréquence d'urgence ?

— C'est mort sur toutes les fréquences, répondit Poppy. Même chose pour l'intranet de ma combi, je ne capte plus l'IA du navire.

— On dirait que tu as raison, murmura Kjölsrud. Mon médikit vient de passer en mode auto, ça veut dire que mes données de biomaintenance ne sont plus transmises au *Defender*... Tu as essayé en neural ?

— On est trop profond sous la glace, ça ne passe pas.

— Il faut aller voir, dit Caleb. Nous reprendrons cette conversation plus tard, monsieur Kjölsrud. »

One-Shot s'était déjà levé pour l'accompagner. « Je viens aussi », lança Poppy alors que le géant saisissait une arme et emboîtait le pas de Caleb.

13 h 10 UTC

Le capitaine Edward P. Tomlinson contemplait ses écrans morts avec incrédulité. À soixante-quatre ans, l'ancien capitaine de frégate de l'US Navy avait survécu à trois guerres et à un nombre incalculable de fortunes de mer sans jamais perdre un bâtiment. C'est dire qu'il n'était pas précisément tombé de la dernière pluie. Mais ce qui se produisait en ce moment dépassait sa compréhension.

Il venait de faire le point météo avec le centre d'Atlanta et s'apprêtait à lancer les routines système de fin de quart quand tout s'était éteint sur la passerelle : moniteurs, consoles holo, pupitres de navigation. L'éclairage au plafond avait aussi sauté, et le chuintement de l'air conditionné s'était interrompu tout comme le murmure discret des refroidissements des unités centrales. Panne électrique généralisée.

Ce qui était impossible.

Tomlinson connaissait suffisamment son navire pour

n'avoir aucun doute à ce sujet. Tous les systèmes vitaux du *Defender* étaient triplement redondants, avec une électronique blindée de classe militaire. Il y avait non pas un, mais deux générateurs auxiliaires, et, dans l'éventualité hautement improbable où les deux tomberaient en rideau en même temps, une alim de secours pouvait être fournie par les panneaux photovoltaïques du pont supérieur. Aucun de ces systèmes de sécurité ne s'était déclenché.

Il y avait encore plus inquiétant.

Le sifflement presque inaudible des deux grosses turbines à gaz tournant au ralenti depuis que le navire était au mouillage avait également cessé, laissant la place à un silence inhabituel. Là encore, c'était impossible, puisque les câblages et les alimentations des deux unités motrices étaient strictement indépendants.

Quelle que soit la panne, il allait falloir la régler très vite. Pas d'électricité, cela voulait dire pas de chauffage, pas d'eau douce et plus aucun contact avec le monde extérieur. Et dans ces eaux dangereuses, avec la tempête d'anthologie qui s'apprêtait à déferler, l'absence de propulsion pourrait vite se révéler dramatique. *Tel que je connais O'Brien, il doit déjà être au boulot.* Sans même réfléchir, Tomlinson décrocha l'intercom pour joindre le chef mécanicien.

Aucune tonalité. *Tu aurais dû y penser !* pesta l'officier en saisissant le combiné de secours qui fonctionnait sur batteries.

Mort lui aussi.

Tomlinson commençait à se demander s'il n'était pas en train de rêver. Il tapota nerveusement le petit appareil : les voyants de charge et d'allumage étaient bien allumés, mais aucun son ne sortait de l'écouteur, comme s'il n'y avait aucune porteuse.

Renonçant à comprendre comment une panne électrique pouvait aussi affecter les ondes VHF d'un émetteur autonome, le capitaine se leva d'un bond. *Inutile de perdre ton temps ici. Descends tout de suite aux machines, O'Brien va t'expliquer ce qui se passe.* En trois enjambées, Tomlinson avait déjà atteint la porte de la timonerie ; il s'apprêtait à l'ouvrir quand un mouvement à l'extérieur attira son attention. Il tourna machinalement son regard vers le large.

Et se figea de stupéfaction.

Nom de Dieu ! D'où sortent ces guignols ?

À moins de cinquante mètres à tribord, deux zodiacs noirs remplis de types en tenue commando fondaient sur le *Global Defender*.

À l'instant où Tomlinson se ruait hors de la passerelle, le choc sourd d'un grappin se fit entendre vers la proue. Immédiatement suivi d'une série de claquements plus secs : les ventouses magnétiques que les commandos étaient en train d'amorcer pour escalader le bordé.

Tu as encore moins de temps que tu ne le pensais. Dans quelques secondes, ils seront à bord.

Il s'immobilisa en haut de l'échelle qui menait au pont, réalisant que le nombre de ses options était proche de zéro. Il n'était pas armé, non plus qu'aucun des membres de l'équipage permanent du *Defender*. Les seules personnes à même de défendre le navire étaient les six ou sept hommes de Poppy qui devaient actuellement se trouver au carré ou dans leurs quartiers, mais il n'avait plus le temps de les prévenir.

Alors qu'il regardait tout autour de lui à la recherche

d'une solution, il se rendit compte qu'il y avait du monde sur la plage. Trois silhouettes se tenaient au pied de l'immense falaise de glace qui surplombait l'Artefact, près de l'entrée de la galerie creusée dans la matinée. À cette distance, il ne pouvait distinguer leurs visages, mais, vu son gabarit, l'un d'entre eux devait être le gros type qui avait ridiculisé tout le monde lors du concours de ball-trap.

Il fallait absolument les prévenir ! Mais comment faire à un demi-mille du rivage ? Il n'avait à sa disposition ni fusées de détresse ni porte-voix – il y avait belle lurette que ces accessoires avaient déserté les timoneries des bâtiments modernes –, et l'avertisseur de collision était évidemment hors service. Il songea un instant à briser une vitre pour s'en faire un miroir improvisé, mais, à supposer que les types sur la plage connussent le morse, il ne lui restait plus assez de temps pour les alerter. Il n'avait même pas de fanions de signalisation, nom de Dieu ! En fait, le seul pavillon dont il disposait était celui de la K2, soigneusement remisé à côté de la console principale de navigation, et qui n'était hissé que pour les grandes occasions.

Soudain, un bruit de pas se fit entendre vers l'avant du navire. Et des voix sonores. *Je rêve ou ces types parlent russe ?*

En désespoir de cause, Tomlinson remonta prestement dans la timonerie ; peut-être pourrait-il s'y dissimuler quelque temps. Pourtant un embryon d'idée continuait à lui trottiner dans sa tête, refusant de lâcher prise. C'était à propos du pavillon…

Le pavillon de la K2 ?

Mais oui, bien sûr ! Pourquoi tu n'y as pas pensé plus tôt, crétin ?

13 h 11 UTC

« Vous captez quelqu'un ? demanda Caleb.

— À cette distance et avec la masse de ferraille à traverser, c'est comme entendre quelqu'un murmurer de l'autre côté de l'autoroute, grommela Poppy Borghese avec une grimace de concentration sur le visage. Mais je vous promets que j'essaie, Caleb. »

Tout était calme sur la plage. Juste à leur droite s'élevait la muraille de béton grisâtre et raviné de l'Artefact, silhouette énorme et vaguement inquiétante évoquant un géant endormi. *Quels secrets peuvent bien se dissimuler là-dedans ?* pensa le jeune homme. Au-dessus de leurs têtes se déployait l'à-pic vertigineux des falaises de glace, avec l'immense bannière verdâtre de la bâche de renfort. Mouillé au milieu de la rade, pas très loin d'un gros iceberg, le *Global Defender* leur présentait son flanc bâbord.

Aucun signe d'activité sur le navire.

« J'ai quelqu'un, fit Poppy. C'est Mahoney, un de mes types. La liaison est pourrie, mais on dirait qu'ils viennent d'avoir une panne de courant.

— Ils ont autre problème à bord ? questionna One-Shot.

— Je ne crois pas. Mais Mahoney était seul dans sa cabine quand les plombs ont sauté. Il est en train de se rendre au carré pour prendre les nouvelles…

— Pas d'autre problème ? dit Caleb d'un ton dubitatif. On dirait que ce n'est pas l'avis du type sur la passerelle ! »

Les deux autres regardèrent dans la direction indiquée. « Toi raison, approuva One-Shot qui avait mis sa grosse main en visière pour mieux voir. On dirait petit bonhomme piment dans le cul…

— Vous pouvez zoomer, indiqua Poppy. Les deux touches jaunes sur le gantelet de gauche. Évitez juste de bouger la tête quand le bidule est activé, sinon vous allez vous retrouver par terre. »

Les visières en verre blindé des trois combinaisons se rabattirent presque simultanément, et l'image du *Global Defender* se mit à grossir démesurément jusqu'à ce que le poste de commandement du navire occupe tout le champ de vision.

La silhouette qui gesticulait sur la timonerie était maintenant tout à fait reconnaissable.

C'était le capitaine Tomlinson.

Et il n'avait pas l'air fou de joie.

L'officier faisait des moulinets avec les bras et semblait hurler de toutes ses forces, mais, si tel était le cas, le son de sa voix était complètement couvert par le bruit du ressac se brisant sur le rivage. *Dommage que Josh ne soit pas là*, pensa Caleb. *Il aurait pu lire sur ses lèvres.* Tomlinson s'arrêta au bout de quelques secondes, comme s'il réalisait la futilité de ses efforts. Il jeta un coup d'œil alarmé derrière lui puis se pencha avec précipitation et saisit quelque chose à ses pieds ; l'instant d'après, il se relevait et déployait le pavillon de la K2 contre le bordé du château avant.

« Qu'est-ce qui lui prend d'envoyer les couleurs ? demanda Poppy, surprise. Et pourquoi est-ce qu'il tient le drapeau à l'envers ? »

Elle disait vrai. Sur le grand pavillon bleu indigo, le pic et l'étoile avaient la tête en bas.

Caleb et One-Shot, eux, avaient compris au quart de tour.

Déjà du temps des grands voiliers, le pavillon à l'envers avait la même signification dans toutes les marines du monde.

Sommes attaqués. Demandons assistance.

13 h 11 UTC

Le fusil de précision Izhmash SV-98 est l'arme de référence des troupes spéciales de la Fédération de Russie ainsi que de ses pays satellites. Sans être d'une conception révolutionnaire – il est en service depuis 1998 et l'essentiel de sa technologie date des années 1980 –, il offre un excellent compromis entre robustesse, précision et puissance.

Aux mains d'un bon tireur, l'arme est mortelle à tout coup. La puissance de la lourde balle de calibre 7,62 mm OTAN propulsée à la vitesse supersonique de huit cent vingt mètres par seconde garantit un effet littéralement dévastateur quelle que soit la région anatomique atteinte : au niveau d'un membre, le projectile provoque une amputation brutale suivie d'une hémorragie massive. Si la victime est touchée n'importe où au tronc ou à la tête, son sort est encore plus vite réglé : la balle traverse un corps humain en perdant moins de 2 % de son énergie cinétique et détermine une cavité temporaire de cinquante centimètres de diamètre, réduisant les organes internes en pulpe sanglante et entraînant une mort instantanée.

Le revers de la médaille, c'est le recul.

Même avec son système d'amortissement perfectionné, l'arme est trop puissante pour être parfaitement stabilisée après chaque tir, ce qui impose de reprendre tout le processus de visée pour le tir suivant ; en pratique, il est illusoire d'espérer dépasser une cadence de deux à trois coups par minute si l'on entend conserver la précision pour laquelle l'arme est conçue.

Aucun problème s'il s'agit de liquider un opposant politique en plein discours à quatre cents mètres de distance. Plus gênant si l'on veut dégommer une troupe entière.

Dans le cas présent le lieutenant Pavel Tomski avait donc adopté la configuration standard en vigueur dans les unités Vympel. Il avait réparti les tireurs dont il disposait en trois groupes de deux, espacés d'une vingtaine de mètres au bord de la falaise. Chaque binôme se composait d'un sniper avec son SV-98, et d'un tireur auxiliaire équipé d'un Nikonov AN-94 *« Abakan »*. Le fusil d'assaut trapu chambré en 5,45 mm était beaucoup moins puissant et précis, avec une portée pratique ne dépassant pas les quatre cent cinquante mètres ; mais son effrayante cadence de tir de mille huit cents coups par minute en faisait le complément parfait du SV-98.

L'arme idéale pour clouer une troupe au sol en attendant le coup de grâce du sniper, pensa le sergent Darjiev qui commandait l'unité un. À sa gauche, le caporal Dmytro Kulik, un solide gaillard d'origine ukrainienne, étreignait son arme en guettant le signal. Les deux hommes étaient allongés au bord de la falaise sous une bâche de camouflage blanche ; seuls les deux canons pointés vers la plage en dépassaient. Vu la nature instable du terrain, ils avaient comme les deux autres groupes pris la précaution de se harnacher et de s'assurer à un piton profondément ancré dans la croûte glacée à une dizaine de mètres en arrière.

Le lieutenant Tomski avait délégué à Darjiev, son

meilleur sniper, la responsabilité de commander le feu. L'ordre était d'attendre qu'il y ait le maximum de types sur la plage, néanmoins Darjiev avait une certaine latitude pour attaquer plus tôt s'il estimait que la situation l'exigeait.

Pas besoin de se le faire répéter, pensa le Sibérien en procédant à un infime réglage sur la molette micrométrique de son énorme lunette de visée Izhmash 1P69 à grossissement variable. La cible qu'il avait choisie dès le début était maintenant parfaitement encadrée par le réticule.

Ce type est plus dangereux que tout le reste de ses copains réunis. Dire que ce crétin de lieutenant n'en avait jamais entendu parler...

Darjiev vida complètement ses poumons, compta posément jusqu'à cinq pour ralentir son rythme cardiaque puis tira d'un geste lent et précis sur la queue de détente ultra-sensible. Le coup partit avec un claquement sonore pendant que le lourd fusil tressautait violemment. Alors qu'un second coup de feu éclatait sur leur droite, où se trouvait l'unité deux, il fit signe à Kulik de commencer à arroser.

Puis il se disposa à regarder à nouveau dans son viseur pour vérifier le résultat de son tir.

Tout en sachant que c'était superflu : à trois cents mètres, il ne loupait jamais.

Chapitre 12

28 février 2018 – 13 h 11 UTC

Le projectile capable de tuer un éléphant atteignit One-Shot au milieu de l'omoplate gauche. La couche extérieure kevlar/aramide de la combinaison résista une fraction de microseconde avant de se rompre ; ce faisant, elle avait néanmoins parfaitement joué son rôle : en déformant la pointe effilée de l'ogive blindée, elle venait de diviser par dix son pouvoir de pénétration. Les seize cents épaisseurs de nanocristaux de la couche à diffusion cinétique entrèrent en jeu, chacune d'elles absorbant une infime partie de l'énergie de la balle pour la dévier à angle droit et la convertir en chaleur et piézoélectricité. Le projectile arrêté dans sa course en moins de deux centimètres se liquéfia en une masse de métal fondu portée à la température de 3 700 °C. Le polyuréthane nanostructuré de la couche isolante réussit à diffuser la plus grande partie de l'élévation thermique locale, transformant en simple coup de soleil ce qui aurait dû être une terrible brûlure au troisième degré.

En vingt-sept microsecondes, la combinaison était

parvenue à neutraliser 98,2 % de l'énergie cinétique de la balle. Ce qu'il en restait suffit à projeter One-Shot à trois mètres, à lui fracturer deux côtes ainsi que l'omoplate et à lui occasionner une contusion pulmonaire sans gravité. Complètement sonné, le géant eut juste la présence d'esprit de se réfugier derrière un gros rocher ; alors qu'il se pelotonnait à l'abri de la masse noirâtre couverte de varech, il réalisa qu'il n'avait même pas lâché son arme.

One-Shot n'avait pas encore touché le sol que déjà les réflexes de Caleb entraient en action. D'une détente fulgurante, le jeune homme propulsa sans ménagement Poppy Borghese derrière l'écran d'un rocher bas avant de se laisser lui-même tomber à terre ; à l'instant même, un cratère gros comme un saladier se formait juste à côté dans la paroi de l'Artefact, projetant sur eux une grêle de débris de béton qui les auraient gravement blessés sans la protection des combinaisons.

« On ne vous a jamais dit que vous manquiez de délicatesse avec les femmes ? ricana Poppy en tentant de se redresser. Enfin, merci quand même… »

Caleb s'apprêtait à lui répondre quand un déluge de coups de feu s'abattit sur leur rocher et sur le sol de la plage tout autour d'eux, les contraignant à baisser la tête pendant qu'un véritable nuage d'éclats les environnait.

Bon Dieu ! pensa le jeune homme. *Ils sont combien à nous tirer dessus ?*

En ce début d'après-midi, le premier affrontement armé dans l'histoire de l'Antarctique venait de débuter.

13 h 12 UTC

Sanglé dans son treillis de combat d'un noir sinistre, le colonel Guennadi Baranko se tenait debout à l'avant du zodiac dont le moteur débrayé tournait au ralenti. Juché en équilibre sur le boudin latéral, Yngvi déployait près de lui son immense silhouette blafarde et menaçante, sa face de gargouille ornée d'un rictus effrayant qui découvrait ses crocs jaunis. Des images épouvantables de meurtre et de mutilation suintaient sans interruption de l'esprit du monstre, donnant à toute personne qui l'approchait l'impression de pénétrer dans une chambre des tortures. À sa grande surprise – était-ce la proximité du combat ? –, Baranko se rendit compte qu'il commençait à trouver cela agréable. Excitant, même.

Ce n'était pas le cas de ses hommes, qui s'étaient tous réfugiés à l'arrière de l'embarcation et affichaient des mines inquiètes. *Pauvres lopettes*, pensa l'officier. *Plus de couilles à force d'écouter les discours des démocrates. Bientôt mûrs pour la Gay Pride.*

Baranko jeta un nouveau coup d'œil vers le haut. À quelques mètres à droite, flanquée du second zodiac retenu par une amarre magnétique, s'élevait la muraille tribord du *Global Defender*, que le groupe mer avait escaladée quelques instants plus tôt ; la brève fusillade qui s'en était suivie était déjà terminée, seuls un ou deux coups de feu sporadiques s'entendaient encore en provenance de l'intérieur du navire. Son intercom bourdonna soudain.

« Laptchev ici, mon colonel. Passerelle nettoyée et

sécurisée, carré *idem*. Peut-être encore des types dans les ponts inférieurs, mais ce sera vite réglé.

— Du dégât ?

— Zéro chez nous. Pas mal de casse chez l'Oncle Sam. On les termine ?

— Pas tout de suite, sergent. Seulement quand on aura fini de notre côté.

— Un souci quand même, mon colonel. On dirait qu'avant d'être neutralisé, leur capitaine a réussi à faire passer un message à ses copains sur la plage.

— Sans importance, ricana Baranko. Ces connards sont déjà morts. »

L'officier coupa la communication. Comme en écho à ses dernières paroles, il venait de percevoir une fusillade assourdie qui ne pouvait provenir que du littoral ; pour l'instant, toutefois, il ne voyait pas ce qui s'y passait car la masse du *Global Defender* faisait écran. *Qu'est-ce qui a pris à ce crétin de Tomski ?* pensa-t-il avec une bouffée de rage. *Il devait pourtant nous attendre !*

Plus de temps à perdre. Alors que de nouvelles détonations étouffées se faisaient entendre au loin, il fit signe au caporal qui se tenait à la poupe, la main sur la poignée des gaz. L'instant d'après, le gros moteur hors-bord se mettait à rugir de toute la puissance de ses 600 CV et le zodiac démarrait dans une gerbe d'écume. À l'avant de l'embarcation, Baranko compensa l'inclinaison du pont pour garder son équilibre. Tandis qu'ils prenaient de la vitesse et doublaient la poupe du *Defender*, il s'aperçut que Yngvi le regardait avec instance.

Des mots se formèrent dans son esprit.

/ *On va bien s'amuser, Guennadi.* /

13 h 12 UTC

« Vassili ! cria Caleb en profitant d'une accalmie dans la mitraille. Tu as morflé ?

— Épaule en trois morceaux et petit peu mal pour respirer, grogna le géant depuis l'abri de son rocher. À part ça, pète la forme !

— Tu as vu d'où ils arrosent ?

— Bord la falaise, au sud. Deux trois types, au moins. Armes russes. »

Des Russes ? Ici ? pensa Caleb en se demandant si son ami ne délirait pas ; en même temps, si quelqu'un était capable de reconnaître une arme rien qu'au son de la détonation, c'était bien One-Shot. Caleb leva la tête pour essayer de repérer les tireurs, mais dut aussitôt s'aplatir au sol alors qu'un nouvel impact formidable vaporisait le rebord du rocher à cinquante centimètres au-dessus de lui. Poppy Borghese émit un gloussement ravi, comme si elle se trouvait au stand de tir et que ce n'était pas elle la cible.

À ce train-là, dans cinq minutes, il ne restera plus grand-chose de ce caillou. Et tu es coincé ici avec une dingue.

Pendant ce temps, One-Shot s'était déplacé aussi vite qu'il l'avait pu à l'autre extrémité du gros rocher qui le protégeait des tireurs. *Si tu ne t'es pas trompé sur le flingue*, se dit-il, *ce salopard doit avoir une Izhmash à grossissement variable. Ce qui te donne une opportunité intéressante.* Il saisit son arme avec un geignement de douleur et fit monter une munition dans la chambre.

Le Barrett M82 présente la particularité d'être le fusil de précision le plus puissant au monde. Il peut être employé soit comme arme antipersonnel, avec une portée phénoménale de deux mille cinq cents mètres, soit comme arme antimatériel ; dans cette utilisation, son énorme cartouche de calibre .50 BMG propulsée à huit cent cinquante mètres par seconde possède un effet absolument dévastateur sur les véhicules terrestres ou aériens, et peut même traverser certains blindages légers. En revanche, l'arme est lourde – plus de quatorze kilos sans son magasin –, peu maniable et dotée d'un recul impressionnant. En pratique, elle est réservée au tir couché, comme en témoigne son bipied rétractable monté en série ; seul un homme d'une force titanesque comme One-Shot pouvait envisager, à ses risques et périls, de l'utiliser pour un tir à l'épaulé.

À la louche trois cents mètres. Même pour toi, au moins quatre ou cinq secondes pour viser... Si ton raisonnement n'est pas bon, tu vas le savoir tout de suite.

Un nouvel éblouissement de douleur le parcourut alors qu'il se redressait et soulevait l'énorme fusil pour se mettre en position.

13 h 12 UTC

Il y a deux sortes de snipers, lui avait-on martelé lors de sa formation. *Ceux qui sont prudents et ceux qui sont morts*. Comme tout tireur de la première catégorie, le sergent Bagvan Darjiev n'était véritablement rassuré que lorsqu'il avait pu contempler le corps de son ennemi dans son viseur.

Ce qui n'était pas le cas actuellement.

Il était pourtant sûr d'avoir touché ce connard à l'épaule ; et il connaissait suffisamment son arme pour savoir que, même avec un excellent gilet pare-balles, nul ne pouvait survivre à un tel coup.

Le problème était que le corps ne se trouvait pas à l'endroit où, en toute logique, il aurait dû être projeté par l'impact. *Il a dû tomber derrière le rocher*, essaya-t-il de se raisonner.

À quelques mètres sur leur droite, une détonation puissante : Prijanski, son homologue de l'unité deux, venait de tirer un nouveau coup de son SV-98 sur le petit rocher où s'étaient dissimulées les deux autres cibles. *Ils ne devraient plus tarder à tenter une sortie*, pensa fugitivement Darjiev.

Tandis que sa nervosité grandissait, le sergent commença à balayer les environs du point de chute estimé de One-Shot : le contour du gros rocher noir près duquel il l'avait atteint, la plage couverte de galets – aucune trace de sang alors que le type aurait dû se vider comme un porc. Mais l'opération était malaisée avec un champ de visée qui ne dépassait pas les cinquante centimètres de diamètre… Allongé à côté dc lui, le caporal Kulik ne pouvait lui être d'aucune aide : le jeune homme était occupé à recharger son arme. Darjiev grommela un juron et étendit le bras pour changer de grossissement : en le ramenant à sa valeur minimale, il allait pouvoir embrasser tout ce foutu rocher d'un seul coup d'œil.

D'une précision et d'une luminosité exceptionnelles, la lunette Izhmash 1P69 est le complément naturel du fusil SV-98. Son unique défaut est la conception aberrante du réglage de la focale : la position de la petite mollette impose en effet au tireur de passer la main devant l'objectif, et donc de perdre sa visée, chaque fois qu'il veut modifier l'optique.

Trois secondes après, Darjiev collait à nouveau son œil à la lunette. Toujours rien à l'endroit où il pensait avoir touché One-Shot. Un infime mouvement à l'autre extrémité du rocher attira son attention et lui fit tourner le regard dans cette direction.

Son cœur manqua deux battements alors qu'il découvrait le cauchemar de tout sniper.

Voir dans sa lunette le canon de son ennemi en train de le viser.

Darjiev voulut se plaquer au sol et ouvrit la bouche pour hurler à Kulik de l'imiter.

Il n'eut le temps de faire ni l'un ni l'autre. À la même seconde, un craquement épouvantable retentit et un objet dur le frappa violemment à la tempe dans un éclair de douleur. Pendant un instant, le sergent fut persuadé d'avoir été mortellement blessé : il n'y voyait plus rien et sa bouche était pleine de sang.

Puis sa vision revint. Et il se rendit compte que lui-même et tout ce qui l'entourait – son arme, le sol glacé, la bâche de camouflage – étaient littéralement tartinés de sang et de matière cérébrale. Un affreux gargouillis liquide à sa gauche : le caporal Kulik était pris de convulsions.

Ou plutôt ce qui restait du caporal Kulik : sa tête et toute la partie supérieure de son tronc avaient disparu, de même que son bras gauche projeté on ne sait où ; son bras droit, toujours présent, n'était plus rattaché à l'épaule que par quelques lambeaux de chair et de tissu graisseux. Le sang giclait par saccades de l'ouverture béante du thorax, où l'on distinguait la masse rosâtre des poumons. Les jambes ruèrent encore à une ou deux reprises puis le corps s'immobilisa.

Darjiev, tétanisé de stupeur, essayait de retenir son vomi quand son regard tomba sur l'objet qui l'avait heurté à la tempe avant d'atterrir juste sous son nez : c'était un fragment de calotte crânienne auquel adhéraient quelques cheveux noirs englués de sang. Cette fois, le sergent ne put contrôler son estomac et aspergea copieusement le pitoyable débris humain. Il n'en était qu'à sa deuxième giclée de dégueulis quand un hurlement dément explosa à sa droite, suivi d'un déluge de coups de feu. Fou de rage, le caporal Goria qui secondait Prijanski venait de se lever en rejetant leur bâche de protection et arrosait la plage avec son fusil d'assaut.

Il n'eut pas le temps de vider son magasin.

Moins d'une seconde plus tard, son corps se volatilisait, comme atteint par un obus de mortier, aspergeant cinquante mètres carrés de banquise de sang et de tripes déchiquetées.

13 h 13 UTC

La fusillade s'était brutalement interrompue après le second aboiement du Barrett, et les types sur la falaise observaient maintenant un silence circonspect. Connaissant son ami, Caleb se doutait pourquoi.

« Vassili ! cria-t-il. Ils sont combien ?

— Six. Moins deux. Et te confirme Russes. Bons flingues, sans doute spetsnaz. »

Alors que Caleb réfléchissait aux implications de cette info, un ronflement de moteur attira son attention.

Veillant à rester à l'abri du rocher, il leva doucement la tête pour regarder vers la mer d'où venait le bruit.

À moins de quatre cents mètres de la plage, un zodiac rempli de types fonçait à toute allure vers la plage, semble-t-il en provenance du *Global Defender*. Même si Caleb avait encore quelques doutes sur leur nationalité, l'embarcation d'un noir intégral et les tenues de combat assorties confirmaient que l'on n'avait pas affaire à des pêcheurs à la sardine.

En un rien de temps, le canot avait déjà parcouru la moitié de la distance le séparant de la plage. Les coups de feu en provenance de la falaise reprirent soudain, criblant leur refuge et la paroi de l'Artefact derrière eux. Le jeune homme baissa précipitamment la tête pour se protéger des éclats.

Non sans voir eu le temps de distinguer un détail encore plus étrange.

Qu'est-ce que c'est que ce truc à l'avant de leur zodiac ?

13 h 13 UTC

Flanqué de deux des hommes de Poppy, Kendall Kjölsrud déboucha à son tour de la galerie. Les coups de feu avaient confirmé ses pires appréhensions.

Nous sommes attaqués. Beaucoup trop tôt. Nous n'avons même pas eu le temps de commencer le travail !

Sans se soucier de sa propre sécurité, il scruta la plage d'un œil alarmé. Poppy et Caleb étaient recroquevillés derrière le médiocre rempart d'un petit rocher à une cinquantaine de mètres en contrebas. One-Shot n'était pas visible. Une fusillade ininterrompue faisait rage, mêlant le staccato hargneux d'un ou plusieurs fusils à tir rapide aux aboiements plus graves et sonores d'armes de très gros calibre.

Au-delà de la zone de combat, un zodiac était en approche et allait aborder la plage dans quelques secondes. Quand le vieil homme aperçut ce qui se trouvait dedans, ses craintes se muèrent en un sentiment qu'il n'avait pas éprouvé depuis plusieurs décennies.

La terreur.

« POPPY ! CALEB ! se mit-il à hurler de toutes ses forces. REVENEZ TOUT DE SUITE ! SI VOUS RESTEZ LÀ, VOUS ÊTES MORTS ! »

13 h 13 UTC

« Mais ce sont des citoyens américains, insista-t-elle. Et ils sont en train de se faire hacher ! »

Sur le bureau en bois précieux, la tasse de thé était maintenant froide. Elle n'y avait pas touché, complètement absorbée par la scène de bataille qui se déroulait à l'écran.

« Je regrette, madame », répéta de nouveau le type qui ne s'était pas présenté. La voix était courtoise mais le ton à la fois impérieux et indifférent, comme si elle parlait à un robot ou à un psychopathe. « Maintenant c'est notre problème, et plus le vôtre.

— Conneries ! explosa-t-elle. Vous allez me dire tout de suite à quelle agence vous appartenez ! Et inutile de me raccrocher au nez, je viens de lancer un traceur sur votre ligne !

— Votre recherche aboutira à un bistrot dans le Bronx, madame. Et, pour le reste, j'ai le regret de vous informer que vous n'avez pas l'accréditation nécessaire.

— Mais nom de…

— Alors vous allez faire ce pour quoi vous avez prêté serment, madame. » La tonalité de la voix avait subtilement changé, distillant désormais une menace polie. « Vous allez prendre cette petite fiche que vous avez posée à gauche de votre jolie tasse en porcelaine de Sèvres, et la coller dans votre incinérateur. Vous allez détruire tous les enregistrements du secteur concerné depuis le 15 février jusqu'à maintenant – et éteindre cet écran. Rerouter les porteuses des trois satellites vers les coordonnées antennaires qui vous seront communiquées dans l'heure. Jusqu'à nouvel ordre, ces oiseaux sont maintenant sous notre juridiction. Votre division "Pôles et régions circumpolaires" est temporairement fermée pour maintenance.

— Mais qui êtes-vous pour… ?

— Quant à votre analyste, continua la voix désincarnée, donnez-lui une promotion ou enterrez-le dans votre jardin, comme vous voudrez. Mais qu'il se taise. »

Un déclic. La communication était coupée. Abasourdie, la première directrice adjointe du NRO resta quelques secondes immobile dans son fauteuil.

Puis elle commença à scruter son magnifique plafond lambrissé de chêne.

Où était cette putain de caméra ?

13 h 13 UTC

Plus que les paroles du vieillard, son ton épouvanté ne laissait aucun doute quant à l'imminence du danger.

Après avoir jeté un coup d'œil dans la direction indiquée, Poppy Borghese murmura avec précipitation : « Il a raison, Caleb. J'ai déjà entendu parler de cette créature. Il faut vraiment qu'on s'arrache ! »

Plus facile à dire qu'à faire.

Cinquante pas les séparaient de l'entrée de la galerie. Même avec les combinaisons AMPAS, les franchir à découvert aurait été pur suicide avec les quatre tireurs qui continuaient à arroser. Caleb se souvint des recommandations que Viktor Bernstein leur avait prodiguées la veille : « Faites très attention. La couche à diffusion cinétique se détériore à chaque impact. La combinaison tolère une dizaine de tirs de kalach, ou l'explosion d'un projectile de RPG à courte distance. Mais si vous insistez, le bouclier cède d'un seul coup et c'est comme si vous vous baladiez en slip. »

« Caleb ! leur cria One-Shot. Dégage avec miss Barge ! Je les amuse et je rejoins ensuite !

— Pas question ! répondit son ami. Tu ne peux pas nous débarrasser de ces enfoirés ?

— Arrête pas d'essayer. Tu crois quoi ? »

One-Shot disait vrai. Après avoir perdu deux des leurs, les types là-haut étaient devenus méfiants. Le géant avait bien tenté de rééditer son exploit, mais, chaque fois, une grêle de balles l'avait empêché de prendre sa visée et il avait dû regagner précipitamment l'abri de son rocher. Il réfléchit une seconde, puis reprit à l'adresse de Caleb : « Ai bien solution, Cal ! Mais risqué pour vous. Besoin dix, douze secondes de diversion !

— Je vais te trouver ça, Vassili ! » gueula Caleb. Joignant le geste à la parole le jeune homme allait se lever lorsque Poppy le retint soudain par le bras.

Sa force était stupéfiante et il eut l'impression d'être bloqué dans un étau.

« Cette fois, c'est ma tournée, Caleb ! lui dit-elle avec une lueur malicieuse dans le regard.

— Mais vous…

— Et puis la combinaison de miss Barge est bien plus solide que la vôtre, alors pas de discussion ! » continua-t-elle en le repoussant au sol comme un enfant. L'instant d'après, elle se dressait à découvert.

Et adressait un splendide bras d'honneur aux types sur la falaise.

13 h 14 UTC

Posté à côté de l'écran tactique sur la passerelle du *Vladimir Karvaiyski*, le général Iazov observait le déroulement des opérations avec une fureur croissante. Rien à dire pour le travail de Baranko, par contre ce connard de Tomski avait merdé une fois de plus.

Qu'est-ce qui lui a pris de déclencher le tir aussi tôt ? se demanda-t-il à nouveau. *Résultat, ils sont en train de gaspiller leurs munitions sur ces foutus rochers, et l'effet de surprise est anéanti !*

La mort des deux hommes de Tomski, qu'il avait suivie en direct grâce au petit drone *Sokol* qui survolait la zone de combat, ne lui avait arraché aucune larme, bien au contraire. Juste rétribution de leur connerie et de leur insubordination. Il orienta la caméra vers le pied de la falaise, et sa colère s'accrut encore en constatant que Kjölsrud avait regagné l'abri de la galerie en laissant ses deux gardes en faction près de l'entrée. *Ces crétins ne se sont même pas rendu compte qu'il était sur la plage, à leur portée !*

C'est en ramenant l'objectif vers le milieu de la plage qu'il réalisa ce que One-Shot était en train de bricoler derrière son rocher.

Le vieux général sut immédiatement ce qui allait se passer.

Mais il était trop tard pour l'arrêter.

13 h 14 UTC

Les trois premières balles de 5,45 mm l'atteignirent au thorax et à l'abdomen, l'envoyant bouler plusieurs mètres en arrière et percuter violemment la paroi de l'Artefact.

Comme elle s'y attendait, un petit *bip* signala l'entrée en action du processeur tactique. Jeeves ne pouvait bien sûr pas manquer une si belle occasion de s'inviter ; avant que l'IA ait eu le temps d'émettre une seule parole, Poppy la réduisit au silence en visualisant la commande de déconnexion.

Alors qu'elle se relevait péniblement, une nouvelle balle s'écrasa sur son casque blindé, et deux autres l'atteignirent aux jambes, la faisant aussitôt retomber à terre, tandis que des dizaines d'impacts projetaient des éclats de béton tout autour d'elle. Cette fois, elle perdit conscience une demi-seconde, submergée par un océan de douleur.

Émerge. Bouge. Tout de suite.

Par réflexe, elle donna une violente ruade, qui la propulsa à trois mètres de distance. Au même instant, un cratère d'un mètre de diamètre s'ouvrait dans le sol à l'endroit où s'était trouvée sa tête.

Essaie quand même d'éviter ce genre de pruneau, pensa-t-elle entre deux éblouissements de douleur : quoi qu'elle ait pu dire à Caleb, elle n'était pas tout à fait sûre d'y survivre. Deux autres balles la touchèrent au milieu du dos. Elle se releva une nouvelle fois, remarquant qu'elle saignait abondamment du nez.

Bouge tout le temps.

Amuse-les encore dix secondes.

13 h 14 UTC

One-Shot termina à toute vitesse d'installer le gros projectile dans la culasse à verrou suspendue au-dessous du canon principal. Son Barrett M82 était en effet doté – configuration très rare sur une telle arme – d'un lance-grenades amovible Heckler & Koch. Ce dispositif tirait une grenade de 40 × 125 mm bourrée d'explosif militaire à haut pouvoir brisant, ce qui fournissait une alternative intéressante à la balle de .50 lorsque le but du jeu était de semer la mort dans un rayon de vingt mètres autour du point d'impact.

Tout en essayant d'oublier la douleur de son épaule, il fit très attention à ne pas se tromper en verrouillant la chambre. Il n'avait qu'une seule grenade, très peu de temps, et aucun droit à l'erreur.

À l'oreille, il se rendit compte que la fusillade s'était déplacée sur sa gauche et que plus aucune balle ne fouettait son rocher depuis plusieurs secondes. La diversion avait l'air de marcher, mais il préféra ne pas penser à ce que Caleb et Poppy devaient faire pour attirer ainsi le feu sur leur position.

Dépêche. Ils sont en train de déguster, et tu glandes !

Il se redressa d'un coup, épaula avec un grognement de souffrance l'arme encore alourdie de près de mille cinq cents grammes, et considéra sa cible.

Même pour lui, un coup très difficile. Le projectile était lourd et lent, et l'endroit à atteindre se trouvait pratiquement à la limite de sa portée efficace. Hors de question d'envisager un tir tendu ; il fallait au contraire une trajectoire balistique, en visant beaucoup plus haut que la cible.

Le tout était de savoir *combien* plus haut.

One-Shot fit un rapide calcul mental intégrant la masse de la grenade, sa vitesse initiale, son coefficient de frottement dans l'air, la distance de l'objectif et son angle de dévers par rapport à la position qu'il occupait. *Encore heureux que le vent soit tombé*, se dit-il en appuyant sur la détente.

Le recul faillit le jeter à terre et lui arracha un hurlement de douleur.

13 h 14 UTC

Yngvi sauta dans l'eau sans attendre que le zodiac ait touché la grève et entreprit d'escalader à toute vitesse le talus qui montait vers la plage.

Au grand soulagement des hommes restés dans le canot. Au cours des dernières minutes, le monstre avait basculé dans une sorte de transe meurtrière, et les images de folie et de mort qu'il irradiait étaient devenues si innommables que même Baranko avait commencé à prendre peur ; sans qu'elle parût s'en rendre compte, la créature avait lacéré ses lèvres de ses crocs, et un sang noirâtre s'était mis à dégouliner en abondance sur son torse squelettique.

Baranko allait donner l'ordre de débarquer quand il remarqua du coin de l'œil une traînée de fumée qui s'élevait rapidement du sol en direction des falaises. Une fusée de signalisation ? Pour sa part, Yngvi s'était arrêté au sommet de l'escarpement où il demeurait figé comme une gargouille maléfique, son regard tourné vers l'énorme casemate en haut de la plage.

Cela se produisit juste à cet instant.

Dans l'esprit de *tous* les êtres humains à trois milles à la ronde – l'équipe de la K2 au fond de la galerie sous le glacier, le commando et les prisonniers à bord du *Global Defender*, les hommes de Tomski sur la falaise, et même le général Iazov dans le poste de commandement du brise-glaces –, les mêmes mots s'imprimèrent simultanément avec une intensité douloureuse. Avant de s'effacer doucement en laissant une sensation analogue au goût âcre qui reste dans la gorge après avoir vomi.

/ PÈRE /
/ JE SUIS LÀ /
/ J'ARRIVE /

13 h 14 UTC

Le sergent Bagvan Darjiev sut qu'il allait mourir avant même que la grenade n'ait atteint le sommet de sa parabole.

La seconde d'avant, il s'interrogeait sur l'étrange voix qu'il venait d'entendre dans sa tête, en se demandant s'il n'était pas victime d'une hallucination. Mais maintenant, cela n'avait plus d'importance.

Avec une lenteur terrifiante, le projectile dépassa le point d'inflexion de sa courbe balistique, à près de cent mètres au-dessus de la ligne des falaises, et entama sa descente en prenant de la vitesse.

Pétrifié de terreur, Darjiev regarda tout autour de lui. À l'ultime seconde, son regard croisa celui de Prijanski. À quelques mètres sur sa droite, l'autre sniper était toujours allongé dans le sang et les boyaux du caporal Goria ; ses yeux étaient dilatés de frayeur, et sa bouche ouverte sur un hurlement muet.

Le projectile toucha la falaise à dix mètres au-dessous de son rebord et, comme l'avait prévu One-Shot vu la nature particulièrement meuble du matériau neigeux, s'enfonça de près du double avant d'exploser.

La détonation fut très étouffée, à peine audible depuis la plage.

Mais le résultat fut spectaculaire.

Deux secondes après l'impact, une gigantesque ligne de fracture apparaissait à la surface du plateau glacé ; l'instant suivant, toute la partie supérieure de la falaise se détachait sur près de cent mètres de longueur, précipitant en contrebas soixante mille mètres cubes de glace et de neige molle dans un fracas de fin du monde.

Une pensée saugrenue traversa l'esprit du sergent Darjiev alors que son corps basculait dans le vide.

On a bien salopé la banquise. Mais ils viennent de passer l'aspirateur.

13 h 15 UTC

Ils avaient moins de cinquante pas d'avance sur le monstre lorsqu'ils atteignirent l'entrée de la galerie. Caleb soutenait une Poppy Borghese encore à moitié sonnée et dont la combinaison s'ornait maintenant d'impressionnantes traces d'impact ; One-Shot, toujours muni de son M82, les suivait en grimaçant de douleur et en claudiquant aussi vite qu'il le pouvait.

Le grand balèze qui guettait près de l'ouverture – un nommé Bret Johansson, ceinture noire de taekwondo et spécialiste du combat à l'arme blanche, se souvint Caleb – les regarda arriver d'un air alarmé. Tout en ayant, à l'évidence, du mal à comprendre comment le vieux type à poil qui courait derrière eux pouvait les effrayer à ce point. « Il n'y a que lui ? leur lança-t-il.

— Ça suffit largement, Bret, haleta Poppy. Ne restez pas là !

— Je m'en occupe, miss, répondit le costaud. Allez vous mettre à l'abri là-dedans.

— Non !… » dit la jeune femme d'une voix suppliante. Mais déjà Caleb la traînait à l'intérieur.

13 h 15 UTC

« Ils l'ont trouvé, monsieur, répéta dans l'écouteur la voix dépourvue d'inflexion. Avant nous. Et les Russes également. »

L'homme qui tenait le combiné téléphonique essayait de rassembler ses esprits. Il se remémorait, à la syllabe près, les quelques mots hachés que son prédécesseur lui avait murmurés à l'oreille juste avant d'être admis au bloc opératoire, ce jour funeste à Baltimore. Sur le moment, il avait cru qu'il s'agissait d'une fable – ou du délire d'un mourant.

Mais, le lendemain des obsèques, son téléphone avait sonné. C'était la même voix qu'aujourd'hui.

« Vous aviez le choix comme tous ceux qui vous ont précédé, continua le mystérieux interlocuteur. Dissoudre ce comité et oublier l'affaire. Ou nous demander de continuer la veille. Ce que nous avons fait… »

L'homme disait vrai. La chaîne n'avait été rompue qu'une fois, en novembre 1963, mais heureusement le vieil Ike était encore vivant et avait pris l'initiative d'informer Lyndon Johnson.

« Maintenant c'est à vous d'agir, nous n'avons pas autorité en ce sens. Vous connaissez l'enjeu et les options disponibles. La décision vous appartient, monsieur. »

Bien après que l'inconnu eut raccroché, le président des États-Unis resta assis immobile derrière son bureau, la tête enfouie entre ses deux mains. Une phrase tournait en boucle dans son esprit.

Pourquoi a-t-il fallu que cela arrive pendant mon mandat ?

13 h 15 UTC

À la réflexion, ça n'a pas tout à fait l'air d'un vieux type à poil, se dit Johansson en observant, bien campé sur ses deux pieds, la créature qui se ruait sur lui.

Mais quoi qu'il en soit, ça n'arrête certainement pas le 6,80 mm...

Le costaud voulut relever le canon de son fusil d'assaut Magpul SDA1 « Masada ».

Sans y parvenir.

Ses deux bras semblaient s'être changés en plomb, et soudain ses mains se relâchèrent, laissant tomber l'arme à terre ; en même temps, une affreuse sensation d'engourdissement s'emparait de lui, comme si sa cervelle s'était remplie de coton. La terreur l'envahit d'un coup alors que, paralysé et totalement impuissant, il voyait le monstre parcourir les derniers mètres de plage.

Même avec sa force démesurée, Yngvi n'était pas capable de rompre l'enveloppe protectrice d'une combinaison AMPAS. Il était en revanche tout à fait en mesure de causer des dommages irréparables au fragile assemblage de chair et d'os qui se trouvait à l'intérieur. Sans même ralentir sa course, il saisit Johansson par le bras et le souleva de terre sans effort apparent. L'attrapant ensuite par la cheville, il le fit tournoyer comme un jouet et, avec une violence effroyable, le projeta tête la première contre un rocher bas.

Puis il recommença. Encore et encore.

Au deuxième coup le crâne du malheureux se brisa, et – fort heureusement pour lui – il perdit aussitôt connaissance. Le coup suivant fractura sa colonne vertébrale en trois points distincts, sectionnant sa moelle épinière et le paralysant de façon définitive.

Au sixième impact, ce fut l'aorte thoracique qui se rompit, provoquant une hémorragie cataclysmique. À ce stade, toutes les côtes de Johansson étaient déjà en miettes, de même que la plupart des os longs de ses membres en une vingtaine d'endroits différents.

Lassé du jeu, Yngvi jeta à terre le corps disloqué de l'agonisant. Le carnage avait duré moins de vingt secondes. Le monstre lança un coup d'œil derrière lui : l'homme gentil et ses amis venaient juste de débarquer, ils étaient encore loin. Inutile de les attendre, il n'avait pas besoin d'eux. Et puis une sourde inquiétude le poussait en avant : la crainte qu'on ne le laisse pas, finalement, s'occuper de Père comme il en rêvait depuis si longtemps.

Il s'engagea avec circonspection dans l'ouverture à la base de la falaise, tous les sens aux aguets. Il avait passé trop d'années dans la tombe où Père l'avait fait jeter pour apprécier de se trouver à nouveau dans un lieu sombre et exigu. Il parcourut une vingtaine de mètres, de plus en plus lentement.

Quelque chose n'allait pas dans cet endroit. Une odeur ? Une vibration ? Sur ses membres et son échine squelettique, les poils se dressèrent – pourtant il était totalement insensible au froid qui régnait ici.

Puis il s'arrêta.

Une petite silhouette l'attendait au milieu de la galerie.

13 h 16 UTC

Son visage n'exprimant aucune émotion malgré la fureur qui la submergeait, Poppy Borghese observait le monstre qui s'approchait à pas mesurés. Elle avait entendu les bruits horribles en provenance de l'extrémité du tunnel et savait que Johansson était mort. Elle découvrit l'immense carcasse blafarde et couturée de cicatrices, les mains comme des serres de rapace, la face hideuse tartinée de sang et les crocs trop grands pour la gueule qui les hébergeait. La créature s'était immobilisée à moins de dix pas, paraissant humer l'air avec méfiance.

L'être difforme la dévisagea d'un regard brûlant d'une haine absolue. Il était sur le point d'attaquer. Et pourtant quelque chose – comme une barrière invisible – semblait le retenir.

Qu'est-ce qui lui prend ? pensa Poppy qui s'était préparée à bondir à son tour. *Il n'a jamais vu une jolie fille, ou quoi ?*

Les secondes passèrent dans un silence oppressant. On aurait dit que le monstre hésitait toujours, comme en proie à un dilemme insoluble. La peur ? Poppy écarta cette possibilité. Comment une telle créature pourrait-elle avoir peur de quoi que ce soit ?

Et puis elle sut, sans pouvoir s'expliquer comment.

Il est surpris. Stupéfait, même. Il s'attendait à quelque chose, et ce quelque chose ne vient pas.

Peu importe ce que c'est. Profite de l'avantage.

Un rictus d'une extraordinaire cruauté déforma ses lèvres. « Chien-chien. Gentil chien-chien, chantonna-t-elle. Maman a quelque chose pour toi. »

Cette fois, l'expression d'ahurissement sur le visage de la créature devint presque comique.

« Va chercher ! » hurla-t-elle en détendant le bras et en projetant la grenade au C-4 qu'elle gardait plaquée contre sa cuisse. L'instant d'après, l'engin réglé sur deux secondes explosait aux pieds du monstre.

Toute la voûte s'effondra dans un fracas gigantesque.

13 h 54 UTC

En moins d'une heure, l'équipe d'explorateurs s'était transformée en une poignée de fugitifs aux abois.

Ils n'étaient plus que douze : Kjölsrud et ses lieutenants Viktor Bernstein et Vandell Richardson, Poppy qui n'avait dû qu'à son extrême rapidité d'échapper à l'ensevelissement, l'un de ses hommes nommé Jenkins, Sarah Miller très choquée qui pleurait dans un coin, Caleb et ses trois amis. Sanjiv Chandra et ses deux assistants Hiro Takeda et Sammy Valdez, qui se trouvaient assez loin dans le tunnel de glace au moment de l'explosion, avaient été pris sous l'avalanche. Rapidement dégagé, Sanjiv était physiquement indemne, mais le jeune autiste avait ensuite fait une terrible crise d'angoisse et avait dû être placé sous sédatif ; Takeda s'en était également tiré sans dommage, mais Valdez n'avait pu être retrouvé.

Un mort de plus.

Serrés sous les vingt mètres carrés de l'auvent de béton qui les avaient protégés quand la galerie s'était effondrée, les rescapés avaient aussi perdu une bonne partie de leur matériel. Presque toutes les caisses d'instruments scientifiques avaient été ensevelies, de même qu'un des hobbits. Il leur restait quelques armes personnelles, un asimov, trois caisses d'explosifs, une lance thermique, un laser tactique. Ni eau ni vivres. Et une trentaine d'heures d'autonomie sur les batteries de leurs combinaisons, en la jouant économe.

Pour autant, personne n'aurait songé à blâmer Poppy de son initiative. Tous au contraire savaient qu'elle leur avait, sinon sauvé la vie, du moins offert un répit de quelques heures. Vu la gravité de la situation, Caleb avait provisoirement renoncé à poser les questions qui lui brûlaient les lèvres : qui étaient ces types ? Qu'est-ce que c'était que cette créature ? Et d'où Kjölsrud les connaissait-il ?

Après s'être interrompus quelques instants, les bruits de sape qui leur parvenaient très étouffés de l'autre côté de la barrière de glace reprirent de plus belle. Leurs poursuivants n'avaient pas renoncé. Et quand ils seraient là – une douzaine d'heures, s'ils avaient du bon matos –, ils ne feraient pas de quartier : la petite démo de tout à l'heure ne laissait aucun doute sur leurs intentions.

Leur seule chance était de gagner l'intérieur de l'Artefact. Ils y trouveraient peut-être un moyen de regagner la plage par une issue détournée, ou alors suffisamment d'espace pour soutenir un siège de façon plus efficace. Un espoir des plus minces. Mais ils n'avaient rien d'autre.

« C'est bon », dit Joshua en coupant la flamme de la lance thermique et en relevant sa visière de protection.

Comme prévu, l'acier mangé par la corrosion n'avait opposé qu'une faible résistance aux 3 000 °C du jet de plasma. La grosse serrure avait fait place à un cratère large comme une assiette, dont les bords déchiquetés rougeoyaient encore. Aidé par Caleb, Joshua tira de toutes ses forces sur le lourd vantail en acier de deux mètres sur trois. Au troisième essai, la porte céda par à-coups avec un grincement strident.

Pour se bloquer de nouveau au bout de vingt centimètres.

« Ce sont les charnières, dit Joshua après avoir vainement tenté de l'ouvrir davantage. Elles sont complètement bouffées par la rouille. Il y en a pour cinq minutes avec la lance, ajouta-t-il en se penchant pour ramasser l'instrument.

— En attendant, je vais jeter un coup d'œil, dit Poppy en s'avançant vers l'ouverture.

— Pas question, s'interposa Caleb. Nous n'avons aucune idée de ce qu'il y a là-dedans. On entrera tous ensemble, ou pas du tout. »

Elle se tourna vers lui. À sa grande surprise, le regard qu'elle lui jeta n'était pas sarcastique comme à son habitude, mais triste et presque suppliant : « Réfléchissez, Caleb, dit-elle. C'est sans danger, ce truc est là depuis soixante-dix ans. Je suis la seule à pouvoir passer dans cette chatière. Et ça nous fera peut-être gagner un peu de temps. »

C'est comme avec O'Donnell, réalisa le jeune homme en se souvenant de sa réaction après la mort du pilote. *Elle se sent coupable chaque fois que quelqu'un meurt, même si elle n'y est pour rien. Et elle ne connaît que deux manières d'y faire face : se bourrer la gueule ou plonger dans l'action.*

Il secoua la tête de mauvaise grâce : « OK, dit-il. Allez-y, mais faites gaffe. »

13 h 59 UTC

Moins de cinq minutes plus tard, elle était de retour. En la voyant s'extirper de l'étroite ouverture, Caleb eut un mauvais pressentiment. *Elle va nous dire que ça donne sur une pièce borgne. Auquel cas nous sommes tous foutus.*

Mais ce n'était pas ça.

Alors qu'elle leur faisait face en semblant chercher ses mots, chacun remarqua que son teint olivâtre avait viré au gris ; son regard était comme absent et ses mains tremblaient légèrement.

« Qu'est-ce qui s'est passé, Poppy ? demanda Caleb. Qu'est-ce qu'il y a derrière cette porte ? »

Les mots parurent la ramener à la réalité. Elle le fixa avec sur le visage une expression de terreur comme il ne lui avait encore jamais vu.

« Des morts, Caleb. C'est très grand là-dedans. Et c'est plein de morts. Il y en a partout. »

Chapitre 13

28 février 2018 – 14 h 05 UTC

Poppy Borghese n'avait pas menti.

Il y en avait des dizaines. Peut-être des centaines.

Les deux premiers se trouvaient dans la petite pièce latérale qui devait servir à la fois de magasin d'outillage et de resserre pour les équipements polaires du personnel. L'un d'eux était affalé tout contre la porte d'entrée – la jeune femme avait failli marcher dessus en se glissant dans le local – et tenait encore un gros tournevis dans sa main momifiée. Pas difficile de deviner ce qu'il avait essayé de faire avec : les profondes griffures qui rayaient le métal du battant intérieur témoignaient de ses tentatives infructueuses pour crocheter la serrure. L'autre corps était assis au pied du mur du fond, les jambes pliées, la tête enfouie entre ses deux mains dans une attitude qui était l'image même du désespoir.

Il faisait un froid glacial dans la pièce sombre. L'air était lourd, difficile à respirer, avec un relent acide qui irritait la gorge et les bronches. « C'est par ici », marmonna Poppy en désignant la brèche dans la paroi de droite.

Les deux types s'étaient apparemment donné beaucoup de mal pour venir mourir ici. Initialement, la pièce ne communiquait pas avec l'intérieur de la casemate, et c'est en passant à travers le mur qu'ils avaient réussi à y pénétrer. Les outils qu'ils avaient utilisés se trouvaient encore par terre.

« Jeeves a identifié des traces de TNT sur le pourtour de la brèche, et il y a des éclats de métal un peu partout de l'autre côté, indiqua Poppy. Ils ont dû attaquer la paroi à la grenade. Et finir le boulot au marteau et à la barre à mines quand ils ont eu épuisé leurs munitions.

— Un mur de béton d'un mètre ? Au marteau ? s'étonna Viktor Bernstein. Mais pour quoi faire ?

— Parce que le portail principal doit faire au moins cinq fois cette épaisseur, dit Caleb. Ils ont dû penser que ce serait plus facile de passer par ici. Ils y étaient presque. Mais on dirait qu'ils n'ont pas eu le temps de casser la serrure. »

De l'autre côté de la brèche, les ténèbres étaient absolues, et ils durent allumer leurs projecteurs frontaux. À peine avaient-ils fait trois pas que les visières de leurs casques se rabattaient sèchement et qu'un chuintement discret signalait la mise en marche automatique des recycleurs d'air.

« Qu'est-ce qui se passe ? demanda Kjölsrud.

— À partir d'ici, ça devient carrément irrespirable, répondit Poppy. D'après les capteurs, il n'y a que 5 % d'oxygène et plus du double de dioxyde de carbone. Pas mal d'oxydes d'azote et de soufre aussi, un peu de monoxyde de carbone et d'acide cyanhydrique en prime. Mortel en cinq minutes.

— Moi qui voulais enlever combi pour faire bon bandage épaule… » grommela One-Shot.

En balayant l'obscurité du faisceau de leurs projecteurs, ils essayèrent de s'orienter. Ils se trouvaient dans un vaste couloir d'une dizaine de pas de large dont l'extrémité se perdait dans l'obscurité. À leur droite, les deux énormes battants du portail principal formaient un cul-de-sac infranchissable. Plusieurs énormes cratères entamaient la paroi de béton sur près d'un mètre de profondeur, et le sol était parsemé de fragments de métal déchiquetés.

Bien trop gros pour des grenades, pensa Caleb. *Qu'est-ce qui a bien pu se passer ici, bon sang ?*

La petite troupe se mit en marche à pas prudents. Très vite, ils tombèrent sur trois nouveaux corps. Deux d'entre eux portaient de profondes blessures à la tête et aux bras ; le type qui les avait tués à coups de hache était recroquevillé juste à côté, apparemment indemne, mais la bouche ouverte comme un poisson qui se noie, son arme encore à portée de main. Un peu plus loin, une jeep avait heurté la paroi, semble-t-il à vive allure, et s'était couchée sur le côté avant de prendre feu ; deux corps méconnaissables dépassaient de la carcasse calcinée.

À partir de là, les cadavres se multipliaient. Certains n'avaient aucune lésion apparente, mais leur visage convulsé et leurs membres arqués suggéraient pourtant qu'ils étaient morts au terme d'une effroyable agonie. D'autres au contraire présentaient des blessures épouvantables, comme s'ils s'étaient entretués dans un indescriptible déchaînement de violence.

Tous les corps étaient dans un état de conservation incroyable.

« Comment est-ce possible ? murmura Viktor Bernstein. Ces malheureux sont là depuis des décennies, et on dirait qu'ils sont morts il y a quelques jours…

— Rien d'étonnant, mon oncle, répondit Sarah Miller, qui s'était penchée pour examiner une des dépouilles. Il fait moins vingt-cinq, et à cette profondeur sous le glacier, la température n'a pas dû beaucoup changer au cours des soixante-dix dernières années ; le degré d'hygrométrie est quasi nul, et l'atmosphère très pauvre en oxygène. Les conditions idéales pour une momification parfaite. Avec ça, ils sont bien partis pour traverser les siècles sans aucune altération. »

En se remettant en marche, ils dépassèrent une douzaine d'ouvertures obscures qui se succédaient des deux côtés du tunnel. Caleb et Joshua allèrent jeter un coup d'œil dans quelques-unes d'entre elles, mais laissèrent vite tomber.

Partout se répétaient les mêmes scènes de carnage et de dévastation : cadavres démembrés jonchant le sol, armes éparses, innombrables impacts de projectiles sur les murs. Tout ce qui pouvait être arraché, cassé, brûlé, semblait l'avoir été avec une frénésie indicible. Au milieu d'un dortoir, ce qui restait d'un homme en uniforme d'officier avait été suspendu par les pieds à une grosse poutre traversant la pièce ; son corps avait été lardé de coups de couteau puis incendié à l'aide d'un tas de matelas placé au-dessous. Dans les recoins plus isolés se trouvaient ceux qui s'étaient suicidés, comme s'ils avaient cherché un peu de calme pour mettre fin à leurs jours. Beaucoup s'étaient pendus ou tués avec une arme de poing ; l'un d'eux – un certain sergent Roy, d'après son badge de poitrine – s'était ouvert la gorge avec un poignard, après avoir gribouillé « KILLED ROY WAS HERE » sur le mur au-dessus de lui[1].

Quelques mètres plus loin, le tunnel d'accès s'élargissait pour former une vaste pièce arrondie ceinturée d'une passerelle à mi-hauteur, et d'où une douzaine de couloirs irradiaient dans toutes les directions. Sur le côté, un bâtiment préfabriqué devait avoir servi de poste de garde intérieur. Au beau milieu de cette sorte de place centrale trônait un objet incongru : un obusier M1 de 75 mm, le canon pointé vers le large couloir qu'ils venaient de parcourir. Plusieurs douilles vides étaient éparpillées sur le sol autour de la pièce d'artillerie, de même qu'une douzaine de cadavres effondrés dans des positions diverses. Une impression nauséeuse de *déjà-vu* envahit Caleb, alors qu'un souvenir détesté ressurgissait de sa mémoire.

L'appartement de Belfast. Fin de l'été 1989, quelques mois avant la mort de ses parents. Ils y étaient revenus par un étouffant après-midi de septembre, après deux mois passés à Gibraltar puis au domaine des Highlands – les plus belles vacances de sa vie. Après cette longue absence, le logement de fonction du Cathedral Quarter sentait la poussière et le renfermé. Pendant que ses parents s'affairaient à hisser les bagages de Lisa dans l'escalier surchauffé, le petit garçon de sept ans s'était précipité vers sa chambre, ravi de retrouver enfin ses jouets préférés.

Et était resté, interdit, sur le pas de la porte.

---

1. « *Kilroy was here* » était le graffiti standard que les soldats américains ont laissé à des milliers d'exemplaires sur leurs théâtres d'opérations tout au long de la Seconde Guerre mondiale.

Des dizaines de mouches étaient venues mourir contre la grande baie vitrée donnant sur Royal Avenue. En découvrant le tapis de petits cadavres desséchés qui s'était amoncelé sur le parquet – il y en avait plein d'autres sur son couvre-lit, sur son bureau et même sur son coffre à jouets –, l'enfant avait été submergé par une irrésistible vague de terreur et de dégoût, et s'était mis à pleurer sans pouvoir s'arrêter. Il avait continué bien après que sa mère eut aéré la pièce et fait disparaître les mouches, et avait mis trois jours pour accepter de dormir à nouveau dans son lit.

L'incident était minuscule, mais il s'était imprimé comme au fer rouge dans l'esprit du garçonnet.

« De quoi ont bien pu mourir ces types ? s'interrogea Joshua à mi-voix. Aucun d'eux ne porte la moindre blessure…

— Tu n'as pas encore pigé, Josh ? fit Caleb. Ils ont tout tenté pour sortir d'ici. Vraiment tout, et ils n'y sont pas arrivés. Alors, en désespoir de cause, ils ont essayé de faire sauter le portail à coups de canon. Il ne devait plus leur rester grand-chose à respirer à ce moment, et sans doute qu'ils ne se rendaient plus tout à fait compte de ce qu'ils faisaient…

— Mon Dieu ! murmura Vandell Richardson. Tirer au canon dans cet espace confiné… Les gaz d'éjection ont dû les tuer comme des mouches ! »

Caleb qui contemplait le massacre hocha la tête sans répondre.

C'était exactement ça.

Comme des mouches.

14 h 35 UTC

À moitié conscient, le monstre blessé à mort gémissait sur un ton monocorde.

Aucun des hommes présents n'avait osé le toucher, et il gisait toujours sur la civière improvisée qui avait servi à le transporter à bord du *Vladimir Karvaiyski*. Ses blessures étaient épouvantables : son pied droit avait été arraché, et le gauche n'était plus qu'une bouillie sanglante truffée de fragments de métal. Des dizaines d'autres éclats s'étaient fichés dans son tronc et ses membres inférieurs ; l'un d'eux l'avait carrément éventré et par l'affreuse plaie de son abdomen sortait une longue guirlande d'intestins luisants mêlés d'un jus noirâtre.

Baranko et le reste du commando avaient déjà regagné le navire lorsque le drone avait signalé la présence de la créature au pied de la falaise de glace. Apparemment, elle avait réussi à se dégager par ses propres moyens en rampant à travers plus de quinze mètres de neige tassée et n'avait perdu connaissance qu'après avoir retrouvé l'air libre.

« Je ne comprends toujours pas pourquoi vous l'avez fait ramener à bord, général, marmonna Guennadi Baranko. On aurait très bien pu l'achever sur la plage. »

Debout au milieu des *spetsnaz* qui faisaient cercle autour du brancard posé à même le pont, le général Iazov regarda son second dégainer son Makarov et en appliquer le canon sur le front du monstre agonisant.

« Non, Guennadi », fit-il sans élever la voix.

Baranko qui s'apprêtait à presser la détente se

retourna, surpris, vers son supérieur. « Je vous demande pardon, général ?

— J'ai dit non. Range ton arme.

— Je ne pige pas, général. Vous disiez vous-même vouloir en finir avec lui. Alors, faisons-le maintenant et balançons-le à l'eau. Pour l'instant, nous avons d'autres chats à fouetter, vous ne croyez pas ?

— Il crèvera quand je l'aurai décidé. Pas avant, répondit le vieil homme d'un ton indifférent.

— Alors, faites-lui donner des soins ! rétorqua sèchement Baranko qui commençait à s'énerver. Ou bien avez-vous l'intention de le laisser gémir ici pendant des heures ? »

Iazov haussa les épaules. Semblant d'un coup se désintéresser de la situation, il se détourna et fit quelques pas pour venir s'accouder à la lisse du brise-glaces. Au cours de l'heure écoulée, le gros navire avait manœuvré et était venu mouiller juste en face de la plage où plus rien ne bougeait. Sur la droite, le gigantesque éboulis de glace qui avait englouti l'équipe de Tomski semblait avoir toujours été là. À quelques encablures sur tribord, le *Global Defender* flottait tranquillement au milieu de la baie, roulant un peu au rythme de la petite houle qui commençait à se lever. Aucun mouvement n'était visible à bord du bâtiment arraisonné.

Tout était calme en apparence.

Bien trop calme.

Qu'est-ce qu'ils peuvent bien fabriquer là-dedans ? se demanda-t-il en contemplant l'immense casemate. Pour la première fois depuis douze jours, il ne connaissait ni la position exacte ni les activités de ses ennemis, et un vague sentiment d'inquiétude commençait à monter en lui.

Ressaisis-toi. Ils sont faits comme des rats. Même si ton plan initial a foiré, tu gardes la main.

« Des soins ? ricana-t-il sans même se retourner. Pas la peine, Guennadi. Fais-le juste transporter dans sa cabine. Et dis à l'équipage de lui porter de la viande. Beaucoup de viande. »

15 h 57 UTC

Lorsqu'ils passèrent pour la seconde fois devant le type allongé avec une baïonnette plantée dans le crâne, Caleb ne put retenir son agacement :

« Ça suffit maintenant, Kjölsrud. Si vous savez ce que vous êtes venu chercher ici, alors allons-y directement !

— Il a raison, insista Gretchen Vogt. Arrêtez de nous balader dans ce cimetière ! Puisque vous connaissez le coin, essayez donc de retrouver le chemin ! »

Un peu plus tôt, le milliardaire avait pour la première fois admis, du bout des lèvres, être déjà venu sur les lieux. Sans préciser dans quelles circonstances. Et s'il fallait l'en croire, il n'avait visité la casemate qu'à une seule reprise, au début de sa construction. « C'était dans une autre vie, avait-il grincé. Il y a presque trois quarts de siècle. Et vous m'en voyez désolé, je n'ai pas pensé à semer des petits bouts de pain… »

D'après ses souvenirs – mais comment savoir s'il disait la vérité ? –, la base Roosevelt était bâtie sur quatre niveaux, dont deux en sous-sol. La partie située du côté de la plage était occupée par les installations militaires : casernements, armurerie, hangars pour les véhicules, réserves d'équipements et de nourriture. De l'autre côté se situait le secteur scientifique avec les laboratoires, les salles de stockage de matériel, les quartiers des chercheurs et l'énorme cyclotron logé dans le renflement hémicirculaire à l'arrière du bâtiment. Au bas mot, une douzaine d'hectares à fouiller, et si peu de temps pour le faire…

« Combien de temps exactement ? s'était inquiétée Sarah Miller. On a combien d'autonomie avec les recycleurs ?

— Vu l'oxygène résiduel, je dirais une douzaine d'heures… avait répondu Poppy en haussant les épaules. Peut-être quinze, si on ne fait pas trop d'efforts. Après ça, les performances des filtres se dégraderont assez vite. Pour savoir ce qui se passera ensuite, tu n'as qu'à regarder autour de toi. »

Pour essayer de gagner un peu de temps, la petite troupe avait décidé de se scinder en deux groupes. Kjölsrud et Viktor Bernstein accompagnés de Caleb, Gretchen Vogt et Jenkins étaient partis vers le secteur militaire avec pour principal objectif d'essayer de repérer une issue vers la plage. Les sept autres s'étaient enfoncés vers la partie scientifique de la base, emmenés par Poppy Borghese et Vandell Richardson, qui étaient les seuls à savoir ce qu'ils cherchaient.

Près de deux heures s'étaient déjà écoulées, et ils n'avaient rien découvert d'intéressant. Pire, ils avaient l'impression de tourner en rond. Les couloirs succédaient aux couloirs et les pièces aux pièces, chaque porte franchie délivrant son nouveau lot d'horreurs lorsque les projecteurs révélaient ce que cachait l'obscurité.

Au détour d'un corridor, une pyramide de cadavres horriblement mutilés : ils avaient dû être entassés là à un moment où quelqu'un se souciait encore de faire le ménage.

Au milieu d'un local d'entretien, un type s'était fait sauter à la grenade. Ses quatre membres et des dizaines de fragments non identifiables jonchaient tout le sol de la pièce ; sa tête avait atterri à l'envers dans un seau d'où dépassaient encore un balai et une serpillière. *Panier.*

La section médicale de la base n'avait pas dû désemplir au cours des derniers jours : chacun des vingt-quatre lits était occupé. Tous les patients avaient été méthodiquement tués d'une balle dans la tête. Dans le bureau voisin, l'homme âgé en blouse blanche qui avait dû être le médecin-chef s'était vidé le reste du chargeur dans la poitrine. À quelques pièces de distance, les deux infirmières – les seuls cadavres féminins qu'ils devaient rencontrer au cours de leur exploration – n'avaient pas eu la chance de connaître une fin aussi rapide ; Gretchen Vogt faillit vomir dans son casque en découvrant ce qu'elles avaient subi avant de mourir.

Ils étaient maintenant parvenus dans une sorte de caverne obscure d'où partaient plusieurs couloirs – avec la nette impression d'être déjà passés par là. Dans la lumière mouvante des lampes frontales, les formes indistinctes étendues par terre semblaient bouger faiblement. Gretchen Vogt ne put retenir un gémissement angoissé.

Ses nerfs sont en train de lâcher, pensa Caleb. *Il faut vraiment qu'on trouve quelque chose dans les cinq minutes, sinon on va tous commencer à voir des fantômes.*

C'est alors qu'une pétarade lointaine se fit entendre dans les profondeurs de la base.

« Qu'est-ce qui se passe ? demanda Viktor Bernstein, alarmé. Des coups de feu ? Les Russes sont déjà là ?

— Non, répondit Caleb. Le bruit est trop régulier. On dirait un moteur. Ou alors…

— Cal ! Regarde ! s'écria Gretchen Vogt en le saisissant par le bras. Regarde là-haut ! »

À quelques mètres au-dessus de leurs têtes, les tubes au néon éteints depuis sept décennies clignotèrent faiblement puis s'allumèrent d'un seul coup, déversant une lumière crue sur le petit groupe d'explorateurs médusés.

15 h 58 UTC

« Pas terrible pour épaule pétée, rigola One-Shot en jetant par terre la grosse manivelle qu'il venait d'utiliser. Mais avantage vieux moteurs, tu les démarres avec huile du coude ! »

Même avec les filtres auditifs, le grondement de l'énorme groupe électrogène était assourdissant, et Joshua dut hurler pour se faire entendre : « Tu crois qu'il va marcher longtemps ? demanda-t-il à son ami.

— Sais pas. Machine OK, pas croyable après si longtemps… Comme si mécano parti pisser un coup il y a cinq minutes. Fuel pareil, et réserve pour au moins quinze jours… Problème, c'est comburant.

— Quel comburant ?

— Oxygène. Moteur va vite bouffer ce qui reste dans la base. Et pas prévu pour marcher sans.

— Ce qui ne va pas contribuer à augmenter notre

propre autonomie, intervint Vandell Richardson, qui revenait d'une rapide inspection de l'immense salle des machines. Cela étant, merci quand même ; maintenant, on va pouvoir s'orienter plus facilement. Dépêchons-nous de contacter les autres pour voir si tout va bien. Ensuite nous pourrons reprendre notre exploration. »

16 h 05 UTC

Avec la lumière, une certaine forme d'optimisme était revenue. Ils croisaient toujours autant de morts, mais les imaginations travaillaient moins que dans la quasi-obscurité où ils avaient progressé jusqu'alors.

Kjölsrud semblait avoir retrouvé son chemin. Après avoir longuement hésité, il les avait guidés avec une hâte croissante à travers une série de corridors tous semblables pour aboutir à une pièce hexagonale qui avait dû être une sorte de carrefour névralgique. À leur gauche s'ouvraient plusieurs portes d'ascenseur. Deux larges couloirs partaient sur la droite, avec pour une fois des panneaux d'indication à leur entrée : LABORATOIRES I À IV et CYCLOTRON – TENUES DE PROTECTION OBLIGATOIRES.

« Je me souviens de cette pièce, gloussa le milliardaire. Par ici, on accède directement aux labos. Nous sommes tout près du groupe de Vandell. Deux minutes au pas de gymnastique. »

Caleb le considéra avec curiosité. Après qu'ils avaient pénétré dans la base, le vieil homme avait perdu beaucoup de sa superbe, accusant le coup chaque fois qu'ils découvraient une nouvelle scène de massacre. Mais, depuis quelques minutes, il paraissait avoir recouvré son entrain. *Quel âge peut-il bien avoir ?* se demanda-t-il une nouvelle fois. *Quatre-vingt-dix ans ? Plus ?* Pourtant il ne montrait aucun signe de sénilité. Et encore moins de fatigue, alors qu'il venait de passer deux heures à crapahuter dans les couloirs en enjambant les cadavres. Sur le visage strié de profondes rides, l'abattement avait fait place à une expression de soulagement. *Et d'autre chose*, se dit Caleb en remarquant son air impatient et ses yeux brillants. « Et l'endroit que vous cherchiez ? lui lança-t-il. C'est dans quelle direction ?

— Par là, répondit Kjölsrud sans hésitation. Juste devant nous. »

Le troisième couloir portait l'indication HANGARS I ET II. Et avait été le théâtre d'une véritable bataille rangée.

Une quinzaine de cadavres s'entassaient à l'entrée du passage, vêtus d'uniformes dépareillés dont certains ne portaient plus d'insignes de grade. Leur armement était tout aussi disparate, allant de la grosse clé à molette au pistolet automatique ; en tout cas, il n'avait pas fait le poids face à la mitrailleuse Browning M1919 dressée derrière la barricade de sacs de sable à l'autre extrémité du couloir. Les trois types en uniforme de MP qui gisaient là avaient apparemment réussi à tenir leur position jusqu'au bout, avant de tirer eux aussi leur révérence avec leurs calibres .45 de service. Caleb et Jenkins durent déplacer les dépouilles momifiées pour accéder à la grosse porte blindée qui fermait l'extrémité du couloir, comme si par-delà la mort, les trois gardes avaient voulu lui faire un rempart de leurs corps.

De l'autre côté régnait une obscurité totale.

Ils se tenaient sur une passerelle métallique ceinturée

d'une balustrade en câbles d'acier, apparemment à mi-hauteur d'une pièce de très grandes dimensions. Les projecteurs frontaux se remirent automatiquement en marche, mais leurs pinceaux lumineux étaient impuissants à percer les ténèbres et ne révélaient aucun détail de ce qui se trouvait au-dessous d'eux. L'impression de gigantisme était renforcée par l'écho démultiplié de leurs pas sur le revêtement de métal, comme s'ils avaient pénétré dans quelque énorme cavité souterraine.

« Attendez, dit Kjölsrud d'une voix étrange. Je crois qu'il y avait une sorte de commutateur. »

Le vieillard tâtonna quelques secondes sur le mur de droite puis finit par localiser ce qu'il cherchait : un gros interrupteur à levier qui semblait sorti d'un musée de l'électricité. Il attendit encore un bref moment – Caleb aurait juré qu'il était en train de prier – puis abaissa fermement le manche de bois.

La lumière se fit d'un seul coup.

Dans les heures qui suivraient, Caleb se remémorerait à plusieurs reprises l'expression extatique qui avait à cet instant, et pendant quelques secondes seulement, envahi les traits du vieillard. Une expression qu'il avait déjà vue sur bien des visages, mais seulement sur des quais de gare ou des tarmacs d'aéroport : celle du soldat fatigué qui étreint sa bien-aimée après de longs mois passés en terre étrangère.

Celle d'un homme qui revient au bercail.

La salle était effectivement de dimensions gigantesques – un bon quart de la surface au sol de l'Artefact, estima le jeune homme. À part à cap Canaveral, il ne se souvenait pas avoir jamais vu un local aussi grand.

Mais le hangar était sans importance en comparaison de l'engin qui se trouvait au milieu. Par sa taille hors normes autant que par la blancheur éclatante de ses ailes et de son fuselage, l'appareil semblait capter toute la lumière ambiante et aimantait les regards avec une intensité presque douloureuse.

Comme un spectre issu d'un passé oublié, l'avion colossal revenait au jour après un sommeil qui avait duré autant qu'une vie d'homme.

16 h 11 UTC

Le général Iazov donna un second coup de botte dans le flanc d'Yngvi, de toutes ses forces, et eut la satisfaction de sentir quelque chose céder sous le bout ferré. La créature poussa un nouveau râle de douleur, sans pour autant sembler reprendre connaissance.

« Réveille-toi, saloperie ! hurla le général. Pas question que tu crèves alors que pour une fois j'ai besoin de toi ! »

Debout à côté de son supérieur, Guennadi Baranko observait la scène avec détachement. Contre toute attente, le monstre mutilé était encore vivant. Après avoir été jeté dans sa cabine deux heures auparavant, il l'avait traversée sans doute en rampant – la longue traînée de sang qui barrait le sol en diagonale en témoignait – pour aller se réfugier sur son grabat à l'autre bout de la pièce.

Difficile de dire s'il s'était nourri dans l'intervalle : les énormes quartiers de viande à peine décongelée qui avaient été déposés près de la porte paraissaient avoir été déplacés, mais l'éclairage médiocre ne permettait pas de déterminer s'il en manquait des morceaux. Et

Baranko n'avait aucune envie d'y regarder de plus près.

En tout cas, il a vraiment l'air d'avoir son compte, pensa l'officier russe. *Je voudrais bien savoir pourquoi le Vieux se donne la peine de le secouer comme ça.* Les épouvantables blessures ne saignaient plus, mais c'était bien le seul signe d'amélioration que l'on pouvait noter. Les flancs de la créature moribonde se soulevaient faiblement, au rythme d'une respiration laborieuse et irrégulière. Baranko avait l'impression que la cabine puait encore plus que d'habitude, et il se demanda vaguement si la gangrène n'était pas déjà en train de s'installer dans les tissus déchiquetés.

Iazov frappa à nouveau en visant l'abdomen, et faillit se prendre le pied dans la grappe d'intestins qui pendait toujours de l'affreuse plaie béante. Cette fois, Yngvi eut une réaction, en dépliant mollement l'un de ses bras squelettiques pour tenter de faucher la cheville du général ; le geste était si lent et maladroit que le vieillard n'eut aucun mal à l'éviter. Au même instant, une pensée parasite se mit à tourner en boucle dans l'esprit de Baranko, comme une comptine chantonnée par un enfant débile.

/ Valentin méchant. Tue-le, Guennadi. Valentin méchant. Tue Valentin. /

Mais là aussi l'injonction était molle, sans force, facile à ignorer. Iazov dut en percevoir l'écho, ce qui ne fit que redoubler sa fureur. Il brandit son boîtier de contrôle et en asséna un coup si violent à la face du monstre que l'un de ses crocs se brisa net.

« Pourriture ! rugit le vieil homme dont le teint avait viré au rouge brique. Tu vois ça ? Recommence une seule fois et j'appuie dessus pour griller le tas de merde qui te sert de cervelle ! »

L'intrusion mentale cessa à l'instant. Yngvi semblait avoir repris à peu près conscience et leva ses deux mains pour se protéger le visage – Baranko remarqua à ce moment qu'il serrait sa petite poupée de chiffon dans l'une d'elles. « Pitié, Valentin, supplia-t-il d'une voix à peine audible. Yngvi plus méchant maintenant. Plus punir Yngvi. »

La vision surréaliste de l'énorme créature blessée à mort en train de pleurnicher comme un enfant avait quelque chose d'incongru et d'effrayant tout à la fois. Pas de quoi émouvoir Iazov, néanmoins.

« Je te punirai chaque fois que j'en aurai envie ! reprit le général. N'oublie jamais ça ! En attendant, tu vas me rendre un service…

— Demande, Valentin. Yngvi gentil, Yngvi obéit. Plus punir.

— Tu t'es bien fait plaisir, tout à l'heure, en appelant ton papa. Et en signalant du coup ton arrivée à tout le monde. Maintenant tu vas faire la même chose. Mais cette fois, c'est moi qui dicte le message. »

16 h 14 UTC

De près, l'avion était encore plus impressionnant. Les cinq compagnons en firent plusieurs fois le tour avec circonspection, tels des explorateurs du passé qui auraient découvert la dépouille d'un monstre préhistorique.

Outre ses dimensions gigantesques, l'appareil frappait aussi par sa conception étonnamment surannée

– haubanages d'aile et de gouvernes de queue, tôles boulonnées, hublots arrondis cerclés de laiton – et par ses formes à l'aérodynamisme discutable : le gros fuselage ventru terminé par une étrave massive était profilé bien plus comme la coque d'un navire que comme la carlingue d'un aéronef. De même, le poste de pilotage surélevé, avec ses grandes vitres verticales, évoquait davantage la timonerie d'un vieux paquebot que le cockpit intégré d'un avion moderne.

L'hydravion géant ne comportait ni immatriculation ni marques de nationalité. La seule inscription visible se trouvait du côté gauche de l'étrave, à deux mètres au-dessus de l'écubier qui hébergeait une ancre de marine de taille respectable.

Dornier Do-X

« J'ai vu un documentaire sur cet avion, il y a quelques mois, fit soudain Gretchen Vogt. Il a été construit par les nazis, je crois. Ils ne l'utilisaient pas pour des missions de transport de troupes ?

— Faux sur les deux tableaux, dit Kendall Kjölsrud d'un ton amusé, il ne faut pas croire tout ce que raconte le *National Geographic*... Claude Dornier était effectivement de nationalité allemande, mais c'est bien la seule chose qu'il avait à voir avec les nazis. Il considérait cet avion comme l'œuvre de sa vie et a commencé à y travailler dès 1924. Le vol inaugural a eu lieu au-dessus du lac de Constance en juillet 1929, bien avant l'arrivée des nazis au pouvoir… Eux se sont contentés de lui coller une croix gammée sur l'empennage et de l'exhiber lors de quelques vols de propagande, avant de le remiser dès 1935 dans un musée. Et il n'a jamais eu la moindre application militaire.

— Mais je ne comprends pas, répliqua la jeune femme. Le reportage en question disait que le Do-X avait été détruit pendant la guerre… Vous allez me dire que là aussi ils se sont trompés ? »

Le milliardaire eut un petit sourire : « Non, miss Vogt. Plus précisément en novembre 1943, lors du bombardement du musée de l'Air de Berlin.

— Mais alors qu'est-ce qu'il fait là ? La Navy l'a reconstruit sur plans ?

— Il doit s'agir d'un des deux exemplaires italiens, murmura Caleb d'un ton pensif. Ceux qui ont été vendus à Mussolini…

— Intéressante déduction, fit Kjölsrud d'un air sincèrement étonné. Même parmi les spécialistes en histoire de l'aviation, il n'y a pas beaucoup de gens qui ont entendu parler de ces appareils. Qu'en savez-vous au juste ?

— Pas grand-chose de plus. Ils ont été cédés au régime fasciste qui les a surtout utilisés pour des vols de démonstration, je crois.

— Exact. En fait, c'est la crise économique du début des années 1930 – celle-là même qui allait ouvrir un boulevard aux nazis – qui a contraint le gouvernement allemand à céder aux Italiens ce fleuron de la technologie nationale. Sans compter que, malgré tous les efforts de Dornier, le Do-X s'était révélé un échec commercial retentissant. Quinze ans d'avance sur son temps, mais trop complexe techniquement, trop cher à construire et à entretenir. Et sur son créneau qui était le transport de passagers sur de longues distances, il se trouvait en concurrence avec les grands dirigeables qui auraient encore la faveur du public pendant plusieurs années. Voilà pourquoi trois exemplaires seulement ont été produits…

— Par contre, continua Caleb, je crois me souvenir que le destin des deux appareils italiens fait toujours débat. Il semble qu'ils aient mystérieusement disparu quelques années plus tard, sans qu'aucune archive existe à ce sujet. Un peu dur à avaler, des engins de cette taille ça ne doit pas être facile à escamoter. »

Kjölsrud sourit à nouveau : « L'explication est toute simple. Et très savoureuse. Lorsque Mussolini les achète à prix d'or en 1932, il s'imagine qu'il va en faire une véritable vitrine de son régime. Il envisage même de les affecter à une ligne régulière Rome-New York – quelle meilleure publicité pour le fascisme triomphant ? En réalité, il va vite déchanter. Et arriver au même constat que les Allemands : les deux Dornier sont un véritable gouffre financier, même immobilisés au sol, leur entretien coûte une fortune. Et leur rentabilité est bien trop faible pour justifier une exploitation commerciale.

— Attendez, intervint Caleb, je crois deviner. Ne me dites pas qu'il les a revendus à son tour ?

— Si, ricana le vieillard, c'est exactement ce qui s'est passé. Mais comme il fallait sauver la face, pas question de les céder ouvertement à un gouvernement étranger. Alors il les a bradés à la sauvette, au tiers de leur prix, à une petite compagnie privée américaine. Contre la promesse que la transaction ne serait pas rendue publique et que les appareils resteraient au hangar au moins deux ans avant de revoler.

— Et cette compagnie… ? demanda Caleb.

— … était une filiale d'un consortium beaucoup

plus important, lequel était le principal fournisseur d'armes et de matériel aéronautique pour l'US Army. Mussolini l'ignorait, bien sûr. Voilà comment en 1935, le plus légalement du monde et pour une poignée de dollars, les États-Unis qui ne disposaient à l'époque d'aucun gros porteur sont devenus propriétaires de deux des trois plus gros avions du monde ! »

Un martèlement sonore se fit entendre derrière eux : c'était Viktor Bernstein qui venait de donner quelques coups de poing sur les tôles d'un des énormes flotteurs latéraux. « Pas à dire, c'est du solide ! s'exclama-t-il d'un ton appréciateur.

— Un peu de respect, Viktor, lui lança Kjölsrud. Cet avion est plus vieux que toi !

— Qu'est-ce qu'ils sont devenus, par la suite ? demanda Caleb.

— Ils ont été utilisés à plusieurs reprises, avant et pendant la guerre. En général pour des opérations discrètes qui nécessitaient des appareils non inscrits sur les listes officielles de l'armée. Mais c'est pour la préparation du projet Longspoon qu'ils ont montré toute leur valeur. Pendant la seconde année de construction de cette base, ils ont accompli un total de vingt-cinq rotations depuis la Californie, notamment pour acheminer des personnels spécialisés ou du matériel scientifique sensible. Sans le moindre incident. Et pratiquement sans que nous ayons eu besoin de les modifier. Les seules améliorations d'importance ont été l'ajout d'un train d'atterrissage rétractable pour leur permettre d'utiliser les pistes en dur. Et surtout les moteurs…

— C'est-à-dire ? »

Le vieux milliardaire désigna les six énormes

moteurs alignés au-dessus de l'aile, chacun reposant sur une nacelle faite de gros tubes d'acier. Chaque bloc moteur de la taille d'un homme les bras levés comportait deux énormes hélices à quatre pales, l'une située en avant et l'autre en arrière. « Dans leur version initiale, expliqua-t-il, les appareils étaient équipés de moteurs Curtiss Conqueror de 640 CV à refroidissement par eau. Ce qui se faisait de mieux en 1930, mais un peu léger pour l'usage que nous voulions en faire. Nous les avons remplacés par six Junkers Jumo 207 C de 1000 CV. Des diesels, une solution technologique très osée pour l'époque mais garantissant une fiabilité et une robustesse à toute épreuve : indispensable dans une région où aucun secours n'est à attendre en cas de pépin technique. Et le tout en augmentant de 30 % notre vitesse et notre capacité d'emport… »

Caleb ne put retenir plus longtemps la question qui lui brûlait les lèvres : « Vous parlez de cet appareil avec passion, dit-il. Et vous avez dit "nous" à plusieurs reprises. Vous l'avez déjà piloté, n'est-ce pas ? »

Kjölsrud, surpris, le considéra un instant avec une expression étrange sur le visage. *Toujours le même regard qu'à Grytviken*, pensa le jeune homme. « C'est exact, Caleb, finit-il par dire d'une voix lente. J'ai eu cet honneur. Tout comme votre grand-père.

— Mon grand-père ? Mais…

— Alexander McKay n'était pas seulement le chef du contingent britannique affecté à cette base. C'était également l'un des trois pilotes habilités à piloter les Dornier jusqu'à la côte. À ce propos, il y a quelque chose ici que je ne m'explique pas… »

Caleb n'eut pas le temps de demander quoi : c'est à cet instant que cela se produisit.

D'abord une sensation d'*intrusion* vaguement répugnante, un peu comme ce léger dégoût quand quelqu'un vous tend une main molle et moite à serrer. Sauf que cela se passait à l'intérieur de la tête.

Et puis, tout de suite, les mots.

Comme hurlés silencieusement, s'imprimant en lettres de feu dans leurs esprits subjugués. Avec une intensité si douloureuse que les yeux se remplissaient de larmes et que l'on avait l'impression de sentir ses dents se fendre.

/ *L'OBJET* /
/ *DOIT NOUS ÊTRE REMIS* /
/ *DOIT ÊTRE DÉTRUIT* /
/ *VOUS AVEZ DOUZE HEURES* /
/ *OU VOS AMIS MOURRONT À L'AUBE* /

Cela cessa d'un seul coup. Caleb regarda ses compagnons : inutile de leur demander s'ils avaient aussi perçu la chose : leur teint livide et leurs fronts perlés de sueur parlaient d'eux-mêmes.

« Qu'est-ce que c'est que ce truc ? haleta Gretchen Vogt. C'est comme tout à l'heure quand vous étiez sur la plage, mais en cent fois plus fort !

— Peu importe ce que c'est, dit Caleb. De quoi est-ce que ça parle, Kjölsrud ? Quel objet ? Ce n'est quand même pas cet avion qui les intéresse ? »

À ce moment, un bip dans les casques signala un appel sur la fréquence commune.

« Ici Vandell. Vous avez entendu ça ?

— Affirmatif, répondit Caleb. Nous l'avons tous perçu. Vous aussi ?

— Tous sauf Poppy. Elle ne peut vraiment rien

faire comme les autres. Une idée de ce que ça peut être ?

— Moi non, mais votre employeur a apparemment une théorie à ce sujet, fit Caleb en ignorant le regard que lui jetait Kjölsrud. Peu importe, on en discutera plus tard. Où en êtes-vous ?

— On a atteint le secteur des labos. C'est très grand, alors on s'est répartis en trois groupes. Pour l'instant, rien trouvé d'intéressant. Je pense que… attendez ! Je vois Tewaru et Sanjiv qui reviennent en courant ! »

Un brouhaha de voix confuses à l'extrémité de la ligne. Puis un petit grésillement électronique indiquant le changement d'émetteur. Tout le monde reconnut la voix juvénile de Sanjiv Chandra.

Une voix déformée par la course et par l'émotion.

« Monsieur Kjölsrud ! C'est extraordinaire ! Dieu vous bénisse de nous avoir amenés ici !

— Du calme, mon petit, répondit le vieil homme. Qu'est-ce qui est extraordinaire ?

— *Nous l'avons trouvé, monsieur. Conforme à votre description, en tous points. Nous l'avons trouvé !* »

16 h 17 UTC

La tête du lieutenant Tomski résonnait encore des mots silencieux qui venaient de le ramener à la conscience. Il était inconfortablement allongé à plat ventre sur une surface dure et irrégulière, avec un goût de sang dans la bouche.

Dans l'obscurité complète.

Et sans la moindre idée d'où il se trouvait.

Prenant appui sur ses avant-bras, il voulut se relever

mais se cogna aussitôt la tête contre une arête vive ; le choc fut si violent qu'il lui arracha des larmes et faillit le faire replonger dans l'inconscience. Une fois que les points lumineux eurent cessé de danser devant ses yeux, il se remit à bouger – cette fois-ci de façon plus précautionneuse – et réussit enfin à se mettre à genoux.

En palpant ce qui l'entourait, il réalisa que l'environnement lui était familier : un siège à armature métallique, un panneau de commande constellé de boutons et de manettes, un faisceau de gros câbles électriques… Mais les choses se semblaient pas à leur place, tout paraissait sens dessus dessous.

À mesure qu'il reprenait ses esprits, il se rendit compte de deux autres choses : il avait mal partout, comme s'il avait été piétiné par un éléphant. Et il crevait de froid.

Un froid de banquise.

La compréhension lui vint d'un seul coup, en même temps que ressurgissaient les souvenirs des dernières heures. Il se trouvait dans l'un des deux modules de transport, mais pour une raison inexplicable, ce dernier était maintenant couché sur le flanc. Il se rappelait avoir gagné le véhicule alors que la fusillade venait de commencer, pour rendre compte du début de l'assaut au général Iazov. Il s'apprêtait à saisir le communicateur lorsque cela s'était produit : une explosion assourdie à l'extérieur du module, immédiatement suivie d'une claque gigantesque. Puis plus rien.

Maintenant qu'il connaissait sa position, il allait pouvoir se sortir de là. En tâtonnant, il finit par atteindre le loquet du panneau latéral de droite, qui se trouvait maintenant au-dessus de sa tête. Passant outre les protestations de ses muscles ankylosés, il s'arc-bouta et, en poussant de toutes ses forces, réussit à faire basculer du premier coup la lourde écoutille. La lumière inonda l'habitacle exigu. Dès qu'il fut revenu de son éblouissement, Tomski se hissa des deux bras et s'assit sur le rebord de l'ouverture. Ses yeux s'arrondirent de stupeur lorsqu'il découvrit ce qui l'entourait.

La falaise de glace avait reculé de près de trente mètres.

Tous ses hommes avaient disparu, le second module aussi.

Lui-même n'avait dû sa survie qu'à une chance extraordinaire : sur une surface équivalente à celle d'un terrain de tennis, la plate-forme où se trouvait son véhicule renversé – maintenant à moins de dix pas du vide, nota-t-il avec effarement – s'était affaissée de plusieurs mètres par rapport à la banquise environnante mais, par miracle, sans s'en détacher. Une situation manifestement provisoire.

Tu remercieras la Providence une autre fois. Dégage d'ici. Tout de suite.

En regardant au-delà du rebord bien trop proche, Tomski se rendit compte que le *Vladimir Karvaiyski* s'était déplacé et mouillait désormais au milieu de la baie, pas très loin du bateau des Américains. On ne voyait personne sur le pont. De toute façon, il n'était pas question de rester là à attendre en faisant des moulinets avec ses bras… Se faisant violence alors que son instinct lui hurlait de se mettre à courir, Tomski replongea dans l'ouverture et, après avoir farfouillé quelques secondes dans la pénombre, trouva ce qu'il cherchait : le communicateur radio auxiliaire. Il le saisit, remonta prestement à l'air libre puis sauta à terre et s'éloigna du module accidenté aussi vite que le lui permettaient ses muscles endoloris et la nature instable du sol.

Ce n'est que parvenu à une bonne centaine de mètres du bord de la falaise qu'il s'arrêta, hors d'haleine. Il s'assit à un endroit où la surface semblait un peu plus solide et porta le petit appareil à ses lèvres :

« Ici le lieutenant Tomski. *Vladimir Karvaiyski*, me recevez-vous ? Demande assistance immédiate. »

À son grand soulagement, la réponse ne se fit pas attendre :

« Ici le *Vladimir Karvaiyski.* Content de vous entendre, lieutenant. Tout le monde vous croyait mort. »

C'était la voix du sergent Andreiev, qui était déjà de quart radio au moment de l'attaque – ce qui signifiait qu'il n'avait pas dû s'écouler beaucoup de temps depuis.

« Il en faut plus pour me tuer, crétin ! Préviens tout de suite le général. Et fais envoyer l'hélico pour me chercher ! »

Une imperceptible hésitation à l'autre bout de la ligne :

« Le général Iazov ? Vous êtes sûr, lieutenant ? Vous ne préféreriez pas que j'en réfère d'abord au colonel Baranko ? »

Tomski n'en revenait pas d'une telle insubordination :

« Tu discutes mes ordres, *dourak* ? Passe-moi tout de suite Iazov, je te dis ! Et active un peu pour l'hélico, je me les gèle ici !

— Bien, lieutenant », répondit Andreiev d'une voix neutre avant de couper la communication.

Les secondes qui passèrent ensuite parurent interminables. *Qu'est-ce que fout ce vieux con ?* pensa Tomski avec agacement. *Il est en train de changer sa couche ou quoi ?* Après un temps infini, le petit voyant de réception se mit enfin à clignoter à nouveau. Tomski n'aurait pu le jurer, mais la voix du sergent Andreiev semblait maintenant teintée d'un léger sarcasme.

« Ici le *Vladimir Karvaiyski*, lieutenant. Le général Iazov ne souhaite pas vous parler. Il a dit que si vous voulez nous rejoindre, vous n'aviez qu'à apprendre à voler. »

16 h 24 UTC

Comme Kjölsrud l'avait prédit, il leur avait fallu moins de cinq minutes pour rejoindre le laboratoire. Ils avaient rencontré beaucoup moins de cadavres et de dégradations dans cette partie de la base, comme si toute la violence des dernières heures s'était concentrée dans les autres secteurs. Deux momies desséchées vêtues de blouses blanches se trouvaient pourtant dans la pièce, effondrées au pied d'un grand tableau noir ; à côté des corps, une bouteille renversée portant une tête de mort stylisée montrait de quelle manière ils avaient choisi d'en finir. Au-dessus des deux dépouilles, une énorme inscription à la craie rouge barrait toute la largeur du tableau :

ENDELØS TOMHED, SAGDE PRÆDIKEREN, ENDELØS TOMHED, ALT ER TOMHED

« L'un d'entre eux devait être danois, murmura Joshua. Ce sont les paroles de l'Ecclésiaste : *Vanité des vanités, tout est vanité...* »

Nul ne fit de commentaire. Tous regardaient, au milieu du labo, l'énorme masse sombre qui semblait absorber la clarté glauque déversée par les vieux néons.

L'objet de métal avait la forme d'un ballon de rugby posé à l'horizontale, et les dimensions d'un minibus. Reposant sur un socle massif en tubes d'acier, il paraissait avoir été usiné à partir de deux demi-coques symétriques, réunies ensuite par un gros bourrelet boulonné à mi-hauteur. Les finitions extérieures ne semblaient pas voir été le souci premier : le matériau d'un gris très sombre avait l'éclat terne et la texture un peu granuleuse de la fonte brute. Avec les dizaines de verrues métalliques de la taille d'un poing qui parsemaient sa surface rugueuse, l'engin donnait une impression de *pas fini* et rappelait vaguement ces anciennes mines marines utilisées au début du XXe siècle.

Une multitude de câbles de tous calibres sortaient d'une trappe située à sa partie inférieure et le reliaient à plusieurs gros pupitres émaillés, constellés de cadrans à l'apparence désuète.

Un objet laid et vieux.

Et foncièrement menaçant.

Sarah Miller fut la première à rompre le silence :

« C'est drôle, dit-elle d'une voix hésitante. On dirait un œuf…

— Un œuf ? fit Kjölsrud en haussant les épaules. Vous n'avez pas tort, Sarah. En quelque sorte, c'est bien un œuf. Mais vous n'avez pas la moindre idée du dragon qui se cache à l'intérieur. »

Chapitre 14

28 février 2018 – 16 h 24 UTC

Sanjiv Chandra ne montrait plus aucun signe de prostration ; pour l'instant, il avait plutôt l'air du gamin à qui l'on vient de remettre la clé du magasin de jouets.

Depuis qu'ils se trouvaient dans le laboratoire, le jeune physicien n'avait cessé de virevolter d'un appareil à l'autre, palpant chaque manette de contrôle, examinant chaque console sous toutes ses coutures ; son assistant Hiro Takeda, qui l'accompagnait dans tous ses mouvements, peinait à retranscrire sur sa tablette les commentaires que Sanjiv lui débitait dans un jargon mathématique incompréhensible aux profanes. À un moment, les deux scientifiques s'étaient immobilisés devant une paillasse sur laquelle reposait un curieux instrument qui semblait avoir été abandonné en cours de montage. L'objet était constitué de plusieurs fines tiges métalliques enrobées de solénoïdes, bizarrement tordues et enroulées les unes autour des autres selon des courbures que l'œil avait du mal à suivre, et qui paraissaient reliées à un axe de rotation commun. « On dirait parapluie dessiné par chimpanzé qu'a pris acide », avait décrété One-Shot ; ce n'était manifestement pas l'avis de Sanjiv et de son assistant, visiblement fascinés par l'appareil.

« Il te faut combien de temps, Sanjiv ? demanda finalement Kendall Kjölsrud.

— Une heure, monsieur. Ça devrait suffire pour me faire une idée de leur degré d'avancement.

— Accordé. Une heure, mais pas plus. Ensuite, il faudra qu'on prenne une décision. »

Sans préciser ce qu'il entendait par là, le milliardaire se tourna ensuite vers les autres : « Je suggère que nous laissions Sanjiv travailler en paix, nous ne ferions que l'encombrer. Allons plutôt jeter un coup d'œil aux autres labos, nous y trouverons peut-être une idée pour nous tirer d'ici. »

16 h 30 UTC

Le caporal Oleg Duryagin coupa l'alimentation de la torche à plasma et releva ses grosses lunettes de protection sur son front.

« Pas à dire, cette saloperie fonctionne bien, déclara-t-il en regardant les rigoles de béton en fusion se solidifier tout autour de la brèche. N'empêche qu'à ce rythme, il va nous falloir la soirée et une bonne partie de la nuit pour percer ce morceau !

— Tu préférerais y aller au marteau-piqueur ? » ricana son ami le *yefreïtor*[1] Karol Spivak. Tous deux étaient originaires de la banlieue de Moscou et avaient suivi le même entraînement, à quelques mois d'inter-

1. Équivalent de caporal-chef.

valle, au 604e Régiment d'Infanterie de Balashikha-2, d'où sortent une bonne partie des troupes spéciales de la Fédération de Russie. À vingt-deux et vingt-trois ans, ils étaient parmi les plus jeunes recrues des deux unités Vympel – ou de ce qu'il en restait – embarquées sur le *Vladimir Karvaiyski.*

Ce qui ne les rendait pas moins féroces, ni moins dangereux. Les deux hommes avaient assisté en direct à la mort de leurs compagnons sur la falaise et rêvaient maintenant d'en découdre avec ces foutus Américains qui se terraient comme des rats à l'intérieur du gigantesque bunker. Le petit discours que le général Iazov leur avait tenu juste après la catastrophe leur avait mis du baume au cœur : aucun de ces salopards ne s'en tirerait vivant, le vieil homme le leur avait promis.

« Je préférerais surtout y aller à l'explosif ! pesta Duryagin. Avec dix kilos de Semtex, ce serait réglé, ensuite on pourrait nettoyer ce poulailler et être de retour à bord pour l'apéritif !

— *Khouyeten'*[1] *!* rigola l'autre. Arrête de regarder ta bite et lève un peu la tête… Tu réalises ce qui se passerait avec tes dix kilos de Semtex ? »

Duryagin haussa les épaules, mais il savait que son ami disait vrai. Profondément ancrée dans la falaise de glace, l'immense bâche verdâtre tendue au-dessus de la casemate avait jusqu'à présent parfaitement joué son rôle de contention ; mais les bombements menaçants qu'elle commençait à présenter par endroits en disaient long sur les contraintes de pression auxquelles elle était soumise. « Ce truc me rend nerveux… maugréa

1. « Connerie ! »

le caporal russe. J'ai tout le temps l'impression que ça va nous dégringoler dessus !

— Pas de panique, murmura Spivak en sortant un paquet de cigarettes froissé de son épaisse parka molletonnée. D'après Iazov, il y a beaucoup trop de points d'ancrage pour que ça s'effondre d'un seul coup. Si on s'aperçoit que la toile commence à lâcher, on devrait avoir le temps de regagner le canot et de quitter la plage en vitesse. »

Le soldat battit le briquet mais dut s'y prendre à trois reprises pour allumer sa cigarette avant d'en tendre une à son ami. Même abrités comme ils l'étaient par la paroi du bunker qui les dominait de ses quinze mètres, les deux hommes sentaient que le temps avait fraîchi. Le ciel était devenu laiteux, et de longs nuages d'altitude étaient venus masquer le soleil. Derrière eux, la mer avait viré au gris, et de petites aigrettes d'écume commençaient à apparaître à mesure que la houle se formait. Les deux hommes s'assirent et fumèrent quelques instants sans parler. Le silence n'était rompu que par quelques cris d'oiseaux et par les claquements secs de la lance thermique en train de refroidir.

« Je t'ai vu discuter avec l'officier météo tout à l'heure, fit Duryagin en expirant un long panache de fumée aussitôt emporté par la brise. Qu'est-ce qu'il en dit ?

— Ça va continuer à forcir toute la nuit, mais ça ne deviendra vraiment méchant que demain dans la matinée. Quand le gros de la tempête nous tombera dessus.

— Justement, tu ne crois pas qu'on aurait mieux fait d'attaquer dès ce soir ?

— Et comment ? Tu l'as dit toi-même, il va nous

falloir plusieurs heures pour percer cette foutue paroi. Même chose pour Ustinov et les autres dans la galerie – soit dit en passant, je préfère être à notre place qu'à la leur… Sans compte que Iazov préfère remettre l'attaque à demain matin : il dit que ces salauds ont de la ressource et ne veut pas leur laisser le bénéfice de l'obscurité. Pour ma part je pense que… »

Spivak s'interrompit. Un martèlement rythmé, étouffé par la distance, leur parvenait depuis la baie. Sur le pont du *Vladimir Karvaiyski*, le rotor de l'hélico s'était mis à tourner.

« Ils vont où ? demanda Duryagin.

— Nous chercher des putes, abruti. En attendant qu'ils les ramènent, on a un boulot à finir, tu te souviens ?

— Tu as raison, sourit l'autre en se levant et en jetant son mégot. Cette foutue lance pèse des tonnes. Tu t'y colles pour le prochain quart ?

— Ça marche », dit Spivak en saisissant le gros tube métallique. Le sous-officier ralluma la torche, et l'extrémité du tube se mit rapidement à rougeoyer. « De toute façon, ajouta-t-il en réglant le débit du gaz ionisé, ça devrait se régler très vite demain matin. Et sans que nous ayons à prendre le moindre risque.

— Pourquoi ?

— Parce que ces connards de démocrates sont tous les mêmes. Dès que nous aurons commencé à buter leurs copains, ils se rendront comme un troupeau de moutons. »

16 h 39 UTC

Un nouveau laboratoire. Une nouvelle déception.

Le petit groupe – amputé de One-Shot et Joshua qui avaient préféré aller jeter un coup d'œil au Dornier – se déplaçait de salle en salle, mais le spectacle était toujours le même : dans l'immense tombe congelée, le temps paraissait s'être figé soixante-dix ans plus tôt. Tout l'équipement scientifique était dans un état de conservation hallucinant, la verrerie était étincelante et aucune tache de rouille ne déparait les surfaces métalliques. Il n'y avait même aucune trace de poussière, comme si l'aspirateur avait été passé la veille.

Mais tout semblait sorti d'un vieux film de science-fiction des années 1950. Dizaines de machines énigmatiques aux capots émaillés de blanc ou revêtus d'une peinture vert foncé granuleuse. Téléphones en bakélite. Grosses armoires électriques remplies de kilomètres de câbles en cuivre et de relais antédiluviens. Paillasses à carreaux de céramique surmontées de hottes aspirantes en bois. Aucun ordinateur, bien sûr, et très peu d'écrans cathodiques. Les interfaces utilisateur des machines se limitaient à d'interminables rangées de cadrans à aiguilles ou à d'énormes imprimantes électromécaniques de la taille d'un catafalque.

Il n'y avait guère de signes des débordements de violence aveugle qui avaient eu lieu dans les autres secteurs de la base. Par contre quelque chose manquait, et ce de façon de plus en plus criante à mesure qu'ils progressaient d'une pièce à l'autre.

Il se subsistait aucun document écrit.

Dans chaque laboratoire, les étagères étaient vierges

de tout livre et de tout cahier. Les armoires d'archivage étaient vides. Pas un bout de papier ne traînait sur les tables et les bureaux. Tous les tableaux noirs avaient été soigneusement effacés. Dans les pièces qui semblaient avoir été dévolues au secrétariat, les antiques classeurs à rideau avaient été vidés de leur contenu, et les vieilles machines à écrire Remington avaient même été débarrassées de leurs rubans encreurs.

Soit ces types-là étaient des précurseurs du paperless office, pensa Caleb, *soit quelqu'un s'est donné beaucoup de mal pour faire le ménage avant de baisser le rideau.*

16 h 40 UTC

Avant d'examiner l'avion lui-même, ils avaient décidé de jeter un coup d'œil au hangar. En dépit de l'éclairage assuré par les innombrables rangées de néons, le local impressionnait par ses dimensions mêmes. Dans le silence de tombeau qui les entourait – le lointain halètement du groupe électrogène était ici à peine audible –, leurs pas résonnaient sur le sol de béton avec un écho étrange ; les deux amis se surprirent à parler à mi-voix, comme s'ils se trouvaient dans la nef de quelque cathédrale abandonnée.

« Tu réalises que c'est grand comme terrain de foot ? murmura One-Shot.

— Pas tout à fait dans la largeur, répondit Joshua Tewaru. Mais dans la longueur tu as raison, ça doit faire un peu plus de cent mètres. »

Comme chaque fois qu'ils parlaient ensemble, ils avaient adopté le russe, qui était la seconde langue maternelle du géant finlandais et que Joshua maniait à la perfection, variantes dialectales comprises.

La disposition du hangar était des plus simples. Sur la droite s'alignaient une série de bâtiments en tôle ondulée aux affectations variées : ateliers de mécanique, réserves de pièces détachées, stockage de carburant, réfectoire, salle de briefing ; il y avait même un local pompiers abritant deux vieux camions-citernes Dodge d'un rouge éclatant qui auraient fait le bonheur de tout collectionneur de véhicules anciens. La paroi de gauche, du côté de la mer, était au contraire un long mur de béton nu sur lequel se dessinaient deux gigantesques portails allongés, commandés par une batterie de formidables vérins hydrauliques.

« C'est par là qu'ils sortaient les avions, fit Joshua. C'est la grande ouverture qu'on voit se refermer dans le film.

— Exact. Et, si tu veux mon avis, c'est par là qu'on a peut être une chance de se tirer d'ici. »

Ils n'étaient pas les seuls à y avoir pensé. Un échafaudage de fortune avait été érigé contre la paroi, un peu plus loin que l'emplacement où était stationné le Dornier. La dizaine de types armés de marteaux-piqueurs qui se trouvaient là avaient dû creuser jusqu'à leur dernier souffle. Et ils avaient été à deux doigts d'atteindre leur but : vu la profondeur du trou qu'ils avaient réussi à évider à côté d'un des énormes vérins, il devait leur rester moins d'un mètre à percer quand l'asphyxie avait finalement eu raison d'eux.

« Voilà pourquoi il y avait cette barricade à l'entrée, réalisa Joshua. Les MPs étaient là pour tenir la position et empêcher les émeutiers de pénétrer dans le hangar. Pour laisser ces types-là bosser en paix.

— Impressionnant, dit One-Shot en déplaçant avec douceur un des cadavres pour mieux examiner le fond de la cavité ; celle-ci était si grande que même avec sa taille gigantesque il n'avait aucun mal à y tenir debout. Avec la torche à plasma qui nous reste, on pourrait finir le boulot en une heure.

— C'est ce qu'on fera si on n'a pas d'autre solution. Mais seulement dans ce cas… de l'autre côté, le comité d'accueil doit être fin prêt à nous recevoir. »

One-Shot approuva de la tête tout en continuant d'inspecter l'excavation : « Je me demande pourquoi ils se sont donné tout ce mal, dit-il d'un air pensif. Même s'ils étaient arrivés à percer la paroi, ils auraient débouché sur un mur de glace de deux cents mètres de haut…

— Je crois qu'ils n'avaient pas vraiment pigé la situation. Souviens-toi du film : ils étaient tranquillement sur la plage quand il y a eu cette sorte d'explosion au large. Ils se sont réfugiés à l'intérieur et ont refermé précipitamment les portes. Et ensuite ils n'ont pas réussi à les rouvrir. Sans aucune fenêtre sur l'extérieur, comment auraient-ils pu deviner qu'elles étaient bloquées par des kilomètres cubes de glace ?

— Tu dois avoir raison. Ils ont dû penser à une autre explication. Un éboulement, peut-être. Et ils se sont dit qu'il suffisait de percer un trou pour retrouver l'air libre… »

Joshua jeta un dernier coup d'œil aux cadavres. « Ce n'est pas plus mal, tu sais… Au moins, ils auront gardé jusqu'au bout l'espoir de s'en tirer. »

Les deux amis redescendirent de l'échafaudage. Ils passèrent encore quelques minutes à fureter dans les recoins du hangar mais durent vite se rendre à l'évidence : l'immense local était impeccablement rangé et avait été épargné par les explosions de violence qui avaient eu cours dans le reste de la base. Pour autant, il ne contenait rien qui pût leur être utile : ni armes, ni munitions, ni porte dérobée vers la plage. Et pas de réserves d'oxygène non plus. Finalement ils se tournèrent vers l'hydravion. L'appareil semblait les attendre.

« On va voir ce qu'il a dans le ventre ? » lança One-Shot.

16 h 45 UTC

Vandell Richardson relâcha la pression de sa botte, et le cadavre retomba sur le ventre avec un bruit mou. À quelques pas de là, Jenkins qui venait d'inspecter un autre corps se releva en hochant la tête : « Négatif aussi pour celui-là, monsieur », articula le Texan d'un ton indifférent. Depuis qu'ils avaient commencé à explorer les labos, le comportement des deux hommes n'avait pas manqué d'intriguer Caleb et ses compagnons : ils semblaient beaucoup plus intéressés par les cadavres – examinant soigneusement leur visage ou leur badge d'identification, allant même jusqu'à faire les poches à certains – que par la recherche d'indices ou de tout ce qui pourrait servir à une éventuelle évasion.

Gretchen Vogt, pour sa part, était carrément choquée et ne se gênait pas pour le montrer.

« Un problème, miss ? fit Vandell Richardson qui venait de capter le regard de la jeune femme.

— Moi, non. Mais vous par contre, ça m'en a tout l'air. Je me demandais si du temps de votre splendeur, vous vous comportiez de la même manière sur les champs de bataille.

— Vous ne savez même pas de quoi vous parlez, espèce de conne. Alors, fermez-la et laissez-moi travailler.

— Ça suffit, vous deux, intervint Kjölsrud d'un ton las. Pour votre gouverne, miss Vogt, c'est moi qui leur ai demandé de faire ça.

— Vous cherchez quoi ? lui lança-t-elle. Des montres en or ?

— Très drôle. Je cherche quelqu'un. Quelqu'un qui devrait se trouver par ici. »

Le milliardaire hésita un instant avant de poursuivre d'un ton pensif : « Et ne vous en déplaise, quelqu'un que j'aimerais bien saluer une dernière fois avant de partir d'ici. Ou d'y crever…

— Qui ça ? lança Caleb, qui était en train d'examiner un gros meuble à tiroirs – hélas entièrement vidé de son contenu. Mon grand-père ?

— Non, mon garçon, je regrette, répondit Kjölsrud d'un air sincèrement désolé. Votre grand-père est certainement quelque part dans cette base, mais ça peut être n'importe où. Il y a encore des centaines de salles que nous n'avons pas explorées, et nous n'aurons jamais le temps de le faire. Même si nos amis russes nous en laissaient le loisir, les recycleurs nous auront lâchés avant demain midi. Par contre, il y a toutes les chances pour que l'homme que je cherche se trouve dans les environs.

— Pourquoi ? Il était assigné à résidence ?

— Non, bien sûr que non. Mais le moins qu'on puisse dire, c'est qu'il ne goûtait pas la compagnie des militaires. Ni celle de quiconque, d'ailleurs… Par bien des côtés, il ressemblait beaucoup à notre ami Sanjiv. Je doute fort que, pendant les six mois de fonctionnement de cette base, il ait mis un seul pied en dehors de ses quartiers… »

Pendant cet échange, le petit groupe avait atteint l'extrémité du couloir qui desservait la section des labos. La dernière porte donnait sur une cafétéria qui avait dû servir de réfectoire pour le personnel scientifique. Avec ses murs parés de couleurs vives et son long comptoir en acajou sur lequel trônaient deux gros percolateurs aux reflets argentés, la salle brillamment éclairée était de loin la plus attrayante qu'ils eussent visitée jusqu'alors. Sentiment renforcé par le fait qu'aucun cadavre ne s'y trouvait.

« Mais de qui parlez-vous ? insista Caleb. Qui était cet homme ?

— Le directeur scientifique de la base, même s'il détestait ce titre. L'homme sans qui ce projet n'aurait jamais existé… »

Le vieillard regardait tout autour de lui, paraissant apprécier l'endroit. Un énorme juke-box Wurlitzer aux formes antédiluviennes brillait de tous ses chromes près de l'entrée, et, au fond de la salle, une magnifique table de billard en chêne massif semblait attendre les joueurs. Par contraste avec le musée des horreurs qu'ils venaient d'explorer, le réfectoire donnait une impression de normalité réconfortante.

« C'est vrai qu'il vous manque encore cette pièce du puzzle, poursuivit Kjölsrud comme s'il se parlait à lui-même. Après tout, cet endroit en vaut un autre, et nous avons encore une demi-heure devant nous avant de rejoindre Sanjiv. Prenons simplement le temps de nous asseoir, nous n'allons pas rester plantés là… »

Joignant le geste à la parole, le milliardaire se dirigea vers l'un des fauteuils club qui se trouvaient à côté du billard et s'y laissa tomber avec un soulagement évident, avant d'inviter les autres à le rejoindre.

« Parfait, dit-il une fois que tout le monde fut installé. Allons-y. Est-ce que le nom d'Ettore Majorana vous dit quelque chose ? »

16 h 54 UTC

Le pilote ramena les gaz à zéro et débraya le rotor du gros hélicoptère MIL Mi-17, qui se mit à ralentir progressivement. Pour autant, le silence ne revint pas complètement : suivant ses ordres qui prévoyaient de repartir bientôt, il avait laissé la turbine allumée au régime minimal.

Le lieutenant Pavel Tomski descendit et prit pied sur le pont du *Vladimir Karvaiyski* d'une démarche mal assurée. Malgré sa tenue de protection, la demi-heure qu'il venait de passer sur la banquise balayée par une brise de plus en plus violente avait suffi à le glacer jusqu'aux os. Sans compter qu'il avait ensuite dû être hélitreuillé, le pilote ayant refusé d'atterrir sur un terrain aussi piégeux.

Tomski essaya de reprendre une certaine contenance et fit les cinq pas qui le séparaient du général Iazov avant de se figer devant lui dans un impeccable salut militaire.

L'étiquette aurait voulu qu'en réponse l'officier supérieur commande le repos et lance « Au rapport, lieutenant ! » – ou alors qu'il commence tout de suite à l'engueuler, au choix. À la place, Iazov se contenta de le regarder sans mot dire, le toisant d'un regard à la fois glacial et indifférent. L'inspection dura une bonne minute, temps au bout duquel Tomski toujours figé dans son salut ne savait plus où se mettre. Le vieil homme rompit enfin le silence et murmura d'une voix dépourvue d'intonation : « Repos, lieutenant. Croyez-vous en Dieu ?

— Je vous demande pardon, mon général ? bredouilla Tomski.

— Êtes-vous sourd en plus d'être un débile mental, lieutenant ? Je vous ai demandé si vous croyiez en Dieu !

— Euh… non, mon général.

— Vous avez tort, dans ce cas. Parce qu'il doit y avoir un Dieu pour les cons comme vous. Accessoirement, vous pourrez aussi remercier le colonel Baranko : c'est lui qui m'a convaincu d'envoyer quelqu'un vous chercher. Il m'a fort justement fait remarquer qu'après avoir perdu un tiers de notre effectif – par votre faute, lieutenant –, il serait bon de commencer à économiser nos hommes… »

Tomski comprit que sa vie ne tenait plus qu'à un fil et qu'il ne fallait surtout pas répondre, ou pire, tenter de se justifier. Il connaissait Iazov de réputation : celui-ci n'attendait que ça pour sortir sa vieille pétoire et l'abattre comme un chien. Aussi se borna-t-il à conserver une immobilité minérale, gardant les yeux braqués sur le milieu de la casquette de son supérieur comme on l'enseignait aux jeunes recrues.

Pendant un temps qui parut interminable, le général le dévisagea, toujours du même regard d'entomologiste. « C'est bien… finit-il par dire à mi-voix. Au moins vous n'êtes pas bavard. Il se pourrait donc que je vous donne une dernière chance…

— Merci, mon général, articula l'autre d'une voix serrée.

— Ne me remerciez pas trop vite, lieutenant. Inutile aussi de passer par vos quartiers, vous repartez tout de suite, fit Iazov avec un sourire sadique devant l'air épuisé de Tomski. Prenez deux hommes et allez relever Ustinov dans la galerie. Vous avez huit heures, pas une de plus, pour rejoindre le portail d'entrée du bunker.

— Bien, mon général. Ce sera fait, dit Tomski.

— Un dernier mot, lieutenant… »

Iazov le fixait à nouveau, mais cette fois son regard était celui d'un tueur : « Ne croyez surtout pas que j'en ai fini avec vous, lieutenant Tomski. Vous aurez à payer le prix de votre incompétence. Considérez juste que vous venez de gagner un petit sursis. »

16 h 58 UTC

« Pour faire court, je pourrais raconter cette histoire à partir de son arrivée à Berkeley, en octobre 40. Ou alors un peu plus tôt, en 1938 : ce serait un point de départ tout aussi approprié. Mais vu que nous avons un peu de temps, autant commencer par le début… »

Dans la petite cafétéria, l'ambiance avait pris un tour franchement surréaliste. Kendall Kjölsrud était toujours installé dans son vieux fauteuil en cuir ; les sept autres s'étaient disposés en demi-cercle pour l'écouter. La plupart avaient investi les autres fauteuils, se carrant confortablement dedans ou se juchant sur les accoudoirs. Sans façon, Sarah Miller s'était assise en tailleur sur la moquette bordeaux un peu râpée qui recouvrait le sol bétonné. Seule Poppy était restée debout et s'était accoudée au gros meuble de billard. N'étaient le froid glacial, l'atmosphère irrespirable et surtout les combinaisons noires intégrales qui les protégeaient de cet environnement mortel, on aurait juré un groupe d'étudiants en train d'écouter la conférence improvisée d'un vieux professeur dans le réfectoire de quelque université huppée.

Kjölsrud parut s'en rendre compte et sourit :

« Désolé de ne pouvoir vous offrir une tasse de thé, mes amis, je crains que l'eau n'ait gelé dans les tuyaux… En attendant le plombier, je vous télécharge le fichier que j'ai sous les yeux, ça m'évitera de me mélanger dans les noms et dans les dates… »

Une première image apparut en incrustation à l'intérieur des visières. C'était une très vieille photo de famille en noir et blanc, où les protagonistes avaient adopté les poses convenues d'usage à leur époque : l'homme – un grand gaillard moustachu, très brun, vêtu d'un strict costume noir à gilet – était debout et arborait une expression sévère et responsable. La femme assise à ses côtés, un bébé emmailloté de langes sur les genoux, portait une robe sombre à manches longues, à peine égayée par quelques broderies blanches au col et sur le plastron ; malgré l'attitude discrète qui lui était imposée par les conventions, chacun pouvait voir qu'elle était très belle et ne manquait sans doute pas de personnalité. Trois enfants plus grands, deux garçons et une fille, se tenaient à côté du couple avec un air un peu emprunté.

« Ettore Majorana est né le 5 août 1906 à Catane,

sur la côte est de la Sicile, reprit Kjölsrud. Voici la plus ancienne photo que nous ayons de lui.

— Ses parents n'avaient pas l'air d'être des rigolos, observa Poppy.

— Brillante contribution, Poppy. Mais si tu m'interromps dès le début, ça ne va pas être simple... »

L'intéressée se contenta de hausser les épaules, et le vieil homme reprit : « Même si ses parents ne respirent pas l'hilarité, le petit Ettore aurait pu tomber plus mal. Sa famille est ancienne, respectée, et fait partie de la bourgeoisie fortunée de Sicile ; surtout, c'est une famille qui va donner naissance à un grand nombre de personnalités du monde politique et intellectuel. Jugez-en plutôt : son grand-père Salvatore était professeur de droit, puis deviendra sénateur et occupera plusieurs postes ministériels dans les années 1870. Il aura cinq fils : Giuseppe, l'aîné, fera une brillante carrière de juriste et sera député à plusieurs reprises. Angelo sera docteur en droit à seize ans, professeur de droit constitutionnel à vingt, recteur de l'Université de Catane à vingt-neuf et ministre des Finances d'Italie à trente-neuf. Quirino sera un physicien de tout premier plan qui terminera sa carrière comme président de l'Académie de physique italienne – nous aurons l'occasion de reparler de lui, il joue un rôle dans cette histoire. Dante, le quatrième fils, sera un avocat réputé et succédera à son frère Angelo à la tête de l'Université de Catane. Enfin Fabio Massimo, le père d'Ettore, ne sera "que" diplômé en sciences physiques et directeur de la compagnie publique du téléphone pour toute la Sicile, avant d'être muté à Rome en 1921 pour devenir Inspecteur général du ministère des Télécommunications.

— Pas mal, fit Sarah Miller. C'est le genre de famille qui intéresse les généticiens, maintenant...

— La génération suivante n'est pas mal non plus. Des deux frères aînés d'Ettore, l'un deviendra docteur en droit et en philosophie, l'autre se spécialisera dans l'ingénierie aéronautique puis dans la conception d'appareils de recherche astronomique. Enfin sa sœur Maria sera une pianiste de renom international.

— Et pour Ettore lui-même ? demanda Caleb.

— Il y a un poème... italien je crois, qui dit "Heureux ceux qui sont différents quand ils sont différents / Malheur à ceux qui sont différents quand ils sont ordinaires". Lui était de la première catégorie. Différent à un point que vous ne pouvez imaginer. Mais je ne pense pas que ça l'ait rendu très heureux... »

17 h 03 UTC

À mesure qu'ils exploraient l'énorme hydravion, les deux amis allaient de surprise en surprise. Tout dans l'appareil était à la fois démesuré et incroyablement désuet. Il n'y avait pas moins de trois ponts superposés. L'étage supérieur était celui du personnel navigant et comprenait d'avant en arrière le cockpit de pilotage, la salle des machines, la cabine radio et un petit local abritant le groupe électrogène qui fournissait l'électricité à l'avion en vol. One-Shot s'attarda quelques instants dans le local machines ; la pièce, où deux hommes pouvaient évoluer confortablement sans se marcher sur les pieds, était tapissée du sol au plafond de cadrans, de leviers et de manettes. Comme ils l'apprirent grâce au fichier que Kjölsrud leur avait téléchargé, l'officier mécanicien contrôlait de là l'ensemble des paramètres des moteurs alors que ceux-ci n'apparaissaient pas sur le tableau de bord du cockpit, uniquement dédié aux instruments de navigation ; les fonctions de pilotage et de contrôle machines étaient donc séparées, un exemple parmi d'autres qui faisait beaucoup plus penser à l'organisation d'un navire qu'à celle d'un aéronef.

Le local comportait un trou d'homme par lequel ils se hissèrent à l'extérieur. Joshua ne put retenir un sifflement ébahi au spectacle de l'aile sur laquelle ils venaient de prendre pied ; de là où ils se trouvaient, soit à près de douze mètres du sol, ses dimensions paraissaient encore plus gigantesques.

« Quarante-huit mètres d'envergure d'après le fichier, murmura One-Shot. Autant qu'un Boeing 767 !

— Voilà donc pourquoi les portes de ce hangar sont aussi énormes. »

Le dessin de l'aile était très différent de celui d'un appareil moderne : le plan sustentateur était très large – dix mètres tout juste – et formait un rectangle quasi parfait, seuls ses quatre coins étant légèrement arrondis. One-Shot s'approcha pour inspecter l'un des six énormes moteurs juchés sur sa nacelle en tubes d'acier ; l'engin semblait flambant neuf, sans aucun signe d'usure ni trace de rouille. Chaque moteur était monté en configuration *push-pull*, avec une hélice devant et une hélice derrière.

« Curieux comme système, observa Joshua. Pourquoi répartir la puissance du moteur sur deux hélices ? Ça n'augmente certainement pas la vitesse…

— Caleb t'expliquerait ça mieux que moi, mais je crois que ça servait à optimiser la stabilité de l'appareil en vol. Une sorte de marque de fabrique chez Dornier, à ce qu'il paraît : on retrouve ça sur plusieurs modèles d'hydravions conçus à cette époque. »

Après un dernier tour d'horizon, les deux hommes regagnèrent la salle des machines puis empruntèrent le petit escalier en colimaçon qui descendait au pont passager. En y accédant, leur surprise se mua en stupéfaction : l'analogie avec le monde maritime était toujours aussi palpable.

Mais ici, c'était à la cabine d'un luxueux transatlantique que l'on pensait irrésistiblement.

Au lieu d'être d'un seul tenant, la carlingue était agencée en plusieurs salons successifs séparés par de larges ouvertures cintrées. Chacune de ces sections était meublée d'élégants fauteuils en bois précieux tendus d'un éclatant velours fauve. Une épaisse moquette bordeaux tapissait le sol, elle-même recouverte çà et là de magnifiques tapis de style persan. Toutes les parois étaient décorées de délicats motifs Art nouveau, dans les tons grège et vieux rose ; de chaque côté, les énormes hublots ronds cerclés de bronze rendaient la cabine très lumineuse et renforçaient encore l'illusion de se trouver à bord d'un navire.

« Incroyable ! dit Joshua. Ils ne devaient pas s'ennuyer, ceux qui voyageaient là-dedans !

— Regarde ça : les fauteuils ne sont même pas fixés au sol. Ils pouvaient les placer comme ils voulaient ! »

Effectivement, certains des sièges se faisaient face, alors que d'autres étaient disposés en arc de cercle autour de guéridons bas, pour faciliter les conversations autour d'un verre. Raffinement suprême, chacun des salons était équipé d'une grande table pliante en acajou qu'un ingénieux dispositif permettait de déployer en un tournemain : « Au moment des repas, ça devait ressembler au wagon-restaurant de l'Orient-Express », dit Joshua.

Ils n'étaient pas encore au bout de leurs surprises : en progressant vers la proue, on découvrait six petites cabines privées, chacune pourvue de confortables couchettes et d'une minuscule salle d'eau individuelle. Plus en avant, à l'aplomb du poste de pilotage, se situaient un bar, un salon fumoir qui n'avait rien à envier à celui d'un club anglais, et même un coin bureau avec une machine à écrire grâce à laquelle les hommes d'affaires pressés pouvaient dicter les courriers urgents à leur secrétaire. À l'autre extrémité de la carlingue, la queue de l'appareil hébergeait une vaste cuisine équipée de réfrigérateurs et de fourneaux électriques, plusieurs cabinets de toilette et enfin une étroite cabine meublée de couchettes superposées où les membres de l'équipage pouvaient passer leur quart de repos.

C'est devant la porte de ce local qu'ils tombèrent sur le cadavre.

17 h 07 UTC

La photo de classe était de qualité médiocre, et, une fois agrandie, l'image du petit garçon était un peu floue. On pouvait cependant voir qu'il avait un visage allongé et légèrement chevalin, des cheveux très noirs séparés par une impeccable raie sur le côté. Alors que tous ses camarades arboraient des sourires idiots ou des airs bravaches, lui avait la mine effacée et presque triste ; on devinait qu'il se serait bien passé d'être là, surtout au premier rang. Mais on ne lui avait pas laissé le choix : il était le plus petit de sa classe.

Pas vraiment l'air d'un leader, pensa Caleb. *Plutôt de celui qui rentre régulièrement avec le nez en sang et une crotte de chien tartinée sur le cartable.*

« On en sait assez peu sur ses jeunes années, reprit Kendall Kjölsrud. Études primaires à Catane, puis il est envoyé à Rome où il est pensionnaire à l'Institut Massimiliano Massimo. C'est un enfant timide, voire renfermé, se liant peu, et qui semble s'ennuyer en classe. Ses résultats scolaires sont bons mais pas exceptionnels ; ses professeurs relèvent chez lui des dispositions marquées pour le calcul mental, sans plus – il semble qu'aucun d'eux n'ait vraiment réalisé à qui il avait affaire. Il termine quand même sa scolarité avec une année d'avance et s'inscrit à dix-sept ans, sur les traces de son père, à l'École d'application des ingénieurs de Rome. Il va y passer quatre années fastidieuses, réussissant tous ses examens sans avoir besoin d'apprendre les cours, passant son temps à rêver à quelque chose de plus… stimulant. Sa chance va se présenter à l'été 1927. C'est là qu'il fait la connaissance du nommé Franco Rasetti, alors étudiant en physique théorique, mais surtout ami et bras droit d'un certain Enrico Fermi. »

La photo suivante fut celle d'un homme replet, encore jeune mais au vaste front prématurément dégarni, qui posait tout sourires devant un appareillage complexe hérissé de cadrans.

« Fermi ? fit Sarah Miller. Le physicien du Projet Manhattan ? Celui qui a réalisé la première fission nucléaire dirigée ?

— Lui-même. Mais il n'en était pas encore là.

À cette époque, Fermi, qui n'a que vingt-cinq ans, vient d'être nommé professeur extraordinaire à l'Université de Rome avec pour mission de fédérer toute la recherche italienne en physique atomique. Il est en train de créer son équipe : avec Rasetti, Emilio Segrè, Edoardo Amaldi, Bruno Pontecorvo et quelques autres… tous ceux que l'on appellera les *Via Panisperna Boys*, du nom de l'avenue où se trouvait leur institut. En quelques années, ils vont enchaîner découverte sur découverte et révolutionner les connaissances sur la structure du noyau atomique. Néanmoins, c'est la rencontre entre Fermi et Majorana qui est vraiment l'élément fondateur : sans elle, le groupe n'aurait peut-être même pas existé.

— Je suppose que sans cela, rien de ce qui nous entoure n'aurait existé non plus », murmura Caleb.

Kjölsrud le regarda un long moment avant de répondre : « Vous supposez bien, Caleb. Sans cette rencontre entre Fermi et Majorana, l'histoire du XXe siècle aurait été bien différente de celle que nous connaissons. Le réacteur nucléaire et la bombe atomique auraient sans doute fini par être inventés, mais certainement pas dans les années 1940… Pas d'Hiroshima, pas de Nagasaki. Pas de guerre froide dans la foulée. Et pas de projet Longspoon… »

17 h 09 UTC

Comme tant d'autres, le type assez corpulent en bleu de travail – un des mécaniciens de l'avion ? – avait préféré abréger ses souffrances plutôt que de continuer à endurer les affres de l'asphyxie. Lui avait choisi de se pendre à la rambarde du petit escalier qui menait au pont inférieur. Ses jambes touchaient les marches, si bien que son corps incliné en porte à faux bloquait complètement l'étroit passage vers le bas.

La macabre découverte doucha l'enthousiasme que les deux hommes avaient éprouvé en visitant les luxueux aménagements du Dornier et les ramena aussitôt à l'impitoyable réalité de leur situation.

« On jette encore un coup d'œil en bas, murmura Joshua, et on se casse. Il est temps de retourner auprès des autres.

— Bonne idée », approuva One-Shot. L'effet de l'antalgique que Sarah Miller lui avait injecté un peu plus tôt *via* le port IM de sa combinaison se dissipait peu à peu, et son omoplate brisée recommençait à le faire souffrir.

Pour emprunter l'escalier, ils durent déplacer doucement le cadavre, chose dont ils se seraient bien passés. Sous l'effet du gel intense, le corps avait acquis la consistance d'une planche de bois ; mis à part la coloration brunâtre qui donnait à sa peau momifiée l'aspect du vieux cuir, son état de conservation était stupéfiant. *Difficile d'imaginer que ce type est accroché là depuis soixante-dix ans*, pensa Joshua.

Quelques instants plus tard, les deux amis prenaient pied sur le pont inférieur. Ici, pas de moquettes épaisses ni de bois précieux, rien que la géométrie minimaliste des poutrelles métalliques et des cloisons en aluminium. D'imposantes membrures en duralumin, disposées à intervalles réguliers et ajourées pour laisser passer des kilomètres de câbles électriques et de canalisations hydrauliques, assuraient la rigidité de la longue coque ; d'avant en arrière, le pont comprenait une soute à ancres avec son guindeau électrique – le local servait aussi à entreposer les cordages et aussières utilisés lors des phases d'amarrage –, les réservoirs de carburant et une vaste soute à bagages.

Celle-ci n'était pas vide, comme ils s'y attendaient. Bien au contraire, il y avait un peu de tout : des piles de canots pneumatiques gonflables, un petit tracteur à chenilles, des tenues polaires, des caisses de rations de survie et même deux baleinières en bois d'un modèle similaire à celle dont ils avaient retrouvé les débris sur la plage.

Plusieurs corps humains pétrifiés par le froid gisaient dans des positions diverses. Ils n'étaient pas morts seuls : dans un coin, une grande cage renfermait les cadavres d'une vingtaine de chiens de traîneau. Dans leur agonie, les animaux avaient dû s'entre-tuer ou essayer de défoncer les parois de leur prison, et beaucoup présentaient des blessures épouvantables à la gorge ou aux pattes ; l'un d'eux avait réussi à passer la tête entre les barreaux en s'arrachant à moitié une oreille et était mort la gueule grande ouverte, les babines retroussées sur des crocs où le sang avait gelé. L'animal avait les yeux exorbités, et l'expression de terreur et de folie qui s'y lisait encore arracha un frisson à Joshua.

« C'est bizarre, remarqua-t-il à mi-voix. Certaines des caisses sont soigneusement arrimées alors que d'autres traînent en vrac, avec les sangles encore par terre… J'ai l'impression qu'ils étaient en train de charger tout ce matos quand ils ont été surpris par l'asphyxie. Comment se fait-il qu'ils soient morts si vite ?

— Regarde autour de toi, Josh, répondit One-Shot. Nous sommes dans la partie la plus basse de la coque, les parois latérales sont incurvées et forment un véritable entonnoir. Et pour faire bonne mesure, il n'y a aucune ventilation. Avec leur respiration plus celle des animaux, ils ont dû saturer l'atmosphère en gaz carbonique en un rien de temps… Ils ont dû perdre connaissance sans réaliser ce qui leur arrivait. Une mort miséricordieuse, en fin de compte.

— On dirait que les clébards ont eu moins de chance…

— Ils sont moins sensibles que nous à l'asphyxie, ils ont dû tenir un peu plus longtemps. Et je te parie que le type dans l'escalier est celui qui a dû découvrir le carnage quelque temps plus tard… »

Joshua hocha la tête d'un air sombre. Les deux hommes allaient quitter la soute pour poursuivre leur exploration vers l'avant de l'appareil lorsque One-Shot se pencha soudain pour inspecter un casier contenant une douzaine de gros récipients cylindriques. « Tu as vu ça ? dit-il en soulevant l'un d'eux sans effort apparent. On dirait des bouteilles JATO ! »

Joshua voulut saisir l'objet pour mieux l'examiner et faillit le laisser échapper : l'engin qui ressemblait à s'y méprendre à un gros extincteur devait peser une bonne quarantaine de kilos : « Tu pourrais prévenir ! dit-il à son ami. En tout cas, tu as raison, c'est bien une JATO[1]. Un système qui a très peu évolué depuis la Seconde Guerre mondiale, les modèles qu'on utilise à l'heure actuelle sont pratiquement identiques. Je me

1. *Jet Assisted Take-Off* (assistance au décollage par réaction) : systèmes de moteurs-fusées à usage unique, fixés de façon amovible sur le fuselage, développés à partir de 1939 pour faciliter le décollage des avions militaires.

souviens maintenant d'en avoir vu plusieurs caisses dans un des entrepôts que nous avons visités tout à l'heure...

— Qu'est-ce qu'ils pouvaient bien faire avec ça ?

— Normalement, on s'en sert pour faire décoller des avions en surcharge, ou lorsque la piste d'envol est trop courte par rapport aux spécifications de l'appareil. Mais je ne vois rien là-dessus dans le fichier de Kjölsrud ; le mieux, ce sera de lui poser la question tout à l'heure. En attendant, dépêchons-nous de terminer la visite... »

17 h 13 UTC

« Si vous dites vrai, fit remarquer Gretchen Vogt, il y a quelque chose que je ne saisis pas. Pourquoi le nom de Fermi est-il archiconnu, alors que je n'ai jamais entendu parler de votre Majorana ?

— Vous allez vite comprendre. Laissez-moi déjà vous raconter comment s'est déroulée cette première rencontre entre les deux hommes, cela vous éclairera peut-être... Celle-ci a lieu à l'Institut de la via Panisperna, à l'instigation de Franco Rasetti. Fermi est curieux de faire la connaissance de ce jeune homme dont on lui a tant vanté les mérites : il le reçoit gentiment, lui fait visiter ses labos et lui décrit rapidement ses derniers travaux sur le modèle statistique de l'atome, sans trop savoir si son invité y comprend quelque chose ; à cette occasion, il lui montre brièvement un grand tableau noir couvert d'équations différentielles, sur lequel sont inscrites les valeurs de ce qu'on appellera plus tard les *potentiels universels de*

Fermi – ne me demandez surtout pas de quoi il s'agit, au besoin Sanjiv pourra vous renseigner. Majorana écoute sans rien dire, jette un vague coup d'œil au tableau sans prendre de notes, puis d'un seul coup interrompt Fermi en déclarant qu'il est pressé et s'en va sans dire au revoir.

— Pas mal comme entretien d'embauche, déclara Poppy. Je n'aurais pas fait mieux.

— J'en suis sûr, Poppy. Mais tu aurais eu plus de mal pour la suite. Le lendemain, Majorana revient à l'Institut sans y avoir été invité. Il a l'air d'un fou – ou d'un type qui n'a pas dormi de la nuit. Il va directement au bureau de Fermi, se plante devant le tableau noir et sort de sa poche un papier froissé sur lequel figurent les mêmes équations, à la virgule près. Il confronte longuement les deux démonstrations, puis réalise enfin que Fermi est dans la pièce ; à ce moment il le regarde froidement et lui dit : "Je viens de passer seize heures à vérifier vos calculs. Ils sont exacts."

— Fermi aurait pu se vexer, observa Sarah Miller.

— Bien sûr, opina Kjölsrud. D'autant qu'il lui avait fallu plusieurs mois pour arriver aux mêmes résultats… Mais c'était un homme bon et généreux. Peut-être pas totalement désintéressé, aussi. Il va faire abstraction de certains traits de caractère, disons… déconcertants du jeune homme et le convaincre que ses capacités seraient bien mieux employées à ses côtés que n'importe où ailleurs. Quelques jours plus tard, Majorana abandonnait ses études et rejoignait le groupe de Fermi.

— Et il a réussi à s'y intégrer ? demanda Sarah. Avec ce que vous venez de nous dire, on l'imagine assez mal travaillant en équipe…

— S'il a réussi à s'intégrer ? Imaginez un type en

train de suffoquer à qui on propose enfin une bouffée d'oxygène !

— Tu aurais pu trouver autre chose, comme comparaison… » ironisa Viktor Bernstein.

Kjölsrud haussa les épaules : « Désolé, Viktor, je ne l'ai pas fait exprès… Toujours est-il que notre homme, non seulement va s'intégrer à l'équipe, mais aussi s'y épanouir comme jamais. D'emblée, ses collègues sont impressionnés par la qualité de son raisonnement scientifique et par l'étendue de ses connaissances théoriques, pour l'essentiel acquises en autodidacte. Ses capacités de calcul mental sont stupéfiantes : il peut résoudre de tête, en quelques secondes, des calculs effroyablement complexes qui demanderaient des heures de travail à n'importe lequel de ses collègues armé d'une règle à calcul. Il lit énormément : Dirac, Einstein, Heisenberg, Pauli… Très vite, il devient, aux côtés de Fermi, le théoricien du groupe alors que les autres sont plutôt des expérimentateurs.

— Vous ne m'avez pas répondu, fit remarquer Gretchen Vogt. Pourquoi son nom est-il si peu connu à l'heure actuelle ?

— Parce que s'il faisait découverte sur découverte, il avait une répugnance extrême à publier ses travaux. Un exemple parmi d'autres : début juillet 1932, Fermi organise un symposium à Paris sur l'état des connaissances en physique du noyau. Il supplie Majorana d'y présenter ses résultats, qui révolutionnent le sujet des forces de liaison nucléaires. Celui-ci refuse tout net. Le 19 juillet, Heisenberg qui menait des recherches sur le même thème publie des résultats identiques à ceux de Majorana ; ce qui lui vaudra le prix Nobel de physique à la fin de la même année.

— Un scientifique de premier plan qui ne publie pas ses recherches ? Et qui laisse quelqu'un d'autre recevoir le Nobel à sa place ? s'étonna la jeune femme. C'était quoi, son problème ?

— Majorana était très critique avec ses travaux : il les jugeait au mieux imparfaits, voire totalement dépourvus d'intérêt. Il était aussi handicapé par une timidité maladive : il était affreusement mal à l'aise en société et incapable de s'exprimer en public. Pourtant, ses biographes décrivent aussi un jeune homme d'une extrême gentillesse, toujours disponible pour aider ses collègues de travail, capable de se faire des amis – même s'il n'en a jamais eu en dehors du cadre professionnel. Une chose est sûre : c'est que malgré ses difficultés relationnelles, les cinq années qu'il va passer auprès de Fermi seront les plus stables et les plus épanouissantes de son existence. Jusqu'en 1933...

— Qu'est-ce qui s'est passé en 1933 ? demanda Poppy. Il a pris des cours du soir pour briller en société ? »

Cette fois, le vieil homme ne prit même pas la peine de relever. « En janvier 1933, continua-t-il, Majorana reçoit une bourse pour aller passer un semestre à Leipzig auprès de Werner Heisenberg, l'homologue allemand de Fermi. C'est une chance extraordinaire : Heisenberg est l'un des fondateurs de la mécanique quantique, et son laboratoire est considéré comme l'un des hauts lieux de la recherche atomique en Europe. Majorana dira plus tard que ses échanges avec le physicien auront été extrêmement profitables pour la suite de ses recherches. Mais, pour autant, ce n'est pas ce qui le marquera le plus lors de son séjour.

— Si je me souviens bien, murmura Gretchen Vogt,

en 1933, ça commençait à chauffer en Allemagne, non ?

— C'est exactement ça. Le 30 janvier, Hitler est nommé chancelier. Majorana vient juste de poser ses valises à Leipzig ; pendant six mois, il va être aux premières loges pour assister aux discours enflammés, aux autodafés de livres décadents, aux premières exactions contre les Juifs… Il n'a peut-être pas beaucoup d'expérience de la politique mais ce n'est pas non plus un imbécile : il comprend très bien ce qui est en train de se mettre en place. Lorsqu'il revient à Rome au début de l'automne, ce n'est plus le même homme : il est fatigué, nerveux, inquiet ; son état de santé s'est dégradé, et il souffre en permanence de maux d'estomac. Il va recommencer à fréquenter l'Institut de la via Panisperna, mais de façon de plus en plus discontinue, comme s'il avait perdu tout intérêt pour les recherches du groupe. À partir du début 1934, il ne vient plus du tout et va passer *les trois années suivantes* en reclus, pratiquement sans sortir de chez lui. Ses amis de l'Institut qui lui rendent visite sont effrayés par son changement physique : il a terriblement maigri, ne se lave plus, ne se coupe plus la barbe et les cheveux. Il paraît totalement absorbé par un mystérieux projet et travaille jour et nuit à remplir des cahiers entiers de formules incompréhensibles, à l'aide d'une nouvelle notation algébrique qu'il a inventée pour l'occasion ; lorsqu'on le questionne sur ce travail, il répond de façon distante et évasive. Pour autant, il n'est pas totalement isolé : on sait que pendant toute cette période, il va entretenir une très abondante correspondance scientifique avec son oncle Quirino, le physicien. Fermi est également au courant de la nature de ses recherches, c'est du moins ce que déduisent les autres membres du groupe en constatant que le physicien s'est arrangé pour lui conserver son poste et son traitement malgré son absence prolongée.

— Et ça se termine comment ? demanda Sarah Miller. Des types en blanc viennent le chercher pour l'emmener dans une cellule capitonnée ? »

Viktor Bernstein ne put s'empêcher de rire : « Ma chérie, tu devrais te tenir plus à distance de Poppy. Je trouve qu'elle a une mauvaise influence sur toi.

— Elle a raison, dit Kjölsrud. Ça aurait très bien pu se terminer comme ça. Mais, courant 1937, Majorana semble reprendre pied dans la réalité. Il recommence à pointer à l'Institut, tout en continuant à travailler à mi-temps à son projet personnel. L'amélioration n'est que partielle, cependant : il est toujours aussi inquiet, se dit effrayé par l'évolution du monde. Il se sent suivi dans la rue, a l'impression que son appartement est visité en son absence ; c'est à cette époque qu'il commence à se promener avec une petite mallette dans laquelle il enferme le résumé de ses travaux, de peur qu'on ne les lui vole… »

Le regard de Sarah Miller fut si éloquent que le vieil homme se mit à rire : « Je vois ce que vous pensez, Sarah. Mais vous avez tort. Nous savons qu'à partir de la fin 1937, Majorana faisait effectivement l'objet d'une surveillance constante de la part de l'OVRA, la police politique de Mussolini. Nous avons toutes les raisons de penser que les types de l'Abwehr – les services secrets allemands – étaient aussi sur les rangs ; il se pourrait même que ce soit eux qui l'aient signalé à l'attention de leurs collègues italiens.

— Mais pourquoi ? s'étonna la jeune femme. En quoi est-ce qu'il pouvait bien les intéresser ?

— Vous oubliez les six mois à Leipzig. Largement assez pour que les spécialistes allemands en physique nucléaire – malheureusement, ils n'étaient pas tous épris de démocratie – se rendent compte de ses potentialités et en réfèrent à qui de droit. Il est probable qu'à partir de 1933 ou 1934, l'Abwehr ne l'ait plus quitté des yeux ; et lorsqu'ils ont réalisé qu'il progressait de façon significative dans ses recherches, ils ont mis les Italiens dans le coup histoire d'intensifier la surveillance.

— On des preuves de ça ? demanda Caleb.

— La meilleure preuve, c'est le comportement de Fermi. En 37, lui seul est au courant de l'avancée des recherches de Majorana. Et il sait que son poulain est dans le collimateur des services secrets : n'oubliez pas qu'en plus d'être un physicien de génie, c'est aussi un homme influent, avec beaucoup de relais très haut placés. Il est terrorisé à l'idée que ses travaux puissent tomber en de mauvaises mains. Il va conseiller à Majorana de se mettre au vert loin de Rome, en feignant d'abandonner ses recherches ; pour ce faire, il va lui obtenir une place de professeur ordinaire à l'Institut de physique théorique de Naples, un poste assez obscur pour qu'il puisse s'y faire oublier quelques mois. Ettore accepte – de très mauvaise grâce – et prend ses fonctions à Naples dans les premiers jours de janvier 1938. Pour Fermi, ce n'est cependant qu'un pis-aller. Dans toute l'Europe, ce ne sont plus que bruits de bottes, et en Italie les restrictions aux libertés ne cessent de s'intensifier. Il comprend que le salut ne peut se trouver qu'aux États-Unis ; lui-même, bien que moins menacé, songe d'ailleurs à y émigrer depuis quelque temps… c'est ce qu'il fera à la fin de la même année, juste après s'être rendu à Stockholm pour y recevoir son Nobel. Courant janvier, Fermi va activer ses réseaux et entrer discrètement en contact avec les autorités américaines, notamment par l'intermédiaire d'Albert Einstein, qu'il connaît bien et qui a fui aux États-Unis dès 1935. Moins de deux mois plus tard, un événement historique va confirmer ses pires craintes.

— Quel événement ? demanda Sarah Miller.

— L'*Anschluss*. Le 12 mars 1938, Hitler annexe l'Autriche. Fermi réalise que les dominos ont commencé à dégringoler, désormais la guerre n'est plus qu'une question de mois. En même temps, il reçoit des infos alarmantes selon lesquelles l'arrestation de Majorana serait imminente ; les Allemands craignent une évasion et font le forcing auprès de Mussolini pour qu'il agisse. Il sait qu'il ne peut plus attendre et contacte aussitôt Einstein. C'est ce dernier qui va intervenir personnellement auprès du président Roosevelt pour que celui-ci ordonne l'exfiltration. Roosevelt hésite, mais finit par accepter. À une condition : à cette époque les États-Unis n'avaient aucune envie de s'impliquer dans le conflit qui se préparait en Europe, et rien à gagner à susciter un incident diplomatique majeur. L'opération devait donc être menée avec une discrétion maximale, et, surtout, nul ne devait savoir quel pays se cachait derrière…

— Pas si facile, observa Caleb. Avant la guerre, les capacités de déploiement des États-Unis à l'étranger étaient très faibles, et leurs services secrets n'en étaient qu'au stade embryonnaire. Si je me souviens bien, ils n'avaient même pas de service de renseignements extérieur avant la création de l'OSS en 1942.

— Tout juste, mon garçon. C'est pour ça qu'ils ont dû sous-traiter.

— Sous-traiter ? Mais…

— Je vais vous expliquer, dit Kjölsrud en se levant. Mais il est l'heure de retourner voir où en est Sanjiv. Allons le rejoindre, je vous raconterai en route comment ça s'est passé. »

17 h 23 UTC

One-Shot et Joshua durent se courber sous une série d'entretoises massives pour gagner la section suivante de la coque. En se redressant, ils constatèrent qu'ils se trouvaient maintenant dans la partie de la soute qui abritait les réservoirs de carburant. Huit énormes cuves cylindriques se succédaient de part et d'autre de la mince passerelle métallique suspendue au milieu du compartiment. Quatre autres réservoirs allongés de dimensions à peine plus réduites étaient accrochés au-dessus des précédents, occupant presque tout l'espace restant, si bien que les deux hommes devaient se mettre de profil pour avancer.

Le géant finlandais tapa de son poing massif sur l'un des gros réservoirs inférieurs et fut surpris par la sonorité mate qu'il obtint en retour. Il renouvela l'opération sur trois autres cylindres, avec le même résultat.

« De plus en plus bizarre, grommela-t-il. On dirait que le plein est fait… »

Les deux amis avaient suffisamment traîné leurs

guêtres pour savoir qu'il était contraire aux consignes les plus élémentaires de sécurité de laisser un appareil stationné avec ses réservoirs pleins. Et ce, depuis les tout débuts de l'aviation.

« Ça ne peut vouloir dire qu'une seule chose, dit Joshua. Ils s'apprêtaient à mettre les bouts.

— Par où ? rigola One-Shot. Par le trou de souris que leurs copains étaient en train de creuser au marteau-piqueur ? Avec un avion de cinquante mètres d'envergure ?

— Réfléchis un peu, gros paysan… Ces types étaient en train d'étouffer. Leur priorité numéro un, c'était de faire un trou, peu importe sa taille, pour avoir un peu d'air frais. Ils projetaient certainement de mettre en place un système de ventilation pour renouveler l'air de la base. Ensuite, ils auraient eu tout le temps de trouver une solution pour débloquer le portail. Et faire sortir l'avion.

— Et tout le matériel qu'ils étaient en train de charger ?

— Leur objectif à terme était bien sûr d'aller chercher du secours. Mais on était fin août, en plein hiver austral, avec une mer gelée sur des centaines de milles et des conditions météo allant de pas terrible à effroyable. Ils avaient voulu mettre le plus de chances de leur côté, en se réservant la possibilité de continuer en traîneau ou en barque au cas où le mauvais temps les aurait obligés à amerrir ou à se poser sur la banquise.

— Tu dois avoir raison, concéda One-Shot. Ça explique les chiens. Ils ne devaient pas avoir une confiance absolue dans leur chenillette…

— En tout cas, j'en ai assez vu, décréta Joshua

en se retournant avec difficulté dans l'étroit passage. Sortons d'ici et allons raconter ça aux autres. »

Le Néo-Zélandais rebroussa chemin jusqu'à l'extrémité du compartiment et se baissait déjà pour regagner la soute à matériel lorsqu'il se rendit compte que One-Shot ne suivait pas. Il regarda derrière lui, surpris. Le colosse n'avait pas bougé et semblait perdu dans la contemplation des réservoirs de carburant.

« Vassili ! lui lança-t-il. Ça va comme tu veux ? »

One-Shot ne répondit pas tout de suite. Puis il se tourna lentement vers son ami avec un drôle de sourire sur ses lèvres couturées de cicatrices « Tu sais quoi, Josh ? articula-t-il d'une voix pensive. Je viens d'avoir une idée. Une idée dingue. »

17 h 35 UTC

Le spectacle qui s'offrit à leurs yeux lorsqu'ils rejoignirent le laboratoire avait quelque chose d'incongru et presque comique.

Sanjiv Chandra avait déposé une trappe de visite au niveau de la portion inférieure de l'*Œuf* – le terme proposé par Sarah Miller avait été adopté à l'unanimité –, et le jeune homme allongé à terre avait introduit sa tête et la moitié de son buste à l'intérieur de l'énorme machine. À l'aide d'outils minuscules disposés au sol autour de lui et qu'il saisissait tour à tour, il semblait se livrer à quelque mystérieuse exploration des entrailles de l'engin.

On dirait un garagiste en train de réparer un différentiel, pensa Caleb. *Il ne lui manque que les taches de cambouis sur les mains.*

Mais la ressemblance s'arrêtait là.

En réalité, Sanjiv était occupé à dicter des commentaires qu'il débitait à toute allure d'une voix excitée, pendant que son malheureux assistant essayait de les retranscrire sans en perdre une miette : « … Terminé pour le numéro six, disait-il quand ils poussèrent la porte du labo. Bras numéro sept, maintenant. Toujours seize courbures, avec les mêmes décalages de phase progressifs par rapport au précédent. Je n'arrive toujours pas à comprendre comment ils ont pu usiner une forme aussi complexe en 1946… Vu les bobinages, au moins cinq Tesla à l'extrémité. Mais vers le centre de la sphère de Halbach virtuelle, ça doit dépasser les vingt. Au repos, bien sûr. En rotation, avec les harmoniques des autres bras, le champ de sommation au moment des crêtes doit être phénoménal dès les premiers tours… »

Kjölsrud se racla la gorge pour signaler leur arrivée. Le jeune savant sortit précipitamment la tête de la trappe, avec l'air coupable du gamin surpris à regarder sous les jupes de son institutrice.

« Ça n'est pas un peu risqué, de mettre la tête là-dedans ? lui demanda gentiment Caleb. Malgré toutes ces années, il se pourrait qu'il y ait encore de la radioactivité… »

Sanjiv le considéra avec une surprise non feinte : « De la radioactivité ? Quelle radioactivité, Caleb ? Ce n'est pas du tout…

— On verra ça plus tard, Sanjiv, le coupa sèchement le vieil homme. Dis-nous plutôt ce que tu as trouvé là-dedans.

— Ce n'est pas une ébauche expérimentale, monsieur. Ni même un prototype en cours d'assemblage. C'est un modèle complet, achevé. Tous les systèmes internes sont en place, les câblages aussi. Il faut juste rajouter le mercure, mais nous en avons trouvé plusieurs containers dans une réserve à côté ; nous pourrons donc nous passer du stock qui se trouve à bord du *Defender*. Et pour lancer la réaction, il ne faut que 50 kilowatts, le groupe électrogène de la base suffira largement à les fournir…

— Tu veux dire que…

— Je veux dire qu'il est opérationnel, monsieur. J'en suis absolument sûr. »

Sanjiv désigna ensuite un volumineux appareil relié à la base de l'Œuf par un câble blindé. Avec son clavier à touches de bakélite et son affichage par cadrans rotatifs, l'engin ressemblait au croisement entre une vieille machine à écrire et une caisse enregistreuse d'avant-guerre ; plusieurs voyants allumés indiquaient qu'il était sous tension : « Et voici la console d'activation. Exactement conforme à votre description, elle aussi. Et opérationnelle, nous l'avons testée jusqu'au stade de prédéclenchement. Bien sûr, il nous manque encore les…

— Suffit, Sanjiv », l'interrompit à nouveau Kjölsrud. Le vieillard eut alors un geste inattendu : il passa le bras autour des épaules du jeune homme et l'entraîna doucement vers la sortie du labo. « Sanjiv et moi avons à parler en privé, lança-t-il pour toute explication. Vandell, Jenkins, vous venez avec nous ; ceci vous concerne. Toi aussi, Poppy. Les autres, vous pouvez attendre ici, nous ne serons pas longs. »

Caleb regarda le groupe s'éloigner, plus amusé que vraiment choqué : il commençait à ne plus s'étonner des mystères du vieillard. Il se tourna vers Viktor Bernstein qui semblait un peu vexé d'avoir été exclu de la conversation : « Qu'en pensez-vous, monsieur Bernstein ? lui fit-il avec un sourire. À mon avis, on nous cache encore quelque chose... »

18 h 19 UTC

Le *yefreïtor* Karol Spivak leva brutalement la main pour demander à son ami de couper la lance thermique. Mais c'était inutile, le caporal Duryagin avait devancé son geste : lui aussi avait ressenti la sourde vibration dans le sol.

« Qu'est-ce que c'est ? murmura Spivak dans le silence revenu. Un tremblement de terre ?

— Je ne crois pas, répondit l'autre. C'est beaucoup trop régulier. »

Instinctivement les deux hommes jetèrent un regard inquiet vers le haut. Mais ce n'était pas ça non plus : la gigantesque bâche avait l'air de tenir le coup. Et de part et d'autre de celle-ci, les parties de la falaise qui n'avaient pas été équipées ne montraient aucun signe d'un nouvel effondrement.

La vibration se poursuivait avec la même intensité, remontant du sol dans leurs bottes fourrées. Elle ne s'accompagnait d'aucune sensation de mouvement. Décidément, ça n'avait pas l'air d'un tremblement de terre.

Mû par une inspiration soudaine, Duryagin se pencha et appliqua son oreille sur la paroi presque verticale du bunker ; contre sa peau, la surface de béton fendillé était froide et légèrement humide au toucher. Ses yeux s'écarquillèrent de surprise. « Nom de Dieu ! souffla-t-il. Ça vient de là-dedans ! »

Spivak l'imita aussitôt. Pendant quelques instants, les deux hommes restèrent silencieux, l'oreille plaquée à la paroi rugueuse. Aucun doute, le grondement puissant qui faisait écho à la trépidation du sol provenait bien des profondeurs de la casemate.

« Qu'est-ce qu'ils peuvent bien foutre là-dedans ? s'écria Spivak.

— Tu sais quoi ? On dirait un moteur. Un *très gros* moteur. »

18 h 20 UTC

« Très impressionnant… » murmura Kendall Kjölsrud. Mais personne ne l'entendit dans l'effroyable vacarme des deux moteurs de 1000 CV à échappement libre poussés à plein régime.

La démonstration était parfaitement concluante. Debout à côté du vieil homme sur le sol de l'immense hangar, Joshua Tewaru mit les bras en croix pour demander à One-Shot de couper les gaz. Ce dernier, qui se tenait juché sur l'aile du Dornier Do-X, fit un signe d'acquiescement et disparut aussitôt par l'écoutille qui menait à la salle des machines. L'instant d'après, le grondement terrifiant des moteurs un et cinq – choisis au hasard pour le test – s'interrompait, et les énormes hélices de près de quatre mètres de diamètre commencèrent à ralentir.

« Très impressionnant, répéta Kjölsrud avec un soupçon de sarcasme dans la voix. Nous venons sans doute de consommer la moitié de l'oxygène qui restait dans cette base, mais le spectacle en valait la peine, je vous le concède. Malheureusement, je ne vois pas très bien à quoi ça nous avance…

— Je ne suis pas d'accord avec vous, objecta Joshua. Pour ce que nous en savons, le *Global Defender* a été arraisonné, et tout son équipage est prisonnier ou mort. Nous sommes coincés ici, pratiquement sans équipement et avec encore de quoi respirer une dizaine d'heures peut-être. En face, nous avons des types surentraînés, armés jusqu'aux dents, et qui ont le temps pour eux. Tout à l'heure, on a eu de la chance, mais au prochain assaut nous ne ferons pas le poids. Cet avion nous offre une possibilité inespérée de mettre les voiles. Et accessoirement de mettre à l'abri cet objet auquel vous semblez tant tenir.

— Il a raison, renchérit Viktor Bernstein, tu devrais l'écouter. Et puis, je te rappelle que c'était ton plan : investir la base, charger l'Œuf sur le *Defender* et se tirer. En gros, on ne fait que changer le mode de transport.

— C'était *un* de mes deux plans, Viktor. Le plan B, en cas d'impossibilité de ramener… l'Œuf – appelons-le comme ça si tu veux –, c'était de le détruire. Par tous les moyens. On dirait que c'est aussi le souhait de nos amis à l'extérieur, mais j'ai quelques raisons de douter de leur sincérité. Alors nous allons faire le travail nous-mêmes. »

Aiguillonné par ces mots, Sanjiv Chandra gémit d'un ton suppliant : « Le détruire ? Ce n'est pas possible, monsieur ! Nous ne pouvons pas faire ça ! Nous n'avons pas retrouvé la moindre trace écrite des travaux de Majorana ! Cet appareil est la seule chance que nous ayons de…

— Je suis désolé, mon petit. Infiniment désolé, murmura Kjölsrud. Tu ne peux pas savoir à quel point j'aurais aimé ramener cet engin pour que tu puisses l'étudier.

— Mais songez à tout ce que…

— Non, Sanjiv, dit le vieillard d'une voix douce, comme s'il s'adressait à un enfant. Je songe surtout à ce qui se passerait si par le plus grand des malheurs quelqu'un avait la folie de vouloir l'utiliser comme une arme. Désolé, cette discussion est close. Et pour ce qui est d'utiliser cet avion… »

Il s'interrompit soudain, surpris par des éclats de voix qui provenaient justement du Dornier. Caleb et Gretchen étaient en grande conversation à côté d'un des énormes flotteurs de l'appareil. Le ronflement des hélices qui tournaient encore empêchait de comprendre ce qu'ils disaient, mais la discussion paraissait des plus animées. Pour une fois, les deux amis n'avaient pas du tout l'air d'accord. À ce moment, One-Shot sauta de la porte de coupée de l'hydravion et vint se joindre au débat, prenant apparemment le parti de Caleb.

Kjölsrud haussa les épaules et reprit à l'adresse de Joshua : « Monsieur Tewaru, vous avez bien résumé notre situation actuelle. Mais voici quelques autres éléments à prendre en considération : à supposer qu'on arrive à démarrer les six moteurs, ce qui n'est nullement garanti, il reste à ouvrir le portail. Vu la masse à soulever, l'ouverture est beaucoup plus longue que la fermeture ; de mémoire, je dirais que ça prenait bien une ou deux minutes. Ensuite, il faut descendre l'avion tout doucement le long du plan incliné : c'est une opération délicate, qui nécessite un tracteur à chenilles et une douzaine d'hommes avec des aussières pour que l'appareil reste bien dans l'axe. Même avec de l'entraînement, cette opération durait plus d'une heure… Vous croyez que, pendant ce temps-là, les types qui attendent dehors vont rester les bras croisés à nous prodiguer des encouragements ? Ou qu'ils vont venir nous donner un coup de main, peut-être ? Et j'ai failli oublier le facteur météo, bien sûr…

— La météo ? s'étonna Joshua. Qu'est-ce qu'elle vient faire là-dedans ?

— Cet appareil avait besoin d'un plan d'eau de trois ou quatre kilomètres pour prendre son envol. D'un plan d'eau *parfaitement lisse.* Ce qui limitait en pratique son utilisation aux jours de temps calme. Avec le grain annoncé pour les heures à venir, ce serait du suicide pur et simple : l'avion se casserait en deux à la première vague.

— Et avec les bouteilles JATO ?

— Les bouteilles JATO servaient à décoller pendant l'hiver, quand la mer était gelée. On installait des patins à la place du train de roulage, et l'envol se faisait à partir d'une piste de deux cents mètres tracée au bulldozer. Avec un nombre suffisant de bouteilles, on arriverait peut-être – je dis bien *peut-être* – à décoller du plan incliné. Mais ça ne résout pas le problème du portail : nos amis auront vingt fois le temps de nous abattre pendant qu'il sera en train de s'ouvrir.

— Justement, monsieur, on a encore un souci de plus, intervint Sarah Miller. Avec Gretchen, nous sommes allées jeter un coup d'œil à l'endroit où ces malheureux ont essayé de percer au marteau-piqueur. En faisant ça, ils ont endommagé le vérin hydraulique – le maître-cylindre est fendu sur toute sa longueur. Et pour faire bonne mesure, les vibrations ont délogé l'extrémité du bras de son point d'ancrage sur le béton. Même avec le matériel adéquat, il nous faudrait au moins deux jours pour réparer – d'ici là, impossible d'ouvrir cette porte.

— Voilà qui règle la question, murmura Kjölsrud avec une moue amère. Vandell, Poppy, on retourne au labo, vous allez m'aider à placer les charges. Heureusement, nous avons suffisamment d'explosif pour qu'il ne reste pas un seul boulon de cet engin. Ensuite, on pourra toujours tenter une sortie d'une manière ou d'une autre ; autant vendre chèrement notre peau… »

Pendant ce temps, la conversation entre Caleb, One-Shot et Gretchen Vogt s'était poursuivie. Soudain, Gretchen vrilla son index sur sa tempe d'un geste sans ambiguïté puis s'écarta des deux autres en secouant la tête d'un air désespéré. Caleb haussa les épaules puis revint vers le reste du groupe, un sourire énigmatique aux lèvres : « Une seconde, dit-il à Kjölsrud qui s'apprêtait à quitter le hangar. Je peux nous faire sortir d'ici. Avec l'avion.

— Vous vous y mettez aussi, monsieur McKay ? grinça le vieillard d'un air agacé. Je croyais que la situation était claire, pourtant. Vous allez me dire que la Hard Rescues a une solution magique pour réparer ce foutu vérin en deux heures ? Et ensuite pour ouvrir cette porte en deux secondes ?

— Ni l'un ni l'autre, répondit Caleb. On ne va pas ouvrir cette porte. On va passer à travers. »

Chapitre 15

28 février 2018 – 21 h 17 UTC

Doucement. Fais attention. C'est le moment délicat de la manip.

En moins d'une minute, Gretchen Vogt avait usiné le pain de cinq cents grammes de FOX-7 en forme de cône parfait, avant d'évider une cavité cylindrique à l'intérieur de l'ébauche. Il fallait maintenant sectionner la pointe du cône puis biseauter avec soin la surface obtenue, de sorte qu'elle soit inclinée exactement à trente degrés par rapport à l'axe de rotation de l'ensemble.

C'était la partie de son travail qu'elle préférait : une fois calculées la géométrie des charges et leur distribution topographique sur la zone de *blast*, il restait à les façonner. Un temps purement manuel qui lui permettait d'évacuer les longues heures de concentration sur les équations préparatoires. L'émotion qu'elle ressentait alors était du même ordre que celle du sculpteur faisant émerger un taureau furieux d'un bloc de pierre informe. Avec une énorme différence : à ce stade, plus aucune improvisation n'était possible, elle devait se conformer strictement aux masses et aux angles déterminés lors de l'étape précédente.

Terminé. Elle écarta soigneusement les rognures d'explosif dans une petite poubelle sur le côté de son plan de travail – une vieille porte en bois posée sur deux tréteaux –, puis lissa d'un geste précis un infime bourrelet qui s'était formé à la base du cône tronqué. Le FOX-7 avait normalement la consistance d'une pâte à modeler très grasse qui ne gardait pas la forme qu'on lui imprimait ; dans le froid polaire qui les entourait, le plastic ultrabrisant était heureusement devenu plus ferme, ce qui le rendait très facile à travailler. Après avoir examiné sa création d'un œil critique, elle la déposa sur le plateau de la balance. *Quatre cent vingt-deux grammes.* Soulagée, elle expira doucement l'air qu'elle retenait dans ses poumons. Pour cette charge, l'ordinateur avait spécifié une fourchette de quatre cent dix-sept à quatre cent trente-cinq grammes. Trop ou trop peu, elle aurait dû tout recommencer. Il ne lui fallut que quelques secondes pour parachever son œuvre en insérant un petit détonateur radio à la base du cône.

En levant les yeux pour la première fois depuis qu'elle avait commencé à façonner cette charge, elle s'aperçut que le hobbit revenait déjà de sa livraison précédente. *Bon timing, Gret. Continue comme ça.* Elle tendit avec précaution le pain d'explosif fini au petit androïde en lui disant : « Numéro 62. Zone A12, en bas à droite du carré. Fais attention à bien orienter le biseau vers la paroi. »

‹ Bien, madame. ›

La recommandation était inutile, mais l'IA demeurait fidèle à ses consignes, qui étaient d'éviter toute remarque susceptible de vexer les opérateurs humains.

Avant de commencer ses va-et-vient, le robot avait téléchargé une fois pour toutes le fichier de positionnement global, ce qui garantissait le placement des explosifs avec une précision submillimétrique et sans aucun risque d'erreur.

Gretchen le regarda un instant s'éloigner, puis revint à l'ordi et afficha la page suivante de son plan de travail. *Charge numéro 63. Cône plein régulier, onze centimètres de hauteur, autant de diamètre à la base. Six cent cinquante-cinq grammes.* Parfait, une forme simple. Celle-ci irait vite.

Lorsque Caleb lui avait fait part de son projet, elle avait cru à une plaisanterie et failli éclater de rire tant l'idée lui paraissait farfelue. Pourtant il était on ne peut plus sérieux. Elle avait bien essayé de rejeter en bloc ses arguments, mais il avait tellement insisté qu'elle avait accepté de les prendre en considération.

Et avait bien été obligée de reconnaître, à son corps défendant, que la chose était réalisable.

En théorie.

« Douze heures, avait-elle ensuite supplié. Douze heures sinon je ne peux pas y arriver. Il m'en faut bien trois pour les calculs, le double pour façonner les charges et encore au moins trois heures pour les mettre en place. »

Caleb s'était montré inflexible : « Désolé, Gret, on n'a pas douze heures. Les recycleurs ne tiendront pas aussi longtemps. Et si nous voulons prendre les Russes de vitesse, il faut qu'on tente le coup aux premières lueurs de l'aube. Vers 3 heures, 3 h 30 au plus tard. Tu as carte blanche. Demande ce que tu veux, prends qui tu veux pour t'aider. Mais termine ce job en huit heures. »

Finalement le travail avançait plutôt plus vite que prévu. Il faut dire que Sanjiv Chandra lui avait apporté une aide inestimable : lorsque la jeune femme lui avait expliqué comment fonctionnait le logiciel de modélisation 4D qu'elle avait mis au point, il s'était contenté de poser quelques questions et lui avait demandé presque en s'excusant si elle voulait bien lui prêter son microportable Sony. Moins de vingt minutes plus tard, il était de retour et lui remettait l'ordi sans un mot. Gretchen avait eu la surprise de sa vie en constatant que ce temps avait suffi au jeune prodige pour rentrer l'ensemble des paramètres volumes et matériaux du hangar – soit une soixantaine de mesures – puis les spécifications des explosifs utilisés, avant d'élaborer la solution minimale qui leur permettrait d'arriver au résultat souhaité sans pour autant finir en confettis.

La solution minimale comportait cent quatre-vingt-sept charges pour une séquence de tir de cent soixante-quatorze millisecondes.

La surprise de Gretchen s'était muée en stupéfaction quand elle avait réalisé qu'en plus de faire tourner le logiciel, Sanjiv l'avait modifié, en ajoutant un élément de robustesse aux matrices de calcul ondulatoire ; lorsqu'elle lui avait demandé pourquoi, il avait rougi comme une pivoine et s'était confondu en excuses : « C'est vraiment un très beau soft, mademoiselle Vogt. Je n'aurais pas fait mieux. Mais si vous travaillez avec un nombre aussi élevé de charges, vous avez un risque non négligeable que une, deux ou dix ne détonent pas ou fassent long feu… Je me suis contenté de modifier très légèrement vos fonctions d'onde pour introduire une certaine tolérance : jusqu'à 5 % de défectuosités, ça devrait encore marcher – si le hasard est de notre côté, bien sûr…

— *C'est-à-dire ?* avait-elle demandé.

— C'est-à-dire si les dysfonctions sont distribuées de manière aléatoire sur l'ensemble des charges. Si elles sont toutes groupées du même côté, on ne pourra pas rattraper le déséquilibre et on perdra une aile ou les moteurs. Dans le meilleur des cas. »

« Je n'arrive toujours pas à comprendre ce que vous faites, dit Sarah Miller. Ça ne correspond pas vraiment à l'idée que je me faisais de la préparation d'explosifs… »

Lorsque Gretchen avait demandé quelqu'un pour l'assister, la jeune scientifique s'était aussitôt proposée. En pratique, le boulot n'était pas compliqué : il consistait surtout à lui passer les pains de FOX-7 ou de HMX à partir des trois caisses d'explosif sauvées de l'effondrement de la galerie, et à veiller à ce que les outils dont elle avait besoin soient tous disponibles à portée de main. Les deux femmes avaient installé leur établi improvisé à quelques mètres en avant de l'étrave massive du Dornier, et, derrière elles, l'énorme masse de l'appareil leur faisait l'effet d'un sphinx attentif en train de surveiller leur travail.

« Et c'était quoi votre idée ? sourit la belle Allemande. Trois bâtons de dynamite et un cordon Bickford ?

— Un peu ça, oui.

— Ne vous froissez pas, Sarah, mais il y a eu quelques progrès depuis le temps des chercheurs d'or. Si vous voulez vous documenter, vous devriez lire le *Précis de détonique expérimentale et appliquée*, c'est un excellent bouquin.

— Jamais entendu parler.

— Normal, fit Gretchen d'un air faussement désolé. C'est moi qui l'ai écrit, et je crains que ça n'ait pas été un très grand succès d'édition… »

Les deux femmes éclatèrent de rire. « Sérieusement, Gretchen, dit ensuite Sarah. Qu'est-ce que c'est que la détonique ? Je ne connais même pas ce mot.

— C'est la discipline qui traite des explosifs – théorie et manière de les utiliser. Le terme date du milieu des années 2000, et s'il reste peu connu, c'est que nous ne sommes pas très nombreux sur ce créneau. Je vais essayer de vous expliquer en quoi ça consiste… »

Pendant qu'elle parlait, Gretchen continuait à façonner son cône d'explosif. Pour les formes simples comme celle-ci, ses mains pouvaient travailler pratiquement sans intervention consciente de sa part. Elle jeta un coup d'œil sur l'écran de l'ordi ; les trois charges suivantes seraient également très faciles : deux cônes pleins, un parallélépipède régulier. *Excellent.* « Imaginons que vous vouliez abattre un mur, reprit-elle. Par exemple pour pénétrer dans le sous-sol d'une banque. Vous allez poser votre fameux pain de dynamite au pied du mur, allumer la mèche et vous éloigner. La première difficulté consiste à déterminer la bonne quantité de produit : pas assez, le mur reste debout ; trop, vous prenez tout le bâtiment sur la tête. Ça demande une certaine expérience de l'explosif utilisé, et au minimum une idée de l'épaisseur du mur. Mais ça reste du boulot très basique.

— Rien à voir avec ça, n'est-ce pas ? demanda Sarah en regardant la jeune femme peser le cône de FOX-7 avant de faire signe au hobbit.

— Non, rien à voir. Étape deux : au lieu de détruire

tout le mur, vous voulez juste y percer un petit trou bien rond. Pour cela, il vous faut une charge creuse, le plus ancien des systèmes de détonique dirigée : vous allez façonner votre explosif en forme de cône évidé, comme ce que j'ai fait avec la charge précédente, et vous allez le positionner pointe vers le mur. Toute la puissance de l'explosion va alors se focaliser sur une zone très réduite de la paroi – si, bien sûr, vous ne vous êtes pas plantée dans la géométrie. C'est l'effet Munroe, découvert à la fin du XIXe siècle et exploité dès la Seconde Guerre mondiale pour fabriquer des obus antichar.

— Mais certaines des formes que vous créez sont beaucoup plus complexes que ça.

— Ça, c'est l'étape trois. Imaginons maintenant que vous souhaitiez rester dans la pièce pendant que vous percez votre mur…

— Un peu risqué, non ?

— En effet. Pourtant il y a une solution. Sur les côtés latéraux de la pièce, de préférence à cent vingt degrés par rapport à la munition perforante, vous allez placer deux autres charges directionnelles pointées chacune vers le mur. Attention, pas n'importe quelles charges, et pas n'importe comment. Vous devez prendre en compte la géométrie de la pièce, les propriétés mécaniques de ses parois, les caractéristiques de l'explosif choisi, et une vingtaine d'autres paramètres. Peser vos charges au gramme près, les positionner au millimètre et au degré d'angle près. Et régler à la microseconde votre séquence de détonation. Quand vous aurez fait tout ça, il ne vous restera plus qu'à prier au moment d'appuyer sur le bouton.

— Prier ? Pour quoi faire ?

— Parce qu'il existe *une seule* combinaison de tous ces paramètres pour laquelle les fronts d'onde s'annuleront mutuellement pour épargner l'endroit de la pièce où vous vous trouvez. Contre un milliard d'autres où vous finirez en carpaccio tartiné sur les murs. »

Sarah accusa le coup avant de murmurer : « Et, euh… c'est ça que vous êtes en train de nous préparer, Gretchen ?

— Sur le principe, oui. Sauf qu'au lieu de trois charges, il y en a cent quatre-vingt-sept. Ça complique un peu les calculs. »

21 h 45 UTC

« C'est vrai que vous êtes une sorte de noble ? »

Caleb sourit à la formulation : la question, qui n'aurait rien eu d'étonnant de la part d'une gamine de sept ans, sonnait plutôt bizarre dans la bouche d'une tueuse en combinaison de combat high-tech. Poppy et lui avaient été enrôlés pour procéder à la démolition des cinquante mètres de bâtiments légers qui occupaient la paroi opposée au portail. Gretchen avait exigé que le mur du fond soit parfaitement dégagé pour que la réverbération des ondes de choc se fasse de manière régulière et conforme à la modélisation.

La tâche consistait à abattre des dizaines de cloisons en tôle et à transporter le contenu des bâtiments à l'extrémité nord du hangar, zone neutre selon les équations de la jeune femme. Avec le petit tracteur électrique que Caleb avait trouvé dans une remise plus l'assistance motrice de la combinaison de Poppy, le travail avançait vite et sans effort. À l'autre bout de la rangée de préfabriqués, une seconde équipe constituée de One-Shot et de Jenkins se livrait au même travail de démolition avec l'aide efficace de l'asimov. Du coup, le boulot avait pris un tour carrément jubilatoire, chaque groupe rivalisant pour faire le maximum de bruit et de dégâts en un minimum de temps.

Caleb leva les yeux de la vingtaine de poutrelles métalliques qu'il venait de lier ensemble et qu'il s'apprêtait à accrocher au tracteur pour les remorquer vers la zone de décharge. « On pourrait présenter les choses comme ça, oui. Qui vous en a parlé ?

— Le patron. Après notre départ de Durban, pendant que vous comatiez à bord du *Second Chance.* Il nous a dit que vous aviez un domaine en Écosse.

— Il ne vous a pas menti. Techniquement, je suis le vingt-troisième comte de Portskerra, mais ça fait pas mal de temps que personne ne m'a appelé comme ça. Et le fief appartient au clan depuis 1420. Depuis la mémorable bataille de Sandside House, où mon ancêtre Alasdair a défait les hommes de Domhnall Gunn et de Ruairidh Sinclair…

— Ça fait classe, quand vous dites ça. C'était une grande bataille ?

— À dire vrai, plutôt une rixe entre poivrots dans les rues de Fresgoe Bay. Une trentaine d'hommes tout de même, c'était une sacrée troupe pour l'époque… Et il se murmure que si Alasdair McKay l'a emporté, c'est parce qu'il souffrait d'hémorroïdes et avait donc un peu moins bu que ses adversaires.

— Ah… fit Poppy, légèrement dépitée. Mais vous avez un château ? Des bois ? Vous faites des chasses à courre ? »

Il la considéra un instant, se demandant si elle était

sérieuse. « Le château a été brûlé par les Anglais en 1746 et jamais rebâti. Mais la ruine est magnifique au coucher du soleil, je peux vous l'assurer. Pour les bois et la chasse, il faudra repasser vu que la forêt la plus proche doit bien être à deux cents bornes plus au sud.

— Mais, votre domaine ?

— Poppy, Portskerra se situe à l'extrême nord de l'Écosse, sur une côte rocheuse bordée par la mer des Orcades. Le domaine, c'est trente mille hectares de lande pelée où il ne pousse que des cailloux, même les moutons ont du mal à trouver de quoi se nourrir. Plus la distillerie, bien sûr.

— La distillerie ? »

Caleb allait répondre mais fut interrompu par un hurlement de joie accompagné d'une pétarade sonore et d'une bordée de jurons finlandais. À l'autre bout de la rangée de bâtiments, One-Shot venait de réussir à démarrer l'un des deux camions de pompiers et se préparait maintenant à sortir l'antique véhicule de son box ; quelques instants auparavant, l'autre avait obstinément refusé de se mettre en marche et avait dû être poussé à l'extérieur. L'asimov entreprit aussitôt d'abattre les parois du garage à formidables coups de masse.

« Décidément, sourit Poppy, votre copain est aussi doué avec les vieux moteurs qu'avec les flingues. Vous parliez d'une distillerie ?

— La principale source de revenus du clan depuis deux siècles, opina Caleb. On dit que notre whisky est l'un des meilleurs sur le marché, et j'ai tendance à le croire. La production est confidentielle, mais comme on le vend très cher, ça compense.

— Vous auriez dû commencer par là, ça m'intéresse davantage que vos moutons, dit la jeune femme en grimpant sur le tracteur. Si jamais on se tire vivants de ce merdier, il faudra que je vienne vous rendre une petite visite.

— Avec plaisir », rétorqua Caleb en sautant à son tour sur le siège du pilote. Il allait actionner la manette de l'accélérateur lorsqu'il fut pris d'un éblouissement et se cramponna instinctivement au volant. Le malaise céda aussitôt mais n'avait pas échappé à Poppy. « Ça va, Caleb ? demanda-t-elle.

— Ça va. C'est déjà passé, assura-t-il. Il faut dire que le petit déjeuner est déjà loin…

— Ça n'a rien à voir avec la bouffe. Je parie que vous commencez à renifler une petite odeur de moisi, non ? »

Il hocha la tête affirmativement. Elle avait raison, depuis environ une demi-heure, il avait pris conscience d'un relent désagréable qui lui titillait les narines à chaque inspiration.

« Ce sont les filtres du recycleur qui arrivent peu à peu à saturation. Rassurez-vous, ça n'est qu'un début : d'ici minuit vous aurez l'impression qu'on a chié dans votre casque.

— Réjouissant… Je suppose qu'il n'y a rien à y faire ?

— À part sucer des pastilles de menthe, je ne vois pas… Plus sérieusement, Caleb, il va falloir songer à s'économiser. On a encore pas mal de boulot d'ici 4 heures du mat, et il va falloir tenir jusque-là.

— Et ensuite ?

— Ensuite on n'aura plus besoin des recycleurs. D'une manière ou d'une autre. »

21 h 52 UTC

« Va le voir ! avait fini par lancer Iazov, excédé par ses questions. Va le voir, Guennadi, et tu comprendras pourquoi Nikita Khrouchtchev a accepté de mettre sept milliards de roubles dans ce projet ! »

Le vieux général s'était péniblement levé de sa couchette pour fouiller dans la grosse cantine métallique qui contenait ses affaires personnelles. « Et prends ça, avait-il ajouté en lui tendant une petite boîte émaillée. Tu en profiteras pour lui donner le traitement. Ça aurait dû être fait depuis plusieurs jours déjà. »

Guennadi Baranko trébucha et se retint à la paroi de la coursive, surpris par le brusque coup de roulis qui venait de secouer le *Vladimir Karvaiyski*. Le vent avait pas mal forci au cours des dernières heures ; le soleil n'était couché que depuis une heure, mais une obscurité de poix régnait déjà à l'extérieur du navire. L'officier reprit son équilibre, tourna la grosse clé dans la serrure et fit trois pas dans la cabine chichement éclairée. L'odeur de plus en plus suffocante lui fit monter un jet de bile dans l'arrière-gorge : à la puanteur des excréments répandus un peu partout se mêlait un remugle de barbaque qui commençait à tourner – Baranko nota du coin de l'œil que les gros morceaux de viande déposés au sol avaient été déplacés depuis son précédent passage, et que certains étaient sérieusement entamés.

Baranko fit quelques pas circonspects en direction du grabat où le monstre était allongé. Yngvi semblait toujours inconscient. N'était le faible mouvement de ses flancs qui se soulevaient régulièrement, on aurait dit que la créature était morte depuis plusieurs jours. Ses yeux demeuraient mi-clos, et sa gueule aux crocs effrayants béait largement, laissant s'écouler un filet de liquide sanieux ; une mouche venue d'on ne sait où se baladait sur le crâne blanchâtre aux longs cheveux clairsemés.

Un certain agacement s'empara de l'officier russe, qui commençait à se demander pourquoi Iazov l'avait envoyé là. *Qu'est-ce qu'il y a à voir, nom de Dieu ? Il est exactement dans le même état qu'il y a six heures, sinon pire...* Il se pencha avec prudence pour mieux inspecter le gisant. Et ses yeux s'arrondirent de stupéfaction.

Effectivement, il y avait du changement.

21 h 54 UTC

« N'empêche, assura Poppy, vos histoires de clan ça en jette. J'ai toujours rêvé de me bagarrer avec des mecs en jupe à carreaux. »

Le regard que lui jeta Caleb avait valeur d'avertissement, mais elle n'en tint aucun compte : « Et c'est vrai que vous vous baladez avec un canif dans la chaussette ? Vous vous en servez pour découper le *haggis* ? »

— *Sgian dubh*, marmonna-t-il pour toute réponse.

— Quoi ?

— *Sgian dubh*, répéta-t-il. C'est le nom du couteau. Et il ne sert pas à faire la cuisine, c'est le travail des femmes ; aucun Highlander digne de ce nom ne s'abaisserait à une tâche aussi minable.

— Vous m'en direz tant. Et il sert à quoi, alors, votre fameux couteau ?

— À deux choses. La première, c'est à affirmer la virilité de celui qui le porte, et aussi à exprimer une certaine menace latente : seule l'extrémité du manche doit être visible, d'ailleurs *sgian dubh* veut dire "lame cachée" ; une manière comme une autre de prévenir qu'il ne faut pas trop emmerder les types en jupe à carreaux.

— Et la seconde ?

— À faire poser des questions stupides aux touristes américains. »

Prise de court, elle ouvrit de grands yeux avant d'éclater de rire. Lui aussi se mit à sourire, pas fâché d'avoir su la remettre à sa place. « Désolée, Caleb, fit-elle après quelques instants. Je ne voulais pas être vexante. Le patron m'a toujours dit que je devais respecter les coutumes des minorités ethniques... »

Après cet échange, ils travaillèrent quelques minutes sans parler. Ils avaient terminé de démanteler la charpente métallique de la réserve d'équipements polaires où ils se trouvaient et s'attaquaient maintenant aux parois. Celles-ci étaient faites de tôles boulonnées, et, sans outils adaptés, leur démontage aurait dû être long et fastidieux ; heureusement, face à la combinaison de Poppy, les plaques de métal avaient la résistance du carton mouillé et commencèrent vite à s'empiler devant la structure désossée. Pour sa part, Caleb s'employait à rassembler tout le matériel sorti du bâtiment dans une vieille barque en bois reconvertie en benne à ordures.

« Parlez-moi encore de ce clan, finit par dire Poppy. Il est ancien ?

— Très, opina Caleb. Il y avait déjà des McKay dans les Highlands à l'époque où mes ancêtres combattaient les légions romaines à poil, avec un peu de peinture bleue pour tout vêtement. Notre clan est un rameau issu des McKay de Varrich Castle, avec lesquels nous sommes en froid depuis le XIIIe siècle.

— Un conflit territorial ?

— Pire que ça. Un verrat.

— Un *verrat* ?

— Un droit de saillie non payé. Ne rigolez pas avec ça, c'était très grave. Beaucoup d'hommes valeureux sont morts à cause de ce foutu cochon. Mais c'est fini maintenant, nous nous contentons de ne pas les saluer quand nous les croisons dans les pubs de Wick ou de Thurso.

— Vous êtes nombreux ?

— Non. Je suis le dernier héritier mâle, donc le chef du clan sur le papier. Sinon il me reste une tante qui vit à Londres, et ma cousine Deirdre ; c'est elle qui administre le domaine et représente *de facto* la famille lors des cérémonies officielles.

— Et vos parents ?

— Tués tous les deux à Belfast, dans un attentat à la voiture piégée. En même temps que ma sœur Lisa.

— *Quoi ?*

— Ils n'étaient pas spécifiquement visés. Mauvais endroit, mauvais moment, voilà tout. Mon père était attaché militaire auprès du gouvernement d'Irlande du Nord. La charge devait exploser à la fin d'une visite du secrétaire au Home Office ; en fait, elle a sauté alors que les invités commençaient seulement à arriver. Juste quand la voiture de mes parents passait à côté du véhicule piégé. Problème de détonateur, d'après l'enquête.

— Mon Dieu… » murmura Poppy.

Caleb se tourna vers elle, surpris par sa réaction. Pour le coup, elle avait l'air sincèrement bouleversée.

« Ça va bien, Poppy, lui dit-il d'un ton apaisant. C'était il y a longtemps, je n'avais que huit ans.

— Désolée, Caleb. C'est juste que…

— Oui ? » demanda-t-il en voyant qu'elle cherchait ses mots.

Le visage de la jeune femme se ferma d'un coup : « Sans importance, lâcha-t-elle. On continue le boulot ? »

Puis elle se remit à arracher ses cloisons, mais cette fois avec une sorte de rage – comme si sa vie en dépendait. Pendant plusieurs minutes, on n'entendit plus que les hurlements du métal torturé et les grincements des plaques de tôle qu'elle balançait à terre à toute volée. Même avec l'assistance motrice de la combinaison, une telle débauche d'énergie devait être rapidement épuisante dans l'atmosphère viciée que les filtres avaient de plus en plus de mal à épurer ; elle finit par s'arrêter hors d'haleine, au bord de l'évanouissement.

Caleb profita de l'occasion pour demander d'un ton détaché : « Et vous ? De la famille ? »

Elle mit très longtemps avant de répondre.

« Non, dit-elle d'une voix curieusement distante. J'ai… j'avais deux frères. L'un est âgé et vit en Europe, je ne l'ai pas vu depuis des années. L'autre est mort. »

Sur ces mots, elle se détourna et reprit son travail de démolition avec des gestes plus mesurés. Caleb lui jeta un coup d'œil à la dérobée ; quelque chose dans son expression lui souffla qu'il valait mieux ne pas insister.

Fin de la séquence émotion.

21 h 55 UTC

Gretchen Vogt s'apprêtait à vérifier la charge numéro 75 quand un énorme fracas de bois brisé retentit derrière elle, la faisant sursauter violemment. Elle se retourna, plus agacée que surprise.

Joshua venait de balancer par l'écoutille du Dornier le meuble de bar du pont passagers, et celui-ci s'était disloqué sur les débris qui commençaient à former un petit monticule à côté de l'appareil. « Pas de bobo, les filles ? » lança l'intéressé en passant la tête par l'ouverture du fuselage. Des coups sourds provenaient de l'intérieur de l'avion, indiquant que là aussi le travail allait bon train.

Avec l'aide de Viktor Bernstein et de Vandell Richardson, le grand Néo-Zélandais s'était porté volontaire pour constituer la troisième équipe de démolition. La tâche du trio consistait à alléger l'appareil en le délestant de tout ce qui n'était pas indispensable : mobilier, cloisons démontables, matériel stocké dans la soute. Sans oublier les cadavres, qui avaient été sortis en premier et déposés hors du hangar afin de ne pas porter atteinte au moral des troupes.

« Bien sûr que non, maugréa la belle Allemande. Pense juste à prévenir la prochaine fois : avec ce que je suis en train de manipuler, le moindre faux mouvement pourrait déclencher un joli feu d'artifice… »

Ce qui était parfaitement faux, mais Sarah Miller l'ignorait. En la voyant esquisser un geste de recul, Gretchen s'empressa de la rassurer : « Du calme, Sarah, je blaguais. Le FOX-7 est incroyablement stable, vous pouvez taper dessus à coups de marteau ou le jeter dans la cheminée, il ne se passera rien ; seul un allumeur électrique avec une petite charge d'explosif primaire peut le faire détoner.

— N'empêche que ces trucs-là me rendent nerveuse, avoua la jeune scientifique. Je ne sais pas comment vous faites pour garder votre calme en maniant ces saloperies.

— C'est mon boulot », répondit Gretchen en haussant les épaules. Elle passa le pain d'explosif usiné au hobbit, avant de poursuivre : « Et je ne suis pas la plus mauvaise sur le marché, sinon Caleb ne m'aurait jamais prise dans son équipe. Il n'est pas du genre à s'embarrasser de bras cassés.

— Vous vous êtes connus comment ?

— C'était il y a cinq ans, en 2013. Caleb m'avait déjà contactée une première fois à la fin de l'été. Il venait de constituer le noyau de son équipe avec Josh et One-Shot, et il lui manquait encore un spécialiste en explosifs.

— Et vous avez bien sûr accepté…

— Non. Je l'ai envoyé sur les roses. À l'époque je gagnais très bien ma vie comme consultante pour des groupes miniers ou pétroliers. En plus, j'ai une certaine éthique personnelle qui m'a toujours conduite à sélectionner mes employeurs : tout plaquer pour me mettre au service d'un groupe d'ex-barbouzes inconnus et qui plus est fauchés, ça ne collait pas tout à fait avec mon plan de carrière… Autant aller bosser pour les nazis de la Darkwater : au moins, ils payent bien.

— Qu'est-ce qui vous a poussée à changer d'avis, alors ? demanda Sarah.

— Caleb s'est repointé fin décembre au séminaire

Guy Fawkes[1] de la Société des Dynamiteurs qui se tenait cette année-là à Sydney – j'ai appris plus tard qu'il s'était tapé tout le voyage juste pour me rencontrer. Je présentais un topo sur la courbe de Crussard appliquée aux états entropiques des régimes de détonation du HMX ; je ne pense pas qu'il y ait compris grand-chose, mais ça ne l'a pas refroidi, et il a réitéré sa proposition. Entre-temps, il y avait eu l'affaire du Boeing mexicain, qui avait eu un certain retentissement dans les médias… J'ai accepté de l'écouter, nous avons sympathisé, et il a su me convaincre que sa boîte n'était pas une énième société militaire privée pour vieux paras en rupture de ban. Pour tout dire, je ne suis pas totalement sûre que sa volonté de m'embaucher ait reposé uniquement sur mes compétences professionnelles. Mais bon…

— Je vois, murmura Sarah en jetant un coup d'œil aux formes parfaites de sa voisine, que la combinaison de protection ne dissimulait nullement. Vous êtes sortis ensemble ?

— On peut dire ça… Le point positif, c'est que ça n'a pas duré longtemps. Mais ça a été sportif, je peux vous l'assurer.

— J'espère que vous me raconterez ça. »

Compte là-dessus, pensa Gretchen. La jeune femme s'étira en se massant machinalement les reins. Après une journée riche en rebondissements et trois heures

1. Guy Fawkes (1570-1606) était le chef de la Conspiration des poudres, qui visait – et échoua – à assassiner le roi d'Angleterre Jacques Ier et à décapiter la noblesse britannique en faisant sauter le palais de Westminster lors de la session d'ouverture du Parlement en novembre 1605.

de travail acharné, elle ressentait désormais le poids de la fatigue accumulée. Elle leva un instant les yeux de son établi. De là où elle se trouvait, elle avait une vue panoramique sur l'énorme portail de béton, qui commençait à être décoré comme un sapin de Noël. Parmi les dizaines de charges qu'elle avait déjà préparées, la majorité étaient disposées contre la paroi selon des configurations complexes qui laissaient vaguement deviner le schéma final. Une vingtaine d'autres étaient perchées sur des piquets à quelques pas du battant, formant une sorte de palissade clairsemée ; on avait du mal à imaginer que cette barrière pût arrêter quoi que ce soit, et pourtant, d'après les calculs, ce premier rideau allait bloquer près de 60 % de l'onde de recul supersonique au moment de l'explosion du portail.

Un coup d'œil au chrono lui confirma que le travail avançait plus vite que prévu. Elle n'en était pas tout à fait à la moitié, mais elle avait déjà gagné près d'une heure sur le timing initial. En plus, les vingt dernières charges – celles destinées à assurer le principal module de contre-onde et qui seraient disposées le long de la paroi arrière – seraient très rapides à confectionner : de simples pains d'ONC, format carton à chaussures.

Elle aurait donc dû être satisfaite. Pourtant elle ne l'était pas ; au contraire, une sourde inquiétude la gagnait progressivement. En même temps que le sentiment d'avoir omis un élément essentiel, sans qu'elle arrive à savoir quoi.

Quelque chose allait merder. Forcément.

21 h 56 UTC

« Il est incontrôlable, avait dit Iazov. Complètement. Ce qui rend son efficacité tactique proche de zéro. En Afghanistan, nous n'avons pu le déployer que trois fois en tout : il a tué presque autant des nôtres que de ces foutus moudjahidine. Et nous avons dû le retirer précipitamment quand la CIA a commencé à se poser des questions.

— Et ce… traitement ? avait demandé Baranko en montrant la petite boîte émaillée. C'est ça qui lui donne ses pouvoirs ? »

Quelques instants auparavant, il avait jeté un coup d'œil à l'intérieur : l'emballage ne contenait qu'une seringue et une petite fiole sans étiquette, remplie d'un liquide d'aspect huileux.

« Non, bien au contraire, avait répondu le vieil homme. Ses pouvoirs, il les doit en grande partie à ce qui lui a été fait quand il était enfant. Peut-être aussi aux bons soins du Doktor Himmelstein, encore que ça reste à prouver… En tout cas, ils sont définitifs, il n'a pas besoin de piqûre de rappel. Quant à cette ampoule, ce n'est qu'un mélange de neuroleptiques retard ; considère ça comme une sorte de garde-fou…

— Une camisole chimique ?

— Qui nous permet de le garder en laisse, avait acquiescé Iazov. Mais de façon très imparfaite, comme tu as pu le constater, d'où les boîtiers de contrôle et les électrodes dans son crâne. Ce traitement doit être renouvelé tous les mois, sous peine de le voir nous échapper complètement. Et aussi pour l'empêcher de se souvenir de certaines choses… »

Pour mieux voir, Guennadi Baranko oublia toute prudence et déplaça doucement le bras qu'Yngvi maintenait plaqué contre son ventre ; la créature n'opposa aucune résistance.

L'épouvantable blessure à l'abdomen s'était entièrement refermée. Le fragment d'intestin qui en sortait était toujours là, mais avait pris une coloration brunâtre et semblait complètement desséché, comme un cordon ombilical sur le point de se détacher. Il n'y avait plus aucune trace des innombrables plaies que les éclats de la grenade avaient occasionnées au bas-ventre et aux membres inférieurs. Mais c'était au niveau de sa cheville droite que le spectacle se révélait le plus stupéfiant.

À la place du moignon à vif laissant dépasser les os broyés de la jambe, se trouvait maintenant un épais manchon de tissu cicatriciel d'une couleur rosâtre écœurante. Luttant contre le dégoût, Baranko toucha la peau moite striée de veinules : celle-ci était brûlante. Mais ce n'était pas de la fièvre : sous ses doigts, il pouvait presque sentir le frémissement accéléré de la chair en train de se *reconstruire* à une vitesse impensable. À l'extrémité de cette grosse chaussette luisante qui terminait désormais la jambe d'Yngvi, on distinguait une petite boule surmontée d'une excroissance nacrée ; l'officier faillit vomir lorsqu'il reconnut l'ébauche d'un orteil.

Moins de neuf heures s'étaient écoulées depuis que la grenade des Américains avait arraché le pied de la créature.

Et celui-ci était déjà en train de repousser.

21 h 59 UTC

Le lieutenant Pavel Tomski attendit que s'interrompe le nouveau grondement terrifiant du glacier pour ordonner à ses hommes de se remettre au travail. Le sergent Timofeiev grommela un juron indistinct et recommença à manier la pioche pendant que les deux autres placés derrière lui tassaient la neige à vigoureux coups de pelle.

Tomski se félicita du choix qu'avait fait le caporal Ustinov. Au lieu de reprendre la galerie des Américains, qui pénétrait de biais dans la falaise de glace, ce dernier avait préféré creuser en longeant la base du bunker. Le travail mené aussi bien à la lance thermique qu'à la pelle et à la pioche avait avancé très vite, d'autant que le front de taille ne faisait guère plus d'un mètre de largeur ; en de nombreux points, il existait même un petit espace naturel entre la paroi du bunker et le mur de glace, qu'ils n'avaient qu'à agrandir pour pouvoir continuer leur progression. Le seul hic était l'étroitesse du conduit, qui les contraignait à se suivre en file indienne et les empêchait de transporter des équipements lourds.

D'un autre côté, pensa le lieutenant russe, *on n'est pas ici pour faire du tourisme.*

Pendant quelques minutes, ils creusèrent en silence, les seuls bruits étant les raclements rythmés des outils sur la glace ramollie. Soudain, Timofeiev donna un dernier coup de pioche, brandit son outil comme pour porter le suivant puis interrompit son geste : « Je crois que je vois quelque chose, mon lieutenant », grogna-t-il. Tomski le repoussa sèchement et se plia en deux pour se glisser dans l'étroit passage que l'autre n'avait pas eu le temps d'agrandir. Deux pas plus loin, il put se redresser et alluma sa lampe frontale : il venait de pénétrer dans une vaste cavité d'une vingtaine de mètres carrés, protégée par un auvent de béton.

Pendant que Timofeiev et les deux autres débouchaient à leur tour de la galerie, Tomski entreprit d'inspecter la cavité. Le grand panneau métallique accroché à droite du portail attira son attention, et il entreprit de le déchiffrer laborieusement. Il éclata de rire devant l'inscription « DANGER DE MORT – Accès interdit sans autorisation des autorités compétentes », et cracha par terre de mépris. Puis il saisit son communicateur et transmit au *Vladimir Karvaiyski* le message codé indiquant qu'ils étaient en place.

« Repos, les mecs, dit-il ensuite à ses hommes. On attend les ordres. Autorisation de fumer – et de m'en filer une. »

22 h 10 UTC

À l'extrémité du membre mutilé, le gros orteil était maintenant parfaitement formé, et les ébauches de deux autres commençaient à apparaître. Le pied repoussait littéralement à vue d'œil.

Voilà donc pourquoi ils le gardaient dans cette cage depuis si longtemps, se dit Guennadi Baranko. *Pas pour son efficacité au combat. Mais à cause de ceci. Qu'ils espéraient reproduire un jour.*

Mais quel rapport avec Kjölsrud ?

Et pourquoi est-ce que Iazov a l'air d'en faire une affaire personnelle ?

Un changement subtil dans la respiration du monstre tira Baranko de l'abîme de réflexion où il était plongé depuis de longues minutes. Il se rendit compte que Yngvi avait les yeux grands ouverts et le contemplait de son regard aveugle depuis un temps indéterminé. L'instant d'après, il ressentait la sensation d'intrusion désormais familière.

/ Guennadi. Ami. /

Rien d'agressif cette fois, les mots semblaient venir de très loin. Et ne s'accompagnaient d'aucune des visions de mort que l'esprit de la créature sécrétait d'ordinaire. Baranko se détendit un peu. Il mit un genou à terre et sortit de sa poche la petite boîte émaillée que lui avait remise Iazov, et à laquelle il n'avait pas encore touché depuis qu'il se trouvait dans la cabine ; il la considéra un instant comme s'il pesait le pour et le contre, puis sembla se décider et, d'un geste délicat, la déposa sans l'ouvrir entre Yngvi et lui.

« Content que tu t'en sois tiré, dit-il au monstre qui ne l'avait pas quitté des yeux une seconde. Je crois qu'il est temps que nous ayons une petite conversation, tous les deux. »

23 h 40 UTC

Dans le coin inférieur droit du champ visuel de Caleb, la dernière bande verte du témoin de système respiratoire se mit à clignoter de façon funèbre, puis passa au rouge comme les six précédentes. D'un index rageur sur la commande du gantelet, le jeune homme coupa l'affichage visière. Le signal était parfaitement superflu : depuis deux heures, tous ressentaient les mêmes symptômes à des degrés divers. Pour Caleb, cela avait commencé par des maux de tête et par une impression de gêne respiratoire, mais la sensation de fatigue intense qu'il éprouvait désormais l'inquiétait bien plus ; à vrai dire il n'aurait rien tant désiré que de s'allonger cinq minutes pour se reposer un peu.

Tout en sachant pertinemment que s'il faisait ça, il ne se relèverait pas.

Sarah Miller ne s'était pas montrée très rassurante : « C'est le CO_2, pour l'essentiel. Il y en a déjà près de 2 % dans l'air des combis – c'est cinquante fois la normale – et ça continue à grimper doucement. À ce stade, c'est juste gênant, et on pourrait tenir pas mal de temps comme ça. Le problème, c'est que les filtres sont à bout et peuvent désormais nous lâcher n'importe quand. Quand ça arrivera, on se mettra à respirer directement l'atmosphère de la base. Syncope en deux minutes, mort en cinq. »

« Vous rêvez, monsieur McKay ? »

La voix sèche de Kendall Kjölsrud le tira de son hébétude. Caleb se rendit compte qu'il s'était arrêté en plein milieu du couloir et que les trois autres – Kjölsrud, One-Shot et Viktor Bernstein – l'attendaient un peu plus loin en le regardant avec un drôle d'air. Son esprit avait dû se mettre à battre la campagne pendant quelques secondes, et ce constat l'effraya plus que tout le reste.

Tous quatre venaient de quitter le hangar pour

rejoindre le labo. Sanjiv et Takeda y avaient semble-t-il enfin terminé le travail mystérieux auquel ils se livraient depuis le début de la soirée sur l'*Œuf de Majorana* ; il s'agissait maintenant de voir comment on allait s'y prendre pour déplacer la lourde machine et la charger à bord du Dornier. Caleb pressa le pas pour rejoindre les autres, puis les quatre hommes se remirent en marche. Aucun d'eux ne parlait, et, en leur jetant un coup d'œil, le jeune homme se rendit compte qu'ils étaient aussi épuisés que lui ; même Kjölsrud qui en dépit de son âge semblait d'une résistance à toute épreuve commençait à accuser le coup et traînait la jambe de façon inquiétante.

Pour éviter que son esprit ne recommence à divaguer, Caleb essaya de se concentrer sur les détails des embranchements successifs qu'ils croisaient au cours de leur progression. Sur une cinquantaine de mètres, le couloir qu'ils empruntaient donnait naissance à une douzaine de corridors de dimensions plus réduites menant vers des parties de la base qu'ils n'avaient pas eu – et n'auraient jamais – le temps d'explorer.

Premier couloir : à moitié comblé par un amoncellement de gravats ; pour une raison indéterminée, quelqu'un avait dû y faire sauter une grenade, et la voûte s'était partiellement effondrée.

Deuxième couloir : obscurité complète – à deux ou trois mètres de l'entrée, on distinguait vaguement une silhouette assise au sol comme une sentinelle silencieuse.

Troisième couloir : à peine plus éclairé que le précédent. Des débris non identifiables par terre, peut-être des fragments humains. À une vingtaine de pas, une porte entrouverte sur le clignotement d'un néon à l'agonie. Pas vraiment envie d'aller voir ce qui s'y trouve.

Quatrième couloir : un amoncellement de cadavres et des impacts de gros calibre sur les parois lambrissées de bois. Encore un endroit où les emmurés avaient dû s'entretuer avec une frénésie indescriptible.

Cinquième couloir…

Une seconde, Caleb.

Des parois lambrissées ?

Surpris, il fit quelques pas en arrière pour mieux voir. Effectivement les murs du quatrième couloir étaient recouverts de bois sombre jusqu'à mi-hauteur. Et leur partie supérieure, de même que la voûte, était peinte en blanc. Pas le grand luxe, mais tout de même assez inhabituel vu que partout ailleurs la déco se limitait au béton nu.

« Monsieur McKay ! lança à nouveau Kjölsrud. Vous croyez qu'on a le temps de faire du tourisme ? »

Caleb ne lui prêta aucune attention et s'engagea dans la coursive. Même l'éclairage était d'une qualité inusitée : à la place des néons omniprésents dans le reste du bâtiment, les ampoules du plafond étaient ici recouvertes de globes de verre dépoli. Au bout d'une dizaine de mètres, le couloir obliquait sur la droite, et, en se rapprochant, le jeune homme s'aperçut qu'au-delà du coude le sol était orné d'une moquette vert sombre d'assez bonne facture. Des pas lourds dans son dos lui apprirent que One-Shot avait également rebroussé chemin pour venir jeter un coup d'œil.

« Tu en penses quoi, Vassili ? lui demanda-t-il sans se retourner.

— Même chose que toi, Cal. Carré VIP. »

23 h 42 UTC

Terminé.

Gretchen Vogt mit quelques secondes à réaliser que le pain d'explosif dans lequel elle venait de planter le détonateur radio était le dernier.

Ses jambes lâchèrent d'un coup, et elle se retrouva assise par terre en train de sangloter – elle ne savait si c'était de soulagement ou d'épuisement. Elle était allée jusqu'au bout de ses forces : tout son corps lui faisait mal, ses tempes étaient broyées par la migraine et son souffle de plus en plus court dans l'atmosphère viciée de sa combi.

Mais elle avait terminé. Avec près de trois heures d'avance sur le temps imparti.

Assise à ses côtés se trouvait une Sarah Miller tout aussi épuisée. Au cours de la dernière heure et à mesure que les capacités de concentration de Gretchen s'amenuisaient, la jeune scientifique lui avait apporté une aide bien plus précieuse que prévu en lui évitant à plusieurs reprises de commettre des erreurs grossières.

Les deux femmes étaient désormais seules. Tous les autres membres du groupe avaient quitté les lieux pour regagner les labos – Poppy et Vandell Richardson une heure auparavant, Caleb et les autres il y avait quelques minutes seulement. Depuis le début de la soirée, l'immense salle avait singulièrement changé d'allure. *Exit* l'échafaudage contre le gigantesque portail basculant et la longue rangée de préfabriqués le long de la paroi opposée ; à la place, l'ordonnancement complexe des quelque deux cents charges d'explosif que les deux femmes avaient mises en place en un temps record. Au fond du hangar, les matériaux de démolition, auxquels se mêlaient les quatre tonnes de surpoids que Josh et ses acolytes avaient réussi à extraire de l'appareil, formaient un monticule impressionnant. Avec sa porte de soute qui béait largement, le Dornier semblait attendre son chargement avec impatience ; un énorme câble gainé de caoutchouc noir sinuait entre l'appareil et le terminal électrique situé à l'entrée du hangar : le branchement avait été mis en place par One-Shot pour charger autant que possible les batteries embarquées de l'appareil.

Gretchen n'avait plus maintenant qu'une seule envie : s'allonger dans un coin et essayer d'économiser son souffle jusqu'au moment du départ.

« Je n'arrive pas à le croire, hoqueta Sarah. On a vraiment terminé ?

— Oui. Toutes les charges sont en place et préarmées. La séquence d'allumage est déjà dans l'ordi. Le moment venu, il suffira d'envoyer le code d'armement aux détonateurs, et le programme fera le reste. Pour les trois heures qui viennent, tu peux considérer qu'on est en vacances… »

Sarah considéra les dizaines de charges d'explosif qui les entouraient : « Ça va drôlement secouer, hein ? fit-elle à Gretchen.

— Une bonne partie de la base va être détruite, opina cette dernière. Et à l'extérieur, nous aurons localement l'équivalent d'un petit séisme, je dirais de magnitude 4 ou 5 ; peut-être aussi un mini-tsunami dans la rade, mais rien de méchant vu que le fond descend très vite.

— Et les falaises de glace ?

— Ce sera l'effet le plus spectaculaire. Elles vont

s'effondrer sur des kilomètres. Mais rassure-toi, je l'ai bien sûr pris en compte dans les calculs : nous aurons facilement cinq ou dix secondes de battement avant que ça se produise. Largement de quoi sortir l'avion si le bricolage de Vassili tient ses promesses…

— Je suis sûre que ça marchera, dit Sarah d'un air confiant. On sera dehors avant même que la poussière ne soit retombée ! »

Gretchen s'apprêtait à répondre quelque chose quand soudain ses yeux s'écarquillèrent de terreur.

La poussière.

Elle venait enfin de comprendre ce qui n'allait pas – ce que son subconscient lui hurlait depuis des heures sans qu'elle arrivât à décrypter le message. Sous le regard stupéfait de Sarah, la jeune femme se leva d'un bond et, sans un mot, se précipita d'une démarche chancelante vers l'établi où se trouvait son ordinateur. Elle se mit à pianoter à toute allure sur les touches, puis s'arrêta au bout de quelques secondes et resta immobile, comme frappée par la foudre.

« Mais, qu'est-ce qui se passe, Gretchen ? lui demanda Sarah en la rejoignant. Qu'est-ce que j'ai dit qui… ? »

Dans les profondeurs de la base, on entendit soudain comme l'écho d'une lointaine explosion. Mais Gretchen n'en tint aucun compte. Elle regarda sa voisine d'un air désespéré ; son visage était d'une pâleur effrayante.

« Je me suis complètement plantée, Sarah, dit-elle. Nous sommes tous morts. »

Chapitre 16

28 février 2018 – 23 h 45 UTC

Ils revinrent dans le couloir dès que la fumée se fut dissipée. Les dix grammes de FOX-7 n'avaient pas fait de bien à la lourde porte blindée – non plus qu'à la demi-douzaine de cadavres qui s'entassaient devant. Le grand type à la hache, apparemment mort alors qu'il tentait de défoncer le panneau de bois et d'acier, avait été coupé en deux par la déflagration, et son tronc s'était trouvé projeté à plusieurs mètres en arrière ; les morceaux de ses compagnons jonchaient le couloir, mêlés à des débris de maçonnerie.

Malgré son épaisseur, la porte avait été pliée en deux comme par le poing d'un géant et s'était presque entièrement arrachée de son encadrement. Sur le panneau extérieur, la plaque de bois verni qui portait encore l'empreinte des coups de hache indiquait en caractères sobres : « *COL. VERNON C. BUCKMASTER – USMC* »

« Une de vos connaissances ? demanda Caleb à Kjölsrud.

— Le commandant de la base, opina ce dernier

d'un air sombre. Je l'avais rencontré plusieurs fois, en effet. Un type bien. »

Caleb hocha la tête sans rien dire et alluma son projecteur frontal. Derrière la porte tordue, il faisait noir comme dans un four. Alors que le jeune homme enjambait les débris pour entrer, Kjölsrud le retint par le bras : « Dix minutes, monsieur McKay. On ne peut vraiment pas se permettre plus.

— Dix minutes. Ça devrait suffire », assura Caleb.

Les quartiers du colonel Buckmaster se composaient d'une antichambre qui devait aussi tenir lieu de secrétariat – la pièce avait été partiellement ravagée par le souffle de l'explosion –, d'une petite salle de briefing, d'un local d'archivage, d'une minuscule salle de bains et d'une modeste chambre au confort spartiate ; l'unique concession au luxe trônait dans cette dernière pièce, sous la forme d'un magnifique bureau en acajou massif de style victorien qui jurait un peu avec la sobriété toute militaire du reste du mobilier.

C'est là, seul dans le noir, que le commandant de la base Roosevelt avait choisi de monter la garde pour l'éternité.

Une tombe à l'intérieur d'une tombe, pensa Caleb. *Voilà où nous sommes.*

Le cadavre momifié assis derrière le bureau s'était un peu affaissé sur le côté, mais les accoudoirs de son fauteuil l'avaient retenu et empêché de glisser à terre. Sa main gauche reposait sur le plan de travail, juste à côté d'un petit cadre renversé où l'on distinguait la photo d'une jolie femme blonde et de deux fillettes ; sur le bureau se trouvaient également une bouteille d'alcool, un verre, et un cahier à couverture de cuir resté ouvert.

Les minces faisceaux des projecteurs frontaux peinaient à dissiper l'obscurité ambiante ; comme dans les autres pièces, le courant semblait coupé. En s'approchant du bureau pour essayer de distinguer les traits du mort, Caleb et ses compagnons s'aperçurent qu'il lui manquait la moitié de la tête. Son bras droit pendait le long du fauteuil, les doigts desséchés serrant encore la crosse du Browning 9 mm dont le canon touchait le sol.

Les quatre hommes restèrent quelques instants silencieux, puis Kjölsrud murmura : « C'est bon, fichons le camp d'ici. Laissons-le tranquille… »

Mais Viktor Bernstein avait déjà saisi le cahier sur le bureau. À sa belle couverture de cuir noir et à son épais papier vélin doré sur tranche, on devinait qu'il s'agissait d'un objet personnel auquel le défunt devait tenir : un cadeau de la jeune femme sur la photo ? D'un geste machinal, Bernstein essuya les traces de sang et de matière cérébrale desséchée qui constellaient le papier à l'endroit où le cahier était resté ouvert. Puis il se mit à lire.

Pour s'interrompre au bout de quelques secondes.

« Bon sang ! s'exclama-t-il. Vous savez ce que nous avons là ? Rien de moins que le journal de bord du commandant !

— Quoi ? fit Kjölsrud.

— Tout juste. Et il semble l'avoir tenu au jour le jour, depuis son arrivée ici. Regarde, fit-il en ouvrant le cahier à la première page, ça commence au 26 décembre 1945 : "*Enfin nous allons pouvoir nous mettre au travail. Je n'arrive toujours pas à mesurer la chance qui est la mienne d'avoir été choisi pour cette mission sans précédent dans toute l'histoire de notre pays. Chance supplémentaire, nous avons eu un temps magnifique depuis le cap Horn, ce qui m'a permis d'arriver ici juste à temps pour fêter la Nativité avec les gars déjà sur place. Curieuse nuit de Noël d'ailleurs, où le soleil ne s'est pas couché un seul instant..."*

— On n'a pas le temps, Viktor, soupira Kjölsrud. On verra ça plus tard. Dis-nous juste ce qu'il a écrit à la fin.

— Tu as raison », fit Bernstein en revenant à l'endroit où le texte s'achevait. Il se remit à lire :

« *24 août 1946. C'est aujourd'hui le dernier jour de ma vie...* »

23 h 50 UTC

Le petit local d'entretien était traversé par plusieurs conduites d'eau de bon calibre qui, en éclatant sous l'effet du gel, avaient recouvert le sol de plusieurs centimètres de glace luisante. D'énormes stalactites brillantes pendaient des canalisations déchiquetées, semblables à d'épais rideaux immobiles se prolongeant jusqu'à terre. Un pied humain dépassait de cette masse figée ; le reste du cadavre était entièrement pris dans la gangue de glace et formait une masse sombre indistincte.

Pas vraiment l'endroit idéal pour passer ses vacances. Mais pour ce que tu as à faire, ce sera suffisant.

La pénombre était si dense qu'on ne pouvait distinguer le visage de la silhouette en combinaison noire qui venait de se glisser dans la pièce. L'ombre vérifia que les lieux étaient bien déserts puis sortit un minuscule communicateur radio ; sous l'aspect d'un banal smartphone, l'objet était un bijou de technologie sud-coréenne doté d'un cryptage 1 024 kb en temps réel. Le correspondant mit moins de deux secondes pour répondre au signal de connexion.

« Enfin vous ! grogna une voix fatiguée mais pleine d'autorité. Il y a des heures que j'attends votre appel…

— Ça n'a pas été facile de trouver une raison pour m'éloigner des autres, général. Et je ne pourrai sans doute pas recommencer : Kjölsrud veut désormais que nous restions groupés, par mesure de sécurité.

— Pourquoi ? Il se doute de quelque chose à votre propos ?

— Négatif. Mais nous commençons à manquer d'air, là-dedans. Et il craint que l'un d'entre nous ne fasse un malaise sans pouvoir être secouru à temps.

— C'est votre problème, répondit Iazov d'un ton indifférent. Faites votre rapport, je vous prie. L'objet est-il dans la base ?

— Oui, général. Opérationnel, d'après le singe savant de Kjölsrud.

— Très bien. Ont-ils reçu notre ultimatum ? Est-ce qu'ils envisagent de le détruire ou de nous le remettre ?

— Ni l'un ni l'autre, général. Ils projettent de l'emmener dans leur fuite.

— Leur fuite ? Quelle fuite ? s'exclama Iazov. Ignorent-ils que nous tenons leur navire ? Ils comptent partir à la nage, ou quoi ?

— Pas exactement, général. Je vais vous expliquer. Ils ont trouvé une solution de repli aérien… »

23 h 53 UTC

« *24 août 1946. C'est aujourd'hui le dernier jour de ma vie. Les explosions et les bruits de fusillade qui étaient devenus très sporadiques ont maintenant complètement cessé. Un silence de mort règne tout autour de moi. Bien que cette idée me terrifie, je suis sans doute le dernier être vivant de cette base.*

« *Ce doit être l'après-midi, mais je n'ai pas la moindre idée de l'heure. Je viens de me réveiller d'un sommeil de brute – j'aurais bien préféré ne jamais le faire –, et je m'aperçois que j'ai oublié de remonter ma montre. Un détail insignifiant, mais j'ai failli me mettre à pleurer comme un enfant. Et depuis que Murchison et les autres mutins m'ont coupé le courant pour me forcer à sortir, plus aucune des pendules ne fonctionne. Heureusement je dispose de chandelles en quantité ; si j'étais resté dans le noir, je serais devenu fou depuis longtemps. Malheureusement, elles ne font que consommer encore plus vite le peu d'air qui me reste.*

« *Les quelques bouteilles d'oxygène que j'ai pu mettre de côté m'ont procuré un bref répit, mais celle que j'ai ouverte avant de dormir est déjà vide, et je sens à nouveau ma respiration devenir difficile. Il m'en reste quatre ou cinq qui pourraient me permettre de tenir jusqu'à demain, mais à quoi bon ?...* »

« Il dit vrai, murmura Caleb en désignant quelques longs cylindres d'acier soigneusement empilés au pied de la couchette. Je viens de regarder leurs manos : cinq sont encore pleines.

— Il faudra penser à les emporter, on pourrait en avoir besoin tout à l'heure, dit Kjölsrud. Viktor, tu veux bien poursuivre ? »

« ... *Je pourrais aussi tenter une sortie dans le couloir. Ça m'étonnerait que les gars qui ont essayé de défoncer la porte soient encore en vie. Jusqu'au bout, ils auront été persuadés que c'est moi qui ai ordonné de bloquer les issues et qu'il était en mon pouvoir de les rouvrir. Tant mieux. Eux au moins auront gardé jusqu'au dernier moment l'espoir de s'en tirer, il aurait été ignoble de leur révéler la vérité...* »

« Comment lui savoir ce qui s'est passé ? Et pourquoi ses copains pas savoir ? marmonna One-Shot.

— Aucune idée, répondit Caleb. Je pense qu'on trouvera l'explication en lisant le reste du journal. Si on en a l'occasion...

— Après ça, l'orientation des lettres change légèrement, reprit Viktor Bernstein. On dirait qu'il s'est arrêté d'écrire pour faire autre chose et puis qu'il s'y est remis. L'écriture est plus serrée aussi, et moins bien formée, comme si maintenant il était pressé. Je continue :

« ... *Finalement je ne vais pas sortir. Je viens de passer cinq bonnes minutes à écouter derrière la porte, et il me semble avoir entendu des mouvements dans le couloir. Peut-être même quelqu'un qui pleurait tout doucement, mais cela pourrait aussi bien être le fruit de mon imagination. Et puis, sortir pour aller où ? La mort est partout autour de moi. Cet endroit en vaut un autre, et ici j'ai au moins l'impression d'être un peu à la maison.*

« Alors je vais tranquillement descendre quelques verres du tord-boyaux de ce salopard d'Écossais – je paierais cher pour savoir où il se trouve à l'heure actuelle ! Puis je me lèverai et irai mettre le feu aux archives et à tous les livres de laboratoire que j'ai entassés dans la pièce à côté. Heureusement, ces malheureux étaient bien trop occupés à essayer de se frayer un chemin vers l'extérieur, j'ai eu près de deux jours pour faire place nette. Avec l'aide de Dieu, je ne pense pas avoir laissé traîner un seul bout de papier dans les labos ; j'ai même effacé les tableaux noirs où ils avaient écrit leurs foutues équations. Mon seul regret est de n'avoir pu détruire le prototype numéro 2, mais, hier soir, alors que j'allais au labo dans ce but, j'ai bien failli me faire écharper et n'ai eu que le temps de revenir m'enfermer ici. Je me console en me disant que, sauf circonstance des plus improbables, il ne doit plus exister un seul homme sur terre capable d'en percer le code d'activation.

« Après que j'aurai mis le feu à cette maudite paperasse, l'atmosphère va vite devenir irrespirable. Alors je reviendrai m'asseoir ici, je boirai un dernier verre si j'en ai le temps et je ferai ce qui doit être fait. Dieu me pardonne. Il se passera sans doute plusieurs jours voire plusieurs semaines avant qu'on nous retrouve, et peut-être mes actes seront-ils jugés avec sévérité. Peut-être parlera-t-on de lâcheté, ou même de traîtrise à propos de ma décision de tout détruire. Mais sous Son regard j'ai l'absolue certitude que ce choix est juste. McKay avait raison, et j'aurais dû l'écouter

quand il était encore temps. Rien ne doit subsister de cette abomination.

« Ma pauvre Bessie, j'ignore quelle fable l'état-major te sortira. Mais je suis prêt à parier qu'on te dira que je suis mort en héros, alors pourquoi pas ? Mieux vaut cela que d'apprendre que j'ai crevé comme un rat enfermé dans un cercueil. Que le Seigneur vous garde toutes les trois et... »

Bernstein s'interrompit et toussota d'un air gêné : « À partir de là, c'est un peu personnel. Je ne suis pas sûr que ça nous concerne. Je vais aller tout de suite à la fin, si ça ne vous dérange pas. »

Il se tut à nouveau quelques secondes, scrutant la page avec une grimace de concentration. Kjölsrud commençait à manifester des signes d'impatience lorsque le petit homme se remit à parler :

« Excusez-moi... Il ne reste que deux lignes, mais c'est presque du gribouillis, je pense qu'il a dû écrire ça à toute allure. Voilà ce que ça dit, sans garantie :

« *Mis le feu. Va très vite beaucoup plus de fumée que... Vois plus rien peux plus respi mon dieu mon dieu Bess plus le temps surtout n'allumez pas le n'allumez.* »

« C'est tout ? demanda Kjölsrud après un instant.

— Tu t'attendais à quoi ? lui répondit Bernstein d'un ton acide. À un poème sur la mort du guerrier solitaire ?

— Lui pas menti, dit sobrement One-Shot qui revenait de jeter un coup d'œil dans la pièce jouxtant le secrétariat. Une tonne de cendres à côté, du noir de fumée partout.

— En tout cas, fit Kjölsrud en se tournant vers Caleb, nous avons maintenant la preuve que votre grand-père était bien dans les environs. Une preuve tangible », ajouta-t-il en saisissant la bouteille d'alcool sur le bureau pour la tendre au jeune homme.

Le flacon en verre blanc d'une forme inusitée était encore rempli aux deux tiers d'un liquide un peu trouble d'un or profond ; curieusement celui-ci n'avait pas gelé – sans doute à cause de sa teneur en alcool – mais avait pris une consistance huileuse, se déplaçant avec paresse lorsqu'on agitait la bouteille. Un simple rectangle de papier brun sans aucune fioriture tenait lieu d'étiquette ; l'encre s'était un peu décomposée avec le temps, cependant on pouvait encore lire, en lettres d'une graphie désuète : *« PORTSKERRA – Finest old Highland Whisky – 25 yr. old – Vintage 1920. »*

Caleb, comme fasciné, contempla longuement la bouteille avant de la reposer sur la table : « Je ne sais pas... dit-il d'un ton songeur. Les termes employés dans ce journal sont bizarres. Et je trouve curieux que juste avant de mourir ce malheureux ait fait allusion à mon grand-père non pas une, mais deux fois. Qu'est-ce qui a bien pu se passer entre eux ?... »

Kjölsrud allait dire quelque chose, mais Viktor Bernstein leva soudain la main pour réclamer le silence. Il sembla écouter quelques instants puis regarda les autres :

« C'était Sanjiv, lança-t-il d'un ton alarmé. Votre amie miss Vogt vient de le rejoindre au labo. On dirait qu'il y a un gros problème. »

23 h 54 UTC

Une fois que l'ombre eut terminé son récit, Iazov resta silencieux de longues secondes.

« Général ? Vous me recevez ?

— Je suis toujours là, répondit le vieil homme d'une voix pensive. Incroyable… Je savais que ces salopards avaient de la ressource, mais à ce point… Merci en tout cas de votre rapport, je vais prendre les mesures nécessaires. En ce qui vous concerne, dépêchez-vous de rejoindre les autres avant qu'ils ne remarquent votre absence.

— Bien, général. Si je peux me permettre, cependant…

— Quoi ? grogna Iazov qui n'appréciait pas que les conversations se prolongent au-delà du strict nécessaire.

— Ma position devient délicate. Leur plan d'évasion est très risqué, et je n'ai pas spécialement envie de m'y associer. *A fortiori* si vous lancez un assaut. Je demande votre autorisation pour leur fausser compagnie et rejoindre un point de récupération.

— Vous vous foutez de moi ? ricana le vieil homme. Dois-je vous rappeler que c'est vous qui êtes venu me trouver ? Depuis quand est-ce que je suis responsable de votre sécurité ?

— J'insiste, général. Je vous ai servi avec loyauté et…

— Curieuse expression venant de vous », coupa Iazov d'un ton ironique. Le vieillard réfléchit un instant, puis reprit : « Cela étant, je dois reconnaître que vous m'avez été utile jusqu'à présent, ce qui n'est pas le cas de tous mes collaborateurs. Voilà ce que je vous propose : je vais ordonner à ce crétin de Tomski de les prendre à revers avant qu'ils ne puissent mettre leur projet à exécution. Quand il passera à l'action, vous ferez votre jonction avec lui et vous pourrez quitter la base avec son groupe. Mais pas avant. D'ici là, je veux que vous retourniez avec les autres comme si de rien n'était.

— Bien, général. Ce sera fait », dit la silhouette sombre.

Mais la communication était déjà coupée.

23 h 55 UTC

Pour la vingtième fois, le capitaine Edward P. Tomlinson se tortilla sur le sol métallique, essayant de trouver une position moins douloureuse. Après que son genou eut été fracassé par une balle lors de l'assaut, les Russes ne lui avaient prodigué aucun soin et s'étaient contentés de lui poser un garrot avant de le balancer dans la soute tribord du *Global Defender*, où il moisissait depuis. Heureusement, ils lui avaient laissé les mains libres, l'estimant sans doute inoffensif du fait de sa blessure.

L'attaque avait été menée avec une violence extrême, les *spetsnaz* tirant sur tout ce qui bougeait, y compris sur les membres d'équipage en train de se rendre ; c'était un miracle qu'il n'y ait eu que deux morts. Onze hommes, tous blessés à des degrés divers, étaient emprisonnés dans la soute avec Tomlinson. Le plus gravement atteint était Chen, l'officier radio, qui avait pris une balle dans le ventre et sanglotait depuis des heures en demandant qu'on lui donne à boire. Le capitaine avait supplié leurs geôliers de les laisser utiliser le bloc chirurgical robot situé dans les appartements de Kendall Kjölsrud, mais les types lui avaient ri au nez.

De toute façon, vous tous morts demain, lui avait-on répondu d'un ton méprisant.

La porte de la soute s'ouvrit soudain à la volée. Deux costauds en treillis de combat apparurent dans l'encadrement, traînant un troisième homme à moitié inconscient. Ils le jetèrent au sol aux côtés des autres prisonniers ; pour faire bonne mesure, l'un des Russes lui décocha un violent coup de pied dans les côtes, arrachant au malheureux un gémissement de douleur.

Tomlinson reconnut Mahoney, l'un des équipiers de Poppy Borghese. Avec son visage tuméfié par les coups, ses lèvres éclatées et son nez pissant le sang, l'homme semblait avoir été affreusement tabassé. Mahoney était le seul occupant du *Defender* à avoir tenté de reprendre la situation en main. Après s'être dissimulé dans un placard technique près du carré des officiers, il avait réussi à surprendre deux des assaillants qui fouillaient la cambuse à la recherche d'alcool et les avait neutralisés tous les deux ; en écoutant les gardes, Tomlinson, qui comprenait un peu de russe, avait appris que l'un des types était toujours dans le coma. Mahoney s'était ensuite glissé dans la soute arrière avec pour projet d'atteindre la petite réserve située près de la salle des machines, où étaient entreposées les armes lourdes ; il avait malheureusement été repéré à ce moment et maîtrisé juste avant de pénétrer dans le local, non sans avoir d'abord blessé gravement un autre de ses adversaires. Les Russes avaient moyennement apprécié la plaisanterie : c'était déjà la seconde fois qu'ils venaient le chercher pour le passer à tabac.

L'un des deux gorilles posa sa botte de combat sur la main de l'homme effondré à terre et entreprit de l'écraser consciencieusement. Son copain et lui éclatèrent de rire en observant le supplicié qui se tordait de douleur sans un mot : « Repose-toi bien, fils de pute, cracha le tortionnaire en interrompant enfin son manège. Tu seras le premier. À l'aube, on te finit au couteau sur le pont avant. »

Dès que la porte de leur prison se fut refermée avec fracas, Tomlinson oublieux de ses souffrances se traîna à côté de Mahoney : « Mon pauvre ami, ils vous ont sacrément arrangé… » lui dit-il sans savoir si l'autre l'entendait, tout en entreprenant de le tourner sur le côté pour ne pas qu'il s'étouffe dans son sang. Il eut alors la surprise de voir Mahoney lui faire un clin d'œil – ou ce qui pouvait passer pour tel tant ses paupières étaient gonflées par les coups.

« Merci, commandant, réussit à articuler le grand gaillard. Ça ira. »

Aussi curieux que cela puisse paraître vu leur situation, l'homme semblait *soulagé* et esquissa même un semblant de sourire qui rouvrit ses lèvres fendues.

« Vous êtes sûr ?

— Sûr et certain, commandant. Nous serons bientôt tirés d'affaire.

— Qu'est-ce qui vous fait dire ça ? demanda Tomlinson en se demandant si l'autre ne délirait pas.

— Ils m'ont traîné sur le pont pour me tabasser. Vous savez que je suis neuroéquipé ; une fois à l'extérieur, j'ai pu capter miss Borghese et le commandant

Richardson. Pas longtemps, quelques secondes, et je ne suis pas sûr qu'ils m'aient eux-mêmes détecté. Mais c'est sans importance, ce qui compte, c'est qu'ils soient vivants.

— Et alors ? Qu'est-ce que ça change au fait que les Russes vont nous buter demain matin ?

— Ça change tout. Vous pouvez me faire confiance, commandant. Ça change tout. »

1er mars 2018 – 00 h 10 UTC

Vandell Richardson était rouge de fureur.

« Vous n'auriez pas pu vous en rendre compte plus tôt ? Comment avez-vous pu vous planter comme ça dans vos calculs ?

— Les calculs ne sont pas en cause, bredouilla une Gretchen Vogt au désespoir. C'est le...

— Le timing, j'avais compris ! hurla l'ex-marine. Qu'est-ce que ça change ? Votre erreur nous condamne à mort, de toute façon ! Je ne sais pas ce qui...

— Ça suffit maintenant, Vandell, articula Caleb d'un ton si glacial que l'autre s'interrompit aussitôt. Gret, ajouta-t-il en se tournant vers la jeune femme, tu peux être un peu plus précise ?

— Il a raison, intervint Viktor Bernstein, je ne vois pas très bien où est le problème. Vous nous parlez de poussières et de gravats en suspension. Fort bien, mais qu'est-ce qui nous empêche d'attendre quelques secondes que tout soit retombé ? Il suffit de retarder d'autant le départ de l'avion, nous ne sommes quand même pas à ça près, *gell* ?

— C'est justement ça le problème, répondit Gretchen

d'une voix lasse. Nous n'avons pas ces quelques secondes. La falaise va s'effondrer juste après l'explosion, il faut que l'avion soit sorti avant. J'ai bien sûr pris ce facteur en compte dans les calculs, et la marge de sécurité était largement suffisante. Mais en me focalisant là-dessus, j'ai complètement zappé les débris en suspension : si nous lançons l'appareil avant qu'ils soient retombés, nous serons instantanément transformés en passoire !

— Alors, tant pis pour l'avion ! s'exclama Vandell Richardson. On attend l'explosion et on fonce sur la plage, nos combinaisons nous protégeront bien de vos foutus gravats… Il nous reste quelques armes, et l'effet de surprise sera de notre côté. Pourquoi ne pas tenter notre chance ?

— Réfléchissez un peu, Vandell, fit Caleb en haussant les épaules. *Un*, la seule zone protégée du hangar – celle où se trouve l'avion – se trouve à près de trente mètres du portail ; vous avez l'air en bonne forme, mais combien de temps vous faudra-t-il pour couvrir cette distance au pas de course ? *Deux*, les falaises mesurent deux cents mètres de haut et la plage moins de cent mètres de large. Besoin d'un dessin ?

— Alors, il n'y a qu'une seule solution, murmura Sarah Miller. Il faut nous rendre. Donnons-leur cette fichue machine, peut-être nous laisseront-ils la vie sauve… »

Viktor Bernstein considéra sa nièce d'un air désolé : « Sarah, ma chérie… Je crois que tu ne réalises pas tout à fait la situation. Ces types-là ne sont pas très… fréquentables, tu sais.

— Viktor dit vrai, ajouta Kjölsrud à mi-voix. Il se trouve que je connais l'homme qui est derrière tout ça. Il n'est pas du genre à laisser des témoins. Et il nous tuera avec d'autant moins d'hésitation que lui et moi avons un vieux contentieux... »

Caleb ne les écoutait plus. Il fit quelques pas dans la pièce, regardant autour de lui en cherchant désespérément une idée. À l'instar du hangar, le labo avait pas mal changé d'aspect depuis le début de la soirée. L'Œuf avait été débarrassé de la plupart des câbles qui le reliaient aux appareils de mesure, puis hissé avec précaution sur le chariot élévateur prévu pour le transporter jusqu'à l'avion. De ses branchements originels, seul subsistait celui à destination de la console d'activation, qui avait elle-même été installée sur le plateau à côté de la grosse machine. Des dizaines d'outils et de pièces détachées électroniques jonchaient le sol, montrant que Sanjiv et son assistant n'avaient pas chômé au cours des dernières heures. Dans un coin, les deux caisses de matériel scientifique apportées par le jeune savant gisaient éventrées, quelques-uns des instruments qu'elles contenaient étant désormais reliés à l'Œuf par de nouvelles connexions, les autres ayant été désossés pour récupérer certains composants. La caisse du laser tactique était pour sa part restée intacte. Caleb se souvenait que l'appareil avait été emmené à tout hasard, au cas où les torches à plasma se seraient révélées insuffisantes pour venir à bout du portail de l'Artefact.

Le laser tactique.

Et pourquoi pas ?

Caleb saisit un pied-de-biche qui traînait et entreprit d'ouvrir la lourde caisse. À peine eut-il commencé que le souffle lui manqua et que son cœur se mit à battre la chamade. C'était de pire en pire : chaque effort le menait maintenant au bord de l'évanouissement. Il attendit quelques instants, le temps de faire refluer les points noirs qui avaient envahi son champ de vision, puis se remit plus lentement à l'ouvrage. Poppy Borghese s'approcha de lui : « Une idée, Caleb ?

— Ce laser, lui demanda-t-il en finissant péniblement de faire sauter le couvercle. C'est le même modèle que celui que vous avez déployé à West Nicholson ?

— Affirmatif. Technologie mégajoule, une exclusivité de la K2. Je vois qu'on vous a raconté nos exploits… C'est dommage que vous vous soyez cogné la tête, ajouta-t-elle avec un sourire ironique, vous avez loupé le plus beau du spectacle.

— C'est vrai qu'il peut vaporiser quelque chose d'aussi gros qu'une jeep ? demanda-t-il sans relever.

— En ouverture maximale du faisceau, oui. Mais ça vide tout de suite les accus, on ne peut pas tirer plus de deux ou trois fois comme ça.

— Et en faisceau étroit, Poppy ? Combien de coups ?

— Un max. Des milliers.

— Avec quelle cadence de tir ? Un dixième de seconde ? Moins ? »

Elle le regarda avec surprise : « Caleb, c'est une arme à faisceau de particules, pas une mitrailleuse Gatling. Ici on parle en nanosecondes. »

Il se redressa d'un bond, comme si d'un seul coup toute sa fatigue avait disparu : « Alors il y a peut-être une solution, Poppy. Allons voir votre patron. »

Chapitre 17

1er mars 2018 – 02 h 40 UTC

Les quatre hommes à bout de forces donnèrent une dernière poussée, et l'Œuf s'immobilisa enfin dans son logement. Ils restèrent ensuite un moment silencieux à se regarder d'un air incrédule, tout en essayant avec difficulté de reprendre leur souffle.

On y est arrivés.

Le déplacement de l'énorme machine jusqu'à la soute du Dornier n'avait pas été une partie de plaisir. À peine avaient-ils quitté le laboratoire de Majorana que leur chariot électrique avait rendu l'âme, et ils avaient perdu de longues minutes pour transborder l'engin sur un tracteur de remplacement. Juste après cette opération, Viktor Bernstein qui se plaignait de difficultés respiratoires avait brutalement perdu connaissance ; ses compagnons n'avaient eu que le temps de le transporter à bord de l'avion et de l'installer dans une des petites cabines de proue, après y avoir ouvert une des bouteilles d'oxygène récupérées dans les appartements du colonel Buckmaster. Grâce au précieux gaz, il avait vite repris ses esprits mais avait été consigné dans la minuscule pièce jusqu'au départ de l'avion – si départ il devait y avoir.

Ils n'étaient pas encore au bout de leurs peines. Une fois parvenus dans le hangar, il leur avait fallu déplacer l'Œuf sur le chariot élévateur destiné à le hisser jusqu'à la soute de l'avion. C'est à ce moment qu'ils s'étaient rendu compte que le moteur de l'engin n'était pas assez costaud pour soulever la lourde machine, et One-Shot avait dû passer une demi-heure de plus à bricoler un palan de fortune en se servant de l'asimov comme source de puissance additionnelle. En cours de manœuvre, Sarah Miller et Hiro Takeda avaient à leur tour été pris de malaises et avaient dû rejoindre Bernstein dans le caisson à oxygène improvisé.

« Et la suite des opérations, c'est quoi ? » demanda Joshua Tewaru d'une voix rauque.

Comme pour lui répondre, l'asimov saisit le premier des quatre gallons de vingt litres de mercure – le récipient pesait un quart de tonne, mais l'énorme androïde le manipulait comme un jouet – et entreprit de verser lentement le métal liquide dans une buse située près de l'équateur de l'Œuf. Pendant ce temps, Sanjiv Chandra aidé du hobbit s'affairait à connecter à l'engin le gros câble électrique qui avait servi à recharger les batteries du Dornier.

« Saloperie machine du diable pèse déjà cinq tonnes… maugréa One-Shot en massant son épaule douloureuse. Encore besoin d'y rajouter une tonne de lest ?

— Un miroir est indispensable pour la réaction, répondit Sanjiv. Un bain de mercure en rotation vous donne une surface parabolique, et il suffit de modifier la vitesse angulaire pour en ajuster la courbure. C'est le moyen le plus économique et le plus élégant pour obtenir un excellent miroir à focale variable.

— Un miroir liquide… n'importe quoi ! ricana Vandell Richardson.

— Vous devriez lire autre chose que *Soldier of Fortune*, de temps en temps… lui rétorqua Gretchen Vogt. Le Large Zenith Telescope près de Vancouver fonctionne depuis plus de dix ans avec un miroir de mercure de six mètres de diamètre. C'est un des plus grands télescopes optiques du monde, et il a coûté cinquante fois moins cher à construire qu'un instrument à miroir de verre. »

Vandell Richardson ouvrait la bouche pour répliquer quand, tout à coup, le martèlement lointain du groupe électrogène marqua une pause, et les lumières se mirent à vaciller ; cela ne dura qu'un instant, avant que le moteur ne reprenne son rythme régulier et que l'éclairage ne se rétablisse. L'incident était minime, mais se répétait désormais à intervalles de plus en plus rapprochés ; chacun savait ce que cela signifiait : le gros diesel avait largement contribué à consommer le peu d'oxygène qui restait dans la base et, tout comme eux, il commençait maintenant à étouffer.

« Il faudrait activer, Sanjiv, murmura Kendall Kjölsrud d'une voix lasse. Si le générateur nous lâche maintenant, on ne pourra jamais le relancer. »

C'étaient ses premières paroles depuis qu'ils avaient enfin réussi à installer l'Œuf dans la soute du Dornier. Depuis ce moment, le milliardaire était resté prostré dans un coin, assis sur une traverse métallique, la tête entre les mains. Il semblait à bout de forces, et tous avaient remarqué son teint grisâtre ; Caleb lui avait proposé d'aller se reposer un peu en compagnie des trois autres dans la cabine à oxygène, mais Kjölsrud lui avait jeté un regard si méprisant que le jeune homme n'avait pas insisté.

« Je fais aussi vite que je peux, monsieur », répondit Sanjiv en contrôlant que la machine était maintenant sous tension. Puis il actionna une série de commutateurs sur une petite console située à la base de l'Œuf, et un bourdonnement de moteur électrique se fit entendre, bientôt suivi d'un battement sourd qui semblait venir des entrailles de l'engin. « C'est bon, fit le jeune savant d'un air soulagé. La pompe a l'air de fonctionner. Il y en a pour cinq minutes, ensuite ce sera quand vous voudrez.

— On pourrait savoir ce que vous fabriquez ? demanda Caleb. On ne devrait pas plutôt être en train de vérifier l'avion pour le départ ?

— Du calme, fit Kjölsrud. Sanjiv vient juste de lancer une pompe atmosphérique pour évacuer tout l'air – si on peut appeler ça de l'air – de l'intérieur. La réaction ne peut se faire qu'à pression nulle.

— La réaction ? Mais quelle réaction, à la fin ? Qu'est-ce que vous êtes en train de manigancer ?

— La réaction que nous allons mettre en marche dès que nous aurons fait le vide dans cet engin. Ou plutôt que *vous-même*, monsieur McKay, allez mettre en marche avec l'aide de Sanjiv. Après tout, c'est pour ça que vous êtes là. »

02 h 46 UTC

Comme tous les matins de sa vie depuis qu'il avait atteint l'âge d'homme, le général Valentin Yefimovitch Iazov se rasait. Bien plus qu'une habitude, il s'agissait d'un rituel auquel il n'avait que très rarement dérogé : pour le vieil officier, arborer une apparence impeccable en toutes circonstances constituait une marque essentielle de respect aussi bien pour l'uniforme qu'il portait que pour les troupes qu'il commandait.

Torse nu devant le minuscule lavabo de sa cabine, le général acheva d'essuyer les dernières traces de savon et examina sans complaisance l'image que lui renvoyait la glace. Doté d'une force et d'une résistance physique exceptionnelles, il avait joui d'une santé de fer jusqu'à quatre-vingts ans passés ; il n'en éprouvait que plus de répulsion face au naufrage de ce corps dont il ne maîtrisait plus l'apparence. En quelques mois, le torse puissant s'était transformé en un maigre sac d'os parcouru de veines apparentes. Les muscles massifs de ses bras et de son cou avaient fondu comme neige au soleil, et leur enveloppe de peau devenue trop large pendait maintenant sous la forme de fanons grisâtres et fripés. Même le visage carré aux traits un peu lourds s'était mué en un masque aux joues creuses où les pommettes saillaient chaque jour davantage.

Ses yeux croisèrent ceux de Guennadi Baranko qui, adossé dans l'encoignure de la porte, l'observait en silence depuis quelques minutes. Iazov l'avait convoqué pour faire un dernier point tactique, et l'officier attendait patiemment que son supérieur ait terminé ses ablutions pour prendre la parole. Baranko ne faisait aucun effort pour dissimuler son regard calculateur, ni le vague dégoût que lui inspirait l'état de délabrement physique du vieil homme ; Iazov savait exactement à quoi il pensait et n'en concevait aucune colère, tout au plus une certaine amertume : à sa place, il aurait probablement eu la même attitude. Il retint la remarque cinglante qui lui était venue à l'esprit et se contenta de marmonner :

« Encore un peu de patience, Guennadi. Ce ne sera plus très long.

— J'ai tout mon temps, général », répondit l'autre d'une voix indifférente.

Iazov enfila péniblement sa chemise, soulagé de dissimuler son corps en ruine derrière un écran de tissu propre et impeccablement repassé. La douleur à son côté était presque insupportable ce matin, et il devait faire des efforts constants pour s'abstenir de tousser. À gestes lents, il entreprit ensuite de nouer sa cravate ; avec horreur, il se rendit compte que ses mains étaient maintenant agitées d'un léger tremblement.

« Où en est-on ? lâcha-t-il d'une voix plus brutale qu'il ne l'aurait voulu.

— J'ai fait selon vos ordres. J'ai laissé cinq gars sur le bateau des Américains – vu l'état des otages, c'est largement suffisant. Les autres sont dans la barge de débarquement, avec tous ceux qui nous restaient ici. Seize hommes au total. Une fois à terre, ils se répartiront entre le groupe un, chargé de l'assaut frontal, et le groupe deux, celui de Tomski. Ils en veulent, général, ne comptez pas sur eux pour faire des prisonniers.

— Très bien. Mais qu'ils n'oublient pas l'objectif principal : à aucun prix la machine ne doit quitter la base. Et je veux qu'ils me rapportent les preuves de sa destruction.

— Ce sera fait, général.

— Tu n'as pas prévu de soutien aérien ? »

Au lieu de répondre, Baranko désigna en silence le hublot sur lequel des paquets d'écume venaient se briser à intervalles rapprochés ; la cabine du général était pourtant située en arrière de la timonerie, à près de quinze mètres au-dessus de la ligne de flottaison. Le vent qui soufflait en rafales était désormais clairement audible à travers la paroi métallique. Le roulis demeurait cependant insignifiant, mais Iazov savait que cela n'était dû qu'à l'action des stabilisateurs dynamiques que le capitaine Sabayev avait mis en marche deux heures auparavant.

« On a un bon force huit, et ça va encore augmenter, général, dit-il ensuite. Je préfère ne pas risquer nos hélicos, le jeu n'en vaut pas la chandelle. Par contre, le drone tourne depuis minuit au-dessus de la plage, avec pour mission de repérer tout mouvement suspect, juste au cas où nos amis tenteraient une sortie discrète.

— Bien vu. Tu as donné les consignes, pour les otages ?

— Nos types à bord du *Defender* n'attendent que l'ordre, général. Je pense qu'ils s'acquitteront de leur mission avec plaisir. »

Le vieillard hocha la tête, satisfait. Les deux hommes discutèrent encore quelques instants des détails de l'assaut et convinrent que celui-ci serait lancé dès que le groupe un aurait achevé ses travaux de percement. Puis Iazov congédia son assistant et entreprit de passer sa veste d'uniforme. Contrairement à tous les usages militaires, il portait encore les épaulettes dorées à quatre étoiles de général d'armée de l'Union soviétique – un grade pourtant aboli en 1992. Il mit plus de temps qu'il ne l'aurait voulu pour boutonner la grosse vareuse, mais se sentit un peu mieux une fois qu'il eut terminé. En relevant les yeux, il constata avec un certain déplaisir que Baranko n'avait pas bougé : « Un problème, Guennadi ? demanda-t-il d'un ton agacé.

— Plutôt une question, général. Le plan initial était de liquider un ou deux otages et d'attendre que les Américains se rendent… ce qu'ils auraient fait sans nul doute. Pourquoi changer notre fusil d'épaule et aller risquer des hommes dans un assaut ?

— Tu sais comme moi ce qu'ils manigancent. Ils n'ont jamais eu l'intention d'attendre le matin. Ils veulent nous prendre de vitesse, alors je vais leur rendre la pareille.

— Nous prendre de vitesse ? Avec un vieil avion tout droit sorti d'un musée ? Leur plan est désespéré, et vous le savez.

— Tu les as déjà vus à l'œuvre une fois. Ça ne t'a pas suffi ?

— Cette fois, c'est différent, général, affirma Baranko. Ils sont faits comme des rats dans une nasse, ils n'ont presque plus d'air et un armement dérisoire. Je persiste à penser que nous ferions mieux d'attendre. »

Iazov était stupéfait. C'était la première fois que son assistant se permettait de discuter ses ordres. Son visage creusé devint rouge de fureur. « Qu'est-ce qui te prend, Guennadi ? s'exclama-t-il. Tu es devenu aussi con que Tomski, ou quoi ? École de Guerre, cours de stratégie première année : *Un*, ne jamais sous-estimer l'adversaire. *Deux*, ne jamais lui laisser l'initiative. *Trois*, l'anéantir en concentrant toutes tes forces en un seul assaut, à l'endroit et au moment où il ne s'y attend pas. Tu as besoin de retourner faire un stage ?

— Désolé, général. C'est sans doute que je n'ai pas la même perception que vous de l'enjeu…

— Tu devrais, pourtant. Ce sera tout, Guennadi », souffla Iazov, que son accès de colère avait épuisé.

Baranko haussa imperceptiblement les épaules et sortit. Iazov soupira. Il avait encore quelques notes à rédiger, puis il descendrait sur le pont pour assister à l'assaut.

Avec un peu de chance, tout sera fini avant le lever du soleil.

Alors qu'il se faisait cette réflexion, il se sentit gagné par le soulagement et par une sensation de sérénité comme il n'en avait pas éprouvé depuis longtemps. Quelques heures auparavant, il avait pris sa décision : cette dernière aventure serait un aller simple. Pas question de retourner à Moscou pour y crever sur un lit d'hôpital.

Dans sa poche, le Nagant était comme une présence rassurante.

02 h 48 UTC

« Un système à double clé ? demanda Caleb.

— Une exigence de Majorana après la catastrophe de Port Chicago. Rappelez-vous qu'il se méfiait des militaires et n'avait accepté de travailler avec eux que contraint et forcé. C'est lui qui avait eu l'idée de cette console d'activation avec une double série de codes : une série d'énigmes mathématiques que seul lui-même pouvait résoudre ; ce sera le travail de Sanjiv, si lui n'y arrive pas, je doute qu'un autre puisse le faire. Et une série détenue par les militaires. Les codes étaient changés toutes les semaines et proposés en alternance par le chef du contingent américain et par son homologue britannique – votre grand-père, Caleb. Vu la date à laquelle la catastrophe s'est produite, c'est le code anglais qui était en vigueur. Ou plutôt écossais.

— Écossais ? Pourquoi écossais ?

— Parce que c'est votre grand-père lui-même qui me l'avait dit. Ses mots de passe faisaient appel à la culture écossaise ou alors étaient carrément en gaélique, langue qu'il était seul à connaître dans la base. Et ce n'est pas tout : d'après lui, l'un des codes utilisés ne pouvait être deviné *que* par un membre de son clan. À l'exclusion de toute autre personne sur terre. »

Caleb se leva péniblement et fit les quelques pas qui le séparaient de l'Œuf. Même au repos, il avait maintenant le souffle court et précipité, et son cœur battait la chamade au moindre effort ; avec la migraine qui lui broyait les tempes et cette horrible impression que sa poitrine était serrée dans un étau, il se sentait de plus en plus mal. Il tapota la paroi grenue de l'énorme machine et eut un sourire amer.

« Voilà enfin l'explication de notre présence ici, murmura-t-il. Votre raisonnement était pertinent, il y a juste un petit détail technique que vous avez négligé. Mais peu importe, continua-t-il en haussant les épaules. À supposer que je sois à même de résoudre vos… énigmes, qu'est-ce qui vous fait croire que je puisse avoir envie de mettre cet engin en marche ici et maintenant ?

— Réfléchissez, Caleb. Seul le générateur de la base produit assez d'énergie pour initier la réaction. Et il peut nous lâcher à tout moment, voilà pourquoi il faut faire vite. Une fois que nous serons partis, le petit groupe électrogène de l'avion pourra produire le courant destiné aux systèmes de maintenance externes de l'Œuf. Mais il n'est pas assez puissant pour démarrer la machine à lui tout seul.

— Vous n'avez pas répondu à ma question, monsieur Kjölsrud. Et cette fois, vous ne vous en tirerez pas par des faux-fuyants. *Pourquoi* voulez-vous mettre cet engin en marche ? »

Le vieillard le regarda d'un air las : « De trois choses l'une, monsieur McKay. Ou bien quelque chose foire lors du décollage. Nous sommes tous tués et cette machine est détruite, problème réglé. Ou alors votre plan fonctionne contre toute attente, et nous parvenons à nous enfuir ; il sera toujours temps d'arrêter l'engin. Dernière possibilité : nous parvenons à nous enfuir mais ils nous rattrapent, ou alors nous sommes contraints à amerrir, *et caetera*... Si cette éventualité se présente, nous n'aurons malheureusement pas d'autre choix que de basculer la réaction en mode divergent… »

Caleb en resta sans voix pendant une ou deux secondes, le temps de réaliser ce que signifiaient les derniers mots du milliardaire. « Vous êtes fou à lier ! s'exclama-t-il ensuite. Vous seriez prêt à tous nous faire sauter avec votre foutue bombe, rien que pour éviter que les Russes ne s'en emparent ? Et vous vous imaginez que…

— Ce n'est *pas* une bombe ! le coupa sèchement Kjölsrud. C'est…

— Pas une bombe ? fulmina Caleb. Allez dire ça aux centaines de malheureux qui nous entourent ! Ce n'est peut-être pas une explosion atomique qui les a emmurés ici comme des rats ?

— Caleb, écoutez…

— Pas question ! Démerdez-vous avec Sanjiv, mais ne comptez pas sur moi pour vous aider à faire ça !

— Ça suffit maintenant ! explosa le vieil homme en bondissant sur ses pieds – tous se demandèrent d'où il pouvait soudain tirer ce sursaut d'énergie. Vous voulez une bonne raison de m'aider à démarrer cet engin ? La voici ! »

Caleb s'attendait à tout, sauf à ce qui survint à cet instant.

En une fraction de seconde, l'ensemble des articulations de sa combinaison se bloqua.

Au premier mouvement qu'il esquissa, il perdit l'équilibre et tomba lourdement sur le sol métallique sans pouvoir amortir sa chute. À ses côtés, trois chocs sourds – dont l'un énorme – ponctués d'exclamations de surprise ou de rage lui apprirent que ses amis venaient de subir le même sort. Bloqué sur le dos comme une tortue retournée, il banda désespérément ses muscles pour se relever, mais il aurait tout aussi bien pu être emprisonné dans une armure rouillée : même les jointures ultra-souples des gantelets semblaient s'être changées en pierre, l'empêchant de remuer ne serait-ce qu'un doigt. En tournant la tête à l'intérieur de son casque, il parvint à distinguer Gretchen Vogt effondrée à sa droite ; One-Shot et Joshua n'étaient pas visibles, mais le concert de jurons sur sa gauche permettait de les situer aisément. Une silhouette apparut au-dessus de lui : Kendall Kjölsrud. La fureur avait déserté ses traits, et il paraissait à nouveau très vieux et très fatigué. En périphérie de son champ visuel, Caleb apercevait aussi les visages de Vandell Richardson et de Poppy Borghese – le premier arborait un sourire sardonique, et la seconde une expression indifférente.

« Désolé de vous imposer ça, Caleb, fit le vieil homme. D'un autre côté, je vous trouve un peu naïf ; le fait que je vous gratifie de combinaisons à deux cent mille dollars l'unité aurait dû vous mettre la puce à l'oreille.

— J'y repenserai la prochaine fois que vous me ferez un cadeau… Maintenant vous pouvez peut-être nous expliquer à quoi ça vous avance ?

— Voyons quelles sont les options, marmonna Kjölsrud comme s'il n'avait rien entendu. Je pourrais bien sûr désactiver votre respirateur. Ou alors faire joujou avec votre thermostat et vous faire griller à petit feu – ou vous geler jusqu'à vous faire péter les dents. Cependant, je commence à vous connaître et quelque chose me dit qu'il y a plus efficace. Ceci par exemple… »

Il y eut un claquement sec sur la droite et, en regardant de ce côté, Caleb réalisa que la visière de Gretchen Vogt venait de s'ouvrir automatiquement ; la jeune femme écarquilla des yeux terrorisés, tout en faisant des efforts visibles pour retenir sa respiration. « Je pourrais demander à Vandell de s'amuser un peu au couteau sur le visage de votre amie, continua le milliardaire en se penchant vers Caleb. Je suis sûr qu'il apprécierait – depuis qu'il travaille pour moi, ce genre de distraction doit lui manquer… Mais le plus simple est encore de ne rien faire et de la regarder suffoquer, ça devrait aller assez vite… »

Comme en écho à ces paroles, une affreuse quinte de toux se fit entendre : ne pouvant se retenir plus longtemps Gretchen venait de reprendre son souffle dans l'atmosphère mortelle de la base et était en train de s'étouffer, les yeux exorbités comme un poisson tiré hors de l'eau.

« Espèce de salaud ! » rugit Caleb en essayant une nouvelle fois de bouger – toujours sans le moindre résultat.

Kjölsrud était maintenant tout près de lui. Pendant quelques instants, les deux hommes se défièrent du regard tandis que Gretchen continuait à émettre des râles effrayants, puis le milliardaire se releva avec effort : « Voilà tout ce que je pourrais faire. Mais je n'en ferai rien, ça me mettrait au même niveau que les types là dehors », murmura-t-il.

Deux choses se produisirent alors de façon presque simultanée : la visière de Gretchen se referma avec le même bruit sec qu'à l'ouverture. Et Caleb se rendit compte que les articulations de sa combinaison étaient d'un seul coup redevenues souples. Il bondit sur ses pieds et recula prudemment de deux mètres, sans quitter le vieil homme du regard ; à ses côtés, One-Shot et Joshua se redressaient à leur tour en maugréant.

« Merci de ne pas vous jeter tout de suite sur moi, grinça Kjölsrud. Vandell, pourriez-vous aider miss Vogt à rejoindre Viktor et les autres ? Je pense qu'elle a besoin de respirer un peu d'air frais. Et restez-y quelques minutes, vous non plus n'avez pas l'air très en forme. »

Richardson le remercia et quitta la soute en soutenant une Gretchen Vogt qui arrivait à peine à marcher. Le milliardaire se tourna alors vers les trois hommes de la Hard Rescues ; toute fatigue semblait avoir déserté ses traits, et son regard luisait à nouveau d'une excitation démente.

« Je vous demande cinq minutes d'attention, messieurs, déclara le vieil homme en venant se placer juste à côté de l'Œuf. Ensuite, vous prendrez votre décision. »

02 h 50 UTC

Pratiquement insubmersible, la barge de débarquement du *Vladimir Karvaiyski* était conçue pour affronter les pires tempêtes des mers polaires. Ce qui ne l'empêchait pas d'être ballottée comme un bouchon par les flots démontés.

Aucun des seize Vympel qui se tassaient à l'intérieur n'aurait pourtant songé à se plaindre. Pour ces soldats d'élite entraînés à la survie en milieu extrême, le roulis effrayant de l'embarcation et le vacarme des paquets de mer qui venaient se briser sur sa coque blindée représentaient tout au plus des désagréments mineurs. Certains rigolaient en échangeant des blagues salaces, d'autres fumaient une dernière cigarette avant l'action. La culasse d'un fusil d'assaut claqua bruyamment, couvrant un instant le grondement sourd du gros diesel : tous avaient vérifié leur armement et leurs appareils respiratoires avant d'embarquer, mais nombre d'entre eux ne pourraient s'empêcher de recommencer plusieurs fois avant l'arrivée, avec le souci obsessionnel du petit grain de sable qui suffit à vous tuer.

À proximité de la plage, le vent glacial qui soufflait en rafales furieuses tomba brutalement : la masse énorme de l'Artefact et des falaises, à peine visibles dans l'obscurité de poix, faisaient écran au plus gros de la tempête. Peu après, la barge touchait terre dans un calme relatif. Le commando débarqua en un temps record et, sans avoir besoin de se concerter, les deux groupes se séparèrent aussitôt. Les huit hommes chargés de rejoindre le lieutenant Tomski remontèrent la plage vers la droite pour gagner la galerie située au pied de la casemate ; avec le drone qui veillait silencieusement au-dessus de leurs têtes, ils n'avaient rien à craindre d'un éventuel tireur embusqué, mais, par précaution, ils préférèrent activer leurs systèmes de vision nocturne plutôt que d'allumer les lampes frontales. L'autre groupe, emmené par le sergent Andreiev, partit dans la direction opposée, escaladant le plan incliné vers la paroi du bunker. Eux n'avaient pas besoin d'amplificateurs de lumière : tel un phare, le brasillement étincelant de la lance thermique maniée par leurs camarades, visible à des kilomètres, suffisait pour indiquer la bonne direction. En moins de deux minutes, ils eurent rejoint la base de l'immense bunker. Les deux hommes qui se trouvaient là avaient interrompu leur travail pour les regarder arriver ; engoncé dans son épaisse parka blanche, le *yefreïtor* Karol Spivak leur adressa un sourire fatigué.

« Vous tombez bien, les mecs, leur dit-il. On aura fini dans un quart d'heure. »

02 h 53 UTC

« Il y a trois quarts de siècle, commença Kjölsrud sur un ton grandiloquent, un jeune chercheur a transcendé les limites du génie humain et a réussi à arracher aux dieux une parcelle de leur puissance. »

Le milliardaire s'était adossé à l'Œuf, le bras posé sur l'énorme machine dans une posture vaguement mélodramatique. Il remarqua le sourire ironique sur le visage de Caleb et haussa les épaules : « Bon… vous avez raison, c'est un peu théâtral comme début. Mais j'exagère à peine. Dites-vous qu'au moment où Ettore Majorana a jeté sur le papier les premières équations qui devaient mener à la conception de cet appareil, la recherche atomique n'en était qu'à ses balbutiements. Ce qu'il a accompli est sans précédent dans l'histoire des sciences, si l'on excepte peut-être Léonard de Vinci : faire progresser d'un siècle les connaissances humaines en physique théorique. *À lui tout seul.* Le résultat est ici, sous vos yeux.

— Vous ne croyez pas que vous faites un peu trop ? lança Caleb. Léonard de Vinci ? Pourquoi pas l'amiral Nelson ou la Sainte Trinité ?

— Caleb a raison, renchérit Joshua. Nous, tout ce qu'on voit, c'est une vieille bombe atomique. Construite en 1946, soit à une époque où on savait déjà le faire.

— J'ai essayé de vous le dire à plusieurs reprises, mais vous m'avez chaque fois interrompu, fit Kjölsrud d'un ton las. *Cet engin n'est pas une bombe atomique.* Entre les deux, il y a un abîme technologique, autant comparer une torche à plasma et une paire de silex.

— On veut bien vous croire, mais qu'est-ce que ça change au final ? dit Joshua. Ça reste une arme terrifiante, au-delà de tout ce qu'on peut imaginer.

Je pense que le colonel Buckmaster était bien placé pour…

— Excuse-moi, Josh, intervint Caleb. Si ce n'est pas une bombe, qu'est-ce que c'est, monsieur Kjölsrud ? »

Le vieillard eut une infime hésitation : « C'est… une pile. Ou un réacteur, si vous voulez. Mais d'un genre totalement inédit. Et incroyablement puissant, sans aucune mesure avec tout ce qui a pu être conçu jusqu'à présent.

— Une pile ? fit One-Shot d'un air dubitatif. Et gros boum ici, c'était surtension ? »

Le vieillard secoua la tête d'un air désespéré. « Explique-leur, Sanjiv, fit-il en se tournant vers le jeune savant.

— C'est à la fois simple et très compliqué, répondit l'intéressé sans lever les yeux des cadrans sur la console de commande de l'Œuf. Pour procéder par analogie, c'est un peu comme si, en 1750, un maréchal-ferrant avait réussi à construire une Formule 1 dans son atelier. La voiture fonctionne et fait l'admiration de tout le village ; le seul problème, c'est qu'elle n'a pas de freins, et que notre artisan n'a aucune idée de comment les fabriquer.

— Pas de freins ? dit Joshua, stupéfait. Mais alors vous voulez dire que…

— Je veux dire que Majorana a sans doute fait la plus grande découverte scientifique depuis l'invention de la roue. Mais qu'en 1946, il ne disposait pas des outils pour contrôler la réaction subatomique qui se déroule à l'intérieur de cette machine – la contrôler de façon sûre, en tout cas. D'où l'accident de Port Chicago. Et d'où ce qui s'est passé ici, sans aucun doute.

— Et ces moyens de contrôle, demanda Caleb, vous les avez, maintenant ?

— Bien sûr, affirma Sanjiv. N'importe quel micro-ordinateur possède une capacité de traitement largement suffisante pour stabiliser indéfiniment le processus. Mais c'était complètement hors de portée de la technologie de l'époque.

— Admettons que vous disiez vrai… Mais alors, pourquoi se donner la peine de ramener cet engin ultra-dangereux avec nous ? Après tout, Sanjiv a eu le temps de voir comment il fonctionnait. Le détruire maintenant serait le moyen le plus sûr pour empêcher les Russes de s'en emparer !

— On ne peut pas faire ça, Caleb, répondit le jeune physicien. Il ne me suffit pas d'avoir jeté un coup d'œil à l'intérieur. Cette réaction… disons que j'en *comprends* les grandes lignes, mais, sans les notes de Majorana, il me faudra tout de même passer des mois sur cet engin pour en reconstituer le schéma théorique. Sans l'Œuf, c'est exclu. Et il s'écoulera peut-être cinquante ans avant qu'on puisse à nouveau en fabriquer un.

— Mais enfin ! s'exclama Caleb. Qu'est-ce qu'elle fait donc de si extraordinaire, votre fichue machine ?

— Ce qu'elle fait ? s'écria Kjölsrud. Je vais vous le dire, ce qu'elle fait : *elle produit de l'énergie.* En quantité inconcevable, bien plus que l'humanité ne peut en rêver. Avec une seule machine comme celle-ci – *une seule, Caleb* –, vous pourriez éclairer tout le continent nord-américain, sans limitation de durée et avec pour seule dépense les quelques kilowatts mis en œuvre pour démarrer la réaction ! Sans compter que… »

Le vieil homme n'eut pas le temps de terminer sa phrase : le groupe électrogène de la base venait d'avoir un nouveau hoquet. Cette fois, les lumières firent plus que vaciller : tout s'éteignit pendant une interminable seconde. Et puis, contre toute attente, le courant revint tandis que le vieux moteur reprenait son halètement poussif.

« Caleb, je vous en supplie ! dit Sanjiv d'un ton soudain alarmé. Il nous reste très peu de temps ! La prochaine fois, il ne repartira pas !

— Éclairer le continent nord-américain ? lança Caleb sans lui prêter attention. Ou le vaporiser ? Si nous parvenons à ramener cette machine, qui pourra empêcher un gouvernement malintentionné de l'utiliser comme arme ? Ou un groupe terroriste ? Je connais une bonne douzaine de types à Gaza ou à Peshawar qui seraient ravis qu'on leur file un tel joujou.

— Moi, répondit Kjölsrud. Moi, je pourrai l'empêcher.

— Vous ?

— Moi. Je pèse mille sept cents milliards de dollars. Je suis l'homme le plus riche du monde depuis bien plus longtemps que vous ne pouvez l'imaginer. J'ai bâti la première multicontinentale de l'histoire, une entité économique si gigantesque qu'elle possède désormais un statut de quasi-État – l'an prochain nous aurons un poste d'observateur au Conseil de sécurité de l'ONU. Tout ce que j'ai fait au cours des cinquante dernières années n'avait qu'un seul but : me retrouver ici et maintenant. Avoir une chance de ramener cette machine, de l'étudier et, par la grâce de Dieu, de comprendre comment elle fonctionne. Pas pour moi ni pour la K2. Pour toute l'humanité. Je suis le seul à pouvoir faire ça, Caleb, et le seul à pouvoir garantir que personne ne l'utilisera à des fins criminelles. Mais j'ai besoin de vous pour ça. Aidez-moi.

— Vous êtes complètement fou !

— C'est vrai, Caleb. Il est fou, mais pas beaucoup plus que vous. Et c'est un homme bon. Entre vous il y a plus de points communs que vous ne le pensez. Faites-lui confiance. »

Caleb leva les yeux, surpris. Poppy Borghese avait utilisé l'intercom à bande étroite de sa combinaison, afin que personne d'autre ne l'entende. Il regarda la jeune femme : son expression était neutre, mais ses yeux brillaient d'une intensité extraordinaire.

Puis il revint à Kjölsrud et à Sanjiv : tous deux avaient le même regard suppliant.

Il se décida d'un seul coup.

« D'accord, soupira-t-il. Allumons cette foutue machine. »

02 h 55 UTC

« Ça nous a pris dix heures pour percer cette saloperie, ricana Spivak, mais on en voit enfin le bout ! »

Le sergent Vadim Alexeiev, qui commandait le premier groupe d'assaut, était malgré lui impressionné par le travail que les deux hommes avaient accompli. La cavité s'enfonçait à angle droit dans la paroi de la casemate sur près de cinq mètres de profondeur.

« En tout cas, maugréa le caporal Oleg Duryagin, ça n'a pas été de tout repos. Le matériau était plus compact et résistant que prévu, en plus nous avons dû traverser deux blindages d'acier intercalés dans l'épaisseur du béton ; je ne sais pas ce qu'ils gardaient là-dedans, mais ils ne devaient pas avoir envie que ça en sorte !

— Qu'est-ce qui te fait dire que vous êtes au bout ? demanda Aleveiev.

— Regarde, fit Spivak en montrant l'extrémité de la galerie. Tu vois cette ligne de démarcation dans le béton, juste là où on s'est arrêtés ? Après, ça devient beaucoup plus fin et friable, je te parie un bras qu'il s'agit d'une sorte d'enduit appliqué sur la paroi intérieure. Il doit nous rester cinq ou six centimètres à percer, pas plus…

— Alors, finissons-en, dit l'autre en haussant les épaules.

— Minute, *kationok'*. Le général veut de la délicatesse, alors pas question de terminer à coups de masse en rameutant tout le voisinage. On va encore fignoler un peu à la lance thermique, puis on percera un petit trou avec la foreuse. Juste histoire de voir où on se trouve sans se faire repérer. Si la voie est libre, on prévient le Vieux et on attend les ordres. De toute façon, à ce moment il ne nous faudra plus que quelques secondes pour abattre ce qui reste de paroi.

— Ça marche, acquiesça Alexeiev.

— Pour moi aussi, rigola Duryagin en rallumant la lance. On va bientôt leur cramer le cul, à ces connards ! »

02 h 56 UTC

Sur le boîtier de contrôle de la pompe atmosphérique, onze des douze petites ampoules nues étaient déjà allumées ; le filament de la dernière se mit soudain à rougeoyer puis s'illumina à son tour. Depuis deux bonnes minutes, on n'entendait plus du tout le martèlement de la pompe, signe que l'Œuf était désormais complètement vidé de son air. Sanjiv Chandra consulta le gros manomètre à aiguille qui surmontait le boîtier : « Un millionième de Torr, murmura-t-il. C'est bon, on peut commencer quand vous voulez. »

Pendant que la pompe évacuait les dernières molécules de gaz encore présentes dans l'engin, Kjölsrud leur avait résumé le fonctionnement de la console d'activation tel qu'il s'en souvenait : « L'appareil pose deux séries de trois questions en alternant chaque fois : une question était pour Majorana, la suivante pour l'officier américain ou britannique. L'opérateur a trente secondes pour répondre, avec le droit de se tromper une seule fois ; à la seconde erreur, le système se bloque.

— Comme distributeur billets, alors ? avait rigolé One-Shot.

— Tout juste, monsieur Hautamäki. Sauf qu'ici, c'est tout le stock de billets qui brûle si vous vous trompez : en cas d'échec du déverrouillage, la console envoie un courant de surtension suffisamment intense pour griller les solénoïdes du système de confinement. Après ça, la machine est bonne pour la casse. »

La première question était pour Sanjiv. Le système d'affichage électromécanique de la console se faisait au moyen d'une succession de cylindres à palettes, comme sur les anciennes caisses enregistreuses ou les vieux panneaux d'information dans les aéroports ; juste au-dessous se trouvait un clavier permettant d'entrer les réponses. Dès que le jeune chercheur appuya sur la touche de mise en marche, les cylindres se mirent à tourner à toute allure, entraînant les lames avec un bruit de cliquètement caractéristique. Puis l'affichage se stabilisa ; derrière la vitre en mica un peu jaunie par le temps, on pouvait maintenant lire :

CBRT 13824

Sanjiv haussa les épaules et tapa *« 24 »* ; il n'avait pas dû réfléchir plus d'une demi-seconde. Un premier voyant vert s'alluma au-dessous du clavier, indiquant que la réponse était correcte.

« Tu pourrais nous traduire, Sanjiv ? demanda Kjölsrud. En termes simples, si possible...

— Difficile de faire plus simple, monsieur. L'appareil me demandait juste la racine cubique de 13 824. D'autant plus élémentaire que c'est un nombre remarquable : c'est le premier entier dont les deux derniers chiffres sont identiques à ceux de sa racine cubique. Ensuite il y a 15 625, 117 649, 132 651...

— D'accord, Sanjiv, d'accord, coupa le vieil homme en hochant la tête.

— J'ai du mal à piger, intervint Joshua. Ce n'est pas un calcul très difficile. N'importe qui peut le faire avec une calculette, mais... oh, bon Dieu !

— Voilà, dit Kjölsrud, vous avez compris. Les questions n'avaient pas besoin d'être très compliquées, juste d'être insolubles en trente secondes pour tout autre que celui qui les avait posées. Et en 1946, il n'y avait pas de calculettes : ce genre de travail demandait bien dix minutes... pour peu que vous soyez doué avec une règle à calcul, bien sûr.

— Ça promet, murmura Caleb avec une grimace. C'est à moi, je crois. »

Le jeune homme prit la place de Sanjiv devant la console et appuya à son tour sur la touche d'envoi. Les palettes se remirent à cliqueter avant de s'immobiliser en révélant la nouvelle question.

PROUD EDWARD'S POWER

Caleb eut un soupir de soulagement et tapa aussitôt « *CHAINS AND SLAVERY* » sur le vieux clavier. Un second voyant vert s'alluma dans la foulée.

« À toi d'expliquer, fit Joshua. Ça me rappelle vaguement quelque chose, mais je ne sais pas quoi.

— Deuxième strophe du *Scots Wha Hae*[1], sourit son ami. Je doute qu'il y ait un seul Écossais âgé de plus de cinq ans qui en ignore les paroles. À toi, Sanjiv. »

La troisième question était :

1ST CARMICHAEL NB

Cette fois Sanjiv mit deux bonnes secondes avant d'inscrire la réponse *« 561 »*. Même si personne n'avait compris la question, nul ne fut vraiment surpris lorsque le troisième voyant s'illumina en vert.

1. Il s'agit bien sûr du célèbre poème de Robert Burns (1759-1796), qui commémore la bataille de Bannockburn et fut longtemps l'hymne officiel des nationalistes écossais. La seconde strophe (*Now's the day, and now's the hour / See the front o' battle lour / See approach proud Edward's power / Chains and slavery*) ironise sur le règne de terreur et de servitude que le roi Édouard II d'Angleterre entendait imposer à l'Écosse.

« Je suppose qu'il est inutile d'espérer une explication simple, soupira Kjölsrud.

— Les nombres de Carmichael sont une des voies d'approche du petit théorème de Fermat, commença Sanjiv comme s'il énonçait une évidence ; puis il remarqua les mines de ses compagnons et ajouta aussitôt d'un air gêné : Mais vous avez raison, c'est peut-être un peu long à expliquer…

— Tu nous feras un résumé demain, dit gentiment Caleb. À moi, maintenant. »

C'est là que les choses se gâtèrent.

Lorsque les palettes eurent achevé leur réarrangement, la nouvelle question était :

NA LAS SOP NACH URRAINN

Le sang se retira du visage de Caleb, qui murmura : « Merde ! Je m'attendais à un truc comme ça !

— Quoi ? Qu'est-ce qu'il y a ? s'exclama Kjölsrud aussitôt alarmé par l'expression du jeune homme.

— C'est le début d'un proverbe en gaélique, ça parle de mettre le feu… enfin, je crois. Je ne suis pas sûr de la suite.

— Mais je croyais que vous parliez cette langue, nom de Dieu !

— Assez pour demander mon chemin et comprendre la réponse une fois sur deux. Pas plus. Maintenant, foutez-moi la paix et laissez-moi réfléchir !

— Quinze secondes, Cal », dit Joshua d'une voix tendue.

Caleb hésitait, le front plissé de concentration. « Je crois que je me souviens, dit-il tout bas, mais…

— Six secondes. »

Le jeune homme hocha la tête de désespoir et tapa à toute allure : *« DHUINN FINN A CHUIR AGUS. »*
Le voyant s'alluma.
En rouge.

02 h 59 UTC

« C'est ici, les gars, murmura le lieutenant Tomski dans le micro de son casque étanche. Nous y sommes. »

Les onze hommes lourdement armés qui l'accompagnaient se répartirent sans bruit de part et d'autre du portail massif au-dessus duquel on lisait *« HANGAR I »*. Grâce aux indications du général Iazov, il ne leur avait fallu que quelques minutes pour trouver leur route dans le dédale de corridors obscurs. Les scènes de dévastation et les dizaines de cadavres momifiés ne leur avaient fait ni chaud ni froid : c'étaient des hommes qui ne connaissaient ni la peur ni la compassion ; avant que Tomski ne leur rappelle sèchement la consigne de silence, plusieurs s'étaient mis par jeu à décerner une note aux morts en fonction de la manière plus ou moins originale dont ils étaient passés de vie à trépas.

Pendant que ses soldats contrôlaient une dernière fois leurs armes et leur équipement respiratoire – tous étaient équipés d'un gros bi-bouteille d'oxygène pur avec recycleur en circuit fermé leur garantissant trois à quatre heures d'autonomie –, Tomski entrouvrit avec une précaution infinie la lourde porte métallique et déposa au sol un petit détecteur multibande de la taille d'un briquet. L'appareil mit moins de dix secondes à scanner tout le spectre entre les ondes radio et l'ultraviolet lointain, avant de rendre son verdict. Pas un chat à vingt mètres à la ronde. Pas de capteurs ni de mouchards électroniques non plus.

La voie était libre.

Tomski ouvrit un peu plus le battant et jeta un coup d'œil par l'ouverture.

Le hangar était immense et brillamment éclairé. À une cinquantaine de pas de l'endroit où ils se trouvaient, mais si gros qu'on avait l'impression de pouvoir le toucher de la main, l'hydravion géant leur présentait son profil bâbord et pointait fièrement son étrave massive vers l'avant. Ce qui devait être un tuyau ou un gros câble électrique sortait de la porte béante de sa soute et se perdait dans les profondeurs du hangar ; bizarrement, un énorme cordage ressemblant à une amarre de navire était tendu entre la queue de l'appareil et un pilier de soutènement situé contre la muraille de droite. Les hublots de l'avion étaient éclairés : il devait y avoir du monde à l'intérieur ; à l'instant où Tomski se faisait cette réflexion, quelque chose bougea dans la soute, et une silhouette humaine se découpa pendant quelques secondes dans l'embrasure de la porte.

Le lieutenant eut un sourire cruel : cette fois, la proie était à leur merci et ne leur échapperait pas.

« Ils sont fous ou complètement cons ? souffla le sergent Osadchuk, un petit Ukrainien à l'air chafouin. Ils n'ont même pas mis un type pour faire le guet…

— Ils ne nous attendaient pas si tôt, répondit Tomski. Et je ne suis pas sûr qu'ils aient encore les moyens d'assurer une surveillance.

— On pourrait les fumer tout de suite, mon lieutenant. Deux coups de RPG et c'est bon, un gamin pourrait faire le taf… »

Tomski hésita une seconde. L'idée de faire un carton était tentante, et Osadchuk avait raison : à cette distance l'énorme appareil était plus difficile à louper qu'un éléphant dans un couloir. Il faillit donner l'ordre, mais se ravisa au souvenir du savon cuisant que lui avait passé Iazov.

« Négatif, sergent, murmura-t-il avec un soupçon de regret dans la voix. Sur ce coup, c'est le groupe un qui donne le top. Alors on attend gentiment. »

03 h 00 UTC

Le voyant rouge s'était éteint, indiquant qu'un nouveau délai de trente secondes leur était accordé.

Mais la question était la même.

« Désolé, dit Caleb. Je n'ai pas d'autre idée. Pourtant je suis presque sûr que c'était ça…

— On fait quoi ? gronda One-Shot. On pète console ?

— Pas le temps. Et ça déclencherait le circuit suicide.

— Quinze secondes, lança Sanjiv. Je vous en supplie, faites quelque chose !

— Mon Dieu ! articula Kjölsrud d'une voix blanche. C'est foutu. On y était presque…

— Non ! Attendez ! »

C'était Joshua, qui, contre toute attente, venait de se lever et de se précipiter vers la console. Il jeta un coup d'œil hagard à ses compagnons : « Je crois que je sais, fit-il d'un ton hésitant. Mais c'est sans garantie…

— Vas-y, Josh ! cria Caleb. Dépêche ! »

Joshua haussa les épaules et tapa « *DUIT FEIN A CHUIR AS* ».

Le voyant se ralluma. Il était vert.

Au chronomètre, il restait deux secondes.

La tension retomba d'un seul coup. « Ne me refaites jamais un coup comme ça… murmura Kjölsrud.

— Tu n'étais pas très loin du compte, fit Joshua à Caleb comme en s'excusant.

— Cause toujours ! répondit son ami avec un large sourire. Juste une faute à chaque mot… On peut savoir depuis quand tu parles le gaélique ?

— Cal, ça fait cinq ans que je vis à Édimbourg, tu te souviens ? Tu crois que je fais quoi de mes soirées ? Que j'enfile des perles ? »

Caleb éclata de rire, ce qui acheva de détendre l'atmosphère. Sanjiv reprenait déjà place devant la console pour la cinquième question lorsque Kjölsrud demanda : « Au fait, messieurs, juste pour ma culture personnelle… Il veut dire quoi, votre fichu proverbe ? »

Joshua le regarda d'un air étrange : « Bonne question. En gros, ça veut dire : "N'allume pas un feu si tu ne sais pas l'éteindre." C'est de circonstance, vous ne croyez pas ? »

La cinquième question était :

768-770TH DIGITS OF PI

« Seigneur… fit Joshua en levant les yeux au ciel.

— Ça, c'était vraiment méchant, dit Sanjiv avec un sourire appréciateur. Dans les années 1940, on ne connaissait qu'un millier de décimales de pi[1]. Pas d'Internet pour aller les chercher depuis son fauteuil. Et même avec la liste entre les mains, il faut largement plus de trente secondes pour repérer les positions 768 à 770. La seule solution est de les connaître par cœur.

— Sanjiv ! fit Kjölsrud. Par pitié !

— Pardon, monsieur », dit le jeune homme en tapant « *837* ». Et le voyant passa au vert.

« Pour info, tu en connais combien ? demanda Caleb dès que chacun fut revenu de sa stupéfaction.

— Un peu plus de cent mille, répondit Sanjiv sans sourciller. Il y a deux ans à Cambridge, j'ai fait... disons une crise un peu plus grave que d'habitude et je me suis cassé le bras en tombant. J'ai passé l'après-midi aux urgences sans rien à faire pour m'occuper l'esprit. Heureusement, j'avais ce petit bouquin de curiosités mathématiques qui répertoriait les deux cent mille premières décimales de pi, alors je m'y suis mis. Mais ils m'ont libéré trop tôt pour que j'aie le temps d'apprendre la liste complète, ajouta-t-il d'un air désolé.

— Tu as raison, c'est vraiment dommage. Ce qui est sûr en tout cas, c'est que nous avons beaucoup de chance de t'avoir avec nous. Finissons-en, maintenant », ajouta le jeune homme en se replaçant derrière la console et en actionnant le bouton de commande.

Quelques secondes après, les palettes s'immobilisaient pour la dernière fois, en délivrant la sixième énigme :

---

1. Rappelons que pi est un nombre irrationnel, c'est-à-dire que ses décimales sont en nombre infini et ne présentent aucune périodicité de séquence. Grâce aux supercalculateurs, on en connaît actuellement quelque 5 000 milliards.

« Bon sang ! s'exclama Joshua. Je ne suis pas sûr de pouvoir t'aider, là. C'est une forme archaïque. *Is Fhearr* veut dire "c'est mieux" ou "c'est préférable" ; *Fheuchainn*, je ne sais pas trop… "s'efforcer" ? "mettre à l'épreuve" ?

— Inutile, Josh, fit Caleb à mi-voix. Je connais cette phrase. »

Il posa ses mains sur le clavier mais hésita une fraction de seconde au moment d'entrer le reste du code. Le temps de fixer Kjölsrud droit dans les yeux et de lui lancer : « Que Dieu vous punisse si vous nous avez encore menti ! » Puis il tapa : « *NA BHITH SAN DUIL* »

Le dernier voyant vert s'alluma aussitôt.

« Traduction ? demanda Kjölsrud.

— "Mieux vaut entreprendre qu'espérer." C'était le cri de ralliement de mon clan lorsqu'il partait en guerre contre l'Anglais. Tombé en désuétude depuis deux siècles et demi : mon grand-père avait raison, il ne doit pas y avoir dix personnes sur terre qui connaissent encore cette devise.

— Fascinant, Caleb, dit Poppy Borghese avec un sourire sardonique. J'en ai les larmes aux yeux. Et maintenant, il se passe quoi ? »

Elle avait à peine achevé sa phrase que deux choses se produisirent presque simultanément. D'abord, les lumières – toutes les lumières, celles qu'ils avaient allumées dans la soute comme les néons qui éclairaient le hangar – se mirent à vaciller puis recommencèrent à briller mais avec une intensité bien moindre qu'auparavant. Une idée saugrenue traversa l'esprit de Caleb. *Comme dans les vieux films quand ils branchent la chaise électrique.*

Et puis le bruit.

Un bruit suraigu et menaçant qui provenait des entrailles de l'Œuf, quelque chose entre un long crissement de freins et le gémissement d'une poutrelle d'acier tordue à se rompre ; cela dura quelques secondes puis se termina en une succession de raclements sonores. Un bref instant de silence, puis cela recommença à l'identique – ou peut-être un soupçon plus vite. Et ainsi de suite, avec chaque fois l'impression que la séquence sonore était un poil plus rapide et plus aiguë que lors du cycle précédent.

On aurait dit qu'une bête énorme enfermée dans la machine était en train d'essayer ses griffes sur les parois de métal rugueuses. Comme pour tenter de s'échapper.

« Bon Dieu, qu'est-ce que c'est que ce truc ? s'exclama Vandell Richardson qui venait de réapparaître dans la soute. Qu'est-ce qui se passe là-dedans ?

— Ce sont les pylônes de confinement magnétique, dit Sanjiv avec quelque chose dans la voix qui ressemblait à de la crainte révérencieuse. Ils viennent de commencer à tourner.

— Il y en a pour combien de temps, mon garçon ? demanda Kjölsrud en haussant la voix pour couvrir le bruit de la machine.

— Pour terminer le premier cycle de compression ? Dix minutes encore, peut-être quinze. Il faut prier pour que le groupe électrogène tienne encore pendant ce temps. Ensuite le réacteur sera autonome sur le plan énergétique. »

Caleb se sentit soudain pris de vertiges tandis qu'une sueur froide perlait à son front ; il dut s'agripper à une poutrelle métallique et serra les dents de toutes ses forces pour réprimer une affreuse vague de nausée ; une fois que les parois eurent fini de tanguer, il regarda ses compagnons. Tous étaient dans le même état, sur réserve depuis bien trop longtemps. Il y avait près de vingt-quatre heures qu'ils n'avaient pas dormi, et les effets combinés de l'épuisement et de la lente asphyxie n'étaient maintenant que trop visibles. Même l'indestructible Poppy Borghese semblait au bout du rouleau : son teint hâlé avait viré au grisâtre, et d'énormes cernes de fatigue lui mangeaient le visage. Caleb croisa le regard de Kjölsrud ; ce dernier hocha la tête, et dit : « Je crois qu'il est temps, n'est-ce pas ?

— Oui, acquiesça Caleb. Quittons cette tombe pendant que nous le pouvons encore. »

Kjölsrud se redressa avec difficulté ; en quelques minutes il paraissait avoir pris dix ans.

« Départ dans un quart d'heure, mes amis, dit-il. D'ici là, je vous propose de respirer un peu d'air frais. C'est ma tournée. »

03 h 06 UTC

« Terminé, dit le caporal Oleg Duryagin en appuyant sur la touche EXTINCTION de la torche à plasma. Si je continue une minute de plus, je passe à travers. »

Le Russe avait accompli un travail d'orfèvre : sur près d'un mètre de diamètre, il avait parfaitement déblayé le fond de la cavité de toutes ses aspérités, mettant à nu la surface calcinée du revêtement intérieur du blockhaus. Cette ultime couche semblait effectivement très mince ; un local brillamment éclairé devait se trouver derrière, comme l'indiquait la fissure serpentant à sa partie supérieure et qui laissait passer un rai de lumière vive.

Dès que Duryagin se fut écarté, le *yefreïtor* Karol Spivak prit sa place et appliqua sur la paroi l'extrémité de sa perceuse à trépan ; la grosse mèche d'acier au tungstène se mit aussitôt à tourner avec un crissement étonnamment discret. En un rien de temps, la machine se retrouva en butée après avoir foré un trou parfaitement rond du diamètre du pouce. Spivak s'empressa de la retirer et inséra dans l'orifice la sonde flexible d'une minicaméra à fibre optique ; puis il chaussa une paire de lunettes vidéo et commença à actionner les manettes de son appareil.

« Alors ? demanda Duryagin. Tu vois quoi ?

— Ta mère avec un balai dans le cul, ricana l'autre. Je la verrais mieux si tu me laissais le temps de… oh, *blyad'* !

— Quoi ? Qu'est-ce qu'il y a, Spivak ? s'exclama le sergent Vadim Alexeiev. Qu'est-ce que tu vois ?

— Un gros avion. Et on est juste devant. »

03 h 09 UTC

Par vingt-cinq degrés au-dessous de zéro, leur souffle formait d'épais nuages de buée qui gelaient aussitôt en fins cristaux neigeux. L'air puait le soufre, le pétrole, le caoutchouc brûlé et le cadavre, avec en prime un affreux relent acide qui, combiné au froid intense, leur arrachait la gorge à chaque inspiration.

Mais c'était de l'air.

Et pour rien au monde les douze personnes qui s'entassaient dans la petite cabine de deux mètres sur trois n'auraient voulu céder leur place. Gretchen Vogt et Sarah Miller s'étaient installées sur la couchette pendant que Viktor Bernstein s'appropriait le minuscule bureau sous le hublot ; les autres s'étaient répartis comme ils pouvaient dans l'étroit espace restant. Une tâche d'autant plus malaisée que, par sa masse énorme, One-Shot occupait à lui tout seul la cloison du fond. Malgré l'inconfort de l'endroit, tous se sentaient bien mieux qu'à aucun moment des douze heures écoulées, et certains éprouvaient même une légère euphorie ; les trois bouteilles d'oxygène qu'ils avaient vidées coup sur coup n'y étaient pas étrangères.

« On ouvre la dernière ? » demanda Poppy Borghese, qui n'était pas la moins éméchée du lot. Grâce au précieux gaz, elle avait très vite récupéré ses moyens, en témoignaient ses remarques salaces lorsqu'elle avait dû se contorsionner pour se caser entre un Joshua Tewaru et un Vandell Richardson plus gênés qu'elle.

Elle avait déjà saisi le gros cylindre d'acier et allait en ouvrir le robinet quand Caleb l'arrêta d'un geste : « Non, Poppy.

— Quoi ?

— J'ai dit non. On la garde pour le cockpit. Le décollage risque d'être assez... délicat. Je préfère qu'on ait les idées claires à ce moment.

— Vous n'êtes vraiment pas très fun comme type, Caleb. Si vous voulez, j'ai sur moi un truc qui est radical pour avoir les idées claires. Je vous prépare un petit rail ?

— Ça suffit, Poppy, intervint Kendall Kjölsrud

d'une voix égale. Caleb a raison. Pose cette bouteille, s'il te plaît. »

Le milliardaire s'était juché sans façon sur le petit meuble de toilette, ce qui avait l'avantage de lui offrir une position dominante ; lui aussi semblait avoir repris quelques forces, et l'oxygène avait ramené un peu de couleur sur son visage émacié. Poppy haussa les épaules avant de se rasseoir avec une expression boudeuse.

« Alors, on est sur le départ ? lança Viktor Bernstein d'un air morose.

— On commence la séquence de décollage dès que Sanjiv nous donnera le signal, opina Kjölsrud. D'après lui, ça devrait être bon dans deux ou trois minutes. Tu sais qu'on n'avait pas d'autre choix, Viktor.

— Pas d'autre choix, tu parles ! Je pense qu'on aurait dû y réfléchir à deux fois avant de démarrer ta foutue machine… »

Une expression agacée apparut aussitôt sur le visage de Kjölsrud. Mais Viktor Bernstein n'était pas n'importe qui, et il ne pouvait se contenter de l'envoyer balader avec une remarque méprisante : « Qu'est-ce qui te fait dire ça ? lui demanda-t-il à la place.

— Ceci, fit Bernstein en brandissant le petit carnet en cuir récupéré dans le bureau du colonel Buckmaster. J'ai eu le temps de le lire, ça raconte exactement ce qui s'est passé, tout y est… C'est de la folie pure d'avoir activé cet engin. Si c'est encore possible, on ferait beaucoup mieux de le sortir tout de suite de la soute et de le mettre en pièces, tu peux me croire !

— Écoute, Viktor… commença Kjölsrud.

— Non, le coupa Caleb en se levant soudain. C'est vous qui m'écoutez. *Vous tous.* Ce qui est fait est fait. À tort ou à raison, mais, en tout cas, on n'a plus le temps de le défaire. Dans quelques instants, nous allons jouer notre peau sur un coup de dés ; je n'ai pas besoin de vous rappeler l'importance du timing, ça va être à la demi-seconde. Chacun connaît déjà son rôle, mais je voudrais qu'on revoie ça une dernière fois avant de s'y mettre.

— Chouette discours, Caleb, marmonna Poppy. Martial et tout, on voit que vous...

— La ferme, poursuivit-il sans élever la voix. Josh, on commence par toi. »

Le briefing prit moins de trois minutes. Comme Caleb s'y attendait, chacun savait sa partition et le moment de la jouer. « Je crois qu'on a fait le tour, dit ensuite le jeune homme. Des questions ?

— Juste une, dit timidement Sarah Miller. Et nos amis sur le *Defender* ? J'ai l'impression qu'on s'apprête à les abandonner... Et si nous parvenons à nous enfuir, est-ce qu'ils ne vont pas en faire les frais ?

— On en a déjà discuté, Sarah, dit Kjölsrud. Nous n'avons aucun moyen d'intervenir sur le *Defender*. Et la meilleure chose qui puisse leur arriver, c'est justement que nous arrivions à mettre les voiles.

— Pourquoi ?

— Parce que le plan des Russes – qui ne prévoit certainement pas de laisser de témoins – repose sur le fait que nous sommes coincés ici sans possibilité de contact avec l'extérieur. Ils hésiteront au contraire à liquider des otages américains s'ils savent que le monde risque de l'apprendre. Iazov est un homme extrêmement puissant, mais je doute quand même qu'il ait l'aval de Vladimir Poutine pour déclencher un conflit international. »

Sarah Miller hocha la tête, pas vraiment convaincue. Personne n'ayant d'autres questions, Caleb s'apprêta à lever la séance et à demander à chacun de gagner son poste.

C'est à ce moment précis que la voix, précédée d'un délicat raclement de gorge, s'éleva dans la minuscule cabine.

‹ Je suis tout à fait navré d'intervenir dans votre débat sans y avoir été invité. Mais je me dois de vous informer que votre plan d'évasion est voué à l'échec. ›

Tout le monde se regarda avec surprise, car aucun d'entre eux n'avait parlé.

La voix obséquieuse était celle, inimitable, d'un vieux majordome anglais.

Chapitre 18

1er mars 2018 – 03 h 10 UTC

« Et depuis quand est-ce que tu parles ? » s'exclama une Poppy Borghese à peine revenue de sa surprise.

À tout autre moment, le fait de la voir s'adresser à sa propre combinaison aurait paru cocasse, mais pour l'heure personne n'avait envie de rire.

‹ Cela fait partie de mes fonctionnalités de base, mademoiselle, répondit la voix synthétique avec son impeccable accent oxfordien. Mais je me dois de réserver ce type de manifestation aux circonstances requérant une aide extérieure pour l'accomplissement de ma mission. ›

« Qui est ? » demanda Gretchen Vogt, amusée malgré elle par le ton ampoulé de l'IA.

‹ Préserver cet équipement et la personne qui se trouve à l'intérieur, mademoiselle Vogt. ›

« Jeeves dit vrai, Poppy, intervint Viktor Bernstein. Tu le saurais si tu avais lu le mode d'emploi de ta combi au lieu d'en faire des cocottes en papier.

— Peu importe, dit Caleb en se tournant vers Poppy. Jeeves… ou quel que soit ton nom, qu'est-ce qui te fait penser que nous courons à l'échec ? Tu t'y connais en explosifs militaires ? »

‹ Jeeves ira très bien, monsieur. Je n'ai aucune compétence en matière d'explosifs – et aucune raison de remettre en question les calculs de Mlle Vogt. En revanche je puis vous prédire que cet avion sera détruit dans les dix secondes suivant son envol, avec une probabilité que j'estime supérieure à 99 %. ›

« Et tu tires ça de ton chapeau ? » rigola Poppy.

‹ Non, mademoiselle. Du fait que le navire de nos assaillants vient de se déplacer et de mouiller juste en face de notre position, avec tout son armement braqué sur nous. Ce qui ne laisse guère de doutes sur leurs intentions, je le crains. ›

Cette fois, Poppy éclata carrément de rire : « Tu dois avoir les fils qui se touchent, Jeeves ! pouffa-t-elle. Tu vois à travers cinq mètres de béton, maintenant ? »

‹ Ce n'est pas nécessaire, mademoiselle. Il me suffit de regarder par la fenêtre. ›

« Assez ! s'insurgea Kendall Kjölsrud d'un ton agacé. Nous perdons notre temps ! Quelle fenêtre, bon sang ? »

‹ Celle de votre cabine, monsieur. ›

Il y eut un instant de flottement dans la pièce minuscule. L'incompréhension se peignit sur les visages, tandis que certains ne pouvaient s'empêcher de jeter un coup d'œil au hublot à côté duquel était assis Viktor Bernstein ; mais, bien sûr, l'ouverture ne montrait que la surface grisâtre unie du mur sud du hangar.

‹ Pardonnez-moi, je crains de m'être exprimé de façon ambiguë, reprit l'IA avec un toussotement gêné. Je parlais en fait de votre cabine sur le *Global Defender* – et en parlant à la première personne, je me référais bien sûr au réseau local que je partage avec les entités embarquées. ›

« Attends, dit Gretchen Vogt. Tu veux dire que tu es connecté à l'IA du *Defender* ?

— Alors nous sommes sauvés ! s'écria Sarah Miller d'une voix excitée. Il suffit de lui demander de diffuser un message de détresse ! »

À nouveau un petit toussotement.

‹ Je crains que non, miss Miller. L'IA centrale du *Defender* s'est crashée juste avant l'assaut de nos ennemis ; un événement qui n'a rien d'accidentel, j'en ai peur. Notre infosphère WiMAX inclut seulement l'asimov en veille dans la suite de M. Kjölsrud – c'est lui qui nous fournit les données visuelles – les deux hobbits encore à bord, plus quelques autres mobiles également équipés de terminaux. Aucune de ces entités ne dispose de fonctionnalités com longue distance. ›

« Tout ça ne nous mène à rien, grinça Kjölsrud en hochant la tête. Ce n'est pas avec ça que nous pourrons sortir d'ici sans nous faire allumer aussitôt !

— Ce qu'il nous faudrait, c'est une diversion, dit Viktor Bernstein. Mais comment faire ?

— Exact, monsieur Bernstein, répondit Caleb. Une diversion. Et je crois que Jeeves vient de nous donner la solution. »

03 h 11 UTC

Il leur avait fallu moins de cinq minutes pour élargir l'orifice aux dimensions d'une grande assiette ; l'opération semblait être passée inaperçue – en tout cas, personne n'était sorti de l'avion. Le *yefreïtor* Karol

Spivak achevait de poser la dernière des minicharges de Semtex en périphérie du trou ; après le tir d'incapacitation, leur mise à feu permettrait de dégager tout de suite le passage pour les hommes qui descendraient faire le ménage dans le hangar. Dès qu'il eut fini de connecter le dernier détonateur, Spivak s'écarta pour laisser la place au sergent Alexeiev. Ce dernier s'installa aussitôt à plat ventre devant l'ouverture, après avoir positionné sur son trépied le long tube du RPG déjà approvisionné.

Le RPG-29 « Vampir » est considéré depuis un quart de siècle comme l'un des meilleurs lance-roquettes antichar du monde. D'une portée efficace de cinq cents mètres, il tire soit un projectile PG-29V à charge creuse ultrabrisante capable de percer même les blindages réactifs des tanks de dernière génération, soit la redoutable munition TBG-29V à charge thermobarique destinée à maximiser l'effet antipersonnel. Pour Vadim Alexeiev, utiliser une arme aussi puissante pour dégommer un vieil avion à trente mètres de distance était à la limite du gâchis, mais les ordres étaient les ordres. L'artilleur vérifia machinalement que l'allumeur électrique de la roquette était bien enclenché, puis il colla son œil à la lunette de visée avant de rectifier légèrement l'orientation du tube.

En plein milieu du cockpit. Parfait. Avec ça, il risque d'avoir du mal à décoller, se dit-il en déverrouillant la sécurité de tir. Enfin, il moula délicatement sa main gantée sur la crosse anatomique et posa l'index sur la queue de détente.

« Attends une seconde ! dit soudain Spivak à l'instant même où il s'apprêtait à tirer. On n'a pas un type à nous à l'intérieur du zinc ?

— Dis plutôt deux, opina Alexeiev sur un ton agacé. Ça te pose un problème ?

— Pas vraiment, mais…

— Alors tant mieux. Pour ta gouverne, Iazov a dit qu'il s'en foutait complètement, il n'aime pas les traîtres. Maintenant, tu la fermes et tu me laisses faire mon job. »

Sur ces mots, il reprit posément sa visée.

03 h 12 UTC

« Aussi dingue que le reste. Mais jouable, approuva Kendall Kjölsrud en hochant la tête. Décidément, vous n'avez pas fini de me surprendre, monsieur McKay.

— Vraiment ravi que ça vous plaise, ironisa l'intéressé. Jeeves, vous êtes toujours là ? Vous avez compris ce qu'il faut faire ? »

‹ C'est déjà fait, monsieur, reprit la voix désincarnée qui sortait du haut-parleur de Poppy Borghese. Tout est en place, et nous n'attendons que votre signal. ›

« Parfait, dit Caleb en rabattant la visière de son casque – il ne put retenir un haut-le-cœur en retrouvant l'odeur immonde qui émanait des filtres saturés de son recycleur. Dans ce cas, continua-t-il, je pense qu'il est temps de nous mettre au travail.

— Une minute, Cal, intervint soudain Gretchen Vogt. Il y a quand même un souci. Cette IA – Jeeves, ou quel que soit son nom –, si j'ai bien compris, elle nous a dit que l'informatique du *Defender* pouvait avoir été attaquée de façon délibérée. »

‹ C'est exact, mademoiselle. Le degré de redondance des systèmes impliqués exclut toute défaillance accidentelle. Un sabotage est hautement vraisemblable, je le crains. ›

Gretchen Vogt se leva pour rejoindre Caleb ; vu l'exiguïté de la cabine elle n'eut pas plus d'un pas à effectuer. « Et les Russes... continua-t-elle. Pourquoi auraient-ils manœuvré comme ça s'ils n'étaient pas au courant de nos plans ?

— Vous n'êtes pas la seule à penser ça, Gretchen, rétorqua Poppy sur un ton où pour une fois ne transparaissait aucune ironie. Mais, vu notre situation, je crois que ce n'est vraiment pas le moment de commencer à nous méfier les uns des autres.

— Au contraire, dit Joshua en la fusillant du regard. Je crois que... »

Il n'eut pas le temps de terminer sa phrase.

Une énorme explosion venait de secouer le Dornier.

03 h 12 UTC

Le sergent Vadim Alexeiev releva la tête avec précaution. Étant donné la proximité de la cible – largement en deçà de la limite de sécurité avec ce type de munition –, il n'avait eu que le temps de se jeter à terre après avoir pressé la détente du RPG. Un simple coup d'œil par l'ouverture dans le béton lui suffit pour confirmer l'évidence.

Il avait fait mouche. Et pas qu'un peu.

Le souffle de l'explosion avait fait sauter toutes les lumières dans le vaste hangar, et celui-ci n'était plus éclairé que par la lueur dansante de l'énorme brasier en son centre. Alexeiev évalua les dégâts d'un œil professionnel : vu ce qui restait de l'avion, il se demanda s'il y avait encore quelqu'un de vivant à l'intérieur. *On n'aura peut-être même pas besoin de faire descendre les gars là-dedans*, se dit-il avec satisfaction.

« C'est bon, sergent, lança derrière lui quelqu'un qui se trouvait à l'extérieur de la cavité dans le béton. Ça a l'air de tenir : la bâche n'a pas bougé. »

C'était la plus grande crainte d'Alexeiev, bien plus que de louper sa cible : que l'explosion fasse dégringoler la falaise de glace et qu'ils se retrouvent coincés dessous. Lors du briefing, Iazov s'était montré rassurant, leur indiquant qu'avec la gigantesque toile mise en place par les Américains, un tir de roquette à l'intérieur de la casemate serait probablement sans conséquence ; d'un autre côté, le général était resté bien au chaud à bord du *Vladimir Karvaiyski*, laissant ses hommes prendre tous les risques. Alexeiev était soulagé de voir qu'il ne leur avait pas raconté de bobards.

Comme si le simple fait de penser au vieil officier suffisait à le faire sortir de sa boîte, Spivak lui tapota la manche et lui passa un petit communicateur radio tout en faisant une grimace éloquente.

Comme à son habitude, le général Iazov ne s'embarrassa pas de préliminaires : « Nous avons capté une explosion, fit-il d'une voix sèche. Votre rapport, sergent.

— Objectif atteint, mon général. Appareil entièrement détruit. Aucun signe d'éventuels survivants.

— Avec une seule roquette ? » La voix tranchante exprimait maintenant une légère surprise. « Précisez dommages.

— Tout le nez de l'avion a disparu. Fuselage en feu. L'aile avec le moteur de droite s'est carrément détachée, et…

— L'aile avec... quoi ?

— Le moteur de droite, mon général.

— Hein ? Mais... combien y avait-il de moteurs, bon sang ?

— Eh bien... deux, mon général.

— NOM DE DIEU ! » Le général avait crié si fort qu'Alexeiev, pris par surprise, avait machinalement écarté l'écouteur de son oreille. « SERGENT, DÉCRIVEZ-MOI TOUT DE SUITE LE PUTAIN D'APPAREIL SUR LEQUEL VOUS VENEZ DE TIRER ! »

03 h 13 UTC

« Le hangar numéro 2, Josh ? cria Caleb. Celui avec le Dakota ?

— Ça vient de là, j'en suis sûr », répondit précipitamment l'intéressé.

Le second hangar avait fait l'objet d'une brève inspection par Joshua et One-Shot au cours de l'après-midi précédent. Presque aussi grand que celui qui hébergeait le Dornier et situé juste à côté, il ne contenait que du matériel sans grand intérêt et un Douglas C-47 « Dakota » *a priori* en état de marche. Lorsque les deux amis avaient fait part de leur découverte à Kjölsrud, celui-ci avait eu l'air surpris – un peu comme s'il s'attendait à ce que le hangar abritât autre chose.

À un moment de la soirée, Caleb avait même suggéré d'utiliser le Dakota pour tenter leur évasion, plutôt que le Do-X. L'idée ne manquait pas de pertinence : le bimoteur américain était d'une conception nettement plus moderne et considéré comme l'un des avions les plus fiables jamais construits ; produit à plus de dix mille exemplaires pendant la Seconde Guerre mondiale, il avait été exploité comme avion à tout faire sur tous les théâtres d'opérations. Mais Kjölsrud avait aussitôt balayé l'argument, faisant observer que la charge utile du Dakota ne dépassait pas trois tonnes, contre près de vingt-cinq pour le Dornier avec sa motorisation actuelle ; s'ils voulaient emmener l'Œuf avec eux, il n'y avait pas photo.

« S'ils ont pénétré dans le hangar d'à côté, ils seront ici dans quelques instants, reprit Caleb. Il faut partir tout de suite ! Sanjiv, on en est où ?

— La phase initiale de compression est terminée et…

— Pitié, pas d'explications ! On peut partir, oui ou non ?

— Oui, Caleb, fit le jeune savant. On peut partir.

— Alors on gicle ! Monsieur Kjölsrud, Josh, Gret ! Tout le monde au cockpit ! Sanjiv, Takeda, vous filez à la soute et vous débranchez le câble d'alim ! »

La dernière remarque était superflue : les deux jeunes gens venaient déjà de se ruer hors de la cabine. À son tour, Poppy Borghese se leva d'un bond : « On doit défendre l'avion pendant la mise en route ! cria-t-elle. Vandell, Jenkins, descendez avec moi ! Amenez tout ce qui vous reste comme matos !

— Je viens aussi ! » gronda One-Shot en décollant sa masse énorme de la cloison du fond.

Alors que le géant sortait de la cabine, Caleb l'attrapa par la manche : « Surtout, ne vous éloignez pas de l'avion. N'oublie pas que j'ai besoin de toi à la fin, Vassili.

— Pas de souci, Cal, répondit son ami. Pas envie de louper la correspondance. »

03 h 14 UTC

La tempête antarctique avait mis du temps à se renforcer, mais elle donnait enfin la pleine mesure de sa puissance. Née quelques jours auparavant au sud de la Terre de Feu, l'énorme dépression de près de deux mille kilomètres de diamètre tourbillonnait désormais juste au-dessus de la partie occidentale du continent gelé et déversait toute sa fureur sur la mer de Weddell. Dans la zone du cap Norvegia, les vents étaient de secteur sud et charriaient un véritable déluge de particules de givre arrachées de la surface de l'inlandsis.

Pour lutter au mieux contre l'ouragan, le *Vladimir Karvaiyski* avait tourné autour de sa chaîne d'ancre et se présentait maintenant de trois quarts avant par rapport à la plage. La manœuvre avait le double avantage de minimiser sa prise au vent et d'orienter de façon optimale ses pièces d'artillerie vers la casemate distante d'un demi-mille. Sur le pont avant du brise-glaces, les rafales d'air glacé étaient si violentes que l'on avait peine à se tenir debout ; le roulis restait négligeable, mais d'énormes remous de part et d'autre de la coque témoignaient du travail permanent des turbines de stabilisation.

Indifférent au froid terrifiant qui balayait le pont, le général Iazov scrutait la paroi du bunker géant. Curieusement, la couverture nuageuse s'était nettement éclaircie ; à quelques degrés au-dessus de l'horizon, la lune presque pleine irradiait une lueur sinistre et permettait de distinguer le littoral avec une visibilité inespérée. La fureur des éléments était l'exact pendant de la rage qui habitait le vieil homme à ce moment.

Une rage pour l'essentiel tournée contre lui-même : il savait que l'énorme bourde d'Alexeiev n'était que la conséquence des renseignements incomplets qu'il lui avait donnés lors d'un briefing vite expédié. L'infortuné sergent n'en avait pas moins fait les frais quelques secondes auparavant :

« Espèce d'incapable ! avait hurlé Iazov. Descends tout de suite dans ce foutu hangar et trouve-moi cet avion ! Il ne doit pas être très loin !

— Affirmatif, mon général, avait bredouillé Alexeiev plus mort que vif. Je vois une sorte de grand portail sur la droite et…

— Alors qu'est-ce que tu attends, crétin ? Qu'ils te déroulent le tapis rouge ? »

Iazov avait coupé la communication sans attendre la réponse et essayait maintenant de se calmer en respirant à pleins poumons l'air chargé d'embruns. Il avisa Guennadi Baranko qui fixait tranquillement la plage à côté de lui, et le demi-sourire de son second réactiva aussitôt sa colère.

« On peut savoir ce qui te rend si joyeux, Guennadi ? lança-t-il d'une voix tranchante.

— Le fait que tout sera terminé dans quelques instants, général. Rendez-vous à l'évidence : même si nous avons perdu l'avantage de la surprise, au final, ça ne fera aucune espèce de différence. Vous m'avez bien dit que l'appareil qu'ils comptent utiliser est très lent, n'est-ce pas ?

— Moins de cent cinquante nœuds en vitesse de pointe, grogna Iazov.

— J'ai peine à croire qu'un avion puisse être si lent, ce doit être une sacrée antiquité… En tout cas, ça veut dire qu'il lui faudra *dix à quinze secondes* pour traverser l'espace entre nous et la plage – à supposer qu'ils arrivent à le faire décoller, bien sûr. Ça nous laisse le temps de le dégommer… Combien ? Une bonne centaine de fois ? »

Iazov haussa les épaules. Baranko avait raison. Bien que le *Vladimir Karvaiyski* fût affecté depuis plusieurs années à la desserte des bases scientifiques russes en Antarctique, il n'en avait pas moins conservé l'armement lourd qui était le sien lorsqu'il servait comme Garde-côtes dans l'océan Arctique. Son équipement se composait d'un canon jumelé de 76 mm à la proue et surtout de deux unités CIWS[1] sur tourelles orientables à 360° placées de part et d'autre de la superstructure, juste en arrière de la grosse cheminée ; chacune d'entre elles comportait un canon AK-630 à six tubes rotatifs de 30 mm, lointain rejeton de la célèbre mitrailleuse Gatling capable de tirer cinq mille obus par minute avec une portée utile de quatre kilomètres.

« Et même s'ils parvenaient à franchir le barrage, continua Baranko, il nous reste les hélicos. Chacun d'eux est beaucoup plus rapide que… »

Il s'interrompit soudain et porta la main au combiné micro-oreillette dissimulé sous son épaisse *ouchanka* fourrée. Il écouta quelques secondes, puis son visage s'allongea en une mimique où se mêlaient étonnement

1. *Close-In Weapon System* : nom générique de systèmes d'armement antimissile équipant un grand nombre de navires de guerre modernes, associant une visée radar et un canon automatique à tir ultrarapide piloté par ordinateur. En principe défensif – le but est de tirer en quelques secondes un véritable mur d'obus afin de détruire en vol tout missile adverse en approche –, cet armement peut bien sûr être aussi exploité à des fins offensives contre diverses cibles maritimes ou aériennes.

et sarcasme : « C'est Tomski, général, dit-il. Je crois que vous n'allez pas apprécier.

— Quoi encore ? Qu'est-ce qu'il veut ?

— Il dit qu'il a l'avion en visuel depuis dix minutes. Il a entendu une explosion mais n'a reçu aucun feu vert du groupe un pour attaquer. Il demande quoi faire. »

03 h 14 UTC

One-Shot sauta de la porte de la soute et poussa un grognement de douleur quand le choc se répercuta dans son épaule blessée. Le géant était lourdement chargé : outre son fidèle Dragunov SVD à la crosse couverte d'entailles, il portait en bandoulière sa grosse mitrailleuse General Dynamics LW50 – pas loin de trente-cinq kilogrammes avec son trépied et le chargeur latéral de 100 cartouches.

Dès qu'il se fut redressé, le colosse se précipita vers le flotteur bâbord, où Poppy Borghese et Vandell Richardson s'étaient déjà mis à l'abri. Derrière lui, un choc souple lui apprit que Jenkins venait à son tour de sauter sur le tarmac ; le flegmatique sniper texan, muni de son fusil de précision KAC SR-25 à silencieux, se hâta de les rejoindre derrière leur cachette. Juste à côté d'eux, la masse gigantesque du Dornier leur donnait l'impression de se tenir contre le flanc d'une baleine échouée.

« Où sont cachés ? » demanda One-Shot tout en vérifiant le niveau d'approvisionnement de ses armes – pour faire aussitôt la grimace : il lui restait un demi-chargeur sur le Dragunov et guère plus de dix de secondes de tir continu avec la mitrailleuse.

Poppy désigna de la tête l'entrée sud du hangar. En regardant dans cette direction, le géant s'aperçut que le portail métallique était grand ouvert et qu'une armoire métallique avait été renversée dans l'embrasure pour former une sorte de rempart improvisé ; ça bougeait derrière, sans qu'on puisse voir combien d'assaillants se tenaient planqués là. À l'instant même où One-Shot allait en faire la remarque, un long tube métallique se dressa par-dessus la barrière et se pointa dans leur direction.

« RPG ! RPG ! se mit à gueuler Vandell Richardson qui avait aussi repéré la manœuvre. Bordel, ils vont nous allumer ! »

One-Shot était déjà debout, la LW50 à la hanche ; avant même que ses compagnons médusés aient eu le temps de réaliser, il poussa en un éclair le sélecteur sur automatique et se mit aussitôt à tirer au jugé tout en s'arc-boutant contre le recul de la mitrailleuse.

03 h 15 UTC

Le sergent Osadchuk était en train de presser la détente de son RPG au moment précis où les premières grosses balles de calibre .50 s'écrasèrent avec fracas contre le mur de béton à deux mètres de lui. Surpris, il eut un geste instinctif de recul qui déséquilibra légèrement le tube d'acier à l'instant où la charge propulsive de la roquette prenait feu.

Fidèle à la doctrine éternelle des ingénieurs russes qui est de privilégier la robustesse au détriment de la sophistication, la roquette PG-29V n'a aucun système de guidage laser ou autre, et suit donc une trajectoire strictement balistique dès sa sortie du tube.

En d'autres termes, une erreur de visée ne se rattrape pas.

Au lieu de quitter le lanceur selon la trajectoire horizontale qui l'aurait expédiée en plein dans la soute du Dornier, la fusée décrivit une élégante courbe ascendante qui la fit passer à moins d'un mètre au-dessus de la partie arrière du fuselage avant d'aller percuter la paroi opposée du hangar à la vitesse de deux cent quatre-vingts mètres par seconde ; il y eut un flash gigantesque accompagné d'une violente onde de choc quand l'explosion de la charge militaire creusa un cratère de quatre mètres de diamètre tout près du plafond, projetant des débris de béton dans toutes les directions.

« Qu'est-ce que tu attends, connard ? gronda le lieutenant Tomski dont les oreilles résonnaient encore des échos de la déflagration. Recommence ! Vite ! »

Osadchuk hocha la tête et se hâta d'introduire une nouvelle roquette dans le RPG, puis voulut se mettre en position pour un nouveau tir. Mais il dut aussitôt battre en retraite : à peine avait-il soulevé le tube d'acier de quelques centimètres au-dessus de l'armoire métallique que la mitrailleuse en face faisait entendre trois aboiements sonores ; l'une des balles s'écrasa sur l'encadrement du portail juste au-dessus de leurs têtes tandis que les deux autres traversaient l'armoire de part en part avant de se perdre dans le décor en arrière du commando. Constellés de poussière de béton, les deux hommes qui avaient été manqués de peu se réfugièrent précipitamment derrière le pilier gauche du portail.

« Je crois que ça ne va pas être facile, mon lieutenant… » souffla Osadchuk.

03 h 15 UTC

Ce qui frappait le plus dans le poste de pilotage du Dornier Do-X, c'était l'incroyable rusticité de l'instrumentation. En face du pilote et du copilote – les postes étaient interchangeables, toutes les commandes étant en double –, il n'y avait que trois cadrans : un compas, un altimètre et un indicateur de vitesse. Un simple inclinomètre tenait lieu d'horizon artificiel.

Bon sang ! pensa Caleb. *Il y a dix fois plus d'indicateurs sur le tableau de bord d'un Cessna !*

Les commandes de pilotage étaient tout aussi déconcertantes : il n'y avait pas de manche à balai mais, en face de chacun des deux sièges, une grande roue verticale semblable à celle d'un navire ; le dispositif actionnait la surface de direction de l'empennage vertical mais aussi, en inclinant le support de la roue d'avant en arrière, le gouvernail de profondeur et les volets d'aile. Deux pédales de part et d'autre de la roue permettaient un contrôle en roulis, en manœuvrant de façon séparée les volets d'aile. Il n'y avait bien sûr aucune assistance électromécanique ou hydraulique, si bien que le pilote devait peser de tout son poids sur les commandes pour parvenir à diriger l'énorme appareil.

Kendall Kjölsrud, qui venait de prendre place à la gauche de Caleb, eut un sourire amusé : « Comme vous êtes en train de vous en rendre compte, cette baignoire se pilotait plus à l'instinct et à l'huile de coude qu'aux instruments. Une expérience des vieux avions ?

— J'ai fait des vols de démonstration sur DC -6. Un Spitfire, aussi, lors des commémorations de la bataille d'Angleterre il y a sept ans.

— Je voulais dire *vraiment* vieux, commenta le milliardaire avec une grimace. Dans ce cas, sans vouloir vous froisser, c'est moi qui tiendrai les commandes pour le décollage. Vous prendrez la relève si… ou plutôt quand nous serons sortis de ce guêpier.

— Pas de problème », répondit Caleb en cherchant à tâtons une ceinture pour se harnacher – mais il n'y en avait pas non plus. Il remarqua par contre que les fauteuils étaient montés sur des rails permettant de les reculer de près de deux mètres ; Kjölsrud croisa son regard et eut un nouveau sourire : « Une autre des particularités de cet appareil, Caleb. Une fois atteintes la vitesse et l'altitude de croisière – c'est à dire ni très vite ni très haut – les sièges pouvaient être rétractés, et l'avion se pilotait debout. Exactement comme à la barre d'un navire. »

Caleb hocha la tête d'un air incrédule et essaya de se carrer de son mieux dans le fauteuil inconfortable. À trente mètres devant eux, l'immense portail de béton se dessinait telle une barrière infranchissable à travers les larges fenêtres vitrées du cockpit ; les dizaines de charges explosives que Gretchen y avait disposées avec une précision millimétrique y formaient comme une résille mortelle. Avec un pincement au cœur, le jeune homme réalisa qu'il était peut-être à moins d'une minute de mourir. Baissant les yeux, il avisa la bouteille d'oxygène, dernière survivante de la réserve du colonel Buckmaster, qu'il avait déposée entre les deux sièges. Il esquissa un geste pour l'ouvrir comme il avait envisagé de le faire quelques instants plus tôt.

C'est alors que des coups de feu se firent entendre à l'extérieur et que, presque simultanément, la roquette explosa contre le mur de droite du hangar.

De leur position Caleb et Kjölsrud ne pouvaient voir ce qui se passait, mais ils ne purent ignorer le flash éblouissant de la déflagration et l'onde de choc qui fit vaciller l'énorme appareil ; quelque chose de lourd heurta une des verrières, qui s'étoila dans un claquement sonore. Le jeune homme se retourna d'un bond et cria : « Bon Dieu ! Il faut dégager tout de suite ! Josh, Gret ! Vous en êtes où ? »

Gretchen Vogt était installée au poste du navigateur, une large table à cartes située juste en arrière du pilote de gauche. Elle y avait disposé son ordinateur portable, relié à la console de tir qui servirait à actionner à la fois les fusées d'appoint et les charges explosives. « C'est bon pour moi, lança-t-elle d'une voix tendue. J'attends ton signal, Caleb. »

Deux mètres en arrière, Joshua se tenait dans le local machines, où il procédait avec fébrilité aux dernières vérifications. Là aussi, les installations étaient incroyablement primitives, et, grâce aux quelques explications que lui avait données Kjölsrud, le Néo-Zélandais n'avait pas mis longtemps pour s'y retrouver.

« OK pour moi aussi, Caleb. Démarreurs sous tension, pression d'huile nominale. Pompes à carburant OK, groupe électrogène *idem.* Je lance les impairs. »

La séquence normale de démarrage prévoyait de lancer dans un premier temps les moteurs un, trois et cinq, et seulement ensuite les moteurs pairs afin de limiter les risques de capotage de l'appareil en cas d'emballement d'un des gros diesels.

Joshua bascula successivement trois gros leviers, et le ronronnement sonore des énormes démarreurs électriques se fit aussitôt entendre. À peine étouffée par les parois métalliques de l'avion, la fusillade se poursuivait à l'extérieur sous la forme de coups de feu sporadiques, signalant l'urgence de leur situation.

Deux secondes passèrent, puis cinq. Les démarreurs continuaient à tourner ; à un moment, l'un des moteurs émit quelques hoquets, mais ce fut tout.

« Josh, tu attends quoi ? demanda Caleb. Le feu vert de l'agent ? »

La voix de Joshua trahissait son inquiétude lorsqu'il répondit : « Ça ne marche pas, Cal. Aucun des trois ne veut démarrer. »

03 h 16 UTC

Hors d'haleine, le *yefreïtor* Karol Spivak rejoignit le sergent Alexeiev près du portail de séparation dans le mur de béton. Derrière eux, l'atmosphère viciée avait déjà éteint les flammes de l'incendie, mais les décombres du Dakota continuaient à se consumer à bas bruit dans un rougeoiement sinistre. Les deux derniers hommes du commando descendirent prestement en rappel le long de la paroi, complétant le groupe de six qui venaient de prendre pied sur le sol du hangar. Deux autres hommes étaient restés en faction dans la cavité d'accès : le caporal Duryagin et un nommé Vasil Khandayev, un colosse bouriate qui savait à peine épeler son nom mais excellait au *samoz*[1] comme au tir de précision.

Alexeiev laissa quelques secondes au reste de ses

---

1. Art martial russe. À la différence du *systema* dont il est voisin, est pratiqué de façon quasi exclusive par les membres des forces spéciales.

soldats pour le rejoindre et prendre position, armes braquées, derrière le portail qui était pour l'heure fermé par une sorte de rideau métallique coulissant.

« Tout le monde est paré ? demanda-t-il. Dès que c'est ouvert, feu à volonté sur l'avion. Dommages maximum. »

Joignant le geste à la parole, il s'arc-bouta et, avec l'aide de Spivak, ouvrit d'un seul coup le rideau.

Les deux hommes restèrent bouche bée.

L'ouverture du portail était tout entière obstruée par le flanc rouge vif d'un antique camion de pompiers.

Un engin brillant de tous ses chromes qui semblait sorti d'un film des années 1930, tout en ayant l'apparence du neuf.

« Putain ! hurla Spivak. Ils ont même crevé les pneus ! »

Effectivement les pneus avaient été méthodiquement lacérés de sorte que le véhicule reposait maintenant sur ses jantes, laissant moins de vingt centimètres entre son fond de caisse et le sol du hangar.

Aucun moyen de le déplacer.

Et, même en rampant, il était impossible de passer dessous.

03 h 16 UTC

La troisième tentative de Joshua fut tout aussi infructueuse que les deux précédentes : même ronronnement interminable des démarreurs, entrecoupé de quelques hoquets sporadiques. Mais les moteurs refusaient obstinément de démarrer.

« Je ne pige pas ce qui se passe, dit-il d'une voix

de plus en plus inquiète. Hier, ils sont partis au quart de tour…

— Moi je sais, dit soudain Caleb. C'est l'oxygène.

— Quoi ?

— Avec le groupe électrogène qui tourne depuis presque douze heures, nous avons dû bouffer une bonne partie du peu qui restait. Il y en a encore assez pour faire tourner un diesel, mais pas pour le lancer…

— Bon Dieu ! murmura Kjölsrud devenu pâle comme un mort. Vous avez raison. Tout est foutu ! »

Mais Caleb était déjà debout : « Non ! Il y a encore une solution ! » dit-il avec force en saisissant au vol la dernière bouteille d'oxygène – celle-là même qu'il avait failli ouvrir quelques instants plus tôt. En deux enjambées, le jeune homme était dans le local machines et commençait à gravir l'échelle verticale qui rejoignait l'aile de l'appareil ; au moment où il allait se hisser au travers du trou d'homme, il se retourna vers Joshua et lui dit, essoufflé :

« Tiens-toi prêt, Josh. Il n'y aura pas de deuxième service. »

03 h 17 UTC

Ça commençait à devenir juste. Très juste.

Mentalement, One-Shot fit le compte des munitions qui lui restaient. Trois cartouches dans le Dragunov, une douzaine dans le chargeur de la mitrailleuse. Ses compagnons n'étaient pas mieux lotis : Jenkins avait encore un chargeur de réserve pour son SR-25, Vandell Richardson quelques balles dans celui de son pistolet mitrailleur Herstal P90 ; quant à Poppy, qui était équipée de la même arme, elle venait juste de la balancer à terre avec un juron d'une rare obscénité.

Le problème était que les Russes avaient quelque peu modifié leur tactique. Dissimulés derrière l'encadrement massif du portail, ils se contentaient de tirer au jugé quelques rafales d'AN-94 sans s'exposer, avant de replonger aussitôt à l'abri. Une démarche *a priori* peu efficace, mais, à terme, ils allaient immanquablement finir par toucher quelque chose d'important. À deux reprises, ils avaient aussi essayé de remettre un RPG en batterie, mais One-Shot avait chaque fois réussi à repousser l'attaque.

Au prix de précieuses munitions.

Soudain, une fusillade plus nourrie éclata ; le géant baissa précipitamment la tête, non sans avoir eu le temps de noter qu'ils s'y étaient mis à deux ou trois cette fois-ci ; une dizaine d'impacts ébranlèrent le gros flotteur en tôle d'acier derrière lequel ils s'abritaient. *C'est déjà un miracle qu'ils n'aient pas encore tapé dans les moteurs ou les réservoirs*, pensa-t-il.

Réflexion qui fut interrompue par un cri de rage juste à côté de lui.

C'était Poppy.

« Vandell ! hurlait-elle. Ils ont eu Vandell ! »

03 h 17 UTC

Le simple fait de monter l'échelle de deux mètres avait suffi à le mener au bord de l'évanouissement. Caleb se mit à genoux sur l'aile géante et prit sa tête entre ses mains, tentant désespérément de maîtriser son souffle et de faire refluer les vagues noires qui l'assaillaient. Le hurlement de Poppy le ramena à la réalité. Mobilisant ses dernières forces, il réussit à se redresser et avança d'un pas mal assuré jusqu'au moteur numéro un, tout en traînant la bouteille d'oxygène qui semblait peser des tonnes ; il s'arrêta juste à côté du mastodonte d'acier dont les dimensions approchaient celles d'une petite voiture de tourisme.

Il lui fallut moins de deux secondes pour repérer la prise d'air. Comme il s'y attendait, celle-ci se trouvait à la partie avant du capot de protection, juste au-dessous de l'arbre d'hélice – soit à près de deux mètres au-dessus de la surface de l'aile. En se contorsionnant, il parvint à hisser la bouteille de gaz à bout de bras et à positionner son embout juste en face de la buse d'entrée d'air du moteur. Dès que ce fut fait, il tapa sèchement du talon sur l'aile, à une seule reprise, en priant pour que Joshua comprenne le message.

Joshua comprit. Quelques instants plus tard, le ronronnement sonore du démarreur électrique se faisait à nouveau entendre, cette fois de façon beaucoup plus sonore que dans le poste de pilotage : Caleb avait pratiquement le nez dessus. C'est ce qu'attendait le jeune homme pour ouvrir aussitôt le robinet de la bouteille d'oxygène. Le démarreur tourna encore à vide pendant deux ou trois angoissantes secondes…

Et puis le miracle se produisit.

L'énorme moteur diesel émit soudain quelques borborygmes creux puis démarra d'un seul coup dans un grondement infernal, en expulsant un colossal panache de fumée noire par ses tubulures d'échappement. Les deux hélices de presque quatre mètres de diamètre se mirent aussitôt à tourner et prirent rapidement de la vitesse.

Caleb faillit mourir à cet instant.

Aspiré par le remous de l'hélice avant, il se sentit irrésistiblement attiré dans le vide et ne dut sa survie qu'au réflexe fulgurant qui lui fit saisir d'une main l'entretoise métallique à la base du moteur. Pendant un instant d'éternité, le jeune homme fut comme suspendu en l'air par cette seule prise, son autre main se refusant à lâcher la bouteille d'oxygène ; si près de lui qu'elle semblait sur le point de le happer, la gigantesque hélice hachait l'air avec un vrombissement terrifiant, la vitesse ne permettant plus de distinguer ses pales.

Puis il réussit à reposer les deux pieds sur l'aile et se réfugia aussitôt à bonne distance des remous, le cœur prêt à exploser. Il se rendit compte qu'il tenait toujours la bouteille, et sans même songer à reprendre son souffle en referma précipitamment le robinet pour ne pas gaspiller le précieux gaz. Relevant la tête, il constata que le moteur semblait tourner de façon à peu près régulière, avec juste quelques hoquets. Sans plus attendre, il revint sur ses pas et se posta au pied du moteur deux. *Tant pis pour la séquence normale de démarrage*, pensa-t-il. *Je ne vais pas m'amuser à faire des allers-retours.*

Levant la bouteille au-dessus de sa tête, il reprit la position qu'il avait adoptée quelques instants plus tôt.

Puis il tapa deux fois du talon.

03 h 18 UTC

Pendant que One-Shot faisait le guet avec son Dragunov, Poppy et Jenkins avaient allongé le blessé aussi confortablement que possible à l'abri du flotteur. L'impact avait profondément étoilé la visière blindée, juste au-dessus de l'œil gauche. Sans retirer le casque, il était difficile de dire si la balle avait pénétré ou si elle s'était contentée de rebondir sur le verre synthétique ; il y avait pas mal de sang à l'intérieur, là encore sans qu'on pût en déterminer l'origine : simple saignement de nez ou blessure plus grave ? En tout cas, Vandell Richardson était d'une pâleur mortelle – d'après la biométrie de sa combi, il était encore en vie, mais, dans le meilleur des cas, il était complètement sonné par le choc.

Au-dessus de leurs têtes, le vacarme déjà effrayant augmenta d'un degré supplémentaire : Caleb venait de démarrer avec succès le moteur cinq.

« Vassili ! émit-il soudain sur la fréquence commune, en forçant la voix pour couvrir le grondement des moteurs. Vous en êtes où ?

— Vandell blessé, munitions proches zéro ! cria le géant.

— On dégage dans une minute ! Remontez-le à bord ! »

One-Shot eut un ricanement sinistre : « Pas possible, Cal ! Si on fait ça, eux nous tirent dans le cul comme à la foire !

— On n'a plus du tout de temps, Vassili ! Tu as entendu l'explosion, de l'autre côté ? »

Il y avait eu, quelques instants auparavant, une déflagration assourdie provenant du portail desservant le second hangar. Mais One-Shot était bien trop occupé à guetter le portail principal pour avoir pu regarder dans cette direction.

« C'est le deuxième groupe, reprit Caleb, ils sont en

train de faire sauter ton camion de pompiers ! Dans quelques secondes, on sera coincés ! »

Le colosse voulut répondre qu'il n'y pouvait rien, mais n'en eut pas le temps. Poppy Borghese venait de pousser un hurlement dément et de se lever comme propulsée par un ressort. Comprenant d'instinct ce qu'elle allait faire, One-Shot eut un geste réflexe pour la retenir, mais elle le frappa sèchement au thorax – manquant de peu de le renverser grâce à l'assistance motrice de sa combinaison. L'instant d'après, elle bondissait par-dessus le flotteur et se mettait à courir comme une folle vers les tireurs à l'entrée du hangar.

03 h 18 UTC

Les cent grammes de Semtex avaient proprement éventré la citerne du camion de pompiers. Dès que la fumée de l'explosion se fut dissipée, le sergent Alexeiev grimpa à l'intérieur du vaste réservoir vide. Aidé par deux de ses hommes, il se hâta de disposer une charge équivalente sur la paroi opposée de la citerne, qui représentait le dernier obstacle les séparant encore de leur cible.

Alors qu'il s'apprêtait à installer le détonateur, Alexeiev leva soudain la main pour imposer le silence à ses hommes. À travers la mince paroi d'acier, on entendait distinctement un grondement sonore que le sous-officier russe identifia sans difficulté : à l'intérieur du hangar, un ou plusieurs très gros moteurs étaient en train de tourner. Des détonations plus sèches éclataient çà et là, indiquant qu'une fusillade devait être en cours à l'instant même.

Spivak avait collé son oreille à la paroi métallique : « Qu'est-ce que c'est que ce bordel ? murmura-t-il.

— La preuve qu'on arrive juste à temps, répondit Alexeiev avec un sourire cruel. Dépêchons-nous de faire sauter cette boîte de conserve, sinon Tomski va nous la jouer solo… »

03 h 18 UTC

En quelques enjambées, Poppy avait déjà couvert la moitié de la distance la séparant de l'entrée du hangar ; malgré les insultes qu'elle hurlait, les types en face ne devaient pas avoir encore réalisé qu'elle arrivait en courant, en tout cas personne ne tirait.

One-Shot comprit qu'elle avait pété les plombs et qu'il ne servait à rien de lui crier de revenir.

Il avait moins de dix secondes pour la stopper *et* empêcher leurs adversaires de dégommer l'avion à l'instant même où ils remonteraient dedans. Comme pour le presser de trouver une solution, un nouveau grondement terrifiant au-dessus de sa tête indiqua que Caleb venait de démarrer le sixième et dernier moteur avec sa bouteille d'oxygène…

Oxygène.

Gros idiot ! Tu aurais pu y penser plus tôt !

Depuis une ou deux minutes, il avait remarqué qu'un des types en face ne devait pas avoir l'habitude de se balader avec un équipement de nageur de combat : chaque fois qu'il se déplaçait derrière l'armoire métallique qui lui tenait lieu d'abri, il laissait dépasser de quelques centimètres la partie supérieure de son appareil respiratoire. À l'instant même où il se faisait cette réflexion, l'homme recommença son manège. One-Shot connaissait par cœur les matériels de combat en dotation dans les forces spéciales russes et aurait parié sa main droite que le type utilisait un recycleur sous oxygène pur.

En une fraction de seconde, il sut ce qu'il fallait faire – le reste n'était qu'affaire d'automatismes. Se lever d'un bond, le Dragunov déjà à l'épaule. Ajuster la cible dans la lunette télescopique. Bloquer tout, devenir aussi rigide qu'un trépied de métal. Vider les poumons, tirer.

À cinquante mètres de là, l'objectif en léger déplacement latéral vers la gauche avait les dimensions d'une demi-carte à jouer. Et Poppy en pleine course était pratiquement dans l'axe de visée. Pourtant One-Shot avait un grand sourire.

Il avait déjà fait des trucs bien plus difficiles.

03 h 18 UTC

Poppy n'était plus qu'à quelques pas de la barricade improvisée lorsque la grosse balle de calibre 7,62 passa à vingt centimètres à droite de sa tête ; neuf millisecondes plus tard, le projectile supersonique fracassait la robinetterie du bi-bouteille de trente litres et terminait sa course en crevant l'extrémité supérieure du réservoir d'oxygène comprimé.

L'effet fut dévastateur, au-delà même de ce que One-Shot avait espéré.

Une déflagration énorme secoua le portail d'entrée du hangar, tandis qu'une boule de feu de plusieurs mètres de diamètre engloutissait l'armoire métallique et les hommes qui se cachaient derrière. Le soldat qui portait l'équipement respiratoire fut instantanément pulvérisé, sans même avoir eu le temps de comprendre ce qui se passait ; les trois hommes les plus proches furent également tués sur le coup, à la fois carbonisés par l'intense dégagement thermique et déchiquetés par les débris de métal. Les huit autres membres du commando de Tomski, tous blessés ou brûlés à des degrés divers, furent éparpillés comme des fétus de paille dans le couloir qui menait au portail.

Sans sa combinaison de protection, Poppy Borghese aurait elle aussi été tuée net. Happée de plein fouet par le souffle de l'explosion, elle fut projetée comme une marionnette à quinze mètres en arrière. Pour une fois, Jeeves avait été pris de vitesse, et il ne put qu'opacifier instantanément la visière polarisée pour empêcher le flash d'aveugler la jeune femme ; mais il ne disposait d'aucun moyen actif pour lui épargner le choc de la déflagration non plus que le violent impact sur le sol de béton au terme de son vol plané. Complètement sonnée, elle n'opposa cette fois aucune résistance quand un One-Shot hors d'haleine la saisit dans sa pogne énorme avant de la jeter sur son épaule ; quelques secondes plus tard, il la balançait comme un ballot par la porte grande ouverte de la soute. Jenkins était déjà à l'intérieur, en compagnie de Vandell Richardson qui n'avait toujours pas repris conscience.

One-Shot se pencha en hâte pour ramasser son vieux Dragunov. Tant pis en revanche pour la LW50 qui gisait quelques mètres plus loin au pied du flotteur, il n'avait plus le temps d'aller la chercher. Au moment où il se hissait à son tour dans la soute du Dornier, il jeta un dernier coup d'œil en l'air.

Juste au-dessus de sa tête, douze hélices monstrueuses déchiraient l'air dans un grondement gigantesque.

03 h 19 UTC

Sans même prendre le temps de redescendre l'échelle, Caleb bondit dans le trou d'homme et se reçut sans douceur deux mètres plus bas ; l'instant d'après, il se précipitait dans le cockpit. Kendall Kjölsrud se trouvait toujours à sa place sur le siège de gauche, mais semblait un peu plus tassé que tout à l'heure.

« Félicitations, monsieur McKay, articula le vieil homme sans tourner la tête. Décidément vous avez de la ressource…

— On va pouvoir y aller, monsieur, répondit Caleb. C'est quand vous voulez.

— Finalement je crois que je vais passer mon tour, continua Kjölsrud comme s'il n'avait pas entendu. Je suis sûr que vous arriverez très bien à faire partir cet engin.

— Quoi ? Mais… »

Avec un effort manifeste, le milliardaire se tourna enfin dans sa direction. Son visage était blanc comme un linge. Son mouvement révéla aussi à Caleb ce qu'il n'avait pas encore remarqué : sur la paroi gauche du cockpit, juste au-dessous de la vitre, on distinguait plusieurs perforations bien rondes qui n'étaient pas là trois minutes auparavant.

« On a encaissé une rafale juste après que vous

soyez sorti, murmura Kjölsrud avec une grimace de douleur. J'ai pris deux ou trois balles. La combi n'a rien mais je pense que mon bras est cassé… en tout cas, plus moyen de le bouger. À vous l'honneur, mon ami… »

Le jeune homme resta un instant pétrifié. Il n'avait jamais été envisagé qu'il fasse décoller lui-même le Dornier, et Kjölsrud ne lui avait donné que quelques explications sommaires sur la technique de pilotage.

À ce moment précis, il y eut une violente explosion à l'extérieur, et le souffle secoua violemment l'appareil. « Qu'est-ce que c'était, bon sang ? cria Caleb, brutalement ramené à la réalité.

— C'est One-Shot ! hurla Sarah Miller sur la fréquence générale. Il vient de faire sauter la barricade à l'entrée du hangar !

— Il est toujours dehors ?

— Il arrive, Caleb. Il ramène Poppy qui a l'air blessée !

— C'est maintenant ou jamais, monsieur McKay, murmura Kjölsrud en le regardant droit dans les yeux. Nous n'aurons pas d'autre chance. »

Pendant une interminable seconde, Caleb lui rendit son regard. Puis il se décida d'un coup. En deux pas, il eut regagné son fauteuil de copilote. À nouveau, il chercha machinalement une ceinture pour se harnacher – mais il n'y en avait toujours pas. Il soupira, cala ses pieds dans le palonnier et posa fermement ses deux mains sur la roue qui tenait lieu de manche à balai.

Comme toujours au moment de basculer dans l'action, il sentit un immense calme l'envahir, et le temps lui parut ralentir à l'extrême pendant que toutes ses perceptions s'affûtaient. Il lui restait un dernier détail à régler. Il jeta un coup d'œil par la verrière : à une vingtaine de mètres sur la droite, un peu en avant du nez de l'avion, l'asimov se tenait à son poste près du laser de combat ; le jeune homme brancha la fréquence générale « Zack, tu m'entends ? » émit-il.

‹ Oui, monsieur. Mon nom n'est pas... ›

« Je blaguais. Signal activation. Je répète : signal activation. »

‹ Monsieur Kjölsrud a donné le signal il y a cent vingts secondes. C'est déjà commencé, monsieur. ›

Sur le siège de gauche, l'intéressé marmonna : « Juste histoire de nous faire gagner un peu de temps. Vous ne m'en voudrez pas, j'espère... » Caleb haussa les épaules et reprit : « Josh ! Où en sont tes moulins ?

— Régime nominal aux deux tiers pour les six, ça tousse un peu mais rien de grave. Températures et pressions OK.

— Pousse-les au max, Josh ! On dégage !

— Ça marche, Cal. J'espère qu'ils ne vont pas se décrocher ! »

Le vieil avion commença à vibrer de toutes ses tôles, et le grondement des six moteurs devint proprement hallucinant tandis que Joshua les poussait à leur régime maximum de deux mille huit cents tours. « Vassili ! hurla Caleb en tentant de couvrir le vacarme. Tout le monde est à bord ?

— Affirmatif ! cria le géant de sa voix de tonnerre.

— Départ quinze secondes, prends ton poste ! Tu es paré ?

— Paré, Caleb ! »

Du coin de l'œil, Caleb capta soudain un nouveau flash éblouissant provenant de la droite du hangar. Le rugissement des moteurs empêcha d'entendre la déflagration, mais il n'avait pas besoin qu'on lui fasse un dessin. À côté de lui, Kjölsrud avait aussi remarqué l'explosion : « Il est plus que temps, Caleb, dit-il. Sortez-nous d'ici, mon garçon. »

Le jeune homme hocha la tête avant de reprendre la parole :

« À tous, dernier appel. Accrochez-vous comme vous pouvez, ça va secouer. Gret, tu m'entends ?

— Fort et clair, Cal, répondit aussitôt la jeune femme, qui se tenait à son poste de navigatrice juste derrière le fauteuil de Kjölsrud.

— Alors c'est à toi. Séquence un. C'est parti. »

Chapitre 19

1er mars 2018 – 03 h 19 UTC

« Qu'est-ce qui se passe, nom de Dieu ? rugit le général Iazov.

— Je ne sais pas, général, répondit Guennadi Baranko. Tomski était en train de me faire un rapport de situation, et ça a coupé en plein milieu d'une phrase. Je n'arrive pas à rétablir le contact !

— Qui d'autre a une radio dans son groupe ?

— Osadchuk et Simonov. Impossible aussi de les contacter, leurs émetteurs sont muets. »

Iazov crispa ses deux mains sur la rambarde glacée, indifférent au vent hurlant qui le faisait vaciller. Juste en face de lui, de l'autre côté de la baie traversée de longues déferlantes couronnées d'écume, le bunker aveugle se dressait dans la lumière blafarde de la lune comme un gigantesque monolithe oublié. Rien ne permettait de deviner ce qui se passait à l'intérieur. À deux cents mètres sur tribord, le *Global Defender* mouillait de conserve avec le brise-glaces ; seuls quelques rares hublots brillaient sur le navire américain, où aucune activité n'était visible.

Tout semblait encore sous contrôle. Mais l'instinct du général Iazov lui hurlait qu'une catastrophe était imminente. *Exactement ce que tu craignais depuis le début. Quelque chose est en train de merder.*

« Appelle Alexeiev, vite ! cria-t-il à son aide de camp. Demande-lui ce qui se passe !

— Tout de suite, général ! »

Baranko voulut porter le communicateur à son oreille, mais il s'interrompit dans son geste. Par-dessus le vacarme de la tempête, il venait de percevoir dans son dos un bruit immédiatement reconnaissable.

Il se retourna d'un bloc, et ses yeux s'agrandirent de stupéfaction.

« Général ! hurla-t-il. Regardez !

— Quoi ? Qu'est-ce qu'il y a ? fit Iazov qui avait l'ouïe moins fine et n'avait encore rien entendu.

— Regardez derrière ! C'est l'hélico du *Defender* ! Il vient de décoller et… il n'y a personne dedans ! »

03 h 20 UTC

« Tu crois que ça peut valoir combien, cette merde ? demanda le caporal Pornitcheff en manipulant la vilaine petite statuette en terre cuite – en réalité une amulette olmèque d'une valeur inestimable.

— Une balle dans la nuque si tu la ramènes dans ton paquetage, rigola son ami le sergent Zablonski. Tu sais que le vieux ne rigole pas avec ça… »

Pornitcheff haussa les épaules, mais reposa l'objet sur l'étagère où une douzaine d'autres statuettes, tout aussi hideuses à ses yeux, illustraient différentes facettes de l'art précolombien. « Si tu veux mon avis,

Iazov n'en a plus pour très longtemps. On dirait qu'il ne tient plus sur ses jambes, tu n'as pas remarqué ? Et je ne pense pas que Baranko sera aussi à cheval sur les principes. »

Cela faisait près d'une heure que les deux hommes inventoriaient le contenu de la suite de Kendall Kjölsrud. Ils avaient été surpris par la profusion d'appareils médicaux et par le bloc chirurgical robotisé qui occupaient un bon quart de la vaste cabine ; en revanche, les vieilles affiches de cinéma et les nombreux tableaux de maître les avaient laissés sur leur faim. La collection était pourtant des plus éclectiques : Rembrandt y côtoyait Füssli, et la noirceur du Caravage semblait répondre aux délires hallucinés de William Blake. Mais la symbolique générale des œuvres – pour la plupart des tableaux très sombres d'inspiration biblique ou mythologique, ou d'énigmatiques marines montrant des scènes de naufrage sous des ciels de tempête – échappait largement à ces hommes frustes nés dans les bas quartiers de Moscou ; selon la conception qu'ils s'en faisaient, l'appartement d'un milliardaire se devait de comporter des statues de femmes nues et des chiottes en or massif.

« Tout ça manque un peu de chattes », résuma Pornitcheff en examinant avec perplexité une effrayante crucifixion de Goya. Le tableau où le Christ mort au visage convulsé se détachait comme une statue de cire sur un arrière-plan de ténèbres était exposé près de l'entrée de la suite, juste à côté de l'asimov dont les deux mètres cinquante d'acier noir et de polymère montaient une garde silencieuse.

Zablonski ne l'écoutait pas. Le sergent russe était occupé à inspecter ce qui devait être l'œuvre maîtresse de la collection, comme l'indiquait sa position centrale sur un piédestal illuminé par un spot invisible. Un choix des plus déconcertants, pour un objet qui semblait sorti d'une décharge pour matériel industriel au rebut.

L'artefact auquel Kendall Kjölsrud semblait attacher le plus de valeur n'était autre qu'une vieille tête de forage pour puits de pétrole.

Et ce truc a vraiment servi, pensa le russe, *ce n'est pas une reproduction.* Le gros objet d'acier de la taille d'une lessiveuse était passablement rouillé, et les dents des trois couronnes rotatives comportaient de profondes traces d'usure qui ne pouvaient avoir été causées que par le frottement contre la roche. « Tiens, dit soudain Zablonski en se penchant pour mieux voir, c'est marrant… Il y avait une plaque avec un nom sur le côté, mais on dirait que quelqu'un l'a effacé à la lime !

— Comme les tatouages sur ton bras avec le nom de tes poules ? ricana l'autre. Tu vas bientôt manquer de place !

— C'est sûr qu'avec ta gueule, tu n'as pas ce problème, sourit Zablonski. En plus…

— Attends ! dit soudain Pornitcheff. Tu n'entends pas ? »

Surpris, Zablonski se redressa et se tourna vers son camarade, qui semblait tendre l'oreille vers la porte de la suite : « Qu'est-ce qu'il y a ?

— C'est dehors. On dirait le bruit d'un hélico. »

Ce furent ses dernières paroles.

Abandonnant d'un seul coup son immobilité de statue, l'asimov détendit comme un fouet son bras énorme et vint frapper le malheureux en pleine face, lui écrasant littéralement la tête contre la porte de la cabine. Pornitcheff n'eut même pas le temps de pousser un cri. Il y eut un effroyable fracas d'os brisés, et une gerbe de sang gicla jusqu'au plafond ; l'instant d'après, le cadavre presque décapité s'effondrait avec un bruit mou.

Zablonski resta tétanisé une fraction de seconde, puis ses réflexes de combattant prirent le dessus quand il vit le robot de combat se précipiter vers lui avec une vitesse stupéfiante. Sans même réfléchir, le Russe fit demi-tour et bondit en direction de la salle de bains : s'il arrivait à y pénétrer, il avait une chance de s'en tirer – en effet, la porte était trop petite pour laisser passer l'asimov, et la pièce disposait d'une fenêtre donnant sur le pont avant.

Il faillit presque y parvenir.

Ce qui l'en empêcha fut une tête de forage d'un quart de tonne qui vint le percuter dans les reins avec la force d'un boulet de canon, à l'instant même où il se croyait sauvé. La colonne vertébrale brisée net, Zablonski tomba à plat ventre et se tortilla comme un ver coupé en deux. Il avait perdu l'usage de ses jambes. Bandant ses muscles, il réussit malgré la douleur atroce à se retourner sur le dos ; juste à temps pour voir l'asimov ramasser – sans effort apparent – l'énorme masse d'acier et la brandir au-dessus de lui.

« Pitié… » murmura le blessé.

Sans aucune illusion sur ce qui allait suivre.

Une fois que ce fut fini, l'asimov redressa le piédestal qu'il avait renversé dans le feu de l'action et y reposa précautionneusement la tête de forage, dans la position exacte où elle se trouvait auparavant. Puis il se mit en quête d'une éponge pour nettoyer les fragments d'os et de cervelle qui souillaient le joyau de la collection de Kendall Kjölsrud.

03 h 20 UTC

L'avion vibrait tellement que Gretchen Vogt avait peine à distinguer l'écran de l'ordinateur portable posé sur la table devant elle. Elle avait prévu cet inconvénient, aussi s'était-elle arrangée pour que le démarrage de la séquence se fît de la manière la plus simple possible.

Juste avant de s'exécuter, elle jeta un dernier coup d'œil par le large hublot. À cinquante mètres sur bâbord, l'incendie qui avait embrasé l'entrée du hangar s'était déjà éteint ; au milieu des décombres calcinés, elle aperçut ce qui ressemblait à un tronc humain carbonisé. Elle eut un frisson ; quoi qu'il pût advenir d'eux dans les prochaines secondes, il était temps de quitter cet endroit maudit.

« Gret ! cria Caleb depuis le poste de pilotage. C'est pour aujourd'hui ou pour demain ?

— C'est pour tout de suite, Cal », murmura-t-elle.

Et elle enfonça la touche ENTER de son clavier.

03 h 20 UTC

Le sergent Vadim Alexeiev donna un dernier coup de pied, et la plaque de tôle – tout ce qui restait de la paroi extérieure de la citerne éventrée par l'explosion – s'abattit à terre dans un fracas de métal torturé.

Le sous-officier russe fit deux pas en avant, sauta souplement sur le sol de béton et s'arrêta net. Cloué sur place par la stupéfaction.

Il y eut un brouhaha derrière lui. Les autres membres de son groupe d'assaut s'étaient massés dans la large brèche déchiquetée du réservoir. Eux aussi avaient une vue imprenable sur ce qui se passait dans le hangar numéro un.

« Sainte mère de Dieu… » marmonna l'un d'entre eux.

03 h 20 UTC

Les seize bouteilles JATO hâtivement boulonnées par One-Shot sur les côtés du fuselage et sur les deux gros flotteurs latéraux s'allumèrent simultanément, chacune d'elles projetant en arrière un énorme panache de gaz enflammés de vingt mètres de long.

La technologie de ces moteurs fusée additionnels, inchangée depuis la Seconde Guerre mondiale, est des plus rustiques : il s'agit de simples propulseurs à poudre, à usage unique et dont le régime n'est pas modulable. Une fois mise à feu, la bouteille brûle pendant dix à quinze secondes, puis s'éteint toute seule.

Sous l'effet des vingt tonnes de poussée supplémentaires, le Dornier Do-X s'arracha à la pesanteur et bondit en avant.

Pour s'arrêter au bout de quelques centimètres, dès que l'énorme câble de marine tendu sous son empennage eut atteint sa limite d'élasticité. Toutes les membrures de l'avion émirent un geignement de protestation, et le gigantesque appareil retomba lourdement sur le sol du hangar, dansant de façon incontrôlable sur son train de roulement.

À l'intérieur du poste de pilotage, le niveau de bruit et de vibrations devint proprement invraisemblable. Les placards de rangement situés en haut de l'habitacle s'ouvrirent soudain, et des tas de trucs dégringolèrent sur les deux hommes qui se trouvaient là. Secoué par les ruades, Caleb n'eut que le temps de se cramponner des deux mains à son gouvernail pour éviter d'être jeté à bas de son siège. « ONE-SHOT ! hurla-t-il sur la fréquence commune. VITE ! L'AVION VA SE DISLOQUER ! »

03 h 21 UTC

Les deux Russes muets de stupéfaction regardèrent le petit hélicoptère MH-6 *Little Bird* s'élever gracieusement au-dessus du pont du *Global Defender*, faire son point fixe à une quinzaine de mètres de hauteur, puis s'incliner sur le côté et venir vers eux en luttant contre le fort vent de travers. Avec une lenteur d'autant plus horrifiante qu'ils savaient exactement ce qui allait se passer.

Et qu'ils n'avaient aucun moyen d'y remédier.

Sortant de son hébétude, le colonel Baranko se mit à pousser des hurlements et à gesticuler dans l'espoir insensé d'alerter les officiers de quart sur la passerelle ; s'il y parvenait, il serait peut-être encore temps de réorienter l'unité CIWS verrouillée sur la plage, et d'abattre l'intrus en vol. Mais ce fut peine perdue : dans la pénombre ambiante et avec le vacarme des éléments déchaînés, personne ne faisait attention à lui.

Le capitaine Piotr Sabayev et son premier officier, le lieutenant Simon Tchoulkov, étaient tous deux occupés à consulter le dernier relevé météo satellitaire, qui indiquait une accalmie prévisible de la tempête dans les prochaines heures. Quelques instants auparavant, ils avaient bien ri à propos de Iazov et de son second qui préféraient risquer une pneumonie sur le pont plutôt que de suivre avec eux l'évolution des événements dans la tiédeur confortable de la timonerie. Un mouvement à l'extérieur attira soudain l'attention de Sabayev.

À quinze mètres de distance, ses surfaces métalliques luisant d'un éclat sinistre dans la lueur blafarde de la lune, un hélicoptère en approche rapide se ruait sur eux.

Le commandant du *Vladimir Karvaiyski* n'eut même pas le temps de réaliser qu'il allait mourir.

Une demi-seconde avant l'impact, l'IA qui pilotait le *Little Bird* fit une dernière manœuvre : actionner la purge d'urgence des réservoirs de carburant situés sous la bulle du cockpit. C'est donc entouré d'un aérosol en expansion fait de millions de gouttelettes d'essence aviation hautement inflammable que l'appareil d'une tonne et demie vint s'encastrer à pleine vitesse dans les verrières de la passerelle.

L'effet produit fut comparable à la détonation d'une charge thermobarique. Une colossale explosion souffla toute la partie supérieure du château, pendant qu'une sphère de feu de quinze mètres de diamètre incinérait tous ceux qui se trouvaient à l'intérieur. L'onde de choc ébranla toute la structure du bâtiment et, quelques secondes plus tard, le *Vladimir Karvaiyski*, désormais privé de son contrôle stabilisateur, commença à tanguer violemment dans les flots démontés.

03 h 21 UTC

One-Shot s'attendait à la secousse au moment de l'allumage des fusées, mais il faillit quand même être jeté à terre par la violence du choc. Il se rattrapa de justesse et se remit aussitôt en position, bien campé sur ses jambes écartées, la grosse hache récupérée dans une réserve du hangar fermement brandie au-dessus de sa tête. À ses pieds, l'énorme câble de marine était tendu à se rompre ; attaché au dernier longeron transversal de la soute, il partait vers l'arrière et sortait de l'appareil par une ouverture découpée à l'endroit où le plancher se relevait pour rejoindre la courbure de l'empennage.

C'était la partie la plus hasardeuse du plan : une fois sectionné, le câble risquait en se détendant d'arracher net la queue de l'avion, le rendant totalement ingouvernable. Mais c'était la seule solution qu'ils avaient trouvée pour faire un point fixe avant le décollage : le modeste système de freinage qui équipait le train de roulement n'était pas suffisant pour retenir l'appareil lorsque les six moteurs étaient à plein régime, *a fortiori* avec la poussée additionnelle des bouteilles JATO.

Essayant de rester debout malgré le plancher qui bougeait dans tous les sens, One-Shot se concentra sur le geste à accomplir. C'était la première fois qu'il se livrait à ce genre d'exercice depuis l'âge de dix-sept ans, quand il avait fini troisième d'une compétition de bûcherons amateurs dans la forêt au nord d'Helsinki. *Un seul essai*, pensa-t-il. *Ça devrait le faire – à l'époque, tu étais un peu maigrichon.*

Prenant une profonde inspiration, il abattit de toutes ses forces la lourde hache.

Le câble se rompit d'un seul coup avec un claquement sec ; l'extrémité postérieure de l'amarre disparut en une fraction de seconde, comme si elle n'avait jamais été là – arrachant néanmoins au passage près de deux mètres carrés de la paroi arrière de la soute.

L'avion eut un sursaut formidable et bondit en avant, comme propulsé par la main d'un géant.

One-Shot perdit l'équilibre et fit un vol plané de deux mètres avant de s'assommer contre une poutrelle, manquant de peu d'être éjecté au travers de la brèche ouverte par le câble.

À trente mètres en avant du cockpit, le mur de béton sembla se précipiter sur les deux hommes qui se trouvaient aux commandes.

03 h 21 UTC

« GRET ! cria Caleb dès qu'il sentit l'avion partir en avant. MAINTENANT ! »

Mais la jeune femme avait anticipé l'ordre. Son index venait de presser pour la seconde fois la touche ENTER de son ordinateur.

Les événements des deux secondes suivantes se déroulèrent dans une échelle de temps qui n'est pas accessible aux perceptions humaines.

Pendant une durée de six microsecondes, les détonateurs des cent vingt-sept charges de plastic ultrabrisant apposées contre la porte du hangar entrèrent en action. Non pas tous en même temps, mais selon la séquence exacte d'allumage prédéterminée par les calculs de Gretchen Vogt.

À l'intérieur des pains d'explosif militaire, les réactions exothermiques débutèrent instantanément et se propagèrent de proche en proche au sein du réseau moléculaire à des vitesses inconcevables – huit à neuf kilomètres par seconde pour les charges de FOX-7 ou d'HMX, plus de dix pour celles d'octonitrocubane. En moins de dix microsecondes, le front d'onde hypersonique dépassa le périmètre de confinement du matériau explosif et poursuivit sa route dans les volumes environnants, là encore d'une façon strictement prédéfinie par la géométrie imposée aux charges.

Plus de 85 % de la puissance explosive se répartit en direction du mur de béton, commençant aussitôt à le fragmenter en débris de plus en plus petits à mesure que les ondes brisantes progressaient dans la paroi. Le reste du front d'onde, accompagné d'une mitraille de débris incandescents propulsés à plusieurs fois la vitesse du son, entama sa propagation concentrique à l'intérieur du volume aérien du hangar.

À ce stade, le Dornier avait déjà parcouru six mètres depuis la rupture du câble d'amarrage, et un peu plus d'un millimètre depuis l'allumage du premier détonateur pyrotechnique.

La seconde série de charges – quarante pains d'explosifs aux formes complexes disposés sur des piquets à quelques mètres du portail en train d'exploser – détona à cet instant précis. Leur géométrie était conçue pour orienter la quasi-totalité de l'énergie générée dans la direction opposée à l'avion, bloquant une grande partie du front d'onde et plus de 90 % des débris solides issus de l'explosion initiale.

Le bouquet final intervint un peu plus de quatre microsecondes plus tard, avec la détonation presque simultanée – mais pas tout à fait – des vingt dernières charges adossées au mur du fond. Avec dix-huit kilogrammes de FOX-7 par charge, c'était *vraiment* de la grosse artillerie. La paroi de béton de cent mètres de long se volatilisa instantanément, pendant que le volume entier du hangar se remplissait d'énergies furieuses se propageant à des vitesses incommensurables.

C'est alors que se produisit le miracle prévu par les équations de la détonique, mais encore jamais testé ailleurs que sur le papier.

Alors que les parois du hangar numéro un se désagrégeaient de toutes parts sous l'assaut des pressions monstrueuses, les fronts d'onde provenant des cent quatre-vingt-sept charges explosives entrèrent en contact.

S'annulant les uns les autres.

Et tissant un réseau ondulatoire incroyablement complexe dans les trois dimensions de l'espace, une architecture dynamique qui dessinait une boîte de soixante mètres de côté en translation vers l'extérieur de la base. À la même vitesse que l'avion géant qui se trouvait à l'intérieur.

Trois quarts de seconde après que One-Shot eut sectionné le câble d'amarrage – une éternité au regard de la vitesse des phénomènes qui venaient de se dérouler –, le nez du Dornier se trouvait à moins de dix pas de l'endroit où s'était dressé le portail de cinq mètres d'épaisseur. Plus de 99 % de la masse de ce dernier avait déjà été expulsée à l'extérieur et était en train de retomber sur la plage devant le bunker.

Mais des myriades de fragments de béton et de ferraille restaient encore en suspension en l'air, la gravité n'ayant pas encore eu le temps de les rabattre au sol. La très grande majorité étaient de dimensions modestes, du grain de poussière au petit pois, et donc sans réel danger. Mais plusieurs centaines dépassaient la taille d'un pamplemousse.

Prêts à hacher l'avion géant qui se précipitait dessus à près de trois cents kilomètres-heure.

L'ultime ligne de défense du Dornier se mit alors en place. Plus vite qu'aucun opérateur humain n'aurait pu le faire, l'IA partagée entre Jeeves et les autres mobiles ordonna à celle du laser de combat de débuter le tir. Le système de visée tactique combinant un détecteur optique et un télémètre radar millimétrique engagea une première cible – un gravat de quinze centimètres de côté qui se trouvait à six mètres du sol juste dans l'axe du cockpit – et le calculateur détermina aussitôt une solution de tir. L'instant d'après, le faisceau laser mégajoule parfaitement calibré jaillissait de la tourelle de tir à la vitesse de la lumière et vaporisait l'obstacle dans un éblouissant flash énergétique.

Le tout avait pris dix-sept nanosecondes.

Sans faire la moindre pause, l'IA sélectionna une nouvelle cible. Et la séquence recommença.

Encore et encore.

Pour les deux hommes qui se trouvaient dans le cockpit du Do-X, aucun de ces événements ne fut perceptible. Les seules sensations de Kendall Kjölsrud et de Caleb McKay alors que l'hydravion prenait son essor furent une accélération de quatre *g* qui les cloua dans leurs sièges, une réduction immédiate du niveau de vibrations, puis un éblouissant flash lumineux qui déclencha immédiatement la polarisation de leurs visières – mais, même en filtrage maximal, le peu de lumière qui passait suffisait encore à les éblouir ; au même moment, les boucliers auditifs de leurs combinaisons se mirent en action, leur évitant une surdité définitive, voire des lésions cérébrales irréversibles sous l'effet des ondes sonores dévastatrices.

Et d'un seul coup, l'avion fut dehors.

Paradoxalement, c'est à ce moment-là qu'ils faillirent tous mourir. À peine l'appareil eut-il parcouru quelques dizaines de mètres à l'extérieur que la tempête s'emparait de lui, les vents tourbillonnants le rabattant vers la plage. Pour Caleb, le passage de la lumière aux ténèbres fut instantané, et, pendant une seconde terrifiante – le temps que la visière s'adapte au changement de luminosité –, il se retrouva dans le noir complet. Mais avant même que sa vision ne revienne, son instinct de pilote avait déjà détecté le décrochage latéral de l'appareil ; sans même réfléchir, il se mit à peser sur le palonnier bâbord et à tourner dans le même sens la roue de la gouverne de direction.

« COMPENSEZ ! » hurla Kjölsrud à côté de lui.

Rien ne se passa. Les gouvernes semblaient complètement bloquées, comme soudées au plancher.

Dans un effort surhumain et avec le sentiment que c'était déjà trop tard, Caleb s'arc-bouta et recommença en appuyant de tout son poids sur les deux commandes. Et, enfin, quelque chose céda. Avec une lenteur désespérante, la pédale de gauche et le levier de direction commencèrent à répondre à la pression.

La lumière revint d'un seul coup. Sur sa gauche, Kjölsrud était presque debout sur son palonnier et, de son bras valide, pressait comme un forcené sur sa roue de direction pour joindre ses forces à celles de Caleb. Le jeune homme leva les yeux.

De l'autre côté des verrières maintenant constellées d'impacts et de rayures, les flots démontés de l'océan austral se ruaient à leur rencontre avec une vitesse effrayante.

03 h 21 UTC

À l'échelle des processus incroyablement rapides qui se déroulaient dans les réseaux neuronaux de l'IA, l'avion colossal était comme suspendu en lévitation à deux mètres du sol ; ses énormes hélices semblaient presque immobiles, et les flammes de vingt mètres qui jaillissaient des bouteilles JATO se mouvaient avec la lenteur d'algues dans un ruisseau paresseux.

Les deux tiers de l'appareil avaient déjà dépassé l'endroit où le portail de béton se trouvait quelques fractions de seconde auparavant, et seule sa queue était encore à l'intérieur du hangar. Avec ce qui ressemblait à la satisfaction du devoir accompli – mais aucun de ses concepteurs n'aurait jamais admis qu'il pût éprouver un tel sentiment –, le système robotique observa que l'avion n'avait apparemment subi aucun dommage important.

Dans le même temps, l'IA constata sans émotion que son propre anéantissement, ou plutôt celui de l'asimov qui après tout n'était que l'un de ses avatars, était imminent : les parois virtuelles résultant de l'affrontement des fronts d'onde détoniques étaient en train de s'effondrer, et la structure en béton armé qui avait résisté à soixante-douze ans d'enfouissement sous la banquise cédait de toutes parts. Sous les milliers de bars de pression générés par les explosions, de gigantesques fissures se formaient sur les parois du hangar, pendant qu'une grêle de fragments de béton commençait à remplir tout son volume. Les détecteurs de mouvement de l'asimov l'avertirent qu'une dalle de la dimension d'un autobus venait de s'arracher à la structure du plafond, juste au-dessus de lui. Cette information lui permit de calculer qu'il lui restait sept cent trente millisecondes d'existence, à 10 % près.

Juste le temps d'apporter la touche finale à son travail.

Dans un mouvement incroyablement rapide pour sa taille, le robot bascula le laser de combat situé à côté de lui pour en réorienter la tourelle de tir vers le large – ou plutôt vers l'endroit où se trouvait le large, car dans l'espace envahi de fumées on ne distinguait rien de l'extérieur. Mais ce n'était pas un problème pour le système de visée radar, qui n'eut aucune difficulté à localiser sa cible et à se verrouiller dessus ; dans le même temps, l'IA paramétrait l'ouverture maximale du faisceau pour un tir unique jusqu'à vidange des cellules à combustible.

Le tir débuta cinquante-sept millisecondes avant

l'impact de la dalle de béton. À la vitesse de la lumière, il fallut trois microsecondes supplémentaires au rayon laser ultrapuissant pour venir frapper le *Vladimir Karvaiyski* à hauteur de sa ligne de flottaison, ouvrant une brèche de six mètres dans la paroi de la salle des machines et tuant tous ceux qui se trouvaient à l'intérieur.

03 h 21 UTC

Après l'impact de l'hélicoptère, toute la superstructure du *Vladimir Karvaiyski* n'était plus qu'un brasier gigantesque, attisé par les vents furieux qui secouaient le navire. À peine audibles dans le vacarme ambiant, des hurlements indiquaient que des hommes s'y trouvaient piégés.

Iazov et Baranko avaient été projetés au sol et fortement commotionnés par le souffle de l'explosion, mais par chance les deux officiers ne souffraient d'aucune blessure grave. Recrachant le jet de bile qui lui avait envahi la bouche, Baranko agrippa la rambarde bâbord et réussit à se remettre sur ses jambes – avec d'autant plus de difficultés que le pont du brise-glaces semblait maintenant danser la gigue. À côté de lui, le général Iazov s'était assis et tenait sa tête entre ses mains ; il avait perdu sa casquette, et ses cheveux clairsemés volaient au gré des rafales de vent. Baranko jeta un regard incrédule vers l'arrière du navire, subjugué par l'étendue des dégâts.

C'est alors qu'une effrayante clarté rougeâtre illumina les flots à des kilomètres à la ronde, comme si l'aube s'était levée avec deux heures d'avance.

Stupéfait, le colonel russe se retourna d'un bloc dans la direction d'où paraissait jaillir la lueur. « GÉNÉRAL ! REGARDEZ ! » hurla-t-il sans en croire ses yeux.

À un demi-mille de distance, une explosion titanesque venait de secouer le bunker géant. Un colossal panache de flammes et de fumées en expansion dépassait déjà la cime des falaises de glace, ne laissant plus rien distinguer de la plage.

Au moins ces salopards sont tous morts, eut le temps de penser Baranko. À ses côtés, Iazov toujours assis avait relevé la tête ; il saignait du nez, et sa bouche était agitée de tressaillements incoercibles.

Deux choses inimaginables se produisirent à cet instant précis.

Au moment où le grondement de l'explosion parvenait à leurs oreilles, un trait lumineux d'une blancheur aveuglante jaillit du magma incandescent et vint toucher le *Vladimir Karvaiyski* vers l'arrière. Le phénomène fut si bref – peut-être un dixième de seconde – que si les deux hommes avaient cligné des yeux à ce moment-là, ils ne l'auraient pas perçu. Pour la seconde fois en quelques instants, une commotion formidable secoua le brise-glaces, le faisant gémir de toutes ses tôles ; l'arrière du bâtiment se souleva de plusieurs mètres puis retomba pesamment dans l'eau avant de commencer à s'enfoncer.

Presque simultanément, un énorme hydravion sembla surgir comme un fantôme du champignon de fumée, ses ailes blanches illuminées par la lueur du brasier et par les éblouissants jets de flammes à l'arrière de son fuselage. L'appareil se déplaçait avec une lenteur impressionnante. Il paraissait désemparé, et, au lieu de continuer droit devant, décrivait une courbe descendante sur la droite qui allait immanquablement le précipiter dans les flots au bout de quelques secondes ; mais, au moment même où l'extrémité de son aile était sur le point de toucher, il réussit à se redresser et heurta les vagues avec sa coque profilée, soulevant une gigantesque gerbe d'écume de part et d'autre de son étrave. L'avion rebondit comme un bouchon et reprit pesamment son vol, mais cette fois son pilote avait l'air de le maîtriser.

Il venait droit sur eux.

03 h 21 UTC

L'onde de choc accompagnée de gaz surchauffés se diffusa à des vitesses supersoniques dans tous les secteurs de la base, effondrant murs et plafonds, détruisant indifféremment les laboratoires et les salles de casernement, incinérant les centaines de cadavres qui y reposaient.

Au-delà du bunker, l'ébranlement se propagea sur plusieurs kilomètres à l'intérieur de l'inlandsis, où des crevasses gigantesques commencèrent à s'ouvrir un peu partout. Au niveau des falaises qui entouraient la plage, la violence de la secousse rompit d'un seul coup le fragile ciment de liaisons moléculaires qui assurait la cohésion de la banquise. Des masses colossales de glace se mirent soudain en mouvement.

Le sergent Vadim Alexeiev et les sept hommes qui l'accompagnaient moururent instantanément, volatilisés par la puissance des explosions.

Des deux hommes qui étaient restés en faction dans le trou d'accès au hangar numéro 2, le caporal Vasil

Khandayev connut un sort pratiquement identique. Le colosse bouriate se trouvait à l'extrémité de la cavité en train de guetter l'intérieur du hangar, son corps massif remplissant presque tout l'espace disponible, lorsqu'il fut heurté de plein fouet par le jet de gaz brûlants propulsé à la vitesse d'un obus ; déchiqueté et carbonisé par l'impact, son corps se fragmenta en débris qui s'éparpillèrent sur la plage devant la casemate.

Son compagnon, le caporal Oleg Duryagin, était par chance en train de fumer une cigarette à l'extérieur, ce qui lui valut de survivre près de sept secondes à l'explosion. Ne se trouvant qu'en périphérie du panache de gaz et de fragments humains qui jaillit d'un seul coup de la cavité, il fut projeté à plusieurs mètres mais ne subit que des brûlures superficielles aux mains et au visage. À moitié sonné, l'homme, qui était retombé à plat dos, eut le temps de distinguer sur sa droite une gigantesque forme blanche, qui parut s'arracher à la paroi en explosion avant de se perdre dans la nuit dans un grondement de moteurs poussés en butée ; il se dit qu'il rêvait : l'engin dont il avait à peine entraperçu la silhouette lui avait semblé propulsé par une bonne quinzaine de réacteurs.

Puis son regard se porta en l'air, et ses yeux s'agrandirent de terreur.

De part et d'autre de la casemate, les falaises de glace étaient déjà en train de s'effondrer dans un fracas de fin du monde. Sous l'éclairage indifférent de la lune, les huit hectares de nanotoile mis en place pour tenter de contenir la pression du glacier résistèrent une demi-seconde supplémentaire puis s'arrachèrent d'un coup dans un hurlement de tissu déchiré et de câbles métalliques rompus ; l'instant d'après, trente millions de tonnes de glace et de neige compactée s'abattaient sur la plage, faisant disparaître à jamais les décombres de la base Roosevelt.

03 h 22 UTC

Les mains serrant à la broyer la roue de direction, Caleb jeta un coup d'œil à son voisin. Celui-ci lui rendit son regard : on y lisait l'incrédulité qu'ils soient toujours en vie.

N'osant encore se détendre, le jeune homme réalisa qu'ils avaient eu une chance extraordinaire. D'abord d'arriver à remettre le Dornier d'aplomb avant que l'extrémité de son aile ne touche les flots. Ensuite de toucher non pas dans un creux de vague – ce qui, vu les dimensions de l'appareil, aurait signifié sa destruction immédiate –, mais au contraire au sommet d'une déferlante. Enfin que les bouteilles JATO aient eu encore une ou deux secondes de poudre à ce moment ; sans leur poussée additionnelle, l'avion n'aurait jamais réussi à rebondir et à reprendre l'air après ce *touch and go* acrobatique.

Joshua intervint sur la fréquence commune ; sa voix était blanche : « Combustion terminée pour les JATO. Régime nominal pour les six moteurs. On vole… enfin, je crois.

— Merci, Josh », murmura Caleb.

Pour la première fois depuis qu'ils avaient failli se crasher, il regarda par la verrière devant lui. À trois cents mètres de là, dansant sur une mer d'encre, le *Vladimir Karvaiyski* était la proie des flammes.

03 h 22 UTC

Frappé à mort par le laser qui l'avait atteint dans ses œuvres vives, le brise-glaces n'était plus qu'une épave. Le navire gîtait de près de vingt degrés, et sa poupe s'était déjà enfoncée au point que des paquets de mer venaient maintenant se briser sans interruption sur le pont arrière. Cramponnés à leur rambarde, le général Iazov et Guennadi Baranko contemplaient avec une rage impuissante l'hydravion volant à basse altitude qui se rapprochait lentement.

Précédé par le fracas de ses douze hélices démesurées, l'engin passa juste au-dessus du navire en perdition, le rasant de si près que la lueur des flammes qui dévoraient la timonerie se refléta un instant sur sa coque blanche luisante d'écume.

Fou de colère, Baranko dégaina son Makarov et en vida le chargeur au jugé, apparemment sans rien toucher. Au moment précis où l'avion était au plus près, les deux officiers stupéfaits découvrirent une silhouette humaine gigantesque, entièrement revêtue de noir, qui se tenait dans l'encadrement de la porte de la soute restée grande ouverte ; le géant sembla prendre son élan et jeta de toutes ses forces un gros objet dans leur direction.

One-Shot était nettement plus doué pour le maniement des armes à feu que pour celui de la hache de jet ; sa performance fut néanmoins honorable.

Avec un bruit sourd, la lourde hache se planta profondément dans la rambarde du *Vladimir Karvaiyski*, à moins de deux mètres de la tête du général Iazov.

Alors que l'hydravion s'éloignait vers le large, le

colosse en combinaison noire se pencha hors de la soute pour les observer, se retenant seulement d'un bras à l'encadrement et tendant l'autre dans leur direction. La distance était déjà trop importante pour que les deux Russes puissent en être sûrs, mais il leur sembla bien que le type leur faisait un doigt d'honneur.

03 h 47 UTC

Par un invraisemblable concours de circonstances, le lieutenant Pavel Tomski était encore vivant. Au moment de l'explosion de la bouteille d'oxygène, l'officier russe avait été projeté en arrière et était tombé dans un puits d'aération menant à l'étage inférieur de la base. Là où n'importe quel autre se serait rompu le cou, la chute de cinq mètres ne lui avait valu qu'une entorse au genou et quelques contusions sans gravité. C'est alors qu'il se relevait et essayait de comprendre ce qui s'était passé que l'explosion titanesque du hangar numéro un était survenue.

Là encore, Tomski avait eu beaucoup de chance, si l'on peut dire : tout un pan de mur pesant plusieurs centaines de tonnes s'était abattu sur l'entrée du puits, empêchant la plus grande partie du souffle et des gaz incandescents d'y pénétrer. De là où il se trouvait, le lieutenant n'en avait pas moins eu la sensation de se retrouver pris dans un tremblement de terre : alors qu'un fracas inimaginable lui broyait les tympans et que les murs du couloir autour de lui se couvraient de fissures larges comme le bras, le sol s'était soudain dérobé sous ses pieds, le projetant à terre. Les néons au plafond s'étaient éteints d'un seul coup, le laissant dans le noir complet. Mais Tomski avait eu le temps de repérer une porte entrouverte à moins de trois mètres sur sa droite ; mû par l'énergie du désespoir, il s'était redressé et précipité dans cette direction, en espérant que les parois de cette pièce tiendraient mieux le coup que celles du corridor. À peine y avait-il pénétré et refermé à tâtons le gros battant métallique que quelque chose de lourd était venu le frapper à la tempe, le faisant sombrer dans l'inconscience.

Lorsqu'il reprit connaissance après une durée indéterminée, sa tête lui faisait atrocement mal. L'obscurité autour de lui était absolue. Il se fit la remarque que c'était la seconde fois en douze heures qu'il se réveillait plongé dans le noir dans un environnement inconnu et se demanda un instant s'il n'était pas de retour dans le module de commande en perdition au bord de la falaise. Et puis la mémoire lui revint : l'explosion alors qu'Osadchuk s'apprêtait à tirer une nouvelle roquette sur l'avion, la chute dans le conduit d'aération, le séisme inexpliqué. En tâtonnant, il passa son équipement en revue : il avait perdu son communicateur radio et toutes ses armes, mais, grâce à Dieu, il avait toujours son casque étanche et son appareil respiratoire.

Tu ne sais pas combien il te reste d'oxygène. Dépêche-toi de filer d'ici.

Il extirpa la mini-lampe torche de son étui contre son mollet gauche ; celle-ci avait dû prendre un coup, car il dut s'y reprendre à plusieurs fois pour l'allumer, et quand ce fut fait il n'en sortit qu'un maigre pinceau lumineux jaunâtre.

Ce fut bien suffisant pour lui permettre de découvrir ce qui l'entourait.

Le lieutenant Tomski se trouvait dans un petit local qui avait dû servir de resserre à matériel, mais qui pour l'heure était vide hormis quelques rayonnages renversés. Les murs semblaient curieusement de guingois, et le sol penchait de plusieurs degrés, comme si toute cette partie de la base avait basculé sur le côté. À l'emplacement de la porte, un éboulis fait de morceaux de béton et de ferraille grimpait jusqu'au plafond.

Il n'y avait aucune autre ouverture.

Alors qu'il sentait la panique monter en lui, il remarqua soudain un bruit qui s'était déjà produit à plusieurs reprises depuis qu'il avait repris conscience mais sans attirer son attention : une sorte de grincement rythmé, à peine audible.

Criic.

Il se retourna d'un bloc, braquant sa lampe torche comme si c'était une arme. *Criic.* Le bruit venait d'un coin de la pièce qui était resté dans la pénombre lors de sa rapide inspection. Ignorant la douleur à son genou, il fit quelques pas prudents dans cette direction.

Pour s'arrêter comme pétrifié lorsque sa lampe – qui émettait maintenant des clignotements de mauvais augure – lui fit découvrir l'origine du son.

Criic.

Pendu à une canalisation d'écoulement au moyen d'une corde en chanvre, un cadavre en uniforme américain suranné se balançait doucement sous l'impulsion qui lui avait été donnée par le séisme. Le chauffage avait dû fonctionner encore quelque temps dans cette pièce avant que les groupes électrogènes ne se mettent en rideau soixante-douze ans auparavant, car contrairement à la plupart des autres corps, celui-ci avait eu le temps de se décomposer avant de geler. Sa peau était verdâtre et son abdomen gonflé avait fait céder plusieurs boutons de sa chemise ; son visage où les yeux avaient disparu était maculé du jus putride qui s'était écoulé par sa bouche et ses narines, dégoulinant ensuite en longues stalactites pétrifiées.

La lampe s'éteignit. Tomski sut qu'elle ne se rallumerait pas.

Et que cette fois personne ne viendrait le chercher.

Le lieutenant russe était un soldat aguerri. Il tint le coup cinq bonnes minutes avant de commencer à hurler dans l'obscurité.

Troisième Partie

Ad Astra

Trente rayons convergent au moyeu.
Mais c'est le vide médian qui fait marcher le char.

Lao Tseu
Tao Tö King (ca. 600 av. J.-C.)

La substance cendreuse pleuvait alors incessamment autour de nous et en énorme quantité. La barrière de vapeur au sud s'était élevée à une hauteur prodigieuse au-dessus de l'horizon, et elle commençait à prendre une grande netteté de formes. Je ne puis la comparer qu'à une cataracte sans limites, roulant silencieusement dans la mer du haut de quelque immense rempart perdu dans le ciel. Le gigantesque rideau occupait toute l'étendue de l'horizon sud. Il n'émettait aucun bruit.

Edgar Allan Poe
Les aventures d'Arthur Gordon Pym (1838)

Die Sonne scheint mir aus den Händen
Kann verbrennen, kann dich blenden
Wenn sie aus den Fäusten bricht
Legt sich heiss auf dein Gesicht
Legt sich schmerzend auf die Brust
Das Gleichgewicht wird zum Verlust
Lässt dich hart zu Boden gehen
Und die Welt zählt laut bis zehn
Eins – Hier kommt die Sonne
Zwei – Hier kommt die Sonne
Drei – Sie ist der hellste Stern von allen
Vier – Und wird nie vom Himmel fallen
Fünf – Hier kommt die Sonne
Sechs – Hier kommt die Sonne
Sieben – Sie ist der hellste Stern von allen
Acht, neun – Hier kommt die Sonne Aus

Rammstein
Sonne (2001)

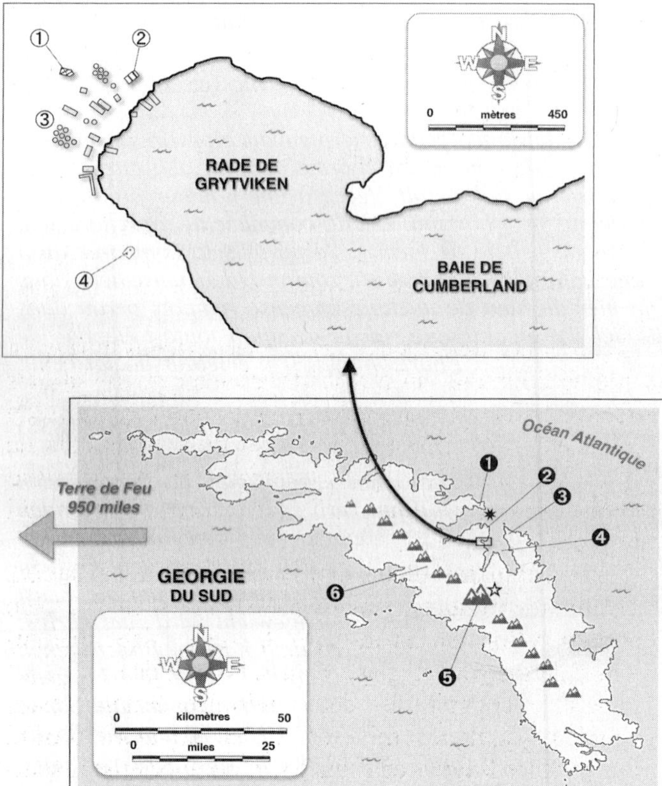

① église	❶ cap Larsen	❺ mont Paget
② musée	❷ cap Sappho	❻ chaîne d'Allardyce
③ bâtiments désaffectés	❸ cap Barff	✱ crash du 19 août 1946
④ cimetière	❹ baie de Cumberland	☆ crash du 1er mars 2018

Chapitre 20

1er mars 2018 – 03 h 47 UTC

En premier lieu, ils avaient ôté les casques et respiré à pleins poumons un air qu'ils avaient cru ne jamais retrouver. Tout ce qui pouvait s'ouvrir dans l'avion l'avait été : les prises d'air du cockpit, les portes de soute, les hublots du pont passager, avec pour seul but de chasser au plus vite l'atmosphère viciée qui remplissait l'appareil.

Et avec elle, les relents de mort de la base Roosevelt.

Quelques minutes avaient suffi pour mener à bien cette opération, et les rescapés se délectaient maintenant d'un air pur et glacé à la saveur iodée.

Dans le cockpit, les deux hommes étaient restés silencieux quelques minutes. Caleb en avait profité pour prendre l'avion en main ; son comportement semblait sain, mais les gouvernes étaient toujours aussi lourdes et imposaient un pilotage très physique. Le jeune homme avait gagné un peu d'altitude et trouvé une couche presque exempte de turbulences à neuf cents pieds ; en attendant de statuer sur le cap à adopter, il avait arbitrairement choisi de remonter vers le nord en suivant la longue péninsule glacée du cap Norvegia. Pour l'heure, la priorité était de mettre le plus de distance possible entre leurs adversaires et eux ; pour ce qu'ils en avaient vu au passage, le navire russe paraissait blessé à mort, mais Caleb ne voulait courir aucun risque.

Kendall Kjölsrud fut le premier à rompre le silence :

« Pas facile à piloter, n'est-ce pas ?

— C'est le moins qu'on puisse dire, opina Caleb. Je n'ai jamais vu un avion réagir aussi lentement, ça demande énormément d'anticipation. On a eu beaucoup de chance tout à l'heure.

— De la chance ? Ne vous sous-estimez pas, vous nous avez tous sauvés. Et vous avez sauvé le réacteur, ce qui est au moins aussi important. »

Caleb haussa les épaules et grommela : « Je ne suis pas encore tout à fait sûr d'avoir fait le bon choix. Mais peu importe. Essayons déjà de ramener cet engin à bon port, nous verrons ensuite… »

Les deux hommes échangèrent un regard qui avait valeur de trêve. *Alliés. Pour l'instant.*

« En attendant que je vous convainque, ricana le vieil homme, auriez-vous la gentillesse de m'aider à ouvrir cette fichue combinaison ? J'aimerais bien voir à quoi ressemble mon bras… »

Finalement, le bras n'avait pas l'air cassé. Mais il n'était pas beau à voir : Kjölsrud fit la grimace en découvrant l'énorme hématome violacé qui s'étendait pratiquement de son épaule à son coude, conséquence de l'impact des balles d'AN-94. Il tenta quelques mouvements précautionneux, sans trop forcer.

« Ça va ? demanda Caleb qui observait son manège.

— J'arrive à le bouger, mais ça fait un mal de chien…

— Vous devriez aller voir Sarah, il lui reste peut-être quelques doses d'antalgiques. Si One-Shot n'a pas déjà tout pris.

— Vous avez raison, dit le milliardaire en se levant. Et je vais en profiter pour voir comment les autres ont supporté le décollage. »

Resté seul, Caleb enclencha ce qui tenait lieu de pilote automatique – en réalité un système de balancier très rustique, qui compensait seulement les variations d'assiette sans pouvoir suivre un cap. De quoi se lever pour se dégourdir les jambes, mais sûrement pas pour aller piquer un roupillon.

Dommage, pensa-t-il. Il s'étira et fit quelques pas pour observer l'extérieur. Aucune des vitres du poste de pilotage hémicirculaire ne s'était brisée lors de leur décollage acrobatique, mais chaque pouce carré était constellé de rayures et de minuscules impacts – toutes les particules que l'IA du laser avait négligé de vaporiser. Vers l'avant, la base du cockpit se prolongeait jusqu'à l'étrave de l'avion par un capot triangulaire de près de huit mètres de long, qui empêchait de regarder vers le bas ; sur les côtés, au contraire, les verrières offraient une vue plongeante sur l'océan. Chacune des surfaces visibles – la partie avant du fuselage, les flotteurs latéraux, le bord d'attaque de l'aile massive surmontée de ses énormes moteurs – était couverte de bosses et d'éraflures, comme si l'avion avait traversé une épouvantable tempête de grêle.

Ça ne va pas améliorer notre aérodynamique, se

dit Caleb. *Il va falloir en tenir compte au moment de choisir notre destination.*

Avec ses réservoirs additionnels, le Dornier avait une autonomie de mille huit cents milles. En principe de quoi rejoindre la pointe du continent sud-américain, mais avec le carburant qu'ils allaient bouffer en plus, ça pouvait se révéler limite.

Caleb se rendit ensuite à l'arrière du cockpit, où se trouvaient ses deux amis. Gretchen Vogt leva les yeux de son portable et dit d'un air songeur : « Tu sais quoi, Cal ? On ne devrait pas être là en ce moment...

— Hein ? Pourquoi ?

— D'après le log de la console d'allumage, dix-neuf charges ont merdé. Près de 10 %. Soit elles ont fait long feu avec un rendement énergétique très inférieur à celui prévu, soit elles ont détoné avec des retards allant jusqu'à cinq microsecondes par rapport à la séquence programmée. Nous aurions tous dû être vaporisés...

— La preuve que non, répondit Caleb. Tu as fait un travail magnifique, et...

— Rien à voir avec moi, le coupa-t-elle. C'est Sanjiv. S'il n'avait pas bidouillé mon soft avec son fichu "module de robustesse", je n'ose même pas imaginer ce qui se serait passé. Tu peux le remercier, on lui doit la vie. »

Le jeune homme hocha la tête et se tourna vers le local machines, où Joshua était en train de s'affairer : « Que disent tes moulins, Josh ?

— Plus aucun raté depuis que nous sommes à l'air libre. Ils tournent comme s'ils sortaient tout juste de l'usine, c'est à peine croyable !

— Ramène-les à deux mille cinq cents tours, inutile de les garder au taquet. Et jette un œil sur les jauges, j'aimerais bien avoir une idée de notre consommation instantanée.

— Ça marche, Cal. »

Puis il regagna le cockpit. Sur tribord, la longue dorsale couverte de glaces du cap Norvegia continuait à défiler ; dans quelques minutes, ils en auraient dépassé la pointe, qui était déjà visible sur l'avant. Au-dessous du Dornier, les flots de la *polynia* luisaient d'un éclat presque métallique sous la lumière rasante de la lune. Caleb réalisa avec satisfaction que la température de l'habitacle était remontée de plusieurs degrés : dans tout l'appareil, les radiateurs électriques fonctionnaient à plein. Suivant ses instructions, Joshua avait réduit le régime des moteurs : le niveau sonore était désormais tout à fait supportable, et les vibrations qui avaient failli disloquer l'appareil au moment du décollage avaient fait place à une trépidation à peine perceptible.

Caleb se rassit dans le fauteuil du copilote et se détendit. Pour la première fois depuis leur évasion, il laissa lentement se relâcher la tension accumulée au fil des heures. Il se sentait toujours aussi épuisé, mais, en même temps, un sentiment de soulagement et d'allégresse grandissait en lui : ils avaient réussi leur pari insensé.

Ils étaient en vie.

Il sursauta violemment quand la main de Kjölsrud se posa sur son épaule : « On ne peut pas vous laisser seul un instant, mon garçon », articula le vieil homme d'une voix amusée.

Caleb se redressa avec effarement, prenant conscience

qu'il venait de s'assoupir aux commandes ! Il jeta un regard éperdu autour de lui. Mais l'avion continuait tranquillement sa route, et aucun signal d'alarme ne clignotait sur le tableau de bord.

« N'ayez crainte, continua Kjölsrud en se carrant dans l'autre siège. Vous n'avez dormi que quelques secondes. »

L'ahurissement de Caleb redoubla lorsqu'il remarqua l'accoutrement de son voisin. Le milliardaire avait retroussé jusqu'à la taille sa combinaison de protection et avait enfilé à la place une chemise en flanelle trop grande pour lui et un vieux blouson d'aviateur dont il avait découpé la manche gauche. « J'ai d'excellentes nouvelles, annonça-t-il en feignant d'ignorer le regard du jeune homme. D'abord, mon bras va nettement mieux maintenant que rien n'appuie dessus – soit dit en passant, si vous voulez aussi vous changer, vous trouverez certainement votre bonheur dans les placards des cabines.

— Merci bien, mais…

— *Secondo*, Vandell est en vie et a même repris conscience. Il a pris un sacré choc, mais je crains que nous ne devions attendre un peu avant de pouvoir lui faire passer un scanner. Le réacteur – ou l'Œuf, comme vous voudrez – n'a pas souffert du décollage et, d'après Sanjiv, il fonctionne à merveille. J'ai envoyé tout le monde prendre quelques heures de repos, et vous allez me faire le plaisir de les imiter. *Ce n'est pas une suggestion, Caleb.* Vous me relèverez ensuite ; d'ici là, Poppy se chargera de me faire la conversation…

— D'accord, d'accord… répondit Caleb en réalisant que le vieil homme avait raison : il était bien trop crevé pour être encore d'une quelconque utilité dans le cockpit. Mais avant ça il nous faut discuter du cap. Où allons-nous conduire cet engin ? »

Kjölsrud ne l'écoutait plus. Il s'était redressé et était occupé à farfouiller dans la rangée de casiers situés à l'aplomb de son siège, dont plusieurs objets s'étaient échappés au moment du décollage. « Où peut-il bien être ? marmonna-t-il. Je suis presque sûr de l'avoir laissé par là… Ah ! Le voilà ! »

Sous le regard stupéfait de Caleb, l'homme le plus riche du monde brandit d'un geste triomphant un vieux chapeau en feutre d'une teinte indéfinissable, qui avait l'air sur le point de partir en lambeaux.

Avant de le poser précautionneusement sur sa tête. « Soixante-douze ans que j'attendais ce moment », murmura-t-il avec sur son visage ridé une expression de pur ravissement.

Puis il parut enfin enregistrer la question de Caleb et se tourna à demi ; sur sa tête le chapeau à moitié affaissé ressemblait à un détritus sorti d'une poubelle.

« Pardonnez-moi… Le cap, disiez-vous ? Grytviken, Caleb. On retourne à Grytviken. »

07 h 05 UTC

C'est une pénible sensation de nausée qui tira Caleb de son sommeil ; cela, et aussi un sentiment d'*urgence* – comme l'impression d'une catastrophe imminente.

L'esprit encore embrumé, il mit plusieurs secondes à réaliser qu'il était allongé sur un matelas moelleux, recouvert par une couette épaisse et blotti tout contre le corps voluptueux de Gretchen Vogt.

Laquelle dormait à poings fermés.

Se demandant comment il avait pu se retrouver dans cette agréable situation, il s'assit au bord de la couchette. Sa combinaison et celle de Gret gisaient en vrac sur le sol ; ils étaient manifestement dans l'une des petites cabines situées à l'avant du pont passagers.

La mémoire lui revint soudain.

Alors qu'il venait de quitter le cockpit et cherchait un endroit pas trop inconfortable pour se reposer quelques heures, il était tombé sur Gretchen en train d'explorer une des cabines. « Tu me tiens compagnie, Cal ? avait-elle proposé. Plutôt que de roupiller sur un fauteuil, il y a ici un lit pour deux, des couvertures et du chauffage… » Il était bien trop fatigué pour protester ; sans lui laisser le temps de répondre, elle l'avait propulsé sur la couchette et l'avait aidé à retirer sa combi. « Tu sais ce que j'aime chez toi ? lui avait-elle encore murmuré à l'oreille alors qu'il sombrait déjà. Ta libido quand tu viens de passer vingt-quatre heures au front… » Il s'était endormi avant même qu'elle ne termine sa phrase.

Il s'habilla en hâte, essayant de chasser les nuages qui lui obscurcissaient l'esprit. La sensation de danger était de plus en plus présente, mais il n'arrivait toujours pas à identifier ce qui clochait. Tout semblait calme dans l'appareil ; le seul bruit perceptible était le ronronnement régulier des moteurs et le léger chuintement des filets d'air sur le fuselage. Vu la lueur qui filtrait derrière le hublot revêtu d'un épais rideau de cretonne, il devait faire jour depuis pas mal de temps.

En finissant de passer sa combi, il perdit l'équilibre, manquant tomber à terre. Et comprit d'un coup.

L'avion. Il piquait du nez !

Un sentiment de panique le submergea. À la louche l'assiette était d'une bonne vingtaine de degrés. Vu que l'altitude de croisière ne dépassait pas les huit mille pieds, ils ne devaient plus être très loin de percuter. Sans même prendre le temps de boucler sa combi, il se précipita comme un fou dans la coursive centrale et grimpa quatre à quatre l'escalier qui menait au pont supérieur.

Il s'attendait plus ou moins à trouver le cockpit désert. Ce n'était pas le cas.

Kendall Kjölsrud était aux commandes, dans la même tenue que tout à l'heure, avec son invraisemblable chapeau toujours vissé sur le crâne. Viktor Bernstein et Poppy Borghese lui tenaient compagnie, le premier assis sur le siège du copilote et la seconde adossée au tableau de bord. Tous trois avaient l'air d'excellente humeur, et Kjölsrud riait même d'une plaisanterie de Poppy. Au-delà des verrières, le spectacle était somptueux : le jour était levé depuis deux heures, et, dans le ciel ivoire, un soleil très bas sur l'horizon dispensait une clarté laiteuse sur l'étendue illimitée des flots. Quelques icebergs épars flottaient çà et là sur l'océan, où une petite houle serrée avait remplacé les longues déferlantes de la veille. À vue de nez, l'avion devait se trouver vers les quinze cents pieds.

Et il ne penchait pas du tout.

Caleb n'avait pas besoin de consulter l'inclinomètre pour voir que l'assiette de l'appareil était parfaite. Et pourtant, l'impression de déséquilibre était toujours aussi présente, contredisant le témoignage de ses sens.

« Un souci, Caleb ? fit Viktor Bernstein d'un ton rieur. Vous avez mal dormi ?

— Pourtant, il me semble que vous étiez en bonne compagnie, renchérit Poppy avec un clin d'œil salace.

— J'avais l'impression que nous étions en train de piquer… dit le jeune homme pas encore revenu de sa surprise.

— C'est ma faute, intervint Kjölsrud, j'aurais dû vous prévenir. C'est à cause de cette machine que nous transportons. En plus, nous venons d'avoir une petite… “excursion”, pour reprendre les termes de Sanjiv. Mais, fort heureusement, notre ami a pu intervenir à temps, et ce devrait être réglé sous peu.

— Vous voulez dire que, euh… l'Œuf perturbe le sens de l'équilibre ? »

Le milliardaire hocha la tête : « Il fait bien plus que cela, Caleb. Rassurez-vous, votre oreille interne va très bien. Cette sensation de vertige – et les nausées qui vont avec, je suppose –, nous les ressentons tous à des degrés divers. Elles sont inhérentes au mode de fonctionnement du réacteur… encore que Sanjiv ait paraît-il quelques idées pour y remédier. »

L'incompréhension dut se lire sur le visage de Caleb.

« Je crois que je vous dois quelques explications, à vous et à vos amis, reprit Kjölsrud. Vous l'avez bien mérité. Et il est temps que vous compreniez enfin pourquoi vous avez risqué vos vies.

— Bonne idée, dit Viktor Bernstein. Et ceci, ajouta-t-il en brandissant le journal de bord de feu le colonel Buckmaster, constituera une excellente entrée en matière. »

07 h 38 UTC

« *30 décembre 1945. Déjà presque une semaine que je suis ici et je n'ai toujours pas fini d'explorer les coins et recoins de cette base immense. Je reste stupéfait du travail accompli pendant la première année de construction. Le bruit court que cette entreprise sans précédent aurait été en grande partie financée par des fonds privés, mais j'ai peine à y croire ; quel magnat pourrait avoir les épaules suffisamment larges – et en même temps jouir de la pleine confiance de notre gouvernement – pour supporter un tel projet ?*

« *Le contingent scientifique est désormais au complet et travaille d'arrache-pied à l'installation des derniers appareils. Les phases de tests devraient débuter le 2 janvier et s'étaler sur environ un mois, après quoi le travail de recherche proprement dit pourra enfin commencer. Je profite de ces quelques jours pour faire la connaissance des quelque sept cents hommes qui peuplent notre petite colonie...* »

« Sept cents ! souffla Sarah Miller. Mon Dieu ! Ils étaient donc si nombreux...

— Si tu m'interromps dès le début, *schaetzele*, bougonna son oncle, on n'est pas sortis de l'auberge... »

Ils s'étaient tous réunis dans la vaste soute du Dornier Do-X. Seule Poppy Borghese manquait à l'appel : à la demande de Kjölsrud, elle avait pris les commandes de l'appareil le temps de la discussion. Ses compétences de pilote étaient loin d'égaler celles de Caleb, mais, vu l'amélioration des conditions météo et la simplicité du plan de vol, cela ferait l'affaire.

L'Œuf de Majorana emplissait tout l'espace au milieu du compartiment. L'appareil avait été hâtivement boulonné au plancher quelques heures auparavant ; afin d'écarter tout risque de déplacement, de grosses élingues en nylon tressé avaient été tendues entre les parois de la soute et l'engin, lui donnant l'allure d'un monstre préhistorique entravé. L'énorme ovoïde couvert de verrues métalliques n'avait rien perdu de son aspect menaçant. Il émettait maintenant une vibration étouffée, une sorte de grondement infrasonique à peine audible mais qui mettait les nerfs à rude épreuve ; sur ce fond sonore se rajoutaient à intervalles très irréguliers des cognements sourds qui semblaient ébranler toute la structure de l'avion.

On dirait vraiment que quelque chose se débat à l'intérieur, pensa Caleb. *Quelque chose de très gros.*

À si courte distance de l'appareil – personne ne s'en était cependant rapproché à moins de trois mètres –, les sensations de vertige et de nausées étaient à peine supportables, sauf si l'on prenait la précaution de rester strictement immobile.

« C'est bizarre, dit soudain Gretchen Vogt. On dirait qu'il y a une sorte de brume colorée au ras du sol…

— Moi aussi je vois quelque chose, dit Sarah Miller. Mais c'est comme un anneau bleuâtre, un halo autour de l'Œuf…

— Ce sont des hallucinations perceptives, intervint Sanjiv Chandra sans lever les yeux de sa tâche. À cette distance, nous baignons tous dans un champ de plusieurs Teslas – des centaines de milliers de fois le champ magnétique terrestre. Ça fait de drôles de choses au cerveau, mais, en principe, c'est inoffensif… Par contre, j'espère qu'aucun d'entre vous n'a de pacemaker ou d'autre matériel implanté ?

— Moi, dit Joshua qui depuis quelques minutes se palpait le mollet d'un air soucieux. J'ai quelques tiges de métal dans la jambe… Elle me fait un mal de chien, soit dit en passant.

— Dans ce cas, je vous conseille très fortement de ne pas vous approcher de cette machine, monsieur Tewaru, dit Kjölsrud. Et vous devriez même vous en éloigner de quelques mètres, ce serait mieux. »

Dès que Joshua eut obtempéré, Viktor Bernstein reprit sa lecture :

« ... *La personne la plus déconcertante que j'ai rencontrée cette semaine est certainement ce mystérieux docteur Altamayor qui dirige l'équipe de scientifiques. Drôle de type ! D'après sa fiche, il va sur ses quarante ans, pourtant on lui en donnerait facilement quinze de moins. De prime abord, il donne l'impression d'un adolescent prolongé, emprunté et mal dans sa peau. Mais lorsqu'on lui pose une question technique, il répond au quart de seconde, avec une assurance péremptoire qui confine à l'arrogance. Il ne semble connaître aucune formule de politesse et s'avère incapable de tenir une conversation même rudimentaire sur tout autre sujet que ses recherches... Et pourtant, ses collaborateurs ont l'air de lui vouer une admiration sans bornes ! Un type à surveiller en tout cas : j'espère me tromper, mais je pressens des difficultés avec lui, et ce d'autant plus qu'il me paraît avoir une dent contre les militaires...* »

Bernstein sauta ensuite quelques pages : « La suite est moins intéressante, dit-il. Il décrit l'installation de ses hommes, les festivités organisées pour le Nouvel An 1946, *et caetera*…

— Rien sur Alexander McKay ? demanda Caleb.

— C'est parce qu'il n'est pas encore arrivé. Ah… quand on parle du loup ! Écoutez ceci :

« *12 janvier 1946. Je craignais des problèmes avec A. Je n'ai pas été déçu. Cela fait près de dix jours qu'il n'a pas quitté son labo. Nous étions convenus de trois briefings hebdomadaires pour faire le point sur l'avancée des travaux, mais il ne s'est présenté à aucun d'entre eux. Bien sûr, il ne répond jamais au téléphone. Il s'est contenté de me faire passer un billet laconique disant que, tant qu'il n'aurait pas de résultats concrets et facilement intelligibles pour des militaires – ce sont ses mots exacts ! –, il tiendrait ces réunions pour une simple perte de temps… Je sens que la cohabitation va être houleuse, et ce d'autant plus que tout le projet repose sur les épaules de ce type ; ainsi que l'amiral Forrestal me l'a bien spécifié, je me vois donc contraint de le ménager, que cela me plaise ou non.*

« *Pour la base, le principal événement de la semaine écoulée a eu lieu avant-hier jeudi avec l'arrivée du contingent britannique, un escadron de quarante hommes. Le second Dornier avait été affrété pour l'occasion, et l'appareil était piloté par ce fameux McKay dont on me rebat les oreilles depuis trois mois. L'homme n'a certes pas failli à sa réputation : nous avons eu droit à un virage sur l'aile à trente pieds au-dessus de la base – avec un appareil de près de soixante tonnes ! –, suivi d'un amerrissage impeccable au ras de la plage, malgré les trente nœuds de vent de travers que nous avions ce jour-là. Apparemment, il en fallait plus pour désarçonner ses passagers, qui ont débarqué en grand uniforme et au son des cornemuses... Je me suis laissé dire que c'est ainsi qu'ils chargeaient face aux panzers de Rommel il y a cinq ans !*

« Je ne sais trop que penser de cet homme. Certes, il est foncièrement sympathique, d'un abord très franc, et ses qualités de combattant d'exception ne font pas l'ombre d'un doute. Mais il y a en lui quelque chose de fort peu conformiste, un évident mépris de la hiérarchie et une attitude très généralement sarcastique vis-à-vis de l'état-major qui me gênent un peu de la part d'un officier supérieur... Il est vrai qu'il est issu du rang. Bien évidemment, ce genre de comportement lui vaut l'adulation de ses hommes ; plus de la moitié viennent de ce mythique régiment des SAS créé pendant la guerre et me semblent en tous points conformes à la légende qui entoure cette unité : de véritables têtes brûlées, capables d'aller chercher du feu en enfer s'ils ont perdu leur briquet... Je me serais bien passé de tels hôtes, mais là encore, on m'a fait comprendre que je n'avais pas le choix. Espérons seulement qu'il n'y aura pas de frictions avec mes gars... »

« Marrant, fit One-Shot. Ça rappelle moi quelqu'un...
— Je ne vois vraiment pas à qui tu penses », rétorqua Gretchen Vogt sur un ton amusé.

Caleb se contenta de hausser les épaules tandis que ses amis éclataient de rire. Pendant quelques instants, on n'entendit plus que le grondement lointain des moteurs – pour un avion aussi ancien, l'insonorisation était d'une qualité remarquable –, avec en contrepoint le staccato rapide des doigts de Sanjiv Chandra sur les touches de son ordinateur.

« Ça va, Sanjiv ? demanda Kjölsrud, l'air préoccupé.

— Ça va, monsieur, répondit le jeune homme. Il n'est pas très coopératif, mais j'arrive petit à petit à le ramener dans sa cage. J'ai presque fini. »

Cela faisait vingt bonnes minutes qu'il n'avait pas levé le nez de son portable, sur lequel il pianotait furieusement depuis tout ce temps. L'appareil était connecté à une sorte de hub bricolé d'où partait un fouillis de câbles reliés en différents points de l'Œuf et de sa console de commande. Au moment où ils avaient pénétré dans la soute, Gretchen Vogt avait jeté un regard curieux sur l'installation : l'écran de l'ordi était divisé en dix secteurs circulaires semblables à des cibles. À l'intérieur de chacun se trouvait un gros spot rouge à côté duquel une petite fenêtre en incrustation affichait une dizaine de lignes de chiffres. Les points rouges n'étaient pas immobiles : tous avaient tendance à diverger plus ou moins vite vers la périphérie de leur secteur, tandis que les colonnes de chiffres qui les escortaient – des coordonnées spatiales ? – se modifiaient à une vitesse folle. Le but du jeu auquel se livrait Sanjiv consistait visiblement à ramener chacun des spots au milieu de sa cible ; la difficulté était liée au fait que chaque action sur l'un d'eux avait pour conséquence immédiate un accroissement de la dérive des neuf autres.

La finalité de la manœuvre n'était pas évidente, mais Gretchen s'était bien gardée de demander des explications au jeune physicien tant celui-ci paraissait extraordinairement absorbé par sa tâche.

Comme si notre vie à tous en dépendait, avait-elle pensé sans savoir pourquoi.

07 h 59 UTC

Dommage que je n'aie pas un cul comme l'Allemande. Ça serait plus pratique pour s'asseoir.

Pour la dixième fois, Poppy Borghese se tortilla en maugréant, essayant de trouver une position à peu près confortable sur le siège qui semblait rembourré avec des noyaux de pêche. Elle avait faim, soif, et mal partout.

Il faut dire qu'entre les coups de feu essuyés sur la plage et l'explosion de la bouteille d'oxygène, elle avait pas mal payé de sa personne ces dernières heures. Mais ça n'expliquait pas tout : sa cheville fracturée trois jours auparavant lors de la séance de toboggan sur l'iceberg était certes ressoudée depuis belle lurette, mais continuait à la faire anormalement souffrir. De même que l'ensemble de ses articulations, comme si quelque lutin malicieux s'était amusé à y déverser du sable fin.

Elle connaissait parfaitement ces symptômes, de même que la manière d'y remédier. Le seul souci était que le remède en question ne se trouvait qu'en deux endroits au monde : dans le coffre de la suite de Kendall Kjölsrud sur le *Global Defender*, et dans un bunker souterrain de l'île de San Clemente, au large de Los Angeles.

Autant dire sur la Lune, pour l'instant.

Cela étant, il n'y avait pour l'heure aucun caractère d'urgence : elle disposait encore de nombreuses semaines avant que le traitement ne devienne vraiment impératif. Pour se changer les idées, elle brancha le pilote automatique et alla jeter un coup d'œil à l'extérieur.

À mesure qu'ils s'éloignaient de la zone dépressionnaire, le ciel s'éclaircissait et des pans de bleu apparaissaient. Ils avaient dû parcourir un peu plus de quatre cents milles depuis la côte antarctique, soit environ un tiers de la distance à couvrir jusqu'en Géorgie du Sud. Poppy se colla tout contre la verrière avant, de manière à embrasser le maximum de ciel dans son champ visuel.

« Situation, Jeeves ? » vocalisa-t-elle.

‹ Nous sommes par 66,1158 sud et 24,2394 ouest, mademoiselle. Environ à mille six cents milles au sud-est du cap Horn. Si cela vous intéresse, nous venons juste de franchir le Cercle polaire antarctique. ›

« Je m'en fous complètement, Jeeves. »

‹ C'est bien ce que je craignais, fit l'IA d'une voix un peu vexée. Notre cap est toujours au 317, vitesse actuelle cent huit nœuds. ›

Juste à côté d'elle, la sphère du compas tournoyait à la manière d'une toupie devenue folle, comme elle le faisait sans discontinuer depuis leur départ. *Pas étonnant avec ce qu'on trimbale dans la soute*, se dit-elle. Elle bénit une nouvelle fois les concepteurs de sa combi, qui avaient pensé à la munir d'un module de géolocalisation multibande capable d'exploiter non seulement la constellation de satellites GPS, mais aussi les systèmes concurrents Galileo et GLONASS. S'ils avaient dû s'en remettre au compas pour afficher leur route, ils seraient encore en train de faire des ronds au-dessus du cap Norvegia.

« Tu ne le vois toujours pas, Jeeves ? » poursuivit-elle.

‹ Négatif, mademoiselle. Je viens pourtant de balayer tout l'horizon avant en amplification maximale du signal optique. Pourrais-je vous demander de vous positionner successivement des deux côtés du cockpit, de sorte que je puisse répéter l'opération sur nos flancs ? ›

La manœuvre ne prit que quelques secondes. Mais le résultat fut le même :

‹ Navré, mademoiselle, fit Jeeves. Je ne le détecte pas. ›

« Il devrait pourtant être dans le secteur, à cent milles près… »

‹ C'est exact. Je suggère que nous poursuivions sur ce cap et que nous réitérions cette recherche tous les quarts d'heure pendant une heure. Si nous ne le trouvons toujours pas, nous demanderons les instructions de M. Kjölsrud. ›

08 h 02 UTC

Avec l'amélioration relative des conditions météo dans l'océan austral, la surveillance spatiale interrompue depuis une dizaine d'heures avait pu reprendre.

Depuis son orbite à sept cent trente kilomètres d'altitude, le satellite Lacrosse II reparamétré pour signaler toute activité maritime ou aérienne au-dessous du soixantième parallèle sud n'eut aucune difficulté pour repérer le Dornier Do-X. Avec sa résolution optique de dix centimètres, les quarante-huit mètres d'envergure du géant ne risquaient pas de lui échapper. Une minute et demie après que l'avion eut été détecté, une trouée de courte durée dans la couche nuageuse qui recouvrait toujours le littoral antarctique permit fort opportunément au satellite de réaliser toute une série d'autres observations.

Le court-circuitage du NRO opéré la veille au détriment de sa directrice adjointe avait eu pour effet de raccourcir la chaîne de décision de façon spectaculaire. Moins de quatre minutes plus tard – soit à 3 h 07 du matin, heure de Washington –, le chef du détachement du Secret Service à la Maison Blanche réveillait le président pour l'informer qu'un message de priorité nationale venait de tomber sur son serveur crypté.

08 h 06 UTC

« *6 février 1946. Je dois confesser qu'en mon for intérieur j'entretenais jusqu'ici quelques doutes sur le sérieux de cette entreprise, et ce en dépit de la débauche de moyens mise à son service. Mais les événements des derniers jours viennent de me donner tort.*

« *Tout a commencé après l'office de dimanche, lorsque notre aumônier est venu se plaindre de "vibrations" qui lui auraient fait à plusieurs reprises renverser le corps et le sang de Notre-Seigneur, au grand dam des communiants. Sur le moment, je n'y ai pas prêté une attention excessive : notre brave père O'Barry a les mains qui tremblent, et il est notoire qu'il fait du vin de messe un usage non prévu par les Évangiles ; pour fâcheuse qu'elle fût, sa mésaventure n'avait donc rien de très surprenant. Pourtant, en discutant avec les hommes, je me suis rendu compte que plusieurs événements similaires avaient été rappor-*

tés dimanche matin en différents points de la base : malaises, sensations de vertige, chutes d'objets... J'ai mis cela sur le compte d'un léger séisme et, sur le moment, je n'y ai plus pensé.

« J'ai bien été forcé de m'y intéresser lorsque l'on m'a fait part de la répétition de ces phénomènes tout au long des journées de lundi et mardi. J'ai fait ma petite enquête et me suis rendu compte que, bizarrement, la base n'était jamais affectée en totalité, mais seulement au niveau de certains secteurs. Jamais les mêmes, mais chaque fois selon un axe bien précis : nord-sud, est-ouest, etc. Et ce matin, alors que je commençais à me douter de l'origine de ces nuisances, voilà que j'en ai moi-même fait l'expérience ! Je me trouvais dans mon bureau en train de dicter un mémo quand j'ai senti une force irrésistible s'emparer de moi et ai failli tomber de ma chaise ; mon ordonnance, le sergent Burkitt, a eu moins de chance et s'est sévèrement foulé le poignet en chutant de sa hauteur.

« À ce stade, les choses ne pouvaient plus durer. Notre ami le docteur Altamayor refusant toujours de répondre à mes appels, j'ai pris le taureau par les cornes et suis allé le trouver dans son labo. Contrairement à ce que j'appréhendais, il s'est révélé d'un abord beaucoup plus agréable que lors de nos échanges précédents ; il m'a reçu avec enthousiasme et m'a même présenté ses excuses – j'ignorais qu'il connût l'usage de ce mot ! – pour le peu d'empressement avec lequel il avait jusqu'à présent répondu à mes sollicitations. Il m'a confirmé que son labo est bien à la source des phénomènes étranges observés depuis trois jours. À l'en croire, ses travaux progresseraient très vite, et il en serait déjà au point atteint à Berkeley lorsque

l'incident de juillet 44 l'a contraint à interrompre ses expériences. Toujours d'après lui, les désagréments actuels ne devraient pas durer, il s'agirait de simples tests ponctuels destinés à valider ce qu'il appelle "les formules de contrôle du champ émis directionnel"... »

Viktor Bernstein leva les yeux du carnet : « À partir de là, on peut sauter quelques pages, fit-il. Pendant tout février et mars, ils continuent leurs expériences, apparemment avec des résultats de plus en plus probants en termes de "gain massique" et de "contrôle directionnel". Il n'y a pas beaucoup de détails techniques : Buckmaster n'était pas un scientifique et, en lisant entre les lignes, on sent que tout ça le dépassait largement... Par contre, ce qui est clair, c'est que pendant cette période, ses relations avec Majorana semblent avoir évolué. *Idem* avec votre grand-père, Caleb. Tenez ceci, par exemple, c'est du 15 mars :

« ... *Quel curieux bonhomme ! Ce que je prenais pour de l'arrogance n'est en fait que la marque d'une timidité maladive. Mais lorsque l'on prend le temps de percer ses barrières, il sait se montrer chaleureux. Il en est de même pour ce qui me semblait l'expression d'un antimilitarisme borné... Je commençais même à me demander s'il n'était pas l'un de ces foutus rouges qui prospèrent au grand jour sur les campus de nos universités. Sa méfiance est certes réelle, mais il ne s'agit pas d'un rejet en bloc de l'uniforme. Il m'a confié être terrorisé depuis des années à l'idée que ses recherches pourraient servir à des fins belliqueuses. D'après lui, la catastrophe de Port Chicago aurait pu être évitée si l'état-major n'avait pas insisté pour obtenir une démonstration en grandeur réelle, et il jure qu'il ne s'y laissera plus reprendre. Je pense avoir réussi à le convaincre du bien-fondé de notre mission, mais quelle tête de mule !*

« Assez curieusement, il semble fort bien s'entendre avec McKay : je me demande quels atomes crochus ces deux-là ont bien pu se découvrir... Le résultat est que, lorsque l'Écossais n'est pas en train de faire des acrobaties aériennes, il passe tout son temps fourré dans les labos à manigancer je ne sais quoi – mais certainement au bénéfice direct de Sa Gracieuse Majesté. Cette situation devient agaçante : même si nos chers cousins sont partie prenante dans ce projet, j'aimerais bien savoir jusqu'à quel point, et il faudra que j'aborde le sujet lors de... »

« Terminé », l'interrompit Sanjiv en cessant enfin de pianoter sur son ordi. Puis il se tourna vers son assistant Hiro Takeda et ajouta, avec un accent d'autorité inhabituel chez lui : « Si cela se reproduit, préviens-moi tout de suite ; à trois minutes près, je n'arrivais pas à le rattraper !

— Comptez sur moi, monsieur, assura l'intéressé.

— Je n'ai pas bien compris ce que tu faisais, mon garçon, dit Viktor Bernstein, mais je suppose que tu viens de nous sauver la vie une fois de plus. Si c'est le cas, sois-en remercié. Viens donc t'asseoir avec nous, nous allons sans doute avoir besoin de tes lumières pour ce qui suit... »

Il s'interrompit quelques instants, puis continua :

« Lorsque je suis arrivé à ce passage, il y avait cette photo entre les pages ; je pense que vous la trouverez tous intéressante », ajouta-t-il en la tendant à Joshua. Puis il reprit sa lecture :

« *21 avril 1946. Jour de Pâques. C'est arrivé – et j'étais là pour le voir ! Dieu m'en est témoin, j'ai vu cela de mes yeux ! Ce jour figurera dans tous les livres d'Histoire, il est aussi important pour l'Humanité – non, à la réflexion il l'est bien plus ! – que le premier vol du Flyer*[1]*... Lorsque les filles te demanderont où était Papa le jour où cela s'est produit, tu pourras leur répondre qu'il était aux premières loges !...* »

Joshua tendit la photo à Caleb, qui la regarda longuement sans dire un mot. Les autres firent cercle autour de lui.

Effectivement, ça valait le coup d'œil.

08 h 15 UTC

À quatre mille kilomètres de Washington, un autre président venait d'être réveillé en sursaut. En visite d'État au Canada, où il devait participer à la séance d'ouverture du G20, il avait choisi de passer la nuit à son consulat de Vancouver avant de rejoindre le lieu du sommet.

Lui ne faisait confiance à aucun service officiel pour assurer sa garde rapprochée. À la différence d'un nombre croissant de chefs d'État, il ne s'entourait pas non plus de robots de combat – après tout, une IA, ça

1. Avion des frères Wright, utilisé le 17 décembre 1903 lors du premier vol d'un plus lourd que l'air motorisé.

se reprogramme. Nul ne connaissait le nom ni l'affiliation des quatre gardes du corps toujours masqués qui l'accompagnaient, mais il se murmurait de drôles de choses à leur sujet.

Des choses à faire frissonner de terreur les tueurs les plus endurcis.

À soixante-cinq ans, l'homme demeurait un sportif de haut niveau, et pas seulement devant les caméras de la télévision d'État. Malgré les charges de sa fonction, il consacrait plusieurs heures par semaine à la pratique du karaté, dont il était ceinture noire, et de divers autres arts martiaux. Il était également d'une méfiance légendaire, portait toujours une arme sur lui et ne dormait jamais que d'un œil. Il faut dire qu'il venait d'un monde où, il n'y a pas si longtemps encore, la mort rôdait dans tous les corridors du pouvoir.

Lorsque le garde se pencha sur lui pour murmurer à son oreille, il mit moins d'une seconde pour passer d'un profond sommeil à un état de parfaite lucidité.

« Quoi ? Qu'est-ce qu'il y a ? » demanda-t-il au colosse – tout en étant déjà sûr d'une chose : pour qu'on ait pris la peine de le déranger à cette heure, ça ne pouvait être qu'une *très* mauvaise nouvelle.

Toujours à mi-voix, le garde l'informa en quelques mots du message reçu trois minutes plus tôt par le central sat du consulat.

« Iazov ? C'est confirmé ?

— *Da*, président. »

Le président Vladimir Vladimirovitch Poutine se leva d'un bond et entreprit aussitôt de s'habiller. Il jeta un coup d'œil à la petite pendule à côté du lit : minuit seize.

La journée allait être longue. Très longue.

08 h 19 UTC

Pour immortaliser la scène, le photographe avait utilisé une pellicule couleur, un procédé encore onéreux en 1946. Les teintes étaient un peu passées, mais l'image avait gardé toute sa netteté. Le cliché avait été pris en plein jour sur la plage de l'Artefact, l'opérateur se tenant probablement sur le toit de la casemate ; au loin, la mer était gelée à perte de vue. Au moins une centaine d'hommes se massaient en formant un cercle sur la grève caillouteuse. Malgré le temps qui semblait dégagé, il devait faire très froid, car tous ou presque étaient engoncés dans de lourdes tenues polaires.

Tous les visages exprimaient qui l'enthousiasme, qui l'ahurissement. Certains des hommes applaudissaient, l'un d'entre eux venait juste de jeter sa casquette en l'air.

Au centre du groupe de spectateurs se trouvait un curieux engin, constitué d'une plateforme d'une dizaine de pieds de largeur reposant sur un assemblage de tubes et de plaques de métal. La machine avait un côté *bricolé* et n'était pas sans rappeler le LEM, le module spatial avec lequel les Américains avaient aluni en 1969. Son caractère insolite était renforcé par la longue banderole de papier crépon et les petits drapeaux américains et britanniques qui la décoraient ; sur son flanc pendait une méchante pancarte en carton avec l'inscription *« QUIRINO 1 »* en grosses lettres cursives. Au milieu de la nacelle se détachait une forme ovoïde aisément reconnaissable : une autre version, en taille réduite, de l'Œuf de Majorana. L'engin semblait dépourvu de tout moyen de propulsion.

Mais il flottait à quatre mètres du sol.

Trois hommes se tenaient côte à côte sur la plateforme. Deux d'entre eux faisaient face à l'objectif et arboraient la même mine réjouie. Le premier, un grand type à la mâchoire carrée et aux épaules de rugbyman, portait un uniforme d'officier US et devait être le colonel Vernon C. Buckmaster. L'identité du second – taille moyenne, tignasse noire indisciplinée qui dépassait d'une casquette d'aviateur inclinée de façon peu réglementaire, regard que l'on devinait d'un bleu profond malgré la distance – ne laissait aucune place au doute.

En un éclair, Caleb comprit enfin pourquoi Kjölsrud l'avait dévisagé avec tant d'insistance lors de leur première rencontre à Grytviken.

« Bon sang, lui souffla Gretchen Vogt. Tu savais que tu lui ressemblais à ce point ?

— Non, répondit-il en hochant la tête. Je n'avais pas vu de photo de lui depuis mon enfance.

— Regardez l'autre type ! dit soudain Sarah Miller. Est-ce que ça n'est pas… ? »

Le troisième homme ne regardait pas l'objectif et ne souriait pas. Son long visage un peu chevalin tordu dans une grimace soucieuse, il était penché sur ce qui ressemblait à un panneau de commande à côté de l'Œuf et avait l'air très loin de partager l'enthousiasme de ses compagnons.

« Si, murmura Kjölsrud. C'est lui. Ettore Majorana en personne – ou plutôt le docteur Emilio Altamayor, physicien argentin émigré aux États-Unis en 1938, chargé de cours à Princeton puis à Berkeley à partir de 1941…

— Le nom sur cette machine… fit remarquer

Gretchen d'une voix pensive. Vous nous en avez parlé hier après-midi. Un membre de sa famille, je crois ?

— Exact, miss Vogt. Son oncle, pour être précis. Quirino Majorana. Un physicien réputé lui aussi, pas du même calibre que son neveu, mais quand même de tout premier plan.

— Ce nom n'est pas là par hasard, n'est-ce pas ? demanda tout à coup Caleb. Vous aviez également dit que cet homme jouait un rôle dans notre histoire…

— Une fois de plus, vous êtes perspicace, Caleb, sourit le milliardaire.

— Quel rôle, monsieur Kjölsrud ? Qui était cet homme ? Sur quoi travaillait-il ? »

Mais ce fut Sanjiv qui répondit :

« Sur l'antigravité, Caleb. Quirino Majorana travaillait sur l'antigravité. »

Chapitre 21

1er mars 2018 – 08 h 25 UTC

Les photos étaient éparpillées sur le plateau en chêne ancien du *Resolute Desk*, le célèbre bureau offert en 1880 par la reine Victoria au président Rutherford B. Hayes. Plusieurs d'entre elles représentaient, sous des grossissements variés, un énorme hydravion blanc en train de voler à basse altitude au-dessus de l'océan.

D'autres clichés pris sous un angle plus large embrassaient la bande côtière de quelques kilomètres située à la base du cap Norvegia. Nul besoin d'être glaciologue pour voir la différence par rapport aux vues précédentes qui dataient d'une vingtaine d'heures : la plage caillouteuse et son énigmatique structure allongée avaient totalement disparu, remplacées par une étendue blanche uniforme où aucun détail n'était plus visible. À quelques centaines de mètres au large de cette nouvelle banquise se trouvait l'épave d'un navire en partie recouvert par les flots et présentant une forte gîte ; quelques panaches de fumée s'échappaient des écoutilles de la partie émergée, suggérant que l'incendie à l'intérieur n'était pas encore tout à fait éteint.

La résolution du satellite était suffisante pour montrer plusieurs silhouettes humaines immobiles, étendues sur le pont avant ; aucun signe d'un quelconque survivant, ni sur le bâtiment ni à terre.

Les dernières photographies révélaient un secteur maritime situé quelques degrés plus à l'est, à environ trois cents milles au large de la côte de la Princesse-Martha. Sans prendre la peine de commenter ce qui s'y trouvait, le président des États-Unis les éparpilla d'un geste furieux.

« Excusez-moi, amiral, fit-il d'une voix agacée. Je ne suis pas sûr d'avoir bien entendu. Vous venez de me dire que nous n'avons aucun moyen de projection rapide dans l'Atlantique Sud ? »

L'amiral Percival T. Markab III, chef du comité d'état-major interarmes, haussa imperceptiblement le sourcil.

« Avec tout mon respect, monsieur le président, répondit-il sur un ton neutre, c'est vous qui fixez les priorités. Et que je sache, ni les îles Falkland ni la Terre Adélie ne font partie de votre nouvel axe du mal. »

Pris de court, le président le considéra pendant une seconde avec des yeux ronds, puis il éclata de rire.

Les deux hommes s'entendaient bien. Pour l'amiral Markab, le nouvel occupant de la Maison Blanche était loin de l'image relayée en boucle par les médias, celle d'un fantoche propulsé par quelque caprice de l'Histoire dans un fauteuil trop grand pour lui. L'homme était prudent, déterminé, opiniâtre et – qualité rare pour un président – il savait écouter. Il n'aurait jamais le charisme de son prédécesseur, mais, pour quelqu'un qui avait eu aussi peu de temps pour apprendre le job, il se débrouillait plutôt bien.

« Acceptez mes excuses, amiral. Je vous fais tirer du lit à 3 heures du matin et, sans même vous offrir un café ou vous dire de quoi il retourne, je vous bombarde de questions foireuses… Vous devez vous demander pourquoi nous ne pouvions pas régler ça par téléphone, n'est-ce pas ?

— Eh bien, à vrai dire…

— Ne vous fatiguez pas, vous avez raison. Je vais éclairer tout de suite votre lanterne. Mais avant ça, renseignez-moi. Sur nos quatorze groupes aéronavals, combien sont à la mer en ce moment ? Cinq ? Six ?

— Six, monsieur le président, confirma l'amiral.

— Et aucun dans l'hémisphère Sud ?

— Bien sûr que si. Mais aucun à moins de sept jours du secteur qui nous intéresse. L'USS *George Washington* est actuellement en mer du Japon, histoire de calmer le jeu suite aux énièmes revendications des Chinois sur les îles Senkaku. Quant au groupe du *Gerald Ford*, il relâche en ce moment en face de notre base de Diego Garcia dans l'océan Indien. Dans les deux cas, c'est à près de six milles nautiques de la péninsule Antarctique. Et d'autre part…

— Oui ?

— D'autre part, si vous avez tenu à ce que nous nous rencontrions en tête à tête, c'est – du moins je le présume – qu'il s'agit d'un sujet qui requiert une certaine… discrétion. Ai-je raison ?

— Vous présumez bien, amiral. On ne pourra pas garder le secret indéfiniment, mais dans un premier temps j'aimerais bien que le *Washington Post* ne soit pas sur place avant nous…

— Dans ce cas, le déplacement d'un groupe aéronaval au grand complet ne me paraît pas forcément l'option la plus pertinente, monsieur. »

Le président gratta son menton mal rasé. « Vous avez autre chose à me proposer, Percival ?

— Ça se pourrait bien, monsieur, murmura l'amiral Markab en consultant sa tablette holo. Ah… Voilà qui pourrait faire l'affaire. USCGC *Stratton.*

— Un garde-côtes ?

— Le *Stratton* est une frégate multirôles à long rayon d'action issue du programme Deepwater. Avec deux bâtiments de soutien, il participe depuis un mois à des manœuvres dans l'Atlantique Sud pour valider de nouveaux systèmes antisous-marins. Aux dernières nouvelles, il est actuellement au ravitaillement dans la base navale argentine Almirante Berisso, en Terre de Feu. C'est à un jour et demi de la Géorgie du Sud, si tel est bien le cap de cet avion.

— Intéressant… Ce serait effectivement plus discret qu'un porte-avions nucléaire. Mais un peu léger, vous ne croyez pas ? Je ne connais pas encore le degré d'implication des Russes dans cette histoire, mais j'aimerais autant ne pas arriver les mains vides.

— Le *Stratton* n'est pas exactement un navire pour croisières du troisième âge, corrigea l'amiral. Voyez vous-même », ajouta-t-il en tendant sa tablette au président.

Ce dernier l'étudia un instant puis la rendit à son propriétaire : « Pas mal, dit-il avec un sourire. J'ignorais que nous avions ce genre de gadgets. Il faudrait de temps en temps que je lise les mémos que vous m'adressez. »

08 h 26 UTC

« L'antigravité ! s'exclama Caleb. Mais alors cet engin…

— On va y venir tout de suite, promit Kjölsrud. Mais avant ça, j'aimerais bien savoir ce qui s'est vraiment passé là-bas… Viktor, tu peux nous lire la suite ?

— Il y a encore une trentaine de pages, alors je vais résumer, fit l'intéressé. Après ce premier essai, les expériences se seraient poursuivies jusqu'à la fin juillet avec des succès croissants. Record d'altitude à cent pieds le 12 mai, à près de mille deux cents pieds le 23 mai – avec sept hommes à bord plus quatre tonnes de lest pour faire bonne mesure. Le 14 juin, le prototype aurait même effectué un survol du littoral sur près de cinquante milles. Après ça, Majorana aurait dû exulter, mais, au contraire, il paraît de plus en plus préoccupé. Le carnet rapporte plusieurs conversations au cours desquelles il se serait plaint de "difficultés insolubles pour le confinement du vortex" ou d'"instabilité structurelle du point zéro" qui rendaient d'après lui très dangereuse la poursuite du programme. Voici par exemple un extrait du 19 juin :

« *A. est revenu à la charge avec son histoire d'instabilité. Il doit bien être le seul homme de cette base – à l'exception peut-être de McKay – à ne pas déborder d'enthousiasme et de fierté après l'essai de vendredi. Sur son ton pleurnichard, il m'a encore une fois servi sa litanie sur les dangers que nous courons tous, les risques terribles d'une rupture du confinement, et caetera… Quel dommage qu'un si grand cerveau soit affligé d'une telle poltronnerie ! Je l'ai écouté avec ma patience habituelle... tout au moins jusqu'au moment où il m'a sorti sa nouvelle lubie : à l'en croire, nous devrions décréter un moratoire sur les essais pratiques et nous concentrer sur la théorie, en attendant la production d'un nouveau dispositif semi-conducteur actuellement à l'étude dans les laboratoires Bell et qui, paraît-il, va révolutionner les calculateurs électromécaniques... comme si nous n'avions pas déjà ici ce qui se fait de mieux dans le domaine ! Je lui ai demandé dans combien de temps nous pourrions disposer de cette merveille – ce "iotatron" comme il l'appelle –, et il m'a répondu sans sourciller un ou deux ans. J'ai éclaté de rire, et nous en sommes restés là...* »

« Pour autant, continua Bernstein, les relations semblent être restées cordiales entre les deux hommes pendant toute cette période. C'est à la mi-août que les choses vont se gâter ; le mieux est que je vous livre in extenso ce qui suit :

« *14 août 1946. Nous avons un gros problème. L'ordre de Washington est arrivé sous pli confidentiel par le Dornier de ce matin. Les instructions sont on ne peut plus claires : procéder sous dix jours à un test d'excursion grandeur nature à partir d'un de nos prototypes. C'est de la main même du président, contre-signé par l'amiral Forrestal.*

« *En clair, ils veulent que nous fassions péter l'un de nos joujoux.*

« *J'ai eu le fin mot de l'histoire en discutant avec le commandant Chesters, qui revenait de sa permission et qui était chargé de me remettre le message en main propre : il est dans les petits papiers de Forrestal et a pu lui soutirer quelques infos. D'après lui, le président est de plus en plus préoccupé par le coût de ce programme dont il ne saisit pas la finalité. À mon avis, le problème vient de ce qu'il n'a pas du tout été associé à sa genèse et qu'il n'en a découvert l'existence qu'au lendemain des funérailles de Roosevelt ; je crains fort qu'il ne le perçoive comme un simple doublon du Projet Manhattan... Un doublon devenu inutile maintenant que les Japs ont mordu la poussière. J'ai aussi appris qu'il y a quelques semaines, la Navy a testé deux nouvelles bombes atomiques dans un coin perdu du Pacifique – soit dit en passant, le nom attribué à cette opération ne me paraît pas totalement innocent*[1]. *Pour Chesters, l'intention de Truman est claire : faire sauter un de nos réacteurs afin de comparer ses capacités de destruction à celles d'une bombe à fission. Et au final, choisir lequel des deux programmes devra être poursuivi.*

« *Les ordres sont les ordres, et, quoi que je puisse en penser, il est de mon devoir d'y obéir sans discuter.*

« *Mais je ne sais vraiment pas comment je vais faire pour présenter les choses à A.*

« *15 août 1946. Comme je le redoutais, il l'a mal pris. C'est une litote : en fait il s'est si violemment emporté que j'ai dû faire intervenir la sécurité pour*

1. Il s'agit de l'opération Crossroads (« croisée des chemins ») au cours de laquelle les deux premières bombes de l'après-guerre furent testées dans l'atoll de Bikini, sous les noms de code Able (1er juillet 1946) et Baker (26 juillet 1946).

le chasser de mon bureau. J'ai tenté de lui expliquer que je n'étais pour rien dans cette décision, mais peine perdue ; à l'entendre, il s'agit d'un reniement complet de l'accord solennel passé entre lui et le président Roosevelt, d'une trahison de ses idéaux de chercheur, et j'en passe.

« *J'espère qu'il va finir par se calmer. Je l'espère sincèrement, car c'est un homme de valeur que j'ai appris à estimer.*

« *Mais une chose est sûre : cet essai se fera, avec ou sans son accord.*

« *16 août 1946. Les choses ont empiré au-delà de mes pires appréhensions. Altamayor est aux arrêts, consigné dans ses quartiers. J'ai été bien inspiré hier soir de faire renforcer les tours de garde dans les labos : nous l'avons surpris juste à temps, alors qu'il s'apprêtait à saboter les prototypes 1 et 2. Il était comme fou, et il n'a pas fallu moins de trois hommes pour le maîtriser. Dès que nous aurons réalisé ce maudit test, je référerai de la situation à l'amiral Forrestal afin que nous statuions sur son sort. En tout cas, sa participation ultérieure à ce projet me paraît totalement compromise – ce qui pose bien sûr la question de la survie du projet lui-même. Strindberg, qui est son principal assistant, m'a assuré que son absence ne serait pas préjudiciable au test ; en revanche, il m'a clairement fait comprendre qu'il n'avait pas les épaules assez larges pour prendre sa suite à la tête de l'équipe de recherche.*

« *Comme si cela ne suffisait pas, un autre sujet de préoccupation est la réaction de McKay. Je savais ce dernier peu attaché aux codes et usages militaires, et j'avais remarqué sa proximité croissante avec A. Mais de là à discuter mes ordres et à me demander officiellement de reporter l'essai "pour raisons de sécurité" ! J'ai dû hausser le ton pour lui rappeler qui commandait dans cette base ; le problème est qu'il s'agit du chef du contingent britannique et que je peux difficilement le coller au trou comme je l'aurais fait avec n'importe lequel de mes hommes ! Une fois que Truman aura eu son explosion, je pense que nous ne pourrons pas faire l'économie d'une réorganisation complète du fonctionnement de cette unité... et tant pis si j'en fais les frais, je laisserai ça bien volontiers à mon successeur.*

« 18 août 1946. L'essai aura lieu demain matin à 8 heures. J'ai finalement décidé d'accorder un semblant de crédit aux angoisses de A. et j'en ai fait changer le site : au lieu de faire détoner le dispositif sur la banquise à cinq milles devant la base comme nous l'avions d'abord prévu, nous allons le transporter à l'intérieur des terres. L'endroit retenu se trouve au-delà de l'escarpement de Kirwan, cette longue arête rocheuse qui prolonge la dorsale du cap Norvegia et qui marque la limite entre la banquise littorale et le plateau glaciaire qui monte jusqu'au pôle.

« C'est à plus de quarante milles d'ici.

« Je pensais que cela suffirait à apaiser les craintes de notre ami, mais, une fois de plus, je me berçais d'illusions. Je lui ai rendu visite ce matin : s'il semble revenu à plus de raison, son point de vue n'a toujours pas varié, et il m'a une nouvelle fois demandé – que dis-je ? supplié ! – de renoncer à ce qu'il appelle une pure folie. Il m'a dit que nous n'avions aucune idée du

degré de magnitude des énergies mises en jeu, et que la puissance de l'explosion pouvait se révéler cataclysmique. Il s'est montré si persuasif que, je l'avoue, j'ai failli me laisser fléchir. Mais, fort heureusement, je me suis ressaisi, en même temps qu'un doute commençait à m'assaillir : et si tout cela n'était que du flan ?

« *Après tout, personne ici ne sait ce qui s'est vraiment passé il y a deux ans à Port Chicago. Qui nous dit que les capacités de destruction de cet engin n'ont pas été gonflées précisément pour susciter l'intérêt de l'état-major et justifier le financement de ces foutues expériences de lévitation ? Et qu'Altamayor n'est pas en ce moment en train de jouer son va-tout pour tenter de sauver sa place ?*

« *Sans doute ne s'agit-il là que de spéculations, mais, en tout cas, rien ne saurait désormais me détourner de ma mission. Cet essai aura bien lieu.*

« *Et pour tout dire, j'ai hâte de voir à quoi va ressembler cette foutue explosion.*

« *19 août 1946. 5 h 45. Dans un peu plus de deux heures, nous saurons ce qu'il en est. L'équipage de traîneaux à moteur est rentré peu après minuit, après avoir livré le colis à bon port. Par mesure de sécurité, nous n'avons laissé personne à proximité du site. Pour autant, nous avons tout mis en œuvre afin de pouvoir scruter cette expérience sous tous ses angles ; l'état-major ne pourra pas nous reprocher de l'avoir privé d'éléments d'appréciation. Une douzaine de caméras automatiques ont été disposées à des distances croissantes de l'engin, jusqu'à dix kilomètres. Les observateurs les plus proches se tiendront avec leurs appareils de mesure au sommet du pic Henriksen, où se trouve un petit calvaire érigé par les Norvégiens ; j'y ai dépêché une équipe de quatre hommes emmenée par le lieutenant Bolt. Ils seront à près de vingt-cinq kilomètres de l'épicentre – quasiment aux premières loges, et en même temps à une distance tout à fait raisonnable.*

« Pour faire bonne mesure, l'un de nos deux Dornier décollera à 7 h 30 avec à son bord une dizaine de scientifiques plus deux cameramen chargés des prises de vue aériennes. Là encore, sécurité avant tout : l'appareil restera au-dessus de la baie, sans s'approcher à moins de quarante milles du site. J'ai confié cette mission au capitaine Carruthers, l'un de nos meilleurs pilotes ; vu la distance, il ne devrait y avoir aucun souci, mais, si d'aventure quelques turbulences parvenaient jusqu'à nous, il saura bien y faire face.

« Je pense sincèrement que nous avons fait de notre mieux. Il n'y a plus qu'à espérer que le spectacle soit au rendez-vous !

« 7 h 24. Je relis avec un mélange de lassitude et d'écœurement ces lignes que j'ai tracées il y a à peine une heure et demie, et je mesure à quel point j'ai été naïf. Comment ai-je pu me laisser berner à ce point ? Sans même me rendre compte de ce qui se tramait sous mon nez ? J'ignore ce que va donner l'essai de tout à l'heure, mais en ce qui me concerne je n'en retirerai – au mieux – qu'un blâme de l'état-major. Je doute que ma carrière s'en remette.

« Je résume :

« Quelques minutes avant la relève de la garde dans les labos, un type masqué a fait irruption dans le poste de sécurité et a réussi à maîtriser sans violence

les deux malheureux MPs à moitié endormis qui s'y trouvaient. Après les avoir ligotés et bâillonnés, il est reparti avec l'unique prisonnier du secteur.

« À 6 h 40, deux hommes en tenue d'aviateur se sont présentés à l'entrée du hangar n° 2, juste au moment où les mécaniciens au sol terminaient de tracter le Dornier sur le plan incliné. Ils étaient déjà équipés de pied en cap avec casque et appareil respiratoire, si bien que le planton n'y a vu que du feu et les a pris pour Carruthers et son copilote. Ils sont montés à bord en indiquant qu'ils avaient pris un peu d'avance sur le reste de l'équipage pour avoir le temps de procéder aux vérifications de sécurité. Et puis, il fait si froid ce matin qu'un temps de chauffe additionnel ne ferait pas de mal aux moteurs, n'est-ce pas ?

« Deux minutes plus tard, ils étaient en l'air. Un décollage impeccable, sans autorisation, check-list ni plan de vol – les mécanos n'ont eu que le temps de se mettre à l'abri pour ne pas se faire cramer par les JATO !

« C'est signé.

« Et si je pouvais avoir encore le moindre doute, il vient de se dissiper à l'instant. Smyhte, l'aide de camp de McKay, vient juste de me porter le billet suivant :

« Colonel Buckmaster,

« Vous avez fait votre devoir d'officier en ordonnant cet essai, conformément aux instructions de votre commandement.

« Je fais le mien en tentant de sauver ce qui peut l'être, conformément à ma conscience. J'ai la conviction que nous courons à une catastrophe sans précédent. Peu importe nos vies ; mais ce qui a été

accompli dans cette base mérite d'être préservé, pour toute l'Humanité. Le docteur Altamayor et moi-même assumons l'entière responsabilité de cette décision.

« *Nous allons nous éloigner de quelques milles pour observer l'explosion. J'espère de toutes mes forces que nous nous trompons ; si c'est le cas, nous reviendrons aussitôt nous livrer. Dans l'éventualité contraire, que Dieu vous garde tous.*

« *Avec mes respectueuses salutations,*

« *Wing Commander Alexander McKay*

« *Ça a le mérite d'être clair. Mais ça ne lui épargnera pas la cour martiale.*

« *7 h 47. Moins d'un quart d'heure désormais. Si je pouvais reporter l'essai, je le ferais, le temps de régler cette situation absurde. Mais la séquence de mise à feu est entièrement automatique, et nous n'avons plus aucun contrôle sur ce qui est en train de se préparer.*

« *De toute façon, les jeux sont faits : l'engin doit être depuis quelques minutes en stade d'excursion critique, c'est-à-dire au-delà du point de non-retour. À H moins une minute, la pompe à vide va s'arrêter. Et, à l'heure prévue, les deux cents grammes de Tétryl placés contre la coque externe vont détoner, entraînant la rupture du confinement et l'irruption de l'air et des débris de métal dans le vortex. D'après les calculs, l'explosion devrait suivre moins d'une seconde plus tard.*

« *On vient de me confirmer qu'Altamayor n'est pas parti les mains vides, mais avec cette vieille mallette en cuir dont il ne se séparait jamais. Le coffre-fort de son bureau ne contient plus que du vent ; je sais qu'il y gardait une copie de tous les protocoles d'expérience ainsi que les plans de fabrication de ses réacteurs.*

« *Ce n'est plus de la désobéissance, c'est de la haute trahison.*

« *Mais cela sera réglé en son temps. Pour l'heure, tous les hommes sont à leur poste sur la plage, les caméras sont prêtes, et les appareils de mesure sont en batterie. Le Dornier est toujours là, il fait des ronds dans l'air à une dizaine de milles au large – j'espère que McKay va bien profiter du spectacle, il n'est pas près de tenir un manche à nouveau !*

« *Pour ma part, je vais suivre l'essai dans mon bureau. Les écrans me retransmettent tout ce qui se passe à l'extérieur. H moins six minutes. Je reprends ce journal juste après.*

« *14 h 55. Qu'avons-nous fait, mon Dieu ?*

« *C'est la première fois depuis près de sept heures que je peux prendre un peu de repos, et j'en profite pour écrire ces quelques lignes. Mais il va falloir que j'y retourne bientôt : la base est un véritable pandémonium, nous avons des dizaines de blessés et des scènes de panique commencent à éclater çà et là – j'ai ordonné aux MPs d'y mettre fin avec la plus grande fermeté.*

« *Tout s'est passé si vite que nous n'avons pas eu le temps de réagir. Il y a d'abord eu ce flash lumineux éblouissant et, tout de suite après, l'impulsion. Tout cela était prévu par la théorie, nous nous y attendions. Mais jamais nous n'aurions imaginé pareille violence. Tout ce qui n'était pas fixé au sol a été projeté avec une force incroyable : c'est à ce moment que nous avons eu tous ces blessés, soit par chute soit par écrasement.*

« Dans le hangar, Murchison a pris peur et a activé la commande de fermeture d'urgence du portail. Je ne sais si je dois le blâmer – peut-être nous a-t-il tous sauvé la vie. Mais une bonne cinquantaine de types sont restés dehors, et nous n'avons aucune nouvelle d'eux.

« Ensuite, il y a eu cette panne de courant pendant près de dix minutes. Cela paraît impossible, mais tout porte à croire que les câbles de force qui nous relient à la centrale électrique de l'autre côté de la plage ont été sectionnés – ou alors que la centrale elle-même a été détruite. Heureusement, nous avons pu rapidement mettre en marche nos générateurs diesel de secours et nous avons maintenant de la lumière. À terme, cela peut poser un problème pour l'air, mais nous avons pas mal de temps devant nous. Pour l'heure, nous n'avons aucune idée de ce qui se passe à l'extérieur, tous les écrans sont morts et la radio aussi.

« Ce n'est que vers midi que notre officier de communications s'est aperçu que nous avions eu un bref contact radio avec le Dornier juste après l'impulsion. Le pauvre Myers ne s'en est pas rendu compte, à ce moment il était complètement sonné et occupé à ramasser ses dents sur le plancher. Mais le message a pu être enregistré par les magnétophones du central. Il ne dure que quelques secondes et est truffé d'interférences électriques, mais son contenu est tellement dérangeant que j'ai fait promettre à Myers de garder le silence. Voici ce que cela dit – a priori, *c'est la voix de McKay :*

« Seigneur ! Cette lumière.... C'est plus brillant qu'un millier de soleils !... Maintenant cela... et... Attendez ! Il y a quelque chose d'énorme qui...

On dirait une avalanche de glace... montagne... plus haut que l'altitude où... Cinq kilomètres de haut ?... Jusqu'à l'horizon ! Essayons faire demi-tour si... Grytviken... ait pitié de... »

« *Voilà, c'est tout ce que nous avons capté avant que la radio ne rende l'âme. Je prie pour qu'il ne s'agisse là que des élucubrations d'un esprit malade.*

« *Mais pourquoi est-ce que nous n'arrivons toujours pas à ouvrir ces putains de portes ?* »

08 h 51 UTC

Cette fois-ci, c'était bon. Il était bien là – mais à plus de cinquante milles au nord de l'endroit où il aurait dû se trouver.

Bizarre, pensa Poppy Borghese. *Là où il se trouve, il n'y a pourtant pas beaucoup de vent.*

Elle se colla tout contre la verrière du cockpit. Une fois qu'on savait où regarder, le minuscule point lumineux sautait aux yeux. Mais, sans l'assistance de Jeeves, elle l'aurait certainement loupé.

Elle activa sa commande de liaison neurale en mode privé et se connecta à l'implant de Kendall Kjölsrud.

Nous l'avons, Père, émit-elle dès qu'il eut accusé réception de l'appel entrant. *Presque à l'endroit prévu. Azimut 355.*

Très bien, Poppy, répondit aussitôt le vieil homme. *Combien de temps ?*

Elle fit un rapide calcul mental :

À la vitesse où on se traîne, une vingtaine de minutes pour être à la bonne distance.

Excellent. Ici, nous y sommes presque, Viktor vient juste de terminer. Fais comme je t'ai dit et attends mon signal.

Bien, Père.

La communication immatérielle se rompit, ne laissant dans son esprit qu'une sorte de bruit blanc qui allait lui-même s'estomper en quelques secondes. Elle retourna s'asseoir sur le siège inconfortable et inclina tout doucement la roue de commande vers le nouveau cap.

Son estomac fit entendre un grondement sonore.

Bon sang ! Je crève de faim !

08 h 52 UTC

Viktor Bernstein avait parlé près d'une demi-heure sans être interrompu, tant son auditoire était captivé par le récit. Il referma soigneusement le petit carnet et le posa d'un geste délicat, presque respectueux, sur la poutrelle métallique à côté de lui.

« Voilà, c'est tout, dit-il ensuite à mi-voix. Il y a encore une douzaine de pages après ça, mais vous savez déjà ce que ça raconte. La folie, le désespoir, et au bout la mort… »

Caleb ne l'écoutait plus. Il se leva et s'approcha de l'Œuf au milieu de la soute. La grosse structure ovoïde de presque quatre mètres de long le dominait de toute sa masse ; de près, la surface grenue et irrégulière du métal très sombre faisait penser à la peau d'un énorme animal fossilisé. Les cognements désordonnés qui ébranlaient tout l'avion avaient cessé – conséquence des efforts de Sanjiv –, et la seule manifestation audible de son fonctionnement était cette sorte de vibration incroyablement grave que l'on percevait davantage avec les tripes qu'avec les oreilles, et qui contribuait au sentiment diffus de menace créé par la machine.

À deux mètres, la sensation de vertige et de nausée était carrément insupportable. Et ce n'était pas tout.

Ça faisait mal.

Ce n'était ni une brûlure ni un pincement. Plutôt une sensation combinée de pression et de traction, comme si quelque chose d'immatériel fouaillait sa chair – pas seulement sa peau, mais aussi ses muscles et ses organes internes. Et tentait d'en arracher des morceaux. Cela affectait indifféremment les parties de son corps exposées, comme son visage, et celles que recouvrait la combinaison.

« Faites attention, mon garçon, murmura Kendall Kjölsrud. En principe, ce n'est pas dangereux à court terme, mais, en réalité, personne ne sait vraiment ce que ça fait aux tissus vivants. »

Caleb l'ignora et tendit lentement le bras vers la surface de l'objet. À cinquante centimètres, la douleur devenait insoutenable : impression d'avoir la main prise dans un étau qu'un géant s'amuserait à serrer. Le jeune homme n'insista pas et recula de trois pas ; la douleur reflua aussitôt.

« Qu'est-ce qu'il y a là-dedans, monsieur Kjölsrud ? demanda-t-il d'une voix lente. Vous nous aviez promis une explication. Plus de faux-fuyants, s'il vous plaît…

— Il a raison, monsieur, dit Sarah Miller. Vous et mon oncle – et Sanjiv – vous avez l'air de savoir de quoi il retourne. Mais nous avons bien mérité d'être nous aussi mis au courant, vous ne croyez pas ?

— Tu es une scientifique, ma chérie, fit Viktor Bernstein avec un sourire étrange. Tu n'as pas une petite idée ?

— Je ne sais pas, répondit-elle en haussant les épaules. Rien ne colle dans tout ça. Cette explosion… Même une ogive thermonucléaire n'a pas ce potentiel de destruction. Et pourtant vous nous avez répété plusieurs fois que l'Œuf *n'était pas* une bombe atomique. Et cette… impulsion ? Rappelez-vous le film dans la vieille caméra : au moment du flash, on voit tous ces malheureux projetés *vers l'Artefact.* Mais si l'engin a bien explosé à l'intérieur des terres comme le dit le carnet, le souffle aurait dû plutôt les projeter vers la mer ! Et pourquoi se serait-il aussi fait sentir à l'intérieur de la casemate ?

— Et pourquoi ce truc essaie-t-il de me broyer la main ? maugréa Gretchen Vogt qui venait de tenter la même expérience que Caleb et qui faisait maintenant la grimace en se massant le poignet.

— Ce sont les forces de marée, déclara Sanjiv. Le différentiel de champ gravifique entre le dessus et le dessous de votre main. Au-delà de deux ou trois mètres, leur influence est négligeable, et ça n'affecte que votre oreille interne, d'où les nausées et la sensation de vertige. Mais si vous pouviez vous approcher davantage, disons au-delà de cette coque métallique, ça vous mettrait en pièces. *Littéralement.*

— Des forces de marée ? répéta Sarah Miller. Mais…

— Quant aux personnes sur le film, continua Sanjiv, ce n'est pas un effet de souffle qui les a jetées à terre. C'est l'effondrement gravitationnel qui se produit juste avant l'explosion.

— L'effon… Oh mon Dieu ! s'exclama la jeune chercheuse comme si elle venait d'être frappée par la foudre. Ce n'est pas possible ! Mais alors, ces histoires de "vortex" ou de "point zéro" ?

— Quoi ? s'écria Gretchen. Mais de quoi parlez-vous, bon sang ?

— Une façon comme une autre de désigner un concept qui échappe à l'entendement humain, dit lentement Sanjiv. Et le nom sous lequel cet objet est désormais connu du grand public n'a été forgé qu'à la fin des années 1960, Majorana ne pouvait donc pas le connaître ; un nom très inexact d'ailleurs… le terme le plus approprié pour désigner ce qui se trouve là-dedans est "microsingularité gravitationnelle".

— *Un... un trou noir ?* articula Sarah Miller d'une voix à peine audible.

— Si vous voulez, Sarah. Un trou noir. »

Chapitre 22

1er mars 2018 – 08 h 53 UTC

« Écho confirmé ? demanda le premier officier radio Pyotr Denissovitch Titov.

— Affirmatif, monsieur, répondit le second maître Jacob Borissovitch Borodine. Azimut 215, distance quarante-sept nautiques en rapprochement, altitude mille deux cents pieds, il vient droit sur nous. On dirait la signature d'un hélico. »

Les deux hommes de quart étaient penchés sur la console tactique principale de l'*Ivan Grozny*, le fleuron des forces navales de la Fédération de Russie. La vaste bulle holo de quatre mètres de diamètre donnait une représentation en temps réel et avec un luxe de détails inouï de l'environnement du bâtiment, depuis la haute atmosphère jusqu'au plancher océanique et sur une distance de cinquante milles dans toutes les directions. On y distinguait parfaitement le porte-aéronefs géant flanqué de ses navires d'escorte, les frégates *Tuman* et *Yaroslav Mudryy* ainsi que de leur ravitailleur. Les deux sous-marins nucléaires d'attaque de classe Akula-II, le K-157 « *Vepr* » et le K-337 « *Kuguar* » complétaient le dispositif et progressaient en immersion à quelques nautiques en avant du navire amiral. Comme l'indiquaient les données de géolocalisation et la carte grande échelle du secteur qui s'affichaient en incrustation dans la partie supérieure de la bulle, le groupe aéronaval croisait à l'heure actuelle à quelque trois cent vingt nautiques au sud de l'île Bouvet, un minuscule récif inhabité paumé au beau milieu des cinquantièmes hurlants.

L'écho qui préoccupait les deux hommes était apparu moins d'une minute auparavant à la périphérie sud-ouest de la bulle tactique. Comme pour tout mobile non biologique dépassant la taille d'une sardine, sa pénétration dans l'espace des cinquante nautiques avait aussitôt déclenché une série de réponses automatiques : notification de l'intrusion aux opérateurs humains, passage en mode alerte de l'ensemble des systèmes de détection, activation des contre-mesures électroniques, mise en route des radars centimétriques directionnels, prépositionnement des défenses antimissile.

« Sa vitesse ? questionna Titov.

— Cent soixante-cinq nœuds, répondit Borodine. ETA seize minutes s'il continue comme ça.

— Trop rapide pour un civil, si c'est bien un hélico… »

L'officier, plus préoccupé qu'il ne voulait l'admettre, regarda une nouvelle fois le petit spot lumineux. Son image holo, compilation de l'ensemble des données optiques, radar, sonar et gravimétriques issues de dizaines de détecteurs, était rafraîchie vingt fois par seconde, ce qui donnait l'impression d'un déplacement très fluide. Pour autant, aucun détail n'y était encore visible. *Bizarre*, pensa Titov. *Pourtant, il est mainte-*

nant illuminé par tout ce que la flottille compte de systèmes actifs...

« Que dit l'interférométrie ? demanda-t-il. On n'a toujours pas d'image ?

— Négatif, monsieur. Furtivité élevée, c'est bien un appareil militaire. Et je... Attendez ! Il est justement en train de répondre à notre ordre d'identification ! »

Borodine écouta pendant quelques secondes dans son casque, puis une expression d'incrédulité apparut sur son visage. « C'est un des nôtres, monsieur ! En tout cas, ils parlent très bien le russe...

— Impossible ! s'exclama l'officier. Qu'est-ce qu'il foutrait ici ? On est à près de sept cents nautiques de la côte antarctique, au beau milieu de nulle part ! On a leur IFF ?

— À l'instant. Leurs codes transpondeur sont bons. C'est un Black Shark, mais sans identifiant d'unité. Ils disent qu'ils sont à court de carburant et demandent l'autorisation... non, ils *exigent* d'apponter. Priorité nationale, selon eux. Avec un hélico d'assistance pour les repêcher, au cas où ils n'auraient pas assez de jus pour arriver jusqu'ici...

— Priorité nationale, rien que ça ! Et c'est tout ?

— Oui... enfin non, il y a autre chose. Ils disent qu'ils sont du MRO. »

Les deux hommes s'entre-regardèrent avec surprise. « Le MRO ? fit Titov. C'est quoi ? Un nouveau mouvement écolo ? »

09 h 03 UTC

« Personne au juste ne sait quand il a commencé à s'y intéresser, dit Sanjiv. Peut-être dès sa nomination comme professeur assistant à Turin en 1918. Plus certainement à l'Université de Bologne, où il accède à la tête du Département de physique en 1921. Ce qui est sûr, c'est qu'il a consacré plus de dix ans de sa vie à cette histoire d'absorption gravitationnelle.

— Une sorte de marotte, quoi... commenta Gretchen Vogt.

— Tout le contraire. Quirino Majorana n'avait rien d'un savant fou. C'était un physicien de renom, reconnu par ses pairs, un des meilleurs spécialistes de la toute récente théorie de la relativité et, qui plus est, un ami d'Albert Einstein.

— Qu'est-ce que tu entends au juste par absorption gravitationnelle ? demanda Sarah Miller.

— Il était persuadé que la gravité, tout comme la lumière, était de nature à la fois ondulatoire et corpusculaire. Et que, comme la lumière, il était possible de l'atténuer au moyen de systèmes de filtrage ou d'écrans appropriés. Pendant des années, il va mener d'innombrables expériences pour tenter de valider cette théorie.

— S'il y était arrivé, je pense que ça se saurait, remarqua Gretchen Vogt.

— Ne vous vexez pas, Gretchen, fit le jeune savant, mais c'est encore inexact. En 1922, il affirme avoir obtenu grâce à l'un de ses appareillages une réduction très nette du champ gravitationnel, pendant un laps de temps très bref et dans un volume d'espace restreint. L'homme n'a pas la réputation d'un plaisantin, et ses résultats vont être publiés dans une revue scientifique de qualité. Malheureusement, il donne peu de détails sur son dispositif… C'était monnaie courante à l'époque, lorsqu'un chercheur espérait ensuite déposer un brevet. Tout ce que l'on sait, c'est que l'appareil comportait une cuve de mercure et une source de champ magnétique pulsé.

— Seigneur… murmura Sarah Miller.

— Tout juste. Le problème est que par la suite personne – ni Quirino ni d'autres physiciens – ne sera jamais en mesure de reproduire l'essai. Comme si, par le plus grand des hasards, notre ami avait un jour mis le doigt sur quelque chose d'important, mais sans vraiment comprendre ce qui se passait. »

Kendall Kjölsrud se racla la gorge : « Rétrospectivement, fit-il observer avec un sourire, on peut se dire que ce n'est pas plus mal pour la ville de Bologne.

— Je pense que vous avez raison, monsieur, opina Sanjiv. En tout cas, Quirino Majorana sera très affecté par l'impossibilité de reproduire son expérience. Il va encore s'acharner quelque temps puis, vers la fin des années 1920, il baisse les bras et se consacre à d'autres domaines de recherche.

— Mais il a un neveu, n'est-ce pas ? demanda Caleb.

— Voilà, vous avez compris. L'affection qui existait entre les deux hommes n'est sans doute pas étrangère au fait qu'Ettore ait choisi de ramasser le flambeau. Là encore, les références manquent, mais on pense qu'il a dû s'y mettre vers 1930. En tout cas, alors qu'il a déjà rejoint l'équipe de Fermi. Peut-être au début était-ce seulement un jeu intellectuel, mais, très vite, cela va devenir une obsession : démontrer qu'il est possible de faire écran à la gravité. Il va y arriver – sinon nous ne serions pas ici pour en parler. Mais pour ce faire, il va devoir s'aventurer sur des chemins… incroyablement éloignés de son objectif. Des chemins dangereux. »

Instinctivement, tous les yeux se tournèrent vers l'Œuf, qui, solidement vissé au milieu de la soute, continuait tranquillement à distiller son ronronnement nauséeux.

« Tu veux bien essayer de nous expliquer comment il s'y est pris, Sanjiv ? demanda Sarah Miller.

— On a combien de temps, monsieur ? fit l'intéressé à Kjölsrud, sans préciser à quoi il faisait allusion.

— Un quart d'heure, mon garçon », répondit le milliardaire.

Caleb et Joshua échangèrent un regard rapide. *Qu'est-ce qu'il nous prépare encore ?*

Sanjiv eut une moue désappointée : manifestement il s'attendait à plus. « Un quart d'heure ? Bon… je vais essayer… dit-il sans enthousiasme.

— Et toi faire simple, suggéra One-Shot. Genre mécanique quantique pour les nuls. »

09 h 07 UTC

Le sous-lieutenant Kirill Alexandrov leva le bras pour protéger son visage des gouttelettes de pluie propulsées à l'horizontale par le vent furieux des rotors ; l'instant d'après, le gros hélicoptère d'attaque Kamov Ka-50L « Black Shark » faisait un *touch down* impeccable sur le pont de l'*Ivan Grozny.* Avant même que l'appareil ne soit complètement stabilisé, le pilote coupa les deux énormes moteurs Klimov de 2 190 CV et les rotors contrarotatifs débrayés commencèrent à ralentir.

Grâce à sa conception très originale et à ses nombreux blindages en composite de carbone, le Black Shark est réputé l'un des hélicoptères de combat les plus robustes au monde. Pourtant, celui-ci semblait en avoir sacrément bavé : sur la gauche du fuselage, la peinture camouflage avait noirci et cloqué, comme si l'appareil avait été soumis à une chaleur intense ; au niveau du cockpit, la verrière située du même côté – une vitre pare-balles de cinq centimètres et demi d'épaisseur – était fendue sur toute sa longueur. Enfin, l'un des patins d'atterrissage était méchamment tordu, de même qu'une des ailettes latérales qui servaient de points d'emport pour l'armement externe.

Pendant que l'hélico presque à court de carburant parcourait les derniers milles qui le séparaient de l'*Ivan Grozny*, Alexandrov avait été rapidement briefé par son supérieur. Ces types étaient apparemment les seuls survivants du *Vladimir Karvaiyski*, un brise-glaces russe qui avait sombré pendant la nuit près de la côte antarctique. Il convenait de leur apporter toute l'assistance dont ils pouvaient avoir besoin, tout en essayant d'en savoir un peu plus sur les circonstances de la catastrophe.

Le type aux commandes défit prestement son harnais et sauta à terre. Il était de stature moyenne, avec un visage inexpressif, et portait un uniforme de colonel de l'Armée de terre. Sans prêter la moindre attention au comité d'accueil, il fit le tour du cockpit pour aider à descendre celui qui occupait le siège du copilote. L'homme en question était un vieillard de grande taille vêtu d'une grosse parka d'officier tachée de sang. Son teint était grisâtre, et il avait l'air complètement épuisé, mais il en émanait pourtant une impressionnante aura d'autorité ; un bref instant, son regard d'un bleu acier croisa celui d'Alexandrov et, sans savoir pourquoi, celui-ci sentit un frisson lui parcourir l'échine.

La surprise du jeune officier grandit encore quand le pilote, toujours sans mot dire, alla déverrouiller la porte de la baie arrière du Black Shark. Deux hommes en sortirent à grand-peine et firent quelques pas chancelants sur le pont du porte-aéronefs ; leurs vêtements étaient noircis, et ils souffraient manifestement de brûlures graves aux mains et au visage. Un troisième type les suivit : il paraissait d'une taille démesurée – Alexandrov se demanda un instant comment il avait bien pu faire pour se tasser avec les deux autres dans la minuscule soute de l'hélico –, mais on ne distinguait presque rien de son corps qu'il dissimulait sous une vieille bâche kaki en lambeaux.

Le groupe se rapprocha enfin, et Alexandrov put les examiner plus à loisir. Deux détails qui lui avaient échappé lui sautèrent aux yeux. Le vieux type arborait, comme si c'était tout naturel, des épaulettes de général de l'Armée rouge. Et celui sous la bâche – on ne distinguait toujours pas son visage, seulement le sommet de son crâne d'où pendaient de longs cheveux gris – était pieds nus.

De grands pieds squelettiques aux ongles crasseux pareils à des griffes – curieusement, le droit semblait malformé.

Si ces guignols font partie de l'équipage d'un brise-glaces, alors moi je suis le métropolite de Moscou, pensa le jeune officier.

Mais peu importe, il avait des ordres. Il s'éclaircit

la voix et dit, d'un ton qu'il espérait chaleureux : « Eh bien, messieurs, bienvenue à bord de l'*Ivan Grozny*. Je suis sûr que…

— On ne salue plus dans la Marine, espèce de petit con ? »

C'était le type en uniforme de colonel qui avait parlé, d'une voix glaciale qui n'admettait aucune réplique. Lui et son acolyte le général – un général *soviétique* ? – le toisaient tous deux avec une expression de mépris insondable. Ils n'avaient *vraiment* pas l'air commode.

Un nouveau frisson glacé traversa Alexandrov ; le jeune officier perdit toute contenance et fit un pas en arrière, avant d'avaler péniblement sa salive et d'exécuter un salut approximatif.

« C'est mieux, fit le colonel sans se départir de son attitude grossière. On n'a pas le temps de satisfaire votre curiosité, lieutenant, alors voilà comment ça se passe. Vous faites conduire nos blessés au bloc médical. Celui sous la bâche, à l'isolement ; il n'a pas besoin de soins. Personne, je dis bien *personne*, ne l'approche. Et vous nous conduisez tout de suite auprès de l'amiral Atanassiev, si c'est toujours lui qui commande ce tas de ferraille.

— L'amiral ? Mais…

— S'il demande qui veut le voir, grogna le vieux général, dites : Iazov. Ça devrait suffire. »

09 h 07 UTC

« Que savez-vous au juste sur les trous noirs ? » demanda Sanjiv Chandra.

Sarah Miller leva le doigt comme à l'école : « C'est un objet stellaire hyper-massif qui provient de l'effondrement d'une étoile en fin de vie.

— Pas mal pour un début, dit Sanjiv. Le concept d'un objet si massif que même la lumière ne pourrait s'en échapper a été prophétisé dès la fin du XVIIIe siècle, mais ce sont les équations d'Einstein qui vont lui donner un support théorique. Les travaux fondamentaux sur les trous noirs stellaires datent des années 1960, et, une décennie plus tard, les premières observations astronomiques ont commencé à confirmer la théorie.

— Comment peut-on observer un trou noir, puisque rien n'en sort ? demanda Caleb, intrigué.

— Excellente question. La singularité elle-même – le fond du puits gravitationnel – est *par définition* inobservable. Elle se situe au-delà de l'horizon des événements, c'est à dire littéralement en dehors de l'Univers tel que nous savons le décrire d'un point de vue mathématique. Par contre, nous pouvons voir ce qui se trouve sur la margelle du puits : les répercussions du champ de gravité sur l'environnement local, qui vont engendrer tout un tas de phénomènes spectaculaires : jets de matière à des vitesses quasi luminiques, cannibalisme d'un compagnon stellaire dans un système binaire, ou effets de lentille gravitationnelle par exemple. Des observations toujours indirectes, mais bien trop nombreuses pour qu'il subsiste désormais le moindre doute sur l'existence de ces objets. »

Sanjiv fit une pause. Il tenait maintenant son auditoire en haleine et, comme chaque fois qu'il se trouvait dans son domaine de recherche, les signes de sa maladie avaient complètement disparu.

« On distingue à l'heure actuelle deux grandes sortes de trous noirs astrophysiques, reprit-il : les trous noirs stellaires, qui sont effectivement des étoiles mortes et dont la masse varie de trois à quelques dizaines de masses solaires. Ainsi, notre Soleil est un peu trop petit pour finir en trou noir, mais, si cela arrivait, toute sa masse se retrouverait concentrée dans une sphère d'un peu plus de deux kilomètres de diamètre. L'autre catégorie est représentée par les trous noirs supermassifs qui se trouvent au centre des galaxies ; le plus proche de nous, celui de la Voie lactée, est à vingt-six mille années-lumière dans la constellation du Sagittaire et pèse quelque quatre millions de masses solaires…

— Attends, Sanjiv, dit Sarah, je suis un peu larguée… Tu es bien en train de nous parler d'objets astronomiques, là ?

— Oui, mais…

— Alors quel rapport avec cet engin ? fit-elle en montrant l'Œuf. C'est quand même un peu juste pour y caser une sphère de deux kilomètres, non ?

— C'est parce que le trou noir en question est petit. *Vraiment* très petit. Et très léger aussi, toutes proportions gardées…

— Très petit ? répéta Caleb. Quelle taille fait-il, Sanjiv ?

— À peu près la taille d'une bactérie. Et la masse d'une petite locomotive. »

09 h 11 UTC

Dans une dizaine de minutes, Poppy. Tiens-toi prête pour quand je te donnerai le signal.

Ça marche, émit-elle en réponse sur la fréquence neurale.

Poppy Borghese jeta un regard vaguement contrarié par la verrière avant. Cela faisait maintenant cinq ou six minutes qu'elle ne le voyait plus, mais, d'après Jeeves, cela n'avait rien d'anormal : le déplacement de l'avion faisait simplement qu'ils n'étaient plus dans le bon azimut pour percevoir le reflet du soleil sur l'enveloppe métallisée.

Pour tromper son attente, elle se leva et, après avoir actionné le pilote automatique, passa dans le compartiment machines situé derrière le poste de pilotage. D'ordinaire, elle se foutait complètement des vieux avions, mais ici elle ne pouvait s'empêcher d'éprouver une certaine fascination devant l'appareillage terriblement désuet qu'elle avait sous les yeux. Elle eut tôt fait de repérer les six gros interrupteurs en bakélite qu'elle cherchait, puis continua son inspection ; au bout de quelques secondes, son attention fut attirée par les jauges de carburant – une douzaine de vieux cadrans à aiguille alignés sur la console d'instruments de tribord. *Bizarre*, pensa-t-elle. *On vole depuis six heures seulement, mais les niveaux ont déjà l'air sacrément bas ! Pourtant One-Shot m'a bien dit que le plein était fait...*

« Jeeves, murmura-t-elle en reculant un peu de manière à pouvoir embrasser toute la rangée de cadrans dans son champ visuel. Tu peux m'interpréter ça ? »

‹ Bien sûr, mademoiselle, répondit l'IA dans la seconde. Nous avons encore un peu plus de six mille deux cents litres répartis sur les six réservoirs tribord, et seulement deux mille quatre cents dans ceux de bâbord. Une disproportion tout à fait anormale vu que les pompes fonctionnent de façon symétrique. L'hypothèse la plus plausible est qu'un ou plusieurs des réservoirs de bâbord aient été perforés par une rafale avant le décollage – une chance que ces moteurs soient des diesels : avec de l'essence, nous aurions explosé aussitôt. Il y a aussi les milliers d'impacts sur le fuselage, qui accroissent la traînée de l'avion. En tout cas, il nous reste actuellement 39 % du plein ; nous avons consommé plus du double de ce qui était prévu. ›

« Résultat des courses ? » demanda-t-elle.

‹ Panne sèche dans un peu moins de quatre heures. On n'a pas de quoi aller jusqu'à Grytviken. ›

Tout en réfléchissant à cette information, elle fureta encore une ou deux minutes dans le local machines, puis regagna le cockpit et se rassit pensivement dans le fauteuil du pilote.

Au moins, se dit-elle avec philosophie, *ça simplifie la donne. Aucun regret à avoir.*

09 h 11 UTC

« Le concept de microtrou noir, ou "trou noir quantique", a été théorisé par Stephen Hawking au début des années 1970. À la différence des trous noirs astrophysiques, aucune donnée observationnelle n'a jamais permis de le confirmer… jusqu'à aujourd'hui, bien sûr, fit Sanjiv avec un grand sourire.

— Tu peux développer un peu ? » demanda Sarah Miller.

Le jeune savant hocha la tête : « Pour Hawking,

poursuivit-il, des microsingularités pouvaient avoir été produites en très grand nombre au moment du Big Bang et se seraient ensuite disséminées dans tout l'Univers, où elles auraient persisté jusqu'à l'époque actuelle. Plus récemment, d'autres chercheurs ont envisagé la possibilité d'une *création continue* de microtrous noirs sous l'effet de phénomènes naturels hautement énergétiques, par exemple l'interaction des rayons cosmiques avec les couches de la haute atmosphère terrestre. Suggérant par là même qu'il pourrait être possible de reproduire ces phénomènes en laboratoire.

— Attends un peu, l'interrompit Gretchen Vogt. Ça me dit quelque chose… Il n'y avait pas eu une polémique à ce sujet il y a quelques années, au moment de l'inauguration de cet accélérateur de particules en Suisse ?

— Exact, approuva Sanjiv. Et pas juste une polémique. Les groupes de pression ont déposé plusieurs plaintes devant la Cour européenne pour tenter de faire annuler le lancement du LHC[1], en prétextant le risque de création d'un trou noir dans le collisionneur…

— Je m'en souviens aussi, intervint Sarah. Ils ont été déboutés quand le CERN a indiqué que la quantité d'énergie nécessaire dépassait de quinze magnitudes les possibilités technologiques actuelles. »

Sanjiv hocha la tête : « C'est vrai – tout au moins dans notre espace conventionnel à trois dimensions. Il est élémentaire de calculer que la formation d'un trou noir microscopique y demanderait une impulsion

1. Large Hadron Collider. Plus grand accélérateur de particules au monde avec son anneau de 26 km de circonférence, mis en service en septembre 2008 au CERN (frontière franco-suisse).

minimale de 10^{16} TeV. À supposer qu'on sache produire autant d'énergie, un calcul tout aussi élémentaire montre qu'avec les meilleurs systèmes de confinement magnétique actuels, il faudrait pour y arriver un accélérateur circulaire de la taille de notre galaxie. Ceci dans notre espace à trois dimensions, je le répète.

— Pourquoi ? marmonna Vandell Richardson d'une voix pâteuse. Il y en a un autre ? »

L'ex-marine avait refait surface un peu plus tôt dans la matinée et avait été installé aussi confortablement que possible dans un coin de la soute. Soigné avec les moyens du bord, il avait repris des couleurs, mais se ressentait encore de sa commotion cérébrale ; malgré tout, il faisait depuis quelques minutes des efforts méritoires pour participer à la conversation.

« Il y en a *plein* d'autres, Vandell, sourit Sanjiv. Ceux qui nous intéressent sont les espaces à dix dimensions prévus par la théorie des supercordes – une des constructions mathématiques qui cherchent à unifier mécanique quantique et relativité générale. En gros, à concilier le fait qu'à l'échelle subatomique, le chat de Schrödinger est sans problème à la fois mort et vivant, alors qu'à notre échelle, il a un peu plus de mal.

— Dix dimensions ? répéta le blessé. Je crois que j'aurais mieux fait de rester allongé… Et où se cachent-elles, bon Dieu ?

— On ne peut pas les voir, Vandell. Elles n'existent que dans le nanomonde parce qu'elles sont enroulées sur elles-mêmes au sein d'espaces dits de compactification – comme les variétés de Calabi-Yau qui sont largement utilisées en gravité quantique.

— C'est là-dessus que tu as eu ta médaille Fields, n'est-ce pas ? se souvint Sarah Miller.

— Exact, Sarah. C'est un sujet que je connais un petit peu.

— Mais quel rapport avec notre engin ? s'étonna Gretchen Vogt.

— Le rapport, c'est que, dans un espace à dix dimensions – les trois dimensions spatiales qui nous sont familières *plus* le temps *plus* les six dimensions enroulées dans l'espace CY –, la théorie prévoit que des microsingularités pourraient être créées pour des impulsions de l'ordre du TeV. Largement à la portée des collisionneurs actuels. Ou de la machine conçue par Ettore Majorana.

— La théorie des supercordes, hein ? fit Vandell Richardson. Je n'y pige rien, mais c'est un truc foutrement récent, non ?

— Assez, oui. Début des années 1980, si l'on prend comme point de départ les travaux de Michael Green. Actuellement, des dizaines d'équipes de chercheurs s'y consacrent un peu partout dans le monde.

— Et un type tout seul aurait découvert ça dans son garage cinquante ans avant ? »

09 h 17 UTC

Les deux hommes se connaissaient depuis plus de trente ans. Ils s'estimaient mutuellement, dans le sens où chacun respectait la valeur militaire de l'autre, mais sans qu'une quelconque forme de sympathie existât entre eux. Aussi aurait-il été exagéré de penser que l'amiral Nikolaï Ivanovitch Atanassiev pût éprouver la moindre satisfaction à accueillir le général Iazov à son bord. À dire vrai, c'était tout le contraire : une telle visite ne pouvait laisser présager que des emmerdements de dimension cosmique.

Le gros homme à la carrure de gorille – à soixante-dix ans, la graisse n'avait pas encore complètement remplacé les muscles – plissa ses paupières globuleuses pour mieux examiner ses deux interlocuteurs.

Il a pris un sacré coup de vieux, pensa-t-il. Les rumeurs qui couraient dans les couloirs de l'Amirauté n'étaient donc pas infondées. Le vieux salopard qui incarnait le complexe militaro-industriel soviétique puis russe depuis près d'un demi-siècle allait bientôt bouffer son extrait de naissance ; et, selon toute vraisemblance, son officine le MRO, dernière relique stalinienne dans l'appareil gouvernemental de la Russie moderne, le suivrait dans les poubelles de l'Histoire.

Bon débarras, se dit-il en guise d'épitaphe.

L'autre type lui posait un problème. Iazov l'avait présenté comme son second, un certain colonel Baranko, dont il n'avait jamais entendu parler. Âge moyen, taille et corpulence moyennes, un visage neutre oublié aussitôt qu'entrevu – tout dans cet homme concourait à le rendre transparent.

Sauf son regard.

Avant la chute de l'URSS, Atanassiev avait servi pendant plus d'un quart de siècle sur des unités de la flotte soviétique. Il avait commencé sa carrière comme simple matelot en 1964, l'année où Leonid Brejnev avait ravi le pouvoir à Nikita Khrouchtchev, avant de grimper à force d'obstination tous les échelons qui l'avaient conduit à son poste actuel : numéro trois de la Marine de la Fédération, et pacha d'un bâtiment ultra-moderne qui symbolisait le renouveau des forces navales russes. Du temps de l'Union soviétique, chaque unité à la mer – de la dernière des barcasses jusqu'aux sous-marins nucléaires de classe Typhoon – embarquait un ou plusieurs *politrouki*, ces commissaires politiques universellement haïs qui étaient chargés de faire respecter l'orthodoxie du Parti auprès des équipages. Un mot de travers, une attitude un peu désinvolte lors des réunions de propagande obligatoire, et une carrière prometteuse pouvait se terminer dans les geôles de la Loubianka. Le colonel Baranko avait exactement le même regard que ces types-là : inquisiteur, méprisant, avec quelque chose de glacial et d'impitoyable qui vous mettait aussitôt sur vos gardes.

Aucun des deux hommes n'avait fait mine de s'intéresser à la collation qu'Atanassiev leur avait fait servir, signifiant par là leur intention de terminer l'entretien au plus vite. L'idée traversa l'esprit de l'amiral de faire balancer ces hôtes indésirables à la mer, en même temps que leur hélico et leurs copains – en particulier cette espèce de monstre qu'ils avaient enfermé dans l'infirmerie. Mais c'était un peu tard : bien trop de monde les avait vus apponter. Autant feindre la courtoisie pour l'instant et essayer de leur tirer les vers du nez.

« Eh bien, petit père, dit-il à Iazov d'un ton débonnaire, ça me fait plaisir de te voir en si bonne forme et de t'accueillir à mon bord. Toi et tes hommes allez pouvoir vous reposer après toutes ces épreuves. Tu veux bien m'en dire un peu plus sur ce qui vous est arrivé ?

— On te l'a déjà dit, Nikolaï Ivanovitch. Voie d'eau majeure à l'avant du *Vladimir Karvaiyski* où nous étions en tournée d'inspection pour le MRO.

Probablement une rupture de la coque ; en tout cas, le bâtiment a coulé en quelques minutes. On n'a eu que le temps de sauter dans l'hélico, c'est tout.

— Une voie d'eau, hein ? Vu l'état de votre appareil, ça devait être de l'eau sacrément chaude, alors... Je suppose qu'il est inutile que je te demande plus de détails ?

— Tu supposes bien, Nikolaï. Malgré toute l'amitié que je te porte, tu sais que les activités de mon agence imposent une certaine discrétion. Par contre, nous allons avoir besoin de toi pour poursuivre notre mission.

— Votre... tournée d'inspection, c'est ça ? fit l'amiral en haussant les épaules. Dis-moi ce dont tu as besoin, Valentin, et je ferai au mieux...

— Ce que veut dire le général Iazov, intervint Guennadi Baranko d'un ton neutre, c'est que vous devez mettre votre bâtiment à notre disposition. »

L'amiral Atanassiev le considéra avec autant d'aménité que s'il venait de pisser sur son bureau : « Je vous demande pardon, colonel ? articula-t-il d'un ton glacial.

— Sans délai et sans poser de questions », précisa Baranko.

L'autre changea de couleur. Même Iazov dut se dire que ce n'était pas une manière de parler à l'un des officiers les plus médaillés de la Marine russe ; il jeta un coup d'œil venimeux à Baranko et se hâta de corriger le tir : « Tu voudras bien excuser mon second, Kolia. L'impatience de la jeunesse... Mais tu dois nous comprendre. Cette mission est d'une importance vitale pour la Russie, elle se déroule sous l'autorité directe du président... »

La fureur de l'amiral descendit d'un cran ; il jeta

un regard méprisant à Baranko puis se tourna vers Iazov : « Le président ? Admettons pour l'instant que tu dises vrai… À supposer que je sois disposé à te filer un coup de main, il me faut quand même quelques infos, Valentin. Inutile que tu me confies les tenants et les aboutissants de ta foutue mission, mais j'ai tout de même besoin de savoir ce que tu me veux, tu ne crois pas ? »

Iazov hésita une fraction de seconde, puis comprit qu'il n'obtiendrait rien s'il ne lâchait pas un peu de lest : « D'accord. Alors, écoute bien, Kolia. Voilà ce que je peux t'en dire… »

Une fois que le général Iazov eut terminé ses explications, Atanassiev se frotta le menton d'un air pensif. « Un vieil avion, hein ? Et tu n'as aucune idée de son cap ?

— Non. Mais vu son autonomie, les possibilités sont limitées : les îles Sandwich du Sud, la Géorgie du Sud ou encore la péninsule Antarctique, qui abrite plusieurs bases scientifiques américaines et européennes. Éventuellement les Falkland ou la pointe de la Terre de Feu, mais ça paraît un peu loin.

— Tu parles d'un secteur qui doit bien faire sept ou huit millions de kilomètres carrés, tu t'en rends compte ?

— Tu as raison, dit Iazov. Mais tu dois tenir compte du fait qu'il est très lent. Il n'a pas dû parcourir plus de six cents milles depuis qu'il nous a échappé, ça réduit d'autant la zone à explorer. »

L'amiral eut une moue dubitative : « Ça reste quand même une aiguille dans une meule de foin, Valentin. Même avec une dizaine d'appareils de reconnaissance pour ratisser la zone, on aurait trois chances sur quatre de le louper. »

Il s'interrompit un instant, le temps de consulter quelques données sur la vaste interface numérique qui occupait la moitié de la surface de son plan de travail. Puis il reprit : « Voici ce que je te propose. D'ici un peu moins de deux heures, nous aurons un Persona[1] au-dessus de cette zone. Si ton vieux zinc est bien dans le secteur, l'oiseau n'aura aucun mal à le localiser. Et vu sa lenteur, nous serons encore dans les délais pour l'intercepter avant qu'il ait pu gagner une zone habitée. Je vous ferai prévenir dès qu'on les aura détectés ; d'ici là, vous avez le temps de prendre un peu de repos, toi et ton roquet... »

— D'accord, Nikolaï, fit Iazov sans relever. Merci de ton aide.

— Et *moi*, ajouta l'amiral en se levant pour signifier la fin de l'entrevue, ça me laisse le temps de contacter le Kremlin pour vérifier tes dires. Je suis sûr que tu n'y verras aucun inconvénient, n'est-ce pas ? »

09 h 20 UTC

« Les trois ans qu'il a passés en reclus sans sortir de chez lui, pas vrai ? demanda Caleb.

— C'est ça, approuva le jeune physicien. Entre 1934 et 1937. C'est là qu'il a bâti l'édifice théorique qui allait mener dix ans plus tard à la fabrication de

1. Nom générique d'une constellation de satellites de reconnaissance à très haute résolution optique (Kosmos-2441 et suivants), déployée par la Fédération de Russie à partir de 2008.

cet engin. Tout laisse à penser que, pour y arriver, il a dû conceptualiser un équivalent de la théorie des cordes *plus* une description de la gravité quantique en espace multidimensionnel. Peut-être même… »

Mais il n'acheva pas sa phrase.

« Attends, Sanjiv, intervint Viktor Bernstein. Ce que tu nous dis, c'est que Majorana a trouvé le moyen de fabriquer un trou noir en bouteille, c'est ça ? C'est bien ce qu'il y a à l'intérieur de cette machine ? Mais un trou noir, c'est *lourd*, non ? Très lourd, même… Alors qu'est-ce que c'est que cette histoire d'antigravité ?

— Il a raison, fit Sarah Miller, pour une fois d'accord avec son oncle. Comment un trou noir pourrait-il arriver à soulever quoi que ce soit ?

— Excellente question, répondit Sanjiv. J'allais y venir. En réalité, c'est ce que *fait* la singularité qui compte, pas ce qu'elle *est*. Le trou noir n'agit que comme un moteur. Mais ce que nous en percevons, c'est ce champ énergétique auquel Stephen Hawking a donné son nom lorsqu'il l'a théorisé en 1975 – ce que le colonel Buckmaster appelait le "champ émis directionnel"…

— Mais je croyais que rien ne pouvait sortir d'un trou noir ! s'exclama la jeune scientifique.

— De la singularité elle-même, oui. Mais le rayonnement de Hawking trouve sa source en périphérie de celle-ci, à l'extérieur de l'horizon des événements, qui pour notre petit protégé mesure moins de un micron de diamètre. D'un point de vue théorique, c'est un champ des plus intéressants : il est très intense et constitué presque exclusivement de particules de masse nulle. On peut lui faire produire au choix des neutrinos, des photons ou des gravitons. Ou leurs antiparticules, bien sûr… »

Caleb ne l'écoutait plus. Il se tourna vers Kjölsrud : « Vous saviez ça depuis longtemps, n'est-ce pas ? Bien avant le début de cette aventure. Peut-être même avant le début du projet Longspoon ?

— Continuez, Caleb, se contenta de dire le vieil homme avec un mince sourire.

— Et je serais prêt à parier que ce n'est pas en tant que jeune pilote d'hydravion que vous avez été recruté. Vous avez joué un rôle de premier plan dans ce projet. Peut-être en êtes-vous même l'initiateur ? En tout cas, vous étiez déjà un homme important à l'époque… *Quel âge avez-vous exactement, monsieur Kjölsrud ?* »

À ce moment, deux événements inattendus se produisirent de façon quasi simultanée.

Kendall Kjölsrud éclata de rire.

Et les six moteurs du Dornier s'arrêtèrent.

09 h 25 UTC

Sur l'écran de poupe, les contours de la baie d'Ushuaïa se dissipaient lentement dans la pénombre glacée. Il était 6 h 25 heure locale, et le soleil ne se lèverait que dans une demi-heure ; vers l'ouest, une aube blafarde commençait à poindre, perçant avec difficulté les paquets de brume qui s'appesantissaient sur les flots.

Le capitaine John « White Eagle » Davenport, seul sur la passerelle de l'USCGC *Stratton*, contempla une nouvelle fois avec perplexité le message crypté qui était tombé moins d'une heure auparavant sur la console satcom du CO. Bien qu'il n'eût qu'une moitié de sang indien et que son père fût d'ascendance Crow, ses hommes le surnommaient affectueusement « l'Apache » – chose qu'il feignait d'ignorer, mais qui, en réalité, lui procurait un secret plaisir. Ses qualités de marin doublées d'un solide bon sens et d'une profonde intelligence tactique lui avaient valu, à moins de quarante ans, d'obtenir le poste envié de commandant de l'un des bâtiments les plus modernes du Corps des Garde-côtes des États-Unis. Il n'avait pas pour habitude de discuter les instructions de sa hiérarchie, néanmoins, en ce moment précis, il aurait bien cédé un mois de sa solde pour savoir ce qui était en train de se passer.

L'ordre émanait de la Maison Blanche – Davenport effectua un rapide calcul mental et réalisa qu'il était 4 h 30 du matin à Washington – et portait la signature numérique du chef d'état-major interarmes en personne. Ce qui signifiait, en clair, que l'état-major des Garde-côtes avait été purement court-circuité. Le contenu du message n'en était pas moins déconcertant : rejoindre de toute urgence une position située par 56,0300 sud et 53,8750 ouest, soit à près de trois cents milles au sud-est des îles Falkland. Y faire sa jonction avec l'USS *North Carolina* qui serait déjà sur place. Et attendre la suite des instructions.

L'USS *North Carolina.*

Un sous-marin nucléaire d'attaque.

Perdu dans ses pensées, Davenport observa d'un œil distrait le phare des Éclaireurs, modeste tour barrée de blanc et de rouge à l'extrémité orientale de la baie, que le *Stratton* était en train de doubler à un demi-mille sur bâbord. Il leur faudrait ensuite deux heures pour remonter vers l'est les soixante nautiques du canal Beagle, puis ce serait l'Atlantique et le début proprement dit de leur mission. L'officier avait du mal à imaginer quelle situation pouvait motiver une telle précipitation. En soi, l'existence de manœuvres conjointes entre la Navy et les Garde-côtes n'avait rien d'extraordinaire, et cette collaboration était même amenée à s'intensifier dans le cadre du programme de convergence des forces navales décrété suite aux événements de 2016. Mais un sous-marin nucléaire ? Et pour une opération semble-t-il décidée au milieu de la nuit ?

« Lieutenant, demanda Davenport, vous avez quelque chose sur le *North Carolina* ? »

Le grade était de pure forme, mais, dans la mesure où l'IA tactique remplissait – et fort bien – son rôle d'officier chef de quart, la plupart des membres d'équipage avaient pris l'habitude de l'appeler ainsi. Ce qui n'avait nullement l'air de la déranger.

‹ Bâtiment à propulsion nucléaire d'attaque de classe Virginia, monsieur. Immatriculation SSN-777, mis en service en mai 2008. Commandant actuel : capitaine Pamela C. Chadwick. Au cours des cinq dernières années, le *North Carolina* a principalement été affecté à des missions de renseignement et d'infiltration dans le Golfe et le long de la corne de l'Afrique. Cela étant, je doute que la Navy nous communique en temps réel le détail de ses allées et venues… ›

« D'accord. Il y a des précédents d'opérations navales conjointes entre des unités de notre corps et des sous-marins d'attaque de la Navy ? »

‹ Depuis quand, monsieur ? ›

« Depuis que les Garde-côtes existent », précisa Davenport avec un soupçon d'impatience.

‹ Trente-sept opérations officiellement répertoriées, monsieur, répondit la voix artificielle sans la moindre hésitation. Principalement pendant la guerre du Pacifique, la guerre de Corée et la première guerre du Golfe. ›

« Et en temps de paix ? »

‹ Aucune, monsieur. ›

09 h 28 UTC

Caleb et Joshua étaient déjà debout, prêts à se ruer vers le poste de pilotage, quand Kjölsrud leur intima d'un ton sec : « Du calme, vous deux ! Attendez un peu ! Il n'y a aucun danger ! »

Avec son vieux blouson à la manche déchirée et son chapeau crasseux toujours posé de guingois sur son crâne dégarni, le milliardaire donnait plus que jamais l'impression de s'être échappé d'une institution psychiatrique. Mais il y avait une telle autorité et une telle assurance dans son intonation que les deux amis marquèrent instinctivement le pas.

« Quoi ? dit Caleb. Pas de danger ? Mais…

— Je vous assure, Caleb. Voyez par vous-même : on continue à voler. »

De fait, l'assiette de l'avion ne s'était pas modifiée : il poursuivait bien sa route à l'horizontale et sans aucun à-coup. Et pourtant, le grondement des moteurs avait disparu, de même que la légère trépidation qu'ils imprimaient à la structure de l'appareil ;

il en résultait une sensation de calme étrange, où le silence n'était plus rompu que par le ronflement très grave émanant de l'Œuf et le discret sifflement des filets d'air le long du fuselage.

« Je comprends votre surprise, reprit Kjölsrud. Mais nous ne courons aucun risque. Sanjiv contrôle parfaitement la situation, et Poppy également. N'est-ce pas, Sanjiv ? »

Pendant cet échange, le jeune homme avait recommencé à pianoter frénétiquement sur son ordi comme il le faisait quelques minutes auparavant. Il ne réagit pas tout de suite, mais finit par lever les yeux et articula : « Ça va, monsieur. Ce n'est pas très facile – c'est comme de jongler avec des bulles de savon. Mais j'arrive à le diriger.

— Attendez, fit Caleb. Vous voulez dire que, maintenant, c'est cet engin qui nous maintient en l'air ?

— Exact », répondit le vieil homme en se redressant à son tour. Il sembla chercher ses mots quelques instants, puis continua : « Nous parlerons de mon âge une autre fois, si vous voulez bien. Pour le reste, vous avez raison. Le projet Longspoon… cette chimère qui a vu le jour il y a soixante et onze ans sur une petite route pas loin d'Atlanta, c'est *moi* qui lui ai donné le jour. Moi qui l'ai porté et mené à son terme. Moi seul, Caleb.

— Ça vous fait un passif de quelques centaines de morts, vous en êtes conscient ? » dit doucement Gretchen Vogt.

Kjölsrud haussa les épaules. Il regardait maintenant en direction de l'Œuf, mais son regard semblait passer au travers : « Vous ne voyez que le potentiel de destruction de cette machine. Vous êtes comme Truman, comme Einstein, comme tous les autres… Pourtant, nous étions quelques-uns à avoir compris ce qu'entre de bonnes mains cette technologie pourrait apporter à l'Humanité. Majorana l'avait réalisé dès le début. Votre grand-père aussi, Caleb. »

Le vieillard s'arracha comme à regret à sa contemplation et se tourna vers Caleb. Son regard était empreint d'une gravité inhabituelle : « Aussi loin que je me souvienne, j'ai toujours su que quitter le plancher des vaches n'est pas seulement une possibilité que nous offre la science, reprit-il. C'est un *devoir*. Un devoir pour l'Humanité tout entière. Aller là-haut voir ce qui s'y passe, y travailler. Y vivre. Et plus tard essaimer vers d'autres mondes. Voilà pour quoi nous sommes faits. Et voilà ce que *je* vais accomplir.

— Belle profession de foi, dit Gretchen Vogt en faisant semblant d'applaudir. Mais en attendant…

— J'ai pensé qu'une démonstration s'imposait, la coupa Kjölsrud sans lui prêter la moindre attention. Une simple petite démonstration. Nous poursuivrons cette conversation dans le cockpit, si vous voulez bien. Au fait, j'allais oublier… Veillez tous à rabattre vos visières et à remettre en marche vos recycleurs – je crains fort que ce vieil avion ne soit pas très étanche… »

Lorsqu'ils pénétrèrent dans le poste de pilotage quelques instants plus tard, Poppy Borghese se retourna et leur fit un sourire. Elle aussi avait refermé son casque. Derrière elle, au-delà des grandes verrières verticales qui ceinturaient le cockpit, la surface de la mer n'était plus visible. Le ciel d'un bleu profond virait doucement au noir.

Et les premières étoiles commençaient à apparaître.

10 h 15 UTC

Comme tous les matins à la même heure, le docteur Giana Manzini sortait sur son balcon pour arroser ses bégonias. En soi, une activité qui n'avait rien de remarquable.

Mais qui, à quarante-sept kilomètres d'altitude, nécessitait un certain nombre de préparatifs.

D'abord, revêtir l'indispensable combinaison spatiale. Un équipement à peine moins sophistiqué que celui utilisé par les astronautes de la navette Orion ou de l'ISS pour leurs sorties extravéhiculaires. Vu l'exiguïté du sas monoplace – moins de la moitié du volume d'une cabine téléphonique –, l'opération se révélait remarquablement pénible et fastidieuse. Chaque fois qu'elle se débattait pour passer une des manches du gros vêtement pressurisé avec le sentiment de faire de la gymnastique dans un cercueil, la jeune femme se demandait si elle-même et sa coéquipière Keiko Uematsu avaient été choisies parce qu'elles ne totalisaient pas moins de six doctorats scientifiques, ou bien parce qu'elles mesuraient chacune moins d'un mètre cinquante-cinq.

Une fois le scaphandre enfilé et alors qu'elle transpirait maintenant à grosses gouttes, elle devait se soumettre à l'interminable check-list des paramètres bio et combi, puis vérifier une dernière fois qu'elle avait bien emporté tout le matériel nécessaire pour les manips du jour : une fois, elle avait failli se mettre à pleurer en s'apercevant à cet instant qu'elle avait oublié un minuscule tournevis, ce qui l'avait obligée à effectuer toute la séquence en sens inverse pour aller le chercher dans le labo.

L'étape suivante consistait à actionner la purge du sas et, après avoir lancé une routine de contrôle d'étanchéité – encore deux minutes à attendre pendant que l'IA vérifiait la stabilité de la pression interne de la combi –, à déverrouiller enfin la porte extérieure et à sortir sur le balcon.

À ce stade, il lui restait deux gestes vitaux à accomplir sans perdre une seconde. *Un*, accrocher les deux mousquetons de sa ligne de vie à la main courante qui longeait la minuscule passerelle de trois mètres sur un. *Deux*, connecter son ombilical à l'une des valves situées sur la paroi extérieure de la capsule : le sas était en effet bien trop petit pour qu'on pût y enfiler un scaphandre avec un pack respiratoire dorsal, et la quantité d'air contenue dans la combinaison ne lui assurait pas plus de cinq minutes d'autonomie.

Ensuite *seulement*, elle pouvait se retourner et jouir du paysage.

Mais ça valait le coup : chaque fois, les larmes lui en venaient aux yeux.

À cette altitude, la rotondité du globe terrestre était parfaitement visible. La vue portait à plus de cinq cents milles dans toutes les directions, et près de l'horizon occidental on distinguait nettement une masse sombre qui devait être l'extrémité de la Terre de Feu. En regardant vers le bas, l'océan était une surface grisâtre uniforme parsemée d'amas cotonneux plus clairs correspondant aux nuages – les plus élevés se trouvaient à près de trente kilomètres au-dessous de la frêle nacelle.

Le ciel était noir. Non pas d'un bleu foncé ou indigo, comme celui qu'on contemple avec fascination par le hublot d'un long-courrier croisant à la limite inférieure de la stratosphère. Noir.

Et des millions d'étoiles y brillaient d'un éclat immobile.

C'était déjà l'espace.

Et pourtant, il restait encore juste assez d'air pour assurer la sustentation du laboratoire. Comme par réflexe, Giana Manzini jeta un coup d'œil vers le haut. À quatre cents mètres au-dessus de la capsule, une distance suffisante pour ne pas faire obstacle aux observations astronomiques, les huit millions de mètres cubes d'hydrogène répartis dans cinquante ballons de nanotoile carbone à porosité zéro faisaient comme une présence rassurante. La longueur du câble de soutien ne posait aucun problème : à cette altitude, les turbulences atmosphériques étaient si réduites qu'aucun effet de pendule n'était à craindre. Fidèle à son habitude, elle consulta le petit thermomètre digital – deux dollars cinquante au Wal-Mart Supermercado Central de Buenos Aires – qui était accroché par une méchante ficelle contre la porte du sas.

Deux degrés Celsius : une belle journée s'annonçait.

Contrairement à une idée reçue, la température ne décroît pas de façon uniforme avec l'altitude. Si des froids allant jusqu'à – 70 °C sont enregistrés entre vingt et trente kilomètres, la température remonte ensuite dans les couches supérieures de la stratosphère pour se stabiliser aux alentours de zéro entre quarante-cinq et cinquante-cinq kilomètres d'altitude. Au-delà, elle recommence à décroître au fur et à mesure que l'air se raréfie. Cette mince zone appelée la stratopause constitue donc une véritable oasis thermique dans la haute atmosphère.

Pour autant, c'est une oasis où il ne fait pas bon vivre. La pression y est environ mille fois inférieure à celle du niveau de la mer, et aucune couche d'ozone ne vient filtrer le bombardement furieux des ultraviolets et des rayons cosmiques. La composition de l'atmosphère mise à part – mais celle-ci importe peu, tant elle est ténue – ce sont les conditions exactes qui règnent par un bel après-midi d'été martien à mi-hauteur des pentes du mont Olympus.

Une particularité qui n'avait pas échappé aux concepteurs de ce projet.

Le programme international SOLAAR (*Sub-Orbital Laboratory for Advanced Atmospheric Research*) avait été lancé dix-huit mois plus tôt, comme une alternative économique à l'ISS pour les recherches en micro-atmosphère ne nécessitant pas la microgravité ; pour un coût environ deux cents fois inférieur à celui d'un laboratoire équivalent en orbite, la zone des cinquante kilomètres d'altitude représentait un exceptionnel site d'observation et d'expérimentation. Grâce à son compresseur atmosphérique et à ses cinq cents mètres carrés de panneaux solaires disposés en étoile, la station était autonome en air comme en énergie ; elle autorisait ainsi des missions de longue durée, de l'ordre d'un à deux mois, encore facilitées par une dérive atmosphérique très faible qui permettait de récupérer le ballon à peu de distance de l'endroit où on l'avait lâché.

En plus de ses deux occupantes, la petite capsule pressurisée de quarante-deux mètres carrés sur deux niveaux embarquait plus d'une centaine d'expériences scientifiques dans des domaines aussi variés que la physique des nanomatériaux, l'étude des rayons cosmiques ou la dynamique des composants gazeux de la haute atmosphère. Mais c'étaient les expériences biologiques qui fascinaient le plus Gianna Manzini. La jeune femme s'approcha de la rambarde en aluminium qui ceinturait la minuscule passerelle et se pencha sur les quatre jardinières qui y étaient accrochées. Outre les plants de *Begonia semperflorens* aux éclatantes fleurs blanches et rose saumon, on y comptait plusieurs variétés de *Deschampsia antarctica* et de *Colobenthus quitensis* – la canche et la sagine antarctiques, les deux seules plantes à fleurs adaptées au continent glacé –, ainsi que quelques pieds de *Saxifragia oppositifolia*, cette herbe incroyablement vivace que l'on retrouve sur les plus hauts sommets des montagnes Rocheuses ; défiant toutes les connaissances acquises en matière de physiologie végétale, tout ce petit monde avait l'air de fort bien supporter l'environnement quasi spatial du laboratoire. Un miracle qui ne devait rien au hasard, mais au génie des chercheurs en biologie moléculaire : toutes ces plantes étaient des hybrides génétiquement modifiés par ajout de séquences codantes de *Rhizocarpon geographicum*, un lichen pouvant survivre plusieurs jours dans le vide interplanétaire, et de *Deinococcus radiodurans*, cette invraisemblable bactérie capable de proliférer dans le circuit primaire d'un réacteur nucléaire. Les observations que Gianna Manzini allait faire durant cette mission occuperaient pendant des années des dizaines de chercheurs spécialisés dans l'adaptation des organismes aux milieux extrêmes.

Et déboucheraient peut-être, dans quelques décennies, sur la production de végétaux aptes à s'acclimater sur la planète Mars.

La jeune scientifique s'arracha à sa contemplation et ouvrit le boîtier fixé à sa ceinture ; elle en extirpa une grosse seringue pressurisée remplie d'eau et d'un mélange complexe de facteurs nutritifs et la planta de quelques centimètres dans le terreau synthétique de la première jardinière. Même si la température était clémente, la pression atmosphérique était beaucoup trop faible pour que l'eau pût exister sous forme liquide : la seule manière d'en apporter aux plantes était de l'injecter directement au contact des racines. Elle répéta l'opération une dizaine de fois de manière à bien irriguer la totalité de la surface ensemencée, puis passa à la jardinière suivante. Elle allait à nouveau y insérer sa seringue lorsque son geste s'interrompit.

Quelque chose de mobile venait d'apparaître dans son champ visuel. Quelque chose d'énorme.

Et d'impossible.

Sans qu'elle s'en rendît compte tant était grande sa stupéfaction, ses doigts s'ouvrirent, et elle laissa échapper la seringue ; celle-ci rebondit sur la rambarde et bascula dans le vide. Une seconde plus tard, l'instrument avait disparu – mais il lui faudrait tout de même sept minutes pour aller se fracasser à la surface de l'océan.

Gianna Manzini n'en avait cure. D'un index fébrile, elle activa sa radio et articula d'une voix pressante : « Keiko ? J'ai un problème avec mon air ! Tu peux vérifier mes données bio et ma pression combi ? Vite, s'il te plaît ! »

Pas de réponse. Pourtant, le protocole de sécurité

exigeait qu'à chaque sortie d'une des occupantes l'autre interrompe toutes ses activités pour surveiller que tout se passait bien.

« Keiko ! répéta-t-elle avec cette fois un soupçon de panique. Tu m'entends, bordel ? »

Mue par une impulsion soudaine, elle jeta un coup d'œil derrière elle, en direction de la grande baie en plexiglas blindé qui saillait légèrement dans la paroi métallique de la capsule. Keiko était là, le visage collé contre la vitre, les yeux ouverts comme des soucoupes.

Elle aussi le voyait.

Gianna se retourna d'un bloc. Pendant les quelques secondes où elle ne l'avait pas regardé, l'avion s'était rapproché de plus en plus lentement. Puis, une fois parvenu à une cinquantaine de mètres, il s'arrêta complètement. Il était vraiment colossal – au moins dix fois la taille de leur petite station, estima-t-elle au jugé – et d'une conception incroyablement ancienne. Comme dans un rêve, elle nota que les douze énormes hélices étaient immobiles. *Bien sûr. À quoi pourraient-elles lui servir ici, de toute façon ?* se dit-elle dans une tentative désespérée pour trouver quelque chose de rationnel dans ce qu'elle voyait.

À ce moment, l'appareil se mit tout doucement à pivoter sur lui-même, tout en descendant de quelques mètres, mais en gardant une assiette strictement horizontale ; un quart de tour et quelques secondes après, l'extrémité bâbord de l'aile gigantesque venait s'immobiliser à moins d'un mètre de là où elle se tenait.

La jeune femme n'était pas encore au bout de ses surprises. Un instant plus tard, deux silhouettes humaines émergeaient d'une écoutille située au-dessus du gros poste de pilotage vitré, prenaient pied sur l'aile et se mettaient tranquillement en marche dans sa direction. En les regardant approcher, Gianna se rendit compte que les arrivants étaient tous deux revêtus d'une sorte de combinaison spatiale d'un noir intégral, très ajustée et manifestement beaucoup plus sophistiquée que son encombrant vêtement pressurisé. Les deux silhouettes s'arrêtèrent en bout d'aile, si près qu'elle aurait pu les toucher. L'une d'elles était petite, sensiblement de sa taille, et, bien qu'elle fût d'une constitution gracile, ses formes étaient indiscutablement féminines ; l'autre était un colosse qui devait dépasser les deux mètres de haut.

Sans prévenir, la femme prit son élan et, apparemment indifférente au gouffre de quarante-sept kilomètres qui s'ouvrait sous ses pieds, sauta d'un bond sur la passerelle en la faisant légèrement osciller. Par la visière transparente de son casque, Gianna vit qu'elle avait des cheveux aussi noirs que les siens, un joli visage un peu maigre et un nez aquilin assez fort qui semblait avoir été cassé à plusieurs reprises. L'inconnue lui fit un grand sourire :

« Pas mal vos plantations, dit-elle dans sa radio. Vous auriez Skype dans votre cahute ? Parce que mon patron aimerait bien passer quelques coups de fil…

— Et si vous avoir deux trois sandwichs de rab, ajouta le géant d'une voix de tonnerre, serait sympa aussi. »

Chapitre 23

1er mars 2018 – 11 h 35 UTC

Sous la pression du pied-de-biche, la mauvaise serrure émit un nouveau gémissement de protestation, et le battant de bois se fendit sur près de vingt centimètres. Les trois apprentis cambrioleurs qui pataugeaient dans l'épaisse couche de neige fraîche ne couraient aucun risque d'être surpris en plein ouvrage : le musée dont ils s'apprêtaient à forcer la porte était sans doute le seul au monde dépourvu de gardiens comme de tout système d'alarme.

Et l'endroit où il se trouvait était aussi peuplé que la surface de la Lune.

Pour l'ex-capitaine des marines Lyndon Devereaux et ses compagnons Jill Soderberg et Charlie Gomez, la modeste mission constituait un dérivatif apprécié après une semaine où ils avaient cru mourir d'ennui. Depuis l'appareillage du *Global Defender* la semaine précédente, les activités du trio s'étaient bornées à faire tourner régulièrement les moteurs de leur gros hélico de transport, à assurer une vacation radio quotidienne avec le navire et à observer le vol des mouettes au-dessus des hangars pourris de Grytviken. Leur inquiétude avait été grande lorsque, vingt-quatre heures plus tôt, le *Defender* avait cessé d'émettre ; et ce d'autant plus qu'en cas de pépin, ils avaient pour consigne absolue de ne rechercher aucune aide extérieure. Heureusement, le contact avait été rétabli avec Kendall Kjölsrud un peu moins d'une heure auparavant, mais dans des conditions qui les avaient laissés quelque peu perplexes.

« Tu n'as pas dû bien piger, Lyndon, fit observer Gomez. Un avion ? Où est-ce qu'ils auraient bien pu dégoter un avion ?

— C'est pourtant ce qu'ils ont dit, rétorqua l'intéressé en haussant les épaules. Quant au *Defender*, il ne faut plus l'attendre : d'après eux, il fait actuellement route vers la base chilienne Bernardo O'Higgins, à l'extrémité de la péninsule Antarctique, pour y débarquer plusieurs blessés graves. Ensuite, il rentrera direct en Californie.

— Je me demande bien ce qui a pu leur arriver là-bas, dit Jill Soderberg.

— On le saura bientôt, *chérie*[1], répondit Devereaux. Leur appareil devrait être ici en début d'après-midi. Et maintenant, admirez l'effort… »

Le grand costaud originaire de La Nouvelle-Orléans s'arc-bouta et se mit à peser de tout son poids sur le levier. C'en était trop pour la serrure, qui céda d'un seul coup avec un craquement sonore. L'instant d'après, ils étaient dans la place.

Le petit musée de Grytviken avait été ouvert en 1991 dans l'édifice appelé *« Manager's Villa »*, qui n'était

1. En français dans le texte.

autre que l'ancienne résidence de l'administrateur de la station baleinière. Pendant plus de vingt ans, son conservateur – l'un des derniers résidents permanents de l'île avec le personnel de la base britannique de King Edward Point, elle aussi fermée depuis quelques années – avait accueilli les passagers des navires de croisière australe qui faisaient escale dans la baie de Cumberland ; mais la crise économique mondiale avait sonné le glas de cette activité, et le musée avait finalement fermé ses portes en 2014 en attendant des jours meilleurs.

Les trois compagnons entamèrent aussitôt leur exploration. Le bâtiment à un seul niveau comportait une douzaine de salles, chacune consacrée à un thème précis : histoire de la station, techniques de chasse à la baleine, écosystèmes des régions subantarctiques… Toutes les collections étaient restées en place – il aurait coûté trop cher de les déménager –, et l'endroit était d'une propreté absolue, donnant l'impression bizarre de n'être abandonné que depuis quelques jours. Pour autant, le musée n'était pas bien grand, et il leur fallut peu de temps pour trouver ce qu'ils cherchaient : une petite pièce aveugle située à l'extrémité du bâtiment, près d'une bibliothèque multimédia offrant une quantité étonnamment importante d'ouvrages. Le panneau à l'entrée indiquait : « Exploitation commerciale – Archives 1904-1966 ».

La porte n'était même pas fermée à clé.

11 h 53 UTC

« Pourquoi Grytviken ? » demanda Sarah Miller en raclant sa petite barquette en alu pour en extraire les dernières bribes de porc sauté à la pékinoise.

Une quinzaine d'autres barquettes délestées de leur contenu s'entassaient sur un coin de la grande table du salon passagers. Bien que des plus frugaux, le repas avait été accueilli avec bonheur par des estomacs vides depuis près de trente heures. Seul One-Shot était resté sur sa faim, la taille des portions étant largement insuffisante pour calmer sa fringale ; après avoir régalé l'assistance de quelques jurons finnois tonitruants, le géant avait avalé en deux bouchées sa salade César reconstituée, avant de quitter les lieux en maugréant pour rejoindre Poppy Borghese au poste de pilotage.

Caleb n'avait pas manqué de s'étonner de l'empressement avec lequel les deux occupantes du laboratoire suborbital avaient accepté de les ravitailler en eau et en nourriture. « Normal, avait répondu Viktor Bernstein. Leur programme est financé à hauteur de 51 % par la K2, le reste se partage entre la NASA, l'ESA et une douzaine d'autres agences internationales.

— Est-ce qu'il y a encore une baraque à frites sur cette planète où la K2 n'a pas une participation majoritaire ? avait alors demandé le jeune homme avec un sourire amusé.

— Peut-être bien, avait répondu Bernstein le plus sérieusement du monde. Mais plus pour longtemps, on y travaille. »

« Pourquoi Grytviken ? répéta Kendall Kjölsrud. Ça me paraît évident, Sarah. L'hélico nous attend là-bas depuis une semaine. Nous pourrons y transborder l'Œuf et le ramener à Ushuaïa, où nous le chargerons sur le *Second Chance.*

— Justement, insista la jeune femme. Pourquoi Grytviken et pas directement Ushuaïa, ou même Los Angeles ? Pourquoi nous embêter à faire un crochet ? Si j'ai bien compris, désormais, nous ne sommes plus tellement tributaires de la jauge à carburant...

— Ce n'est pas le seul enjeu, Sarah, intervint Caleb. Je crois que votre patron n'a pas envie de faire les gros titres. Il sait très bien que si nous avons le malheur de survoler des terres habitées avec cet engin, il n'y a plus un seul endroit au monde où nous pourrons nous poser sans y être attendus par une équipe de CNN !

— Bien vu, reconnut le milliardaire. Et l'autre raison, c'est Sanjiv. Je vous rappelle que, pour l'instant, c'est le réacteur de Majorana qui nous tient en l'air ; mais comme il n'a aucun système d'autocontrôle, Sanjiv est obligé de gérer en manuel le confinement de la singularité, ce qui revient à jouer les équilibristes dans un espace à dix dimensions. Cela fait maintenant près de huit heures qu'il s'en occupe, et personne d'autre à bord – même Takeda – n'est en mesure de le relayer. Plus vite nous aurons atterri et mieux ce sera... »

Pendant quelques instants, personne ne parla. Après sa brève escapade à la limite du vide spatial, le Dornier avait sagement regagné les couches denses de l'atmosphère et poursuivait sa route au nord-ouest, à six mille pieds au-dessus des flots de l'Atlantique. Pour économiser le peu de carburant qui restait dans les cuves, les moteurs n'avaient toujours pas été rallumés ; depuis le pont passagers, le grondement émanant de l'Œuf était à peine perceptible, si bien que l'énorme avion semblait se mouvoir dans un silence quasi complet.

« Il y a encore une autre raison, reprit Gretchen Vogt. Majorana. Vous n'avez toujours pas renoncé à l'idée qu'il pourrait avoir survécu à la catastrophe, n'est-ce pas ? »

Kjölsrud eut une brève hésitation puis opina : « En effet. Nous savons que lui et Alexander McKay ont pu quitter la base à temps, dans l'appareil jumeau de celui-ci. Et leur dernier message suggérait qu'ils allaient mettre le cap sur Grytviken pour y chercher de l'aide. Un choix logique, d'ailleurs...

— Pourquoi ? demanda la jeune Allemande.

— Parce qu'à l'époque, il n'y avait aucune autre implantation humaine sur le continent Antarctique. Et que la Géorgie du Sud était la seule terre habitée à portée des moteurs du Dornier.

— Mais nous savons bien qu'ils n'y sont jamais arrivés ! Sinon le silence ne serait pas retombé pendant soixante-dix ans sur toute cette histoire !

— Possible... fit le vieillard avec une moue. Mais nous ne devons négliger aucune éventualité. N'oubliez pas que Majorana avait emporté avec lui tous ses documents de travail.

— Cette fameuse mallette qui ne le quittait jamais ? interrogea Caleb.

— Tout juste. Si par miracle nous pouvions en retrouver la trace, le contenu en serait encore plus inestimable que le réacteur lui-même. Cela ferait gagner des mois, peut-être des années à Sanjiv et à son équipe... En tout cas, votre idée d'envoyer mes hommes fouiller le musée de Grytviken était excellente, Caleb.

— Logique, dit le jeune homme. Comme Gret, je doute fort qu'ils aient réussi à atteindre la Géorgie du Sud. Mais peut-être un équipage de navire baleinier les a-t-il vus passer, ou a-t-il entendu un bruit de moteur. Ou peut-être quelqu'un a-t-il retrouvé des débris flottants ? Si jamais une telle chose est arrivée, ce doit bien être consigné quelque part. Et c'est dans les archives de ce musée que nous avons le plus de chances de le trouver.

— On sera fixés quand ? intervint Joshua qui se tenait en bout de table.

— Le musée est tout petit, dit Caleb. Ça ne devrait plus être très long. »

11 h 59 UTC

« Tu peux m'expliquer ce qu'il fout avec cette putain de bâche, Guennadi ?

— Vous devriez le lui demander vous-même, général », répondit l'intéressé en haussant les épaules.

Les deux hommes se trouvaient dans l'une des chambres de la section médicale située juste sous le pont d'envol de l'*Ivan Grozny*. Le général Iazov s'était reposé deux heures et avait repris quelques forces, mais son teint demeurait d'une pâleur inquiétante, et chaque inspiration lui était manifestement une torture.

Le troisième occupant de la cabine n'était autre qu'Yngvi. Ce dernier se tenait assis sur le lit médicalisé, la cheville attachée au cadre métallique au moyen d'une grosse entrave en nylon d'une résistance à toute épreuve. Quelque chose avait subtilement changé dans son attitude : son buste squelettique s'était redressé, et il semblait prêter une attention accrue aux propos échangés autour de lui. L'objet du litige était la vieille bâche en toile kaki à moitié pourrie que le monstre avait accaparée et qu'il serrait sur ses épaules comme une cape improvisée.

« Yngvi ne veut plus être nu, dit-il soudain. Valentin et Guennadi ont des habits. Yngvi veut aussi des habits. »

Cela aussi était nouveau : la créature avait parlé sans y être invitée. Et si sa voix était toujours la même – un désagréable murmure rauque et assourdi qui évoquait le râle d'un mourant –, l'intonation était plus précise et décidée. Avec quelque chose de *lucide*.

Surpris malgré lui, Iazov ricana : « Et depuis quand est-ce que tu as des pudeurs ? Ou peut-être es-tu devenu sensible au froid ?

— Seuls les animaux et les morts sont nus, reprit le monstre d'un ton buté. Yngvi n'est ni l'un ni l'autre. Yngvi veut… non, JE veux des habits. »

De plus en plus étonné, Iazov resta quelques secondes à le fixer sans mot dire. Puis il jeta un regard soupçonneux à son adjoint : « Dis-moi, Guennadi… Hier soir, sur le *Vladimir Karvaiyski*, tu lui as bien fait sa piqûre comme je te l'avais ordonné ?

— Bien sûr que oui, général. Je lui ai injecté tout le flacon, selon vos instructions.

— J'espère que tu dis vrai, rétorqua le vieillard. Dans le cas contraire, nous… »

Il s'interrompit soudain. La porte de la cabine venait de s'ouvrir sur la masse imposante de l'amiral Atanassiev, flanqué de deux de ses officiers. Le commandant du porte-aéronefs jeta un regard dégoûté à Yngvi, puis se tourna vers Iazov : « Décidément tu as de drôles de fréquentations, petit père, railla-t-il. Si l'état-major t'y autorise, j'espère que tu te décideras un jour à écrire tes mémoires, ça promet d'être fascinant. D'ici là, j'ai deux bonnes nouvelles pour toi.

— Je t'écoute, Nikolaï, répondit Iazov, indifférent à l'ironie de son hôte.

— D'abord, il semblerait bien que ta… mission ait effectivement l'aval du président. Nous n'avons pas réussi à joindre son entourage vu qu'il se trouve en ce moment même au G20 près de Vancouver. Par contre, son conseiller militaire à Moscou, l'amiral Kondriakov, nous a confirmé que tu disposes bien d'un sauf-conduit permanent. Et que ton opération actuelle revêt une priorité nationale.

— Puisqu'on vous le disait, amiral, fit sèchement Baranko.

— Kondriakov m'a signifié que le président prendrait contact avec toi dès la fin de la cérémonie d'ouverture, poursuivit Atanassiev sans lui prêter la moindre attention. Il veut te parler en personne.

— Et ton autre bonne nouvelle ? » demanda Iazov.

Comme pour lui répondre, un grondement assourdissant se fit soudain entendre tandis que toutes les tôles du bâtiment commençaient à vibrer : à quelques mètres au-dessus de leurs têtes, un chasseur mettait pleins gaz pour décoller. En quelques secondes, le vacarme atteignit un paroxysme insupportable puis, d'un seul coup, s'atténua très rapidement, indiquant que l'avion venait de quitter le pont d'envol.

« La bonne nouvelle, c'est ça, reprit l'amiral dès que le niveau sonore permit à nouveau de se comprendre.

Nous avons localisé ton vieux zinc. Nettement plus à l'ouest que ce que tu nous avais dit, d'ailleurs. Tu as sous-estimé sa vitesse, en réalité il file à près de deux cent cinquante nœuds… »

Atanassiev remarqua l'expression de surprise sur le visage de son interlocuteur : « Comme quoi, même le MRO peut être mal informé, continua-t-il avec un sourire narquois. Peu importe, la chasse est ouverte. Les intercepteurs qui sont en train de décoller le rattraperont à peu près au moment où il atteindra les côtes de Géorgie du Sud, s'il poursuit sur ce cap. Et ils lui régleront son compte proprement. C'est bien ce que tu voulais, n'est-ce pas ? »

Iazov hocha la tête en signe d'approbation, laissant le soulagement l'envahir.

Enfin.

12 h 25 UTC

« Je suis désolé, monsieur. Nous n'avons rien trouvé. »

Le visage carré de l'ex-capitaine Devereaux occupait tout l'écran virtuel de la console HoloSat – autre prêt généreux des occupantes de la station suborbitale.

« Vous êtes bien sûr, Devereaux ? demanda Kendall Kjölsrud. Il n'y a pas d'archives sur la période qui nous intéresse ?

— Si, monsieur », répondit l'autre tout en effectuant un lent panoramique avec sa microcaméra embarquée. La pièce où il se trouvait était encombrée de rayonnages surchargés de dizaines de registres et de classeurs à l'apparence désuète. « Bien au contraire, poursuivit-il. Rien que pour 1946, il y en a huit classeurs. Avec Gomez, on termine juste de les passer en revue. Le problème…

— Eh bien ? s'impatienta Kjölsrud.

— Le problème, c'est qu'il n'y a que des documents comptables. Tant de baleines abattues, tant de tonnes de viande sorties du séchoir, tant d'hectolitres d'huile extraits. Composition des flottilles de chasse, paye des personnels, état des approvisionnements en vivres, en carburant, en tabac, *et caetera*. Tout y est, même les retenues sur salaire des marins en cas d'ivresse ou de bagarres…

— Bon sang ! Il n'y a rien d'autre ?

— Négatif, monsieur. Je suis navré. »

Le milliardaire le remercia et coupa la transmission. « Pas de chance, conclut-il d'un air sombre. Je crois que nos recherches vont s'arrêter là, à moins que quelqu'un n'ait une autre idée. En tout cas, ça valait le coup d'ess… »

Il n'eut pas le temps de terminer sa phrase : la console bipa, tandis qu'un témoin lumineux signalait une liaison entrante. L'image se rétablit presque aussitôt : c'était encore Devereaux.

L'air nettement plus enthousiaste.

« Je crois que nous avons quelque chose, monsieur, annonça-t-il d'un ton précipité. Mais ce n'est pas dans cette pièce. C'est Jill qui l'a trouvé !

— Mais de quoi parlez-vous ? » fit Viktor Bernstein.

Le visage d'ange de Jill Soderberg – une jolie frimousse blonde constellée de taches de rousseur – se matérialisa à son tour sur l'écran holo. Une apparence des plus trompeuses : l'ancienne instructrice des forces spéciales canadiennes était neuvième dan de taekwondo, et l'une des rares personnes au sein de la K2 capable d'en remontrer à Poppy Borghese sur un tatami.

« C'est dans l'ancien bureau du directeur, dit-elle avec un sourire ravi. Ils ont tout laissé en l'état.

— Qu'est-ce que vous avez trouvé, Jill ? demanda Bernstein. Encore des livres de comptes ?

— Bien mieux que ça, monsieur. Le journal de bord de la station baleinière, tenu au jour le jour par ses administrateurs successifs pendant plus de soixante ans. Et je crois bien que, dedans, il y a ce que vous cherchez. »

12 h 31 UTC

Le capitaine Anatoly Bogdossian coupa la postcombustion de son Sukhoï Su-47 « Berkut » et stabilisa son avion à l'altitude de cinquante-deux mille pieds qu'ils conserveraient jusqu'à l'approche de la cible. À seulement vingt-trois ans, le jeune officier était sorti second de la prestigieuse Académie des Forces aériennes de Moscou et était considéré par ses supérieurs comme l'un des meilleurs pilotes de sa génération.

Le minimum exigible pour avoir l'honneur de s'asseoir aux commandes du meilleur intercepteur jamais construit.

Bogdossian jeta un coup d'œil par la verrière très profilée du cockpit monoplace. À un demi-mille de part et d'autre de sa position, ses deux ailiers se détachaient nettement sur le ciel bleu indigo dépourvu de tout nuage. La géométrie inusitée des blindages anéchoïques et surtout la forme très particulière de la voilure en flèche inversée – les extrémités des ailes pointant vers l'avant – rendaient les appareils immédiatement reconnaissables. Bien que son prototype de démonstration eût volé dès 1997, le Su-47 n'avait commencé à être produit en petite série qu'à partir de la fin 2013. À ce jour, moins d'une quarantaine d'exemplaires étaient sortis des usines de Novossibirsk, dont un tiers se trouvaient à bord de l'*Ivan Grozny* ; la faute au coût prohibitif d'un engin construit à 90 % en titane et en composites de carbone, et à son avionique incroyablement sophistiquée.

Mais l'avion portait bien son surnom : l'aigle de Sibérie, seul oiseau capable de s'attaquer aux loups. Ultra-rapide, ultra-furtif, ultra-manœuvrable.

Ultra-mortel.

Les trois appareils faisaient route au 280 depuis vingt-huit minutes, et à leur vitesse de croisière de Mach 2,3 avaient parcouru un peu plus de la moitié de la distance les séparant des côtes de Géorgie du Sud. Ils n'auraient pas leur cible en visuel avant encore une bonne vingtaine de minutes, mais cela n'avait aucune importance : le vieil avion qui se traînait à quatre cents milles sur leur avant était déjà représenté avec un luxe inouï de détails sur l'affichage de bord, l'image étant rafraîchie seconde par seconde au moyen des données télémétriques des satellites de surveillance qui ratissaient la zone.

Pour la énième fois depuis leur décollage, le jeune capitaine se demanda ce qui pouvait bien justifier de dépêcher trois chasseurs à deux cent cinquante millions de nouveaux roubles l'unité dans le seul but de dégommer un objectif aussi minable. Mais il chassa aussitôt cette idée : il n'était pas payé pour se poser des questions.

12 h 33 UTC

Pendant les six décennies d'exploitation du site de Grytviken, le représentant de la Compañia Argentina de Pesca – société fondatrice et exploitante de la station – avait occupé un poste clé dont les attributions dépassaient largement celles d'un simple administrateur : chacun des quatorze directeurs qui s'étaient succédé entre 1904 et 1966 avait été à la fois le maire, le banquier, l'écrivain public et le juge de paix de la petite colonie.

Pour autant, le bureau d'où ils avaient dirigé le port de commerce le plus austral du monde n'affichait aucune forme d'ostentation : le mobilier se composait en tout et pour tout d'une modeste table de travail en bois blanc surmontée d'une jolie lampe à abat-jour en cuivre, de trois chaises rustiques, d'un canapé fatigué et de quelques coffres de rangement ; la seule concession – fort relative – à la modernité était un antique émetteur/récepteur VHF posé sur un gros coffre-fort en fonte à l'apparence tout aussi désuète. N'étaient les os de baleine et les énormes harpons en acier qui décoraient les murs lambrissés de blanc, on aurait pu se trouver à peu près n'importe où dans le monde.

La caméra fit un panoramique, dévoilant une série d'étagères elles aussi en bois blanc sur lesquelles s'alignaient quelques dizaines de livres et autant de classeurs.

« C'est là que je les ai trouvés », dit Jill Soderberg en montrant une quinzaine de registres aux couvertures dépareillées. Elle saisit celui qui dépassait de la rangée et l'orienta face à la caméra ; sur la première page un peu défraîchie, on pouvait lire « *Direktør Olav Aaslund – April 1945/Desember 1951* ».

— Continuez, Jill, la pressa Kjölsrud qui se penchait maintenant vers l'écran, l'air fasciné.

— On dirait que chacun des directeurs a tenu un journal des événements survenus dans la colonie pendant son mandat. Dans un bled aussi paumé, les soirées devaient être longues, et il fallait bien faire quelque chose pour s'occuper… Malheureusement, celui-ci écrivait en suédois, ou une autre foutue langue du même acabit.

— Du norvégien, rectifia aussitôt Joshua. Il n'y a que dans cette langue et en islandais que décembre s'écrit avec un “s” ; et le nom de ce type est typiquement norvégien.

— Pourquoi dans cette langue ? s'étonna Gretchen Vogt. Je croyais que la Géorgie du Sud était une possession britannique.

— C'est vrai, dit Kjölsrud. Mais la plupart des personnels étaient recrutés en Norvège ; question de climat et de tradition de chasse à la baleine. Allez-y, Jill, arrêtez de nous faire languir.

— Vu que je n'y comprenais rien, j'ai failli laisser tomber, reprit la jeune femme. Mais, par acquit de conscience, j'ai quand même regardé à la date que vous nous aviez donnée. Et là, bingo ! Il y avait bien une entrée au 19 août 1946. Et dans le texte, j'ai reconnu deux mots : « *ekstraordinært* » et « *flybåt* »[1]. Pas besoin de Goopple Trad pour ça…

---

1. En anglais, les hydravions lourds à coque (par opposition aux appareils légers munis de flotteurs) sont désignés sous le nom de « *flyboat* ».

— Vous êtes géniale ! s'exclama le milliardaire avec un enthousiasme dont il n'était pas coutumier. Pouvez-vous nous charger cette page ? Nous avons ici quelqu'un qui ne devrait pas avoir beaucoup de mal à la traduire…

— Ça marche, monsieur. »

L'instant d'après une excellente représentation holo de la page se matérialisait au-dessus de la console portable. L'écriture était petite, précise, carrée et sans aucune fioriture : celle d'un régisseur plus à l'aise dans les livres de comptes que dans les recueils de poésie. Les premiers mots du texte étaient les suivants :

« *I dag skjedde det noe ekstraordinært. To ting, faktisk...* »

Joshua parcourut le texte en diagonale, puis murmura, excité : « C'est bien du norvégien, Jill. Et vous avez effectivement décroché le gros lot. Voilà ce que ça dit :

« *Aujourd'hui il s'est passé quelque chose d'extraordinaire. Deux choses, plutôt. Et même si je n'ai aucune preuve, je ne peux m'empêcher de penser qu'elles sont peut-être liées.*

« *Tout d'abord, il y a cette incroyable clarté qui a illuminé tout le ciel du sud-est ce matin vers 3 heures. Au moins quinze hommes l'ont vue : l'équipe de nuit à l'atelier de dépeçage, plus les deux veilleurs de quart au sémaphore de King Edward's Point. D'après eux, ça ne ressemblait ni à un éclair d'orage – d'ailleurs cette nuit le ciel était encore dégagé – ni à une aurore polaire, mais plutôt au flash de magnésium d'un appa-*

reil photographique. Il paraît que, pendant un court instant, le mont Paget s'est découpé sur le ciel comme une ombre chinoise. Et curieusement, personne n'a entendu le moindre bruit.

« Mais cela n'est rien en comparaison du drame qui ce soir a secoué notre petite communauté. Comme je l'ai déjà consigné dans le rapport météo, le temps n'a pas cessé de se dégrader au cours de la journée, et certains de nos capitaines qui se trouvaient dans les secteurs de chasse les moins éloignés ont jugé plus prudent de venir relâcher dans nos eaux pour la nuit. Il était 18 heures passées de quelques minutes lorsque l'équipage du Prinz Haakon *qui venait de pénétrer dans la rade a été alerté par un puissant bruit de moteurs ; si fort, paraît-il, qu'il couvrait celui de leurs propres diesels. L'instant d'après, ils étaient survolés par un énorme hydravion blanc venant du large. L'appareil semblait désemparé, avec seulement deux de ses six moteurs en fonctionnement – six moteurs ? Si autant d'hommes ne me l'avaient pas confirmé, j'aurais eu du mal à le croire... »*

Joshua interrompit sa traduction. « Eh bien ? dit Kjölsrud d'un ton pressant. Pourquoi vous arrêtez-vous ?

— Parce que je suis au bas de la page. Jill, vous êtes toujours là ? Vous pouvez nous envoyer la suivante ?

— Celle-là, et celles qui viennent après, Joshua, répondit aussitôt l'intéressée. C'est parti. »

En un temps record la nouvelle page s'afficha au-dessus de la console, et Joshua put reprendre sa lecture :

« *D'après les marins, le pilote a tenté de remettre son appareil d'aplomb pour le présenter face à l'entrée de la baie en vue de son amerrissage. Il semblait sur le point d'y arriver quand d'un seul coup le vent s'est mis à souffler en rafales dignes d'un ouragan, ce qui l'a déstabilisé alors qu'il se trouvait à moins de vingt mètres de l'eau. Le pilote a essayé de reprendre un peu d'altitude tout en entamant une large courbe pour faire un second passage. Mais avec seulement deux moteurs, il n'avait aucune chance. Les hommes ont vu l'appareil disparaître derrière Larsen Point, le promontoire qui protège l'accès de la rade vers l'ouest. Quelques secondes après, ils ont entendu une violente explosion.*

« *Lorsque le* Prinz Haakon *est arrivé sur les lieux, l'avion était en train de couler à environ huit cents pieds du rivage. Dieu sait combien il y avait de personnes à bord, mais ils n'ont pu en repêcher que deux qui flottaient au milieu des débris. Les malheureux étaient en bien piètre état : l'un d'eux est mort peu de temps après avoir été sorti de l'eau. Quant à l'autre, il a été affreusement blessé au visage ; nous l'avons transporté dans notre petite infirmerie, et, à l'heure où j'écris ces lignes, il n'a toujours pas repris conscience. Notre brave toubib va faire ce qu'il peut, mais il m'a confié que le sort de cet homme dépend davantage du Bon Dieu que de ses propres talents de médecin. Nous n'avons rien retrouvé dans leurs affaires qui permette de les identifier.*

« *Dernier mystère, et non des moindres : cette vieille mallette en cuir que l'un des types serrait convulsivement dans sa main au moment où il a été repêché. Son contenu était emballé dans une toile cirée et a miraculeusement résisté à l'eau, mais ça ne le rend pas plus intelligible : rien d'autre que des centaines de pages de formules mathématiques et de diagrammes incompréhensibles... Je ne suis qu'un simple baleinier qui a eu la chance d'apprendre à lire et à compter, mais même notre pasteur, qui est loin d'être un sot, m'a dit qu'il n'y entendait rien. Dans le doute, j'ai tout mis au coffre et...* »

Joshua fit à nouveau une pause, le temps que la page suivante apparaisse sur l'écran immatériel. Il la parcourut rapidement des yeux et il s'apprêtait à continuer sa traduction quand soudain il s'exclama : « Bon sang ! Ça change tout !

— Quoi ? fit Kjölsrud d'un ton alarmé. Qu'est-ce qu'il y a d'écrit ?

— Oui, Josh, renchérit Caleb. Dis-nous vite ce qui s'est passé ensuite ! »

C'est à ce moment que la voix de Poppy Borghese retentit sur la fréquence générale :

« Désolée de vous interrompre, les gars, mais il va falloir attendre un peu pour les révélations. On est presque arrivés au bercail, mais il n'a pas l'air d'y faire très beau. J'aimerais bien qu'un vrai pilote reprenne le manche avant que ça secoue pour de bon... »

12 h 46 UTC

Le général Iazov venait à nouveau de prendre quelques instants de repos dans la petite cabine qui lui avait été allouée. Malgré son état d'épuisement, il avait résisté à la tentation de s'allonger sur la couchette : il sentait désormais avec une certitude croissante que s'il cédait au sommeil, il risquait de ne pas se réveiller. À la place, il s'était contenté de se poster contre le hublot et de contempler en silence les flots grisâtres qui se brisaient vingt mètres plus bas sur la coque blindée du porte-aéronefs.

Dans quelques minutes, les débris du Do-X seraient au fond de l'Atlantique, et ce serait la fin de la traque commencée dix jours plus tôt à Mezhgorye.

Ou bien cinquante-huit ans plus tôt à La Havane ?

Comme chaque fois qu'il évoquait cette période de sa vie, un souvenir surgit des tréfonds de sa mémoire. Des émotions fortes et contradictoires s'y associaient : colère, dégoût, tristesse, nostalgie de ce qui aurait pu être. Et un autre sentiment, infiniment voluptueux.

Et comme chaque fois, il refoula le souvenir de toutes ses forces.

Oublie cela. Ce passé est mort et enterré. Comme tu le seras bientôt toi aussi. Termine cette mission, ensuite plus rien n'aura d'importance.

Le bourdonnement de l'interphone le tira de la somnolence où il avait glissé sans s'en rendre compte. Il saisit le combiné d'une main hésitante, s'attendant à ce qu'on lui annonce la destruction du Dornier. Mais on l'appelait pour autre chose : il devait rejoindre la passerelle, la communication venait d'être établie avec le président Vladimir Poutine et celui-ci voulait lui parler. *Sans délai.*

Lorsque, quelques instants plus tard, il pénétra dans le Central Opérations, il comprit tout de suite que quelque chose n'allait pas. L'amiral Atanassiev et Guennadi Baranko étaient seuls dans la petite cabine sécurisée située en arrière du PCO, où se trouvaient les terminaux permettant les communications cryptées avec l'état-major. L'officier radio de quart avait été congédié, et Baranko se tenait assis à sa place devant la console principale ; il parlait à voix basse dans le micro, avec une attitude à la fois concentrée et déférente qui ne laissait guère de doute sur l'identité de son interlocuteur.

Iazov sentit immédiatement une bouffée de rage l'envahir : de quel droit son second se permettait-il d'intercepter une communication présidentielle qui lui était destinée ?

Atanassiev était debout à côté du terminal, et son expression n'était pas moins déconcertante. Son hostilité à l'égard de Baranko était toujours aussi palpable, mais, quand il se tourna vers Iazov, c'est une lueur de compassion – ou de pitié ? – que ce dernier eut l'extrême surprise de discerner dans son regard.

« Qu'est-ce qui se passe, ici ? fit le vieux général d'une voix qu'il aurait voulu forte, mais qui était seulement essoufflée.

— Le président, répondit Baranko sur un ton neutre en lui tendant le casque-radio. Vous avez mis longtemps pour arriver, général, alors je me suis permis de répondre à votre place. »

Iazov lui jeta un coup d'œil soupçonneux avant d'accepter l'appareil et de s'éloigner de quelques pas, tournant le dos aux deux hommes. La conversation fut très brève. Le général parlait si bas qu'on ne distinguait pas ses paroles. Une seule fois, il éleva le ton pour dire : « Mais, monsieur le président, il était convenu… » ; la réponse dut être cinglante car il s'interrompit aussitôt et ne reprit plus la parole, se contentant d'écouter. Lorsque ce fut fini, il écarta lentement l'écouteur d'une main dont, pour la première fois, il ne cherchait plus à dissimuler le tremblement.

Toute trace de couleur avait déserté son visage qui était maintenant d'une pâleur cadavérique.

Il resta silencieux quelques instants puis articula d'une voix atone, sans s'adresser à personne en particulier : « Je suis mis à la retraite d'office. Avec les honneurs exceptionnels dus à mon rang, la reconnaissance extrême de la Fédération, *et caetera*... Limogé, en d'autres termes. Je termine cette mission en tant qu'observateur.

— Écoute, Valentin... fit l'amiral.

— Mission qui a changé, poursuivit Iazov de la même voix sans timbre. Désormais, nous devons tout faire pour ramener le réacteur en bon état, ainsi que tous documents qui pourraient l'accompagner. *Idem* pour Yngvi : le président ordonne que nous le ramenions sain et sauf. Et il veut relancer le programme de recherches le concernant... »

Il pointa soudain un index furieux vers Baranko : « À l'évidence, il en savait beaucoup plus sur cette mission que ce que je ne lui en avais révélé. C'est toi qui l'as briefé ?

— Quotidiennement, général, répondit l'intéressé en soutenant son regard. Depuis que nous avons quitté Moscou.

— Pourquoi, *svoloch'* ? Pourquoi as-tu fait ça ? Il me reste quelques jours à vivre, tu le sais très bien. Tu ne pouvais pas te contenter d'attendre ?

— Il ne s'agit pas de ça, général. Le président m'a contacté il y a plusieurs mois déjà. Il ne souhaitait pas brusquer les choses, mais il m'a bien fait comprendre qu'après votre… départ en retraite, il voulait que le MRO devienne une structure moins opaque. Avec un commandement moins personnel. Apte à travailler de concert avec les autres agences fédérales.

— *Moins opaque ?* Mais c'est ce secret qui a permis à notre pays de tenir tête aux démocraties depuis plus de soixante ans !

— Nous ne sommes plus au temps de la guerre froide, général, vous me l'avez dit un millier de fois. La *maskirovka*, c'est fini. Il est temps de montrer ouvertement notre force, et non plus d'agir dans l'ombre comme des rats.

— Mais…

— J'ai également cru de mon devoir, poursuivit Baranko sur un ton tranchant, d'informer le président que certaines de vos décisions récentes me paraissaient davantage dictées par le grand âge et la maladie que par un esprit stratégique.

— Comme par exemple ? gronda Iazov.

— Comme par exemple votre volonté forcenée de détruire ce réacteur – ainsi que la créature. Alors que tous deux pourraient servir les desseins de notre pays. »

Iazov le contempla, médusé : « Et tu as su le convaincre, bien sûr ! Malgré tout ce que tu en sais, tu persistes à penser que nous pourrions utiliser ces saloperies comme armes ?

— Oui, général.

— Alors, c'est que tu es fou à lier, Guennadi. Et je regrette bien de… »

Le vieillard ne put continuer, pris soudain d'une interminable quinte de toux. Lorsqu'il eut enfin réussi à reprendre sa respiration, une mousse sanglante perlait à ses lèvres, qu'il ne prit même pas la peine d'essuyer. « Peu importe, reprit-il en jetant un regard perdu aux deux hommes, c'est aussi bien comme ça. Kolia, ajouta-t-il à l'adresse de l'amiral, il me reste un dernier acte de commandement à accomplir.

— Lequel, petit père ?

— Te demander de mettre toutes les ressources de ton groupe aéronaval au service de cette larve. Désormais, c'est lui le bras armé du président. Pour le plus grand bien de la Sainte Russie… »

Atanassiev jeta un long regard méprisant à Baranko, puis haussa ses épaules massives : « Comme tu voudras », fit-il.

Iazov hocha la tête et se dirigea à pas lents vers la sortie. Il semblait avoir vieilli de dix ans en cinq minutes. Alors qu'il s'apprêtait à passer la porte, il lança à Baranko, sans se retourner : « Cette conversation nous a fait perdre un temps précieux. À ta place, je me dépêcherais de rappeler les intercepteurs, Guennadi. Et félicitations pour ta promotion. »

12 h 51 UTC

« Comment voyez-vous les choses, Caleb ? » demanda Kendall Kjölsrud.

Les deux hommes se trouvaient à nouveau aux commandes du Do-X, Caleb assumant cette fois le rôle du pilote et Kjölsrud celui du coéquipier. Derrière eux, Joshua les avait rejoints et s'affairait dans le compartiment machines ; les six énormes moteurs venaient juste de redémarrer et tournaient à leur régime minimal de six cents tours pour économiser le précieux carburant.

Depuis quelques minutes, ils survolaient la terre ferme. Après avoir doublé le cap Vahsel, qui marque la pointe sud-est de la Géorgie du Sud, l'appareil continuait sa route au 315 en suivant le littoral nord de la longue île rocheuse. La météo s'était sérieusement dégradée à l'approche de la côte, et un fort vent de secteur sud soumettait l'avion à des turbulences d'intensité croissante. Pour ne rien arranger, de vastes formations nuageuses occultaient partiellement le sol. Ce que l'on en distinguait n'avait rien d'engageant et se limitait à d'immenses étendues de basalte noir parsemées de glaciers ; de l'altitude de six mille pieds où ils se trouvaient, aucune trace de végétation n'était visible. Ni routes ni bâtiments non plus : à l'époque où l'île était habitée, les seules implantations humaines étaient le site de Grytviken et deux ou trois postes baleiniers de moindre importance éparpillés le long de la côte septentrionale.

Sur leur gauche, une chaîne de montagnes basses s'élevait progressivement, leurs sommets déchiquetés couronnés de neige émergeant comme des dents pourries au-dessus de la couverture nuageuse. « La chaîne de Salvesen, commenta Kjölsrud. Plus loin, elle grimpe encore et devient la chaîne d'Allardyce, la dorsale de l'île. Nous serons au-dessus de Grytviken dans moins de cinq minutes, maintenant. Vous ne m'avez pas répondu, Caleb. Comment comptez-vous procéder ?

— Si je me souviens bien, dit le jeune homme, la baie est orientée nord-sud et elle est plutôt étroite, n'est-ce pas ?

— Exact. C'est plus un fjord qu'autre chose, en réalité. Six ou sept milles de longueur sur moins de deux à l'endroit le plus large.

— Un peu juste pour se poser en travers, ce joli bébé a besoin d'une grande baignoire. Et ce fichu vent va nous compliquer la tâche... »

À ce moment, une trouée inespérée se produisit dans les nuages. Indistincte à travers les giboulées de neige qui tourbillonnaient dans l'atmosphère agitée, la baie de Cumberland d'où le *Global Defender* avait appareillé dix jours auparavant apparut à trois ou quatre milles en avant du Dornier. Les hangars rouillés de Grytviken n'étaient pas encore visibles, mais, à l'emplacement où devait se trouver le port, on apercevait vaguement une minuscule tache claire – l'église ou le musée, pensa Caleb en se souvenant que les deux édifices étaient blanchis à la chaux.

« Voilà le programme, décida-t-il. Je vais décrire une large boucle au-dessus de l'eau tout en réduisant progressivement l'altitude. De manière à nous présenter pile à l'entrée de la baie avec encore deux ou trois cents pieds sous la coque. Ensuite, il ne restera plus qu'à aplatir l'oiseau, en espérant qu'il n'y ait pas trop de clapot... »

Joignant le geste à la parole, il se mit à peser sur la roue de direction et les palonniers latéraux ; réagissant avec sa placidité habituelle, l'énorme appareil attendit quelques secondes avant de s'incliner sur tribord pour entamer son long virage.

« C'est la manœuvre qu'avait tentée votre grand-père... fit observer Kjölsrud.

— Oui, vous avez raison, dit Caleb. Mais les conditions ne sont pas les mêmes : lui était à court de carburant, avec quatre moteurs en rideau. Et si la météo n'est pas folichonne aujourd'hui, ça n'a rien à voir avec l'ouragan qu'il a dû affronter. En comparaison, je pense qu'on n'a pas trop à se plaindre. »

Le milliardaire hocha la tête en signe d'approbation. « Et le réacteur ? enchaîna-t-il. Pour l'instant, il assure l'essentiel de notre sustentation et de notre propulsion. Vous comptez continuer à l'utiliser jusqu'au bout ?

« Seulement jusqu'à l'approche finale, répondit Caleb sans hésiter. Ensuite, on demande à Sanjiv de ramener le champ anti-*g* à zéro. L'amerrissage d'un hydravion exige pas mal de réactivité, et je préfère de loin le faire avec les moteurs. »

Puis il passa sur la fréquence générale des combis : « Caleb à tous. On se pose dans cinq minutes, et notre compagnie n'a malheureusement ni ceintures de sécurité ni bouées de sauvetage à vous proposer. Alors, essayez de trouver un coin à peu près rembourré et de vous y caler… Josh ? Tu es à ton poste ?

— Bien sûr, Cal, répondit aussitôt le Néo-Zélandais.

— Monte doucement jusqu'à deux mille cinq cents tours sur une minute. Puis régime max à mon signal, dès que l'Œuf sera désactivé.

— Vous feriez un excellent commandant de bord, nota Kjölsrud avec un soupçon d'ironie. Rappelez-moi de vous faire une proposition en ce sens dès que nous aurons rejoint un pays civilisé. »

Caleb ravala une réponse acerbe et préféra se concentrer sur ses commandes. Le Dornier avait déjà parcouru un bon tiers de sa courbe et se trouvait maintenant à près de deux milles du rivage tout en poursuivant son virage incliné. L'altimètre affichait encore quatre mille deux cents pieds. *Un poil trop haut.* Le jeune homme rectifia légèrement le taux de descente, puis jeta un coup d'œil par les verrières pour se repérer. L'étroite entrée de la baie de Cumberland flanquée de ses deux promontoires, le cap Larsen et le cap Sappho, commençait à apparaître sur bâbord et glissait doucement vers l'avant au fur et à mesure que l'appareil tournait ; dans moins d'une minute, ils seraient dans l'axe.

C'est en se penchant pour mieux observer leur site d'amerrissage que Caleb l'aperçut soudain.

Un minuscule point lumineux d'une formidable brillance – on ne voyait que lui sur le fond de nuages grisâtres. Et il se ruait vers eux à une vitesse inimaginable.

Caleb sentit son cœur manquer un battement.

Missile.

12 h 55 UTC

« *Ivan* à Groupe Rapace de CO, répondez, fit l'opérateur radio pour la troisième fois. Code noir, je répète : Code noir. Répondez, Rapace…

— Vous ne pouvez pas lui dire d'activer un peu ? s'énerva Guennadi Baranko. Pourquoi est-ce que nous n'arrivons pas à joindre ces foutus avions ? »

L'amiral Atanassiev haussa les épaules : « Au cas où vous n'auriez pas remarqué, colonel, nous sommes au milieu de nulle part, répondit-il avec humeur. Le Persona qui nous fournit la couverture optique de la cible pour quelques minutes encore n'est pas conçu pour relayer les transmissions militaires. Résultat, nous devons nous contenter de la radio standard. Les appareils sont à près de huit cents nautiques d'ici, pratiquement en limite de portée VHF. Et le temps est pourri au-dessus de la Géorgie du Sud, ce qui ne simplifie pas les choses. D'autres questions ? »

Pendant quelques instants, les deux hommes restèrent silencieux, tandis que le radio essayait toujours d'établir le contact avec le groupe d'interception. Puis Atanassiev reprit, sur le ton de la conversation : « Vous savez, colonel, je n'ai jamais beaucoup apprécié Iazov… mais si vous aviez été mon second, je vous aurais tué de mes propres mains.

— Ce qui vous aurait valu une mort ignominieuse, amiral, rétorqua Baranko d'une voix tout aussi douce. Ne vous y trompez pas : aux yeux du président, le MRO est beaucoup plus important que votre tas de ferraille. Et les vieilles badernes dans votre genre sont éminemment remplaçables. »

L'opérateur radio interrompit tout à coup cet échange d'amabilités en levant la main : « Je crois que j'ai quelque chose, monsieur ! » dit-il avant de se concentrer sur ses écouteurs puis d'articuler : « *Ivan* à Rapace Leader, bien compris. Vous recevons deux sur cinq. Code noir, répétons : Code noir. Je vous passe l'amiral. »

Le commandant de l'*Ivan Grozny* s'empara aussitôt du casque-micro et s'en coiffa prestement.

« Atanassiev à Rapace Leader. Vous me recevez, capitaine ? Mission annulée, je répète : mission annulée. Restez à distance de la cible et confirmez amerrissage, puis retour sur *Ivan*. Collationnez, Rapace. »

L'amiral écouta la réponse puis rugit soudain : « Quoi ? Répétez, Rapace ! » Quelques secondes passèrent encore, puis il dit plus calmement : « Bien reçu, capitaine. Bon boulot. Négatif pour second passage, vous êtes en limite d'autonomie. Ramenez-nous vos trois oiseaux en bon état. Terminé, Rapace. »

Lorsque Atanassiev se tourna vers Baranko, un sourire de requin déformait son visage adipeux.

« Nous avons… ou plutôt *vous* avez un problème, colonel, dit-il avec une ironie féroce. Nous arrivons un poil trop tard. La cible vient d'être détruite. »

Chapitre 24

1er mars 2018 – 12 h 53 UTC

Quinze secondes à vivre.

C'est ce qui leur restait, en comptant large. Si par un hasard extraordinaire Caleb n'avait pas jeté ce coup d'œil par la verrière, le missile aurait été sur eux avant même qu'ils ne réalisent ce qui leur arrivait.

Il résista à l'envie de fouiller le ciel pour tenter de localiser leur agresseur. S'il s'agissait bien d'un missile air-air comme le suggérait son approche à peu près horizontale, il y avait une chance sur deux pour que le chasseur soit dans leur dos ; or la configuration du cockpit faisait que le Do-X était aveugle sur cent quatre-vingts degrés vers l'arrière.

De toute façon, l'urgence n'était pas là. En un éclair, Caleb passa en revue les possibilités qui s'offraient à eux. Pour se rendre aussitôt à l'évidence.

Aucune chance de s'en tirer.

Le Dornier n'avait aucun système de contre-mesures électroniques – aucun système électronique tout court. Rien à jeter qui pût servir de leurre. Distancer le missile n'était pas envisageable, il devait être environ dix fois plus rapide qu'eux. Quant à l'esquiver au moyen de manœuvres acrobatiques, les temps de réaction du vieil appareil étaient si longs qu'il serait détruit avant même d'avoir pu infléchir sa trajectoire.

Derrière la vitre, l'engin de mort s'était déjà beaucoup rapproché : l'impact était imminent. À côté de Caleb, Kjölsrud qui ne s'était encore rendu compte de rien discourait sur l'aviation des temps héroïques…

Et soudain, Caleb sut ce qu'il devait faire.

« Sanjiv ! s'écria-t-il sur la fréquence générale. Inverse le champ ! Fais-nous descendre, vite ! »

Heureusement, le jeune physicien était à l'écoute : « Pardon, Caleb ? répondit-il aussitôt.

— TOUT DE SUITE, SANJIV ! »

12 h 53 UTC

Accélérant progressivement jusqu'à sa vitesse maximale de Mach 2,5, le missile R-73M « Archer » avait mis un peu moins de quarante secondes pour couvrir les huit nautiques le séparant de sa cible.

Plus de trente ans après sa mise en service, le missile qui équipait la quasi-totalité des avions de combat de la Fédération de Russie demeurait l'un des produits les plus redoutables de sa catégorie, comme en témoignait le succès jamais démenti de ses ventes à l'international. Destiné au combat aérien à courte portée, sa manœuvrabilité remarquable associée à un guidage infrarouge performant et – dans ses versions les plus récentes – à un durcissement de ses systèmes

CCM[1] le rendait à la fois extrêmement dangereux et particulièrement difficile à leurrer.

Parvenu à trois cents mètres du Dornier, l'engin rectifia une dernière fois sa trajectoire, et le calculateur embarqué enclencha la séquence de prédétonation. Une demi-seconde plus tard, le missile arriva au contact de sa cible.

Et ne rencontra que le vide.

L'énorme avion semblait s'être volatilisé.

À la différence de missiles plus modernes, le R-73M n'est pas équipé d'une IA, mais d'un simple autodirecteur d'un modèle pratiquement inchangé depuis le début des années 1980. Une solution rustique mais efficace, qui permet de diviser par trois son coût de fabrication. Devant une situation d'évitement comme celle qui venait de se produire, le petit calculateur électronique n'a que deux options : soit la cible se trouve encore dans les cent vingt degrés du cône de détection IR, auquel cas le missile doit virer et tenter une seconde passe d'interception. Soit l'objectif n'est plus détectable, ce qui suggère qu'il possède une manœuvrabilité élevée de nature à déjouer toute nouvelle tentative ; la consigne est alors de déclencher la charge explosive, en espérant que la cible soit toujours à portée de l'onde de choc ou des éclats.

L'autodirecteur mit moins de quatre millisecondes pour analyser la situation et prendre la deuxième décision. Encore deux millisecondes et l'impulsion électrique atteignait l'ogive tactique préarmée, faisant détoner les quinze livres d'explosif à fragmentation.

---

1. *Counter-counter-measures* : systèmes avancés visant à déjouer les contre-mesures électroniques déployées par la cible.

À ce moment, le Dornier se situait pratiquement à l'aplomb du missile, soixante mètres au-dessous. Trop loin pour que l'onde de choc puisse lui occasionner des dégâts sérieux.

Malheureusement, cette éventualité avait été prévue par les concepteurs de l'engin. Dans ses versions postérieures à 1997, la charge militaire était dopée au moyen de centaines de tiges métalliques fines comme un crayon, capables de répandre la mort dans un rayon de cent mètres autour du foyer de l'explosion.

Douze de ces projectiles vinrent frapper la partie supérieure du gros hydravion à des vélocités largement supersoniques. Sept perforèrent de part en part l'immense aile sustentatrice en y causant des déchirures de la taille d'une lessiveuse, mais sans compromettre significativement sa portance vu les dimensions de l'engin. Quatre autres touchèrent la partie arrière du fuselage et la traversèrent jusqu'au niveau du pont inférieur, par chance sans blesser personne ni léser aucun organe vital de l'avion. La douzième atteignit le moteur situé le plus à bâbord, fracassant son carter d'huile et pulvérisant l'hélice avant. Propulsée par la force centrifuge, l'une de ses quatre pales – un énorme épieu en bois plus grand qu'un homme – vint percuter de plein fouet la partie gauche de la carlingue à hauteur du pont passagers en y ouvrant une brèche déchiquetée de trois mètres sur deux.

Le moteur délesté de son hélice s'emballa aussitôt et se mit à chauffer. Onze secondes plus tard, il prenait feu.

12 h 53 UTC

À quatre nautiques par bâbord arrière, le capitaine Anatoly Bogdossian avait assisté à toute la scène. Sans en croire ses yeux.

Le jeune officier savait que la manœuvre d'esquive réussie par le Dornier – un vertigineux déplacement vertical suivi d'un rétablissement tout aussi abrupt cent mètres au-dessous de sa position initiale, le tout *sans avoir amorcé le moindre piqué* – était une impossibilité du point de vue aérodynamique. L'idée lui vint soudain que le comportement de cet avion n'était sans doute pas étranger à la mission en cours…

Mais, de toute façon, ce n'était que partie remise.

Bogdossian se concentra sur la cible qui se rapprochait à grande vitesse. Le vieil avion poursuivait sa route au 180 en se présentant maintenant presque de profil par rapport au Sukhoï. *Une cible idéale.*

Comme tous les intercepteurs modernes, le Su-47 est doté d'un système de désignation des cibles asservi au casque du pilote. Le capitaine russe tourna légèrement la tête pour que le Dornier vienne s'aligner avec le réticule situé en plein milieu de son affichage HUD[1], puis il actionna la commande disposée sur le minuscule joystick qui tenait lieu de manche à balai. L'instant d'après, un surlignage rouge autour de la silhouette de l'hydravion signifiait que la cible était verrouillée.

Après ça, lui avait dit son instructeur lors de sa formation sur simulateur, *tu peux aller boire un café. Ton adversaire est déjà mort.*

1. *Head-up display* : affichage tête haute.

Il s'apprêtait à presser une nouvelle fois la commande qui libérerait aussitôt un second R-73M de son pylône d'emport lorsque sa radio crachota : « Rapace 2 à Leader. Solution de tir optimale pour moi. Demande autorisation d'engager. »

Il hésita un instant. Son ailier tribord se trouvait un peu en avant, à moins de deux milles de l'objectif et six cents pieds au-dessus. Effectivement, la meilleure configuration possible pour une attaque en visuel. Mais il se ravisa aussitôt : le lieutenant Laptev avait beau être un excellent camarade, pas question de lui laisser tirer les marrons du feu à sa place ; Bogdossian n'avait pas envie de jouer les figurants quand ils fêteraient ça au mess des pilotes de l'*Ivan Grozny*.

« Négatif, Rapace 2, répondit-il. Suis déjà verrouillé. Je te le laisserai si je loupe encore, Dimitri. »

Une seconde après, un choc sourd se répercutait dans toute la structure du Sukhoï, signalant le départ du deuxième missile.

12 h 53 UTC

Bien que Caleb s'y fût attendu, la manœuvre fut à couper le souffle.

À peine Sanjiv avait-il inversé la composante verticale du champ gravifique émis par l'Œuf que l'avion s'était mis à tomber comme une pierre sous une accélération de 2 *g*. Pour ses occupants, ce fut comme de se retrouver tout à coup dans un ascenseur en chute libre – une impression d'autant plus terrifiante qu'à l'exception de Caleb et de Sanjiv, personne n'avait eu le temps de réaliser ce qui se passait.

Moins de deux secondes plus tard, l'appareil rétablissait tout aussi brutalement son assiette à cent mètres au-dessous de sa position initiale, et tout ce qui venait de s'envoler retomba au plancher. Un concert de cris et de jurons s'éleva sur la fréquence générale.

C'est alors que survint le second choc : le Dornier parut soudain comme secoué par la main d'un géant, alors qu'éclatait une énorme déflagration aussitôt suivie d'un affreux fracas de métal déchiré. L'espace d'un instant, l'avion sembla sur le point de se disloquer, puis les vibrations s'atténuèrent ; pour autant, le calme n'était pas entièrement revenu : un inquiétant cliquetis provenait maintenant des moteurs, tandis qu'un sifflement assourdi signalait des brèches dans le fuselage.

« Bon sang ! s'exclama Kjölsrud. Qu'est-ce que… ?

— Appel général ! fit Caleb en l'ignorant. Pour ceux qui n'ont pas encore pigé, on vient de se faire tirer dessus. Rapport avaries, vite !

— C'est pas bon ! cria Joshua depuis le compartiment machines. Pression d'huile à zéro sur le un, en train de chuter sur les deux et trois – je crois que leurs alims sont communes. Le un s'est emballé, aiguille des tours en butée. Et il chauffe déjà méchamment… »

Caleb jeta instinctivement un coup d'œil à l'extérieur : de son poste, il lui suffisait de tourner la tête pour voir les trois moteurs bâbord. Un frisson glacé lui parcourut l'échine : « Plus d'hélice sur le un, Josh ! hurla-t-il. Et il ne chauffe pas, il crame ! Mets-le tout de suite en rideau ! »

Des flammes et une épaisse fumée noire commençaient en effet à se dégager du moteur endommagé. Il y eut quelques secondes de battement entrecoupées des jurons de Joshua, puis celui-ci lâcha d'une voix tendue : « Ça ne marche pas, Cal ! On n'a même pas d'extincteurs automatiques sur ce tas de ferraille ! Le moteur ne répond plus. Et je n'arrive pas à trouver ces foutus coupe-circuits d'admission de carburant ! »

Kendall Kjölsrud se leva d'un bond et se précipita vers le local situé en arrière du cockpit. « Ne touchez à rien, Joshua ! cria-t-il. Je viens vous aider ! »

12 h 53 UTC

One-Shot se releva en grognant. Il était en train de remonter le pont passagers en quête d'un fauteuil suffisamment solide et confortable pour l'accueillir durant la phase d'amerrissage lorsque le sol s'était dérobé sous ses pieds. Après avoir durement heurté le plafond, les quatre cents livres du colosse avaient tout aussi sèchement regagné le plancher avec une secousse à lui briser les os. L'instant d'après, un choc gigantesque venait éventrer la partie gauche du fuselage à seulement quelques mètres en avant de lui : s'il s'était trouvé plus loin dans le couloir à ce moment, il aurait très probablement été tué sur le coup malgré sa combinaison de protection.

Il contempla les dégâts, éberlué. L'impact de l'hélice avait été d'une violence extrême, ouvrant une brèche de trois mètres sur deux dans la mince paroi en aluminium. À ce niveau, le compartiment avait été dévasté : plusieurs éléments du mobilier de cabine avaient été aspirés à l'extérieur, et d'énormes esquilles de bois – tout ce qui restait du projectile – s'étaient fichées un peu partout comme autant de dards mortels. Le géant s'approcha à pas prudents de l'ouverture, en se méfiant des remous d'air glacé qui faisaient voler les lambeaux de tapisserie ; en se retenant à un bout de métal qui saillait comme une écharde au pourtour de la brèche, il passa prudemment la tête dehors.

Ses yeux s'écarquillèrent de terreur en découvrant ce qui se ruait sur eux.

12 h 54 UTC

Les oreilles de Caleb résonnaient encore des informations que One-Shot venait de lui donner d'une voix précipitée.

Des Berkut ! Au moins deux appareils... Et un nouveau missile en approche !

Cette fois, c'est foutu.

« L'avion ne supportera pas une nouvelle manœuvre d'évitement », avertit Kjölsrud qui s'était rassis à son poste après avoir enfin réussi à stopper le moteur numéro un.

Caleb ne le savait que trop bien, pour avoir entendu – presque *ressenti* – la structure entière du Dornier se tordre à la limite de la rupture au moment du piqué qui leur avait sauvé la vie. Le vieil hydravion n'était pas prévu pour encaisser des *g* à la manière d'un chasseur moderne : s'ils tentaient de répéter la même esquive, les ailes s'arracheraient ou bien le fuselage se casserait en deux à l'endroit fragilisé par la brèche.

Le répit avait été de courte durée : à nouveau, il ne leur restait que très peu de temps. *Trouve quelque chose. Vite.* Machinalement, Caleb jeta un coup d'œil à l'extérieur. L'avion avait remonté la baie de Cumberland sur presque toute sa longueur, et les bâtiments rouillés de Grytviken étaient désormais bien visibles, environ un mille devant eux et deux mille quatre cents pieds au-dessous.

Beaucoup trop haut.

Même s'ils parvenaient à déjouer le nouveau missile qui se précipitait sur eux, ils n'avaient plus aucune possibilité d'amerrir en urgence. Et tourner pour faire une seconde approche demanderait plusieurs minutes, pendant lesquelles ils seraient offerts comme sur un plateau à un ennemi dix fois plus rapide.

En arrière des installations portuaires, des collines en partie recouvertes de neige s'élevaient en gradins successifs jusqu'à rejoindre les contreforts abrupts creusés de profondes vallées glaciaires de la chaîne d'Allardyce. À une douzaine de milles devant l'avion, la masse imposante du mont Paget, le point culminant de l'île, barrait l'horizon sud de ses trois kilomètres de hauteur.

En une fraction de seconde le jeune homme prit sa décision : « Sanjiv ! appela-t-il. Tu es toujours là ? »

Pas de réponse.

« Sanjiv ! répéta Caleb nettement plus fort. Réponds !

— Je suis là, Caleb. »

La voix était bizarre, tendue, et un soupçon trop aiguë. Mais Caleb n'avait vraiment pas le temps de s'en préoccuper : « Sanjiv, on a besoin de vitesse ! Tu peux ajuster la puissance du champ propulseur ? Et nous donner dix degrés de piqué ?

— Quelle vitesse ?

— Quatre cents nœuds.

— Bien, Caleb, répondit laconiquement le jeune scientifique avant de couper la communication.

— Quatre cents nœuds ? s'exclama Kjölsrud. Mais

ces intercepteurs peuvent atteindre Mach 2,5 ! Et leurs missiles aussi !

— Merci pour l'info, dit Caleb, caustique. Mais si on va plus vite, on perd les ailes. Je veux juste un peu de temps. Vassili, tu m'entends ? »

12 h 54 UTC

« Sanjiv ? Tu te sens bien ? » demanda Poppy Borghese aussi doucement que possible.

Tout en sachant très bien qu'il n'en était rien. Les événements des jours écoulés – et tout particulièrement ceux des deux dernières minutes – avaient sérieusement secoué le jeune homme, faisant vaciller la fragile interface qui le reliait au monde extérieur. En dehors de l'équipe soignante pluridisciplinaire dont il était l'unique patient et bien sûr de Kendall Kjölsrud, Poppy était l'une des rares personnes à connaître l'immensité des efforts qu'il devait accomplir chaque minute de sa vie pour se donner une apparence de normalité.

Sans rien pouvoir faire, elle avait vu son visage d'ordinaire aimable se durcir et son regard prendre peu à peu une fixité inquiétante. Entre deux balancements incoercibles du buste, il la fixa d'un air absent puis finit par articuler avec difficulté : « Pas de souci, mademoiselle Borghese. Ça va passer. »

Il respira profondément et ferma les yeux ; elle savait que pour réduire son niveau d'angoisse, il était en train de se réciter les cubes des nombres premiers, ou n'importe quel autre mantra mathématique du même genre.

Et curieusement, cela eut l'air de marcher. Au bout

de quelques secondes, il parut se calmer un peu et se pencha sur l'ordi toujours relié à l'Œuf. En comparaison de l'effort gigantesque qu'il devait faire pour se contrôler, ce que lui demandait Caleb était très simple. Sans même qu'il eût besoin de réfléchir consciemment au problème, ses doigts se mirent en action et commencèrent à pianoter à toute allure les deux lignes de codes qui allaient réorienter et ajuster la composante propulsive du champ de Hawking. Cela prit moins de trois secondes. À côté d'eux, l'énorme ovoïde continuait à remplir la soute de son grondement menaçant ; il n'y eut aucun changement perceptible si ce n'est une nette sensation de déséquilibre qui leur indiqua que l'avion venait d'accélérer brutalement.

« Quatre cents nœuds, murmura Sanjiv. Plus ou moins 2 %. »

À l'autre bout de la soute, il y eut soudain un fracas de matériel renversé, aussitôt suivi d'un formidable juron incompréhensible – l'équivalent finnois d'un cri d'allégresse. Poppy ne savait pas trop ce que One-Shot était en train de bricoler.

Mais, manifestement, il venait de trouver ce qu'il cherchait.

12 h 54 UTC

Volant à plus du double de la vitesse pour laquelle il avait été conçu, le vieil avion se tordait en gémissant de toute sa structure malmenée par la pression de l'air. Mais il tenait bon.

« Incroyable, fit Kjölsrud. Je n'aurais jamais cru qu'il résisterait !

— Le missile ! émit Caleb sur la fréquence générale. Quelqu'un l'a en visuel ?

— Moi ! cria aussitôt Gretchen Vogt qui s'était réfugiée avec Jenkins et Sarah Miller dans une des cabines du pont passagers. Je le vois par le hublot ! Il est sur nous dans quinze… vingt secondes maxi !

— OK », dit Caleb sans quitter des yeux la masse énorme du mont Paget vers lequel se dirigeait l'avion. L'altimètre rudimentaire affichait mille sept cents pieds, mais vu l'élévation progressive du terrain, moins de six cents pieds séparaient désormais le ventre de l'appareil du chaos de roches noirâtres qu'il survolait à cet instant.

« Quinze secondes ! s'écria Kjölsrud. Et maintenant, on fait quoi ?

— On prie », répondit Caleb.

12 h 54 UTC

One-Shot ouvrit en grand la manette d'admission, et la grosse lance thermique fit aussitôt entendre son ronflement caractéristique. En un rien de temps, l'éblouissant panache de gaz ionisé porta la buse en composite carbone-tungstène à la température de trois mille cinq cents degrés, en projetant une lueur aveuglante dans tous les recoins de la soute. Malgré la protection de son casque blindé, le géant sentit le flux thermique échauffer rapidement la peau de son visage.

L'idée de Caleb reposait sur un coup de dés. Si leurs poursuivants étaient bien des Su-47, il y avait toutes les chances pour qu'ils soient équipés du bon vieux missile « Archer » avec son capteur IR efficace, mais rustique – auquel cas, le plan pouvait *peut-être* marcher ; si au contraire il s'agissait d'un engin plus moderne à guidage radar ou optique, ils seraient morts dans dix secondes.

Plus le temps d'y réfléchir. Bouge-toi !

Gémissant sous l'effort, One-Shot réussit à attraper d'une seule main la torche à plasma et la sangle de sa bouteille d'argon, soit une masse respectable de près de cent vingt livres, et, de l'autre main, il ouvrit à la volée la porte coulissante de la soute arrière. « On s'accroche ! hurla-t-il en même temps. Possible ça décoiffe ! »

Il ne croyait pas si bien dire : un tumulte effrayant envahit aussitôt l'habitacle, pendant que des courants d'air furieux renversaient tout sur leur passage. Déséquilibré par les remous, le colosse tituba et faillit être aspiré à l'extérieur sous les yeux horrifiés de ses compagnons, mais il parvint à se rattraper *in extremis* à l'encadrement de la porte. L'instant d'après, il rassemblait ses forces et, d'une détente formidable, balançait son fardeau par l'ouverture béante.

12 h 54 UTC

Le système de guidage IR du missile R-73M est l'un des plus performants qui soient. Refroidi par un circuit cryogénique embarqué, il est particulièrement sensible et difficile à leurrer. Pour le petit cerveau électronique qui gérait le détecteur, la chaleur dégagée non seulement par les six moteurs, mais aussi par l'ensemble du fuselage du Dornier en faisait l'objet le plus chaud à des kilomètres à la ronde et donc un objectif inratable.

Pour autant, le capteur était surtout conçu pour se verrouiller sur la chaleur bien plus intense produite par les tuyères d'un chasseur ou d'un bombardier à réaction, soit l'immense majorité des appareils susceptibles de se rencontrer dans le cadre d'un combat aérien moderne. Aussi, lorsque juste avant l'impact une autre cible bien plus appétissante – en l'espèce, une boule de gaz ionisé portée à une température de plusieurs milliers de degrés – se présenta devant lui, l'autodirecteur n'hésita pas. Un infime ajustement des ailerons canard situés derrière la coiffe de l'engin suffit à réorienter ce dernier vers son nouvel objectif.

Deux secondes plus tard, le missile explosait au contact de la lance thermique juste avant que celle-ci ne touche le sol.

12 h 54 UTC

« *Holy Shit !* s'écria Kendall Kjölsrud. Encore réussi ! Vous êtes vraiment doué pour nous sauver la vie, mon garçon ! »

Caleb l'écoutait à peine, concentré sur ses commandes et sur l'objectif qu'il s'était fixé. Celui-ci était désormais bien visible, juste dans l'axe de l'appareil : sur le versant occidental du mont Paget, qui dominait à présent tout le paysage de sa masse monumentale, une longue vallée glaciaire profondément encaissée s'étendait selon un axe nord-sud. Pour ce qu'il en distinguait d'ici, le canyon semblait remonter progressivement sur plusieurs kilomètres, et son fond paraissait recouvert d'une couche de neige uniforme.

Une piste d'atterrissage idéale.

Mais il restait un obstacle à franchir : le bas de la vallée était obstrué par un chaos de roches morainiques arrachées au flanc de la montagne, dont certaines étaient grosses comme des immeubles. Une barrière de plusieurs dizaines de mètres de haut, au-dessus de laquelle il allait falloir passer.

« On est à quelle altitude ? demanda Caleb.

— Deux cents mètres. Peut-être deux cent cinquante, répondit le milliardaire après avoir jeté un coup d'œil en contrebas. C'est jouable, Caleb. Mais il faudrait remonter un peu…

— Le deux et le trois chauffent sérieusement, intervint Joshua. Je pense qu'ils sont à court d'huile. Si…

— Aucune importance, Josh, dit Caleb. On est presque arrivés, d'une manière ou d'une autre. »

Tout allait désormais dépendre de la rapidité de réaction des Russes après leur nouvel échec. Mais, pour la première fois depuis qu'ils avaient été attaqués, Caleb commençait à envisager une vague lueur d'espoir.

On va peut-être y arriver.

C'est à ce moment que Poppy Borghese intervint sur la fréquence commune. Avec dans la voix une note d'anxiété qu'il ne lui connaissait pas.

« Caleb ? dit-elle. Gros bug, ici ! Sanjiv est HS ! »

12 h 54 UTC

« *Chert voz'mi !* jura le capitaine Anatoly Bogdossian. Qu'est-ce que ces connards ont encore en réserve ? »

Le jeune officier russe contemplait d'un œil incrédule le gros avion blessé qui, après avoir accéléré si brutalement, continuait sa route vers la montagne. Il venait de comprendre ce qu'ils allaient tenter et ne put s'empêcher d'éprouver une bouffée d'admiration pour le type qui se trouvait aux commandes.

Les trois Berkut volaient en formation serrée à environ trois milles en arrière du Dornier et, malgré son impressionnante vitesse actuelle, ils l'auraient rattrapé dans une poignée de secondes. Bogdossian jeta un coup d'œil irrité à la barre rouge de l'indicateur TNR[1] qui brillait depuis peu à la périphérie de son affichage tactique. Dans vingt minutes – estimation faite par l'IA embarquée en fonction de leur profil de consommation et de la météo sur le chemin du retour –, il n'aurait plus assez de jus pour rejoindre l'*Ivan Grozny*. La consigne dans ce cas était de terminer au plus vite la mission si les circonstances le permettaient. Lorsque la seconde barre s'allumerait, dans cinq minutes, ce serait encore plus simple : tout laisser tomber et rentrer direct.

« Rapace Leader à tous, émit-il. Suis en alerte fuel niveau un. Affichez vos TNR.

— Deux à Leader, vingt-trois minutes pour moi.

— Trois, ici. Je viens aussi de passer au rouge, Leader. »

Bogdossian prit sa décision en un instant. Plus le temps de finasser.

« Leader à Deux, reprit-il. Approche en tenaille et on le finit au canon, je reste sur bâbord. Trois, en réserve à deux mille pieds. »

Alors que ses deux compagnons confirmaient l'ordre, le jeune pilote pensa : *On va voir si tu esquives les obus de 30 aussi bien que les missiles.*

1. *Time of no return* : Temps de non-retour.

12 h 54 UTC

Cinq kilomètres.

Pour Sanjiv Chandra, l'ouverture brutale de la porte de la soute avait été la goutte d'eau fatidique. À l'instant où les flots d'air glacé s'étaient répandus en grondant dans l'habitacle, le délicat équilibre mental qui permettait au jeune homme d'appréhender le monde extérieur s'était effondré d'un seul coup, le plongeant dans un univers de terreur primale et de sensations discordantes.

« Il faut absolument qu'on commence à ralentir dans vingt secondes ! émit Caleb d'une voix précipitée. Et qu'on reprenne une assiette horizontale !

— Hiro s'y emploie déjà, Caleb ! » répondit Poppy Borghese en forçant la voix pour couvrir les hurlements de Sanjiv. One-Shot et elle faisaient ce qu'ils pouvaient pour maintenir au sol son corps agité de convulsions tout en évitant qu'il ne se blesse. Poppy savait qu'il n'y avait rien d'autre à faire pour l'instant ; l'idéal aurait été de lui administrer un sédatif, mais son médikit était épuisé depuis longtemps.

Elle jeta un coup d'œil inquiet au petit chercheur japonais qui avait pris la place de Sanjiv derrière la console de commande de l'Œuf et qui tapait aussi vite qu'il le pouvait sur le clavier de l'ordinateur.

« Vous avez entendu, Hiro ? lui lança-t-elle. Vous allez y arriver ? »

Il était si absorbé par la complexité de sa tâche qu'il ne prit même pas la peine de lui répondre.

Mais l'expression de son visage n'avait rien de rassurant.

Quatre kilomètres.

Trop vite. Et trop bas.

Caleb contemplait d'un regard anxieux la barrière de rochers haute comme un immeuble de cinq étages qui leur barrait le chemin et se précipitait sur eux à une vitesse effrayante. Si Hiro Takeda ne parvenait pas à couper ou réorienter le champ gravifique qui ramenait inexorablement l'avion vers le sol, ils allaient percuter cette muraille à la moitié de la vitesse du son.

« Josh ! cria-t-il. Pousse tes moulins au maxi ! Donne tout ce que tu as, mais redresse-nous ce zinc !

— Le deux et le trois sont déjà dans le rouge ! répondit l'autre d'une voix tendue. Et on n'est qu'à huit cents tours !

— On s'en fout, Josh ! Il faut absolument remonter !

— Comme tu voudras. »

Deux secondes après, le grondement assourdissant des gros moteurs poussés à plein régime fit à nouveau vibrer toutes les tôles de la carlingue.

Mais l'avion descendait toujours.

Trois mille deux cents mètres.

Tout comme le missile « Archer », le canon automatique Gryazev-Shipunov GSh-301 équipait depuis plus de trente ans la grande majorité des avions de combat russes, mais aussi un certain nombre d'hélicoptères d'attaque et même de blindés légers. Malgré sa cadence de tir modeste – mille cinq cents coups par minute contre six mille cinq cents pour le M61 « Vulcan », son équivalent américain –, sa conception très simple et sa fiabilité à toute épreuve en faisaient une arme redoutable pour le combat aérien à courte portée ; l'engin était en outre d'un poids et d'un encombrement très réduits, ce qui permettait d'en équiper des intercepteurs de cinquième génération sans rien sacrifier de leur exceptionnelle maniabilité.

Sur le Su-47 « Berkut », l'arme était montée de série au-dessus de l'épaulement de l'aileron canard bâbord, juste en arrière du cockpit. Le capitaine Bogdossian, qui avait déjà eu l'occasion de le tester en conditions réelles sur de vieux MIG-23 reconvertis en cibles téléguidées, se réjouissait d'avance des dégâts qu'il allait infliger au Dornier. Lorsque le télémètre laser afficha mille cinq cents mètres, l'officier fit sauter du pouce le cache plastique qui protégeait la commande de tir. *Encore cinq cents mètres.*

« Leader à Deux, émit-il. Tir à mon signal. »

Deux mille quatre cents mètres.

À vingt-huit ans, Hiro Takeda était considéré comme l'un des meilleurs spécialistes mondiaux de la théorie des supercordes et de ses applications en gravité quantique. Avant de rejoindre l'équipe de Sanjiv Chandra, le jeune chercheur au sourire timide et aux tempes précocement dégarnies avait enseigné pendant deux ans à l'Institut Yukawa de Physique théorique de l'Université de Kyoto tout en partageant ses recherches entre le tokamak JT-60 du Naka Fusion Institute et les accélérateurs de particules du prestigieux KEK Institute[1] de Tsukuba.

C'est dire que les principes de fonctionnement de

---

1. *Ko Energi Kasokuki Kenkyu Kiko* : Institut de recherche en physique des hautes énergies, équipé des deux plus grands accélérateurs de particules du Japon.

l'Œuf étaient loin de lui être inconnus. Ce qui ne l'empêchait pas, comme les autres occupants du Dornier, d'être intimidé par l'énorme machine qui continuait, imperturbable, à distiller son ronflement monocorde.

Sur l'écran de l'ordi portable s'affichaient à nouveau les dix secteurs circulaires qui constituaient en quelque sorte le tableau de bord du système de confinement. Takeda savait qu'il s'agissait d'une représentation en temps réel de la sphère de Halbach, la minuscule bouteille magnétique de quelques nanomètres de diamètre qui enfermait la singularité dans les circonvolutions de son espace à dix dimensions. Pour l'heure, chacun des spots qui marquaient la position du micro trou noir orbitait doucement autour d'un point situé à bonne distance du centre de son secteur – un déséquilibre qui répondait à celui du champ gravitationnel émis par la machine.

Tapant à toute vitesse sur le clavier, Takeda finit d'inscrire les dernières lignes de code puis, espérant de toutes ses forces ne pas s'être trompé, pressa la touche ENTER. D'un mouvement si rapide que son œil ne put le suivre, les dix points lumineux regagnèrent à l'unisson le centre exact de leur secteur. *Parfait*, pensa le jeune homme. *Sanjiv sera fier de moi.*

Au même instant, il y eut un choc sourd, et une violente décélération se fit sentir : le champ de gravité artificiel était bien coupé, et l'avion ne volait plus désormais qu'à la force de ses moteurs.

Takeda allait lever un pouce triomphant à l'intention de Poppy Borghese quand son regard revint sur l'écran de l'ordi. Et son geste se figea.

Les points rouges avaient recommencé à dériver.

Chacun dans une direction différente et de plus en plus vite.

Le jeune physicien connaissait l'instabilité du système de confinement imaginé par Majorana, mais il n'aurait jamais cru que cela irait si vite. Avec un sentiment d'urgence, il se précipita sur son clavier et rentra en toute hâte une nouvelle ligne d'instructions. Aussitôt, le premier spot revint docilement au centre de sa fenêtre.

Mais les neuf autres continuèrent à diverger – deux fois plus vite qu'avant.

Une sueur glacée perlant à son front, Takeda fit une nouvelle tentative en se concentrant désespérément sur les commandes qu'il tapait à toute allure. À l'instant même où il actionnait pour la seconde fois la touche ENTER, il se rendit compte qu'il avait fait une erreur de calcul.

Trop tard.

Cette fois, les dix points rouges *bondirent* dans toutes les directions, comme une poignée de billes jetées par terre. En un rien de temps, deux d'entre eux eurent atteint puis dépassé la bordure de leur secteur, qui s'opacifia aussitôt tandis qu'un message d'alerte commençait à clignoter en rouge.

« Mon Dieu ! cria le jeune homme. Non !

— Quoi ? fit Poppy Borghese, alarmée par l'expression de terreur absolue qui se lisait sur les traits du physicien. Qu'est-ce qui se passe, Hiro ? »

Le temps qu'elle pose la question, un troisième secteur s'était opacifié. Comme par une funeste réaction en chaîne, il fallut moins de deux secondes aux sept autres pour les imiter, laissant un écran noir où seul continuait à pulser le message d'alerte.

« *EXCURSION !* hurla Takeda. *C'EST UNE EXCURSION, NOUS SOMMES TOUS MORTS !* »

Alors que le grondement de l'œuf s'intensifiait, un premier cognement formidable venu des profondeurs de la machine ébranla tout l'avion.

Comme le poing d'un géant bien décidé à abattre les murs de sa prison.

Mille sept cents mètres.

Une première rafale de vingt-cinq obus jaillit en une seconde du canon automatique dans un grondement saccadé. Le capitaine Anatoly Bogdossian relâcha la commande de tir ; une série de flashes lumineux en périphérie de son champ visuel lui apprit qu'à trois cents mètres sur sa droite son ailier venait également de tirer.

À la vitesse de huit cent soixante mètres par seconde, les projectiles mettraient moins d'une seconde et demie pour franchir la distance les séparant du Dornier.

Mille six cents mètres.

« Pas de discussion, miss, gouailla Sam Jenkins sans cesser de mâchouiller son éternel chewing-gum. On n'a plus beaucoup de temps. »

Le flegmatique Texan avait entrepris d'installer Gretchen Vogt, Sarah Miller et son oncle Viktor Bernstein en prévision d'un atterrissage qui s'annonçait, au mieux, mouvementé. Après avoir débarrassé la petite cabine – celle-là même où ils avaient fait le dernier briefing avant le départ – de tout ce qui risquait de se transformer en projectile, l'ancien sniper de la Garde nationale avait récupéré le matelas de la couchette et l'avait plaqué contre la paroi avant du compartiment.

Il avait ensuite fait asseoir ses trois compagnons au sol, le dos calé contre ce capitonnage improvisé. Des bruits de voix provenaient de la cabine mitoyenne, où One-Shot venait de ramener Sanjiv encore à moitié inconscient et était en train de l'installer de même, avec l'aide de Vandell Richardson.

« Tenez, dit Jenkins à Sarah Miller en lui tendant un gros oreiller. Collez-vous ça sur le ventre et remontez les genoux, la tête entre les mains.

— Vous pensez que ça suffira ? demanda la jeune femme, anxieuse.

— Ça m'a déjà sauvé la vie deux fois, affirma-t-il en essayant de plaquer un sourire rassurant sur son visage taillé à la serpe, ce qui fit bizarrement onduler les deux cobras tatoués sur ses joues. En plus, nos combis… »

Il n'eut pas le temps d'en dire plus. En même temps qu'une insoutenable explosion de lumière, un fracas effroyable résonna soudain dans la petite pièce, dont les murs parurent se disloquer. Sarah Miller ferma instinctivement les yeux ; lorsqu'elle les rouvrit un instant plus tard, elle ne reconnut rien de ce qui l'entourait.

La cloison de gauche où se trouvait le hublot avait presque entièrement disparu, laissant place à une énorme brèche déchiquetée par laquelle on distinguait le sol rocailleux qui défilait à toute allure quelques dizaines de mètres plus bas. Le plancher de l'habitacle était jonché de débris de toute nature : bouts de bois et de métal, éclats de verre, innombrables morceaux de céramique blanche provenant du petit lavabo qui avait été complètement pulvérisé.

Et partout, il y avait du sang et des restes humains.

Le projectile de 30 mm avait atteint Jenkins à hauteur de la taille, faisant exploser son abdomen et coupant littéralement le malheureux en deux. La portion inféricure de son corps, sans doute aspirée à l'extérieur, avait disparu, tandis que son tronc s'effondrait au sol et s'immobilisait dans une posture grotesque, à moitié adossé au cadre démantibulé de la couchette. La surprise se lisait sur le visage du mort, dont les yeux étaient restés grands ouverts. Une longue ribambelle d'intestins serpentait sur le plancher, au milieu des débris divers et d'une énorme flaque de sang qui allait s'élargissant.

« *Oy gevalt !* » murmura Viktor Bernstein.

Sarah Miller se mit à hurler sans plus pouvoir s'arrêter.

Mille deux cents mètres.

Caleb essaya désespérément de faire abstraction des vociférations et des cris de terreur qui résonnaient dans ses écouteurs. Combien de ses amis avaient été tués ou blessés ? Pas le temps d'y penser.

Sa seule préoccupation était de maintenir l'avion en vol, malgré les dégâts qu'il venait d'encaisser. Comme les autres, il avait ressenti jusque dans ses os les formidables impacts au moment où la rafale d'obus avait atteint l'appareil.

Paradoxalement, celui-ci semblait voler mieux depuis qu'il était libéré du champ de gravitation artificiel. Aidé par Kjölsrud, le jeune homme pesa de toutes ses forces sur le levier de la roue de direction qui commandait à la fois le gouvernail de profondeur et les volets d'aile. Le nez du gros appareil commença à se relever avec une lenteur insupportable.

Devant eux, la barrière de rochers était maintenant toute proche.

Ça allait être très juste.

Mille mètres.

Le capitaine Bogdossian était un peu déçu. La cible était salement touchée, mais, en fin de compte, les dégâts étaient moins spectaculaires que ce à quoi il s'attendait. Certes, le flanc gauche de l'hydravion géant s'ornait désormais d'une série d'impacts impressionnants, et, du côté droit, plusieurs déchirures énormes laissaient voir le jour près du bord de fuite de l'aile.

Mais il volait toujours.

La faute à ses dimensions inusitées et aussi à cette manœuvre inattendue – une de plus ! – qui lui avait permis, au mépris de toutes les lois de l'aérodynamique, de ralentir brutalement et de se cabrer à l'instant précis où il allait être détruit. Au final, le gros de la salve d'obus lui était passé sous le ventre, et seuls une douzaine de projectiles avaient trouvé leur cible.

Le Russe remarqua qu'un liquide brunâtre dégorgeait à gros bouillons du fuselage perforé et se demanda pourquoi l'avion n'avait pas explosé au moment où ses réservoirs avaient été touchés. *Du fuel ?* supposa-t-il. Pourtant il n'avait jamais entendu parler d'un avion à hélices équipé de diesels.

À ce moment, l'avertisseur de relief se mit à lui vriller les oreilles de son couinement strident. Il n'avait pas besoin de ça pour savoir que son ailier et lui étaient beaucoup trop bas, avec des appareils qui n'étaient pas du tout conçus pour faire des acrobaties à cent pieds de la rocaille. Maintenant, il fallait en finir, et vite.

« Leader à Deux, transmit-il. Deuxième service avec double ration, puis décrochage immédiat. »

Avant même d'avoir terminé sa phrase, il pressait à nouveau la commande de tir, expédiant cinquante obus supplémentaires sur le Dornier désemparé. L'instant d'après, il basculait en butée la tuyère à poussée vectorielle du Sukhoï pour entamer un vertigineux dégagement en chandelle.

Affaire classée, pensa-t-il alors que les 9 *g* de pression le clouaient sur son siège.

Sept cent cinquante mètres.

Cette fois, il n'y eut pas de miracle. Sur la double rafale de cent obus perforants, plus de la moitié atteignirent le Dornier.

L'effet produit fut dévastateur : l'avion ne possédait aucune espèce de blindage, et les ogives propulsées à vitesse supersonique traversèrent les minces parois de bois et d'aluminium comme elles l'auraient fait de feuilles de papier. Des dizaines d'impacts impressionnants se creusèrent sur l'aile et le fuselage, pendant que les réservoirs de carburant crevés répandaient leurs milliers de litres de fuel dans la carlingue dévastée. Trois coups au but pulvérisèrent la dérive arrière, privant l'appareil de toute possibilité de manœuvre latérale. Deux autres obus vinrent frapper le cockpit, faisant exploser les verrières et scalpant la plus grande partie de l'habitacle. Par une chance extraordinaire, personne ne fut touché directement, mais sans la protection des combinaisons, tous les occupants de l'avion auraient été tués ou gravement blessés par les ondes de choc et les projections de débris. Un même hasard voulut qu'aucun coup direct n'atteigne l'Œuf alors qu'une douzaine d'obus dévastaient complètement la soute arrière où Poppy Borghese et Takeda se trouvaient toujours.

Quatre cents mètres.

Ça ne passera pas.

À peine la rafale d'obus eut-elle cessé que Caleb releva la tête, essayant d'apprécier la situation.

Qui était désespérée.

Sa portance presque annulée par les innombrables déchirures de sa coque et de sa voilure, l'avion ne progressait plus que sur son erre, et, au badin, sa vitesse était tombée sous les cent nœuds. Déjà, le nez commençait à s'abaisser, et les commandes devenaient molles dans les mains de Caleb. Les signes d'un décrochage imminent : dans deux ou trois secondes, l'appareil hors de contrôle piquerait et irait s'écraser au sol.

Il restait une dernière chose à tenter.

Sans savoir si cela avait la moindre chance de réussir, Caleb se pencha soudain et enfonça deux gros boutons émaillés qui saillaient du tableau de bord. Pendant une interminable seconde, il ne se passa rien, et le jeune homme se dit que les câbles d'alimentation avaient été sectionnés. Puis il y eut un choc sourd.

Signalant que le train d'atterrissage venait d'être largué.

Comme le lui avait expliqué Kjölsrud, le Do-X avait été équipé d'un train combinant patins et roulettes escamotables pour lui permettre d'atterrir sur une piste en dur ou sur la banquise en période hivernale. Le lourd caisson de plus d'une demi-tonne était fixé sous les flotteurs latéraux et pouvait être monté ou démonté en quelques minutes ; mais il pouvait aussi être libéré en plein vol au moyen de boulons explosifs commandés depuis le poste de pilotage, par exemple si une avarie contraignait l'appareil à se poser en mer. C'est cette manœuvre de la dernière chance que venait de tenter Caleb pour alléger un peu l'avion ; ce dernier volait maintenant si bas et si lentement que les deux hommes assis dans le cockpit éventré entendirent distinctement le train se fracasser sur les rochers moins de deux secondes après son largage.

Et le miracle se produisit.

Alors qu'ils semblaient sur le point de percuter, les commandes redevinrent un peu plus fermes. Caleb en profita pour peser de tout son poids sur la gouverne de profondeur, et le nez se releva, comme à contrecœur.

Plus le temps de se demander si cela suffirait à passer la barrière de rochers : ils étaient déjà sur l'obstacle.

Chapitre 25

1er mars 2018 – 12 h 55 UTC

L'avion passa à quarante-sept centimètres au-dessus de la crête.

À l'instant précis où la coque déchiquetée frôlait les rochers couverts de lichens, Caleb jeta un coup d'œil en l'air. Pour découvrir, à travers le plafond éventré du cockpit, un spectacle qu'il n'oublierait jamais. L'aile géante du Dornier n'était plus qu'une dentelle métallique déformée et constellée de gigantesques déchirures à l'emporte-pièce. Les quatre moteurs encore en fonctionnement étaient en flammes et vomissaient d'énormes panaches de fumée noire dans un effrayant cliquetis de mécaniques à l'agonie.

Le jeune homme s'arracha à cette vision terrifiante pour reporter aussitôt son attention sur les commandes. Après avoir franchi l'obstacle, l'avion désemparé volait – ou planait ? – à quelques mètres seulement au-dessus d'une étendue de neige pourrie qui marquait la limite inférieure du glacier. La longue vallée encaissée s'ouvrait maintenant devant eux et grimpait en pente douce sur le flanc du mont Paget, comme un colossal tremplin de ski qu'ils auraient abordé par le bas. Caleb comptait à l'origine utiliser cette déclivité naturelle pour freiner l'avion en le maintenant dans l'axe de la pente ; cela ne serait plus possible désormais : sans train de glissement, l'appareil allait devenir incontrôlable dès qu'il toucherait la neige.

Il faudra bien s'en contenter, pensa-t-il avec fatalisme.

Déjà, les commandes mollissaient à nouveau. Plutôt que d'essayer de contrecarrer le décrochage maintenant inéluctable, Caleb choisit d'accompagner le mouvement en poussant doucement le levier ; docile, l'avion s'inclina pour son ultime approche.

L'impact initial fut étonnamment doux, amorti par les deux mètres de neige fraîche tombés les jours précédents. Le vieil avion rebondit une première fois en gémissant de toute sa structure et parcourut encore quelques dizaines de mètres en vol plané, comme s'il ne pouvait se résoudre à quitter pour toujours l'élément aérien. Puis il retomba lourdement et partit en dérapage en creusant un sillon de plus en plus profond dans la neige.

C'est là que les choses commencèrent à se gâter.

Sous l'effet de la décélération, le fuselage s'inclina doucement sur le côté. À peine l'aile droite eut-elle touché la surface qu'elle se plia puis s'arracha d'un seul tenant dans un fracas effroyable ; en se rabattant vers l'arrière, l'énorme structure métallique vint heurter la queue de l'avion et détruisit ce qui restait de l'empennage. Animée d'un mouvement de toupie, la carcasse mutilée se mit alors à tournoyer mollement sur elle-même, tout en glissant à toute allure en direction du versant oriental de la vallée. À l'intérieur du cockpit en ruine, Caleb et Kjölsrud étaient ballottés comme des fétus et s'accrochaient à ce qu'ils pouvaient pour ne pas être éjectés.

« On file droit sur les rochers ! » cria le milliardaire.

Il disait vrai : à moins de trois cents mètres, un chaos de blocs erratiques marquait la lisière latérale du glacier. Un piège mortel où leur glissade allait les précipiter dans quelques secondes.

« J'ai vu ! répondit Caleb. Mais on ne peut plus rien faire ! »

Soudain, l'avion heurta quelque chose de dur – un rocher affleurant la croûte de glace ? – avec une violence telle que l'un des moteurs encore en place sur le moignon d'aile gauche s'arracha de son support et vint frôler le cockpit. Du coup, l'appareil cessa de tourner sur lui-même, sans pour autant ralentir sa glissade vers la barrière de rochers.

« Moi, je sais quoi faire ! » hurla tout à coup Kjölsrud. Joignant le geste à la parole, le milliardaire tira un gros levier métallique situé sur la droite du cockpit. Caleb avait déjà remarqué cette commande qui ne semblait pas servir au pilotage et avait oublié d'en demander l'usage. « Qu'est-ce que vous foutez, bon sang ? » cria-t-il.

Un bruit de chaîne se fit entendre au milieu du vacarme ambiant.

« Ce que je fais ? dit Kjölsrud avec un ricanement dément. Je jette l'ancre, Caleb ! Je jette l'ancre ! »

Comme ses descendants directs les grands hydravions transocéaniques qui atteindraient leur apogée au début des années 1950, le Dornier Do-X était équipé d'un système de mouillage permettant son ancrage temporaire lors d'escales en eau peu profonde. Au moment où Kjölsrud actionna la commande de largage, les deux ancres à jas de six cents livres chacune quittèrent leur logement situé à la proue, dévidant derrière elles trente mètres de chaîne à gros maillons.

Sans effet apparent : l'avion continuait sa course folle, qui paraissait même s'accélérer du fait d'une légère déclivité du glacier sur ses bords. Ils étaient à moins de cent mètres de l'impact, que rien ne semblait plus pouvoir empêcher.

Au mépris de toute prudence, Kjölsrud se pencha pour regarder ce qui se passait : « Ça ne marche pas ! lança-t-il avec fureur. Les ancres rebondissent, elles ne trouvent pas à s'accrocher !

— Crevasse devant ! avertit soudain Caleb. Cramponnez-vous ! »

Une longue entaille d'une profondeur indéterminée et qui devait faire une bonne quinzaine de mètres de largeur barrait en effet la bordure du glacier. L'obstacle ne s'était dévoilé qu'au dernier moment, si bien qu'ils furent dessus avant même d'avoir eu le temps de réaliser le danger.

Paradoxalement, c'est ce qui leur sauva la vie.

Emportées par leur élan, les soixante tonnes de l'avion franchirent d'un seul bond le gouffre béant pour retomber de l'autre côté avec un choc qui acheva de disjoindre la carcasse en ruine. L'aile droite en profita pour s'arracher à son tour, dans un fracas épouvantable et une gerbe d'étincelles. Une demi-seconde plus tard, les deux ancres remorquées par l'appareil tombaient dans la crevasse. L'une d'entre elles rebondit aussitôt et ressortit du trou comme propulsée par un fouet pour venir frapper l'arrière du fuselage. L'autre réussit à crocher dans une faille de la paroi de glace, à une douzaine de mètres de profondeur ; un instant plus tard, sa chaîne se mettait en tension.

Le résultat fut immédiat et dévastateur. En une fraction de seconde, la carlingue démantibulée fit une volte-face à cent quatre-vingts degrés. Le nez de l'avion jusqu'à deux mètres en avant du poste de pilotage s'arracha d'un coup dans un fracas à percer les tympans, pendant que le reste du fuselage basculait lourdement sur le côté. Mais le choc d'une brutalité inouïe avait rempli son rôle : absorber la quasi-totalité de l'énergie cinétique de l'appareil. Ce qui restait du Dornier glissa encore doucement sur quelques mètres pour s'immobiliser enfin.

Moins de vingt pas le séparaient du chaos rocheux qui bordait le glacier.

Caleb mit plusieurs secondes à réaliser que l'épave ne bougeait plus, et c'est seulement à ce moment qu'il commença à relâcher sa prise sur le montant en acier de la porte du cockpit ; il l'avait serré tellement fort que ses doigts en étaient engourdis. Kendall Kjölsrud gisait en tas au pied du tableau de bord et se redressa avec un geignement de douleur alors que Joshua pénétrait en titubant dans le poste de pilotage. Les trois hommes échangèrent un regard qui se passait de commentaire.

Stupéfaits d'être encore en vie.

Alors que le silence retombait, deux bruits distincts se firent entendre : un martèlement lent et irrégulier issu des profondeurs de l'épave, associé au retour d'une sensation nauséeuse qu'ils connaissaient bien. Et le hurlement des tuyères d'un ou plusieurs chasseurs à réaction. Caleb leva instinctivement les yeux : à mille pieds de hauteur, trois silhouettes noires à voilure inversée se détachaient sur le ciel grisâtre et entamaient un large virage au-dessus de la vallée.

« Trouvons les autres et sortons vite d'ici ! hurla le jeune homme. Ils viennent nous finir ! »

12 h 55 UTC

« Mais, amiral, il y a peut-être des survivants, émit le capitaine Anatoly Bogdossian. Demande autorisation de faire une dernière passe pour terminer le travail. »

En plus des missiles R-73M qui pouvaient être reconfigurés pour une attaque air/sol, chacun des trois « Berkut » était équipé d'une paire de bombes KAB-500KR à guidage laser et charge militaire renforcée. Bien plus qu'il n'en fallait pour achever de réduire en confettis le vieil appareil ainsi que ses occupants et revenir ensuite au bercail avec la certitude du devoir accompli.

« Bien reçu, capitaine. Bon boulot, fit la voix de l'amiral Atanassiev. Négatif pour second passage, vous êtes en limite d'autonomie. Ramenez-nous vos trois oiseaux en bon état. Terminé, Rapace.

— Bien reçu, amiral. Abandonnons, je confirme : abandonnons attaque en cours. Prenons le chemin du retour, ETA 1405. Rapace à *Ivan*, terminé. »

Alors que les trois appareils sortaient de leur virage tendu et prenaient doucement le cap au 102 qui les ramènerait à leur base flottante, Bogdossian se demanda un instant ce qui avait bien pu motiver ce revirement de dernière seconde. Mais il haussa aussitôt les épaules – du moins autant que le lui permettait sa combinaison anti-*g* très ajustée.

Plus ton problème. Contente-toi de faire ce que dit le Vieux, ramène tes trois zincs. Et dans une heure et demie, tournée générale au mess des pilotes !

12 h 59 UTC

Du majestueux appareil, il ne restait que des décombres.

Privée de ses deux ailes, de son nez et de son empennage, l'épave du Dornier ressemblait à une boîte de conserve éventrée sur laquelle un géant se serait amusé à sauter à pieds joints. La glace tout autour de l'appareil mutilé était jonchée de débris divers : plaques de tôle arrachées, hublots sortis de leur logement, fragments de moteurs. La proue arrachée, encore reliée à la crevasse par la chaîne d'ancre, gisait à une trentaine de pas de distance. Une longue traînée maculée de taches de fuel barrait transversalement la surface du glacier sur plus d'un kilomètre, et témoignait de la glissade vertigineuse de l'avion avant qu'il ne soit stoppé *in extremis*.

Redoutant une nouvelle attaque aérienne, les rescapés s'étaient regroupés à une vingtaine de mètres de la carcasse. Pourtant, les trois Su-47 semblaient avoir renoncé à l'idée de les achever et s'étaient évanouis en direction de l'est. À l'exception de gros nuages annonciateurs de neige qui commençaient à envahir l'horizon, le ciel était à présent vide et silencieux.

Aucun des passagers de l'avion n'avait été tué ni

même sérieusement blessé au moment de l'atterrissage, même si tous souffraient de contusions plus ou moins sévères. Pour autant, cela ne suffisait pas à expliquer l'état d'hébétude et d'épuisement qui affectait maintenant la plupart d'entre eux. One-Shot était assis immobile sur un bloc de glace, vidé de toute sa formidable énergie. À quelques mètres, Sarah Miller sanglotait doucement, encore sous le coup de la mort atroce de Jenkins ; Viktor Bernstein et Gretchen Vogt tentaient de la réconforter, mais paraissaient eux-mêmes avoir toutes les peines du monde à rester debout. Vandell Richardson errait d'une démarche titubante au milieu des décombres de l'appareil, en marmonnant des paroles incompréhensibles.

Et partout, des ombres bleues flottaient sur la glace.

Qu'est-ce qui nous arrive, bon sang ? pensa Caleb en tentant de garder pied dans la réalité en dépit des brumes qui menaçaient d'envahir son esprit. À côté de lui, Joshua était assis par terre et se massait la jambe en grimaçant de douleur.

« Ça va, Josh ? demanda Caleb en se penchant vers son ami. Tu as pris un mauvais coup au moment du crash ?

— Je ne crois pas... répondit le grand Néo-Zélandais. Ça n'a commencé qu'il y a deux ou trois minutes. On dirait que toute cette fichue guibole va s'arracher. En plus, j'ai une de ces envies de gerber... »

Caleb considéra son ami avec surprise. Lui aussi souffrait de nausées de plus en plus violentes associées à une bizarre sensation d'instabilité, comme s'il se trouvait sur le pont d'un navire soumis à la houle. Un bruit caractéristique lui fit tourner la tête : à quelques pas sur leur droite, Gretchen Vogt avait ouvert son casque et, à genoux, était en train de rendre tripes et boyaux sur la glace.

Soudain, la lumière se fit dans l'esprit du jeune homme – mais avec un retard qui l'effraya. Il savait maintenant qui allait pouvoir le renseigner.

« Qu'est-ce qui se passe avec l'Œuf, Hiro ? »

Le petit chercheur japonais assis par terre contre un fragment de tôle recourbé plus grand que lui – tout ce qui restait du capot de protection d'un des diesels – mit quelques instants à réagir. Lorsqu'il leva finalement la tête vers Caleb, son visage était l'image même du désespoir.

« J'ai fait ce que j'ai pu, dit-il d'une voix éteinte. Vraiment, j'ai essayé. Mais j'ai échoué. Sans algorithme de rétrocontrôle, il est impossible de…

— Plus tard, Hiro, le coupa Caleb un peu sèchement. Dites-moi exactement ce qui est en train de se passer. »

Les deux hommes n'étaient pas seuls : Sanjiv Chandra était affalé au sol à côté d'eux et dodelinait de la tête, le regard vacant, dans l'état de prostration typique où le laissaient ses crises d'angoisse. On lui avait ôté son casque pour lui permettre de mieux respirer, et un long filet de bave s'écoulait de sa bouche entrouverte. Kendall Kjölsrud se tenait debout à proximité et oscillait comme un homme ivre, apparemment à des années-lumière de la réalité ; il n'avait pas décroché un mot quand Caleb était venu les rejoindre.

« C'est le champ magnétique, expliqua Takeda. Il est en train de grimper en flèche, à des niveaux jamais atteints sur Terre, même dans les accélérateurs de particules. Aucun cerveau humain n'a jamais été soumis à des champs de cette intensité. Je suis surpris que nous soyons encore conscients : d'après la théorie…

— Vous publierez une autre fois. Cette… excursion, qu'est-ce qu'on peut faire pour l'arrêter ?

— Rien. Absolument rien.

— Vous plaisantez ! Il doit bien y avoir un moyen de débrancher cette foutue machine ! »

Takeda secoua la tête, au désespoir : « Non, Caleb. La console de commande est en miettes, *idem* pour l'ordi de Sanjiv. Nous n'avons plus aucun moyen de contrôler l'Œuf. Pour l'instant, les pylônes magnétiques continuent à tourner et assurent un semblant de confinement, mais très insuffisant. Et la pompe à vide est toujours en fonction, mais ça tient du miracle vu les dégâts dans la soute et l'importance des forces de marée. Dès que l'un ou l'autre de ces systèmes cessera de fonctionner, nous serons morts. C'est une question de secondes, Caleb. De minutes tout au plus… »

Caleb essaya de rassembler ses pensées, qui lui faisaient l'effet de fuir de son crâne comme d'un panier percé. Autour de lui, les ombres bleues semblaient s'appesantir. Malgré la distance, le martèlement arythmique issu de l'épave était de plus en plus présent et prenait un tour hypnotique. « Mais on doit bien pouvoir couper le courant… » articula-t-il d'une voix pâteuse, tout en étant conscient de la stupidité de sa remarque.

Contre toute attente, ce fut Sanjiv qui lui répondit. Le jeune physicien avait un peu récupéré de son hébétude et se redressa péniblement en essuyant la bave qui lui maculait le menton.

« Hiro a raison, dit-il. On ne peut rien faire, l'Œuf est complètement autonome au plan énergétique. Pour l'heure, la singularité se balade dans un vide quasi complet, et pas trop loin encore du centre du réacteur. Mais qu'elle vienne à s'approcher des bras rotatifs ou des parois, ou alors que l'air afflue dans la chambre de confinement, et elle se retrouvera avec bien plus de matière qu'elle ne peut en absorber. Une sorte d'indigestion, si vous me passez l'expression. Mais d'un genre assez… bruyant.

— Alors il faut fuir ! s'écria Caleb dans un sursaut d'énergie. S'éloigner de cette saloperie pendant que nous le pouvons encore !

— Il n'y a nulle part où aller », dit Kjölsrud.

Caleb le regarda, interloqué. Le milliardaire semblait lui aussi avoir un peu repris ses esprits, mais le ton détaché qu'il venait d'employer n'annonçait rien de bon. C'était celui d'un homme qui venait de faire la paix avec lui-même et attendait maintenant la mort avec sérénité.

« Mais…

— C'est vrai, Caleb, fit Sanjiv. Il n'y a nulle part où se cacher dans le temps qui nous reste. Souvenez-vous de la base Roosevelt. Dans une excursion incontrôlée comme celle-ci, le taux de conversion masse-énergie ne peut être prédit à l'avance, mais, dans tous les cas, ce sera *très* énergétique. Au mieux, l'équivalent d'Hiroshima. Au pire, la moitié de cette île sera vaporisée. »

Refusant toujours de s'avouer vaincu, Caleb regarda avec désespoir tout autour d'eux. Mais il n'y avait rien d'autre qu'un paysage inhospitalier en noir et blanc : la longue étendue immaculée du glacier qui grimpait tout en se rétrécissant. Les versants rocailleux et les cascades d'éboulis qui le bordaient de part et d'autre.

Le ciel plombé et indifférent. La carcasse dévastée du Dornier. Ce martèlement de plus en plus sonore et cette affreuse sensation de vertige.

Et, soudain, une main se posa sur son épaule. C'était Gretchen Vogt, pâle comme une morte et le menton encore constellé de vomissures. Elle paraissait avoir le plus grand mal à tenir sur ses jambes, pourtant elle avait fait l'effort de se relever pour venir jusqu'à eux : « Caleb, dit-elle d'une voix à peine audible. Je crois qu'il y a des bâtiments là-haut. »

Elle disait vrai. Au nombre d'une dizaine, les baraquements se dressaient à environ cinq cents mètres de là sur l'arête du versant oriental de la vallée, adossés aux premières pentes du mont Paget. Apparemment en tôle ou en bois sombre, ce qui expliquait qu'ils fussent assez difficiles à distinguer sur l'arrière-plan de rocailles, ils ne laissaient rien deviner de leur destination. Il n'y avait aucun signe de présence humaine à proximité.

« Ce doit être une exploitation minière, dit Kjölsrud du même ton indifférent. Autant que je me souvienne, il y avait deux ou trois petites mines de cuivre autour du mont Paget dans les années 1940. Avec même un petit chemin de fer à crémaillère qui les reliait à Grytviken.

— Une mine ? s'exclama Caleb. Mais alors…

— Ne rêvez pas, mon ami, continua le milliardaire en haussant les épaules. Il n'y a plus personne là-haut depuis des dizaines d'années. Aucun secours à en attendre.

— Je ne pensais pas à ça, bon sang ! Une mine, vous ne comprenez pas ? *Il doit y avoir des galeries, là-haut !* »

Ils avaient couru. De toutes leurs forces déclinantes, avec un effroyable sentiment d'urgence. D'abord sur le bord du glacier, où quarante centimètres de neige fraîche transformaient leur fuite en parcours du combattant. Puis sur la pente rocailleuse qui grimpait vers les bâtiments miniers, une centaine de mètres plus haut. Le point positif était que leurs pensées redevenaient plus nettes chaque seconde : sans doute le champ magnétique de haute intensité était-il très circonscrit autour de l'Œuf et diminuait-il rapidement lorsque l'on s'en éloignait. Il n'en était pas de même du champ gravifique, qui semblait croître à toute allure : à chaque pas, les fugitifs se sentaient enserrés par des bras invisibles qui tentaient de les faire basculer en arrière pour les ramener inexorablement à leur point de départ. Les plus valides – Caleb, Joshua, One-Shot et, dans une certaine mesure, Kjölsrud – aidaient leurs compagnons plus faibles à avancer. Arrivés à mi-pente, ils avaient recouvré leur lucidité, mais tous en étaient au même stade d'épuisement.

Dommage que seule Poppy ait une combi à assistance motrice, pensa Caleb. *Ça nous aurait bien aidés.*

Il s'arrêta net et regarda ses compagnons d'un air stupéfait.

Poppy ?

« Qu'est-ce que vous foutez ? lui lança Kjölsrud qui aidait Sanjiv à progresser de rocher en rocher et paraissait au bord de l'évanouissement. Ce n'est vraiment le moment de…

— Attendez ! s'écria Caleb. Où est Poppy ? »

13 h 04 UTC

À onze cents milles de là, une autre créature était elle aussi en train de reprendre lentement pied dans la réalité. Déchirant petit à petit les voiles de confusion délibérément entretenus en elle pendant tant d'années et qui emprisonnaient son esprit comme des toiles d'araignée.

Des hommes en armes avaient pénétré dans la cabine quelques minutes plus tôt et y avaient jeté nourriture et vêtements avant de lui ôter ses entraves. « Ordre du colonel Baranko », avait marmonné le moins effrayé.

Il avait attendu qu'ils ressortent pour descendre du lit et faire quelques pas, comme surpris de cette liberté retrouvée. Liberté toute relative, cela va de soi : les types avaient verrouillé la porte derrière eux et laissé des gardes dans le couloir. Il sentait leur présence, aussi bien que s'il avait pu voir à travers la cloison : trois hommes lourdement armés et suant la peur. Il aurait pu défoncer la porte et les tuer tous les trois en moins de cinq secondes, puis partir semer la mort dans l'immense bâtiment.

Mais, bizarrement, il n'en avait pas eu envie.

Les vêtements gisaient en tas au pied du lit. Dans un accès de curiosité fort inhabituel, il avait essayé de passer la veste, mais le contact étroit du tissu contre sa peau lui était si étranger qu'il l'avait vite ôtée. *La vieille bâche ferait très bien l'affaire.* Il avait également à peine touché au quartier de viande crue – cela aussi n'était pas ordinaire.

Le miroir était beaucoup plus intéressant. Il resta longtemps devant, comme fasciné par l'image qu'il avait en face de lui. Examinant ces traits qu'il découvrait pour la première fois : le visage squelettique à la peau blafarde striée de rides, les longs cheveux grisâtres, les yeux de poisson mort dépourvus d'expression. Cette vue ne lui inspirait ni crainte ni dégoût, plutôt de l'étonnement. *Tu n'as pas toujours été comme ça*, pensa-t-il sans savoir d'où lui venait cette certitude. Soudain, ses doigts rencontrèrent l'une des affreuses cicatrices qui sinuaient à l'arrière de son crâne, et, sans prévenir, un accès de fureur aveugle s'empara de lui ; ses lèvres émaciées se retroussèrent sur ses crocs formidables, et il poussa un rugissement de haine tandis que son poing partait comme un boulet en faisant exploser le miroir en mille morceaux.

La colère passa aussi vite qu'elle était venue. Il revint s'asseoir sur le lit, sans se soucier de sa main profondément entaillée et dégouttant d'un sang noirâtre – ce serait guéri dans quelques instants. Dans le couloir, il y avait de l'agitation : une galopade, des murmures, la voix étouffée d'un des gardes en train de parler dans sa radio. Il n'en avait cure. Il fouilla dans les replis de la bâche déchirée et finit par en extirper ce qu'il cherchait : la petite poupée de chiffon qui ne le quittait jamais. Comme il l'avait fait si souvent, il se mit à jouer machinalement avec le pantin, passant et repassant ses doigts difformes sur la tête usée ; les boutons qui figuraient les yeux avaient disparu bien des années auparavant, et la poupée n'offrait qu'un visage lisse de tissu élimé.

Tout à coup et sans qu'il s'y attende, quelques mots ressurgirent d'un repli oublié de sa mémoire, comme un fossile soudain exhumé du sol. Des mots dont il ignorait le sens, mais qui faisaient monter en lui une étrange émotion tandis qu'il se les répétait en boucle :

Chi beddu stu cappiduzzu,
Chi beddu saporito...

Sur le visage du monstre, une larme se mit à rouler.

13 h 05 UTC

Luttant contre la souffrance, elle fit une nouvelle tentative en s'arc-boutant de toutes ses forces.

Peine perdue : la poutrelle métallique qui lui bloquait le torse ne bougea pas d'un pouce. L'objet n'était pas bien volumineux et, en d'autres circonstances, elle aurait pu le déloger sans difficulté. Le problème était que ses deux bras étaient coincés derrière elle, et qu'en dépit de tous ses efforts elle n'arrivait pas à les dégager.

Cela s'était produit au moment où l'épave du Dornier s'était brutalement immobilisée. Sous l'effet de la décélération, Poppy avait été projetée avec une violence inimaginable contre une des membrures latérales de la coque, avant que tout un tas de trucs ne s'effondrent sur elle. Le choc avait été si rude qu'il l'avait laissée sonnée plusieurs minutes, l'empêchant d'appeler à l'aide ; lorsque enfin elle avait repris connaissance, ç'avait été pour se découvrir bloquée comme une tortue à l'envers, sans la moindre possibilité de faire un mouvement dans un sens ou dans l'autre. Elle avait hurlé à s'en faire péter les cordes vocales, mais personne ne s'était manifesté. Pas la moindre touche non plus en neural. *Est-ce que tu es la seule survivante dans ce tas de ferraille ?* s'était-elle demandé avec angoisse.

Et Jeeves était aux abonnés absents.

Avec une inquiétude grandissante, elle avait essayé d'activer son interface vocale, mais l'IA semblait s'être évaporée. Comme les autres systèmes de sa combi, d'ailleurs : radio, assistance motrice, thermorégulation… Tout était mort. Sans doute une conséquence du champ électromagnétique intense dans lequel elle baignait.

Le seul intérêt de sa position actuelle était de lui offrir une vue imprenable sur le monstre qui allait la tuer. À moins de dix mètres, l'Œuf de Majorana trônait au milieu de la soute dévastée comme une idole maléfique au milieu d'un champ de ruines. Bien qu'elle fût particulièrement difficile à émouvoir, la jeune femme était stupéfaite des transformations subies par la machine : les chocs sourds qui en émanaient avant le crash avaient disparu, remplacés par un grondement assourdissant qui évoquait le mugissement d'une chute d'eau et qui paraissait forcir de minute en minute. L'énorme coque ovoïde parsemée de verrues métalliques avait perdu sa teinte anthracite pour prendre une coloration d'un rouge très sombre, comme si un brasier couvait à l'intérieur ; il régnait d'ailleurs une chaleur de plus en plus insupportable dans la soute – Poppy préférait ne pas savoir à quels types de rayonnement elle pouvait bien être exposée. Chacune des parcelles de son corps lui faisait un mal atroce, comme si des doigts invisibles fouaillaient sa chair pour en arracher des morceaux.

Les forces de marée, se souvint-elle.

Et le pire, au-delà de la douleur et de la nausée, était

cet affreux renversement de perspective. Bien qu'elle sût pertinemment que l'épave était couchée à plat, l'énorme champ de gravité artificiel lui donnait l'impression d'être suspendue à mi-hauteur d'une sorte de silo vertical dont l'Œuf aurait occupé la base. De temps en temps, des fragments de fuselage ou des débris divers se décrochaient et *tombaient* vers la machine. Certains prenaient feu ou se disloquaient avant même d'en atteindre la surface ; les plus résistants – plaques de tôle, boulons, outils en acier – venaient s'y coller et fondaient en quelques instants. Elle se demanda par quel miracle la coque extérieure de l'Œuf tenait encore, mais comprit que cela ne durerait plus très longtemps vu les contraintes gigantesques auxquelles elle était soumise.

Si ça peut te consoler, tu seras le premier être humain à tomber dans un trou noir quantique, pensa-t-elle en se demandant vaguement si elle ressentirait quelque chose de particulier en étant aspirée dans la singularité. Elle fit un dernier essai pour dégager l'un de ses bras, mais renonça bientôt. *Game over.* Elle ferma les yeux pour attendre la mort.

Et les rouvrit avec un hoquet de surprise lorsqu'une main se posa sur son épaule.

C'était Caleb.

Se retenant fermement pour ne pas perdre l'équilibre, il était penché sur elle et la regardait avec une expression concentrée. De sa main libre, il agrippa la poutrelle métallique qui la coinçait et, après quelques secondes d'efforts, parvint à la déloger ; à peine eut-il lâché l'objet que celui-ci dégringola vers l'Œuf avec la vélocité d'une balle de fusil pour se briser en plusieurs morceaux incandescents à son contact.

« On peut dire que vous avez le chic pour vous foutre dans des situations intéressantes, dit-il sobrement. Filons vite d'ici. »

Ce fut encore plus dur qu'il ne l'avait imaginé. Dans le champ de gravité qui grandissait chaque seconde, avancer dans la neige épaisse devenait une épreuve presque insurmontable. En s'épaulant mutuellement, moitié courant et moitié trébuchant, ils parvinrent cependant au pied de l'escarpement en un temps record. Mais il restait encore cent mètres de rocaille à grimper, et ils étaient à bout de souffle. Sans s'accorder la moindre pause, ils se jetèrent dans la pente. Caleb ouvrait la marche, tirant Poppy par le bras et l'aidant à franchir les passages difficiles ; elle-même paraissait au bord de l'évanouissement, et son beau visage olivâtre avait pris une teinte cendreuse – à tel point que Caleb se demanda si son séjour de plusieurs minutes à proximité de l'Œuf ne lui avait pas causé des lésions irréversibles.

Soudain, elle dérapa et tomba durement à genoux. « Pitié, Caleb, supplia-t-elle. Je vais tourner de l'œil ! Dix secondes de pause !

— Pas question ! s'exclama-t-il en faisant un effort désespéré pour la remettre debout. On n'en a même pas grimpé la moitié ! »

Il s'efforça de contenir le sentiment de panique qu'il sentait monter en lui. Il ne restait plus qu'une poignée de secondes avant l'explosion, il en était presque sûr.

C'est à ce moment qu'un troisième larron se joignit à eux.

‹ Je crains d'avoir manqué un épisode, dit une voix bien connue qui semblait sortir de nulle part. Veuillez me pardonner si cela a pu vous causer quelque embarras. ›

« Jeeves ! s'écria Poppy. Qu'est-ce que tu foutais ? »

‹ Brouillage électromagnétique, largement au-delà de ce que mon blindage peut encaisser. Ici le champ est moins intense, mais l'ensemble de mes systèmes a subi des dégâts structurels majeurs. Il m'a fallu un peu de temps pour rétablir cette interface. ›

« Aidez-nous, Jeeves, fit Caleb. Il faut absolument qu'on arrive en haut de cette pente. »

‹ La pile à combustible est grillée, je suis sur alimentation de secours… Je vais quand même essayer, mais j'ai peur qu'il ne faille plus me demander grand-chose ensuite. ›

L'instant d'après, Poppy se redressait comme par miracle, tandis qu'un bourdonnement léger signalait la mise en marche des servomoteurs de sa combinaison ; en même temps, elle ressentait le picotement familier des électrodes de neurostimulation qui allaient l'aider à mobiliser le peu d'énergie qui restait dans les muscles de ses jambes. Elle regarda Caleb avec un sourire fatigué : « En voiture, *hombre*, fit-elle. J'espère que vous ne verrez pas d'inconvénient à ce que je vous porte. »

La combinaison tomba en panne – définitivement cette fois – à cinq mètres au-dessous de l'arête. L'attraction dans leur dos était de plus en plus forte, mais plus rien n'aurait pu les arrêter, et ils utilisèrent leurs dernières forces pour terminer l'ascension. Alors qu'ils allaient atteindre le rebord de l'escarpement, un phénomène étrange attira soudain leur attention.

Ils avaient une ombre. Comme si en dépit des gros

nuages gris qui formaient un plafond bas et impénétrable, le soleil avait fait son apparition.

Mais la lumière venait de derrière eux.

Machinalement, Poppy jeta un coup d'œil par-dessus son épaule. Mal lui en prit. Elle avala convulsivement sa salive et se détourna en hâte, avant de lancer à son compagnon : « Pour l'amour du Ciel, Caleb, ne regardez pas derrière ! »

Mais déjà ils prenaient pied sur l'arête. Ils se trouvaient sur une vaste esplanade allongée de deux ou trois hectares, ayant à l'évidence fait l'objet de travaux de terrassement pas mal de temps auparavant. Les bâtiments miniers étaient tout proches, maintenant : quelques longs hangars en bois goudronné, très délabrés et à moitié effondrés pour certains ; tout paraissait effectivement à l'abandon depuis des années. Un côté du plateau s'adossait à une paroi rocheuse abrupte qui constituait l'un des contreforts du mont Paget. Une galerie obscure s'ouvrait à cet endroit.

Kendall Kjölsrud était debout devant eux et les considérait d'un œil halluciné, où se mêlaient terreur et soulagement.

« Dieu soit loué ! s'écria-t-il. Vous êtes en vie tous les deux ! Venez vite !

— Où sont les autres ? demanda Caleb d'une voix haletante.

— Déjà dans la mine, à l'abri. Venez, dépêchez-vous ! »

Ils allaient se mettre à courir dans la direction indiquée par le vieil homme, lorsqu'en dépit de l'avertissement, Caleb ne put s'empêcher de jeter à son tour un dernier regard en arrière.

Ce qu'il vit le cloua sur place.

La distorsion de perspective dont il avait fait l'expérience quelques instants plus tôt dans les décombres de l'avion s'étendait maintenant à toute la vallée. Sous l'effet du champ gravitationnel qui ne cessait de croître, le versant moyennement pentu qu'ils venaient d'escalader lui donnait l'impression affolante d'une falaise à pic. Au fond de cet entonnoir vertigineux, l'épave du Do-X avait presque entièrement disparu, comme victime d'une implosion : il n'en restait que quelques tôles éparses bizarrement déformées et plusieurs membrures tordues qui saillaient de la glace en train de fondre comme les côtes d'une baleine réduite à l'état de squelette. Au centre de cette dévastation, un point lumineux minuscule brillait avec une intensité insoutenable, faisant lever une aube sinistre sur le paysage anamorphosé ; le rugissement furieux qui en émanait emplissait toute la vallée de son bruit de cataracte et se répercutait en échos sur la montagne voisine.

Un spectacle impossible, d'une beauté vénéneuse et hypnotique. Tétanisé par cette vision dont il n'arrivait pas à détourner le regard, Caleb se mit à vaciller au bord du gouffre vertigineux.

Sur le point d'y dégringoler tête la première.

Une main gantée se referma sur son bras et le secoua avec une violence délibérée, le ramenant aussitôt à la réalité. Kjölsrud le regardait, le visage déformé de terreur :

« Vous vous prenez pour la femme de Loth ? hurla-t-il. Courez, nom de Dieu ! COUREZ ! »

Les trente pas qui les séparaient de l'entrée de la galerie étaient en terrain plat, mais ils eurent l'impression de grimper une pente à quarante-cinq degrés, les jambes prises dans la mélasse. Derrière eux la luminosité augmentait sans cesse, et le bruit de tonnerre était devenu indescriptible.

Enfin ils furent à l'intérieur, sans pour autant interrompre leur fuite éperdue. Le tunnel creusé dans la roche basaltique s'enfonçait en ligne droite dans le flanc de la montagne, avec une légère déclivité qui facilita un peu leur course. Dans la lueur dansante des projecteurs frontaux, ils distinguaient fugitivement des wagonnets mangés par la rouille, des caisses de bois éventrées, quelques outils épars – tout ce qui restait de l'exploitation minière abandonnée soixante ans auparavant. Au bout de quelques dizaines d'enjambées, ils passèrent un premier coude, puis un second, avant de suivre Kjölsrud dans une galerie latérale.

« Les autres sont là, haleta le vieil homme sans arrêter de courir. Il y a un puits qui... »

Cela se produisit juste à ce moment.

Le monde bascula de quatre-vingt-dix degrés. La paroi rocheuse sur leur gauche devint soudain le sol, où ils furent projetés avec une violence à couper le souffle. Caleb se cogna durement la tête contre une saillie, et sa vision se brouilla quelques secondes ; lorsqu'il recouvra la vue, ce fut pour découvrir, à trois mètres de lui, la paroi opposée qui s'était transformée en plafond. Le jeune homme essaya de se redresser, en vain : un poids gigantesque le clouait contre le rocher, et la pression était plus insupportable à chaque seconde. Ses côtes se mirent à craquer, et quelque chose céda dans son nez, pendant qu'un flot de sang se répandait dans son arrière-gorge. Il comprit qu'il allait perdre conscience et, dans un effort surhumain, réussit à incliner un peu la tête sur la gauche ; Poppy était juste à côté de lui et le regardait avec des yeux emplis d'une terreur animale. Elle essaya de dire quelque chose, mais seul un gargouillis étouffé sortit de sa bouche déformée par la pression.

Il y eut un éclair blanc.

Et plus rien.

16 h 06 UTC

Une nouvelle risée rabattit la petite bruine glacée sur les vitres de la luxueuse salle de conférences. L'éclaircie qui avait accompagné l'aube avait été de courte durée, laissant vite la place à une pluie ininterrompue beaucoup plus conforme à la réputation de la Colombie-Britannique.

Quel foutu endroit, songea le président des États-Unis. *Dire qu'on aurait pu faire ça à Hawaï...*

Tout en sachant pertinemment qu'il n'en était rien. Si le site proposé quelques mois plus tôt par le Canada avait été aussitôt accepté par la conférence des États membres, c'était pour une bonne raison : son isolement.

Dominant le littoral sauvage de Flores Island, sur la côte sud-ouest de l'île de Vancouver, le prestigieux Wickaninnish Pacific Resort méritait à juste titre le surnom de « Palace du bout du monde ». L'endroit n'était accessible que par hélicoptère, aucune route ne le reliant au minuscule aérodrome de Tofino Point situé quarante kilomètres plus à l'est. Il n'y avait bien sûr pas de voie ferrée à proximité, et les milliers d'hectares d'une impénétrable forêt de conifères cernaient le domaine de tous côtés. Quant à l'accès par voie maritime, il n'était possible qu'au niveau de l'anse sableuse de Cow Bay, pour l'heure défendue par un nombre impressionnant de bâtiments de la Marine royale canadienne.

Des conditions idéales pour tenir à l'écart les manifestants de tout poil – les dramatiques incidents qui avaient émaillé la réunion d'Amsterdam n'avaient pas été oubliés – et garantir la sécurité d'un G20 que tous s'accordaient à reconnaître comme crucial. Jamais en effet depuis plus de vingt ans les tensions Est-Ouest n'avaient atteint un tel niveau, et, derrière l'optimisme de façade, la plupart des chefs d'État présents faisaient montre d'une inhabituelle gravité. Les sujets de discorde ne manquaient pas : alors que l'exploitation des schistes bitumineux américains et canadiens était en train de tourner au fiasco, la revendication unilatérale de la Russie sur les immenses champs pétrolifères de l'océan Arctique – et l'implantation sauvage d'une douzaine de plateformes offshore dans les eaux internationales au nord du Spitzberg pour bien marquer le coup – avaient fait grincer des dents dans nombre de capitales. *Idem* pour la volonté affichée de Vladimir Poutine de réorganiser et de moderniser à marche forcée les différentes composantes de son armée. Pour autant, le président russe était loin de se présenter en position de force : la récolte céréalière de son pays avait été catastrophique en 2016 et 2017, et, pour la première fois de son histoire, la Russie allait devoir *importer* du blé pour nourrir sa population. Les États-Unis et la Chine, où la production avait été bien meilleure et qui croulaient sous les stocks, l'attendaient au tournant.

Pour l'heure, c'était précisément Vladimir Poutine qui se trouvait à la tribune. Il était seulement 8 heures du matin passées de quelques minutes, heure locale, mais le programme des discussions était si chargé que les débats avaient commencé dès 7 heures. Le dirigeant russe venait de faire un long et ennuyeux laïus introductif sur le caractère sacré des liens d'amitié entre les États membres et s'apprêtait à aborder le vif du sujet : *pétrole contre nourriture.* Pour détendre l'atmosphère, il sortit une blague hasardeuse sur les pets de vaches et le devenir des ours blancs ; bien sûr, la plaisanterie tomba à plat, mais tout le monde rit poliment – à l'exception du président chinois, qui faisait la tête depuis le début de la conférence. La Chine avait très modérément apprécié d'être tenue à l'écart du règlement de la question iranienne comme des juteux contrats de reconstruction qui s'en étaient suivis ; la récente intervention des Nations unies pour calmer le jeu dans le dossier explosif des îles Senkaku n'avait pas été pour apaiser son irritation, et les mesures protectionnistes prises la semaine précédente par la Russie pour contrer l'invasion des produits chinois avaient été ressenties par Pékin comme une forme de *casus belli.*

Encore un autre problème à régler, se dit le président américain. *Ça ne finira jamais. Les naïfs qui croyaient que le monde serait plus sûr après avoir liquidé les barbus en sont pour leurs frais.*

C'est à ce moment que son bracelet-montre émit trois courts frémissements, suivis de trois autres un instant plus tard. *Alerte de sécurité nationale.* Vu l'importance des débats, il avait demandé à ce que le seuil d'avertissement soit relevé, de manière à ne pas être dérangé pour une prise d'otages à Tucson ou une rupture d'oléoduc en Alaska. En conséquence, l'affaire était certainement des plus graves. Cela étant, il n'était pas plus avancé : comme la plupart des chefs d'État qui l'entouraient il n'avait sur lui ni micro-oreillette ni subvocalisateur – beaucoup trop faciles à cracker – et n'était pas neuroéquipé. Pas question de sortir son téléphone ou son holo, ou pire de quitter la salle pour aller aux nouvelles : cela aurait représenté un affront sans précédent pour le dirigeant russe en train de parler.

Il se contraignit donc à rester immobile et à faire semblant d'écouter l'intervention en cours. Deux minutes plus tard, à sa grande surprise, l'un des conseillers militaires du président russe – il avait oublié le nom du type, mais il s'agissait d'une des étoiles montantes du GRU – grimpait l'estrade d'un pas rapide et tendait un petit billet plié à Poutine. Celui-ci remercia sèchement de la tête, lut rapidement le message puis reprit son discours comme si de rien n'était.

Enfin, pas tout à fait.

Chacun dans la salle avait pu remarquer l'infime crispation de ses mâchoires et le tout aussi discret tremblement de ses mains, qu'il se hâta de dissimuler derrière le pupitre. Pour qui connaissait l'exceptionnel talent de Vladimir Poutine en matière de *poker face*, cela en disait long.

Nom de Dieu ! pensa le président des États-Unis. *Mais qu'est-ce qui se passe ?*

Il lui fallut attendre douze minutes pour le savoir ; le discours de Poutine était prévu pour durer bien plus longtemps, mais ce dernier avait manifestement choisi d'abréger les choses. Dès que les applaudissements furent retombés – le Russe avait déjà quitté la salle pour rejoindre ses conseillers –, le président américain put enfin faire de même et profiter de la pause pour gagner le petit salon privé qui avait été réquisitionné par le Secret Service. Diane Warwick, l'adjointe du conseiller à la sécurité nationale, se tenait là en compagnie du secrétaire d'État Sean Parnell ; elle lui tendit sans un mot le message sur nanopapier qu'elle avait à la main. Le président activa la clé de décryptage dissimulée dans la grosse chevalière maçonnique qu'il portait à l'annulaire droit, et les gribouillis informes qui parsemaient la feuille plastifiée s'organisèrent aussitôt en caractères intelligibles. Le message émanant du chef du comité d'état-major interarmes en second, l'adjoint direct de l'amiral Markab, était le suivant :

DE : VJCS/NRO
À : POTUS
TOP SECRET/COSMIC
20180301, 1602UTC

ÉVÉNEMENT ÉNERGETIQUE DE TRÈS FORTE MAGNITUDE ENREGISTRÉ ATLANTIQUE SUD, SECTEUR GÉORGIE DU SUD
-54,42xxx,-36,65xx / 20180301, 1319UTC
PROBABILITÉ EXPLOSION THERMONUCLÉAIRE > 99.5
ACTIVATION PRÉ-EMERGCON À 1601UTC
INSTRUCTIONS REQUISES

Quatrième Partie

Seize mille milliards de visages

Mon guide et moi nous entrâmes dans ce chemin caché,
Pour revenir au monde de la lumière ;
Et, sans nous soucier de prendre aucun repos,
Nous montâmes, lui le premier, moi le second,
Tant qu'enfin j'aperçus, par un pertuis rond,
Ces belles choses que porte le ciel ;
Et nous sortîmes par là pour revoir les étoiles.

Dante Alighieri
La Divine Comédie – Enfer (ca. 1307-1321)

Il y a dans le monde plusieurs sortes de scientifiques : ceux de second ou troisième plan qui font de leur mieux, mais ne vont jamais très loin. Il y a aussi ceux de premier plan, qui font des découvertes importantes, fondamentales pour le développement de la science. Et il y a enfin les génies, comme Galilée et Newton. Ettore Majorana était l'un d'entre eux. Il avait quelque chose que personne d'autre au monde n'avait. Malheureusement, il manquait aussi d'une qualité généralement répandue : le bon sens...

Enrico Fermi
Correspondances (1938)

Chapitre 26

1er mars 2018 – 17 h 15 UTC

D'abord, ce ne fut qu'un murmure dans l'obscurité. Des mots incompréhensibles, qui semblaient venir d'infiniment loin. *Vraiment pas de quoi s'en faire.* Elle était bien, elle voulait juste qu'on la laisse dormir.

Elle fut temporairement exaucée. Il y eut une pause d'une durée impossible à déterminer, mais qui lui parut sans limites, pendant laquelle le chuchotement s'interrompit et où elle put se renfoncer dans le sommeil. Puis les voix reprirent, plus fort, et quelqu'un se mit à la secouer ; tout à coup, elle se rendit compte qu'elle comprenait les paroles.

« Je crois qu'elle revient à elle, fit l'une des voix au-dessus d'elle.

— Dieu soit loué, je commençais à m'inquiéter », rétorqua une autre venant de la même direction – une voix chaude et grave qu'elle connaissait bien.

Josh ?

Elle ouvrit les yeux, et la lumière des projecteurs alluma une tempête de douleur à l'intérieur de son crâne. Elle voulut inspirer à fond, mais fut prise d'une interminable quinte de toux ; alors qu'elle essayait désespérément de reprendre sa respiration, des mains puissantes l'aidèrent à s'asseoir.

« Du calme, Gret, reprit la voix. Tout va bien, respire à fond. »

Lorsqu'elle eut enfin repris son souffle et que ses yeux se furent réhabitués à la lumière, elle put distinguer ce qui l'entourait. Joshua était bien là, en compagnie de Viktor Bernstein ; toux deux la regardaient d'un air mi-anxieux, mi-soulagé. Elle remarqua que leurs combinaisons étaient éraflées et couvertes de poussière. Bernstein avait ôté – ou perdu ? – son casque, et une profonde entaille qui avait dû pas mal saigner sinuait sur son front dégarni. La scène était plongée dans la pénombre, et, en arrière-plan, une sombre paroi rocheuse se recourbait au-dessus de leurs têtes, procurant une sensation oppressante.

« Qu'est-ce que… balbutia la jeune femme. Où… où sommes-nous ?

— La mine, fit Joshua d'une voix rassurante. Tu te souviens ? Les galeries, après le crash… »

Elle avala sa salive et acquiesça de la tête. La mémoire lui revenait, maintenant. Elle se rappelait leur fuite éperdue, l'insoutenable sensation d'écrasement au moment du collapsus gravitationnel. Et la bienheureuse perte de conscience qui avait accompagné le flash.

« Vous nous avez sauvés, Gretchen, dit Bernstein. Il y a eu un sacré coup de tabac, là dehors. Mieux valait se trouver à l'abri.

— Et… il n'y a que nous trois ? s'inquiéta-t-elle. Où sont les autres ? Où est Caleb ?

— Tout va bien, Gret, la rassura le Néo-Zélandais.

Caleb a pu ramener Poppy juste à temps. Tout le monde est en vie… »

Il marqua une pause, et la jeune femme réalisa soudain à quel point il avait l'air épuisé. « Enfin, pour l'instant », acheva-t-il à mi-voix.

« *Jumalauta !* jura bruyamment One-Shot en jetant sa pioche à terre. Saloperie plus dure que tête foutu écossais ! »

Malgré la température plus que fraîche qui régnait dans le boyau, le géant avait tombé le haut de sa combinaison, et son torse formidable ruisselait de transpiration.

« Qu'est-ce qui se passe ? demanda Gretchen Vogt qui, en compagnie de Joshua et de Viktor Berntsein, venait de rejoindre les autres rescapés.

— Content de te voir, Gret », fit Caleb qui se tenait à côté du colosse près de la paroi apparemment uniforme qui bloquait la galerie. Lui aussi avait les traits tirés et une expression qui n'annonçait rien de bon. « Ce qui se passe, c'est qu'on creuse depuis deux heures ; par chance, les outils ne manquent pas, il n'y a qu'à se baisser. Mais on n'a pas gagné cinq centimètres…

— Il y a eu un éboulement ?

— Pire. Touche ce truc. »

Elle s'exécuta. Contrastant avec l'aspect rugueux et brut qu'elle avait dans les autres galeries, la roche très sombre présentait ici une surface lisse et légèrement brillante, comme de l'onyx ou de l'obsidienne. Intriguée, elle passa le doigt dessus. *Aucune friction. On dirait du verre.* Elle nota aussi qu'il n'y avait pas la moindre solution de continuité entre l'obstacle et les parois de la galerie. *On se croirait dans un fond de bouteille*, pensa-t-elle.

« De la roche vitrifiée, continua Caleb. Ça donne une idée de la température qui a dû régner dehors au moment de l'explosion. Et c'est dur comme du diamant.

— On est loin de la sortie ? demanda la jeune femme.

— Difficile à dire, on n'a pas eu le temps de faire du repérage en entrant ici. Mais je dirais une bonne dizaine de mètres. »

Gretchen regarda tout autour d'elle, luttant contre un sentiment d'oppression. Elle comprenait à présent pourquoi ses compagnons affichaient cette mine sombre et inquiète.

Exactement comme dans la base Roosevelt, se dit-elle. *Faits comme des rats.*

« La situation n'est pas la même que dans l'Artefact, n'est-ce pas ? dit Viktor Bernstein comme s'il avait lu dans ses pensées. Ici nous avons de l'air, et, vu les dimensions de la mine, on ne risque pas d'en manquer… »

Poppy Borghese, qui tenait un conciliabule à mi-voix avec Vandell Richardson, ne put s'empêcher d'intervenir : « Bien sûr, Viktor, tout va bien. On va juste mettre un peu plus de temps à crever. On n'a rien à boire, rien à manger. Et les batteries des combis sont mortes ou sur réserve : dans douze heures, on n'aura plus de lumière non plus…

— Merci, Poppy, dit Caleb. On avait vraiment besoin que vous nous remontiez le moral…

— Quelles sont les options, à ton avis ? lui demanda Gretchen.

— Simple. On continue à creuser, en espérant tomber sur un matériau plus facile à entamer. Qu'est-ce que tu veux faire d'autre ? »

Elle le regarda avec étonnement, puis dit : « Tu ne crois pas qu'il serait plus simple de chercher l'autre sortie ?

— L'autre sortie ? Quelle autre sortie ? Tu as déjà foutu les pieds ici ?

— Non, mais je m'y connais un peu en mines. Creuser des galeries à la dynamite, c'était mon boulot avant de rejoindre ta fine équipe, tu te souviens ?

— Mais…

— Avoir failli laisser votre peau à West Nicholson ne fait pas de vous une autorité en matière de travaux souterrains, Caleb, railla Poppy. Vous devriez plutôt écouter la dame.

— Merci, fit Gretchen avec un sourire. Ce que je veux dire, c'est que nous sommes dans une mine à galeries horizontales. C'est la configuration standard quand le gisement affleure dans une zone vallonnée, où l'on peut l'attaquer en creusant à flanc de coteau. Ce genre de mine a presque toujours au moins deux débouchés à l'air libre ; pour améliorer la ventilation, bien sûr, et aussi pour faciliter les opérations d'évacuation en cas d'accident. Tout ce qu'on risque, c'est que l'autre issue soit dans le même état qu'ici. Mais ça vaut le coup d'aller vérifier, non ? »

19 h 47 UTC

« Je voudrais bien qu'on m'explique pourquoi il vous a fallu trois heures pour m'informer de cette foutue explosion ! Et trois de plus pour vous rendre compte qu'on ne sait même pas de quoi il s'agit ! »

Le président des États-Unis fulminait. Le programme d'un G20 est fait de séances plénières, de repas de travail, de conférences de presse et – surtout – d'échanges bipartites où les problèmes vraiment épineux sont traités de dirigeant à dirigeant, à bonne distance des journalistes. Au final, un planning extrêmement serré qui laisse peu de temps pour d'autres activités. La présente réunion de crise avait été organisée à la va-vite, dans le petit salon particulier sécurisé par les hommes du Secret Service, pendant la brève pause qui précédait le déjeuner prévu à midi pile. Il restait donc moins d'un quart d'heure pour analyser la situation et prendre les décisions nécessaires.

« C'est simple, monsieur, fit l'amiral Percival T. Markab III. Cela tient à l'isolement du lieu et à la faiblesse du maillage de renseignement satellite dans cette partie du monde. »

Le président regarda avec incrédulité l'effigie virtuelle de son interlocuteur. Comme la plupart des membres du cabinet convoqués pour l'occasion, le chef du comité d'état-major interarmes se trouvait en ce moment à Washington et siégeait en holo.

« Je croyais que nous avions le meilleur système qui soit pour la détection en temps réel d'essais nucléaires, Percival.

— C'est vrai, monsieur le président. Mais à deux milliards de dollars l'unité, on ne peut pas mettre un satellite SuperVela au-dessus de chaque point du globe. C'est pour ça que l'info nous est parvenue par petits bouts, et pas aussi vite qu'il aurait fallu.

— Dites-moi ce qu'on a, alors.

— En premier lieu, des données sismiques. L'onde de choc a été enregistrée par des dizaines de sismographes un peu partout dans le monde, notamment en Argentine, en Afrique du Sud et dans les stations scientifiques de l'Antarctique. Cela étant, il n'est pas toujours évident de faire la différence entre la signature d'un test nucléaire et celle d'un banal tremblement de terre – d'autant que la zone en question est connue pour sa forte sismicité. C'est pour ça que l'OTICE[1] a attribué une note provisoire de 1 sur 5 à l'événement… le plus faible niveau de probabilité, qui n'entraîne pas un signalement immédiat au niveau des gouvernements.

— Qu'est-ce qui vous a alertés, alors ?

— D'abord, le flash lumineux : il a été repéré par plusieurs satellites d'observation géophysique, et même par les astronautes de l'ISS. Mais, là encore, il a fallu pas mal de temps pour que l'info transite de la NASA ou de l'ESA jusqu'au Pentagone, et que quelqu'un pense à additionner un plus un. Entretemps, nous avions reçu les vidéos du NRO, et elles parlent d'elles-mêmes : à 1248 UTC – trente et une minutes avant l'explosion – on voit distinctement le Do-X aborder la côte de Géorgie du Sud, avec trois Su-47 en poursuite à une trentaine de milles derrière

1. Organisation du Traité d'Interdiction Complète des Essais nucléaires (en anglais CTBTO). Organisme international basé à Vienne, ayant pour but de détecter toute explosion nucléaire à l'air libre, souterraine ou sous-marine, et ce n'importe où sur la planète. Le centre collecte et analyse en temps réel les données provenant de 321 stations de détection (sismiques, hydroacoustiques, infrason et radionucléides) réparties sur l'ensemble du globe, ainsi que de 16 laboratoires spécialisés dans la détection des radionucléides atmosphériques.

lui. Malheureusement, le satellite n'a pas pu capter l'explosion elle-même, il se trouvait déjà au-dessus du Kazakhstan à ce moment ; lorsque le satellite suivant de la constellation arrive sur zone, il est 1326 UTC, et l'explosion date déjà de sept minutes. Par contre, il repère les trois oiseaux russes sur le chemin du retour, à peu près à mi-distance entre l'île et l'*Ivan Grozny*. Et puis, surtout, il filme ceci, qui à mon avis se passe de commentaires. »

Une fenêtre vidéo s'ouvrit à côté de l'image holo de l'amiral. On y distinguait la totalité de la Géorgie du Sud, filmée depuis l'orbite du satellite Lacrosse II. Peu de détails au sol étaient visibles du fait d'une couverture nuageuse assez dense. Mais on ne pouvait manquer ce qui grossissait lentement au-dessus de la partie médiane de l'île : une formidable masse noirâtre et boursouflée de plusieurs kilomètres de diamètre, qui commençait déjà à s'effilocher sous l'action des vents d'altitude.

« Un champignon atomique… murmura le président.

— D'après les données télémétriques, il mesurait à ce moment près de quinze kilomètres de haut, dit l'amiral.

— Vous avez raison, ça se passe de commentaires, admit le dirigeant américain, impressionné malgré lui. Dans ce cas, expliquez-moi maintenant pourquoi vous avez rétrogradé à 50 % la probabilité qu'il s'agisse d'une explosion thermonucléaire. Votre estimation précédente était bien supérieure à 99 %, n'est-ce pas ?

— C'est qu'entre-temps nous avons reçu les données des stations de détection de radionucléides, monsieur le président », intervint James Wollinston. Le grand Noir aux tempes grisonnantes, qui participait aussi à la réunion en holo, était conseiller scientifique auprès du secrétaire à la Défense ; en sa qualité d'ancien directeur adjoint de l'AIEA, il était l'un des spécialistes les plus respectés en matière de sécurité nucléaire. « Deux d'entre elles sont relativement proches du site : celle de la base de Palmer Station, à l'extrémité de la péninsule Antarctique, et celle de Candlemas Island dans les îles Sandwich du Sud, à moins de trois cents milles de distance. Leurs données sont… surprenantes.

— C'est-à-dire ? demanda le président avec un soupçon d'impatience.

— Il faut savoir qu'une explosion nucléaire à l'air libre dégage toujours une très grande quantité de radioéléments artificiels dans l'atmosphère, monsieur. En quelques heures, ils sont décelables dans un rayon de plusieurs milliers de kilomètres carrés autour de l'épicentre. Or nous sommes maintenant à H+6 dépassé, et les stations en question n'ont pas relevé la moindre augmentation de la radioactivité locale. Par contre, deux faits encore plus étranges sont à noter. D'abord, une brève mais très intense bouffée de rayonnement gamma provenant manifestement de la surface terrestre a été enregistrée par le satellite FGST[1] au moment précis de l'explosion…

— Qu'est-ce que ça a de remarquable ? interrogea l'amiral Markab. Même moi, je sais qu'une bombe atomique, ça dégage tout un tas de rayonnements.

— Bien sûr, amiral, fit Wollinston. Mais nous

1. *Fermi Gamma-ray Space Telescope*. Satellite d'observation astrophysique lancé en 2008, dédié à l'étude des rayonnements gamma cosmiques et en particulier des sursauts gamma qui sont les événements les plus énergétiques de l'Univers.

sommes ici à trois ou quatre degrés de magnitude au-delà de ce qui s'observe même pour les armes nucléaires les plus puissantes.

— Et votre second fait ? questionna le président.

— Une émission phénoménale de neutrinos, mesurée elle aussi à 1313 UTC par l'IceCube Neutrino Observatory[1] situé au pôle Sud. Et ça, c'est du jamais vu !

— Des neutrinos ?

— Des particules élémentaires à masse quasi nulle et qui interagissent très peu avec la matière – ils peuvent traverser la Terre de part en part sans être aucunement ralentis. Comme les sursauts gamma, les bouffées de neutrinos sont généralement attribuées à des phénomènes astronomiques extrêmement lointains et énergétiques – effondrement d'étoiles supermassives, par exemple. Il n'en existe bien sûr aucune source naturelle sur Terre ou dans l'espace proche, et seuls quelques accélérateurs de particules spécialisés sont à même d'en produire en toutes petites quantités. Autant dire que ce qui s'est passé tout à l'heure est parti pour être l'événement scientifique de l'année.

— Vos conclusions, James ? »

Le scientifique hésita un instant. « Mes conclusions, monsieur le président, c'est qu'il s'agit quand même d'une explosion nucléaire. Je ne vois pas ce que ça pourrait être d'autre, sauf à supposer que quelqu'un a réussi à reproduire un effondrement stellaire dans une

1. Plus grand détecteur à neutrinos du monde, construit entre 1450 et 2450 mètres de profondeur au sein de la banquise continentale, à l'aplomb de la base Amundsen-Scott, et inauguré en décembre 2010.

bouteille… » L'homme eut un petit rire gêné, avant d'ajouter : « Mais certainement une explosion d'un type très particulier. »

Vous ne croyez pas si bien dire, mon ami, pensa le président qui, à part l'amiral Markab, n'avait pas jugé nécessaire d'informer quiconque de ce qu'il savait.

« Récapitulons, reprit-il à l'adresse des autres personnes réellement ou virtuellement présentes – une quinzaine de hauts gradés, de membres du cabinet présidentiel et de responsables d'agences. Comme vous l'a expliqué l'amiral, tout laisse à penser que cette explosion provient du vieil avion dont nous avons vu les clichés. Nous pensons que cet appareil transportait un prototype d'arme nucléaire peut-être dérobé à la Fédération de Russie, ce qui expliquerait l'implication des Russes dans cette affaire. Il est crucial – j'insiste : absolument crucial – que nous récupérions avant eux toute information sur cet engin. Une probabilité qu'il y ait des survivants ? »

L'amiral Markab fit la grimace : « *A priori*, je dirais aucune. La modélisation faite à partir des relevés sismographiques donne une puissance de huit mégatonnes, à 20 % près – c'est vraiment une très grosse explosion, monsieur. Cela étant, j'ai pu consulter les fiches des personnes qui, d'après nos services, pourraient s'être trouvées dans cet avion. Un assortiment intéressant… Des gens très débrouillards et réputés difficiles à tuer ; j'ai déjà entendu parler de certains d'entre eux. Alors, je dirais… une toute petite probabilité.

— En tout cas, les Russes n'ont pas l'air de se poser la question, fit le secrétaire à la Défense Robert McEllroy d'un air soucieux. Le groupe aéronaval de l'*Ivan Grozny* fait actuellement route vers la Géorgie du Sud à vitesse maximale ; s'ils continuent à ce train, ils y seront dans une quinzaine d'heures.

— Bon sang ! s'exclama le président. Et le *Stratton* ? Où en est-il, amiral ?

— Il doit faire sa jonction avec le *North Carolina* dans six heures environ, monsieur. Ensuite, s'ils continuent à plein régime, ils arriveront sur zone à peu près au même moment que les Russes. »

Le président des États-Unis regarda sa montre. *Merde. Quatre minutes avant le déjeuner officiel.* Il soupira, puis prit sa décision en une seconde : « Ouvrez-moi vite une ligne cryptée avec le commandant du *Stratton*, dit-il. Je dois lui parler tout de suite. »

20 h 05 UTC

Finalement, cela avait été presque trop simple. La mine était un véritable dédale de galeries se croisant à angle droit, mais, en procédant de façon systématique et en se cantonnant aux boyaux de plus gros calibre, il leur avait fallu à peine plus de deux heures pour trouver l'autre issue.

Celle-ci était à un bon kilomètre de l'entrée principale et s'ouvrait sur le flanc sud du promontoire rocheux qui abritait la mine. Après un dernier effort pour déblayer un petit éboulement qui s'était produit juste en regard de l'embrasure – cela ne leur prit que quelques minutes supplémentaires –, ils se retrouvèrent tous à l'extérieur. N'osant encore croire en leur chance d'avoir échappé à une mort atroce dans les ténèbres.

Il neigeait.

Pas très abondamment, mais sans doute depuis un bon moment, car cinq à dix centimètres de neige fraîche recouvraient déjà les reliefs. Ils étaient sur une vaste esplanade creusée à flanc de coteau, jumelle de celle qui jouxtait l'autre entrée. Une formidable chaîne de montagnes barrait l'horizon, se perdant dans le crépuscule neigeux. Quelques bâtiments effondrés étaient alignés sur le plateau, la plupart présentant les traces d'un incendie récent ; deux d'entre eux fumaient encore. Des dégâts somme toute mineurs par rapport à ceux qu'ils s'attendaient à trouver.

« Rien d'étonnant, dit Joshua en désignant une énorme barre rocheuse de près de soixante mètres de hauteur qui dominait l'esplanade sur leur droite et se prolongeait sur plusieurs centaines de mètres en pente douce. Cette arête a dû faire écran. Le glacier où nous avons atterri est de l'autre côté. S'il y a des dégâts, c'est là que nous les verrons. »

Caleb acquiesça et continua de scruter les environs : « Regarde, dit-il soudain à son ami. Il y a un sentier qui fait le tour. »

Effectivement, un chemin assez étroit, difficile à distinguer avec la neige qui le recouvrait, partait du bord de l'esplanade et sinuait sur le flanc de la barre rocheuse avant de la contourner vers l'ouest.

Poppy Borghese était déjà en route. « Je vais me dégourdir les jambes, lança-t-elle sans se retourner. Vous m'accompagnez, ou vous prenez racine ? »

20 h 07 UTC

Le blessé allongé sur la couchette de fortune retint un cri de douleur quand Jill Soderberg entreprit de changer les pansements qui lui recouvraient le visage et les mains. La peau brûlée avait cloqué, et un liquide sanieux avait englué les bandages avant de sécher en les collant les uns aux autres. Mais ce n'était pas le plus grave.

« Tu vois quelque chose, maintenant ? demanda la jeune femme après avoir ôté la dernière bande de tissu.

— Non. Rien du tout », articula Lyndon Devereaux avec un accent de désespoir.

Lorsque, sept heures auparavant, le Do-X avait survolé à faible altitude les baraquements de Grytviken, suivi de près par les trois chasseurs à la voilure inversée caractéristique, lui et ses deux compagnons avaient tout de suite compris qu'il y avait du grabuge. Ils avaient aussitôt tenté d'établir un contact radio avec l'hydravion qu'ils avaient vu disparaître en direction des montagnes, en vain. N'ayant aucune possibilité d'intervenir dans l'immédiat, ils avaient alors décidé de parer au plus pressé – dissimuler l'hélico au cas où les intercepteurs auraient envie de revenir faire un carton. Jill et Charlie Gomez s'étaient occupés de faire rouler le Sikorsky dans le long hangar bétonné situé tout près et qui, avec l'église et le musée, était l'un des seuls bâtiments de Grytviken construit en dur.

La malchance avait voulu que Lyndon Devereaux ait choisi de faire le guet à l'extérieur et se soit trouvé en train de regarder vers le sud au moment de l'explosion.

Alors même qu'ils se trouvaient au fond du bâtiment

sans fenêtre, ses deux compagnons avaient été à ce point éblouis par le flash qu'ils avaient mis plusieurs secondes à recouvrer la vue ; lorsqu'ils avaient enfin pu se porter à son secours, ils l'avaient retrouvé prostré à terre, gémissant de souffrance, les mains plaquées sur son visage brûlé. Devinant ce qui venait de se produire et ce qui allait logiquement suivre, ils n'avaient eu que le temps de le traîner à l'intérieur ; quelques instants plus tard éclatait un effroyable grondement à rompre les tympans pendant qu'une longue et puissante vibration faisait trembler le sol et creusait de profondes fissures dans les parois du vieux hangar. Le souffle était venu en dernier : une formidable bourrasque d'air brûlant qui avait tout renversé sur son passage, faisant s'écrouler certains des bâtiments les plus fragiles de la ville en ruine et soulevant d'énormes nuages de poussière. Une fois le calme revenu, Jill et Charlie s'étaient regardés avec terreur.

Une bombe atomique. Et on était aux premières loges.

Quand elle eut terminé ses soins et que Devereaux eut sombré dans un profond sommeil, la jeune femme se mit à discuter à mi-voix avec Charlie qui revenait d'inspecter les environs de la station baleinière.

« Alors ? dit-elle. Tu as vu quelque chose ?

— Négatif, répondit le petit Portoricain qui pour une fois avait perdu le sourire. Pas l'ombre d'un Russe. S'ils n'ont pas été pris dans l'explosion, je pense qu'ils ont mis les bouts depuis longtemps. De toute façon, il n'y a pas une seule foutue piste dans toute cette île où faire atterrir leurs oiseaux.

— On fait quoi, maintenant, Charlie ?

— Comment va Lyndon ? Transportable ? »

Elle regarda le blessé qui, assommé par les antalgiques, dormait avec une respiration pesante. « Pour l'instant, oui, murmura-t-elle. Mais rien ne dit que ça va durer, tu le sais. »

Gomez réfléchit un instant, puis dit d'un air grave : « On n'a plus rien à faire ici, Jill. Le patron est mort… tous les autres aussi. En plus, le coin va sûrement devenir assez fréquenté dans les jours qui viennent ; il vaudrait mieux qu'on ait dégagé avant que tout ce beau monde débarque.

— Je suis d'accord, fit-elle. On trace. Tout de suite si tu veux – cet endroit me fout les jetons, maintenant. »

Il hésita à nouveau, avant de rétorquer : « Je préférerais attendre demain. Il commence à faire noir, et il neige pas mal. Le vol va être long jusqu'à Ushuaïa, et je ne me sens pas trop de risquer l'hélico dans une nuit pareille. Je suggère qu'on reste ici en organisant un tour de garde au cas où on aurait de la visite. Silence radio, inutile de signaler aux Russes qu'il y a des survivants. Et, demain à la première heure, on se tire. »

Elle le regarda longuement. Elle savait se débrouiller aux commandes d'un hélico, mais il était bien meilleur pilote et n'avait pas la réputation de prendre des décisions irréfléchies. « OK, dit-elle avec un soupçon de regret. Je prends le premier quart. »

Une fois seule dehors, Jill se mit à frissonner. Pas à cause du froid qui s'appesantissait sur le village en ruine à mesure que le crépuscule gagnait du terrain.

Mais à cause d'une inquiétude qui la taraudait depuis plusieurs heures déjà.

Impossible de savoir quelle dose on a encaissé.

Leur équipement ne comportait aucun système de mesure de la radioactivité. Elle savait néanmoins que de modestes murs de béton comme ceux du hangar n'offraient qu'une piètre protection radiologique. Et cette neige qui tombait maintenant de plus en plus dru ne lui disait rien qui vaille : est-ce qu'elle n'était pas elle-même bourrée de radiations mortelles ?

Une seule chose était sûre.

Ils n'avaient qu'à observer le blessé pour savoir ce qui les attendait : si dans quelques heures Lyndon se mettait à saigner du nez et à perdre ses cheveux, elle-même et Charlie ne mettraient pas bien longtemps à se retrouver dans le même état.

20 h 18 UTC

Le cratère mesurait un kilomètre et demi de diamètre.

Il ne restait rien de la vallée où le Dornier avait effectué son atterrissage acrobatique : le glacier avait entièrement disparu, de même que les longs versants rocailleux qui le bordaient. À la place, on ne voyait que cette colossale coupe hémisphérique aux parois invraisemblablement lisses sur lesquelles la neige commençait tout juste à adhérer.

L'éperon rocheux où le petit groupe se trouvait réuni offrait un point de vue parfait sur cette scène de désolation ; une vision qui, dans le jour finissant, acquérait une beauté terrible et intimidante.

« Une *petite* explosion ? manqua de s'étouffer Viktor Bernstein en réponse à une remarque de Sanjiv. C'est bien ce que tu viens de dire, mon garçon ?

— C'est exact, monsieur, fit le jeune homme sans se démonter. Une *très petite* explosion. Nous avons eu une chance incroyable. D'abord, parce que l'effondrement gravitationnel a été relativement limité – s'il avait été plus intense nous aurions aussi bien pu être transformés en… »

Il hésita un instant, cherchant l'image appropriée.

« En sauce bolo ? suggéra Poppy Borghese.

— Quelque chose comme ça, oui, sourit-il. Ensuite, le taux de conversion masse-énergie n'a pas dû dépasser les 1 ou 2 %. Et enfin, cette roche granitique est très dure ; dans un relief calcaire, le périmètre de destruction aurait été bien plus étendu, et la montagne où nous nous trouvons aurait été proprement soufflée.

— On est vraiment contents de l'apprendre, Sanjiv, dit Poppy qui entre-temps s'était aventurée tout au bord du précipice pour mieux admirer le paysage en contrebas. En attendant, ajouta-t-elle, faites attention de ne pas dégringoler. Cette roche fondue est glissante comme du verre.

— On ne risque rien à se trouver là ? demanda soudain Sarah Miller. Au niveau radiations, je veux dire.

— En tout cas le dosimètre de ma combi n'a pas bougé, dit Joshua.

— *Idem* pour moi, ajouta Gretchen Vogt.

— C'est normal, dit Sanjiv. La quasi-totalité de l'énergie a été dissipée sous forme de rayonnement juste avant et pendant l'explosion. Par contre, il n'y a pas eu formation de radioéléments lourds, et aucun risque de contamination du secteur. Cet endroit est parfaitement sûr… »

Le silence retomba sur le groupe. Chacun pensait au chemin parcouru depuis qu'ils avaient appareillé dix jours auparavant, aux dangers qu'ils avaient affrontés ensemble et aux compagnons qu'ils avaient laissés en route : Ross O'Donnell, mort dans l'effondrement de l'iceberg ; Jorg Westerlund, disparu le lendemain dans des circonstances qui demeuraient obscures ; Bret Johansson et le jeune Valdez, l'assistant de Sanjiv, tués lors de l'assaut des Russes. Sans omettre la mort effroyable de Jenkins, seulement quelques heures plus tôt, et qui était encore dans toutes les mémoires. Un sinistre voyage en boucle, qui les avait ramenés à leur point de départ.

Et tout ça pour rien.

La destruction de l'Œuf venait d'anéantir la dernière chance de pouvoir un jour exploiter – sous réserve qu'on découvre comment la contrôler – l'incroyable invention d'Ettore Majorana.

Caleb et Kjölsrud se tenaient un peu à l'écart des autres, contemplant eux aussi le gigantesque cratère dont le bord opposé se perdait peu à peu dans la pénombre et les bourrasques de neige. Sans qu'ils aient besoin de parler, Caleb réalisait que l'espoir qui venait de s'envoler était tout ce qui avait maintenu le vieil homme en vie pendant des années, peut-être des décennies. Il lui jeta un coup d'œil à la dérobée et fut presque effrayé de sa transformation : Kjölsrud se tenait plus voûté que jamais, et son visage émacié était devenu cireux comme celui d'un mourant. Pour la première fois depuis leur rencontre, Caleb se prit à éprouver davantage de compassion que de méfiance pour l'homme qui les avait entraînés dans cette funeste aventure.

Le milliardaire parut sentir le regard posé sur lui et finit par articuler d'une voix à peine audible : « C'est fini, n'est-ce pas ?

— Je le crains », dit Caleb. Il resta silencieux un instant, puis ajouta : « Au moins, vous aurez atteint l'un de vos objectifs : éviter que cet engin ne tombe en de mauvaises mains. »

L'autre se contenta de hausser les épaules, avant de murmurer : « Je suppose que vous avez déjà un plan pour la suite ?

— Redescendre à Grytviken, quoi d'autre ? De préférence demain matin. Dans moins d'une heure, il va faire nuit noire, et nous avons une douzaine de milles à couvrir. Ça descend tout du long, mais le terrain est difficile et nous sommes tous épuisés ; il vaut mieux retourner nous mettre à l'abri dans la galerie et faire le trajet de jour.

— D'accord pour attendre demain, mais pourquoi se donner la peine d'aller là-bas ? Nous avons encore quelques radios en état de marche, il nous suffira d'appeler Devereaux pour qu'il vienne nous ramasser avec l'hélico ; de là, nous pourrons filer directement sur Ushuaïa, où le *Second Chance* nous attend. Bien sûr, je vous déposerai ensuite avec vos amis sur l'aéroport de votre choix, c'est le moins que je puisse faire… »

Une troisième silhouette se joignit à eux : c'était Joshua qui s'était rapproché en silence : « Une minute, dit-il à Kjölsrud. Il y a encore quelque chose…

— Vous voulez me parler de vos émoluments, monsieur Tewaru ? grinça le vieil homme avec un soupçon d'irritation. N'ayez crainte, vous serez tous largement rétribués, ainsi que Viktor vous l'a promis.

— J'y compte bien, mais ce n'est pas ça, fit le Néo-Zélandais avec un sourire. Même si l'hélico vient nous chercher, il faut *vraiment* qu'on retourne à Grytviken.

— Et pourquoi donc ? Vous croyez que j'ai envie de faire du shopping ?

— Possible, ils font des promos sur les bagages. Une vieille mallette en cuir un peu défraîchie, ça vous intéresserait ? »

21 h 42 UTC

La lueur du feu de bois projetait des ombres dansantes sur les parois mal équarries de la vieille galerie. Grâce aux baraquements effondrés qui jonchaient le plateau, le combustible ne manquait pas, leur fournissant à la fois chauffage et lumière – un confort d'autant plus appréciable que la plupart des combis étaient à présent à court d'énergie. En ratissant leurs poches, ils avaient même retrouvé un peu de nourriture : quelques barres chocolatées empruntées aux réserves du laboratoire suborbital, une ration de combat échappée à la voracité de One-Shot, et même un donut passablement rassis qui traînait depuis un temps indéterminé dans le pack dorsal de Poppy. Pas de quoi festoyer, mais tout de même assez pour calmer un peu la faim qui les taraudait.

Un bruit de pas se fit entendre. C'était Vandell Richardson qui revenait de l'extérieur. Sa combinaison était couverte de flocons de neige à demi fondus, indiquant que les conditions météo ne s'étaient pas vraiment améliorées. L'ex-marine avait la mine sombre et soucieuse, ce qui n'annonçait rien de bon. Il s'assit sans un mot.

« Tu n'as pas réussi à les joindre ? demanda Viktor Bernstein.

— Si, répondit Richardson, bien sûr que si. Ça m'a bouffé le peu de jus qui restait dans les batteries, mais j'ai réussi à établir le contact.

— Alors ?

— Alors ils viennent nous ramasser demain matin, comme prévu. Le temps est aussi pourri en bas qu'ici, il paraît qu'on n'y voit pas à dix mètres. Pas question de voler dans ces conditions. »

Bernstein le considéra avec circonspection. Les deux hommes se connaissaient bien, et il se doutait que la météo n'était pas seule en cause. « Tu fais une drôle de tête, Vandell, lui dit-il. Il y a autre chose ? »

L'autre haussa les épaules. « C'est Lyndon, finit-il par lâcher. Il se trouvait dehors au moment du flash. Il est gravement brûlé. Et aveugle.

— Mon Dieu ! fit Bernstein. Et les autres ?

— Jill et Charlie vont bien, mais ils sont tous les deux sous le choc. »

Pendant quelques instants, on n'entendit plus que le crépitement du feu qui dévorait joyeusement les vieilles planches vermoulues entassées au milieu de la galerie. Puis une voix murmura : « Je suis désolé… »

C'était Kendall Kjölsrud.

Le vieil homme semblait bouleversé. « Je suis désolé, répéta-t-il. Je suis l'unique responsable de ce gâchis. Toutes ces vies perdues… Je regrette infiniment de vous avoir entraînés là-dedans. »

Caleb le regarda avec étonnement. Il n'en était plus à

une surprise près venant du vieil original, mais celui-ci semblait à ce point imperméable à l'autocritique qu'il avait du mal en en croire ses oreilles.

En tout cas, pensa-t-il, *s'il joue la comédie, il est très fort.*

Kjölsrud se tourna ensuite vers Joshua : « Espérons au moins que tout ça n'a pas été fait en vain, continua-t-il comme s'il se parlait à lui-même. Monsieur Tewaru, vous aviez quelque chose à nous annoncer, je crois ? »

Joshua paraissait lui aussi désarçonné par le soudain changement d'attitude du vieillard. « C'est exact, monsieur, dit-il après un instant. Vous vous souvenez qu'avant notre... atterrissage nous étions en train de lire le journal tenu par l'ancien directeur de la station de Grytviken. Nous venions de terminer le passage sur le crash de l'autre Dornier quand Caleb et vous avez dû regagner le poste de pilotage.

— C'est vrai, dit Caleb. Tu avais repéré quelque chose d'intéressant sur la page suivante, c'est bien ça ?

— Intéressant, c'est le moins qu'on puisse dire... Comme il me restait un peu de temps avant de regagner le local machines, j'en ai profité pour parcourir le reste du journal et j'ai chargé dans ma mémoire combi les passages contenant des infos exploitables. Voilà ce que ça donne... »

Il fit quelques réglages au niveau du petit projecteur holo intégré dans son gantelet gauche. Un instant plus tard, une page de texte apparut comme par magie et se mit à flotter dans l'air à quelques centimètres au-dessus de l'appareil. La définition de la petite console tactique n'était pas formidable, si bien qu'ils durent faire cercle pour distinguer les premiers mots en haut du document :

« *4 september 1946. I morges hadde vi et lite mirakel...* »

Le grand Néo-Zélandais s'éclaircit la voix et commença aussitôt à traduire le texte norvégien :

« *4 septembre 1946. Ce matin, il s'est produit un petit miracle. Après avoir louvoyé pendant plus de deux semaines dans ces eaux incertaines qui séparent la vie et la mort, notre inconnu a enfin repris conscience. Un succès de plus à porter au crédit de notre toubib ; pour ma part je n'aurais pas misé une couronne sur les chances de survie de ce malheureux. Nous sommes tous très anxieux de découvrir ce qui a bien pu se passer, mais l'homme est encore si faible que j'ai préféré ne pas le harceler de questions. Nous en saurons plus dans quelques jours, si sa bonne étoile ne l'abandonne pas d'ici là...*

« *10 septembre 1946. L'homme se rétablit étonnamment vite et bien. L'affreuse blessure à la place de son œil gauche a enfin cessé de suppurer, et sa fièvre est tombée ; pour le docteur Svensson, il est à peu près tiré d'affaire, sauf complication de dernière minute. Nous avons pu échanger quelques mots avec lui cet après-midi et en apprendre un peu plus sur les circonstances du drame. Il nous a dit s'appeler Mace – Alexander Mace – et serait de nationalité américaine. À l'entendre, ses compagnons et lui faisaient partie d'une expédition géodésique chargée de procéder à des relevés dans le secteur de la péninsule Antarctique en vue de l'implantation d'une base scientifique permanente. Ils se trouvaient sur le chemin du retour vers la Terre de Feu quand une avarie mécanique a contraint leur pilote à se dérouter vers nos eaux dans l'espoir de pouvoir y réparer – le sort en a hélas voulu autrement. L'homme s'est montré très affecté quand nous lui avons annoncé qu'il était le seul survivant et que nous n'avions pu repêcher qu'une seule autre victime. D'après lui, l'expédition comptait une bonne vingtaine de personnes au total, équipage de l'hydravion compris. Il nous a également demandé si la nouvelle de la catastrophe avait déjà été diffusée et a paru surpris lorsque nous lui avons répondu que ce ne serait pas possible avant le retour du navire de ravitaillement au début du mois prochain. Nous avons dû interrompre la conversation à ce stade tant il était épuisé, mais j'espère que nous pourrons la reprendre prochainement.*

« 12 septembre 1946. M. a pu se lever ce matin, et, à peine sur ses deux jambes, son premier souhait a été de rendre hommage à son coéquipier décédé. Nous avons essayé de l'en dissuader, d'une part compte tenu de son état de faiblesse et aussi parce que le cadavre est terriblement mutilé, mais il a tant insisté que nous avons bien été obligés d'exaucer sa prière. Nous l'avons donc conduit dans la petite resserre où nous avons entreposé la bière provisoire et lui avons montré le corps. Il est resté de longues minutes immobile à contempler cette pauvre dépouille, puis a demandé à regagner sa chambre. Comme je l'appréhendais, il s'est malheureusement montré incapable

d'identifier la victime. D'après lui, il pourrait s'agir d'un des officiers radio, ou bien d'un mécanicien du bord, mais il nous a dit ne pas connaître le nom de tous les membres de l'équipage.

« C'est à ce moment que nous lui avons parlé de la mallette. Sa première réaction en apprenant que l'objet avait été sauvé a été des plus surprenantes : un mélange d'émotion intense et de stupéfaction, comme nous ne lui en avions pas vu jusqu'à présent. Non moins étrange a été la vitesse avec laquelle il s'est repris, comme s'il craignait d'en avoir trop montré. Il a ensuite demandé à en inspecter le contenu : là encore, son attitude tandis qu'il compulsait ces pages couvertes de symboles incompréhensibles n'a pas manqué de nous étonner – comme s'il balançait entre attirance et répulsion, tout en essayant de masquer l'une et l'autre. Je l'ai invité à nous dire s'il savait de quoi il s'agissait, et il m'a répondu qu'il avait souvent vu ces feuillets entre les mains d'un opérateur radio qu'il ne connaissait que par son surnom : "Blackjack" ; selon lui, l'homme avait une passion pour les jeux d'argent et essayait depuis des années de mettre au point une martingale pour rafler la mise au casino. Je dois avouer que cette explication m'a un peu laissé sur ma faim. Cela et d'autres détails dans l'attitude de M. – par exemple ses réponses évasives aux questions portant sur les commanditaires de cette fameuse expédition, ou sur l'identité de ses compagnons – m'incitent à penser qu'il ne nous dit peut-être pas l'entière vérité. D'un autre côté, qu'un homme ayant subi de telles blessures à la tête puisse présenter des trous de mémoire n'est pas pour surprendre le docteur Svensson. En tout état de cause,

nous n'avons strictement rien à reprocher à ce pauvre homme, et mon travail est d'administrer pour le mieux cette station, pas de jouer les détectives. Aussi me bornerai-je à faire un rapport circonstancié de cette affaire et à le transmettre en janvier à notre siège de Buenos Aires, en même temps que les documents comptables pour l'exercice en cours.

« *21 septembre 1946. Cette épouvantable tempête qui nous tenait depuis dix jours a enfin lâché prise, et nous avons pu procéder à l'inhumation de ce malheureux que nous ne connaîtrons jamais que sous le nom de "Blackjack". C'est aujourd'hui le premier jour du printemps, mais il faut vraiment regarder le calendrier pour s'en convaincre : le froid reste effrayant et le sol est encore dur comme du roc, à tel point que notre brave Tidemann qui, à l'occasion, remplit les fonctions de fossoyeur m'a demandé si nous pouvions utiliser l'une des tombes désaffectées au lieu d'en creuser une nouvelle. Je lui ai dit que je n'y voyais aucun inconvénient, et nous avons choisi celle de ce pauvre Nils Bjørnstad, qui était restée béante depuis que sa famille a fait rapatrier son corps à Bergen l'été dernier. Notre inconnu aura donc le privilège de reposer à la droite du Boss, un endroit certainement pas pire qu'un autre pour y passer l'éternité.*

« *La cérémonie a été des plus sobres, pour ne pas dire expéditive. Nous n'étions qu'une dizaine : après cette période de repos forcé, l'exploitation doit absolument reprendre et il n'était pas question de décréter un jour chômé sous prétexte d'enterrement. Après le sermon de notre pasteur, Mace a tenu à prononcer quelques mots ; un éloge très banal, mais l'émotion qu'il y a mise – l'homme semblait sincèrement bouleversé – m'a renforcé dans cette idée qu'il était bien plus proche du disparu qu'il n'a voulu le reconnaître. Non moins étonnante, sa volonté de déposer dans la tombe la fameuse mallette en cuir. Lorsque je lui en ai demandé la raison, il m'a dit que "Blackjack" avait mis toute sa vie dans ces fichus calculs qu'il était le seul à comprendre, et que lui-même n'avait pas l'intention de s'embarrasser de cet objet. Il a ajouté : "d'une certaine manière, c'est ça qui l'a tué", sans s'étendre davantage sur le sens de ces paroles énigmatiques. Après tout, pourquoi pas ? De toute façon, vu le vent glacial qui n'a cessé de balayer le cimetière, nous étions tous transis jusqu'aux os et personne n'avait envie de perdre du temps à discuter...*

« *2 octobre 1946. Le* Jan Mayen *nous a contactés par radio il y a deux heures, il sera à quai demain dans la matinée. Mace m'a réitéré sa ferme intention d'y embarquer lorsqu'il repartira vendredi matin. J'ai tenté de l'en dissuader en arguant qu'il était encore très faible et qu'il ferait bien mieux d'attendre la rotation de novembre pour regagner le continent. En vain. Il m'a chaleureusement remercié pour les soins que nous lui avons prodigués, mais m'a dit qu'il n'avait perdu que trop de temps et qu'il devait au plus tôt rejoindre Rio Gallegos pour télégraphier à ses commanditaires sans nouvelles depuis presque un mois et demi. Il s'en tient donc à cette histoire d'expédition scientifique, dont il n'aura jamais dévié depuis le début. Je reste persuadé qu'il nous cache au moins une partie de la vérité, et ce d'autant plus que le commandant du* Jan Mayen *m'a informé qu'il n'avait jamais entendu parler d'un avion américain perdu dans le secteur. Pour autant, je n'ai aucun pouvoir légal pour retenir ici cet homme contre son gré : si son choix est de partir, je le respecterai, tout déraisonnable qu'il soit.*

« 4 octobre 1946. Mace est donc parti, et ses mystères avec lui. Je comptais m'atteler tout de suite au rapport pour notre administrateur, mais je crains qu'il ne me faille attendre quelque temps. Le Jan Mayen *nous a débarqué plusieurs ingénieurs chargés par la Compagnie des travaux de modernisation de notre unité d'extraction d'huile ; le problème est que ces beaux messieurs de Buenos Aires n'ont jamais vu une baleine de près ou de loin et que leur projet est aux antipodes de ce dont nous avons besoin. Il va donc me falloir tout repenser avec eux, tout en ménageant leur susceptibilité comme il se doit – à mon avis il y en a bien pour deux ou trois semaines... »*

Joshua interrompit sa traduction et éteignit le petit projecteur holo. La page qu'il venait de lire s'évanouit dans les airs comme si elle n'avait jamais été là. « C'est tout, dit le grand Néo-Zélandais. J'ai lu jusqu'au bout ce que Jill m'a téléchargé, il n'y aucune autre mention de ce qui nous intéresse. »

Ils se regardèrent tous avec incrédulité. Puis Sarah Miller murmura, comme si elle se parlait à elle-même : « À la droite du Boss... Est-ce que ça veut bien dire ce que je crois ?

— Mon Dieu ! dit Viktor Bernstein. Mais alors, il y a dix jours...

— Il y a dix jours, nous étions à deux mètres de

cette tombe, dit Kjölsrud d'une voix blanche – le milliardaire semblait avoir été frappé par la foudre. Mais nous l'ignorions. Tout ce voyage… nous l'avons fait pour rien. Et tous ces gens sont morts pour rien. C'était juste sous notre nez… »

Pendant quelques instants, personne ne trouva rien à dire, tant la détresse du vieil homme paraissait grande. Puis Poppy Borghese se leva et vint s'asseoir à côté de lui, avant de lui murmurer quelques mots à l'oreille ; personne n'entendit quoi, mais cela eut l'air de le rasséréner quelque peu.

« Justement, fit Gretchen Vogt d'une voix pensive. Comment se fait-il que rien n'ait filtré de cette affaire ? Ce type avait bien l'air décidé à faire un rapport, non ? »

Joshua haussa les épaules : « Ça n'a rien de bien surprenant, Gret. Soit il n'a jamais trouvé le temps de le faire. Soit il l'a vraiment rédigé – après tout ç'avait l'air d'être un type consciencieux –, et le rapport a fini sur une étagère à leur siège de Buenos Aires. Pourquoi quelqu'un se serait-il donné la peine d'informer les autorités d'une affaire vieille de plusieurs mois, sans lien avec les intérêts économiques de la Compagnie et tout juste susceptible de faire rappliquer un tas de fouineurs ?

— Tu dois avoir raison, répondit la jeune femme.

— Il y a une dernière chose qui pose problème, dit soudain Caleb.

— Quoi donc ? lui répondit Viktor Bernstein.

— Qui est Mace ? Et qui est Blackjack ? »

23 h 37 UTC

Caleb venait de s'enfoncer dans le sommeil lorsqu'un coude osseux se planta entre ses côtes, le ramenant douloureusement à la réalité.

« Caleb, vous dormez ? » souffla Poppy Borghese.

Réprimant une envie de meurtre, il entrouvrit un œil. Il faisait maintenant très sombre, et les braises mourantes du feu de bois ne projetaient plus qu'une faible lueur rougeâtre sur les parois de la galerie. Il distingua vaguement la silhouette de Poppy Borghese à côté de lui – nettement plus proche qu'au moment de l'extinction des feux, lui sembla-t-il. Elle était dressée sur un coude et tournée vers lui. Il referma les yeux, grogna et se tourna dans l'autre sens, espérant contre toute attente qu'elle irait confier ses problèmes d'insomnie à quelqu'un d'autre.

C'était mal la connaître. Il eut aussitôt droit à un second coup dans les côtes, pendant qu'elle répétait : « Vous dormez, ou quoi ? »

Il poussa un soupir exaspéré, comprenant qu'elle ne le lâcherait pas. « Quoi ? Qu'est-ce que vous voulez ? » lui lança-t-il à mi-voix.

Elle n'attendait que ça. « Qu'est-ce qui s'est passé le 11 septembre 2010, Caleb ? demanda-t-elle.

— *Quoi ?*

— Le 11 septembre 2010, répéta-t-elle patiemment. La date que le patron a mentionnée dans le cimetière, il y a dix jours. Vous vous souvenez ? »

Il s'en souvenait très bien. « Qu'est-ce que ça peut bien vous faire ? murmura-t-il sèchement.

— La petite fille a du mal à s'endormir, minauda-t-elle. Elle a besoin qu'on lui raconte une histoire.

— Impossible, données militaires classifiées. Au moins jusqu'en 2060.

— Ne me faites pas rire avec ces conneries, Caleb, rétorqua-t-elle. Vous avez rendu votre tablier, non ? »

Il fit une dernière tentative : « Vous n'avez qu'à demander à votre patron. Il a l'air plutôt bien renseigné…

— Il me fait parfois des cachotteries. Et puis, j'ai envie que ce soit vous qui me racontiez. Allez, Caleb, un beau geste, chuchota-t-elle avec un empressement puéril – on aurait dit une gamine en train de supplier qu'on lui achète un chiot.

— D'accord, d'accord, abdiqua-t-il, à court d'arguments. Alors, écoutez. Si possible sans m'interrompre. »

Il se redressa à son tour sur le coude, histoire d'être à sa hauteur. Puis il entama son récit : « En fait, l'histoire commence le 5 septembre 2010 au nord-ouest du Pakistan, dans la zone tribale de Kurram, à un jet de pierre de la frontière afghane. Ce jour-là, un drone furtif britannique fait une série de clichés de routine d'un campement de nomades installé près d'un torrent de montagne, dans le défilé d'Aman Shah. Les fichiers sont télétransmis au MI-6 pour analyse morphométrique, toujours selon la procédure de routine. Et là, bingo. Par le plus grand des hasards, les services de Sa Gracieuse Majesté viennent de localiser *la* cible. Le type le plus recherché du monde, mais que la plupart des analystes pensaient en réalité mort depuis des années…

— Vous voulez dire… ? murmura-t-elle avant de prononcer un nom.

— En personne. Et l'identification était totalement fiable, d'autant qu'elle corroborait plusieurs sources indépendantes qui avaient déjà signalé sa présence probable dans le coin dès la mi-2009.

— Moi aussi je suis plutôt bien renseignée, d'ordinaire... Pourtant je n'ai jamais entendu parler de cette histoire.

— Vous allez piger pourquoi. Si le gouvernement britannique avait choisi d'agir seul et sans attendre, tout aurait été différent. La zone en question est très accidentée et incroyablement difficile d'accès, mais pour des SAS habitués à crapahuter en Afghanistan depuis 2001, c'était une promenade de santé ; l'affaire aurait pu être pliée en douze heures avec 100 % de chances de succès, quelle que soit l'option retenue – capture ou liquidation. Le problème, c'est qu'un type au Foreign Office a jugé bon de refiler l'info aux collègues de Langley...

— Je m'attends au pire, fit Poppy.

— Vous pouvez. Une fois mis au parfum, vos chers concitoyens ont fait des pieds et des mains pour participer à la fête, et surtout pour la reporter au 11 septembre ; il fallait que le message soit sans équivoque, vous comprenez. Il s'est même trouvé un crétin au Pentagone pour lui donner un de ces noms de code dont ils ont le secret : opération *Return to Sender*... Nous nous sommes donc retrouvés à monter un groupe d'intervention mixte SAS *plus* Marines, *plus* un contingent de SAS néo-zélandais détachés de leur base de Kaboul pour faire bonne mesure – c'est là que j'ai connu Josh. Le tout sous commandement conjoint américano-britannique, histoire de compliquer encore les choses.

— Six jours pour monter l'opé ? dit-elle avec incrédulité. L'info a dû transpirer entre-temps, non ?

— Bien sûr. Le temps de décider qui ferait quoi, il n'y avait plus que les services secrets français et la Gazette de l'Oklahoma pour encore ignorer qu'un gros coup se préparait. Résultat, quand on nous a finalement largués sur zone, la cible avait quitté le secteur depuis belle lurette. Par contre, ses copains étaient toujours là, et ils nous attendaient de pied ferme. Avec des renforts.

— Je suppose que ça n'a pas été une partie de plaisir... »

Caleb hocha la tête, submergé par un mélange d'amertume et de rage impuissante comme chaque fois qu'il repensait à cette journée. « Pas vraiment, non, répondit-il. Plutôt un cauchemar. Nous nous sommes fait allumer avant même de poser un pied dans l'une de leurs foutues grottes. Au final, le pire fiasco de toute l'histoire du SAS, cinq morts et dix-sept blessés. Tout ça pour rien. Et encore, on a eu la chance qu'un commando de l'*Utti Jaeger Regiment* – les forces spéciales finlandaises – débarque à l'improviste et vienne nous prêter main-forte, sinon on y serait tous restés »

— One-Shot ?

— Plus une dizaine d'autres snipers du même acabit, opina-t-il. Eux aussi avaient eu l'info, mais ils avaient décidé de la jouer perso. Un petit compte à régler après la prise d'otages du consulat de Kandahar, six mois auparavant. Vassili a descendu seize talibans à lui tout seul et, accessoirement, il m'a sauvé la vie.

— Je comprends maintenant pourquoi personne n'a tenu à ce que ça s'ébruite, souffla-t-elle.

— Le seul point positif, c'est que ça a obligé la cible à déménager. Et la CIA n'a pas réédité la même connerie quand ils l'ont localisée à leur tour huit mois plus tard ; même le département d'État n'a été avisé que six heures avant l'assaut.

— Et pour vous, ça s'est terminé comment ?

— Trois mois de coma, plus autant pour réapprendre à tenir une cuiller. Et pour Josh, une jambe tellement truffée de métal qu'il finit au poste chaque fois qu'il essaie de passer un portique d'aéroport. »

Il hésita avant de terminer : « Mais le mieux, c'est que juste après avoir émergé, j'ai reçu la visite de deux types en costume-cravate estampillé Legoland[1]. Pas pour prendre de mes nouvelles, non. Pour me faire signer tout un tas de papiers comme quoi je certifiais que j'avais été blessé lors d'un entraînement sur notre base de Sennybridge dans le pays de Galles. Dès que j'ai pu mettre un pied devant l'autre, j'ai filé au QG de Hereford et je leur ai présenté ma démission. Et voilà… »

Poppy resta silencieuse quelques instants. Puis elle murmura : « Je me doutais bien que vous aviez été estropié, mais je ne savais pas à quel point. Voilà donc pourquoi vous êtes si lent quand vous vous battez…

— Quoi ?

— Je blaguais. Vous vous battez remarquablement bien, Caleb. Et si ça vous dit, à l'occasion, j'aimerais bien remettre ça… »

Il réalisa qu'elle s'était encore rapprochée ; du moins le lui sembla-t-il, mais sans qu'il en fût certain tant il

1. Appellation ironique désignant le siège du MI-6 situé au 85, Vauxhall Cross sur les quais de Londres. Le surnom se réfère à l'architecture très particulière – et controversée – du bâtiment.

faisait sombre. Il sentait à présent la chaleur de son souffle et percevait distinctement son odeur – une fragrance suave et un peu musquée, avec en contrepoint une légère, mais affolante touche de sueur féminine. Il fut soudain envahi par une bouffée de désir presque douloureuse et fut sur le point de l'enlacer. Quelque chose le retint pourtant. Ce pressentiment qu'elle n'était pas tout à fait ce qu'elle paraissait. Cette impression, déjà fugacement éprouvée mais désormais quasi tangible, d'une carapace dure et froide juste sous la surface. Et autre chose encore, qu'il percevait maintenant pour la première fois…

De la tristesse.

Elle reprit la parole d'une voix légèrement amusée, comme si elle avait perçu son trouble : « À vous, Caleb, fit-elle. Je suis sûre que vous avez bien une ou deux questions qui vous titillent. »

Il réfléchit un instant, puis dit : « D'accord. Quel est votre lien avec Kjölsrud ? »

Elle mit si longtemps à répondre qu'il se demanda si elle ne s'était pas endormie. Mais non, il sentait toujours sa présence excitante juste en face de lui.

« C'est mon père, finit-elle par articuler d'une voix tendue où il n'y avait plus trace d'amusement.

— Votre père ? Mais…

— Adoptif. Mes parents sont morts dans un… accident de voiture quand j'étais enfant. J'ai été moi-même très gravement blessée – en fait, j'étais presque morte. Il se trouve que… Kendall était un ami très proche de mon père. Et qu'il a bien voulu tester sur moi un traitement expérimental qui était à l'étude dans ses labos.

C'est à cause de ce traitement que j'ai certaines… particularités, comme vous l'avez peut-être remarqué.

— Et ça vous a guérie ? »

Elle hésita à nouveau avant de poursuivre : « Oui. Mais j'ai dû rester très longtemps à l'hôpital… » Sa voix devenue à peine audible se brisa – était-ce bien un sanglot qu'il venait d'entendre ?

Soudain il n'y tint plus et la prit dans ses bras. Sa bouche avait la même saveur animale que le parfum de sa peau, avec une note plate et métallique qui rappelait le goût du sang et qui porta son désir au paroxysme. Elle s'abandonna longuement à son baiser, mais sans y répondre ; puis elle le repoussa doucement et murmura d'une voix rauque : « Pas ici et pas maintenant, Caleb. Ce n'est pas *non*, c'est *plus tard, peut-être.* Vous comprenez ? »

Il hocha la tête, sans savoir si elle distinguait le mouvement dans l'obscurité. À ce moment, elle ajouta : « Et il vous reste encore deux ou trois choses à apprendre à mon sujet. Peut-être aurez-vous moins envie ensuite. »

Il attendit un instant, se demandant si elle allait lui révéler de quoi il s'agissait. Mais déjà elle se rallongeait en lui tournant le dos, avant de dire à mi-voix : « Bonne nuit, *highlander*. Reprenez des forces, demain on creuse. »

Bien plus tard, elle se redressa pour le regarder dormir – en fait elle y voyait bien mieux que lui dans le noir. Elle resta très longtemps immobile comme une statue, puis elle murmura très bas pour ne pas le réveiller : « Merci d'être revenu me chercher, Caleb. »

2 mars 2018 – 01 h 57 UTC

Le café était exactement comme elle l'aimait : très fort, brûlant, et en quantité illimitée.

Le capitaine Pamela C. Chadwick, commandant du sous-marin nucléaire d'attaque USS *North Carolina*, reposa sa tasse fumante sur la table en acajou du carré des officiers et considéra son hôte avec une attention mêlée de curiosité.

Beau mec, avait-elle pensé quelques instants plus tôt en posant le pied sur le pont du *Stratton* et en découvrant la carrure athlétique et le visage aristocratique du capitaine John « White Eagle » Davenport.

Mais pas que.

Elle avait été agréablement surprise qu'il lui épargne l'inévitable séance de présentation aux officiers et sous-officiers du bord et qu'il la conduise directement au carré où les attendait une collation. Encore plus étonnée lorsque, après avoir échangé quelques banalités, il lui avait demandé lequel d'entre eux, à son avis, devait prendre le commandement de leur opération.

Elle examina de nouveau le visage carré au teint mat, le nez fort et aquilin qui trahissait son ascendance amérindienne, le regard calme et déterminé, mais où pétillait une étincelle d'humour. *Pas vraiment le genre de type à faire dans la courtoisie hypocrite*, se dit-elle. *Ni à essayer de se défausser de ses responsabilités.*

« L'état-major nous a laissé toute latitude à ce sujet, expliqua-t-il. Nous avons à peu près la même ancienneté dans des grades équivalents. Cela étant, votre bâtiment est bien plus puissamment armé que le mien ;

en toute logique, c'est vous qui devriez prendre le commandement.

— C'est très gentil à vous de me le proposer, commandant, répondit-elle. Mais ce n'est pas qu'une question de logique ou de nombre de canons. Techniquement, nous formons maintenant un groupe aéronaval – même s'il est difficile d'imaginer plus modeste, ajouta-t-elle dans un sourire. Et l'usage veut que ce soit le pacha du navire amiral de surface qui donne les ordres.

— Ça me va, fit-il sobrement. Alors, venons-en tout de suite à l'ordre du jour. »

Il s'interrompit un instant, le temps de laisser une carte à grande échelle du secteur se matérialiser devant la paroi lambrissée qui leur faisait face.

« Comme vous le savez, reprit-il, une explosion nucléaire de très forte intensité a eu lieu il y a un peu plus de douze heures sur l'île de Géorgie du Sud. Plusieurs citoyens américains seraient impliqués dans cette explosion dont nous ignorons si elle est accidentelle ou criminelle – personnes qui, jusqu'à preuve du contraire, doivent être considérées comme toujours en vie. Nous ne sommes malheureusement pas seuls sur le coup, puisqu'un groupe aéronaval de la Fédération de Russie – un vrai de vrai, celui-là – est en route et devrait arriver sur zone d'ici six ou sept heures. Et tout laisse à penser qu'il n'est pas animé d'intentions humanitaires. »

La jeune femme hocha la tête : « Les infos concernant l'explosion me sont également parvenues par la vacation SSIXS quotidienne. Par contre, mes instructions concernaient seulement mon déroutement jusqu'au point de jonction actuel, je n'ai pas refait surface dans l'intervalle et je ne sais donc pas ce qu'on nous demande…

— Les ordres sont les suivants, énonça Davenport. *Un*, localiser nos ressortissants et les mettre à l'abri si c'est encore possible, ainsi – je cite – que : "tout document ou matériel technique de quelque nature et sur quelque support que ce soit, pouvant être en rapport avéré ou supposé avec l'explosion, ou avec toute expérimentation scientifique passée ou présente". Difficile d'être plus vague. *Deux*, empêcher à tout prix les Russes de se servir les premiers. *Trois*, autorisation d'ouvrir le feu uniquement si nous sommes attaqués, et en veillant si possible à ne pas leur causer de pertes en hommes ou en matériel. En gros, nous sommes autorisés à cracher en l'air pour nous défendre, mais en faisant attention à n'éclabousser personne…

— Intéressant… commenta-t-elle. C'est tout ?

— Non, le meilleur reste à venir. Tout ça se passe non pas dans les eaux internationales, mais sur un territoire de la Couronne britannique. Vu que nous sommes assez loin de Londres, l'info a mis un peu de temps à faire le trajet, mais maintenant les cousins sont au courant et ils commencent à s'exciter. Nous avons douze heures, pas une de plus, pour régler la question et dégager discrètement avant que Sa Glorieuse Majesté ne vienne nous rejouer la guerre des Malouines… »

Cette fois, elle leva les yeux au ciel. « Avez-vous déjà envisagé la possibilité de déserter, capitaine ? demanda-t-elle le plus sérieusement du monde. Ce serait peut-être l'occasion. Nous pourrions faire route de concert vers une île tranquille du Pacifique Sud…

— J'y pense tous les jours, figurez-vous, répondit-il

sur le même ton. Mais mon banquier m'a assuré que ce ne serait pas très bon pour ma retraite. »

Ils éclatèrent de rire ensemble. Quand ils eurent retrouvé leur sérieux, elle lança :

« Qui avons-nous en face, exactement ?

— Du gros calibre, je le crains. Porte-aéronefs à propulsion nucléaire *Ivan Grozny* – il paraît que ça veut dire "Ivan le Terrible", excusez du peu. Quatre-vingt-cinq mille tonnes, le fleuron de la flotte de Russie. En termes de capacités opérationnelles, c'est un bâtiment ultra-moderne du même niveau que nos nouveaux porte-avions de classe *Ronald Reagan.* Il emporte soixante-cinq avions, pour l'essentiel des chasseurs-bombardiers MIG-35 et Su-47, et une vingtaine d'hélicos de combat. Son escorte comporte deux frégates multirôles de dernière génération, classe *Neustrashimy*. Plus probablement deux ou trois sous-marins nucléaires d'attaque, c'est la configuration standard généralement retenue par les Russes.

— Seigneur ! souffla-t-elle. Ça nous fait quoi, comme rapport de forces ?

— En gros, une petite paire de deux contre une quinte royale.

— Ça me paraît de cet ordre, en effet. Qu'est-ce qu'on peut faire ? »

Il la regarda avec gravité – mais, dans ses yeux, l'étincelle d'humour était toujours présente. « Bluffer », dit-il.

Une fois qu'il eut exposé son plan et qu'elle y eut apporté quelques corrections, ils passèrent encore quelques minutes à discuter de choses et d'autres en dégustant un énième café. Elle lui raconta qu'elle avait six chats, quelques milliers d'hectares dans le Colorado et une Ford Mustang Mach 1 de 1969 qu'elle savait démonter et remonter les yeux fermés avec une main dans le dos. De son côté, elle apprit qu'il était divorcé et qu'il avait une cabane de pêcheur dans le Maine, où il se rendait pratiquement à chacune de ses permissions. Puis il la raccompagna à l'échelle de coupée. À quelques dizaines de mètres sur bâbord, à peine visible dans la nuit noire et glaciale, le long fuseau d'acier de l'USS *North Carolina* naviguait de concert avec le *Stratton* en attendant le retour de sa commandante. Il la salua de façon très protocolaire, mais sa poignée de main dura un soupçon plus longtemps que ne le prévoyait l'étiquette militaire.

Alors que le Zodiac la ramenait vers son bâtiment, elle pensa : *Si nous survivons tous les deux à cette journée, il faudra que j'essaie de retrouver cette fichue canne à pêche...*

09 h 27 UTC

Ils entendirent le battement caractéristique des pales de l'hélicoptère bien avant de voir apparaître l'engin. *Pas trop tôt*, pensa Caleb.

Cette fois, il n'y avait vraiment plus rien à manger, et le réveil auprès du feu éteint s'était révélé des plus moroses. Taraudé par la faim, One-Shot avait commencé à égrener un florilège de malédictions finnoises, assez vite relayé en yiddish par un Viktor Bernstein tout aussi mal luné ; finalement, leur mauvaise humeur avait fait tache d'huile, si bien que tous étaient maintenant plus ou moins à cran. Quant à Poppy Borghese, elle faisait carrément la tête et évitait de croiser Caleb, comme si elle regrettait ce qui s'était passé pendant la nuit.

Pataugeant dans les vingt centimètres de neige fraîche, ils sortirent tous de la galerie pour attendre l'arrivée de l'hélico. À l'oreille, le bruit venait de l'ouest, ce qui signifiait que l'appareil devait être en train de survoler l'énorme cratère de l'autre côté de l'épaulement rocheux. La météo s'était très sensiblement améliorée : il avait cessé de neiger, et le vent était pratiquement tombé, donnant une nette sensation de réchauffement même si la température demeurait proche du point de congélation. Malgré le ciel qui restait couvert – une impressionnante chape de nuages gris s'étendait d'un horizon à l'autre –, la visibilité horizontale portait maintenant à plusieurs kilomètres, offrant un panorama somptueux sur les montagnes toutes proches de la chaîne d'Allardyce.

Le bruit des pales devint soudain beaucoup plus fort lorsque l'appareil passa en rase-mottes au-dessus de la barre rocheuse avant de décrire un large virage à basse altitude au-dessus du plateau enneigé. C'était bien le gros Sikorsky CH-53D « Sea Stallion » de la K2, avec son fuselage ventru d'un profond bleu indigo orné du logo au pic et à l'étoile. Dans le vacarme assourdissant de ses deux turbines de 3 900 CV, l'appareil fit un bref point fixe puis se posa à moins de vingt mètres du groupe dans un impressionnant nuage de particules de givre. Le pilote coupa les gaz, et le hurlement des moteurs s'interrompit aussitôt, laissant place au sifflement de l'énorme rotor en train de ralentir. Le brouillard de givre retomba lentement au sol.

C'est alors que Caleb réalisa que le pilote, dont il

distinguait le profil à travers la grosse bulle du cockpit, n'avait pas du tout la tête de Jill Soderberg ou de Charlie Gomez. Il voulut ouvrir la bouche pour lancer un cri d'avertissement.

Trop tard.

La vaste porte coulissante de la soute arrière claqua à toute volée, et une dizaine d'hommes sautèrent au sol avant de se déployer en éventail dans un ensemble parfait. Tous portaient des combinaisons de combat blindées d'un noir intégral et braquaient de lourdes armes automatiques sur les rescapés – avec une certaine surprise, Caleb nota machinalement qu'ils étaient équipés de SDA1 « Masada », le fusil d'assaut ultra-puissant fabriqué par le consortium américain Magpul. *Des Marines ?* se demanda-t-il fugitivement.

Il ne se posa pas longtemps la question. Une voix forte, relayée par un mégaphone invisible, se fit entendre à ce moment : « Veuillez rester immobiles ! Nous ferons feu au moindre geste ! »

L'anglais était correct, mais l'accent indiscutablement russe.

L'homme qui venait de parler descendit à son tour de l'hélico, en prenant tout son temps. Il portait la même tenue que les autres, mais était tête nue. De taille et de corpulence moyennes, il avait le visage passe-partout d'un employé de banque, et ses lèvres fines étaient tordues en un léger sourire ; sa main droite tenait un fusil mitrailleur israélien Tavor TAR-21, une arme redoutable malgré son gabarit ultra-compact. Il s'approcha lentement et stoppa à une dizaine de mètres. Caleb croisa son regard et sut aussitôt que l'apparence anodine n'était qu'un leurre ; il n'y avait rien à attendre de cet homme. C'était le genre de type à vous sortir des paroles de réconfort et à vous flinguer en plein milieu de la phrase suivante – juste pour le plaisir de voir s'éteindre la lueur d'espoir qu'il venait d'allumer dans vos yeux.

« Je suis le colonel Guennadi Baranko des forces spéciales de la Fédération de Russie, dit l'homme d'une voix autoritaire. Vous êtes désormais sous notre… protection. Si vous coopérez avec nous, il ne vous sera fait aucun mal.

— Vous ne faites pas partie des forces spéciales russes, répondit Kjölsrud sur le même ton. Vous êtes un porte-flingue du MRO, ou peu importe son nom… l'agence qui sous couvert d'espionnage militaro-industriel commet les pires atrocités imaginables depuis plus de soixante ans !

— Je pourrais vous retourner le compliment, monsieur Kjölsrud, dit Baranko sans se départir de son sourire. Après tout, il fut un temps pas si lointain où vos activités n'étaient guère différentes, n'est-ce pas ? »

L'homme s'interrompit un instant, puis, devant le regard furieux de Kjölsrud, prit un air faussement désolé : « Oh ! pardonnez-moi… Je vois que vous n'avez pas jugé bon de raconter tous vos exploits à vos nouveaux amis. »

Baranko haussa les épaules et se tourna vers Caleb. « Et voici monsieur McKay, je suppose, fit-il d'une voix sirupeuse. Vous nous avez donné pas mal de fil à retordre, monsieur l'Écossais… Il aurait mieux valu que vous et vos copains finissiez noyés avec tous ces connards du *Norilsk* il y a quatre ans ! »

Caleb ne lui fit pas le plaisir d'une réponse et se contenta de lui retourner son regard méprisant.

L'autre parut vaguement déçu puis dit, toujours

avec le même sourire artificiel plaqué sur son visage : « Peu importe. Vous vous montrerez plus loquace tout à l'heure, je pense… En attendant et afin que nous partions tous sur de bonnes bases, voici de quoi vous prouver ma détermination… »

Avant que quiconque ait pu esquisser le moindre geste, il leva le canon de son arme et tira deux balles dans la poitrine de Sanjiv.

Ce dernier fut littéralement soulevé de terre par les deux impacts de gros calibre sur sa combinaison blindée, avant de retomber au sol comme un pantin ; l'instant d'après, ses quatre membres étaient pris de mouvements convulsifs pendant qu'un affreux gémissement d'angoisse sortait de sa gorge. « Vous êtes un monstre ! » hurla Gretchen Vogt avant de se précipiter, suivie de Sarah Miller, pour tenter d'aider le jeune homme en pleine crise de panique. Caleb et One-Shot esquissèrent un mouvement pour se jeter sur Baranko, mais se figèrent aussitôt sur place : les dix *spetsnaz* venaient à leur tour de lever leurs canons, dans un geste sans équivoque.

« Je vois que ce qu'on m'a dit de votre singe savant était conforme à la réalité, ironisa le Russe. Rassurez-vous, il n'a rien de bien méchant : mon arme ne tire que du 5,56. Par contre, celles de mes hommes sont approvisionnées en Remington SPC à tête explosive, et elles sont toutes réglées sur tir en continu. Vos armures sont solides, mais, à votre avis, combien pourront-elles encaisser d'impacts de ce calibre ?

— Mais qu'est-ce que vous voulez, nom de Dieu ? lui lança Kjölsrud d'un ton haineux.

— Tout d'abord, vous allez tous me faire le plaisir d'enlever ces foutues combis, cela vous ôtera l'envie de jouer les héros. Les dames peuvent garder le bas, bien sûr… Ensuite, vous allez me dire où se trouvent les plans de cette machine que vous appelez… l'Œuf, c'est bien ça ? »

Caleb et Joshua échangèrent un regard furtif. *Comment peut-il savoir ça ?*

« Tuez-nous si vous voulez, répondit Kjölsrud, mais vous faites fausse route. Tous les plans ont été détruits en même temps que la base Roosevelt.

— Et même un pauvre connard comme vous a dû remarquer le petit cratère en arrivant, ajouta Joshua. C'est tout ce qui reste de l'Œuf. Vous pourrez dire à votre patron de se carrer ça bien profond… »

Baranko hocha la tête et fit la grimace. « Quel dommage, dit-il d'une voix chagrine. Avoir fait tant de chemin et pris de tels risques, juste pour s'entendre dire ça… Est-ce que vous allez tous me tenir le même discours déprimant ? »

Ce qui se passa alors, ni Caleb ni Kjölsrud, ni aucun de leurs compagnons n'aurait pu le prévoir.

Vandell Richardson fit un pas en avant, puis deux. En un rien de temps, et avant que les autres n'aient eu le temps de réagir, il se retrouva à côté de Baranko qui l'avait regardé s'approcher avec un sourire de triomphe. « Non, colonel, lui dit-il. Les plans de l'Œuf existent toujours. Ils se trouvent dans le cimetière de Grytviken. Dans la tombe voisine de celle de Shackleton. »

Il y eut deux secondes d'un silence total. Puis un hurlement suraigu éclata : « ESPÈCE DE SALAUD ! »

C'était Poppy Borghese.

Submergée par une rage incontrôlable, la jeune femme perdit toute notion du danger et se précipita en direction de Vandell Richardson. À l'instant où elle allait l'atteindre, une détonation sèche claqua et fit rouler de longs échos sur les montagnes proches – Baranko venait de lui tirer à bout portant en pleine face. Poppy tomba à ses pieds. Son casque blindé avait stoppé la balle, mais de justesse : la visière s'était fendue sur toute sa longueur, et la coiffe en polymère avait littéralement volé en éclats, laissant sa tête sans aucune protection. Complètement sonnée, elle tenta de se relever en marmonnant une insulte incompréhensible ; chacun put voir que son nez saignait à flots. Baranko se pencha posément sur elle, brandit son arme et, de toutes ses forces, lui asséna un terrible coup de crosse sur la tempe. Il y eut un affreux craquement, et Poppy retomba à terre sans un cri.

Baranko attendit quelques instants pour vérifier qu'elle ne bougeait plus. « Il y a longtemps que j'attendais ça », murmura-t-il. Puis il se redressa lentement en fixant le petit groupe de rescapés. Il ne jouait plus du tout la comédie, maintenant : son sourire avait disparu et son regard était celui d'un tueur.

« Assez perdu de temps ! aboya-t-il. Vous autres, dépêchez-vous d'ôter ces combis avant que je vous fasse tous abattre ! Ensuite vous grimperez dans la soute ! Richardson, vous venez dans le cockpit avec moi, on a pas mal de trucs à se dire… »

Puis il jeta un coup d'œil à Poppy, toujours inanimée dans la neige éclaboussée de son sang : « Quant à cette pute, dit-il à ses hommes avec un rictus de haine, vous me la collerez aussi dans la soute. Je connais quelqu'un qui a très envie de faire sa connaissance. »

Chapitre 27

2 mars 2018 – 12 h 15 UTC

La douleur est présente dans chacune des parcelles de ton corps dévasté. Elle devrait être insoutenable, mais, dans l'état de semi-conscience où tu te trouves, elle n'a qu'une réalité virtuelle. Quelqu'un te porte dans ses bras, et tu sens vaguement ta tête ballotter au rythme de son pas précipité. Odeur familière de sueur, d'ail, de tabac à chiquer et d'une eau de toilette bon marché que tu reconnaîtrais entre mille.

Beppo ?

Tu ne vois rien, tu ne sais pas où tu te trouves ni ce qui s'est passé. Tu sens du liquide ruisseler sur ton ventre et sur ton visage. Tu en as plein la bouche et l'arrière-gorge aussi – cela devrait t'empêcher de respirer, mais on dirait que tu ne respires plus. Curieusement, cela ne t'effraie pas. Tu es en train de glisser dans le néant quand, d'un seul coup, les soubresauts deviennent violents et saccadés, comme si celui qui te porte grimpait des escaliers quatre à quatre. Ta tête heurte quelque chose, et l'explosion de douleur te ramène temporairement à la surface. Le fracas d'une porte qui s'ouvre à la volée. Puis une voix :

« Monsieur ! Pour l'amour de Dieu ! Regardez ce qu'ils lui ont fait ! »

C'est bien Beppo. Tu réalises qu'il est en train de hurler tout près de toi, pourtant sa voix semble te parvenir d'une distance infinie. Un autre murmure, tout aussi lointain, lui répond aussitôt : « Seigneur ! C'est Poppy ? Qu'est-ce qui s'est passé, nom de Dieu ? »

Tu reconnais aussi cette voix, même si tu ne l'as pas entendue aussi souvent. C'est celle de cet homme étrange qui est beaucoup venu à la maison ces derniers temps. Tu l'as trouvé drôle avec sa moustache d'acteur de cinéma, ce chapeau qu'il n'enlève jamais et cette allure un peu guindée – même s'il n'oublie jamais de t'apporter un petit cadeau. Papa a dit qu'il était très riche et très connu, et que faire des affaires avec lui c'était comme de rafler le jackpot à chaque mise, mais tu ne comprends pas trop ce qu'il a voulu dire par là. Par contre, il est clair que Papa et lui sont devenus de grands amis ; tu en as déduit que ce devait être un homme gentil, parce que Papa n'est pas du genre à accorder son amitié à n'importe qui.

« Qu'est-ce qui s'est passé, Beppo ? demande à nouveau l'homme. Où est Luca ? Parle, bon sang !

— Ils les attendaient, gémit Beppo. Sur Paradise, juste après le Flamingo. Je suis arrivé deux minutes après avec la Buick, mais tout était déjà fini... Le Don est mort, la mamma aussi. Ils ont même flingué les gosses, Stu cazzo ! »

Tu sens une main relever doucement ta tête. Tu voudrais bien ouvrir les yeux, mais tes paupières ne t'obéissent plus.

« Seigneur... dit l'homme au chapeau. Elle est encore vivante, mais comment... ? Et Michael ? Où est Michael ?

— Lui, c'est encore pire, monsieur, sanglote Beppo. Un gamin de cinq ans ! Pasquale est en bas avec lui, mais je crois que c'est trop tard... Qu'est-ce qu'on peut faire ? Aller à l'hôpital ? »

L'autre hésite une seconde avant de lancer : « Il n'y a pas un seul hôpital digne de ce nom à Vegas, Beppo. Le plus proche est à Boulder City, à vingt miles d'ici... Les gosses ne tiendront jamais jusque-là !

— Alors on fait quoi ? hurle Beppo. On les regarde crever ? »

L'homme hésite à nouveau. Puis il dit : « Non. Il y a peut-être quelque chose à tenter. Appelle Pasquale. Et viens vite !

— Où ça ? Où est-ce qu'on va ?

— Au labo. »

Ce fut le froid qui la ramena à la réalité. Un froid mordant qui la pénétrait jusqu'aux os. La douleur était toujours présente, comme dans le rêve, et flambait dans tout son corps ; sa tête surtout lui donnait l'impression de battre comme un tambour, au rythme des ondes de souffrance nauséeuse qui la parcouraient sans relâche. Elle ouvrit les yeux. Noir total.

Pendant un instant, elle se demanda si elle ne se trouvait pas encore dans la galerie de la mine avec Caleb, auquel cas elle pourrait tranquillement se blottir à ses côtés et tenter d'oublier la douleur. Mais non. Dans la galerie, il ne faisait pas aussi froid. Et le sol y était fait de roc, alors qu'ici elle était allongée à plat ventre sur…

Sur de la rouille ?

Elle s'assit péniblement – le changement de position décupla la douleur dans sa tête – et palpa le sol râpeux tout autour d'elle, puis porta la main à ses lèvres. Pas d'erreur : elle se trouvait bien sur une surface métallique rouillée. En tâtonnant, elle découvrit que le sol était jonché de débris divers : de petits fragments de métal, une sorte de câble électrique gainé de caoutchouc pourri, quelques clous eux aussi très oxydés. Elle frissonna soudain, et ses avant-bras se couvrirent de chair de poule ; elle réalisa qu'elle n'avait plus sa combinaison et portait seulement une culotte et un T-shirt léger. Elle passa instinctivement la main entre ses jambes et constata avec une certaine surprise que ses ravisseurs ne l'avaient pas violée.

Les Russes ne sont plus ce qu'ils étaient, pensa-t-elle avec ironie.

Elle se souvenait très bien de l'arrivée de l'hélico, de la trahison de Vandell et de cet arrogant officier qui l'avait frappée à la tête après lui avoir tiré dessus. Par contre, elle ne savait pas du tout où elle se trouvait ni comment elle avait pu arriver là. Elle se leva et tourna lentement sur elle-même, essayant de deviner ce qui l'entourait. À l'oreille, elle avait la sensation d'être dans un espace clos assez volumineux ; l'air glacé qu'elle respirait avait un relent de rouille et d'humidité, mais elle n'avait pas l'impression d'être sous terre. Le sol sous ses pieds était parfaitement stable, et elle ne percevait pas le moindre mouvement : elle n'était pas non plus dans la cale d'un bateau. Plutôt dans un bâtiment sans fenêtres. *Ou un container ?*

Au bout d'un certain temps, elle remarqua que l'obscurité n'était pas aussi totale qu'elle l'avait cru. Dans la pénombre, elle commença à distinguer quelques détails : une paroi verticale sur sa droite, ce qui ressemblait à des tas de poutrelles à l'abandon, des grosses masses très sombres qui pouvaient être des machines au rebut. Elle fit quelques pas précautionneux pour rejoindre la paroi : aussi du métal rouillé, qui s'effritait sous ses doigts.

D'un seul coup, elle comprit où elle se trouvait : dans un de ces vieux hangars pourris sur le port de Grytviken, ou alors dans une des grandes citernes en acier dont ils se servaient autrefois pour stocker l'huile de baleine. Un sourire étrécit ses lèvres. *Si c'est le cas, même sans Jeeves tu ne devrais pas avoir trop de mal à sortir d'ici...*

Au moment même où elle se faisait cette réflexion, il y eut un raclement léger, pas très loin derrière elle.

Elle se retourna d'un bloc, tous les sens aux aguets, l'esprit en alerte maximale.

Dans le noir, quelqu'un se mit à fredonner.

12 h 16 UTC

Le minuscule fragment d'aliment disparut dans la trappe du gros appareil qui se mit aussitôt en marche avec un bourdonnement à peine audible.

Comme les tsars du temps jadis, le maître du Kremlin ne se déplaçait jamais sans son goûteur personnel, en particulier lorsque ses fonctions le contraignaient à séjourner en terre étrangère. Progrès technologique aidant, l'esclave sacrifiable avait été remplacé par un système ultra-compact de chromatographie en phase supercritique couplé à un spectromètre de masse haute résolution capable de détecter plusieurs dizaines de milliers de composés toxiques avec une sensibilité inférieure au nanogramme ; dans le même boîtier de la taille d'une malle de voyage se cachait un spectromètre à plasma inductif destiné à la recherche de métaux lourds, et un flash-séquenceur ADN spécialisé dans l'identification des agents pathogènes bactériens, viraux ou fongiques.

Moins d'une minute après, l'écran holo situé en façade affichait son verdict : aucun danger détecté. *Voilà le principal avantage de cet engin*, pensa l'homme assis à côté. *Le repas n'a pas le temps de refroidir*. Puis il congédia le garde masqué qui était chargé d'actionner la machine, saisit sa fourchette et enfourna avec délices une première ration d'œufs brouillés.

Il était 4 h 16 du matin, heure de Vancouver, et le président de la Fédération de Russie attaquait son petit déjeuner.

Sa satisfaction fut de courte durée. À peine avait-il avalé la deuxième bouchée que la porte de la suite se rouvrit sur le garde. « Pardonnez-moi, monsieur… fit la voix grave derrière le masque.

— Qu'est-ce que tu veux ? demanda sèchement Vladimir Poutine – bien que d'une constitution athlétique, le président russe était doté d'un solide appétit et détestait par-dessus tout être dérangé pendant ses repas.

— De la visite, monsieur. Le président américain.

— Quoi ? »

Poutine se mit à réfléchir à toute allure. L'agenda du jour comportait bien un brunch de travail avec les Américains autour de l'épineuse question des approvisionnements en céréales, mais la réunion n'était prévue qu'à *10 heures*. Qu'est-ce que leur délégation pouvait bien foutre à cette heure dans les couloirs de l'hôtel ?

« Dis-leur de s'acheter une montre, fit-il avec indifférence. De toute façon, je n'ai rien à négocier avec eux tant que nos propres conseillers ne nous auront pas rejoints.

— Euh... Excusez-moi, monsieur, insista le garde.

— Quoi ? Qu'est-ce qu'il y a encore ? fulmina Poutine.

— Le président est tout seul, monsieur. Et en robe de chambre. Il... euh, il a utilisé une drôle d'expression.

— Quelle expression, *durak* ?

— Il dit qu'il veut vous faire une proposition que vous ne pourrez pas refuser. »

12 h 16 UTC

Poussée par le vent, la neige tombée les jours précédents s'était accumulée en formant de petites congères le long des tombes. Le temps était redevenu plus calme, mais, sous le ciel bouché et grisâtre, le modeste cimetière – un lieu que le soleil d'automne avait auréolé d'une beauté mélancolique lors de leur première visite – avait désormais une apparence sinistre.

Agenouillé dans la neige près du portail d'entrée, Caleb tira une nouvelle fois sur les entraves en plastique qui lui sciaient les poignets, mais ne réussit qu'à se faire un peu plus mal.

Aucun espoir. Ces types savent s'y prendre.

Après avoir été faits prisonniers, lui et ses compagnons avaient été conduits au musée de Grytviken, que les Russes avaient investi et transformé en QG avancé. Ils y avaient retrouvé Jill Soderberg et Charlie Gomez, tous deux blessés lors de leur capture, ainsi que Lyndon Devereaux qui n'avait toujours pas recouvré la vue. Malgré les protestations véhémentes de Kjölsrud, Poppy Borghese encore inconsciente avait aussitôt été emmenée par deux *spetsnaz* vers une destination inconnue. Les captifs étaient ensuite restés sous bonne garde dans l'une des salles du musée ; ils avaient essayé d'engager la conversation avec leurs geôliers, mais ceux-ci avaient manifestement reçu pour consigne de ne pas leur répondre. Une heure plus tard, un détachement était venu chercher Caleb, Josh et One-Shot ainsi que Kjölsrud et Viktor Bernstein pour les escorter au cimetière ; depuis, les cinq hommes patientaient dans la neige en s'efforçant de ne pas geler sur place.

Caleb jeta un regard à One-Shot, à genoux à côté de lui. Le géant avait le visage méchamment tuméfié, et une large plaie sanguinolente sinuait sur son crâne rasé ; au moment où Poppy avait été extraite du groupe, il avait tenté de s'interposer malgré ses entraves, et les gardes s'étaient fait un plaisir de le calmer à coups de crosse. « Vassili, lui souffla-t-il. Ça va ?

— Tête solide, murmura le géant. Pas problème, Cal.

— *Zatknis'*[1] *!* cracha aussitôt l'un des Russes qui les surveillaient. Pas parler, vous deux ! »

Les captifs étaient sous bonne garde : pas moins de six soldats lourdement armés les tenaient en respect depuis leur arrivée dans le cimetière. *Rien à tenter*, avait tout de suite compris Caleb. Les types assis sur

1. « La ferme ! »

les tombes en face d'eux étaient des professionnels : pas une seule seconde leur vigilance ne s'était relâchée, et aucun n'avait commis l'erreur de se rapprocher à moins de trois mètres des prisonniers.

« Tu crois nous se les geler encore longtemps ? » fit One-Shot sans tenir compte de l'avertissement – tout comme Caleb, il avait compris que les gardes avaient juste pour ordre de les surveiller. S'ils avaient voulu les abattre, cela aurait été fait depuis longtemps.

« Non, répondit son ami qui avait cru entendre du bruit sur le sentier en contrebas du cimetière. Je ne crois pas. »

Il ne s'était pas trompé : un instant plus tard, le portail rouillé s'ouvrait en grinçant, et le colonel Baranko faisait son entrée dans l'enclos, flanqué de Vandell Richardson et de ce grand vieillard un peu voûté que Caleb avait déjà aperçu dans le musée ; Kjölsrud lui avait soufflé qu'il s'agissait du général Valentin Iazov, le chef de la mystérieuse et toute-puissante agence de renseignement militaro-industriel russe. Pour autant, le vieil homme au teint livide qui se déplaçait avec raideur paraissait curieusement en retrait, se contentant d'observer la scène avec un air détaché et une moue dédaigneuse.

À l'évidence, c'était Baranko qui menait le jeu, comme au moment de leur capture. Le colonel russe qui tenait toujours son TAR-21 prit une pose avantageuse avant de lancer aux captifs : « Pas trop froid, les amis ? Rassurez-vous, vous allez bientôt pouvoir vous réchauffer. »

Kjölsrud ne lui prêta aucune attention, préférant apostropher Vandell Richardson : « Vous voilà donc avec vos nouveaux amis, espèce de fumier… J'aimerais bien savoir combien ils vous ont payé ! »

L'autre ne répondit pas et se contenta de lui retourner un regard ambigu.

« Vous devriez répondre à votre patron, s'esclaffa Baranko. Après tout, votre contrat de travail court toujours, si je ne me trompe… »

Richardson haussa les épaules. « Ils m'ont très bien payé, dit-il à Kjölsrud. Tout comme ce malheureux Jenkins, si ça vous intéresse.

— Jenkins ? Vous voulez dire que…

— On était deux dans le coup, désolé. Et en ce qui me concerne, ce n'était pas qu'une question de prix…

— De quoi, alors ?

— À votre avis, depuis combien de temps suis-je à votre service, monsieur ? demanda l'ex-marine.

— Qu'est-ce que ça peut faire ? s'énerva le milliardaire. Quatorze ou quinze ans, qu'est-ce que j'en sais ?

— Dix-sept. J'en avais cinquante-trois quand vous m'avez recruté, et je pouvais encore faire un triathlon sans être ridicule. Maintenant, j'ai de la peine à grimper deux étages et je me relève quatre fois la nuit pour pisser…

— Condoléances, ricana Kjölsrud. Mais je ne vois pas très bien en quoi l'état de votre prostate…

— Simple, coupa l'autre. Quand vous m'avez embauché, vous étiez déjà vieux. Vous l'êtes toujours, mais vous n'avez pas pris une ride dans l'intervalle. On dirait même que vous êtes plus en forme qu'à l'époque. Et c'est comme ça depuis pas mal de temps, non ?

— Espèce de salopard ! s'exclama soudain Viktor Bernstein. Le *traitement*, c'est ça ? Tu voulais ta part du traitement ?

— Si c'est ça, vous êtes un imbécile, Vandell, dit Kjölsrud en hochant la tête. Je vous ai dit tout ce que vous aviez besoin de savoir là-dessus. En l'état actuel, la quantité de substance que nous arrivons à produire suffit à peine à traiter dix personnes, et…

— C'est ce que vous avez toujours prétendu, monsieur. Mais je ne vous crois pas. Je crois qu'il y en a bien plus, mais que vous le réservez à vous-même, à votre petite clique et à l'occasion aux hommes d'affaires et aux politiciens dont vous avez besoin pour asseoir votre empire. Quel meilleur moyen d'acheter les gens que de leur promettre cinquante années de bonus ?

— Vous êtes complètement cinglé ! s'étrangla le milliardaire. Comment avez-vous pu penser que… ? »

Il s'arrêta soudain et considéra les deux officiers russes qui ne perdaient pas une miette de l'échange : « Et je suppose que vous avez raconté ça à cette bande d'assassins, hein, Vandell ? Vous vous êtes imaginé qu'en nous vendant, vous auriez votre dose d'éternité, c'est bien ça ?

— Ça faisait partie du marché, monsieur. Je leur ai dit le peu que je savais. Les sites de stockage du produit demi-fini. L'emplacement des labos et le nom des responsables des équipes de recherche. Mais bien sûr, il me manquait l'info la plus importante : la localisation du site de production. L'endroit où pousse cette foutue plante. Le secret le mieux gardé de la K2…

— Désolé d'interrompre cette conversation passionnante, fit soudain Baranko. Elle me conforte dans l'idée que nous avons bien fait de vous approcher, Richardson. Rien que ces magnifiques combinaisons de combat et l'info sur l'endroit que vous venez de citer – info que M. Kjölsrud se fera un plaisir de nous révéler sous peu – nous paieront déjà de tous nos efforts. Sans parler de ce qui nous attend peut-être dans cette tombe. »

Baranko se tourna vers ses hommes et jeta un ordre bref. L'un des *spetsnaz* s'approcha de Caleb et, avec son poignard, entreprit de sectionner les liens qui lui entravaient les poignets ; puis il fit de même avec One-Shot et Joshua, laissant Kjölsrud et Viktor Bernstein attachés.

« Debout, messieurs ! ordonna ensuite le colonel russe. J'ai un petit travail pour vous…

— Minute, dit Caleb en se frottant les poignets. Qu'avez-vous fait de Poppy ?

— Un petit sentiment pour la pouffiasse, monsieur McKay ? ricana Baranko d'un air mauvais. C'est bien ce qu'il m'avait semblé. J'ai très peur qu'à l'heure actuelle, elle ne soit en train de servir de… comment dit-on dans votre langue, déjà ? Ah oui : *d'amuse-gueule*. À un de mes bons amis. »

Caleb poussa un cri de fureur et essaya de se lever pour se jeter sur le Russe. Mais après plus d'une demi-heure à genoux dans la neige, il était bien trop ankylosé pour se mouvoir rapidement ; avant même qu'il ait pu se redresser complètement, Baranko était déjà sur lui et lui décochait un terrible coup de pied en pleine poitrine. Le jeune homme retomba lourdement en arrière avec un ahanement de souffrance.

« Guennadi, intervint soudain le général Iazov. Tu devrais… »

Baranko ne le laissa pas terminer sa phrase : « Je me passerai de vos conseils, général, coupa-t-il sèchement. Veuillez rester à votre place d'observateur. »

Iazov ne releva pas et se contenta de hausser les épaules en lui jetant un long regard méprisant.

« Ça suffit, maintenant, dit Baranko. Vous trois, debout ! Vous avez un trou à creuser, ça va vous réchauffer !

— Toi compte dessus, *mudak'* ! ricana One-Shot.

— Je vois que vous parlez bien russe, monsieur Hautamäki, cracha Baranko. Normal, vu le nombre de truies finlandaises que nos soldats ont engrossées pendant la dernière guerre… »

Pendant qu'il parlait, il s'était rapproché des deux hommes entravés ; sans prévenir, il plaqua le canon de son arme sur le front de Bernstein avec une telle violence que celui-ci poussa un cri de douleur. « Voilà comment ça va se passer, poursuivit-il. Si dans trente secondes vous n'avez pas commencé à creuser, je tue le Juif. Si ça ne vous suffit pas, je demanderai à mes hommes au musée de s'occuper un peu de vos amies – bien sûr je brancherai la sono, pour que vous profitiez de la fête… Message reçu ? »

Caleb se releva lentement et lui lança un regard vibrant de haine ; ses yeux d'un bleu très sombre irradiaient maintenant un feu glacé.

« Fort et clair, colonel, murmura-t-il. On va creuser votre trou. Mais vous serez mort avant la fin de cette journée. »

12 h 17 UTC

On aurait dit une comptine d'enfant, fredonnée en boucle par un dément au fond de sa cellule capitonnée.

La voix marmonnait si bas qu'elle ne discernait pas les paroles, pourtant l'air lui était vaguement familier…

Comme si elle avait déjà entendu ça quelque part, sans qu'elle se rappelât où ni quand.

Une chose était certaine : l'être qui chantonnait tapi dans les ténèbres était mortellement dangereux – tout son instinct le lui criait. Silencieuse comme une ombre, elle fit deux pas en arrière et s'accroupit au pied de la paroi rouillée qui formait l'un des murs de sa prison. En tâtonnant parmi les débris au sol, elle finit par trouver une sorte de tige métallique longue comme le bras et s'en empara avec soulagement. *Mieux que rien*, se dit-elle. À ce moment, la créature s'arrêta de chanter, et le silence revint. Tous les sens aux aguets, Poppy Borghese se figea en scrutant l'obscurité.

L'attaque fut soudaine et d'une violence extraordinaire. Elle eut juste le temps d'entrevoir une forme blanchâtre qui se précipitait sur elle à une vitesse impensable ; par pur réflexe, elle se jeta de côté et, au même instant, quelque chose d'énorme – *un poing ?* – s'écrasa avec fracas contre la paroi métallique à l'endroit précis où sa tête se trouvait un quart de seconde auparavant.

Enchaîne. Vite.

Poursuivant son mouvement latéral, elle virevolta sur elle-même et, au jugé, planta de toutes ses forces son épieu improvisé à l'endroit où elle pensait trouver son assaillant. Avec une jubilation sauvage, elle sentit la pointe forcer une résistance caoutchouteuse puis s'enfoncer profondément dans quelque chose de mou, pendant qu'un grondement inhumain éclatait tout près de son oreille. Pensant avoir mortellement touché son adversaire, elle commit l'erreur de rester une demi-seconde immobile ; ce fut suffisant pour que la barre métallique lui soit arrachée des mains avec une force inimaginable tandis qu'une patte griffue fendait l'air dans sa direction, lui entaillant cruellement la joue et manquant de la scalper.

Retenant le gémissement de douleur qui aurait signalé sa position, elle recula prestement de quelques pas, puis s'immobilisa tout en essayant d'anticiper les mouvements de son adversaire. *Merde. Plus d'arme. Ne panique pas, il est très fort, mais tu peux le blesser.*

L'attaque suivante la prit totalement au dépourvu. Sans même qu'elle ait eu le temps de percevoir le déplacement d'air, quelque chose la frappa au flanc avec la force d'un boulet de canon, lui fracturant plusieurs côtes et la soulevant de terre pour la projeter à plusieurs mètres ; elle retomba durement contre une grosse masse rouillée pleine d'angles vifs, peut-être un des ces moteurs au rebut qu'elle avait cru distinguer dans l'obscurité, et sa tête vint heurter une saillie métallique avec un choc à couper le souffle. Luttant contre l'évanouissement, elle se rétablit tant bien que mal sur ses deux pieds et tenta de s'écarter aussi vite que possible de son point de chute.

Ne tombe pas dans les pommes. Continue à bouger. Vite.

Mais elle était bien trop sonnée pour se défendre encore de façon efficace : l'instant d'après, son adversaire était sur elle. Elle fut soulevée puis plaquée au sol avec une violence irrésistible, pendant qu'une énorme main griffue la maintenait par le cou en lui broyant le larynx. Elle tenta désespérément de se dégager en portant des coups de poing à l'aveuglette, mais la créature ne semblait même pas y prêter attention. Une autre main se posa sur son épaule gauche.

Et serra.

Elle poussa un hurlement de douleur en sentant les griffes acérées pénétrer profondément dans ses muscles, tandis qu'un flot de sang ruisselait sur son bras. Dans l'océan de souffrance qui la submergeait, elle devina plus qu'elle ne la vit une face de cauchemar pourvue de crocs gigantesques qui se rapprochait d'elle ; une bave puante se mit à dégouliner sur son visage.

La pression sur son épaule s'accentua encore, et elle sentit distinctement les griffes énormes se rejoindre dans sa chair.

Elle comprit que la créature n'avait plus qu'un geste à faire pour lui arracher le bras.

12 h 17 UTC

Le hurlement du gros turboréacteur Pratt et Whitney atteignit son paroxysme lorsque les dix-neuf tonnes du Lockheed-Martin F-35C « *Lightning II* » à décollage vertical s'arrachèrent d'un coup au pont arrière du *Stratton*.

Le développement de capacités de projection longue distance à partir de petites unités navigantes de type frégate avait été l'un des points clés du programme Deepwater initié en 2007. Ses promoteurs étaient partis d'un constat simple : la flotte des Garde-côtes était vieillissante, insuffisante en matériel comme en personnels, et ses moyens aériens qui se limitaient à des patrouilleurs à hélice et des hélicos de reconnaissance vieux de quarante ans étaient désormais inadaptés aux nouvelles missions du corps : lutte contre le narcotrafic, la piraterie maritime ou le terrorisme international. L'USCGC *Stratton* sorti en 2009 des chantiers navals Ingalls/Northrop Grumman du Mississippi avait été le premier navire à mettre en pratique cette philosophie. Frégate multirôles rapide et à haute furtivité – la configuration inusitée de son blindage intégral, sans aucun angle aigu susceptible de réfléchir les ondes radar, s'inspirait directement des technologies aéronautiques –, le bâtiment était doté des systèmes de guerre électronique les plus modernes et d'un confortable rayon d'action de douze mille nautiques.

Mais le plus remarquable n'était pas là. À l'arrière de la superstructure, le traditionnel hélipont avait été remplacé par une vaste surface plane en composite titane/tungstène capable d'encaisser les températures extrêmes d'un VTOL[1] au décollage. Dans sa soute reliée au pont d'envol par un large élévateur, le *Stratton* pouvait emporter au choix deux chasseurs convertibles F-35 C ou quatre hélicoptères d'attaque Bell AH-1Z « Viper ». Grâce à cette configuration inédite, deux ou trois frégates de ce type étaient à même d'assurer des missions de renseignement ou de sécurisation à peu près n'importe où dans le monde, avec beaucoup plus de souplesse qu'un groupe aéronaval classique et pour un coût de déploiement vingt fois moindre.

Bien calé dans le cockpit monoplace de l'intercepteur, le lieutenant Terry Collins regardait le pont du *Stratton*

1. *Vertical Take-Off and Landing* : avion à décollage et atterrissage vertical.

s'éloigner mètre par mètre. Il résista à l'envie de faire un tour d'horizon pour essayer de localiser son ailier qui avait décollé deux minutes auparavant et qui devait en ce moment se trouver sur une boucle d'attente à basse altitude ; ç'aurait été une perte de temps, et, pour l'heure, il avait mieux à faire : contrôler sur les deux écrans LCD qui résumaient le tableau de bord ainsi que sur son affichage HUD que les différents systèmes de l'engin montaient en puissance de façon nominale.

Le jeune pilote détaché de l'US Navy savait que, sur le plan des performances en vol, son appareil n'était pas ce qui se faisait de mieux. Une très haute furtivité – la signature radar du F-35C est équivalente à celle d'une balle de golf – se paie au prix fort au niveau de l'aérodynamique ; de son côté, la capacité VTOL impose des compromis drastiques en termes de consommation de carburant et d'efficacité du turboréacteur. Le résultat était un avion lourd, peu manœuvrable, plafonnant à Mach 1,5 et au rayon d'action limité à moins de cinq cents milles. Il en était de même pour l'armement embarqué : toujours pour préserver la furtivité, il avait en effet fallu renoncer aux classiques pylônes d'emport fixés sous les ailes et loger missiles et bombes dans des soutes internes, ce qui réduisait considérablement la charge utile.

Mais en réalité, ça n'avait aucune importance.

Comme il l'avait déjà fait lors des vols d'entraînement dans le Nevada, le lieutenant Collins tapota avec fascination le gros boîtier bleu situé à sa droite. La surface lisse et émaillée comportait juste l'inscription *« K2 Industries / Raytheon Optronics »*, et un unique bouton poussoir. Un aspect minimaliste, mais le jeune homme savait que la demi-tonne d'électronique qui se dissimulait derrière constituait l'aboutissement de quinze années de recherches pour un coût de développement à peine inférieur à celui du programme Apollo.

Un signal sonore l'avertit que le F-35C venait d'atteindre l'altitude de cent pieds requise pour la manœuvre de transition qui allait basculer la poussée de la verticale vers l'horizontale. Avant de lancer la séquence de commandes, Collins jeta un dernier coup d'œil à l'extérieur. Une bonne partie de l'équipage du *Stratton* s'était massée autour du pont d'envol et sur la passerelle pour assister au décollage des deux appareils. Parmi les officiers aux premières loges, le pilote repéra la haute stature du capitaine Davenport ; comme s'il avait capté son regard, celui-ci lui adressa un signe amical et porta à ses lèvres le petit combiné radio qu'il tenait à la main.

« Davenport à Spectre Un, entendit Collins dans ses écouteurs. Vous me recevez, Terry ?

— Cinq sur cinq, commandant.

— Je voulais vous souhaiter bonne chance, mon garçon. Ne prenez pas de risques. Et essayez si possible de nous ramener vos joujoux. Terminé, Spectre Un.

— Merci, commandant. Terminé », fit Collins.

Il savait que ce serait le dernier échange radio avant la fin de la mission, le succès de celle-ci reposant en grande partie sur un silence hertzien absolu. Toutes les communications entre les deux F-35C, de même qu'entre ces derniers et le *Stratton* s'il se trouvait à distance de réception, se feraient donc par faisceau laser bidirectionnel, totalement indétectable par l'adversaire.

Collins allait initier la manœuvre de transition lorsqu'il se ravisa et reposa la main sur le boîtier bleu énigmatique.

Autant commencer par ça. Après tout, tu as des spectateurs, tu peux bien leur faire ce menu plaisir.

Réalisant soudain qu'il était en train de tourner une page de l'histoire de l'aviation militaire – le dispositif en question n'avait jamais été testé dans des conditions opérationnelles réalistes, et encore moins en situation de combat –, il ôta la petite protection en plastique et posa l'index sur le bouton poussoir.

C'est parti, pensa-t-il en actionnant la commande. *Monsieur Frodon vient de passer l'Anneau.*

12 h 18 UTC

Il contempla avec un vague intérêt la petite créature qui se tordait de douleur sur le sol rouillé. Il la reconnaissait parfaitement : c'était la même femme qui avait failli le tuer et l'avait atrocement mutilé en jetant cette grenade à ses pieds, deux jours auparavant. Cette fois encore, elle s'était bien défendue, beaucoup mieux que la plupart des proies humaines qu'il lui avait été donné d'affronter, mais, comme toujours, il avait fini par l'emporter. La douleur dans son flanc et le liquide qui suintait de son abdomen perforé lui rappelèrent qu'elle avait quand même réussi à le blesser de nouveau.

Ce serait vite guéri, mais, pour ceci – et pour la fois d'avant –, elle allait payer.

D'ordinaire, il tuait d'une façon d'autant plus rapide et indifférente que l'acte n'était jamais une finalité en soi, encore moins une source de jouissance : c'était juste le moyen d'obéir à un ordre, d'éliminer une menace ou de se procurer de la viande fraîche. Mais aujourd'hui, ce serait différent : au lieu de la décapiter d'un seul coup de griffe, il allait lui arracher méthodiquement les quatre membres et la regarder ensuite se vider de son sang en se tortillant comme un ver coupé en deux. Une perspective qui aurait dû le remplir de contentement.

Et pourtant, il sentait confusément que quelque chose clochait.

Au cours du bref combat qui les avait opposés, il avait ressenti cette même sensation étrange que dans la galerie de glace : bien qu'il l'eût littéralement bombardée de visions d'épouvante comme il le faisait d'ordinaire pour annihiler les défenses de ses proies, cela n'avait semblé en rien l'affecter. Comme si elle ne captait pas ses émanations mentales, ou y était immunisée.

Et il y avait aussi son odeur. Différente de celle des femelles avec lesquelles l'homme en blanc l'avait forcé à s'accoupler, il y a tant d'années. Les griffes toujours crochées dans son épaule ruisselante de sang, il se rapprocha un peu pour mieux la renifler. Bien sûr, elle exhalait le même parfum de terreur abjecte que tous ceux qui se trouvaient à sa merci, mais il y avait autre chose derrière. Quelque chose de vaguement familier.

Un souvenir presque oublié. Un vestige infime de sa vie d'antan, enfoui sous d'impénétrables couches de ténèbres accumulées. Et qui, en revenant lentement à la lumière, suscitait d'autres souvenirs, comme par une étrange réaction en chaîne.

Sans même s'en rendre compte, il se remit à chantonner la petite comptine – ces mots dépourvus de sens, mais qui, depuis la veille, tournaient en boucle dans son esprit :

Chi beddu stu cappiduzzu,
Chi beddu saporito...

12 h 18 UTC

Elle savait qu'elle vivait ses derniers instants et pria de toutes ses forces pour perdre connaissance avant qu'il ne commence à la démembrer. Mais cela lui fut refusé : malgré l'atroce douleur qui irradiait de son épaule transpercée et le poids du monstre qui la clouait au sol, elle demeurait affreusement lucide ; elle tenta un dernier effort pour se libérer, sans autre effet que de rendre sa souffrance encore plus insoutenable.

Elle prit progressivement conscience que cela durait bien trop longtemps. Alors que quelques instants auparavant la créature semblait sur le point de la mettre en pièces, cela faisait maintenant de longues secondes qu'elle s'était immobilisée, se contentant de chantonner cet air idiot en lui soufflant son haleine putride au visage.

« Qu'est-ce que tu attends pour en finir, fils de pute ? parvint-elle à marmonner. Tu prends ton pied, c'est ça ? »

Mais le monstre ne bougeait pas d'un poil, répétant sans cesse les mêmes mots de sa voix sans timbre.

Des mots qu'elle comprenait.

D'un seul coup, elle se rendit compte qu'elle connaissait cette langue, qu'elle la connaissait *intimement* même si elle ne l'avait jamais parlée. Comme appelée par les mots, une image traversa fugacement son esprit avant de s'évanouir aussi vite qu'elle était apparue.

Un jeu de marelle dans une cour poussiéreuse. Des collines pelées pour tout horizon. Un soleil bien trop chaud pour un mois d'avril. Un petit garçon jouant avec un chapeau trop grand pour lui. Papa vous regarde en souriant.

Il y eut un instant d'éternité. Deux ou trois battements de cœur pendant lesquels il n'y eut que l'obscurité, la souffrance dans son épaule et la ritournelle monotone de la créature.

Et puis elle se souvint. De tout.

Ce fut comme une digue qui se rompait au plus profond d'elle-même, un barrage qu'elle avait édifié il y a bien longtemps pour sa propre survie et qui lâchait d'un seul coup, libérant un océan de souffrance et d'énormes blocs de souvenirs délibérément refoulés.

Sans qu'elle puisse s'en empêcher, ses yeux se remplirent de larmes – un torrent de larmes – et elle se mit à sangloter d'une voix d'enfant :

Quannu mi l'ha mettiri ?
Quannu mi fazz'u zitu !
Scinnu pi lu Cassuru,
Scinnu pi li Banneri,
E tutti chi me ricuni :
Bongiorno cavaleri ![1]

---

1. *Qu'il est beau ce chapeau / Qu'il est gracieux / Quand est-ce que je le mets ? / Quand je me fiance ! / En descendant le cours Càssaro / En descendant la rue Banneri / Et tous ceux que je croise (me disent) / Bonjour monsieur !* (vieille chanson d'enfant sicilienne).

Lorsque les mots se tarirent, elle réalisa que la créature avait elle aussi cessé de chantonner. Elle restait maintenant rigoureusement immobile, semblant attendre quelque chose.

Poppy Borghese leva son bras valide et posa une main hésitante sur le visage monstrueux à quelques centimètres d'elle. N'éprouvant plus ni crainte ni dégoût, elle palpa le front sillonné de rides profondes, les crocs formidables, les joues rugueuses couturées de cicatrices.

« Michael ? » murmura-t-elle d'une voix tremblante.

Chapitre 28

2 mars 2018 – 12 h 49 UTC

C'était presque trop facile.

La sépulture qu'ils étaient en train de déblayer ne présentait pas le moindre signe distinctif. Après l'avoir débarrassée de la neige qui la recouvrait, ils n'avaient trouvé qu'un monticule de terre affaissé par le temps, sans ornement ni marque d'identification. Et si la vieille planche en bois à moitié pourrie qui se dressait à sa tête avait jamais comporté une inscription, soixante-dix ans d'exposition aux intempéries l'avaient effacée depuis belle lurette. Avec ses murets de ciment et sa modeste colonne de granit, la tombe de Sir Ernest Shackleton qui se dressait juste à côté avait par contraste un aspect presque fastueux.

Caleb et ses deux amis travaillaient depuis une demi-heure et leurs outils avaient déjà extrait près d'un mètre de déblais. Ils s'étaient plus ou moins attendus à rencontrer un sol dur comme du roc, mais on était encore à plusieurs semaines des grands froids de l'hiver, et la terre gardait une consistance meuble et facile à creuser.

Avec pour conséquence que le travail avançait plus vite que prévu.

Bien trop vite, pensa Caleb.

Les trois hommes faisaient ce qu'ils pouvaient pour ralentir leur ouvrage sans que ce soit trop flagrant, bien conscients que Baranko les ferait abattre à peine le travail terminé – les plaisanteries que l'officier russe avait échangées avec ses hommes et que Joshua leur avait traduites à mi-voix ne laissaient aucun doute à ce sujet.

« On fait quoi, quand on arrive au cercueil ? murmura le Néo-Zélandais entre deux coups de pioche.

— Je te dirai ça dès que j'aurai trouvé », lui répondit Caleb.

Mais il ne se berçait pas d'illusions. La qualité de l'entraînement des *spetsnaz* n'a rien à envier à celle des SAS ou d'autres troupes d'élite – à cette différence près que le pourcentage de casse autorisé est beaucoup plus élevé –, et les types qui se relayaient pour les garder seraient très difficiles à abuser. Leur surveillance ne s'était relâchée qu'une seule fois, dix minutes plus tôt, quand ils avaient été survolés à très basse altitude et à plusieurs reprises par un ou plusieurs avions de chasse.

Ou ce qui semblait l'être, au bruit de leurs réacteurs : curieusement, personne n'avait pu apercevoir les appareils en question, ce qui était d'autant plus étrange que le plafond nuageux était haut et la visibilité horizontale excellente.

En tout cas, l'incident n'avait pas été du goût du colonel Baranko : ce dernier avait aussitôt montré les signes d'une vive irritation et s'était mis à hurler dans son communicateur radio pour qu'on lui envoie des renforts. Caleb et ses amis en avaient profité pour arrêter de creuser ; mais, après un instant de flottement, les gardes s'étaient vite repris, et les prisonniers avaient dû se remettre à l'ouvrage sans avoir rien pu tenter.

« Et le vieux ? insista Joshua, toujours à mi-voix. Tu en penses quoi ? »

Caleb réfléchit quelques instants, continuant machinalement à sortir de la tombe des pelletées aussi maigres que possible. Le rôle du général Iazov au sein du commando russe demeurait pour lui une énigme. Malgré son grade supérieur, le vieil officier à l'air malade n'avait manifestement pas voix au chapitre, en contradiction avec ce que Kjölsrud lui avait révélé de ses fonctions. L'animosité entre lui et Baranko était palpable : les deux hommes évitaient soigneusement de s'adresser la parole, ou même de se tenir côte à côte. Plus surprenant avait été le comportement de Iazov juste après l'épisode des avions : le général s'était rapproché de Kjölsrud et de Viktor Bernstein toujours entravés et s'était entretenu quelques minutes à voix basse avec les deux captifs. Ils parlaient trop bas pour que Caleb entende quoi que ce soit de leur conversation, mais, à son grand étonnement, Kjölsrud et Iazov avaient éclaté de rire à deux reprises – un rire sec et sans joie. L'échange n'avait pas échappé à Baranko, mais celui-ci s'était contenté de rester à distance en leur jetant des regards furieux.

« Je ne sais pas, finit par répondre Caleb. Je ne sais vraiment pas. Mais je n'en attends pas grand-chose. »

12 h 50 UTC

La large véranda sécurisée le temps du sommet par des plaques de verre synthétique de trois centimètres d'épaisseur offrait d'ordinaire un panorama somptueux sur la côte déchiquetée de Flores Island et, au-delà, sur l'étendue sans limites du Pacifique Nord. Pour l'instant, il n'y avait cependant pas grand-chose à observer : le soleil ne se lèverait que dans deux heures, et l'obscurité quasi complète qui régnait au-dehors était encore renforcée par les rideaux de pluie glacée qui s'abattaient sans discontinuer sur le vitrage blindé.

Les deux hommes qui se tenaient devant la fenêtre n'en avaient cure : ils n'étaient pas là pour admirer le paysage.

Après avoir échangé les banalités d'usage, ils avaient partagé une tasse de café en discutant de choses et d'autres, à l'évidence sans rapport avec ce qui amenait le président américain. Un autre que Vladimir Poutine se serait vite lassé et aurait demandé à son interlocuteur ce qui pouvait bien justifier une entrevue à 5 heures du matin, au mépris de toutes les règles du protocole. Mais, outre le fait qu'il avait une idée assez précise de ce qui amenait l'Américain, le Russe était aussi patient que rusé : l'occasion lui était fournie d'en apprendre un peu plus sur cet homme qu'il n'avait encore jamais rencontré en tête à tête, il n'allait pas s'en priver.

Comme tout un chacun, Poutine savait que rien ne destinait *a priori* l'ancien speaker de la Chambre des représentants à devenir le quarante-sixième président des États-Unis[1] ; rien d'autre que le malencontreux concours de circonstances qui avait voulu que les deux chefs de l'exécutif américain décèdent à douze heures

1. Aux USA, le speaker de la Chambre des représentants est le second dans l'ordre de succession présidentielle, après le vice-président.

d'intervalle – le premier de deux balles de 5,56 et le second d'une rupture d'anévrisme. L'homme lui avait été décrit par ses analystes comme un président de transition, falot et tout juste capable d'expédier les affaires courantes. À sa grande surprise, il découvrait une réalité plus complexe : si le type assis à ses côtés était presque outrageusement dépourvu de charisme et de prestance physique, il n'en était pas moins précis, déterminé et pourvu d'une solide dose de bon sens. Des qualités que Vladimir Poutine appréciait, y compris chez ses adversaires politiques.

Le Russe en était à ce point de ses réflexions quand le président américain reposa doucement sa tasse sur le petit guéridon en bois flotté : « Excellent café, dit-il. Je vois que nous sommes d'accord sur pas mal de choses. Alors, voyons si nous le sommes aussi sur la Géorgie du Sud… »

Poutine faillit sourire à cette entrée en matière aussi directe que maladroite. « La Géorgie du Sud ? fit-il d'un air placide. À quel propos ?

— À propos du bordel que vos hommes sont en train d'y mettre, monsieur le président. »

Les lèvres presque inexistantes du dirigeant russe se pincèrent de façon imperceptible : « Expliquez-vous, demanda-t-il sèchement.

— Volontiers. Je vous parle de l'incursion illégale d'un groupe aéronaval russe dans des eaux sous souveraineté britannique. De la capture de citoyens américains, opérée tout aussi illégalement par des troupes russes sous les ordres d'un certain général Iazov – oui, nous savons qui il est et quel a été son rôle depuis cinquante ans. Et je vous parle bien sûr de l'explosion d'un dispositif nucléaire de nature encore indéterminée quelques minutes à peine après le survol de l'île par trois intercepteurs, russes eux aussi… »

Poutine le considéra quelques instants en silence ; son regard était devenu glacial.

« Un dispositif de nature encore indéterminée… grinça-t-il enfin. Vous êtes sûr ?

— Que voulez-vous dire ?

— Je veux dire que lorsqu'on raconte la fin d'une histoire, il faut aussi raconter le début. Un début qui remonte à pas mal de temps, n'est-ce pas ? »

Le président américain sembla légèrement déconcerté. *Il est doué pour le bluff*, se dit Poutine, *mais pas autant que moi. C'est comme s'il y avait écrit « Qu'est-ce qu'il peut bien savoir ? » sur son front !*

« L'histoire d'une arme si puissante qu'elle aurait pu changer le cours de l'Histoire, continua le Russe. D'une base américaine perdue dans les glaces. D'un cabinet secret formé de très hauts gradés recrutés par cooptation depuis soixante-dix ans et chargé pendant tout ce temps de recueillir la moindre info, si minime soit-elle, concernant le devenir de cette arme – je peux même vous dire à quelle heure ils vous ont téléphoné avant-hier, monsieur le président. Et bien sûr, cette histoire serait incomplète si nous ne parlions pas aussi du rôle pour le moins trouble joué par ce Kjölsrud et sa bande de mercenaires… »

Son interlocuteur haussa les épaules : « Au moins, sur ce point, nous sommes hors du coup. Tout laisse à penser que la K2 a essayé de doubler tout le monde en agissant pour son propre compte. »

Les deux hommes échangèrent un long regard – vert sombre contre bleu glacier – sans qu'aucun baisse les yeux. Puis Vladimir Poutine murmura : « Qu'est-ce que vous voulez au juste, monsieur le président ?

— Vous dire comment je vois les choses. Plusieurs éléments, entre autres le comportement de vos troupes sur place, nous laissent à penser que, malgré l'explosion d'hier, certaines informations – peut-être des documents ? – relatives à cette arme pourraient avoir été préservées. En Géorgie du Sud.

— Et ?

— À partir de là, c'est très simple. Vous voulez cette arme, mais, pour nous, il est hors de question que vous l'ayez. Et inversement, bien sûr.

— Une situation bloquée, dans ce cas », dit le Russe en haussant les épaules à son tour.

Au lieu de répondre, l'autre fit un geste interrogateur en direction de la cafetière. Poutine acquiesça d'un signe de tête imperceptible. Le président américain prit tout son temps pour remplir les deux tasses, et, pendant toute l'opération, le Russe garda son regard reptilien fixé sur lui. *Décidément, ce type me plaît*, pensa-t-il – en veillant soigneusement à ne pas le montrer.

« Une situation bloquée, ça n'existe pas, dit enfin l'Américain. Quand une serrure est grippée, on met de l'huile… »

Il leva les yeux vers Poutine qui le considérait maintenant d'un air interrogateur.

« C'est moi qui apporte l'huile », acheva le président des États-Unis.

12 h 52 UTC

Ils restèrent longuement blottis l'un contre l'autre, parlant très peu – les mots étaient impuissants à décrire le bonheur de retrouver un être que l'on avait cru disparu à tout jamais.

Pour la première fois depuis ce jour funeste de janvier il y avait si longtemps, elle sentit se soulever un peu la chape de tristesse et de culpabilité qui l'avait emmurée vivante la plus grande partie de son existence. Mais, à mesure que ce carcan se desserrait doucement, une autre émotion grandissait en elle.

La colère.

Une colère sans limites.

Du peu qu'il lui raconta, avec les mots frustes qui étaient les siens, elle découvrit qu'il ignorait presque tout du monde dans lequel il vivait. Alors qu'elle-même parcourait les continents à la recherche d'un exutoire aux forces destructrices qui la rongeaient, lui avait passé le plus clair de sa vie comme un animal dans sa cage – n'en sortant que pour faire l'objet d'expérimentations monstrueuses ou pour tester ses capacités de machine à tuer. Elle réalisa aussi que le peu qu'il pensait connaître de son enfance n'était que mensonges, un amas de vérités contrefaites savamment instillées en lui pour développer sa haine et sa cruauté.

Sans trop savoir ce qu'il comprenait, elle tenta de dissiper ces ténèbres. Lui révélant doucement, comme on le fait à un enfant, ce qui s'était réellement passé et ce qu'ils devaient à l'homme que tous deux appelaient *Père*.

Il y eut ensuite un long silence, comme s'il essayait de digérer ces nouvelles informations.

« Père… fit-il tout à coup. Il est en danger, je le sens. Il y a ce Guennadi et d'autres gens méchants avec lui.

— Moi aussi, je le sens, acquiesça-t-elle ; elle envisagea un instant de lui expliquer le concept de liaison neurale, mais y renonça : comme beaucoup de choses, cela dépassait largement ses capacités de raisonnement. Je peux lui parler dans ma tête quand il n'est pas trop loin, dit-elle simplement. Tu comprends ? »

Il hocha la tête, apparemment satisfait de l'information. « On va aller l'aider, grogna-t-il. Mais, avant, tu dois faire quelque chose pour moi. »

Après qu'il eut cessé de parler, elle regarda avec épouvante l'énorme silhouette blafarde qui se dessinait dans la pénombre. « Tu es fou, Michael, déclara-t-elle d'une voix suppliante. Ne me demande pas ça… Je viens juste de te retrouver !

— Tu dois, répéta-t-il d'un ton buté. Je ne peux pas le faire tout seul. »

Dans le noir, elle sentit qu'il lui agrippait la main et y glissait d'autorité quelque chose ; elle essaya brièvement de résister, mais elle ne faisait pas le poids : les énormes doigts griffus avaient la force d'un étau. Vaincue, elle palpa l'objet qu'il venait de lui remettre et le reconnut tout de suite.

Un long clou rouillé.

12 h 57 UTC

Le capitaine Anatoly Bogdossian quitta des yeux le littoral désolé de la Géorgie du Sud qui défilait à mille deux cents pieds sous le ventre de son Su-47 « Berkut » et fit un rapide tour d'horizon du regard. Pas la moindre trace d'avions américains, aussi loin que la vue portât. Par acquit de conscience, il jeta un nouveau coup d'œil sur l'écran de son radar tactique Irbis-E puis bascula la mollette de son communicateur :

« Rapace Leader à Deux, émit-il à l'adresse de son ailier qui suivait un cap parallèle à deux milles sur bâbord. Tu captes quelque chose, Dimitri ?

— Négatif, Leader. Rien en visuel, rien au radar. M'est avis que ce colonel Baranko a dû confondre le cri des mouettes avec le bruit d'un réacteur… »

Une manière délicate – et prudente, s'agissant de communications radio sur canal ouvert – de dire ce sur quoi les deux jeunes pilotes étaient parfaitement d'accord : le colonel Baranko était un fieffé connard.

« C'est bien possible, dit Bogdossian. Voilà ce qu'on va faire : on remonte encore la côte sur une dizaine de milles, jusqu'à… (il consulta brièvement la carte qui s'affichait en surimpression sur son HUD)… Church Bay, c'est ça. Ensuite, demi-tour au 120, on grimpe à dix mille pieds et on revient en survolant la dorsale jusqu'au mont Paget – j'ai envie de faire quelques photos de ce foutu cratère. Et de là, retour à l'écurie…

— Ça marche, Leader. Je te suis. »

Bien que dépourvue d'intérêt, cette seconde mission en deux jours avait le mérite d'être beaucoup plus reposante. L'*Ivan Grozny* et ses bâtiments de soutien étaient désormais stationnés à trois milles de la côte, en face de l'entrée de la baie de Cumberland ; ils auraient encore pu se rapprocher davantage et venir mouiller juste devant Grytviken, mais l'amiral Atanassiev avait préféré jouer la carte de la prudence et ne pas engager son armada dans un goulet trop étroit à son goût. Quoi qu'il en soit, le porte-aéronefs géant n'était qu'à un jet de pierre, et ils ne risquaient donc pas de se retrouver comme hier dans la situation inconfortable de devoir apponter en limite d'autonomie avec seulement quatre minutes de fuel dans les réservoirs.

Alors que les contours de Church Bay, la large échancrure littorale située à l'extrémité occidentale de l'île, se précisaient devant le nez de son appareil, le capitaine Bogdossian aperçut le navire des Américains. Minuscule à cette distance, le *Stratton* se trouvait à une dizaine de milles au nord-ouest de leur position actuelle et n'avait pratiquement pas bougé depuis plusieurs heures. Le pilote russe avait pour stricte consigne de ne pas s'en approcher davantage et d'éviter tout geste qui puisse être interprété comme une provocation ; aussi décida-t-il de débuter tout de suite le large virage ascendant qui allait le ramener à son point de départ.

Le phénomène commença deux minutes plus tard, alors qu'il venait de terminer sa manœuvre et survolait déjà le mont Ashley, premier contrefort occidental de la chaîne d'Allardyce.

Le signal sonore de l'alerte radar se mit soudain à tinter pendant qu'un message d'avertissement clignotait sur le viseur. Surpris, mais pas encore vraiment inquiet, Bogdossian vérifia rapidement les paramètres qui s'affichaient sur l'écran. Avec sa RCS[1] à 0,01 m^2, le radar Irbis-E qui équipait les chasseurs Su-35 et Su-47 était l'un des plus sensibles de sa catégorie, avec pour corollaire qu'il se déclenchait souvent de façon inappropriée. Cela paraissait bien être le cas aujourd'hui : l'écho détecté était très faible, fluctuant, et si le calculateur le situait sur tribord, il n'arrivait pas à calculer précisément son azimut. *Sans doute un biologique*, pensa le capitaine russe en se souvenant que le ciel de Géorgie du Sud était littéralement envahi de millions d'oiseaux de mer. Le radar sembla lui donner raison, puisque l'écho disparut au bout de trois ou quatre secondes tandis que l'affichage d'alarme s'éteignait.

Pour reprendre presque aussitôt.

Le pseudo-écho était à nouveau sur tribord et un peu plus en avant, même si le radar n'arrivait toujours pas à le localiser avec précision. Par contre, la distance paraissait faible, moins de deux ou trois nautiques. Irrité, Bogdossian jeta un coup d'œil dans la direction approximative indiquée par ses instruments. Bien sûr, il n'y avait rien. Rien d'autre qu'une succession de pics enneigés se prolongeant jusqu'à la silhouette formidable du mont Paget à trente-cinq milles au sud-est. Puis il articula dans sa radio : « Leader à Deux. Mon

1. *Radar Cross-section* : surface équivalent radar. Valeur désignant la capacité d'un objet à réfléchir un faisceau électromagnétique. Les techniques de furtivité radar ont pour objet de réduire au maximum la RCS des avions de combat ; ainsi celle des intercepteurs de cinquième génération est de l'ordre de 0,01 à 0,02 m^2 alors que celle d'un avion de ligne civil peut atteindre 50 m^2. Un radar est bien sûr d'autant plus sensible qu'il peut détecter une RCS réduite.

radar déconne, Dimitri. Tu peux me faire un balayage actif du secteur, pour être sûr qu'on est seuls dans le coin ?

— Négatif, Leader, répondit aussitôt le lieutenant Laptev. Ce n'est pas ton radar. Le mien aussi vient de détecter des trucs bizarres.

— Quoi ?

— Au moins deux spots, ça vient de ton côté, mais c'est très faible. Ça n'arrête pas d'apparaître et de disparaître. »

Cette fois carrément alarmé, Bogdossian releva les yeux et regarda à nouveau sur tribord avant.

Il y avait bien quelque chose.

Mais à peine visible, comme un reflet miroitant sur la surface d'une vitre, ou ces images floues qui apparaissent dans la brume de chaleur au-dessus des routes écrasées par le soleil d'été. Le jeune pilote réalisa qu'il ne pouvait distinguer l'objet que parce qu'il se projetait sur la masse des montagnes en arrière-plan – sur fond de ciel, il aurait été complètement invisible.

« Dimitri ! cria-t-il dans sa radio. Je vois un truc ! Mais qu'est-ce que c'est que ce… ? »

Il n'eut pas le temps d'en dire plus : deux choses se produisirent simultanément à cet instant précis.

D'abord, toutes les alarmes de bord et de l'affichage HUD se mirent à clignoter en rouge, pendant qu'une sonnerie stridente lui vrillait les tympans : le signal que son appareil venait d'être verrouillé par un radar de poursuite et qu'une attaque missile était imminente.

Et un gros avion de chasse se matérialisa, comme surgi du néant, à cinquante mètres à tribord sur une trajectoire de collision.

« *CHERT' !* » hurla le Russe tandis que, sans intervention consciente de sa part, ses mains exécutaient en une fraction de seconde la manœuvre répétée mille fois sur simulateur : basculer en butée les gouvernes de direction ainsi que la tuyère à poussée vectorielle, larguer les leurres, activer les systèmes CCM actifs. L'avion partit dans un fulgurant virage bâbord à onze *g* pendant que son pilote, écrasé sur son siège par la monstrueuse accélération latérale, manquait de perdre conscience ; deux secondes plus tard, la pression se relâcha, et le capitaine russe retrouva aussitôt ses esprits. Une formidable bordée de jurons dans ses écouteurs lui apprit que son ailier venait de subir une mésaventure similaire. L'alarme radar, qui s'était interrompue le temps de la manœuvre, se remit à hurler de façon insistante. Bogdossian se dévissa la tête pour essayer de localiser l'avion ennemi et le repéra très vite : l'appareil – il reconnut la silhouette caractéristique d'un F-35 américain – se trouvait maintenant à un demi-mille sur tribord, environ deux cents pieds plus haut que lui, et suivait une route parallèle.

Alors qu'il le regardait, l'avion disparut sous ses yeux. Comme s'il n'avait jamais existé.

« Bon réflexe, fit soudain une voix à l'accent traînant dans ses écouteurs. Tu parles anglais, camarade Popov ?

— Euh… oui…, répondit machinalement un capitaine Bogdossian, interloqué. Mais qu'est-ce… ?

— Alors, écoute bien, petit gars. Toi et ton pote, vous allez rentrer vous poser bien gentiment sur votre tas de ferraille et vous n'en bougerez plus. Sinon, avec mes copains, on va vraiment commencer à vous botter le cul… »

13 h 07 UTC

« Option un, énonça le président américain. Ou plutôt 1.0. Vous vous obstinez à vouloir récupérer cette arme ou toute info la concernant pour votre seul profit. Et/ou les personnes que vous retenez en otage subissent des… préjudices irréparables. Dans cette hypothèse, nous n'aurons même pas à lever le petit doigt. Les Anglais s'en chargeront.

— Les Anglais ? fit Poutine, déconcerté. Pourquoi eux ?

— Bien que la Géorgie du Sud leur appartienne, les Anglais n'ont aucun moyen d'observation direct sur ce qui s'y passe. Pas de base permanente sur place, pas de satellite couvrant ce secteur. Ils ne peuvent compter que sur les infos que nous voulons bien leur fournir dans le cadre de nos accords permanents de renseignement et de défense. Pour l'instant nous avons pu les faire tenir à peu près tranquilles en leur disant que l'origine de l'explosion était encore inconnue et qu'une cause naturelle n'était pas exclue. Un mot de ma part, et on leur lâche tout ce qu'on a. »

Le Russe eut un rictus éloquent. « Et alors ? ricana-t-il, vous pensez qu'ils vont me déclarer la guerre ?

— Non, je ne crois pas. Par contre, corrigez-moi si je me trompe : c'est bien lundi prochain que vous devez vous rendre à Londres pour y défendre la candidature de Saint-Pétersbourg aux JO de 2028, n'est-ce pas ? »

L'autre lui jeta un regard indéchiffrable « Continuez, dit-il. L'option 1.1, c'est quoi ?

— C'est ce qui se passera si nous obtenons la

preuve que vous avez réussi à vous emparer de cette arme. *Ou* en cas d'agression caractérisée contre les unités navales que nous avons dépêchées sur place. Dans les deux cas, nous considérerons que cela équivaut à un état de guerre entre nos deux pays. »

Cette fois Poutine le dévisagea très longtemps avant de murmurer enfin : « Vous mesurez bien ce que vous dites, monsieur le président ?

— Pleinement. Je vous l'ai déjà dit, vous n'aurez pas cette technologie, à aucun prix. Pas tout seul, du moins.

— Ce qui nous mène à votre option deux, je suppose ?

— Tout juste. »

Le président américain fouilla la poche de sa robe de chambre et en sortit une unique feuille de papier qu'il plia soigneusement en deux avant de la poser sur le guéridon. Poutine ne lui accorda pas un regard : ses yeux restaient obstinément fixés sur le visage de son homologue.

« Voilà comment je vois les choses, poursuivit l'Américain. Vous renoncez à toute forme d'agression et vous évacuez le secteur sans aucun délai…

— Pour vous laisser mettre la main sur cette arme ?

— Pour la confier à une agence internationale indépendante que nous créerons pour l'occasion, sous l'égide des Nations unies. Chargée d'étudier les applications civiles du projet Longspoon, en veillant à ce qu'aucun usage militaire ne puisse en être fait.

— Intéressant, concéda Poutine avec une moue qui sous-entendait le contraire. Qu'est-ce que nous y gagnons ?

— *Un*, d'être complètement blanchis aux yeux des

Anglais. Nous prenons tout sur nous. L'explication officielle de la catastrophe sera le crash d'un de nos bombardiers B-2 qui se trouvait en manœuvres dans le coin, suivi de la détonation d'une de ses ogives thermonucléaires. Un peu tiré par les cheveux, mais totalement invérifiable : personne, pas même vous, ne sait au juste combien de ces appareils nous possédons. »

Il se trompait, mais Poutine se garda de lui faire remarquer.

« Bien sûr, continua le président des États-Unis, il y aura des protestations de toutes parts. Et le lobby antimilitariste va se frotter les mains. Mais avec les excuses officielles de la nation américaine ainsi qu'une très généreuse indemnisation, les choses devraient se calmer en quelques semaines. Et vous aurez même le beau rôle, puisque nous corroborerons la version selon laquelle l'*Ivan Grozny* s'est dérouté pour venir en aide à d'éventuels survivants. »

Vladimir Poutine eut un sourire dédaigneux. « Et c'est tout ce que vous me proposez ? La médaille des sauveteurs en mer ?

— Non. Ça, c'était le hors-d'œuvre. La principale contrepartie pour votre… bonne volonté portera sur les céréales.

— Les céréales ? Je croyais que c'était le sujet de notre réunion de 10 heures !

— Alors, on va gagner un peu de temps. J'ai cru comprendre que le prix du pain avait un peu augmenté chez vous, non ?

— Je vois que vous lisez les journaux, grinça le président russe.

— Pas seulement les journaux. Je lis aussi les rapports des climatologues. Tous s'accordent sur le fait que, cette année, votre récolte de blé et d'orge sera encore plus catastrophique que celle des deux années précédentes.

— La Russie survivra à cette crise comme elle a survécu à toutes les autres, jeta Poutine d'un air méprisant.

— La Russie, oui. Mais vous, vous n'y survivrez pas. Vous avez déjà eu des émeutes de la faim dans une douzaine de grandes villes. Et le Parti communiste rénové frise les 30 % dans les derniers sondages, alors que votre parti est en chute libre. Où en serez-vous dans quatorze mois, au moment des élections à la Douma ?

— Content de voir que vous vous préoccupez de nos petits soucis, murmura le Russe d'une voix où pour la première fois affleurait la colère.

— Je m'en préoccupe tellement que j'ai décidé de vous céder pour un prix symbolique la licence d'exploitation et un premier stock de semences de notre blé génomodifié MON-1715. Vous savez, celui qu'on peut faire pousser dans le sable avec un verre d'eau par hectare…

— Des plants stériles, je suppose ? Pour nous tenir par les couilles en nous obligeant à vous en racheter chaque année ?

— Des plants *fertiles*. En l'espace de cinq ans, vous pourrez en recouvrir chaque arpent de votre foutu pays si ça vous fait plaisir. Et pour parer au plus pressé, je vous propose trois millions de tonnes de blé conventionnel. Livrables sous deux mois au tarif que voici », dit le président américain en poussant doucement la feuille de papier vers Vladimir Poutine.

Celui-ci lut la somme qui y figurait. La lut une seconde fois pour être sûr qu'il ne s'était pas trompé, puis reposa le papier. Son visage restait indéchiffrable.

« C'est une offre plus que généreuse, monsieur le président. Le tiers du prix du marché. L'UE était aussi sur le coup ; ils vont grimper aux rideaux en hurlant à l'accord déloyal…

— Vous enverrez quelques boîtes de caviar à leurs dirigeants. Votre réponse ? »

Sa tasse de café à la main, Vladimir Poutine réfléchit longuement. Son regard glacé était toujours fixé sur le visage de son hôte, pendant que son esprit pesait le pour et le contre de chaque décision possible. Puis il reposa la tasse sans y avoir bu.

« D'accord, dit-il. J'accepte. »

Les deux hommes se serrèrent la main. Puis le président américain murmura : « Une sage décision, monsieur. Je suis persuadé que nos deux pays n'en tireront que des bénéfices. Mais maintenant que nous avons trouvé un accord, il faut absolument que nous en avisions les gens que nous avons sur place. Avant qu'ils ne se mettent à faire des conneries. »

13 h 18 UTC

Sur la passerelle de commandement de l'*Ivan Grozny*, la radio ne cessait plus de hurler, et la fébrilité commençait à gagner les officiers de quart. Depuis une demi-heure, les rapports se succédaient sur une série d'incidents tous plus étranges les uns que les autres. Après le survol à très basse altitude du site de Grytviken par plusieurs appareils que personne n'avait pu apercevoir, ce n'était pas moins de trois patrouilles de Berkut que l'amiral Atanassiev avait fait décoller pour surveiller les parages de la Géorgie du Sud ; toutes avaient fait les frais de manœuvres d'intimidation de la part de F-35 capables d'apparaître et de disparaître à volonté.

Dernière péripétie en date, un hélico chargé de transporter à terre une nouvelle unité de *spetsnaz* réclamée par le colonel Baranko avait dû rebrousser chemin sans pouvoir déposer ses hommes, après avoir été frôlé à deux reprises par un avion surgi du néant ; la seconde fois, la manœuvre d'évitement avait été plus qu'acrobatique, et le malheureux pilote n'avait dû qu'à la chance de ne pas crasher son appareil sur la bande côtière.

Il en fallait un peu plus pour impressionner Atanassiev qui, indifférent à l'agitation ambiante, savourait sa énième tasse de café de la journée en compagnie de son second, le commandant Zaitssov.

« Qu'est-ce que vous en pensez, monsieur Zaitssov ? demanda l'amiral.

— S'il n'y avait eu qu'un seul rapport d'incident, j'aurais fait mettre le pilote aux arrêts pour s'être bituré avant de prendre les airs, répondit aussitôt le second. Mais là, ça commence à faire beaucoup, monsieur… »

Atanassiev opina et porta pensivement la tasse à ses lèvres, réfléchissant aux implications de la situation.

Des avions invisibles ?

Il savait que l'idée n'était pas aussi farfelue qu'elle en avait l'air. Des systèmes expérimentaux de brouillage optique équipaient depuis déjà deux ans certains sites militaires américains ultra-classifiés comme les bases aériennes du Nevada – sans parler du complexe de laboratoires de la K2 sur l'île de San Clemente. Atanassiev avait aussi eu vent de projets similaires dans son propre pays, mais, à sa connaissance, il s'agissait de systèmes volumineux et complexes nécessitant une capacité de traitement informatique phénoménale rien que pour réduire la signature optique d'une structure fixe. Miniaturiser l'équipement tout en le rendant capable de brouiller l'image d'une cible mobile représentait en revanche un tour de force technologique qu'il n'aurait pas cru réalisable.

Il haussa les épaules. Invisibles ou pas, cela ne réglait pas l'autre question qui le titillait depuis quelques minutes.

D'où sortaient tous ces avions ?

Atanassiev savait qu'en dehors de son bâtiment il n'y avait aucun porte-avions, de quelque nation que ce soit, à des milliers de milles à la ronde ; le seul navire de guerre dans le secteur était cette petite frégate américaine stationnée bien sagement à une soixante de nautiques au nord-ouest. Et l'autonomie médiocre des F-35 excluait qu'ils viennent du continent Antarctique comme de la pointe de la Patagonie. *Les Falkland ?* – il fit un rapide calcul mental. *Peut-être, mais un peu limite quand même...*

À ce moment, il eut comme une illumination. Pour vérifier son intuition, il tourna son regard vers la console tactique qui affichait les horaires et positions des incidents rapportés : le survol de Grytviken avait eu lieu vers 1242, les attaques des Berkut entre 1300 et 1312, celle de l'hélico à 1316. *Et tous les points de confrontation pouvaient être reliés par une seule et large boucle nord-ouest puis sud-est.*

Bien essayé, les gars, pensa-t-il tandis qu'un début

de sourire se peignait sur ses lèvres épaisses. *Mais il va falloir faire un peu mieux que ça.*

Alors qu'il s'apprêtait à faire part de ses réflexions à son second, une autre idée – plus dérangeante, celle-là – s'imposa à lui.

Si tu as vu juste, ils doivent être dans le coin.

13 h 19 UTC

« Spectre Leader à Deux, émit le lieutenant Terry Collins. Prêt pour le final, Dave ?

— Et comment ! répondit aussitôt son ailier le lieutenant Sammy Davidson *via* le faisceau laser pulsé qui reliait les deux avions. Après ça, on fait quoi ?

— Après ça, je pense qu'il vaudra mieux se faire oublier : on rentre direct au *Stratton* en serrant les fesses. D'ici là, n'oublie pas le timing : tu balances la réchauffe à moins six secondes, et tu montres ton joli minois à moins trois. En attendant, tu gardes la tête baissée. Bonne chance, Dave, terminé.

— Bonne chance à toi aussi, Terry », fit Davidson.

Le lieutenant Collins sourit et ne put s'empêcher de jeter un coup d'œil sur sa gauche où, à moins de cent mètres, le second F-35C suivait un cap parallèle au sien. Mais bien sûr il n'y avait rien à voir. Ou plutôt si : une brume ténue à peine perceptible dont l'œil n'arrivait à déterminer ni la forme ni la distance – un peu comme ces corps flottants qui glissent parfois en périphérie du champ visuel, mais disparaissent dès que l'on oriente le regard vers eux. Collins ne comprenait pas grand-chose au dispositif quasi expérimental qui avait été installé sur leurs appareils ; il savait seulement qu'il résultait d'une savante combinaison entre optique quantique, supercalculateur embarqué et nanomatériaux disséminés dans le revêtement anéchoïque de l'appareil. *Peu importe*, se dit-il. *Ça marche, et on vient de semer une sacrée pagaille chez Ivan.*

Mais le plus dur restait à faire. Très vite, il reporta son attention sur ses instruments : une question de survie vu la manœuvre insensée qu'ils s'apprêtaient à tenter.

Même avec la très haute furtivité et les capacités de brouillage optique qui étaient les leurs, l'approche d'un groupe aéronaval représentait un défi d'une tout autre portée que le fait de provoquer quelques sueurs froides chez des pilotes de chasseurs. Un porte-aéronefs de la classe de l'*Ivan Grozny* disposait d'une batterie d'instruments de détection ultra-sophistiqués faisant paraître presque dérisoires ceux des appareils qu'ils venaient d'effaroucher.

En près de quatre-vingts ans d'aéronautique navale, une seule solution avait vraiment fait ses preuves : raser les flots pour déjouer les radars ennemis. D'autant plus délicat que, dans le cas présent, une petite houle serrée rendait la surface de l'océan mouvante, avec des creux qui frôlaient les deux mètres. La marge de manœuvre des deux F-35C filant à moins de sept mètres d'altitude était donc extrêmement réduite : un soupçon plus haut, ils seraient aussitôt repérés et anéantis avant d'avoir pu atteindre la cible ; un poil plus bas, ils risquaient de toucher une vague, ce qui, à leur vitesse de quatre cent cinquante nœuds, signifierait la destruction instantanée des appareils.

À trois milles devant le nez de son avion, la flottille russe occupait maintenant tout le champ de vision du lieutenant Collins. Avec ses trois cent cinq mètres de longueur, la masse gigantesque de l'*Ivan Grozny* se présentait de profil et formait comme une île de métal au milieu de l'océan. Ses deux frégates d'escorte, le *Tuman* et le *Yaroslav Mudryy*, étaient déployées à quelques centaines de mètres de part et d'autre du géant ; un gros navire sans armement visible, sans doute un pétrolier ravitailleur, se profilait un peu en arrière du groupe. Collins rectifia un peu le cap pour s'aligner en plein milieu de la coque du porte-aéronefs, juste en avant de l'îlot central ; si tout allait bien, il n'aurait plus aucune correction de trajectoire à effectuer.

Dix-neuf secondes.

La sonnerie stridente de l'alarme radar se déclencha pour la première fois, pour s'interrompre presque aussitôt. Puis recommença une demi-seconde, avant de s'arrêter à nouveau. Collins savait ce que ça signifiait : ils venaient d'être accrochés par la détection de l'*Ivan Grozny*, mais ils volaient trop bas et offraient une surface équivalente trop faible pour que les radars puissent se verrouiller sur eux. *Peu importe*, pensa le jeune pilote. *Ils savent qu'on est là. Tout dépend de ce qu'ils vont faire maintenant.*

Treize secondes.

L'alarme sonnait maintenant de façon quasi ininterrompue. Du coin de l'œil, Collins aperçut le quintuple flash d'un départ de missiles au niveau du pont du porte-aéronefs. D'après le briefing qu'il avait reçu, la première ligne de défense antiaérienne de l'*Ivan Grozny* consistait en deux batteries Kashtan équipées du redoutable missile supersonique 9M311K à guidage infrarouge/laser. Sans même réfléchir, il pressa de toutes ses forces la commande de contre-mesures située sur le mini-joystick qui tenait lieu de manche à balai ; une demi-seconde plus tard, les soutes à leurres situées sous le fuselage éjectaient un nuage éclatant de centaines de charges pyrotechniques et de millions de paillettes d'aluminium destinées à affoler à la fois les détecteurs thermiques et radar de l'adversaire.

Juste à temps.

À peine avait-il relâché la touche d'éjection que cinq formidables explosions survenaient à quelques dizaines de mètres en arrière de son appareil, illuminant son cockpit d'une série d'éclairs surpuissants. À neuf cents mètres par seconde – bien trop vite pour qu'il puisse les voir – les missiles avaient dû passer à ras de son avion pour venir détoner au milieu des leurres. *Reste concentré. Va plus vite.* Collins pressa doucement la manette des gaz pour monter à cinq cent cinquante nœuds.

Neuf secondes.

À un peu plus de deux kilomètres, l'*Ivan Grozny* se détachait comme une muraille d'acier sur l'horizon. Le lieutenant Collins distingua nettement les trois grosses tourelles du système CIWS – deux situées à la partie supérieure de la coque juste sous le pont d'envol et la troisième à la base de l'îlot – qui tournaient dans sa direction. Dans un instant, un véritable déluge d'obus allait pleuvoir sur son appareil et sur celui de Sammy.

L'alarme radar recommença soudain à tinter ; mais elle s'était tue pendant près de quatre secondes, démontrant l'efficacité du premier largage de leurres.

Une seule chose à faire, pensa-t-il tandis que son index se crispait à nouveau sur la commande de contre-mesures. *Deuxième et dernière ration.*

Six secondes.

On dirait que ça marche. Après l'éjection de la deuxième série de leurres, l'alarme radar s'était à nouveau interrompue. Incapables de localiser précisément leurs cibles, les canons automatiques de 30 mm à guidage radar de l'*Ivan Grozny* arrosaient au jugé dans la direction approximative des deux intrus ; à la cadence effrayante de quatre-vingts obus par seconde et par tourelle, cela faisait quand même pas mal de plomb en l'air. À ce moment, une série d'impacts très violents secouèrent le F-35C, indiquant à Collins que plusieurs projectiles avaient fait mouche. Vu le caractère très profilé du cockpit et du fuselage, le jeune homme savait que dans cette configuration « tir de face », le blindage de l'appareil était capable de dévier la plupart des obus sans dommages majeurs ; pour autant, un coup au but au niveau du bord d'attaque de la voilure ou de la prise d'air du réacteur serait immédiatement fatal, c'était donc juste une question de chance.

D'un rapide coup d'œil, il vérifia l'affichage du tachymètre en bas de son viseur HUD. Mach 0,83. *Maintenant*, pensa-t-il en basculant la commande de postcombustion.

Trois secondes.

Malgré les 5 *g* de pression qui le collaient à son siège, Collins essayait de rester parfaitement concentré sur ses instruments. Il venait de mettre à profit les deux dernières secondes pour relever légèrement le nez et gagner une altitude de cent pieds. À nouveau, plusieurs chocs sourds sur le fuselage, mais désormais plus rien ne pouvait arrêter son appareil.

Ultime coup d'œil au badin. Mach 0,97. *Pile-poil.*

Sur le pont de l'*Ivan Grozny* qui se précipitait sur lui à une vitesse hallucinante, il voyait nettement des types affolés courir à toutes jambes. Ils ne distinguaient pas encore les deux intercepteurs, mais le hurlement des turboréacteurs en approche rapide devait déjà être proprement assourdissant.

Ils vont en avoir pour leur argent, fut la dernière pensée du lieutenant Collins avant de repasser en mode visible.

13 h 19 UTC

Montagne dressée au milieu de l'océan, la Géorgie du Sud est entourée d'un plateau continental d'une largeur de dix à cinquante milles, lui-même partie intégrante de l'immense dorsale immergée qui dessine un arc de cinq mille kilomètres de long entre l'extrémité de la Terre de Feu et la pointe de la péninsule Antarctique. Au-delà de cette plaine sous-marine dont la profondeur ne dépasse pas deux cents mètres, le talus continental s'enfonce de façon plus ou moins rapide vers les grands fonds océaniques de l'Atlantique Sud. À vingt milles au nord-est de l'embouchure de la baie de Cumberland, cette transition était particulièrement abrupte, et le talus formait un véritable à-pic de près de trois mille mètres surplombant la plaine abyssale.

C'est à cet endroit que le capitaine Pamela C. Chadwick avait choisi de dissimuler son bâtiment en attendant de passer à l'action. Louvoyant entre trois cents et cinq cents mètres de profondeur en restant en permanence en contrebas du rebord du talus continental pour échapper à la détection des sonars russes, l'USS *North Carolina* avait mis dix heures pour gagner sa position actuelle et s'y tenait depuis lors, immobile entre deux eaux comme un squale aux aguets.

Le capitaine Chadwick se trouvait au PCNO du sous-marin lorsque le message qu'elle attendait – relayé par les récepteurs HF passifs de l'antenne filaire déployée jusqu'à la surface – arriva enfin. Malgré le rendu médiocre lié au cryptage/décryptage du signal vocal, elle reconnut immédiatement la voix chaude du capitaine Davenport : « Flotteur à plongeur. Ça devrait être à vous sous peu. Préparez l'artillerie. »

La voix hésita une seconde. La jeune femme espéra de toutes ses forces qu'il n'allait pas rajouter quelque chose comme « Bonne chance, Pam », ce qui aurait été du plus mauvais effet vis-à-vis de son équipage. Mais, à son grand soulagement, il conclut par : « Bonne chance à toutes et à tous. Terminé. »

Vu qu'elle était la seule femme à bord, elle considéra cela comme une attention délicate.

Il n'était bien sûr pas question de répondre au message, ce qui aurait aussitôt signalé leur position. Le capitaine Chadwick savait que, face à deux ou trois sous-marins nucléaires d'attaque, probablement de classe Akula-II, et aux impressionnantes capacités de détection et de lutte antisous-marine dont disposait la task force russe, sa propre unité n'avait pas l'ombre d'une chance en cas d'affrontement ouvert. Et malgré tout l'intérêt naissant qu'elle éprouvait pour le capitaine Davenport, elle n'était pas prête à risquer son bâtiment de deux milliards et demi de dollars et ses cent trente hommes d'équipage pour ses beaux yeux.

Ce qu'ils avaient décidé de tenter était par contre tout à fait dans ses cordes, même si elle demeurait quelque peu sceptique quant à l'issue du plan.

« Le commandant à tout l'équipage, murmura-t-elle dans son communicateur. Tout le personnel de quart au poste de combat. On reste au rouge, condition supersilence maintenue jusqu'à la fin de l'opération. Monsieur O'Malley ?

— Madame ? répondit aussitôt le capitaine Leroy O'Malley, commandant en second du sous-marin.

— Faites chasser doucement et stabilisez-nous à cent cinquante mètres, assiette zéro. En avant tout doux au 237, je veux qu'on fasse presque du surplace. Poste torpille, la solution de tir est entrée ?

— Oui, madame, transmit le premier maître Cordell depuis sa console du CO. Solution entrée et validée. En attente de vos ordres.

— Attendez pour lancer, monsieur Cordell. On n'a pas encore le top départ... »

Un infime mouvement de roulis se fit sentir pendant que l'USS *North Carolina* remontait doucement et dans un silence absolu vers le rebord de la falaise immergée.

C'est parti, songea le capitaine Chadwick. *Dans dix minutes, on sera des légendes vivantes ou des connards morts.*

13 h 19 UTC

Les deux F-35C des lieutenants Terry Collins et Sammy Davidson passèrent le mur du son à huit mètres au-dessus du pont d'envol de l'*Ivan Grozny*, et respectivement à quatorze et quarante mètres en avant de la passerelle de commandement où se trouvaient réunis l'amiral Atanassiev et les officiers supérieurs du porte-aéronefs.

L'effet produit par le double bang surpuissant fut dévastateur. L'une des grandes baies vitrées donnant sur bâbord, pourtant en verre renforcé, explosa en milliers de fragments tranchants – fort heureusement, il ne se trouvait personne à proximité. Les autres résistèrent à l'onde de choc, mais celle située juste en face de l'amiral se fissura sur toute sa hauteur. Tous les appareils électriques de la passerelle disjonctèrent, et le générateur de secours démarra aussitôt ; il se passa tout de même deux ou trois secondes avant que le courant ne revienne, ce qui se manifesta par le déclenchement d'une centaine d'alarmes sonores et lumineuses. Différents interphones se mirent à sonner à leur tour, pendant que des voix affolées se faisaient entendre de partout, ajoutant au vacarme ambiant. Mais le pire était à l'extérieur, où des dizaines d'hommes d'équipage gisaient sur le pont en se tenant la tête ou en se tordant de douleur.

L'amiral Atanassiev sembla un instant changé en statue de marbre. Il serrait toujours sa tasse de café, dont il n'avait pas renversé une goutte. Ce n'était pas le cas de son officier en second, dont la veste d'uniforme naguère immaculée s'ornait à présent d'une large tache marron. L'amiral finit par se tourner dans sa direction, lui jeta un regard indéchiffrable et lui dit en forçant la voix pour couvrir le tumulte. « Dites-moi, monsieur Zaitssov… C'est bien un F-35 américain qui vient de renverser votre tasse ?

— Monsieur… Je… je… bredouilla le malheureux, blanc comme un linge.

— Je suppose que ça veut dire oui. Vous êtes conscient qu'il s'agit d'un fiasco lamentable des systèmes de contre-mesures que *vous* êtes chargé de superviser ? »

L'homme devint plus pâle encore, si c'était possible. « Mais, monsieur, je…

— Nous définirons plus tard les responsabilités, Zaitssov. En attendant, je veux un rapport d'avaries complet dans cinq… non, dans *deux* minutes. Et faites-moi taire ces foutues alarmes, nom de Dieu ! »

Le commandant Zaitssov salua hâtivement, puis partit presque en courant. Atanassiev prit un malin plaisir à le héler juste au moment où il allait quitter la passerelle « Au fait, monsieur le second officier ! cria-t-il.

— Oui, monsieur ? fit l'autre qui se croyait déjà tiré d'affaire.

— On n'est pas au cirque ici, vous veillerez à changer votre veste. Ainsi que votre caleçon, si vous avez chié dedans. »

13 h 20 UTC

Après avoir regagné une altitude confortable de mille deux cents pieds, le lieutenant Terry Collins entamait déjà le large virage bâbord à cent soixante degrés qui allait le ramener sur le cap du *Stratton*. Il vérifia qu'aucun missile ne les avait pris en chasse, mais ils étaient désormais trop loin de l'*Ivan Grozny* pour que celui-ci pût encore les détecter. Le brouilleur optique à nouveau enclenché, il coupa la postcombustion qui vidait les réservoirs de son F-35C à une vitesse affolante, puis actionna la commande du communicateur laser.

« Spectre Leader à Deux, émit-il. Pas de bobo, Dave ? »

Seul le silence lui répondit.

« Leader à Deux, répéta-t-il. Réponds, Dave. Tu me reçois ? »

Toujours pas de réponse. Soudain alarmé, Collins tourna la tête en tous sens pour repérer son ailier. En pure perte : si ce dernier avait survécu à leur affolante démonstration de voltige aérienne et avait lui aussi rebranché son brouilleur comme la logique l'exigeait, il pouvait maintenant se trouver n'importe où dans un rayon de cinq milles.

Ne pouvant rien faire d'autre, il réitéra ses appels sur un ton de plus en plus inquiet.

Tout à coup, et alors qu'il commençait à perdre espoir, ses écouteurs se mirent à grésiller : « Spectre Deux à Leader. Deux à Leader. Tu me captes, Terry ?

— Nom de Dieu ! fit-il aussitôt. Je te reçois, Dave. Où es-tu ?

— À deux milles sur ta gauche, dans ton 210. On a sacrément divergé, le laser a eu un peu de mal pour se verrouiller à nouveau…

— Du dégât ?

— Pas mal de bosses, et il me manque la moitié

du déflecteur de queue, mais l'avionique arrive à compenser. Si on évite les acrobaties, je devrais pouvoir ramener l'oiseau. »

Soulagé, le lieutenant Collins réduisit sa vitesse pour passer en subsonique et manœuvra doucement afin de se rapprocher de son ami. Le *Stratton* n'était qu'à trente-cinq milles devant eux, moins de quatre minutes de vol, et Sammy Davidson était un pilote émérite ; sauf imprévu, ils étaient tirés d'affaire.

« Ça marche, Dave, répondit-il. Si tu insistes, on rentre au bercail. Mais tu es vraiment sûr de ne pas vouloir faire un deuxième passage ? »

13 h 21 UTC

Le commandant Zaitssov était hors d'haleine lorsqu'il pénétra de nouveau sur la passerelle, où le calme revenait peu à peu. *Incroyable*, pensa l'amiral Atanassiev en prenant soin de dissimuler son amusement. *Il a trouvé le temps de se changer !*

Effectivement, l'uniforme de l'officier en second était désormais impeccable et ne comportait plus la moindre tache suspecte. Son supérieur le toisa de haut en bas, puis murmura : « C'est bien, monsieur Zaitssov. On va peut-être vous épargner la cour martiale… Rapport d'avaries, s'il vous plaît.

— Aucun dégât de structure à part quelques vitres, monsieur. Toute l'électronique tourne à nouveau, systèmes opérationnels à 100 %.

— Pour ce que ça nous a servi… jeta l'amiral avec une lourde ironie. Les personnels ?

— Cinquante-quatre hommes au tapis avec des

lésions de blast et des barotraumatismes plus ou moins graves ; la plupart ont les tympans percés. Nous avons aussi quelques coupures par bris de verre et des contusions variées chez ceux qui ont été jetés à terre par l'onde de choc. Mais ni mort ni blessé grave. »

Atanassiev haussa ses épaules de bûcheron : « Ces idiots n'avaient qu'à porter leurs bouchons d'oreilles ; en principe, c'est obligatoire sur le pont d'envol. Peu importe. Rafraîchissez-moi la mémoire, monsieur Zaitssov… Quel est le nom de ce bâtiment américain qui vient de se joindre à notre petite fête, déjà ?

— Le *Stratton*, monsieur.

— Le *Stratton*, c'est ça… Veuillez le contacter, je vous prie. J'aimerais bien dire deux mots à son commandant. »

13 h 22 UTC

Caleb souleva avec effort une nouvelle pelletée de terre gelée pour la balancer hors de la tombe ; comme ses deux compagnons, il s'était mis torse nu et transpirait à grosses gouttes malgré la température plus que fraîche.

Si la première partie de leur travail d'excavation s'était révélée presque trop facile, il n'en était plus de même maintenant qu'ils avaient atteint le permafrost ; à la profondeur où ils creusaient désormais – environ un mètre cinquante – le sol qui n'avait pas dû dégeler depuis des décennies avait acquis une consistance dure et compacte proche de celle du béton. Même avec la force démesurée de One-Shot, qui maniait la pioche, le labeur était devenu harassant et ne progressait plus que centimètre par centimètre.

Bien trop lentement pour le colonel Baranko qui, alternant menaces et insultes, ne cessait de les harceler pour qu'ils accélèrent. En proie à une exaspération croissante, Caleb sentait que les choses risquaient de déraper sous peu ; One-Shot surtout ne faisait plus aucun effort pour dissimuler la haine que lui inspirait le Russe : « Si connard s'approche encore, s'exclama tout à coup le géant d'une voix furieuse, lui fous coup de pioche pleine gueule ! »

Précisément, Baranko revenait une nouvelle fois vers eux, l'injure à la bouche. Caleb banda ses muscles et serra les mains sur le manche de sa pelle, comprenant qu'une escalade de violence était imminente ; pour autant, il ne se faisait aucune illusion sur l'issue de ce qui serait, au mieux, un baroud d'honneur : outils de terrassement contre fusils d'assaut, il n'y avait pas photo.

Quand, soudain, tout se figea : le bruit caractéristique d'une fusillade venait d'éclater dans le lointain.

Dans la direction des bâtiments de Grytviken.

Stupéfait, Baranko s'arrêta sur place, interrogea ses hommes du regard puis sortit un émetteur radio dans lequel il commença à gueuler en russe. Les nouvelles ne devaient pas être bonnes, car il se mit bientôt à hurler encore plus fort. Caleb se retourna pour voir ce qui se passait, mais tout semblait calme à proximité du cimetière ; par contre, un détail d'importance attira son attention.

Toujours accroupi dans la neige et tenu en respect par un des gardes, Kendall Kjölsrud lui adressait un clin d'œil appuyé.

Au loin, la fusillade redoubla, accompagnée d'une formidable explosion. Baranko cria une dernière bordée d'injures puis coupa la transmission d'un geste rageur. C'est alors seulement qu'il se rendit compte que Caleb et ses amis avaient cessé de creuser.

« Qu'est-ce que vous regardez, McKay ? hurla-t-il en levant son arme. Remettez-vous tout de suite au boulot ou je fais un carton sur le gros porc ! »

Caleb haussa les épaules et recommença à creuser. Au lieu du choc sourd du fer contre la terre gelée, il y eut un bruit creux parfaitement reconnaissable. *Métal contre bois.*

13 h 22 UTC

« Je suis l'amiral Nikolaï Ivanovitch Atanassiev des Forces navales de la Fédération de Russie, commandant en chef du porte-aéronefs *Ivan Grozny* et de son groupe de soutien. À qui ai-je l'honneur ?

— Capitaine John Davenport du corps des Garde-côtes des États-Unis, commandant du *Stratton*. Mes respects, amiral. Que puis-je faire pour vous ?

— Ce que vous pouvez faire pour moi ? Il se trouve que de petits plaisantins s'amusent à interférer avec les manœuvres aéronavales que mon groupe conduit en toute légalité dans ce secteur. Et mon petit doigt – c'est bien comme ça qu'on dit dans votre langue, n'est-ce pas ? –, mon petit doigt me dit que vous n'y êtes pas étrangers…

— En toute légalité, amiral ? Dites plutôt que vous vous rendez complice d'actes criminels perpétrés sur un territoire de la Couronne britannique, c'est plutôt comme ça que je vois les choses… Avec tout mon respect, bien sûr.

— J'ignorais que le corps des Garde-côtes des États-Unis avait pour mandat de mener des opérations de police dans les eaux britanniques, mais passons. Si nous sommes ici, c'est bien sûr suite à cette explosion de nature indéterminée survenue il y a vingt-quatre heures. Notre groupe était le plus à même d'intervenir rapidement pour venir en aide à d'éventuels survivants. Opération de sauvetage qui est actuellement en cours et qui serait déjà terminée sans l'intervention… inamicale de vos appareils.

— Des préoccupations humanitaires qui font honneur à la Fédération de Russie, monsieur. Voilà qui me rassure pleinement : les repérages à basse altitude que nous avons effectués il y a moins d'une heure nous avaient amenés à penser que vous déteniez de façon illégale un groupe de ressortissants américains. Je ne vous cache pas que cela aurait pu avoir des conséquences désastreuses sur les relations entre nos deux pays… »

Dans ses écouteurs, Davenport entendit distinctement le soupir d'exaspération de l'amiral Atanassiev. *Il ne doit pas avoir l'habitude qu'on se foute de lui*, pensa-t-il avec un soupçon d'amusement. *Il va bientôt cesser les mondanités et montrer les dents.*

Ce en quoi il ne fut pas déçu.

« Arrêtons de jouer, capitaine Davenport, reprit la grosse voix. Je suppose que vous êtes sur la passerelle de votre petite unité. Penchez-vous par la fenêtre et regardez le ciel. Que voyez-vous ?

— Des nuages ? répondit Davenport, un peu surpris par la question.

— Exactement, des nuages. Qui forment un plafond épais, d'un horizon à l'autre. Aucun repérage sat ne sera possible pendant au moins quarante-huit heures. Ça veut dire que nous sommes seuls ici, vous et moi. Et que si, par le plus grand des malheurs, vous ne deviez pas rentrer au port, personne en dehors de nos états-majors respectifs ne saura jamais ce qui s'est passé…

— Vous me menacez, amiral ?

— Je vous informe. Vos pilotes se sont bien amusés. Ils ont de sacrées burnes et vous pouvez leur dire que s'ils veulent un jour venir travailler chez nous, on leur déroulera le tapis rouge. Mais, maintenant, la récréation est terminée. Alors, vous allez me faire le plaisir de rappeler vos appareils – je ne sais pas combien vous en avez, mais sans doute bien moins que vous n'avez voulu nous le faire croire – et de me débarrasser le plancher !

— Sinon, amiral ? demanda Davenport d'une voix tendue.

— Sinon je vous pulvérise. Ne me tentez pas trop, capitaine. Et n'oubliez pas que vous n'êtes qu'à trois minutes de nos Granit[1]. À votre avis, combien m'en faudra-t-il pour envoyer votre minable petite barcasse par le fond ?

— Je ne crois pas que vous ferez ça, amiral.

---

1. Le P700 « Granit » est un missile de croisière antinavire à long rayon d'action en dotation depuis les années 1970 sur les grosses unités de la marine soviétique puis russe. Équipé d'un guidage mixte inertiel/radar, il peut transporter jusqu'à une distance de 625 kilomètres une charge conventionnelle ou thermobarique de 750 kg, ou une tête nucléaire de 500 kilotonnes.

— Et qu'est-ce qui pourrait m'en empêcher ? ricana Atanassiev.

— Moi. Je vous suggère de vous rapprocher de votre opérateur sonar : il devrait avoir quelque chose à vous montrer sous peu. Longue vie à vous, amiral. »

Et il coupa la communication.

13 h 23 UTC

« Poste torpille, attention pour lancer tube un.

— Tube un, paré à lancer.

— Lancez, monsieur Cordell. »

Le long cylindre d'acier et de matériaux composites qui jaillit de l'un des quatre tubes lanceurs de l'USS *North Carolina* avait les dimensions exactes – un peu moins de six mètres de long pour cinquante-trois centimètres de diamètre – de la fameuse torpille Mk-48 dont les versions successives équipaient depuis plus de quarante ans l'ensemble des sous-marins d'attaque américains.

La ressemblance s'arrêtait là.

À peine sorti du tube, l'engin amorça son moteur primaire, une puissante turbine électrique couplée à un hydrojet, qui lui permit d'atteindre en moins de dix secondes une vitesse de cinquante-cinq nœuds. Mais ce n'était qu'une mise en jambes : dès que la torpille eut dépassé les cinquante nœuds, la forme très particulière de son nez – un cône en alliage de titane assez évasé et parcouru de profondes rainures dont le dessin était à lui seul un des secrets militaires les mieux gardés de l'US Navy – initia le processus de supercavitation : au contact de la pièce métallique, l'eau de mer en se vaporisant se mit à former une bulle immatérielle, d'abord limitée au niveau de la coiffe, mais qui, en grossissant et en se développant vers l'arrière, finit par englober complètement l'engin. C'était le signal qu'attendait le calculateur embarqué pour lancer le moteur principal : non pas un classique système d'hydrojets ou d'hélices contrarotatives comme sur une torpille conventionnelle.

Mais un propulseur fusée à carburant solide, directement dérivé de celui du missile mer-mer AGM-123 Skipper II.

À ce moment, la torpille se mit *vraiment* à accélérer.

13 h 23 UTC

« Écho sous-marin au 048 ! hurla l'officier sonar. Signature d'une torpille ! »

L'amiral Atanassiev avait à peine eu le temps de déplacer sa masse imposante en direction de la console sonar avant que l'avertissement n'éclate. *Quoi ?* pensa-t-il en un éclair. *Au nord-est ? Mais le Stratton est de l'autre côté !*

« Les paramètres, vite ! » aboya-t-il en se précipitant vers la bulle tactique située au milieu de la passerelle de commandement.

L'infosphère de combat de l'*Ivan Grozny* centralisait en temps réel les données des capteurs hydrophoniques non seulement du porte-aéronefs géant, mais aussi de ses deux navires d'escorte de surface et des deux sous-marins qui complétaient la force d'intervention russe. Il fallut donc moins de deux secondes pour que le petit spot lumineux apparaisse sur l'énorme console holo, exactement à l'endroit indiqué par l'opérateur sonar : au nord-est de leur position, à peu près là où le plateau continental de la Géorgie du Sud décrochait brutalement pour rejoindre les fonds abyssaux. L'objet était en mouvement dans leur direction. Et il se déplaçait sacrément vite.

« Azimut rectifié 047, cria l'officier sonar. Profondeur cent cinquante mètres, distance dix-huit nautiques en rapprochement, vitesse… »

L'homme eut un hoquet de stupeur. « Eh bien ? mugit l'amiral.

— Cent quarante nœuds, monsieur. Et ça monte.

— QUOI ? hurla Atanassiev. Vous vous foutez de moi ? Vérifiez, nom de Dieu ! »

Plus mort que vif, l'officier se mit à pianoter à toute allure sur son clavier de commandes. Cela ne lui prit que quelques secondes, puis il se tourna vers son supérieur et dit d'une voix altérée : « Paramètres vérifiés, monsieur. Deux cent vingt nœuds, toujours en augmentation. Mon Dieu, c'est une *Shkval* ! »

13 h 26 UTC

Maintenant son cap grâce à son guidage inertiel, le missile sous-marin avait mis moins de trois minutes pour parcourir les quinze nautiques le séparant de la périphérie du groupe aéronaval de l'*Ivan Grozny*. À cet instant, sa vitesse avoisinait les trois cents nœuds, et le rugissement de son réacteur, saturant les hydrophones des bâtiments russes, s'entendait même depuis la surface sans nécessiter d'équipement particulier.

Il pouvait donc se permettre de tomber le masque.

Ce qu'il fit en passant en mode de recherche active. Le puissant sonar à bande large installé dans la coiffe se mit aussitôt en action, balayant l'espace devant et sur les côtés de la torpille. En une poignée de secondes, l'autodirecteur embarqué eut ainsi une représentation précise au mètre près et sur plusieurs milles de l'environnement acoustique du missile. Encore quelques secondes, et les corrections de cap qui s'imposaient étaient adressées aux dizaines de microvannes situées sur toute la partie avant du projectile ; en régulant de façon différentielle le débit des gaz issus du propulseur, ces dernières avaient pour fonction de modifier la géométrie de la bulle gazeuse englobant la torpille, seule manière d'infléchir sa trajectoire.

Si les modes de propulsion et de pilotage du missile étaient excessivement complexes, la mission impartie à son petit cerveau électronique était en revanche des plus simples.

Localiser la plus grosse masse métallique à dix milles à la ronde. Se verrouiller dessus. Et venir la percuter.

13 h 26 UTC

Pour l'amiral Nikolaï Ivanovitch Atanassiev comme pour beaucoup d'autres hauts gradés de la marine russe, le nom même de *Shkval* suffisait à provoquer une angoisse irraisonnée.

Et à réveiller de très mauvais souvenirs.

Le principe d'une torpille à supercavitation avait été étudié par les ingénieurs soviétiques dès la fin des années 1960, et, pendant près de vingt ans, l'URSS finissante avait été la seule grande puissance à explorer cette voie technologique ultra-classifiée. Si la résistance de l'eau limite à une cinquantaine de nœuds la vitesse de n'importe quel véhicule sous-marin, la production d'une bulle dynamique de vapeur entourant complètement l'engin permet en théorie de supprimer tout frottement entre ce dernier et l'élément liquide, et donc d'atteindre des vitesses considérablement plus élevées. Sous le nom de code *Shkval* – ouragan en russe –, le programme d'une extrême complexité avait abouti, au début des années 1990, au déploiement d'un petit nombre d'unités sur certains sous-marins nucléaires d'attaque ou lanceurs d'engins. Mais avec un handicap de taille : bien que les bureaux d'étude de la marine soviétique aient réussi à maîtriser entièrement le processus de supercavitation et les délicats problèmes de guidage, ils n'avaient en revanche jamais su développer un système de propulsion parfaitement sûr ; la solution retenue avait finalement été celle d'un réacteur de fusée fonctionnant avec un mélange de kérosène et de peroxyde d'hydrogène.

Un système performant, mais hélas très dangereux compte tenu de l'instabilité de ce carburant. Comme la commission d'enquête sur la catastrophe du *Koursk* l'avait établi, le naufrage du sous-marin géant en août 2000 avait été causé par l'explosion d'une torpille de ce type à l'intérieur d'un des tubes lanceurs, alors que le bâtiment se livrait à des manœuvres en mer de Barents. Ce drame avait entraîné l'interruption *sine die* du programme *Shkval* et le retrait de tous les exemplaires en dotation sur les autres unités de la flotte sous-marine ruse. Un souvenir d'autant plus douloureux pour l'amiral Atanassiev que le commandant

Guennadi Petrovich Lyachin, le pacha du *Koursk* mort avec ses cent dix-huit officiers et hommes d'équipage, était l'un de ses meilleurs amis.

Atanassiev avait eu vent de programmes similaires étudiés puis abandonnés par l'Allemagne, la Grande-Bretagne et l'Iran, mais il ignorait totalement que les États-Unis disposaient d'un analogue opérationnel à la torpille *Shkval*. Par contre, il savait pertinemment à quoi servait ce type d'engin, capable de transporter un tiers de tonne d'explosif conventionnel ultra-brisant, mais plutôt conçu pour embarquer une mini-charge nucléaire.

À couler les porte-avions.

C'est en remuant ces pensées effrayantes que l'amiral contemplait, impuissant, la mort qui se précipitait sur son bâtiment.

« Distance six mille cinq cents mètres, monsieur, articula l'officier sonar d'une voix blanche. Profondeur soixante mètres, il remonte. Vitesse trois cent vingt nœuds. Il vient de rectifier son cap, il arrive droit sur nous. Impact quarante secondes. »

La sirène d'alarme hurlait sans discontinuer. Atanassiev avait bien sûr fait tout ce qui était possible : déclencher l'alerte maximale et rappeler tous les personnels au poste de combat, activer les contre-mesures sonar, mettre en œuvre les lance-roquettes antisous-marins du *Tuman* et du *Yaroslav Mudryy* – depuis le début de l'alerte, les six batteries positionnées sur les frégates d'escorte tiraient en continu – et, d'une façon générale, balancer à l'eau tout ce que l'*Ivan Grozny* et ses bâtiments de soutien portaient comme moyens de lutte antisous-marine.

Avec le sentiment d'une parfaite inutilité : à moins d'un miracle, rien ne pouvait stopper un engin filant six fois plus vite que tout ce qu'on pouvait lui opposer.

« Deux mille neuf cents mètres. Dix-sept secondes, monsieur. Je… »

Atanassiev posa sa patte massive sur l'épaule de l'opérateur sonar pour le faire taire. Sur la bulle holo, le spot du missile se confondait presque à présent avec la représentation 3D de l'*Ivan Grozny*. L'amiral réfléchissait à toute allure, cherchant désespérément une ultime parade.

Mais il n'y avait plus rien à faire.

« Mille deux cents mètres, impact imminent. »

Alors que s'égrenaient les ultimes secondes précédant la destruction de son bâtiment, l'amiral Atanassiev eut une dernière pensée pour ses deux fils. L'aîné était vice-président d'une grande banque internationale à New York, le cadet venait d'entrer à la Douma, où il comptait parmi les plus jeunes députés du parti Russie Unie. *Ce qui se passe ici va déclencher une guerre totale*, songea fugitivement le vieil homme. *Pourvu qu'ils soient épargnés*…

« Impact ! cria l'officier sonar. Atten… »

Chapitre 29

2 mars 2018 – 13 h 26 UTC

Bandant ses muscles énormes, One-Shot fit à nouveau levier avec le fer de sa pioche ; le couvercle émit un craquement sinistre, mais refusa encore de céder.

Le cercueil était à l'image de la tombe : un grossier assemblage de planches mal équarries, dépourvu de toute ornementation. Pour autant, l'objet semblait remarquablement conservé malgré les trois quarts de siècle passés sous terre – sa position au niveau de la couche de permafrost n'y étant sans doute pas étrangère.

Tous les hommes présents dans le petit cimetière s'étaient rassemblés autour de la tombe béante : Caleb et Joshua se tenaient sur un des côtés de la fosse, dans l'étroit espace qui la séparait de la sépulture de Shackleton. Les deux officiers russes et les gardes armés s'étaient répartis de l'autre côté. Même Kendall Kjölsrud et Viktor Bernstein s'étaient rapprochés et observaient eux aussi les efforts du géant finnois. À la surprise des captifs, le colonel Baranko ne s'y était pas opposé. « Libre à vous d'assister au spectacle si ça vous chante, s'était-il contenté de ricaner. Pour ce qui vous reste à vivre… »

Malgré ses propos menaçants, l'homme paraissait plus inquiet qu'il ne voulait le montrer. Des coups de feu sporadiques continuaient de résonner dans la direction de Grytviken ; Baranko avait finalement réussi à joindre l'unité de *spetsnaz* stationnée dans le musée, mais, d'après ces derniers, tout contact avait été rompu avec ceux de leurs compagnons chargés de sécuriser le secteur des quais et des bâtiments d'exploitation.

« Bystrie, pridurok' ! gueula-t-il soudain à l'adresse de One-Shot. C'est pour aujourd'hui ou pour demain, gros tas de merde ?

— Connard… » murmura Joshua entre ses dents – mais suffisamment fort pour que tout le monde puisse l'entendre – tout en sautant dans la fosse pour prêter main-forte à son ami.

13 h 27 UTC

Dans l'eau de mer, les ondes sonores se déplacent presque cinq fois plus vite que dans l'air, soit à près de mille cinq cents mètres par seconde. Il fallut donc à peine plus d'une minute pour que les hydrophones du *Stratton* réagissent à l'ébranlement du milieu marin qui s'était propagé de façon concentrique à partir de la position de l'*Ivan Grozny.*

Le capitaine John Davenport se trouvait au poste de commandement de la frégate au moment du déclenchement de l'alarme sonar.

« Impact confirmé, lieutenant ? » murmura-t-il à l'attention de l'IA tactique.

‹ Confirmé, monsieur. Il y a soixante-quatorze secondes. Aucun transitoire ni bruit de coque, comme vous le prévoyiez. ›

« Parfait. Attendez encore trente secondes et faites comme convenu, lieutenant. »

13 h 27 UTC

Le troisième essai fut le bon : sous la poussée combinée de la pelle et de la pioche des deux costauds, le couvercle rendit les armes et céda d'un seul coup, s'arrachant à la longue caisse de bois dans un dernier craquement déchirant. One-Shot le saisit à deux mains et, d'une seule détente, le projeta hors de la fosse – s'arrangeant pour le faire retomber aux pieds du colonel Baranko, qui dut se reculer précipitamment en poussant un juron affreux.

Puis un grand silence se fit : tout le monde se pencha pour regarder l'occupant des lieux.

L'homme étendu bras croisés sur la poitrine était de taille moyenne et portait une combinaison de pilote d'allure surannée. Sous l'effet du gel prolongé, la dépouille s'était momifiée plutôt que décomposée, la peau prenant l'aspect brunâtre d'un cuir tanné ; en plusieurs endroits des mains et du visage aux orbites creuses, cette enveloppe fragile s'était craquelée et déchirée, révélant le squelette sous-jacent.

Cet état de détérioration n'empêchait pas de distinguer les terribles blessures subies par le malheureux. Les déformations qui affectaient les quatre membres suggéraient de nombreuses fractures, et toute la partie gauche du visage semblait avoir été écrasée comme à coups de masse ; au niveau de la poitrine, trois côtes brisées avaient déchiré le gilet à moitié pourri et saillaient comme des épieux.

Mais ce n'était pas ce qui attirait tous les regards.

Entre les jambes disloquées du cadavre se trouvait une grosse mallette en cuir brun.

Le colonel Baranko lança un ordre bref, et l'un des soldats sauta aussitôt dans la fosse que One-Shot et Joshua venaient d'évacuer. Sans manifester de dégoût, l'homme se pencha et ramassa la mallette pour aller la déposer aux pieds de son chef.

L'objet ne payait pas de mine : le cuir paraissait pourri par l'humidité, et de larges taches blanchâtres de mycélium constellaient sa surface friable. Les deux fermoirs en bronze étaient dévorés par le vert-de-gris : après avoir vainement tenté de les débloquer à la main, le garde dut se résoudre à utiliser son poignard pour les faire sauter. Cela ne lui prit que quelques secondes, et encore moins pour extraire ce qui se trouvait à l'intérieur du bagage.

Un volumineux paquet de toile cirée anthracite soigneusement renforcé à l'aide de chatterton.

Celui qui avait confectionné l'emballage s'était de toute évidence donné beaucoup de peine pour le rendre imperméable : sous la première enveloppe qui comportait pas mal de traces d'humidité et quelques moisissures s'en trouvait une seconde, également faite de toile cirée et parfaitement sèche celle-là.

Toujours agenouillé dans la neige, le garde leva les yeux vers Baranko.

« Je l'ouvre, mon colonel ? demanda-t-il.

— *Davai'*, crétin ! rugit l'officier. Dépêche-toi ! »

L'homme s'exécuta et commença à découper le dernier emballage. Sous les yeux ébahis de l'assistance, le contenu du paquet se révéla bientôt : une épaisse liasse de documents – plusieurs centaines de pages au bas mot – rassemblés dans une chemise en papier crépon qui semblait dans un état de conservation exceptionnel. Sur la couverture figurait l'inscription en grosses lettres manuscrites : *Theory and Applications of Magnetically-Induced Atomic Vortex.*

Le testament scientifique d'Ettore Majorana.

Le regard brillant de convoitise, Baranko se penchait déjà pour saisir les documents lorsqu'une main se posa sur son épaule, le faisant sursauter.

C'était le général Iazov.

« Il est encore temps de détruire tout ça, Guennadi, lui dit-il en le regardant droit dans les yeux. Tu n'auras pas de meilleure occasion.

— Vous délirez, général ? répondit l'autre en repoussant sèchement sa main. Veuillez vous en tenir à votre rôle de…

— Écoute-moi, pour une fois, insista le vieil homme sans se démonter. Tu as vu ce qu'il est advenu de cette base américaine. Et tu as vu le cratère, là-haut, non ? Qu'est-ce qu'il te faut de plus, Guennadi ? Tu crois vraiment que notre pays – ou qui que ce soit d'autre – a besoin d'une telle abomination pour se faire respecter ? »

Baranko le défia du regard : « J'agis sur ordre direct du président, général. Et je le crois plus apte que vous à décider de ce qui est bon pour notre pays.

— Décidément tu es fou, Guennadi, murmura Iazov

en hochant la tête d'un air résigné. Dans ces conditions, il ne me reste qu'une chose à faire… »

Le vieillard recula de deux pas et se tourna vers les gardes armés, avant de reprendre d'une voix forte : « Soldats ! Vous me connaissez ou au moins vous avez entendu parler de moi. Par ses agissements, le colonel Baranko met en péril les intérêts de la Fédération. Je prends le commandement de cette opération et je vous ordonne de le mettre aux arrêts ! »

Il y eut une seconde de flottement parmi les gardes.

Mais aucun ne bougea.

Baranko eut un sourire cruel : « Je me doutais bien que vous alliez tenter un coup comme ça, général. Alors j'ai pris soin de briefer ces hommes : ils savent que vous êtes relevé de vos fonctions. »

Il s'interrompit un instant avant de ricaner : « Par contre, en ce qui nous concerne les choses sont claires, désormais… »

Sans que rien ait pu laisser présager son geste, il sortit d'un seul coup un gros pistolet automatique Makarov et, s'en servant comme d'une massue, en asséna un coup furieux sur la tempe du général Iazov. À moitié assommé et le visage ruisselant de sang, le vieillard chancela puis s'écroula sans un mot dans la neige.

Baranko lui jeta un regard dénué de toute expression.

Puis il braqua son arme et lui tira posément une balle dans le ventre.

13 h 27 UTC

Il y eut un bruit énorme.

Mais ni la formidable explosion ni l'insoutenable

flash lumineux que l'amiral Atanassiev s'était attendu à percevoir juste à l'instant de mourir.

On aurait plutôt dit le son creux d'une cloche démesurée heurtée par un marteau non moins gigantesque, ou alors le fracas d'un gong aux dimensions titanesques. Le tout accompagné d'une vibration presque douloureuse qui parcourut en un éclair le pont et les cloisons de l'*Ivan Grozny*, et que les officiers entourant l'amiral ressentirent jusque dans leurs os.

Et ce fut tout – en moins de deux secondes, le calme revint et l'on n'entendit plus que la sirène d'alarme qui continuait à hurler de façon monotone.

Les hommes sur la passerelle s'entre-regardèrent avec de grands yeux, partagés entre soulagement et incompréhension. Pourtant rompu à toutes les fortunes de mer, Atanassiev lui-même semblait comme frappé par la foudre. L'officier en second réagit enfin et s'empara du communicateur posé sur la console sonar : « Ici le commandant Zaitssov ! lança-t-il d'une voix forte. Appel à tout l'équipage ! Restez à vos postes de combat, alerte maximale maintenue jusqu'à nouvel ordre. Je veux tout de suite un rapport préliminaire d'avaries ! »

Pendant près d'une minute, l'officier resta immobile, une surprise croissante se lisant sur son visage pendant qu'il écoutait les messages successifs en provenance de tout le bâtiment.

« Eh bien ? finit par demander Atanassiev qui s'impatientait.

— Avaries minimes, monsieur, c'est incroyable ! D'après les capteurs de structure, la coque externe est enfoncée sur une dizaine de mètres à hauteur du pont quinze sur bâbord, mais sans rupture de continuité. Aucune voie d'eau *a priori*. La coque interne est intacte. Les réacteurs sont au régime nominal, propulsion OK, pas d'alerte radioactivité. Tous les systèmes de détection, communication et combat sont préservés. Et nous n'avons aucune perte humaine.

— Attendez, Zaitssov. Cette foutue torpille a-t-elle explosé, oui ou non ?

— Négatif, monsieur. Pas d'explosion. Le *Tuman* était juste en face du point d'impact, il l'aurait repérée sur ses caméras. Nous avons bien été percutés par un engin de deux tonnes croisant à trois cents nœuds. Mais celui-ci était inerte. »

L'amiral serra ses poings énormes : « Nom de Dieu ! éructa-t-il. Mais alors… »

Il n'eut pas le temps d'en dire plus. Depuis sa console l'officier radio lui faisait de grands gestes pour attirer son attention : « Pardonnez-moi, monsieur…

— Quoi ? fit Atanassiev d'un ton rogue. Qu'est-ce qu'il y a ?

— C'est le commandant du bâtiment américain, monsieur. Il souhaite vous parler. Personnellement. »

13 h 28 UTC

Un abject sourire de satisfaction plaqué sur le visage, le colonel Baranko contempla pendant quelques instants le vieil homme qui se tordait dans la neige tachée de sang. Lorsque enfin il tourna son regard vers Caleb, ce dernier fut presque effrayé par l'éclat dément qui luisait dans les yeux du Russe : si une forme de raison avait jamais habité cet esprit, elle venait assurément de le déserter.

Maintenant, il va tous nous buter, songea Caleb.

Tout en réalisant qu'ils n'avaient plus aucune échappatoire. S'ils avaient voulu tenter quelque chose, ils auraient dû le faire quelques instants plus tôt – au moment de cet aveugle déchaînement de violence qui avait stupéfié tout le monde, gardes y compris. *Trop tard.* Très vite, les cinq *spetsnaz* s'étaient repris et avaient reculé de plusieurs pas tout en relevant le canon des gros fusils d'assaut Masada qu'ils braquaient sur les captifs : eux aussi avaient compris que la fin était proche.

Baranko ouvrait déjà la bouche, sans doute pour proférer une ultime insulte avant de donner l'ordre de tirer. Caleb banda ses muscles et s'apprêta à bondir, tout en sentant qu'à côté de lui One-Shot et Joshua en faisaient autant. Mourir pour mourir, ils allaient quand même essayer de finir en beauté.

C'est à ce moment précis qu'une violente explosion se fit entendre dans la direction de la station baleinière, suivie d'une autre plus étouffée. En même temps, la fusillade qui s'était interrompue quelques minutes auparavant reprit, bien plus nourrie cette fois.

« Mon colonel ! gueula le garde qui était resté en position près de l'entrée du cimetière, à l'endroit où l'on avait une vue d'ensemble sur les bâtiments de Grytviken. Le musée vient de sauter ! Et notre hélico aussi ! On voit les flammes d'ici !

— QUOI ? rugit Baranko en se retournant d'un bloc.

— Et il y a du mouvement ! continua le soldat tandis que des hurlements affreux éclataient dans le lointain. On dirait que quelqu'un arrive !

— Je ne sais pas ce que vos amis ont manigancé, McKay, mais vous ne perdez rien pour attendre ! jeta le colonel russe, dont le regard vibrait de haine. Je reviens m'occuper de vous dès que j'ai réglé ça ! »

Puis il se précipita vers l'entrée du cimetière, flanqué

de quatre soldats. Le dernier les suivit plus lentement à reculons, tenant toujours les prisonniers en respect.

Caleb perçut tout à coup un mouvement sur sa droite et tourna la tête dans cette direction. Juste à temps pour voir One-Shot, qui s'était penché sur le général Iazov toujours étendu au sol, empocher discrètement quelque chose que le blessé venait de lui tendre.

« *Spaciba, General* », murmura le géant.

13 h 28 UTC

Le capitaine Davenport s'était plus ou moins attendu à une bordée de jurons, mais la grosse voix de l'amiral était au contraire étrangement calme et posée. « Atanassiev à l'écoute, fit-il. Encore vous, capitaine ? Que me vaut le plaisir, cette fois ?

— Je voulais juste m'assurer que vous êtes en bonne santé, monsieur. J'espère que nous n'avons pas trop rayé votre peinture de coque. Mais si vous avez besoin d'un bon calfatage, nos chantiers navals pourront vous faire un prix.

— Très drôle, capitaine Davenport. Vraiment très drôle. C'est pour ça que vous m'appelez ?

— Négatif, monsieur. Pour vous informer que ceci était le premier et le dernier avertissement de la Marine des États-Unis à votre intention. Vous avez une demi-heure pour relâcher nos ressortissants, évacuer vos troupes du site de Grytviken et mettre en route pour regagner les eaux internationales. »

Atanassiev éclata de rire – un gros rire cruel qui n'annonçait rien de bon. « Décidément vous avez un sacré culot, capitaine… Et sinon ? »

La voix de Davenport était tranchante comme un silex lorsqu'il lui répondit : « Sinon, la prochaine torpille sera équipée d'une tête de 0,3 kilotonne, monsieur. »

L'amiral resta silencieux si longtemps que Davenport pensa qu'il avait coupé la communication. Puis il murmura : « Je vais étudier votre suggestion, capitaine Davenport. »

13 h 28 UTC

« Je suis navré, monsieur, fit l'homme d'une voix dépitée. Impossible de les contacter. »

Vladimir Poutine et son homologue américain se trouvaient dans le vaste bureau attenant à la suite présidentielle russe, qui avait été transformé pour la durée du G20 en central de communications ; si les trois officiers du GRU postés dans la pièce avaient été surpris de voir débouler le président des États-Unis en robe de chambre, ils n'en avaient rien montré.

Pour l'heure, la tension venait de monter d'un cran dans le bureau encombré de matériel électronique et de consoles holo *made in Russia.* La troisième tentative pour joindre l'*Ivan Grozny* par radio venait d'échouer comme les deux précédentes.

« Qu'est-ce que vous attendez ? s'impatienta Poutine. Ce n'est quand même pas la tempête là dehors qui dérègle vos appareils ?

— Non, monsieur, répondit l'opérateur, toutes nos transmissions se font par faisceau sat et sont très peu affectées par les conditions météo. En fait, nous arrivons bien à atteindre l'infosphère externe du groupe aéronaval, mais ensuite notre signal entrant est comme bloqué par un pare-feu. On dirait que…

— On dirait quoi ? Parlez, bon sang !

— On dirait qu'ils sont en situation combat, monsieur, fit l'homme en levant les mains en signe d'impuissance.

— En situation… Quoi ?

— L'opérateur a raison, monsieur le président, intervint l'un des militaires, un jeune colonel à la mine sévère. Pour les grosses unités navales, le passage à la situation combat entraîne un filtrage massif des communications entrantes pour des raisons de sécurité informatique ; seules sont autorisées les transmissions internes à l'infosphère tactique. Si c'est vraiment le cas de l'*Ivan Grozny* en ce moment, la seule façon de le joindre est de passer par un faisceau sat crypté émanant de l'état-major de la flotte.

— *Chort voz'mi !* explosa Poutine. Dans ce cas, démerdez-vous pour contacter Moscou et mettez-moi en relation avec l'amiral Tikhonov ! Vite !

— Je fais aussi vite que je peux, monsieur, répondit l'opérateur d'une voix crispée. Mais ça peut quand même prendre quatre ou cinq minutes… »

13 h 29 UTC

Il bluffe. Je suis sûr qu'il bluffe.

L'amiral Atanassiev contemplait sans le voir le petit combiné micro/écouteur qu'il venait de broyer dans son poing énorme. Les officiers qui l'entouraient n'osaient piper mot : le pacha de l'*Ivan Grozny* avait la réputation d'un homme posé qui ne s'énervait que rarement, mais lorsqu'il le faisait, les conséquences étaient dévastatrices.

Je suis sûr que c'est du flan, songea à nouveau le vieil homme perdu dans ses pensées. *Ce type ne manque pas de cran, mais il vient de nous montrer tout ce qu'il a. Vu la taille de son bâtiment, il ne doit pas pouvoir embarquer plus de deux ou trois chasseurs VTOL. Et si le sous-marin qui l'accompagne disposait vraiment de torpilles nucléaires, ils en auraient fait péter une à deux milles de nous – leur démonstration de force aurait été beaucoup plus crédible.*

Il redressa soudain la tête. Sa décision était prise.

« Monsieur Zaitssov ? demanda-t-il.

— Monsieur ?

— Maintenez la situation combat. Je veux une solution de tir pour quatre Granit à tête conventionnelle sur le bâtiment américain. Ensuite, vous donnerez l'ordre au *Vepr* et au *Kuguar* de faire route au 047 pour une attaque en tenaille sur la position estimée de ce foutu sous-marin, objectif destruction. Ils vont voir ce qu'il en coûte de nous prendre pour des cons.

— Bien, monsieur. »

Alors que son second s'éloignait pour donner les ordres, Atanassiev s'accouda comme il aimait le faire à la rambarde en cuivre poli qui faisait le tour de la passerelle de commandement. La vieille rampe un peu bosselée, dont les signes d'usure étaient évidents et qui ne semblait pas vraiment à sa place dans cet environnement tactique ultra-moderne, avait pour les officiers et hommes du bord une valeur historique et sentimentale exceptionnelle : elle avait été récupérée sur le cuirassé *Petropavlovsk*, le navire amiral de la flotte soviétique qui avait combattu de façon héroïque lors du siège de Leningrad par les nazis en 1941 avant d'être coulé, puis renfloué et maintenu au service actif jusqu'en 1953. L'amiral posa un regard distrait sur l'océan grisâtre qui entourait son bâtiment. De tout son instinct de vieux soldat, il sentait qu'il avait vu juste en devinant l'arnaque derrière les fanfaronnades de ce Davenport ; pourtant, quelque chose le contrariait – peut-être de la tristesse, ou un vague regret. *Dommage*, songea-t-il. *J'aurais bien aimé faire la connaissance de ce type.*

Il s'arracha à ses pensées. Zaitssov revenait déjà d'un pas précipité.

« Nous avons une solution de tir pour les Granit, monsieur, dit le second. En attente de votre ordre pour lancer.

— Merci, monsieur Zaitssov, répondit Atanassiev en saisissant le nouveau combiné radio que l'homme lui tendait. Opérateur missiles ? fit-il dans l'appareil. Ici le commandant. Rapport de situation prélancement, je vous prie.

— Lanceurs prépositionnés et parés pour tir azimut 288, monsieur. Préchauffage réacteurs Granit 1 à 4 terminé, tous systèmes lanceur, propulsion et guidage nominaux. Autorisez-vous le déverrouillage des charges militaires ?

— Déverrouillage charges militaires Granit 1 à 4, confirma l'amiral en réalisant soudain qu'il allait être le premier commandant d'un bâtiment russe à donner un ordre d'engagement offensif depuis la fin de la Grande Guerre patriotique en 1945.

— Déverrouillage effectué, monsieur. Solution de tir entrée et validée, temps de vol sur cible estimé cent soixante-deux secondes. Paré pour lancer à votre commandement. »

L'amiral ouvrait déjà la bouche pour donner l'ordre lorsqu'une nouvelle voix se fit entendre dans son écouteur : « Veuillez me pardonner, monsieur, mais... » Il reconnut l'officier radio qui l'avait déjà interrompu deux minutes auparavant.

« Quoi ? Qu'est-ce qu'il y a encore ? aboya-t-il.

— Un appel du colonel Baranko, monsieur. Il... il dit que c'est extrêmement urgent. »

Atanassiev eut un soupir d'exaspération. « Passez-le-moi ! » ordonna-t-il.

Baranko ne prit même pas la peine de saluer l'amiral ; sa voix était tendue, à peine aimable, avec un débit haletant comme s'il venait de courir un cent mètres. « Enfin ! fit-il sur un ton agressif. Ça fait une bonne minute que j'essaie de vous joindre ! Nous avons un problème, amiral !

— Bonjour à vous également, colonel, susurra Atanassiev. Qu'est-ce qui vous arrive ?

— Les prisonniers que nous gardions dans le musée... On dirait qu'il y a une tentative d'évasion ! J'ai perdu le contact avec les hommes sur place !

— Vous voulez me faire croire qu'avec une section de *spetsnaz* vous n'arrivez pas à gérer une douzaine d'otages désarmés ? s'esclaffa l'amiral. Iazov est à côté de vous ? Passez-le-moi !

— Rien à foutre de Iazov, c'est moi qui commande ici ! Envoyez-moi tout de suite un... non, deux hélicos de soutien avec cinquante hommes ! Et toute la chasse que vous pourrez ! Je veux que le port de Grytviken soit rasé dans les cinq minutes !

— Je vous demande pardon, colonel ? Est-ce que vous…

— *V ROT NASSAT', CHTOB MORYEM PAKHLO*[1] *?* hurla soudain Baranko en perdant tout contrôle. TU VAS BOUGER TON GROS CUL ET FAIRE CE QUE JE TE DIS, ESPÈCE DE VIEILLE BADERNE ? »

L'amiral Atanassiev en resta sans voix et éloigna lentement le combiné de son oreille, le regardant comme si l'appareil s'était soudain mué en balai à chiottes. En presque quarante années de commandement, personne ne lui avait jamais parlé sur ce ton.

Personne.

Les mains du vieil officier se crispèrent sur la barre de cuivre usée que d'autres hommes valeureux avaient dû serrer bien longtemps auparavant. Il resta ainsi sans bouger pendant quelques secondes, puis ses muscles se relâchèrent tandis qu'un sourire de requin se dessinait lentement sur son visage mafflu. *Il y aura certainement une commission d'enquête*, pensa-t-il. *Peut-être des sanctions. D'un autre côté, tu es à sept mois de la retraite et tu n'as plus rien à prouver. Tu n'auras qu'à dire que tu as surestimé la menace des Américains et songé avant tout à préserver ton bâtiment et tes quatre mille hommes d'équipage…*

« Monsieur ? demanda tout à coup le commandant Zaitssov. Veuillez m'excuser… »

Atanassiev avait presque oublié la présence du second, qui le regardait d'un air interrogateur.

---

1. Manière élégante de demander à un interlocuteur s'il a bien compris un message. Littéralement : « *Est-ce que je dois en plus te pisser dans la bouche pour que ça sente la mer ?* »

« Oui, monsieur Zaitssov ?

— L'opérateur missiles attend votre ordre pour lancer, monsieur.

— Lancement annulé, monsieur Zaitssov. Je dis bien : lancement annulé. Remisez-moi ces foutus missiles dans leurs silos. Et rappelez les commandants du *Vepr* et du *Kuguar*, leur partie de chasse est aussi annulée…

— Très bien, monsieur, fit le second – curieusement, son visage austère affichait maintenant une expression soulagée. Ce sera tout ?

— Négatif. Ensuite vous ferez mettre en route au 320, situation combat maintenue jusqu'à notre retour dans les eaux internationales. On reprend nos manœuvres là où on les a laissées. »

Atanassiev porta à nouveau le communicateur à son oreille ; pendant qu'il parlait à Zaitssov, le colonel Baranko n'avait pas cessé de s'égosiller dans l'écouteur. « Vous êtes toujours là, colonel ? s'enquit l'amiral d'une voix aimable.

— Nom de Dieu ! éructa Baranko. Ça chauffe ici ! Qu'est-ce que vous attendez pour…

— Allez vous faire foutre, colonel. Vous êtes manifestement un homme plein de ressources. Alors démerdez-vous tout seul. »

13 h 30 UTC

Le hurlement de rage du colonel Baranko s'entendit dans tout le cimetière. De là où il se trouvait près du portail d'entrée, le Russe tourna son regard vers Caleb, et ce dernier y lut un concentré de folie pure.

« Vous croyez que vous m'avez baisé ? cria-t-il. Où que vos amis aient pu se planquer, je les trouverai, avec ou sans l'aide de ce gros porc ! Et pour vous, c'est tout de suite ! »

L'instant d'après l'officier se tournait vers ses hommes et hurlait : « TUEZ-LES ! MAINTENANT ! »

Les six *spetsnaz* n'hésitèrent qu'un instant avant de braquer à l'unisson leurs armes dans la direction des captifs.

Mais ce fut suffisant pour One-Shot.

Dans un geste incroyablement rapide pour sa corpulence, le colosse saisit l'arme que lui avait remise le général Iazov – Caleb eut juste le temps de distinguer un gros revolver d'ordonnance à l'allure surannée – et la braqua en la stabilisant de ses deux mains, comme au stand de tir. Il y eut sept détonations très rapprochées. Quatre soldats s'effondrèrent comme frappés par la foudre ; un cinquième tituba, lâcha par réflexe une rafale qui se perdit dans le lointain sans toucher personne, puis s'écroula à son tour. Baranko et le sixième garde étaient indemnes.

« Vieille pétoire tire pas droit, murmura One-Shot comme pour s'excuser de son score inhabituellement médiocre. Dommage seulement sept coups dans Nagant[1]... »

Entre-temps, Baranko avait repris ses esprits. Ivre de rage, le colonel russe ramassa le fusil d'assaut d'un des morts et en tira au jugé une première rafale en direction du groupe.

1. À la différence de la plupart des revolvers modernes qui sont des six coups, le Nagant modèle 1895 était équipé d'un barillet à sept chambres.

« À l'abri ! hurla Caleb. Vite ! »

Joshua et lui eurent juste le temps de se jeter derrière la pierre tombale de Shackleton, pendant que One-Shot plaquait Kjölsrud et Viktor Bernstein derrière l'imposant tas de déblais que les prisonniers venaient d'extraire. Presque simultanément, une grêle de balles de gros calibre vint percuter ces maigres remparts.

Merde ! pensa Caleb. *On n'aura eu que quelques secondes de répit...*

Effectivement, il ne se passa que quelques instants avant que les bottes de combat du colonel Baranko ne viennent s'encadrer dans son champ de vision. Le Russe était à moins de dix mètres, l'arme braquée, un sourire victorieux lui découvrant les dents. De sa position, il lui suffisait d'arroser sur un arc de soixante degrés pour liquider les cinq hommes d'une seule rafale.

« Fin de parcours, messieurs, ricana-t-il. On se reverra en enfer. »

/ NON /

« Hein ? s'exclama Baranko. Qu'est-ce que... ? »

/ NON /
/ NE FAIS PAS ÇA /

Venus de nulle part, les mots silencieux s'imprimèrent avec une violence douloureuse dans l'esprit des hommes présents, avant de se déliter en longs échos nauséeux comme ces images rémanentes qui succèdent à un éblouissement ; en même temps s'installait cette sensation oppressante d'*engourdissement* dont Baranko avait déjà fait l'expérience. Sans que ce dernier puisse faire quoi que ce soit, ses mains se desserrèrent et son lourd fusil lui échappa pour tomber dans la neige avec un bruit mat. Luttant contre les ténèbres qui envahissaient son esprit, l'officier russe contempla avec horreur l'arme à ses pieds ; son instinct lui criait de la ramasser dans l'instant, mais ses muscles ne lui obéissaient plus.

À l'autre bout du cimetière, le garde survivant avait lui aussi laissé échapper son flingue et regardait dans le vide avec un air hébété. Caleb comprit que c'était le moment ou jamais : il fallait se précipiter sur Baranko – *tout de suite*. Mais son esprit à lui aussi était comme englué dans la mélasse ; au prix d'un effort surhumain, il parvint juste à enchaîner deux pas hésitants en direction du Russe.

Pas assez vite.

Un énorme craquement retentit soudain à l'entrée du cimetière : le portail en bois venait de voler en éclats. Une grande silhouette blafarde apparut dans l'encadrement puis, se déplaçant si vite que l'œil peinait à la suivre, traversa tout l'enclos pour venir s'immobiliser à quelques pas du groupe.

Caleb découvrit avec ahurissement le monstre qu'il n'avait fait qu'entrapercevoir sur la plage de l'Artefact. Son regard se posa sur l'immense carcasse efflanquée, les bras interminables aux mains pourvues de griffes acérées, le faciès de gargouille aux yeux morts et aux crocs gigantesques. De longues traînées sanguinolentes striaient la peau couleur de papier mâché, surtout au niveau du cou et du thorax. Avec une stupéfaction grandissante, le jeune homme réalisa que le torse squelettique s'ornait d'une douzaine de perforations encore suintantes à l'aspect caractéristique : la créature venait manifestement d'encaisser le tiers du chargeur d'un fusil d'assaut standard.

Ce qui n'avait pas l'air de l'affecter outre mesure.

Dans sa main droite, le monstre tenait ce que Caleb prit tout d'abord pour une poutrelle métallique de près de trois mètres de long ; ce n'est qu'en en découvrant l'imposante pointe barbelée qu'il comprit de quoi il s'agissait : un gros harpon comme ceux utilisés sur les navires baleiniers.

Il a dû se servir dans le musée, pensa le jeune homme – tout en se disant que les traces de sang frais et les débris de chair qui maculaient l'arme ne dataient sûrement pas des temps héroïques de la chasse à la baleine.

Baranko recula de trois pas à la vue de la créature. Pour autant, il ne semblait pas spécialement effrayé ; au contraire, une expression de soulagement se peignit sur son visage.

« Qu'est-ce que tu fous là, toi ? lui demanda-t-il de façon abrupte. Qu'est-ce qui se passe en bas ?

— Des problèmes, Guennadi, répondit l'épouvantail de sa voix caverneuse. Réglés, maintenant.

— Excellent, j'ai bien fait de miser sur toi. Tu t'es bien amusé, avec la fille ? Et maintenant, je suppose que tu viens chercher ta livre de chair ?

— Je viens régler les comptes. »

Le Russe parut un peu déconcerté par l'expression, mais son sourire s'élargit : « Parfait, dit-il. Je m'apprêtais à m'en occuper moi-même, mais si tu insistes, ils sont à toi. Par qui vas-tu commencer ? Par ton… papa ?

— Non. Par toi. »

Le sourire du colonel Baranko s'effaça tout net. Il recula encore, cette fois de façon précipitée, et fouilla fébrilement la poche de sa parka, comme si la crainte qui s'était soudain emparée de lui venait de lui rendre le contrôle de ses muscles. Yngvi n'avait pas bougé et tournait toujours son regard aveugle vers lui.

« On dirait que la liberté ne te réussit pas, lança l'officier en brandissant un petit boîtier électronique. Tu te souviens de ça, n'est-ce pas ? Tu sais ce que ça te fait ? Alors tu vas filer doux et retourner bien gentiment près du musée. Tu y attendras que je vienne te remettre dans ta cage. »

Yngvi fit un pas. Et commença à lever son harpon – l'arme prévue pour être tirée par un canon à air comprimé devait peser une bonne centaine de livres, mais il la manipulait comme une brindille.

« Tant pis pour toi ! » cria le Russe en pressant de toutes ses forces le commutateur de son boîtier.

Rien ne se passa.

Croyant à une fausse manœuvre, Baranko jura entre ses dents et écrasa une nouvelle fois le bouton. Toujours sans résultat. Sur ses traits, l'inquiétude fit place à la panique : « Mais tu… tu devrais… » balbutia-t-il.

Le monstre avançait maintenant vers lui, harpon levé. « Plus de boîtier, Guennadi, murmura-t-il avec ce qui pouvait passer pour un sourire sur sa face monstrueuse. Plus de boîtier, c'est terminé. Et toi aussi… »

À ce moment, il tourna lentement et délibérément la tête de droite et de gauche, et chacun put voir d'où venait le sang qui lui maculait le haut du corps : de chaque côté de son crâne, juste en arrière des oreilles, se trouvaient deux épouvantables plaies déchiquetées, encore dégoulinantes d'un liquide sanieux et où l'on aurait pu enfoncer le poing.

Le visage crispé de terreur, Baranko poussa un hurlement de rage et jeta à terre le boîtier devenu inutile ; puis il enfouit sa main dans sa poche, sans doute à la recherche désespérée de son Makarov.

Ce fut son dernier geste.

Le harpon propulsé avec la force d'un boulet de canon le cueillit juste au creux de l'estomac et le traversa de part en part, sectionnant sa colonne vertébrale avant de ressortir de deux bons mètres dans son dos. Le choc fut si violent que le Russe décolla du sol et fut projeté plusieurs pas en arrière jusqu'à retomber dans la fosse que Caleb et ses amis venaient de creuser ; le harpon gigantesque se coinça en travers de l'excavation, et le corps agité de convulsions resta suspendu dans le vide à mi-hauteur de la tombe.

13 h 33 UTC

L'énorme coque de l'*Ivan Grozny* venait de s'aligner au 320, et une infime trépidation dans le plancher métallique de la passerelle signalait la montée en régime de la chaufferie nucléaire. L'immense porte-aéronefs était en train de se mettre en route ; sur l'affichage tactique, le loch Doppler affichait déjà huit nœuds.

Le commandant Zaitssov passa le communicateur radio à l'amiral Atanassiev avec une solennité inhabituelle. « Le président Poutine, monsieur », dit-il seulement.

Déjà ? pensa l'amiral avec une crispation à l'estomac. *Ce Baranko a le bras plus long que je ne pensais. Dommage, j'aurais préféré terminer cette campagne sur la passerelle plutôt qu'aux arrêts et consigné dans ma cabine...*

En quelques phrases, Atanassiev fit à son interlocuteur présidentiel un rapide résumé des événements qui venaient de se dérouler, sans omettre son dernier échange avec le colonel Baranko. Puis il écouta ce que le maître du Kremlin avait à lui dire. Très vite une expression de surprise se peignit sur son visage ; à un moment, il balbutia : « Euh… l'ordre de Saint-Georges, monsieur… »

Puis ce fut terminé, et il reposa doucement le combiné, avec toujours la même expression sur le visage.

« Tout va bien, monsieur ? lui demanda Zaitssov.

— Je n'y comprends rien, marmonna le vieil amiral. Il vient de me féliciter pour mon sang-froid et mon esprit d'initiative. Et il m'a demandé quelle décoration importante me manquait encore. »

13 h 34 UTC

Pendant quelques instants, nul ne dit mot dans le cimetière redevenu silencieux. Dans le lointain, les coups de feu et les hurlements s'étaient tus eux aussi, et l'on n'entendait plus que le sifflement léger de la brise ponctué des cris des oiseaux de mer. À l'entrée de l'enclos, le soldat survivant était tombé à genoux et avait croisé les bras derrière la tête en signe de reddition ; à quelques pas de là, une mouette plus audacieuse que les autres picorait déjà le visage d'un de ses compagnons morts.

Caleb se redressa lentement et sortit de son abri improvisé derrière la stèle de granit, peinant encore à réaliser qu'ils venaient tous d'être sauvés *in extremis*, et par le plus improbable des coups de théâtre. Le jeune homme restait néanmoins sur ses gardes : la créature qui avait tué Baranko s'était immobilisée et regardait maintenant dans leur direction, dans une attitude qui évoquait l'attente ; si elle ne manifestait aucun signe d'agressivité, rien pour autant ne permettait de deviner ses intentions.

Ce fut Kendall Kjölsrud qui rompit le silence devenu pesant. Aidé par Viktor Bernstein, le vieil homme se leva péniblement – les épreuves des dernières heures semblaient l'avoir conduit aux limites de l'épuisement – puis il fit les quelques pas qui le séparaient du monstre. Aucune crainte ne se lisait sur son visage, plutôt une intense gravité. « Michael… » murmura-t-il.

L'effet produit par ce seul mot fut extraordinaire. Le visage soudain convulsé par une émotion indescriptible – colère ? haine ? tristesse ? –, la créature recula de deux pas, comme si elle était épouvantée par la main que Kjölsrud venait de tendre vers elle. « Michael est mort, articula-t-elle de sa voix d'outre-tombe. Il y a très longtemps. »

Puis elle continua à reculer.

« Non ! Attends ! » cria le vieillard lorsqu'il comprit que l'être de cauchemar allait s'enfuir.

Ce dernier hocha doucement la tête et commença à se détourner ; se ravisant un bref instant, il jeta un dernier regard aveugle vers Kjölsrud et lui lança : « Plus tard, Père. Nous parlerons plus tard. »

Enfin il tourna les talons et s'éloigna, d'abord lentement puis en courant de plus en plus vite. L'instant d'après il était hors de vue.

Kendall Kjölsrud donna l'impression d'avoir été

frappé par la foudre et resta planté au milieu du cimetière, le bras toujours tendu vers l'endroit où s'était tenu le monstre.

C'est alors qu'une détonation étouffée retentit à quelque distance vers l'est, du côté de la mer.

« Bon Dieu ! s'écria Viktor Bernstein. Où est passé Iazov ? »

13 h 36 UTC

Vandell Richardson se courba en deux pour longer un rocher bas. En excellente condition physique pour son âge – quoi qu'il ait pu en dire un peu plus tôt –, il puisait dans son expérience d'ex-marine pour se déplacer aussi vite que possible, tout en exploitant au mieux les accidents du terrain pour dissimuler sa progression.

Plus de trente années à crapahuter dans les pires bourbiers de la planète lui avaient appris une règle simple : *Si tu tiens à la vie, ne reste pas sur le chemin.* Adage qu'il mettait en pratique en coupant à travers la lande pelée pour couvrir un large arc de cercle qui le ramènerait sur les hauteurs de Grytviken, près de la petite église norvégienne où Jenkins et lui avaient tenu leur conciliabule dix jours – ou une éternité ? – auparavant.

Une chose était sûre pour Richardson : il ne comptait pas finir comme le malheureux sniper texan. Quand les coups de feu et les explosions avaient commencé à retentir en ville, il avait tout de suite compris que les choses tournaient au vinaigre. D'une façon ou d'une autre, Poppy avait dû réussir à se libérer, ce qui signifiait que les Russes avaient du souci à se faire.

Et que sa propre vie ne tenait plus qu'à un fil.

La fusillade dans le cimetière lui avait donné l'occasion qu'il guettait déjà depuis plusieurs minutes : personne n'avait fait attention à lui.

Son plan était en premier lieu de trouver une arme – ces fumiers de Russes ne lui faisaient pas assez confiance pour lui en laisser une – puis, si possible, de dégoter un hélico encore en état pour rejoindre l'*Ivan Grozny*. Si tous les appareils étaient en rade, le plan B consisterait à se planquer en attendant que quelqu'un débarque : peu importait qu'il s'agisse des Russes, des Américains ou des Anglais ; l'essentiel était de ne surtout pas tomber aux mains de ses anciens compagnons de la K2.

Continuant à progresser en zigzag, Richardson quitta la large étendue rocailleuse qu'il traversait depuis quelques minutes pour s'aventurer dans une zone plus dégagée où quelques plaques d'herbe rase émergeaient encore du champ neigeux. Tous les sens aux aguets, il s'élança plié en deux dans cet espace découvert ; à trente mètres seulement devant lui, une succession de gros rochers lui permettrait ensuite de continuer son chemin en toute sécurité.

Il avait à peine fait dix pas quand la grosse pierre vint le frapper au genou.

L'articulation craqua, et il tomba lourdement à terre dans un éblouissement de souffrance. *Bouge tout de suite. Vite !* Il se redressa sur les avant-bras et tenta de se relever, mais retomba aussitôt en se mordant les lèvres pour ne pas hurler de douleur ; ce qu'il avait pressenti à la seconde même où il avait été touché se confirmait. Genou pété. Il n'irait pas plus loin. Néanmoins l'instinct de survie fut le plus fort, et il se mit à ramper aussi vite que possible dans la neige pour retourner se mettre à couvert dans la zone accidentée qu'il venait de quitter.

C'est alors que celle qui l'avait estropié sortit de derrière un gros rocher et se mit à avancer sans un mot dans sa direction. Elle marchait très vite – elle courait presque – et en quelques instants seulement se dressa près de lui. Il cessa de ramper, conscient de l'inanité de ses efforts, et leva les yeux vers elle dans l'espoir irraisonné qu'elle se contenterait peut-être de le faire prisonnier.

Mais quand il croisa son regard et vit ce qu'elle tenait à la main, il comprit qu'il n'y aurait pas de pardon.

D'une certaine manière, il eut de la chance : elle était pressée.

Ce fut donc rapide.

13 h 39 UTC

Ils n'eurent aucun mal à le trouver : il suffisait pour cela de suivre la longue traînée de sang dans la neige fraîchement piétinée.

Le vieil homme gisait dans un petit creux de terrain entre deux rochers, à une cinquantaine de mètres du cimetière et à quelques pas seulement de la grève caillouteuse sur laquelle venaient se briser les flots grisâtres de la baie de Cumberland. Il avait sans doute puisé dans ses dernières forces pour arriver jusque-là tout en traînant derrière lui la lourde mallette et son inestimable contenu. Ce qui expliquait peut-être qu'il n'ait pas réussi à s'éloigner à temps après avoir dégoupillé la grenade incendiaire.

Sa lourde parka avait arrêté l'essentiel du flux thermique, et son visage n'avait été que très superficiellement atteint. Par contre, ses deux mains avaient été affreusement brûlées – surtout la droite, qui avait perdu deux doigts et où les autres n'étaient plus que des moignons carbonisés. À trois mètres de lui se trouvait un petit cratère noirâtre où un tas de débris non identifiables continuaient à se consumer en dégageant une chaleur intense.

Tout ce qui restait de l'œuvre d'Ettore Majorana.

Kendall Kjölsrud poussa un hurlement inhumain en découvrant ce spectacle et se précipita vers le brasier, avant d'être bloqué par One-Shot à l'instant même où il allait bondir dans les flammes. Le milliardaire tomba à genoux, une expression d'horreur sur le visage.

« Pourquoi ? gémit-il, les yeux luisants de larmes. Nous étions si près de... Qu'as-tu fait, Valentin ? Qu'as-tu fait ? »

Le général Iazov était encore vivant. Il essaya vainement de se relever, mais ses forces l'avaient abandonné ; il fit un signe implorant à One-Shot et à Joshua qui le redressèrent doucement pour l'installer de façon aussi confortable que possible, adossé à un rocher. Ses yeux fixaient Kjölsrud avec cet éclat intense que Caleb avait parfois vu dans le regard des agonisants : « Ce que j'ai fait, espèce de vieux fou ? parvint-il à articuler d'une voix faible. Ce qu'aurait fait n'importe qui de sensé... »

Les traits déformés par la souffrance, il fut soudain

pris d'une quinte de toux, et une mousse sanglante apparut au coin de ses lèvres. Lorsque au bout d'interminables secondes il eut enfin retrouvé son souffle, il reprit : « Je te l'avais bien dit tout à l'heure, mais tu ne m'as pas cru. Personne n'aura cette chose…

— Mais nous aurions pu…

— Provoquer un chaos sans limites. Voilà ce qui se serait passé. »

Iazov toussa de nouveau, puis jeta un coup d'œil indifférent à sa main atrocement mutilée. « Finalement, ça n'est pas trop cher payé », ajouta-t-il d'une voix à peine audible.

Il y eut soudain un bruit de pas précipités. Croyant à une nouvelle attaque, Caleb se retourna d'un bloc en braquant le fusil d'assaut qu'il avait récupéré sur un des morts.

C'était Poppy Borghese.

En sous-vêtements déchirés et couverte de sang de la tête aux pieds, elle avait l'air de sortir d'un abattoir. Son teint olivâtre avait viré au gris, l'équivalent pour elle d'une pâleur intense, et, sous sa chevelure emmêlée et crasseuse, son regard brillait d'une lueur démente. Elle était pieds nus dans la neige, et ses jambes étaient lacérées d'écorchures, mais elle semblait s'en soucier comme d'une guigne. Elle tenait à la main un énorme couteau à désosser dont la lame était poisseuse de sang frais.

L'espace d'un instant – était-ce son apparence physique ou la raideur de son maintien ? – Caleb lui trouva une étrange ressemblance avec le monstre à l'apparence de gargouille que Kjölsrud avait appelé Michael. En tout cas, son allure était si effrayante que tout le monde s'écarta instinctivement. Viktor Bernstein s'exclama : « Seigneur, Poppy… Qu'est-ce qui t'est arrivé ? »

Elle le regarda sans avoir l'air de le reconnaître, puis marmonna d'une voix blanche : « Le musée… Ils sont libres. Aucun blessé.

— Et les Russes ? »

Elle haussa les épaules – la gauche s'ornait d'une vilaine blessure sanguinolente – puis s'avança de quelques pas. Caleb lui demanda à son tour si elle se sentait bien, mais elle l'ignora complètement.

Elle n'avait d'yeux que pour Iazov.

Elle se rapprocha du vieillard toujours adossé à son rocher et se laissa tomber à genoux près de lui. Caleb voulut s'interposer en pensant qu'elle allait le finir au couteau, mais une main ferme se posa sur son bras pour l'arrêter. « Non », fit seulement Viktor Bernstein.

Curieusement, l'apparition de Poppy semblait avoir rendu quelques forces au vieillard agonisant. Lui aussi la dévisageait avec une intensité extraordinaire. « Poppy… murmura-t-il. Ça fait longtemps…

— Très longtemps, Valentin, opina-t-elle. Tu n'as pas l'air au mieux de ta forme. Je t'ai connu plus fringant… »

Elle étendit le bras et, dans un geste étonnamment tendre, caressa la joue ridée, puis les cheveux gris clairsemés. Iazov eut un petit rire qui s'acheva en toux douloureuse ; puis il déclara d'une voix faible : « Il faut croire que je n'ai pas su lever le pied à temps… »

Elle hocha la tête en signe d'assentiment.

Puis elle se pencha et embrassa le mourant à pleine bouche.

Chapitre 30

Le général Iazov mourut moins d'une heure plus tard. Le vieil homme avait catégoriquement refusé qu'on le transporte à Grytviken – de toute façon, ses blessures étaient au-delà de toute ressource thérapeutique, et le mobiliser n'aurait servi qu'à précipiter son agonie. De même, il n'avait pas voulu qu'on lui administrât de la morphine : « Inutile, avait-il murmuré d'une voix à peine audible. Je ne sens déjà plus rien. Et j'aurai bientôt tout le temps de dormir. »

Aussi Kendall Kjölsrud et Poppy Borghese s'étaient-ils contentés de rester auprès de lui pour le veiller dans ses derniers instants. Sentant qu'ils étaient de trop, les autres étaient remontés vers le cimetière ; plus rien ne pressait, désormais. Après un bref palabre, One-Shot et Joshua s'étaient mis en marche pour rejoindre leurs compagnons qui les attendaient dans les décombres du musée, en même temps qu'ils y escorteraient le seul survivant du commando russe. Caleb avait pour sa part décidé de rester quelque temps au cimetière, où il avait encore une tâche à accomplir.

La petite bise glaciale qui soufflait depuis la fin de la matinée était tombée, et la température était presque agréable. Alors que l'ultime étincelle de vie vacillait dans le corps détruit du général Iazov, une trouée se forma dans l'épaisse couverture de nuages, et quelques rayons de soleil parvinrent à percer : comme par enchantement, les eaux glacées de la baie de Cumberland reprirent leur coloration bleu indigo, et, à quelques centaines de mètres de là, les hangars délabrés de Grytviken affichèrent de nouveau toute la palette des couleurs de la rouille. Au large, des myriades d'oiseaux de mer, sans doute attirés par quelque banc de poissons, tournoyaient en poussant des cris aigus.

Finalement, je meurs en hiver, fut la dernière pensée du vieillard avant de sombrer dans le néant. *J'ai accompli ma tâche. Et tu es là. Tout est pour le mieux...*

2 mars 2018 – 14 h 25 UTC

« Elle a soixante-dix-neuf ans, dit Viktor Bernstein. Mais encore toutes ses dents, comme vous avez pu vous en rendre compte !

— Je n'arrive pas à le croire... murmura Caleb.

— Pourtant, c'est vrai. Elle est née à la fin de l'été 1938, quelques jours avant les accords de Munich. Mais ne comptez pas sur moi pour vous dire la date exacte, elle n'apprécie pas vraiment les fêtes d'anniversaire.

— Qui est-elle ? »

Le vice-président de la K2 prit quelques instants pour répondre, comme s'il choisissait ses mots, et en profita pour se baisser afin de mieux caler le cadavre du Russe contre ceux de ses infortunés compagnons. Lorsque Caleb avait indiqué qu'il souhaitait rassembler les corps des soldats tués et les mettre à l'abri des oiseaux, Bernstein avait spontanément proposé de lui donner un coup de main. « Ces pauvres gars n'ont fait que leur boulot, avait-il marmonné en guise d'explication. Le seul salopard du lot, c'était ce Baranko. Mais même lui a droit à une sépulture décente, sinon nous ne vaudrions pas mieux que lui… »

Un point de vue que Caleb partageait tout à fait. À deux, le travail avait été rondement mené : bien qu'il manquât d'exercice, Viktor Bernstein était plus costaud qu'il n'y paraissait, et il n'avait pas ménagé sa peine pour aider à traîner les corps. Les dépouilles de Baranko et des cinq soldats étaient maintenant alignées dans l'espace dégagé au centre du cimetière et n'attendaient plus que les quelques pelletées de neige qui empêcheraient les goélands de leur gober les yeux. Caleb connaissait les usages militaires russes – guère différents de ceux en vigueur dans d'autres armées – et savait que l'*Ivan Grozny* allait sans doute dépêcher un hélico ou une vedette rapide d'ici quelques heures pour venir récupérer les corps de ses ressortissants.

« Voilà qui est mieux, dit Bernstein en se redressant. Pour répondre à votre question, mon garçon, Poppy est la fille d'un… disons d'un “homme d'affaires italo-américain” – quand vous aborderez le sujet avec elle, je vous conseille vivement d'utiliser ce genre de périphrase. Si vous souhaitez garder votre tête sur vos épaules, du moins. Au début des années 1940, Luca Borghese avait monté une série d'entreprises florissantes dans la région de Chicago. Sans avoir la pointure d'un Lucky Luciano ou d'un Meyer Lansky, c'était un homme intelligent et déterminé qui commençait à se faire un nom dans… dans le secteur d'activités qui était le sien. Surtout, il avait un sens aigu des opportunités : avec une poignée d'autres comme le vieux Bugsy Siegel, il avait très tôt compris l'intérêt qu'il pouvait y avoir à placer ses billes à Las Vegas, à l'époque où ce n'était encore qu'un tas de bicoques perdues au milieu du désert. Et un rêve dans l'esprit de quelques financiers visionnaires, comme Kendall. C'est là que leurs destins se sont croisés.

— Lui aussi était déjà sur place ?

— Bien sûr. Vegas n'allait devenir son quartier général qu'une quinzaine d'années plus tard, mais, dès l'après-guerre, il avait discrètement investi des sommes considérables dans les premiers casinos comme le Last Frontier et bien sûr le Flamingo. C'est à cette époque qu'il a commencé à nouer des liens… commerciaux avec les personnes en question. Une habitude – ou un travers, comme vous voudrez – qu'il a ensuite conservée toute sa vie.

— Le père de Poppy et lui étaient donc associés ? demanda Caleb.

— Au début, oui. Mais très vite, ils sont devenus amis. Difficile de dire pourquoi. Comme vous l'avez sans doute remarqué, Kendall est à peu près aussi doué que Sanjiv pour les relations sociales. Mais, aussi bizarre que ça paraisse, ces deux-là se sont tout de suite entendus comme de vieux complices. Je ne suis pas sûr que par la suite Kendall ait eu un autre ami comme Luca Borghese.

— Il y a quand même vous, non ?

— Si on veut, fit Bernstein avec un sourire amusé.

Mais ce vieux *schmock* me doit beaucoup. Énormément, même. Je crois que c'est surtout pour ça qu'il me tolère à ses côtés depuis si longtemps… Au fait, pour vous éviter de me poser la question, Kendall a cent douze ans. Et lui aussi déteste les gâteaux d'anniversaire.

— Ce fameux… "traitement" dont parlait Richardson, c'est ça ? hasarda Caleb. Et vous ? Je suppose que vous allez me dire que vous avez côtoyé Theodore Roosevelt ?

— J'aurais bien aimé, dit l'autre avec cette fois un bref éclat de rire. Il paraît qu'en plus d'être une fine gâchette, le vieux Teddy savait lever le coude comme personne. Mais non. Désolé de vous décevoir, mon jeune ami, mais je n'ai *vraiment* que soixante-quatre ans. Et pas la moindre envie d'expérimenter le produit en question.

— Pourquoi ? L'éternité ne vous tente pas ? »

Viktor Bernstein hocha la tête ; son sourire avait disparu. « Il y a pas mal de choses que vous ignorez sur ce traitement, Caleb, reprit-il sur un ton plus grave. Pour la plupart, il ne m'appartient pas de vous les révéler ; c'est Kendall, et lui seul, qui vous en parlera. S'il le souhaite. Mais sachez ceci : le processus tue 10 à 15 % des gens à qui il est appliqué la première fois. Un vrai remède de cheval, comme vous voyez… »

Devant l'air interloqué de Caleb, il haussa les épaules et poursuivit : « Kendall m'a proposé à de nombreuses reprises de prendre le traitement. Mais j'ai toujours remis à plus tard – pas vraiment de goût pour la roulette russe, si vous me pardonnez l'expression, ajouta-t-il en jetant un coup d'œil à la rangée de cadavres à ses pieds. Et maintenant, à force de *plus tard*, c'est *trop tard*...

— Trop tard ? Pourquoi ?

— Parce que le traitement est d'autant plus efficace qu'il est administré à un sujet jeune. Au-delà de soixante ans, ses bénéfices sont négligeables ; ce pauvre idiot de Vandell en avait été averti, mais il a sans doute cru que nous le menions en bateau pour le tenir à l'écart. Kendall a reçu le produit pour la première fois dans les années 1940, à la suite d'un très grave accident d'avion dont il n'aurait pas dû réchapper. C'était déjà un homme mûr à l'époque, si bien que le traitement l'a sauvé, mais n'a pu prolonger son existence que de façon limitée.

— Limitée ? s'étonna Caleb. Je le trouve plutôt en forme pour cent douze ans…

— Vous avez raison, d'une certaine manière. Mais, pour lui, le traitement a atteint ses limites, et il est désormais obligé d'en prendre des doses énormes : s'il ne trouve pas bientôt une solution de rechange, la Faucheuse ne va pas tarder à réclamer son dû. Poppy, c'est une tout autre histoire…

— Elle était plus jeune lorsqu'elle a été traitée, c'est ça ?

— *Beaucoup* plus jeune. Elle n'avait que dix ans quand les porte-flingues de son oncle l'ont laissée pour morte après avoir abattu ses parents. Chez elle, le produit a eu des effets… spectaculaires. En accroissant de façon considérable ses capacités physiques et sa résistance aux blessures – vous avez sans doute remarqué qu'elle cicatrise plutôt vite. Et aussi en termes de longévité, bien sûr. Lorsque je l'ai rencontrée pour la première fois, c'était au début du second mandat de

Tricky Dick[1], juste avant le Watergate. À cette époque, elle avait déjà trente-cinq ans passés mais semblait tout juste sortir de l'adolescence. Et maintenant… je dirais qu'en apparence elle a pris cinq ou six ans, pas plus.

— Ça doit être un peu frustrant, non ? plaisanta Caleb avec un mince sourire.

— Et comment ! rigola Bernstein en grattant ostensiblement son crâne dégarni. Et le pire, c'est que d'autres que nous auront à la supporter : j'ai calculé que, si elle continue à vieillir à ce rythme, elle devrait arriver à emmerder le monde jusque vers 2400 ! »

Les deux hommes éclatèrent de rire.

Puis le regard de Caleb se posa sur les cadavres alignés devant eux « Et les Russes ? demanda-t-il d'un ton redevenu sérieux. Quel est leur rôle là-dedans ? J'ai cru comprendre que Kjölsrud et Poppy connaissaient ce Iazov depuis longtemps, n'est-ce pas ? »

Viktor Bernstein hésita une seconde, puis ramassa les deux pelles qui traînaient par terre. « Depuis très longtemps, en effet, acquiesça-t-il. C'est une vieille histoire, et plutôt compliquée… »

Il tendit l'un des outils à Caleb, puis poursuivit : « Je vais vous expliquer ça, mon garçon. Mais avant tout, recouvrons un peu ces malheureux. Nous discuterons en travaillant. »

1. « Richard le tricheur » ou « Richard les coups tordus » : surnom du président Richard Nixon.

14 h 33 UTC

« C’est fini », dit Kendall Kjölsrud en fermant les yeux du mort.

Agenouillée à ses côtés sur la grève caillouteuse, Poppy Borghese était immobile comme une statue. Tous deux restèrent quelques instants silencieux en contemplant la grande dépouille du général Iazov enveloppée dans sa gabardine ensanglantée. Puis Kjölsrud reprit : « Il est temps de rejoindre les autres, ma chérie. Nous n’avons plus rien à faire ici. »

Elle fit d’abord comme si elle n’avait rien entendu, puis elle leva les yeux vers lui. « J’aimerais rester encore un petit peu avec lui, Père, murmura-t-elle. S’il vous plaît. »

Le vieillard hocha la tête puis se releva avec difficulté – il était resté trop longtemps immobile. L’esprit envahi de pensées moroses, il se mit en marche au hasard sur la plage couverte d’embruns, davantage pour se dégourdir les jambes que dans un but précis.

Il n’avait pas fait vingt mètres qu’il butait sur un obstacle imprévu et manquait de chuter à terre.

Revenu d’un seul coup à la réalité, il constata que ses pas l’avaient ramené à l’endroit où Iazov avait fait exploser sa grenade, anéantissant en un instant le rêve d’une vie entière. *Tout ce que nous aurions pu créer...* pensa-t-il en contemplant tristement le cratère noirâtre et les débris carbonisés – tout ce qui subsistait de l’œuvre la plus géniale jamais sortie d’un cerveau humain.

Maintenant il ne te reste plus qu’à rentrer. Et mourir.

Il allait tourner les talons lorsque ses yeux se posèrent machinalement sur l'objet qui avait failli le faire tomber. Intrigué par son apparence, il se baissa pour l'examiner ; on aurait dit une grosse pierre vaguement quadrangulaire et un peu plus grande que ses deux mains réunies, mais son aspect brûlé et sa consistance caoutchouteuse démentaient sa nature minérale. Il saisit l'objet, le retourna, et c'est alors seulement – son cœur en manqua une pulsation – qu'il réalisa ce qu'il tenait entre ses mains.

Un morceau de la mallette !

En l'inspectant de plus près, il remarqua que son revêtement était intégralement calciné en surface, mais pas en profondeur : il suffisait de gratter un peu la croûte noirâtre avec l'ongle pour découvrir le cuir intact. Il comprit alors ce qui avait dû se passer : en détonant, la grenade avait déchiqueté la mallette et en avait éjecté un fragment important à bonne distance du foyer d'explosion, le protégeant en quelque sorte du plus gros de l'incendie.

Kjölsrud soupesa l'objet et s'aperçut d'une autre chose : il était beaucoup trop lourd pour n'être constitué que d'une enveloppe de cuir.

Saisi d'un espoir insensé, il écarta avec précaution les pans de l'emballage noirci. Effectivement, la toile cirée au-dessous semblait intacte ; il défit fébrilement cette dernière couche protectrice.

Et découvrit enfin ce qui se trouvait à l'intérieur.

Cette fois, son cœur loupa *deux* pulsations.

14 h 39 UTC

« L'opération Paperclip ? s'étonna Caleb. Bien sûr que j'en ai entendu parler. Le recyclage des savants nazis par l'armée américaine à la fin de la guerre, c'est bien ça ?

— Tout juste, opina Viktor Bernstein sans cesser de manier la pelle. En ce qui me concerne, on aurait aussi bien fait de les coller contre un mur, Von Braun en tête… Mais si nous avions fait ça, ni vous ni moi ne serions ici aujourd'hui, et la Lune serait une colonie soviétique. Enfin, passons. Ce qui est beaucoup moins connu, c'est que les Russes avaient monté un programme tout à fait similaire pour exfiltrer les scientifiques allemands et récupérer tout ce qui pouvait l'être de la technologie du Reich. L'officine qui s'en occupait était le Département 7 du NKVD, créé sur ordre de Joseph Staline en personne.

— Le Département 7 ? Ça ne me dit rien du tout, dit Caleb.

— Pas étonnant. Il a très souvent changé de nom par la suite, mais les autres ne vous diraient rien non plus. Un secret absolu a toujours entouré cette unité. L'homme qui la dirigeait au départ s'appelait Leonid Shatilov. Un type fascinant, paraît-il : d'une intelligence hors pair, parlant huit langues, grand maître d'échecs, vous voyez le genre. Il a dirigé l'agence jusqu'à sa mort, en 1962. Et son successeur…

— Iazov, c'est ça ?

— Exact. Iazov qui a pris le relais jusqu'à aujourd'hui, soit plus de cinquante ans à la tête du même service. Encore plus fort que J. Edgar Hoover, non ? Et il était devenu indéboulonnable exactement pour les mêmes raisons : bien trop puissant et dangereux pour être évincé, et personne de la même trempe à mettre à la place.

— Mais je ne comprends pas, réagit Caleb. Si le but de ce département était de récupérer les savants nazis se trouvant en zone d'occupation soviétique, sa mission aurait dû s'interrompre d'elle-même au bout de quelques mois, non ? Pourquoi ses activités auraient-elles continué jusqu'à aujourd'hui ? Et quel rapport avec Kjölsrud ?

— Pourquoi cette longévité ? Parce que la chasse aux savants n'était pour ainsi dire que le hors-d'œuvre. Juste une mise en jambes. Le plat de résistance – et la véritable mission confiée à Shatilov, cette fois sur le long terme – était la construction d'un complexe militaro-industriel capable de hisser le pays au tout premier plan des puissances mondiales. À partir de rien, ou peu s'en faut. Et le bonhomme s'est parfaitement acquitté de sa tâche : lorsqu'il est mort, l'Union soviétique s'était dotée de la plus extraordinaire machine de guerre technologique jamais créée, seuls les États-Unis étant désormais en mesure de rivaliser avec elle. À la fin des années 1960, l'agence en question avait placé des milliers de taupes dans tous les instituts de recherche publics et privés des nations occidentales et disposait de myriades de bureaux d'études et de laboratoires disséminés sur tout le territoire soviétique, le plus souvent au sein de villes interdites ne figurant sur aucune carte. Mais, à la tête de cet empire, il n'y a jamais eu qu'un seul homme.

— Iazov… souffla Caleb, estomaqué par ces révélations.

— En personne. Sans le type qui agonise sur la plage derrière nous, l'Union soviétique n'aurait jamais eu de programme spatial. Ni de missiles intercontinentaux. Ni de flotte de sous-marins nucléaires. Iazov n'apparaissait dans aucun organigramme officiel, et son nom n'était connu que de quelques personnes tout en haut de la pyramide. Mais, pendant un demi-siècle, pas un seul boulon n'est sorti des usines d'armement russes sans qu'il ait donné son assentiment.

— Et Kjölsrud ? demanda le jeune homme. Vous n'allez pas me dire qu'ils ont bossé ensemble, quand même ? »

Viktor Bernstein s'appuya sur sa pelle et le regarda d'un drôle d'air : « Pas précisément, Caleb. Pendant tout ce temps-là, Kendall a été le petit caillou dans la chaussure de Iazov. Et inversement, bien sûr.

— Vous faites allusion à son rôle dans le complexe militaro-industriel américain, c'est ça ? »

Contre toute attente, Bernstein éclata de rire.

« Son rôle ! Alors, vous n'avez pas toujours pas compris, Caleb ? Kendall n'a pas *joué un rôle* dans le complexe militaro-industriel américain. Kendall *est* ce complexe. Il l'a créé de toutes pièces, en 1937, en nouant les premiers contrats entre ses usines d'armement et le gouvernement fédéral. Les noms de Lockheed Martin, Raytheon ou Northrop Grumman vous sont sans doute familiers ; mais sachez que derrière ces entreprises phares, il y a un écheveau inextricable de liens politico-financiers, de prête-noms et de sociétés-écrans qui vous ramèneront toujours à un seul homme et à un seul empire : la K2. Ajoutez à cela que Kendall occupait déjà une place centrale dans le renseignement industriel à une époque où la

CIA s'appelait encore l'OSS, et vous comprendrez à quel point sa position était symétrique de celle de Iazov. Pendant cinquante ans, ils n'ont pas arrêté de se jouer des coups fourrés. Le plus souvent par agents interposés, mais parfois – très rarement – face à face. »

Caleb eut soudain une intuition : « C'est dans ces circonstances que Poppy et Iazov se sont connus, n'est-ce pas ? »

14 h 46 UTC

Une vague un peu plus forte que les autres projeta quelques embruns sur le visage du mort. Poppy Borghese se hâta de les essuyer. Derrière les traits creusés par l'âge et la maladie, elle revoyait un autre visage, massif et conquérant. Celui d'un homme puissant, rusé et extrêmement dangereux – mais qui savait également se montrer un amant infatigable et attentionné.

L'un des rares hommes qui avaient compté dans sa longue vie.

« Je t'avais bien dit que je serais là à la fin… » murmura-t-elle en se remémorant les paroles qu'elle avait prononcées lors de leur ultime rencontre – si longtemps auparavant. Elle caressa une dernière fois le front ridé. Sous l'effet de la bise glacée qui soufflait du large, la peau avait commencé à refroidir. Elle avait lu quelque part que la mort était un phénomène progressif, et qu'après l'arrêt du cœur les cellules de certains organes mettaient plusieurs heures à s'éteindre.

Mais à l'intérieur de ce crâne qui paraissait désormais si fragile, le cerveau était déjà mort.

Un cerveau qui, pendant soixante ans, avait ourdi les plans les plus machiavéliques et ordonné les pires atrocités, mû uniquement par un patriotisme sans faille et un dévouement absolu à la cause de son pays. Pourtant, elle savait aussi que l'homme étendu devant elle avait à deux reprises, par son intervention directe auprès du Kremlin, empêché *in extremis* l'Humanité de basculer dans une guerre nucléaire totale ; elle réalisa soudain avec un frisson que, Iazov disparu, elle était sans doute la dernière personne encore vivante à avoir eu connaissance de ces événements.

Après avoir recouvert le visage du vieil homme avec les pans de sa gabardine, elle se redressa péniblement. Ses articulations lui faisaient souffrir le martyre. Elle se sentait épuisée et complètement vidée, au physique comme au moral. Et en même temps, d'une façon paradoxale, comme libérée d'un poids gigantesque. Tout comme si, pour la première fois depuis très longtemps, quelque chose la poussait en avant qui n'était ni la perspective de la prochaine tuerie ni celle de la biture qui s'ensuivrait.

Michael. Le retrouver. Le soigner, peut-être.

Alors qu'elle remontait lentement le chemin qui menait au cimetière, un discret bourdonnement dans le ciel attira soudain son attention. Alarmée, elle regarda en l'air : à une cinquantaine de mètres au-dessus de sa tête, un minuscule appareil à vol colibri – elle reconnut aussitôt un drone militaire d'observation – avançait doucement en suivant une route parallèle à la sienne.

Et dardait sur elle l'œil noir de sa caméra.

14 h 53 UTC

« Cela remonte à la crise des missiles cubains, au printemps 1959 », dit Viktor Bernstein.

Les deux hommes avaient terminé de recouvrir de neige les corps des Russes et remontaient lentement l'allée centrale du cimetière tout en discutant.

« 1959 ? s'étonna Caleb. Attendez une seconde... La crise des missiles c'était en octobre 62, tout le monde sait ça ! »

Une étincelle d'amusement luisait dans le regard du milliardaire quand il répondit : « Si, comme je l'espère, nous sommes à nouveau amenés à travailler ensemble, mon garçon, il va vous falloir rectifier un peu votre histoire du XXe siècle... Alors, disons la *première* crise des missiles, si ça peut vous faire plaisir. À votre décharge, il faut reconnaître que l'épisode en question n'a pas fait les gros titres des journaux. Ça vous va comme ça ?

— Ça me va... fit Caleb avec une mimique de résignation.

— Alors, voilà le topo. En janvier 59, les frères Castro prennent le pouvoir à Cuba et virent le dictateur Batista. Moins de trois mois plus tard, des émissaires de Khrouchtchev sont sur les lieux pour négocier discrètement la mise en place de quelques rampes de missiles balistiques pointées vers le Nord. Les États-Unis auraient très bien pu n'y voir que du feu. Par chance, notre ami Kendall avait pas mal d'antennes sur place – toujours ses relations privilégiées avec ces... “messieurs italo-américains” qui contrôlaient à l'époque tout le secteur du jeu à La Havane. Lorsque la nouvelle est remontée à Washington, cela a bien sûr fait l'effet d'une bombe.

— Mais pourquoi est-ce que personne n'a entendu parler de cette histoire ?

— Parce que au départ les USA avaient pris fait et cause pour la révolution castriste. Révéler l'affaire au grand jour leur aurait fait perdre la face d'une façon insupportable. Pour une fois, la CIA a préféré la jouer fine en envoyant quelqu'un sur place pour essayer de faire capoter les négociations russo-cubaines ; le problème, c'est que l'Agence n'avait aucun agent suffisamment bien introduit à Cuba.

— Laissez-moi deviner, dit Caleb. C'est Kjölsrud qui a accepté de s'y coller, et je suppose qu'il a emmené Poppy. Pour tamponner un négociateur du nom de Iazov, c'est ça ?

— Vous y êtes presque. Ce n'était pas la première fois que Kendall jouait les messieurs bons offices pour le gouvernement américain, et, jusqu'alors, ça lui avait plutôt réussi. Quant à Poppy, elle venait juste d'en finir avec un petit... différend familial, et elle avait besoin de se changer les idées ; pour elle, c'était aussi l'occasion de commencer à s'impliquer dans les affaires de ce qui ne s'appelait pas encore la K2. Par contre, vous vous trompez pour Iazov : ce n'est pas lui qui était chargé de mener les négociations, mais son chef, Leonid Shatilov. Lui n'était là que comme aide de camp et pour apprendre le métier. Genre Batman et Robin, quoi... »

Caleb eut un sourire amusé : « Mais c'est Robin qu'ils ont approché, non ?

— Bien sûr, opina Bernstein. Shatilov était bien trop rusé et expérimenté, il fallait s'en prendre au maillon faible. Kendall s'est arrangé pour descendre au même hôtel que les Russes, et il s'est fait passer pour un homme d'affaires australien voyageant en compagnie de sa fille – il a toujours adoré ce genre de rôles de composition. C'est comme ça qu'ils ont pu entrer en contact avec Iazov. »

Les pas des deux hommes les avaient ramenés devant la tombe béante et son macabre contenu. Bernstein jeta un coup d'œil à l'intérieur, puis reprit d'un ton pensif : « Je ne sais pas au juste comment ça s'est passé. Bien sûr, je n'y étais pas… Je vous rappelle qu'à cette époque j'étais encore en train de chier dans mes couches, ou peu s'en faut. Quant à Kendall et à Poppy, ils ont sont toujours restés évasifs sur le sujet. Ce qui est sûr, c'est que la manip a marché au-delà de toute espérance. Kendall a pu récupérer l'essentiel du plan russe, et les détails de l'énorme contrepartie financière destinée aux Cubains. Avec ça, notre ambassadeur avait des munitions pour taper du poing sur la table. Résultat : les négociations ont avorté avant même d'avoir vraiment commencé. Par contre, Kendall n'avait pas prévu un truc…

— Quoi donc ?

— Que Poppy et Iazov tombent amoureux l'un de l'autre. Une passion immédiate et dévastatrice, qui allait les marquer pour le reste de leur existence.

— Ils ne se sont rencontrés qu'une seule fois, et ils en auraient gardé le souvenir jusqu'à aujourd'hui ? fit Caleb d'un ton dubitatif.

— Une seule fois ? ricana Bernstein. Vous n'y êtes pas du tout, mon garçon. Après Cuba, ils ont continué à se voir. Ça a duré près de trente ans.

— Trente ans ? Mais…

— En prenant des risques insensés. Surtout lui d'ailleurs. Pour elle, ce n'était qu'un jeu, mais lui jouait sa tête chaque fois. Ils se rencontraient lors de missions diplomatiques qu'il accompagnait hors d'URSS, ou à l'occasion de voyages qu'elle faisait sur place avec un visa touristique. Et puis à la fin des années 1980, il a laissé tomber.

— Les risques devenaient trop grands ? hasarda Caleb.

— Pas vraiment. En Russie, c'était la *perestroïka*, et le climat s'était pas mal dégelé. Elle lui avait joué un sale coup pendant la guerre d'Afghanistan, mais ce n'était pas non plus la raison. »

Caleb réfléchit un instant, puis comprit d'un seul coup : « La différence d'âge, c'est ça ? »

Viktor Bernstein hocha la tête d'un air sombre : « Tout juste. La différence d'âge. Vous comprenez, à ce moment lui avait déjà plus de soixante ans alors qu'elle n'avait pas pris une ride depuis leur première rencontre. Ça ne pouvait plus continuer comme ça. »

Les deux hommes restèrent silencieux quelques instants, perdus dans leurs pensées.

« Voilà, murmura ensuite le milliardaire, vous savez tout. Cela étant, vu les circonstances, je vous conseillerais de… Caleb ? Vous m'écoutez ? »

Mais Caleb ne l'écoutait plus du tout. Comme pétrifié, il scrutait le fond de la tombe avec une intensité extraordinaire.

Un peu surpris, Bernstein jeta à son tour un coup d'œil au corps disloqué qui gisait dans son cercueil, tout en se demandant quelle mouche avait piqué son compagnon ; après tout, ce n'était pas le premier cadavre qu'ils croisaient depuis le début de leur aventure, et, à part son visage écrasé au point d'en être méconnaissable, celui-ci n'avait rien de bien marquant.

« Vous aussi, vous vous demandez qui pouvait bien être ce pauvre bougre, c'est ça ? reprit-il après quelques secondes. Je comprends à quel point ça doit être important pour vous. Mais rassurez-vous : avant de refermer cette tombe, nous allons demander à Sarah d'effectuer quelques prélèvements de tissus. Et, dès que nous aurons regagné la civilisation, je vous promets que…

— Pas besoin de test ADN », dit Caleb.

Et il sauta dans la tombe.

14 h 57 UTC

L'USCGC *Stratton* remontait à petite vitesse le cap Larsen qui, comme un long doigt déchiqueté, formait un brise-lames naturel à l'entrée de la baie de Cumberland ; ensuite, il ne lui resterait plus qu'à infléchir sa route au 175 pour pénétrer dans l'étroit goulet qui conduisait à la rade de Grytviken.

Tous les sens électroniques du bâtiment étaient aux aguets : il se trouvait à peine à quelques centaines de yards de la position occupée par l'*Ivan Grozny* moins de deux heures auparavant. En apparence, les Russes avaient tenu parole ; le radar longue portée confirmait qu'après avoir fait mouvement, leur armada relâchait maintenant à une quarantaine de nautiques au nord-est, largement au-delà de la limite des eaux territoriales. Pour autant, le capitaine John Davenport n'avait pas baissé sa garde. Il se méfiait d'un coup fourré de dernière minute, en particulier de la part des sous-marins d'escorte du porte-aéronefs, beaucoup plus difficiles à détecter que les navires de surface.

Pourtant, tous les capteurs du Stratton demeuraient muets : aucune menace en vue. Vu que les deux F-35C – durement secoués par leur séance d'acrobaties aériennes – ne pourraient reprendre l'air avant une révision complète de leurs systèmes, Davenport avait par précaution fait décoller une demi-douzaine de minidrones tactiques bardés de détecteurs spécialisés dans la lutte antisous-marine. Avec un résultat sans ambiguïté : les eaux étaient libres.

Par contre, les petits appareils de surveillance avaient livré une pleine cargaison de photos haute définition sur la situation à terre dans les parages de la station baleinière.

Des images toutes plus déconcertantes les unes que les autres.

Qu'est-ce qui a bien pu se passer ici, nom de Dieu ? Penché sur la console holo principale de la passerelle, Davenport examinait avec un étonnement croissant les clichés qui défilaient devant ses yeux. Une jeune femme à moitié à poil et couverte de sang, agenouillée au bord de l'eau à côté d'un vieux type en uniforme qui semblait mort ou inconscient. Un peu plus loin sur la plage, un autre vieillard en train de fouiller un tas de débris noirâtres. Dans le cimetière sur la colline, deux hommes apparemment en grande discussion près d'une tombe fraîchement creusée ; la neige tout autour d'eux était maculée de sang, et ce qui ressemblait fort à un amoncellement de cadavres hâtivement recouverts gisait au beau milieu de l'enceinte funéraire. À quelques centaines de mètres au nord-ouest, non loin des installations portuaires, un vaste bâtiment en bois était la proie des flammes ; deux hélicoptères d'attaque russes, dont l'un couché sur le flanc, étaient également en feu. Un petit groupe de personnes dépenaillées s'étaient rassemblées à côté du seul hélico apparemment intact, un gros appareil aux couleurs de la K2 Industries. Là aussi, il y avait des cadavres un peu partout : le jeune capitaine en compta une bonne douzaine gisant entre les hangars en ruine, pour certains affreusement mutilés ou carrément en plusieurs morceaux. Tous portaient des uniformes russes ou des équipements des forces spéciales.

Davenport revint à l'image du vieil homme près de son tas de débris calcinés. Le cliché avait été rafraîchi et le montrait maintenant en train de remonter le talus en pente douce qui menait au cimetière. Ses traits étaient parfaitement visibles, et le capitaine du *Stratton* reconnut le visage qui figurait sur les fichiers transmis par l'état-major. *Kendall Kjölsrud.* L'homme qu'il devait à tout prix ramener vivant, ainsi que tout matériel suspect pouvant être en sa possession.

« Lieutenant ? » demanda-t-il.

‹ Oui, monsieur ? › répondit aussitôt la voix robotisée.

« Veuillez faire décoller deux drones avertisseurs. L'un à destination des civils qui se trouvent à côté du port et l'autre en direction du groupe proche du cimetière. »

Les appareils en question – de petits disques quadrirotor équipés d'un puissant mégaphone – avaient été développés au départ pour les groupes d'intervention des SWAT, mais étaient en dotation depuis deux ans dans les Garde-côtes et certaines unités navales rattachées à la DEA ; ils s'étaient vite révélés très utiles, en particulier pour l'arraisonnement de navires suspects refusant de répondre aux appels radio.

‹ Bien, monsieur, fit l'IA. Quel est le message ? ›

« Dites-leur que nous sommes mandatés par le gouvernement des États-Unis pour leur porter assistance. Ils doivent déposer leurs armes et se regrouper près des pontons, où nous viendrons les récupérer. Précisez-leur que toute manifestation d'hostilité sera réprimée. Et, en attendant, maintenez-les sous surveillance constante des oiseaux que nous avons en vol ; ils devraient nous avoir en visuel d'ici une ou deux minutes, et je veux être sûr qu'ils ne vont pas se dépêcher de planquer du matériel sensible. »

‹ Très bien, monsieur. Message configuré, je lance tout de suite les drones. ›

Le capitaine Davenport jeta un coup d'œil à l'extérieur. Le Stratton venait de dépasser l'extrémité du promontoire rocheux et commençait à virer sur tribord.

« Des nouvelles du *North Carolina* ? » demanda l'officier sur le ton de la conversation.

‹ Négatif, monsieur. Ni contact radio ni signal actif dans son dernier azimut estimé. ›

Davenport haussa les épaules, vaguement déçu. Le sous-marin devait être loin, désormais. D'un autre côté, il comprenait parfaitement la prudence de son capitaine. Les Russes pouvaient se montrer susceptibles ; ils risquaient de mal le prendre lorsqu'ils réaliseraient que leur armada avait été mise en déroute par un submersible équipé de torpilles d'exercice dépourvues de charge militaire.

‹ Par contre, monsieur… › reprit la voix artificielle.

« Oui, lieutenant ? »

‹ J'ignore si j'ai bien fait, mais je me suis permis de

consulter le Service du personnel militaire de la Navy, section Officiers sous-mariniers. Vous savez sans doute que, dans le cadre du programme de convergence, nous disposons d'une accréditation pour l'accès à leur serveur sécurisé. ›

« Eh bien ? » fit Davenport qui ne voyait pas très bien où l'IA voulait en venir.

‹ Le capitaine Pamela C. Chadwick a transmis il y a un peu plus de deux heures une demande de permission pour la période du 16 au 30 mai, monsieur. Si je ne m'abuse, ce sont bien les dates auxquelles vous comptez aller pêcher dans le Maine, n'est-ce pas ? ›

15 h 03 UTC

Caleb venait juste de ressortir de la tombe quand Kendall Kjölsrud pénétra dans le cimetière, suivi de peu par Poppy Borghese.

« Iazov est mort, annonça le vieillard. Et nous avons de la visite. Il va falloir que… »

Il s'interrompit au beau milieu de sa phrase. Il venait de découvrir la bague à la main de Caleb.

« J'ai déjà vu cet anneau à la main de quelqu'un d'autre, murmura-t-il. C'est bien ce que je crois, mon garçon ? »

Caleb leva la main pour que ses trois compagnons puissent voir la chevalière en bronze terni. Elle était lourde, massive et avait l'air incroyablement ancienne ; on devinait que l'intaille avait jadis comporté une devise et peut-être des armoiries, mais les inscriptions avaient presque entièrement disparu, comme érodées par le passage des siècles. Selon l'usage en vigueur dans la noblesse anglo-saxonne; le jeune homme la portait à l'auriculaire gauche – le bijou ne devait pas gêner le maniement d'une arme.

« La bague sigillaire de la Maison McKay, dit-il d'une voix grave. Disparue depuis soixante-douze ans. Aujourd'hui, elle retrouve la main du chef de clan.

— Mais… mais alors… balbutia Viktor Bernstein.

— Oui, dit Caleb. C'est Majorana qui s'en est tiré. »

17 h 47 UTC

La petite vedette hors-bord vint se ranger contre le ponton branlant, et le pilote mit le moteur au point mort. Kendall Kjölsrud prit pied avec précaution sur la jetée vermoulue, suivi par Caleb puis par les huit autres rescapés de l'équipée du Do-X. De l'autre côté du quai, les hangars en ruine de Grytviken s'alignaient comme autant de vestiges d'un temps révolu. Échoué à quelques encablures sur bâbord, un vieux navire baleinier à demi couché sur le flanc offrait ses tôles rouillées comme perchoir à des milliers d'oiseaux de mer qui contemplaient les arrivants sans manifester la moindre crainte.

Ici les hommes ne faisaient que passer.

Caleb n'en revenait pas que ce soit déjà terminé. Pourtant, au départ, les choses ne s'annonçaient pas pour le mieux. Les marins qui les avaient pris en charge pour les conduire sur le *Stratton* avaient été corrects, mais peu loquaces ; leur attitude méfiante et leur armement conséquent en disaient long sur les consignes qu'ils avaient dû recevoir au cas où leurs invités auraient fait preuve de mauvaise volonté. Une fois à bord, le commandant de la frégate, un certain capitaine John Davenport, leur avait fait la même impression. Courtois, mais ferme, et manifestement décidé à appliquer ses ordres à la lettre.

Aucun doute en tout cas : ils étaient à nouveau prisonniers.

À ce stade, la procédure standard aurait voulu qu'ils soient fouillés, séparés les uns des autres, et qu'ils fassent l'objet d'un premier débriefing individuel – probablement par holoconférence avec l'état-major interarmes, ou bien avec une antenne de la CIA ou de la NSA si le gouvernement fédéral jugeait l'affaire trop sérieuse pour la confier aux seuls militaires. Ils seraient ensuite déposés à la base navale américaine la plus proche avant d'être ramenés par vol spécial aux États-Unis, où ils seraient à nouveau interrogés sans limitation de durée puis gardés au secret pendant une période également indéterminée.

Mais rien de tout cela ne s'était produit. À peine le capitaine Davenport s'était-il présenté que Kjölsrud et Viktor Bernstein avaient exigé d'avoir un entretien particulier avec lui, puis qu'on leur assurât une communication sat sécurisée avec le président des États-Unis ; l'officier avait failli leur rire au nez, mais les deux hommes avaient fait preuve d'une telle assurance qu'il avait fini par accéder à leur demande et les avait emmenés avec lui pendant que les autres étaient consignés au carré des officiers.

Pour les rescapés, l'attente avait commencé. Dans des conditions qui auraient pu être pires, puisqu'une solide collation leur avait été servie – leur premier vrai repas depuis quarante-huit heures. Ceux qui en avaient besoin, en particulier Jill Soderberg et Charlie Gomez qui avaient été assez sérieusement contusionnés lors de l'assaut initial des Russes, avaient également reçu des soins ; quant au malheureux Lyndon Devereaux, il avait été conduit au bloc médical pour un examen approfondi de ses brûlures. Près de deux heures s'étaient écoulées lorsque Kjölsrud et Davenport avaient à nouveau franchi la porte du carré ; un sourire las se peignait sur le visage du premier, tandis que le second avait manifestement de la peine à masquer sa surprise.

« C'est bon, avait simplement dit Kendall Kjölsrud. Nous sommes libres. On dégage. »

Le capitaine Davenport sauta à son tour sur le ponton, avant de se rapprocher de Kjölsrud et de Viktor Bernstein. « Voilà, messieurs, leur dit-il. C'est ici que nos routes se séparent. Content en tout cas d'avoir pu vous donner ce petit coup de main, tout à l'heure.

— Vous avez fait bien plus que ça, commandant, lui répondit Bernstein. Sans votre intervention et celle du *North Carolina*, nous serions tous morts à l'heure actuelle.

— Possible… fit l'officier. Mais vous m'avez plutôt donné l'impression d'être capables de vous débrouiller par vous-mêmes. Quoi qu'il en soit, permettez-moi de vous réitérer ma proposition de vous ramener à Ushuaïa ; si j'ai bien compris, c'est là que votre avion vous attend. Ce n'est qu'à trente-six heures d'ici, et nous avions de toute façon prévu d'y retourner avant de reprendre nos manœuvres. Un peu de repos après les épreuves que vous avez traversées ne vous ferait pas de mal.

— C'est une offre très généreuse de votre part, commandant, répondit Kjölsrud. Mais nous avons notre propre hélico, et il ne mettra que six ou sept heures à faire le trajet. Cette… malheureuse aventure nous a éloignés pendant près de deux semaines de nos bureaux, mon associé et moi-même. Vous comprendrez certainement que nous ayons hâte de passer à autre chose. Un grand merci en revanche pour avoir accepté de prendre en charge notre blessé. »

Vu la gravité des brûlures de Devereaux, il avait été décidé que ce dernier demeurerait à bord du *Stratton* jusqu'à l'escale d'Ushuaïa, où un jet médicalisé affrété par la K2 viendrait le récupérer. Jill Soderberg resterait auprès de lui pendant que Charlie Gomez prendrait l'hélico, où ses compétences de pilote lui permettraient de relever Kjölsrud et Caleb si le besoin s'en faisait sentir.

« C'est bien le moins que nous puissions faire », dit Davenport en serrant la main du vieillard puis celle de Viktor Bernstein. Puis il prit congé tour à tour des autres rescapés. Caleb vint en dernier : il s'était un peu éloigné du groupe et se tenait vers l'extrémité de la jetée, regardant la côte d'un air pensif.

« Je regrette de n'avoir pas eu le temps de discuter davantage avec vous, monsieur McKay, lui dit l'officier. Ou dois-je dire "lieutenant" ?

— Monsieur ira très bien, commandant. J'ai rendu mon tablier il y a quelque temps déjà…

— Si seulement la moitié de ce qu'on m'a raconté tout à l'heure à votre sujet est exact, je pense que pas mal de gens ont dû vous regretter à Hereford… »

Pour toute réponse, Caleb eut un sourire – et un imperceptible haussement d'épaules.

« Quand comptez-vous prendre l'air ? demanda Davenport.

— Ce soir, répondit aussitôt Caleb. J'ai une dernière chose à faire, ensuite nous pourrons y aller.

— Très bien. Je me dois de vous informer que nous avons été contactés par l'*Ivan Grozny* il y a une heure environ. Ils dépêcheront demain matin une vedette rapide pour récupérer leurs morts. Je vous conseille très vivement d'avoir déguerpi d'ici là ; ils ont quand même perdu vingt-deux types dans l'affaire, et, quand ils verront ce que vous en avez fait, je ne réponds plus de rien si vous êtes encore dans les parages. »

Caleb hocha la tête en silence. Il contemplait à nouveau un point précis du littoral avec le même air songeur que quelques instants plus tôt. Davenport suivit son regard et comprit que le jeune homme avait les yeux fixés sur le cimetière de Grytviken, qui se dressait à cinq cents mètres de là sur la colline surplombant la rade.

« On m'a dit que c'est votre grand-père qui est enterré là-haut, n'est-ce pas ? demanda doucement le commandant du *Stratton*.

— C'est exact, opina Caleb. Je dois encore aller refermer sa tombe et lui faire un dernier adieu. Je ne remettrai sans doute pas les pieds ici de sitôt…

— Vous ne comptez pas faire transférer ses restes en Écosse ?

— À quoi bon ? Cet endroit est tranquille, et la vue y est magnifique. Et puis, passer l'éternité à la droite de Sir Ernest Shackleton… Je suis sûr qu'il n'aurait pas pu rêver d'une meilleure compagnie.

— Je suis tout à fait d'accord avec vous, dit Davenport en lui serrant la main. J'espère que nous nous reverrons un jour, monsieur McKay. »

20 h 29 UTC

Le décollage était imminent. En phase de préchauffage, les turbines du gros Sikorsky CH-53D « Sea Stallion » faisaient entendre leur ronflement caractéristique. Les projecteurs avant et les feux de position disposés aux quatre coins du fuselage ventru éclairaient d'une lueur froide les parages immédiats de l'appareil. Partout ailleurs, l'obscurité s'appesantissait : le soir tombait sur Grytviken.

Tout le monde était déjà à bord. À l'exception d'une personne.

Caleb passa la tête par la porte de la soute arrière, puis enjamba le rebord et sauta souplement à terre. Comme il s'y attendait, elle se trouvait exactement au même endroit et dans la même position qu'un quart d'heure auparavant : debout dans la neige à la lisière du cercle de lumière, tournée vers les montagnes sur lesquelles s'évanouissaient lentement les dernières lueurs du crépuscule.

Il franchit les quelques pas qui le séparaient d'elle. Bien qu'elle fût à nouveau revêtue de la combinaison de combat qui la rendait presque invulnérable, elle avait l'air petite et fragile. *Et complètement perdue*, réalisa-t-il en découvrant son visage une fois à sa hauteur. Il voulut poser la main sur son bras, se ravisa – Jeeves pouvait avoir des réactions imprévisibles – puis termina son geste ; sous la mince épaisseur de la combinaison à un demi-milliard de dollars, il sentit le relief de son épaule maigrichonne.

Parfaitement guérie alors qu'il y a quelques heures

elle pissait le sang, pensa-t-il en se rappelant à qui il avait affaire.

« Il faut y aller, c'est ça ? murmura-t-elle sans le regarder.

— Oui, dit-il doucement. Tout est prêt pour le départ. On n'attend plus que vous. »

Elle hocha la tête, puis fit d'une voix à peine audible : « Il ne viendra plus, n'est-ce pas ?

— Je ne crois pas, Poppy. On a fait tout ce qu'on pouvait : des appels par mégaphone, la sirène de l'hélico. Tout ça sans discontinuer depuis une demi-heure. S'il avait voulu se montrer, ce serait déjà fait…

— Je suis sûre qu'il est là, tout près, et qu'il nous guette. Je le sens. Pourquoi ne vient-il pas, Caleb ?

— Je suis navré, Poppy… »

Il ne voyait pas trop quoi dire d'autre. Que peut-on bien raconter à une femme qui dans la même journée a retrouvé et perdu à nouveau le frère qu'elle croyait mort depuis soixante-cinq ans, et vu mourir l'homme qu'elle avait aimé pendant trois décennies ?

Ils demeurèrent tous deux silencieux quelques instants. Il faisait de plus en plus sombre et de plus en plus froid. Un peu plus loin sur la droite, quelques fumerolles s'élevaient encore de la ruine incendiée du musée de Grytviken. « Il faut vraiment y aller, maintenant, insista-t-il. Une nouvelle tempête arrive, et, d'après la météo, celle-ci est partie pour durer plusieurs jours… »

Elle se tourna vers lui avec un pauvre sourire : « D'accord, dit-elle en lui pressant le bras à son tour. Dites à Père qu'il peut lancer la séquence de décollage. Laissez-moi seule juste encore une ou deux minutes… Ensuite j'arrive, c'est promis. »

Il acquiesça de la tête puis se remit en marche vers l'hélico. À mi-chemin, il se retourna.

Elle n'avait pas bougé et regardait toujours vers les montagnes.

« Alors ? fulmina Kendall Kjölsrud. C'est pour aujourd'hui ou pour demain ?

— C'est bon, répondit Caleb en se sanglant sur le siège du copilote. Arrêtez de râler. Elle arrive tout de suite.

— Pas trop tôt ! » maugréa son voisin en lançant les routines de prédécollage.

Le milliardaire avait, tout comme lui, enfilé une des confortables combinaisons de vol trouvées dans l'hélico, mais était à nouveau affublé du vieux feutre pourri que Caleb avait supposé perdu dans le crash du Dornier. *Où avait-il bien pu le planquer ?* s'était vaguement demandé le jeune homme lorsque, deux heures plus tôt, le chapeau était réapparu comme par enchantement sur la tête du vieillard.

« Ne vous en faites pas pour elle, reprit Kjölsrud sur le ton de la conversation. Elle en a vu d'autres. Dès que nous aurons regagné le *Second Chance*, elle va se farcir le pif de poudre et ingurgiter quelques litres de bourbon. Ensuite ça ira beaucoup mieux, vous verrez…

— Bon Dieu ! s'énerva Caleb. Essayez un peu de vous mettre à sa place. Son frère…

— Il a survécu pendant vingt-cinq ans dans un cachot en bouffant des crottes de rat. Vous ne le croyez pas capable de se débrouiller tout seul ? »

Cette fois, Caleb le regarda avec de grands yeux, estomaqué par une telle insensibilité. Après les épreuves des deux derniers jours, où il avait eu le sentiment de se rapprocher un peu du vieillard, il retrouvait à nouveau Kendall Kjölsrud tel qu'en lui-même : cynique jusqu'à la caricature, méprisant, imperméable à toute forme d'empathie.

« Vous êtes vraiment un vieux salopard égoïste ! lui lança-t-il. Est-ce qu'il vous est déjà arrivé de vous préoccuper d'autre chose que de votre précieuse personne ? »

Kjölsrud ne se départit pas de son sourire sardonique, bien au contraire : « C'est drôle, rétorqua-t-il. Quelqu'un d'autre m'a fait exactement la même remarque il y a quelques jours…

— Ça ne m'étonne pas, dit Caleb. En tout cas, je vous trouve plutôt serein pour un type qui vient de voir s'envoler le rêve de toute une vie, ajouta-t-il avec une méchanceté calculée. C'est d'avoir discuté avec le président qui vous a rendu votre bonne humeur ?

— Plutôt de l'avoir embobiné, ricana son voisin. En lui faisant croire que tout ce qui concernait l'Œuf avait disparu à jamais.

— Pourquoi ? fit Caleb. Ce n'est pas le cas ? »

Avant que Kjölsrud ait eu le temps de répondre, un raclement métallique derrière eux signala la fermeture de la porte de soute. « Poppy à bord », confirma laconiquement One-Shot sur la fréquence générale. Aussitôt, le milliardaire poussa la commande des gaz, et les deux turbines se mirent à rugir pendant que l'énorme rotor commençait à tourner, d'abord tout doucement, puis de plus en plus vite. À ce moment, le vieil homme se pencha en avant et ramassa sur le plancher du cockpit un objet de la taille d'un gros livre enveloppé dans ce qui ressemblait à un morceau de sac-poubelle, puis il le posa sans façon sur les genoux de Caleb. « Tenez, dit-il en haussant la voix pour couvrir le vacarme ambiant. Voici qui devrait vous éclairer sur ma bonne humeur… »

Interloqué, Caleb défit l'emballage et examina son contenu : une sorte de besace en cuir, déchirée et presque entièrement calcinée, dans laquelle se trouvaient peut-être une centaine de feuilles de papier, elles-mêmes en triste état. L'objet était si détérioré qu'il lui fallut un certain temps pour comprendre de quoi il s'agissait, mais alors ses yeux s'agrandirent de surprise : « Mais c'est… murmura-t-il.

— La partie de la mallette qui n'a pas été détruite par la grenade, ainsi que son contenu. Plus quelques feuilles qui avaient été éparpillées par le souffle, et que j'ai ramassées çà et là sur la plage. »

Caleb, impressionné malgré lui, tournait le débris entre ses mains. « Il n'en reste pas grand-chose, observa-t-il d'un ton dubitatif. Peut-être un quart du total, et les pages m'ont l'air sacrément abîmées… Vous pensez que Sanjiv pourra en tirer quelque chose ?

— Sanjiv, je ne sais pas, dit Kjölsrud. Mais moi, ça me convient tout à fait. Jetez-y donc un coup d'œil, mon garçon. »

Caleb s'exécuta.

La première page relatait avec force détails le déroulement d'un match entre le Club Atlético Boca Juniors et le Club San Lorenzo de Almagro, comptant pour les phases éliminatoires de la Coupe de football d'Argentine. Elle provenait de la section des sports du *Buenos Aires Herald*, un quotidien argentin de langue anglaise, et était datée du 16 février 1946.

Les turbines avaient atteint leur régime nominal. Kendall Kjölsrud émit un gloussement ravi, et d'un geste expert tira vers lui le manche du collectif ; les patins s'arrachèrent pour la dernière fois au sol gelé de la Géorgie du Sud, et les vingt-deux tonnes du gros hélicoptère commencèrent à s'élever dans les airs.

Caleb n'y fit même pas attention. Il était en train de consulter la seconde page de la liasse. Elle provenait du même quotidien que la précédente et comportait un résumé des valeurs boursières du jour, ainsi qu'une longue interview d'un homme politique mort et oublié depuis longtemps.

De plus en plus stupéfait, il passa à la suivante. Puis à celle d'après.

Tout le paquet était à l'avenant.

La mallette ne contenait que de vieilles coupures de journaux.

Chapitre 31

3 mars 2018 – 13 h 11 UTC

L'impression de *déjà-vu* était saisissante.

Même salle de réunion, vaste et lumineuse, baignant dans un silence de cathédrale. Même lourde table en onyx, avec son emblème géant inscrit dans la pierre lisse en dégradés de gris anthracite – mais Caleb savait maintenant le pourquoi de la devise qui enlaçait le pic et l'étoile. Mêmes larges baies vitrées ouvertes sur un ciel sans limites et offrant une vue imprenable sur les ailes colossales du vaisseau amiral de la K2. Et même garde vigilante des deux F-35 d'escorte qui, à un demi-mille de chaque côté, suivaient une route parallèle au géant des airs.

Mêmes protagonistes, aussi.

Enfin, pas tout à fait, rectifia Caleb. Cette fois, c'était Kendall Kjölsrud qui présidait la séance, flanqué de Viktor Bernstein et d'un Sanjiv Chandra qui paraissait dans une forme excellente malgré les événements dramatiques des jours précédents. Vandell Richardson n'était plus là, bien sûr. Sam Jenkins non plus. Étaient par contre présents Gretchen Vogt, One-Shot dont le visage couturé de cicatrices portait encore les traces du passage à tabac infligé par les Russes, et Joshua Tewaru. Sarah Miller et Hiro Takeda s'étaient tous deux excusés et avaient préféré rester dans leur cabine : aux premières loges lorsque Yngvi/Michael Borghese avait fait irruption dans le musée pour y transformer en chair à pâté les sept Russes qui les gardaient, ils éprouvaient encore quelques difficultés à se remettre du spectacle. Quant à Poppy Borghese, elle n'avait pas fait mentir les prédictions de Kjölsrud : avachie sur son fauteuil, à moitié comateuse, elle dodelinait de la tête, le visage dissimulé par sa chevelure qu'elle semblait avoir utilisée pour nettoyer les chiottes. Les deux places de part et d'autre de la sienne étaient demeurées vides : la suffocante odeur de vomi et d'alcool de grain qu'elle répandait n'y était sans doute pas étrangère.

On s'en tire bien, se dit à nouveau le jeune homme en regardant ses amis et en repensant à la chance insolente qui les avait accompagnés tout au long de leur équipée. *On a eu de la casse, mais on s'en tire bien*...

Le vol jusqu'à la Terre de Feu s'était déroulé sans encombre, et leur hélico s'était posé peu avant 2 heures du matin, heure locale, sur le tarmac de l'aéroport international d'Ushuaïa. Grâce à l'intervention de Kendall Kjölsrud qui n'avait pas hésité à tirer de son lit le Premier ministre argentin, les formalités de police aux frontières avaient été réduites à leur plus simple expression, et ils avaient pu aussitôt embarquer dans le *Second Chance*, dont les réacteurs étaient déjà en phase de préchauffage. À Caleb qui s'était amusé de la facilité avec laquelle il arrivait toujours à ses fins, le milliardaire s'était contenté de lancer : « Je ne suis pas arrivé là où j'en suis en ménageant des politiciens de troisième zone. Pour votre gouverne, le parti de ce type sera atomisé aux élections législatives de l'année prochaine si d'ici là je ne lui file pas un sérieux coup de pouce. D'autres questions, mon garçon ? »

L'A380 croisait maintenant à trente-cinq mille pieds au-dessus du Pacifique et à quelque six cents nautiques au nord-ouest des îles Galapagos, à peu près aux trois quarts de la longue courbe orthodromique qui le ramenait vers la Californie. Il était prévu que l'avion géant fasse escale au centre de recherche de la K2 basé sur l'île de San Clemente, avant de repartir vers l'Europe pour y déposer Caleb et ses amis.

Programme susceptible d'être modifié à tout instant : tel était l'objet de la réunion en cours.

Kjölsrud reposa sèchement sa tasse sur le plateau en pierre, en faisant un peu plus de bruit que nécessaire. Fidèle à son habitude, le milliardaire avait expédié en moins de deux minutes son petit déjeuner – café noir et pain azyme tartiné de purée de concombre, plus une vingtaine de comprimés et de gélules aux coloris variés – et trépignait maintenant d'impatience en jetant des regards furibonds au reste de l'assistance. Du coup, les autres prenaient tout leur temps : à l'exception de Poppy Borghese, manifestement hors d'état d'ingurgiter quoi que ce soit, chacun tenait à faire honneur aux délicieuses viennoiseries concoctées par le chef français en charge des cuisines du *Second Chance*. Au bout de quelques instants, Kjölsrud comprit que, pour une fois, il n'aurait pas gain de cause : « Très bien… maugréa-t-il en jetant un regard dégoûté à One-Shot qui en était à son septième donut arrosé de sirop d'érable.

Le temps que vous finissiez de vous remplir la panse, voici quelques infos qui vous intéresseront peut-être. Nous avons eu un appel du *Stratton*. Les nouvelles concernant Lyndon sont assez rassurantes : il a repris conscience, et ses brûlures ont l'air moins sévères que prévu. Il devrait pouvoir échapper aux greffes de peau.

— Et ses yeux ? demanda Gretchen Vogt.

— Aucune amélioration, dit Kjölsrud. Mais on devrait pouvoir lui arranger ça.

— Tu penses à notre centre médical de Palo Alto ? demanda Viktor Bernstein.

— Oui, acquiesça le vieillard. Leur traitement des lésions rétiniennes par cellules souches donne des résultats miraculeux chez l'animal. Ils vont passer aux essais sur l'homme dans quelques semaines, il faudra leur demander d'inclure Lyndon dans le protocole.

— Je m'en occuperai personnellement, assura Bernstein. Et pour le *Global Defender*, tu as aussi des nouvelles ? »

Kjölsrud hocha la tête : « Oui, répondit-il avec une grimace. Mais elles sont moins bonnes. Chen, le radio qui avait été blessé par les Russes, est décédé il y a quelques heures. Les chirurgiens de la base O'Higgins n'ont rien pu faire. Cela porte à cinq le nombre de gens que nous avons perdus depuis le début. Sans compter Vandell et Jenkins. »

Tout le monde s'arrêta de manger. Du regard, le milliardaire fit le tour de l'assemblée, puis il reprit : « Essayons de faire en sorte qu'ils ne soient pas morts pour rien. Comme vous ne l'ignorez pas, les événements de ces dernières heures ont… quelque peu changé la donne. Nous savons désormais qu'Ettore Majorana – *alias* Emilio Altamayor, *alias* Alexander

Mace – a survécu à la fois à la destruction de la base Roosevelt et au crash du 19 août 1946. Que deux mois plus tard, après s'être remis de ses blessures, il a embarqué sur un navire à destination de Rio Gallegos, en Argentine. Et qu'une forte probabilité existe qu'il ait emporté avec lui le fruit de ses recherches…

— Une forte probabilité ? s'étonna Gretchen Vogt. Pourquoi ? Ça paraît évident, qu'il a embarqué ses papiers avec lui !

— Non, Gret, corrigea aussitôt Joshua. La seule chose dont on soit sûr, c'est qu'il avait bien les documents quand il a été tiré de l'eau après le crash ; la description du contenu de la mallette dans le journal du directeur Aaslund ne laisse aucun doute à ce sujet. Et que, contrairement à ce qu'il avait annoncé, ces papiers ne se trouvaient plus dans ladite mallette quand celle-ci a été placée dans le cercueil. Difficile de dire pourquoi il a changé d'avis… mais j'en ai quand même une petite idée : il a dû avoir peur qu'après son départ, des petits malins se mettent à creuser pour récupérer les documents.

— Il pourrait les avoir planqués ailleurs dans la station, intervint Caleb. Peut-être dans l'idée de venir les récupérer quelques mois plus tard.

— Je n'y crois pas trop, fit Kjölsrud, mais j'ai quand même envisagé cette possibilité. Une autre de nos équipes OPEX est déjà en route, elle sera sur place dans huit heures. Ils n'auront pas beaucoup de temps,, vu que d'ici quelques jours le secteur va grouiller de militaires et de scientifiques. Mais ça devrait leur suffire pour inventorier toutes les cachettes possibles dans le périmètre de la station.

— Vous ne laissez rien au hasard, observa Caleb avec un sourire amusé.

— Non, jamais, rétorqua Kjölsrud. Concentrons-nous sur les deux possibilités qui restent : soit il a détruit les documents de ses propres mains – alors qu'il était encore à Grytviken ou plus tard, ce qui revient au même. Soit il les a effectivement emportés et conservés.

— Il ne les a pas détruits, murmura tout à coup Sanjiv. J'en suis certain.

— Pourquoi, mon garçon ? demanda Viktor Bernstein, un peu surpris.

— Une question… d'affinité, si vous voulez, monsieur Bernstein. Majorana est un passage incontournable si on s'intéresse à la physique des particules. Et à un certain niveau de complexité, les équations mathématiques sont comme la poésie – elles révèlent beaucoup de celui qui les a mises sur le papier. Je connais mieux cet homme que si nous avions été collègues de promotion à Berkeley.

— Et ?

— Il était profondément seul et inquiet, jamais satisfait. Très exigeant avec les autres, encore plus avec lui-même, toujours à la recherche de l'excellence. Mais aussi très orgueilleux, voire imbu de lui-même. Ce travail était sa seule raison d'exister, il l'avait porté pendant plus de quinze ans. Jamais il ne l'aurait détruit. Je parierais ma vie là-dessus.

— Entièrement d'accord avec toi, Sanjiv, dit Kjölsrud. Je suis persuadé qu'il a embarqué les documents. Donc, nous allons les retrouver.

— Pardon ? dit Caleb qui n'était pas sûr d'avoir bien entendu.

— Nous allons les retrouver, répéta le vieil homme d'un ton qui ne souffrait aucune contradiction. Même s'il faut fouiller le fond des océans et retourner chaque mètre carré de cette foutue planète, nous les retrouverons. Cela étant, il y a peut-être moyen de faire plus simple. J'attends vos suggestions. »

Un grand silence se fit, et, pendant quelques instants, on n'entendit plus que le léger ronflement qui était le seul signe de vie émanant de Poppy Borghese.

« Voilà qui ne m'étonne pas trop, reprit Kjölsrud avec un rictus sardonique. Il faut vraiment que je fasse tout moi-même dans cette boutique ! Pour ma part, j'ai bien eu quelques idées, même si elles ne m'ont pas mené aussi loin que je l'espérais. Allons-y quand même, cela vous inspirera peut-être : tout d'abord, il m'est paru évident que pour retrouver les documents en question, il nous fallait savoir ce qu'il est advenu de Majorana lui-même. J'ai donc dans un premier temps tenu à vérifier qu'il s'était bien embarqué pour l'Argentine au début du mois d'octobre 1946. Heureusement, le journal précisait le nom du bateau, le *Jan Mayen.* Avec ça, c'était facile : il s'agissait d'un cargo mixte de huit cents tonneaux appartenant à la Ramal Patagónica Linea, une petite compagnie de transport maritime qui faisait du cabotage le long des côtes sud de l'Argentine et assurait le ravitaillement d'un certain nombre d'établissements isolés. Elle a fait faillite en 1972 et a été rachetée pour une bouchée de pain par la G&O Consolidated Shipping Company.

— Eh ! s'exclama soudain Viktor Bernstein. Mais c'est…

— Bien, Viktor, je vois que tu suis. Tout juste : une des principales filiales du groupe danois Maersk, le leader mondial du transport maritime. Maersk que nous avons absorbé il y a trois ans, suite à la banqueroute du Danemark. Comme quoi, finalement, nous n'avons pas fait une si mauvaise affaire. Par chance, les archives de la Ramal Patagónica ont été numérisées et sont consultables en ligne *via* le serveur de la Maersk. Il m'a fallu moins de dix minutes pour retrouver le rôle des passagers du *Jan Mayen* pour la traversée qui nous intéresse.

— Et alors ? demanda Gretchen Vogt qui était pendue aux lèvres du milliardaire.

— Et alors, un certain Alexander Mace a bien pris place à bord du *Jan Mayen* le 4 octobre 1946. Et il en est descendu le 12 du même mois à Rio Gallegos, province de Santa Cruz, Argentine.

— Et ensuite ? insista la jeune femme. Arrêtez donc de nous faire languir !

— Ensuite, rien, fit Kjölsrud en haussant les épaules. C'est là que nous perdons sa trace. »

Poppy Borghese émit un long ricanement qui se termina par un bruit liquide fort peu ragoûtant – preuve que, d'une certaine manière, elle suivait la conversation.

« Je m'attendais à quelque chose comme ça, dit Caleb. Si Majorana avait voulu réapparaître au grand jour et sous sa véritable identité, nous ne serions pas là aujourd'hui. Le plus probable est qu'après ça, il aura choisi de changer de nom et de refaire sa vie dans un coin tranquille. Ça peut être absolument n'importe où. Et nous n'avons aucune chance de le savoir.

— Caleb a raison, renchérit Gretchen Vogt. Nous parlons de faits qui remontent à plus de soixante-dix ans. La piste a eu sacrément le temps de refroidir… »

Kjölsrud leur jeta un regard agacé : « Alors, c'est tout ? grinça-t-il. Ça vous suffit de dire “la piste est froide” et de tout laisser tomber ? Je vous ai connus un peu plus imaginatifs, tous les deux, quand nous étions coincés dans ce foutu bunker et à court d'oxygène ! Évidemment qu'il y a un nombre incalculable de pistes qui s'offrent à nous ! Mais nous allons toutes les remonter, l'une après l'autre. Et l'une d'elles nous mènera à notre bonhomme !

— Belle profession de foi, ironisa Caleb. Mais…

— Rien à voir avec la foi, trancha le vieil homme. Pendant que vous étiez tous en train de roupiller après le décollage, voilà ce que j'ai fait, *moi*. Tout d'abord, une recherche sur les trois noms Majorana, Altamayor et Mace – c'est un type qui pouvait être d'une extraordinaire naïveté, je me suis dit qu'il avait peut-être conservé l'un d'entre eux… J'ai utilisé les métamoteurs classiques : Copernic+, Harvester42, DeeperWeb. Plus une recherche sur toutes les archives nominatives accessibles en ligne : état civil, immigration, registres du commerce, permis de conduire… le tout dans cent soixante-deux pays et sur l'intégralité de la période 1946-2000.

— Pas mal, dit Joshua. Je n'aurais pas fait mieux, quand je bossais comme analyste. Ça vous a pris combien de temps, au juste ?

— Un peu plus de six minutes.

— *Quoi ?*

— Pas tout seul, bien sûr, fit Kjölsrud d'un air impatient. J'ai déjà soixante informaticiens sur le coup à notre siège de Lancaster, plus autant à San Clemente. Reliés à nous par une bande passante à 500 Gigabaud. Vous me prenez pour un épicier, ou quoi ?

— Ça va, ça va, dit le Néo-Zélandais en levant les mains dans un geste d'apaisement. Résultat des courses ?

— Rien, grogna le vieil homme d'un air dépité. *Nada. Niente.* Bien sûr, nous avons trouvé pas mal de monde : plus de neuf cents Majorana – dont vingt-six

Ettore ; environ huit mille Altamayor et pas moins de quarante-deux mille Mace. Mais quand nous avons fait les recoupements par âge, sexe, date d'entrée dans le pays considéré, descriptif physique, etc., aucun n'a été retenu. Par acquit de conscience, nous avons effectué une comparaison faciale à l'aide d'un logiciel d'identification standard – nous avons pu retrouver des photos d'identité pour près de 85 % des sujets de la base de données. Échec complet. Aucune correspondance.

— Il est évident qu'il a dû changer de nom, dit Gretchen Vogt. Mais je pense à un autre moyen. Lorsqu'il a débarqué à Rio Gallegos, il était sans le sou. Il a peut-être fait des petits boulots pendant quelque temps pour survivre, mais ensuite ? Vu ce que nous savons de lui, je l'imagine mal refaire sa vie comme plombier ou comme chauffeur routier.

— Tu penses à quoi ? demanda Caleb.

— Les labos de recherche. Notamment dans le nucléaire, la physique des particules, ce genre de trucs… Il ne devait pas y en avoir tant que ça dans les années 1950. Je ne sais pas si c'est possible, mais ça vaudrait le coup de voir si l'un d'eux n'a pas embauché un type avec son profil, non ?

— Brillamment raisonné, miss Vogt, dit Kjölsrud. Non seulement c'est possible, mais c'est déjà fait. En fait, cela a été ma deuxième idée. Je me suis d'abord focalisé sur les laboratoires dont vous parlez – pour info, il n'y en avait effectivement qu'une trentaine en 1950, contre plus de deux mille à l'heure actuelle. J'ai compilé la totalité des données disponibles sur leur personnel de recherche. Ensuite, j'ai élargi au personnel enseignant en mathématiques ou en physique des quelque dix-sept mille universités et deux cent soixante mille établissements d'enseignement secondaire que l'on trouve sur la planète : je me suis dit qu'il en avait peut-être soupé de la recherche et eu envie de se consacrer à la transmission du savoir. Je suis arrivé à une base de données de *trente-sept millions de personnes* – tous les individus sur Terre qui, de près ou de loin, ont touché au secteur qui nous intéresse pendant la seconde moitié du XXe siècle. J'ai ensuite appliqué les filtres standard et, pour faire bonne mesure, j'ai ajouté une requête prenant en compte toutes les variantes possibles et imaginables de son nom : Mayor, Major, Maioran, etc.

— Ça a dû prendre un peu plus que six minutes, cette fois… fit observer Caleb, impressionné par l'opiniâtreté du vieillard.

— Effectivement. La recherche s'est terminée il y a à peine une demi-heure, juste avant que nous ne prenions place à cette table.

— Et ? demanda Gretchen Vogt.

— Un nom est sorti. Un seul. Un certain Hector Mejoran, né en août 1906. Au début des années 1950, il enseignait la physique atomique à l'Université nationale d'Asunción, la capitale du Paraguay. Il a pris sa retraite en 1972 et est décédé en janvier 1980. D'après sa notice bibliographique, il a écrit quelques articles – d'un intérêt assez limité, selon Sanjiv – sur la structure du noyau. Et en 1970, il a contribué à un ouvrage collectif sur le concept mathématique de trou noir.

— Bon sang ! s'exclama Joshua. Ça ne peut être que lui ! Vous avez quand même réussi à le trouver ! »

Kjölsrud le regarda en hochant la tête ; toute la tristesse du monde se lisait sur son visage : « C'est ce que j'ai cru aussi, l'espace d'un instant, dit-il en effleurant l'une des touches du clavier tactile incrusté dans l'onyx. Mais non, ce n'est pas lui. Jugez par vous-même. »

La photographie d'un homme assez âgé se matérialisa au-dessus de la table de conférence ; par la magie de la projection holo, l'image agrandie à trois fois la normale était visible de face pour chacune des personnes présentes. Le type était un peu ventripotent, portait de grosses lunettes à monture d'écaille et arborait un sourire bonhomme. Mais même avec la meilleure volonté du monde, nul n'aurait pu sérieusement envisager que son nez épaté, sa chevelure très crépue et l'ébène profond de sa peau pussent appartenir à l'homme qu'ils recherchaient.

« Voilà où nous en sommes, reprit Kjölsrud d'une voix funèbre. Pour ma part, je suis à court d'idées. Si l'un de vous a une illumination, je suis preneur… »

Pendant un instant qui parut interminable, personne ne parla. Viktor Bernstein et Caleb continuaient à fixer l'image d'un air dépité. One-Shot haussa les épaules puis, après avoir quêté du regard l'autorisation de Gretchen Vogt, étendit sa grosse patte au-dessus de la table pour s'emparer du non moins énorme croissant aux amandes qu'elle avait à peine entamé. Poppy Borghese émit un rot explosif, saturant l'atmosphère d'alcool éthylique.

L'affaire paraissait entendue.

Puis soudain, Joshua se leva et fit les deux pas qui le séparaient de la large baie vitrée de bâbord ; il y resta appuyé un long moment, comme absorbé par la contemplation des nuages qui défilaient quinze mille pieds sous l'appareil. N'y tenant plus, Kjölsrud finit par grincer : « On peut connaître le fruit de vos réflexions, monsieur Tewaru ? Ou êtes-vous seulement en train d'admirer le paysage ? »

Joshua se retourna lentement, avec une drôle d'expression sur le visage.

« Il y a une solution, dit-il. Enfin, je crois. La vidéosurveillance. »

13 h 39 UTC

On aurait pu s'attendre à ce que le poste de pilotage de l'A380 soit d'une extrême complexité, à la mesure des dimensions hors normes de l'appareil. Il était au contraire d'une conception beaucoup plus dépouillée, tout au moins en apparence, que ceux des long-courriers de la génération précédente : le résultat d'un recours massif aux assistances électroniques au pilotage, qui permettait de réduire de façon très significative les interfaces homme/machine. À la place de la débauche de cadrans et des myriades de boutons de commande qui étaient jusqu'alors la règle, le pilote n'avait sous les yeux qu'une dizaine de grands écrans tactiles qui regroupaient l'essentiel des instruments de bord. Le traditionnel manche à balai avait disparu et était remplacé, comme sur les avions de combat, par un mini-joystick latéral où les principales commandes avaient été rassemblées ; la seule partie du tableau de bord qui aurait paru familière à un pilote des années 1970, c'étaient les quatre grosses manettes chromées de commande des gaz trônant au milieu de la console centrale, qu'on avait conservées moins par souci d'ergonomie que par respect de la tradition aéronautique.

L'homme qui officiait dans ce temple de l'avionique moderne s'appelait Walter M. Hollister. Pilote de F-16 pendant la première guerre du Golfe, il avait ensuite opté pour l'aviation civile ; à cinquante-huit ans, il alignait un palmarès impressionnant de trente-deux mille heures de vol sur toutes sortes d'avions de ligne, dont près de quatre mille sur A380, ce qui était presque un record pour un appareil en exploitation depuis seulement dix ans.

Des états de service qui lui avaient valu d'être choisi parmi une trentaine de candidats pour occuper le poste hautement convoité de pilote en chef du *Second Chance* lorsque celui-ci avait été acquis par la K2. À l'usage, le job s'était révélé aussi passionnant que grassement payé, et Hollister n'avait pas regretté un seul instant sa décision de quitter Singapore Airlines pour devenir le pilote privé de l'homme le plus riche du monde. Néanmoins, il s'était vite rendu compte que, en plus de ses compétences techniques, le poste demandait une autre qualité.

La patience.

Une patience à toute épreuve face aux caprices d'un Kendall Kjölsrud, dont le moindre était d'exiger régulièrement de piloter lui-même alors qu'il n'avait pas les qualifications. Pour garder sa place, il était bien obligé de laisser faire, tout en déployant des trésors de diplomatie pour faire en sorte que le milliardaire ne s'asseye aux commandes que lors des phases non cruciales du vol.

Pour l'heure, Hollister était parfaitement détendu : le boss était en réunion, ce qui limitait fortement les risques de le voir débouler dans le cockpit. Le plan de vol était des plus simples et la météo excellente, si bien qu'il avait pu envoyer son copilote prendre quelques heures de repos. Il y avait néanmoins quelque chose à faire, qui ne pressait pas, mais dont il préférait se débarrasser tout de suite. Il fit le vide dans son esprit puis composa le préfixe mental – une sorte de mantra à réciter en moyenne une douzaine de fois – qui activerait l'implant situé dans son aire de Broca et mettre en place la connexion neurale avec la personne choisie.

Patron, émit-il. *Vous me recevez ?*

Fort et clair, fut la réponse immédiate de Kjölsrud. *Un problème, Hollie ?*

Négatif, monsieur. Désolé de vous interrompre en pleine réunion, mais nous sommes maintenant à moins de deux heures de l'espace aérien américain. Je vous rappelle que pour l'instant nous n'avons déposé aucun plan de vol.

Hollister préférait prendre les devants. Il savait que le vieil homme se souciait de la réglementation aérienne comme d'un torche-cul et qu'il n'avait qu'une notion très approximative des formalités à remplir avant, pendant et après un vol : la seule chose qui l'intéressait, c'était de tenir le manche, point barre. Cela étant, et même si l'île de San Clemente jouissait d'un statut particulier d'extraterritorialité – en raison de certaines clauses secrètes du bail de quatre-vingt-dix-neuf ans que le gouvernement fédéral avait concédé à la K2 –, ils allaient quand même devoir traverser pendant une vingtaine de minutes l'espace aérien des États-Unis pour y parvenir. Ce qui, à bord d'un gros avion non annoncé, pouvait à l'occasion se révéler périlleux.

Combien de temps avons-nous encore, Hollie ? demanda Kjölsrud.

Je dirais une heure, monsieur. Le temps pour le contrôle aérien de se retourner et de vérifier que nous sommes bien qui nous disons. Sinon ils vont nous envoyer la chasse, comme la dernière fois.

Alors, attendez une heure, mon garçon. Faites des ronds en l'air si vous voulez, mais attendez une heure. Finalement, je ne suis pas sûr que nous allions à San Clemente.

13 h 40 UTC

« Rappelez-vous l'attentat du 14 septembre, dit Joshua. Le temps que le film du gosse soit exploité et que l'on pige que le fleuriste n'était là qu'en couverture, les deux tireurs avaient réussi à quitter le territoire américain.

— Je m'en souviens, fit Caleb. Le FBI avait demandé que pendant trois jours les flux de *toutes* les caméras de vidéosurveillance déployées sur le territoire des pays amis soient redirigés en temps réel sur les superordinateurs de Quantico.

— C'est ça, acquiesça le Néo-Zélandais. Tous les pays européens ont répondu présent – sauf bien sûr les Français, qui ont estimé que c'était contraire aux libertés individuelles. Résultat, quatorze millions de caméras et un logiciel révolutionnaire d'identification faciale mis au service de la plus gigantesque chasse à l'homme jamais entreprise. C'est comme ça que les types ont pu être localisés alors qu'ils sortaient tranquillement d'un resto de Stockholm. Et chopés *in extremis*, alors qu'ils se trouvaient à moins de cinquante mètres de l'ambassade de Gaza où ils avaient prévu de se réfugier. »

Gretchen Vogt eut une moue dubitative : « Je ne vois pas très bien où tu veux en venir, Josh, dit-elle.

La probabilité que notre homme soit encore en vie est quasi nulle, non ? À mon avis, tu as plus de chances de le retrouver en faisant tourner les tables qu'avec tes caméras !

— C'était juste une image, Gret, fit son ami avec un grand sourire. Ce ne sont pas les aéroports et les grands boulevards que nous allons ratisser. C'est le Web. »

Kendall Kjölsrud se pencha en avant avec une expression de concentration extraordinaire sur le visage : « Expliquez, Joshua, murmura-t-il. Nous sommes tout ouïe.

— Voilà comment je vois les choses, répondit Joshua. Quand Majorana descend du bateau à Rio Gallegos, il a quarante ans. Il lui en reste à peu près autant à vivre, peut-être un peu plus, peut-être un peu moins. Bien sûr, il a tout aussi bien pu se faire détrousser et trucider deux jours après son arrivée ; mais comme nous sommes des gens optimistes, nous ne prendrons pas cette hypothèse en considération. À votre avis, que va-t-il bien faire pendant toutes ces années ?

— Qu'est-ce qu'on en sait ? dit Kjölsrud avec un soupçon d'agacement. Si on en avait la moindre idée, on ne serait pas là en train de perdre notre temps !

— Effectivement, on n'en sait rien. Sur le plan professionnel, tout au moins. Mais, sauf à imaginer qu'il ait passé ces quarante ans dans une caverne, il y a *forcément* un certain nombre de choses qu'il a dû faire.

— Quoi donc, Josh ? demanda Caleb, tout à coup très intéressé.

— Aller au restaurant ou au cinéma. Faire ses courses. Peut-être se marier. Se rendre à un meeting politique. Assister à un match de boxe.

— Lui ? Un match de boxe ? ricana Kjölsrud. J'ai des doutes…

— D'accord, dit Joshua. Alors peut-être était-il dans l'assistance lors de la remise d'un prix Nobel dans les années 1950. Ou lors de la soutenance de thèse de ses enfants. Ou dans la foule à cap Canaveral, en juillet 1969, pour assister au départ de la mission Apollo 11. Vous préférez ça ?

— Je ne vois toujours pas ce…

— Réfléchissez un peu : depuis un siècle et demi, chaque fois qu'un événement un tant soit peu important se produit – du couronnement d'un roi jusqu'à l'inauguration d'un cimetière pour chiens –, la presse est là. Absolument partout dans le monde. Et que fait la presse ?

— Nom de Dieu ! s'exclama le milliardaire, qui venait de comprendre. Des photos ? Des photos de foule ? C'est ça ?

— Exact, acquiesça Joshua avec un grand sourire. En quarante ans, où qu'il se soit trouvé sur Terre, il est inenvisageable qu'il n'ait pas été présent lors d'un événement couvert par les médias. Un simple anonyme dans la foule, pris en photo au milieu de centaines d'autres anonymes. Mais maintenant identifiable au moyen d'un logiciel de reconnaissance faciale.

— Mais comment trouver la bonne photo ? fit Gretchen Vogt. En piochant au hasard dans *Life* ou dans le *New York Times* ? Ça nous prendrait des années, et il n'y a pratiquement aucune chance de…

— Tu n'y es pas du tout, Gret. On ne va pas piocher des photos en s'en remettant au hasard. On va *toutes* les examiner.

— *Toutes ?* s'étrangla Kjölsrud. Mais…

— À l'époque où j'étais analyste pour le SIS, je me suis amusé à recenser les titres de journaux existant dans le monde. En additionnant la presse internationale, nationale et locale, on arrive à environ trois mille cinq cents périodiques paraissant de façon à peu près régulière. Ça, c'est pour la presse d'information générale. Si l'on s'intéresse à la presse spécialisée – depuis l'aéromodélisme jusqu'à la pêche à la mouche –, il y en a environ trente fois plus.

— Cent mille titres ? dit Caleb d'un air rêveur. Même si la plupart d'entre eux sont récents, sur soixante-dix ans, ça doit faire pas mal de photos, non ?

— Un sacré paquet, sourit son ami. Mais ce qui est important, c'est qu'à l'heure actuelle plus de 80 % de ces journaux sont disponibles sur Internet. Et presque tous ont mis leurs archives en ligne. »

Viktor Bernstein se gratta le crâne d'un air dubitatif : « Je ne suis pas sûr d'avoir bien compris, mon garçon, grommela-t-il. Vous voulez vraiment passer en revue la totalité de la presse mondiale des soixante-dix dernières années ? Dans l'espoir de trouver une photo de ce type ?

— La presse, c'est juste un début, monsieur Bernstein, fit Joshua. Ensuite, il faudra explorer les différentes bibliothèques du net – je pense en particulier à la Wayback Machine avec ses douze petaoctets de données[1]. Plus les milliards de fichiers vidéo disséminés sur des millions de serveurs : il peut très bien

1. Le terme de *Wayback Machine* désigne l'interface utilisateur et le système d'indexation de l'Internet Archive, organisation à but non lucratif fondée à San Francisco en 1996 et visant à archiver

figurer aussi sur un film d'actualités, ou apparaître deux secondes en arrière-plan quand M. Smith a immortalisé ses enfants sur la plage de Miami en 1965…

— Mon Dieu, Josh, intervint Gretchen Vogt. Est-ce que tu as la moindre idée de…

— Et enfin il y a les réseaux sociaux et le Cloud, termina Joshua. Ce qu'on recherche peut très bien s'y trouver.

— Le Cloud ? s'étonna Caleb. Mais le stockage sur serveur distant, ça ne date que de quelques années !

— Bien sûr. Mais des centaines de millions de gens ont très vite pris l'habitude d'y fourrer tout ce qui encombrait leur disque dur : leurs fichiers texte, leur musique, leurs films de vacances… et leurs vieilles photos de famille. D'autre part…

— C'est bon, monsieur Tewaru. Je crois que tout le monde a compris, maintenant », intervint Kjölsrud avec dans la voix quelque chose que ses compagnons n'y avaient encore jamais décelé – une note de respect. Puis il se tourna vers son voisin : « Sanjiv, demanda-t-il. C'est faisable ? »

Le jeune physicien hésita quelques instants, ce qui de sa part était tout aussi inhabituel. « En théorie, oui, dit-il enfin. En pratique… non, je ne crois pas.

— Explique-toi, dit le milliardaire avec douceur. En quoi serait-ce impossible ? L'échelle mise à part, c'est exactement ce que fait un moteur de recherche, non ?

— C'est justement une question d'échelle, monsieur. Et nous n'avons ni le hard ni le soft pour nous attaquer à un tel morceau.

---

la totalité du Web dans un but de préservation de la connaissance humaine.

— Tu plaisantes, ou quoi ? Nous avons ce qui se fait de mieux en matière de supercalculateurs !

— Non, corrigea Sanjiv. Nous avons ce qui se faisait de mieux *il y a sept ou huit ans*... une éternité en matière d'informatique de pointe. Je ne suis pas sûr que vous mesuriez vraiment le travail dont nous parlons. La quantité d'informations contenue dans le Web est actuellement estimée à soixante-quinze exaoctets – soixante-quinze suivi de dix-huit zéros –, et elle double tous les deux ans. Là-dessus, environ un quart est représenté par des fichiers image et vidéo. Même si la proportion de fichiers exploitables, ceux qui représentent des personnes dont les visages pourront être analysés par un logiciel de reconnaissance, est infime, encore faut-il arriver à les identifier. Au total, le volume de données à traiter dépasse l'imagination : en mettant à contribution la totalité des ressources informatiques de la K2 – notamment les deux calculateurs de classe BlueGene que nous avons à San Clemente –, il nous faudrait peut-être cinq ou dix ans pour faire le boulot.

— Où trouve-t-on des machines plus puissantes, alors ? demanda Kjölsrud avec impatience. S'il s'agit d'acheter quelques heures de temps de travail, je dois avoir de quoi…

— Aucune chance. Les seuls supercalculateurs qui feraient l'affaire sont bouclés à double tour dans les caves de quelques agences gouvernementales qui ne brillent pas par leur esprit de coopération. Je pense en particulier aux vingt-quatre Tianhe-III exploités conjointement par le FBI et la CIA. Leur entretien coûte si cher que, pour une fois, les deux agences ont été obligées de mutualiser leurs moyens. Avec un peu plus de huit cents petaflops[1], c'est le complexe informatique le plus puissant du monde. Et il y a aussi le NRO, bien sûr…

— Tu parlais aussi du soft à l'instant, non ? intervint Gretchen Vogt.

— C'est vrai, miss Vogt, opina le jeune homme. Même si nous avions la puissance de calcul, il nous manquerait le logiciel.

— Hein ? s'exclama Kjölsrud. Quel logiciel ?

— Le logiciel de reconnaissance faciale, expliqua Sanjiv. Avec tout mon respect, monsieur, l'application de morphing que vous avez sur votre téléphone risque de ne pas suffire. Il faut un soft à logique floue capable de reconnaître un visage quels que soient l'éclairage et l'angle de prise de vue, et même si l'image est de mauvaise qualité. Couplé à un algorithme de vieillissement, pour modéliser la tête qu'aura votre sujet à cinquante, soixante ou quatre-vingts ans. Le plus performant est le programme 3D-FRS développé par le Technion Institute à Haifa, et qui est exploité par le Mossad et le FBI – c'est le système qui a été utilisé après le 14 septembre.

— Et je suppose qu'on ne peut pas l'acheter au Wal-Mart du coin ? » grinça le vieillard.

Sanjiv hocha la tête d'un air désolé. « Négatif, dit-il. Les Israéliens n'ont délivré les licences qu'au compte-gouttes. Moins d'une dizaine d'agences dans le monde ont le droit de l'utiliser.

— Et merde ! explosa soudain Kjölsrud en tapant du poing sur la table. Il n'y a donc aucun moyen de s'y prendre ? »

1. Huit cent mille milliards d'opérations par seconde.

Surpris par le cri de colère, Sanjiv sursauta puis se mit à se balancer dangereusement sur son fauteuil, tout en marmonnant en boucle des mots indistincts ; par chance, il parvint à prendre sur lui, et ses oscillations se calmèrent progressivement.

« Excuse-moi, mon garçon, dit le vieillard d'un ton radouci. Je ne voulais pas t'effrayer. Mais tu n'as vraiment aucune idée de solution de rechange ? »

Sanjiv commença par faire non de la tête, puis il s'arrêta brusquement. « Enfin si, murmura-t-il. Mais je... » Et il s'interrompit derechef.

« Quoi ? fit Kjölsrud. Parle, Sanjiv ! »

Le jeune homme rougit violemment et balbutia : « C'est que... Il y a bien quelqu'un qui... mais je ne suis pas sûr que ce soit très légal. »

Kjölsrud sourit : « Les problèmes de légalité, ça me connaît. Ne t'inquiète pas pour ça. Explique-nous juste à qui tu penses, Sanjiv. »

Sanjiv expliqua.

Lorsqu'il eut terminé, il y eut un long silence.

Puis Joshua dit, d'un ton pensif : « Ce gamin... Ce n'est pas celui qui avait cracké le coffre-fort numérique du gouvernement nord-coréen, il y a quelques années ?

— Photos Kim-Jong-Il en tutu ? ricana One-Shot qui avait terminé de faire le plein, et commençait enfin à s'intéresser à la conversation. C'est lui ?

— C'est lui, dit Sanjiv. Il avait neuf ans à l'époque. Et l'année d'avant, c'est lui aussi qui avait infecté tous les ordis du Pentagone avec son virus péteur...

— Un virus péteur ? s'étrangla Gretchen Vogt qui croyait avoir mal entendu.

— Exact. Chaque fois que les analystes appuyaient sur la touche ESPACE, l'ordi faisait un bruit de pet...

Un peu déstabilisant quand on est occupé à taper des mémos ultra-secrets. Ils ont quand même mis deux jours à nettoyer leur système !

— Et il fait quoi, maintenant ? demanda Caleb avec un sourire amusé.

— Maintenant, répondit Sanjiv, il va sur ses seize ans. Et il est directeur des projets spéciaux chez Goopple. Numéro deux, en d'autres termes. »

Durant cet échange, Kjölsrud était demeuré muet, le regard perdu dans le vide, l'air très concentré. Il resta ainsi encore quelques instants, puis parut se décider : « D'accord, murmura-t-il. On va essayer. »

Puis il se pencha vers son voisin de droite : « Viktor, lui dit-il. Tu veux bien appeler Dubaï, s'il te plaît ? Le dernier étage de la tour Goopple. Il faut que je parle à qui tu sais. »

Lorsque la conversation fut terminée, Kjölsrud reposa doucement le combiné. C'est alors seulement qu'il remarqua le regard médusé que Caleb pointait vers lui. Pas seulement Caleb, d'ailleurs : Joshua, Gretchen et même One-Shot avaient exactement la même expression.

« Un problème, les amis ? murmura le vieil homme.

— Euh… dit Caleb d'une voix un peu hésitante. Le type à qui vous venez de parler… Il n'est pas censé être mort ?

— C'est vrai, fit le milliardaire. Il a eu quelques soucis de santé. Mais les informations concernant son décès étaient, disons… très exagérées. »

Et comme Caleb continuait à le fixer avec incrédulité, il ajouta : « Vous savez, monsieur McKay… ce type, comme vous dites, a déjà changé la face du monde plus que Hitler et Jésus-Christ réunis. Et il n'a pas encore fini… en fait, il vient juste de commencer. Croyez-vous vraiment que j'allais lui permettre de mourir ? »

14 h 38 UTC

La clairière était située au centre d'une vaste zone boisée près de Hkangje, un petit village de forestiers à trente kilomètres de Myitkina, la capitale de l'État du Kachin au nord-est de la Birmanie. Elle se trouvait également à moins de cinq kilomètres à vol d'oiseau de la frontière chinoise, ce qui, dans le cas présent, n'avait rien de fortuit.

Une vingtaine de camions d'apparence militaire étaient garés dans la clairière. L'échange paraissait sur le point de se terminer : transbahutées par une noria d'hommes en uniforme vert, les dernières caisses passaient d'un camion à l'autre. L'opération avait duré un peu moins de deux heures. Sans perdre de temps, les responsables des deux détachements se serrèrent la main puis tous les hommes remontèrent dans leurs véhicules respectifs. Un instant plus tard, les camions se mettaient en marche dans un épais nuage de gaz d'échappement. En deux groupes distincts : la moitié des véhicules prirent la route sinueuse qui menait au village de Hkangje, pendant que l'autre s'engageait dans l'autre direction, sur le chemin de terre qui conduisait à la frontière chinoise.

Bingo ! pensa Jason Poliecki.

Contrairement à une idée répandue, la résolution optique des satellites-espions KH-13 – dix centimètres dans des conditions atmosphériques optimales – n'est pas assez poussée pour lire une plaque d'immatriculation ou reconnaître un visage. Mais, dans le cas présent, c'était largement suffisant pour faire le boulot : grâce à son flair, le jeune homme venait de décrocher la preuve que, malgré l'embargo international décrété deux ans auparavant suite au massacre de la pagode Shwedagon, la Chine continuait tranquillement à fournir armes et munitions à son vieil allié birman. Pas de quoi déclencher la Troisième Guerre mondiale ; tout le monde se doutait bien de ce qui se trafiquait dans cette zone frontalière. Mais largement de quoi peser dans le cadre de futures négociations commerciales bilatérales : les Chinois détestaient qu'on leur mette le nez dans leur caca, surtout sur la scène internationale.

Poliecki eut un soupir de satisfaction. Depuis la veille où, à sa grande surprise, il avait été muté à la division « Sud-Est asiatique », le jeune homme buvait du petit-lait. Finies les longues heures d'ennui à scruter des banquises désertes… Il n'avait pas très bien compris pourquoi la division « Pôles et régions circumpolaires » avait été brusquement fermée pour une durée indéterminée, mais à dire vrai, il s'en moquait complètement. Pour la première fois depuis qu'il avait signé au NRO, il avait enfin l'impression de se rendre utile.

Après un bref instant de réflexion, il décida de suivre le contingent chinois. La preuve serait complète lorsqu'il les aurait filmés en train de repasser la frontière, sans doute à destination de Tengchong, le gros bourg de la préfecture de Baoshan à l'extrême ouest du Yunnan. Constatant que la file de camions allait sortir du champ de la caméra satellite, il actionna son trackpad pour faire un zoom inverse et recentrer l'image dix kilomètres plus à l'est.

Rien ne se passa.

Il essuya machinalement sa main sur son pantalon couvert de miettes – il y avait parfois un mauvais contact avec le pavé tactile quand ses doigts étaient encore tartinés de la graisse de son dernier donut – puis réessaya.

Toujours rien.

Il maugréa : tous les camions étaient maintenant sortis du champ, et ils ne devaient plus être très loin de la frontière. S'il ne trouvait pas rapidement un moyen d'agir sur cette foutue image, sa preuve allait lui filer sous le nez. L'idée lui traversa l'esprit que son clavier pouvait avoir un bug, ce qui vu le prix de l'équipement mis à sa disposition aurait été un comble. Mais, bien vite, le concert d'exclamations et de jurons qui commençait à s'élever des autres postes de travail lui fit rejeter cette hypothèse : ce n'était pas son clavier qui déconnait.

Ça semblait plus sérieux.

Comme beaucoup d'analystes, Poliecki avait un sérieux bagage d'informaticien. D'autant plus solide, dans son cas, qu'avant d'être embauché par le gouvernement le jeune homme obèse et d'une timidité maladive avait passé la plus grande partie de son adolescence dans un tête-à-tête exclusif avec son ordinateur. De ces quelques années en immersion totale qu'il avait soigneusement passées sous silence au moment de son recrutement, il avait conservé un impressionnant répertoire d'adresses de sites X, mais aussi une connaissance très approfondie de l'architecture d'un système informatique. Ainsi que des moyens de remédier à ses dysfonctionnements.

Il tapa rapidement quelques lignes de code et commença à explorer le système. À sa grande surprise, celui-ci n'était pas complètement bloqué, mais les routines de vérification qu'il lançait s'exécutaient avec une extrême lenteur, comme si la puissance de travail allouée au traitement des données satellitaires était en chute libre. Par des voies détournées, il parvint cependant à progresser petit à petit dans les rouages internes du gigantesque complexe informatique. Assez vite, il se rendit compte que les terminaux et la connectique n'étaient pas en cause : le problème se situait bien au niveau des unités centrales, les douze énormes IBM Roadrunner montés en parallèle qui se trouvaient au sous-sol du bâtiment 4. Plissant le front de concentration, il tapa fébrilement une série de nouvelles instructions, et après quelques tâtonnements finit par accéder au moniteur général d'activité.

C'est à ce moment que ses yeux s'agrandirent de stupéfaction.

Pas une seconde à perdre, se dit-il dès qu'il fut revenu de son ahurissement. Aussi vite qu'il le put – il comprenait maintenant pourquoi le système était si lent –, il retourna à son écran principal puis voulut consulter l'intranet du personnel pour voir qui était l'administrateur de garde ce mardi. Mais là aussi, tout était au point mort. Il soupira, décolla ses cent trente kilos du fauteuil qui émit un cri de soulagement et fit les quelques pas qui le séparaient du panneau d'affichage dans le couloir. Dès qu'il eut l'info, il revint à son bureau et empoigna son téléphone. *Parfait*, pensa-t-il. *Ça au moins, ça marche encore.* Il n'eut pas longtemps à attendre : on décrocha à la première sonnerie.

« Encore vous, Poliecki ? explosa la voix de la première directrice adjointe du NRO. La voie hiérarchique, vous n'avez jamais entendu parler ? Ou alors vous m'appelez pour me dire que votre chef de département est mort, et les trois autres échelons entre lui et moi ?

— Non, madame, bredouilla-t-il. C'est que…

— Parce que, ici, c'est le bordel ! continua-t-elle sur le même ton. Plus rien ne marche, tout est bloqué ! Alors si vous n'avez rien de mieux…

— C'est pour ça que j'appelle, madame, dit-il en rassemblant tout son courage pour lui couper la parole. Les supercalculateurs…

— Quoi ? hurla-t-elle. Vous savez pourquoi ils sont tous plantés ?

— Ils ne sont pas plantés, madame. Au contraire, ils tournent à plein régime. Mais du diable si je sais ce qu'ils sont en train de faire. »

14 h 47 UTC

« Ça ne serait pas un crime fédéral, ce qu'on est en train de faire ? » demanda Joshua.

Kendall Kjölsrud le considéra avec un sourire candide : « Possible, mon jeune ami, lui dit-il. Mais chaque matin, avant même d'avoir fini de me raser, j'ai déjà violé une bonne dizaine de lois fédérales. Alors, vous savez…

— Ça fait déjà presque dix minutes que ça tourne, fit Gretchen Vogt. Et toujours rien. Vous pensez que c'est normal ? »

Comme si la console holo n'attendait que ça, le vaste écran virtuel qui flottait au-dessus de la table et qui ne diffusait que de la neige depuis le début du processus s'anima soudain. Un visage enfantin apparut en très gros plan.

Un visage qui était une sorte d'archétype de la rousseur : sous une tignasse orange qui n'avait pas dû être peignée depuis très longtemps, deux yeux vert pâle luisaient d'un éclat rieur ; entre les milliers de taches qui en grêlaient chaque pouce carré, la peau diaphane était si claire qu'elle laissait entrevoir les veines sous-jacentes. Le gamin s'appelait Huckey Finn – *Ça ne s'invente pas*, avait pensé Caleb – et il faisait beaucoup moins que ses seize ans. Mais bien qu'il se fît désormais rare sur les forums, leur avait expliqué Sanjiv, la communauté nerd du monde entier continuait à révérer comme une légende vivante celui qu'elle ne connaissait que sous le nom de *Red Ghost.*

« Rebonjour, Huckey, fit Joshua. On en est où ? »

L'adolescent sourit d'une oreille à l'autre, révélant une rangée de dents immaculées, mais remarquablement mal plantées. « C'est terminé, dit-il d'une voix tout aussi juvénile que son apparence physique. À l'instant. Pas trop tôt d'ailleurs, vu que les traqueurs de la NSA commencent à remonter la piste.

— Alors ? fit Kjölsrud d'une voix anxieuse. Ça a donné quelque chose ?

— Si on veut, répondit Huckey Finn avec une grimace. En fait, j'ai une bonne et une mauvaise nouvelle. La bonne, c'est que nous avons trouvé beaucoup moins de visages à analyser que je ne l'aurais cru. Vraiment beaucoup moins. En présélectionnant les mâles adultes caucasiens d'âge compatible comme vous l'aviez suggéré, en fixant assez haut le seuil de qualité des fichiers

image et surtout en éliminant les doublons, nous n'en avons retenu que seize téras…
— Seize quoi ? s'étrangla Kjölsrud.
— Seize téras, répéta patiemment le gamin. Seize mille milliards.
— Hein ?
— Je vous assure, c'est vraiment très peu. Pensez que nous venons de presser la totalité de l'infosphère comme un citron…
— D'accord, fit Joshua, amusé par l'image. Et la mauvaise nouvelle, c'est quoi ?
— C'est que le joujou du Mossad ne s'est pas révélé très discriminant. Il faut croire que votre ami a un visage assez banal… Enfin, on a quand même un peu réduit le champ des possibilités.
— Combien ? demanda Kjölsrud, de plus en plus inquiet. Combien en as-tu trouvé ?
— Ça dépend du score de similitude que l'on spécifie au départ, bien sûr. En mettant la barre à 99 %…
— Par pitié, Huckey ! Combien ?
— Un peu plus de deux cent quarante millions. »

Une fois le moment de stupéfaction passé, Joshua demanda doucement : Tant que ça, Huckey ? Tu es sûr ? Il ne peut pas y avoir d'erreur ?
— Certain, et…
— Tu pourrais nous en donner un exemple ? intervint Caleb. Juste pour qu'on se rende compte… »
L'adolescent haussa les épaules, l'air un peu vexé : « Pas de bug, dit-il. Le numéro mille, ça vous va ? » À peine avait-il achevé sa phrase que son image s'effaçait, remplacée par une scène fixe.

L'image en noir et blanc, d'assez bonne qualité quoique au rendu un peu granuleux, montrait une cinquantaine de personnes en train de faire la queue sur un trottoir, le long d'un bâtiment sans fenêtres. La photo avait dû être prise à la nuit tombée, vu qu'il faisait très sombre en dehors de la zone éclairée par le flash. Elle provenait d'un journal appelé le *San Salvador Times* et était datée du 29 septembre 1964 ; Joshua se mit aussitôt à traduire le texte en espagnol qui accompagnait le cliché : « *UN DÉMARRAGE EN FANFARE – Forte affluence, hier soir, au cinéma El Rey de Santa Ana, pour la première de la comédie musicale américaine Mary Poppins. Les petits comme les grands ont été conquis par...* »

Pendant qu'il parlait, les autres n'avaient d'yeux que pour le personnage flanqué de deux petits enfants qui se tenait sur la gauche, vers le début de la file. Au moment de la prise de vue, son attention avait dû être attirée par le photographe, car il se trouvait pratiquement de face par rapport à l'objectif.

Il aurait pu être le frère jumeau d'Ettore Majorana.

Un frère jumeau un peu vieilli : la chevelure jadis aile de corbeau s'ornait maintenant de quelques fils blancs, et le front haut était parsemé de rides. Mais la structure générale du visage – un ovale allongé, un peu chevalin – était exactement la même, tout comme le sourire légèrement hésitant.

« Seigneur... murmura Kjölsrud.

— Il s'appelle Luis Sanchez Arellaño, né le 5 janvier 1911, dit Huckey Finn dont l'image était réapparue en incrustation au coin supérieur droit de l'écran immatériel. Directeur de pêcheries à La Libertad, une ville côtière du Salvador. Décédé en 1995. Celui-ci a été facile à identifier, parce que nous avons treize autres clichés de lui dans le même secteur géographique et sur une période de trente ans. Dont un archivé avec sa fiche signalétique complète par la police de San Salvador, à la suite d'un accident de la route en état d'ébriété en juin 1968. Mais pour l'immense majorité des autres, ce sera beaucoup plus délicat…

— Deux cent quarante millions… souffla Gretchen Vogt d'une voix éteinte. C'est foutu. Une vie entière n'y suffirait pas…

— Je suis désolé, dit l'adolescent. Je pensais faire mieux. Je suis obligé d'interrompre le flux maintenant, on a pratiquement toutes les agences de cybersécurité de la planète aux trousses…

— Attends ! cria soudain Caleb comme s'il venait d'être frappé par la foudre. Un bandeau ! Tu peux réessayer avec un bandeau ?

— Un bandeau ? fit Joshua, surpris. Tu te sens bien, Cal ?

— Un bandeau sur l'œil ! expliqua rapidement Caleb. Comme les pirates. Nous savons qu'il a perdu un œil dans le crash de l'hydravion. Et jusque dans les années 1970, il était encore assez courant de porter un bandeau, pour les gens ayant ce genre d'infirmité…

— Ça me paraît un peu farfelu, marmonna Viktor Bernstein.

— Non ! s'exclama Kjölsrud. Ça vaut le coup d'essayer, au contraire ! Huckey, tu as encore le temps ?

— Euh… oui, dit le gamin. Ça devrait être rapide, il n'y a que les seize téras à repasser en revue. Je me dépêche… »

La neige envahit à nouveau l'écran, pendant que Kjölsrud et ses compagnons échangeaient des regards tendus. On aurait entendu une mouche voler. Très vite – il leur sembla que moins d'une demi-minute s'était écoulée –, l'adolescent roux revint à l'écran.

Avec une expression curieuse sur ses traits enfantins.

« Je ne sais pas d'où vous avez sorti cette idée de bandeau, dit-il à Caleb. Mais le moins qu'on puisse dire, c'est que c'est plutôt efficace, comme filtrage…

— Combien… combien en reste-t-il ? chevrota Kjölsrud.

— Quatre.

— Quatre ? Mais…

— Excusez-moi, fit Huckey, mais il faut vraiment que je fasse vite, maintenant. Quatre. Dont trois en Alaska, dans les années 1950 – manifestement le même type, photographié dans trois circonstances différentes. Et un en Sicile, en 1965.

— En Sicile ? s'exclamèrent Caleb et Kjölsrud d'une seule voix. Montre-nous celui-là ! Vite ! »

De nouveau, une grande photo en noir et blanc. De nouveau, une foule, peut-être d'une centaine de personnes. Mais la ressemblance s'arrêtait là : les tenues uniformément sombres et les visages recueillis montraient que ces gens n'étaient pas venus se divertir. Joshua commença à décrypter la légende en petits caractères : « C'est extrait de la *Gazzetta del Sud*, un quotidien publié à Messine. L'article date du 16 novembre 1965. Voilà ce que ça dit : "*De nombreux habitants de Catane et des environs sont venus rendre un dernier hommage à l'une des figures les plus respectées de notre communauté. Décédée vendredi dernier à Rome à l'âge de quatre-vingt-huit ans, la regrettée Sra. Dorina Corso-Majorana avait toujours souhaité reposer sur cette île qu'elle chérissait...*"

— Mon Dieu ! dit Gretchen Vogt. C'était sa mère ! Il est venu aux obsèques de sa mère !

— Regardez ! s'exclama Viktor Bernstein. Là, à droite ! C'est lui ! Ça ne peut être que lui ! »

L'homme un peu voûté se tenait discrètement au troisième rang des personnes présentes, à quelque distance du groupe compact qui entourait la tombe. À la différence de la plupart de ses voisins qui arboraient soit un couvre-chef soit un parapluie – ce qu'on distinguait du ciel suggérait que le temps devait être exécrable –, il était tête nue, et son visage barré d'un bandeau noir était parfaitement visible. Son expression était d'une exceptionnelle gravité. Mais il n'y avait pas l'ombre d'un doute.

C'était bien lui.

Ettore Majorana.

« On aurait pu y penser plus tôt, fit Viktor Bernstein. C'est évident, quand on y réfléchit…

— Rien ne t'empêchait d'avoir l'idée il y a une heure, lui lança Kjölsrud d'un ton acide. Peu importe. L'essentiel, c'est qu'on l'ait retrouvé. »

Joshua se racla la gorge : « Je ne voudrais pas jouer les rabat-joie, déclara-t-il. Mais ça me paraît un peu prématuré de triompher. On a juste progressé de vingt ans. Mais ça ne nous dit rien de ce qu'il a pu faire après 1965…

— Josh a raison, dit One-Shot. A très bien pu venir de Kamtchatka juste pour enterrement. Et repartir avion du soir.

— Et si nous n'avons aucune occurrence plus récente, ajouta Caleb, c'est qu'ensuite il a réussi à éviter les photographes. Ou qu'il a retiré son bandeau. De toute façon, la piste est morte… »

À ce moment, Gretchen Vogt les fixa tour à tour. Avec la marque de la plus extrême incrédulité sur le visage : « Mais vous êtes bouchés à l'émeri, tous les trois ? s'écria-t-elle soudain. Vous ne voyez rien ? Vraiment rien ? »

Ses amis lui retournèrent un regard surpris : « Qu'est-ce qu'il y a, Gret ? rigola One-Shot. Toi vapeurs ?

— Mais regardez donc cette putain de photo ! s'exclama-t-elle. Ça crève pourtant les yeux… Il n'est pas venu seul ! »

Elle disait vrai.

Caleb et ses amis s'étaient tellement focalisés sur l'homme au bandeau qu'ils n'avaient pas fait attention à la jeune femme en noir à côté de lui. La manière dont ils se tenaient épaule contre épaule, et la main qu'elle avait affectueusement posée sur son bras ne laissaient pourtant subsister que peu de doutes sur leur degré d'intimité. La fine voilette qui recouvrait sa chevelure sombre ne dissimulait rien de son visage ; elle était d'une beauté exceptionnelle. *Un visage de madone*, pensa Caleb en détaillant l'ovale parfait de ses traits, ses grands yeux en amande et sa bouche aux lèvres pleines et régulières.

Mais il y avait mieux à faire qu'à regarder la photo. Il s'arracha à sa contemplation et lança : « Huckey ? Tu es encore avec nous ?

— J'allais couper, répondit aussitôt l'adolescent. Leurs traceurs sont tout près maintenant. Je saute d'un serveur à l'autre huit cents fois par seconde pour les tenir à distance, mais ça commence à devenir chaud !

— Attends ! s'écria Caleb en hâte. Tu peux encore faire une recherche sur le visage de cette femme ? Juste la presse italienne des années 1960, pour gagner du temps… »

Le gamin faillit refuser – il avait vraiment l'air effrayé, maintenant –, mais il se ravisa : « D'accord. Une minute, pas plus. Et sans garantie… » Son visage disparut de l'affichage holo et il ne resta plus que la grande photo immobile, flottant comme par magie au-dessus de la table.

Cinquante-sept secondes plus tard, la photo disparut elle aussi, sans préavis.

« C'est fini, dit Viktor Bernstein. La liaison avec Dubaï est crashée.

— Bon Dieu ! s'exclama Kjölsrud. Il a eu le temps de terminer, ou quoi ?

— Aucune idée, répondit son associé. Mais une demi-seconde avant de couper, il nous a téléchargé un fichier. Un seul.

— Ouvre-le ! s'écria le vieillard. Vite !

— Voilà. »

C'était une simple photographie d'identité. Mais malgré la banalité du support, la beauté tranquille de la jeune femme crevait littéralement l'écran. Au-dessous se trouvait une petite notice – quatre lignes en minuscules caractères dactylographiés.

« Elle s'appelle Angelina Pazzi, lut Caleb. Elle est née en 1922 à Syracuse. Et…

— Et quoi ? s'étrangla Kjölsrud.

— Et s'il faut en croire l'état civil, elle est encore vivante.

— Où… où est-ce qu'elle vit ? bégaya le milliardaire d'une voix suppliante. C'est marqué ?

— Oui, dit Caleb. C'est marqué. Elle habite à Castellucio Paratore, en Sicile. C'est…

— OÙ AVEZ-VOUS DIT, CALEB ? »

C'était Poppy Borghese qui venait de crier – si fort que tout le monde avait sursauté. La transformation qui s'était opérée en elle était stupéfiante : mis à part ses yeux injectés de sang, elle semblait avoir dessoûlé en un quart de seconde. Pour autant, elle n'avait pas du tout l'air d'être revenue dans son assiette : son visage tendu à l'extrême affichait une expression que Caleb n'y avait encore jamais vue : une stupéfaction mêlée d'un certain effroi. « Où avez-vous dit ? répéta-t-elle plus faiblement.

— Castellucio Paratore. D'après ce qui est indiqué ici, c'est un petit village près de…

— Je sais très bien où c'est, Caleb », dit-elle d'un ton morne. Puis elle ajouta, comme pour elle-même : « Ça aurait pu être n'importe où sur Terre. Mais entre tous les endroits du monde, il a fallu que ce soit là… »

Chapitre 32

Depuis plusieurs minutes, les hurlements du supplicié ont fait place à des râles étouffés. Par-delà les hauts murs de la propriété, on perçoit à nouveau la rumeur du maquis tout proche : bourdonnement sourd de millions d'insectes, stridulation des cigales, cris des oiseaux dans le ciel aveuglant. Il n'y a pas un souffle d'air. Septembre tire à sa fin, et bien que le soir approche, il règne encore une chaleur écrasante sur les premières pentes de l'Etna.

Cela dure depuis des heures. Pourtant, tu n'as pas bougé. Assise à terre, indifférente à la brûlure du soleil sur ta nuque et tes avant-bras, à la sueur qui te dégouline dans les yeux, aux taons qui s'acharnent sur chaque centimètre de peau découverte. Indifférente à tout, sauf à l'agonie de l'homme suspendu tête en bas à la branche maîtresse du gros olivier juste en face de toi. De temps à autre, un murmure ou un sanglot se fait entendre derrière toi, mais tu n'y prêtes aucune attention. Une bonne cinquantaine de personnes se trouvent regroupées de l'autre côté de la vaste esplanade de terre battue, tenues en respect par les hommes de Beppo ; il y a là tous les habitants de la résidence

– du moins ceux qui ont survécu à l'assaut initial – et les chefs de famille du village au-dessous. Que des sous-fifres, de toute façon : les trois consigliere *et les hommes de main importants ont tous été abattus dès les premières minutes. Ceux qui ont été épargnés ne l'ont été que pour une seule raison : apprendre la leçon, et la faire connaître autour d'eux.*

Ce jour, tu l'attendais depuis des années ; par quelque ironie du destin, tu as fêté ton vingtième anniversaire il y a moins d'une semaine. Cela aurait dû être ton triomphe, dans cette extase sanglante de la vendetta qui fait partie de ton héritage aussi bien que chacune des pierres de cette terre dévorée par le soleil. Pourtant, tu n'éprouves qu'amertume, dégoût, et l'envie que cela se termine le plus vite possible. Malheureusement, l'homme est résistant – bien plus que tu ne l'aurais imaginé.

Maintenant, même les râles ont cessé, et l'on n'entend plus que sa respiration encombrée. Tu comprends qu'il vient à nouveau de perdre connaissance. Tu te lèves – ce doit bien être la vingtième fois – et tu t'approches de l'arbre, le sécateur gluant à la main. Sur les deux derniers mètres, tes pieds pataugent dans une flaque noirâtre et collante : tu n'en reviens pas qu'il puisse être encore en vie après avoir perdu tout ce sang. Cette fois, ce sera le pouce droit. Un claquement sec, et le petit moignon tombe à terre au milieu des autres débris. L'homme pousse un hurlement de bête à l'agonie, et son corps s'arc-boute vainement avant de se balancer au bout de la corde nouée à ses chevilles. À l'autre bout de la propriété, un concert d'aboiements furieux lui fait soudain écho ; tu n'y connais rien en clébards, mais Beppo t'a expliqué que les bêtes gigantesques dans l'enclos sont des mâtins napolitains, une race qui existait déjà du temps des Romains et qui était utilisée pour les jeux du cirque.

Au bout de quelques instants, il s'arrête de crier. L'œil qu'il lui reste te fixe avec une lueur de folie. Pourtant, l'homme a encore tous ses esprits. « Salope... grince-t-il d'une voix déformée par la douleur. Tu prends bien ton pied, speru con tuttu u cori... *Hein,* puttana *? Ou alors est-ce que tu n'as pas le courage d'en finir ? »*

Tu ne lui fais même pas l'aumône d'une réponse et tu te détournes de lui. À quelques pas sur ta droite, un nuage de mouches recouvre les morceaux de Sonny. Tu t'es occupée de lui en premier, au début de l'après-midi ; un autre aurait pu s'en charger, mais tu as tenu à faire le travail toi-même, histoire de bien marquer les esprits. Tu ne sauras jamais pourquoi, il y a dix ans, sa balle en ricochant a fracassé ta boîte crânienne sans y pénétrer. Peut-être sa main a-t-elle tremblé ? Ou peut-être sa maladresse était-elle délibérée ? Après tout, il ne doit pas être facile d'abattre à bout portant une gamine que l'on a fait sauter sur ses genoux une demi-heure auparavant.

Aucune importance.

En prenant tout ton temps, tu traverses la cour et tu te rapproches des hommes parqués à l'autre bout. Tous suent la peur, ils sont persuadés que maintenant tu vas les buter ; au premier rang, l'un d'eux se signe ; derrière lui, un autre marmonne un Notre Père à toute allure. Tu t'arrêtes à trois mètres.

« Écoutez-moi bien, dis-tu sans élever la voix. Vous avez tous vu de quoi je suis capable. Ce n'est qu'un minuscule avant-goût de ce qui arrivera à chacun

d'entre vous – hommes, femmes, enfants et jusqu'au plus lointain de vos cousins – si jamais mes ordres ne sont pas suivis à la lettre. »

Tu ne sais pas si tous comprennent : la plupart d'entre eux ne parlent pas anglais, et toi-même tu ne connais pas assez leur langue pour l'utiliser. Mais tu t'en fous ; ton intonation suffit, et ceux qui ont pigé traduiront pour les autres. Tu fais encore un pas en avant, et instinctivement les types devant toi reculent. Aucun d'eux n'ose soutenir ton regard.

« À partir de cet instant, reprends-tu, mon lieutenant Beppo Mazzotti sera votre nouveau Don. Vous allez tous lui prêter le serment d'allégeance, à lui et à ses hommes. Beppo prendra toutes les décisions au nom de la Famille, et ce jusqu'à ce que mon frère Giorgino soit en âge d'assumer cette responsabilité. Il deviendra ensuite son premier consigliere. *Vous lui devrez respect et obéissance, conformément aux lois de nos pères et jusqu'à la dernière goutte de votre sang. Quelqu'un n'est pas d'accord ? »*

Les yeux se baissent encore plus, personne n'ose seulement respirer. Tu jettes un coup d'œil à Beppo qui se tient sur ta gauche avec sa vieille mitraillette Sten ; il hoche doucement la tête en signe d'approbation. Chouette discours, fillette. L'adolescent un peu empâté qui se trouve à côté de lui te regarde aussi ; tu n'aimes pas trop ce que tu lis dans ses yeux : de la vanité, une joie mauvaise, et une excitation un peu malsaine chez un gamin de douze ans. Tu aurais préféré qu'à sa place, ce soit quelqu'un d'autre. Mais tu n'as pas eu le choix.

Soudain, l'éclairage change subtilement, en même temps qu'une brise à peine perceptible – premier souffle d'air depuis des heures – apporte une vague sensation de fraîcheur. Le soleil vient de disparaître derrière les murs de la propriété, et bientôt il plongera dans la mer en contrebas. Un ricanement dément éclate à l'autre bout de la cour, rapidement suivi d'une affreuse quinte de toux.

Le temps que l'homme retrouve son souffle, tu es revenue auprès de lui. « Succhiami u cazzu, *salope... tu as promis !... » parvient-il à articuler.*

Sans rien dire, tu contemples le visage sans nez et sans lèvres, et cette orbite vide d'où pend un lambeau de nerf optique. Incroyablement, l'homme qui paraissait aux portes de la mort quelques instants auparavant semble reprendre quelque énergie. Au fond de toi, tu ne peux t'empêcher d'éprouver une certaine admiration pour cette carcasse qui, contre tout espoir, s'accroche encore à la vie.

« Tu as promis, baldracca *! dit-il plus fort. Tu as dit que si je tenais jusqu'au soir, tu ne me tuerais pas ! Tiens ta parole ! »*

Tu te penches et tu le saisis par ses cheveux englués de sang pour le rapprocher de toi. Ton visage est à dix centimètres du sien. Dans l'enclos, les chiens ont recommencé à aboyer comme des forcenés.

« Je tiendrai parole, oncle Vincenzo, murmures-tu avec un sourire rassurant. Je ne te tuerai pas. Dans un instant, je vais même te décrocher. Tu entends les chiens ? »

Une lueur interrogative dans l'œil unique, qui fait très vite place à la terreur la plus abjecte. Il a déjà compris.

« Pauvres bêtes, reprends-tu de ta voix la plus suave. Toute une journée en plein soleil, sans boire

ni manger... Il est temps d'aller les nourrir, tu ne crois pas ? »

4 mars 2018 – 09 h 57 UTC

La grosse limousine noire – une Pontiac Catalina de 1976 un peu défraîchie – était venue les chercher à l'aéroport de Catane. Les deux types chargés de les convoyer étaient plus vrais que nature : barbe de trois jours, costume Smalto de bonne coupe mais un poil trop cintré, Ray-Ban Aviator teintées miroir pour l'un, Stüssy Coltrane façon verres de soudeur pour l'autre. Tous deux puaient l'oignon et s'exprimaient par monosyllabes dans un dialecte guttural incompréhensible, ce qui limitait singulièrement les possibilités d'échange culturel.

Après avoir quitté la zone aéroportuaire sous le regard soupçonneux des *carabinieri*, la voiture s'était engagée dans la large plaine agricole située au sud de l'Etna et avait successivement traversé les vieux bourgs médiévaux de Paternó, Santa Maria di Licodia et Adrano. Passé la bourgade de Bronte, la route s'était étrécie et avait ensuite obliqué vers l'est pour commencer à s'élever, virage après virage, sur les contreforts du volcan géant. À mesure qu'ils prenaient de l'altitude, le paysage changeait de tonalité et devenait plus sauvage : les grands vergers et les vastes champs cultivés faisaient place à la *garriga*, un maquis pelé parsemé de forêts de pins et de châtaigniers. Le ciel était d'un azur profond et la température exceptionnellement douce pour la saison, plus digne d'un mois de mai que d'un début mars.

À l'arrière du véhicule, l'ambiance n'était pourtant pas au beau fixe. Kendall Kjölsrud faisait la gueule depuis la veille au soir – plus précisément depuis que le pilote du *Second Chance* l'avait informé qu'aucun aéroport sicilien n'était équipé pour accueillir l'avion géant. Ils avaient donc dû se dérouter sur Rome-Fiumicino, où l'encombrement du trafic aérien et une grève-surprise des contrôleurs les avaient contraints à faire des ronds en l'air pendant près de trois heures avant de se poser. Il avait ensuite fallu attendre toute la nuit pour voir arriver de Venise le Bombardier Challenger 850 affrété par la K2 pour les transporter en Sicile ; enfin, leur arrivée à Catane s'était soldée par un interminable contrôle d'identité, le nom de Kjölsrud n'étant apparemment pas un sauf-conduit aussi efficace en Italie qu'il l'avait été en Argentine. « J'ai toujours eu un contentieux avec les dirigeants de ce foutu pays, avait marmonné le vieillard pour toute explication. Ça ne date pas d'hier… »

L'autre personne qui, de toute évidence, aurait préféré être ailleurs – n'importe où ailleurs – était Poppy Borghese. Murée dans un silence qui n'annonçait rien de bon, elle arborait sa mine des grands jours tout en affichant les signes de la plus extrême nervosité. Pour doper l'ambiance, One-Shot n'avait rien trouvé de mieux que de se mettre à siffloter en boucle le thème musical du *Parrain*, avant de se lancer dans une série d'imitations très approximatives de la voix de Marlon Brando dans les séquences les plus fameuses du film.

Face à l'explosion qui paraissait inéluctable, les autres passagers avaient adopté des stratégies variées : Caleb regardait défiler le paysage en essayant d'évaluer leurs chances de survie si le pétage de câble intervenait dans un habitacle aussi restreint que celui de la limousine. Viktor Bernstein s'était réfugié dans le *Wall Street Journal* et grommelait de temps à autre des commentaires peu amènes sur l'évolution de la planète financière pendant leurs deux semaines d'absence. Sanjiv disputait des parties d'échecs 4D contre sa tablette holo ; il gagnait invariablement, tout en pestant contre le processeur qui était trop lent à son goût. Quant à Joshua et à Gretchen qui étaient assis en face de One-Shot, ils lançaient des œillades désespérées au géant dans l'espoir de le faire taire avant que la situation n'échappe à tout contrôle.

Le dernier kilomètre fut le pire : la route asphaltée s'était muée en un chemin de terre défoncé qui continuait à grimper doucement sur la pente occidentale de l'Etna. Ils avaient dépassé l'étage des forêts de conifères et se trouvaient maintenant sur un versant aride saupoudré de genêts et de buissons épineux ; les seuls signes de présence humaine étaient quelques cultures en terrasses – oliviers minables, ceps de vigne rabougris – et deux ou trois hameaux en ruine qu'ils traversèrent sans s'arrêter. La limousine négocia en ahanant une ultime série de lacets ; les 370 CV fatigués du gros V8 de sept litres et demi faisaient ce qu'ils pouvaient, peu aidés par une vénérable boîte auto à trois vitesses totalement inadaptée à la conduite en montagne. Ils longèrent un troupeau de chèvres apparemment à l'abandon, passèrent sous une vieille arche en pierre qui devait déjà être là du temps des Carthaginois, et la voiture s'immobilisa enfin dans un grincement de freins à l'agonie. La route n'allait pas plus loin.

Surpris par l'arrêt du véhicule, Viktor Bernstein leva les yeux de son journal et jeta un regard circonspect à l'extérieur. « Charmant lieu de villégiature, marmonna-t-il. Ça porte un nom ?

— *Borgezzu*, souffla Poppy qui semblait avoir atteint le fond du désespoir. La… propriété est tout en haut du village. »

One-Shot regarda à son tour par la fenêtre et émit un gloussement ravi : « On dirait colline a des yeux, ricana-t-il. Eux bouffent aussi les gens, ici ?

— Oui, dit Poppy. Surtout les gros crétins comme toi. Maintenant, s'il vous plaît, si vous pouviez tous vous taire. S'il vous plaît. »

Le terme de village est un peu exagéré, pensa Caleb en emboîtant le pas à leurs deux guides. Un hameau, tout au plus, et qui avait dû connaître des jours meilleurs. Une poignée de vieilles masures en pierre, dont moins de la moitié paraissaient habitées, s'étageaient en gradins de part et d'autre de l'unique rue centrale – plutôt une méchante venelle en pente, sinueuse et constellée de nids de poule. L'endroit suintait la misère et la décrépitude : partout ce n'était que murets à demi effondrés, jardins desséchés, portes et volets branlants. Une antique fontaine en pierre, qui devait être le seul point d'eau de la localité, distillait un maigre filet pisseux dans un bassin envahi par les ronces ; résigné à son sort, un âne squelettique était attaché à un improbable panneau de signalisation mangé par la rouille et sur lequel des générations de chasseurs avaient dû tester leurs chevrotines.

À vol d'oiseau, on n'était qu'à une trentaine de kilomètres des stations balnéaires de la côte Tyrrhénienne, et à la même distance de l'agitation trépidante de Catane, la seconde métropole de Sicile avec ses cinq cent mille habitants. Pourtant Caleb et ses compagnons avaient l'impression d'avoir été catapultés un siècle et demi en arrière.

Impression renforcée par le comité d'accueil.

Une bonne cinquantaine de personnes – sans doute tout l'effectif du patelin – s'étaient rassemblées en silence le long de la ruelle. Il y avait surtout des hommes et des femmes d'âge mûr, quelques vieillards, très peu d'enfants. Tous étaient pauvrement vêtus d'habits sombres usés jusqu'à la corde, avec dans leur attitude quelque chose de fatigué qui n'épargnait même pas les plus jeunes.

Et tous fixaient Poppy.

Avec dans les yeux une lueur qui n'avait rien de bienveillant : plutôt un sourd mélange de défiance et d'hostilité qui, combiné au silence ambiant, procurait une sensation de danger imminent. Aucun d'eux n'esquissa de geste menaçant, néanmoins l'atmosphère était si pesante que les deux types de tête avaient instinctivement hâté le pas ; derrière eux, Caleb et Kjölsrud s'efforçaient de les suivre tout en encadrant une Poppy Borghese pâle comme une morte, qui avançait le regard obstinément rivé au sol.

Soudain, une vieille femme entièrement vêtue de noir sortit du rang en bousculant ses voisins et se jeta sur eux avant que quiconque ait pu réagir : « STREGA ! » hurla-t-elle comme une folle en crachant au visage de Poppy. Elle s'apprêtait à recommencer quand un grand barbu aux épaules carrées – son fils ? – se précipita à son tour et la gifla à toute volée ; la vieille tomba à terre sans un mot. Devant eux, le type aux Ray-Ban miroir se retourna avec un air mauvais et aboya un ordre sec avant de presser encore le pas.

L'instant d'après, ils avaient dépassé la dernière maison et se trouvaient devant un haut mur de pierre à la peinture blanche écaillée ; de part et d'autre d'un large portail en fer forgé, deux types qui semblaient des clones de leurs guides observèrent leur arrivée sans un mot, puis s'effacèrent avec une nonchalance étudiée pour leur laisser le passage. Poppy Borghese n'avait pas esquissé un geste pour essuyer le crachat sur sa joue ; One-Shot faillit dire quelque chose, mais s'arrêta *in extremis* en croisant son regard.

Même lui savait qu'il y a des limites à ne pas franchir.

11 h 39 UTC

« Mon Dieu, Caleb, murmura Poppy en lui enfonçant les ongles dans l'avant-bras. C'est encore pire que ce que j'avais imaginé. »

Cela faisait déjà dix bonnes minutes qu'ils faisaient antichambre dans une petite pièce éclairée par une ampoule nue et une minuscule fenêtre aux vitres sales. Une impolitesse calculée : vu l'isolement de l'endroit, le propriétaire ne devait pas recevoir beaucoup de visites.

En comparaison du misérable village qu'ils avaient traversé pour venir, la grande demeure aurait pu – et avait dû – être luxueuse. Il n'y manquait ni l'espace ni la vue : juchée au sommet d'un piton rocheux qui offrait un panorama somptueux sur les monts Nebrodi et, au-delà, sur la plaine fertile du nord de l'île, l'ancienne ferme fortifiée se composait d'une habitation principale et de nombreux communs qui se déployaient sur plus d'un demi-hectare autour d'une vaste esplanade centrale. Un endroit qui, à l'évidence, avait été un important centre de pouvoir.

Mais dont il ne subsistait plus qu'un souvenir désenchanté.

À l'intérieur, l'atmosphère de décrépitude et de renoncement était suffocante. Tout était vieux, abîmé, poussiéreux. Le mobilier dépareillé avait dû être d'un luxe tapageur cinquante ans auparavant, mais donnait maintenant l'impression que l'on se trouvait dans une brocante minable. La sensation de malaise était exacerbée par le silence anormal qui régnait sur les lieux : au temps de sa splendeur, cette habitation avait dû accueillir des dizaines de *caporegime* et de *soldati* avec femmes et enfants ; pourtant, en suivant leurs guides dans la succession de couloirs et de pièces voûtées, ils n'avaient croisé qu'une dizaine de personnes tout au plus.

Le type au visage fatigué et aux tempes grises qui les avait pris en charge revint auprès d'eux : « Venez, dit-il. Il vous attend. »

La pièce beaucoup plus vaste où ils pénétrèrent était l'une des rares où l'ameublement était à peu près homogène et en bon état. *Une des rares qui doit encore être utilisée*, pensa Caleb. La longue table de réunion en chêne massif entourée d'une trentaine de chaises austères ne manquait pas d'un certain cachet ; sur toute la longueur de la pièce, les murs blanchis à la chaux étaient flanqués de bancs en bois ciré, où devaient probablement s'asseoir les assistants de rang inférieur.

On sentait que des décisions d'importance avaient dû être prises dans cet endroit, même si ce n'était sans doute plus le cas. Deux vastes fenêtres entrouvertes laissaient entrer la lumière et les bruits du dehors : murmure du vent, cris d'oiseaux, conversations des hommes à l'extérieur du bâtiment. Par contraste avec l'ambiance de mausolée qui régnait dans le reste de l'habitation, l'endroit paraissait presque joyeux.

L'homme au bout de la table était vieux, malade et d'une obésité malsaine ; il se tenait dans un grand fauteuil en bois ouvragé à l'allure de trône, dans une pose qu'il voulait sans doute majestueuse, mais que la vacuité des lieux rendait seulement pathétique. Malgré la fraîcheur relative des murs épais, il suait abondamment, et sa peau blafarde luisait d'un reflet moite. Dans le visage envahi de mauvaise graisse surnageaient un nez en bec d'aigle et deux petits yeux calculateurs. Il les laissa s'approcher sans rien dire, prenant tout son temps pour les toiser l'un après l'autre du regard. Puis, semblant satisfait de son examen, il se leva avec difficulté – il avait une jambe raide et s'aidait d'une grosse canne en bois noueux. Il fit trois pas pesants vers eux puis s'immobilisa, le souffle court. Son regard était vissé sur Poppy. Un silence lourd s'éternisa, puis soudain le vieil homme ouvrit les bras : « *Abbrazzu, sorella*, dit-il d'une voix curieusement fluette.

— Salut, petit frère… Contente de te voir », soupira l'intéressée en acceptant mollement l'étreinte, et en déposant sur la joue moite un baiser sans chaleur.

12 h 43 UTC

Le déjeuner avait été sinistre. En l'honneur de ses hôtes, le maître des lieux avait pourtant fait un effort, en faisant installer une grande table à l'ombre du gigantesque olivier qui se dressait dans la cour de la propriété.

« Tu n'aurais pas pu choisir un autre endroit, avait lancé Poppy en hochant la tête d'un air de reproche.

— Désolé, avait ronchonné le gros homme visiblement vexé. Je croyais que ça te rappellerait de bons souvenirs... »

Le ton était donné. Le reste du repas s'était déroulé dans un silence pesant, à peine interrompu par de vaines tentatives de part et d'autre pour engager un semblant de conversation. La nourriture était quelconque : un méchant ragoût de pommes de terre trop épicé où flottaient quelques morceaux de viande coriace, le tout arrosé de ce qui devait être le fleuron de la viticulture locale – en réalité, une triste piquette qui raclait les papilles et laissait une amertume déplaisante au fond de la gorge. Caleb et ses amis s'étaient contentés d'ingurgiter le strict minimum imposé par la politesse ; seul One-Shot se régalait, imité en cela par la quinzaine d'hommes de main qui bâfraient à la table voisine tout en discutant entre eux en dialecte sicilien. Le service était assuré par une vieille domestique à l'air revêche, apparemment l'unique femme de la maisonnée.

Tout en piochant les rares morceaux qui lui paraissaient comestibles dans son brouet, Caleb avait regardé le vieil homme et sa sœur – de huit ans son aînée, mais qui aurait pu être sa petite-fille – échanger des banalités tout en évitant soigneusement de se regarder en face. Ce n'était pas qu'ils se détestaient, c'était pire : ils n'avaient strictement rien à se dire.

Et il savait pourquoi.

La veille au soir, alors que le *Second Chance* venait de rejoindre sa place de garage sur le tarmac de Rome-Fiumicino, elle l'avait pris à part de façon inattendue pour lui raconter l'histoire de sa famille ; elle était à nouveau à moitié ivre, et il l'avait laissée s'épancher pendant près d'une heure tandis qu'elle descendait bourbon sur bourbon, comprenant qu'elle tentait ainsi d'alléger un peu son sentiment chronique de culpabilité.

Lorsqu'elle avait fait le choix d'installer son frère cadet à la tête du clan Borghese, cette décision lui avait paru à la fois judicieuse et la seule possible : les lois très strictes qui régissaient la vie des Familles excluaient qu'une femme pût occuper cette fonction, et sa proche parenté ne comptait aucun autre représentant mâle qui fît l'affaire. Il lui avait fallu des années pour mesurer l'erreur commise. Giorgino Borghese n'était pas à proprement parler stupide, mais il n'avait pas non plus inventé la poudre à canon. Surtout, c'était un impulsif et un velléitaire cruellement dépourvu du minimum de stratégie nécessaire pour diriger une entreprise de premier plan, fût-elle criminelle. Après avoir atteint sa majorité, il avait tout de même réussi pendant trois décennies à compenser ses piètres qualités de chef par une férocité sans pareille, même au regard des normes locales ; cela lui avait permis de maintenir les affaires de la Famille à peu près à leur niveau d'après-guerre, mais sans pouvoir les développer. Les choses avaient commencé à se gâter à la fin des années 1980, lorsque ses *consigliere* de la première heure étaient décédés les uns après les autres. Resté seul aux commandes, Giorgino Borghese les avait remplacés par des hommes médiocres et avait redoublé de cruauté à l'égard de ses concurrents. Bien que remarquablement conservatrices et peu enclines à se débarrasser d'un chef de clan au simple motif de son incompétence, les instances dirigeantes de l'*honorable société* avaient fini par s'émouvoir de la situation. S'en étaient suivis dix ans de violences au cours desquelles les troupes de la Famille avaient été méthodiquement décimées ; Giorgino lui-même avait survécu à trois tentatives d'assassinat, dont la dernière avait tué sa femme et l'avait laissé estropié. Pour son malheur, cette période coïncidait aussi avec les premières actions d'envergure de l'État italien contre le crime organisé, et avec l'implantation sur l'île de groupes mafieux étrangers peu respectueux de l'ancien code d'honneur. Ces deux facteurs avaient précipité la chute d'un clan qui régnait jadis sur tout le centre-est de la Sicile : à la fin des années 2000, Giorgino Borghese ne contrôlait plus que quelques cantons miséreux au pied de l'Etna et, progressivement dépossédé de ses activités les plus lucratives, se bornait à vivoter en prélevant le *pizzu* sur des populations massivement touchées par le chômage.

Poppy avait observé de loin ce naufrage dont elle se sentait en grande partie responsable, tout en éprouvant un désintérêt croissant vis-à-vis de ce frère brutal et obtus si différent de leur père. De son côté, lui-même avait fini par nourrir un vif ressentiment à son égard, à partir du moment où, malgré ses demandes réitérées, il avait compris qu'elle ne lui ferait jamais partager le traitement de longévité. Leurs rencontres s'étaient progressivement espacées ; la dernière remontait à plus de quinze ans, et, sans les aventures qu'ils venaient de vivre au cours des deux dernières semaines, elle n'aurait sans doute jamais refait le déplacement.

Après que Poppy eut terminé son récit et fut retournée tant bien que mal dans sa cabine, Caleb était resté seul quelque temps à réfléchir dans le bar du *Second Chance.* Il saisissait un peu mieux, désormais, les étapes du parcours intérieur qui l'avait menée à ce qu'elle était aujourd'hui. Pour autant, il ressentait confusément que ce qu'elle venait de lui révéler n'était qu'une manière détournée d'explorer les racines de sa culpabilité, sans oser aborder de front le noyau dur de sa souffrance. Il persistait une zone d'ombre, et de taille.

Qu'était-il arrivé à Michael Borghese ? Comment était-il tombé aux mains des Russes ?

Mais ça, elle n'était manifestement pas décidée à en parler.

« Charmante conversation », grommela Giorgino Borghese en repoussant son assiette et en essuyant ses lèvres épaisses sur un mouchoir à carreaux un peu élimé. Puis il fit signe à la vieille femme de débarrasser, avant de poursuivre : « Ça fait toujours plaisir de t'avoir à déjeuner, Poppy. Surtout pour une visite aussi… désintéressée, hé ? »

Elle haussa les épaules en lui jetant un regard peu amène.

« Peu importe, fit-il en baissant les yeux. Je ne pense pas que tu aies envie de t'éterniser, et tes amis non plus. Alors, venons-en à ce qui vous amène. Angelina Pazzi, c'est ça ?

— C'est ça. Tu as pu la localiser ? »

Le gros homme eut un sourire narquois : « Pas besoin, dit-il. Je la connais.

— Hein ?

— Et je ne suis pas le seul. Tout le monde ici la connaît, à trente kilomètres à la ronde. C'est l'ancienne directrice de l'école Don Bosco, à Santa Maria di Licodia. Elle s'occupait des petites classes. La moitié de mes hommes l'ont eue comme institutrice. Et aussi Luca, ton neveu. Au fait, *sorella amata*, tu te souviens que tu as eu des neveux ? »

Mimique gênée de Poppy. Comme elle l'avait révélé à Caleb, Giorgino avait eu deux fils, mais aucun ne se trouvait auprès de lui : l'un purgeait une peine de prison à vie pour le meurtre d'un entrepreneur de travaux publics réfractaire à l'impôt, et l'autre avait été éliminé à la scie circulaire à la suite d'une désastreuse tentative pour reprendre aux Albanais le contrôle de la prostitution dans le secteur de Catane.

« Je me doutais bien que tu t'en souvenais… Les liens du sang, il n'y a que ça de vrai, hein ? Pour en revenir à votre… amie, elle n'est pas à proprement parler de la Famille, mais elle est vaguement liée à nos cousins de Biancavilla, dans la plaine. Et c'est quelqu'un de très respecté ; après sa retraite, elle a continué pendant des années à donner gratuitement des cours aux gamins de l'orphelinat San Giuseppe, à Adrano. Ça ne fait pas très longtemps qu'elle a arrêté.

— Et elle vit bien à Castelluccio Paratore ? demanda Caleb.

— Exact, jeune homme. C'est tout près d'ici, à

quelques kilomètres seulement. Par contre, vous avez bien fait de venir me voir d'abord. Les gens là-bas ne sont pas très causants, et par forcément bien disposés à l'égard des étrangers. Et comme je l'ai dit, cette dame est *très* respectée. Vous auriez pu avoir quelques… difficultés pour la rencontrer et récupérer vos fameux papiers. »

Selon la version que Poppy avait servie à son frère, la vieille dame était détentrice par voie d'héritage d'anciens actes notariés datant d'une centaine d'années, sans valeur intrinsèque, mais établissant la propriété d'une filiale italienne de la K2 sur un secteur des Dolomites où un riche gisement de terres rares avait été détecté. Bien qu'il n'ait pas eu l'air de croire une seule seconde à cette explication, il s'en était apparemment contenté et n'avait pas posé d'autres questions.

« Croyez bien que nous vous sommes reconnaissants de votre intervention, monsieur, dit Kjölsrud. Bien entendu vous serez très généreusement dédommagé et…

— Je me fous de votre argent, *monsieur*, coupa sèchement Giorgino Borghese auquel le rouge était soudain monté aux joues. On traverse peut-être une mauvaise passe, ici, mais on n'en est pas encore à accepter l'aumône des *viddanu*[1]. Par contre, je ne blaguais pas avec les liens du sang : je suis toujours prêt à aider la famille, *moi.* Et pour rien.

— Veuillez accepter nos excuses, nous ne pensions pas à mal, intervint Caleb d'un ton conciliant. Et aussi nos remerciements, quoi qu'il en soit.

1. « Ploucs », « péquenots », etc. Toute personne étrangère à la mafia sicilienne.

— C'est vrai, Giorgino, renchérit Poppy qui paraissait au comble de la gêne. Il ne voulait pas t'offenser. Quand… quand comptes-tu la prévenir de notre arrivée ? »

Le vieil homme se leva pesamment, histoire de signifier que l'entretien était terminé. Il jeta un regard froid à sa sœur, puis répondit : « C'est déjà fait. Elle vous attend, mes hommes vont vous conduire. Pas besoin que vous restiez plus longtemps. De toute façon, le café est aussi mauvais que le reste. »

13 h 17 UTC

Les deux cerbères les attendaient sous le porche pour les ramener à la voiture. Entre-temps, ils avaient sans doute fait un peu de ménage : les rues du village en contrebas étaient désertes, limitant les risques que se reproduisît l'incident de tout à l'heure.

Ils allaient se mettre en marche. Le soulagement se lisait déjà sur le visage de Poppy à l'idée de laisser la vieille demeure derrière elle, lorsque soudain Kjölsrud marqua le pas. « Non, lui dit-il. Toi, tu restes ici.

— Pardon ?

— Tu restes ici, répéta-t-il d'une voix autoritaire. Et tu retournes parler à ton frère. On reviendra te chercher quand on aura terminé de faire les courses.

— Hein ? s'écria-t-elle avec stupéfaction. Mais de quoi…

— Tu as besoin que je te fasse un dessin, Poppy ? Il est vieux et seul, il va bientôt mourir. Il ne t'attendra pas quinze ans de plus, cette fois-ci. Tu ne t'es pas demandé une seule seconde pourquoi il est aussi amer ? »

Elle hocha la tête sans répondre, une lueur assassine dans les yeux.

« Je vais te le dire, alors. Tu l'as largué ici à douze ans, sans lui demander son avis. Démerde-toi, gamin, fais tourner la boutique, moi je vais courir le monde. Et ensuite, *pendant toute son existence*, tu n'as eu de cesse de lui faire piger à quel point il était moins bien que Michael…

— CE N'EST PAS VRAI ! hurla-t-elle.

— Bien sûr que si, c'est vrai, dit-il d'une voix radoucie. Alors s'il te plaît, retourne dans cette bicoque et parle-lui.

— Et je lui dis quoi ? Que ses affaires vont s'arranger demain ?

— Il s'en fout complètement, Poppy. Il veut juste que sa grande sœur lui dise qu'il n'a pas été si minable que ça, en fin de compte. Et qu'il a fait ce qu'il pouvait…

— Je ne peux pas… gémit-elle.

— Kendall a raison, ma chérie, intervint Viktor Bernstein. Si tu ne retournes pas faire la paix avec lui, tu seras une *nishtikeit*[1]. »

Elle jeta un regard désespéré vers Caleb qui se tenait à côté d'elle : « Dites quelque chose, Caleb, suppliat-elle. Ils ne comprennent pas…

— Désolé, lui répondit-il doucement. Pour une fois, je suis entièrement d'accord avec eux. Ça n'est peut-être pas facile, mais vous lui devez bien ça. Et puis…

— Quoi ? demanda-t-elle d'un ton agressif.

1. « Minable », « moins-que-rien ».

— Je crois que votre frère vous aime beaucoup », acheva-t-il en la regardant droit dans les yeux.

Elle les considéra lentement tous les trois, semblant peser le pour et le contre. Quelques mètres plus bas, sur le sentier, leurs compagnons attendaient avec les deux porte-flingues. Finalement, elle parut se décider. « D'accord, murmura-t-elle. Vous avez gagné. Allez tous vous faire foutre. »

Puis elle tourna les talons et disparut sous le porche.

14 h 48 UTC

Ils entendirent le son de la harpe dès qu'ils eurent passé le coin de la rue. À l'instar de celles qu'ils avaient déjà empruntées, celle-ci n'avait pas de nom, et les maisons ne portaient pas de numéros ; aucune indication non plus sur les boîtes à lettres. Giorgino Borghese n'avait pas menti : sans son assistance, ils auraient eu beaucoup de mal à trouver. Quant aux autochtones, les rares qu'ils avaient croisés s'étaient contentés de presser le pas en leur jetant des regards soupçonneux. Pas vraiment le genre de localité où les gens se bousculent pour venir en aide au touriste égaré.

Comme partout ailleurs en Sicile, l'*omertà* était au centre de toute relation sociale – et pas seulement au sein des Familles.

Pour autant, le petit village de Castellucio Paratore n'avait pas grand-chose à voir avec le fief du clan Borghese. Niché à près de mille mètres d'altitude au creux du Vallone Rosso, une oasis de terre fertile sur le flanc sud-ouest de l'Etna, le vieux hameau médiéval déployait ses ruelles tortueuses au milieu d'une végétation florissante. Une vaste orangeraie jouxtait l'agglomération, et de nombreuses cultures en restanques s'étageaient sur les coteaux à l'entour. Sur la place centrale ombragée de châtaigniers centenaires se dressait une minuscule église romane chapeautée d'un dôme en pierre rouge d'influence typiquement mauresque, témoignage du passé historique complexe de la Sicile.

Selon un modèle classique sur tout le pourtour de la Méditerranée, l'habitation était entourée de hauts murs chaulés sans ouvertures, ne laissant rien deviner de ce qui se trouvait à l'intérieur. À mesure qu'ils avançaient dans la rue, la musique devenait plus précise : une mélodie cristalline au rythme lent et mélancolique, construite autour d'un thème répétitif qui se dupliquait à l'infini, mais avec chaque fois d'infimes variations harmoniques. L'inspiration était manifestement baroque, sans évoquer un compositeur particulier ; en tout cas, une chose était sûre : la personne qui jouait dans cette maison le faisait avec beaucoup de talent.

« Curieux, cet air, murmura Sanjiv. Ça me rappelle quelque chose…

— Tu t'y connais maintenant, en musique de chambre ? » lui demanda Kjölsrud en soulevant un sourcil dubitatif.

Le jeune homme n'eut pas le temps de répondre. Ils venaient d'atteindre l'entrée de la demeure, une double porte massive en chêne presque noir. Leur guide – c'était verres miroir, l'autre était resté dans la voiture – leur fit comprendre qu'ils étaient arrivés à destination, et s'éclipsa aussitôt pour rejoindre son copain. La porte ne comportait aucun signe distinctif, à l'exception d'un gros heurtoir en bronze poli en forme de tête de lion. Kjölsrud s'apprêtait à l'actionner, mais il se ravisa au dernier moment et lança à ses compagnons un regard indécis.

Caleb savait exactement à quoi pensait le vieil homme : quoi qu'ils trouvent derrière cette porte, leur quête n'irait pas plus loin.

« Allez-y, lui dit-il comme pour l'encourager. Ça fait longtemps que vous attendiez ce moment, non ? »

Kjölsrud hocha la tête sans rien dire puis, semblant rassembler tout son courage, frappa deux coups décidés sur la plaque de métal.

La mélodie s'interrompit aussitôt, puis on entendit un bruit de pas légers dans un escalier. L'instant d'après, la porte s'ouvrait sur une jeune fille d'une vingtaine d'années.

Elle était de taille moyenne, mince comme un elfe, et avait un visage doux et intelligent qui rappelait un peu celui de la femme sur la photo, mais sans sa plénitude : chez elle, le profil était plus allongé et l'ossature se dessinait de façon plus prononcée sous la peau presque diaphane ; ses yeux d'un azur profond contrastaient fortement avec sa chevelure aile de corbeau et avec son teint très pâle, donnant à sa beauté un caractère un peu irréel.

Elle leur sourit sans manifester la moindre surprise – à l'évidence, ils étaient annoncés – puis porta un doigt à ses lèvres avec une mimique d'excuse avant de leur faire signe de la suivre.

La maison ne correspondait pas vraiment à ce que Caleb et ses compagnons s'attendaient à trouver comme lieu de retraite pour une vieille dame de quatre-vingt-quinze ans terminant ses jours dans un bled paumé au fin fond de la Sicile : ici, ni pièces sombres sentant le souvenir et le renfermé, ni meubles dépareillés recouverts de napperons, ni papiers peints surchargés de photos jaunies ou de calendriers périmés. Tout au contraire, l'habitation était vaste, lumineuse et d'un agencement très moderne ; les quelques meubles anciens – une vénérable armoire en bois clair à décors polychromes, deux gros buffets Renaissance, une splendide table basse en marqueterie de style Boulle – étaient magnifiquement restaurés et cohabitaient de façon harmonieuse avec un mobilier contemporain de bonne facture sans être luxueux. Les murs blancs s'ornaient de nombreuses toiles, pour l'essentiel des œuvres non figuratives, dont les couleurs éclatantes répondaient aux innombrables bouquets de fleurs sauvages disposés dans chacune des pièces.

Mais le véritable lieu de vie se trouvait à l'extérieur : un grand jardin littéralement envahi de glycines et de bougainvillées, où quelques beaux arbres feuillus dispensaient une ombre propice. C'est là que leur guide silencieuse les conduisit, avant de leur adresser un sourire timide et de disparaître à nouveau dans la maison.

Laissés à eux-mêmes, ils firent quelques pas dans le jardin, impressionnés malgré eux par l'exubérance de la végétation. Il n'y avait aucun schéma précis dans l'agencement des plantations et des parterres de fleurs, ce qui donnait l'impression de se promener dans une petite jungle accueillante. Par contraste avec la chaleur qui régnait à l'extérieur en ce début d'après-midi – maintenant on se serait carrément cru au mois de juin –, l'endroit protégé par ses hauts murs d'enceinte offrait une fraîcheur délicieuse. D'autant plus agréable pour Caleb et ses amis qui, après deux semaines passées sous les latitudes australes, commençaient à transpirer à grosses gouttes sous le soleil de Sicile.

« Venez donc par ici, dit tout à coup une petite voix frêle. Approchez que je vous voie, je ne vais pas vous manger. »

Elle se tenait assise sur un banc, derrière un énorme chêne vert qui la dissimulait aux regards depuis l'entrée du jardin. À côté d'elle murmurait une antique fontaine en pierre couverte de mousse ; quelques carpes koï aux reflets mordorés glissaient paresseusement dans l'eau sombre du bassin. La vieille dame marqua soigneusement la page du livre qu'elle était en train de lire, puis le referma et le posa sur le banc. Alors seulement elle leva les yeux vers eux.

« Je vous attendais, dit-elle avec un bon sourire. Vous êtes là pour Ettore, bien sûr. Il m'a toujours dit que quelqu'un viendrait. »

Chapitre 33

4 mars 2018 – 15 h 39 UTC

Kendall Kjölsrud terminait son récit. Il avait choisi de n'omettre aucune partie de leur aventure : ni leur cauchemardesque exploration de la base Roosevelt, ni leur fuite dans le Dornier, ni la phénoménale explosion à laquelle ils n'avaient échappé que par miracle, ni même l'ultime et sanglante confrontation avec les Russes dans la station baleinière désaffectée.

Pendant toute sa narration, la vieille dame était restée pendue à ses lèvres, l'écoutant avec une attention soutenue et ne l'interrompant qu'à de rares reprises pour lui demander de préciser tel ou tel détail. Ses questions étaient toutes plus pertinentes les unes que les autres ; si au départ Caleb et ses compagnons pouvaient avoir nourri quelques inquiétudes à ce sujet, ils avaient été très vite rassurés : Angelina Pazzi était tout sauf gâteuse.

Caleb l'observait du coin de l'œil, tandis que le milliardaire finissait d'expliquer par quelle invraisemblable opération de piratage informatique ils étaient parvenus à remonter sa piste. Difficile de retrouver dans cette petite femme toute voûtée à l'apparence fragile l'image de la créature magnifique qu'elle avait été un demi-siècle plus tôt. Pourtant, la plupart des maux du grand âge semblaient l'avoir épargnée : elle se déplaçait sans canne, n'avait besoin de lunettes que pour lire et son ouïe était parfaite. Dans son visage souriant qui n'était qu'un fouillis de rides profondes luisaient deux yeux verts pétillants d'intelligence, seuls vestiges de sa beauté enfuie.

« Le bandeau, hein ? dit-elle avec une expression amusée. Vous avez eu beaucoup de chance : il ne le portait presque jamais. D'habitude il mettait un œil de verre, tout simplement. Mais ce jour-là, il l'avait égaré, et nous étions déjà en retard pour l'enterrement… Et puis il s'est dit qu'avec le bandeau, il serait plus difficile à reconnaître pour les membres de sa famille sur place. Il était très inquiet à ce sujet, mais finalement personne n'a fait attention à lui. Je lui avais bien dit de ne pas s'en faire : tout le monde le croyait disparu en mer depuis un quart de siècle, alors…

— C'est évident, commenta Kjölsrud. Passer pour mort est certainement la meilleure façon de refaire sa vie. »

En quelques mots, le milliardaire acheva de raconter la dernière étape de leur périple. Angelina Pazzi eut une petite grimace à l'évocation du nom de Giorgino Borghese – manifestement elle ne débordait pas d'affection pour le chef de la Famille locale –, mais elle ne fit aucun commentaire. Une fois qu'il eut fini de parler, elle resta sans rien dire quelques instants, comme perdue dans ses pensées. Chacun se tut, respectant son silence. Dans la maison, la jeune fille avait recommencé à jouer, et les trilles cristallines de la harpe leur parvenaient, étouffées par les frondaisons ; c'était toujours le même air un peu triste, sans cesse répété, mais jamais tout à fait identique, qu'elle reprenait sans avoir l'air de se lasser. À leurs pieds, la vieille fontaine glougloutait doucement.

Angelina Pazzi parut émerger de ses souvenirs. « Merci, dit-elle à Kjölsrud. Vous avez vécu une aventure extraordinaire. Ces horreurs que vous avez vues dans la base, et le pouvoir de cette… machine… Je savais déjà tout cela. Il m'avait tout dit…

— Il vous a raconté le début ? fit doucement Caleb. Comment il en était arrivé à travailler sur ce projet ?

— Oui. Dès que nous nous sommes connus, il m'a tout raconté – je crois qu'il avait ça sur le cœur depuis des années. Il ne m'a même pas demandé de garder le silence : il savait que de son vivant, je n'en parlerais jamais à personne. Même nos enfants n'en ont jamais rien su.

— Nous avons perdu sa trace en Argentine, en octobre 1946, dit Joshua. Vous voulez bien nous raconter ce qu'il a fait ensuite ?

— Bien sûr, mon garçon », répondit-elle avec un sourire.

Elle n'avait pas du tout l'air déconcertée par le grand gaillard au visage couvert de tatouages maoris, non plus d'ailleurs que par l'impressionnante stature de One-Shot, qui s'était assis sur la margelle de la fontaine de peur d'exploser la chaise de jardin mise à sa disposition. Pour tout dire, elle semblait très difficile à impressionner.

« Voilà ce qu'il a fait, reprit-elle. Après avoir débarqué, il s'est installé à Buenos Aires, où il a dépensé ses derniers sous pour s'acheter de fausses pièces d'identité ; on était juste après la guerre et, à l'époque, ça n'était pas bien compliqué. Il a d'abord travaillé quelques mois comme employé de banque, juste le temps de se renflouer, et ensuite il a racheté une petite entreprise d'électromécanique qui venait de faire faillite. C'est à ce moment qu'il a déposé plusieurs brevets pour des dispositifs électroniques, dont un modèle amélioré de… (elle chercha vainement le mot anglais) de *semiconduttore* ?

— Un semi-conducteur ? proposa Joshua. Un transistor ?

— C'est ça, un transistor. Il me disait sans arrêt que s'il avait disposé de ce petit truc à deux dollars à l'époque où il travaillait sur son réacteur, le monde serait très différent aujourd'hui.

— C'est vrai, souffla Sanjiv. Il avait raison. Un simple circuit électronique de rétroaction aurait suffi pour…

— Plus tard, mon garçon, dit gentiment Kjölsrud. Continuez, madame. Qu'a-t-il fait ensuite ?

— En un rien de temps, sa société s'est développée, et il a commencé à nouer des contrats importants avec l'industrie et même avec l'armée. La réussite était là, mais avec elle, une notoriété qu'il voulait absolument éviter : il se doutait bien qu'aux États-Unis ou ailleurs, des gens n'avaient peut-être pas renoncé à le chercher, et il ne voulait surtout pas se faire remarquer. Alors, il a vendu son usine, et les brevets avec. Largement en dessous du prix qu'il pouvait en tirer, mais il s'en moquait : tout ce qu'il voulait, c'était assez d'argent pour revenir s'installer en Sicile et y vivre de façon modeste. C'est ce qu'il a fait. C'était en 1952.

— C'est là que vous vous êtes rencontrés ? demanda Gretchen Vogt.

— Oui, ma chérie, mais pas tout de suite, fit la vieille dame en souriant à nouveau. À l'époque, je revenais moi-même des États-Unis – oui, j'ai vécu quelques années en Amérique, je vous raconterai ça tout à l'heure si vous voulez – et je venais d'être acceptée comme institutrice à Don Bosco. Comme je débutais, on ne m'avait pas donné la meilleure classe…

— Je suis sûre que vous avez fait des merveilles, dit Caleb, amusé par l'air gourmand que la vieille dame avait pris en égrenant ses souvenirs.

— J'ai fait de mon mieux, mais c'étaient de vrais cancres ! Et pourtant, au bout de quelques mois, je me suis aperçue que certains parmi les plus mauvais avaient fait des progrès incroyables, surtout en calcul et en géométrie. Et même sur des sujets que je n'avais pas encore abordés ! J'ai fait ma petite enquête, et c'est là qu'ils m'ont parlé de ce monsieur qui donnait des cours du soir.

— Des cours de calcul ? Aux petits enfants ? s'étonna Sanjiv.

— C'est ça, acquiesça-t-elle. Il faisait ça pour presque rien. Mais de toute façon, ce n'était pas une question d'argent, il en avait largement assez pour subvenir à ses besoins. Je crois qu'il avait juste envie de se sentir… utile, c'est tout. De fil en aiguille, nous avons fini par nous rencontrer. Et voilà.

— Où vivait-il ? demanda Kjölsrud. Ici ?

— Non, dit-elle. Ici, c'est la maison de ma famille, depuis cinq générations de Pazzi. Lui s'était installé à Belpasso, un peu plus bas sur le versant, et il y menait une vie très retirée. C'était son choix : il avait gardé de merveilleux souvenirs de son enfance dans la région de Catane, et il souhaitait y finir ses jours. En plus, il avait quitté la Sicile à l'âge de treize ans et n'y avait remis les pieds qu'au début de l'année 1938, quelques semaines seulement avant sa… disparition. Il y avait donc très peu de chances que quelqu'un le reconnaisse par ici.

— Et il n'a jamais repris contact avec sa famille ? fit Caleb.

— Jamais. Cela le dévorait – surtout quand son oncle Quirino est mort, en 1957, et bien plus encore au décès de sa mère huit ans plus tard. Mais il disait que c'était un risque qu'il ne pouvait pas se permettre. Il avait une peur terrible d'être retrouvé. Même à la fin de sa vie, alors qu'il était très âgé et que plus personne ne risquait de le reconnaître, il se méfiait et évitait le plus possible de paraître en public.

— Il ne sortait jamais d'ici, alors ? »

Angelina Pazzi pouffa de rire : « Non, quand même pas ! Je n'aurais pas supporté de vivre un demi-siècle avec un ermite ! Nous avons même beaucoup voyagé… Mais seulement par bateau : les vérifications d'identité sont beaucoup moins approfondies que dans les aéroports – et il disait que le bateau lui avait toujours mieux réussi que l'avion. Il n'aimait pas les grandes villes, il préférait les endroits un peu reculés, peu peuplés : nous avons visité les îles grecques, les Açores, la Norvège… Et l'Islande aussi, c'est là que nous avons passé notre voyage de noces.

— Vous vous êtes mariés ? » demanda Gretchen Vogt.

La vieille dame rit à nouveau : « Bien sûr ! Le contraire n'aurait pas été correct. Au début, mes parents n'ont pas été faciles à convaincre : nous avions seize ans de différence d'âge, et, avec son œil en moins et ses cicatrices sur le visage, il n'était pas très beau à voir… Mais d'un autre côté, j'avais déjà été mariée, et mon premier époux était mort avant de me donner un enfant. À l'époque, on était moins regardant pour recaser une veuve de trente-deux ans que pour placer une jeune oie tout juste sortie du poulailler… En plus, c'était à l'évidence un enfant du pays, il parlait un sicilien parfait avec l'accent de Catane. Mon père a fini par donner son accord, et nous nous sommes mariés au printemps 1954. Mais Ettore a voulu que je garde mon nom de jeune fille : c'est pour ça que nos enfants s'appellent Pazzi.

— Combien en avez-vous eu ? fit la jeune femme.

— Trois. Grâce à Dieu, nous avons eu trois enfants magnifiques. Vous avez peut-être entendu parler de notre aîné : il est ambassadeur de l'Union européenne auprès des Nations unies…

— Pazzi ? s'étouffa Viktor Bernstein. *Salvatore* Pazzi ? C'est votre fils ?

— Vous le connaissez ?

— Je l'ai rencontré plusieurs fois, dit-il sans cacher sa surprise. C'est un homme… de grande valeur. Assurément.

— Les deux autres ne nous ont pas fait honte non plus, reprit leur hôtesse. Mon Pietro est devenu chirurgien, il est dans cette équipe aux États-Unis où l'on fait les greffes de visage. Quant à notre petite Ottavia – c'est elle dont Ettore était secrètement le plus fier –, elle est chercheuse au CERN, à Genève. Pour autant que je sache, elle travaille sur le… *come si dice, ancora ? Il bisonte ? Il bosone ?*

— Le boson ? émit Sanjiv, incrédule. Le boson de Higgs ?

— Ça doit être ça, mon garçon. Ou une bestiole du même genre.

— Et votre mari ? intervint Caleb. Quel nom avait-il pris ?

— Origano, dit Angelina Pazzi. Ettore Origano. C'est le nom qu'il s'était choisi en Argentine, et il l'a gardé tout le reste de sa vie.

— Bon sang ! s'exclama Joshua. On aurait pu y penser ! »

Gretchen Vogt le regarda avec étonnement : « Quoi ? dit-elle. De quoi est-ce que tu parles, Josh ?

— L'origan et la marjolaine, expliqua-t-il. *Origano e majorana*, en italien. Deux noms différents. Mais pratiquement la même plante.

— C'est ça, gloussa la vieille dame. Il disait que c'était tellement gros que personne n'y penserait. Et il avait raison, ça a très bien marché…

— Quand est-il… euh… ? demanda Kjölsrud.

— Il y a dix-huit ans, dit Angelina Pazzi. Dans son sommeil, sans souffrir. Il rêvait de voir l'an 2000, et il y est presque arrivé. Il est parti en décembre 1999, quelques jours avant la grande tempête. »

Kjölsrud s'éclaircit la voix, hésita un instant, puis reprit : « Vous savez pourquoi nous sommes là, madame. Je suis… Nous sommes persuadés que les travaux de votre mari pourraient être… hautement profitables. Pas à la firme que je dirige, bien sûr, à toute l'Humanité. Est-ce qu'à un moment ou à un autre il vous a confié un document, ou peut-être donné un indice sur… euh… ? »

La vieille dame le regarda en face, avec une soudaine expression de tristesse sur le visage : « Ses papiers ? Dans la mallette ? Croyez bien que je vous suis très reconnaissante de ne pas avoir commencé par ça et d'avoir gentiment écouté mes histoires de vieille femme. Je voudrais bien vous faire plaisir, monsieur. Mais désolée, je ne peux pas…

— Mais pourquoi ? implora Kjölsrud.

— Parce que j'ai fait comme il m'avait demandé. J'ai tout brûlé. Le lendemain de sa mort. »

16 h 38 UTC

Ce qui arriva ensuite, aucun d'eux n'aurait pu le prévoir. Dans les jours qui suivraient, Caleb et ses compagnons se repasseraient maintes fois le film de cet après-midi hors du temps, sans vraiment comprendre comment les événements avaient bien pu s'enchaîner. Simple hasard – ou coup de pouce du destin ? Ils ne le sauraient sans doute jamais.

Après que l'ultime espoir de récupérer les écrits d'Ettore Majorana se fut évanoui à jamais, la logique aurait été qu'ils soient extrêmement déçus ; surtout Sanjiv, et encore plus Kendall Kjölsrud. La même logique aurait voulu qu'ils remercient leur hôtesse et prennent congé, avant de se séparer et de reprendre le fil de leurs existences.

Et pourtant, rien de tout cela ne se passa.

Était-ce l'effet quasi hypnotique de cette étrange mélodie qui continuait à leur parvenir de la maison, et dont les lentes itérations jamais tout à fait identiques incitaient au lâcher-prise et à la rêverie ? Ou de la petite brise qui s'était mise à agiter les frondaisons au-dessus d'eux tout en dispensant une délicieuse fraîcheur ? Ou peut-être encore du contraste éclatant, pour ces voyageurs fatigués, entre ce havre de tranquillité et les lieux hostiles qu'ils avaient visités ? Toujours est-il qu'aucun d'entre eux n'avait eu envie de se lever et de regagner la rue écrasée de soleil, pour aller ensuite s'entasser dans la vieille limousine cabossée et malodorante de Giorgino Borghese. Même Kjölsrud paraissait curieusement apaisé et serein, comme s'il s'était préparé de longue date à rentrer bredouille et que l'échec de leur dernière tentative ne le surprenait en rien. Ou, plus étrange encore, comme s'il s'en foutait.

De son côté, Angelina Pazzi n'avait manifesté aucune intention de les pousser vers la porte. Bien au contraire, la vieille dame qui ne devait pas recevoir beaucoup de visites semblait enchantée de cette compagnie inattendue. Dès qu'elle eut compris que ses hôtes étaient encore là pour quelque temps, elle se précipita vers sa cuisine aussi vite que le lui permettait son grand âge. En un tournemain le café fut prêt, accompagné d'une quantité impressionnante de pâtisseries siciliennes apparues comme par magie : *pignoli* à l'orgeat ou au citron et *cannolu* traditionnels à la ricotta de brebis firent les délices de tous, de même que les fameux *ossa di mortu*, un nom macabre pour de succulentes meringues aux amandes entières parfumées à l'anis. Comme les autres, Kendall Kjölsrud y alla de son compliment : « Vraiment fameux, dit-il la bouche pleine en savourant un *cannolo*. Savez-vous que c'était le dessert favori de Lucky Luciano ? » À ce moment, il croisa le regard ironique de Caleb et s'empressa d'ajouter : « … Enfin, c'est ce que j'ai entendu dire, bien sûr. »

La jeune fille – elle s'appelait Paola – avait délaissé sa harpe le temps d'aider au service puis, toujours silencieuse, avait regagné la maison pour se remettre à jouer.

« Pauvre petite, murmura la vieille dame une fois qu'elle fut repartie. C'est la plus jeune de mes petits-enfants. J'espère que sa musique ne vous dérange pas. Pour ma part, je ne l'entends même plus, depuis le temps…

— Au contraire, assura Gretchen Vogt, elle joue à merveille. C'est vous qui… euh, qui vous occupez d'elle ? »

Angelina Pazzi rit doucement. « C'est plutôt elle qui s'occupe de moi, fit-elle. Mais je vois ce que vous voulez dire. Elle n'a pas toujours été comme ça : quand elle était enfant, elle était juste un peu… sauvage. Mais quand son grand-père est mort – elle l'adorait, vous savez –, elle a cessé de parler, du jour au lendemain. C'est comme si elle s'était retirée du monde, vous voyez ?

— Et aucun traitement n'a marché ? s'étonna Viktor Bernstein.

— Mon fils a vu les meilleurs psychiatres d'Italie. Mais, pour eux, la seule solution était de la mettre dans un de leurs instituts… Ma petite Paola, avec les *mbicilli*, vous imaginez ça ? Alors, j'ai décidé de la prendre avec moi. Elle adore cette maison, depuis qu'elle y vit elle n'a plus ces affreuses crises. Et puis elle me donne un coup de main… Il m'arrive d'être un peu fatiguée, de temps en temps… La seule chose qui me fait peur, c'est…

— Oui ? demanda Caleb.

— C'est lorsque je ne serai plus là, acheva-t-elle en hochant tristement la tête. Je me demande ce qu'elle deviendra… »

La conversation dériva ensuite vers des sujets plus gais. La vieille dame connaissait l'histoire de la Sicile sur le bout des doigts et débordait d'anecdotes sur des sujets aussi variés que la gastronomie, l'architecture ou les assassinats célèbres. À son tour, Caleb amusa l'assemblée avec quelques horribles récits de vendetta écossaise, puis One-Shot disserta amoureusement sur les avantages du *lupo*, le fameux fusil à crosse et canon sciés, pour dégommer le maximum d'adversaires en un seul tir. Joshua fit quelques remarques philologiques de haute volée sur l'évolution comparée des langues corse et sicilienne, mais Gretchen suscita davantage d'intérêt en expliquant comment on pouvait fabriquer des explosifs simples avec les mêmes ingrédients qui avaient servi à préparer les pâtisseries. Décidément très intrigué par la mélodie qui continuait inlassablement, Sanjiv s'était éclipsé pour aller l'écouter dans la maison.

Puis Angelina Pazzi raconta sa vie. Elle avait eu une existence bien remplie, avec son lot de joies et de peines. Née dans une famille de la petite-bourgeoisie, elle avait eu la chance d'aller à l'école, ce qui à l'époque n'était pas encore courant pour les filles. À la fin de ses études, elle s'était mariée avec un ami d'enfance, quelques semaines seulement avant que Mussolini ne prenne la funeste décision d'entrer en guerre aux côtés de l'Allemagne. Son mari, un jeune capitaine d'artillerie de la garnison de Messine, avait été tué en août 1943 lors de la prise de la ville par les Alliés, pendant les dernières heures de la campagne de Sicile. Angelina se retrouvait veuve à vingt et un ans, sans enfant et dans un pays dévasté qui allait encore connaître deux années de guerre civile avant la fin des hostilités. Après être revenue vivre quelque temps chez ses parents, elle avait fait le choix, comme beaucoup d'Italiens dans l'immédiat après-guerre, d'aller tenter sa chance aux États-Unis. C'est ainsi qu'elle avait débarqué à New York en avril 1946, avant d'aller s'installer chez des cousins arrivés à la génération précédente.

« Et vous avez trouvé du travail ? demanda Gretchen Vogt.

— Et comment ! s'esclaffa leur hôte. J'ai tout fait : baby-sitter, ouvrière dans le textile, petite main chez une modiste de la 14e rue… Même conductrice de corbillard, pendant quelques semaines ! »

De fil en aiguille, on en vint à discuter de cinéma. À la surprise générale, Angelina Pazzi semblait avoir une connaissance encyclopédique des films américains de l'âge d'or. Elle et Kjölsrud se mirent à échanger des anecdotes sur des acteurs ou des producteurs dont aucun des autres n'avait jamais entendu parler. Comme Caleb s'en étonnait, elle répondit : « Rien d'étonnant, mon garçon. J'ai aussi été actrice…

— Hein ?

— Enfin, n'exagérons rien, ajouta-t-elle avec un sourire modeste. Plutôt figurante dans de petits films, comme *Flaxy Martin* de Richard Bare en 1949, ou *The Baron of Arizona*, l'année suivante. Mais j'ai quand même eu un tout petit rôle dans *Sunset Boulevard* de

Billy Wilder, en 1950. Et on me voit quelques secondes dans le final de *Two tickets to Broadway*, en 1951.

— Ça alors ! s'exclama Kjölsrud. C'est…

— Comment se fait-il que vous n'ayez pas percé ? s'étonna Gretchen Vogt en lui coupant la parole. Vous étiez pourtant très belle, à l'époque. Euh… enfin, je veux dire, vous êtes toujours…

— Ne vous fatiguez pas, ma chérie, s'amusa la vieille dame. C'est vrai que j'étais plutôt jolie, mais des filles comme moi, il y en avait treize à la douzaine. Et puis… comment dire ? Vous êtes bien jeune, je ne voudrais pas vous choquer, mais…

— Quoi donc ? »

Angelina Pazzi leva ses deux mains dans un geste fataliste, en même temps qu'un soupçon de rouge lui montait aux joues : « Il fallait coucher… » finit-elle par chuchoter comme une gamine qui se délecte en prononçant un gros mot.

Avant d'éclater de rire, aussitôt rejointe par les autres.

Viktor Bernstein ouvrait déjà la bouche pour faire un commentaire, mais il n'en eut pas le temps car, au même instant, deux sons inattendus leur parvinrent de la maison.

Un air de piano. Et le rire cristallin d'une jeune fille.

Apparemment très surprise, Angelina Pazzi regarda ses invités : « Le piano d'Ettore, dit-elle. Mais ce n'est pas possible… Paola ne sait pas en jouer !

— Ce doit être Sanjiv, fit Kjölsrud. Il a appris l'année dernière, trois leçons lui ont suffi. Mais je ne sais pas ce que…

— Allons voir », dit Caleb.

17 h 55 UTC

La chambre à l'étage était vaste et inondée de lumière. Des centaines de livres s'entassaient un peu partout dans un joyeux désordre, y compris sur le beau plancher de chêne blond où ils formaient des piles à l'équilibre incertain. Au mur, des reproductions de Botticelli et de fra Filippo Lippi côtoyaient des planches anatomiques de Léonard de Vinci et des études au fusain de Francesco di Giorgio Martini. Dans un coin se dressait une grande harpe classique en bois très sombre rehaussé de splendides dorures. Mais, pour l'heure, l'instrument ne servait pas : sa propriétaire était assise sur un sofa au bout de la pièce et riait aux éclats en écoutant Sanjiv jouer avec une étonnante virtuosité.

L'autre instrument présent dans la chambre était un piano à queue Bechstein d'une facture un peu désuète, mais qui semblait magnifiquement entretenu et avait été ciré de frais. Bien que d'inspiration plus joyeuse que les compositions de Paola Pazzi, l'air que Sanjiv en tirait était remarquablement similaire dans sa construction : une mélopée très répétitive sans être lassante, où chaque couplet ne différait du précédent que par d'infimes variations de rythme ou de tonalité.

Le jeune scientifique s'arrêta de jouer en les voyant pénétrer dans la chambre ; lui aussi paraissait aux anges, et son visage d'ordinaire un peu austère s'illuminait d'un sourire éclatant : « J'ai trouvé ! leur dit-il tout joyeux. Cette musique… c'est du Fibonacci !

— Jamais entendu parler, grommela Viktor Bernstein. C'est un compositeur du coin ?

— Pas tout à fait, s'amusa Sanjiv. C'est un mathématicien du XIIIe siècle, célèbre pour la suite mathématique qui porte son nom.

— Quel rapport avec cette musique ? s'étonna Joshua.

— Ça m'a intrigué dès que nous sommes arrivés ici, fit le jeune homme, mais j'ai mis un peu de temps pour comprendre de quoi il s'agissait. La musique de Paola est construite selon des suites de Fibonacci entrelacées ; enfin pour l'essentiel, en réalité, c'est un peu plus complexe et il y a d'autres motifs d'itération, peut-être bien une suite de Skolem…

— Des mathématiques ? dit Gretchen Vogt avec une certaine incrédulité. Dans sa musique ?

— Oui. Comme Jean-Sébastien Bach, ou le groupe Tool[1]. Sauf qu'elle n'utilise aucune partition pour jouer. On dirait qu'elle fait ça à l'instinct.

— Ce n'est pas possible, murmura Angelina Pazzi qui avait l'air très émue. Vous devez faire erreur.

— Pourquoi, madame ? lui demanda Gretchen.

— Parce qu'elle n'a été qu'à l'école maternelle. Je lui ai ensuite appris à lire et à écrire, et je lui ai donné quelques notions de calcul. Additions et soustractions, rien de plus… »

La jeune Allemande regarda tout autour d'elle : « Et tous ces livres ? fit-elle.

— Une partie de la bibliothèque de son grand-père ; le reste est en bas. Elle passe son temps dedans, quand

1. Le groupe californien Tool (métal progressif) est connu pour intégrer des opérateurs mathématiques dans ses mélodies. Le titre *Lateralus* (2001) figurant dans l'album éponyme est construit selon une série de Fibonacci.

elle n'est pas en train de jouer de la harpe. Je n'y ai jamais vu d'inconvénient : ça l'occupe, la pauvre petite. Mais du diable si je sais ce qu'elle y comprend... »

Kendall Kjölsrud ramassa le premier livre qui lui tombait sous la main et le feuilleta machinalement : il s'agissait d'un traité de géométrie non euclidienne à l'usage des écoles d'ingénieurs. Presque toutes les pages avaient été annotées d'une écriture ronde et enfantine très différente de celle, minuscule et hachée, d'Ettore Majorana. Le milliardaire prit le temps de lire quelques-unes des notes, avant de reposer doucement l'ouvrage à sa place. Puis il se tourna vers Angelina Pazzi.

« J'aurais peut-être une proposition à vous faire concernant Paola, madame, dit-il d'une voix pensive. Voilà, je dirige une sorte de fondation... Viktor et Sanjiv vous donneront les détails, mais pour l'essentiel elle s'occupe d'enfants... différents, comme votre petite-fille. Nous pourrions la prendre en charge, si vous le souhaitez.

— C'est très généreux de votre part, répondit la vieille dame. Mais les psychiatres...

— Ça n'a rien à voir avec un asile de fous, vous pouvez me croire. Et je suis sûr que nous pourrons faire quelque chose pour elle. »

C'est à cet instant précis qu'il se passa quelque chose d'extraordinaire.

Une petite voix, curieusement rauque et étouffée – la voix de quelqu'un qui n'a pas parlé depuis son enfance – s'éleva au fond de la chambre : « *Ancora*, fit-elle. *Suona ancore, per piacere !* »

Sortant d'un silence de quinze ans, Paola Pazzi venait de demander à Sanjiv de continuer à jouer.

18 h 06 UTC

« Vous êtes sûre que ça va aller ? demanda Gretchen Vogt un peu inquiète.

— Mais oui, ma chérie, la rassura Angelina Pazzi en lui tapotant le bras. Je ne me suis jamais mieux portée. »

Pour la vieille dame, entendre la voix de sa petite-fille avait causé un choc si violent qu'elle avait eu un vertige et avait dû s'asseoir quelques instants ; heureusement, le malaise était vite passé et elle avait pu bientôt se relever. « Je vais très bien, répéta-t-elle. Comment pourrait-il en être autrement ? C'est un miracle, un véritable miracle ! »

Elle accepta le verre d'eau que lui tendait Paola, puis murmura en regardant Kjölsrud : « Dire que j'ai hésité à vous recevoir quand j'ai su que vous veniez de la part de ce voyou de Giorgino… Comment avez-vous déjà dit que vous vous appelez, monsieur ?

— Kjölsrud, répondit l'intéressé. Kendall Kjölsrud.

— Bizarre, marmonna-t-elle en plissant ses yeux fatigués pour mieux distinguer son visage. J'aurais juré vous avoir déjà vu quelque part… Peu importe, après tout. Ce qui compte, c'est le cadeau que vous venez de me faire. Le plus beau cadeau qui se puisse imaginer pour une vieille grand-mère… »

Elle les considéra tour à tour, parut hésiter l'espace d'un instant, puis reprit : « Je vous ai mal jugés tout à l'heure. Je vous ai pris pour des fous – si seulement la moitié de ce que vous m'avez raconté est vraie, ce doit être le cas, d'ailleurs. Mais vous êtes aussi des gens honnêtes et bons, des *persone di fiducia*. Alors je crois que moi aussi j'ai un cadeau à vous faire. Venez, suivez-moi…

— Où ça ? demanda Joshua.

— À la cuisine, mon garçon. Je vais vous apprendre des recettes. »

18 h 12 UTC

Le livre – plus précisément un gros classeur relié d'un cuir bordeaux un peu fatigué – était soigneusement rangé au milieu d'une dizaine d'autres ouvrages culinaires, sur le plan de travail situé à côté de l'énorme évier en pierre de lave.

Ils étaient tous descendus dans la cuisine et se tenaient un peu empruntés dans la grande pièce au carrelage noir et blanc usé par des générations de souliers. Comme dans le reste de la maison, l'ancien et le moderne cohabitaient de façon harmonieuse : une antique cuisinière en fonte jouxtait un système de cuisson par induction qui n'avait pas cinq ans, et une impressionnante batterie de casseroles en cuivre se reflétait dans l'aluminium poli d'un réfrigérateur américain ultra-moderne.

« Allez-y, dit Angelina Pazzi. Si vous avez aimé mes pâtisseries, vous devriez trouver votre bonheur là-dedans. »

Ne sachant trop quoi penser, Caleb saisit le volume. Il était étonnamment lourd. L'espace d'un instant, une idée saugrenue lui traversa l'esprit. *Et si c'était*… ?

Mais non.

C'était bien un livre de recettes. Ou plutôt une abondante collection de fiches de cuisine, découpées dans des magazines et rangées dans des douzaines de pochettes transparentes. Un peu déçu, mais ne voulant pas vexer la charmante vieille dame, Caleb prit la peine de feuilleter le recueil. Les fiches avaient été soigneusement classées par sections : sauces et préparations de base, *antipasti*, pâtes, viandes, poissons, salades, sans oublier une remarquable compilation de desserts en tout genre.

Il allait reposer le classeur lorsqu'elle lui dit d'un ton faussement sévère : « Vous n'êtes pas très curieux… La cuisine ne doit pas être votre fort, c'est ça ? Mais il n'est jamais trop tard pour apprendre ; sortez-en une, faites-moi plaisir… »

Se sentant un peu ridicule, Caleb obtempéra néanmoins. Il tourna à nouveau les pages, choisit une pochette transparente un peu au hasard et en tira la recette qui se trouvait à l'intérieur. C'était celle du lapin à l'aigre-douce, une spécialité sicilienne aromatisée aux câpres et aux olives vertes. Comme toutes les autres, elle tenait sur deux pages qui avaient été placées dos à dos à l'intérieur de la pochette. Il prit les feuillets en main, se demandant vaguement si la vieille dame allait maintenant lui proposer de les recopier.

C'est alors seulement qu'il comprit : entre les deux pages, il y en avait une troisième.

Et ce qui y figurait n'avait rien à voir avec l'art culinaire.

Fasciné, Caleb posa le feuillet intercalaire sur le plan de travail. Il était fait d'un fin papier vergé assez désuet, couvert d'une bonne vingtaine d'équations compliquées. L'encre brunâtre était un peu passée, mais l'écriture minuscule était encore tout à fait déchiffrable.

L'écriture d'Ettore Majorana.

Kjölsrud avait compris, lui aussi. Livide, le milliardaire arracha plus qu'il ne prit le classeur des mains de Caleb et en sortit frénétiquement une autre recette. Entre les deux pages détaillant la préparation des *braciolettini alla palermitana* se trouvait cette fois ce qui ressemblait à un diagramme électrique d'une effroyable complexité, entouré de plusieurs dizaines d'annotations numériques incompréhensibles. Kjölsrud réitéra l'opération un peu plus loin dans le recueil. Une fois. Deux fois. Dix fois.

Avec le même résultat.

Dès qu'il sortait une feuille, Sanjiv la lui arrachait des mains et la parcourait à toute allure avec une excitation de plus en plus manifeste. Finalement, Kjölsrud lui abandonna le classeur. Le jeune homme s'en empara comme un naufragé d'une bouée et se tourna vers Angelina Pazzi. Il était tellement bouleversé qu'il n'arrivait plus à trouver ses mots : « Mais c'est… c'est… bafouilla-t-il.

— Ce que vous cherchiez, dit la vieille dame avec un sourire malin. Tout n'est pas là, bien sûr. Il y en avait trop, alors j'ai caché le reste de la même manière dans un recueil de poésies siciliennes, et dans un classeur avec une collection de patrons pour le point de croix. Les deux sont dans le salon.

— Bien en évidence, comme celui-ci ? dit Caleb.

— Bien sûr. Ettore disait que c'était la meilleure manière de dissimuler quelque chose. Qui irait s'intéresser aux recettes de cuisine d'une vieille femme ?

— Pourtant vous nous avez dit tout à l'heure que vous aviez tout brûlé, s'étonna Gretchen Vogt.

— C'est que je ne savais pas encore très bien à

quoi m'en tenir à votre sujet, ma chérie. Ettore m'avait effectivement conseillé de tout détruire. Mais il m'avait dit que je n'étais pas obligée de le faire tout de suite ; vous savez, je crois qu'au fond de lui-même, il ne pouvait se résoudre à l'idée que le travail de sa vie parte en fumée. Il m'avait dit aussi que si quelqu'un venait qui me paraissait honnête – c'est le mot qu'il avait utilisé, *onesto* – alors je pourrais lui remettre les plans. Vous imaginez à quel point il me faisait confiance…

— Et vous pensez que nous sommes des gens… honnêtes ? demanda Caleb avec un pétillement malicieux dans le regard.

— Pour dire le vrai, mon garçon, je n'en suis pas encore tout à fait sûre. Mais j'arrive à un âge où il ne faut pas être trop difficile, vous ne croyez pas ? »

Une fois que les rires furent retombés, la vieille dame ajouta : « Vous avez beaucoup de chance, vous savez. Je ne vais pas vers la jeunesse, et je craignais de plus en plus de partir dans mon sommeil comme Ettore, sans avoir eu le temps de respecter sa volonté. Je comptais tout brûler dans peu de temps : nous avons une tradition en Sicile qui veut qu'on fasse un grand feu le dimanche de Pâques, pour célébrer la Résurrection ; ç'aurait été l'occasion rêvée…

— C'est quand, le dimanche de Pâques ? interrogea Joshua.

— Dans un mois », dit Angelina Pazzi.

19 h 35 UTC

Le soleil était couché depuis longtemps quand ils prirent enfin congé. Kjölsrud avait réitéré sa proposition d'accueillir Paola à la fondation ARES de Pacific Palisades. Angelina Pazzi avait dit qu'elle allait y réfléchir ; mais vu les regards complices que Sanjiv et la jeune fille n'avaient cessé d'échanger alors qu'ils étaient tous deux en train de classer les papiers d'Ettore Majorana, il semblait probable que la vieille dame n'aurait pas son mot à dire.

Alors qu'ils redescendaient les antiques rues pavées en direction du parking situé à côté de la place centrale, Caleb se rapprocha du milliardaire.

« Alors, lui dit-il. On dirait que vous allez pouvoir changer le monde, finalement ?

— Je n'en sais rien, Caleb. Mais du moins, je vais m'y efforcer… En tout cas, je sais à qui je dois le succès de cette aventure. Pour votre info, un virement de dix millions de dollars vient d'être crédité sur le compte de la Hard Rescues.

— C'est très généreux de votre part, fit Caleb avec un sourire ironique.

— Généreux ? s'esclaffa l'autre. En termes de retour sur investissement, je crois que je n'aurai jamais fait meilleure affaire de toute mon existence ! »

Ils passèrent un coin de rue, et une bourrasque de vent froid les assaillit, faisant voler la poussière autour d'eux. Avec le crépuscule, la température jusqu'alors estivale avait chuté de façon soudaine, et à l'altitude où se trouvait le village, la nuit promettait d'être plus que fraîche. Caleb toussa sèchement, comme il le faisait de temps à autre depuis la veille.

« Vous devriez porter un chapeau, mon garçon, observa Kjölsrud en désignant le bada informe qui n'avait pas quitté le sommet de son crâne de toute la journée. C'est souverain contre les refroidissements. Après tout, on est encore en hiver…

— J'y penserai », dit Caleb.

Ils passèrent un nouveau tournant : le petit parking était devant eux, avec la vieille limousine de Giorgino Borghese garée en plein milieu. L'un des deux porte-flingues fumait tranquillement sa clope, assis contre l'aile avant ; un point rougeoyant à l'intérieur de l'habitacle indiquait que l'autre était en train de faire de même.

Ça promet, songea Caleb avec fatalisme. *Déjà qu'à l'aller, ça puait l'oignon...*

« Pas mécontent que ce soit terminé, maugréa Viktor Bernstein. On récupère Poppy, et on se casse. Ce n'est plus de mon âge, de crapahuter comme ça.

— Terminé ? fit Kjölsrud sur un ton sarcastique. Au contraire, ça vient juste de commencer… Depuis le temps tu devrais le savoir, Viktor : avec moi, la vie n'est qu'un éternel recommencement ! »

Épilogue

At a higher altitude with flag unfurled
We reached the dizzy heights of that dreamed of world

Encumbered forever by desire and ambition
There's a hunger still unsatisfied
Our weary eyes still stray to the horizon
Though down this road we've been so many times

The grass was greener
The light was brighter
The taste was sweeter
The nights of wonder
With friends surrounded
The dawn mist glowing
The water flowing
The endless river

Forever and ever

Pink Floyd
High Hopes (1994)

Un dernier coup d'œil à ta montre. Il est 13 h 27. Dans les livres d'histoire, ce sera l'heure de ta mort. Ta main agrippe la poignée métallique sur le côté de la porte.

Et tu sautes.

La première seconde n'est qu'éblouissement, sensation de froid intense et grondement de l'air dans tes oreilles. Tu te dis que c'est ce qu'un nouveau-né doit ressentir quand il sort du ventre maternel.

Et, d'une certaine manière, c'est ce qui est en train de t'arriver.

Instinctivement, tu te mets en position de vol relatif et tu essaies de t'orienter. Il te faut quelques secondes pour repérer le Learjet. Il est déjà très loin au-dessus de toi et continue tranquillement sa route au nord-est dans le ciel sans nuage ; sauf incident, il devrait être à Houston d'ici une demi-heure à peu près.

Mais cela ne te concerne plus : tu viens de traverser le miroir, et pour ce voyage, il n'y a pas de ticket retour.

Tu décides de ne pas déclencher tout de suite le parachute : plus bas ce sera et moins tu courras le risque de te faire repérer. Sur ta droite, les eaux calmes du golfe du Mexique luisent comme un miroir de métal. À quelques miles derrière toi, cette grosse agglomération un peu floue dans la brume de chaleur doit être Brownsville, la ville frontalière de l'extrême sud du Texas. Mais ce qui t'intéresse se trouve de l'autre côté, au nord ; après quelques instants, tu finis par localiser le point de récupération : un petit étang en forme de haricot, à un mille et demi d'un tas de baraques poussiéreuses au nom improbable de San Perlita. Une bouffée de soulagement t'envahit à ce moment : minuscule, mais bien visible malgré la distance, la décapotable est déjà là, à côté du plan d'eau.

Mille deux cents pieds. Le choc de la toile qui se déploie te coupe le souffle et t'arrache un hoquet de douleur. Tu es bien sûr dans une forme physique éblouissante, mais cela fait tout de même trois mois que tu n'as pas reçu le traitement, et tes articulations recommencent à te faire souffrir.

Six cents pieds. Le conducteur est descendu de la voiture et te fait de grands signes. Dire que tu es un as du parachute serait excessif, mais le vent est de ton côté et tu arrives à peu près à orienter ta descente dans la bonne direction. L'instant d'après, tu touches le sol aussi souplement que te le permet ton expérience limitée du saut. Le jeune homme se précipite pour t'aider à replier la toile et à la ranger dans le coffre. Ensuite seulement, il te serre la main.

Tu n'aimes pas trop les contacts physiques, mais pour une fois tu fais une exception.

Viktor a vingt-trois ans, un léger embonpoint et un goût discutable en matière de femmes comme de cravates. Mais surtout, c'est un trader de génie, qui pèse déjà quarante millions de dollars et qui serait capable de faire pousser des billets rien qu'en en plantant dans son jardin. La partie du plan qui vient de se dérouler, tu aurais pu l'organiser toi-même, en deux heures et trois coups de téléphone ; mais le versant financier, nul autre que lui n'aurait pu le concevoir.

Vous prenez aussitôt place dans la voiture – une Cadillac Eldorado « Bicentennial Edition » flambant neuve, la plus belle décapotable jamais sortie des usines de Detroit. En matière de bagnoles par contre, tu es bien obligé de reconnaître que Viktor a du goût.

« Où en sont les transferts ? lui demandes-tu à peine a-t-il mis le contact.

— Terminés. Il y a quelques minutes seulement, dit-il avec un large sourire. Juste à temps : je ne donne pas six heures avant que les vautours de l'IRS[1] *ne se mettent à tourner autour de ton magot. »*

Le système d'évasion fiscale que Viktor a réussi à mettre sur pied en seulement quatre mois défie l'entendement : plus de quatre mille sociétés-écrans, organismes fantômes et fondations fictives, chargés de transférer progressivement tes avoirs vers les comptes offshore d'une trentaine de paradis fiscaux. Un édifice financier d'une invraisemblable complexité dont lui seul connaît l'organigramme exact, et qui d'ici trois jours aura disparu comme bulles de savon.

« Combien a-t-on pu récupérer, en fin de compte ?

— Un peu moins du quart, te répond-il avec une moue désolée. Six milliards et demi, à peu de choses près. J'aurais pu faire mieux, si j'avais eu un peu plus de temps...

---

1. *Internal Revenue Service* : nom du fisc américain.

— Pas de problème, Viktor, le rassures-tu. Je me donne trois ans pour me refaire, pas plus. Et puis, quand on commence dans la vie, il faut savoir se contenter de peu, tu ne crois pas ? »

Après quelques minutes de chemin de terre, Viktor s'engage sur la Route 83 qui va longer le Rio Grande pour rejoindre Nuevo Laredo, après quoi vous prendrez au nord vers Junction. Un premier tronçon de quatre cents miles dans les étendues mornes du Texas, ensuite ce sera l'Interstate 10 jusqu'à Los Angeles. Demain en milieu d'après-midi, si tout va bien...

Pendant une bonne demi-heure, vous roulez sans parler. Il y a pourtant quelque chose qui te tracasse, et tu finis par le lui dire : « Tout de même, Viktor... Ce cadavre, dans la housse...

— Quoi ? dit-il. Qu'est-ce qu'il y a ?

— Il était vraiment... horrible, tu vois ce que je veux dire ?

— Moi, je le trouve impeccable, au contraire, répond-il en haussant les épaules. Un vieux clodo comme il en arrive dix par jour à la morgue d'Acapulco. Qui s'inquiétera s'il en manque un ?

— Mais personne ne va croire que c'est moi ! » insistes-tu.

Il te regarde avec une certaine surprise : « Ça fait quinze ans que tu arroses les journalistes pour qu'ils donnent cette image de toi, non ? Tu voulais qu'on prenne qui, aujourd'hui ? Robert Redford ? »

Un peu après Junction, tu prends le volant, et vous continuez à rouler, discutant de choses et d'autres. Il y a de longs moments de silence que Viktor ne cherche pas à combler. Le soir tombe. Confortablement calé dans le fauteuil en cuir fauve, tu regardes défiler le paysage plat et broussailleux qui se déploie à l'infini. Tu te sens bien. Enfin libre. Finies les interminables années d'errance et de dissimulation, dans des limousines aux vitres occultées ou dans des suites aux rideaux tirés, pour cacher au monde l'image d'un homme qui ne vieillit pas. Pour la première fois depuis bien longtemps, tu as l'impression de voir l'avenir s'ouvrir devant toi. Un champ infini de possibles.

Une nouvelle naissance.

La nuit est déjà bien entamée lorsque vous passez la frontière du Nouveau-Mexique. Recrus de fatigue, vous dormez deux heures sur une aire d'autoroute près de Deming, puis vous repartez aussitôt. Vous arrivez en Arizona au chant du coq. Vous dépassez Tucson et vous vous arrêtez pour prendre un copieux petit déjeuner dans un minuscule motel à deux miles de Red Rock.

Ensuite, Viktor reprend le volant. Pendant quelques minutes, tu l'écoutes disserter sur les nouvelles technologies, cette fameuse « Silicon Valley » dont les médias parlent depuis trois ou quatre ans et où tu sais qu'il a fait de gros investissements. Ça ne t'a jamais beaucoup passionné, mais lui a l'air d'y croire dur comme fer, alors tu fais semblant de suivre.

« Au fait, dit-il tout à coup, tu te souviens de ces deux hippies qui bricolent des drôles de trucs dans leur garage, du côté de Cupertino ? »

Tu marmonnes un vague assentiment – en fait, tu ne t'en souviens pas du tout.

« Eh bien, devine quoi ? poursuit-il. Ils viennent de fonder leur propre boîte. Il y a tout juste quatre jours... »

Tu continues à l'écouter, pas vraiment intéressé.

Un détail, pourtant, réussit à te tirer un sourire : « Un trognon de pomme ? ricanes-tu. Original. File-leur donc quelques dollars. On ne sait jamais, il en sortira peut-être quelque chose. »

Mais déjà tu penses à autre chose. Tu ramasses le journal que tu as acheté en même temps que tu payais le café. Comme tu t'y attendais, ta mort fait la une. Mais sur quatre colonnes seulement : tu es un peu déçu. Par curiosité, tu prends la peine de lire en détail l'article consacré à ta nécrologie. Tu t'en doutais plus ou moins, mais ce que le journaliste a écrit a le don de t'agacer.

« Nom de Dieu ! fais-tu en froissant rageusement le journal. Voilà tout ce que les gens vont retenir de moi ! Un vieux clochard avec des ongles de dix centimètres, qui trempe au milieu de ses déjections ! Des boîtes de Kleenex en guise de pantoufles ! Et qu'est-ce que c'est que cette histoire de capotes sur les poignées de porte ? »

Viktor te regarde en éclatant de rire. « Les capotes, c'est une idée à moi, dit-il. J'ai trouvé que ça cadrait très bien avec le personnage... »

Et comme tu ne partages pas vraiment son hilarité, il ajoute : « En tout cas, Howard, toi qui aimes tant le cinéma, tu devrais être ravi. Une histoire comme ça, je suis sûr qu'on en fera un jour un film ! »

5 mars 2018 – 15 h 25 UTC

Assis la tête au milieu des étoiles, un très vieil homme laissait vagabonder son esprit entre passé et avenir.

L'endroit où il se trouvait n'avait en soi rien d'extraordinaire : c'était le pont supérieur du *Second Chance.*

Mais par une prouesse technologique sans précédent, les ingénieurs aéronautiques de la K2 en avaient fait un lieu unique, littéralement hors du monde. Sur près de trente mètres de long, le fuselage métallique avait été ôté et remplacé par une coque à transparence variable en composite de céramique ALON, bien plus légère et résistante que l'acier. Pour l'heure, la paroi était entièrement dépolarisée, et le matériau devenu transparent comme du cristal offrait une vue hallucinante sur l'immensité du ciel.

L'impression d'étrangeté était magnifiée par le silence absolu de l'endroit, résultat de l'action des absorbeurs dynamiques de bruit, et par son aménagement intérieur des plus particuliers. Tous les fauteuils et autres équipements avaient bien sûr été enlevés, rien ne devant entraver la vue. Sur les cent cinquante mètres carrés du compartiment, le sol était intégralement recouvert de gazon – non pas une vulgaire pelouse synthétique, mais un somptueux *ray-grass* anglais planté dans cinq centimètres de bonne terre du Dorset. L'ameublement se composait en tout et pour tout d'un guéridon en fonte vaguement Art Déco comme on en voit des milliers sur les terrasses des bistrots parisiens, d'un vieux fauteuil club tout effondré et d'une reproduction à l'identique de la *Vénus de Milo* – ou peut-être était-ce l'originale, après tout.

Pour un milliard et demi de dollars, le propriétaire des lieux s'était offert l'équivalent moderne des jardins suspendus de Babylone.

Sur le marbre fendillé du guéridon se trouvaient une bouteille et deux verres. L'homme assis dans le fauteuil se servit une nouvelle rasade, émit un claquement de langue appréciateur puis se rencogna confortablement contre le dossier élimé. À trente-neuf mille pieds au-dessus de l'Atlantique, le ciel était d'un bleu indigo presque noir, et bien que le Soleil brillât à flots, des dizaines d'étoiles demeuraient visibles. Plissant les yeux pour se repérer parmi les constellations, il mit quelques instants avant de retrouver ce qu'il cherchait : un minuscule lumignon rougeâtre, pas très loin de Sirius.

Le *Second Chance* avait quitté Glasgow un peu plus de trois heures auparavant, après y avoir déposé Caleb et ses amis. Viktor Bernstein n'était pas du voyage : il avait décollé de Rome très tôt dans la matinée à bord du Challenger 850 afin de pouvoir présider le conseil d'administration de la K2 qui se déroulait en ce moment même. Dans ses bagages, il avait emporté une copie intégrale du testament scientifique d'Ettore Majorana. L'original se trouvait dans la cabine de Sanjiv, et, pour faire bonne mesure, une copie numérique avait été télétransmise à San Clemente sous clé de cryptage quantique 8192-bits.

Kendall Kjölsrud eut un long soupir de soulagement. Il avait gagné son pari. Jamais il ne s'était senti aussi satisfait depuis ce jour fatidique d'avril 1976 où il était né à sa seconde existence. Pour autant, il savait que les difficultés ne faisaient que commencer : dès que Sanjiv aurait donné son feu vert et que les premières applications pratiques du réacteur seraient rendues publiques, le monde allait entrer dans une période de turbulences sans précédent. L'effondrement prévisible du coût de l'énergie allait impacter de plein fouet des pans entiers de l'économie mondiale ; du jour au lendemain, le secteur pétrolier allait être rayé de la carte, de même que le nucléaire civil, et les répercussions sur l'ensemble des activités industrielles allaient être incalculables. Par le biais des faillites en cascade, de nombreuses économies nationales allaient plonger, et une implosion généralisée du système financier n'était pas à exclure. Il avait six mois, un an peut-être, pour se préparer à ce cataclysme et essayer de limiter les dégâts.

Mais après tout, c'était exactement le genre de défi qu'il affectionnait : pendant toute son existence, il n'avait vécu que pour cela. Un souvenir presque oublié remonta soudain du tréfonds de sa mémoire ; il se revit enfant – ce devait être il y a cent cinq ans, à peu de choses près – en train de dire à sa mère : « Quand je serai grand, je piloterai le plus grand avion du monde. Je ferai les plus grands films du monde. Et je serai l'homme le plus riche du monde. »

Pari tenu, gamin.

Quant à l'espace… *Avec le moteur anti-g qui ne nécessitait aucune masse propulsive et nul autre carburant que quelques grammes de n'importe quelle matière, le coût du kilogramme en orbite basse allait passer de douze mille dollars à quelques cents. Pourquoi se contenter de tourner à quatre cents kilomètres d'altitude, d'ailleurs ? La Lune ne coûterait pas beaucoup plus cher. Et ensuite…*

Il regarda à nouveau au-dessus de lui. Le petit point rouge était toujours là, scintillant comme une promesse. *Bientôt.*

À l'autre bout du compartiment, une porte s'ouvrit et se referma doucement, puis on entendit le froissement de pas légers dans l'herbe. L'instant d'après, elle se tenait à côté de lui : une femme jeune et vieille à la fois, au visage morne et à l'esprit peuplé de fantômes ; du coin de l'œil, il nota qu'elle avait à nouveau revêtu la combinaison qui était comme une extension d'elle-même et – chose plus inattendue – qu'elle avait l'air à jeun.

« C'est bon ? lui lança-t-il un peu plus rudement qu'il ne l'aurait voulu. Tu as enfin fini de faire la gueule ? »

Murée dans un silence hostile, elle n'avait pas prononcé un mot depuis qu'ils avaient quitté Catane et s'était enfermée dans sa cabine à l'instant même où ils avaient regagné le *Second Chance*. Elle n'avait pas pris la peine d'en sortir pour saluer Caleb et ses compagnons à l'escale de Glasgow, ce qui n'avait pas manqué de leur causer une certaine déception – surtout à Caleb, avait noté le vieil homme. Paradoxalement, ses adieux à son frère, sans être très chaleureux, avaient été beaucoup moins tendus qu'on aurait pu le craindre : elle lui avait même juré qu'elle reviendrait bientôt le voir à Borgezzu ; d'autant plus surprenant que, malgré ses nombreux défauts, elle était plutôt du genre à tenir ses promesses.

Elle haussa les épaules, manifestement peu désireuse d'aborder le sujet. « Vous buvez quoi ? » demanda-t-elle d'un ton boudeur.

Il lui montra la bouteille : c'était un flacon en verre épais d'un style assez désuet ; sur l'étiquette fatiguée on pouvait lire : « *PORTSKERRA – Finest old Highland Whisky – 25 yr. old – Vintage 1920* ».

« Qu'est-ce que c'est ? demanda-t-elle un peu surprise.

— Le whisky du colonel Buckmaster, répondit-il. C'est vrai que tu n'étais pas là quand nous avons retrouvé son corps. J'étais en train de lui porter un toast ; sans son journal – et sans ses bouteilles d'oxygène –, nous ne serions pas ici pour en parler.

— Mais comment avez-vous… ?

— Dans le logement dorsal de ma combinaison, ça rentrait tout juste. Remarquablement conçues, ces tenues, soit dit en passant.

— Je sais, acquiesça-t-elle. Jeeves n'arrête pas de me le dire. Je peux goûter ? »

Il hésita, puis lui en versa une dose parcimonieuse dans le second verre. « Quatre-vingt-dix-huit ans d'âge, marmonna-t-il. Tu as intérêt à boire ça avec respect. »

Elle porta le verre à ses lèvres. Exactement comme il s'y attendait, la première gorgée déclencha une épouvantable grimace.

« Mais c'est dégueulasse ! grogna-t-elle. C'est fait avec des crottes de chèvre, ou quoi ? Je préfère le *Southern Comfort...* »

Il leva les yeux au ciel et se hâta de récupérer le verre pour en transvaser le reliquat dans le sien. « Tu es désolante, Poppy, lui dit-il. Vivre aussi longtemps pour dire de telles conneries, des fois je me demande si ça en vaut la peine… »

Elle haussa à nouveau les épaules et alla s'asseoir au pied de la Vénus de Milo. Le contraste entre la grande statue de marbre aux formes voluptueuses et la petite silhouette maigrichonne sanglée dans sa tenue de combat était presque cocasse, mais il s'abstint de le lui faire remarquer. Elle le considéra sans rien dire pendant quelques instants, puis d'un ton devenu soudain incisif lui jeta : « Vous saviez, pour Michael ! »

C'était une affirmation, pas une question. *Bon Dieu*, pensa-t-il. *Nous y voilà.*

« Précise ta pensée, lui dit-il sèchement.

— Vous saviez *qui* avait fait le coup. Et *où* il était détenu. Depuis combien de temps étiez-vous au courant, Père ?

— Depuis toujours, fit-il en soutenant son regard. Je l'ai toujours su. D'autres questions, Poppy ?

— Quand j'ai parlé avec Michael dans le hangar, dit-elle en frissonnant, il m'a soutenu que Valentin était présent dès le début…

— C'est vrai. Mais c'est Leonid Shatilov qui a conçu le projet ; à l'époque, Iazov n'était encore qu'un sous-fifre. Il n'a pris la direction des opérations que bien plus tard.

— Mais il savait, insista-t-elle. Depuis le début, il était au centre de cette saloperie. Et moi, pendant toutes ces années, je l'ai… »

D'un seul coup, sa voix se brisa dans un sanglot. Puis elle reprit, cette fois dans un véritable hurlement : « Et vous saviez, Père ! Depuis le commencement ! Il aurait suffi que vous me disiez un mot ! *Un seul mot !* Pourquoi… ?

— Pourquoi ? rugit-il en la foudroyant du regard. Parce que si je te l'avais dit, tu y serais allée. Pour tuer Iazov et libérer Michael. Et tu te serais plantée.

— J'aurais pu au moins essayer…

— Non. Tu es sacrément forte, mais je peux te garantir que sur ce coup, tu n'aurais pas fait le poids. Tu te serais fait tuer, ou capturer. Et c'est un risque que je ne voulais pas te faire courir. »

Elle resta pendant de longues secondes à le regarder, les yeux brillants de larmes. « Je me dégoûte, dit-elle d'une voix à peine audible. Je… j'ai aimé cet homme toute ma vie, et maintenant… »

Kjölsrud soupira, puis saisit la bouteille et répartit son contenu – il en restait à peu près un quart – entre les deux verres. Ensuite, il se leva et lui porta l'un des verres, qu'il lui tendit sans un mot ; elle s'en empara et le vida cul-sec, cette fois sans grimace. Il revint s'asseoir à sa place et lui dit doucement : « Tu pourras aussi boire l'autre, si tu veux. Mais d'abord, écoute ceci : Iazov savait pour Michael, mais *il savait aussi pour toi.* Pendant toutes ces années où vous vous êtes… fréquentés, il aurait eu un million de fois l'occasion de te faire capturer. Alors, demande-toi pourquoi il ne l'a pas fait. Et demande-toi pourquoi, quand nous étions prisonniers, c'est lui qui a suggéré à Baranko de te livrer à Michael. »

Elle hocha longuement la tête, comme si elle soupesait le sens de ses paroles, puis se leva à son tour et, lui tournant le dos, alla s'accouder en silence à la paroi transparente sur bâbord. Très loin au-dessus de leurs têtes, une étoile filante zébra le firmament d'un minuscule trait lumineux puis se perdit dans l'immensité du ciel.

Kjölsrud regarda celle qu'il chérissait comme sa propre fille. À cet instant, il savait exactement à quoi elle était en train de songer.

Une nuit comme les autres dans une clinique cossue sur les hauteurs de Bel-Air. Soudain, la lueur dansante des lampes torches, une galopade dans un couloir, des appels à mi-voix dans une langue inconnue et gutturale. Une petite fille terrifiée, planquée sous son lit. Qui aurait pu appeler à l'aide. Mais qui ne l'avait pas fait.

Au bout d'un moment, elle revint auprès de lui et accepta le second verre. Elle ne pleurait plus et semblait même curieusement apaisée. « D'accord, Père, fit-elle d'une voix neutre. Merci pour ce que vous venez de dire. Je vais essayer de m'en contenter. »

Il lui prit gentiment le bras et murmura : « Je ne

peux pas récrire le passé, ma chérie. Ce genre de choses, il faut que tu fasses avec. Mais je te promets que nous allons essayer de le retrouver. »

Il allait ajouter quelque chose quand soudain la voix du pilote se fit entendre, sortie d'un haut-parleur invisible : « Désolé de vous déranger, monsieur. Espace aérien américain dans vingt minutes. Je maintiens le plan de vol sur Portland ? »

— Affirmatif, Hollie, dit le vieil homme. On continue comme ça.

— Portland ? demanda Poppy, surprise. Dans le Maine ? On va bouffer du homard ? Je croyais qu'on rentrait direct sur San Clemente…

— Portland, *Oregon*, corrigea-t-il. Et *moi*, je rentre à San Clemente. Toi, tu restes là-bas.

— Quoi ? Dans ce trou à rats ? Mais…

— Une de nos équipes d'archéologues bossant sur des vestiges amérindiens a trouvé un artefact bizarre dans le sud de l'État. *Très* bizarre, même. Et aussi un peu dangereux, je le crains. Je veux absolument que tu ailles y jeter un coup d'œil. »

Elle eut une mimique résignée : « D'accord, marmonna-t-elle. Si ça peut vous faire plaisir.

— Ce n'est pas tout, continua-t-il avec un mince sourire. Ensuite, tu files en Écosse. Tu vas voir Caleb.

— Hein ? s'exclama-t-elle. Vous croyez que je ne l'ai pas assez vu, pendant quinze jours ? Pourquoi ?…

— *Un*, je pense que vous avez des choses à vous dire qui pourraient vous être profitables à tous les deux. Mais c'est juste un conseil. *Deux* – et ça, c'est un ordre –, je veux que tu mettes en place une surveillance discrète de ses faits et gestes. Et de son état de santé. Débrouille-toi comme tu veux, mais les gens que tu chargeras de ça devront me faire un compte rendu quotidien. Pendant au moins six mois.

— Son état de santé ? Mais de quoi est-ce que vous parlez, Père ? »

Au lieu de répondre, il fouilla dans sa poche et en tira un petit objet rectangulaire qu'il lui tendit sans un mot. Elle l'examina, un peu surprise. On aurait dit un minuscule bout de film argentique enchâssé dans un mince boîtier plastique de la taille d'un timbre-poste. Le film était tout noir.

« Qu'est-ce que c'est ? demanda-elle.

— Le dosimètre passif de la combinaison que portait Caleb. C'est le seul à avoir viré, avec le tien. Le niveau de saturation suggère une irradiation gamma supérieure à deux mille millisieverts. C'est beaucoup, Poppy. Vraiment beaucoup.

— Mais comment… ?

— Quand il est venu te chercher dans l'épave de l'avion. Pendant quelques instants, il s'est tenu à moins de dix mètres de l'Œuf en phase d'excursion critique.

— C'est idiot, dit-elle. Je suis restée coincée là-dedans, combien ? Cinq minutes ? Dix ? En tout cas, j'ai été exposée bien plus longtemps que lui !

— À toi, ça te fait autant d'effet qu'un coup de soleil, murmura-t-il en hochant la tête. Mais pas à lui, Poppy. Pas à lui. »

Le sens de ce que racontait le vieil homme la frappa comme un boulet. Désemparée, elle regarda autour d'elle. La grande statue mutilée qui se découpait comme un fantôme sur le ciel presque noir avait soudain pris une apparence sinistre.

« Mon Dieu ! dit-elle en portant la main à ses lèvres. Vous pensez que… ?

— Je n'en sais rien, c'est pour ça que je t'envoie là-bas. Rien de philanthropique, tu me connais. C'est juste qu'un de ces jours nous pourrions avoir à nouveau besoin de ce petit jeune homme. Alors on va bien le couver… »

6 mai 2018 – 11 h 35 UTC

Il sentit l'odeur de la terre bien avant de la voir se dessiner à l'horizon. Il avait certes noté que depuis deux jours les oiseaux se faisaient plus nombreux au-dessus de lui, mais il ne savait quel sens donner à cette observation. Les odeurs, par contre, lui parlaient : il y avait celle du feu de bois et celle de l'herbe fraîche, mêlées à celles du gas-oil et de la graisse utilisés dans les moteurs de bateaux. Et celle, délectable, de la viande grillée : son estomac, vide depuis des semaines, se contracta douloureusement. Pendant tout son périple, il n'avait pu s'alimenter qu'une seule fois : lorsqu'il avait trouvé un oiseau mort, à moitié pourri, flottant au gré des vagues. C'était il y a longtemps, déjà.

Cela faisait six fois dix soleils plus deux – il ignorait le nom des nombres au-delà de dix – qu'il nageait obstinément vers le Nord. Ou ce qu'il pensait être le Nord : n'ayant qu'une connaissance très approximative de la géographie et aucune de la navigation aux étoiles, il ne savait qu'une chose : le Nord, c'est à gauche de l'endroit où le soleil se lève.

Il n'avait donc pas la moindre idée d'où il se trouvait, et il s'en moquait. Ce serait toujours mieux que l'île. Pour avoir entendu Guennadi et d'autres soldats en parler, il avait compris qu'elle était totalement déserte et serait bientôt la proie de l'hiver. Non qu'il craignît le froid ou la faim : il aurait très bien pu se blottir dans un creux de rocher et y attendre tranquillement le printemps en somnolant.

Mais ce qu'il voulait, c'était regagner le monde des hommes.

Il lui fallut encore plusieurs heures avant de voir apparaître la fine ligne brune au-dessus des flots, et ce n'est que le lendemain matin qu'il fut assez près pour distinguer les maisons joyeusement colorées du petit port de pêche. Sur le quai unique, des filets rapiécés séchaient sur des tréteaux, et des hommes à la peau sombre s'employaient à charger tout un tas de fournitures à bord d'une douzaine de grosses barques pontées : sans doute le début d'une journée de travail comme les autres. Plusieurs femmes munies de paniers et vêtues de robes multicolores s'affairaient à une tâche mystérieuse près du modeste ruisseau jouxtant le port ; une nuée d'enfants les entouraient en piaillant. En arrière-plan se dessinait une végétation comme il n'en avait encore jamais vu.

En nageant vigoureusement, il réussit à infléchir sa trajectoire de manière à atteindre la côte à quelques centaines de mètres sur la droite du village. Il prit pied sur une grève faite de vieux galets érodés et moussus. La bande littorale se réduisait à presque rien, et une forêt dense remplie d'odeurs épicées et de cris d'animaux débutait pratiquement au niveau de la ligne d'embruns.

Après être sorti de l'eau, il resta de longues minutes immobile sur son petit bout de plage, laissant le soleil sécher sa peau incrustée de sel. Il n'éprouvait ni joie ni soulagement particulier de s'en être tiré : il savait dès le premier jour qu'en continuant sans cesse à nager, il finirait bien, *fatalement*, par arriver quelque part. Et, pour lui, le temps n'avait qu'une signification toute relative.

Soudain son estomac se remit à gronder. *Faim. Manger.*

Sans hésiter, il se mit en route en direction du village. Il allait certainement y trouver de quoi se sustenter. Il ne savait pas trop ce qu'il ferait ensuite, mais on verrait bien. À mesure qu'il avançait sur la grève étroite encombrée de bois flotté, une pensée se forma dans son esprit ; d'abord timide, puis de plus en plus insistante, au point qu'il finit par s'arrêter.

Il ne pouvait pas se présenter comme ça devant ses frères humains.

Un peu désemparé, il regarda tout autour de lui, ne sachant plus que faire. La chance lui sourit presque aussitôt : coincé entre deux rochers à quelques pas de là, un vieux sac en toile de jute était gentiment ballotté par les vagues qui l'avaient amené jusque-là. Il s'en saisit comme d'un trésor et s'en couvrit les épaules. Le tissu élimé était un peu court, ne tombant guère plus bas que ses hanches.

Peu importe. Ça ferait bien l'affaire.

Serrant d'une main les plis de sa cape improvisée, il reprit sa marche d'un pas plus décidé, avec cette fois comme une étincelle d'allégresse au fond du cœur.

Maintenant qu'il était vêtu, c'est sûr qu'il allait être bien accueilli.

Postface

L'histoire est comme un puzzle inachevé, rempli de mystères et de zones d'ombre. Pourtant, il suffit parfois de retrouver quelques pièces manquantes pour que la lumière se fasse et que le motif général apparaisse.

Le présent roman est une tentative pour relier une série d'événements distincts de l'histoire du XXe siècle, séparés de plusieurs années voire de plusieurs décennies, et qui ont donné lieu à d'innombrables conjectures. Pour chacun d'eux, j'ai choisi de rester aussi près que possible du fait historique – ou du moins de ce qui nous a été présenté comme tel.

Les anecdotes sur la vie d'Ettore Majorana avant sa disparition dans la nuit du 26 au 27 mars 1938 sont strictement conformes à sa biographie officielle. Nul ne sait au juste ce qu'il a fait pendant les trois années qu'il a passées en reclus, entre 1934 et 1937. S'il est avéré que pendant cette période il a entretenu une très abondante correspondance scientifique avec son oncle Quirino, il ne reste rien de ces écrits.

Et Quirino Majorana avait effectivement travaillé plusieurs années sur l'absorption gravitationnelle.

Parmi les multiples hypothèses avancées pour expliquer la disparition d'Ettore revient souvent celle d'une fuite en Amérique du Sud ; elle est étayée par de nombreux témoignages faisant état de sa présence en Argentine sous un nom d'emprunt, dans les années 1950.

Tous les détails de l'opération High Jump rapportés par le professeur Van Deere sont conformes à la version soutenue depuis 1947 par l'US Navy. Et il est exact qu'à l'heure actuelle les comptes rendus officiels de cette opération demeurent classifiés, donc inaccessibles au public.

À l'exception des quelques modifications apportées par Kendall Kjölsrud à sa motorisation et à son train d'atterrissage, rien n'a été inventé dans la description du Dornier Do-X. L'appareil a bien été construit en trois exemplaires, dont deux ont effectivement été cédés à Mussolini ; la trace de ces derniers se perd après 1935, nul ne sait ce qu'il en est advenu.

Pendant près de vingt ans, le Do-X a été le plus grand avion du monde. Il n'a été détrôné qu'en 1947 par le Hughes H-4 Hercules *« Spruce Goose »*, qui demeure à ce jour le plus grand avion jamais construit. Mais cela est une autre histoire…

La base navale de Port Chicago a bien été rasée, le 17 juillet 1944, par une phénoménale explosion dont l'explication officielle – mise à feu accidentelle d'un stock de munitions – ne fait pas précisément l'unanimité chez les historiens. Et l'endroit se trouve bien à quinze milles, à vol d'oiseau, du célèbre Lawrence

Radiation Laboratory de Berkeley où se concentrait alors toute la recherche nucléaire des USA.

La théorie des supercordes, dans sa version à dix dimensions dont six enroulées dans des espaces de compactification type Calabi-Yau, prévoit effectivement la possibilité de créer des microtrous noirs pour des niveaux d'énergie tout à fait accessibles aux technologies actuelles.

Et la société de qui vous savez a bien été fondée quatre jours avant la mort de qui vous savez.

C'est du moins ce que racontent les livres d'histoire.

Composition et mise en pages
Nord Compo à Villeneuve-d'Ascq

Imprimé en Espagne par
Liberdúplex
à Sant Llorenç d'Hortons (Barcelone)
en avril 2016

POCKET – 12, avenue d'Italie – 75627 Paris cedex 13

Dépôt légal : janvier 2016
S23534/03